U0587972

儒林外史

彙校彙評

[清]吴敬梓 著
李漢秋 輯校

第十六回

大柳莊孝子事親　樂清縣賢宰愛士

〇黄評：真以孝子許，重惜之也。

話説匡超人望見自己家門，心裏歡喜，兩步做一步，〇童評：乃瞻衡宇，載欣載奔。急急走來敲門。母親聽見是他的聲音，開門迎了出來，看見道：「小二！你回來了！」〇童評：聽見聲音，隔着門，便知小二回來了。老母望子之心，比游子見母之心更切。匡超人道：「娘！〇黄評：此處一「娘」字，後文一「爹」字，出於血誠，愈令人惜之恨之。我回來了！」放下行李，整一整衣服，替娘作揖磕頭。他娘捏一捏他身上，見他穿着極厚的棉襖，方纔放下心〔一〕。〇齊評：摹神之筆。〇天一評：讀此而不下淚者，無人心者也。〇天二評：刻骨。〇童評：穿着極厚的棉襖，一路當感念馬二先生之德。向他説道：「自從你跟了客人去後，這一年多，我的肉身時刻不安！一夜夢見你掉在水裏，我哭醒來。一夜又夢見你把腿跌折了。一夜又夢見你臉上生了一個大疙瘩，指與我看，我替你拿手拈，總拈不掉。一夜又夢見你來家望着我哭，把我也哭醒了。一夜又夢見你頭戴紗帽，説做了官。○黄評：毫無倫次，寫慈寫孝，皆至性至情。我笑着説：『我一個莊農人家，那有官做？』傍一個人道：『這官不是你兒子，你兒子却也〔二〕做了官，却是今生再也不到你跟前來了。』○黄評：此即匡超人後來結局，却先從夢裏了之。願天下做官人細讀而深味之，庶不負先生一片醒世婆心。○童評：夢見他掉在水裏，應前文客人消折本錢；夢見他跌折了腿，應前文幾乎流落他鄉，豈不動；夢見他臉上生個大疙瘩，應後文代寫硃籤，代做槍替，許多疙瘩事，忘恩負義，無顔以對潘三；夢見他戴紗帽，應後文考取教習；夢見人説這官不是你兒子，應後文一得功名，就變化氣質，絶無從前孺慕之忱；夢見人説他今生再不到你跟前，應後文取結進京後，不復提起母子相見之事。這婆子雖然癡人説夢，並不是無憑據的春夢。我又哭起來説：『若做了官就不得見面，這官就不做他也罷！』○齊評：世之做官得父母見面者幾人哉！○天二評：讀此而不下淚者無人心者也。就把這句話哭着，吆喝醒了。把你爹也嚇醒了。你爹問我，我一五一十把這夢告訴你爹，你爹説我心想痴了。不想就在這半夜你爹就得了病，半邊身子動不得，而今睡在房裏。」○童評：其母半夜裏夢中哭醒，其父就得了半生（身）不遂之症。其母不是想癡，其父乃是氣壞。

外邊説着話，他父親匡太公在房裏已聽見兒子回來了，登時那病就輕鬆些，○黄評：實情實理，勿輕看過。覺得有些精神。匡超人走到跟前，叫一聲：「爹！兒子回來了！」上前磕了頭。太公叫他坐在床沿上，細細告訴他這得病的緣故，説道：「自你去後，你三房裏叔子就想着我這個屋。我心裏算計，也要賣給他，除另尋屋，再剩幾兩房價，等你回來做個小本生意。傍人向我説：『你這屋是他屋邊屋，他謀買你的，須要他多出幾兩銀子。』那知他有錢的人只想便宜，豈但不肯多出錢，照時值估價還要少幾兩，分明知道我等米下鍋，要殺我的巧。○齊評：説盡薄俗錢虜情事。我賭氣不賣給他，他就下一個毒，串出上手業主拿原價來贖我的。○天一評：活寫出惡薄人情。業主，你曉得的，還是我的叔輩，○童評：鄉下安分守己的人，非但外人要欺他，連族中也要欺他；非但平輩要欺他，連長輩也要欺他；有錢的人倒不敢欺他，没錢的人偏更要欺他。老實人往往吃虧，故風俗日趨於澆漓也。他倚恃尊長，開口就説：『本家的産業是賣不斷的。』我説：『就是賣不斷，這數年的修理也是要認我的。』他一個錢不認，只要原價回贖。那日在祠堂裏彼此争論，他竟把〔三〕我打起來。族間這些有錢的，受了三房裏囑托，都偏爲着他，倒説我不看祖宗面上。○天二評：人情惡薄，天下同風。○童評：匡老説話，句句在理。無奈族中人一味横蠻，以尊壓卑，以衆凌寡。祠堂裏此番争論，到底是誰不看祖宗之面？你哥又没中用，説了幾句『道三不着兩』的話。我着了這口氣，回來就病倒了。自從我病倒，日用益發艱難。你哥聽着人説，受了原價，寫過吐退〔四〕與他，那銀子零星收來，都花費了。你哥看見不是事，同你嫂子商量，而今和我分了另吃。我想又沒有家私給他，自挣自吃，也只得由他。他而今每早挑着擔子在各處趕集，尋的錢，兩口子還養不來。○童評：人又不中用，話又不會説，聽了人的騙，就肯寫吐退。收了銀子來，就把他花費。只知顧戀妻子，不知奉養父母。寫匡大之呆蠢，襯出匡二之乖巧。寫匡大之不孝，襯出匡二之孝。我又睡在這裏，終日只有出的氣，沒有進的氣，間壁又要房子翻蓋，不顧死活，三五天一回人來催，○齊評：拉拉雜雜，喃喃喁喁，如聞其聲。○天二評：一嫗一翁絮絮訴説，却又一虛一實情事逼肖。口裏不知多少閑話。你又去得不知下落。你娘想着，一場兩場的哭！」○黄評：寫太公是個忠厚人，而拉拉雜雜説家常，都寫得入情入理，不嫌冗長。匡超人道：「爹，這些事都不要焦心，且靜靜的養好了病。我在杭州，虧遇着一個先生，他送了我十兩銀子，我明日做起個小生意，尋些柴米過日子。三房裏來催，怕怎的！等我回他。」○童評：有本錢可以做小生意，有説話可以回三房裏。解開病人的心事，正是對症發藥。

母親走進來叫他吃飯，他跟了走進厨房，替嫂子作揖。嫂子倒茶與他吃。吃罷，又吃了飯，忙走到集上，把剩的盤程錢買了一隻〔五〕猪蹄來家煨着，晚上與太公吃。○童評：先陳寬慰之言，復竭甘旨之奉，是真能得親順親者。買了回來，恰好他哥子挑着擔子進門，他向哥作揖下跪，哥扶住了他，同坐在堂屋，告訴了些家裏的苦楚。他哥子愁着眉道：「老爹而今有些害發〔六〕了，說的話，『道三不着兩』的。○黃評：他又說老爹「道三不着兩」。○天一、二評：他爹說他「道三不着兩」，他也說他爹「道三不着兩」，口角宛然。○童評：匡老是一番說話，匡大又是一番說話。老子說兒子說話道三不着兩，兒子也說老子說話道三不着兩。匡老說你哥又没中用，尚是老牛舐犢；匡大說老爹有些害發，竟是狼子野心。現今人家催房子，挨着總不肯出，帶累我受氣。他疼的是你，你來家早晚說着他些。」○黃評：反說爹不讓房子，又叫「早晚說着他些」，人皆謂寫匡大之不孝正形匡二之孝，非也。匡大不過無知村農，不知所以爲孝耳，其蠢乃其本質。匡二本質似美矣，而一入勢利場，遂全失本來面目，反不如其兄蠢然無知得保本質。然則功名富貴非賊人之物哉！作者深有慨乎，其言之非浪費筆墨也。○童評：吐退是你寫的，原價是你受的。人家催房子，你爲何不想法出房子？帶累老爹受盡氣，反說帶累你受氣。鄉間最多這種糊塗蟲，世間不少這種忤逆子。「他疼的是你」，與張家弟兄一樣心思。黌門中之秀才且然，况挑擔趕集之村漢乎？說罷，把擔子挑到房裏去。○天一評：寫匡大真蠢然一物。匡超人等菜爛了，和飯拿到父親面前，扶起來坐着。太公因兒子回家，心裏歡喜，又有些葷菜，當晚那菜和飯也吃了許多。剩下的，請了母親同哥進來，在太公面前，放桌子吃了晚飯。太公看着歡喜，直坐到更把天氣，纔扶了睡下。○天一評：此時匡家幾於黍谷回春。○童評：匡大道是老爹害發，要教兄弟在家，早晚說着他些。匡二曉得哥子糊塗，要在太公面前，好樣做與他看。匡超人將被單拿來，在太公脚跟頭睡。

次日清早起來，拿銀子到集上買了幾口猪，養在圈裏，又買了斗把豆子。先把猪肩出一個來殺了，燙洗乾净，分肌劈理的賣了一早晨。又把豆子磨了一厢豆腐，也都賣了錢，○天一評：匡二乖巧，却又偏能做這些事，亦不可及。○天二評：他偏能做這些生活，不可及。○童評：養猪賣肉，買豆磨腐，是莊家本色生意。拿來放在太公床底下。就在太公跟前坐着，見太公煩悶，便搜出些西湖上景致，以及賣的各樣的吃食東西，又聽得各處的笑話，曲曲折折，細説與太公聽。太公聽了也笑。○齊評：可謂「養志」矣。○童評：甘鮮以適其口，談笑以悦其心，是調養風癱人極好方法。太公過了一會，向他道：「我要出恭，快喊你娘進來。」母親忙走進來，正要替〔七〕太公墊布，匡超人道：「爹要出恭，不要這樣出了。像這布墊在被窩裏，出的也不自在，况每日要洗這布，娘也怕熏的慌〔八〕，不要熏傷了胃氣。」太公道：「我站的起來出恭倒好了，這也是没奈何！」匡超人道：「不要站起來，我有道理。」連忙走到厨下端了一個瓦盆，盛上一瓦盆的灰，拿進去放在床面前，就端了一條板凳，放在瓦盆外邊，自己扒上床，把太公扶了横過來，兩隻脚放在板凳上，屁股緊對着瓦盆的灰。他自己鑽在中間，雙膝跪下，把太公兩條腿捧着肩上，讓太公睡的安安穩穩，自在出過恭；○天一評：能如是乎？作者、讀者恐皆退避不遑。○天二評：能如是乎？恐作者、讀者皆未必能。○童評：既顧戀老爹出恭不暢快，又顧戀老娘洗布薰傷胃，想出個好法子來。這片孝心，天地更可感格得動。把太公兩腿扶上床，仍舊直過來。又出的暢快，被窩裏又没有臭氣。他把板凳端開，瓦盆拿出去倒了，依舊進來坐着。到晚，又扶太公坐起來吃了晚飯。坐一會，伏侍太公睡下，蓋好了被。他便把省裏帶來的一個大鐵燈盞裝滿了油，坐在太公傍邊，拿出文章來念。○天二評：不知太公心花開否。（天一評「太公」後多「聽了」三字）太公睡不着，夜裏要吐痰、吃茶，一直到四更鼓，他就讀到四更鼓。太公叫一聲，就在跟前。○黄評：可謂孝否？其不惜筆墨瑣屑委曲寫之者，凡以勸孝也。若厭其繁，是不知作者深心，不如不讀。○童評：此時匡超人是個真孝子，是個真讀書人。太公夜裏要出恭，從前没人服侍，就要忍到天亮，今番有兒子在傍伺候，夜裏要出就出，晚飯也放心多吃幾口。匡超人每夜四鼓纔睡，只睡一個更頭，便要起來殺猪，磨豆腐。○天二評：有此孝心，精神自奮。○童評：此段書，寫得如此瑣屑周詳，要留與普天下爲人子者看的。

過了四五日，他哥在集上回家的早，集上帶了一個小鷄子在嫂子房裏煮着，又買了一壺酒，要替兄弟接風，○黄評：未嘗不知愛弟，吾故言本質未壞。説道：「這事不必告訴老爹罷。」○天一評：開口就不是。匡超人不肯，把鷄先盛了一碗送與父母，剩下的，兄弟兩人在堂裏吃着。○童評：買壺酒要替兄弟接風，帶隻鷄放在老婆房裏煮，匡大何等小氣！盛一碗先送到父母跟前，剩下的兩人在堂裏同吃，匡二何等大方！恰好三房的阿叔過來催房子，匡超人丟下酒，向阿叔作揖下跪。阿叔道：「好呀！老二回來了，穿的恁厚厚敦敦的棉襖！○黄評：馬二先生一件舊棉襖耳，人皆異之，一以寫匡二之窮，一以寫後來之負心。又在外邊學得恁知禮，會打躬作揖。」○童評：三房的阿叔開談，就是個有錢鄉下人。厚厚敦敦棉襖，像是只配他穿；打躬作揖，像是只配他會。匡超人道：「我到家幾日，事忙，還不曾來看得阿叔，就請坐下吃杯便酒罷。」阿叔坐下吃了幾杯酒，便提到出房子的話。匡超人道：「阿叔莫要性急，放着弟兄兩人在此，怎敢白賴阿叔的房子住？就是沒錢典房子，租也租兩間，出去住了，把房子讓阿叔。只是而今我父親病着，人家説，病人移了床，不得就好。如今我弟兄着急請先生替父親醫，若是父親好了，作速的讓房子與阿叔。就算父親是長病不得就好，我們也説不得，料理尋房子搬去。只管占着阿叔的，不但阿叔要催，就是我父母兩個老人家住的也不安。」阿叔見他這番話説的中聽，又婉委，○童評：不獨禮貌周全，而且言辭婉轉，不枉老二到外邊去了一趟。三房裏阿叔，應該暗暗佩服。又爽快，倒也沒的説了，只説道：「一個自家人，不是我只管要來催，因爲要一總拆〔九〕了修理，○黄評：就有人來拆，且不須修理。既是你恁説，再耽帶〔一〇〕些日子罷。」匡超人道：「多謝阿叔！阿叔但請放心，這事也不得過遲。」那阿叔應諾了要去。他哥道：「阿叔再吃一杯酒。」阿叔道：「我不吃了。」便辭了過去。

自此以後，匡超人的肉和豆腐都賣得生意又燥，○童評：做買賣的人，只要心放平些，生意必然會好。不到日中就賣完了，把錢拿來家伴着父親。算計那日賺的錢多，便在集上買個鷄、鴨，或是魚，來家與父親吃飯。○童評：必有酒肉，能學曾氏家風。因太公是個痰症，不十分宜吃大葷，所以要買這些東西。或是猪腰子，或是猪肚子，倒也不斷。醫藥是不消說。太公日子過得稱心，每日每夜出恭小解都是兒子照顧定了，出恭一定是匡超人跪在跟前，把腿捧在肩頭上。○黄評：重言以申明之，正是要極寫其孝。太公的病漸漸好了許多，也和兩個兒子商議要尋房子搬家，○童評：病略好些，就打算讓屋搬家。匡太公是個至誠老實人。倒是匡超人説：「父親的病纔好些，索性等再好幾分，扶着起來走得，再搬家也不遲。」那邊人來催，都是匡超人支吾過去。○童評：匡超人支吾過去，總想等老爹走得了再搬。不是安心遷延刁難三房裏。

這匡超人精神最足：早半日做生意，夜晚伴父親，念文章，辛苦已極，中上〔一二〕得閑，還溜到門首同鄰居們下象棋。○齊評：如此遞下無痕。○天一、二評：只是要引出潘老爹來，起下文耳，却毫無痕迹，使人不覺。○童評：偷空還要溜到門首，同鄰居下象棋。寫乖巧人天機活潑，做起文章來，自然才氣流露。那日正是早飯過後，他看着太公吃了飯，出門無事，正和一個本家放牛的，在打稻場上，將一個稻籮翻過來做了桌子，○黃評：無關緊要事亦必細細寫得如見如聞，却又不嫌其贅。○童評：翻轉稻籮底當桌子下棋，活畫出牧牛兒形景。放着一個象棋盤對着。只見一個白鬍老者，背剪着手來看，看了半日，在傍邊説道：「喽！老兄這一盤輸了！」○齊評：接筍絶妙。匡超人抬頭一看，認得便是本村大柳莊保正潘老爹。○童評：寫潘保正會見匡超人，是出於無意。大柳莊，是影射麻衣神相。因立起身來叫了他一聲，作了個揖。潘保正道：「我道是誰，方纔幾乎不認得了，你是匡太公家匡二相公。你從前年出門，是幾時回來了的？你老爹病在家裏？」匡超人道：「不瞞老爹説，我來家已是有半年了，因爲無事，不敢來上門上户，驚動老爹。我家父病在床上，近來也略覺好些，多謝老爹記念。請老爹到舍下奉茶。」潘保正道：「不消取擾。」因走近前，替他把帽子升一升，又拿他的手來細細看了，説道：「二相公，不是我奉承你，我自小學得些麻衣神相法，你這骨格是個貴相，將來只到二十七八歲，就交上好的運氣，妻、財、子、禄，都是有的。現今印堂顔色有些發黃，不日就有個貴人星照命。」又把耳朵邊揝着看看，道：「却也還有個虚驚，不大礙事，○齊評：春雲乍展。○天一、二評：有此一筆，下文不嫌突出。此後運氣一年好似一年哩。」○黃評：人却一年壞似一年。○童評：潘保正與匡超人，本是風馬牛不相及，何以後來如此照顧他？却從潘保正會看相上，賞識起匡超人來，文生於情也。匡超人道：「老爹，我做這小生意，只望着不折了本，每日尋得幾個錢養活父母，便謝天地菩薩了，那裏想甚麼富貴輪到我身上。」○黄評：可見本願不過如此，其陡然變易心腸，吾不知是相貌壞之抑功名富貴害之耳。潘保正搖手道：「不相干，這樣事那裏是你做的？」説罷，各自散了。

三房裏催出房子，一日緊似一日，匡超人支吾不過，只得同他硬撑了幾句，那裏急了，發狠〔二〕説：「過三日再不出，叫人來摘門下瓦！」匡超人心裏着急，○童評：起初是委婉商量，繼而是支吾延宕，末後是硬撑決裂。三房裏步步催緊，匡超人漸漸着急。寫得入情入理。又不肯向父親説出。過了三日，天色晚了，正伏侍〔三〕太公出了恭起來，太公睡下。他把那鐵燈盞點在傍邊念文章，忽然聽得門外一聲響亮，有幾十人聲一齊吆喝起來。他心裏疑惑是三房裏叫多少人來下瓦摘門。○天一評：我亦以爲然。○童評：三日前聽見三房裏發狠，説過要來摘門下瓦。三日後聽見幾十人吆喝，疑是真來下瓦摘門。又寫得近情近理。頃刻，幾百人聲，一齊喊起，一派紅光，把窗紙照得通紅。他叫一聲：「不好了！」忙開出去看，原來是本村失火。一家人一齊跑出來説道：「不好了！快些搬！」他哥睡的夢夢銃銃，扒了出來，只顧得他一副上集的擔子。擔子裏面的東西又零碎：芝麻糖、豆腐乾、腐皮、泥人，小孩子吹的簫、打的叮噹，女人戴的錫簪子，擋着了這一件，掉了那一件。那糖和泥人，斷的斷了，碎的碎了，〇黄評：偏有工夫細寫擔裏零碎，偏不寫病人。〇天二評：人家驚得落魂，他偏要替匡大細細記帳。（天一評「驚」作「急」；「記帳」作「寫帳」）〇童評：火起時正是倉忙之極，還有工夫去寫那匡大擔中之物。好整以暇，何等文心。弄了一身臭汗，纔一總捧起來朝外跑。那火頭已是望見有丈把高，一個一個的火團子往天井裏滾。〇童評：寫火只用二三筆，已顯出火勢十分猛烈，深得張南本畫火之訣。嫂子搶了一包被褥、衣裳、鞋脚，〇黄評：偏先寫他嫂子，不寫病人。抱着哭哭啼啼，反往後走。老奶奶嚇得兩脚軟了，一步也挪不動。〇黄評：仍寫老奶奶，不寫病人。〇童評：寫他哥子是這種形象，寫他嫂子是這種形象，寫老奶奶是這種形象，方顯出匡超人於倉猝之間，仍能按步就班，一絲不亂。材與不材，相去奚啻霄壤。那火光照耀得四處通紅，兩邊喊聲大震。〇黄評：加倍寫火，急殺急殺。〇天一評：寫火勢，從《三國》、《水滸》來，却無一語蹈襲。匡超人想，别的都不打緊，忙進房去搶了一床被在手内，從床上把太公扶起，〇黄評：至此始寫太公，而文章緊密，一些不漏。背在身上，〇齊評：叙得暢快。把兩隻手摟得緊緊的，且不顧母親，把太公背在門外空處坐着。又飛跑進來，一把拉了嫂子，指與他門外走。又把母親扶了，背在身上。〇天二評：百忙裏偏有主意，匡二誠未易才。（天一評無「偏」字；「誠」作「此時亦」）纔得出門，那時火已到門口，幾乎没有出路。〇黄評：未必非孝心所感。匡超人道：「好了！父母都救出來了！」且在空地下把太公放了睡下，用被蓋好。母親和嫂子坐在跟前。○童評：先把太公背到門外空處坐，又扯嫂子指與他門外走的路，又把母親背出門來躲，而門口已經全是火，還虧匡超人不十分驚惶失措，方免了三個人爛額焦頭之苦。忙搶了一床被，爲要與太公蓋也。若先安放太公，蓋好了被，則母親和嫂子，已不及救出矣。凡變起倉猝，當急其所急更當急其所尤急。其間不能容髮，搶了一床被，是急其所急也。不把太公蓋好，先救母親嫂子，是急其所尤急也。匡超人大有應變之才。再尋他哥時已不知嚇的躲在那裏去了。那火轟轟烈烈，熚熚烞烞，一派紅光，如金龍亂舞。鄉間失火，又不知救法，水次又遠，足足燒了半夜，方纔漸漸熄了。○天二評：謂之代三房裏摘門下瓦可，謂之代三房裏催出房可，謂之代匡超人解圍可。（天一評批於前「本村失火」下，無末句） 稻場上都是烟煤，兀自有焰騰騰的火氣。一村人家房子都燒成空地。○黄評：阿叔空做惡人。○天二評：再足一筆。○童評：失火後，總結一句云，好幾十家房子，都燒成白地，是喚醒世人語。匡太公家房子，既已燒成白地，可知間壁三房裏的房子，自然也燒成白地。太公家變成白地，燒的已不是自家的房子。三房裏變成白地，燒的正是他自家的房子。千算萬計串人贖房子，歸根變成白地。三番四覆催人出房子，立刻變成白地。非但新買的便宜房子造不成，燒成白地，連舊居的高大房子住不成，也燒成白地。三房裏阿叔，枉費了一片黑心。兩間壁房子，並做了一片白地。

匡超人没奈何，無處[一四]存身，望見莊南頭大路上一個和尚庵，且把太公背到庵裏，叫嫂子扶着母親，一步一挨，挨到庵門口。和尚出來問了，不肯收留，説道：「本村失了火，凡被燒的都没有房子住，一個個搬到我這庵裏時，再蓋兩進屋也住不下，○天二評：惡禿，然又不能駁他。（天一評「又」作「亦」）○童評：庵裏不肯收留，雖是和尚勢利，然而説出來，也有個道理。況且你又有個病人，那裏方便呢？」只見庵内走出一個老翁來，定睛看時，不是别人，就是潘保正。○天一評：潘老爹是保正，固非硬伏在此作救星。原説有虚驚。○天二評：潘老爹是保正，因地方失火出來查看，理得在此，非硬出場作救星。匡超人上前作了揖，如此這般，被了回禄。潘保正道：「匡二相公，原來昨晚的火，你家也在內。○童評：昨晚村中失火，尚未查明户口。保正故出此言。可憐！」匡超人又把要借和尚庵住〔一五〕，和尚不肯，説了一遍。潘保正道：「師父，你不知道，匡太公是我們村上有名的忠厚人。○天一、二評：所以有此孝子。○童評：匡太公以忠厚出名，族弟欺之，族叔欺之，一生吃了忠厚的虧。而保正不欺之，且稱之爲村上有名的忠厚人，教和尚行個方便。是則忠厚人，終久不吃虧矣。且惟忠厚人，能知忠厚人。如潘保正者，亦村上之忠厚人也。況且這小二相公好個相貌，○天一評：承上看相來。將來一定發達。○天二評：和尚勢利，必須以此動之。（天一評末三字作「『發達』動他」）○童評：又稱匡二相公好個相貌，將來一定發達。從自信其麻衣術中來。你出家人，與人方便自己方便，權借〔一六〕一間屋與他，住兩天，他自然就搬了去。香錢我送與你。」○童評：許送香錢，是看透和尚勢利。見匡家這般模樣，決非出錢施主也。和尚聽見保正老爹吩咐，不敢違拗。

○齊評：貴人星尚未照，先得保正之力。纔請他一家進去，讓出一間房子來。匡超人把太公背進庵裏去睡下。潘保正進來問候太公，太公謝了保正〔一七〕。和尚燒了一壺茶來與衆位吃。保正回家去了，一會又送了些飯和菜來與他壓驚。○黃評：保正何其可感如是，前楔子內秦老即是影子也。○童評：替他招呼了住處，又送飯菜來與他壓驚。保正之待匡二，異樣要好。

直到下午，他哥纔尋了來，反怪兄弟不幫他搶東西。○天二評：蠢貨。（天一評前多「真是」）○童評：匡大從睡夢裏扒將起來，連擔子都管不全，打碎泥人麻糖。直至下午纔尋了來，連妻子都顧不得，遑問父母兄弟。寫廢物，的確是個廢物。匡超人見不是事，托保正就在庵傍大路口替他租了間半屋〔一八〕，搬去住下。○黃評：所租屋在大路口，故下文知縣聽得念文章。○童評：「庵旁大路口」五字，絕妙過脈。「庵旁」是回顧上文，「大路口」是引起下文。幸得那晚原不曾睡下，本錢還帶在身邊，○天二評：要緊。依舊殺猪、磨豆腐過日子，晚間點燈念文章。太公却因着了這一嚇，病更添得重了。○童評：太公因兒子回家，心裏歡喜，病就漸漸鬆了。因火災延燒，着了一嚇，病更添得重了。寫病人，的確是個病人。匡超人雖是憂愁，讀書還不歇。那日讀到二更多天，正讀得高興，忽聽窗外鑼響，○黃評：又奇。許多火把○天一評：窗外鑼響，許多火把，怕人，怕人！簇擁着一乘官轎過去，後面馬蹄一片聲音，自然是本縣知縣過，他也不曾住聲，由着他過去了。○童評：但知讀書之樂，不慕軒冕之榮。此時匡子尚有克敦文行之先儒氣象。不想這知縣這一晚就在莊上住下了公館，心中嘆息：「這樣鄉村地面，夜深時分還有人苦功讀書，○黄評：其實非讀書，書何能害人如是？實爲可敬！○齊評：恰合賢宰留意人才，真是難得。只不知這人是秀才是童生，何不傳保正來問一問。」○黄評：恰合機會。當下傳了潘保正來，問道：「莊南頭廟門傍那一家，夜裏念文章的是個甚麽人？」保正知道就是匡家，○齊評：倒是大得保正之力。○童評：不是深夜讀書聲，如何警動得知縣？不是知縣愛人才，如何肯傳問保正？不是保正相處熟，如何就知道匡家？不是匡家有孝子，如何得潘老稱揚？人生遇合，總有個緣法在。悉把如此這般：「被火燒了，租在這裏住。這念文章的是他第二個兒子匡迥，每日念到三四更鼓。不是個秀才，也不是個童生，只是個小本生意人。」○天一評：「只是個小本生意人」，正是打動知縣。○童評：是秀才，是童生，能深夜讀書，已覺可敬。何况不是秀才，不是童生？是個鄉村地面的小本生意人，自然愈加欽敬。知縣聽罷慘然，吩咐道：「我這裏發一個帖子，你明日拿出去致意這匡迥，説我此時也不便約他來會，○天二評：若是時知縣，必要傳他到衙門裏去了。現今考試在即，叫他報名來應考，如果文章會做，我提拔他。」○黄評：好知縣，然而大謬，惜哉惜哉！○童評：考試在即，理應關防，不便約來相會，拔取恐遭物議。李知縣發帖子拜匡超人，與時知縣發帖子約王元章，居心各别。一個是賢宰愛才，一個是俗吏附勢。保正領命下來。

次日清早，知縣進城回衙去了。保正叩送了回來，飛跑走到匡家，敲開了門，説道：「恭喜！」〇童評：潘保正飛跑到匡家來道喜，與翟買辦飛奔到秦家來約會，存心亦各別。一個是要驗其相法之神，一個是要誇其照顧之力。匡超人問道：「何事？」保正帽子裏取出一個單帖來，遞與他。上寫：「侍生李本瑛拜。」〇童評：知縣李本瑛之名，在帖子上寫出。匡超人看見是本縣縣主的帖子，嚇了一跳，〇童評：匡超人看見縣主的名帖，不知就裏，自然要嚇一跳。忙問：「老爹，這帖是拜那個的？」保正悉把如此這般：「老爺在你這裏過，聽見你念文章，傳我去問；我就説你如此窮苦，如何行孝，都稟明了老爺。〇黄評：保正不差，而匡超人行孝達於知縣矣。老爺發這帖子與你，説不日考校，叫你去應考，是要抬舉你的意思。我前日説你氣色好，主有個貴人星照命，今日何如？」〇齊評：得意語。〇童評：潘保正將始末緣由一氣説出，寫得他又是歡喜，又是羡慕，又是誇口，又是得意。手舞足蹈之形，一齊都有。匡超人喜從天降，〇天一、二評：一嚇一喜，後半許多勢利根苗從此而生。捧了這個帖子去向父親説了，太公也歡喜。到晚他哥回來，〇黄評：不脱他哥。看見帖子，又把這話向他哥説了。他哥不肯信。〇天二評：寫人情入木三分。

過了幾天時，縣裏果然出告示考童生。匡超人買卷子去應考。考過了，發出團案來，取了。復試，匡超人又買卷伺候。知縣坐了堂，頭一個點名就是他。知縣叫住道：「你今年多少年紀了？」匡超人道：「童生今年二十二歲。」知縣道：「你文字是會做的。這回復試，更要用心，我少不得照顧你。」匡超人磕頭謝了，領卷下去。復試過兩次，出了長案，竟取了第一名案首，報到鄉里去。○童評：頭場就取了第一，覆終竟取了案首。未考時，知縣道：如果文章會做，我提拔他。初覆時，知縣道：文章是會做的，我照顧你。李邑尊不獨賞其文，是特重其行。匡超人拿手本上來謝，知縣傳進宅門去見了，問其家裏這些苦楚，便封出二兩銀子來送他：「這是我分俸些須，你拿去奉養父母。到家並發奮〔一九〕加意用功，府考、院考的時候，你再來見我，我還資助你的盤費。」匡超人謝了出來，回家把銀子拿與父親，把官說的這些話告訴了一遍。太公着實感激，捧着銀子，在枕上望空磕頭，謝了本縣老爺。○齊評：老輩舉動自是如此。○童評：賢宰官教養爲心，分鶴俸以嘉獎孝子；老鄉民感激無地，戴鴻恩而遥叩琴堂。上下自此交歡，取與不傷廉惠。到此時他哥纔信了。○天二評：一絲不漏。○童評：見了帖子還不信，見了銀子纔信了。看得銀子重，看得帖子輕。匡大眼界，不過如是。鄉下眼界淺，見匡超人取了案首，縣裏老爺又傳進去見過，也就在莊上，大家約着送過賀分到他家來。太公吩咐借間壁庵裏請了一天酒。○童評：借間壁庵裏請酒，和尚想必又換了一副面孔。

這時殘冬已過，開印後宗師按臨温州。匡超人叩辭別知縣，知縣又送了二兩銀子。○黄評：好知縣。○童評：前送銀子，助他奉養父母；今送銀子，助他赴考盤資。分俸去培植寒士，與聚斂去奉承上官者，賢不肖相去幾何？他到府，府考過，接着院考。考了出來，恰好知縣上轅門見學道，在學道前下了一跪，說：「卑職這取的案首匡迥，是孤寒之士，且是孝子。」就把他行孝的事細細說了。○黄評：孝行又達於學道矣。學道道：「『士先器識而後辭章』，果然内行克敦，文辭都是末藝。○童評：保正見知縣，說匡迥的孝行。知縣見學道，說匡迥是孝子。學道亦云，士先器識而後辭章。果然内行克敦，文辭都是末藝。這回書是作者教孝之文，故以此語作結。但昨看匡迥的文字，理法雖略有未清，才氣是極好的。貴縣請回，領教便了。」只因這一番，有分教：婚姻締就，孝便衰於二親；科第取來，心只繫乎兩榜。未知匡超人這一考得進學否，且聽下回分解。

【總評】

卧評　寫匡超人孺慕之誠，出於至性，及纔歷仕途，便爾停妻再娶，勢使然耶，抑亦達官道、畜生道，固同此一番輪回也。○天二評：此漫駡耳。匡二之壞，不待停妻再娶。且本未歷仕途，何得云「達官」？總之，習俗移人，脚根未定，與誘物交，天真遂失，亦可危矣哉！

黄評　自此篇以下寫匡超人至五六回之多，無非教孝之深心，讀者切須玩味，勿謂小説惟以譏諷詼諧爲事，庶不負作者著書本意。

齊評　嗟乎！自有時文，而文行判然二途矣。士人居家敦行，只以自盡其心；及入世，則以文字爲功名之階，以功名爲勢利之的，群趨群效，不外乎此。向之所謂敦行者，曾莫之知，而亦自忘之也。如是而文行安能並駕齊驅哉！

【校記】

〔一〕心，原缺，抄本、蘇本同。從申一、二本補。

〔二〕却也，申一本作「如若」。

〔三〕把，申一、二本作「拿」。

〔四〕吐退，申一本作「退據」。

〔五〕隻，原作「集」，抄本、蘇本、申一本同。從申二本改。

〔六〕害發，申一本作「年紀」。

〔七〕替，原作「贊」，抄本同。從蘇本和申一、二本改。

〔八〕的慌，申一本作「不得」。

〔九〕拆，原作「折」，蘇本同。從抄本和申一、二本改。

〔一〇〕耽帶，申一、二本作「耽擱」。

〔一一〕中上，申一本作「日中」。

〔一二〕發狠，原作「發狼」，蘇本同。從抄本和申一、二本改。

〔一三〕伏侍，原作「伏待」，從抄本、蘇本和申一、二本改。同一誤字，以下徑改不記。

〔一四〕匡超人没奈何無處，原作「處匡超人没奈何無」，抄本同。從蘇本和申一、二本改。

〔一五〕「庵住」後原有「的話」，抄本、蘇本和申一、二本均同。參齊本刪。

〔一六〕借，本應在該行末，原誤植在該行之首「一定發達」之前，申二本無。從抄本、蘇本和申一本改。

〔一七〕太公謝了保正，原作「太公正謝了保」，抄本同，又在其後加「正」。從蘇本和申一、二本改。

〔一八〕間半屋，申二本作「半間房屋」。

〔一九〕奮，原作「忿」，抄本、蘇本同。從申一、二本改。

第十七回

匡秀才重游舊地　趙醫生高踞詩壇

話説匡太公自從兒子上府去考，尿屎仍舊在床上。他去了二十多日，就如去了兩年的一般，○天一、二評：此時匡二憶着否？每日眼淚汪汪，望着門外。○黄評：求名者念之。○童評：便當慣了，一日不便當，就覺得一日難過。如同富人，有錢用慣的，到窮了没錢用的時候，就覺得日日難過。若生來是窮人，没錢用慣的，也就不覺得難過了。今匡太公自從兒子上府去考，去了二十多日，就像去了兩年一般，每日眼淚汪汪的難過。不知他得病之時，小二還在省裏未回，這許多日子如何過的？總因太公心裏，只作現在想，只作未來想，不作過去想的緣故。雖然，且莫怪太公有病之人如此，大抵人心個個如此。奉勸世人，出入於名利場中，須退一步想，則無往而不歡天喜地，身心俱泰，那有失意之時？若進一步想，則無往而不跼天蹐地，形神俱勞，更無滿志之日矣。請看匡太公盼念兒子，就是個榜樣。那日向他老奶奶説道：「第二個去了這些時，總不回來，不知他可有福氣掙着進一個學？這早晚我若死了，就不能看見他在跟前送終！」○黄評：聽之聽之。○天二評：痛絶。説着，又哭了。老奶奶勸了一回。忽聽門外一片聲打的響，○黄評：必以爲報子矣。○齊評：閲者總道是報子來矣！妙在又作曲折。○天一評：我以爲報子來。一個凶神的人趕着他大兒子打了來，説在集上趕集，占了他擺攤子的窩子。匡大又不服氣，紅着眼，向〔二〕那人亂叫。那人把匡大擔子奪了下來，那些零零碎碎東西，撒了一地，○天一、二評：芝麻糖、豆腐乾、泥人，小孩吹的簫、打的叮噹，女人戴的錫簪子。筐子都踢壞了。匡大要拉他見官，○童評：口内正愁二兒子不能送終，耳中忽聽得大兒子與人打架。二兒子可有福氣，在心裏尋思；大兒子已惹禍胎，在眼前立見。二兒子掙着進個學，尚是未來事；大兒子拉了要見官，却是現在事。吉凶倚伏於無形，憂喜轉移於俄頃。口裏説道：「縣主老爺現同我家老二相與，我怕你麽？我同你回老爺去！」○黄評：壞了壞了，蠢物先勢利了。○天一、二評：草鞋四相公尚未回家，草鞋三相公已自揚威耀武了。可見勢利熏心，物無靈蠢。○童評：嚴貢生並未同湯老父母相與，大老官已經要撒謊騙人。匡老二果真同縣主老爺相與，匡大哥自然要倚勢欺人。一個衣冠中人，一個市井小人，都要仗着相與的人，騙人欺人。這兩個人，品定他是一流人。太公聽得，忙叫他進來，吩咐道：「快不要如此！我是個良善人家，從不曾同人口舌，經官動府。○黄評：好太公。況且占了他攤子，原是你不是，○天二評：好太公。○童評：潘保正道：「匡太公是村上有名的忠厚人。」太公自道：「我是個良善人家，從不同人口舌。」真忠厚，真善良，真能名稱其實。央人替他好好說，不要吵鬧，帶累我不安！」他那裏肯聽，氣狠狠的，又出去吵鬧，吵的鄰居都來圍着看，也有拉的，也有勸的。正鬧着，潘保正走來了，把那人說了幾聲，那人嘴纔軟了。保正又道：「匡大哥，你還不把你的東西拾在擔子裏，拿回家去哩。」匡大一頭罵着，一頭拾東西。

只見大路上兩個人，手裏拿着紅紙帖子，走來問道：「這裏有一個姓匡的麽？」保正認得是學裏門斗，說道：「好了，匡二相公恭喜進了學了。」○黃評：報子却如此來，令人想不到。便道：「匡大哥，快領二位去同你老爹說。」匡大東西纔拾完在擔子裏，挑起擔子，領兩個門斗來家。那人也是保正勸回去了。○黃評：不漏，細。○童評：一邊是老爹吩咐不肯聽，鄰居拉勸不肯歇；一邊是保正說了纔低聲，門斗來了就遁迹。不道那爭擺攤的兩個凶神，倒怕這取入泮的一紙報帖。遭火災的時節，擔子是自家捧起來的，叮叮噹噹，顧不完全，摜了這件，掉了那件，弄了一身臭汗。占窩子的時節，擔子是被人奪下來的，零零碎碎撒得滿地，一頭拾着，一頭罵着，鬧了一場口舌。匡大一副擔子，也要兩番細寫。前後作章法。門斗進了門，見匡太公睡在床上，道了恭喜，把報帖升貼起來。上寫道：「捷報貴府相公匡諱迥，蒙提學御史學道大老爺取中樂清縣第一名入泮。聯科及第。本學公報。」○童評：范進中了舉，升起報貼捷報云云，全寫出來。匡迥進了學，升起報貼捷報云云，亦全寫出來。前後作章法。太公歡喜，叫老奶奶燒起茶來，把匡大擔子裏的糖和豆腐乾裝了兩盤，又煮了十來個鷄子，請門斗吃着。潘保正又拿了十來個鷄子來賀喜。一總煮了出來，留着潘老爹陪門斗吃飯。飯罷，太公拿出二百文來做報錢，門斗嫌少，太公道：「我乃赤貧之人，又遭了回禄。小兒的事，勞二位來，這些須當甚麽，權爲一茶之敬。」潘老爹又説了一番，添了一百文，門斗去了。

直到四五日後，匡超人送過宗師，纔回家來，穿着衣巾，○黄評：衣巾壞事。○童評：回家穿着衣巾，與回家穿着棉襖，覺得光彩不同。拜見父母。嫂子是因回禄後就住在娘家去了，○黄評：細。此時只拜了哥哥。他哥見他中了個相公，比從前更加親熱些。○黄評：友於之愛本於勢利，亦奇。○天一評：本欲寫匡二勢利，却先寫他哥勢利，正是題前烘襯。○天二評：將欲寫匡二勢利，却先寫匡大勢利，題前烘托。潘保正替他約齊了分子，擇個日子賀學，又借在庵裏擺酒。此番不同，共收了二十多吊錢，宰了兩個猪和些鷄鴨之類，吃了兩三日酒，和尚也來奉承。○天二評：不漏。○童評：取了案首，莊上人約着送賀分。中了相公，潘保正約齊送賀分。覺得厚薄不同。前番借庵裏請了一天酒，此番借庵裏擺了兩日酒，覺得豐嗇不同。和尚也來奉承。回想去年不肯收留的光景，應發一嘆。

匡超人同太公商議，不磨豆腐了，把這剩下來的十幾吊錢把與他哥，又租了兩間屋開個小雜貨店。嫂子也接了回來，也不分在兩處吃了，每日尋的錢家裏盤纏。〇童評：從前在庵旁租了間半屋，把身邊帶出來的本錢，依舊殺猪磨豆腐，嫂子住在娘家去了。如今又租兩間屋，把請酒剩下來的賀分，與哥開個小雜貨店，嫂子也接了回來。生意之道，匡二還算懂得。忙過幾日，匡超人又進城去謝知縣。知縣此番便和他分庭抗禮，留着吃了酒飯，叫他拜做老師。〇童評：考進了學，從府裏一徑回家，把家務料理停當，又進城去謝知縣，拜做老師。是補筆，又是接筆。知縣和他分庭抗禮，匡二從此趾高氣揚。事畢回家，學裏那兩個門斗又下來到他家說話。他請了潘老爹來陪。門斗說：「學裏老爺要傳匡相公去見，還要進見之禮。」匡超人惱了，道：「我只認得我的老師！他這教官，我去見他做甚麽？有甚麽進見之禮！」〇黄評：大壞大壞，從此壞矣，不可挽矣，可惜可惜！〇齊評：便變了氣質，真是快速之至。〇天一、二評：噫嘻！潘老爹道：「二相公，你不可這樣説了。我們縣裏老爺雖是老師，是你拜的老師，這是私情。這學裏老師是朝廷制下的，專管秀才，你就中了狀元，這老師也要認的。怎麽不去見？你是個寒士，進見禮也不好争，每位封兩錢銀子去就是了。」〇童評：只知自己私情，拜的縣裏老師；不知朝廷制度，設的學裏老師。只認得拔取案首的老師，不去見他這教官。要曉得他這教官，纔是專管秀才的老師。二相公説話全無秀氣，名孝子變而爲劣秀才。潘保正始終規以正言，大柳莊乃有此好保正。當下約定日子，先打發門斗回去。到那日，封了進見禮去見了學師回來，太公又吩咐買個牲醴到祖墳上〔二〕去拜奠。○天一、二評：秀才想不着也。

那日上墳回來，太公覺得身體不大爽利，從此病一日重似一日，吃了藥也再不得見效，飯食〔三〕也漸漸少的不能吃了。匡超人到處求神問卜，凶多吉少，同哥商議，把自己向日那幾兩本錢，替太公備後事，店裏照舊不動。當下買了一具棺木，做了許多布衣，合着太公的頭，做了一頂方巾，○天一評：秀才亦可貤封乎？○童評：太公上墳回家，覺得身體不爽。寫來便有鬼氣。從此日重一日，定然吉少凶多。作爲棺槨衣衾而舉之，惟送死可以當大事。預備停當。太公淹淹在床，一日昏聵的狠，一日又覺得明白些。那日，太公自知不濟，叫兩個兒子都到跟前，吩咐道：「我這病犯得拙了，眼見得望天的日子遠，入地的日子近。我一生是個無用的人，一塊土也不曾丢給你們，兩間房子都没有了。第二的僥倖進了一個學，將來讀讀書，會上進一層也不可知，但功名到底是身外之物，德行是要緊的，○天一、二評：此等見識，秀才胸中絶無。我看你在孝弟上用心，極是難得，却又不可因後來日子略過的順利些，就添出一肚子裏的勢利見識來，○黄評：果然不錯。○齊評：老成人語，後來字字料着。○天一、二評：「知子莫若父」，後來句句效驗。（天一評原批於後「攀高結貴」下）○童評：知子莫如父。太公臨終遺囑，語語對症發藥。改變了小時的心事。我死之後，你一滿了服，就急急的要尋一頭親事，總要窮人家的兒女，萬不可貪圖富貴，攀高結貴。○黄評：又果然不錯。你哥是個混賬人，你要到底敬重他，和奉事我的一樣纔是！」○黄評：好太公，好太公，此等遺言耳聞亦少，豈可以鄉民目之。兄弟兩個哭着聽了。太公瞑目而逝，合家大哭起來。匡超人呼天搶地，一面安排裝殮。因房屋褊窄，停放過了頭七，將靈柩送在祖塋安葬，滿莊的人都來吊孝送喪。兩弟兄謝過了客。匡大照常開店。匡超人逢七便去墳上哭奠。○黄評：天良尚在。○童評：生事愛敬，死事哀戚。孝子之事親終矣。　了結匡太公。

那一日，正從墳上奠了回來，天色已黑。剛纔到家，潘保正走來向他説道：「二相公，你可知道，縣裏老爺壞了，○黄評：又奇。今日委了温州府二太爺來摘了印去了。他是你老師，你也該進城去看看。」○天二評：匡二無一句話對答，可知進城亦只是應酬。匡超人次日換了素服，進城去看。纔走進城，那曉得百姓要留這官，鳴鑼罷市，圍住了摘印的官，要奪回印信，把城門大白日關了，鬧成一片。○童評：要留好官，鳴鑼罷市，寫出民情愛戴。要奪印信，白日關城，寫出愚民無知。匡超人不得進去，只得回來再聽消息。○天一、二評：看他全不爲意。第三日，聽得省裏委下安民的官來了，要拿爲首的人。又過了三四日，匡超人從墳上回來，潘保正迎着道：「不好了，禍事到了！」○黄評：更奇。匡超人道：「甚麼禍事？」潘保正道：「到家去和你説。」當下到了匡家，坐下道：「昨日安民的官下來，百姓散了，上司叫這官密訪爲頭的人，已經拿了幾個。衙門裏有兩個没良心的差人，就把你也密報了，説老爺待你甚好，你一定在内爲頭要保留，○天二評：民之所恩，差人之所仇，遂並仇其所恩者。古今一轍。是那裏冤枉的事！○天一評：官場事往往如此。如今上面還要密訪，但這事那裏定得？他若訪出是實，恐怕就有人下來拿。依我的意思，你不如在外府去躲避些時，○天二評：固是潘保正好心，誰知却送他到羅刹鬼國。（天一評「固」作「自」，原批於後「潘三爺」下）○童評：匡太公從墳上回來，一病而亡。匡超人從墳上回來，一驚而走。匡太公良善忠厚，做了個一世完人，雖死猶生。匡超人變化氣質，做了個兩半截人，生不如死。没有官事就罷，若有，我替你維持。」

匡超人驚得手慌脚忙，説道：「這是那裏晦氣！○齊評：只怕就要怨老師了。多承老爹相愛，説信與我，只是我而今那裏去好？」潘保正道：「你自心裏想，那處熟就往那處去。」匡超人道：「我只有杭州熟，○黄評：遞到杭州。却不曾有甚相與的。」○童評：洪憨仙運氣，遇着一個有良心的馬二先生，送他安厝西湖，完了假神仙的一生浩劫。匡超人晦氣，撞着兩個没良心的縣裏差人，逼他避往杭州，壞了真孝子的半世操修。潘保正道：「你要往杭州，我寫一個字與你帶去。我有個房分兄弟，行三，人都叫他潘三爺，○黄評：更壞更壞，然保正如此愛匡二，斷不令其所投非人，既曰「房分兄弟」，或者只（不）知其斷不可近耳。現在布政司裏充吏，家裏就在司門前山上住。你去尋着了他，凡事叫他照應。他是個極慷慨的人，不得錯的。」○童評：潘保正寫書子與潘三，托彼照應匡二。原是極美的美意，孰料把他送入勢利場中，忽變了個極壞的壞人。那是匡超人不遵遺訓，莫怪潘保正引出同宗。但曉得同宗兄弟是個極慷慨的人，不曉得他現在所作所爲。潘保正原不得錯。匡超人道：「既是如此，費老爹的心寫下書子，我今晚就走纔好。」○天一、二評：娘也不要了。當下潘老爹一頭寫書，他一面囑咐哥嫂家裏事務，灑淚拜別母親，○黃評：從此母子不見面矣，蓋書中雖未寫出，觀前文其母之夢可知。○童評：潘保正一面寫書，匡超人一面囑咐家務。潘老爹的書寫完了，匡超人的行李也拴束好了，拜別母親，出門就走。寫得一時倉忙，迅速之至。拴束行李，藏了書子出門。潘老爹送上大路回去。

匡超人背着行李，走了幾天旱路，到温州搭船。那日没有便船，只得到飯店權宿。走進飯店，見裏面點着燈，先有一個客人坐在一張桌子〔四〕上，面前攤了一本書，在那裏靜靜的看。匡超人看那人時，黃瘦面皮，稀稀的幾根鬍子。○黃評：寶貨。○天二評：又一個妖怪出場。那人看書出神，又是個近視眼，不曾見有人進來。匡超人走到跟前，請教了一聲「老客」，拱一拱手。那人纔立起身來爲禮，青絹直身，瓦楞帽子，像個生意人模樣。兩人叙禮坐下。匡超人問道：「客人貴鄉尊姓？」那人道：「在下姓景，寒舍就在這五十里外，因有個小店在省城，如今往店裏去，因無便船，權在此住一夜。」看見匡超人戴着方巾，知道他是秀才，便道：「先生貴處那裏？尊姓臺甫？」匡超人道：「小弟賤姓匡，字超人，敝處樂清，也是要往省城，没有便船。」那景客人道：「如此甚好，我們明日一同上船。」各自睡下。

次日早去上船，兩人同包了一個頭艙。○童評：寫匡超人與景蘭江，不在船裏會着，先在店裏會着，以便次日共住一艙，只用兩人接談，不必費筆更及同舟客人也。 上船放下行李，那景客人就拿出一本書來看。○天一評：真是手不釋卷。○石史評：與楊執中同一好學。 匡超人初時不好問他，偷眼望那書上圈的花花緑緑，是些甚麽詩詞之類。到上午同吃了飯，又拿出書來看，看一會又閑坐着吃茶。匡超人問道：「昨晚請教老客，説有店在省城，却開的是甚麽寳店？」景客人道：「是頭巾店。」匡超人道：「老客既開寳店，却看這書做甚麽？」○黄評：到底鄉下人，未免唐突名士。○童評：雖然同住一艙，尚是生客。人家看書，如何好去問他？却從開店上説起，問得宛轉。 匡超人初時小心，故開談得法；繼而大意，便不覺失言。 景客人笑道：「你道這書單是戴頭巾做秀才的會看麽？○齊評：又開別境。○天二評：不但戴頭巾的要看書，賣頭巾的也要看書。○童評：殺猪磨豆腐的人，尚且要夜裏讀文章。開店賣頭巾的人，就不該路上看詩詞？説來甚是可笑。 難道單是戴頭巾做秀才的會看書，戴瓦楞帽做客人的就不會看書？宜乎被他取笑。 我杭城多少名士都是不講八股〔五〕的。不瞞匡先生你〔六〕説，小弟賤號叫做景蘭江，各處詩選上都刻過我的詩，今已二十餘年。○黃評：可謂老名士。這些發過的老先生，但到杭城，就要同我們唱和。」因在艙内開了一個箱子，取出幾十個斗方子來遞與匡超人，道：「這就是拙刻〔七〕，正要請教。」匡超人自覺失言，心裏慚愧。○童評：斗方名士，自此絡繹而出。　不但會看書，而且會做詩。戴方巾的，莫看輕了戴瓦楞帽的。接過詩來，雖然不懂〔八〕，假做看完了，瞎贊一回。○黃評：只算初世爲人。○齊評：妙法。景蘭江又問：「恭喜入泮是那一位學臺？」匡超人道：「就是現在新任宗師。」景蘭江道：「新學臺是湖州魯老先生同年，魯老先生就是小弟的詩友。○齊評：魯老最恨詩詞，偏有人説是詩友。○天二評：不特匡超人不知，連讀者也聞所未聞。（天一評「不知」作「聞所未聞」）○童評：景蘭江論詩，如何搭得到魯編修身上？卻從新學臺同年渡過去。使我操觚，不能有此敏捷之作。　全書中，如此等筆法，不勝枚舉，皆睫巢所傾心佩服者也。　足下做的詩，若被魯老先生看見，就知道不從八股文章裏出來的。何也？爲不能一鞭一條痕，一摑一掌血也。　小弟當時聯句的詩會，楊執中先生、權勿用先生、嘉興蘧太守公孫駪夫，還有婁中堂兩位公子三先生、四先生，都是弟們文字至交。○黃評：借其説謊，便挽前文。○天一評：看了十七回書，始知景蘭江先生曾與此諸公聯句。○童評：這幾位名士，大約蘭江先生是聞聲相思，未嘗傾蓋訂交。　可惜有位牛布衣先生，只是神交，不曾會面。」○童評：於鶯脰湖大會諸名士中，提開一位牛布衣先生，説得虚虚實實，是撒謊人的心傳秘訣。　借景蘭江口中，特提出牛布衣者，爲後文匡超人取咨進京，搭船會見牛布衣，作脱卸也。　伏筆直照到匡迥結局處。　匡超人見他説這些人，便問道：「杭城文瀚樓選書的馬二先生，諱叫做静的，先生想也相與？」○童評：　杭州相與之人，此時匡超人胸中，只有一個馬純上，想必也是景蘭江的文字至交矣。　誰知大有不然者。　景蘭江道：「那是做時文的朋友，雖也認得，不算相與。　不瞞先生説，我們杭城名壇中，倒也没有他們這一派。却是有幾個同調的人，將來到省，可以同先生相會。」匡超人聽罷，不勝駭然。○黄評：聞所未聞，得不駭然。○則仙評：　吾亦駭然矣，何論小匡。○童評：　匡超人聽罷駭然，是自知只會做時文，不會做詩，到杭會見這班詩壇中朋友，不能稱同調，不能算相與，更不能同發過的老先生們唱和，不免自愧自恨。　非因景蘭江不交馬純上而駭然，因没有他們這一派而駭然也。　同他一路來到斷河頭，○童評：　從温州來，應在江干泊船，誤作斷河頭，須更正。　温州到杭州，未能一水直達，中間還要起旱换船。　書未表明，亦欠周密。　只須將「同他一路來到斷河頭」句，改作「同他一路水陸兼程來到江干」句即得。　船近了岸，正要搬行李。　景蘭江站在船頭上，只見一乘轎子歇在岸邊，轎裏走出一個人來，頭戴方巾，身穿寶藍直裰，手裏摇着一把白紙詩扇，扇柄上拴着一個方象牙圖書，後面跟着一個人，背了一個藥箱。○黄評：　咦，又何人耶？　那先生下了轎，正要進那人家去，景蘭江喊道：「趙雪兄，久違了！　那裏去？」那趙先生回過頭來，叫一聲：「哎呀！原來是老弟！幾時來的？」景蘭江道：「纔到這裏，行李還不曾上岸。」因回頭望着艙裏道：「匡先生，請出來。這是我最相好的趙雪齋先生。○童評：先出趙雪齋，是景蘭江第一個至交，故寫得這般親熱。一乘轎子，後面跟一個背藥箱的人，點出雪齋是個醫生。請過來會會。」匡超人出來，同他上了岸。

景蘭江吩咐船家，把行李且搬到茶室裏來。○童評：許多問答，豈可立談？同進茶室，用筆閑細。吩咐船家把行李搬到茶室，是個搭船客人。當下三人同作了揖，同進茶室。趙先生問道：「此位長兄尊姓？」景蘭江道：「這位是樂清匡先生，同我一船來的。」彼此謙遜了一回坐下，泡了三碗茶來。趙先生道：「老弟，你爲甚麼就去了這些時，叫我終日盼望。」景蘭江道：「正是爲些俗事纏着。這些時可有詩會麼？」趙先生道：「怎麼没有！前月中翰顧老先生來天竺進香，邀我們同到天竺做了一天的詩。通政范大人告假省墓，船隻在這裏住了一日，還約我們到船上拈題分韻，着實擾了他一天。御史荀老先生來打撫臺的秋風，○黄評：又聯絡前文。也是謊也。丢着秋風不打，日日邀我們到下處做詩。○齊評：一派胡話，説得熱鬧之至。這些人都問你。○童評：中翰顧老先生，不知可是周簣軒先生的高徒，户總科提控顧老相公的小舍人？范大人也曉得拈題分韻，難道做了通政，就通到如此之通？荀御史打秋風，要步張鄉紳、范舉人之後塵乎？原來蘭江先生，不但與魯編修是詩友，與楊執中、權勿用、蘧公孫、婁公子是至交，連顧中翰、范通政、荀御史這些人都是相好的。失敬！失敬！現今胡三公子替湖州魯老先生徵挽詩，○黄評：帶出胡三公子。送了十幾個斗方在我那裏，○天一評：不特匡超人聞之以爲别有一天；即讀者至此，亦以爲别有一天。我打發不清，你來得正好，分兩張去做。」説着，吃了茶，問：「這位匡先生想也在庠，是那位學臺手裏恭喜的？」景蘭江道：「就是現任學臺。」趙先生微笑道：「是大小兒同案。」○天二評：趙先生是案伯了。○石史評：如此可稱呼案伯。○童評：匡超人應該稱呼趙雪齋爲案伯了。吃完了茶，趙先生先别，看病去了。景蘭江問道：「匡先生，你而今行李發到那裏去？」匡超人道：「如今且攏〔九〕文瀚樓。」○童評：匡超人只認得一個馬二先生，今番來尋老盟兄，行李自應攏文瀚樓。景蘭江道：「也罷，你攏〔一〇〕那裏去，我且到店裏。我的店在豆腐橋大街上金剛寺前，先生閑着到我店裏來談。」○童評：景蘭江也説與他住處，以便交相往來。説罷，叫人挑了行李去了。

匡超人背着行李，走到文瀚樓問馬二先生，已是回處州去了。文瀚樓主人認的他，留在樓上住。○童評：若使匡超人到文瀚樓，會着馬二先生，受這位老盟兄朝夕陶鎔，專心舉業，尚不失爲正人君子。偏偏已回處州，會他不着，是匡超人之不幸也。文瀚樓主人肯留他住下，還從馬二先生面上來。次日，拿了書子到司前去找潘三爺。進了門，家人回道：「三爺不在家，前幾日奉差到台州學道衙門辦公事去了。」匡超人道：「幾時回家？」家人道：「纔去，怕不也還要三四十天功夫。」○黄評：所以能會諸名士。匡超人只得回來，尋到豆腐橋大街景家方巾店裏，景蘭江不在店内。問左右店鄰，店鄰説道：「景大先生麽？這樣好天氣，他先生正好到六橋探春光，尋花問柳，做西湖上的詩。絶好的詩題，他怎肯在店裏坐着？」○黄評：店鄰語頗不俗，對匡超人説則左矣，並不知春光爲何物。然店鄰想亦習聞景蘭江假托風雅語耳，景蘭江又豈知春光爲何物耶！○天一評：與楊執中看打魚遥遥相對。○童評：要會馬二先生會不着，要找潘三爺找不着，只得去尋那詩文不同調的景大先生矣。店鄰附和蘭江，説來大有良辰美景、賞心樂事之趣。匡超人見問不着，只得轉身又走。走過兩條街，遠遠望見景先生同着兩個戴方巾的走，匡超人相見作揖。景蘭江指着那一個麻子道：「這位是支劍峰先生。」指着那一個鬍子道：「這位是浦墨卿〔一〕先生。都是我們詩會中領袖。」○天一、二評：景先生近視，支先生麻子，浦先生鬍子，可謂諸惡畢集。○童評：有心去訪不着，無意中忽遇着，順便帶出支劍鋒、浦墨卿來。那二人問：「此位先生？」景蘭江道：「這是樂清匡超人先生。」匡超人道：「小弟方纔在寶店奉拜先生，恰值公出。此時往那裏〔二〕去？」景先生道：「無事閑游。」又道：「良朋相遇，豈可分途，何不到旗亭小飲三杯？」○童評：無事閑游，良朋相遇，到旗亭小飲三杯，不脱詩人口吻。那兩位道：「最好。」當下拉了匡超人，同進一個酒店，揀一副坐頭坐下。酒保來問要甚麽菜，景蘭江叫了一賣一錢二分銀子的雜膾，兩碟小吃。那小吃，一樣是炒肉皮，一樣就是黄豆芽。○黄評：酸雅。○童評：景蘭江進酒店點菜，逐樣寫出，與後文潘三進酒館點菜，逐樣寫出作對照。拿上酒來。支劍峰問道：「今日何以不去訪雪兄？」浦墨卿道：「他家今日宴一位出奇的客。」○齊評：「奇」字作眼。支劍峰道：「客罷了，有甚麽出奇？」浦墨卿道：「出奇的緊哩！你滿飲一杯，我把這段公案告訴你。」○童評：寫景蘭江，就離不了趙雪齋。今日趙雪齋家宴一位奇客，好聽浦墨卿説這一段奇聞。

當下支劍峰斟上酒，二位也陪着吃了。浦墨卿道：「這位客姓黄，是戊辰的進士，而今選了我這寧波府鄞縣知縣。他先年在京裏同楊執中先生相與。○黄評：開口便知是謊。○天一評：楊執中進京了，不知阿六帶去否？念念！○天二評：楊執中先生進京何事？楊執中却和趙爺相好，○黄評：呼之「趙爺」，所以云「高踞詩壇」。因他來浙，就寫一封書子來會趙爺。趙爺那日不在家，不曾會。」景蘭江道：「趙爺官府來拜的也多，會不着他也是常事。」○齊評：口角津津。浦墨卿道：「那日真正不在家。次日趙爺去回拜，會着，彼此叙説起來。你道奇也不奇？」衆人道：「有甚麽奇處？」浦墨卿道：「那黄公竟與趙爺生的同年、同月、同日、同時！」衆人一齊道：「這果然奇了！」浦墨卿道：「還有奇處。○齊評：連用「奇」字，如蜻蜓點水，歷落有致。趙爺今年五十九歲，兩個兒子，四個孫子，老兩個〔一三〕夫妻齊眉，只却是個布衣；黄公中了一個進士，做任知縣，却是三十歲上就斷了弦，夫人没了，而今兒花女花也無〔一四〕。」支劍峰道：「這果然奇！○童評：先説一句出奇的客，衆人亟亟乎要聽他説明怎樣奇法矣。他偏慢騰騰的説了許多閑話，都是平淡無奇。忽然轉問一句「你道奇也不奇」，令人不解其奇之所在。然後説出年月日時、命造相同的奇處，又説出命造雖同、境界不同的奇處。聽的衆人個個稱奇，以爲果然是個出奇的客，然而有何奇哉？天地之大，九州之廣，同年同月同日同時生者，不知凡幾。即同時孿生之子，家運之盛衰同，父母之氣血同，到後來尚且弟兄之出處不同，遇合不同，其他又何足道哉？此等奇處，是囿於庸人之罕見，未聆過高人之通論也。同一個年、月、日、時，一個是這般境界，一個是那般境界，判然不合，可見『五星』、『子平』都是不相干的。」説着，又吃了許多的酒。

浦墨卿道：「三位先生，小弟有個疑難在此，諸公大家參一參。○童評：浦墨卿設這個疑難，好去把與魯小姐參一參。比如黄公同趙爺一般的年、月、日、時生的，一個中了進士，却是孤身一人；一個却是子孫滿堂，不中進士。這兩個人，還是那一個好？我們還是願做那一個？」三位不曾言語。浦墨卿道：「這話讓匡先生先説。匡先生，你且説一説。」匡超人道：「二者不可得兼，依小弟愚見，還是做趙先生的好。」衆人一齊拍手道：「有理，有理！」○天一評：正與景蘭江合。浦墨卿道：「讀書畢竟中進士是個了局，趙爺各樣好了，到底差一個進士，不但我們說，就是他自己心裏也不快活的是差着一個進士。○黄評：到底可能中進士否？○齊評：一厢情願。而今又想中進士，又想像趙爺的全福，天也不肯！雖然世間也有這樣人，但我們如今既設疑難，若只管説要合做兩個人，就没的難了。如今依我的主意，只中進士，不要全福；只做黄公，不做趙爺，可是麽？」支劍峰道：「不是這樣説。趙爺雖差着一個進士，而今他大公郎已經高進了，將來名登兩榜，少不得封誥乃尊。難道兒子的進士，當不得自己的進士不成？」○童評：浦墨卿口口聲聲要中進士，顯得他是個生員。要讓匡先生先説，亦是這個意思。匡超人説的是常情，浦墨卿説的是矯情，支劍鋒説的是俗情，景蘭江説的是理外之情。浦墨卿笑道：「這又不然，先年有一位老先生，兒子已做了大位，他還要科舉。後來點名，監臨不肯收他。他把卷子攢在地下，恨道：『爲這個小畜生，累我戴個假紗帽！』這樣看來，兒子的到底當不得自己的！」○童評：「總是自掙的功名好，靠着祖父只算不成器。」魯小姐表素志之言也。「爲這個小畜生，累我戴個假紗帽。」浦墨卿述前賢之語也。先年那位老先生，與近時這位小才女，見解大致相同。景蘭江道：「你們都説的是隔壁賬。都斟起酒來，滿滿的吃三杯，聽我説。」支劍峰道：「説的不是怎樣？」景蘭江道：「説的不是，倒罰三杯。」衆人道：「這没的說。」當下斟上酒吃着。景蘭江道：「衆位先生所講中進士，是爲名？是爲利？」衆人道：「是爲名。」景蘭江道：「可知道趙爺雖不曾中進士，外邊詩選上刻着他的詩幾十處，行遍天下，那個不曉得有個趙雪齋先生？〇黃評：慕之如是。歸到高踞詩壇，而趙雪齋之詩可見矣。〇天二評：景蘭江所仰望終身者一趙雪齋也。（天一評「也」作「先生而已」）只怕比進士享名多着哩！」說罷，哈哈大笑。衆人都一齊道：「這果然說的快暢〔一五〕！」一齊乾了酒。匡超人聽得，纔知道天下還有這一種道理。〇黃評：可見是初世爲人。然從此學會說大話、說謊矣。〇齊評：此種道理正與馬純上所說之話反照。〇天二評：別有一天。〇童評：景蘭江道：「趙爺雖不曾中進士，他的詩行遍天下，只怕比進士享名多。」還未曉得魯小姐曾經說過：「自古及今，幾曾見不會中進士的人，可以叫做名士的？」匡超人纔知天下有這一種道理，不知天下還有那一種道理。景蘭江道：「今日我等雅集，即拈『樓』字爲韵，回去都做了詩，寫在一個〔一六〕紙上，送在匡先生下處請教。」當下同出店來，分路而別。只因這一番，有分教：交游添氣色，又結婚姻；文字發光芒，更將進取。不知後事如何，且聽下回分解。

【總評】

卧評　是書之用筆，千變萬化，未可就一端以言其妙。如寫女子小人，輿儓皂隸，莫不盡態極妍；至於斗方名士，七律詩翁，尤爲題中之正面，豈可不細細爲之寫照？上文如楊執中、權勿用等人，繪聲繪影，能令閱者拍案叫絶，以爲鑄鼎像物，至此真無以加矣；而孰知寫到趙、景諸人，又另换一副筆墨，絲毫不與楊、權諸人同。建章宫中，千門萬户；文筆奇詭，何以異兹！

司馬君實云：「好好一個老實蒼頭被東坡教壞了。」匡超人之爲人，學問既不深，性氣又未定，假使平生所遇，皆馬二先生輩，或者不至斗然變爲勢利熏〔一七〕心之人；○黄評：可嘆！吾亦云云，窺見作者之心矣。無如一出門即遇見景、趙諸公，雖欲不趨於勢利，寧可得乎！蓬生麻中，不扶自直，苟爲素絲，未有不遭染者也。余見人家少年子弟，略有幾分聰明，隨口謅幾句七言律詩，便要納交幾個斗方名士〔一八〕，以爲藉此通聲氣，○天二評：蘧小相是矣。吾知其畢生斷無成就時也。何也？斗方名士，自己不能富貴而慕人之富貴，自己絶無功名而羡人之功名，大則爲鷄鳴狗吠之徒，小則受殘杯冷炙之苦，人間有個活地獄正此輩當之，而尤欣欣然自命爲名士，豈不悲哉！○黄評：駡得痛快。

【校記】

〔一〕向，原缺，抄本、蘇本、申一本同。從申二本補。

〔二〕祖墳上，原作「祖上墳」，蘇本同。從抄本和申一、二本改。

〔三〕飯食，申一、二本作「飲食」。

〔四〕桌子，抄本作「椅子」。

〔五〕八股，原作「八服」，從抄本、蘇本和申一、二本改。

〔六〕匡先生你，申一本作「匡先生」，申二本作「你匡先生」。

〔七〕拙刻，申一、二本作「拙作」。

〔八〕不懂，原作「不憧」，抄本同。蘇本和申一、二本作「不知」。參齊本改。

〔九〕攏，申一本作「搬」。

〔一〇〕攏，申一本作「到」。

〔一一〕卿，原作「鄉」，從抄本、蘇本和申一、二本改。同一誤字，以下徑改不記。

〔一二〕往那裏，原作「裏往那」，抄本、蘇本同。從申一、二本改。

〔一三〕老兩個，申一、二本作「兩個老」。

〔一四〕兒花女花也無，申一本作「兒女全無」。

〔一五〕快暢，申一、二本作「暢快」。

〔一六〕一個，抄本作「一張」。

〔一七〕熏，原缺，抄本、蘇本、申一本同。從申二本補。

〔一八〕名士，原作「名上」，抄本同。從蘇本和申一、二本改。

第十八回

約詩會名士携匡二　訪朋友書店會潘三

話説匡超人那晚吃了酒，回來寓處睡下。次日清晨，文瀚樓店主人走上樓來，坐下道：「先生，而今有一件事相商。」匡超人問是何事。主人道：「目今我和一個朋友合本，要刻一部考卷賣，要費先生的心，替我批一批，又要批的好，又要批的快。○童評：馬純上到杭州，適值文瀚樓没文章選；匡超人到杭州，恰好文瀚樓有文章選。豈匡超人的財運勝於馬純上哉？若非如此，焉能在書店裏常住下去？又要批得好，又要批得快，似乎文瀚樓主人，出了個難題目。殊不知那位新出道的選家，恰好配手。若要好，匡超人遠不及馬純上；若要快，馬純上又不及匡超人。合共三百多篇文章，不知要多少日子就可以批得出來？我如今扣着日子，好發與山東、河南客人帶去賣，若出的遲，山東、河南客人起了身，就誤了一覺睡。這書刻出來，封面上就刻先生的名號，○天一評：就可站封面了。○童評：匡超人初出茅廬，就要獨站封面。還多寡有幾兩選金和幾十本樣書送與先生。不知先生可趕的來？」匡超人道：「大約是幾多日子批出來方不誤事？」主人道：「須是半個月内有的出來，覺得日子寬些；不然就是二十天也罷了。」匡超人心裏算計，半個月料想還做的來，○黄評：並不知如何選法，但計日子應承。○童評：先問明批選的日期，然後心裏算計，方敢當面應承。未經做過的事情，原不可以草草。當面應承了。主人隨即搬了許多的考卷文章上樓來，午間又備了四樣菜，○童評：三百篇尚未動手，四樣菜先已到口。得其所哉！何樂如之！請先生坐坐，說：「發樣的時候再請一回，出書的時候又請一回。平常每日就是小菜飯，○童評：想必也是一碗燉青菜、兩個小菜碟耳。初二、十六，跟着店裏吃『牙祭肉』；茶水、燈油，都是店裏供給。」匡超人大喜，○齊評：有小兒得餅之樂。當晚點起燈來，替他不住手的批，就批出五十篇，○天二評：其粗浮可知。（天一評「知」作「想」）聽聽那樵樓上，纔交四鼓。○黄評：神速，批語可想。○童評：歪着良心，隨筆亂塗，批得如此之快，方好騰出工夫來閑游浪蕩。匡超人喜道：「像這樣，那裏要半個月！」吹燈睡下，次早起來又批。一日搭半夜，總批得七八十篇。

到第四日，正在樓上批文章，忽聽得樓下叫一聲道：「匡先生在家麽？」匡超人道：「是那一位？」忙走下樓來，見是景蘭江，手裏拿着一個斗方捲着，見了作揖道：「候遲有罪。」匡超人把他讓上樓去。他把斗方放開在桌上，說道：「這就是前日宴集限『樓』字韵的。同人已經寫起斗方來，趙雪兄看見，因未得與，不勝悵悵，因照韵也做了一首。我們要讓他寫在前面，○黄評：「寫在前面」，總不脱「高踞詩壇」四字。○齊評：不敢僭序也。○天二評：五體投地。○童評：旗亭小集，本無趙雪齋。限韻賦詩，却有趙雪齋。斗方重寫，要推尊趙雪齋。寫到景蘭江，總不脱趙雪齋。只得又各人寫了一回，所以今日纔得送來請教。」匡超人見題上寫着「暮春旗亭小集，同限『樓』字」，每人一首詩，後面排着四個名字是：「趙潔雪齋手稿」、「景本蕙蘭江手稿」、「支鍔劍峰手稿」、「浦玉方墨卿手稿」。看見紙張白亮，圖書鮮紅，○黄評：八字所以贊斗方，而詩不與焉。○童評：紙張白亮，圖書鮮紅，覺得可愛。上面四首詩，看了還是不懂。真覺可愛，就拿來貼在樓上壁間，然後坐下。○童評：斗方貼在樓上壁間，以便潘三來，一望而知他相與這些人。匡超人道：「那日多擾大醉，回來晚了。」景蘭江道：「這幾日不曾出門？」匡超人道：「因主人家托着選幾篇文章，要替他趕出來發刻，所以有失問候。」景蘭江道：「這選文章的事也好。○童評：也好者，雖好而未盡之辭也。景蘭江不懂選文章，匡超人不懂做詩，此時兩個人還是各事其事。今日我同你去會一個人。」匡超人道：「是那一位？」景蘭江道：「你不要管，快换了衣服，我同你去便知。」○黄評：又見一番地獄，匡二所以日壞也。○童評：又引出幾個斗方名士來。

當下換了衣服，鎖了樓門，同下來走到街上。匡超人道：「如今往那裏去？」景蘭江道：「是我們這裏做過冢宰的胡老先生的公子胡三先生。○童評：説到胡三公子，令人想起洪憨仙。他今朝小生日，同人都在那裏聚會，我也要去祝壽，故來拉了你〔一〕去。到那裏可以會得好些人，○黄評：「好些人」者，名士地獄之鬼也。方纔斗方上幾位都在那裏。」匡超人道：「我還不曾拜過胡三先生，可要帶個帖子去？」景蘭江道：「這是要的。」一同走到香蠟店，買了個帖子，在櫃臺上借筆寫：「眷晚生匡迥拜。」○童評：要去祝壽，自應帶個帖子，況素未相識之人，此禮尤不可缺。寫到帖子，總稱呼「眷」字，不知他們是什麽親眷。寫完，籠着又走。景蘭江走着告訴匡超人道：「這位胡三先生雖然好客，却是個膽小不過的人。先年冢宰公去世之後，他關着門總不敢見一個人，動不動就被人騙一頭，説也没處説。落後這幾年，全虧結交了我們，○黄評：結交你們，勢乎？利乎？相與起來，替他幫門户，纔熱鬧起來，没有人敢欺他。」○齊評：這是詩人作用。○天一、二評：斗方名士威風。○童評：胡三公子家世，比嚴二老官着實闊。胡三公子膽子，同嚴二老官一樣小。嚴二老官全仗結交了兩個董飯秀才，替他照料家務。胡三公子全虧結交了一班斗方名士，替他幫襯門户。有家私的人，都是關着門不敢見人。這兩個人，品定他也是一流人。匡超人道：「他一個冢宰公子，怎的有人敢欺？」景蘭江道：「冢宰麽？是過去的事了！他眼下又没人在朝，自己不過是個諸生。俗語説得好：『死知府不如一個活老鼠。』○黄評：好比方。○天二評：然則君輩名士都是活老鼠。（天一評前多「奇語」二字）○童評：魯家古老廳裏，梁上掉下來的那件東西，而今要比新郎官的乃翁活動了。那個理他？而今人情是勢利的！倒是我這雪齋先生詩名大，○齊評：好親熱稱呼。○童評：景蘭江總離不開趙雪齋，他兩個人像是一條藤子上牽着的。府、司、院、道，現任的官員，那一個不來拜他？○黄評：依然歸重趙雪齋。人只看見他大門口，今日是一把黄傘的轎子來，明日又是七八個紅黑帽子吆喝了來，那藍傘的官不算，就不由的不怕。○齊評：原來詩名是要人怕。○天一評：景蘭江所仰望而終身者在此。○童評：大門口今日一把黄傘的轎子，明日七八個紅黑帽子吆喝了來拜，他的人已是這樣體面；那轎子前撑着一把黄傘，排列着七八個紅黑帽子，日日吆喝了來拜客的人，不知又是怎樣體面法？所以近來人看見他的轎子不過三日兩日就到胡三公子家去，就疑猜三公子也有些勢力。就是三公子那門首住房子的，房錢也給得爽利些。胡三公子也還知感。」○黄評：笑倒。可知冢宰公子並不及一趙爺，尊之至此。○童評：趙家門口，人見了黄傘藍傘來的官轎，就懼怕趙先生有些勢力。胡家門口，人見了三日兩日來的醫轎，就疑猜胡公子也有些勢力。趙先生借官府的勢力，胡公子借雪齋的勢力，都着眼在轎子上。詩人能不賦《高軒過》，而自詡其顯榮哉？鄉村胖子，要借危老先生之勢，使鄰家不敢糟蹋他田裏的糧食。冢宰公子，要借趙大先生之勢，使租户不敢拖欠他門首的房錢。古今一轍，何地無賢？

正説得熱鬧，街上又遇着兩個方巾闊服的人。景蘭江迎着道：「二位也是到胡三先生家拜壽去的？却還要約那位，向那頭走？」那兩人道：「就是來約長兄。既遇着，一同行罷。」因問：「此位是誰？」〇童評：單寫景、匡二人，徑往胡家拜壽，尚嫌寂寞，偏要添出兩人，以生色澤。若仍用蘭江迎來，又欠波折，偏寫在街上遇着，亦是要去拜壽的。若往胡家，必然同路。不是遠遠在前頭走，定是急急從後頭來，斷無迎面遇着之理。讀至此，試掩卷猜之，下文如何用筆，而作者竟一些不棘手，一些不犯駁，只用一問一答，頓時撥轉同行。如此輕便，能不令人拍案叫絶？景蘭江指着那兩人向匡超人道：「這位是金東崖先生，這位是嚴致中先生。」〇黄評：二人此處急見。〇天一評：嚴大先生忽然出見。〇童評：嚴大先生久違了，東崖先生一向在大部裏得意。指着匡超人向二位道：「這是匡超人先生。」四人齊作了一個揖，一齊同走。走到一個極大的門樓，知道是冢宰第了，把帖子交與看門的。看門的説：「請在廳上坐。」匡超人舉眼看見中間御書匾額「中朝柱石」四個字，兩邊楠木椅子。〇童評：御書匾額，楠木椅子，在匡超人眼中看出，是初次登堂。四人坐下。

少頃，胡三公子出來，頭戴方巾，身穿醬色緞直裰，粉底皁靴，三綹髭鬚，約有四十多歲光景。三公子着實謙光，〇童評：内懷既然吝嗇，外貌若不謙光，有那個來理會他？當下同諸位作了揖。諸位祝壽，三公子斷不敢當，又謝了諸位，奉坐。○黃評：以冢宰公子樂與一班酸鬼相與者，酸嗇之氣味相近耳。金東崖首坐，嚴致中二坐，匡超人三坐，景蘭江是本地人，同三公子坐在主位。金東崖向三公子謝了前日的擾。三公子向嚴致中道：「一向駕在京師，幾時到的？」嚴致中道：「前日纔到。一向在都門敝親家國子司業周老先生家做居亭，○齊評：親家居然認定。凡事在於自己立志，無不可成也。因與通政范公日日相聚。今通政公告假省墓，○黃評：大老官久違了，却仍是謊精。約弟同行，順便返舍走走。」○天一評：依然是如此口氣。○天二評：據趙雪齋言，通政公告假省墓則已數日，猶逗留在此耶？○童評：范通政告借省墓，原是實有其事。嚴致中約伴同行，亦非造謊騙人！嚴致中與范通政同行，嚴致中纔到，范通政自然也是纔到。然則景蘭江未到杭州之前，在船上拈題分韻的，却是何人？莫非趙雪齋天天看病，兩眼生花，白日裏見鬼，白日裏搗鬼？胡三公子道：「通政公寓在那裏？」嚴貢生道：「通政公在船上，不曾進城，不過三四日即行。」○黃評：可見謊也。弟因前日進城，會見雪兄，説道三哥今日壽日〔二〕，所以來奉祝，叙叙闊懷。」三公子道：「匡先生幾時到省？貴處那裏？寓在何處？」景蘭江代答道：○童評：四位客人，序次而坐，主人自當逐個應酬。首座先謝擾，二座話獨多，問到三座，却用四座代答。蘭江最熟，不必另作套言矣。賓主五人，一個不漏，而酬答之間，並能分出生客熟客來，服其用筆變化之妙。　久不見嚴大先生矣，聽他一開談，逼真是大老官的口氣。若移寫他人，便覺不像。「貴處樂清，到省也不久，是和小弟一船來的。現今寓在文瀚樓，選歷科考卷。」○童評：纔操選政，就替他挂出招牌來。誰知頃刻間，就會着浙江二十年的老選家。小巫見大巫矣。三公子道：「久仰久仰。」説着，家人捧茶上來吃了。三公子立起身來讓諸位到書房裏坐。四位走進書房，見上面席間先坐着兩個人，方巾白鬚，大模大樣，見四位進來，慢慢立起身。○黄評：也是梅三相身分。嚴貢生認得，便上前道：「衛先生、隨先生都在這裏，我們公揖。」當下作過了揖，請諸位坐。那衛先生、隨先生也不謙讓，仍舊上席坐了。家人來禀三公子又有客到，三公子出去了。

這裏坐下，景蘭江請教二位先生貴鄉。○童評：做時文的朋友，景蘭江自然不認得。嚴貢生代答道：「此位是建德衛體善先生，乃建德鄉榜；此位是石門隨岑庵先生，是老明經。二位先生是浙江二十年的老選家，選的文章，衣被海内的。」景蘭江着實打躬，○黄評：打躬而曰「着實」，心悦誠服之至。道其仰慕之意。○童評：不是同調的人，去仰慕他做什麽？那兩個先生也不問諸人的姓名。○齊評：大有無佛處稱尊之意。隨岑庵却認得金東崖，是那年出貢到京，到監時相會的。因和他攀話道：「東翁，在京一别，又是數年，因甚回府來走走？想是年滿授職？也該榮選了。」金東崖道：「不是。近來部裏來投充的人也甚雜，又因司官王惠出去做官，降了寧王，○天二評：王惠久寂寞，於此一現。（天一評「於此一現」作「借此一提」）後來朝裏又拿問了劉太監，○黃評：帶挽前文，劉瑾是陪筆。常到部裏搜剔卷案〔三〕，我怕在那裏久惹是非，○黃評：必是惹了是非出來的。所以就告假出了京來。」○天二評：上二事與部辦何干？明明支飾，另有站不住的案件也。○童評：部辦舞弊，是慣常之事。如何經得起搜剔？自然存身不牢。說着，捧出麵來吃了。吃過，那衛先生、隨先生閑坐着，談起文來。○童評：景蘭江、趙雪齋開口就講做詩，衛體善、隨岑庵開口就談文章，三句不離本行。衛先生道：「近來的選事益發壞了！」○童評：近來選事，益發壞了，是爲匡超人懸一面秦宮之鏡。隨先生道：「正是。前科我兩人該選一部，振作一番。」衛先生估〔四〕着眼○黃評：三字如見。道：「前科沒有文章！」○齊評：聲口大極。○童評：這句話來得奇，匡超人焉得不問？匡超人忍不住，上前問道：「請教先生，前科墨卷到處都有刻本的，怎的沒有文章？」衛先生道：「此位長兄尊姓？」○黃評：此時方問姓，其凌傲之態如在目前。○天二評：適從何來，遽集於此？○童評：「長兄尊姓」上，加「此位」二字，「先生貴姓」上，加「你這位」三字。衛先生與王舉人一樣問法，有睨傲不屑之意。景蘭江道：「這是樂清匡先生。」衛先生道：「所以說沒有文章者，是沒有文章的法則。」匡超人道：「文章既是中了，就是有法則了。難道中式之外，又另有個〔五〕法則？」衛先生道：「長兄，你原來不知。文章是代聖賢立言，有個〔六〕一定的規矩，比不得那些雜覽，可以隨手亂做的〔七〕，○黄評：「雜覽」究竟是何物，可以「隨手亂做」？所以一篇文章，不但看出這本人的富貴福澤，並看出國運的盛衰。○齊評：好大議論。洪、永有洪、永的法則，成、弘有成、弘的法則，都是一脈流傳，有個元燈。○童評：馬純上論文道：洪永是一變，成宏是一變。衛體善論文道，洪永有洪永的法則，成宏有成宏的法則。凡做八股的，都曉得這套門面話。若説文章是代聖賢立言，有一定規矩，有一脈元燈，只怕他説是説得出來，做是做不出來。比如主考中出一榜人來，也有合法的，也有僥倖的，必定要經我們選家批了出來，這篇就是傳文了。若是這一科無可入選，只叫做没有文章！」隨先生道：「長兄，所以我們不怕不中，只是中了出來，這三篇文章要見得人不醜，不然只算做僥倖，一生抱愧。」○黄評：恐怕中了愈要抱愧，又爲何不作不抱愧之文，仍是老明經？○齊評：只怕你就要抱愧也輪不着。○天二評：誰教你做來見不得人。又問衛先生道：「近來那馬静選的《三科程墨》可曾看見？」衛先生道：「正是他把個選事壞了！他在嘉興蘧坦庵太守家走動，終日講的是些雜學。聽見他雜覽倒是好的，○黄評：冤哉！於文章的理法，他全然不知，○天二評：所言適與馬二先生相反。此爲蘧公孫所累。○童評：馬二先生最講究文章的理法，反道他不講理法。不知衛體善講的是甚麼理法？一味亂鬧，好墨卷也被他批〔八〕壞了！所以我看見他的選本，叫子弟把他的批語塗掉了讀。」○黄評：

馬二先生一個批語要做三更半夜，却「塗掉了讀」，罪過罪過。○齊評：妒心大作。說着，胡三公子同了支劍峰、浦墨卿進來，擺桌子，同吃了飯。一直到晚，不得上席，要等着趙雪齋。等到一更天，趙先生抬着一乘轎子，又兩個轎夫跟着，前後打着四枝火把，飛跑了來。○黄評：寫時醫便是時醫身份。○童評：一乘轎子，四支火把，真像個時髦郎中。下了轎，同衆人作揖，道及：「得罪，有累諸位先生久候。」胡府又來了許多親戚、本家，將兩席改作三席，○黄評：兩席改三席，酸嗇可笑，一班酸鬼何故吃他。○天一、二評：酸風已露。大家圍着坐了。席散，各自歸家。○童評：總結一篇胡府拜壽文字。以景蘭江起，以趙雪齋終。

匡超人到寓所還批了些文章才睡。屈指六日之内，把三百多篇文章都批完了。就把在胡家聽的這一席話敷衍起來，做了個序文在上。○黄評：聰明敏捷，不愧選家。○齊評：真是聰明人。○天二評：匡二此時却藐視馬二先生了。（天一評「却」作「已有」；「了」作「之意」）○童評：不想衛體善一派狂瞽的議論，倒做了匡超人一篇序文的作料。又還偷着功夫去拜了同席吃酒的這幾位朋友。選本已成，書店裏拿去看了，回來說道：「向日馬二先生在家兄文海樓，三百篇文章要批兩個月，催着還要發怒，不想先生批的恁快！我拿給人看，說又快又細。○黄評：「又快又細」，而不說好。○齊評：庸耳俗目不過如此。○童評：快則有之，細則未必。因心裏喜歡他快，就順口稱贊他細。將來生意多者，書店裏貪圖發出客貨，不誤他一覺睡耳。這是極好的了！先生住着，將來各書坊裏都要來請先生，生意多哩！」因封出二兩選金，送來說道：「刻完的時候，還送先生五十個〔九〕樣書。」又備了酒在樓上吃。○童評：十日之内吃了兩頓酒，得了二兩選金，各書坊都要來請教，從此匡超人有了行業，可以交接那班斗方名士。選了三百多篇文章，只有二兩選金，可見馬二先生積到九十二兩銀子，大不容易。吃着，外邊一個小厮送將一個傳單來。匡超人接着開看，是一張松江箋，摺做一個全帖的樣式，上寫道：

謹擇本月十五日，西湖宴集，分韻賦詩，每位各出杖頭資二星〔一〇〕。○天二評：酸風撲人。今將在會諸位先生臺銜開列於後：衛體善先生、隨岑庵先生、○童評：西湖詩會，却有衛體善、隨岑庵。杭城詩壇中，爲何新添了他們這一派？趙雪齋先生、嚴致中先生、浦墨卿先生、支劍峰先生、匡超人先生、胡密之先生、景蘭江先生，共九位。

下寫「同人公具」，又一行寫道：「尊分約齊，送至御書堂胡三老爺收。」匡超人看見各位名下都畫了「知」字，他也畫了，隨即將選金内秤了二錢銀子，連傳單交與那小使拿去了。到晚無事，因想起明日西湖上須要做詩，我若不會，不好看相，便在書店裏拿了一本《詩法入門》，點起燈來看。他是絕頂的聰明，看了一夜，早已會了。次日又看了一日一夜，拿起筆來就做，做了出來，覺得比壁上貼的還好些。〇黃評：真是絕頂聰明，而諸人之詩可想。〇天二評：真正反襯諸名士之惡劣。〇童評：天下無難事，只怕用心人。天下無難事，只怕老面皮。當日又看，要已精而益求其精。

到十五日早上，打選〔一〕衣帽，正要出門，早見景蘭江同支劍峰來約。三人同出了清波門，只見諸位都坐在一隻小船上候。上船一看，趙雪齋還不曾到，內中却不見嚴貢生。因問胡三公子道：「嚴先生怎的不見？」三公子道：「他因范通政昨日要開船，他把分子送來，〇天一評：畢竟嚴老大大方。〇童評：不預宴會，仍送分子。嚴大先生不枉到京都走了一趟，學得全是世路上人的作用。已經回廣東去了。」〇黃評：了却嚴貢生。〇天二評：畢竟嚴老大大方，是怕要做詩出醜爾！當下一上了〔二〕船，在西湖裏搖着。浦墨卿問三公子道：「嚴大先生我聽見他家爲立嗣有甚麽家難官事，所以到處亂跑，而今不知怎樣了？」三公子道：「我昨日問他的，那事已經平復，仍舊立的是他二令郎，將家私三七分開，他令弟的妾自分了三股家私過日子。〇黃評：只就閑談，結了前案。〇齊評：帶結前文。〇天一、二評：虚結前案。〇童評：歸結趙氏立嗣之事，處分得還算公道。這個倒也罷了。」

一刻到了花港。衆人都倚着胡公子，〇天二評：還是名士倚着公子。〔天一評「名士」作「衆人」〕走上去借花園吃酒。胡三公子走去借，那裏竟關着門不肯。胡三公子發了急，那人也不理。〇黄評：堂堂公子借不動一個花園，何以對一班酸鬼？景先生拉那人到背地裏問，那人道：「胡三爺是出名的慳吝！他一年有幾席酒照顧我？我奉承他！況且他去年借了這裏擺了兩席酒，一個錢也没有！去的時候，他也不叫人掃掃，還説煮飯的米剩下兩升，叫小厮背了回去。〇黄評：活畫出慳吝人行爲。〇天二評：至此胡三公子纔出骨。〇童評：花港花園裏，前番胡三公子借他擺酒、唱戲、請客，像個鄉紳大老官，今番爲何關着門不理？景先生自然要問。聽他説明不奉承的原委，能不掩口胡盧？　匡太公是有名忠厚，胡三爺是出名慳吝。可見人之立品，不在乎貧富地位上論。　擺酒唱戲，糟蹋了人家地方。若肯給幾個錢，不掃何妨？胡三公子這種行爲，還不如嚴二老官。猪肉捨不得買一斤，燈草捨不得點兩莖。自家刻苦的好，省得被人背地談論，當場出醜。這樣大老官鄉紳，我不奉承他！」一席話，説的没法，衆人〔一三〕只得一齊走到于公祠一個和尚家坐着。和尚烹出茶來。

分子都在胡三公子身上，三公子便拉了景蘭江出去買東西，匡超人道：「我也跟去頑頑。」當下走到街上，先到一個鴨子店。三公子恐怕鴨子不肥，拔下耳挖來戳戳，脯子上肉厚，方纔叫景蘭江講價錢買了。〇黄評：慳吝人寫得如畫。因人多，多買了幾斤肉，又買了兩隻鷄、一尾魚，和些蔬菜，叫跟的小厮先拿了去。還要買些肉饅頭，中上〔一四〕當點心。於是走進一個饅頭店，看了三十個饅頭，那饅頭三個錢一個，三公子只給他兩個錢一個，就同那饅頭店裏吵起來。○黄評：更像更像。○童評：鴨子恐怕不肥，拔下耳挖戳脯肉。饅頭也要還價，不賣就同店裏吵。一一寫來，形容絕倒。景蘭江在傍勸鬧〔一五〕。勸了一回，不買饅頭了，買了些索麵去下了吃，○天二評：名士風流，如是如是！就是景蘭江拿着。又去買了些笋乾、鹹蛋、熟栗子、瓜子之類，以爲下酒之物。匡超人也幫着拿些。○黄評：兩人出錢做篾片。來到廟裏，交與和尚收拾。支劍峰道：「三老爺，你何不叫個厨役伺候？爲甚麽自己忙？」○童評：支劍鋒問這句話，不是恭維三老爺，正是挖苦三老爺。三公子吐舌道：「厨役就費了！」○黄評：既如此，何必不做雅人。且分金亦不多，依舊要你包元。○齊評：可見上次兩席酒、一本戲真是罕事，乃是發財心切之故，此時還懊悔不迭！又秤了一塊銀，叫小厮去買米。

忙到下午，趙雪齋轎子纔到了。○童評：總結一篇西湖宴集文字，仍以景蘭江起，以趙雪齋終。下轎就叫取箱來，轎夫把箱子捧到，他開箱取出一個藥封來，二錢四分，○黄評：到底是第一個名士，多出了四分銀子。○童評：獨他多出四分銀子，到底時髦郎中，比別人闊。遞與三公子收了。厨下酒菜已齊，○天一評：席面乾净。捧上來衆位吃了。吃過飯，拿上酒來。趙雪齋道：「吾輩今日雅集，○天一、二評：雅集只是醋多些。不可無詩。」○童評：趙雪齋開口即談風雅，不愧在杭城領袖詩壇。當下拈鬮分韵，趙先生拈的是「四支」，衛先生拈的是

「八齊」，浦先生拈的是「一東」，胡先生拈的是「二冬」，景先生拈的是「十四寒」，隨先生拈的是「五微」，匡先生拈的是「十五刪」，支先生拈的是「三江」。分韻已定，又吃了幾杯酒，各散進城。胡三公子叫家人取了食盒，把剩下來的骨頭骨腦和些果子裝在裏面，果然又問和尚查剩下的米共幾升，也裝起來，○天二評：此人只宜洪憨仙來騙銀子。可惜不成。○童評：耳聞是虛，眼見是實，果然又查剩下的米，裝了回去，衆人方信管花園的所説不錯。送了和尚五分銀子的香資，○童評：送與和尚五分銀子香資，有鑒於花園裏閉門不納，將來西湖上再做詩會，好留下個容身之地。押家人挑着，也進城去。

匡超人與支劍峰、浦墨卿、景蘭江同路。四人高興，一路説笑，勾留頑耍，進城遲了，已經昏黑。景蘭江道：「天已黑了，我們快些走！」支劍峰已是大醉，口發狂言道：「何妨！誰不知道我們西湖詩會的名士！○天一、二評：西湖晦氣。況且李太白穿着宫錦袍，夜裏還走，○童評：你方纔爲何不向西湖裏，照照這副麻子尊容，可像穿宫錦袍的李太白麽？何況纔晚？放心走！誰敢來！」正在手舞足蹈高興，○天一、二評：樂不可極。忽然前面一對高燈，又是一對提燈，上面寫的字是「鹽捕分府」。那分府坐在轎裏，一眼看見，認得是支鍔，叫人采〔一六〕過他來，問道：「支鍔！你是本分府鹽務裏的巡商，○天二評：偏偏分府記性好。○童評：不怕官，只怕管。不論何人犯了夜，巡夜官就可管的，何况鹽務巡商？撞着鹽捕分府，正是該管官，如何不要管？怎麽黑夜吃得大醉，在街上胡鬧？」支劍峰醉了，把脚不穩，前跌後撞，口裏還説：「李太白宫錦夜行。」那分府看見他戴了方巾，説道：「衙門巡商，從來没有生、監充當的，你怎麽戴這個帽子？左右的，撾去了！一條鏈子鎖起來！」○黄評：分府殺風景，名士何可鎖耶？浦墨卿走上去幫了幾句，分府怒道：「你既是生員，如何黑夜酗酒？帶着送在〔一七〕儒學去！」景蘭江見不是事，悄悄在黑影裏把匡超人拉了一把，○黄評：老名士見識到底與人不同。往小巷内，兩人溜了。○童評：一個戴方巾的，撾去帽子，拿條鏈子鎖起來了。一個戴方巾的，幫説幾句，帶着送往儒學去了。那個戴瓦楞帽的，再不敢多嘴了，恐怕要捱打了，只好悄悄拉了那個戴方巾的，在黑影裏溜了。轉到下處，打開了門，上樓去睡。次日出去訪訪，兩人也不曾大受累，依舊把分韻的詩都做了來。

匡超人也做了。及看那衛先生、隨先生的詩，「且夫」、「嘗謂」都寫在内，○黄評：一筆駡盡名士。○童評：魯編修講究云，八股文章做的好，隨你做什麽，要詩就詩，要賦就賦。今看衛、隨兩先生的詩，如此高明，可知他的八股文章，也是邪魔外道。其餘也就是文章批語上采下來的幾個字眼。拿自己的詩比比，也不見得不如他。○黄評：不寫諸人之詩如何不通，只從匡超人看出，且曾表明匡超人聰明，故自覺諸人之詩不如他。衆人把這詩寫在一個〔一八〕紙上，共寫了七八張。匡超人也貼在壁上。又過了半個多月，書店考卷刻成，請先生，那晚吃得大醉。○童評：書店裏第三回請酒，完結批文章一事。　此回書，以文瀚樓要刻考卷起，至刻成考卷止。以匡超人那日吃酒回來寓處睡下起，至那晚吃得大醉、次早睡在床上止。前後對鎖作章法。次早睡在床上，只聽下面喊道：「匡先生，有客來拜！」只因會着這個人，有分教：婚姻就處，知爲夙世之因；名譽隆時，不比時流之輩。畢竟此人是誰，且聽下回分解。

【總評】

卧評　景蘭江只知俎豆一趙雪齋，蓋不啻七十子之服孔子，其識見卑鄙如此。順手帶出金東崖、嚴致中兩人，將上文未了之案，至此一結，是何等筆力。○天二評：金東崖雖見第七回，不過略帶其人，而本事則在下文，此處並非結案。

衛體善、隨岑庵老着臉皮講八股〔一九〕，一望而知其不通，却自以爲一佛出世，真可發一笑！馬純上生平最惡雜覽，不料衛、隨即以雜覽〔二〇〕寃之。文章交互回環，極盡羅絡鈎連之妙。

胡三先生素有錢癖，幸而不爲憨仙撞騙，却又喜結交斗方名士。湖上一會，酸氣逼人，至今讀之尤令人嘔出酸餡也。○黄評：西湖不幸。

天一評　游西湖之酸正與鶯脰湖之豪遥遥相對。

【校記】

〔一〕「你」後申二本多「同」。

〔二〕壽日，申一本作「壽辰」，申二本作「壽誕」。

〔三〕卷案，申一、二本作「案卷」。

〔四〕估，申一本作「斜」。

〔五〕個，申一本作「別的」。

〔六〕有個，原作「有的」，蘇本同。抄本和申一、二本作「有」。參齊本改。

〔七〕的，原作「個」，抄本、蘇本同。從申一、二本改。

〔八〕批，原作「披」，抄本、蘇本同。申一本作「比」。從申二本改。

〔九〕個，申二本作「部」。

〔一〇〕星，申一、二本作「錢」。

〔一一〕打選，申一本作「整齊」。

〔一二〕一上了，申二本作「一同上」。

〔一三〕没法衆人，申一本作「衆人没法」。

〔一四〕中上，申一本作「日中」。

〔一五〕勸鬧，申二本作「勸解」。

〔一六〕采，申一本作「唤」，申二本作「傳」。

〔一七〕在，申一本作「往」，申二本作「到」。

〔一八〕一個，抄本作「一張」。

〔一九〕八股，原作「八服」，抄本同。從蘇本和申一、二本改。

〔二〇〕覽，原缺，抄本同。從蘇本和申一、二本補。

第十九回

匡超人幸得良朋　潘自業橫遭禍事

〇黃評：潘三不良，然於匡二則良朋也。　自作孽也。

話説匡超人睡在樓上，聽見有客來拜，慌忙穿衣起來下樓。見一個人坐在樓下，頭戴吏巾，身穿玄緞直裰，脚下蝦蟆頭厚底皂靴，黃鬍子，高顴骨，黃黑面皮，一雙直眼。〇黃評：「直眼」二字，畫出一個不安本分人。〇天一評：如畫。〇天二評：如見其人。那人見匡超人下來，便問道：「此位是匡二相公麽？」匡超人道：「賤姓匡，請問尊客貴姓？」那人道：「在下姓潘，前日看見家兄書子，説你二相公來省。」〇童評：主人未問客人之姓，客人先知主人之姓，並自通其姓，把來意一氣説明。寫得潘三徑行直遂，爽利無比。匡超人道：「原來就是潘三哥。」慌忙作揖行禮，請到樓上坐下。潘三道：「那日二相公賜顧，我不在家。前日返舍，看見家兄的書信，極贊二相公爲人聰明，又行過多少好事，着實可敬。」〇黃評：不曰行孝，而曰行「好事」，此輩豈知孝爲何物。〇天一評：口角宛然。〇童評：

從前呢？果然行過多少好事，着實可敬。以後呢？就要行出多少壞事，着實可恨。普天下的聰明人，當以匡超人爲針砭藥石。須要學前半截的匡超人，切勿學後半截的匡超人。匡超人道：「小弟來省，特地投奔三哥，不想公出。今日會見，歡喜之極。」説罷，自己下去拿茶，又托書店買了兩盤點心，拿上樓來。潘三正在那裏看斗方，○童評：拿茶、買點心，不是寫匡二待客之禮，是寫潘三看見斗方。不然，兩人初見，正有話説，那能留心到壁上所貼之字紙乎？看見點心到了，説道：「哎呀！這做甚麽？」接茶在手，指着壁上道：「二相公，你到省裏來，和這些人相與做甚麽？」○齊評：劈頭一棒。匡超人問是怎的。潘三道：「這一班人是有名的呆子。○黄評：一班名士只「呆子」二字抹殺。這姓景的開頭巾店，本來有兩千銀子的本錢，一頓詩做的精光。○黄評：可謂「詩窮」。○天 評：自然「窮而後工」。他每日在店裏，手裏拿着一個刷子刷頭巾，口裏還哼的是『清明時節雨紛紛』，把那買頭巾的和店鄰看了都笑。○天二評：可笑。○無名氏評：歸安錢倫仙太史續配翁相國女，酷嗜詠詩，太史呼之爲景蘭江，惘然不知何時人。乃問之篦仙之婦，亦不知。以問篦仙，篦仙與之《外史》，乃恍然。適倫仙自外至，指之曰：「魯小姐。」倫仙知其已見《外史》矣，笑曰：「吾安得及魯小姐？特隨岑庵一流人耳！」人皆謂倫仙狂，今如此言，則自知甚明。閨房雅謔，足爲譚《外史》者增一笑。（此則僅見於從好齋輯校本。未標評者，可能是石史評）而今折了本錢，只借這做詩爲由，遇着人就借銀子，人聽見他都怕。○齊評：此與怕趙雪齋又不同。那一個姓支的是鹽務裏一個巡商，我來家在衙門裏聽見説，不多幾日，他吃醉了，在街上吟詩，被府裏二太爺一條鏈子鎖去，把巡商都革了，○天一評：支鍔革巡商，從潘三口中補出。○天二評：補筆。將來只好窮的淌屎！○童評：開店的，應該專門開店。當巡商的，應該專門當巡商。讀書的，應該專門讀書。若抛荒了自家行業，要去作爲無益，未有不弄到折本錢、革商名，終身没出息，窮的淌屎而後已。馳騖名聲者，尚其鑒諸！二相公，你在客邊要做些有想頭的事，○黄評：「想」字要改「殺」字。這樣人同他混纏做甚麽？」當下吃了兩個點心，便丢下，説道：「這點心吃他做甚麽，我和你到街上去吃飯。」○黄評：是慷慨人行徑。叫匡超人鎖了門，同到街上司門口一個飯店裏。潘三叫切一隻整鴨，膾一賣海參雜膾，又是一大盤白肉，都拿上來。飯店裏見是潘三爺，屁滚尿流，鴨和肉都撿上好的極肥的切來，海參雜膾加味用作料。○天一評：此又針對上文游西湖之酸。兩人先斟兩壺酒。酒罷用飯，剩下的就給了店裏人。○童評：藩司房的書吏，上酒館子吃飯，剩下的菜，就給店裏人拿去吃；冢宰府的公子，借花園請酒，剩下的米，還叫小厮背回去用。潘三爺如此闊氣，自然館子裏人見了他屁滚尿流；胡三爺如此小氣，自然園子裏人看見他關門不理。出來也不算賬，只吩咐得一聲：「是我的。」那店主人忙拱手道：「三爺請便，小店知道。」○黄評：寫潘三名聲之大，只此可見。

走出店門，潘三道：「二相公，你而今往那去？」匡超人道：「正要到三哥府上。」潘三道：「也罷，到我家去坐坐。」同着一直走到一個巷内，一帶青牆，兩扇半截板門，又是兩扇重門。○黄評：是書辦家。○童評：是杭城牆門款式。進到廳上，一夥人在那裏圍着一張桌子賭錢，潘三罵道：「你這一班狗才，無事便在我這裏胡鬧！」○黄評：平日常賭可知。衆人道：「知道三老爹到家幾日了，送幾個頭錢來與老爹接風。」潘三道：「我那裏要你甚麽頭錢接風！」又道：「也罷，我有個朋友在此，你們弄出幾個錢來熱鬧熱鬧。」匡超人要同他施禮，他攔住道：「方纔見過罷了，又作揖怎的？」○天一評：潘三爽快，却亦可愛。你且坐着。」當下走了進去，拿出兩千錢來，向衆人説道：「兄弟們，這個是匡二相公的兩千錢，放與你們，今日打的頭錢都是他的。」向匡超人道：「二相公，你在這裏坐着，看着這一個管子。這管子滿了，你就倒出來收了，讓他們再丢。」○黄評：直將匡二看作小兒一般。○童評：窩賭是衙門前人常事，看他開口就罵，改口就應，轉變得何等迅速！　第一樣就教他吃，第二樣就教他賭。頃刻之間，已經教會了匡二相公兩樣本事。便拉一把椅子叫匡超人坐着，他也在傍邊看。

看了一會，外邊走進一個人來請潘三爺説話。○童評：纔回家來，就有許多人尋他。其平日之門庭如市，都隱藏在無文字處。潘三出去看時，原來是開賭場的王老六。潘三道：

「老六，久不見你！尋我怎的？」老六道：「請三爺在〔一〕外邊説話。」潘三同他走了出來，一個僻静茶室裏坐下。王老六道：「如今有一件事，可以發個小財，○童評：知道三爺是發慣大財的，幾百銀子的事，只算發個小財。一徑來和三爺商議。」潘三問是何事，老六道：「昨日錢塘縣衙門裏快手拿着一班光棍在茅家鋪輪姦，姦的是樂清縣大户人家逃出來的一個使女，叫做荷花。這班光棍正姦得好，被快手拾着了〔二〕，來報了官。縣裏王太爺把光棍每人打幾十板子放了，○天一、二評：輪姦何罪，只打幾十板子放了，真是「慈祥父母」。出了差，將這荷花解回樂清去。我這鄉下有個財主姓胡，他看上了這個丫頭，商量若想個方法瞞的下這個丫頭來，情願出幾百銀子買他。這事可有個主意？」潘三道：「差人是那個？」王老六道：「是黄球。」潘三道：「黄球可曾自己解去？」王老六道：「不曾去，是兩個副差去的。」潘三道：「幾時去的？」王老六道：「去了一日了。」潘三道：「黄球可知道胡家這事？」王老六道：「怎麽不知道，他也想在這裏面發幾個錢的財，只是没有方法。」潘三道：「這也不難，你去約黄球來當面商議。」那人應諾去了。○童評：鄉下財主，情願出幾百銀子買這個丫頭，是不是在茅家鋪看上的？就問「差人是那個」，就問「黄球可曾自己解去」，就問「黄球可知道這事」，就叫「你去約黄球來商議」。聽得「樂清」兩字，潘三已有主意。

潘三獨自坐着吃茶，只見又是一個人，慌慌張張的走了進來，説道：「三老爹！我那裏不尋你，原來獨自坐在這裏吃茶！」潘三道：「你尋我做甚麽？」那人道：「這離城四十里外，有個鄉里人施美卿，賣弟媳婦與黄祥甫，銀子都兑了，弟媳婦要守節，不肯嫁。施美卿同媒人商議着要搶，媒人説：『我不認得你家弟媳婦，你須是説出個記認。』施美卿説：『每日清早上是我弟媳婦出來屋後抱柴，你明日衆人伏在那裏，遇着就搶罷了。』衆人依計而行，到第二日搶了家去。不想那一日早，弟媳婦不曾出來，是他乃眷抱柴，衆人就搶了去。〇天二評：妙哉！天網恢恢，當浮一大白。（天一評「妙」作「快」；無末五字）隔着三四十里路，已是睡了一晚。〇黄評：天報天報。〇童評：要賣弟婦，却賣了老婆。要搶弟婦，却搶了老婆。要使弟婦失節，却使老婆失節。報應眼前立見。寫一施美卿，爲世間爛良心人看樣。施美卿來要討他的老婆，這裏不肯。施美卿告了狀。如今那邊要訴，却因講親的時節不曾寫個婚書，没有憑據，而今要寫一個，鄉里人不在行，來同老爹商議。還有這衙門裏事，都托老爹料理，有幾兩銀子送作使費。」潘三道：「這是甚麽要緊的事，〇黄評：名節事同兒戲。〇童評：鄉里人做事，最爲可笑。講親時不寫婚書，一可笑也。孀婦要守節，商量强搶，二可笑也。搶到家，不分皂白，就睡了一夜，三可笑也。要討回老婆，想白用身價，四可笑也。仗着没有婚書，就出來告狀，五可笑也。呈訴没有憑據，要寫一張假婚書，六可笑也。這般大驚小怪，是甚麼要緊的事，不值三老爹一笑也。「甚麼要緊的事」，是爲假寫婚書而發，非指强搶孀婦而言。也這般大驚小怪！○天一評：看他目無難題。你且坐着，我等黄頭説話哩。」

須臾，王老六同黄球來到。黄球見了那人道：「原來郝老二也在這裏。」○童評：原來郝老二也在這裏，黄球疑惑他也想聞聞荷花香氣的。潘三道：「不相干，他是説別的話。」因同黄球另在一張桌子上坐下。○童評：舞弊之事，豈可使局外人得知？另在一張桌子上坐，寫出機密。王老六同郝老二又在一桌。黄球道：「方纔這件事，三老爹是怎個施爲？」潘三道：「他出多少銀子？」黄球道：「胡家説，只要得這丫頭荷花，他連使費一總乾净，出二百兩銀子。」潘三道：「你想賺他多少？」○童評：他出多少銀子，你想得他多少？與向王老六一樣問法。早有成竹在胸，問準銀子數目，就説出辦法來，毫無粘滯。黄球道：「只要三老爹把這事辦的妥當，我是好處〔三〕多寡分幾兩銀子罷了，難道我還同你老人家争？」潘三道：「既如此，罷了，我家現住着一位樂清縣的相公，他和樂清縣的太爺最好，我托他去人情上弄一張回批來，○天二評：成竹在胸，且不説真話。只説荷花已經解到，交與本人領去了。我這裏再托人向本縣弄出一個硃籤來，到路上將荷花趕回，把與胡家。○天一、二評：舞文弄法，作奸犯科，在潘三只是行所無事，不須用心。○童評：我家現住着一位樂清縣的相公，是真話。托他人情上去弄一張回批來，是假話。弄出一個硃籤來，是真話。我這裏托人向本縣去弄，是假話。半真半假，說得出，做得到，所以有人來請他想方法，所以有人來托他辦事情。這個方法何如？」黃球道：「這好的很了。只是事不宜遲，老爹就要去辦。」潘三道：「今日就有硃籤，你叫他把銀子作速取來。」黃球應諾，同王老六去了。潘三叫郝老二：「跟我家去。」

當下兩人來家，賭錢的還不曾散。○童評：寫賭錢的還不曾散，一則顯得潘三做事迅速，再則便於留下匡超人也。潘三看看〔四〕賭完了，送了衆人出去〔五〕，○童評：先了結郝老二托的那件事，再了結王老六托的這件事，真不費吹灰之力。凡寫潘三說話行事，都有駿馬下坡之勢。留下匡超人來道：「二相公，你住在此，我和你說話。」○童評：要瞞黃球，要瞞王老六，却不瞞匡超人。潘三不以初交待匡二，得力在潘保正這封書信上。當下留在後面樓上，起了一個婚書稿，叫匡超人寫了，把與郝老二看，叫他明日拿銀子來取。打發郝二去了。吃了晚飯，點起燈來，念着回批，叫匡超人寫了。家裏有的是豆腐乾刻的假印，取來用上，○黃評：色色現成，可見習爲慣常。又取出硃筆，叫匡超人寫了一個趕回文書的硃籤。辦畢，拿出酒來對飲，向匡超人道：「像這都是有些想頭的事，也不枉費一番精神，和那些呆瘟纏甚麽！」○黃評：所以「想」字要改「殺」字。和「呆瘟纏」或者不至殺頭。○齊評：匡超人此時又學了乖。○童評：早起吃點心時說道：「二相公你在客邊，要做些有想頭的事。這樣人，同他混纏做甚麼？」晚上吃酒時説道：「像這都是有些想頭的事，也不枉費一番精神，和那些呆瘟纏甚麼？」恐其執迷不悟，故重言以申明之。潘三教匡二做的事，原不可爲訓。潘三待匡二這片心，實出於至誠。 讀至「不枉費精神」一語，不禁廢書而嘆。上觀千古，惟有唐虞之揖讓、孔孟之傳道，足爲萬世效法，真正不枉費精神。湯武之征誅、楚漢之争鋒，尚貽後世口實，就算枉費精神。至於龍逄、比干之忠，不能存夏商之祀；伯夷、叔齊之義，不能回西岐之車；蘇秦、張儀之辯，不能釋六國之疑；伏龍、鳳雛之才，不能永三分之鼎，亦是枉費精神。雖曰枉費精神，而仍不失枉費此精神者也。若新莽、魏武之誤人家國，赤眉、黄巾之盜兵潢池，斯乃枉費精神矣。後之類此者，指不勝屈，而今安在哉？豈不大可哀哉！ 彼蚊之成市，蛛之結網，蟣虱之吮血於褌中，自以爲不枉費精神，是匡二、潘三之類也。 是夜留他睡下。次早，兩處都送了銀子來，潘三收進去，隨即拿二十兩銀子遞與匡超人，叫他帶在寓處做盤費。匡超人歡喜接了，遇便人也帶些家去與哥添本錢。書坊各店也有些文章請他選。○童評：不義之財，受之有愧。本等之業，精之宜勤。 潘三一切事都帶着他分幾兩銀子，○童評：一切事不瞞他，一切事帶挈他。潘三之待匡二，真是不薄。 身上漸漸光鮮。果然聽了潘三的話，和那邊的名士來往稀少。○童評：頓此一筆，收拾起一班斗方名士。

不覺住了將及兩年。○黄評：其母久不聞喚娘聲矣。○天二評：曾否回去看看老娘？一日，潘三走來道：「二相公，好幾日不會，同你往街上吃三杯。」匡超人鎖了樓門，同走上街。纔走得幾步，只見潘家一個小厮尋來了説：「有客在家裏等三爺説話。」○童評：纔得偷閑，來約匡二上街吃三杯，家裏就有人來尋他。潘三真個忙極。　潘三道：「二相公，你就同我家去。」當下同他到家，請匡超人在裏間小客座裏坐下。○童評：請匡超人在裏間小客座裏坐下，以便他聽明原委，省得潘三送客回來，再述一遍。　潘三同那人在外邊，潘三道：「李四哥，許久不見，一向在那裏？」李四道：「我一向在學道衙門前。今有一件事，回來商議，怕三爺不在家，而今會着三爺，這事不愁不妥了。」潘三道：「你又甚麽事搗鬼話？同你共事，你是『馬蹄刀瓢裏切菜，滴水也不漏』，○齊評：世上此等人最多。○童評：會着三爺，這事不愁不安了。言下見得潘三，從無不能辦之事。　先作推開語，不作招攬語，是慣會弄錢的法門。　總不肯放出錢來。」李四道：「這事是有錢的。」潘三道：「你且説是甚麽事。」李四道：「目今宗師按臨紹興了，有個金東崖在部裏做了幾年衙門，○黄評：借金東崖聯絡前文。　掙起幾個錢來，而今想兒子進學。他兒子叫做金躍，却是一字不通的，考期在即，要尋一個替身。○童評：兒子文理不通，就要想他進學，斯亦妄人也已矣。　既富矣，又何加焉？曰貴之。　這位學道的關防又嚴，須是想出一個新法子來，○齊評：恁你關防嚴，又有新法子。　這事所以要和三爺商議。」○童評：不是學道關防嚴，不是要想新法子，亦可不必來尋三爺商議了。　潘三道：「他願出多少銀子？」○童評：他出多少銀子，與問黄球一般，已有成竹在胸。李四道：「紹興的秀才，足足值一千兩一個。○黃評：秀才有價錢，却是何人評定？他如今走小路，一半也要他五百兩。只是眼下且難得這一個替考的人。又必定是怎樣裝一個何等樣的人進去？那替考的筆資多少？衙門裏使費共是多少？剩下的你我怎樣一個分法？」○童評：説出銀子數目，接着商議辦法。李四有李四的心事。潘三道：「通共五百兩銀子，你還想在這裏頭分一個份子，這事就不必講了。你只好在他那邊得些謝禮，這裏你不必想。」○童評：這裏你不必想也學李四馬蹄刀瓢裏切菜——滴水不漏。李四道：「三爺，就依你説也罷了。○天二評：蓋願出不止於五百，故一説便合口。到底是怎個做法？」潘三道：「你總不要管，替考的人也在我，○黃評：又巧合。衙門裏打點也在我，○天一評：成竹在胸。○童評：講定銀子數目，不告訴他辦法。潘三有潘三的心事。你只叫他把五百兩銀子兑出來，封在當鋪裏，另外拿三十兩銀子給我做盤費，○童評：另拿三十兩銀子，給我做盤費，於瓢外又添出點水來。我總包他一個秀才。若不得進學，五百兩一絲也不動。可妥當麽？」李四道：「這没的説了。」當下説定，約着日子來封銀子。潘三送了李四出去，回來向匡超人説道：「二相公，這個事用的着你了。」○童評：「這個事用的着你了」，潘三説句實話，可見從前這些事，自家都做得來，用不着二相公幫忙，這些銀子，是白白分肥與你用的。匡超人道：「我方纔聽見的。用着我，只好替考。但是我還是坐在外面做了文章傳遞，還是竟進去替他考？若要進去替他考，我竟没有這樣的膽子。」○童評：願意在外代槍，没膽進去替考。匡二有匡二的心事。潘三道：「不妨，有我哩！我怎肯害你？○黄評：的確害了他。○童評：先安慰他一句，且不説明辦法。臨時做將出來，使之不得不從。且等他封了銀子來，我少不得同你往紹興去。」當晚別了回寓。

過了幾日，潘三果然來搬了行李同行，過了錢塘江，一直來到紹興府，在學道門口尋了一個僻静巷子寓所住下。次日，李四帶了那童生來會一會。潘三打聽得宗師挂牌考會稽了，三更時分，帶了匡超人，悄悄同到班房門口。拿出一頂高黑帽、一件青布衣服、一條紅搭包來，叫他除了方巾，○黄評：方巾而高帽矣。脱了衣裳，就將這一套行頭穿上。附耳低言，如此如此，不可有誤。○童評：尋個僻静寓所，以防招人耳目。先帶童生來會，以便臨時識認。這般混進場去，真是新鮮法子，不知潘三如何想出來。高帽用黑的，尤見細心。教他換了行頭，纔附耳低言如此如此。潘三不肯預先説明者，還防二相公不願如此如此也。有才幹人，在極相好人身上，亦用此等權變。世之交友者，可不步步留心哉！把他送在班房，潘三拿着衣帽去了。

交過五鼓，學道三炮升堂，超人手執水火棍，○黄評：秀才手執水火棍。跟了一班軍牢夜役，吆喝了進去，排班站在二門口。○齊評：好孝子，好名士，竟會如此，真是「通才」。

○童評：一個現在秀才，除了方巾，換了高帽。一個未來秀才，未戴方巾，先戴高帽。一個現在秀才，想得銀子，賣去一頂方巾。一個未來秀才，用去銀子，買得一頂高帽。一個慣戴方巾的，眼中還未見銀子，心中早忘却秀才，頭上就肯頂個高帽。一個想戴方巾的，手中已不見銀子，心中早居然秀才，頭上暫且頂個高帽。可憐秀才不如銀子，銀子會變秀才。可嘆高帽好代方巾，方巾賤似高帽。好個秀才，好個銀子，好個方巾，好個高帽。秀才也，銀子也，方巾也，高帽也，一而二，二而一者也。我爲秀才一憂也，我爲銀子一懼也，我爲方巾一哭也，我爲高帽一笑也。學道出來點名，點到童生金躍，匡超人遞個眼色與他，那童生是照會定了的，便不歸號，悄悄站在黑影裏。匡超人就退〔六〕下幾步，到那童生跟前，躲在人背後，把帽子除下來與童生戴着，○黃評：童生而高帽矣。衣服也彼此換過來。○天一評：匡二乖巧，居然老練。那童生執了水火棍，站在那裏。匡超人捧卷歸號，○黃評：秀才又變爲童生矣。做了文章，放到三四牌纔交卷出去。○童評：遞個眼色與童生，退下幾步，躲在人背後換衣帽，捧卷入號，放到三四牌纔交卷出去。此等行爲，都在「附耳低言」之內。回到下處，神鬼也不知覺。發案時候，這金躍高高進了。

潘三同他回家，拿二百兩銀子以爲筆資。潘三道：「二相公，你如今得了這一注橫財，這就不要花費了，做些正經事。」○童評：潘三專做不正經事，得來的都是橫財。匡二得了這注橫財，不知做些正經事。專做不正經事的，反勸人做正經事。不曾得過橫財的，從此便知得橫財。

匡超人道：「甚麼正經事？」潘三道：「你現今服也滿了，還不曾娶個親事。〇黄評：娶親是乃父遺言，久已忘之矣，猶問人做甚麼正經事。我有一個朋友，姓鄭，在撫院大人衙門裏。這鄭老爹是個忠厚不過的人，父子都當衙門。他有第三個女兒，托我替他做個媒，我一向也想着你，年貌也相當。一向因你没錢，我就不曾認真的替你説。如今只要你情願，我一説就是妥的，你且落得招在他家，一切行財下禮〔七〕的費用，我還另外幫你些。」〇童評：匡太公是個有名忠厚的人，鄭老爹是個忠厚不過的人。難得兩親家，恰好是一對。　非但帶他發横財，還要替他做媒人；非但問他可情願，還肯幫他行聘禮。潘三之待匡二，豈朋友交情所能到此？匡超人道：「這是三哥極相愛的事，我有甚麼不情願？〇黄評：並不問其爲撫差矣。〇天二評：也不必告稟老娘了。只是現有這銀子在此，爲甚又要你費錢？」〇黄評：天良尚未全泯。潘三道：「你不曉得，你這丈人家淺房窄屋的，招進去，料想也不久，要留些銀子自己尋兩間房子，將來添一個人吃飯，又要生男育女，却比不得在客邊了。〇童評：非但算到落得先招贅過去，還算到他家淺房窄屋；非但算到自己尋兩間房子，還算到將來生男育女。潘三之待匡二，雖至親骨肉，無以逾此。我和你是一個人，再幫你幾兩銀子，分甚麼彼此？你將來發達了，愁爲不着我的情也怎的〔八〕？」〇黄評：可謂愛之甚矣，且以將來之報德望之，是猶以人待匡二也。〇齊評：反照後文。〇則仙評：反逗下文。匡超人着實感激。

潘三果然去和鄭老爹說，取了庚帖來，只問匡超人要了十二兩銀子去換幾件首飾，做四件衣服，過了禮去，擇定十月十五日入贅。

到了那日，潘三備了幾碗菜，請他來吃早飯。吃着，向他說道：「二相公，我是媒人，我今日送你過去。這一席子酒，就算你請媒的了。」匡超人聽了也笑。〇童評：應該新郎請媒人，反教媒人請新郎。却因媒人請新郎，就算新郎請媒人。吃過，叫匡超人洗了澡，裏裏外外都換了一身新衣服，頭上新方巾，脚下新靴，潘三又拿出一件新寶藍緞直裰與他穿上。〇黃評：不啻父母之愛子，必如此寫愈見匡二之非人。吉時已到，叫兩乘轎子，兩人坐了。轎前一對燈籠，竟來入贅。〇童評：媒人也是他，主婚也是他，送親也是他，儐相也是他。潘三爺忙的了而不得，匡二相樂的無可如何。鄭老爹家住在巡撫衙門傍一個小巷内，一間門面，到底三間。那日新郎到門，那裏把門關了。潘三拿出二百錢來做開門錢，然後開了門。鄭老爹迎了出來，翁婿一見，纔曉得就是那年回去同船之人，〇黃評：又借此聯絡前文。這一番結親真是夙因。當下匡超人拜了丈人，又進去拜了丈母。阿舅都平磕了頭。鄭家設席管待，潘三吃了一會，辭別去了。鄭家把匡超人請進新房，見新娘端端正正，好個相貌，滿心歡喜。〇黃評：此間樂不聞喚娘聲矣。〇天二評：詳細說來，正所以着後文重婚罪案。（天一評「說」作「寫」）〇童評：送茶禮，只花十二兩；開門錢，只消二百文。做了個現現成成的贅婿，要了個端端正正的新娘。請問匡二相公，出於何人之力？合巹成親，不必細說。次早，潘三又送了一席酒來與他謝親。鄭家請了潘三來陪，吃了一日。○童評：款新郎的酒，是媒人備的，男家就算是請媒人。謝新親的酒，也是媒人備的，女家就把來請媒人。別個做媒人的，吃的都是人家的酒。潘三做媒人，吃的都是自家的酒。這樣媒人，世間少有。

荏苒滿月，鄭家屋小，不便居住。潘三替他在書店左近典了四間屋，○童評：賃屋在書店左近，以便尋着選文章的生意。潘三替匡二辦事，色色想得周到。價銀四十兩，又買了些桌椅傢伙之類，搬了進去。請請鄰居，買兩石米，所存的這項銀子，已是一空。還虧事事都是潘三幫襯，辦的便宜。又還虧書店尋着選了兩部文章，有幾兩選金，又有樣書，賣了些將就度日。到得一年有餘，生了一個女兒，夫妻相得。○黄評：「夫妻相得」，母子不相見。○童評：未成親之前，在杭州住了半年。既成親之後，又在杭州住了一年。娶了妻子，典了房子，省裏自家要用度，店裏與哥添本錢，選文章所得幾何，賣樣書值得幾何？安安穩穩度了如許光陰，請問匡二相公是虧何人幫襯？

一日，正在門首閑站，忽見一個青衣大〔九〕帽的人一路問來，問到跟前，説道：「這裏可是樂清匡相公家？」匡超人道：「正是，臺駕那裏來的？」那人道：「我是給事中李老爺差往浙江，有書帶與匡相公。」匡超人聽見這話，忙請那人進到客位坐下。

取書出來看了，纔知就是他老師因被參發審，審的參款都是虛情，依舊復任。○天一、二評：補叙。未及數月，行取進京，授了給事中。這番寄書來約這門生進京，要照看他。○黄評：他偏有許多遇合，而愛之適所以害之。匡超人留來人〔一〇〕酒飯，寫了禀啓，說：「蒙老師呼喚，不日整理行裝，即來趨教。」打發去了。隨即接了他哥匡大的書子，說宗師按臨温州，齊集的牌已到，叫他回來應考。匡超人不敢怠慢，○童評：纔接老師的書子，約他進京；又接哥子之書子，叫他應考。巴結功名的，何敢怠慢；希圖富貴的，更切攀援。向渾家說了，一面接丈母來做伴，他便收拾行裝，去應歲考。○童評：以匡超人之聰明，又選了兩年考卷，去應歲考，正是投時利器。考過，宗師着實稱贊，取在一等第一；又把他題了優行，○黄評：高黑帽題優行矣。貢入太學肄業，他歡喜謝了宗師。宗師起馬，送過，依舊回省。○黄評：並不回家，可惡。和潘三商議，要回樂清鄉里去挂匾，竪旗杆。到織錦店裏織了三件補服：○黄評：補服，究係何官耶？已相習成風，無人見怪矣。自己一件，母親一件，妻子一〔一一〕件。○天一、二評：太早否。○童評：一得優貢，登時闊起來了。製備停當，又〔一二〕在各書店裏約了一個會，每店〔一三〕三兩，各家又另外送了賀禮。

正要擇日回家，○黄評：要回家者，不過爲薰嚇鄉里起見，並非有思親之念。那日景蘭江走來候候〔一四〕，就邀在酒店裏吃酒。吃酒中間，匡超人告訴他這些話，景蘭江着實羨了一回。○童評：匡超人定要誇張一番，景蘭江着實稱羡一回。景蘭江猶是無事閑游的景蘭江，匡超人已非旗亭小飲之匡超人矣。落後講到潘三身上來，景蘭江道：「你不曉得麽？」匡超人道：「甚麽事？我不曉得。」景蘭江道：「潘三昨晚拿了，已是下在監裏。」○齊評：劈頭一棒，與前相應。匡超人大驚道：「那有此事！我昨日午間纔會着他，怎麽就拿了？」○童評：匡超人與景蘭江往來未久，景蘭江開店折本，潘三知之，匡超人不知，在乎情理之中。匡超人與潘三相交最深，潘三被拿下監，景蘭江知之，匡超人不知，出於情理之外。匡超人道是昨日還會着，景蘭江道是今早纔聽見。潘三一生做事，迅速之極。一旦犯事，亦迅速之極。景蘭江道：「千真萬確的事。不然我也不知道，我有一個舍親在縣裏當刑房，今早是舍親小生日，我在那裏祝壽，滿座的人都講這話，我所以聽見。○童評：塚宰公子小生日，匡超人祝壽，學了一篇批選時文的弁言去。縣裏刑房小生日，景蘭江祝壽，聽了一件訪拿地棍的新聞來。竟是撫臺訪牌下來，縣尊刻不敢緩，三更天出差去拿，還恐怕他走了，將前後門都圍起來，登時拿到。○童評：撫臺訪牌下來，縣尊刻不待緩。三更天出差，圍住前後門，登時拿到，寫得迅雷不及掩耳。縣尊也不曾問甚麽，只把訪的款單摜了下來，把與他看。他看了也沒的辯，○童評：看了訪牌，低頭不辯。潘三所幹之事，爲王法所必誅。其幹此等事時，早知有今日之下。只朝上磕了幾個頭，就送在監裏去了。纔走得幾步，到了堂口，縣尊叫差人回來，吩咐寄内號，同大盗在一處。○童評：同大盜監在一處。市井奸棍，乃不操戈矛之大盜也。這人此後苦了。你若不信，我同你到舍親家去看看款單。」匡超人道：「這個好極，費先生的心，引我去看一看訪的是些甚麽事。」○齊評：心虛之極。○天一、二評：心虛。○童評：既爲潘三耽憂，又爲自家着急，故亟亟乎要看款單。當下兩人會了賬，出酒店，一直走到刑房家。

那刑房姓蔣，家裏還有些客坐着，○童評：還有些客坐着，是等吃壽酒光景。不寫此句，便不像他家今天慶壽矣。見兩人來，請在書房坐下，問其來意。景蘭江説：「這敝友要借縣裏昨晚拿的潘三那人款單〔一五〕看看。」刑房拿出款單來，這單就粘在訪牌上。那訪牌上寫道：

訪得潘自業，○童評：潘者，拚也。自業者，自作孽也。言其逐款款皆自作之孽，而拚受此罪孽也。寫此以警凡有才幹之人，切莫借衙門隱占身體，無所不爲，有如潘自業之不容於光天化日之下也。即潘三，本市井奸棍，借藩司衙門隱占身體，把持官府，包攬詞訟，廣放私債，毒害良民，無所不爲。如此惡棍，豈可一刻容留於光天化日之下！爲此，牌仰該縣，即將本犯拿獲，嚴審究報〔一六〕，以便按律治罪。毋違。火速！火速！

那款單上開着十幾款：一、包攬欺隱錢糧若干兩；一、私和人命幾案；一、短截本縣印文及私動硃筆一案；一、假雕印信若干顆；一、拐帶人口幾案；一、重利剥民，威逼平人身死幾案；一、勾串提學衙門，買囑槍手代考幾案；……不能細述。○黄評：訪案虚實兼寫。匡超人不看便罷，看了這款單，不覺「颼」的一聲，魂從頂門出去了。○童評：第一款虚寫，第二款虚寫，第三款實寫，第四款實寫，第五款虚寫，第六款虚寫，第七款實寫。匡超人看至此，正是自家最不放心之事，不覺魂飛天外，以下還有幾款，已不能再看矣。只因這一番，有分教：師生有情意，再締絲蘿；朋友各分張，難言蘭臭。畢竟後事如何，且聽下回分解。

【總評】

卧評　此篇專爲寫潘三而設。夫潘三不過一市井之徒，其行事本不必深責。然余獨賞其爽快瀏亮，敢作敢爲，較之子曰行中鄙瑣跕滯之輩，相去不啻天壤。讀竟不覺爲之三嘆曰：嗟乎，作者之命意至深遠矣！○黄評：以下所言不切潘三，評者往往有此敗筆。夫造物之生人，各賦以耳目手足，苟非頑然不靈，孰肯束縛枯槁，而甘守飢寒以轉死於溝壑哉！故先王之用人也，上而卿大夫，下而府史胥徒，雖一材一藝，皆得有以自效，而不忍使之見棄於世。自科舉之法行，非三場得手兩榜出身者，概〔一七〕謂之曰濁流異途。乃其人自顧亦不敢與清流正途者相次比，而其中一二狡黠者，既挾其聰明才智，自分無可爲出頭之地，遂不得不干犯當時之文網，巧取人間之富厚。○黄評：此不過嘆科場舞弊耳，潘三舞弊豈止此一事？文前後不合。此書評者妙處固多，然謬亦不免，不知何故。法令滋張，而奸盜不息，豈盡人之自喪其天良歟？抑亦上之人有以驅〔一八〕之使然也？嗚呼！可勝嘆哉！

【校記】

〔一〕在，申一本作「往」。

〔二〕拾着了，申一本作「曉得了」，申二本作「拿着了」。

〔三〕好處，申二本作「不論」。

〔四〕看看，申一、二本作「看着」。

〔五〕出去，原作「去出」，抄本同。從蘇本和申一、二本改。

〔六〕退，原作「褪」，蘇本同。從抄本和申一、二本改。

〔七〕行財下禮，申一本作「行聘財禮」。

〔八〕愁爲不着我的情也怎的，申一本作「總然記着我的情分的」。

〔九〕大，抄本作「小」。

〔一〇〕「來人」後申一、二本多「吃了」。

〔一一〕妻子一，原作「製備停」。從抄本、蘇本和申一、二本改。

〔一二〕又，原作「正」，抄本、蘇本同。從申一、二本改。

〔一三〕會每店，原作「妻子一」。抄本缺。從蘇本和申一、二本改。

〔一四〕候候，申二本作「問候」。

〔一五〕拿的潘三那人款單，申一本作「拿潘三的款單」。

〔一六〕報，申一、二本作「辦」。

〔一七〕概，原作「慨」，蘇本同。從抄本和申一、二本改。

〔一八〕驅，原作「歐」，抄本同。從蘇本和申一、二本改。

第二十回

匡超人高興長安道　牛布衣客死蕪湖關

話説匡超人看了款單，登時面如土色，真是「分開兩扇頂門骨，無數涼冰澆下來」。口裏説不出，自心下想道：「這些事，也有兩件是我在裏面的；倘若審了，根究起來，如何了得！」○黄評：後來潘三竟不供出，當如何感激，全然忘之，尚得爲人否？○齊評：真是僥天之倖。當下同景蘭江別了刑房，回到街上，景蘭江作別去了。匡超人到家，躊躇了一夜，○童評：躊躇了一夜，就是盤算自己逃到京裏去，娘子送到家裏去，轉典屋價做川資這些事耳。不曾睡覺。娘子問他怎的，他不好真説，只説：「我如今貢了，要到京裏去做官，你獨自在這裏住着不便，只好把你送到樂清家裏去。你在我母親跟前，我便往京裏去做官，做的興頭，再來接你上任。」○童評：是哄騙女人的話。娘子道：「你去做官罷了，我自在這裏，接了我媽來做伴。你叫我到鄉裏去，我那裏住得慣？○童評：杭州城裏的女人，樂清鄉裏如何住得慣？無怪鄭氏不肯去。這是不能的！」匡超人道：「你有所不知，我在家裏，日逐有幾個活錢，我去之後，你日食從何而來？老爹那邊也是艱難日子，他那有閑錢養活女兒？待要把你送在娘家住，那裏房子窄，我而今是要做官的，你就是誥命夫人，○黄評：誥命在何處？不叫他住在那裏，已有鄙棄之意。住在那地方不成體面，○齊評：滿腔心事，聲口仍然如此。詐僞無比。○天一、二評：匡二口口「作官」與嚴大口口「鄉紳」相對。○天二評：已伏再娶之根。不如還是家去好。○天二評：你家裏房子寬大！現今這房子轉的〔一〕出四十兩銀子，我拿幾兩添着進京，剩下的你帶去，放在我哥店裏，你每日支用。我家那裏東西又賤，鷄、魚、肉、鴨，日日有的，有甚麽不快活？」○童評：是欣動女人的話。娘子再三再四不肯下鄉，他終日來逼，逼的急了，哭喊吵鬧了幾次。他不管娘子肯與不肯，竟托書店裏人把房子轉了，拿了銀子回來。○童評：始則軟勸，繼則硬逼，終則吵鬧。匡超人一心想逃，更無商量。這幾日匡超人如坐針氈，只怕那兩件事根究出來。娘子到底不肯去，他請了丈人、丈母來勸。丈母也不肯。那丈人鄭老爹見女婿就要做官，責備女兒不知好歹，○黄評：是差役見識。○童評：丈母捨不得放女兒到鄉下去，是丈母的心腸。丈人責備着教女兒到鄉下去，是丈人的心腸。女婿就要做官，丈人都要奉承，不獨胡屠户，還有鄭老爹。着實教訓了一頓。女兒拗不過，方纔允了。○童評：在家從父，出嫁從夫，兩人一齊來逼，如何拗得過去？不是女兒不知好歹，却是老爹不知死活。叫一隻船，把些傢伙什物都搬在〔二〕上。匡超人〔三〕托阿舅送妹子到家，○童評：匡超人本欲回樂清鄉裏去挂匾豎旗杆，因爲潘三犯案，恐怕牽連，亟亟乎要逃往京師，故一概顧不得，連妻子都托阿舅送回家去。寫得一時匆促之至。寫字與他哥，説將本錢添在店裏，逐日支銷。擇個日子動身，娘子哭哭啼啼，拜别父母，上船去了。○黄評：自己仍不回家。

匡超人也收拾行李來到京師見李給諫，給諫大喜。問着他又補了廪，以優行貢入太學，益發喜極。○童評：李給諫仍以孝子目匡超人，故一見極其喜歡，極其優待。向他説道："賢契，目今朝廷考取教習，學生料理，包管賢契可以取中。你且將行李搬在我寓處來盤桓幾日。"匡超人應諾，搬了行李來。又過了幾時，給諫問匡超人可曾婚娶。匡超人暗想，老師是位大人，在他面前説出丈人是撫院的差，恐惹他看輕了笑，○黄評：不脱撫差，亦可固知此是托辭，已有易妻之意矣。○童評：丈人是撫院的差，説出來，恐惹李大人看輕了笑。還有個女婿是學院的軍牢夜役，只怕李大人得知看輕了，不但是笑。只得答道："還不曾。"給諫道："恁大年紀，尚不曾娶〔四〕，也是男子漢『摽梅之候』了。但這事也在我身上。"○黄評：如此成全，却是害他，然豈給諫之過？○童評：考教習，也是老師料理。作居停，也在老師寓處。完婚娶，也在老師身上。李給諫極想照看這個門生，匡超人頗對不起這位老師。

次晚，遣一個老成管家來到書房裏向匡超人説道："家老爺拜上匡爺。因昨日談及匡爺還不曾恭喜娶過夫人，家老爺有一外甥女，是家老爺夫人自小撫養大的，今年十九歲，才貌出衆，現在署中，家老爺意欲招匡爺爲甥婿。一切恭喜費用俱是家老爺備辦，不消匡爺費心。所以着小的來向匡爺叩喜。」○童評：次晚即遣個老成管家來説親，可見給諫昨日問可曾婚娶時，早有此意。撫養甥小姐，長成才貌出衆；招贅新姑爺，恭喜不消費用。來的老管家，説得娓娓可聽；害那小書生，心中怦怦欲動。匡超人聽見這話，嚇了一跳，思量要回他説已經娶過的，前日却説過不曾；但要允他，又恐理上有礙。又轉一念道：○黄評：天下事無不壞於「轉念」，何况匡二一鄉民，全無學問哉！「戲文上説的蔡狀元招贅牛相府，傳爲佳話，這有何妨！」○齊評：此人何所不可。○天一、二評：匡二胸中如此。○童評：前日説過不曾娶，此時自難改口。若恐理上有礙，有何不可回他？先推須請母命，以延宕之，繼言接到母書新經家中聘定，以搪塞之。給諫焉能相强乎？計不出此者，總是匡超人拋撇糟糠，貪圖榮利，要學蔡狀元，作負心郎耳。即便應允了。給諫大喜，進去和夫人説下，擇了吉日，張燈結彩，倒賠數百金裝奩，把外甥女嫁與匡超人。到那一日，大吹大擂，匡超人紗帽圓領，金帶皂靴，先拜了給諫公夫婦，一派細樂，引進洞房。揭去方巾，見那新娘子辛小姐，真有沉魚落雁之容，閉月羞花〔五〕之貌，○天二評：馬二先生所謂「書中自有顏如玉」了○童評：「書中自有顏如玉，書中自有黄金屋，書中自有千鍾粟。」還記得馬二先生臨别贈言否？。人物又標致，○黄評：即不「標致」亦視若仙子嫦娥也。嫁裝又齊整，匡超人此時恍若親見瑤宮仙子、月下嫦娥，那魂靈都飄在九霄雲外去了。自此，珠圍翠繞，燕爾新婚，享了幾個月的天福。○黃評：殺猪磨豆腐，窮骨頭何以銷受真天福矣。○童評：這幾個月的福，匡超人從出母胎，未曾享過。

不想教習考取，要回本省地方取結。匡超人没奈何，含着一包眼淚，只得別過了辛小姐，回浙江來。一進杭州城，先到他原舊丈人鄭老爹家來。○童評：「丈人鄭老爹」上，加「原舊」兩字，可發一笑，可發一嘆。進了鄭家門，這一驚非同小可，○齊評：一驚之後不覺大喜，可謂天從人願。只見鄭老爹兩眼哭得通紅，○黃評：文筆不平之至。○童評：鄭老爹此時要懊悔教訓女兒，責備他不知好歹了。對面客位上一人便是他令兄匡大，裏邊丈母嚎天喊地的哭。○童評：一個嬌滴滴女兒，被女婿生生的送死了。丈母那得不嚎天喊地的哭？匡超人嚇痴了，向丈人作了揖，便問：「哥幾時來的？老爹家爲甚事這樣哭？」匡大道：「你且搬進行李來，洗臉吃茶，慢慢和你説。」○天一、二評：他哥忽然又鎮静。○童評：匡二纔到，問匡大爲甚事，是摸不着頭路語。匡大也是纔到，答匡二且慢説，有顧戀他勞頓意。匡超人洗了臉，走進去見丈母，被丈母敲桌子，打板凳，哭着一場數説：「總是你這天災人禍的，○童評：應該敲桌打凳的駡，應該天災人禍的咒。魯家丈母愛女婿，應該貼着他心頭一塊肉；鄭家丈母恨女婿，應該咬掉他臂上一塊肉。把我一個嬌滴滴的女兒生生的送死了！」匡超人此時纔曉得鄭氏娘子已是死了，○黄評：正合鄙意。○齊評：好個凑趣的娘子。忙走出來問他哥。匡大道：「自你去後，弟婦到了家裏，爲人最好，母親也甚歡喜。那想他省裏人，過不慣我們鄉下的日子。況且你嫂子們在鄉下做的事，弟婦是一樣也做不來，又没有個白白坐着，反叫婆婆和嫂子伏侍他的道理，因此心裏着急，吐起血來。靠大娘〔六〕的身子還好，倒反照顧他，他更不過意。一日兩，兩日三，鄉裏又没個好醫生，病了不到一百天，就不在了。○童評：寫鄭氏娘子賢淑，不愧老爹忠厚家風，然而一條性命，就送在賢淑上，大爲可憐。我也是纔到，所以鄭老爹、鄭太太聽見了哭。」匡超人聽見了這些話，止不住落下幾點淚來，○黄評：假也假也，哪來眼淚？○天二評：應酬。○童評：「止不住落下幾點淚來」，寫得毫無情義。可見匡超人在李家享福時，已置鄭氏娘子於度外，已視鄭氏娘子若贅疣矣。便問：「後事是怎樣辦的？」匡大道：「弟婦一倒了頭，家裏一個錢也没有，我店裏是騰不出來，就算騰出些須來，也不濟事。無計奈何，只得把預備着娘的衣衾棺木都把與他用了。」匡超人道：「這也罷了。」○齊評：孝子口氣乃如此。○童評：並不爲結髮賢妻悲痛，亦不問白髮慈親安康，只淡淡説了些喪葬面上的浮談，就連連放出他勢利場中的熱屁。匡超人的一雙眼，已被功名兩字照得通紅；匡超人的一片心，已被富貴兩字薰得烏黑。○黄評：匡二終不歸，則娘之死後更不可問矣。匡大道：「裝殮了，家裏又没處停，只得權厝在廟後，等你回來下土。你如今來得正好，作速收拾收拾，同我回去。」○黃評：他不回去了。匡超人道：「還不是下土的事哩。○童評：「還不是下土的事」，莫非要等你將來做了高官，發了巨財，好廣尋風水，大起墳堂麽？我想如今我還有幾兩銀子，大哥拿回去，在你弟婦厝基〔七〕上替他多添兩層厚磚，砌的堅固些，也還過得幾年。方纔老爹説的，他是個誥命夫人，到家請會畫的替他追個像，把鳳冠補服畫起來，逢時遇節，供在家裏，叫小女兒燒香，他的魂靈也歡喜。○黃評：他更不歡喜。○童評：「你就是誥命夫人」，要賺娘子下鄉時説的。「他是個誥命夫人」，不知老爹幾時説的？　生前受足了活磨難，死後用不着虛體面。他的魂靈，方痛恨之不暇，那得喜歡？就是那年我做了家去與娘的那件補服，若本家親戚們家請酒，叫娘也穿起來，顯得與衆人不同。○黃評：肉麻死矣，究竟是何官職耶！○童評：不趕緊預備還娘的衣衾棺槨，却説到没要緊的那件補服上，顯得與衆人不同。於倚閭而望者，有何益處？哥將來在家，也要叫人稱呼『老爺』，凡事立起體統來，不可自己倒了架子。○齊評：居然有架子矣。○童評：胡屠户吩咐范進道：「你如今既中了相公，凡事立起體統來。」匡超人囑咐匡大道：「哥在家要人稱老爺，凡事立起體統來。」兩個人一般聲口，一般勢利。我將來有了地方，少不得連哥嫂都接到任上同享榮華的。」○天一評：這就是《孝經》上所説「顯親揚名」。○天二評：此即《孝經》所云「顯親揚名」。○童評：匡超人從前對鄭氏道：「我往京裏去做官，做的興頭，再來接你上任。」如今對匡大道：「我將來有了地方，連哥嫂都接到任上，同享榮華。」那一個已是等不及了，這兩個不知等得及等不及。匡大被他這一番話說得眼花繚〔八〕亂，渾身都酥了，一總都依他說。晚間，鄭家備了個酒，吃過，同在鄭家住下。次日上街買些東西。匡超人將幾十兩銀子遞與他哥。○童評：「匡超人將幾十兩銀子遞與他哥」，此下應增「回家去了」四字。

又過了三四日，景蘭江同着刑房的蔣書辦找了來說話，見鄭家房子淺，要邀到茶室裏去坐。匡超人近日口氣不同，雖不說，意思不肯到茶室，○黄評：肉麻肉麻，虧作者寫得出。○童評：匡超人考取教習，更要在舊朋友面上擺架子了。景蘭江揣知其意，說道：「匡先生在此取結赴任，恐不便到茶室裏去坐，小弟而今正要替先生接風，我們而今竟到酒樓上去坐罷，還冠冕些。」當下邀二人上了酒樓，斟上酒來。景蘭江問道：○童評：景蘭江問得有竅，正是搔着他的癢處。「先生，你這教習的官，可是就有得選的麽？」匡超人道：「怎麽不選？像我們這正途出身，考的是内廷教習，每日教的多是勛戚人家子弟。」○黄評：不配，然可以欺景蘭江。蓋咸安宫教習必進士也。景蘭江道：「也和平常教書一般的麽？」匡超人道：「不然！不然！我們在裏面也和衙門一般：公座、硃墨、筆、硯，擺的停當。我早上進去，升了公座，那學生們送書上來，我只把那日子用硃筆一點，他就下去了。○天二評：「夥頤，涉之爲王沈沈者！」○石史評：出《史記·陳涉世家》。學生都是蔭襲的三品以上的大人，出來就是督、撫、提、鎮，都在我跟前磕頭。像這國子監的祭酒，是我的老師，他就是現任中堂的兒子，中堂是太老師。前日太老師有病，滿朝問安的官都不見，單只請我進去，坐在床沿上，談了一會出來。」○黃評：何所愛於君耶？○齊評：竟是嚴貢生口氣。何天下之秀才都會説謊？何地無才。○童評：匡超人見了辛小姐，那魂靈已飄在九霄雲外去了，想必此時還未附體，故説這些雲裏霧裏的話。蔣刑房等他説完了，慢慢提起來，○天一、二評：蔣刑房已聽得厭了。曰「等他説完」，曰「慢慢提起來」，冷極。○天二評：《補西游》於項羽説平話之際，假虞姬請吃些緑豆湯，更妙。説：「潘三哥在監裏，前日再三和我説，聽見尊駕回來了，意思〔九〕要會一會，叙叙苦情。不知先生你意下何如？」○童評：蔣刑房説得宛轉，不敢踢着他的痛處。匡超人道：「潘三哥是個豪傑，他不曾遇事時，會着我們，到酒店裏坐坐，鴨子是一定兩隻，還有許多羊肉、猪肉、鷄、魚，像這店裏錢數一賣的菜，他都是不吃的。○黃評：只講吃喝，一門不提待他好處，其無耻昧良一至於是。○齊評：你吃了他許多東西，不知感念，還要嘲笑别人。此人真不可相與的。○童評：開口就道潘三哥是個豪傑，聽者以爲必要表明他一番豪舉。不料替他開了一張吃食單子，還要借他奚落别人，煞是可惡。他而今受了累，可惜這些好吃局，你只好看别人吃了。可惜而今受了累。本該竟到監裏去看他一看，只是小弟而今比不得做諸生的時候，○則仙評：小匡良心喪盡。既替朝廷辦事，就要照依着朝廷的賞罰，○黄評：現在即不算諸生了，不知替朝廷所辦何事？又賞罰何事？若到這樣地方去看人，便是賞罰不明了。」○天二評：又是一個「替朝廷辦事」的人。○童評：匡超人到京師走了一趟，依傍了闊老師，攀附了闊親眷，又仗着自家考取了教習，在這裏取結，脚跟立得牢了，膽子放得大了，就敢大言欺人了。不是逼妻下鄉溜進京時的形狀了。蔣刑房道：「這本城的官並不是你先生做着，你只算去看看朋友，有甚麽賞罰不明？」○齊評：駁得極是。○童評：看了款單面如土色之時，蔣刑房豈有看不出他虚心來？只是捏不牢他的把柄，扳不倒他的筋斗耳。這回聽他如此説法，自然不伏氣，要村他兩句，駁他兩句了。匡超人道：「二位先生，這話我不該説，○黄評：誰説該的？因是知己面前不妨。潘三哥所做的這些事，便是我做地方官，我也是要訪拿他的。○黄評：喪心昧良一至於此！雖小説所托皆亡是公，然天下此等人正復不少，閲之不禁氣涌如山，恨不取匡二殺之割之！○齊評：還該先訪拿自己。○則仙評：我不妨「做地方官」，不妨與之狼狽爲奸。如今倒反走進監去看他，難道説朝廷處分的他不是？這就不是做臣子的道理了。况且我在這裏取結，院裏、司裏都知道的，如今設若走一走，傳的上邊知道，就是小弟一生官場之玷。這個如何行得！○齊評：好貨！○天一評：怕是傳的上邊知道，要請你進監。○童評：豺狼其心，蛇蝎其口，身列衣冠，行同禽獸。論交若盡如斯人，五倫可廢夫朋友。一生官場之玷，與頭戴黑高帽，身穿青布衣，腰繫紅搭包，手執水火棍，跟了一班軍牢夜役，吆喝排班的比較起來，還是那件清白些。可好〔一〇〕費你蔣先生的心，多拜上潘三哥，凡事心照。若小弟僥倖，這回去就得個肥美地方，到任一年半載，那時帶幾百銀子來幫襯他，○黄評：「到任一年半載」便有銀子「幫襯」人，只怕也要訪拿！倒不值甚麽。」○天一評：等那一位學生放了督撫，便可釋放潘三。○天二評：如此依舊賞罰不明，不像「替朝廷辦事」的人了。○童評：等你僥倖，等你得個肥美地方，等你到任一年半載，等你帶銀子來幫襯他。不知潘三哥有没有這樣造化，有没有這般長壽？兩人見他説得如此，大約没得辯他，吃完酒，各自散訖。蔣刑房自到監裏回覆潘三去了。

匡超人取定了結，也便收拾行李上船。○黄評：仍不回家。那時先包了一隻淌板船的頭艙，○童評：仍是搭船，仍坐頭艙。與景蘭江同舟時，前後作章法。包到揚州，在斷河頭上船。上得船來，中艙先坐着兩個人：一個老年的，繭綢直裰，絲縧朱履；一個中年的，寶藍直裰，粉底皂靴，都戴着方巾。匡超人見是衣冠人物，便同他拱手坐下，問起姓名。那老年的道：「賤姓牛，草字布衣。」匡超人聽見景蘭江説過的，○黄評：借景蘭江便省却寫牛布衣。便道：「久仰。」又問那一位，牛布衣代答道：「此位馮先生，尊字琢庵，乃此科新貴，往京師會試去的。」匡超人道：「牛先生也進京麽？」牛布衣道：「小弟不去，要到江上邊蕪湖縣地方尋訪幾個朋友，○童評：兩個同舟之人，一個進京的是同路，一個到蕪湖的不同路，先從牛布衣口中提明。因與馮先生相好，偶爾同船，只到揚州，弟就告別，另上南京船，走長江去了。先生仙鄉貴姓？今往那裏去的？」匡超人説了姓名。馮琢庵道：「先生是浙江選家。尊選有好幾部弟都是見過的。」○童評：牛布衣的詩名，匡超人從交詩友上聽來的；匡超人的文名，馮琢庵從看選本上見來的。難得一船三人，恰好兩文一詩。匡超人道：「我的文名也夠了。○黄評：無知畜生，一妄至此！○齊評：還記得測字名氣否？○童評：你的文名呢，自己算是夠了。你的選本呢，人家已見過了。你才氣是有的，只是理法欠些。自從那年到杭州，至今五六年，考卷、墨卷、房書、行書、名家的稿子，還有《四書講書》、《五經講書》、《古文選本》，家裏有個賬，共是九十五本。弟選的文章，每一回出，書店定要賣掉一萬部，○黄評：信口誇張，不至貽笑不止。○童評：但曉得考卷、墨卷、房書、行書，不曉得《左傳》、右傳、《老子》、少子，還算不得全才。不要説九十五本，就説九百五十本，從何處同你對賬？不要説一萬部，就説十萬部，有何人替你查數？山東、山西、河南、陝西、北直的客人，都爭着買，只愁買不到手；還有個拙稿是前年刻的，而今已經翻刻過三副板。○童評：烏龜爬門檻，只看這一翻。翻過三副板，已進三層檻。韓家藥籠内，兼收牛之溲。臧氏藻棁中，好藏你的板。不瞞二位先生説，此〔二〕五省讀書的人，○童評：北五省讀書人家家隆重，當是北方之强。家家隆重的是小弟，都在書案上，香火蠟燭，供着『先儒匡子之神位』。」○黄評：得不噴飯否？而先生忍心寫出。○齊評：虧他一副老臉皮。○天一、二評：至今讀《儒林外史》者猶仰慕「先儒匡子」○潘祖蔭評：丁守存亦嘗如此説，其人號心齋，其八股刻本甚多。伯寅記。○則仙評：小匡之胡言人人知之，不圖《野叟曝言》末回竟有文素臣夢見先賢文子神位一事。夫《外史》與《曝言》皆書中之傑出者，以此對勘，未免雷同，特不知孰是抄胥耳。○童評：只怕透活的先儒匡子，撞着挺硬的暴客陽貨。牛布衣笑道：「先生，你此言誤矣！所謂『先儒』者，乃已經去世之儒者，今先生尚在，何得如此稱呼？」匡超人紅着臉道：○黄評：尚知紅臉耶！「不然！所謂『先儒』者，乃先生之謂也！」○童評：先生者，乃陰間秀才之謂也。牛布衣見他如此説，也不和他辯。馮琢庵又問道：「操選政的還有一位馬純上，選手何如？」匡超人道：「這也是弟的好友。這馬純兄理法有餘，才氣不足；○齊評：又從衛、隨二公餘唾中化出。所以他的選本也不甚行。選本總以行爲主，若是不行，書店就要賠本，惟有小弟的選本，外國都有的！」○黄評：先生惡此等人至於此極，不怕人腸子笑斷耶。○童評：你的選本，外國大其通行，小人國銷路最廣。彼此談着。過了數日，不覺已到揚州。馮琢庵、匡超人換了淮安船到王家營起旱，進京去了。○童評：此回結匡迴傳，由牛布衣遞入牛浦傳。

牛布衣獨自搭江船過了南京，來到蕪湖，尋在浮橋口一個小庵内作寓。這庵叫做甘露庵，門面三間：中間供着一尊韋馱菩薩；左邊一間鎖着，堆些柴草；○天一、二評：預備殯宮。右邊一間做走路。進去一個大院落，大殿三間，殿後兩間房，一間是本庵一個老和尚自己住着，一間便是牛布衣住的客房。牛布衣日間出去尋訪朋友，晚間點了一盞燈，吟哦些甚麽詩詞之類。○童評：先點明浮橋口，先點明甘露庵，又將庵中屋宇逐間點明，爲下文老和尚安頓牛布衣停柩地步，若待臨時寫出，便無根柢矣。直到牛奶奶尋夫，纔完結這段文字。　汶上薛家集的觀音庵，只有一個和尚；蕪湖浮橋口的甘露庵，也是一個和尚。周先生在觀音庵教學生，看去覺得鬧鬧熱熱；牛布衣在甘露庵做寓客，讀去覺得冷冷清清。老和尚見他孤踪〔一二〕，時常煨了茶送在他房裏，陪着説話到一、二更天。若遇清風明月的時節，便同他在前面天井裏談説古今的事務，○齊評：客中情況。○天二評：可知此僧不俗，不是開口閉口阿彌陀佛的。甚是相得。○童評：老和尚與牛布衣氣味相同，兩人一見如故，佛家所謂因緣也。不想一日，牛布衣病倒了，請醫生來〔一三〕，一連吃了幾十帖藥，總不見效。那日，牛布衣請老和尚進房來坐在床沿上，説道：「我離家一千餘里，客居在此，多蒙老師父照顧，不想而今得了這個拙病，眼見得不濟事了。○黄評：游幕者看榜樣，不知終歲奔波究爲何事。家中並無兒女，只有一個妻子，年紀還不上四十歲；前日和我同來的一個朋友，又進京會試去了；而今，老師父就是至親骨肉一般。我這床頭箱内，有六兩銀子，我若死去，即煩老師父替我買具棺木。○童評：老年人作孤客，住在孤村荒寺，對此一盞孤燈，已是十分孤寂。何况孤身抱病，説出一番孤苦之言，如聽孤猿夜啼，能不令人淚下？ 貧歸故里生無計，病卧他鄉死亦難。此時牛布衣先生，也有這般情況。 還有幾件粗布衣服，拿去變賣了，請幾衆師父替我念一卷經，超度我生天〔一四〕。○天二評：可知此公胸中不過如此。○則仙評：斗方名士結局如此。○童評：人之將死，其言也善。牛布衣信心佛法，宜其委蛻禪門。 棺柩便尋那裏一塊空地把我寄放着，○黄評：伏筆。 材頭上寫『大明布衣牛先生之柩』，不要把我燒化了，倘得遇着個故鄉親戚，把我的喪帶回去，我在九泉之下，也是感激老師父的！」老和尚聽了這話，那眼淚止不住紛紛的落了下來，説道：「居士，你但放心，説凶得吉，你若果有些山高水低，這事都在我老僧身上。」○齊評：和尚真有好心。○童評：老和尚一口應承，件件照他遺囑。所不曾做到者，只有一具靈柩未帶回去。這要恨牛奶奶來遲，那也教老師父没法。 還望他説凶得吉，是開士慈悲念切。若果有山高水低，是居士時運不齊。 牛布衣又掙起來，朝着床裏面席子下拿出兩本書來，遞與老和尚，道：「這兩本是我生平所做的詩，雖没有甚麽好，却是一生相與的人都在上面，我捨不得湮没了，○黄評：所謂「相與」者，不過大老，「捨不得湮没」者，不過相與大老，此作詩之意也。而其毒乃中於小牛。○天二評：噉名。原來做詩是記他人名姓。 也交與老師父。有幸〔一五〕遇着個後來的才人替我流傳了，我死也瞑目！」○齊評：人死留名，豹死留皮，古今來誰能打破此關。○童評：兩本詩稿，想要流傳。名士好名，至死不變。此時出諸牛布衣口中，惟恐湮没其生平。後來落在牛浦郎手裏，做了頂冒的執照。老和尚雙手接了，見他一絲兩氣，甚不過意，連忙到自己房裏，煎了些龍眼蓮子湯，拿到床前，扶起來與他吃，已是不能吃了，勉强呷了兩口湯，仍舊面朝床裏睡下。挨到晚上，痰響了一陣，喘息一回，嗚呼哀哉，斷氣身亡。○則仙評：按牛布衣之爲人似高出西湖諸名士之上，然而暮年落拓，四海依人，卒至客死他鄉，歸骨無日，豈不大可哀乎！丁未清和月。○童評：了結牛布衣。嗚呼！在甘露庵言人生如朝露耳。老和尚大哭了一場。

此時乃嘉靖九年八月初三日，天氣尚熱。老和尚忙取銀子去買了一具棺木來，拿衣服替他换上，央了幾個庵鄰，七手八脚，在房裏入殮。百忙裏，老和尚還走到自己房裏，披了袈裟，拿了手擊子，到他柩前來念「往生咒」。裝殮停當，老和尚想：「那裏去尋空地？不如就把這間堆柴的屋騰出來與他停柩。」○黄評：遥映後事。和鄰居説了，脱去袈裟，同鄰居把柴搬到大天井裏堆着，將這屋安放了靈柩。取一張桌子，供奉香爐、燭臺、魂旛，○黄評：桌子、魂旛俱是伏筆。俱各停當。老和尚伏着靈桌又哭了一場。將衆人安在大天井裏坐着，烹起幾壺茶來吃着。○童評：要替他送殮，披了袈裟，拿着手擊子，來念往生咒。要替他停柩，脱了袈裟，央同衆鄰居，騰出堆柴屋。不但把個老和尚忙的走進跳出，連那件舊偏衫，也忙的披上脱下。靈柩安放在空屋裏，比寄放在空地上好多了。安插衆鄰居在天井裏吃茶，想起同牛布衣在天井裏玩月，談説古今事務時，不勝今昔之感。老和尚煮了一頓〔一六〕粥，打了一、二十斤酒，買些麵筋、豆腐乾、青菜之類到庵，央及一個鄰居燒鍋。老和尚自己安排停當，先捧到牛布衣柩前奠了酒，拜了幾拜，便拿到後邊與衆人打散。○天一評：又慈悲又周到，好老和尚。老和尚道：「牛先生是個異鄉人，今日回首在這裏，○童評：一個異鄉人，回首在這裏，全仗一個出家人，替他支持過去。牛布衣在九泉之下，也當感激。一些甚麼也没有，貧僧一個人，支持不來。阿彌陀佛，却是起動衆位施主來忙了恁一天。出家人又不能備個甚麼肴饌，只得一杯水酒，和些素菜，與列位坐坐。列位只當是做好事罷了，休嫌怠慢。」○黄評：此一段雖無關正文，然亦可感發人之善心。衆人道：「我們都是烟火鄰居，遇着這樣大事，理該效勞。○童評：老和尚也好，衆庵鄰也好。牛布衣是個好人，故有好人相逢。却又還破費老師父，不當人子。我們衆人心裏都不安，老師父怎的反説這話？」當下衆人把那酒菜和粥都吃完了，各自散訖。

過了幾日，老和尚果然請了吉祥寺八衆僧人，來替牛布衣拜了一天的「梁皇懺」。○天一評：佛。○童評：請了八衆吉祥僧，拜了一天梁主懺，不忘牛布衣臨終之言。自此之後，老和尚每日早晚課誦，開門關門，一定到牛布衣柩前添些香，灑幾點眼淚。○齊評：出家人多情如此。○天二評：有情人纔能成佛，此所謂慈悲。

那日定更時分，老和尚晚課已畢，正要關門，只見一個十七、八歲的小廝，右手拿着一本經摺，左手拿着一本書，進門來坐在韋馱脚下，映着琉璃燈便念。○天一、二評：依僧寺，坐佛膝，映長明燈讀書，亦見《王冕傳》，此借用其事。○平步青評：依僧寺，坐佛膝，映長明燈讀書，亦見《王冕傳》，此借入匡超人。（按：「匡超人」應作「牛浦郎」）○童評：纔發送了一位老客，又結識了一個小厮，亦可伴伴老師父的孤冷，解解老和尚的悶懷。老和尚不好問他，由他念到二更多天去了。老和尚關門睡下。次日這時候，他又來念。一連念了四五日。老和尚忍不住了，見他進了門，上前問道：「小檀越，你是誰家子弟？因甚每晚到貧僧這庵裏來讀書，這是甚麽緣故？」那小厮作了一個揖，叫聲「老師父」，叉手不離方寸，説出姓名來。只因這一番，有分教：立心做名士，有志者事竟成；無意整家園，創業者成難守。畢竟這小厮姓甚名誰，且聽下回分解。

【總評】

卧評　此寫匡超人甫得優貢，即改變初志，器小易盈，種種惡賴。與太公臨死遺言，一一反對。○黄評：小孝變爲「大孝」。

潘三之該殺該割，朝廷得而殺割之，士師得而殺割之，匡超人不得而殺割之也。匪惟不得而殺割之，斯時爲超人者，必將爲之送茶飯焉，求救援焉，納贖鍰焉，以報平生厚我之意然後可耳。乃居然借口昧心，以爲代朝廷行賞罰，且甚而曰，使我當此，亦須訪拿，此真狼子野心，蛇蟲螫毒未有過於此人者。○天二評：此過意。忍心作此言，以明不能進監探望之故，其實爲出脱身體，惟恐累及耳。評者切齒謾駡，全未中窾。昔蔡伯喈伏董卓之尸而哭之，而君子不以爲非者，以朋友自有朋友之情也。○則仙評：自世風不古，感恩知己之説久矣無之。茫茫宇宙如蔡邕者有幾人哉？使天下之人盡如匡超人之爲人，而朋友之道苦矣。○黄評：此評確當。

齊評　牛布衣在甘露庵病危吩咐之語，讀之不勝慨嘆！没世求名，誰能遺此，兼令人凄然有作客之感。

天一、二評　《江寧府志》：朱卉，字草衣，蕪湖人。依吉祥寺僧爲童子師。性喜吟詠，游他郡，訪諸名宿，與之講切，遂工今體。中歲僑居上元，無子，依一女以終。自營生壙清涼山下。按袁簡齋集有《題朱草衣課女》詩云：「草衣山人四壁空，繞膝吟哦惟一女。」即此所謂牛布衣也。

【校記】

〔一〕轉的，申二本作「轉租」。後幾行同。

〔二〕「搬在」後申一、二本多「船」字。

〔三〕匡超人，申一本作「隨即」。

〔四〕娶，原作「取」，抄本、蘇本、申一本同。

從申二本改。同一誤字，以下徑改不記。

〔五〕閉月羞花，原作「閉月修花」，抄本、蘇本同。從申一、二本改。

〔六〕大娘，抄本作「大嫂」。

〔七〕厝基，申一本作「厝裏」，申二本作「厝屋」。

〔八〕繚，原作「瞭」，各本均同。

〔九〕意思，蘇本和申一、二本作「意想」。

〔一〇〕可好，申一本作「只好」。

〔一一〕此，申一、二本作「北」。

〔一二〕孤踪，申一、二本作「孤寂」。

〔一三〕「來」後申一本多「看」字。

〔一四〕「生天」，抄本、蘇本、申一本同。申二本作「升天」。

〔一五〕有幸，原作「又幸」，抄本、蘇本同，從申一、二本改。

〔一六〕頓，申二本作「鍋」。

第二十一回

冒姓字小子求名[一]　念親戚老夫臥病

話說牛浦郎在甘露庵裏讀書，老和尚問他姓名，他上前作了一個揖，說道：「老師父，我姓牛，舍下就在這前街上住，因當初在浦口外婆家長的，所以小名就叫做浦郎。○童評：牛浦郎名字，在小廝自己口中說出。不幸父母都去世了，只有個家祖，年紀七十多歲，開個小香蠟店，胡亂度日，每日叫我拿這經摺去討些賒賬。我打從學堂門口過，聽見念書的聲音好聽，○天二評：此亦借用王冕事。因在店裏偷了錢，○天一評：偷之始。買這本書來念，○黃評：此等人亦有夙慧耶，從此偷起。○童評：偷兒者，賊之別名也。牛浦郎無所不用其偷，先從偷錢買書上起。却是吵鬧老師父了。」老和尚道：「我方纔不是說的，人家拿大錢請先生教子弟，還不肯讀；像你小檀越偷錢買書念，這是極上進的事。○黃評：那知極不上進。○齊評：粗看了似乎極好，孰知後來大是不然，作者用筆都是如此，可謂曲盡世情。○天二評：却是極下流的人。○童評：老和尚敬重讀書人，不以小檀越而忽之。但這裏地下冷，又琉璃燈不甚明亮，我這殿上有張桌子，又有個燈挂兒，你何不就着那裏去念，也覺得爽快些。」○黄評：引賊入門。浦郎謝了老和尚，跟了進來，果然一張方桌，上面一個油燈挂，甚是幽静。浦郎在這邊厢讀書，老和尚在那邊打坐，每晚要到三更天。○童評：每晚要讀到三更天，如此用工，料想將來牛浦郎的詩才，要比匡超人高些。

一日，老和尚聽見他念書，走過來問道：「小檀越，我只道你是想應考，要上進的念頭，故買這本文章來念；而今聽見你念的是詩，這個却念他則甚？」○黄評：詩之中有老爺焉，有名士焉，何必讀文然後爲學。浦郎道：「我們經紀人家，那裏還想甚麽應考上進，只是念兩句詩破破俗罷了。」○童評：不念時文而念唐詩，似非俗士。不想應考而想破俗，像個詩人。老和尚見他出語不俗，○黄評：果是不俗。○齊評：然而俗不俗豈在説話上見得哉！便問道：「你看這詩，講的來麽？」浦郎道：「講不來的也多，若有一兩句講的來，不由的心裏覺得歡喜。」○黄評：真有夙慧耶。○天二評：小牛質性亦稍能領悟，非頑鈍不堪，但心術壞耳。○童評：讀之不難，講之爲難。若有一兩句講得來，覺得心裏歡喜，可見無師傳授，暗中摸索的苦處。老和尚道：「你既然歡喜，再念幾時我把兩本詩與你看，○黄評：壞了壞了。包你更歡喜哩。」○天二評：此因牛布衣臨没遺言，將謂知音者可以托付流傳，不意人之無良，乃有此穿窬匪類。（天一評「臨没遺言」作「臨死遺囑」）○童評：斯時老和尚喜得牛布衣的詩本，有了同心，庶不致湮没。看得牛布衣的詩稿，極其鄭重，尚不肯輕傳。浦郎道：「老師父〔二〕有甚麼詩？何不與我看？」老和尚笑道：「且慢，等你再想幾時看。」

又過了些時，老和尚下鄉到人家去念經，有幾日不回來，把房門鎖了，殿上托了浦郎。浦郎自心裏疑猜：「老師父有甚麼詩，却不肯就與我看，哄我想的慌。」仔細算來，「三討不如一偷」，○齊評：好主意！○童評：三討不如一偷，不知在那個賊祖師處學來的口訣？趁老和尚不在家，到晚把房門掇開，走了進去。○黄評：賊矣焉，得不以偷爲事。○天一評：下流。見桌上擺着一座香爐，一個燈盞，一串念珠，桌上放着些廢殘的經典，○童評：進得房來，無物不見，生就這一雙賊眼。翻了一交，那有個甚麼詩？浦郎疑惑道：「難道老師父哄我？」又尋到床上，尋着一個枕箱，一把銅鎖鎖着。浦郎把鎖捵開，○天一評：竟會捵鎖。○天二評：掇門捵鎖，賊智俱全。○童評：又會掇門，又會捵鎖，生就這一副賊技。見裏面重重包裹。兩本錦面綫裝的書，○黄評：錦裝包裹，以中有老爺在也。上寫「牛布衣詩稿」。浦郎喜道：「這個是了！」○童評：「這個是了」四字，寫出牛浦郎半天納悶，登時快活。慌忙拿了出來，把枕箱鎖好，走出房來，房門依舊關上，○黄評：無非賊形。將這兩本書拿到燈下一看，不覺眉花眼笑，手舞足蹈的起來。是何緣故？他平日讀的詩是唐詩，文理深奥，他不甚懂；這個是時人的詩，他看着就有五六分解的來，故此歡喜。○童評：

唐詩文理深奥，他不甚懂，以應前文「你看這詩，講得來麽」之言。時人的詩，看着就有五六分解的來，以應前文「我把兩本詩與你看，包你更歡喜哩」之言。又見那題目上都寫着：「呈相國某大人」、「懷督學周大人」、「婁公子偕游鶯脰湖分韵，兼呈令兄通政」，○黄評：游鶯脰湖並未分韵賦詩，不過借詩寫出婁公子婁通政耳。○天二評：鶯脰湖之會未聞作詩，此牛布衣擬補，以成末卷丁陳一案。「與魯太史話别」、「寄懷王觀察」，○天一、二評：於此亦見牛布衣爲人。其餘某太守、某司馬、某明府、某少尹，不一而足。○童評：題目上的人，有虚有實，相間成文。昔有人見名士詩稿，第一首是《元日寄懷相國某公》。笑曰：「第一日寄懷第一個官，若寄懷到我輩，不知除夕可輪得着？」今牛布衣稿中，自某相國起，至某少尹止，不缺一個，還算世法平等。浦郎自想：「這相國、督學、太史、通政以及太守、司馬、明府，○黄評：偏偏懂得。都是而今的現任老爺們的稱呼，○黄評：落想便是老爺。可見只要會做兩句詩，並不要進學、中舉，就可以同這些老爺們往來。何等榮耀！」○齊評：所謂從下下乘中立足也。因想：「他這人姓牛，我也姓牛。○則仙評：此兩「牛」字與後文玉圃聯宗相映。他詩上只寫了牛布衣，並不曾有個名字，何不把我的名字，合着他的號，刻起兩方圖書來印在上面，這兩本詩可不算了我的了！○黄評：姓名與詩俱偷中來。我從今就號做牛布衣！」○天二評：狐精變人形尚須戴髑髏夜夜拜月，此乃只須刻兩方圖書，豈非捷徑！或云牛浦因看了此詩以致變壞，不知本具賊性，即不見此稿亦必作穿窬。○童評：既偷了他的詩稿，又要偷他的別號，方纔顯出賊手賊脚，如今又露出賊心賊肝來。當晚回家盤算，喜了一夜。

次日，又在店裏偷了幾十個錢，○黄評：又偷。○童評：圖書又是偷錢去刻，牛浦郎只有這樣本事。走到吉祥寺門口一個刻圖書的郭鐵筆店裏櫃外，○童評：郭鐵筆在此處出現。和郭鐵筆拱一拱手，坐下說道：「要費先生的心，刻兩方圖書。」郭鐵筆遞過一張紙來道：「請寫尊銜。」浦郎把自己小名去了一個「郎」字，寫道：「一方陰文圖書，刻『牛浦之印』；一方陽文，刻『布衣』二字。」郭鐵筆接在手內，將眼上下把浦郎一看，說道：「先生便是牛布衣麽？」○天一、二評：蓋亦疑之。○童評：郭鐵筆一看一問，有不信是牛布衣之意。浦郎答道：「布衣是賤字。」郭鐵筆慌忙爬出櫃臺來，○黄評：吉祥寺山門下，開小鋪面大半用櫃臺自圈在内，防人走入竊物，故曰「爬」出來，非錯字也。重新作揖，請坐，奉過茶來，說道：「久已聞得有位牛布衣住在甘露庵，容易不肯會人，相交的都是貴官長者，失敬！失敬！尊章即鐫上獻醜，筆資也不敢領。」○童評：聽說是牛布衣，便作揖奉茶，連刻資也不敢領。名士到底與衆不同。此處也有幾位朋友仰慕先生，改日同到貴寓拜訪。」○童評：牛布衣寓在甘露庵不久，相交的都是貴官長者，所以這幾位蕪湖朋友，但慕其名，未識其面。浦郎恐他走到庵裏，看出爻象，○天一、二評：賊。只得順口答道：「極承先生見愛。但目今也因鄰郡一位當事約去做詩，還有幾時耽擱，只在明早就行，○天一評：賊。先生且不必枉駕，索性回來相聚罷。圖書也是小弟明早來領。」○童評：牛浦郎的乖巧，不亞於匡超人。故能隨機應變，不露馬脚。郭鐵筆應諾了。浦郎次日討了圖書，印在上面，藏的好好的。每晚仍在庵裏念詩。

他祖父牛老兒坐在店裏。那日午後，没有生意，間壁開米店的一位卜老爹走了過來，坐着説閑話。牛老爹店裏賣的有現成的百益酒，燙了一壺，撥出兩塊豆腐乳和些笋乾、大頭菜，○黄評：是蕪湖風味。擺在櫃臺上，兩人吃着。○天二評：頗有意趣。○童評：鄰翁相對語，且覆掌中杯。卜老爹道：「你老人家而今也罷了：生意這幾年也還興，你令孫長成人了，着實伶俐去得，你老人家有了接代，將來就是福人了。」○童評：從生意還興上，説到令孫長大成人。又從有了接代上，説到將來就是福人。都是因話引話，初非愛親做親。牛老道：「老哥，告訴你不得！我老年不幸，把兒子媳婦都亡化了，丢下這個孽障種子，還不曾娶得一個孫媳婦，今年已十八歲了。每日叫他出門討賒賬，討到三更半夜不來家，説着也不信，不是一日了。恐怕這厮知識開了，在外没脊骨鑽狗洞，淘淥壞了身子，○黄評：莫冤他，其實用功。○齊評：父母之心誰不如此。○天一評：此意想所必到，而孰知竟不然。○天二評：此意想所必至，而孰知不然。若依牛老所猜，則浦郎又要算好的。將來我這幾根老骨頭，却是叫何人送終？」説着，不覺凄惶起來。卜老道：「這也不甚〔三〕難擺劃的事，假如你焦他没有房屋〔四〕，何不替他娶上一個孫媳婦，一家一計過日子，這也前後免不得要做的事。」牛老道：「老哥！我這小生意，日用還糊不過來，那得這一項銀子做這一件事？」卜老沉吟道：「如今倒有一頭親事，不知你可情願？若情願時，一個錢也不消費得。」牛老道：「却是那裏有這一頭親事？」卜老道：「我先前有一個小女嫁在運漕賈家，不幸我小女病故了，女婿又出外經商，遺下一個外甥女，是我領來養在家裏，倒大令孫一歲，今年十九歲了，你若不弃嫌，就把與你做個孫媳婦。○童評：李家有個外甥女，自小撫養大的，今年十九歲，看中了匡超人，情願把辛小姐招贅他。卜家有個外孫女，領來養在家的，今年十九歲，看中了牛浦郎，情願把賈姑娘嫁與他。特用相犯之筆，以作對鎖之法。你我愛親做親，我不争你的財禮，你也不争我的裝奩，只要做幾件布草衣服。況且一牆之隔，打開一個門就攙了過來，行人錢都可以省得的。」牛老聽罷，大喜道：「極承老哥相愛，明日就央媒到府上來求。」○童評：牛老兒但想要娶一個孫子媳婦，並未想到卜老爹有個外孫女兒。卜老爹撫養着一個外孫女兒，就想到牛老兒有個伶俐孫子。不從牛老兒邊仰攀上來，却從卜老爹邊俯就過去。我不争你的財禮，你不争我的妝奩。難得二人同心，就此一言爲定。卜老道：「這個又不是了。又不是我的孫女兒，我和你這些客套做甚麽，如今主親也是我，媒人也是我，只費得你兩個帖子。我那裏把庚帖送過來，你請先生擇一個好日子，就把這事完成了。」○齊評：簡净之至，難逢難遇的事。○天一、二評：兩老真誠直爽，快人！快人！○童評：主親也是他，媒人也是他。定親時只費兩副帖，不用這些虛客套。娶親時打開一個門，可以省得行人錢，比潘三替匡二説親，尤其爽快。牛老聽罷，忙斟了一杯酒送過來，出席作了一個揖。當下説定了，卜老過去。

到晚，牛浦回來，祖父把卜老爹這些好意告訴了一番。牛浦不敢違拗，○黄評：可見並不願意，不過「不敢違拗」耳。○童評：「不敢違拗」者，不十分愜意之辭也。牛浦此時纔偷得個詩名到手，就想同老爺們往來。若娶了個小户人家女兒，也恐惹那些老爺們看輕了笑，與匡超人一樣心思。次早寫了兩副紅全帖：一副拜卜老爲媒，一副拜姪賈的小親家。那邊收了，發過庚帖來。牛老請陰陽徐先生擇定十月二十七日吉期過門。○天二評：南海縣有個陰陽徐先生，蕪湖縣也有個陰陽徐先生。牛老把囤下來的幾石糧食變賣了，做了一件緑布棉襖、紅布棉裙子、青布上蓋、紫布褲子，共是四件暖衣，又換了四樣首飾，三日前送了過去。○童評：匡超人與鄭家結親，換了六禮（幾件）首飾，做了幾件衣裳送過去，擇於十月内吉期入贅。牛浦與賈家結親，做了四件暖衣，换了四樣首飾送過去，擇定十月内吉期過門。又用相犯之筆，以作對鎖之法。纔寫一匡超人，又寫一牛浦。前後寫得一般，顯出匡超人與牛浦是一流人物也。

到了二十七日，牛老清晨起來，把自己的被褥搬到櫃臺上去睡。他家只得一間半房子：半間安着櫃臺，一間做客座，客座後半間就是新房。○天一評：細寫牛浦成婚，爲後文重婚罪案。與匡超人傳一樣筆法。○天二評：細寫牛浦成親乃祖一番心力，爲後文重婚罪案。與匡超人兩兩相對。當日牛老讓出床來，就同牛浦把新做的帳子、被褥鋪叠起來。又匀出一張小桌子，端了進來，放在後檐下有天窗的所在，好趁着亮放鏡子梳頭。○黄評：細極。房裏停當，把後面天井内搭了個蘆席的厦子做厨房。忙了一早晨。交了錢與牛浦出去買東西。○童評：通共一間半房子，要分别出店面客座、新房、厨房來，只有半間新房，要安排下床鋪、妝臺、箱籠、盆桶去，新房裏還要拜花燭，待新人，挨擠着兩個攙扶奶奶。客座裏也要擺酒席，會新親，迎請了三位親翁舅爺。雖然牆卑室淺，調度得井井有條；居然酒緑燈紅，應酬得謙謙有禮。只見那邊卜老爹已是料理了些鏡子、燈臺、茶壺，和一套盆桶，兩個枕頭，叫他大兒子卜誠做一擔挑了來。挑進門放下，和牛老作了揖。牛老心裏着實不安，請他坐下，忙走到櫃裏面，一個罐内倒出兩塊橘餅和些蜜餞天茄，斟了一杯茶，雙手遞與卜誠，説道：「却是有勞的緊了，使我老漢坐立不安。」卜誠道：「老伯快不要如此，這是我們自己的事。」説罷，坐下吃茶。只見牛浦戴了新瓦楞帽，身穿青布新直裰，新鞋净襪，從外面走了進來，後邊跟着一個人，手裏提着幾大塊肉，兩個鷄，一大尾魚，和些閩笋、芹菜之類，他自己手裏捧着油鹽作料，走了進來。牛老道：「這是你舅丈人，快過來見禮。」牛浦丢下手裏東西，向卜誠作揖下跪，起來數錢打發那拿東西的人，自捧着作料，送到厨下去了。隨後卜家第二個兒子卜信，端了一個箱子，内裏盛的是新娘子的針綫鞋面；又一個大捧盤，十杯高果子茶，送了過來，以爲明早拜堂之用。○黄評：是蕪湖風俗。○童評：大兒子卜誠先挑了一擔妝奩來，二兒子卜信又捧了一副盤盒來。就此點出舅丈人的親情來，後文顯出甥女婿的無情來。牛老留着吃茶，牛浦也拜見過了，卜家弟兄兩個坐了一回，拜辭去了。牛老自到厨下收拾酒席，足忙了一天。

到晚上，店裏拿了一對長枝的紅蠟燭點在房裏，每枝上插了一朵通草花，○黄評：細甚。央請了鄰居家兩位奶奶把新娘子攙了過來，○天一評：却失寫牆上打開門一筆。○天二評：忘寫牆上打洞開門口一節。在房裏拜了花燭。牛老安排一席酒菜在新人房裏，與新人和攙新人的奶奶坐。自己在客座内擺了一張桌子，點起蠟燭來，杯箸安排停當，請得卜家父子三位來到。牛老先斟了一杯酒，奠了天地，再滿滿斟上一杯，捧在手裏，請卜老轉上，説道：「這一門親，蒙老哥親家相愛，我做兄弟的知感不盡！却是窮人家，不能備個好席面，只得這一杯水酒，又還要屈了二位舅爺的坐。凡事總是海涵了罷。」説着，深深作下揖去，○天二評：兩老真誠樸實，儉而有禮，可愛可敬。卜老還了禮。

牛老又要奉卜誠、卜信的席，兩人再三辭了，作揖坐下。牛老道：「實是不成個酒饌，至親面上，休要笑話。只是還有一説，我家别的没有，茶葉和炭還有些須，如今煨一壺好茶，留親家坐着談談，到五更天，讓兩口兒出來磕個頭，也盡我兄弟一點窮心。」卜老道：「親家，外甥女年紀幼，不知個禮體，他父親又不在跟前，一些陪嫁的東西也没有，把我羞的要不的。若説坐到天亮，我自恁要和你老人家談談哩，爲甚麽要去！」○齊評：都是本色人口氣。○童評：牛老兒、卜老爹談吐，與匡太公一般，不脱忠厚良善人的本色。當下卜誠、卜信吃了酒先回家去，卜老坐到五更天。兩口兒打扮出來，先請牛老在上，磕下頭去。牛老道：「孫兒，我不容易看養你到而今。而今多虧了你這外公公替你成就了親事，你已〔五〕是有了房屋了。我從今日起，就把店裏的事，即交付與你，一切買、賣、賒欠、存留，都是你自己主張。我也老了，累不起了，只好坐在店裏幫你照顧，你只當尋個老夥計罷了。」○齊評：出語凄然，普天下爲兒孫的都來聽着。孫媳婦是好的，只願你們夫妻百年偕老，多子多孫！」磕了頭起來〔六〕請卜老爹轉上受禮，兩人磕下頭去。卜老道：「我外孫女兒有甚不到處，姑爺，你指點他。敬重上人，不要違拗夫主的言，家下没有多人，凡事勤慎些，休惹老人家着急。」○童評：分付孫子，稱贊孫媳婦，感激卜老爹，道是虧你外公公成就，是做祖父的口氣。囑托姑爺，教導外孫女，顧戀牛老兒，道是休惹老人家着急，是做長親的口氣。兩禮罷〔七〕，説着，扶了起來。牛老又留親家吃早飯，卜老不肯，辭別去了。○黄評：二老誠實可敬。自此，牛家嫡親三口兒度日。○童評：牛浦娶親一段文字，至此總結一句。

牛浦自從娶親，好些時不曾到庵裏去。那日出討賒賬，○童評：甘露庵一向冷落，忽然如此熱鬧，出於牛浦意想之外。前次討賒錢路過，與老和尚相別。以「討賒錢」三字，前後作呼應。此次討賒錢路過，與老和尚相會。順路往庵裏走走，纔到浮橋口，看見庵門外拴着五六匹馬，馬上都有行李，○童評：馬上都有行李，是從遠道而來者。馬牌子跟着。走近前去，看韋馱殿西邊凳上坐着三四個人，頭戴大氈帽，身穿綢絹衣服，左手拿着馬鞭子，右手撚着鬚子，脚下尖頭粉底皂靴，蹺得高高的坐在那裏。○天一評：如畫。牛浦不敢進去，○童評：來富問着大老爹寓處，看見四個戴紅黑帽子的，手拿了鞭子站着，嚇的不敢進去。牛浦走近韋馱殿西邊，看見幾個穿粉底皂靴的，脚蹺得高高的坐着，嚇的不敢進去。鄉裏人未曾見過識面，都是這般膽小。老和尚在裏面一眼張見，慌忙招手道：○童評：一眼張見，連忙招手。寫出老和尚心裏正怪他不來，正等他説話。「小檀越，你怎麽這些時不來？我正要等你説話哩，快些進來！」牛浦見他叫，大着膽走了進去，○黄評：賊形。見和尚已經將行李收拾停當，恰待起身，因吃了一驚道：「老師父，你收拾了行李，要往那裏去？」老和尚道：「這外面坐的幾個人，是京裏九門提督齊大人那裏差來的。齊大人當時在京，曾拜在我名下，而今他升做大官，特地打發人來請我到京裏報國寺去做方丈。我本不願去，○童評：拜在名下的齊大人，已升做九門提督，老和尚不以爲榮。特地打發人來，請到京裏報國寺去做方丈，老和尚不以爲意。甘露僧真是個善知識，可爲普天下各禪門一洗勢利和尚之恥。因前日有個朋友死在我這裏，他却有個朋友到京會試去了，我今借這個便，到京尋着他這個朋友，把他的喪奔了回去，○天二評：已暗引起董瑛、馮琢庵一段。也了我這一番心願。○黄評：老和尚亦誠實可敬。○齊評：後來此願竟不能償，何世？○天一、二評：老和尚存心如此，並非外慕繁華勢利，故到京不久便退院入川。○童評：不願到報國寺去做方丈，不願到提督衙門去會齊大人，只爲借這個便，到京裏去尋朋友的朋友，要把死在這裏朋友的喪，托他會試朋友奔回去，以了一番心願。此等高義，求諸士大夫中，且不易得，况方外緇流乎？讀之令人肅然起敬。寫一牛浦郎，爲匡超人作正照；寫一甘露僧，爲匡超人作反照。如匡超人者，乃朋友倫中之罪人也。我前日説有兩本詩要與你看，就是他的，在我枕箱内，我此時也不得功夫了，你自開箱〔八〕拿了去看。○天一、二評：早已拜領。還有一床褥子不好帶去，○黄評：於無意中留下褥子，恰作後文牛浦賭氣宿在庵中之用，細極。還有些零碎器用，都把〔九〕與小檀越，你替我照應着，等我回來。」○童評：老和尚不知兩本詩已被牛浦偷去，可見枕箱中除却詩稿外，別無長物，故棄而不顧。又將一床褥子、零碎器用，爲枕箱作陪，顯得老和尚身無罣礙，心無罣礙。又道替我照應着，等我回來。可知不願到報國寺去做方丈，乃是真心話，不是假撇清。牛浦正要問話，那幾個人走進來説道：「今日天色甚早，還趕得幾十里路，請老師父快上馬，休誤了我們走道兒。」説着，將行李搬出，把老和尚簇擁上馬。那幾個人都上了牲口。牛浦送了出來，只向老和尚説得一聲：「前途保重！」那一群馬，潑剌剌的如飛一般也似去了。○童評：三四個人，五六匹馬，行裝未卸，立等老師父起身趕路。寫得匆促之極。牛浦望不見老和尚，方纔回來，自己查點一查點東西，把老和尚鎖房門的鎖開了，取了下來，出門反鎖了庵門，回家歇宿。○童評：牛浦既不能住在庵裏，又不能由他開着庵門，就把老和尚鎖房門的鎖，取去鎖了。雖是眼前極容易之事，恐率爾操觚者，未必就能想到。次日又到庵裏走走，自想：「老和尚已去，無人對證，何不就認做牛布衣？」○齊評：好主意。○天二評：牛布衣有詩爲證，不怕郭鐵筆來訪了。○則仙評：世界之盜名欺世者皆牛浦郎類也。浦郎其小焉者也。丁未清和。因取了一張白紙，寫下五個大字道：「牛布衣寓內。」○黄評：可惡，只算謀殺此老，後文布衣之妻告之，非冤也。自此，每日來走走。○童評：冒認牛布衣之名，寫了牛布衣之寓，意在招摇，自然每日要到庵裏走走。

又過了一個月，他祖父牛老兒坐在店裏閑着，把賬盤一盤，見欠賬上人欠的也有限了，每日賣不上幾十文錢，又都是柴米上支銷去了，合共算起，本錢已是十去其七。

○黄評：名士與老爺可以害得人家敗人亡。 這店漸漸的撐不住了，氣的眼睁睁説不出話來。○童評：要想到庵裏假充名士，忘却了店裏本等行業。小東家如此荒唐，老夥計能不着急？ 「休惹老人家着急」，卜老爹有先見之明。 匡超人幫襯他哥開個小雜貨店，逐年添補進去，自然漸漸的興旺起來。牛浦郎接管他祖傳的小香蠟店，逐日支銷過去，自然漸漸的撑不住了。 景蘭江結交斗方名士，把兩千銀子的頭巾店，一頓詩做的精光，何況牛浦郎這個小本經紀乎？ 到晚，牛浦回家，問着他，總歸不出一個清賬，口裏只管「之乎者也」，胡支扯葉。○童評：從前祖老經管，尚且刻刻要偷錢用。現在自己主張，何難日日的浪費去。 歸不出賒欠存留的清賬，只好胡支扯葉的亂説。 牛老氣成一病，七十歲的人，元氣衰了，又没有藥物補養，病不過十日，壽數已盡，歸天去了。○童評：了結牛老兒。 牛浦夫妻兩口，放聲大哭起來。 卜老聽了，慌忙走過來，見尸首停在門上，叫着：「老哥！」眼淚如雨的哭了一場。 哭罷，見牛浦在旁哭的言不得，語不得。説道：「這時節不是你哭的事。」○天二評：張昭勸孫權語意。○平步青評：本《吴志》張昭勸孫權語意。 吩咐外甥女兒看好了老爹，「你同我出去料理棺衾。」牛浦揩淚，謝了卜老。當下同到卜老相熟的店裏賒了一具棺材，又拿了許多的布，叫裁縫趕着做起衣裳來，當晚入殮。 次早，雇了八個脚子，抬往祖墳安葬。 卜老又還替他請了陰陽徐先生，自己騎驢子同陰陽下去點了穴。 看着親家入土，又哭了一場，同陰陽生〔一〇〕回來。 留着牛浦在墳上過了三日。

卜老一到家，就有各項的人來要錢，卜老都許着。直到牛浦回家，歸一歸店裏本錢，只抵得棺材店五兩銀子，其餘布店、裁縫、脚子的錢，都没處出。無計奈何，只得把自己住的間半房子典與浮橋上抽閘板的閘牌子，得典價十五兩。除還清了賬，還剩四兩多銀子，卜老叫他留着些，到開年清明，替老爹成墳。牛浦兩口子没處住，卜老把自己家裏出了一間房子，叫他兩口兒搬來住下，把那房子交與閘牌子去了。○黄評：無存身之地矣，如此而不感激，反欺侮其子。豈人也哉！那日搬來，卜老還辦了幾碗菜替他暖房，卜老也到他房裏坐了一會，只是想着死的親家，就要哽哽咽咽的哭。○齊評：卜老多情不異甘露僧，真乃老成本色人也。

不覺已是除夕，卜老一家過年，兒子媳婦房中都有酒席、炭火。卜老先送了幾斤炭，叫牛浦在房裏生起火來，又送了一桌酒菜，叫他除夕在房裏立起牌位來祭奠老爹。新年初一日，叫他到墳上燒紙錢去，又説道：「你到墳上去，向老爹説：我年紀老了，這天氣冷，我不能親自來替親家拜年。」説着，又哭了。○黄評：寫卜老誠實，令閲者亦爲生感，故其子曰誠、信。而牛浦相形竟非人類矣。○童評：買棺成殮，是卜老爹替他幫忙。點穴安葬，是卜老爹替他料理。典掉房子没住處，是卜老爹招留他同居。除夕送炭並酒菜，是卜老爹通融他設祭。卜老爹看待這個外孫婿，純是真心實意。牛浦郎戲弄兩位舅丈人，太覺忘恩負義。牛浦應諾了去。卜老直到初三纔出來賀節，在人家吃了幾杯酒和些菜，打從浮橋口過，見那閙牌子家換了新春聯，貼的花花碌碌的，不由的一陣心酸，流出許多眼淚來。〇童評：卜家與牛家，本係一牆之隔。自從牛老死後，未幾牛浦搬來，不覺已是除夕。卜老忙碌過年，一心念着親家老友，悲悲戚戚，不忍過問鄰居閙牌子家是何景象。直至新正初三，出門賀節歸來，打從浮橋口過，尚未到家，先遠遠望見閙牌子門上，貼的春聯花花緑緑。因新鄰而想起舊鄰，故不由的心酸淚落。此寫卜老之一段深情，純誠懇摯。不是作者於兩家住址，先後參差。要家去，忽然遇着侄女婿一把拉了家去。〇童評：忽然遇着侄女婿，一把拉了去。分明卜老尚站在浮橋口，未走到家門口也。侄女兒打扮着出來拜年。拜過了，留在房裏吃酒，捧上糯米做的年糰子來，〇黄評：也是蕪湖風俗。吃了兩個，已經不吃了，侄女兒苦勸着，又吃了兩個。〇齊評：此等處大是害事。〇天一、二評：婦女歪纏，往往不顧死活，回來一路迎着風，就覺得有些不好。到晚頭疼發熱，就睡倒了。〇黄評：寫得病之由亦入情入理。〇天二評：一半傷心，一半食後受風，剛凑着閻羅出票子。〇童評：先在人家吃了一飽酒菜，又在侄女家撑下四個年糰，傷心傷食復傷風，老年人如何受得？請了醫生來看，有説是着了氣，氣裏了痰的，也有説該發散的，也有説該用温中的，也有説老年人該用補藥的，紛紛不一。卜誠、卜信慌了，終日看着。牛浦一早一晚的進房來問安。○黄評：假也。那日天色晚了，卜老爹睡在床上，見窗眼裏鑽進兩個人來，走到床前，手裏拿了一張紙，遞與他看。問别人，都説不曾看見有甚麽人。○天一評：此隨手點綴，游戲成文，無甚深意。○童評：那日天色晚了，見窗眼裏鑽進兩個人來。寫得鬼氣滿紙。卜老爹接紙在手，看見一張花邊批文，上寫着許多人的名字，都用硃筆點了，一單共有三十四五個人。頭一名牛相，他知道是他親家的名字。○黄評：順手帶出名字。末了一名便是他自己名字卜崇禮。○童評：牛相、卜崇禮名字，在花邊批文上寫出。若非地府勾牌，怎上旌儒幽榜？再要問那人時，把眼一眨，人和票子都不見了。只因這一番，有分教：結交官府，致令親戚難依；遨游仕途，幸遇宗誼可靠。不知卜老性命如何，且聽下回分解。

【總評】

卧評　牛浦想學詩，只從相與老爺上起見，是世上第一等卑鄙人物，○天二評：世上此等詩人不少，馬豈偶然腫背耶？真乃自己没有功名富貴而慕人之功名富貴者。吾儒所謂「巧言令色，病於夏畦」，大雄所謂「咬人矢橛，不是好狗」也。

牛、卜二老者，乃不識字之窮人也，其爲人之懇摯，交友之肫誠，反出識字有錢者之上。

作者於此等處所，加意描寫，其寄托良深矣。

竊財物者謂之賊，竊聲名者亦謂之賊。牛浦既竊老布衣之詩，又竊老僧之鐃磬等件，居然一賊矣。故其開口便是賊談，舉步便是賊事，是書中第一等下流人物，作者之所痛惡者也〔二〕。

天一評　前書寫匡超人庸惡陋劣極矣，却接手又寫一牛浦郎，其庸惡陋劣更出其上。是即評家所謂吴道子畫牛頭馬面之説也。妙在只用一牛布衣爲關鍵，片帆飛渡，絶無牽合之迹。

結親成婚一段，寫牛、卜二老言辭禮節誠樸無華，却又不失之野，大有古風。

天二評　寫過匡超人，接手便寫牛浦郎，俾人知世上下流日出不窮，伊於何底。

【校記】

〔一〕姓字，原作「姓氏」，抄本、蘇本、申一本同。從卷首目録和申二本改。

〔二〕師父，原作「師夫」，蘇本同。從抄本和申一、二本改。同類錯誤，以下徑改不記。

〔三〕這也不甚，申一本作「這也不是甚麽」。

〔四〕房屋，申一本作「妻室」。

〔五〕已，申二本作「如今」。

〔六〕來，原缺，抄本、蘇本同。從申一、二本補。

〔七〕兩禮罷，申二本作「兩個禮罷」。

〔八〕自開箱，蘇本和申一、二本作「開箱自」。

〔九〕把，申一本作「寄」。

〔一〇〕生，抄本和申一、二本作「先生」。

〔一一〕本回卧本三段回評，抄本缺第二、三段。

第二十二回

認祖孫玉圃聯宗　愛交游雪齋留客

話説卜老爹睡在床上，親自看見地府勾牌，知道要去世了，〇童評：趙雪齋搗鬼，如同見鬼。卜老爹見鬼，並非搗鬼。即把兩個兒子、媳婦叫到跟前，都吩咐了幾句遺言，又把方纔看見勾批的話説了，道：「快替我穿了送老的衣服，我立刻就要去了。」兩個兒子哭哭啼啼，忙取衣服來穿上。穿着衣服，他口裏自言自語道：「且喜我和我親家是一票，他是頭一個，我是末一個，他已是去得遠了，我要趕上他去。」〇天二評：雖游戲之筆，亦以見兩老相契之深。〇童評：死得清楚，死得從容。可敬他至死不忘親家，可決他來世同生福地。説着，把身子一挣，一頭倒在枕頭上，兩個兒子都扯不住，忙看時，已没了氣了。〇天一評：游戲之筆。〇童評：了結卜老爹。後事都是現成的，少不得修齋理七，報喪開吊，都是牛浦陪客。

這牛浦也就有幾個念書的人和他相與，〇黄評：都是生意人豈不好，自認得讀書人而牛浦愈壞矣。書害之耶？讀書人害之耶？○童評：是從甘露庵門首，貼着牛布衣招牌上來的。乘着人亂，也夾七夾八的來往。○天二評：筆不停機，旋床轆轤不足爲喻。○童評：先寫此段作引子，庶下文董孝廉來訪，不嫌突如。初時卜家也還覺得新色，後來見來的回數多了，一個生意人家，只見這些「之乎者也」的人來講呆話，覺得可厭，○齊評：真正可厭。○天二評：着實討厭。非止一日。

那日，牛浦走到庵裏，庵門鎖着，開了門，只見一張帖子掉在地下，上面許多字，是從門縫裏送進來的。拾起一看，上面寫道：

小弟董瑛〔一〕，○童評：董瑛名字，在留下帖子上寫出。在京師會試，於馮琢庵年兄處得讀大作，渴欲一晤，以得識荆。○天二評：有等人只知時文制藝，不知詩爲何物；有等人却又浮慕作詩，開口亂嚼。不知二者孰得孰失。奉訪尊寓不值，不勝悵悵！明早幸駕少留片刻，以便趨教。至禱！至禱！

看畢，知道是訪那個牛布衣的。但見帖子上有「渴欲識荆」的話，○黄評：偏偏懂得「識荆」二字。是不曾會過，「何不就認作牛布衣和他相會」？又想道：「他説在京會試，定然是一位老爺，且叫他竟到卜家來會我，嚇他一嚇卜家弟兄兩個，有何不可？」○黄評：是何肺腑，畜生不如。○齊評：牛浦胸中才略從此得展矣。○天一、二評：卜家弟兄何負於爾？下流味良可恨。○童評：偷了牛布衣大名，賺得一位會試老爺。借着董老爺來會，嚇他兩個卜家弟兄。牛浦的伶俐，從前外公公着實贊他。牛浦的惡賴，後來舅丈人着實恨他。主意已定，即在庵裏取紙筆寫了一個帖子，説道：

牛布衣近日館於舍親卜宅，尊客過問，可至浮橋南首大街卜家米店便是。

寫畢，帶了出來，鎖好了門，貼在門上。回家向卜誠、卜信説道：「明日有一位董老爺來拜，他就是要做官的人，我們不好輕慢。如今要借重大爺，明日早晨把客座裏收拾乾净了，還要借重二爺，捧出兩杯茶來。這都是大家臉上有光輝的事，須幫襯一幫襯。」○童評：纔賺得一位董老爺，就使喚起卜大爺、卜二爺來。未會董老爺之前，話還説得宛轉；既會董老爺之後，話便説得猖狂。亦如匡超人之趾高氣揚，從李縣尊與之分庭抗禮而起。卜家弟兄兩個聽見有官來拜，也覺得喜出望外，○天二評：幾乎教壞二卜，幸拆開得早，受病不深。甚矣，勢利之害人，無異楊梅瘡，一相接便沾染也。（天一評「二卜」作「了卜老兩個兒子」；「幸」作「虧得」；「無異」作「正如」）一齊應諾了。○黃評：雖誠信人，亦以官爲喜，總無非寫富貴功名之害人耳。

第二日清早，卜誠起來，掃了客堂裏的地，把囤米的摺子搬在窗外廊檐下；取六張椅子，對面放着；叫渾家生起炭爐子，煨出一壺茶來；尋了一個捧盤、兩個茶杯、兩張〔二〕茶匙，又剥了四個圓眼，一杯裏放兩個，伺候停當。○童評：不獨卜家弟兄忙了一早晨，連卜家娘子也忙了一早晨。此刻還是一團高興，少頃變了一場掃興。直到早飯時候，一個青衣人手持紅帖，一路問了來，道：「這裏可有一位牛相公？董老爺來拜。」卜誠道：「在這裏。」接了帖，飛跑進來説。○童評：「在這裏」三字，如聞其聲。接了帖子飛跑進來，有喜出望外光景。牛浦迎了出去，見轎子已落在門首。董孝廉下轎進來，頭戴紗帽，身穿淺藍色緞圓領，脚下粉底皂靴，三綹須，白净面皮，約有三十多歲光景。進來行了禮，分賓主坐下。董孝廉先開口道：「久仰大名，又讀佳作，想慕之極！只疑先生老師宿學，原來還這般青年，更加可敬！」○齊評：難道也不向馮琢庵問問備細就來訂交，可見一派浮慕之情。牛浦道：「晚生山鄙之人，胡亂筆墨，蒙老先生同馮琢翁過獎，抱愧實多。」○童評：優孟假孫叔敖衣冠，楚王就當他孫叔敖，使之爲令尹。牛浦冒牛布衣名字，董孝廉就當他牛布衣，稱之爲高人。務名而不務實，國君且然，況區區一縣令乎？　談吐不俗，牛浦頗有歪才。董孝廉道：「不敢。」卜信捧出兩杯茶，從上面走下來，送與董孝廉。董孝廉接了茶，牛浦也接了。卜信直挺挺站在堂屋中間。○天二評：昭十六年《左傳》：「晉韓起聘鄭，孔張後至，立於客間。執政禦之，適客後。又禦之，適縣間。客從而笑之。」有位於朝者且然，況鄉人乎。○童評：「直挺挺站在堂屋中間」，生意人那曉得官場禮體？如此形狀，原覺可笑。牛浦打了躬，向董孝廉道：「小价村野之人，○黄評：直以僕視之，可惡至此。不知禮體，老先生休要見笑。」○天二評：該死。董孝廉笑道：「先生世外高人，何必如此計論！」卜信聽見這話，頭膊子〔三〕都飛紅了，接了茶盤，骨都着嘴進去。○黄評：誰叫你喜老爺，正是求榮反辱。○童評：卜信臉重，禁不起當面嘲笑，自然惱羞成怒。牛浦又問道：「老先生此番駕往何處？」董孝廉道：「弟已授職縣令，今發來應天候缺，行李尚在舟中。因渴欲一晤，故此兩次奉訪。今既已接教過，今晚即要開船赴蘇州去矣。」牛浦道：「晚生得蒙青目，一日地主之誼也不曾盡得，如何便要去？」董孝廉道：「先生，我們文章氣誼，何必拘這些俗情！弟此去，若早得一地方，便可奉迎先生到署，早晚請教。」説罷，起身要去。牛浦攀留不住，説道：「晚生即刻就來船上奉送。」董孝廉道：「這倒也不敢勞了，只怕弟一出去，船就要開，不得奉候。」當下打躬作別，牛浦送到門外，上轎去了。○童評：慕名而來，識面而去，一見如故，後會有期。堪嗤炯炯雙眸，不辨何樓贋鼎；致使空空妙手，竟爲安邑嘉賓。

牛浦送了回來，卜信氣得臉通紅〔四〕，迎着他一頓數説道：「牛姑爺，我至不濟，也是你的舅丈人，長親！你叫我捧茶去，這是没奈何，也罷了。怎麽當着董老爺臊〔五〕我？這是那裏來的話！」牛浦道：「但凡官府來拜，規矩是該换三遍茶，你只送了一遍，就不見〔六〕了。我不説你也罷了，你還來問我這些話，這也可笑！」○天一、二評：下流無耻。○童評：鄉村小香蠟店裏出身的小厮，如何懂得這些規矩？想是近來相與了幾個念書人，夾七夾八講呆話，偷學來的乖。卜誠道：「姑爺，不是這樣説，雖則我家老二捧茶，不該從上頭往下走，你也不該就在董老爺跟前灑出來，不惹的董老爺笑？」牛浦道：「董老爺看見了你這兩個灰撲撲的人，〇童評：開米店的人，自然是灰撲撲的。不知開過香蠟店，怎樣漂亮法？也就够笑的了，何必要等你捧茶走錯了纔笑？」卜信道：「我們生意人家，也不要這老爺們來走動，没有借了多光〔七〕，〇黄評：誰叫你要借光。反惹他笑了去！」〇童評：有老爺們來走動，原借不着光，惹老爺們笑了去，又打什麽緊？卜家弟兄，還帶着些傲氣，終脱不了蠢氣。牛浦道：「不是我説一個大膽的話，若不是我在你家，你家就一二百年也不得有個老爺走進這屋裏來。」〇黄評：得意在此。卜誠道：「没的扯淡！就算你相與老爺，你到底不是個老爺！」牛浦道：「憑你向那個説去！還是坐着同老爺打躬作揖的好，〇黄評：初世爲人，得意更在此。還是捧茶給老爺吃，走錯路，惹老爺笑的好？」〇齊評：連用「老爺」二字，如火如錦。〇天二評：惡爛至此，却不知作者胸中那能發揮盡致。（天一評「盡致」作「入骨」，後多「即問諸他人，如何記得」）卜信道：「不要惡心！我家也不希罕這樣老爺！」〇童評：他説在京會試，想必是個老爺。已經授職縣令，果然是個老爺。難得糧食店裏，忽來了這位老爺，那知生意人家，不希罕這樣老爺。牛浦道：「不希罕麽？明日向董老爺説，拿帖子送到蕪湖縣，先打一頓板子！」〇黄評：養犬反噬，即應打死，况其人形耶。〇天二評：可殺！兩個人一齊叫道：「反了！反了！外甥女婿要送舅丈人去打板子！是我家養活你這年把的不是了！就和你〔八〕到縣裏去講講，看是打那個的板子？」牛浦道：「那個怕你！就和你去！」

當下兩人把牛浦扯着，扯到縣門口。〇童評：小牛胡言亂道，荒唐之極。兩人一齊叫反，氣憤之極。當時扯到縣前，是粗魯人行徑。知縣纔發二梆，不曾坐堂。三人站在影壁前，恰好遇着郭鐵筆走來，〇黄評：即用郭鐵筆解紛，便爲牛布衣妻子尋夫張本。問其所以。卜誠道：「郭先生，自古『一斗米養個恩人，一石米養個仇人』，這是我們養他的不是了！」郭鐵筆也着實説牛浦的不是，道：「尊卑長幼，自然之理。這話却行不得！〇天一、二評：郭鐵筆尚能説公話，以二卜理直氣壯故也。但至親間見官，也不雅相。」當下扯到茶館裏，叫牛浦斟了杯茶坐下。〇童評：用郭鐵筆來解圍，叫牛浦斟茶陪禮，不知郭鐵筆此時，看出牛浦爻象否？卜誠道：「牛姑爺，倒也不是這樣説，如今我家老爹去世，家裏人口多，我弟兄兩個，招攬不來，難得當着郭先生在此，我們把這話説一説。外甥女少不的是我們養着，牛姑爺也該自己做出一個主意來，只管不尷不尬住着，也不是事。」〇黄評：反以正語勸之。〇童評：仍肯養活外甥女。重於親情，是卜家弟兄的厚道處。「不尷不尬」者，言其相與了這些「之乎者也」的人，夾七夾八的來往也。牛浦道：「你爲這話麽？這話倒容易。我從今日就搬了行李出來，自己過日，不纏擾你們就是了。」當下吃完茶，勸開這一場鬧，三人又謝郭鐵筆。郭鐵筆別過去了。

卜誠、卜信回家。牛浦賭氣，來家拿了一床被，搬在庵裏來住。○黄評：本有褥子了。○童評：問你有何顔面，再到他家去住。至親如此散場，寫來煞是好笑。前有牛浦郎，後有陳思沅。牛浦郎住在庵裏，却不曾做和尚。陳思沅做了和尚，却没有庵住。都是喜歡做詩人，做出來的事。没的吃用，把老和尚的鐃、鈸、叮噹都當了。○天一、二評：末等下流，我亦不復能駡之矣。○童評：這些零碎器用，是老和尚托他照應的，却被小檀越偷去當了，做吃用，做盤川。如甘露僧者，真所謂開門揖盜也。閑着無事，去望望郭鐵筆，○黄評：郭鐵筆有許多用處。鐵筆不在店裏，櫃上有人家寄的一部新《縉紳》賣。牛浦揭開一看，看見淮安府安東縣新補的知縣董瑛，字彦芳，浙江仁和人。説道：「是了！我何不尋他去？」○童評：此篇承上接下，借鐵筆作渡，不是到他店裏看見新《縉紳》，如何曉得董彦芳現任安東縣？若非先寫郭鐵筆勸開一節，就有春未發華、秋即結實之病。忙走到庵裏，捲了被褥，又把和尚的一座香爐、一架磬，拿去當了二兩多銀子，○黄評：無往而非偷矣。也不到卜家告説，竟搭了江船，○天一評：倒也不戀妻子。○天二評：人之無情一至於此。禽獸猶戀其匹，小牛則禽獸之不如矣。恰好遇順風，一日一夜就到了南京燕子磯。要搭揚州船，○童評：已經搭船到南京，又要搭船往揚州。讀者正拭目而觀牛浦抵安東縣會董彥芳矣，孰意一折，折出牛玉圃一篇文字來。筆法變幻，匪伊所思。來到一個飯店裏，店主人説道：「今日頭船已經開了，没有船，只好住一夜，○童評：頭船已開了，只好住一夜。單身出門人，每有此等苦處。明日午後上船。」牛浦放下行李，走出店門，見江沿上繫着一隻大船，問店主人道：「這只船可開的？」店主人笑道：「這隻船你怎上的起？要等個大老官來包了纔走哩！」○童評：走出店門，就看見江沿上一乘轎子，三擔行李，正好上船，亦未始不可，然而嫌其直矣。文章貴曲而惡直，故先寫江沿上繫着一隻大船，要等個大老官來包了，方好去搭。此用筆之曲也。有此一曲，就添出幾許情味。説罷，走了進來。走堂的拿了一雙筷子，兩個小菜碟，又是一碟臘猪頭肉，一碟子蘆蒿炒豆腐乾，一碗湯，一大碗飯，一齊搬上來。牛浦問：「這菜和飯是怎算？」走堂的道：「飯是二釐一碗，葷菜一分，素的一半。」○黄評：當日食物之賤如此。牛浦把這菜和飯都吃了，○童評：今日飯店裏菜蔬，逐樣寫出，客人問價而嘗，何等寒儉。明日大船上肴饌，亦是逐樣寫出，長隨大烹而進，何等豪華。非寫豐嗇之不同，亦以前後作對照。又走出店門，只見江沿上歇着一乘轎，三擔行李，四個長隨。○童評：四個長隨，依稀洪憨仙排場。一番大話，仿佛嚴貢生口角。那轎裏走出一個人來，頭戴方巾，○則仙評：方巾於此發端。身穿沉香色夾綢直裰，粉底皂靴，手拿白紙扇，花白鬍鬚，約有五十多歲光景，一雙刺猬眼，兩個顴骨腮。○黄評：好尊容，一定是個寶貨。○天二評：頗似嚴老大行徑。那人走出轎來，吩咐船家道：「我是要到揚州鹽院太老爺那裏去説話的，你們小心伺候，○天一評：似嚴貢生。我到揚州，另外賞你。若有一些怠慢，就拿帖子送在江都縣重處！」○黄評：又是嚴大老官口聲。船家唯唯連聲，搭扶手，請上了船。船家都幫着搬行李。

正搬得熱鬧，店主人向牛浦道：「你快些搭去！」○童評：不是店主人指點，牛浦還不敢去搭船。牛浦掮着行李，走到船尾上，○童評：趁船頭上搬得熱鬧時，掮着行李，走到船尾上來，亦是牛浦伶俐處。船家一把把他拉了上船，○黄評：此二「拉」，斷送刺猬眼生意。搖手叫他不要則聲，把他安在烟篷〔九〕底下坐。牛浦見他們衆人把行李搬上了船，長隨在艙裏拿出「兩淮公務」的燈籠來挂在艙口。○童評：兩淮公務燈籠，鹽務裏上、中、下三等人，都可用得。叫船家把爐銚拿出來，在船頭上生起火來，煨了一壺茶，送進艙去。天色已黑，點起燈籠來，四個長隨都到後船來辦盤子，爐子上頓酒。料理停當，都捧到中艙裏，點起一隻紅蠟燭來。牛浦偷眼在板縫裏張那人時，○黄評：賊形。○齊評：真是賊形。對了蠟燭，桌上擺着四盤菜，左手拿着酒杯，右手按着一本書，在那裏點頭細看。○黄評：「一本書」，必斗方名士之作，如牛布衣等人是也。○童評：左手拿着酒杯，右手按着一本書，對了蠟燭，點頭細看。與右手拿着經摺，左手拿着一本書，映着琉璃燈便念的，興味何如？看了一回，拿進飯去吃了。少頃，吹燈睡了。牛浦也悄悄睡下。是夜東北風緊，三更時分，瀟瀟颯颯的下起細雨，那烟篷蘆席上漏下水來，牛浦翻身打滾的睡不着。○童評：「偷眼在板縫裏張」，縮身在烟篷底睡。單身搭船人，又有此等苦處。到五更天，只聽得艙裏叫道：「船家，爲甚麼不開船？」船家道：「這大呆的頂頭風，○黃評：「大呆」二字土語也。前頭就是黃天蕩，昨晚一號幾十隻船都灣在這裏，那一個敢開？」○童評：搭着了船，五更便開，趕到揚州，捨舟登岸，有何不可？偏要寫細雨呆風，灣船不動，烟篷滴水，魂夢難安。此又用筆之曲也。此段曲筆，更妙於前段之曲筆。有此一曲，方能使老小二牛，認作祖孫也。

少停，天色大亮。船家燒起臉水，送進艙去，長隨們都到後艙來洗臉。候着他們洗完，也遞過一盆水與牛浦洗了。只見兩個長隨打傘上岸去了，一個長隨取了一隻金華火腿在船邊上向着港裏洗。洗了一會，那兩個長隨買了一尾時魚、一隻燒鴨、一方肉，和些鮮笋、芹菜，一齊拿上船來。船家量米煮飯，幾個長隨過來收拾這幾樣肴饌，整治停當，裝做四大盤，又燙了一壺酒，捧進艙去與那人吃早飯。吃過剩下的，四個長隨拿到船後板上，齊坐着吃了一會。○黃評：以上情景都從牛浦賊眼看出，艷羨久矣。吃畢，打抹船板乾净，纔是船家在烟篷底下取出一碟蘿蔔乾和一碗飯與牛浦吃，牛浦也吃了。○童評：寫坐艙，有坐艙的氣概；寫搭船，有搭船的苦惱；寫長隨，有長隨的能幹；寫船家，有船家的活靈。筆筆不漏，面面俱到。

那雨雖略止了些，風却不曾住。到晌午時分，那人把艙後開了一扇板，一眼看見牛浦，問道：「這是甚麽人？」船家陪着笑臉説道：「這是小的們帶的一分酒資。」○黄評：人而謂之「酒資」，賤之至也。那人道：「你這位少年何不進艙來坐坐？」○天二評：老牛實有用小牛之處，所以一見如故。○童評：行船阻風，最是氣悶。因無聊而開艙望，望見少年而邀入談談。原屬無意遭逢，並非有心結識。牛浦得不得〔一〇〕這一聲，連忙從後面鑽進艙來，便向那人作揖、下跪。○黄評：一見便下跪，下流無耻極矣。○齊評：寫出卑鄙情形。○天二評：下作。那人舉手道：「船艙裏窄，不必行這個禮，你且坐下。」牛浦道：「不敢，拜問老先生尊姓？」那人道：「我麽，○黄評：「我麽」二字，自負極矣。○童評：「姓牛名瑤號玉圃」上，加「我麽」兩字，有不屑向小子通名之意，又有無人不知其名之意。一開口時，已覺大而無當。姓牛，名瑤，草字叫做玉圃。我本是徽州人。你姓甚麽？」牛浦道：「晚生也姓牛，祖籍本來也是新安。」牛玉圃不等他説完，○黄評：妙在「不等他説完」，而牛浦一聽便甘心叫叔公，一倨一卑，好看殺。便接着道：「你既然姓牛，五百年前是一家，我和你祖孫相稱罷。○則仙評：萍水相逢居然祖孫相稱。牛布衣有知若曰：「畜生應受此報。」○童評：聽説是同姓，聽説是同鄉，不問青紅皂白，就硬派人叫他叔公。天下那有這等奇事，天下那有這種冒失鬼？我們徽州人稱叔祖是叔公，你從今只叫我做叔公罷了。」牛浦聽了這話，也覺愕然，因見他如此體面，不敢違拗，○童評：如此龐然一大物，即役使之，亦不敢不從，何况祖孫相稱哉？因問道：「叔公此番到揚有甚麽公事？」牛玉圃道：「我不瞞你説，我八轎的官也不知相與過多少，○黄評：個把老爺見之當何如？那個不要我到他衙門裏去？我是懶出門。而今在這東家萬雪齋家，也不是甚麽要緊的人，他圖我相與的官府多，○黄評：論官府也該稱叔公。有些聲勢，每年請我在這裏，送我幾百兩銀，留我代筆。○童評：原來是在揚州鹽商萬雪齋家代筆，不是到揚州鹽院大老爺那裏説話的。代筆也只是個名色，我也不奈煩住在他家那個俗地方，○黄評：自命爲雅。○天二評：老牛於萬雪齋不過秋風主顧耳，故不請他住在家中，便是你耐煩也白高興。○童評：逐句變换，口有雌黄，後語不搭前言，脱空尚不在道。我自在子午宫住。你如今既認了我，我自有用的着你處。」○黄評：「用的着」者，賠錢上當也。○童評：有用得着他處，所以要認作祖孫。當下向船家説：「把他的行李拿進艙來，船錢也在我這裏算。」船家道：「老爺又認着了一個本家，要多賞小的們幾個酒錢哩。」○黄評：認着本家就是老爺倒運了，還要喜錢！○天一評：宛是船家聲口。

這日晚飯就在艙裏陪着牛玉圃吃。到夜風住，天已晴了。五更鼓已到儀徵。進了黄泥灘，牛玉圃起來洗了臉，携着牛浦上岸走走。走上岸，向牛浦道：「他們在船上收拾飯費事，這裏有個大觀樓，素菜甚好，我和你去吃素飯罷。」〇黄評：想是鮓魚、火腿吃膩了腸子，要吃素飯，豈知素飯吃出醜事來。〇天二評：帶來路菜只够一日，却被大風阻隔，只好大觀樓吃素菜了。〇童評：天天大魚大肉吃膩了，要到大觀樓去吃素菜，醒醒胃口，老牛頗會打食品。回頭吩咐船上道：「你們自料理吃早飯，我們往大觀樓吃飯就來，不要人跟隨了。」説着，到了大觀樓。上得樓梯，只見樓上先坐着一個戴方巾的人，〇天一評：王義安戴方巾。那人見牛玉圃，嚇了一跳，説道：「原來是老弟！」牛玉圃道：「原來是老哥！」兩個平磕了頭。那人問：「此位是誰？」牛玉圃道：「這是舍侄孫。」向牛浦道：「你快過來叩見。這是我二十年拜盟的老弟兄，常在大衙門裏共事的〇齊評：此是口頭常語，與後文對照。〇童評：懶去會大衙門八轎的舊相與，却遇着二十年拜盟的老弟兄。在大衙門裏共事，備揩床服軛之用耶？王義安老先生。快來叩見。」〇黄評：又叩見龜祖。牛浦行過了禮，分賓主坐下，牛浦坐在横頭。走堂的搬上飯來，一碗炒麵筋，一碗膾腐皮，〇天二評：如此儉薄。三人吃着。牛玉圃道：「我和你還是那年在齊大老爺衙門裏相别，直到而今。」王義安道：「那個齊大老爺？」〇黄評：蠢烏龜不解牛意。牛玉圃道：「便是做九門提督的了。」〇童評：即拜在甘露庵老和尚名下之人也。王義安道：「齊大老爺待我兩個人是没的説的了！」

正説得稠密，忽見樓梯上又走上兩個戴方巾的秀才來：○天一評：兩秀才戴方巾。前面一個穿一件繭綢直裰，胸前油了一塊，後面一個穿一件玄色直裰，兩個袖子破的晃晃蕩蕩的，走了上來。○天二評：老牛要吃素飯，偏遇着吃葷飯的秀才來。兩個秀才一眼看見王義安，那穿繭綢的道：「這不是我們這裏豐家巷婊子家掌櫃的烏龜王義安？」○黄評：奇，文筆詼諧，不平如是。○齊評：原來如此，好個大來頭。那穿玄色的道：「怎麼不是他？他怎麼敢戴了方巾在這裏胡鬧！」○黄評：匡二方巾變爲高黑帽，王義安緑頭巾又變爲方巾一頂，何神化不測如是。不由分説，走上去，一把扯掉了他的方巾，劈臉就是一個大嘴巴，打的烏龜跪在地下磕頭如搗蒜，○天二評：《雷峰塔·金山》一折有此奇觀。兩個秀才越發威風。○童評：豐家巷裏掌櫃，平時戴慣緑頭巾。大觀樓上吃飯，今朝撞着破靴黨。秀才越發威風，烏龜要算晦氣。牛玉圃走上去扯勸，被兩個秀才啐了一口，説道：「你一個衣冠中人，同這烏龜坐着一桌子吃飯！○天一、二評：兩個秀才意謂牛玉圃偶與王義安搭桌吃飯耳，不知却是二十年拜盟弟兄。○天一評：然浦郎乖賊，於此已窺破一二矣。你不知道罷了，既知道，還要來替他勸鬧，連你也該死了！還不快走，在這裏討沒臉！」○黄評：駡得痛快，於是牛祖變爲龜弟，爲龜孫所笑矣。牛玉圃見這事不好，悄悄拉了牛浦，走下樓來，會了賬，急急走回去了。○童評：逃來樓下，已經刺促不休。回到船中，想必喘息不已。這裏兩個秀才把烏龜打了個臭死。店裏人做好做歹，叫他認不是。兩個秀才總不肯住，要送他到官。落後打的烏龜急了，在腰間〔一〕摸出三兩七錢碎銀子來，送與兩位相公做好看錢，纔罷了，放他下去。○齊評：原來如此！這個來頭更大。○黄評：烏龜身價值三兩七錢，比酒資較貴。○天二評：放生龜，後有用處。○童評：吃了幾個大巴掌，貪嘴應該打嘴。摸出一包碎銀子，官休還是私休？

牛玉圃同牛浦上了船，開到揚州，一直攏了子午宫下處，道士出來接着，安放行李，當晚睡下。次日早晨，拿出一頂舊方巾和一件藍綢直裰來，○黄評：少戴方巾罷。遞與牛浦，道：「今日要同往東家萬雪齋先生家，你穿了這個衣帽去。」○天一評：牛浦郎戴方巾。○童評：戴上舊方巾，穿上綢直裰，從此就可冒充秀才了。揚州有此風氣俗，所謂黄魚者是也。當下叫了兩乘轎子，兩人坐了，兩個長隨跟着，一個抱着氈包，一直來到河下。○天一評：如畫。見一個大高門樓，有七八個朝奉坐在板凳上，中間夾着一個奶媽，坐着説閑話。○黄評：寫鹽商家便是鹽商家氣象。轎子到了門首，兩人下轎走了進去，那朝奉都是認得的，説道：「牛老爺回來了！請在書房坐。」當下走進了一個虎座的門樓，遇了磨磚的天井，到了廳上。舉頭一看，中間懸着一個大匾，金字是「慎思堂」三字，傍邊一行「兩淮鹽運使司鹽運使荀玫書」。○黄評：借挽荀玫。○童評：荀玫做兩淮運使，在此處點出。看所書匾字，令人想起他送仿紙來批的時光。兩邊金箋對聯，寫：「讀書好，耕田好，學好便好；創業難，守成難，知難不難。」○黃評：偏是此等人家有此等對聯。○齊評：鹽商家必須描摹一番。○天二評：此聯頗有意思。○童評：不讀書，不耕田，先帶小貨，後乃弄窩子，不算學好。自創業，自守成，從小司客，做到大鹽商，自知其難。中間挂着一軸倪雲林的畫。書案上擺着一大塊不曾琢過的璞。十二張花梨椅子。左邊放着六尺高的一座穿衣鏡。從鏡子後邊走進○童評：先在大廳上描寫一番，時人書，古人畫，輝輝煌煌，安放着一座穿衣鏡。去，兩扇門開了，鵝卵石砌成的地，循着塘沿走，一路的硃紅欄杆。走了進去，三間花廳，隔子中間懸着斑竹簾。有兩個小幺兒在那裏伺候，○童評：又在花廳上描寫一番，斑竹簾，楠木椅，齊齊整整，伺候着兩個小幺兒。見兩個走來，揭開簾子讓了進去。舉眼一看，裏面擺的都是水磨楠木桌椅，中間懸着一個白紙墨字小匾，是「課花摘句」四個字。○黃評：以上仍從牛浦窮眼看出。○童評：課者何花，不過是洗桐鋤藥；摘難成句，因未嘗望水眺雲。

兩人坐下吃了茶，那主人萬雪齋方從裏面走了出來，頭戴方巾，○黃評：又是一個方巾，而身價不止三兩七錢矣。○天一評：萬雪齋戴方巾。手搖金扇，身穿澄鄉〔三〕繭綢直裰，脚下朱履，出來同牛玉圃作揖。牛玉圃叫過牛浦來見，説道：「這是舍侄孫。見過了老先生！」三人分賓主坐下，牛浦坐在下面。又捧出一道茶來吃了。萬雪齋道：「玉翁爲甚麽在京耽擱這許多時？」牛玉圃道：「只爲我的名聲太大了，○童評：精鑒傳薛公之書，調燮勞丙相之問。名聲豈不大哉？一到京，住在承恩寺，就有許多人來求，也有送斗方來的，也有送扇子來的，也有送册頁來的，都要我寫字、做詩，還有那分了題、限了韵來要求教的。○黄評：又是匡超人聲口。○童評：是斗方名士的餘波。晝日晝夜打發不清。纔打發清了，國公府裏徐二公子○天二評：逗徐二公子。○則仙評：引起「國公府」。○童評：點出國公府徐公子，爲五十三回伏筆。不知怎樣就知道小弟到了，○黄評：此處先影國公府。○齊評：鋪張得有聲有色。一回兩回打發管家來請，他那管家都是錦衣衛指揮，五品的前程，○黄評：薰人語，與匡二同。○天二評：又似匡二口氣。○童評：匡超人的學生，都是勳戚子弟、三品的大人，顯得教習官有多大。徐公子的管家，都是錦衣指揮、五品的前程，顯得國公府有多大。到我下處來了幾次，我只得到他家盤桓了幾天。○童評：吴諺云：「陽山萬丈高，不及穹窿半截腰。」即此意也。臨行再三不肯放，我説是雪翁有要緊事等着，纔勉强辭了來。二公子也仰慕雪翁，尊作詩稿是他親筆看的。」因在袖口裏拿出兩本詩來遞與萬雪齋。萬雪齋接詩在手，便問：「這一位令侄孫一向不曾會過，多少尊庚了？大號是甚麽？」牛浦答應不出來。○黄評：嚇呆了。大號不敢説者，以牛布衣相與老爺多，恐露破綻耳。○齊評：描寫絶妙，真已嚇昏矣。○童評：上不得臺盤，與胡屠户一般。牛玉圃道：「他今年纔二十歲，年幼還不曾有號。」萬雪齋正要揭開詩本來看，只見一個小廝飛跑進來稟道：「宋爺請到了。」萬雪齋起身道：「玉翁，本該奉陪，因第七個小妾有病，請醫家宋仁老來看，弟要去同他斟酌，〇童評：要斟酌小妾用藥，不奉陪遠客寬坐。寫出萬雪齋看輕牛玉圃處。暫且告過。你竟請在我這裏寬坐，用了飯，坐到晚去。」〇天二評：不説請到此間來住。說罷，去了。

管家捧出四個小菜碟，兩雙碗筷來，抬桌子，擺飯，〇天二評：亦甚淡薄。〇童評：捧出四碟小菜、兩副碗筷來，明明使他祖孫自吃，更無人相陪矣。又寫出萬雪齋看輕牛玉圃處。牛玉圃向牛浦道：「他們擺飯還有一會功夫，我和你且在那邊走走，那邊還有許多齊整房子好看。」當下領着牛浦走過了一個小橋，循着塘沿走，望見那邊高高低低許多樓閣。〇童評：又在花園裏描寫一番，一條小橋、幾株柳樹，高高低低，望見那邊許多樓閣。三番描寫，都在牛浦眼中看出。那塘沿略窄，一路栽着十幾棵柳樹，牛玉圃走着，回頭過〔三〕來向他説道：「方纔主人問着你話，你怎麼不答應？」牛浦眼瞪瞪的望着牛玉圃的臉説：「……」〇黄評：仍是嚇昏了。不覺一脚蹉〔四〕了個空，半截身子掉下塘去。〇天一評：情事宛然。〇天二評：平生未見如此排場，眼花繚亂，忽蒙見問，遂覺茫然。（天一評批於「牛浦答應不出來」下，「忽」作「猝」，「遂覺茫然」作「遂不能出口」。）牛玉圃慌忙來扶，虧有柳樹攔着，拉了起來，鞋襪都濕透了，衣服上淋淋漓漓的半截水。牛玉圃惱了，沉着臉道：「你原來是上不的臺盤的人！」○黄評：誰教你帶他來。○齊評：那知他頗會作弄你耶！忙叫小厮氈包裏拿出一件衣裳來與他換了，先送他回下處。○童評：失足落水，不是寫牛浦上不得臺盤，是要寫先送他回下處也。只因這一番，有分教：旁人閑話，説破財主行踪；小子無良，弄得老生掃興。不知後事如何，且聽下回分解。

【總評】

卧評　卜氏兄弟雖做小生意之蠢人，其待牛浦頗不薄，何苦定要生事以侮弄之？蓋牛浦初竊得一董老爺，本無處可以賣弄，不得不想到卜氏弟兄。天下實有此等惡物，一容他進門，他便做出許多可惡勾當，真無可奈何也。

「老爺」二字，平淡無奇之文也，卜信捧茶之後，三人角口，乃有無數「老爺」字，如火如花，愈出愈奇。正如平原君毛遂傳，有無數「先生」字，删去一二，即不成文法，而大減色澤矣。

牛浦乃勢利熏心卑鄙不堪之人，一出門即遇見牛玉圃，長隨之盛，食品之豐，體統之闊，私心艷羡，猶夫狗偷熱油，又愛又怕。○黄評：比擬絶妙。認爲叔公，固其情願。觀於板縫裏偷張時，早已醉心欲死矣。

牛玉圃雖鄙陋不足道之徒，然亦何至與烏龜拜盟？此其中必有緣故。夫時世遷流，今非昔比。既云二十年前拜盟，則二十年前之王義安，尚未做烏龜可知。或者義安亦是一個不安分之人，江湖浮蕩，當時曾與玉圃訂交，彼此兄弟相稱，其事已久。今卒然見面，未及深談，而握手道故，亦人情也。玉圃云，憶會晤在齊大老爺處，而義安愕〔一五〕然，是玉圃徒欲説大話以嚇牛浦，非真記得别時情事又可知也。○天一評：浦郎欲以董老爺嚇二卜，不意遇着牛玉圃，真是小巫見大巫。

牛玉圃自述兩段，乃其生平得意之筆，到處以之籠絡人者，而不知已爲牛浦窺破，他日雖無道士之閑談，吾知牛浦亦必有以處玉圃。何也？天下惟至柔能制至剛，老小二牛實有剛柔之别也。

或謂王義安無故戴方巾上飯館，何爲也者？曰此無足怪也。揚郡風俗，妓院之掌櫃者，非以妻妾爲生意者也，總持其事而已。往往住華居，侈結納，混迹衣冠隊中，是其常事。不知其底裏者，無從而責之也。兩秀才必係吃葷飯的學霸，王義安素所畏服，故受其打而不敢辯説耳〔一六〕。

天一、二評 此回從方巾上生色，而以大觀樓一鬧爲主。蓋方巾之不足爲輕重久矣。○則仙評：水晶結子且不足重，何論方巾哉？朱謫仙。

【校記】

〔一〕董瑛，原作「董英」，各本中「瑛」「英」通用，參齊本以「瑛」一之。

〔二〕張，申二本作「祇」。

〔三〕頭膊子，申一、二本作「頸膊子」。

〔四〕臉通紅，申一本作「臉漲通紅」，申二本作「滿臉通紅」。

〔五〕臊，原作「噪」，抄本、蘇本和申一、二本均同。參齊本改。

〔六〕見，申一本作「送」。

〔七〕借了多光，申一本作「借了光」，申二本作「多借了光」。

〔八〕你，原作「他」，抄本、蘇本同。從申一、二本改。

〔九〕烟篷，原作「烟蓬」，抄本、蘇本和申一、二本均同。參亞東本改。同一誤字，以下徑改不記。

〔一〇〕得不得，申一、二本作「巴不得」。

〔一一〕間，原缺，抄本、蘇本和申二本同。從申一本補。

〔一二〕澄鄉，抄本作「沉香」。

〔一三〕頭過，申一、二本作「過頭」。

〔一四〕蹉，申一本作「踹」，申二本作「踏」。

〔一五〕愕，原作「[目咢]」，蘇本同。抄本全段缺。從申一、二本改。

〔一六〕本回卧本有回評六段，抄本缺第三、四、六段。

第二十三回

發陰私詩人被打　嘆老景寡婦尋夫

話説牛玉圃看見牛浦跌在水裏，不成模樣，叫小厮叫轎子先送他回去。牛浦到了下處，惹了一肚子的氣，把嘴骨都着坐在那裏。○天一、二評：自己不當心出了醜，骨都着嘴恨誰？坐了一會，尋了一雙乾鞋襪換了。○童評：半截身子，掉下塘去。衣服淋漓，當時換了。鞋襪濕透，回寓纔換。層次逼清，情理俱合。道士來問可曾吃飯，○童評：來問可曾吃飯，先將道士點出。　爲要寫萬雪齋出身，先寫牛浦同道士吃茶。爲要寫同吃茶，先寫牛浦同道士吃飯。爲要寫同吃飯，先寫道士來問吃飯。爲要寫問吃飯，先寫牛浦先回寓處。爲要寫先回寓，先寫牛浦失足落水。蓋失足落水，是下種也。先回寓，是生根也。問吃飯，是萌芽也。同吃飯，是發葉也。同吃茶，是開花也。説出萬雪齋出身來，是結子也。此書用筆，未有不下種，不生根，而開花結子者也。又不好説是没有，只得説吃了，足足的飢了半天。○天一、二評：白餓。牛玉圃在萬家吃酒，直到更把天纔回來，上樓又把牛浦數説了一頓，牛浦不敢回言，彼此住下。次日一天無事。

第三日，萬家又有人來請，牛玉圃吩咐牛浦看着下處，自己坐轎子去了。牛浦同道士吃了早飯，道士道：「我要到舊城裏木蘭院一個師兄家走走，牛相公，你在家裏坐着罷。」牛浦道：「我在家有甚事，不如也同你去頑頑。」〇童評：前日惹了一肚氣，捱了半天餓，夜間受了一頓數説，今日又不帶他同去。牛浦正在納悶，樂得結伴閑游。當下鎖了門，同道士一直進了舊城，一個茶館内坐下。茶館裏送上一壺乾烘茶，一碟透糖，一碟梅豆上來。吃着，道士問道：「牛相公，你這位令叔祖可是親房的？一向他老人家在這裏，不見你相公來。」〇童評：萬雪齋道：「令侄孫一向不曾會過。」道士道：「牛相公一向不見你來。」凡素識老牛的，都覺這個小牛來得突如。牛浦道：「也是路上遇着，叙起來聯宗的。我一向在安東縣董老爺衙門裏，〇天一評：誰問你來？〇童評：牛浦見牛玉圃不是好相識，仍想起董老爺來。莫非昨夜做了這樣一個夢，今朝對着道士，就説的活龍活現？那董老爺好不好客！記得我一〔二〕初到他那裏時候，纔送了帖子進去，他就連忙叫兩個差人出來請我的轎。我不曾坐轎，却騎的是個驢，我要下驢，差人不肯，兩個人牽了我的驢頭，一路走上去。走到暖閣上，走的地板『格登、格登』的一路響。〇黄評：虧他憑空説謊，描寫得逼真，以此作詩詩必佳矣。〇齊評：真是形容畢肖。〇天一、二評：要命。董老爺已是開了宅門，自己迎了出來，同我手攙着手，走了進去，留我住了二十多天。我要辭他回來，他送我十七兩四錢五分細絲銀子，送我出到大堂上，看着我騎上了驢，口裏説道：『你此去〔二〕若是得意，就罷了；若不得意，再來尋我。』○童評：不曾坐轎，騎的是驢，説得有分寸。走到暖閣，地板聲響，説得有神氣。迎進宅門，送出大堂，説得有禮貌。若不得意，再來尋我，説得有交情。老牛撒謊，撒的每多漏洞；小牛撒謊，撒的毫無痕迹。這樣人真是難得，我如今還要到他那裏去。」○黄評：做賊人謊也不會説，意欲嚇道士而所言皆不足以嚇之，不如乃祖多矣。○童評：説了半天，只有這一句是真話。道士道：「這位老爺果然就難得了。」牛浦道：「我這東家萬雪齋老爺，他是甚麽前程？將來幾時有官做？」○童評：小牛敬重做官的，老牛敬重有錢的。人生世上，勢位富厚，蓋可忽乎哉？道士鼻子裏笑了一聲，道：「萬家，只好你令叔祖敬重他罷了！若説做官，只怕紗帽滿天飛，飛到他頭上，還有人摣了他的去哩！」○天二評：如王義安方巾。○童評：萬雪齋的紗帽，有如王義安的方巾，戴到頭上，就有人摣了他的去。牛浦道：「這又奇了，他又不是倡優隸卒，爲甚那紗帽飛到他頭上還有人撾了去？」道士道：「你不知道他的出身麽？我説與你，你却不可説出來。○齊評：此語最是好笑，然天下人都犯此病。萬家他自小是我們這河下萬有旗程家的書童，自小跟在書房伴讀。他主子程明卿見他聰明，○則仙評：程明卿是否即程魚門。到十八九歲上就叫他做小司客。」牛浦道：「怎麽樣叫做小司客？」道士道：「我們這裏鹽商人家，比如托一個朋友在司上行走，替他會官、拜客，每年幾百銀子辛俸，這叫做『大司客』；若是司上有些零碎事情，打發一個家人去打聽料理，這就叫做『小司客』了。他做小司客的時候，極其停當〔三〕，每年聚幾兩銀子，先帶小貨，後來就弄窩子。不想他時運好，那幾年窩價陡長，他就尋了四五萬銀子，便贖了身出來，買了這所房子，自己行鹽，生意又好，就發起十幾萬來。萬有旗程家已經折了本錢，回徽州去了，所以没人説他這件事。○童評：做書童，自幼聰明。當家人，辦事停當。時運好，先帶小貨。生意好，後發大財。小司客，即便贖了身出來。萬有旗，已經折了本回去。因爲没人説起這件事，所以老牛不知他出身。去年萬家娶媳婦，他媳婦也是個翰林的女兒，○黃評：好翰林。萬家費了幾千兩銀子娶進來。那日大吹大打，執事燈籠就擺了半街，好不熱鬧！到第三日，親家要上門做朝，家裏就唱戲，擺酒，不想他主子程明卿，清早上就一乘轎子抬了來，坐在他那廳房裏。萬家走了出來，就由不的自己跪着，作了幾個揖，當時兑了一萬兩銀子出來，纔糊的去了，不曾破相。」○童評：新媳婦要到家中，何等熱鬧。正要擺三朝戲酒，不提防來捉訛頭。舊主子坐在廳上，不得開交。忙兑出一萬花銀，纔糊的不曾破相。因爲老牛未看出爻象，所以小牛恰好弄乾坤。權勿用的醜事，是宦成搭杭船，在蕭山縣客人口中聽得來。萬雪齋的醜事，是牛浦上茶館，在子午宮道士口中聽得來。都用背面傅粉之法。

正説着，木蘭院裏走出兩個道士來，把這道士約了去吃齋，道士告別去了。

牛浦自己吃了幾杯茶，走回下處來。進了子午宮，只見牛玉圃已經回來，坐在樓底下，桌上擺着幾封大銀子，樓門還鎖着。牛玉圃見牛浦進來，叫他快開了樓門，把銀子搬上樓去，抱怨牛浦道：「適纔我叫看着下處，你爲甚麽街上去胡撞！」○童評：樓門鎖着，不能上去，等人心焦，自然要抱怨了。　牛玉圃有四個長隨，何必叫牛浦看着下處？叫他看下處者，恐怕他街上去胡撞耳。依然鎖門他出，自然要查問了。　牛浦道：「適纔我站在門口，遇見敝縣的二公在門口過，○黃評：空中樓閣，隨嘴流出謊來。　他見我就下了轎子，説道『許久不見』，要拉到船上談談，故此去了一會。」○童評：賺道士就説董老爺，賺老牛就説李二公。李二公是虛，董老爺是實。同一撒謊，有虛實相間之妙。　牛玉圃見他會官，就不説他不是了。○齊評：自是如此。　因問道：「你這位二公姓甚麽？」○天一評：「八轎的官相與了多少」，不希罕一個二公。　牛浦道：「他姓李，是北直人。便是這李二公，也知道叔公。」○天二評：此句填魘門要緊。　牛玉圃道：「他們在官場中，自然是聞我的名的。」牛浦道：「他説也認得萬雪齋先生。」牛玉圃道：「雪齋也是交滿天下的。」○童評：李二公也知道叔公，也認得萬雪齋。説來正合老牛脾氣，正對老牛胃口。「官場中自然聞我名的」，「雪齋也是交滿天下的」。二牛撒謊，針鋒相對。　因指着這個銀子道：「這就是雪齋家拿來的。因他第七位如夫人有病，醫生説是寒症，藥裏要用一個雪蝦蟆，在揚州出了幾百銀子也沒處買，聽見説蘇州還尋的出來，他拿三百兩銀子托我去買。我没的功夫，已在他跟前舉薦了你，你如今去走一走罷，還可以賺的幾兩銀子。」牛浦不敢違拗。○童評：要打算在揚州來做篾片，没工夫到蘇州去買藥材。從前説過有用的着你處，如今正是有用的着他處。叔公還怕侄孫不會賺錢，預先傳授心法。牛老兒爲孫子定親，牛浦不敢違拗。牛玉圃差侄孫買物，牛浦不敢違拗。前之不愜意者，嫌相配開米店灰撲撲小家之甥女；今之不愜意者，想去會安東縣威赫赫現任的老爺。當夜，牛玉圃買了一隻鷄和些酒替他餞行，在樓上吃着。牛浦道：「方纔有一句話正要向叔公説，是敝縣李二公説的。」○天二評：老牛收着一小牛，將爲己用，故全用烹滂使之畏服。及大觀樓一鬧，略已窺見底裏。及至萬家又因出醜被斥忍餓一日，心懷忿忿。而老牛所滿口恭維之萬雪齋又爲道士説破。遂有心戲弄老牛，以報宿恨。老牛不知，入其彀中。蜂蠆有毒，可不慎諸！○童評：小牛乖滑，能把老牛瞞過。老牛呆笨，已被小牛窺破。前日惹了一肚的氣，無處發泄；今朝撒出滿嘴的謊，正好報仇。牛玉圃道：「甚麽話？」牛浦道：「萬雪齋先生算同叔公是極好的了，但只是筆墨相與，他家銀錢大事還不肯相托。○則仙評：萬雪齋不肯托銀錢大事與玉圃，而老牛偏肯托銀錢於小牛，是叔公之待侄孫也亦云厚矣。卒至剥盡衣裳臭打一頓，固小牛自取之咎，可憐不足惜也。○童評：「筆墨相與」，是照到牛玉圃從前請伊代筆的話。銀錢相托，是識透牛玉圃方纔教他賺錢之心。李二公説，他生平有一個心腹的朋友，叔公如今只要説同這個人相好，他就諸事放心，一切都托叔公，不但叔公發財，連我做侄孫的將來都有日子過。」○黃評：動之以利，使之必上此當。○童評：想得近情，説得動聽。面子上，全是爲叔公設謀；骨子裏，專是要叔公中計。牛玉圃道：「他心腹朋友是那一個？」牛浦道：「是徽州程明卿先生。」○童評：他心腹朋友是那一個，且不明言，知道牛玉圃必然要問。待他問時，纔説出徽州程明卿先生來。説的得神，出的得勢。牛玉圃笑道：「這是我二十年拜盟的朋友，○黃評：莫又是烏龜。○天一、二評：又是「二十年拜盟朋友」。○天二評：此語蓋老牛平時説慣。○童評：王義安是二十年拜盟的老弟兄，程明卿是二十年拜盟的舊朋友。泥烏龜，灰駱駝，自然老牛都是認得的。我怎麽不認的？我知道了。」○黃評：你正好不知道。○童評：你知道了，你就上了當了，你就吃了苦了。吃完了酒，各自睡下。次日，牛浦帶着銀子，告辭叔公，上船往蘇州去了。○則仙評：侄孫之木梢已請叔公掮去，似亦可以長往矣，後文尋至蘇州被打云云，意牛浦不若是之呆。

次日，萬家又來請酒，牛玉圃坐轎子去。到了萬家，先有兩位鹽商坐在那裏：一個姓顧，一個姓汪。相見作過了揖，那兩個鹽商説都是親戚，不肯僭牛玉圃的坐，讓牛玉圃坐在首席。吃過了茶，先講了些窩子長〔四〕跌的話，抬上席來，兩位一桌。奉過酒，頭一碗上的冬蟲夏草，○黃評：吃新奇藥，用新奇菜，鹽商惡俗。○齊評：這是藥料，却當菜吃，鹽呆好奇之過。萬雪齋請諸位吃着，説道：「像這樣東西，也是外方來的，我們揚州城裏偏生多。一個雪蝦蟆，就偏生尋不出來！」顧鹽商道：「還不曾尋着麼？」萬雪齋道：「正是。揚州没有，昨日纔托玉翁令侄孫到蘇州尋去了。」汪鹽商道：「這樣稀奇東西，蘇州也未必有，只怕還要到我們徽州舊家人家尋去，或者尋出來。」萬雪齋道：「這話不錯，一切的東西是我們徽州出的好。」○齊評：宛然徽州朝奉口氣。○天二評：徽州人口氣。（天一評開頭多「却是」二字）顧鹽商道：「不但東西出的好，就是人物也出在我們徽州。」○天二評：剛凑上去。○童評：萬家設盛饌，請同商，分明邀牛玉圃作陪客。因兩個鹽商，都是親戚，不肯僭坐，故讓他首席。可見三人是初次會面也。牛玉圃當着萬家兩位親戚，揭起萬雪齋的痛瘡來。顧、汪也覺在坐無顔，雪齋能不恨如刺骨？從冬蟲夏草説到雪蝦蟆，從尋雪蝦蟆説到蘇州，從蘇州説到徽州，從徽州東西説到徽州人物。逐層轉出，曲折之極。牛玉圃忽然想起，○齊評：倒運了。問道：「雪翁，徽州有一位程明卿先生是相好的麽？」萬雪齋聽了，臉就緋紅，一句也答不出來。牛玉圃道：「這是我拜盟的好弟兄，前日還有書子與我，○天一評：還要補足兩句。説不日就要到揚州，少不的要與雪翁叙一叙。」萬雪齋氣的兩手冰冷，總是一句話也説不出來。○黄評：絶倒。小牛惡甚，老牛笨甚。○齊評：老牛尚不覺得，何其笨也。○童評：牛玉圃胸中，憋着一個程明卿。半天要買（秋案：應爲「賣」，吴語「買」、「賣」不分）弄出來，得此機會，不由的脱口而出。盡誇拜盟弟兄，不看主人面風。可笑這老蠢牛，真是個糊塗蟲。滿臉緋紅，兩手冰冷，一句話説不出來，一口氣幾乎塞煞。顧鹽商道：「玉翁，自古『相交滿天下，知心能幾人』！我們今日且吃酒，那些舊話不必談他罷了。」當晚勉强終席，各自散去。○童評：相交滿天下，知心能幾人。話是對玉翁説，心是向雪翁言。斯人善於辭令，借此好作收科。在牛玉圃還是新聞，暗裏不覺犯諱。在顧鹽商知是舊話，明人不必細談。當晚勉强終席，當場尚未出醜。

牛玉圃回到下處，幾天不見萬家來請。那日在樓上睡中覺，一覺醒來，長隨拿封書子上來説道：「這是河下萬老爺家送來的，不等回書去了。」牛玉圃拆開來看：

刻下儀徵王漢策舍親令堂太親母七十大壽，欲求先生做壽文一篇，並求大筆書寫，望即命駕往伊處。至囑！至囑！○童評：一封書與牛玉圃，先善遣之；一封書與王漢策，再決絶之。萬雪齋善於隨機應變，故能創業守成。

牛玉圃看了這話，便叫長隨叫了一隻草上（五）飛，往儀徵去。當晚上船，次早到丑壩上岸，○童評：船名草上飛，地名丑壩，都爲老牛作渲染。在米店内問王漢策老爺家。米店人説道：「是做埠頭的王漢家？○黄評：「做埠頭」，當是小司客親戚。他在法雲街朝東的一個新門樓子裏面住。」牛玉圃走到王家，一直進去，○童評：此時牛玉圃昂然而來，還是一團高興。見三間敞廳，廳中間椅子上亮着一幅一幅的金字壽文。左邊窗子口一張長桌，一個秀才低着頭在那裏寫，見牛玉圃進廳，丢下筆，走了過來。牛玉圃見他穿着繭綢直裰，胸前油了一塊，就吃了一驚。〇黄評：寃家路兒窄。〇童評：還道是請他來做壽文，却不道已有人在那裏寫壽文。顯見事有蹊蹺，老牛先發一怔。「胸前油了一塊」，是葷飯秀才的幌子。不料撞着對頭，老牛更吃一驚。那秀才認得牛玉圃，説道：「你就是大觀樓同烏龜一桌吃飯的，〇齊評：倒運之時無處不遇寃家。今日又來這裏做甚麽？」牛玉圃上前同他吵鬧，王漢策從裏面走出來，向那秀才道：「先生請坐，這個不與你相干。」〇童評：秀才説秀才的話，王漢策説王漢策的話。王漢策心中之事，不與秀才相干；秀才心中之事，亦不與王漢策相干。那秀才自在那邊坐了。

王漢策同牛玉圃拱一拱手，也不作揖，彼此坐下。問道：「尊駕就是號玉圃的麽？」〇童評：王漢策開口，就不像模樣。牛玉圃聽了，摸不着頭路。牛玉圃道：「正是。」王漢策道：「我這裏就是萬府下店。雪翁昨日有書子來，説尊駕爲人不甚端方，〇天二評：同烏龜一桌吃飯。又好結交匪類，〇黄評：「結交匪類」却有憑據。〇童評：爲人不甚端方，又好結交匪類。語有雙關。一則明指其與程明卿稱拜盟好弟兄，一則暗藏其與王義安爲拜盟老弟兄也。自今以後，不敢勞尊了。」因向帳房裏秤出一兩銀子來遞與他，説道：「我也不留了，你請尊便罷！」〇童評：先説出幾句冷話來拒絶他，又秤出一兩銀子來輕薄他。勝似打，勝似駡。惡絶，妙絶。牛玉圃大怒，説道：「我那希罕這一兩銀子！我自去和萬雪齋説！」把銀子攛在椅子上。王漢策道：「你既不要，我也不强。我倒勸你不要到雪齋家去，雪齋也不能會！」○童評：這兩句是真話，是實話，恐怕他再到萬家去尋鬧耳。牛玉圃氣忿忿的走了出去。○童評：牛玉圃聽了王漢策的話，如同萬雪齋聽了牛玉圃的話一樣，氣的一句話也説不出來。王漢策道：「恕不送了。」把手一拱，走了進去。

牛玉圃只得帶着長隨，在丑壩尋一個飯店住下，口口聲聲只念着：「萬雪齋這狗頭，如此可惡！」○童評：與其今日連罵狗頭，何如前天少開牛口。走堂的笑道：「萬雪齋老爺是極肯相與人的，除非你説出他程家那話頭來，纔不尷尬〔六〕。」説罷，走過去了。牛玉圃聽在耳朵裏，忙叫長隨去問那走堂的。走堂的方如此這般説出：「他是程明卿家管家，最怕人揭挑他這個事。你必定説出來，他纔惱的。」長隨把這個話回覆了牛玉圃，牛玉圃纔省悟道：「罷了！我上了這小畜生的當了！」○黄評：大畜上了小畜當。○童評：牛玉圃此時，雖則没理會，還不知其所以然。幸虧走堂的無心漏出不尷尬的話，纔使老蠢牛知道上了小畜生的當。當下住了一夜。

次日，叫船到蘇州去尋牛浦。上船之後，盤纏不足，○童評：牛玉圃裝出闊排場，想打萬雪齋的把勢，猶如洪憨仙裝出闊排場，想騙胡密之的銀子一般作用。誰知到了揚州，只叨擾了他兩頓酒，不曾得着他半文錢。故一旦失風，就登時乾癟。長隨又辭去了兩個，只剩兩個粗夯漢子跟着，一直來到蘇州，找在〔七〕虎丘藥材行内。牛浦正坐在那裏，○齊評：牛浦既作弄了玉翁，如何還到蘇州？亦是笨賊。然亦不料其即日穿破耳。見牛玉圃到，迎了出來，○黄評：或問，小牛拿着三百兩頭何以不走？曰：不敢也，目睹萬家之富、老牛之闊，不慮追捕乎？特是哄得老牛上了當如何甘心，以後何以見面？全不慮及。此則賊智之疏也。說道：「叔公來了。」牛玉圃道：「雪蝦蟆可曾有？」牛浦道：「還不曾有。」○童評：且喜雪蝦蟆未買到手，好把雪花銀全數上腰。牛玉圃道：「近日鎮江有一個人家有了，快把銀子拿來同着買去。我的船就在閶門外。」當下押着他拿了銀子同上了船，一路不說出。走了幾天，到了龍袍洲地方，是個没人烟的所在。是日，吃了早飯，牛玉圃圓睁兩眼，大怒道：「你可曉的我要打你哩？」○天二評：發端奇妙。牛浦嚇慌了道：「做孫子的又不曾得罪叔公，爲甚麽要打我呢？」牛玉圃道：「放你的狗屁！你弄的好乾坤哩！」○黄評：小畜拿着銀子不敢走，大畜看不出萬鹽商神氣，真是兩條蠢牛。然大畜尚有銀子。○天二評：妙。○潘祖蔭評：幸有此牛浦郎，得見鹽商局面。○童評：老牛氣的横眉怒目，小牛嚇的屁滚尿流。「做孫子的，不曾得罪叔公，爲甚要打我？」做孫子的，却曾弄送叔公，所以要打你。當下不由他口中分說，只教他肚裏明白。這是要打舅丈人板子的報應。當下不由分說，叫兩個夯漢把牛浦衣裳剥盡了，帽子鞋襪都不留，拿繩子捆起來，臭打了一頓，抬着往岸上一摜，他那一隻船就扯起篷來去了。

牛浦被他摜的發昏，又摜倒在一個糞窖子跟前，○童評：一路不説出，到没人烟地方纔發作，狠毒；剥的一絲不挂，捆起來打，更狠毒；摜他在糞窖邊，扯起篷來去了，尤其狠毒。　老牛吃了小小的一個暗中虧，誤信了一封書子，還落了一宗銀子，總算便宜。小牛吃了大大的一場眼前虧，光留了一個身子，只多了一條繩子，真是倒運。　燕子磯阻逆風時節，抬他到艙裏來；龍袍洲没人烟地方，摜他到岸上去。老小二牛在船裏遇合，在船裏撒開，前後作章法。滚一滚就要滚到糞窖子裏面去，只得忍氣吞聲，動也不敢動。○黄評：問你可没良心了。○童評：飽了一頓臭打，薰了半日臭氣，何苦弄送人家，却是弄送自己。　幾乎性命失途，此刻悔之晚矣。過了半日，只見江裏又來了一隻船，○童評：牛玉圃揚帆而去，假叔公從此遠離，牛浦的災星退了。　黄客人上岸而來，續丈人從此認識，牛浦的救星到了。那船到岸就住了，一個客人走上來糞窖子裏面出恭，牛浦喊他救命。○天二評：牛浦曰：若彼其濯濯也；客亦曰：若彼其濯濯也。○童評：方且厭惡這糞窖，又該感激這糞窖。不是糞窖，那得有人來出恭；不是出恭，那得有人來搭救。　小牛剥的精光，宛然活三牲，正好酬謝坑三姑娘的保佑。那客人道：「你是何等樣人，被甚人剥了衣裳捆倒在此？」牛浦道：「老爹，我是蕪湖縣的一個秀才。○齊評：從此就做定秀才矣。○天一、二評：在糞窖子邊還能説謊。因安東縣董老爺請我去做館，路上遇見强盗，○黄評：性命在須臾仍要説謊。○童評：遇見强盜打劫，說得真像。老牛如此蠻法，無異於强盜也。把我的衣裳行李都打劫去了，只饒的一命在此。我是落難的人，求老爹救我一救！」那客人驚道：「你果然是安東縣董老爺衙門裏去的麽？我就是安東縣人，○黄評：巧，省文也。○童評：安東縣的幕友，遇見安東縣的客人，說的恰好對路，故肯格外周全。我如今替你解了繩子。」看見他精赤條條，不像模樣，○童評：董老爺看見你這兩個灰撲撲的人，就够笑的了。黄客人看見你這一個赤條條的人，更够笑的了。因說道：「相公且站着，我到船上取個衣帽鞋襪來與你穿着，好上船去。」當下果然到船上取了一件布衣服，一雙鞋，一頂瓦楞帽，與他穿戴起來。○黄評：正是他戴的。說道：「這帽子不是你相公戴的，○童評：但知道瓦楞帽，不是你相公戴的。不知道他不是相公，戴慣瓦楞帽的。如今且權戴着，到前熱鬧所在再買方巾罷。」○天一評：還是方巾餘波。牛浦穿了衣服，下跪謝那客人。扶了起來，同到船裏，○童評：解了繩子，然後上船取衣服。穿了衣服，然後下跪謝恩人。謝了恩人，然後同到船裏細攀談。層次一絲不亂。滿船客人聽了這話，都吃一驚，問：「這位相公尊姓？」牛浦道：「我姓牛。」因拜問：「這位恩人尊姓？」那客人道：「在下姓黄，就是安東縣人，家裏做個小生意，是戲子行頭經紀。○黄評：將出鮑文卿，先露一句戲班添行頭。○則仙評：引起我□。○童評：戲子行頭經紀，爲下文鮑文卿父子作引。前日因往南京去替他們班裏人買些添的行頭，從這裏過，不想無意中救了這一位相公。你既是到董老爺衙門裏去的，且同我到安東，在舍下住着，整理些衣服，再往衙門裏去。」○齊評：絶處逢生。○童評：前遇牛玉圃，衣之食之。今遇黄客人，亦衣之食之。牛玉圃有用着他處，不懷好意。黄客人肯留他去住，却是好心。牛浦深謝了，從這日就吃這客人的飯。○黄評：偏有如此奇遇。

此時天氣甚熱，牛浦被剥了衣服，在日頭下捆了半日，又受了糞窖子裏熏蒸的熱氣，一到船上，就害起痢疾來。○童評：剥盡了衣服打，捆牢了光身攢。糞窖子跟前薰，毒日頭地下曬。牛浦受足了這番大苦，焉得不生這場大病？那痢疾又是禁口痢，裏急後重，一天到晚都痢不清，只得坐在船尾上，兩手抓着船板由他痢。痢到三四天，就像一個活鬼。身上打的又發疼，大腿在船沿坐成兩條溝。○黄評：無良之報。○天二評：此亦足稍懲其忘本之罪。只聽得艙内客人悄悄商議道：「這個人料想是不好了，如今還是趁他有口氣送上去，若死了，就費力了。」那位黄客人不肯。○齊評：好人相逢，真是牛浦的運氣。他痢到第五天上，忽然鼻子裏聞見一陣緑豆香，○天二評：命不該絶，人救之，天啓之。向船家道：「我想口緑豆湯吃。」滿船人都不肯。○童評：滿船人因他是痢疾，故不肯把涼的與他吃。不知暑毒爲患，緑豆湯正好發散。他説道：「我自家要吃，我死了也無怨。」衆人没奈何，只得攏了岸，買些緑豆來煮了一碗湯，與他吃過。肚裏響了一陣，痢出一抛大屎，登時就好了，○黄評：偏偏不死。扒進艙來謝了衆人，睡下安息。養了兩天，漸漸復元。

到了安東，先住在黄客人家。黄客人替他買了一頂方巾，添了件把衣服，一雙靴，○童評：打扮起來，居然像個秀才了。穿着去拜董知縣。董知縣果然歡喜，當下留了酒飯，要留在衙門裏面住。○童評：董知縣果然歡喜，留吃酒，留下榻，完足前文慕名過訪、傾蓋訂交之意。牛浦道：「晚生有個親戚在貴治，還是住在他那裏便宜些。」○天二評：不肯住署者，恐露出馬脚耳。「親戚」二字已逗招親消息。○童評：牛浦不肯在衙門裏住，還恐朝夕盤桓，被董知縣看出他的底蘊。董知縣道：「這也罷了。先生住在令親家，早晚常進來走走，我好請教。」牛浦辭了出來，黄客人見他果然同老爺相與，十分敬重。○童評：黄客人起初還不甚相信，至此便十分敬重。雖是勢利，亦見得途中搭救了這位相公，不虚用這番美意。牛浦三日兩日進衙門去走走，○天一評：三日兩日進衙門不知如何敷衍，竟無破綻，蓋董知縣亦不過景蘭江輩一流人。○天二評：三日兩日進衙門如何敷衍？蓋董知縣亦不過景蘭江輩一流人。借着講詩爲名，順便撞兩處木鐘，弄起幾個錢來。○黄評：賊性不改。○童評：不是打秋風，便是撞木鐘。凡出入衙門，同老爺們相與的，大都爲此。黄家又把第四個女兒招他做個女婿，○天二評：真是親戚了，該死。○童評：匡超人停妻再娶，招贅在李府。牛浦停妻再娶，招贅在黄家。又用一樣寫法，顯得兩人同類。在安東快活過日子。○黄評：又一個停妻再娶的，與匡超人同一可惡。遞到向鼎。○童評：

先寫一筆黃家招他做女婿，在安東快活過日子，反映後文因爲在黃家做女婿，有不快活日子過也。不想董知縣就升任去了，接任的是個姓向的知縣，也是浙江人。交代時候，向知縣問董知縣可有甚麼事托他，董知縣道：「倒没甚麼事，只有個做詩的朋友住在貴治，叫做牛布衣，老寅臺青目〔八〕一二，足感盛情。」向知縣應諾了。○童評：由董知縣接入向知縣，既同寅，又同鄉，故開口便講私話，初見就托私情。　若非董知縣把牛布衣指名重托，向知縣如何曉得治下有這詩人？不是要寫董知縣重交情，是爲後文向知縣生枝節也。　董知縣上京去，牛浦送在一百里外，到第三日纔回家。○童評：送行何必到百里之外，因要俄延三日，爲下幻出奇文也。　渾家告訴他道：「昨日有個人來，說是你蕪湖長房舅舅，○黃評：蕪湖人最怕母舅，而長房舅舅尤重，故以此嚇牛浦。　路過在這裏看你，我留他吃了個飯去了。他說下半年回來，再來看你。」牛浦心裏疑惑：「並没有這個舅舅，○天二評：要疑心到卜家兩個舅舅。　不知是那一個？且等他下半年來再處。」○童評：先爲牛浦設下一迷魂陣，用筆如僧繇畫龍，有東雲現鱗、西雲露爪之妙。

董知縣一路到了京師，在吏部投了文，次日過堂掣籤。這時馮琢庵已中了進士，散了部屬，寓處就在吏部門口不遠。董知縣先到他寓處來拜，馮主事迎着坐下，敘了寒温。董知縣只說得一句「貴友牛布衣在蕪湖甘露庵裏」，不曾說這一番交情，也不曾說到安東縣曾會着的一番話，〇則仙評：老和尚到京何以未通知馮主事，似欠交待。只見長班進來跪着禀道：「部裏大人升堂了。」〇齊評：京師人海擾擾之中往往有此等事。〇天二評：又用范進、張静齋、嚴老大在高要關帝廟筆法。（天一評無「嚴老大」；「帝」作「王」）〇童評：此與嚴貢生説了「這口猪原是舍下的」一句，「聽見鑼響」便將餘話截斷，文法相同，而此篇歧之又歧，叙來比前篇尤妙也。董知縣連忙辭別了去，到部就掣了一個貴州知州的籤，匆匆束裝赴任去了，不曾再會馮主事。馮主事過了幾時，打發一個家人寄家書回去，又拿出十兩銀子來，問那家人道：「你可認得那牛布衣牛相公家？」家人道：「小的認得。」馮主事道：「這是十兩銀子，你帶回去送與牛相公的夫人牛奶奶，説他的丈夫現在蕪湖甘露庵裏，寄個的信與他，〇黄評：「的」是「的」了。不可有誤。這銀子説是我帶與牛奶奶盤纏的。」〇天二評：馮琢庵友誼不薄。（天一評「友誼」後多「却也」二字）〇童評：馮主事專人寄家書，想着牛布衣住在蕪湖甘露庵，順便帶個的信與牛奶奶，並送十兩銀子盤纏，像是寫馮琢庵與牛布衣相交關切處，而因此却引出牛奶奶遠路尋夫來，渡下文有飛行絕迹之妙。

管家領了主命，回家見了主母，辦理家務事畢，便走到一個僻巷内，一扇籬笆門關着。管家走到門口，只見一個小兒開門出來，〇童評：一條僻巷内，一扇籬笆門，一個小兒開門出來。寫出一派蕭條景象。手裏拿了一個筲箕出去買米。管家向他説是京裏馮老爺差來的，小兒領他進去站在客座内，小兒就走進去了。又走了出來問道：「你有甚説話？」管家問那小兒道：「牛奶奶是你甚麽人？」那小兒道：「是大姑娘。」管家把這十兩銀子遞在他手裏，説道：「這銀子是我家老爺帶與牛奶奶盤纏的，説你家牛相公現在蕪湖甘露庵内，寄個的信與你，免得懸望。」小兒請他坐着，把銀子接了進去。管家看見中間懸着一軸稀破的古畫，兩邊貼了許多的斗方，六張破丢不落的竹椅，○黄評：寫貧士人家，一絲不錯。天井裏一個土臺子，臺子上一架藤花，藤花旁邊就是籬笆門。○天一評：寫出寒士家荒凉之狀。坐了一會，只見那小兒捧出一杯茶來，手裏又拿了一個包子，包了二錢銀子，遞與他道：「我家大姑説：『有勞你，這個送給你買茶吃。到家拜上太太，到京拜上老爺，多謝，説的話我知道了。』」管家承謝過，去了。○童評：管家辦事妥當，是個老練幹僕。小兒説話清楚，是個聰明後生。

牛奶奶接着這個銀子，心裏凄惶起來，説：「他恁大年紀，只管在外頭，○黄評：只管在外，不過爲結交老爺。又没個兒女，怎生是好？我不如趁着這幾兩銀子，走到蕪湖去尋他回來，也是一場事。」○童評：馮主事十兩銀子，是送與牛奶奶家裏做盤纏的。牛奶奶却趁着這幾兩銀子，做路上的盤纏，要去尋丈夫回來。定的主意不錯，而一誤再誤。此願未償，非誤於牛奶奶，乃誤於馮主事也。主意已定，把這兩間破房子鎖了，交與鄰居看守，自己帶了侄子，搭船一路來到蕪湖。找到浮橋口甘露庵，兩扇門掩着，推開進去，韋馱菩薩面前香爐燭臺都没有了。又走進去，大殿上槅子倒的七横八豎，天井裏一個老道人坐着縫衣裳，問着他，只打手勢，原來又啞又聾。問他這裏面可有一個牛布衣，他拿手指着前頭一間屋裏。牛奶奶帶着侄子復身走出來，見韋馱菩薩旁邊一間屋，又没有門，走了進去，屋裏停着一具大棺材，面前放着一張三隻腿的桌子，歪在半邊。○黄評：寫來何其逼似。棺材上頭的魂旛也不見了，只剩了一根棍〔九〕，○天一、二評：鬼氣逼人。棺材貼頭上有字〔一〇〕，又被那屋上没有瓦，雨淋〔一一〕下來，把字迹都剥落了，只有「大明」兩字，第三字只得一横。○黄評：更妙。牛奶奶走到這裏，不覺心驚肉顫，那寒毛根根都竪起來。○黄評：確有此理此景。○齊評：骨肉驚心，真是如此。○童評：再將甘露庵描寫一番，愈覺冷氣直衝。大門虚掩，鎖已不見了。韋馱面前，香火俱無了。大殿槅子，東倒西歪了。停棺漏屋，門也没了。靈前破桌，腿也折了。棺材頭上貼的字，被雨淋的剥落了，只有「大明」兩字，不知何人之柩了。嚇的牛奶奶心驚肉顫，寒毛直竪。還是牛布衣客死他鄉，陰魂不散耳。又走進去問那道人道：「牛布衣莫不是死了？」道人把手摇兩摇，指着門外。他侄子道：「他説姑爺不曾死，又到别處去了。」○黄評：侄子以意度之，孰知大誤。○童評：庵裏見個老道，使牛奶奶一快。那人又啞又聾，使牛奶奶一悶。拿手指着前頭，使牛奶奶一喜。屋裏停具棺材，使牛奶奶一驚。道人把手摇摇，使牛奶奶一急。見他指着門外，使牛奶奶一寬。文情一起一落，戲成如許波瀾。牛奶奶又走到庵外，沿街細問，人都説不聽見他死，○天二評：牛布衣之死，鄰居幫同成殮，何以無人知？蓋鄰居初不知牛布衣姓名，其後牛浦始有貼條冒認，則未聞其死也。一直問到吉祥寺郭鐵筆店裏，○黄評：仍用郭鐵筆作引綫。郭鐵筆道：「他麽？而今到安東董老爺任上去了。」○天二評：偏偏有個活對證。○童評：甘露庵問着啞道人，打了半天手勢，依舊是糊糊塗塗。吉祥寺問着郭鐵筆，指與一處居停，方免得疑疑惑惑。牛奶奶此番得着實信，立意往安東去尋。只因這一番，有分教：錯中有錯，無端更起波瀾；人外求人，有意做成交結。不知牛奶奶曾到安東去否，且聽下回分解。

【總評】

卧評 牛浦未嘗不同安東董老爺相與，後來至安東時，董公未嘗不迎之致敬以有禮，然在子午宫會道士時，則未嘗一至安東與董公相晉接也。刮刮而談，謅出許多話説。書中之道士，不知是謊，書外之閲者，深知其謊。行文之妙，真李龍眠白描手也。

想萬雪齋亦無甚布施道士處，而牛玉圃時時呵奉，道士又厭聽久矣。茶社中一席之談，固是多嘴，亦是不平之鳴。

牛浦之才十倍玉圃。如説會見本縣二公，可謂斟酌盡善之至。若説會見縣尊，則玉圃必不見信，知牛浦斷乎無此臉面也，惟有二公，在不即不離之間。真舌上生蓮之筆。打牛浦時，只説得一句：「你弄的好乾坤！」更不必多話。此又是玉圃極在行處。假使細細數説，牛浦必有辭以對曰：叔公曾親口説，與明卿先生是二十年拜盟弟兄。而玉圃反無説以自解矣。○黄評：其不逃走亦未嘗不恃此，然老牛遂無他計以處之耶？吾故曰：小牛小偷也，非大騙也。

黄評　觀老小二牛言動，實戲場中一齣大小騙。

齊評　牛布衣客死之後，牛浦冒名，以至牛奶奶尋夫，曲折甚多，却用董彦芳與馮琢庵匆匆半語，未及細述，以致誤會。雖於情事欠圓，而文筆却輕便之至。特不知老和尚到京，何以竟尋不着馮公也。稗官家虚虚實實，信筆游行，未可刻舟求劍耳。

天二評　寫牛浦、匡超人往往相對：匡超人之事父未嘗非孝，牛浦之念詩未嘗非好學；匡超人一遇景蘭江便溺於勢利，牛浦一讀牛布衣詩便想相與老爺；匡超人停妻再娶，牛浦亦停妻再娶；而匡超人因搭鄭老爹船而後爲其婿，牛浦亦趁黄客人船而後爲其婿，但一爲前婚，一爲後婚，同而不同。（天一評「老爺」作「大老官」；「其婿」後多「亦復相似」）

如董瑛者亦可謂好風雅重斯文矣，而與牛浦相聚多時，曾不辨其爲黎丘之鬼，可知其胸中眼中全無黑白。（天一評「相聚」作「相處」）

【校記】

〔一〕一，申一本無，申二本作「起」。

〔二〕去，原作「處」，抄本、蘇本同。從申一、二本改。

〔三〕停當，申一、二本作「妥當」。

〔四〕長，申二本作「漲」。

〔五〕草上，申一、二本作「小船」。

〔六〕尷尬，申一本作「要好」。

〔七〕在，申一、二本作「到」。

〔八〕青目，原作「清目」，蘇本、申一本同。從抄本、申二本改。

〔九〕剩了一根棍，申一本作「剩一座架子」。

〔一〇〕貼頭上有字，申一本作「頭上貼的字」，申二本作「和頭上有字」。

〔一一〕淋，原作「零」，抄本、蘇本和申一、二本均同。參齊本改。

第二十四回

牛浦郎牽連多訟事〔一〕 鮑文卿整理舊生涯

話説牛浦招贅在安東黄姓人家，黄家把門面一帶三四間屋都與他住，他就把門口貼了一個帖，上寫道：「牛布衣代做詩文。」○天一、二評：虧他大膽。○石史評：所謂大言不慚。○童評：匡超人站選家的封面，還有人見過他幾部選本。牛浦掛做詩的招牌，並没人見過他半句新詩。那日早上，正在家裏閑坐，只聽得有人敲門，○天一評：以爲是要代做詩文者來了。開門讓了進來，原來是蕪湖縣的一個舊鄰居。這人叫做石老鼠，是個有名的無賴，而今却也老了。牛浦見是他來，嚇了一跳，○黄評：心虚。○天一評：心虚。只得同他作揖坐下，自己走進去取茶。渾家在屏風後張見，迎着他告訴道：「這就是去年來的你長房舅舅，今日又來了。」○童評：緊接前文。牛浦乍見這個蕪湖的舊鄰居，不知就是去年來過的長房舅舅。渾家張見這個去年來過的長房舅舅，不知他是丈夫蕪湖的舊鄰居。牛浦道：「他那裏是我甚麽舅舅！」接了茶出來，遞與石老鼠吃。石老鼠道：「相公，我聽見你恭喜，又招了親在這裏，甚是得意。」○天二評：開口就道破。○童評：石老鼠曉得牛浦郎停妻娶妻，故特地來纏繞他。牛浦道：「好幾年不曾會見老爹，而今在那裏發財？」○黄評：開口就提招親，來意在此。妙在小牛所答非所問。○天一評：言之礙口，故所答非所問。○天二評：所答非所問。石老鼠道：「我也只在淮北、山東各處走走。而今打從你這裏過，路上盤纏用完了，特來拜望你，借幾兩銀子用用。○天二評：一句到題。○童評：牛浦問他在何處發財，不答招親的話，可見其心虛。石老鼠道是從這裏路過，要借盤纏的話，可知他來意。你千萬幫我一個襯〔二〕！」○黄評：「幫一個襯」是蕪湖語。○天二評：蕪湖聲口。牛浦道：「我雖則同老爹是個舊鄰居，却從來不曾通過財帛；況且我又是客邊，借這親家住着，那裏來的幾兩銀子與老爹？」○童評：牛浦回覆的宛轉，初意只想送他出門，好好開交。石老鼠冷笑道：「你這小孩子就没良心了，想着我當初揮金如土的時節，你用了我不知多少，○黄評：逼真無賴聲口。○天一、二評：無賴聲口。而今看見你在人家招了親，留你個臉面，不好就說，你倒回出這樣話來！」○童評：無風起浪，是光棍的口聲。有孔即鑽，是訛人的長技。牛浦發了急道：「這是那裏來的話！你就揮金如土，我幾時看見你金子，幾時看見你的土！○黄評：總不答招親語。○齊評：妙語。你一個尊年人，不想做些好事，只要『在光水頭上鑽眼』騙人！」○天一評：惡。○童評：牛浦雖然發急，還不敢十分得罪他。石老鼠道：「牛浦郎你不要説嘴！想着你小時做的些醜事，瞞的別人，可瞞的過我？〇天二評：「醜事」兩字包含甚多，恰對着有病的人。況且你停妻娶妻，在那裏騙了卜家女兒，在這裏又騙了黃家女兒，該當何罪？〇黃評：自家有病，不善遣之，致令説出。〇童評：「幫我個忙」，起初尚是軟借；「該當何罪」，至此竟用硬敲。你不乖乖的拿出幾兩銀子來，我就同你到安東縣去講！」〇黃評：正合牛意。〇童評：説他騙了卜家女兒，又騙黃家女兒。牛浦恐怕渾家聽見，正在没法。忽聽要同他到安東縣去講，恰好打進他的窩門，打開他的出路。牛浦跳起來道：「那個怕你！就同你到安東縣去！」〇黃評：借此遞到鮑文卿。〇天一評：老鼠誤矣，他不怕安東縣。〇童評：石老鼠但知牛浦在蕪湖有那些醜事，不知牛浦在安東有如許體面。不曾打聽明白，這是光棍失着。當下兩人揪扭出了黃家門，〇則仙評：石老鼠之揪扭與前文卜氏兄弟相映。一直來到縣門口，遇着縣裏兩個頭役，認得牛浦，慌忙上前勸住，〇童評：頭役認得，慌忙勸住，恰如題位。若經由縣官，是小題大做了。問是甚麼事。石老鼠就把他小時不成人的事説：騙了卜家女兒，到這裏又騙了黃家女兒，〇天一評：卜家女兒並非騙來，即黃家女兒亦非騙來，只停妻再娶實非冤枉。又冒名頂替，多少混賬事。牛浦道：「他是我們那裏有名的光棍，叫做石老鼠。而今越發老而無耻！去年走到我家，我不在家裏，他冒認是我舅舅，騙飯吃。今年又憑空走來問我要銀子。那有這樣無情無理的事！」幾個頭役道：「也罷，牛相公，他這人年紀老了，雖不是親戚，到底是你的一個舊鄰居，想是真正没有盤費了。自古道：『家貧不是貧，路貧貧殺人。』○齊評：此二語甚確。你此時有錢也不服氣拿出來給他，我們衆人替你墊幾百文，送他去罷。」○童評：石老鼠告訴一番話，是牛浦停妻再娶、冒名頂替的混賬事；牛浦告訴一番話，是石老鼠冒認親戚、訛詐銀子的無理事；頭役勸解一番話，是家貧不算貧、路貧貧殺人的真情事。不管他們小不成人、老而無恥那種閑事，只管此時墊幾百文，送回去，纔算完事。石老鼠還要争。衆頭役道：「這裏不是你撒野的地方！牛相公就同我老爺相與最好，你一個尊年人，不要討没臉面，吃了苦去！」○天二評：兩番説話一善一惡，真道地老衙役，善於解圍。（天一評「一善一惡」作「一軟一硬」）石老鼠聽見這話，方纔不敢多言了，○童評：所求未遂，石老鼠不免要争。靠官托勢，石老鼠焉得不怕。接着幾百錢，謝了衆人自去。○童評：上文費無數筆墨，非要寫一有名光棍，是引小牛入迷魂陣也。

牛浦也謝了衆人回家。纔走得幾步，只見家門口一個鄰居迎着來道：○童評：纔去一舊鄰居，忽來一新鄰居。又借「鄰居」二字，聯成文法。「牛相公，你到這裏説話。」當下拉到一個僻净巷内，告訴他道：「你家娘子在家同人吵哩！」○天一評：突接，却是從石老鼠之言順手連絡。全書每用此法。○童評：丈夫在外同人吵，娘子在家同人吵。今日一家兩口，都過得不快活。牛浦道：「同誰吵？」鄰居道：「你剛纔出門，隨即一乘轎子，一擔行李，一個堂客來到，你家娘子接了進去。這堂客説他就是你的前妻，○黃評：來的巧，但恨石老鼠已去，便宜小牛。恨其不作太廟之鼠。○童評：「前妻」二字，寫得極妙。鄰居不知他有個前妻，娘子不知他有個前妻。牛浦明知他有個前妻，孰知不是他這個前妻。要你見面，在那裏同你家黃氏娘子吵的狠。娘子托我帶信，叫你快些家去。」牛浦聽了這話，就像提在冷水盆裏一般，○齊評：接筍極巧。○天一評：不由不驚。自心裏明白：「自然是石老鼠這老奴才，把卜家的前頭娘子賈氏撮弄的來鬧了！」○黃評：閱者亦如此想。○天一、二評：我亦以爲然。○童評：牛浦一心以爲是賈氏娘子來鬧，一心以爲是石老鼠撮弄的來鬧，一心只有着急，一心更無疑惑。也没奈何，只得硬着膽走了來家。到家門口，站住脚聽一聽，裏面吵鬧的不是賈氏娘子聲音，是個浙江人。便敲門進去。和那婦人對了面，彼此不認得。○童評：隔門聽了，不是賈氏聲音；進門見了，不是賈氏面貌。牛浦一心的着急，變了一心的疑惑。黃氏道：「這便是我家的了，你看看可是你的丈夫？」○童評：牛浦尚未開談，黃氏即先開談。婦人接着開談，牛浦方始開談。問答之間，神情畢肖。牛奶奶問道：「你這位怎叫做牛布衣？」牛浦道：「我怎不是牛布衣？」○天一、二評：實非牛布衣。但是我認不得你這位奶奶。」牛奶奶道：「我便是牛布衣的妻子。你這厮冒了我丈夫的名字在此挂招牌，○黃評：果是冒名，不爲冤屈。○童評：「你怎叫做牛布衣」起得妙，牛奶奶心中以爲他丈夫纔叫牛布衣也。「我怎不是牛布衣」承得妙，牛浦久已忘乎其爲非牛布衣也。「我認不得你這位奶奶」轉得妙，牛浦心中明知是牛布衣的妻子，而此時真不認得也。「我便是牛布衣的妻子」合得妙。牛奶奶早認定這人必是冒名牛布衣也。問答四語，有起承轉合之妙。

牛浦冒牛布衣名字，如五霸之仁義，久假不歸，名實紊矣。牛奶奶興師問罪，當以正名爲先。

分明是你把我丈夫謀害死了，○天一、二評：此亦題中應有之義，但冒名事實，謀害事虛。我怎肯同你開交！」牛浦道：「天下同名同姓也最多，○齊評：落得如此說。怎見得便是我謀害你丈夫？這又出奇了！」牛奶奶道：「怎麼不是！我從蕪湖縣問到甘露庵，一路問來，說在安東。你既是冒我丈夫名字，須要還我丈夫！」○童評：黃氏娘子只曉得他的丈夫叫做牛布衣，那曉得牛布衣不是他丈夫。所以說：「這便是我家的了，可是你的丈夫？」牛奶奶只曉得牛布衣是他的丈夫，那曉得不是他丈夫也叫牛布衣。所以說：「你冒我丈夫名字，須要還我丈夫。」當下難辨難分，到底誰真誰假？當下哭喊起來，叫跟來的侄子將牛浦扭着。○天二評：據前回則其侄子尚是小兒，此何以能與牛浦相扭？蓋牛浦有安東縣靠山，聽其扭也。○天一、二評：牛浦今日第二次被扭了。○則仙評：合之前番，已第三扭了。牛奶奶上了轎，一直喊到縣前去了，○童評：牛奶奶自從在郭鐵筆店裏問着牛布衣安東去了的實信，尋到安東，已是千辛萬苦。看見牛布衣代做詩文的招牌，走進大門，道是十拿九穩。豈料男的女的，一個也不認得。名是牛布衣的名，人非牛布衣的人，登時變喜爲憂，因憂成懼，遂一口咬定這個冒名牛布衣的謀殺了牛布衣，嗚官告狀，爲要替丈夫雪恨伸冤，不是把小牛生吞活剥。正值向知縣出門，就喊了冤。知縣叫補詞來。當下補了詞，出差拘齊了人，挂牌，第三日午堂聽審。

這一天，知縣坐堂，審的是三件。○童評：湯知縣枷責送牛肉的老師夫，先用一個偷鷄的積賊作陪。向知縣審問告謀殺夫命的老婦人，先用兩個告活殺父命的和尚、告毒殺兄命的胡賴作陪。筆法雖前後相同，而叙事有詳略之别。第一件，「爲活殺父命事」，○黄評：好大題目。○童評：活殺父命事，是叙述出來的。若寫作和尚口供，便不合情理。牛浦偷牛布衣之詩稿，冒名布衣；認牛玉圃爲叔公，自稱孫子，無異和尚以牛爲父親轉世也。告狀的是個和尚。這和尚因在山中拾柴，看見人家放的許多牛，内中有一條牛見這和尚，把兩眼睜睜的只望着他。和尚覺得心動，走到那牛跟前，那牛就兩眼抛梭的淌下淚來。和尚慌到牛跟前跪下，○天二評：何以就跪下？牛伸出舌頭來舐他的頭，舐着，那眼淚越發多了。和尚方纔知道是他的父親轉世，因向那人家哭着求告，施捨在庵裏供養着。○黄評：笑殺。不想被庵裏鄰居牽去殺了，所以來告狀，就帶施牛的這個人做干證。向知縣取了和尚口供，叫上那鄰居來問。鄰居道：「小的三四日前，是這和尚牽了這個牛來賣與小的，小的買到手，就殺了。和尚昨日又來向小的説，這牛是他父親變的，要多賣幾兩銀子，○黄評：父親當值多少銀子？○天二評：既是父親變的，却又云多賣幾兩銀子。阿彌陀佛！（天一評「既」作「説」；「云」作「只要」）前日銀子賣少了，要來找價，小的不肯，他就同小的吵起來。小的聽見人説：『這牛並不是他父親變的。這和尚積年剃了光頭，把鹽搽在頭上，走到放牛所在，見那極肥的牛，他就跪在牛跟前，哄出牛舌頭來舐他的頭，牛但凡舐着鹽，就要淌出眼水來，他就説是他父親，〇天一評：和尚的父親却也不少。〇童評：原告道「這牛是他父親變的」，告的没道理，却説出個牛見和尚就淌下淚的道理。被告道「這牛不是他父親變的」，訴的没道理，却説出個牛淌眼水，因舐着鹽的道理。兩造涉訟，每多强詞奪理；官長判斷，總須衡情酌理。到那人家哭着求施捨。施捨了來，就賣錢用，不是一遭了。』〇童評：牛舐着鹽要淌眼水，和尚那裏學來這個方法？騙牛賣錢，不是一遭，鄰居所以曉得他的真情。這回又拿這事告小的，求老爺做主！」向知縣叫那施牛的人問道：「這牛果然是你施與他家的，不曾要錢？」施牛的道：「小的白送與他，不曾要一個錢。」向知縣道：「輪回之事本屬渺茫，那有這個道理？〇齊評：簡括明白。況既説父親轉世，不該又賣錢用。這秃奴可惡極了！」即丢下籤來，重責二十，趕了出去。〇童評：聽訟聰明，是才人見識；斷案爽快，有名士風流。鮑文卿稱之爲大才子、大名士，洵不虚也。

第二件，「爲毒殺兄命事」，〇黄評：題目也不小。〇童評：毒殺兄命事，是從原告口裏供出情節來。告狀人叫做胡賴，告的是醫生陳安。向知縣叫上原告來問道：「他怎樣毒殺你哥子？」胡賴道：「小的哥子害病，請了醫生陳安來看。他用了一劑藥，小的哥子次日就發了跑躁，跳在水裏淹死了。這分明是他毒死的！」向知縣道：「平日有仇無仇？」○童評：平日有仇無仇，這話必須要問。胡賴道：「没有仇。」向知縣叫上陳安來問道：「你替胡賴的哥子治病，用的是甚麼湯頭？」○童評：問用甚麼湯頭，是從「毒殺」二字上根究。陳安道：「他本來是個寒症，小的用的是荆防發散藥，藥内放了八分細辛。○天二評：細辛誠不宜輕用，我見輕用小青龍而壞事者多矣。當時他家就有個親戚，是個團臉矮子，在傍多嘴，○童評：親戚在傍多嘴，致啓胡賴之疑。陳安受此訟累，故怨恨多嘴的，甚於怨恨胡賴也。說是細辛用到三分，就要吃死了人。《本草》上那有這句話？落後他哥過了三四日纔跳在水裏死了，與小的甚麼相干？青天老爺在上，就是把四百味藥藥性都查遍了，也没見那味藥是吃了該跳河的，○天二評：此言雖辨跳河之故，然服藥發狂蓋亦有之。這是那裏說起？醫生行着道，怎當得他這樣誣陷！求老爺做主！」向知縣道：「這果然也胡說極了。醫家有割股之心；況且你家有病人，原該看守好了，爲甚麼放他出去跳河？與醫生何干？○齊評：更爲明快。○童評：「没見那味藥，吃了該跳河的。」醫生辨得有理。「你家有病人，原該看守好了。」知縣駁得有理。這樣事也來告狀！」一齊趕了出去。○天一評：文最忌直，以上二事不過博觀者一笑，使文勢稍曲耳。然以殺父、殺兄陪襯殺夫，三個大題目都是子虛烏有，以見末世刁訟，往往有之，惟公生明，宜虛心以聽耳。○天二評：文勢忌直，以上二事借殺父、殺兄襯起殺夫，稍作曲折耳。然末世刁訟，子虛烏有，化小爲大，圖准提拖累者比比。虛心審斷，以公生明，在良有司矣。

第三件便是牛奶奶告的狀，○黃評：文最忌直，以上二事不過令觀者一笑，借以行文少曲耳。「爲謀殺夫命事」，向知縣叫上牛奶奶去問。牛奶奶悉把如此這般，○童評：謀殺夫命事，也從原告口裏供出來。如此這般情節，已在補詞中叙明矣。從浙江尋到蕪湖，從蕪湖尋到安東：「他現挂着我丈夫招牌，我丈夫不問他要，問誰要？」向知縣道：「這也怎麽見得？」向知縣問牛浦道：「牛生員，你一向可認得這個人？」○黃評：果然不認得，却認得詩本子。牛浦道：「生員豈但認不得這婦人，並認不得他丈夫。○天一、二評：他丈夫的詩稿是認得的。○童評：這婦人，他丈夫，果然都不認得。這詩稿，他名字，請問那個偷來。他忽然走到生員家要起丈夫來，真是天上飛下來的一件大冤枉事！」○天一、二評：是老和尚枕箱中來，並非天上飛來。○童評：天上飛來横禍事，説的毫不相干。地下若逢牛布衣，看你如何抵賴？向知縣向牛奶奶道：「眼見得這牛生員叫做牛布衣，你丈夫也叫做牛布衣，天下同名同姓的多，他自然不知道你丈夫踪迹。○童評：牛浦道：「天下同名同姓也多，怎見得是我謀害你丈夫？」是狡辯之言。向知縣道：「天下同名同姓的多，他自然不知你丈夫踪迹。」是據理而斷。你到別處去尋訪你丈夫去罷。」○童評：真的牛布衣，死在甘露庵，老和尚明白，牛浦因而明白。假的牛布衣，住在安東縣，牛奶奶不明白，知縣那得明白？一個紹興人，一個蕪湖人，素不相識，只因「牛布衣」三字，撞着在安東來打官司。不知那個牛布衣，究竟是死是活。這樣無頭事，教人何從追究起？無怪向公以同名同姓爲解，而勸牛奶奶到别處去尋訪也。牛奶奶在堂上哭哭啼啼，定要求向知縣替他伸冤。纏的向知縣急了，説道：「也罷，我這裏差兩個衙役把這婦人解回紹興。○童評：牛奶奶急了，硬求向知縣替他伸冤。向知縣急了，就把牛奶奶解回紹興。不如此完結，鬧到何時得了？你到本地告狀去，我那裏管這樣無頭官事！○天一評：推到紹興便算了事，却教紹興官如何審？今之所謂能員往往如此。○天二評：近時能員深得向公三昧。牛生員，你也請回去罷。」説罷，便退了堂。兩個解役把牛奶奶解往紹興去了。○黄評：了牛浦。○童評：審的三件事，以牛起，以牛結，聯成一串。此回自牛浦傳遞到向知縣，便渡入鮑文卿父子二人傳。

自〔三〕因這一件事，傳的上司知道，説向知縣相與做詩文的人，放着人命大事都不問，○齊評：官場無風起波都是如此。○天一、二評：凡謡言必非無因，如此兩節豈盡脱空？却不知非但人命是假，連相與的詩人亦不真也。要把向知縣訪聞參處。○黄評：非向知縣不能斷此案也，要由牛浦遞到鮑文卿，只好如此了結。然此案無憑無證，本係難辦。○童評：向知縣敬重斯文，幾乎被參；李知縣識拔孤寒，忽爾摘印。如董知縣之虚華浮慕，居然不次超遷；湯知縣之昏夜乞憐，依然久居美缺。甚至時知縣之酷虐小民，無所不爲，仗危素還朝之力，皇然升任而去。官場如戲，宦海多風。得意者如彼，失意者如此。作者特寫出幾個知縣，而於楔子中先寫一時知縣，使世之做知縣的，曉得「朝裏無人莫做官」這句俗話，不可不思，不可不信耳。按察司具揭到院。這按察司姓崔，是太監的侄兒，蔭襲出身做到按察司。這日叫幕客叙了揭帖稿，取來燈下自己細看：「爲特參昏庸不職之縣令以肅官方事。」內開安東縣知縣向鼎許多事故。○童評：向鼎名字，在揭帖稿上叙出。自己看了又念，念了又看，○童評：按察使在燈下，將揭帖稿細看，看了又念。鮑文卿纔好聽出許多事故來。燈燭影裏，只見一個人雙膝跪下。○黃評：奇。崔按察舉眼一看，原來是他門下的一個戲子，叫做鮑文卿。○黃評：從牛浦遞到鮑文卿。按察司道：「你有甚麽話，起來説。」鮑文卿道：「方纔小的看見大老爺要參處的這位是安東縣向老爺，這位老爺小的也不曾認得，但自從七八歲學戲，在師父手裏就念的是他做的曲子。○天一、二評：今人從七八歲讀書至老，未必念及作者。這老爺是個大才子、大名士，如今二十多年了，纔做得一個知縣，好不可憐！如今又要因這事參處了。况他這件事也還是敬重斯文的意思，不知可以求得大老爺免了他的參處罷？」按察司道：「不想你這一個人倒有愛惜才人的念頭。○黃評：此按察亦解憐才。○童評：不曾認得這位老爺，爲何要替他求情？就因念過他的曲子，起了愛才的念頭。優伶中有如此人物，真是難得。你倒有這個意思，難道我倒不肯？○齊評：想此按察本有游移未定之意，於文卿之言得入耳。只是如今免了他這一個革職，他却不知道是你救他。我如今將這些緣故寫一個書子，〇天一、二評：此書如何寫？所靠是太監侄兒耳。把你送到他衙門裏去，叫他謝你幾百兩銀子，回家做個本錢。」〇黄評：此却不必。〇童評：免了他一個革職處分，就想他幾百銀子謝儀。不肯白用人情，未免爲文卿所笑。鮑文卿磕頭謝了。按察司吩咐書房小厮去向幕賓説：「這安東縣不要參了。」〇黄評：視同兒戲，所以表明是太監侄兒。〇童評：聽了浮言，就要參處。聽了人情，就不參處。游移無定，起滅自由，將朝廷黜陟之權，爲上司喜怒之用，可見特參昏庸不職之縣令，以肅官方之揭帖，不足爲定評也。

過了幾日，果然差一個衙役，拿着書子，把鮑文卿送到安東縣。〇天二評：鮑文卿既不圖謝，却何以往安東？蓋因自幼仰慕，欲一見其人耳。向知縣把書子拆開一看，大驚，忙叫快開宅門，請這位鮑相公進來。向知縣便迎了出去。鮑文卿青衣小帽，走進宅門，雙膝跪下，便叩老爺的頭，跪在地下請老爺的安。向知縣雙手來扶，要同他叙禮。他道：「小的何等人，敢與老爺施禮！」向知縣道：「你是上司衙門裏的人，况且與我有恩，怎麽拘這個禮？快請起來，好讓我拜謝！」他再三不肯。向知縣拉他坐，他斷然不敢坐。向知縣急了，説：「崔大老爺送了你來，我若這般待你，崔大老爺知道不便。」鮑文卿道：「雖是老爺要格外抬舉小的，但這個關係朝廷體統，小的斷然不敢。」〇齊評：大有見識。立着垂手回了幾句話，退到廊下去了。向知縣托家裏親戚出來陪，他也斷不敢當。落後叫管家出來陪，他纔歡喜了，坐在管家房裏有説有笑。

次日，向知縣備了席，擺在書房裏，自己出來陪，斟酒來奉。他跪在地下，斷不敢接酒；叫他坐，也到底不坐。向知縣没奈何，只得把酒席發了下去，叫管家陪他吃了。他還上來謝賞。向知縣寫了謝按察司的稟帖，封了五百兩銀子謝他。他一釐也不敢受，○黄評：特寫鮑文卿，所以愧士大夫也。説道：「這是朝廷頒與老爺們的俸銀，小的乃是賤人，怎敢用朝廷的銀子？○齊評：異哉此人。小的若領了這項銀子去養家口，一定折死小的。大老爺天恩，留小的一條狗命。」向知縣見他説到這田地，不好强他，因把他這些話又寫了一個稟帖，稟按察司，又留他住了幾天，差人送他回京。按察司聽見這些話，説他是個呆子，○黄評：確是呆子，然没處去尋。也就罷了。又過了幾時，按察司升了京堂，把他帶進京去。不想一進了京，按察司就病故了。鮑文卿在京没有靠山，他本是南京人，只得收拾行李，回南京來。○黄評：便遞到南京。

這南京乃是太祖皇帝建都的所在，裏城門十三，外城門十八，穿城四十里，沿城一轉足有一百二十多里。城裏幾十條大街，幾百條小巷，都是人烟凑集，金粉樓臺。城裏一道河，東水關到西水關足有十里，便是秦淮河。水滿的時候，畫船簫鼓，晝夜不絕。城裏城外，琳宫梵宇，碧瓦朱甍，在六朝時是四百八十寺，到如今，何止四千八百寺！○齊評：踵事增華，實是如此。大街小巷，合共起來，大小酒樓有六七百座，茶社有一千餘處。○黄評：加倍寫出，是小説家數。不論你走到一個僻巷裏面，總有一個地方懸着燈籠賣茶，插着時鮮花朵，烹着上好的雨水，茶社裏坐滿了吃茶的人。到晚來，兩邊酒樓上明角燈，每條街上足有數千盞，照耀如同白日，走路人並不帶燈籠。○黄評：此雍乾之南京，嘉慶時便不能如此，休論如今。那秦淮到了有月色的時候，越是夜色已深，更有那細吹細唱的船來，凄清委婉，動人心魄。○黄評：南京乃作者所愛，故細細寫出，而大祭收結處亦歸到南京。兩邊河房裏住家的女郎，穿了輕紗衣服，頭上簪了茉莉花，一齊捲起湘簾，憑欄静聽。所以燈船鼓聲一響，兩邊簾捲窗開，河房裏焚的龍涎、沉速，香霧一齊噴出來，和河裏的月色烟光合成一片，望着如閬苑仙人，瑶宫仙女。還有那十六樓官妓，新妝袨服，招接四方游客。真乃朝朝寒食，夜夜元宵。○黄評：特意裝點，還它小説家數。○齊評：二語言朝則冷静，夜則鬧熱也，用之妓家極合。○天一評：寫秦淮風景，百世之下猶令人神往。

這鮑文卿住在水西門。水西門與聚寶門相近。這聚寶門，當年説每日進來有百牛千猪萬擔糧，到這時候，何止一千個牛，一萬個猪，糧食更無其數。鮑文卿進了水西門，到家和妻子見了。他家本是幾代的戲行，如今仍舊做這戲行營業。他這戲行裏，淮清橋是三個總寓，一個老郎庵〔四〕；水西門是一個總寓，一個老郎庵。總寓内都挂着一班一班的戲子牌，凡要定戲，先幾日要在牌上寫一個日子。鮑文卿却是水西門總寓挂牌。他戲行規矩最大，但凡本行中有不公不法的事，一齊上了庵，燒過香，坐在總寓那裏〔五〕品出不是來，要打就打，要罰就罰，一個字也不敢拗的。○黄評：人家能如是乎？○齊評：各業皆有行規，由來已久。還有洪武年間起首的班子，一班十幾個人，每班立一座石碑在老郎庵裏，十幾個人共刻在一座碑上。比如有祖宗的名字在這碑上的，子孫出來學戲，就是「世家子弟」，略有幾歲年紀，就稱爲「老道長」。凡遇本行公事，都向老道長説了，方纔敢行。鮑文卿的祖父的名字却在那第一座碑上。

他到家料理了些柴米，就把家裏笙簫管笛、三弦琵琶，都查點了出來，也有斷了弦，也有壞了皮的，一總塵灰寸壅。他查出來放在那裏，到總寓傍邊茶館内去會會同行。纔走進茶館，只見一個人坐在那裏，頭戴高帽，身穿寶藍緞直裰，脚下粉底皂靴，獨自坐在那裏吃茶。鮑文卿近前一看，原是他同班唱老生的錢麻子。錢麻子見了他來，説道：「文卿，你從幾時回來的？請坐吃茶。」鮑文卿道：「我方纔遠遠看見你，只疑惑是那一位翰林、科、道老爺，錯走到我這裏來吃茶，原來就是你這老屁精！」當下坐了吃茶。錢麻子道：「文卿，你在京裏走了一回，見過幾個做官的，回家就拿翰林、科、道來嚇我了！」鮑文卿道：「兄弟，不是這樣説。像這衣服、靴子，不是我們行事的人可以穿得的。你穿這樣衣裳，叫那讀書的人穿甚麽？」○黄評：不意此語出諸戲子之口。○天一評：今世讀書人無甚異於戲子。○天二評：今世讀書人與戲子亦不甚相懸。錢麻子道：「而今事〔六〕那是二十年前的講究了！南京這些鄉紳人家壽誕或是喜事，我們只拿一副蠟燭去，他就要留我們坐着一桌吃飯。憑他甚麽大官，他也只坐在下面。若遇同席有幾個學裏酸子，我眼角裏還不曾看見他哩！」○黄評：凡此不怪戲子，怪鄉紳而戲子者。鮑文卿道：「兄弟，你説這樣不安本分的話，豈但來生還做戲子，連變驢變馬都是該的！」○齊評：針砭末俗，真是至言。錢麻子笑着打了他一下。茶館裏拿上點心來吃。

吃着，只見外面又走進一個人來，頭戴浩然巾，身穿醬色綢直裰，脚下粉底皂靴，手執龍頭拐杖，走了進來。錢麻子道：「黄老爹，到這裏來吃茶。」黄老爹道：「我道是誰，原來是你們二位！到跟前纔認得。怪不得，我今年已八十二歲了，眼睛該花了。文卿，你幾時來的？」鮑文卿道：「到家不多幾日，還不曾來看老爹。日子好過的快，相别已十四年，記得我出門那日，還在國公府徐老爺裏面，看着老爹妝〔七〕了一齣『茶博士』纔走的。○黄評：又帶出國公府，爲結處伏筆。○天一評：故意說出他原形，草蛇灰綫。又逗國公府。○天二評：又逗國公府。故意說出他原形。老爹而今可在班裏了？」黄老爹搖手道：○黄評：搖手者諱言戲子也。「我久已不做戲子了。」坐下添點心來吃，向錢麻子道：「前日南門外張舉人家請我同你去下棋，你怎麽不到？」錢麻子道：「那日我班裏有生意。明日是鼓樓外薛鄉紳小生日，定了我徒弟的戲，我和你明日要去拜壽。」鮑文卿道：「那個薛鄉紳？」黄老爹道：「他是做過福建汀州知府，和我同年，今年八十二歲，朝廷請他做鄉飲大賓了。」○黄評：好「鄉飲大賓」。鮑文卿道：「像老爹拄着拐杖，緩步細摇，依我說，這『鄉飲大賓』就該是老爹做！」又道：「錢兄弟，你看老爹這個體統，豈止像知府告老回家，就是尚書、侍郎回來，也不過像老爹這個排場罷了！」○天二評：雅謔。那老畜生不曉的這話是笑他，○黄評：非駡戲子，閱者須知。反忻忻得意。○齊評：曲盡人情。當下吃完了茶，各自散了。

鮑文卿雖則因這些事看不上眼，○黄評：天下事叫戲子看不上眼，尚有何說。自己却還要尋幾個孩子起個小班子，因在城裏到處尋人說話。那日走到鼓樓坡上，遇着一個人，有分教：邂逅相逢，舊交更添氣色；婚姻有分，子弟亦被恩光。畢竟不知鮑文卿遇的是個甚麽人，且聽下回分解。

【總評】

臥評 此篇前半結過牛浦郎，遞入鮑文卿傳。命案三件，其情節荒唐略同，兩虛一實，襯托妙無痕迹。寫向知縣是個通才，却不費筆墨，只用一兩句點逗大略，又從鮑文卿口中傳述，行文深得避實擊虛之妙。

鮑文卿之做戲子，乃其祖父相傳之世業，文卿溷迹戲行中，而矯矯自好，不愧其爲端人正士，雖做戲子，庸何傷？天下何嘗不有士大夫而身爲戲子之所爲者？則名儒而實戲也。○黄評：評的好。今文卿居然一戲子，而實不愧於士大夫之列，則名戲而實儒也。《南華》云：「吾將爲名乎？名者，實之賓也，吾將爲賓乎？」

書中如揚州，如西湖，如南京，皆名勝之最，○黄評：揚州何足稱名勝？定當用特筆提出描寫。作者用意，已囊括《荆楚歲時》、《東京夢華》諸筆法，故令閲者讀之，飄然神往，不知其何以移我情也。

優伶賤輩，不敢等於士大夫，分宜爾也。乃晚近〔八〕之士大夫，往往於歌酒場中，輒拉此輩同起同坐，以爲雅趣也，脱俗也。○天二評：士大夫何莫非戲子？自達者言之，則以爲大塊一戲場，古今一戲局。而此輩久而習慣，竟以爲分内事；有不如是者，即目以爲不在行；一二寒士在坐，不惜多方以揶揄之。彼富貴中人，方且相視而笑，恬然不怪。嗚呼！其識見真出文卿下也。○黄評：此等士大夫來世一定是戲子，從其願也。

則仙評 寫鮑氏父子別有深意。文卿世爲優伶而行可出士大夫上；廷璽儒生之子，氣質本好，而甘爲優伶下賤之行。可見人品高下，在心術不在位業，可見質不可恃也。以錢麻子諸人旁襯，以杜、季諸人貫串全書，綫索皆動，一鱗一爪盡帶風雲，真是畫龍好手。丙戌十月不奇生。

【校記】

〔一〕牽連，原作「姻親」，抄本、蘇本、申一本同。從卷首目録和申二本改。

〔二〕襯，申一、二本作「忙」。

〔三〕自，申一、二本作「衹」。

〔四〕老郎庵，申二本作「老郎廟」。本回下同。

〔五〕裏，原作「理」，蘇本和申一、二本同。從抄本改。

〔六〕此處疑有誤，「而今」二字似應在下文「那是二十年前的講究了」以後，「事」字可刪。

〔七〕妝，申二本作「扮」。

〔八〕晚近，原作「挽近」，抄本、蘇本同。從申一、二本改。同一誤字，以下徑改不記。

第二十五回〔一〕

鮑文卿南京遇舊　倪廷璽安慶招親

話説鮑文卿到城北去尋人，覓孩子學戲。走到鼓樓坡上，他纔上坡，遇着一個人下坡。鮑文卿看那人時，頭戴破氈帽，身穿一件破黑綢直裰，脚下一雙爛紅鞋，花白鬍鬚，約有六十多歲光景。手裏拿着一張破琴，琴上貼着一條白紙，紙上寫着四個字道：「修補樂器。」鮑文卿趕上幾步，向他拱手道：「老爹是會修補樂器的麽？」那人道：「正是。」鮑文卿道：「如此，屈老爹在茶館坐坐〔二〕。」當下兩人進了茶館坐下，拿了一壺茶來吃着。鮑文卿道：「老爹尊姓？」那人道：「賤姓倪。」鮑文卿道：「尊府在那裏？」那人道：「遠哩！舍下在三牌樓。」鮑文卿道：「倪老爹，你這修補樂器，三弦、琵琶都可以修得麽？」倪老爹道：「都可以修得的。」鮑文卿道：「在下姓鮑，舍下住在水西門，原是梨園行業。因家裏有幾件樂器壞了，要借重老爹修一修。如今不知是屈老爹到舍下去修好，還是送到老爹府上去修？」倪老爹道：「長兄，你共有幾件樂器？」鮑文卿道：「只怕也有七八件。」倪老爹道：「有七八件就不好拿來，還是我到你府上來修罷。也不過一兩日功夫，我只擾你一頓早飯，晚裏還回來家〔三〕。」鮑文卿道：「這就好了。只是茶水不周，老爹休要見怪。」又道：「幾時可以屈老爹去？」倪老爹道：「明日不得閑，後日來罷。」當下説定了。門口挑了一擔茯苓糕來，○黄評：南京風景。鮑文卿買了半斤，同倪老爹吃了，彼此告别。鮑文卿道：「後日清晨，專候老爹。」倪老爹應諾去了。鮑文卿回來和渾家説下，把樂器都揩抹净了，搬出來擺在客座裏。

到那日清晨，倪老爹來了，吃過茶點心，拿這樂器修補。修了一回，家裏兩個學戲的孩子捧出一頓素飯來，鮑文卿陪着倪老爹吃了。到下午時候，鮑文卿出門回來，向倪老爹道：「却是怠慢老爹的緊，家裏没個好菜蔬〔四〕，不恭。我而今約老爹去酒樓上坐坐，這樂器丢着，明日再補罷。」倪老爹道：「爲甚麽又要取擾？」當下兩人走出來，到一個酒樓上，揀了一個僻净座頭坐下。堂官過來問：「可還有〔五〕客？」倪老爹道：「没有客了。你這裏有些甚麽菜？」走堂的叠着指頭數道：「肘子、鴨子、黄悶魚、醉白魚、雜膾、單鷄、白切肚子、生燴肉〔六〕、京燴肉、燴肉片、煎肉圓、悶青魚、煮鰱頭，還有便碟白切肉。」倪老爹道：「長兄，我們自己人，吃個便碟罷。」鮑文卿道：「便碟不恭。」因叫堂官〔七〕先拿賣鴨子來吃酒，再燴肉片帶飯來。堂官應下去了〔八〕。須臾，捧着一賣鴨子，兩壺酒上來。鮑文卿起身斟倪老爹一杯，坐下吃酒，因問倪老爹道：「我看老爹像個斯文人，因甚做這修補樂器的事〔九〕？」〇天二評：有心人。那倪老爹嘆一口氣道：「長兄，告訴不得你！我從二十歲上進學，到而今做了三十七年的秀才。〇黄評：秀才而會修樂器，可想。就壞在讀了這幾句死書，〇黄評：書是死的，人却是活的，甘死於書下，不得怪書。〇齊評：一語傷心。〇天一評：張静齋云禮有經、有權，乃是活書。拿不得輕，負不的重，一日窮似一日，兒女又多，只得借這手藝糊口，原是没奈何的事！」鮑文卿驚道：「原來老爹是學校中人，我大膽的狠了。〇黄評：文卿可愛。請問老爹幾位相公？老太太可是齊眉？」倪老爹道：「老妻還在。從前倒有六個小兒，而今説不得了。」鮑文卿道：「這是甚麼原故？」倪老爹説到此處，不覺凄然垂下淚來。〇齊評：閲者亦爲凄然下淚。鮑文卿又斟一杯酒，遞與倪老爹，説道：「老爹，你有甚心事，不妨和在下説，我或者可以替你分憂。」〇天二評：熱腸。倪老爹道：「這話不説罷，説了反要惹你長兄笑。」鮑文卿道：「我是何等之人，〇黄評：時時自以爲何等之人，人能自知爲何等人，何得做非分事。敢笑老爹？老爹只管説。」倪老爹道：「不瞞你説，我是六個兒子，死了一個，而今只得第六個小兒子在家裏，那四個……」説着，又忍着不説了。鮑文卿道：「那四個怎的？」倪老爹被他問急了，説道：「長兄，你不是外人，料想也不笑我。

我不瞞你説，那四個兒子，我都因没有的吃用，把他們賣在他州外府去了！」鮑文卿聽見這句話，忍不住的眼裏流下淚來，○天一評：好文卿。○天二評：我亦爲之下淚。説道：「這四〔一〇〕個可憐了！」倪老爹垂淚道：「豈但那四個賣了，這一個小的，將來也留不住，也要賣與人去！」○天一評：可慘。鮑文卿道：「老爹，你和你家老太太怎的捨得？」倪老爹道：「只因衣食欠缺，留他在家跟着餓死，不如放他一條生路。」鮑文卿着實傷感了一會，説道：「這件事，我倒有個商議，只是不好在老爹跟前説。」倪老爹道：「長兄，你有甚麽話，只管説有何妨？」鮑文卿正待要説，又忍住道：「不説罷，這話説了，恐怕惹老爹怪。」○天一、二評：倪老爹云：「説了反要惹你長兄笑。」鮑文卿云：「説了怕惹老爹怪。」前後相對。倪老爹道：「豈有此理。任憑你説甚麽，我怎肯怪你？」鮑文卿道：「我大膽説了罷。」○黄評：要説不敢説，斟酌再三猶宛轉言之，生怕唐突，以其不忘身爲戲子也。寫鮑文卿不惜筆墨，所以深愧士大夫而爲戲子之所爲者，醒世之心豈尋常小説所能夢見。倪老爹道：「你説，你説。」○齊評：神氣逼真。鮑文卿道：「老爹，比如你要把這小相公賣與人，若是賣到他州別府，就和那幾個相公一樣不見面了。如今我在下四十多歲，生平只得一個女兒，○天二評：伏案。並不曾有個兒子。你老人家若肯不棄賤行，把這小令郎過繼與我，我照樣送過二十兩銀子與老爹，我撫養他成人。平日逢時遇節，可以到老爹家裏來，後來老爹事體好了，依舊把他送還老爹。這可以使得的麽？」倪老爹道：「若得如此，就是我的小兒子恩星照命，我有甚麽不肯？但是既過繼與你，累你撫養，我那裏還收得你的銀子？」鮑文卿道：「説那裏話，我一定送過二十兩銀子來。」説罷，彼此又吃了一回，會了賬。出得店門，趁天色未黑，倪老爹回家去了。鮑文卿回來，把這話向乃眷〔一〕説了一遍，乃眷也歡喜。○黄評：此喜非真，觀後文自知。○天二評：此時是歡喜。次日，倪老爹清早來補樂器〔二〕，會着鮑文卿，説：「昨日商議的話，我回去和老妻説，老妻也甚是感激。如今一言爲定，擇個好日，就帶小兒來過繼便了。」鮑文卿大喜。自此兩人呼爲親家。

過了幾日，鮑家備了一席酒請倪老爹，倪老爹帶了兒子來寫立過繼文書，憑着左鄰開絨綫店張國重，右鄰開香蠟店王羽秋。○黄評：二人後文有用處。兩個鄰居都到了。那文書上寫道：

立過繼文書倪霜峰，今將第六子倪廷璽，年方一十六歲，因日食無措，夫妻商議，情願出繼與鮑文卿名下爲義子，改名鮑廷璽。此後成人婚娶，俱係鮑文卿撫養，立嗣承祧，兩無異説。如有天年不測，各聽天命。今欲有憑，立此過繼文書，永遠存照。嘉靖十六年十月初一日。立過繼文書：倪霜峰。憑中鄰：張國重、王羽秋。都畫了押。鮑文卿拿出二十兩銀子來付與倪老爹去了。鮑文卿又謝了衆人。自此，兩家來往不絕。

這倪廷璽改名鮑廷璽，甚是聰明伶俐。鮑文卿因他是正經人家兒子，不肯叫他學戲，送他讀了兩年書，幫着當家管班。到十八歲上，倪老爹去世了，鮑文卿又拿出幾十兩銀子來替他料理後事，自己去一連哭了幾場，依舊叫兒子去披麻戴孝，送倪老爹入土。〇黄評：士大夫肯否？〇天一、二評：文卿真不可及。（天一評批於後「比親生的還疼些」下）自此以後，鮑廷璽着實得力。他娘説他是螟蛉之子，不疼他，只疼的是女兒、女婿。〇黄評：其夫如此，其妻仍是戲子老婆。〇天二評：始初歡喜，此時又不疼他，寫婆子心性如此，隱隱寫出女兒、女婿之故。鮑文卿説他是正經人家兒女，比親生的還疼些。每日吃茶吃酒，都帶着他；在外攬生意，都同着他；讓他賺幾個錢添衣帽鞋襪；又心裏算計，要替他娶個媳婦。

那日早上，正要帶着鮑廷璽出門，只見門口一個人，騎了一匹騾子，到門口下了騾子進來。鮑文卿認得是天長縣杜老爺的管家姓邵的，〇黄評：伏筆遥遥遞到兩杜。便道：「邵大爺，你幾時過江來的？」邵管家道：「特過江來尋鮑師父。」鮑文卿同他作了揖，叫兒子也作了揖，請他坐下，拿水來洗臉，拿茶來吃。吃着，問道：「我記得你家老太太該在這年把正七十歲，想是過來定戲的？你家大老爺在府安〔一三〕？」邵管家笑道：「正是爲此。老爺吩咐要定二十本戲。鮑師父，你家可有班子？若有，就接了你的班子過去。」鮑文卿道：「我家現有一個小班，自然該去伺候。只不知要幾時動身？」邵管家道：「就在出月動身。」説罷，邵管家叫跟騾的人把行李搬了進來，騾子打發回去。邵管家在被套内取出一封銀子來遞與鮑文卿，道：「這是五十兩定銀，鮑師父，你且收了。其餘的，領班子過去再付。」文卿〔一四〕收了銀子，當晚整治酒席，大盤大碗，留邵管家吃了半夜。次日，邵管家上街去買東西，買了四五天，雇頭口〔一五〕先過江去了。鮑文卿也就收拾，帶着鮑廷璽〔一六〕領了班子，到天長杜府去做戲。做了四十多天回來，足足賺了一百幾十兩銀子。父子兩個，一路感杜府的恩德不盡。那一班十幾個小戲子，也是杜府老太太每人另外賞他一件棉襖，一雙鞋襪。各家父母知道，也着實感恩，又來謝了鮑文卿。鮑文卿仍舊領了班子在南京城裏做戲。

那一日在上河去做夜戲，五更天散了戲，戲子和箱都先進城來了，他父子兩個在上河澡堂子裏洗了一個澡，吃了些茶點心，慢慢走回來。到了家門口，鮑文卿道：「我們不必攏家了。内橋有個人家，定了明日的戲，我和你趁早去把他的銀子秤來。」

○天一評：已可遞入杜少卿矣，偏不入脈，但作一伏筆，留之數回以後。蓋全書總不肯使一直筆也。當下鮑廷璽跟着，兩個人走到坊口，只見對面來了一把黃傘，兩對紅黑帽，一柄遮陽，一頂大轎。知道是外府官過，父子兩個站在房檐下看，讓那傘和紅黑帽過去了。遮陽到了跟前，上寫着「安慶府正堂」。鮑文卿正仰臉看着遮陽，○黃評：「仰臉」，所以轎子裏看得真，極細。轎子已到。那轎子裏面的官看見鮑文卿，吃了一驚。鮑文卿回過臉來看那官時，原來便是安東縣向老爺，他原來升了。轎子纔過去，那官叫跟轎的青衣人到轎前說了幾句話，那青衣人飛跑到鮑文卿跟前問道：「太老爺問你可是鮑師父麽？」鮑文卿道：「我便是。太老爺可是做過安東縣升了來的？」那人道：「是。太爺公館在貢院門口張家河房裏，請鮑師父在那裏去相會。」説罷，飛跑趕着轎子去了。鮑文卿領着兒子走到貢院前香蠟店裏，買了一個手本，上寫「門下鮑文卿叩」。走到張家河房門口，知道向太爺已經回寓了，把手本遞與管門的，説道：「有勞大爺禀聲，我是鮑文卿，來叩見太老爺。」門上人接了手本，説道：「你且伺候着。」鮑文卿同兒子坐在板凳上。坐了一會，裏面打發小厮出來，問道：○黃評：先出來問，其不忘文卿可想。「門上的〔一七〕，太爺問有個鮑文卿可曾來？」○齊評：寫出渴念情形。○天一、二評：恐門上不知而阻隔也。門上人道：「來了，有手本在這裏。」慌忙傳進手本去。只聽得裏面道：

進去。

進到河房來，向知府已是紗帽便服，迎了出來，笑着説道：「我的老友到了！」鮑文卿叫兒子在外面候着，自己跟了管門的「快請。」○黄評：「快請」二字，可見念念不忘。鮑文卿跪下磕頭請安。向知府雙手扶住，説道：「老友，你若只管這樣拘禮，我們就難相與了。」再三再四拉他坐，他又跪下告了坐，方敢在底下一個凳子上坐了。○黄評：先不敢坐，今却敢坐者，以漸次熟習，且知向知府一片實心，必有話問，不得不暫坐，以便對答。向知府坐下，説道：「文卿，自同你別後，不覺已是十餘年。我如今老了，你的鬍子却也白了許多。」○天二評：真是老友相逢的説話。鮑文卿立起來道：「太老爺高升，小的多不知道，不曾叩得大喜。」向知府道：「請坐下，我告訴你。我在安東做了兩年，又到四川做了一任知州，轉了個二府，今年纔升到這裏。你自從崔大人死後，回家來做些甚麽事？」○天一評：可知用心。鮑文卿道：「小的本是戲子出身，○黄評：口口不忘戲子。回家没有甚事，依舊教一小班子過日。」向知府道：「你方纔同走的那少年是誰？」○天二評：可知用心。鮑文卿道：「那就是小的兒子，帶在公館門口，不敢進來。」向知府道：「爲甚麽不進來？」叫人：「快出去，請鮑相公進來！」當下一個小斯領了鮑廷璽進來。他父親叫他磕太老爺的頭。向知府親手扶起，問：「你今年十幾歲了？」鮑廷璽道：「小的今年十七歲了。」向知府道：「好個氣質，像正經人家的兒女。」叫他坐在他父親傍邊。向知府道：「文卿，你這令郎也學戲行的營業麽？」鮑文卿道：「小的不曾教他學戲。他念了兩年書，而今跟在班裏記賬。」向知府道：「這個也好。我如今還要到各上司衙門走走，你不要去，同令郎在我這裏吃了飯，我回來還有話替你說。」説罷，换了衣服，起身上轎去了。鮑文卿同兒子走到管家們房裏，管宅門的王老爹本來認得，彼此作了揖，叫兒子也作了揖。看見王老爹的兒子小王已經長到三十多歲，滿嘴有鬍子了。王老爹極其歡喜鮑廷璽，拿出一個大紅緞子釘金綫的鈔袋來，裏頭裝着一錠銀子，送與他。○黄評：伏後文。○天二評：爲結親張本。鮑廷璽作揖謝了，坐着説些閑話，吃過了飯。

向知府直到下午纔回來，换去了大衣服，仍舊坐在河房裏，請鮑文卿父子兩個進來坐下，説道：「我明日就要回衙門去，不得和你細談。」因叫小厮在房裏取出一封銀子來遞與他道：「這是二十兩銀子，你且收着。我去之後，你在家收拾收拾，把班子托與人領着，你在半個月内，同令郎到我衙門裏來，我還有話和你説。」鮑文卿接着銀子，謝了太老爺的賞，○黄評：前次不受，今爲數無多，且不敢再負向知府之意，極有斟酌。説道：「小的總在半個月内，領了兒子到太老爺衙門裏來請安。」當下又留他吃了酒。

鮑文卿同兒子回家歇息。○天二評：今日内橋人家定的戲不曾照看，銀子亦未往稱。不知是鮑家父子忘記，不知是作者失筆？（天一評「不知」二句作「却是疏忽了」） 次早又到公館裏去送了向太爺的行，回家同渾家商議，把班子暫托與他女婿歸姑爺同教師金次福領着。他自己收拾行李衣服，又買了幾件南京的人事：頭繩、肥皂之類，帶與衙門裏各位管家。

又過了幾日，在水西門搭船。到了池口，只見又有兩個人搭船，艙内坐着。彼此談及，鮑文卿說要到向太爺衙門裏去的。那兩人就是安慶府裏的書辦，一路就奉承鮑家父子兩個，買酒買肉請他吃着。晚上候別的客人睡着了，便悄悄向鮑文卿說：「有一件事，只求太爺批一個『准』字，就可以送你二百〔一八〕兩銀子。又有一件事，縣裏詳上來，只求太爺駁下去，這件事竟可以送三百兩。○天一、二評：可見此輩遇事生風，無所不至。你鮑太爺在我們太老爺跟前懇個情罷！」鮑文卿道：「不瞞二位老爹說，我是個老戲子，乃下賤之人，○黃評：自知戲子，自知下賤，自知不配說情。蒙太老爺抬舉，叫到衙門裏來，我是何等之人，敢在太老爺跟前說情？」○天二評：好文卿。那兩個書辦道：「鮑太爺，你疑惑我這話是說謊麽？只要你肯說這情，上岸先兑五百兩銀子與你。」○黃評：斷想不到真不要銀子。鮑文卿笑道：「我若是歡喜銀子，當年在安東縣曾賞過我五百兩銀子，我不敢受。自己知道是個窮命，須是骨頭裏掙出來的錢纔做得肉，○齊評：語語本分，如此之人真不多得。○天一評：好文卿！此是天地間至理，誰肯想到此。○天二評：此是天地間至理，但人不肯想着。我怎肯瞞着太老爺拿這項錢？況且他若有理，斷不肯拿出幾百兩銀子〔一九〕來尋情。若是准了這一邊的情，就要叫那邊受屈，豈不喪了陰德？○天一評：慣説人情者念之。依我的意思，不但我不敢管，連二位老爹也不必管他。○天二評：必須如此透過一層，方免歪纏不清。自古道，『公門裏好修行』，你們伏侍太老爺，凡事不可壞了太老爺清名，也要各人保着自己的身家性命。」○黄評：面面想到，且爲向太守惜名聲，天下有如此戲子乎？○齊評：言恢之而彌廣，説至此竟是警世名言。○天一評：倒去勸戒他，真好文卿。然而此輩聞之，則不入耳之言也。○天二評：真語者，實語者，妙語者。幾句説的兩個書辦毛骨悚然，一場没趣，扯了一個淡，罷了。

次日早晨，到了安慶，宅門上投進手本去。向知府叫將他父子兩人行李搬在書房裏面住，每日同自己親戚一桌吃飯，又拿出許多綢和布來，替他父子兩個裏裏外外做衣裳。一日，向知府走來書房坐着，問道：「文卿，你令郎可曾做過親事麼？」○天二評：直接上文，心裏算計要替他娶個媳婦來。鮑文卿道：「小的是窮人，這件事還做不起。」向知府道：「我倒有一句話，若説出來，恐怕得罪你。○黄評：「恐怕得罪」，重文卿一至於是。這事你若肯相就，倒了我一個心願。」鮑文卿道：「太老爺有甚麼話吩咐，小的怎敢不依？」向知府道：「就是我家總管姓王的，他有一個小女兒，生得甚是乖巧，老妻着實疼愛他，帶在房裏，梳頭、裹脚都是老妻親手打扮。今年十七歲了，和你令郎是同年。這姓王的在我家已經三代，我把投身紙都查了賞他，已不算我家的管家了。他兒子小王，我又替他買了一個部裏書辦名字，五年考滿，便選一個典史雜職。你若不棄嫌，便把這〔二〇〕令郎招給他做個女婿。將來這做官的便是你令郎的阿舅了。這個你可肯麽？」○黄評：惟恐他不肯。○黄評：恐嫌他出身不好，並忘記鮑文卿是戲子矣，重文卿一至於是。鮑文卿道：「太老爺莫大之恩，小的知感不盡，只是小的兒子不知王老爹可肯要他做女婿？」向知府道：「我替他説了，他極歡喜你令郎的。這事不要你費一個錢，你只明日拿一個帖子同姓王的拜一拜，一切床帳、被褥、衣服、首飾、酒席之費，都是我備辦齊了，替他兩口子完成好事，你只做個現成公公罷了。」鮑文卿跪下謝太老爺。向知府雙手扶起來，説道：「這是甚麽要緊的事？將來我還要爲你的情哩。」○黄評：俗云報答不盡，向太守真有此心，兩人實是難得。

次日鮑文卿拿了帖子拜王老爹，王老爹也回拜了。到晚上三更時分，忽然撫院一個差官，一匹馬同了一位二府，抬了轎子，一直走上堂來，叫請向太爺出來。滿衙門的人都慌了，説道：「不好了，來摘印了！」○天二評：故作驚人之筆，此文家狡獪伎倆，然而正與前文崔按察題參事相照，則向知府感恩報德亦其宜也。（天一評「知府」後多「此番」二字）只因這一番，有分教：榮華富貴，享受不過片時；潦倒摧頽，波瀾又興多少。不知這來的官果然摘印與否，且聽下回分解。

【總評】

卧評　自科舉之法行，天下人無不鋭意求取科名。其實千百人求之，其得手者不過一二人。○天一、二評：選舉無善法，即不用八股文，亦豈能人人得意。不得手者，不稂不莠，既不能力田，又不能商賈，坐食山空，不至於賣兒鬻女者幾希矣！倪霜峰云：「可恨當年誤讀了幾句死書。」○天二評：書固不死，讀者自死之。「死書」二字，奇妙得未曾有，不但可爲救時之良藥，亦可爲醒世之晨鐘也。

向太守之謙光，鮑文卿之卑下，可謂賢主嘉賓矣。寫太守之愛文卿父子，出於中心之誠；而文卿父子一種感激不望報之心，又歷歷如見。《詩》云：「中心藏之，何日忘之。」太守有焉。《易》云：「謙謙君子，卑以自牧。」文卿有焉。○黄評：批得恰稱。

則仙評　當行科舉之時，讀死書而不得手者，尚且「不稂不莠」，「坐食山空」，况既讀死書未曾得手，又值科舉之驟改乎！夫改法猶可言也，用夷變夏，不可言矣。

【校記】

〔一〕二十五，原作「二十四」，從卷首目録及抄本、蘇本和申一、二本改。

〔二〕坐坐，申一、二本作「裏坐」。

〔三〕還回來家，申一本作「是要回家」，申二本作「還回家去」。

〔四〕「菜蔬」後申二本多「甚爲」二字。

〔五〕還有，原作「曾有」，抄本、蘇本同。從申一、二本改。

〔六〕「生熓肉」後抄本缺少十二個字。

〔七〕堂官，原作「堂管」，抄本、蘇本和申一、二本均同。參商務本、亞東本改。同一誤字，以下徑改不記。

〔八〕應下去了，申二本作「答應照他點的小菜吩咐下去」。

〔九〕事，申二本作「生涯」。

〔一〇〕四，原作「是」，抄本、蘇本和申一、二本均同。從上下文改。

〔一一〕乃眷，申二本作「渾家」。

〔一二〕樂器，原作「藥器」，從抄本、蘇本和申一、二本改。

〔一三〕「安」後申一本多「好」字，申二本多「否」字。

〔一四〕文卿，原作「卿文」，蘇本同。從抄本和申一、二本改。

〔一五〕雇頭口，申一本作「雇牲口」，申二本作「雇了船」。

〔一六〕廷璽，原作「文璽」，蘇本同。從抄本和申一、二本改。同一誤字，以下徑改不記。

〔一七〕道門上的，申一本作「門上的道」。

〔一八〕百，原作「伯」，抄本同。從蘇本和申一、二本改。

〔一九〕銀子，原作「銀人」，蘇本同。從抄本和申一、二本改。

〔二〇〕這，申二本作「你」。

第二十六回

向觀察升官哭友　鮑廷璽喪父娶妻〔一〕

話説〔二〕向知府聽見摘印官來，忙將刑名、錢穀相公都請到跟前，説道：「諸位先生將房裏各樣稿案查點查點，務必要查細些，不可遺漏〔三〕了事。」○天一、二評：處之坦然，可知平素未做壞事。説罷，開了宅門匆匆出去了。出去會見那二府，拿出一張牌票來看了，附耳低言了幾句，二府上轎去了，差官還在外候着。向太守進來，親戚和鮑文卿一齊都迎着問。向知府道：「没甚事，不相干。是寧國府知府壞了，委我去摘印。」當下料理馬夫，連夜同差官往寧國去了。

衙門裏打首飾，縫衣服，做床帳、被褥，糊房，打點王家女兒招女婿。忙了幾日，向知府回來了，擇定十月十三大吉之期。衙門外傳了一班鼓手、兩個儐相進來。鮑廷璽插着花，披着紅，身穿綢緞衣服，脚下粉底皂靴，先拜了父親，吹打着，迎過那邊去，拜了丈人、丈母。小王穿着補服，出來陪妹婿。吃過三遍茶，請進洞房裏和新娘交拜合巹，不必細説。次日清早，出來拜見老爺、夫人，夫人另外賞了八件首飾，兩套衣服。衙裏擺了三天喜酒，無一個人不吃到。滿月之後，小王又要進京去選官。鮑文卿備酒替小親家餞行。鮑廷璽親自送阿舅上船，送了一天路纔回來。自此以後，鮑廷璽在衙門裏，只如在雲端裏過日子。○黄評：折了福了，所以後面有許多疙瘩事。○天一、二評：雲端裏日子豈能多過？

看看過了新年，開了印，各縣送童生來府考。向知府要下察院考童生，向鮑文卿父子兩個道：「我要下察院去考童生。這些小厮們若帶去巡視，他們就要作弊。你父子兩個是我心腹人，替我去照顧幾天。」○黄評：信文卿一至於此。鮑文卿領了命，父子兩個在察院裏巡場查號。安慶七學共考三場。見那些童生，也有代筆的，也有傳遞的，○天一評：安慶文風甚壞，至有繳卷時夾片求恩及錢票者，至今猶然。大家丢紙團，掠磚頭，擠眉弄眼，無所不爲。到了搶粉湯、包子的時〔四〕候，大家推成一團，跌成一塊。○天二評：滔滔皆是，豈獨安慶。鮑廷璽看不上眼。○黄評：戲子都看不上眼，罵殺。○天一評：至使戲子看不上眼，文章乎哉！有一個童生，推着出恭，走到察院土牆跟前，把土牆挖個洞，伸手要到外頭去接文章，被鮑廷璽看見，要采〔五〕他過來見太爺。鮑文卿攔住道：「這是我小兒不知世事。相公，你一個正經讀書人，快歸號裏去做文章，倘若太爺看見了，就不便了。」忙拾起些土來，把那洞補好，把那個童生送進號去。〇黄評：不敢多事，留其廉恥，士君子且難能之。〇天一評：盛德事也。

考事已畢，發出案來，懷寧縣的案首叫做季萑。〇天一、二評：季萑是後書要用之人，於此出現。他父親是個武兩榜，同向知府是文武同年，在家候選守備。發案過了幾日，季守備進來拜謝，向知府設席相留，席擺在書房裏，叫鮑文卿同着出來坐坐。當下季守備首席，向知府主位，鮑文卿坐在橫頭。季守備道：「老公祖這一番考試，至公至明，合府無人不服。」向知府道：「年先生，這看文字的事，我也荒疏了，倒是前日考場裏，虧我這鮑朋友在彼巡場，還不曾有甚麼弊竇。」〇天一評：不没人善。此時季守備纔曉得這人姓鮑。〇黄評：妙在同席不問姓。後來漸漸説到他是一個老梨園脚色，季守備臉上不覺就有些怪物相。〇天二評：季守備知以梨園同席爲非，尚非隨波逐流者，但不可概論耳。向知府道：「而今的人，可謂江河日下。這些中進士、做翰林的，和他説到傳道窮經，他便説迂而無當；和他説到通今博古，他便説雜而不精。究竟事君交友的所在，全然看不得！〇黄評：舉世同之。〇齊評：説盡世途弊病，時至末流，欲其返樸還原豈可得哉！天一、二評：「傳道窮經」是八股，「通今博古」是八股，「事君交友」是八股中虚字眼。不如我這鮑朋友，他雖生意是賤業，倒頗頗〔六〕多君子之行。」因將他生平的好處説了一番，季守備也就肅然起敬。酒罷，辭了出來。過三四日，倒把鮑文卿請到他家裏吃了一餐酒，考案首的兒子季萑也出來陪坐。鮑文卿見他是一個美貌少年，便問：「少爺尊號？」季守備道：「他號叫做葦蕭。」當下吃完了酒，鮑文卿辭了回來，向向知府着實稱贊這季少爺好個相貌，將來不可限量。○黄評：季葦蕭因相貌而得名士之稱，故須先寫一筆。

又過了幾個月，那王家女兒懷着身子，要分娩，不想養不下來，死了。○天一、二評：廷璽福薄，此女命短，文卿時運已完。鮑文卿父子兩個慟哭。向太守倒反勸道：「也罷，這是他各人的壽數，你們不必悲傷了。你小小年紀，我將來少不的再替你娶個媳婦。你們若只管哭時，惹得夫人心裏越發不好過了。」鮑文卿也吩咐兒子，叫不要只管哭。但他自己也添了個痰火疾，不時舉動，動不動就要咳嗽半夜，意思要辭了向太爺回家去，又不敢說出來。恰好向太爺升了福建汀漳道，○天二評：明時布政司有左右參政、左右參議，按察司有副使、僉事，皆即今之道員。既托名明官，不當徑稱今制，此亦疏忽之過。○平步青評：此等皆稗官家故謬其辭，使人知爲非明事。亦如《西游記》演唐事，托名元人，而有鑾儀衛明代官制；《紅樓夢》演國朝事，而有蘭臺寺大夫、九省總制節度使、錦衣衛也。江秋珊《雜記》嫌其蕪雜，亦未識此。此評可删。

鮑文卿向向太守道：「太老爺又恭喜高升，小的本該跟隨太老爺去，怎奈小的老了，又得了病在身上。小的而今叩辭了太老爺回南京去，丟下兒子跟着太老爺伏侍罷。」向太守道：「老友，這樣遠路，路上又不好走，你年紀老了，我也不肯拉你去。你的兒子，你留在身邊奉侍你，我帶他去做甚麼！我如今就要進京陛見，我先送你回南京去，我自有道理。」次日，封出一千兩銀子，叫小厮捧着，拿到書房裏來，説道：「文卿，你在我這裏一年多，並不曾見你説過半個字的人情。○黃評：此層最難得。○齊評：可見前次如説人情，即要被人看不起的。○天一、二評：暗繳上文。我替你娶個媳婦，又没命死了。我心裏着實過意不去。○天二評：骨肉至親無以逾此。而今這一千兩銀子送與你，你拿回家去置些産業，娶一房媳婦，養老送終。我若做官再到南京來，再接你相會。」鮑文卿又不肯受。向道臺道：「而今不比當初了。我做府道的人，不窮在這一千兩銀子，你若不受，把我當做甚麽人！」○天一評：文卿不得不受了。鮑文卿不敢違拗，方纔磕頭謝了。○黃評：仍不受是正理，辭而後受亦是正理，凡以準乎人情而已。向道臺吩咐叫了一隻大船，備酒替他餞行，自己送出宅門。鮑文卿同兒子跪在地下，灑淚告辭，向道臺也揮淚和他分手。○黃評：竟不異道義之交，何必以貴賤判然。今之士大夫如此者有之乎？

鮑文卿父子兩個，帶着銀子，一路來到南京，到家告訴渾家向太老爺這些恩德，舉家感激。鮑文卿扶着病出去尋人，把這銀子買了一所房子；兩副行頭，租與兩個戲班子穿着；剩下的家裏盤纏。又過了幾個月，鮑文卿的病漸漸重了，卧床不起。

自己知道不好了，那日把渾家、兒子、女兒、女婿都叫在跟前，吩咐他們〔七〕：「同心同意，好好過日子，不必等我滿服，就娶一房媳婦進來要緊。」説罷，瞑目而逝。合家慟哭，料理後事，把棺材就停在房子中間，開了幾日喪。四個總寓的戲子都來吊孝。鮑廷璽又尋陰陽先生尋了一塊地，擇個日子出殯，只是没人題銘旌。〇黄評：戲子而有銘旌耶？然以鮑文卿之爲人論，竟不妨用之。向太守題曰「老友」，不愧也。正在躊躇，只見一個青衣人飛跑來了〔八〕，問道：「這裏可是鮑老爹家？」〇天一評：來得巧。鮑廷璽道：「便是。你是那裏來的？」那人道：「福建汀漳道向太老爺來了，轎子已到了門前。」鮑廷璽慌忙換了孝服，穿上〔九〕青衣，到大門外去跪接。向道臺下了轎，看見門上貼着白，問道：「你父親已是死了？」鮑廷璽哭着應道：「小的父親死了。」向道臺道：「没了幾時了？」鮑廷璽道：「明日就是四七。」向道臺道：「我陞見回來，從這裏過，正要會會你父親，不想已做故人。〇齊評：所謂「一切有爲法，如夢幻泡影，如露亦如電，當作如是觀」也。你引我到柩前去。」鮑廷璽哭着跪辭，向道臺不肯，一直走到柩前，叫着：「老友文卿！」〇黄評：四個字有無限深情，我閲之亦欲慟哭。文章之感人如是惟真也。慟哭了一場，上了一炷香，作了四個揖。鮑廷璽的母親也出來拜謝了。向道臺出到〔一〇〕廳上，問道：「你父親幾時出殯？」鮑廷璽道：「擇在出月初八日。」向道臺道：「誰人題的銘旌？」

鮑廷璽道：「小的和人商議，說銘旌上不好寫。」向道臺道：「有甚麼不好寫！取紙筆過來。」當下鮑廷璽送上紙筆。向道臺取筆在手，寫道：

皇明義民○黃評：「義」字足以賅之。○天一、二評：「義民」二字未甚妥。○則仙評：鄙意「伶隱」二字似較妥切。鮑文卿（享年五十有九）之柩。○天二評：何不竟題老友某人之柩，下款「老友」可省。賜進士出身中憲大夫福建汀漳道老友向鼎頓首拜題。○黃評：斟酌至當，真是通才。今之大人先生敢爲之乎？

寫完遞與他道：「你就照着這個送到亭彩店内去做。」又說道：「我明早就要開船了，還有些少〔二〕助喪之費，今晚送來與你。」說罷，吃了一杯茶，上轎去了。鮑廷璽隨即跟到船上，叩謝過了太老爺回來。晚上，向道臺又打發一個管家，拿着一百兩銀子，送到鮑家。○黃評：情至義盡。那管家茶也不曾吃，匆匆回船去了。

這裏到出月初八日，做了銘旌。吹手、亭彩、和尚、道士、歌郎，替鮑老爹出殯，○天二評：細寫者所以榮鮑文卿也。一直出到南門外。同行的人，都出來送殯，在南門外酒樓上擺了幾十桌齋。喪事已畢。

過了半年有餘，一日，金次福走來請鮑老太說話。鮑廷璽就請了在堂屋裏坐着，進去和母親說了。鮑老太走了出來，說道：「金師父，許久不見。今日甚麼風吹到此？」金次福道：「正是。好久不曾來看老太，老太在家享福。你那行頭而今換了班子穿着了？」老太道：「因爲班子在城裏做戲，生意行得細，如今換了一個文元班，内中一半也是我家的徒弟，在盱眙〔三〕、天長這一帶走。○則仙評：天長杜府於此伏脈。宣統元年二月。他那裏鄉紳財主多，還賺的幾個大錢。」金次福道：「這樣，你老人家更要發財了。」當下吃了一杯茶，金次福道：「我今日有一頭親事來作成你家廷璽，娶過來倒又可以發個大財。」○黄評：娶親先講發財，不知正是倒運。○齊評：此語最足動聽。鮑老太道：「是那一家的女兒？」金次福道：「這人是内橋胡家的女兒。胡家是布政使司的衙門，起初把他嫁了安豐典管當的王三胖。○則仙評：王三胖事見回末。則仙小誌。不到一年光景，王三胖就死了。這堂客纔得二十一歲，出奇的人才，就上畫也是畫不就的。因他年紀小，又没兒女，所以娘家主張着嫁人。這王三胖丢給他足有上千的東西：大床一張，涼床一張，四箱、四橱，箱子裏的衣裳盛的滿滿的，手也插不下去；○黄評：戲子口角逼真。金手鐲有兩三付，赤金冠子兩頂，真珠、寶石不計其數。還有兩個丫頭，一個叫做荷花，一個叫做采蓮，都跟着嫁了來。你若娶了他與廷璽，他兩人年貌也還相合，這是極好的事。」○天一評：説得如火如荼，老太婆已麻倒。一番話説得老太滿心歡喜，向他説道：「金師父，費你的心！我還要托我家姑爺出去訪訪，訪的確了，來尋你老人家做媒。」金次福道：「這是不要訪的。也罷，訪訪也好，我再來討回信。」説罷，去了。鮑廷璽送他出去。到晚，他家姓歸的姑爺走來，老太一五一十把這些話告訴他，托他出去訪。歸姑爺又問老太要了幾十個錢帶着，明日早上去吃茶。

次日，走到一個做媒的沈天孚家。沈天孚的老婆也是一個媒婆，有名的沈大脚。歸姑爺到沈天孚家，拉出沈天孚來，在茶館裏吃茶，就問起這頭親事。沈天孚道：「哦！○黄評：一「哦」字便妙，加以「喇子」之稱，便知有許多妙文在内。○天一評：一「哦」字便知有妙文在内。○天二評：「哦」字如聞其聲。你問的是胡七喇子麽？他的故事長着哩！你買幾個燒餅來，等我吃飽了和你説。」歸姑爺走到隔壁買了八個燒餅，拿進茶館來，同他吃着，説道：「你説這故事罷。」沈天孚道：「慢些，待我吃完了説。」當下把燒餅吃完了，説道：「你問這個人怎的？莫不是那家要娶他？這個堂客是娶不得的！若娶進門，就要一把天火！」○黄評：奇談，然不奇也，敗家與天火何異。○天一評：先排場些楔子，以見萬不可娶。○天二評：先排場一番，以見此事直爲歸姑爺所誤。歸姑爺道：「這是怎的？」沈天孚道：「他原是跟布政使司胡偏頭的女兒。偏頭死了，他跟着哥們過日子。他哥不成人，賭錢吃酒，把布政使的缺都賣掉了。因他有幾分顔色，從十七歲上就賣與北門橋來家做小。他做小不安本分，人叫他『新娘』，他就要駡，要人稱呼他是『太太』，○黄評：做小尚要稱太太，何況做大。○齊評：此婦立志頗高，後文也算有才不遇。被大娘子知道，一頓嘴巴子，趕了出來。復後嫁了王三胖。王三胖是一個候選州同，他真正是太太了。○黄評：從此一直太太了。他做太太又做的過了：把大呆的兒子、媳婦，一天要罵三場；家人、婆娘，兩天要打八頓。這些人都恨如頭醋。不想不到一年，三胖死了。兒子疑惑三胖的東西都在他手裏，那日進房來搜；家人婆娘又幫着，圖出氣。這堂客有見識，預先把一匣子金珠首飾，一總倒在馬桶裏。那些人在房裏搜了一遍，搜不出來；又搜太太身上，也搜不出銀錢來。他借此就大哭大喊，喊到上元縣堂上去了，出首兒子。上元縣傳齊了審，把兒子責罰了一頓，又勸他道：『你也是嫁過了兩個丈夫的了，還守甚麽節？看這光景，兒子也不能和你一處同住，不如叫他分個産業給你，另在一處。你守着也由你，你再嫁也由你。』○天一、二評：善知識。當下處斷出來，他另分幾間房子在胭脂巷住。○天一評：胭脂巷宜有虎。就爲這胡七喇子的名聲，没有人敢惹他。這事有七八年了，他怕不也有二十五六歲，○天一評：於廷璽十年以長。他對人只説〔一三〕二十一歲。」歸姑爺道：「他手頭有千把銀子的話，可是有的？」沈天孚道：「大約這幾年也花費了。他的金珠首飾、錦緞衣服，也還值五六百銀子，這是有的。」歸姑爺心裏想道：「果然有五六百銀子，我丈母心裏也歡喜了。若説女人會撒潑〔一四〕，我那怕磨死倪家這小孩子！」○黃評：大有吞家私之意。因向沈天孚道：「天老，這要娶他的人，就是我丈人抱養這個小孩子。這親事是他家教師金次福來説的。你如今不管他喇子不喇子，替他撮合成了，自然重重的得他幾個媒錢。你爲甚麽不做？」沈天孚道：「這有何難！我到家叫我家堂客同他一説，管包〔一五〕成就。只是謝媒錢在你。」歸姑爺道：「這個自然。我且去罷，再來討你的回信。」當下付了茶錢，出門來，彼此散了。

沈天孚回家來和沈大脚説，沈大脚摇着頭道：「天老爺！○黃評：又是「天老爺」，與前「哦」字合起來，此人娶得娶不得？這位奶奶可是好惹的！○天一、二評：你既曉得，何故惹他？他又要是個官，又要有錢，又要人物齊整，又要上無公婆，下無小叔、姑子。○齊評：一層深一層。他每日睡到日中纔起來，横草不拿，竪草不拈，每日要吃八分銀子藥。○黃評：南京實有此等婆娘。他又不吃大葷，頭一日要鴨子，第二日要魚，第三日要茭兒菜鮮笋做湯；閑着没事，還要橘餅、圓眼、蓮米搭嘴；酒量又大，每晚要炸麻雀、鹽水蝦，吃三斤百花酒。○黃評：盡够盡够，抵得天火矣。上床〔一六〕睡下，兩個丫頭輪流着搥腿，搥到四更鼓盡纔歇。○天一、二評：南京遂有此等婆娘，然具體而微者又何處蔑有？我方纔聽見你説的是個戲子家，戲子家有多大湯水弄這位奶奶家去？」沈天孚道：「你替他架些空罷了。」沈大脚商議道：「我如今把這做戲子的話藏起不要説，也並不必説他家弄行頭。只説他是個舉人，○天二評：舉人亦戲子耳。不日就要做官，家裏又開着字號店，廣有田地。這個説法好麽？」沈天孚道：「最好，最好！你就這麽説去。」當下沈大脚吃了飯，一直走到胭脂巷，敲開了門。丫頭荷花迎着出來問：「你是那裏來的？」沈大脚道：「這裏可是王太太家？」荷花道：「便是。你有甚麽話説？」沈大脚道：「我是替王太太講喜事的。」○黄評：太太而講喜事。荷花道：「請在堂屋裏坐。太太纔起來，還不曾停當。」沈大脚説道：「我在堂屋裏坐怎的？我就進房裏去見太太。」當下揭開門簾進房，只見王太太坐在床沿上裹脚，采蓮在傍邊捧着礬盒子。王太太見他進來，曉得他爲媒婆，就叫他坐下，叫拿茶與他吃。看着太太兩隻脚足足裹了有三頓飯時纔裹完了，又慢慢梳頭、洗臉、穿衣服，直弄到日頭趖〔一七〕西纔清白。○天一評：沈大脚早已餓了。因問道：「你貴姓？有甚麽話來説？」沈大脚道：「我姓沈。因有一頭親事來效勞，將來好吃太太喜酒。」王太太道：「是個甚麽人家？」沈大脚道：「是我們這水西門大街上鮑府上，人都叫他鮑舉人家。家裏廣有田地，又開着字號店，足足有千萬貫家私。○黄評：意在必成，不妨任意誇張。本人二十三歲，上無父母，下無兄弟兒女，要娶一個賢慧太太當家，久已説在我肚裏了。我想這個人家，除非是你這位太太纔去得，所以大膽來說。」王太太道：「這舉人是他家甚麼人？」沈大脚道：「就是這要娶親的老爺了，他家那還有第二個！」王太太道：「是文舉，武舉？」沈大脚道：「他是個武舉。○天二評：偏說武舉，斟酌盡善。扯的動十個力氣的弓，端的起三百〔一八〕斤的制子，好不有力氣！」○黄評：笑倒。○齊評：王太太頗有見解，其奈沈大脚會說何？說文舉不像娶再醮之人，不如說武舉的像；又添有力氣一句話，遂覺活靈活現，如見其人。行文有旁襯一句十分得力者，所謂頰上三毫也。王太太道：「沈媽，你料想也知道，我是見過大事的，不比別人。想着一初〔一九〕到王府上，纔滿了月，就替大女兒送親，送到孫鄉紳家。那孫鄉紳家三間大敞廳，點了百十枝大蠟燭，擺着糖斗、糖仙，吃一看二眼觀三的席，戲子細吹細打，把我迎了進去。孫家老太太戴着〔二〇〕鳳冠，穿着霞帔，把我奉在上席正中間，臉朝下坐了。我頭上戴着黄豆大珍珠的〔二一〕拖挂，把臉都遮滿了，○黄評：得不噴飯？一邊一個丫頭拿手替我分開了，纔露出嘴來吃他的蜜餞茶。○黄評：閱者腸子要笑斷否？我服先生寫得出。○天一評：還要兩個丫頭來，一個捧頭，一個捧頦。唱了一夜戲，吃了一夜酒。第二日回家，跟了去的四個家人婆娘把我白綾織金裙子上弄了一點灰，我要把他一個個都處死了。他四個一齊走進來跪在房裏，把頭在地板上磕的『撲通、撲通』的響，○天二評：與安東縣裏暖閣板上驢子走的「格登、格登」聲相應。我還不開恩饒他哩。沈媽，你替我説這事，須要十分的實。若有半些差池，我手裏不能輕輕的放過了你。」○齊評：鮑老太要歸家姑爺去訪，而王太太竟不一訪者，一則婦女没脚蟹；二則七喇子名聲，媒人如空谷足音，已等待七八年，一遇沈大脚生花之口，遂滿心快活，不暇細詳矣。○天一評：若媒人説謊，其死必矣。沈大脚道：「這個何消説？我從來是『一點水一個泡』的人，比不得媒人嘴。○黄評：妙在自説「比不得媒人嘴」。若扯了一字謊，明日太太訪出來，我自己把這兩個臉巴子送來給太太掌嘴。」○黄評：雖喇子亦不得不信。○天一評：臉巴子危矣。○天二評：噫嘻，臉巴子危唉！該先挂一號。王太太道：「果然如此，好了，你到那人家説去，我等你回信。」當下包了幾十個錢，又包了些黑棗、青餅之類，叫他帶回去與娃娃吃。○黄評：「娃娃」是南京土語。只因這一番，有分教：忠厚子弟，成就了惡姻緣；骨肉分張，又遇着親兄弟。不知這親事説成否，且聽下回分解。

【總評】

卧評　前半寫向觀察哭友，堂皇鄭重，○黄評：「堂皇」兩字，「鄭重」兩字，不配，此亦評者之謬。可歌可泣，乃顔魯公作書，筆力直欲透過紙背。

金次福初來説親，其於王太太，蓋略得其概，故但能言其奩資之厚，箱籠之多，蓋此事已七八年，而次福新近始知之，其意不過慫恿成局以圖酒食而已，本無他想。沈天孚即能知其根底，是以歷歷言之，然猶是外象三爻。至沈大脚，然後識其性情舉動，和盤托出。作三段描寫，有前有後，有詳有略，用意之新穎，措辭之峭拔，非惟稗官〔二〕中無此筆，伏求之古名人紀載文字，亦無此奇妙也。○天一評：浮話。

沈大脚生花之口，不由太太不墮術中。觀後文杜慎卿江郡納姬，而沈大脚又換一番詞語，令慎卿不得不墮術中，如讀長短書，那得不拍案叫絕！

王太太未嘗見，而已將他之性情舉動，一一描摹盡致，試思如此一個人，而鮑廷璽竟娶他來家，將何以處之？閱者且掩卷細思，此後當用何等筆墨，不幾何〔三〕思路皆窮，觀後文娶進門來許多疙瘩事，真非錦綉之心不能布置，然後嘆服作者才力之大。

黄評 向太守感激文卿出於至誠，固是難得，然究屬私恩，且讀書成進士者也。寫文卿之守本分，曰義曰廉兼而有之，求之讀書成進士者曾見幾人？而乃出於戲子乎！此先生嫉世之深心，激而爲此，以愧天下之讀書成進士耳。嗚呼！與其著無用之書，無寧作此等小説。然而解者鮮矣，尚何言哉！

天二評 回末極寫王太太一番説謊，正可與匡超人、牛浦郎鼎足而三，豈非女中丈夫。

天一、二評 鮑廷璽做親寫得如此熱鬧何也？所以重文卿也，所以着向知府之所以報文卿也；而又有意焉。文卿父子此番遭際可謂極盛，乃廷璽不久喪妻，文卿哀傷發病，向知府升任陛見，從此永別； 迨至廷璽再娶，終身受累。 天下事盛衰興廢遷變無常，此日花團錦簇，他時不堪回首。 極寫熱鬧正爲後日蕭索張本，所以喚醒世間「雲端裏過日子」者，須知不是立脚處也。

則仙評　按《揚州畫舫録・小秦淮録》載： 王天福妻。……行三，體胖，人呼爲王三胖子。 其妾許翠，字緑萍，常熟人。 年十五時，有客以千金啗三胖，誘之梳攏。 不從。 拷掠備至。 矢志不屈。 三胖乃却金謝客。 客願與千金成其志。 逾四年，有某公子者，年十九，色美多金，往來三胖家逾月，未嘗一言犯翠。 翠愛之，而與之私。 向之以千金購翠者，於是妬公子而惡翠。 乃興大獄。 賴公子左右得免。 移居南京。 又有貴公子劫之於武定橋之河房。 翠始終勵志，備嘗艱苦，極之所之，欲碎甌以自刎。 貴公子大窘，揚帆而去。 適天福及三胖尋踪而至，携歸揚州。 翠自此無意烟花，長齋綉佛以終其身。

書中王太太事本不相似，惟所謂王三胖者，或者信手拈來，改頭換面亦未可知。 元年杏月。

【校記】

〔一〕鮑廷璽，原作「鮑文璽」，抄本、蘇本同。 從卷首目録和申一、二本改。 本回下同。

〔二〕話説，原作「説話」，蘇本同。 從抄本和申一、二本改。
〔一一〕遺漏，原作「移漏」，抄本、蘇本和申二本同。從申一本改。
〔四〕時，原作「伺」，抄本、蘇本同。從申一、二本改。
〔五〕采，申一、二本作「揪」。
〔六〕頗頗，申二本作「頗」。
〔七〕他們，原作「他門」。蘇本和申一、二本作「你們」。從抄本改。
〔八〕來了，申二本作「進來」。
〔九〕穿上，申一本作「同了」。
〔一〇〕出到，申一、二本作「走到」。
〔一一〕些少，申二本作「些須」。
〔一二〕盱眙，原作「盱貽」，抄本、蘇本、申一本同。從申二本改。
〔一三〕只說，原作「日說」，抄本、蘇本同。從申一、二本改。
〔一四〕女人會撒潑，蘇本、申二本作「女人會織潑」，申一本作「這女人悍潑」。
〔一五〕管包，申一、二本作「包管」。
〔一六〕床，原作「麻」，抄本同。從蘇本和申一、二本改。
〔一七〕趖，申一本作「落」，申二本作「歪」。
〔一八〕百，原作「伯」，抄本、蘇本同。從申一、二本改。
〔一九〕一初，申一本作「初」，申二本作「起初」。
〔二〇〕着，原作「看」，抄本、蘇本同。從申一、二本改。
〔二一〕珍珠的，申二本作「的珍珠」。
〔二二〕稗官，原作「禆官」，抄本同。蘇本作「裨官」。從申一、二本改。
〔二三〕幾何，申一、二本作「幾乎」。

第二十七回

王太太夫妻反目　倪廷珠兄弟相逢〔一〕

話説沈大脚問定了王太太的話，回家向丈夫説了。次日，歸姑爺來討信，沈天孚如此這般告訴他説：「我家堂客過去，着實講了一番，這堂客已是千肯萬肯。但我説明了他家是没有公婆的，不要叫鮑老太自己來下插定。到明日，拿四樣首飾來，仍舊叫我家堂客〔二〕送與他，擇個日子就抬人便了。」歸姑爺聽了這話，回家去告訴丈母説：「這堂客手裏有幾百兩銀子的話是真的，只是性子不好些，會欺負丈夫。這是他兩口子的事，我們管他怎的。」鮑老太道：「這管他怎的！現今這小厮傲頭傲腦，也要娶個辣燥些的媳婦來制着他纔好。」○齊評：活寫出愚婦人不疼過繼兒子心情。老太主張着要娶這堂客，隨即叫了鮑廷璽來，叫他去請沈天孚、金次福兩個人來爲媒。鮑廷璽道：「我們小户人家，只是娶個窮人家女兒做媳婦好，這樣堂客，要了家來，恐怕淘氣。」被他媽一頓臭駡道：「倒運的奴才！○黄評：不要他倒不「倒運」。没福氣的奴才！

你到底是那窮人家的根子，○天二評：觀後鮑廷璽之爲人已遠不及文卿，然尚知本分，奈娶此喇子以至半生顛倒。文卿雖有不必等滿服之説，然此時去文卿之喪止半年餘，廷璽自可以此爲辭，而無如忽忘之矣！故綱目大書「鮑廷璽喪父娶妻」。（天一評「不及文卿」後多「之敦實」；「忽忘」作「皆忘」；無末句）開口就説要窮，將來少不的要窮斷你的筋！像他有許多箱籠〔三〕，娶進來擺擺房也是熱鬧的。你這奴才知道甚麽！」駡的鮑廷璽不敢回言，只得央及歸姑爺同着去拜媒人，歸姑爺道：「像娘這樣費心，還不討他説個是，只要揀精揀肥，我也犯不着要效他這個勞。」老太又把姑爺説了一番，道：「他不知道好歹，姐夫不必計較他。」姑爺方纔肯同他去拜了兩個媒人。

次日備了一席酒請媒。鮑廷璽有生意，領着班子出去做戲了，就是姑爺作陪客。老太家裏拿出四樣金首飾、四樣銀首飾來——還是他前頭王氏娘子的○天一評：不是老太體己。——交與沈天孚去下插定。沈天孚又賺了他四樣，只拿四樣首飾，叫沈大脚去下插定。那裏接了，擇定十月十三日過門。到十二日，把那四箱、四橱和盆桶、錫器、兩張大床先搬了來。兩個丫頭坐轎子跟着，到了鮑家，看見老太，也不曉得是他家甚麽人，又不好問，只得在房裏鋪設齊整，就在房裏坐着。明早，歸家大姑娘坐轎子來。這裏請了金次福的老婆和錢麻子的老婆兩個攙親。到晚，一乘轎子，四對燈籠火把，娶進門來。進房撒帳，○天一評：第三次嫁猶紅巾蔽面乎？說四言八句，拜花燭，吃交杯盞，不必細說。五更鼓出來拜堂，聽見說有婆婆，就惹了一肚氣，○齊評：第一氣。出來使性摜氣磕了幾個頭，也沒有茶，也沒有鞋。拜畢，就往房裏去了。丫頭一會出來要雨水煨茶與太太嗑，一會出來叫拿炭燒着了進去與太太添着燒速香，一會出來到橱下叫厨子蒸點心、做湯〔四〕，拿進房來與太太吃。兩個丫頭川流不息的在家前屋後的走，叫的太太一片聲響。○黄評：做足太太，閱者腸子問能不笑斷否。○天一、二評：接連幾個「太太」，天摇地動，日月皆昏。鮑老太聽見道：「在我這裏叫甚麽太太！連奶奶也叫不的，只好叫個相公娘罷了！」丫頭走進房去把這話對太太説了，太太就氣了個發昏。○齊評：第二氣。

到第三日，鮑家請了許多的〔五〕戲子的老婆來做朝。○天二評：只算演戲。南京的風俗：但凡新媳婦進門，三天就要到厨下去收拾一樣菜，發個利市。這菜一定是魚，取「富貴有餘」的意思。當下鮑家買了一尾魚，燒起鍋，請相公娘上鍋，王太太不采〔六〕，坐着不動。錢麻子的老婆走進房來道：「這使不得。你而今到他家做媳婦，這些規矩是要還他的。」太太忍氣吞聲，○齊評：此氣尚可。脱了錦緞衣服，繫上圍裙，走到厨下，把魚接在手内，拿刀刮了三四刮，拎着尾巴〔七〕望滚湯鍋裏一摜。錢麻子老婆正站在鍋臺〔八〕傍邊看他收拾魚，被他這一攛，便濺了一臉的熱水，連一件二色金〔九〕的緞衫子都弄濕了，唬了一跳，走過來道：「這是怎説！」忙取出一塊〔一〇〕汗巾子來揩臉。○黄評：真描寫得像。王太太丢了刀，骨都着嘴，往房裏去了。當晚堂客上席，他也不曾出來坐。

到第四日，鮑廷璽領班子出去做夜戲，進房來穿衣服。○天二評：同床三夜竟未交片言耶？王太太看見他這幾日都戴的是瓦楞帽子，並無紗帽，○天一、二評：未知拜堂時戴何帽子。心裏疑惑他不像個舉人。這日見他戴帽子出去，問道：「這晚間你往那裏去？」鮑廷璽道：「我做生意去。」説着，就去了。太太心裏越發疑惑：「他做甚麼生意？」又想道：「想是在字號店裏算帳。」一直等到五更鼓天亮，他纔回來。太太問道：「你在字號店裏算帳，爲甚麼算了這一夜？」鮑廷璽道：「甚麼字號店？我是戲班子裏管班的，領着戲子去做夜戲纔回來。」太太不聽見這一句話罷了，聽了這一句話，怒氣攻心，大叫一聲，望後便倒，牙關咬緊，不省人事。○黄評：直欲笑殺。○齊評：此氣不同小可矣。○天一、二評：周進之跌倒以怨，范進母子之跌倒以喜，王太太之跌倒以怒；合而言之曰痰。鮑廷璽慌了，忙叫兩個丫頭拿薑湯灌了半日。灌醒過來，○黄評：比前文范老太太好救。大哭大喊，滿地亂滾，滾散頭髮；一會又要扒到床頂上去，大聲哭着，唱起曲子來。○黃評：閱至此，任是深憂積悶亦應噴飯。原來氣成了一個失心瘋。○齊評：如此轉筆真是出人意外又在人意中。唬的鮑老太同大姑娘都跑進來看，看了這般模樣，又好惱，又好笑。正鬧着，沈大脚手裏拿着兩包點心，走到房裏來賀喜。○黃評：來得正好。○天一、二評：吃喜酒的來了。纔走進房，太太一眼看見，上前就一把揪住，把他揪到馬子跟前，揭開馬子，○天一、二評：將謂馬桶裏倒出金珠首飾來謝他。抓了一把尿屎，抹了他一臉一嘴，○齊評：文筆之妙一至於此。○天二評：生花之口灌之以尿屎。（天一評後五字作「糞以灌之」）沈大脚滿鼻子都塞滿了臭氣。衆人來扯開了。○天一、二評：臉巴子放生了。沈大脚走出堂屋裏，又被鮑老太指着臉駡了一頓。○天一、二評：請他説親，何能駡他。沈大脚沒情沒趣，只得討些水洗了臉，悄悄的出了門，回去了。○黃評：媒錢一個也得不成。

這裏請了醫生來。醫生説：「這是一肚子的痰，正氣又虛，要用人參、琥珀。」每劑藥要五錢銀子。自此以後，一連害了兩年，把些衣服、首飾都花費完了，兩個丫頭也賣了。○黃評：與天火無異。○天一評：原説一把天火。歸姑爺同大姑娘和老太商議道：「他本是螟蛉之子，○天二評：人家以女婿爲政者未有不如此，親生猶不免，况螟蛉乎！（天一評此後多「戒之戒之」）又沒中用，而今又弄了這個瘋女人來，○黃評：反説他弄來的。○齊評：不知是誰弄來的！在家鬧到這個田地，將來我們這房子和本錢，還不够他吃人參、琥珀，吃光了，這個如何來得？不如趁此時將他趕出去，離門離户，我們纔得乾净，一家一計過日子。」鮑老太聽信了女兒、女婿的話，要把他兩口子趕出去。鮑廷璽慌了，去求鄰居王羽秋、張國重來説。張國重、王羽秋走過來説道：「老太，這使不得。他是你老爹在時抱養他的；况且又幫着老爹做了這些年生意，如何趕得他出去？」老太把他怎樣不孝，媳婦怎樣不賢，着實數説了一遍，説道：「我是斷斷不能要他的了！他若要在這裏，我只好帶着女兒、女婿搬出去讓他！」〇天二評：婦人只戀着女兒、女婿，天下同病，千古一轍。當下兩人講不過老太，只得説道：「就是老太要趕他出去，也分些本錢與他做生意。叫他兩口子光光的怎樣出去過日子？」老太道：「他當日來的時候，只得頭上幾莖黄毛，身上還是光光的。而今我養活的他恁大，又替他娶過兩回親。况且他那死鬼老子也不知是累了我家多少。他不能補報我罷了，我還有甚麽貼他！」那兩人道：「雖如此説，恩從上流，還是你老人家照顧他些。」説來説去，説的老太轉了口，許給他二十兩銀子，自己去住。〇天一、二評：兩中人還算是硬的，此見文卿平日擇交。鮑廷璽接了銀子，哭哭啼啼，不日搬了出來，在王羽秋店後借一間屋居住。只得這二十兩銀子，要團班子、弄行頭，是弄不起；要想做個别的小生意，又不在行；只好坐吃山空。把這二十兩銀子吃的將光，太太的人參、琥珀藥也没得吃了，病也不大發了，〇黃評：病隨財去。只是在家坐着哭泣咒駡，〇齊評：天下人往往如此。非止一日。

那一日鮑廷璽街上走走回來，王羽秋迎着問道：「你當初有個令兄在蘇州麼？」〇天一評：突兀。鮑廷璽道：「我老爹只得我一個兒子，並没有哥哥。」王羽秋道：「不是鮑家的，是你那三牌樓倪家的。」鮑廷璽道：「倪家雖有幾個哥哥，聽見說，都是我老爹自小賣出去了，後來一總都不知個下落，却也不曾聽見是在蘇州。」王羽秋道：「方纔有個人，一路找來，找在隔壁鮑老太家，說：『倪大太爺找倪六太爺的。』鮑老太不招應，那人就問在我這裏，我就想到你身上。你當初在倪家可是第六？」鮑廷璽道：「我正是第六。」王羽秋道：「那人找不到，又到那邊找去了。他少不得還找了回來，你在我店裏坐了候着。」少頃，只見那人又來找問。王羽秋道：「這便是倪六爺，你找他怎的〔一〕？」鮑廷璽道：「你是那裏來的？是那個要找我？」那人在腰裏拿出一個紅紙帖子來，遞與鮑廷璽看。鮑廷璽接着，只見上寫道：

水西門鮑文卿老爹家過繼的兒子鮑廷璽，本名倪廷璽，乃父親倪霜峰〔二〕第六子，是我的同胞的兄弟。我叫作倪廷珠。找着是我的兄弟，就同他到公館裏來相會。要緊！要緊！

鮑廷璽道：「這是了，一點也不錯！你是甚麽人？」那人道：「我是跟大太爺的，叫作阿三。」鮑廷璽道：「大太爺在那裏？」阿三道：「大太爺現在蘇州撫院衙門裏做相公，每年一千兩銀子。而今現在大老爺〔一三〕公館裏。既是六太爺，就請同小的到公館裏和大太爺相會。」鮑廷璽喜從天降，○黄評：慢喜。○天二評：讀者亦不覺眉飛色舞。（天一評「亦」作「已」）就同阿三一直走到淮清橋撫院公館前。阿三道：「六太爺請到河底下茶館裏坐着。我去請大太爺來會。」一直去了。

鮑廷璽自己坐着，坐了一會，只見阿三跟了一個人進來，頭戴方巾，身穿醬色緞直裰，脚下粉底皂靴，三綹髭鬚，有五十歲光景。那人走進茶館，阿三指道：「便是六太爺了。」鮑廷璽忙走上前，那人一把拉住道：「你便是我六兄弟了！」○齊評：可悲可泣。鮑廷璽道：「你便是我大哥哥！」兩人抱頭大哭，○黄評：好文章，能令閲者不能不感動墮淚，而前文又能令人笑得斷腸。從來小説有此否？哭了一場坐下。倪廷珠道：「兄弟，自從你過繼在鮑老爹家，我在京裏，全然不知道。我自從二十多歲的時候就學會了這個幕道，在各衙裏做館。在各省找尋那幾個弟兄，都不曾找的着。五年前，我同一位知縣到廣東赴任去，在三牌樓找着一個舊時老鄰居問，纔曉得你過繼在鮑家了，父母俱已去世了！」説着，又哭起來。○黄評：可傷，可傷。鮑廷璽道：「我而今鮑門的事……」倪廷珠道：「兄弟，你〔一四〕且等我説完了。○齊評：入神。○天一評：廷璽正要説自己的事，却因乃兄要緊説打斷，宛然弟兄相聚告訴不盡情景。○天二評：廷璽正要説自己的事，却因乃兄要緊説打斷，情事宛然。我這幾年，虧遭際了這位姬大人，賓主相得，每年送我束脩一千兩銀子。那幾年在山東，今年調在蘇州來做巡撫。這是故鄉了，我所以着緊來找賢弟。找着賢弟時，我把歷年節省的幾兩銀子，拿出來弄一所房子，將來把你嫂子也從京裏接到南京來，和兄弟一家一計的過日子。兄弟，○黄評：幾聲「兄弟」叫得親熱之至。至性感人，非有至性者不能寫出。你自然是娶過弟媳的了。」○天一、二評：幾聲「兄弟」，如聽春盡啼鵑，讀之而不下淚者，木石也。鮑廷璽道：「大哥在上……」便悉把怎樣過繼到鮑家，怎樣蒙鮑老爹恩養，怎樣在向太爺衙門裏招親，怎樣前妻王氏死了，又娶了這個女人，而今怎樣怎樣被鮑老太趕出來了，都説了一遍。○天一評：此處自當括其大略，不必覼縷取厭。倪廷珠道：「這個不妨。而今弟婦現在那裏？」鮑廷璽道：「現在鮑老爹隔壁一個人家借着住〔一五〕。」倪廷珠道：「我且和你同到家裏去看看，我再作道理。」

當下會了茶錢，一同走到王羽秋店裏。王羽秋也見了禮。鮑廷璽請他在後面。王太太拜見大伯，此時衣服首飾都没有了，○天一評：王太太落難。○天一、二評：黄豆大的珍珠拖挂不知落在誰家。只穿着家常打扮。倪廷珠荷包裏拿出四兩銀子來，送與弟婦做拜見禮。王太太看見有這一個體面大伯，不覺憂愁減〔一六〕了一半，自己捧茶上來。鮑廷璽接着，送與大哥。倪廷珠吃了一杯茶，說道：「兄弟，我且暫回公館裏去。我就回來和你說話，你在家等着我。」說罷，去了。鮑廷璽〔一七〕在家和太太商議：「少刻大哥來，我們須備個酒飯候着。如今買一隻板鴨○天一評：南京人是板鴨上前。和幾斤肉，再買一尾魚來，托王羽秋老爹來收拾，做個四樣纔好。」王太太說：「呸！你這死不見識面的貨！○天二評：此一罵可概平時。他一個撫院衙門裏住着的人，他沒有見過板鴨和肉？他自然是吃了飯纔來，他希罕你這樣東西吃？○齊評：太太畢竟見過世面。如今快秤三錢六分銀子，到果子店裏裝十六個細巧圍碟子來，打幾斤陳百花酒候着他，纔是個道理！」○天一、二評：此時王太太視大伯不啻天上人矣，然亦且懂事大方，確是見過世面的人，宜其夫之諾諾稱太太也。鮑廷璽道：「太太說的是。」○黃評：妙在也稱「太太」，且到底太太懂事大方，不比窮骨頭。當下秤了銀子，把酒和碟子都備齊，捧了來家。到晚，果然一乘轎子，兩個「巡撫部院」的燈籠，阿三跟着，他哥來了。倪廷珠下了轎，進來說道：「兄弟，我這寓處沒有甚麼，只帶的七十多兩銀子。」叫阿三在轎櫃裏拿出來，一包一包，交與鮑廷璽，道：「這個你且收着。我明日就要同姬大人往蘇州去。你作速看下一所房子，價銀或是二百兩、三百兩，都可以，你同弟婦搬進去住着。你就收拾到蘇州衙門裏來。我和姬大人說，把今年束脩一千兩銀子都支了與你，拿到南京來做個本錢，或是買些房産過日。」○黄評：做足十分稱意遂心。當下鮑廷璽收了銀子，留着他哥吃酒。吃着，説一家父母兄弟分離苦楚的話，説着又哭，哭着又説。○天一、二評：不必説了，我已代爲腸斷。直吃到二更多天，方纔去了。

鮑廷璽次日同王羽秋商議，叫了房牙子來，要當房子。自此，家門口人都曉的倪大老爺來找兄弟，現在撫院大老爺衙門裏；都稱呼鮑廷璽是倪六老爺，太太是不消説。○黄評：「太太」又即真了。○天一評：當稱倪太太。○天二評：當改稱倪六太太。又過了半個月，房牙子看定了一所房子，在下浮橋施家巷，三間門面，一路四進，是施御史家的。○黄評：伏施御史。○天一、二評：出施御史。伏案。施御史不在家，着典與人住，價銀二百二十兩。成了議約，付押議銀二十兩，擇了日子搬進去再兑銀子。搬家那日，兩邊鄰居都送看盒〔一八〕，歸姑爺也來行人情，出分子。○黄評：不脱歸姑爺。○天一評：畢竟宜請鮑老太來安享幾日。○天二評：畢竟宜請鮑老太來安享幾日，廷璽忘之耶？作書人忘之耶？鮑廷璽請了兩日酒，又替太太贖了些頭面、衣服。太太身子裏又有些啾啾唧唧的起來，○黄評：病隨財來，妙妙，將人笑殺。然實有此等人。○天一、二評：財去病去，財來病來，世間實有此等人。隔幾日要請個醫生，要吃八分銀子的藥。那幾十兩銀子，漸漸要完了。

鮑廷璽收拾要到蘇州尋他大哥去，上了蘇州船。那日風不順，船家蕩在江北，走了一夜，到了儀徵，舡住在黃泥灘，風更大，過不得江。鮑廷璽走上岸要買個茶點心吃，忽然遇見一個少年人，頭戴方巾，身穿玉色綢直裰，脚下大紅鞋。那少年把鮑廷璽上上下下看了一遍，問道：「你不是鮑姑老爺麽？」○天一評：又突然。先在此一折，以便通到下文。　鮑廷璽驚道：「在下姓鮑。相公尊姓大名？怎樣〔一九〕這樣稱呼？」那少年道：「你可是安慶府向太爺衙門裏王老爹的女婿？」鮑廷璽道：「我便是。相公怎的知道？」那少年道：「我便是王老爹的孫女婿，你老人家可不是我的姑丈人麽？」鮑廷璽笑道：「這是怎麽説？且請相公到茶館坐坐。」當下兩人走進茶館，拿上茶來。儀徵有的是肉包子，裝上一盤來吃着。鮑廷璽問道：「相公尊姓？」那少年道：「我姓季。姑老爺你認不得我？我在府裏考童生，看見你巡場，我就認得了。後來你家老爹還在我家吃過了酒。這些事，你難道都記不的了？」鮑廷璽道：「你原來是季老太爺府裏的季少爺。你却因甚麽做了這門親？」季葦蕭道：「自從向太爺升任去後，王老爹不曾跟了去，就在安慶住着。後來我家岳選了典史，安慶的鄉紳人家因他老人家爲人盛德，所以同他來往起來，我家就結了這門親。」鮑廷璽道：「這也極好。你們太老爺在家好麽？」季葦蕭道：「先君見背，已三年多了。」鮑廷璽道：「姑爺，你却爲甚麽在這裏？」季葦蕭道：「我因鹽運司荀大人是先君文武同年，我故此來看看年伯。○天一評：然則向知府與荀玫亦是同年。姑老爺，你却往那裏去？」鮑廷璽説：「我到蘇州去看一個親戚。」季葦蕭道：「幾時纔得回來？」鮑廷璽道：「大約也得二十多日。」季葦蕭道：「若回來無事，到揚州來頑頑。若到揚州，只在道門口門簿上一查，便知道我的下處。我那時做東請姑老爺。」鮑廷璽道：「這個一定來奉候。」説罷，彼此分别走了。鮑廷璽上了船，一直來到蘇州，纔到閶門上岸，劈面撞着跟他哥的小厮阿三。只因這一番，有分教：榮華富貴，依然一旦成空；奔走道途，又得無端聚會。畢竟阿三説出甚麽話來，且聽下回分解。

【總評】

卧評　王太太進門，斷無安然無事之理。然畢竟從何處寫起，直是難以措筆，却於新婦禮節上生波，乃覺近情着理，不枝不蔓。正鬧着，忽見沈大脚來，塗以一臉臭屎，令聞者絶倒。使拙筆爲之，必無此生龍活虎之妙。古人云「眼前有景道不出」，正此謂也。

太太窮了，身子便覺康健，病也不大發；纔遇見體面大伯〔二〇〕，得銀七十兩，身子又覺得「啾啾唧唧」，每日「要吃八分銀子的藥」。天下婦人，大約如此。

老太與歸姑爺視鮑廷璽毫末不關痛癢，字字寫入骨髓。

倪廷珠忽然從天掉下，叨叨絮絮，叙說父子兄弟別離之苦，至性感人，沁入心肺，此是極有功世道文字。以下便要丢却鮑廷璽，換一副筆墨去寫二杜，其綫索全在季葦蕭，今即於江岸上偶然遇見，兔起鶻落，真有成軸在胸。

【校記】

〔一〕倪廷珠，原作「倪廷璽」，抄本、蘇本和申一、二本均同。從卷首目録及正文改。

〔二〕我家堂客，原作「我客堂家」，蘇本同。抄本作「我堂客家」。從申一、二本改。

〔三〕箱籠，原作「厢籠」，蘇本同。從抄本和申一、二本改。

〔四〕湯，原作「揚」，抄本、蘇本同。從申一、二本改。

〔五〕許多的，申二本作「許多」。

〔六〕采，申一、二本作「肯」。

〔七〕尾巴，原作「尾把」，抄本、蘇本和申一、二本均同。參亞東本改。

〔八〕鍋臺，原作「鍋抬」，抄本、蘇本和申一、二本均同。參齊本改。

〔九〕二色金，申二本作「泥金色」。

〔一〇〕一塊，原作「一個」，抄本、蘇本、申一本同。從申二本改。

〔一一〕這便是倪六爺你找他怎的，原作「這便是你六爺，倪我他怎的」，抄本、蘇本同。申一、二本作「這便是你倪六爺，找他怎的」，從之，並據上下文把「你」字移後。

〔一二〕倪霜峰，原作「倪霜降」，抄本、蘇本和申

一、二本均同。從前後文並參齊本改。

〔一三〕老爺，原作「太爺」，抄本、蘇本和申一、二本均同。參齊本改。

〔一四〕你，原作「倪」，蘇本同。從抄本和申一、二本改。同一錯字，以下徑改不記。

〔一五〕着住，抄本和申一、二本作「住着」。

〔一六〕減，申二本作「減去」。

〔一七〕鮑廷璽，原作「鮑廷仁」，蘇本同。從抄本和申一、二本改。

〔一八〕看盒，原作「着盒」，抄本、蘇本同。從申一、二本改。

〔一九〕怎樣，申二本作「怎麽」。

〔二〇〕大伯，原作「太伯」。從抄本、蘇本和申一、二本改。

第二十八回

季葦蕭揚州入贅　蕭金鉉白下選書

話説鮑廷璽走到閶門，遇見跟他哥的小廝阿三。阿三前走，後面跟了一個閑漢，挑了一擔東西，是些三牲和些銀錠、紙馬之類。鮑廷璽道：「阿三，倪大太爺在衙門裏麽？你這些東西叫人挑了同他到那裏去？」阿三道：「六太爺來了！大太爺自從南京回來，進了大老爺衙門，打發人上京接太太去。去的人回説，太太已於前月去世。大太爺着了這一急，得了重病，不多幾日就歸天了。○黄評：文章奇變莫測。○天二評：天下有如此不如意事，令人輒唤奈何。大太爺的靈柩現在城外厝着，小的便搬在飯店裏住。今日是大太爺頭七，小的送這三牲紙馬到墳上燒紙去。」鮑廷璽聽了這話，兩眼大睁着，話也説不出來，慌問道：「怎麽説？大太爺死了？」阿三道：「是，大太爺去世了。」鮑廷璽哭倒在地，阿三扶了起來。當下不進城了，就同阿三到他哥哥厝基的所在，擺下牲醴，澆奠了酒，焚起紙錢，哭道：「哥哥陰魂不遠，你兄弟來遲一步，○齊評：倪大太爺忽然而來，忽然而去，行文筆筆出人意表，有兔起鶻落之勢。就不能再見大哥一面！」説罷，又慟哭了一場。阿三勸了回來，在飯店裏住下。次日，鮑廷璽將自己盤纏又買了一副牲醴、紙錢，去上了哥哥墳回來，連連〔二〕在飯店裏住了幾天，盤纏也用盡了，阿三也辭了他往別處去了。思量没有主意，只得把新做來的一件見撫院的綢直裰當了兩把銀子，且到揚州尋尋季姑爺再處。

當下搭船，一直來到揚州，往道門口去問季葦蕭的下處。門簿上寫着「寓在興教寺」。忙找到興教寺，和尚道：「季相公麽？他今日在五城巷引行公店隔壁尤家招親，你到那裏去尋。」鮑廷璽一直找到尤家，見那家門口挂着彩子。三間敞廳，坐了一敞廳的客。正中書案上，點着兩枝通紅的蠟燭；中間懸着一軸百子圖的畫；兩邊貼着硃箋紙的對聯，上寫道：「清風明月常如此，才子佳人信有之。」季葦蕭戴着新方巾，穿着銀紅綢直裰，在那裏陪客，見了鮑廷璽進來，嚇了一跳，○黄評：與牛浦見石老鼠相似。○天一、二評：並非石老鼠，何嚇之有。同他作了揖，請他坐下，説道：「姑老爺纔從蘇州回來的？」鮑廷璽道：「正是。」恰又遇着姑爺恭喜，○黄評：莫作石老鼠否？我來吃喜酒。」座上的客問：「此位尊姓？」季葦蕭代答道：「這舍親姓鮑，是我的賤内的姑爺，○黄評：哪一個「賤内」耶？是小弟的姑丈人。」衆人道：「原來是姑太爺。○黄評：「太爺」是南京常稱。失敬！失敬！」鮑廷璽問：「各位太爺尊姓？」季葦蕭指着上首席坐的兩位道：「這位是辛東之先生，這位是金寓劉先生，二位是揚州大名士。作詩的從古也没有這好的，又且書法絶妙，天下没有第三個。」○齊評：奇句。○天二評：浮話。葦蕭之爲人可知。

説罷，擺上飯來。二位先生首席，鮑廷璽三席，還有幾個人，都是尤家親戚，坐了一桌子。吃過了飯，那些親戚們同季葦蕭裏面料理事去了。鮑廷璽坐着，同那兩位先生攀談。辛先生道：「揚州這些有錢的鹽呆子，其實可惡！○齊評：開門見山。就如河下興盛旗馮家，他有十幾萬銀子，他從徽州請了我出來，住了半年〔一〕，我説：『你要爲我的情，就一總送我二三千銀子。』他竟一毛不拔！我後來向人説：『馮家他這銀子該給我的。他將來死的時候，這十幾萬銀子一個錢也帶不去，到陰司裏是個窮鬼。閻王要蓋森羅寶殿，這四個字的匾，少不的是請我寫，○黄評：不請你寫如何？恐怕也窮鬼了。至少也得送我一萬銀子，我那時就把幾千與他用用，也不可知。何必如此計較！』」○齊評：妙談，妙談。説罷，笑了。金先生道：「這話一絲也不錯！前日不多時，河下方家來請我寫一副對聯，共是二十二個字。他叫小廝送了八十兩銀子來謝我，我叫他小廝到跟前，吩咐他道：『你拜上你家老爺，説金老爺的字是在京師王爺府裏品過價錢的：○黄評：「品」當讀作去聲，俗作上聲讀。○齊評：奇語。○則仙評：畢竟也有價。在當時説「王爺府」以爲至高無上，當非若目今之抬出「東洋外國」來也。小字是一兩一個，大字十兩一個。我這二十二個字，平買平賣，時價值二百二十兩銀子。你若是二百一十九兩九錢，也不必來取對聯。』那小厮回家去説了。方家這畜生賣弄有錢，竟坐了轎子到我下處來，把二百二十兩銀子與我。我把對聯遞與他。他……他〔三〕兩把把對聯〔四〕扯碎了。○齊評：快絶，快絶。我登時大怒，把這銀子打開，一總都摜在街上，給那些挑鹽的、拾糞的去了！○黄評：以爲要臉，不知正是丢臉，且一定無此事。列位，你説這樣小人，豈不可惡！」

正説着，季葦蕭走了出來，笑説道：「你們在這裏講鹽呆子的故事？我近日聽見説，揚州是『六精』。」辛東之道：「是『五精』罷了，那裏『六精』？」季葦蕭道：「是『六精』的狠！我説與你聽！他轎裏是坐的債精，抬轎的是牛精，跟轎的是屁精，看門的是謊精，家裏藏着的是妖精，這是『五精』了。而今時作，這些鹽商頭上戴的是方巾，中間定是一個水晶結子，○黄評：其實是水精頂帽，托之明代，故曰「結子」，然此係八九十年以前事，後來無不藍頂矣。○齊評：從前五品水晶頂覺得尊貴之至，得之良非易也。○天一評：此時則水晶結子不足言矣。○天二評：而今須用雄精。合起來是『六精』。」説罷，一齊笑了。捧上麵來吃。四人吃着，鮑廷璽問道：「我聽見説，鹽務裏這些有錢的，到麵店裏，八分一碗的麵，只呷一口湯，就拿下去賞與轎夫吃。這話可是有的麽？」辛先生道：「怎麽不是，有的！」金先生道：「他那裏當真吃不下？他本是在家裏泡了一碗鍋巴吃了，〇黄評：「泡」當書作「浺」，見《集韵》波教切，漬也。纔到麵店去的。」〇齊評：刻薄語。

當下説着笑話，天色晚了下來，裏面吹打着，引季葦蕭進了洞房。衆人上席吃酒，吃罷各散。鮑廷璽仍舊到鈔關飯店裏住了一夜。次日來賀喜，看新人，看罷出來，坐在廳〔五〕上。鮑廷璽悄悄問季葦蕭道：「姑爺，你前面的姑奶奶不曾聽見怎的，你怎麽又做這件事？」季葦蕭指着對聯與他看道：「你不見『才子佳人信有之』？我們風流人物，〇黄評：自命風流才子，其實是無耻小兒。只要才子佳人會合，一房兩房，何足爲奇！」〇天二評：最可厭最可笑是此等言語，而浮薄人猶津津樂道之，令人欲嘔。鮑廷璽道：「這也罷了，你這些費用是那裏來的？」季葦蕭道：「我一到揚州，荀年伯就送了我一百二十兩銀子，又把我在瓜洲管關税，只怕還要在這裏過幾年，所以又娶一個親。〇黄評：謊也，謊也，謊也。姑老爺，你幾時回南京去？」鮑廷璽道：「姑爺，不瞞你説，我在蘇州去投奔一個親戚投不着，來到這裏，而今並〔六〕没有盤纏回南京。」季葦蕭道：「這個容易，我如今送幾錢銀子與姑老爺做盤費，〇天一評：送姑老爺只幾錢銀子，而於季恬逸止一函空信，寫季葦蕭亦是空心大老官。還要托姑老爺帶一個書子到南京去。」

正說着，只見那辛先生、金先生和一個道士，又有一個人，一齊來吵房。季葦蕭讓了進去，新房裏吵了一會，出來坐下。辛先生指着這兩位向季葦蕭道：「這位道友尊姓來，號霞士，○天二評：出來霞士。也是我們揚州詩人。這位是蕪湖郭鐵筆先生，鐫的圖書最妙。○天一評：借鬧新房，出來、郭兩人。今日也趁着喜事來奉訪。」○黃評：數人俱由揚州到南京，爲大祭用也。來道士用不着，便留作到蕪湖引杜少卿見韋四太爺。季葦蕭問了二位的下處，說道：「即日來答拜。」辛先生和金先生道：「這位令親鮑老爹，前日聽說尊府是南京的，却幾時回南京去？」季葦蕭道：「也就在這一兩日間。」○黃評：爲大祭張本。那兩位先生道：「這等我們不能同行了。我們同在這個俗地方，人不知道敬重，○黃評：只怕雅地方更「不知敬重」。○齊評：只怕他處亦俗。將來也要到南京去。」說了一會話，四人作別去了。鮑廷璽問道：「姑爺，你帶書子到南京與那一位朋友？」季葦蕭道：「他也是我們安慶人，也姓季，叫作季恬逸，○天一評：出季恬逸。和我同姓不宗，前日同我一路出來的。我如今在這裏不得回去，他是沒用的人，○齊評：豈知沒用的人亦有交運之時乎。寄個字叫他回家。」鮑廷璽道：「姑爺，你這字可曾寫下？」季葦蕭道：「不曾寫下。我今晚寫了，姑老爺明日來取這字和盤纏，後日起身去罷。」鮑廷璽應諾去了。當晚季葦蕭寫了字，封下五錢銀子，○天二評：大人情。送姑老爺盤費只五錢銀子，於季恬逸只一函空信，好空心大老官。等鮑廷璽次日來拿。

次日早晨，一個人坐了轎子來拜，傳進帖子，上寫「年家眷同學弟宗姬頓首拜」。季葦蕭迎了出去，見那人方巾闊服，古貌古心。進來坐下，季葦蕭動問：「仙鄉尊字？」那人道：「賤字穆庵，敝處湖廣。一向在京，同謝茂秦先生館於趙王家裏。因返舍走走，在這裏路過，聞知大名，特來進謁。有一個小照行樂，求大筆一題。將來還要帶到南京去，遍請諸名公題詠。」季葦蕭道：「先生大名，如雷灌耳。小弟獻醜，真是弄斧班門了。」説罷，吃了茶，打恭上轎而去。○黄評：也是大祭中人，故於此處先帶出。恰好鮑廷璽走來，取了書子和盤纏，謝了季葦蕭。季葦蕭向他説：「姑老爺到南京，千萬尋到狀元境，勸我那朋友季恬逸回去。南京這地方是可以餓的死人的，○黄評：觀後文，也差不多要餓死了。○齊評：頗有閱歷之言。萬不可久住！」説畢，送了出來。

鮑廷璽拿着這幾錢銀子，搭了船，回到南京。進了家門，把這些苦處告訴太太一遍，又被太太臭罵了一頓。○天一、二評：此罵出於何典？施御史〔七〕又來催他兑房價，他没銀子兑，只得把房子退還施家，這二十兩押議的銀子做了乾罰。○天一、二評：又一嚴貢生。没處存身，太太只得在内橋娘家胡姓借了一間房子，搬進去住着。住了幾日，鮑廷璽拿着書子尋到狀元境，尋着了季恬逸。季恬逸接書看了，請他吃了一壺茶，説道：「有勞鮑老爹。這些話我都知道了。」鮑廷璽別過自去了。

這季恬逸因缺少盤纏，没處尋寓所住，每日裏拿着八個錢買四個吊桶底作兩頓吃，○黄評：「吊桶底」是南京教門賣的，吾鄉亦有油餅耳。晚裏在刻字店一個案板上睡覺。○天二評：樗櫟之材竟同梨棗。這日見了書子，知道季葦蕭不來，越發慌了；又没有盤纏回安慶去，終日吃了餅坐在刻字店裏出神。那一日早上，連餅也没的吃，只見外面走進一個人來，○黄評：餓鬼遇着施食的來了。○天一評：救星到也。頭戴方巾，身穿玄色直裰，走了進來，和他拱一拱手。季恬逸拉他在板凳上坐下。那人道：「先生尊姓？」季恬逸道：「賤姓季。」那人道：「請問先生，這裏可有選文章的名士麽？」○黄評：滿街尋名士，奇。季恬逸道：「多的很！衛體善、隨岑庵、馬純上、蘧駪夫、匡超人，○黄評：借此又聯絡前文。我都認的，還有前日同我在這裏的季葦蕭。這都是大名士〔八〕。你要那一個？」那人道：「不拘那一位。我小弟有二三百銀子，○黄評：「有二三百銀子」何事不可爲，却拿來做假名士，名士又不會做，却滿街尋人相幫。要選一部文章。煩先生替我尋一位來，我同他好合選。」季恬逸道：「你先生尊姓貴處？也説與我，我好去尋人。」那人道：「我複姓諸葛，盱眙縣人。説起來，人也還知道的。先生竟去尋一位來便了。」季恬逸請他坐在那裏，自己走上街來，心裏想道：「這些人雖常來在這裏，却是散在各處，這一會没頭没腦，往那裏去捉？可惜季葦蕭又不在這裏。」又想道：「不必管他，我如今只望着水西門一路大街走，遇着那個就捉了來，○齊評：如請仙一般。且混他些東西吃吃再處。」○黄評：又滿街捉名士。○天一評：可憐，可憐。

主意已定，一直走到水西門口，只見一個人，押着一擔行李進城。他舉眼看時，認得是安慶的蕭金鉉。他喜出望外，道：「好了！」上前一把拉着，○黄評：該應不餓死。説道：「金兄，你幾時來的？」蕭金鉉道：「原來是恬兄，你可同葦蕭在一處？」季恬逸道：「葦蕭久已到揚州去了，我如今在一個地方。你來的恰好，如今有一樁大生意作成你，○黄評：直以爲生意，妙！你却不可忘了我！」○天一評：鄙極。蕭金鉉道：「甚麽大生意？」季恬逸道：「你不要管，你只同着我走，包你有幾天快活日子過！」○黄評：得意極矣，此餓鬼道中名士也。蕭金鉉聽了，同他一齊來到狀元境刻字店。只見那姓諸葛的正在那裏探頭探腦的望，○齊評：鄉下人形景。季恬逸高聲道：「諸葛先生，我替你約了一位大名士來！」那人走了出來，迎進刻字店裏，作了揖，把蕭金鉉的行李寄放在刻字店内。三人同到茶館裏，叙禮坐下，彼此各道姓名。那人道：「小弟複姓諸葛，名佑，字天申。」蕭金鉉道：「小弟姓蕭，名鼎，字金鉉。」季恬逸就把方纔諸葛天申有幾百銀子要選文章的話説了。諸葛天申道：「這選事，小弟自己也略知一二，因到大邦，必要請一位大名下的先生，以附驥尾。今得見蕭先生，如魚之得水了！」蕭金鉉道：「只恐小弟菲材，不堪勝任。」季恬逸道：「兩位都不必謙，彼此久仰，今日一見如故。諸葛先生且做個東，請蕭先生吃個下馬飯，○黄評：吃飯要緊。○齊評：想見老蛔已發急多時了。○天一評：要緊，要緊。○天二評：先是奉陪之人已耐不得了。今日季恬逸未吃吊桶底，遇見諸葛天申後，纔從上元境走出水西門，與蕭金鉉重回來上元境，再到三山街吃飯，虧得蛔蟲壽長，尚未餓死，僥倖，僥倖，僥倖！（天一評無首句；「上元境」作「狀元境」；「蛔蟲」以下作「不餓死也算僥倖」）把這話細細商議。」諸葛天申道：「這話有理，客邊只好假館坐坐。」

當下三人會了茶錢，一同出來，到三山街一個大酒樓上。蕭金鉉首席，季恬逸對坐，諸葛天申主位。堂倌上來問菜，季恬逸點了一賣肘子，一賣板鴨，一賣醉白魚。○黄評：不問主人硬點菜，看定諸葛是鄉下人可欺。先把魚和板鴨拿來吃酒，留着肘子，再做三分銀子湯，帶飯上來。堂倌送上酒來，斟了吃酒。季恬逸道：「先生這件事，我們先要尋一個僻静些的去處，又要寬大些，選定了文章，好把刻字匠叫齊在寓處來看着他刻。」蕭金鉉道：「要僻地方，只有南門外報恩寺裏好，又不吵鬧，房子又寬，房錢又不十分貴。我們而今吃了飯，竟到那裏尋寓所。」當下吃完幾壺酒，堂倌拿上肘子、湯和飯來，○黄評：一一寫出，爲季恬逸也。季恬逸儘力吃了一飽。○黄評：莫要過多，恐五臟神祟。○齊評：可稱樂事。○天一評：幾乎連碗吃下去。下樓會賬，又走到刻字店托他看了行李，三人一路走出了南門。那南門熱鬧轟轟，真是車如游龍，馬如流水。三人擠了半日，纔擠了出來，望着報恩寺，走了進去。季恬逸道：「我們就在這門口尋下處罷。」蕭金鉉道：「不好，還要再向裏面些去，方纔僻静。」

當下又走了許多路，走過老退居，到一個和尚家，敲門進去。小和尚開了門，問做什麽事，説是來尋下處的，小和尚引了進去。當家的老和尚出來見，頭戴玄色緞僧帽，身穿繭綢僧衣，手裏拿着數珠，鋪眉蒙眼的走了出來，○黄評：「鋪眉蒙眼」，寫出一個勢利和尚。打個問訊，請諸位坐下，問了姓名、地方。三人説要尋一個寓所。和尚道：「小房甚多，都是各位現任老爺常來做寓的。○齊評：口氣便不對路。三位施主請自看，聽憑揀那一處。」三人走進裏面，看了三間房子，又出來同和尚坐着，請教每月房錢多少。和尚一口價定要三兩一月。講了半天，一釐也不肯讓。諸葛天申已是出二兩四了，和尚只是不點頭，一會又駡小和尚：「不掃地！明日下〔九〕浮橋施御史老爺來這裏擺酒，○黄評：凡勢利，總在此等處，令人難受。○天一評：施御史回家。看見成什麽模樣！」蕭金鉉見他可厭，向季恬逸説道：「下處〔一〇〕是好，只是買東西遠些。」老和尚呆着臉道：「在小房住的客，若是買辦和厨子是一個人做，就住不的了。須要厨子是一個人，在厨下收拾着；買辦又是一個人，伺候着買東西；纔趕的來。」蕭金鉉笑道：「將來我們在這裏住，豈但買辦厨子是用兩個人，還要牽一頭禿驢與那買東西的人騎着來往，○黄評：罵得好。○齊評：罵得痛快之至。更走的快！」把那和尚罵的白瞪着眼，三人便起身道：「我們且告辭，再來商議罷。」和尚送出來。

又走了二里路，到一個僧官家敲門。僧官迎了出來，一臉都是笑，○天一評：此其所以爲僧官。○天二評：阿彌陀佛！請三位廳上坐，便煨出新鮮茶來，擺上九個茶盤，上好的蜜橙糕、核桃酥奉過來與三位吃。三位講到租寓處的話，僧官笑道：「這個何妨，聽憑三位老爺，喜歡那裏，就請了行李來。」○天二評：善知識。三人請問房錢。僧官説：「這個何必計較？三位老爺來住，請也請不至，隨便見惠些須香資，僧人那裏好争論？」○天二評：此其所以爲僧官，將來還要成佛。蕭金鉉見他出語不俗，便道：「在老師父這裏打攪，每月送銀二金，休嫌輕意。」僧官連忙應承了。當下兩位就坐在僧官家，季恬逸進城去發行李。○天一、二評：季恬逸足力不減禿驢。僧官叫道人打掃房間〔二〕，鋪設床鋪桌椅傢伙，又换了茶來，陪二位談。到晚，行李發了來，僧官告别進去了。蕭金鉉叫諸葛天申先秤出二兩銀子來，用封袋封了，貼了簽子，送與僧官，僧官又出來謝過。三人點起燈來，打點夜消。諸葛天申秤出錢把銀子，托季恬逸出去買酒菜。季恬逸出去了一會，帶着一個走堂的，捧着四壺酒，四個碟子來：一碟香腸，一碟鹽水蝦，一碟水鷄腿，一碟海蜇，擺在桌上。諸葛天申是鄉里人，認不的香腸，説道：「這是什麼東西？好像猪鳥。」○黄評：如此鄉風，二人焉得不吃之、騙之。蕭金鉉道：「你只吃罷了，不要問他。」諸葛天申吃着，説道：「這就是臘肉！」蕭金鉉道：「你又來了！臘肉有個皮長在一轉的？這是猪肚内的小腸！」諸葛天申又不認的海蜇，説道：「這迸脆的是甚麼東西？倒好吃。再買些迸脆的來吃吃。」蕭、季二位又吃了一回，當晚吃完了酒，○天一評：尚未用飯。打點各自歇息。季恬逸没有行李，蕭金鉉匀出一條褥子來，給他在脚頭蓋着睡。

次日清早，僧官走進來説道：「昨日三位老爺駕到，貧僧今日備個腐飯，屈三位坐坐，就在我們這寺裏各處頑頑。」三人説了「不當」。僧官邀請到那邊樓底下坐着，辦出四大盤來吃早飯。○黄評：季恬逸如登天矣。吃過，同三位出來閑步，説道：「我們就到三藏禪林裏頑頑罷。」當下走進三藏禪林，頭一進是極高的大殿，殿上金字匾額：「天下第一祖庭」。一直走過兩間房子，又曲曲折折的階級欄杆，走上一個樓去，只道是没有地方了，僧官又把樓背後開了兩扇門，叫三人進去看，那知還有一片平地，在極高的所在，四處都望着。内中又有參天的大木，幾萬竿竹子，那風吹的到處「颼颼」的響；中間便是唐玄奘法師的衣鉢塔。頑了一會，僧官又邀到家裏，晚上九個盤子吃酒。吃酒中間，僧官説道：「貧僧到了僧官任，還不曾請客。後日家裏擺酒唱戲，請三位老爺看戲，不要出分子。」三位道：「我們一定奉賀。」當夜吃完了酒。

到第三日，僧官家請的客，從應天府尹的衙門人到縣衙門的人，約有五六十。客還未到，厨子、看茶的老早的來了，戲子也發了箱來了。僧官正在二人房裏閑談，忽見道人走來説：「師公，那人又來了！」○天一、二評：讀者試猜下回是何等文章。只因這一番，有分教：平地風波，天女下維摩之室；空堂宴集，鷄群來皎鶴之翔。不知後事如何，且聽下回分解。

【總評】

卧評 八分一碗的麵只〔三〕呷一口湯，便拿與轎夫吃，其實家裏只呷得一碗鍋巴湯，形容商呆子可謂無微不照。揚州樂府云：「東風二月吹黄埃，多子街上飛轎來。」後云：「道旁一老翁，嘖嘖誇而翁，而翁當日好肩背，東門擔水西門賣。」亦是此意。○黄評：引沈君《諧鐸》語，可笑。○天一評：此詩見《諧鐸》。

寫惡禿可惡，真令人髮指。◯黄評：也不至「髮指」，太迂。駡小和尚，明是自抬身價；説買辦，却又奚落三人。後又寫一圓融之僧官，以襯跌之，筆情栩栩欲活。

則仙評 斗方名士、選文名家，當時想有此兩種人物，若今則風流歇絶矣。

【校記】

〔一〕連連，申一、二本作「一連」。

〔二〕住了半年，申一、二本作「住在他家」。

〔三〕他他，抄本作「他」，申一、二本作「看他」。

〔四〕兩把把對聯，申一、二本作「兩手把那對聯」。

〔五〕廳，原作「聽」，蘇本、申一本同。從抄本、申二本改。

〔六〕並，申二本無。

〔七〕施御史，原作「施御朱」，抄本、蘇本、申一本同。從申二本改。

〔八〕士，原缺，抄本、蘇本、申一本同。從申二本補。

〔九〕下，原作「不」，抄本、蘇本同。從申一、二本改。

〔一〇〕「下處」後申一、二本多「好」字。

〔一一〕間，原缺，抄本、蘇本和申一、二本均同。參齊本補。

〔一二〕只，原作「指」，抄本同。從蘇本和申一、二本改。

第二十九回

諸葛佑僧寮遇友　杜慎卿江郡納姬

話説僧官正在蕭金鉉三人房裏閑坐，道人慌忙來報：「那個人又來了。」僧官就別了三位，同道人出去，問道人：「可又是龍三那奴才？」〇天二評：可見來之非一二次矣。道人道：「怎麽不是？他這一回來的把戲更出奇！〇齊評：提筆開出妙文。〇天二評：可見屢變其術。老爺你自去看。」僧官走到樓底下，看茶的正在門口搧着爐子。僧官走進去，只見椅子上坐着一個人，一副烏黑的臉，兩隻黄眼睛珠，一嘴髯子，頭戴一頂紙剪的鳳冠，〇黄評：「髯子」下接着「頭戴……鳳冠」幾個字，真是奇文。身穿藍布女褂，白布單裙，脚底下大脚花鞋，〇天一評：奇極。坐在那裏。兩個轎夫站在天井裏要錢。那人見了僧官，笑容可掬，説道：「老爺，你今日喜事，我所以絶早就來替你當家。〇天二評：大奇，大奇。你且把轎錢替我打發去着。」僧官愁着眉道：「龍老三，你又來做甚麽？這是個甚麽樣子！」慌忙把轎〔一〕錢打發了去，又道：「龍老三，你還不把那些衣服脱了！人看着怪模怪樣！」龍三道：「老爺，你好没良心！你做官到任，除了不打金鳳冠與我戴，不做大紅補服與我穿，我做太太的人，○黄評：一個太太纔了，又是一個太太，愈出愈奇，真令人應接不暇。自己戴了一個紙鳳冠，不怕人笑也罷了，你還叫我去掉了是怎的？」○天一評：大奇，大奇。僧官道：「龍老三，頑是頑，笑是笑。雖則我今日不曾請你，你要上門怪我，也只該好好走來，爲甚麽妝這個樣子？」龍三道：「老爺，你又説錯了。『夫妻無隔宿之仇』，我怪你怎的？」○天一、二評：王太太無此婉娩。僧官道：「我如今自己認不是罷了。是我不曾請你，得罪了你。你好好脱了這些衣服，坐着吃酒，不要妝瘋做痴，惹人家笑話！」○黄評：説不出來的苦，又不敢説硬話，窘狀如見。龍三道：「這果然是我不是。我做太太的人，只該坐在房裏，替你裝圍碟、剥果子，當家料理，○天一、二評：愈出愈奇。讀者雖茫然不解，然而亦猜着兩三分。那有個坐在廳上的？惹的人説你家没内外。」説着，就往房裏走。僧官拉不住，竟走到房裏去了。僧官跟到房裏説道：「龍老三！這喇夥的事，○黄評：「喇夥」即光棍之謂。而今行不得。惹得上面官府知道了，大家都不便！」龍三道：「老爺，你放心。自古道，『清官難斷家務事』。」○齊評：愈説愈妙。僧官急得亂跳。他在房裏坐的安安穩穩的，吩咐小和尚：「叫茶上拿茶來與太太吃。」○天一評：前文寫王太太已令人大笑不止，忽又表出此僧官太太，真非思議所及。

僧官急得走進走出。恰走出房門，遇着蕭金鉉三位走來，僧官攔不住，三人走進房。季恬逸道：「噫！那裏來的這位太太？」那太太站起來説道：「三位老爺請坐。」僧官急得話都説不出來，三個人忍不住的笑。道人飛跑進來説道：「府裏尤太爺到了。」僧官只得出去陪客。那姓尤、姓郭的兩個書辦進來作揖，坐下吃茶，聽見隔壁房裏有人説話，就要走進去，僧官又攔不住。○黄評：急殺急殺。二人走進房，見了這個人，嚇了一跳道：「這是怎的！」止不住就要笑。當下四五個人一齊笑起來。僧官急得没法，説道：「諸位太爺，他是個喇子，他屢次來騙我。」尤書辦笑道：「他姓甚麼？」僧官道：「他叫作龍老三。」郭書辦道：「龍老三，今日是僧官老爺的喜事，你怎麼到這裏胡鬧？快些把這衣服都脱了，到别處去！」龍三道：「太爺，這是我們私情事，不要你管。」尤書辦道：「這又胡説了！你不過是想騙他，也不是這個騙法！」○黄評：正是這個騙法。蕭金鉉道：「我們大家拿出幾錢銀子來捨了這畜生去罷！免得在這裏鬧的不成模樣。」那龍三那裏肯去。

大家正講着，道人又走進來説道：「司裏董太爺同一位金太爺已經進來了。」説着，董書辦同金東崖走進房來。東崖認得龍三，一見就問道：「你這狗頭，在京裏拐了我幾十兩銀子走了，○天一、二評：不知怎樣拐的。怎麼今日又在這裏妝這個模樣！分明是騙人，其實可惡！」叫跟的小子：「把他的鳳冠抓掉了，衣服扯掉了，趕了出去！」龍三見是金東崖，方纔慌了，自己去了鳳冠，脱了衣服，〇天二評：僧官太太還俗了。說道：「小的在這裏伺候。」金東崖道：「那個要你伺候！你不過是騙這裏老爺，改日我勸他賞你些銀子，作個小本錢，倒可以。你若是這樣胡鬧，我即刻送到縣裏處你！」龍三見了這一番，纔不敢鬧，謝了金東崖，出去了。〇天二評：龍三去後，自應稍叙來歷，恐是作者嫌蕪穢筆墨故略之，或當時諸人聰明如讀者意會，不復瑣問邪。僧官纔把衆位拉到樓底下，從新作揖奉坐，向金東崖謝了又謝。

看茶的捧上茶來吃了。郭書辦道：「金太爺一向在府上，幾時到江南來的？」金東崖道：「我因近來賠累的事不成話説，所以决意返舍。到家，小兒僥倖進了一個學，不想反惹上一場是非。雖然『真的假不得』，却也丢了幾兩銀子。〇天一、二評：暗繳上文。在家無聊，因運司荀老先生是京師舊交，〇黄評：又挽荀玫，恰是京師丁憂時認識的，又借了荀玫。特到揚州來望他一望，承他情薦在匣〔二〕上，送了幾百兩銀子。」董書辦道：「金太爺，你可知道荀大人的事？」〇天二評：與匡二聞景蘭江言潘三被拿一樣筆法。金東崖道：「不知道。荀大人怎的？」董書辦道：「荀大人因貪贓拿問了。〇黄評：可見你説謊。了荀玫。〇天一評：了荀玫。就是這三四日的事。」金東崖道：「原來如此。可見

『旦夕禍福』！」○齊評：天下事都是料不出的。郭書辦道：「尊寓而今在那裏？」董書辦道：「太爺已是買了房子，在利涉橋河房。」○黃評：伏後文。衆人道：「改日再來拜訪。」金東崖又問了三位先生姓名，三位俱各説了。金東崖道：「都是名下先生。小弟也注有些經書，容日請教。」

當下陸陸續續到了幾十位客，落後來了三個戴方巾的和一個道士，走了進來，衆人都不認得。內中一個戴方巾的道：「那位是季恬逸先生？」季恬逸道：「小弟便是。先生有何事見教？」那人袖子裏拿出一封書子來，説道：「季葦兄多致意。」季恬逸接着，拆開同蕭金鉉、諸葛天申看了，纔曉得是辛東之、金寓劉、郭鐵筆、來霞士，○黃評：前文曾説要到南京。便道：「請坐。」四人見這裏有事，就要告辭。僧官拉着他道：「四位遠來，請也請不至，便桌坐坐。」斷然不放了去，四人只得坐下。金東崖就問起荀大人的事來：「可是真的？」郭鐵筆道：「是我們下船那日拿問的。」○天二評：了荀玫。當下唱戲，吃酒。吃到天色將晚，辛東之同金寓劉趕進城，○黃評：諸人皆爲後文祭泰伯祠而設。在東花園庵裏歇去。這坐客都散了，郭鐵筆同來道士在諸葛天申下處住了一夜。次日，來道士到神樂觀尋他的師兄去了，○黃評：神樂觀亦伏筆。郭鐵筆在報恩寺門口租了一間房，開圖書店。

季恬逸這三個人在寺門口聚升樓起了一個經摺，每日賒米買菜和酒吃，一日要吃四五錢銀子。文章已經選定，叫了七八個刻字匠來刻，又賒了百十桶紙來，準備刷印。到四五個月後，諸葛天申那二百多兩〔三〕銀子所剩也有限了，每日仍舊在店裏賒着吃。那日，季恬逸和蕭金鉉在寺裏閑走，季恬逸道：「諸葛先生的錢也有限了，倒欠下這些債，將來這個書不知行與不行，○黃評：恐怕又要挨餓。這事怎處？」蕭金鉉道：「這原是他情願的事，又没有那個强他。○黃評：也要你兩個少吃些。他用完了銀子，他自然家去再討，管他怎的？」○齊評：袖手旁觀人自是如此，同在局中未免太冷。正説着，諸葛天申也走來了，兩人不言語了。

三個同步了一會，一齊回寓，却迎着一乘轎子，○黃評：從三人遞到杜慎卿。兩擔行李。三個人跟着進寺裏來。那轎揭開簾子，轎裏坐着一個戴方巾的少年，諸葛天申依稀有些認得。那轎來的快，如飛的就過去了。諸葛天申道：「這轎子裏的人，我有些認得他。」因趕上幾步，扯着他跟的人，問道：「你們是那裏來的？」那人道：「是天長杜十七老爺。」諸葛天申回來，同兩人睃着那轎和行李一直進到老退居隔壁那和尚家去了。諸葛天申向兩人道：「方纔這進去的是天長杜宗伯的令孫。我認得他，是我們那邊的名士，不知他來做甚麼？我明日去會他。」

次日，諸葛天申去拜，那裏回不在家。一直到三日，纔見那杜公孫來回拜。三人迎了出去。那正是春暮夏初，天氣漸暖，杜公孫穿着是鶯背色的夾紗直裰，手摇詩扇，脚踏絲履，走了進來。三人近前一看，面如傅粉，眼若點漆，温恭爾〔四〕雅，飄然有神仙之概。○黄評：對三人自是「神仙」。○則仙評：不啻神仙中人。這人是有子建之才，潘安之貌，江南數一數二的才子。○天二評：叙事中忽下贊語，前所未有。進來與三人相見，作揖讓坐。杜公孫問了兩位的姓名、籍貫，自己又説道：○黄評：又自道姓名，文章忌犯復也。「小弟賤名倩，賤字慎卿。」説過，又向諸葛天申道：「天申兄，還是去年考較時相會，又早半載有餘了。」諸葛天申向二位道：「去歲申學臺在敝府合考二十七州縣詩賦，是杜十七先生的首卷。」杜慎卿〔五〕笑道：「這是一時應酬之作，何足挂齒！况且那日小弟小恙，進場以藥物自隨，草草塞責而已。」○天一評：做作。○天二評：張致。意謂略不經意已是二十七州縣詩賦首卷了也。蕭金鉉道：「先生尊府，江南王謝風流，各郡無不欽仰。先生大才，又是尊府『白眉』，今日幸會，一切要求指教。」杜慎卿道：「各位先生一時名宿，小弟正要請教，何得如此倒説！」當下坐着，吃了一杯茶，一同進到房裏。見滿桌堆着都是選的刻本文章，○黄評：臭不可耐，「神仙」能耐否？紅筆對的樣，花藜胡哨的，杜慎卿看了，放在一邊。忽然翻出一首詩來，便是蕭金鉉前日在烏龍潭春游之作，杜慎卿看了，點一點頭道：「詩句是清新的。」〇天一、二評：一見便加評騭，是公子脾氣。便問道：「這是蕭先生大筆？」蕭金鉉道：「是小弟拙作，要求先生指教〔六〕。」杜慎卿道：「如不見怪，小弟也有一句盲〔七〕瞽之言。詩以氣體爲主，〇天一評：着。如尊作這兩句：『桃花何苦紅如此？楊柳忽然青可憐。』〇黄評：全書寫斗方名士不寫詩句，僅此兩言便令人噴飯。豈非加意做出來的？但上一句詩，只要添一個字，『問桃花〔八〕何苦紅如此』，便是《賀新涼》中間一句好詞〔九〕，如今先生把他做了詩，下面又强對了一句，便覺索然了。」〇齊評：絶妙談吐，此真深於詩詞者，彼斗方諸公何足以知之！〇天一評：着。幾句話把蕭金鉉説的透身冰冷。季恬逸道：「先生如此談詩，若與我家葦蕭相見，一定相合。」〇黄評：借看詩帶出季葦蕭，無迹。杜慎卿道：「葦蕭是同宗麽？我也曾見過他的詩，才情是有些的。」〇天一、二評：亦未深許。坐了一會，杜慎卿辭别了去。

次日，杜慎卿寫個説帖〔一〇〕來道：「小寓牡丹盛開，薄治杯茗，屈三兄到寓一談。」三人忙換了衣裳，到那裏去。只見寓處先坐着一個人，三人進來，同那人作揖讓坐。杜慎卿道：「這位鮑朋友是我們自己人，他不僭諸位先生的坐。」季恬逸方纔想起是前日帶信來的鮑老爹，因向二位先生道：「這位老爹就是葦蕭的姑岳。」因問：「老爹在這裏爲甚麽？」鮑廷璽大笑道：「季相公，你原來不曉得，我是杜府太老爺累代的門下，○天一評：身份聲口却全不像文卿了。我父子兩個受太老爺多少恩惠，如今十七老爺到了，我怎敢不來問安？」杜慎卿道：「不必説這閑話，且叫人拿上酒來。」

當下鮑廷璽同小子抬桌子。杜慎卿道：「我今日把這些俗品都捐了，只是江南鰣魚〔一〕、櫻、筍，下酒之物，○黄評：三人曉得鰣魚、櫻、筍爲何物？只知吃「猪鳥」。與先生們揮麈清談〔二〕。」○天一評：妙人，妙人。可惜那三個是俗品，無可清談。○天二評：妙人，可惜那三個俗物無可談。然則王太太倒有名士風味。當下擺上來，果然是清清疏疏的幾個盤子。買的是永寧坊上好的橘酒，斟上酒來。杜慎卿極大的酒量，不甚吃菜，當下舉箸讓衆人吃菜，他只揀了幾片筍和幾個櫻桃下酒。○黄評：寫清品便是清品。○天一評：矜貴。○則仙評：慎卿的是可兒，令人神往。傳杯換盞，吃到午後，杜慎卿叫取點心來，便是猪油餃餌，鴨子肉包的燒賣，鵝油酥，軟香糕，每樣一盤拿上來。衆人吃了。又是雨水煨的六安毛尖茶，每人一碗。杜慎卿自己只吃了一片軟香糕和一碗茶，便叫收下去了，再斟上酒來。蕭金鉉道：「今〔三〕日對名花，聚良朋，不可無詩。我們即席分韵，何如？」○黄評：仍要作詩，可謂無耻。杜慎卿笑道：「先生，這是而今詩社裏的故套，小弟看來，覺得雅的這樣俗，○黄評：五字趣語，今之所謂「雅集」皆然也。○齊評：掃去斗方名士習氣，慎卿的是妙人。○天二評：掃去西湖上許多惡習。（天一評「去」作「盡」；「惡習」作「詩友」）還是清談爲妙。」説着，把眼看了鮑廷璽一眼。鮑廷璽笑道：「還是門下效勞。」便走進房去，拿出一隻笛子來，去了錦套，坐在席上，嗚嗚咽咽，將笛子吹着；一個小小子走到鮑廷璽身邊站着，拍着手，唱李太白《清平調》。○黄評：是公子，是頑（玩）家，諸人何知焉。真乃穿雲裂石之聲，引商刻羽之奏。○天一、二評：妙人，妙人。三人停杯細聽。杜慎卿又自飲了幾杯。吃到月上時分，照耀得牡丹〔四〕花色越發精神，又有一樹大綉球，好像一堆白雪。三個人不覺的手舞足蹈起來，○黄評：解得藥否，《石頭記》中所謂百獸率舞耳。○天一、二評：比二婁、蘧公孫在楊執中家如何？杜慎卿也頽然醉了。只見老和尚慢慢走進來，手裏拿着一個錦盒子，打開來，裏面拿出一串祁門小炮熗，○黄評：「爆仗」二字有出典，「仗」不當書作「熗」。口裏説道：「貧僧來替老爺醒酒。」○天一評：何處得此雅僧。○天二評：何處得此雅僧，斷非前日所見鋪眉蒙眼的那一個。就在席上點着，熚熚烞烞響起來。杜慎卿坐在椅子上大笑。和尚去了，那硝黄的烟氣還繚繞酒席左右。○黄評：是報恩寺和尚，慣能凑趣。三人也醉了，站起來，把脚不住，告辭要去。杜慎卿笑道：「小弟醉了，恕不能奉送。鮑師父，你替我送三位老爺出去，○天一、二評：目空一世。你回來在我這裏住。」○黄評：狂態露矣。鮑廷璽拿着燭臺，送了三位出來，關門進去。

三人回到下處，恍惚如在夢中。次日，賣紙的客人來要錢，這裏没有，吵鬧了一回。隨即就是聚升樓來討酒賬，諸葛天申稱了兩把銀子給他收着再算。三人商議要回杜慎卿的席，算計寓處不能備辦，只得拉他到〔一五〕聚升樓坐坐。又過了一兩日，天氣甚好，三人在寓處吃了早點心，走到杜慎卿那裏去。走進門，只見一個大脚婆娘，同他家一個大小子坐在一個板凳上説話。那小子見是三位，便站起來。季恬逸拉着他問道：「這是甚麽人？」那小子道：「做媒的沈大脚。」季恬逸道：「他來做甚麽？」那小子道：「有些别的事。」三人心裏就明白，想是要他娶小，就不再問。走進去，只見杜慎卿正在廊下閑步，○黄評：無聊已極，不然何以請諸葛三人吃酒。見三人來，請進坐下，小小子拿茶來吃了。諸葛天申道：「今日天氣甚好，我們來約先生寺外頑頑。」杜慎卿帶着這小小子，同三人步出來，被他三人拉到聚升樓酒館裏。杜慎卿不能推辭，只得坐下。季恬逸見他不吃大葷，點了一賣板鴨、一賣魚、一賣猪肚、一賣雜膾，○天二評：王太太見着又要罵不見世面的貨了。（天一評「見着」作「得知」）拿上酒來。吃了兩杯酒，衆人奉他吃菜，杜慎卿勉强吃了一塊板鴨，登時就嘔吐起來。○黄評：雖非做身份，然何以處世。○天二評：慎卿此番落難。○則仙評：今日小杜幾中俗毒。衆人不好意思。因天氣尚早，不大用酒，搬上飯來。杜慎卿拿茶來泡了一碗飯，吃了一會，還吃不完，遞與那小小子拿下去吃了。當下三人把那酒和飯都吃完了，○黄評：吃一塊板鴨便嘔吐，三人却「吃完了」，人有異乎？菜有異乎？下樓會賬。

蕭金鉉道：「慎卿兄，我們還到雨花臺崗兒上走走。」杜慎卿道：「這最有趣。」一同步上崗子，在各廟宇裏，見方、景諸公的祠，甚是巍峨。又走到山頂上，望着城内萬家烟火，那長江如一條白練，琉璃塔金碧[一六]輝煌，照人眼目。杜慎卿到了亭子跟前，太陽地裏看見自己的影子，徘徊了大半日。○黄評：慣做顧影自憐。○齊評：真有顧影自憐、風流獨賞之致。○天一、二評：所謂顧影自憐。大家藉草就坐在地下。諸葛天申見遠遠的一座小碑，跑去看，看了回來坐下説道：「那碑上刻的是『夷十族處』。」杜慎卿道：「列位先生，這『夷十族』的話是没有的。漢法最重，『夷三族』是父黨、母黨、妻黨。這方正學所説的九族，乃是高、曾、祖、考、子、孫、曾、元，○黄評：此竹垞翁之論。只是一族，母黨、妻黨還不曾及，那裏誅的到門生上？況且永樂皇帝也不如此慘毒。本朝若不是永樂振作一番，○黄評：與二婁見解相反。信着建文軟弱，久已弄成個齊梁世界了！」○齊評：正與二婁議論相反。○天一、二評：未嘗不是。蕭金鉉道：「先生，據你説，方先生何如？」杜慎卿道：「方先生迂而無當。天下多少大事，講那皋門、雉門怎麽？○黄評：何人不知，然何忍出諸口。這人朝服斬於市，不爲冤枉的。」○天一評：此則太過了。坐了半日，日色已經西斜，只見兩個挑糞桶的，挑了兩擔空桶，歇在山上。這一個拍那一個肩頭道：「兄弟，今日的貨已經賣完了，我和你到永寧泉吃一壺水，回來再到雨花臺看看落照。」杜慎卿笑道：「真乃菜傭酒保都有六朝烟水氣，○黄評：東坡詩云「傭奴販婦皆冰玉」，實有此景。○天二評：却自有天趣。彼三人恐未必解此。○則仙評：説的是。一點也不差！」當下下了崗子回來。

進了寺門，諸葛天申道：「且到我們下處坐坐。」杜慎卿道：「也好。」一同來到下處。纔進了門，只見季葦蕭坐在裏面。季恬逸一見了，歡喜道：「葦兄，你來了！」○黄評：他没有飯賑濟孤魂。季葦蕭道：「恬逸兄，我在刻字店裏找問，知道你搬在這裏。」便問：「此三位先生尊姓？」季恬逸道：「此位是盱眙〔一七〕諸葛天申先生。此位就是我們同鄉蕭金鉉先生，你難道不認得？」季葦蕭道：「先生是住在北門的？」蕭金鉉道：「正是。」季葦蕭道：「此位先生？」季恬逸道：「這位先生，説出來你更歡喜哩！○齊評：摇曳而出之。他是天長杜宗伯公公孫杜十七先生諱倩字慎卿的，你可知道他麽？」季葦蕭驚道：「就是去歲宗師考取貴府二十七州縣的詩賦首卷杜先生？○黄評：實是乖人。○齊評：長句寫出久慕之神。○天二評：季葦蕭之知慎卿，亦不過因其考試而知之。小弟渴想久了，今日纔得見面！」倒身拜下去。杜慎卿陪他磕了頭起來。衆位多見過了禮。正待坐下，只聽得一個人笑着吆喝〔一八〕了進來，説道：「各位老爺，今日吃酒過夜！」○天一評：全不似文卿。○天二評：廷璽身份聲口全不似文卿了，竟似妓家幫忙及豪門拉馬聲口。季葦蕭舉眼一看，原來就是他姑丈人，忙問道：「姑老爺，你怎麼也來在這裏？」鮑廷璽道：「這是我家十七老爺，我是他門下人，怎麼不來？姑爺，你原來也是好相與？」蕭金鉉道：「真是『眼前一笑皆知己，不是區區陌路人』。」一齊坐下。季葦蕭道：「小弟雖年少，浪游江湖，閱人多矣，從不曾見先生珠輝玉映，真乃天上仙班。今對着先生，小弟亦是神仙中人了。」○黄評：却不説自慚形穢。自命亦不凡。○齊評：筆墨淋漓。杜慎卿道：「小弟得會先生，也如成連先生刺船海上，令我移情。」只因這一番，有分教：風流高會，江南又見奇踪；卓犖英姿〔一九〕，海内都傳雅韵。不知後事如何，且聽下回分解。

【總評】

卧評　以小杜之風流，形三人之齷齪。酒樓再會，慎卿〔二〇〕之自命何如？乃季恬逸開口，猶云「杜宗伯公公孫」，其心口中只有此二字也。慎卿連日對此等人，可謂不得意之極，得季葦蕭數語，不禁爲之色舞。○天二評：然而季葦蕭胸中亦只有「二十七州縣詩賦首卷」九字也。

寫雨花臺，正是寫杜慎卿。爾許風光，必不從腐頭巾胸中〔一三〕流出。慎卿生平一段僻性，已從方正學一段議論中露出圭角。

【校記】

〔一〕轎，原作「橋」，抄本同。從蘇本和申一、二本改。此二字屢混用，以下徑改不記。

〔二〕匣，申一、二本作「閘」。

〔三〕多兩，原作「兩多」，抄本、蘇本同。從申一、二本改。

〔四〕爾，原作「而」，抄本、蘇本和申一、二本均同。參齊本改。

〔五〕杜慎卿，原作「杜申卿」，抄本、蘇本同。從前後文和申一、二本改。

〔六〕指教，原作「直教」，抄本、蘇本、申一本同。從申二本改。

〔七〕盲，原作「忙」，抄本、蘇本、申一本同。申二本作「狂」。參齊本改。

〔八〕花，原缺，抄本、蘇本同。從申一、二本補。

〔九〕詞，原作「詾」，抄本、蘇本同。從申一、二本改。

〔一〇〕説帖，申二本作「請帖」。

〔一一〕鰣魚，原作「時魚」，抄本、蘇本和申一、二本均同。

〔一二〕揮麈清談，原作「揮麈請談」，蘇本、申一本同。從抄本、申二本改。

〔一三〕今，原作「金」，抄本、蘇本同。從申一、二本改。

〔一四〕牡丹，原作「牧丹」，抄本同。從蘇本和申一、二本改。

〔一五〕他到，原作「到他」，抄本、蘇本和申一、二本均同。參齊本改。

〔一六〕金碧，原作「金璧」，抄本、蘇本同。從申一、二本改。

〔一七〕盱眙，原作「盱貽」，抄本、蘇本同。申一本作「盱眙」。從申二本改。

〔一八〕吆喝，原作「麼喝」，抄本、蘇本同。從申一、二本改。

〔一九〕英姿，原作「英婆」，蘇本、申一本同。從抄本和申二本改。

〔二〇〕卿，原缺，蘇本同。從抄本和申一、二本補。

〔二一〕中，原缺，抄本、蘇本同。從申一、二本補。

第三十回

愛少俊訪友神樂觀　逞風流高會莫愁湖

話説杜慎卿同季葦蕭相交起來，極其投合。○天一評：見慎卿是有心的人，與少卿相反。當晚季葦蕭因在城裏承恩寺作寓，看天黑，趕進城去了。○天二評：葦蕭亦俗物耳，然狡黠靈動勝於諸人，慎卿入其彀中。鮑廷璽跟着杜慎卿回寓，杜慎卿買酒與他吃，就問他：「這季葦兄爲人何如？」鮑廷璽悉把他小時在向太爺手裏考案首，後來就娶了向太爺家王總管的孫女，便是小的内侄女兒，今年又是鹽運司荀大老爺照顧了他幾百銀子，他又在揚州尤家招了女婿，從頭至尾，説了一遍。杜慎卿聽了，笑了一笑，記在肚裏，○天二評：慎卿是有深心者，與少卿不同。就留他在寓處歇。夜裏又告訴向太爺待他家這一番恩情，杜慎卿不勝嘆息；又説到他娶了王太太的這些疙瘩事，杜慎卿大笑了一番。歇過了一夜。

次早，季葦蕭同着王府裏那一位宗先生來拜。進來作揖坐下，宗先生説起在京師趙王府裏同王、李七子唱和。杜慎卿道：「鳳洲、于鱗，都是敝世叔。」又説到宗子相，杜慎卿道：「宗考功便是先君的同年。」那宗先生便説同宗考功是一家，還是弟兄輩。○天二評：亦或有之，然輕重不在此。杜慎卿不答應。小厮捧出茶來吃了，宗先生别了去，留季葦蕭在寓處談談。杜慎卿道：「葦兄，小弟最厭的人，開口就是紗帽。○齊評：實在可厭之至。方纔這一位宗先生，説到敝年伯，他便説同他是弟兄，只怕而今敝年伯也不要這一個潦倒的兄弟！」○黄評：如果是兄弟却不能不要，特恐冒認耳。○天二評：兄弟亦不論潦倒不潦倒。説着，就捧上飯來。

正待吃飯，小厮來禀道：「沈媒婆在外回老爺話。」慎卿道：「你叫他進來何妨！」小厮出去領了沈大脚進來。杜慎卿叫端一張凳子與他在底下坐着。沈大脚問：「這位老爺？」杜慎卿道：「這是安慶季老爺。」因問道：「我托你的怎樣了？」沈大脚道：「正是。十七老爺把這件事托了我，我把一個南京城走了大半個，○天一、二評：然則還有小半個未走到。○則仙評：南京大半城，談何容易，此「大脚」之力也。近有所謂「天足會」者，倘亦未可厚非歟？因老爺人物生得太齊整了，○黄評：此語便令此君入耳。料想那將就些的姑娘配不上，不敢來説。○齊評：真是會説，語語中窾。如今虧我留神打聽，○黄評：自云「虧我」，先居功也。打聽得這位姑娘，在花牌樓住，家裏開着機房，○黄評：「機房」自南京。

姓王。姑娘十二分的人才還多着半分。○黃評：若云二十四分便不妙。○天二評：何妨湊齊十三分。（天一評「湊齊」作「竟説」）今年十七歲。不要説姑娘標緻〔二〕，這姑娘有個兄弟，○黃評：又投機。小他一歲，若是妝扮起來，淮清橋有十班的小旦，也没有一個賽的過他！○黃評：一張塗屎臭口能描抹粉香娃。也會唱支把曲子，也會串個戲。這姑娘再没有説的，就請老爺去看。」杜慎卿道：「既然如此，也罷，你叫他收拾，我明日去看。」○黃評：不由他不去看。沈大脚應諾去了。季葦蕭道：「恭喜納寵。」杜慎卿愁着眉道：「先生，這也爲嗣續大計，無可奈何；不然，我做這樣事怎的？」季葦蕭道：「才子佳人，正宜及時行樂，○天二評：開口便是才子佳人，彼以爲雅，我厭其俗。（天一評「厭其俗」作「以爲俗也」）先生怎反如此説？」杜慎卿道：「葦兄，這話可謂不知我了。我太祖高皇帝云：○黃評：煌煌聖諭。『我若不是婦人生，天下婦人都殺盡！』婦人那有一個好的？小弟性情，是和婦人隔着三間屋就聞見他的臭氣。」○齊評：然則你又要納寵做甚麽？寫出杜慎卿一片假氣。○天一、二評：《南史》：梁・蕭謍惡見婦人，相去數步遥聞其臭。慎卿乃又過之。○平步青評：用《南史》蕭謍事。

季葦蕭又要問，只見小廝手裏拿着一個帖子，走了進來，説道：「外面有個姓郭的蕪湖人來拜。」○黃評：郭鐵筆到南京，爲祭泰伯祠用也，亦須略加描寫。杜慎卿道：「我那裏認得這個姓郭的？」季葦蕭接過帖子來看了道：「這就是寺門口圖書店的郭鐵筆，想他是刻了兩方圖書來拜，先生叫他進來坐坐。」杜慎卿叫大小厮請他進來。郭鐵筆走進來作揖，道了許多仰慕的話，説道：「尊府是一門三鼎甲，四代六尚書，○則仙評：絶妙一副杜氏宗祠門聯。門生故吏，天下都散滿了。督、撫、司、道，在外頭做，不計其數。管家們出去，做的是九品雜職官。○黄評：鐵筆之外，只奉承是本事。然也自居名士，想別無他能。季先生，我們自小聽見説的：天長杜府老太太生這位太老爺，是天下第一個才子，轉眼就是一個狀元。」○齊評：法聰口角，何地無之。○天一評：口吻宛然。説罷，袖子裏拿出一個錦盒子，裏面盛着兩方圖書，上寫着「臺印」，雙手遞將過來，杜慎卿接了，又説了些閑話，起身送了出去。杜慎卿回來，向季葦蕭道：「他一見我，偏生有這些惡談，却虧他訪得的確。」季葦蕭道：「尊府之事，何人不知？」

當下收拾酒，留季葦蕭坐。擺上酒來，兩人談心。季葦蕭道：「先生生平有山水之好麽？」○齊評：慢慢引入，最是清談妙趣。○天二評：以言餂之。杜慎卿道：「小弟〔二〕無濟勝之具，就登山臨水，也是勉强。」季葦蕭道：「絲竹之好有的？」杜慎卿道：「偶一聽之可也；聽久了，也覺嘈嘈雜雜，聒耳得緊。」又吃了幾杯酒，杜慎卿微醉上來，不覺長嘆了一口氣道：「葦兄，自古及今，人都打不破的是個『情』字！」季葦蕭道：「人情無過男女，方纔吾兄説非是所好。」杜愼卿笑道：「長兄，難道人情只有男女麽？朋友之情，更勝於男女！○黄評：京師所謂「小朋友」耳。○天一、二評：魔頭到了。你不看别的，只説鄂君繡被的故事。據小弟看來，千古只有一個漢哀帝要禪天下與董賢，這個獨得情之正；○黄評：聞所未聞，一迷至此。○齊評：獨創奇論。○天一評：其癖至此。○天二評：怪癖極矣。○則仙評：「正」字當易「摯」字，是作者疏忽處。便堯舜揖讓，也不過如此，可惜無人能解。」季葦蕭道：「是了，吾兄生平可曾遇着一個知心情人麽？」○黄評：是了，已知其入迷也。○天二評：以言餂之。杜愼卿道：「假使天下有這樣一個人，又與我同生同死，小弟也不得這樣多愁善病！○齊評：此是愼卿肺腑實話，非比一切假氣也。只爲緣慳分淺，遇不着一個知己，所以對月傷懷，臨風灑淚！」季葦蕭道：「要這一個，還當梨園中求之。」杜愼卿道：「葦兄，你這話更外行了。比如要在梨園中求，便是愛女色的要於青樓中求一個情種，豈不大錯？這事要相遇於心腹之間，相感於形骸之外，○則仙評：此言是也，閱者須斷章取義。方是天下第一等人。」○黄評：又欲效鴛鴦冢故事耳。又拍膝嗟嘆道：「天下終無此一人，老天就肯辜負我杜愼卿萬斛愁腸，一身俠骨！」○黄評：骨未必俠。○齊評：所以顧影自憐也。○則仙評：以此自負，可憐正復可笑。説着，掉下淚來。季葦蕭暗道：「他已經着了魔了，待我且耍他一耍。」○黄評：乖人。○天二評：「暗道」以下十四字太拙，擬易云：季葦蕭沈吟了一回笑道云云，含蓄下文，似勝原本。因説道：「先生，你也不要説天下没有這個人。小弟曾遇見一個少年，○則仙評：「少年」二字尚須斟酌。不是梨園，也不是我輩，是一個黄冠。○天一評：賊。這人生得飄逸風流，確又是個男美，○黄評：南京道士無異優伶故也。不是像個婦人。○齊評：葦蕭妙人妙語。○天一、二評：賊。我最惱人稱贊美男子，動不動説像個女人，這最可笑。如果要像女人，不如去看女人了。天下原另有一種男美，○黄評：乖極，聰明極。只是人不知道。」○天一、二評：賊。杜慎卿拍着案道：「只一句話該圈了！○天二評：上鈎。你且説這人怎的？」季葦蕭道：「他如此妙品，有多少人想物色他的，他却輕易不肯同人一笑，却又愛才的緊。小弟因多了幾歲年紀，在他面前自覺形穢，所以不敢痴心想着相與他。長兄，你會會這個人，看是如何？」杜慎卿道：「你幾時去同他來？」季葦蕭道：「我若叫得他來，又不作爲奇了。○齊評：越説越像。○天二評：賊。須是長兄自己去訪着他。」○黄評：妙。杜慎卿道：「他住在那裏？」季葦蕭道：「他在神樂觀。」○黄評：即今之朝天宫也。杜慎卿道：「他姓甚麽？」季葦蕭道：「姓名此時還説不得，○則仙評：狗頭着實可惡。若泄漏了機關〔三〕，傳的他知道，躲開了，你還是會不着。如今我把他的姓名寫了，包在一個紙包子裏，外面封好，交與你，你到了神樂觀門口，纔許拆開來看，看過就進去找，一找就找着的。」杜慎卿笑道：「這也罷了。」當下季葦蕭走進房裏，把房門關上了，寫了半日，封得結結實實，封面上草個「敕令」二字，〇黄評：「敕令」二字亦合道士家數。〇則仙評：「敕令」二字妙不可言。拿出來遞與他，説道：「我且別過罷。俟明日會過〔四〕了妙人，我再來賀你。」説罷去了。杜慎卿送了回來，向大小厮道：「你明日早去回一聲沈大脚，明日不得閑到花牌樓去看那家女兒，要到後日纔去。明早叫轎夫，我要到神樂觀去看朋友。」〇黄評：雌風不敵雄風矣。吩咐已畢，當晚無事。

次早起來，洗臉，擦肥皂，換了一套新衣服，遍身多熏了香，〇黄評：亦可醜也。〇天二評：可笑。〇則仙評：慎卿之不及少卿處，於此略見一斑。蓋做作多而天趣少也。比如小家女子有許多描頭畫角之態。若少卿，則大□家數，舉足直出，初無修飾也。將季葦蕭寫的紙包子放在袖裏，坐轎子一直來到神樂觀，將轎子落在門口。自己步進山門，袖裏取出〔五〕紙包來，拆開一看，上寫道：

至北廊盡頭一家桂花道院，問揚州新來道友來霞士便是。〇黄評：此時閲者已知其戲，然不觀後文尚不知噴飯。〇天二評：讀者已笑不可抑，而杜慎卿尚未知。（天一評「笑不可抑」作「要發笑」）

杜慎卿叫轎夫伺候着，自己曲曲折折走到裏面，聽得裏面一派鼓樂之聲，就在前面一個斗姆閣。那閣門大開，裏面三間敞廳：中間坐着一個看陵的太監，穿着蟒袍；左邊一路板凳上坐着十幾個〔六〕唱生旦的戲子；右邊一路板凳上坐着七八個少年的小道士，正在那裏吹唱取樂。杜慎卿心裏疑惑：「莫不是來霞士也在這裏面？」○齊評：入情入景。因把小道士一個個的都看過來，不見一個出色的。又回頭來看看這些戲子，也平常，又自心裏想道：「來霞士他既是自己愛惜，他斷不肯同了這般人在此，我還到桂花院裏去問。」

來到桂花道院，敲開了門，道人請在樓下坐着。杜慎卿道：「我是來拜揚州新到來老爺的。」道人道：「來爺在樓上。老爺請坐，我去請他下來。」○天二評：此時不知慎卿心上如何樂。道人去了一會，只見樓上走下一個肥胖的道士來，○黃評：「肥胖」二字已足解頤。頭戴道冠，身穿沉香色直裰，一副油晃晃的黑臉，兩道重眉，一個大鼻子，滿腮鬍鬚，○黃評：此數語，閱者已不禁大笑，再閱至後文，一「哦」字，更當笑不可抑。約有五十多歲的光景。○天一評：直到慎卿眼中寫出來霞士形容，一時情景真堪絶倒。○天二評：來霞士身形留在杜慎卿眼中看出以作一笑。那道士下來作揖奉坐，請問：「老爺尊姓貴處？」杜慎卿道：「敝處天長，賤姓杜。」那道士道：「我們桃源旗領的天長杜府的本錢，就是老爺尊府？」杜慎卿道：「便是。」道士滿臉堆下笑來，連忙足恭道：「小道不知老爺到省，就該先來拜謁，如何反勞老爺降臨？」忙叫道人快煨新鮮茶來，捧出果碟來。杜慎卿心裏想：「這自然是來霞士的師父。」因問道：「有位來霞士，是令徒？令孫？」那道士道：「小道就是來霞士。」杜慎卿吃了一驚，説道：「哦！○黄評：此「哦」字與前文沈天孚之「哦」字各有妙處。○齊評：妙絶，妙絶！○天一、二評：與沈天孚的「哦」遥遥相應。你就是來霞士！」自己心裏忍不住，拿衣袖掩着口笑。道士不知道甚麽意思，擺上果碟來，殷勤奉茶，又在袖裏摸出一卷詩來請教。慎卿没奈何，只得勉强看了一看，吃了兩杯茶，起身辭別。道士定要拉着手送出大門，○黄評：「拉着手」，反被他得了便宜，聞了許多香氣去矣。○天一評：此一拉，慎卿回去要洗手幾十次。問明了：「老爺下處在報恩寺，小道明日要到尊寓着實盤桓幾日。」送到門外，看着上了轎子，方纔進去了。杜慎卿上了轎，一路忍笑不住，心裏想：「季葦蕭這狗頭，如此胡説！」

回到下處，只見下處小廝説：「有幾位客在裏面。」杜慎卿走進去，却是蕭金鉉同辛東之、金寓劉、金東崖來拜。辛東之送了一幅大字，金寓劉送了一副對子，金東崖把自己纂的《四書講章》送來請教。作揖坐下，各人叙了來歷，吃過茶，告别去了。杜慎卿鼻子裏冷笑了一聲，向大小廝説道：「一個當〔七〕書辦的人都跑了回來講究《四書》，○天二評：《四書》何人不可講究？但金東崖非其人耳。聖賢可是這樣人講的！」正説着，宗老爺家一個小厮，拿着一封書子，送一幅行樂圖來求題。〇黄評：作惡之甚。杜慎卿只覺得可厭，也只得收下，寫回書打發那小厮去了。次日便去看定了妾，下了插定，擇三日内過門，便忙着搬河房裏娶妾去了。〇齊評：既云不愛女色，何乃娶妾如此急急？慎卿之言行不符大率類此。

次日，季葦蕭來賀，杜慎卿出來會。他説道：「昨晚如夫人進門，小弟不曾來鬧房，今日賀遲有罪！」杜慎卿道：「昨晚我也不曾備席，不曾奉請。」季葦蕭笑道：「前日你得見妙人麽？」杜慎卿道：「你這狗頭，該記着一頓肥打！但是你的事還做得不俗，所以饒你。」〇黄評：也不知俗，是聰明人。季葦蕭道：「怎的該打？我原説是美男，〇天一評：賊。原不是像個女人。你難道看的不是？」杜慎卿道：「這就真該〔八〕打了！」正笑着，只見來道士同鮑廷璽一齊走進來賀喜，兩人越發忍不住笑。〇黄評：我若在座，斷忍不住。〇則仙評：真覺可笑。杜慎卿摇手叫季葦蕭不要笑了。〇齊評：真足絶倒。四人作揖坐下，杜慎卿留着吃飯。

吃過了飯，杜慎卿説起那日在神樂觀，看見斗姆閣一個太監，左邊坐着戲子，右邊坐着道士，在那裏吹唱作樂。季葦蕭道：「這樣快活的事，偏與這樣人受用，〇天二評：葦蕭已神往其間。好不可恨！」杜慎卿道：「葦蕭兄，我倒要做一件希奇的事，〇則仙評：過脈甚好。已把金針暗度人矣，特難爲笨伯道耳。和你商議。」季葦蕭道：「甚麼希奇事？」杜慎卿問鮑廷璽道：「你這門上和橋上共有多少戲班子？」鮑廷璽道：「一百三十多班。」○黄評：可謂盛極。杜慎卿道：「我心裏想做一個勝會，○齊評：趣人趣事，落想妙絕。擇一個日子，撿一個極大的地方，把這一百幾十班做旦脚的都叫了來，一個人做一齣戲。我和葦兄在傍邊看着，記清〔九〕了他們身段、模樣，做個暗號，過幾日評他個高下，出一個榜，把那色藝雙絕的取在前列，貼在通衢。但這些人不好白傳他，每人酬他五錢銀子，荷包一對，詩扇一把。這頑法好麼？」季葦蕭跳起來道：「有這樣妙事，何不早說！可不要把我樂死了！」○黄評：寫季葦蕭放誕不羈，與他人兩樣。○天一、二評：便宜這狗頭。鮑廷璽笑道：「這些人讓門下去傳。他每人又得五錢銀子，將來老爺們替他取了出來，寫在榜上，他又出了名。門下不好〔一〇〕說，那取在前面的，就是相與大老官，也多相與出幾個錢來。他們聽見這話，那一個不滾〔一一〕來做戲！」來道士拍着手道：「妙！妙！道士也好見個識面。不知老爺們那〔一二〕日可許道士來看？」○黄評：想是要比並尊容。杜慎卿道：「怎麼不許？但凡朋友相知，都要請了到席。」季葦蕭道：「我們而今先商議是個甚麼地方？」鮑廷璽道：「門下在水西門住，水西門外最熟。門下去借莫愁湖的湖亭，那裏又寬敞，又凉快。」葦蕭道：「這些人是鮑姑老爺去傳，不消説了，我們也要出一個知單。定在甚日子？」道士道：「而今是四月二十頭，鮑老爹去傳幾日，及到傳齊了，也得十來天功夫，竟是五月初三罷。」杜慎卿道：「葦兄，取過一個紅全帖來，我念着，你寫。」季葦蕭取過帖來，拿筆在手。慎卿念道：○齊評：真是勝事，不可多得。慎卿所作所爲較之少卿有乖蠢之别。

安慶季葦蕭、天長杜慎卿，擇於五月初三日，莫愁湖湖亭大會。通省○天二評：當云「通省城」。梨園子弟各班願與者，書名畫知，届期齊集湖亭，各演雜劇。每位代轎馬五星，荷包、詩扇、汗巾三件。如果色藝雙絶，另有表禮獎賞。風雨無阻。特此預傳。

寫畢，交與鮑廷璽收了。又叫小厮到店裏取了百十把扇子來，季葦蕭、杜慎卿、來道士，每人分了幾十把去寫。便商量請這些客。季葦蕭拿一張紅紙鋪在面前，開道：宗先生、辛先生、金東崖先生、金寓劉先生、蕭金鉉先生、諸葛先生、季先生、郭鐵筆、僧官老爺、來道士老爺、鮑老爺，○則仙評：鐵筆介乎「先生」「老爺」之間，殆不先生不老爺乎？連兩位主人，共十三位。○黄評：此處一小聚會，爲大祭用人也，不善爲文者以爲贅筆。就用這兩位名字，寫起十一副帖子來，料理了半日〔一三〕。只見娘子的兄弟王留歌帶了一個人，挑着一擔東西：兩隻鴨、兩隻鷄、一隻鵝、一方肉、八色點心、一瓶酒，來看姐姐。

杜慎卿道：「來的正好！」他向〔一四〕杜慎卿見禮。杜慎卿拉住了，細看他時，○則仙評：此一拉手與前日來道士之拉手何如？果然標緻，他姐姐着實不如他。叫他進去見了姐姐就出來坐。吩咐把方纔送來的鷄鴨收拾出來吃酒。他見過姐姐，出來坐着，杜慎卿就把湖亭做會的話告訴了他。留歌道：「有趣！那日我也串一齣。」季葦蕭道：「豈但〔一五〕，今日就要請教一隻曲子，我們聽聽。」○天二評：賊。王留歌笑了一笑。○天一評：令我神往。到晚，捧上酒來，吃了一會。鮑廷璽吹笛子，來道士打板，王留歌唱了一隻「碧雲天」——《長亭餞別》，○天二評：慎卿北行一去不來，得毋成讖？「長亭送（餞）別」四字可省。音韻悠揚，足唱了三頓飯時候纔完。衆人吃得大醉，然後散了。

到初三那日，發了兩班戲箱在莫愁湖。季、杜二位主人先到，衆客也漸漸的來了。鮑廷璽領了六七十個唱旦的戲子，都是單〔一六〕上畫了「知」字的，來叩見杜少爺。○天一、二評：只叩見杜少爺。杜慎卿叫他們先吃了飯，都裝扮起來，一個個都在亭子前走過，細看一番，然後登場做戲。衆戲子應諾去了。

諸名士看這湖亭時，軒窗四起，一轉都是湖水圍繞，微微有點薰風，吹得波紋如縠。○黃評：生地便寫得好。○齊評：幽靜之境如畫。○天一評：天生一個好地方，可惜而今已矣。亭子外一條板橋，戲子裝扮了進來，都從這橋上過。杜慎卿叫掩上了中門，讓戲子走過橋來，一路從回廊内轉去，進東邊的格子，一直從亭子中間走出西邊的格子去，好細細看他們裊娜形容。當下戲子吃了飯，一個個裝扮起來，都是簇新的包頭，極新鮮的褶子，一個個過了橋來，〇天一評：然則仍是男子像婦人之説。打從亭子中間走去。杜慎卿同季葦蕭二人，手内暗藏紙筆，做了記認。

少刻，擺上酒席，打動鑼鼓，一個人上來做一齣戲。也有做「請宴」的，也有做「窺醉」的，也有做「借茶」的，也有做「刺〔一七〕虎」的，紛紛不一。後來王留歌做了一齣「思凡」。到晚上，點起幾百盞明角燈來，高高下下，照耀如同白日；歌聲縹緲，直入雲霄。城裏那些做衙門的、開行的、開字號店的有錢的人，聽見莫愁湖大會，都來雇了湖中打魚的船，搭了涼篷，挂了燈，都撑到湖中左右來看。看到高興的時候，一個個齊聲喝采，直鬧到天明纔散。那時城門已開，各自進城去了。

過了一日，水西門口挂出一張榜來，上寫：第一名，芳林班小旦鄭魁官；第二名，靈和班小旦葛來官；第三名，王留歌。其餘共合〔一八〕六十多人，都取在上面。鮑廷璽拉了鄭魁官到杜慎卿寓處來見，當面叩謝。杜慎卿又稱了二兩金子，托鮑廷璽到銀匠店裏打造一隻金杯，上刻「艷奪櫻桃」四個字，特爲奬賞鄭魁官。〇黄評：須知鄭櫻桃非可親可近之人也。別的都把荷包、銀子、汗巾、詩扇領了去。

那些小旦，取在十名前的，他相與的大老官來看了榜，都忻忻得意，也有拉了家去吃酒的，也有買了酒在酒店裏吃酒慶賀的。這個吃了酒，那個又來吃，足吃了三四天的賀酒。自此，傳遍了水西門，鬧動了淮清橋，這位杜十七老爺名震江南。只因這一番，有分教：風流才子之外，更有奇人；花酒陶情之餘，復多韵事。不知後事如何，且聽下回分解。

【總評】

卧評 「使男子後庭生人，天下可無婦人。」慎卿當道此二句，引用洪武語不倫。前寫蕭金鉉三人，此又接寫宗子相、郭鐵筆，生不願見貴人，今不幸見女，世〔一九〕所謂不得人意者，此類是也。想見慎卿胸中作惡之甚。

明季花案，是一部《板橋雜記》；湖亭大會，又是一部《燕蘭小譜》。○黄評：《燕蘭小譜》不足言書，評者何其陋耶。

齊評 傳云：「國風好色而不淫。」昔人曾辨此語，以爲淫與好色，相去幾何？不知色有男女之分。女色之不當淫者，皆不當好者也；若其當好，又不得目之爲淫，亦不必自明其不淫也。惟男色，即不能不好，必不當淫。好色不淫，庶幾得之。慎卿之品第花案，非好色也，乃好名也。不然，既求情人於男子中，而隔三間屋，即聞婦人臭氣矣，何於王留歌之乃姊，一見而即急急娶之；且不受賀，不請客，則河房中之避喧取静燕爾新婚者，豈專爲以嗣以續之計也哉！

天一評　季葦蕭誑騙杜慎卿一節，適慎卿在着魔之際，情不自禁，故落其玄中，及至會見來道士，方始悟曉，寫其情景，真神妙筆墨。

則仙評　「隔三間屋便聞婦人臭氣」及「嗣續大計無可奈何」云云，若慎卿之爲人真有天際真人之概。及統前後文旁見側出處觀之，知非由衷之言矣。此解願與普天下錦心才子息心静氣參之。癸卯巧月卧讀生誌於泖東之一樂居。

【校記】

〔一〕標緻，原作「縹緻」，抄本、蘇本和申一、二本均同。參齊本改。

〔二〕小弟，原作「小道」，抄本、蘇本同。從申一、二本改。

〔三〕機關，原作「幾關」，抄本同。從蘇本和申一、二本改。

〔四〕過，原作「遇」，抄本、蘇本同。從申一、二本改。

〔五〕出，原作「去」，抄本、蘇本同。從申一、二本改。

〔六〕個，原作「人」，抄本、蘇本和申一、二本均同。參齊本改。

〔七〕當，原作「打」，抄本、蘇本同。從申一、二本改。
〔八〕該，原作「正」，抄本、蘇本同。從申一、二本改。
〔九〕清，原作「親」，抄本、蘇本、申一本同。從申二本改。
〔一〇〕不好，申二本作「實在」。
〔一一〕滾，申一本作「願」。
〔一二〕那，申一本作「到」。
〔一三〕「日」後原衍一「日」字，抄本、蘇本同。

申一、二本作「但」。參齊本刪。
〔一四〕向，申一、二本作「同」。
〔一五〕「豈但」後申二本多「那日」二字。
〔一六〕單，原作「旦」，抄本、蘇本同。從申一、二本改。
〔一七〕刺，原作「敕」，抄本、蘇本同。從申一、二本改。
〔一八〕共合，申一、二本作「合共」。
〔一九〕世，申一、二本作「子」。

第三十一回

天長縣同訪豪傑　賜書樓大醉高朋

話説杜慎卿做了這個大會，鮑廷璽看見他用了許多的銀子，心裏驚了一驚，暗想：「他這人慷慨，○齊評：「慷慨」二字正與慎卿相反，慎卿是用錢極有斟酌謀算的人。少卿亂用，又不足云「慷慨」也。我何不〔一〕取個便，問他借幾百兩銀子，仍舊團起一個班子來，做生意過日子？」○天一、二評：此亦文卿所不肯爲。主意已定，每日在河房裏效勞，杜慎卿着實不過意他。那日晚間談到密處，夜已深了，小厮們多不在眼前，杜慎卿問道：「鮑師父，你畢竟家裏日子怎麽樣過？還該尋個生意纔好。」○天一評：見慎卿是深心人，非一味風雅。鮑廷璽見他問到這一句話，就雙膝跪在地下。杜慎卿就嚇了一跳，○齊評：「嚇了一跳」四字可謂入骨，正是「慷慨」反面。扶他起來，説道：「這是怎的？」鮑廷璽道：「我在老爺門下，蒙老爺問到這一句話，○則仙評：慎卿先以言挑之，雖有羊棗豈肯輕以與人？彼鮑廷璽者正在其籠罩中耳。真乃天高地厚之恩。○天二評：先冒他一下。但門下原是教班子弄行頭出身，除了這事，不會做第二樣。如今老爺照看門下，除非懇恩借出幾百兩銀子，仍舊與門下做這戲行，門下尋了錢，少不得報效老爺。」杜慎卿道：「這也容易，你請坐下，我同你商議。這教班子弄行頭，不是數百金做得來的，至少也得千金。○齊評：心中「嚇了一跳」，口中「這也容易」，如此等人最多。橫豎自己不花錢，索性再説多些何妨？這裏也無外人，我不瞞你説，我家雖有幾千現銀子，我却收着不敢動。爲甚麼不敢動？我就在這一兩年内要中，○黄評：「中」可以拿得定，其故可知，然却説得不露迹象，亦以戲子不知其中訣竅，故不妨告之。○齊評：可謂和盤托出。○天一評：「中」可以自己做主。中了，那裏没有使喚處？我却要留着做這一件事。而今你這弄班子的話，我轉説出一個人來與你，也只當是我幫你一般，你却不可説是我説的。」○齊評：自己不慷慨，却會慷他人之慨，還説「只當是我幫你」，慎卿真是世路能人。○天一評：既云「那裏没有使喚處」，又云「做這一件事」，究竟何事？○天二評：自己既不能幫而轉薦於人，又引以爲己功，又怕人説出，心事殊不坦白。以鄰國爲壑，婁老爹所謂「也不是甚麼厚道人」也。（天一評「心事」前多「慎卿」）

鮑廷璽道：「除了老爺，那裏還有這一個人？」杜慎卿道：「莫慌，你聽我説。我家共是七大房，這做禮部尚書的太老爺是我五房的，七房的太老爺是中過狀元的，後來一位大老爺，做江西贛州府知府，這是我的伯父。贛州府的兒子是我第二十五個兄弟，他名叫做儀，○黃評：先出名字，又一入手法。號叫做少卿，只小得我兩歲，也是一個秀才。我那伯父是個清官，家裏還是祖宗丢〔二〕下的些田地。伯父去世之後，他不上一萬銀子家私，○齊評：不上萬把家私却說「千把銀子手到拿來」，真是說話不顧前後，如哄小兒也。他是個呆子，自己就像十幾萬的。紋銀九七他都認不得，又最好做大老官。○黃評：天下大老官原是呆子，呆子未有不窮者。聽見人向他說些苦，他就大捧出來給人家用。○天二評：此等說話少卿安得而知之，而筆之於書。然則此書非少卿者所作，可知矣。○平步青評：此等說話，未必出自青然。安知敏軒不能自撰自嘲？嘯山似爲作者、評者所愚。而今你在這裏幫我些時，到秋凉些，我送你些盤纏投奔他去，包你這千把銀子手到拿來。」○黃評：慷他人之慨，後文婁焕文所言「也不是甚麼厚道人」，可知不如少卿。鮑廷璽道：「到那時候，求老爺寫個書子與門下去。」杜慎卿道：「不相干。這書斷然寫不得。他做大老官是要獨做，自照顧人，並不要人幫着照顧。我若寫了書子，他說我已經照顧了你，他就賭氣不照顧你了。○齊評：扯出別人，卸去自己。妙，妙！如今去先投奔一個人。」鮑廷璽道：「却又投那一個？」杜慎卿道：「他家當初有個奶公老管家，姓邵的，這人你也該認得。」○天二評：下文是教他投王鬍子，却又牽連出邵奶公，無謂。○平步青評：邵奶公定戲，少卿之父尚在，此語正關動前後文，不得云「無謂」。鮑廷璽想起來道：「是那年門下父親在日，他家接過我的戲去與老太太做生日。贛州府太老爺，門下也曾見過。」杜慎卿道：「這就是得狠了。如今這邵奶公已死。他家有個管家王鬍子，是個壞不過的奴才，他偏生聽信他。我這兄弟有個毛病：但凡説是見過他家太老爺的，就是一條狗也是敬重的。○黄評：此等「毛病」，天下有幾人耶？你將來先去會了王鬍子，這奴才好酒，你買些酒與他吃，叫他在主子跟前説你是太老爺極歡喜的人，他就連三的給你銀子用了。他不歡喜人叫他老爺，你只叫他少爺。他又有個毛病，不喜歡人在他跟前説人做官，説人有錢，○黄評：凡此皆是「毛病」，天下又能有幾人有之者？惟呆子始患此病，呆耶？否耶？像你受向太老爺的恩惠這些話，總不要在他跟前説。總説天下只有他一個人是大老官，肯照顧人。他若是問你可認得我，你也説不認得。」○齊評：少卿雖呆氣，然其待父執舊人煞有至性。慎卿雖乖巧，然其兄弟之間漠無絲毫關切。作者皮裏陽秋正自分明也。○天二評：此一番傳述是爲少卿寫照，然而杜氏族誼平常，慎卿已親口招認。（天一評「此」作「此下」。批於「杜慎卿道」下）一番話，説得鮑廷璽滿心歡喜。在這裏又效了兩個月勞，到七月盡間，天氣凉爽起來，鮑廷璽問十七老爺借了幾兩銀子，○天一、二評：效勞了數月還説「借了幾兩銀子」，慎卿銀子貴重可知。○天二評：只是聲色場中不惜所費耳。收拾衣服行李〔三〕，過江往天長進發。○黄評：即由慎卿遞到少卿，却以鮑廷璽爲針綫。

第一日過江，歇了六合縣。第二日起早走了幾十里路，到了一個地方，叫作四號墩。○天二評：今謂之四了口也。鮑廷璽進去坐下，正待要水洗臉，只見門口落下一乘轎子來。轎子裏走出一個老者來，頭戴方巾，身穿白紗直裰，脚下大紅綢鞋，一個通紅的酒糟鼻，○黄評：活畫出一個老酒糟來。○天一、二評：酒鬼招牌。一部大白鬍鬚，就如銀絲一般。那老者走進店門，店主人慌忙接了行李，説道：「韋四太爺來了！○黄評：又先出姓。○天二評：熟客。請裏面坐。」那韋四太爺走進堂屋，鮑廷璽立起身來施禮，那韋四太爺還了禮。鮑廷璽讓韋四太爺上面坐，他坐在下面，問道：「老太爺上姓是韋，不敢拜問貴處是那裏？」韋四太爺道：「賤姓韋，敝處滁州烏衣鎮。長兄尊姓貴處？今往那裏去的？」鮑廷璽道：「在下姓鮑，是南京人，今往天長杜狀元府裏去的〔四〕，看杜少爺。」韋四太爺道：「是那一位？是慎卿？是少卿？」鮑廷璽道：「是少卿。」韋四太爺道：「他家兄弟雖有六七十個，只有這兩個人招接四方賓客；其餘的都閉了門在家，守着田園做舉業。○天一評：舊家如此亦難得。我所以一見就問這兩個人，兩個都是大江南北有名的。慎卿雖是雅人，我還嫌他尚〔五〕帶着些姑娘氣。○黄評：「姑娘氣」，一語中的。○齊評：姑娘氣者，不爽快與人交接款洽也。○天二評：韋四太爺豪邁，故嫌慎卿爲姑娘氣。其實不止姑娘氣。（天一評只有末五字）少卿是個豪傑，我也是到他家去的，和你長兄吃了飯一同走。」鮑廷璽道：「太爺和杜府是親戚？」韋四太爺道：「我同他家做贛州府太老爺自小同學拜盟的，極相好的。」○黄評：「二十年前盟弟兄」，此却是真的，且不止二十年。鮑廷璽聽了，更加敬重。當時〔六〕同吃了飯。韋四太爺上轎，鮑廷璽又雇了一個驢子，騎上同行。到了天長縣城門口，韋四太爺落下轎説道：「鮑兄，我和你一同走進府裏去罷。」鮑廷璽道：「請太爺上轎先行，在下還要會過他管家，再去見少爺。」韋四太爺道：「也罷。」上了轎子，一直來到杜府，門上人傳了進去。

杜少卿慌忙迎出來，請到廳上拜見，説道：「老伯，相别半載，不曾到得鎮上來請老伯和老伯母的安。老伯一向好？」韋四太爺道：「托庇粗安。新秋在家無事，想着尊府的花園，桂花一定盛開了，所以特來看看世兄，要杯酒吃。」○黄評：明説「要杯酒喝」，非食客可比，且説得風雅，此等老輩酒人今亦不可多得。○天二評：又大雅，又豪爽。好鬍子！天下後世酒人當鑄金事之。韋四太爺行徑頗近牛玉圃，而開口自不俗。（天一評「豪爽」作「直爽」；無「韋四太爺」以下兩句）杜少卿道：「奉過茶，請老伯到書房裏去坐。」小厮捧過茶來，杜少卿吩咐：「把韋四太爺行李請進來，送到書房裏去。轎錢付與他，轎子打發回去罷。」請韋四太爺從廳後一個走巷〔七〕内，曲曲折折走進去，纔到一個花園。那花園一進朝東的三間。左邊一個樓，便是殿元公的賜書樓，樓前一個大院落，一座牡丹臺，一座芍藥臺。兩樹極大的桂花，正開的好。合面又是三間敞榭，橫頭朝南三間書房後，一個大荷花池。池上搭了一條橋。過去又是三間密屋，乃杜少卿自己讀書之處。○黃評：一一寫來如身入其中，我已酒興勃發。

當請韋四太爺坐在朝南的書房裏。這兩樹桂花就在窗槅外。○天一評：恐怕香死他。韋四太爺坐下，問道：「婁翁尚在尊府？」○黃評：順手帶出婁焕文。杜少卿道：「婁老伯近來多病，請在內書房住，方纔吃藥睡下，不能出來會老伯。」韋四太爺道：「老人家既是有恙，世兄何不送他回去？」杜少卿道：「小侄已經把他令郎、令孫都接在此侍奉湯藥，小侄也好早晚問候。」韋四太爺道：「老人家在尊府三十多年，可也還有些蓄積，家裏置些產業？」杜少卿道：「自先君赴任贛州，把舍下田地房產的賬目，都交付與婁老伯，每銀錢出入，俱是婁老伯做主，先君並不曾問。婁老伯除每年修金四十兩，其餘並不沾一文。每收租時候，親自到鄉里佃户家，佃户備兩樣菜與老伯吃，老人家退去一樣，纔吃一樣。凡他令郎、令孫來看，只許住得兩天，就打發回去，盤纏之外，不許多有一文錢，臨行還要搜他身上，恐怕管家們私自送他銀子。只是收來的租稻利息，遇着舍下困窮的親戚朋友，婁老伯便極力相助。○天二評：人情勢利只肯幫東家省錢積聚，那肯如此。若果如此，主人翁辭客不遠矣。是賓是主皆不易得。先君知道也不問。有人欠先君銀錢的，婁老伯見他還不起，婁老伯把借券盡行燒去了。○天一評：是賓是主，天下幾人！到而今，他老人家兩個兒子，四個孫子，家裏仍然赤貧如洗，小侄所以過意不去。」韋四太爺嘆道：「真可謂古之君子了！」○黄評：如果少卿所言是真，真是「古之君子」，特恐少卿受騙耳。然寫至婁焕文之死，中間却無微辭，評者謂是「暗要」，未必然。○天二評：婁老爲人惟韋四太爺一言爲定評。又問道：「慎卿兄在家好麽？」杜少卿道：「家兄自别後，就往南京去了。」

正説着，家人王鬍子手裏拿着一個紅手本，站在窗子外不敢進來。杜少卿看見他，説道：「王鬍子，你有甚麽話説？手裏拿的甚麽東西？」王鬍子走進書房，把手本遞上來，禀道：「南京一個姓鮑的，○天一評：來了。不知王鬍子吃了多少酒，若韋鬍子尚未見杯子面也。他是領戲班出身。他這幾年是在外路生意，纔回來家。他過江來叩見少爺。」杜少卿道：「他既是領班子的，你説我家裏有客，不得見他，手本收下，叫他去罷。」王鬍子説道：「他説受過先太老爺多少恩德，定要當面叩謝少爺。」杜少卿道：「這人是先太老爺抬舉過的麽？」王鬍子道：「是。當年邵奶公傳了他的班子過江來，太老爺着實喜歡這鮑廷璽，曾許着要照顧他的。」○黄評：王鬍子酒吃足了。○齊評：一拍便上。〇天一評：來索舊債。〇天二評：韋鬍子未見杯子面，王鬍子已吃多少酒來了。杜少卿道：「既如此說，你帶了他進來。」〇黃評：慎卿之語驗矣。韋四太爺道：「是南京來的這位鮑兄，我纔在路上遇見的。」王鬍子〔八〕出去，領着鮑廷璽捏手捏腳一路走進來。看見花園寬闊，一望無際。走到書房門口一望，見杜少卿陪着客坐在那裏，頭戴方巾，身穿玉色夾紗直裰，腳下珠履，面皮微黃，兩眉劍竪，好似畫上關夫子眉毛。〇黃評：如在目前，却是豪爽人相貌。王鬍子道：「這便是我家少爺，你過來見。」鮑廷璽進來跪下叩頭。杜少爺扶住道：「你我故人，何必如此行禮？」起來作揖，作揖過了，又見了韋四太爺。杜少卿叫他坐在底下。鮑廷璽道：「門下蒙先老太爺的恩典，粉身碎骨難報。又因這幾年窮忙，在外做小生意，不得來叩見少爺。今日纔來請少爺的安，求少爺恕門下的罪。」杜少卿道：「方纔我家人王鬍子說，我家太老爺極其喜歡你，要照顧你。〇齊評：此等處未免竟是呆子口氣。你既到這裏，且住下了，我自有道理。」王鬍子道：「席已齊了，稟少爺，在那裏坐？」韋四太爺道：「就在這裏好。」杜少卿躊躕道：「還要請一個客來。」因叫那跟〔九〕書房的小厮加爵：「去後門外請張相公來罷。」加爵應諾去了。

少刻，請了一個大眼睛黃鬍子的人來，頭戴瓦楞帽，身穿大闊布衣服，扭扭捏捏做些假斯文像，○黄評：「大眼睛黄鬍子」，前在湖州已曾寫過；「做假斯文」，應前文也，閲者猜是何人？○天二評：「大眼睛黄鬍子的人」，前書已見過，却又扭扭捏捏假做斯文，讀者猜是誰？（天一評少「書」、「又」；「做」作「裝」；「猜」作「試猜」）進來作揖坐下，問了韋四太爺姓名。韋四太爺説了，便問：「長兄貴姓？」那人道：「晚生姓張，賤字俊民，久在杜少爺門下。晚生略知醫道，連日蒙少爺相約，在府裏看婁太爺。」因問：「婁太爺今日吃藥如何？」杜少卿便叫加爵去問，問了回來道：「婁太爺吃了藥，睡了一覺，醒了，這會覺的清爽些。」張俊民又問：「此位上姓？」杜少卿道：「是南京一位鮑朋友。」説罷，擺上席來，奉席坐下。韋四太爺首席，張俊民對坐，杜少卿主位，鮑廷璽坐在底下。斟上酒來，吃了一會。那肴饌都是自己家裏整治的，極其精潔。内中有陳過三年的火腿，半斤一個的竹蟹，都剥出來膾了蟹羹。衆人吃着。韋四太爺問張俊民道：「你這道誼，自然着實高明的？」張俊民道：「『熟讀王叔和，不如臨症多』。不瞞太爺説，晚生在江湖上胡鬧，不曾讀過甚麽醫書，○齊評：張鐵臂又會舞劍，又會看病，較之權勿用輩，自是能人。○天二評：恐人考他，故如此説。此張俊民乖處。今之笨賊却偏要嚼幾句云内經、外經，恰好露出馬脚來。（天一評「嚼幾句」前多「夾七夾八」，後少「云内經外經」）却〔一〇〕是看的症不少，近來蒙少爺的教訓，纔曉得書是該念的。所以我有一個小兒，而今且不教他學醫，從先生讀着書，做了文章，就拿來給杜少爺看。少爺往常賞個批語，晚生也拿了家去讀熟了，○則仙評：張鐵臂折節讀書。學些文理。將來再過兩年，叫小兒出去考個府、縣考，騙兩回粉湯、包子吃，將來挂招牌，就可以稱儒醫。」○黄評：與在湖州説話全不同，真是騙子手。○天一評：却也爽快。○天二評：説得却也鬆動。韋四太爺聽他説這話，哈哈大笑了。

王鬍子又拿一個帖子進來，禀道：「北門汪鹽商家明日酬生日，請縣主老爺，請少爺去做陪客。説定要求少爺到席的。」杜少卿道：「你回他我家裏有客，不得到席。這人也可笑得緊，你要做這熱鬧事，不會請縣裏暴發的舉人、進士陪？我那得工夫替人家陪官！」○黄評：可見真紳身分，却與二婁不同。王鬍子應諾去了。

杜少卿向韋四太爺説：「老伯酒量極高的，當日同先君一〔二〕吃半夜，今日也要盡醉纔好。」韋四太爺道：「正是。世兄，我有一句話，不好説。你這肴饌是精極的了，只是這酒是市〔二〕買來的，身分有限。府上有一罎酒，今年該有八九年了，想是收着還在？」杜少卿道：「小侄竟不知道。」韋四太爺道：「你不知道。是你令先大人在江西到任的那一年，我送到船上，尊大人説：『我家裏埋下一罎酒，等我做了官回來，同你老〔三〕痛飲。』○黄評：真會騙酒吃，然騙得風雅。○齊評：雅人趣事。○天一評：時刻在念。我所以記得。你家裏去問。」張俊民笑説道：「這話，少爺真正該不知道。」杜少卿走了進去。韋四太爺道：「杜公子雖則年少，實算在我們這邊的豪傑。」張俊民道：「少爺爲人好極，只是手太鬆些，不管甚麽人求着，他大捧的銀與人用。」○黄評：是垂涎語，非爲少卿惜銀子。○天一、二評：只送你用，便不算手鬆。鮑廷璽道：「便是門下，從不曾見過像杜少爺這大方〔一四〕舉動的人。」

杜少卿走進去，問娘子可曉得這罎酒，娘子説不知道；遍問這些家人、婆娘，都説不知道。後來問到邵老丫，邵老丫想起來道：○黄評：邵老丫自是邵管家之妻，年紀已大，故知此酒。老丫者，天長土語乳婦也。「是有的。是老爺上任那年，做了一罎酒埋在那邊第七進房子後一間小屋裏，説是留着韋四太爺同吃的。○天一、二評：邵老丫想即邵奶公之妻，不是他説出，此罎酒至今尚在。這酒是二斗糯米做出來的二十斤釀，又對了二十斤燒酒，一點水也不攙。而今埋在地下足足有九年零七月了。這酒醉得死人的，弄出來少〔一五〕爺不要吃！」○黄評：是老家人婦語。○齊評：前人種樹後人乘凉，古今同此一嘆。○天一評：是老奶姆口氣。杜少爺道：「我知道了。」就叫邵老丫拿鑰匙開了酒房門，帶了兩個小厮進去，從地下取了出來，連罎抬到書房裏，叫道：「老伯，這酒尋出來了！」韋四太爺和那兩個人都起身來看，説道：「是了。」打開罎頭，舀出一杯來，那酒和麯糊一般，堆在杯子裏，聞着噴鼻香。○黄評：我已流涎矣。○天二評：必要寫到十二分，令讀者垂涎。

可惡。(天一評「必」作「偏」;「垂涎」作「流涎」) 韋四太爺道:「有趣!這個不是别樣吃法。世兄,你再叫人在街上買十斤酒來攙一攙,方可吃得。○黄評:真是酒人,真會吃。○天一評:鬍子真老酒鬼。今日已是吃不成了,就放在這裏,明日吃他一天,還是二位同享。」張俊民道:「自然來奉陪。」鮑廷璽道:「門下何等的人,也來吃太老爺遺下的好酒,這是門下的造化。」説罷,教加爵拿燈籠送張俊民回家去。鮑廷璽就在書房裏陪着韋四太爺歇宿,杜少卿候着韋四太爺睡下,方纔進去了。

次日,鮑廷璽清晨起來,走到王鬍子房裏去。加爵又和一個小厮在那裏坐着。王鬍子問加爵道:「韋四太爺可曾起來?」加爵道:「起來了,洗臉哩。」王鬍子又問那小厮道:「少爺可曾起來?」那小厮道:「少爺起來多時了,在婁太爺房裏看着弄藥。」王鬍子道:「我家這位少爺也出奇!○黄評:「出奇」亦土語,猶言奇怪也。一個婁老爹,不過是太老爺的門客罷了,他既害了病,不過送他幾兩銀子,打發他回去。爲甚麼養在家裏當做祖宗看待,還要一早一晚自己伏侍。」那小厮道:「王叔,你還説這話哩[一六],婁太爺吃的粥和菜,我們煨了,他兒子孫子看過還不算,少爺還要自己看過了,纔送與婁太爺吃。人參銚子自放在奶奶房裏,奶奶自己煨人參,藥是不消説,一早一晚,少爺不得親自送人參,就是奶奶親自送人參與他吃。○黄評:寫少卿誠篤至此,然過猶不及。○天一評：厚道極矣。奶奶肯如此，亦不可及。○天二評：厚道極矣，精細極矣，古之人與今之人蓋有行之者，而今已矣。悲夫，悲夫，讀至此何能不哭！你要説這樣話，只好惹少爺一頓駡。」説着，門上人走進來道：「王叔，快進去説聲，臧三爺來了，坐在廳上要會少爺。」王鬍子叫那小厮道：「你婁老爹房裏去請少爺，我是不去問安！」○黄評：婁焕文管帳認真，王鬍子想來没錢賺，故其言如此。鮑廷璽道：「這也是少爺的厚道處。」

那小厮進去請了少卿出來會臧三爺，作揖坐下。杜少卿道：「三哥，好幾日不見。你文會做的熱鬧？」臧三爺道：「正是。我聽見你門上説到遠客，……慎卿在南京樂而忘返了。」○天二評：上氣不接下氣，滿胸一個王父母老師，口頭只是勉强酬對。杜少卿道：「是烏衣韋老伯在這裏。我今日請他，你就在這裏坐坐，我和你到書房裏去罷。」臧三爺道：「且坐着，我和你説話。縣裏王父母是我的老師，○天一評：上氣不接下氣，此是勉强酬答，因胸中有一王父母老師故也。他在我跟前説了幾次，仰慕你的大才，我幾時同你去會會他。」杜少卿道：「像這拜知縣做老師的事，只好讓三哥你們做。不要説先曾祖、先祖，就先君在日，這樣知縣不知見過多少。他果然仰慕我，他爲甚麽不先來拜我，倒叫我拜他？○齊評：少卿傲骨於此可見，所以不願埋没於家鄉，而必到南京暢其胸襟也。況且倒運做秀才，○黄評：做秀才而曰「倒運」，妙，妙。○天一評：誰教汝做秀才。見了本處知縣就要稱他老師，王家這一宗灰堆裏的進士，他拜我做老師我還不要，我會他怎的？○黄評：是真鄉紳，然與二婁迥異。所以北門汪家今日請我去陪他，我也不去。」臧三爺道：「正是爲此。昨日汪家已向王老師說明是請你做陪客，王老師纔肯到他家來，特爲要會你。你若不去，王老師也掃興。况且你的客住在家裏，今日不陪，明日也可陪。不然，我就替你陪着客，你就到汪家走走。」○黄評：仍要如此說。○天一評：看他十分要好，只圖向王父母老師邀功耳。○天二評：請酒的是汪家，請的是王知縣，請的陪客是杜少卿，與臧三哥甚麽相干，如此着急？杜少卿道：「三哥，不要倒熟話。你這位貴老師總不是甚麽尊賢愛才，不過想人拜門生受些禮物。他想着我，叫他把夢做醒些！况我家今日請客，煨的有七斤重的老鴨，○黄評：他何嘗知道吃此等菜，只知吃鴿蛋燕窩。尋出來的有九年半的陳酒。汪家没有這樣好東西吃。不許多話！同我到書房裏去頑。」○齊評：賞心樂事豈可與酒食地獄同日而語哉！○天一評：大老官聲口。○天二評：此等俗物何必一定拉他吃？少卿呆串，不分黑白，所以如此。拉着就走。臧三爺道：「站着！你亂怎的？這韋老先生不曾會過，也要寫個帖子。」杜少卿道：「這倒使得。」叫小厮拿筆硯帖子出來。臧三爺拿帖子寫了個「年家眷同學晚生臧荼〔一七〕」，○黄評：借出名字，爲後文大祭用。先叫小厮拿帖子到書房裏，隨即同杜少卿進來。韋四太爺迎着房門，作揖坐下。那兩人先在那裏，一同坐下。韋四太爺問臧三爺："尊字？"杜少卿道："臧三哥尊字蓼齋，是小侄這學裏翹楚，同慎卿家兄也是同會的好友。"韋四太爺道："久慕，久慕！"臧三爺道："久仰老先生，幸遇！"張俊民是彼此認得的。臧蓼齋〇天一評：杜少卿書房內有張俊民、臧三爺，虞華軒書房內有二唐、姚成，此沉浮濁世之所以苦也。又問："這位尊姓？"鮑廷璽道："在下姓鮑，方纔從南京回來的。"臧三爺道："從南京來，可曾認得府上的慎卿先生？"鮑廷璽道："十七老爺也是見過的。"〇黃評：只得淡淡過去，以慎卿曾有言也。

當下吃了早飯，韋四太爺就叫把這罎酒拿出來，兑上十斤新酒，就叫燒許多紅炭，堆在桂花樹邊，把酒罎頓在炭上。〇天一、二評：此桂休矣。鬍子酒鬼殺風景。過一頓飯時，漸漸熱了。張俊民領着小厮，自己動手把六扇窗格盡行下了，把桌子抬到檐內。〇天一評：於此用得着張鐵臂。〇天二評：此間用着張鐵臂。大家坐下。又備的一席新鮮菜。韋四太爺捧杜少卿叫小厮拿出一個金杯子來，又是四個玉杯，罎子裏舀出酒來吃。韋四太爺捧着金杯，吃一杯，贊一杯，説道："好酒！"吃了半日。〇黃評：是大量，是知味者。此等酒須請此等人吃，方不辜負。〇天一、二評：可知只有他知酒味。

王鬍子領着四個小厮，抬到一個箱子來。杜少卿問是甚麽。王鬍子道："這是少爺與奶奶、大相公新做的秋衣一箱子。纔做完了，送進來與少爺查件數。裁縫工錢已打發去了。」○天二評：明知他此時一定不查。杜少卿道：「放在這裏，等我吃完了酒查。」纔把箱子放下，只見那裁縫進來。王鬍子道：「楊裁縫回少爺的話。」杜少卿道：「他又說甚麼？」站起身來，只見那裁縫走到天井裏，雙膝跪下，磕下頭去，放聲大哭。杜少卿大驚道：「楊司務！這是怎的？」楊裁縫道：「小的這些時在少爺家做工，今早領了工錢去，不想纔過了一會，小的母親得個暴病死了。○黃評：不知有母親否。小的拿了工錢家去，不想到有這一變，把錢都還了柴米店裏，而今母親的棺材衣服，一件也沒有。沒奈何，只得再來求少爺借幾兩銀子與小的，小的慢慢〔八〕做着工算。」○天二評：衣箱纔送進來，隨脚復進來回話，而又云領去工錢都還柴米店裏，還錢之後其母一會暴死，而復到杜府求借。時候不合，情事不對，其僞顯然。若遇慎卿，立辨其僞，即下人裁工，亦不敢如此嘗試也。因箱内並無衣服，惟恐酒後查點，故兔起鶻落，隨後進來取出，情事宛然。（天一評無「情事不對」；「即下人」以下無）杜少卿道：「你要多少銀子？」裁縫道：「小户人家，怎敢望多？少爺若肯，多則六兩，少則四兩罷了。小的也要算着除工錢够還。」杜少卿慘然道：○黃評：真真慘然，所以難得。「我那裏要你還。你雖是小本生意，這父母身上大事，你也不可草草，○黃評：一呆至此。此等情景來騙少卿，可謂揣摩熟矣，少卿哪得不上當。將來就是終身之恨。○天一評：菩薩。幾兩銀子如何使得？至少也要買口十六兩銀子的棺材，衣服、雜貨共須二十金。○齊評：寫盡呆氣。○天一、二評：全不知人情世事。我這幾日一個錢也沒有。也罷，我這一箱衣服也可當得二十多兩銀子。王鬍子，你就拿去同楊司務當了，一總把與楊司務〔一九〕去用。」又道：「楊司務，這事你却不可記在心裏，只當忘記了的。○黄評：不勞吩咐，謹遵臺命。你不是拿了我的銀去吃酒賭錢，○齊評：你又何以得知他不去吃酒賭錢？這母親身上大事，人孰無母？這是我該幫你的。」○黄評：真切至此。楊裁縫同王鬍子抬着箱子，哭哭啼啼去了。○齊評：真好看。杜少卿入席坐下。韋四太爺道：「世兄，這事真是難得！」鮑廷璽吐着舌道：「阿彌陀佛！天下那有這樣好人！」當下吃了一天酒。臧三爺酒量小，吃到下午就吐了，扶了回去。韋四太爺這幾個直吃到三更，把一罈酒都吃完了，方纔散。只因這一番，有分教：輕財好士，一鄉多濟友朋；月地花天，四海又聞豪傑。不知後事如何，且聽下回分解。

【總評】

卧評 慎卿、少卿，俱是豪華公子，然兩人自是不同。慎卿純是一團慷爽氣，少卿却是一個呆串皮。一副筆墨，却能分毫不犯如此。〇黄評：加慎卿以「慷爽」字大謬，加以「呆」字正合；少卿可謂呆矣，然純是慷爽，其呆亦不可及。

婁太爺是暗要，韋太爺是明吃，至裁縫、王鬍子，各各有算計少卿之法。世情惡薄，形容盡致。

天二評 婁太爺不見破綻，不可度以小人之腹，觀其不與王鬍子通氣，鬍子雖恨之，亦未説出他不是處也。韋四太爺光明磊落，絶無渣滓，豈可與張俊民、臧蓼齋、裁縫、王鬍子輩同論？（天一評「通氣」以下十四個字作「可知也」；「豈可」作「乃」；「同論」作「同類共譏謬甚」）

或曰不知裁縫果死母親否？曰：豈但無死母親事，並無箱中衣服。蓋是虧空本錢無以賠償，串通王鬍子，料定必不查點，作此把戲。却也虧他裝得像。我於《孟子》「校人」一節悟之。（天一評「串通」起十一個字作「王鬍子吃飽，算定少卿宴客必不查點」）

則仙評 韋四太爺之學問不可知，迹其襟懷浩落，原非臧三輩所能同日語，而要非《外史》中超等人物也。歷觀天目山樵加評，殊少滿意之選，獨於韋鬍子，不惜作傾倒之語，且至再而至於三。此何故哉？倘所謂臭味相同，不自知其辭之溢美者歟？癸卯秋晦日卧讀生誌於燈下。

按天目山樵游憲幕，享盛名，晚年隱於復園，著書自娱，所學殆過韋四太爺。惟書中議論豐彩有不免相似處，是以傾倒。若此於以見天目山樵之率真也。則仙又誌。

【校記】

〔一〕「不」其後原衍一「不」字，抄本、蘇本、申一本同。從申二本刪。

〔二〕丟，原作「去」，蘇本同。從抄本和申一、二本改。

〔三〕行李，原作「行裹」，從抄本、蘇本和申一、二本改。同一錯誤，以下徑改不記。

〔四〕的，申一、二本置於「看杜少爺」之後。

〔五〕尚，原作「有」，抄本同。從蘇本和申一、二本改。

〔六〕時，原缺，抄本同。從蘇本和申一、二本補。

〔七〕走巷，申一本作「小衖」，申二本作「小巷」。

〔八〕王鬍子，原作「玉鬍子」，抄本同。從蘇本和申一、二本改。

〔九〕跟，申二本作「值」。

〔一〇〕却，原作「都」，抄本、蘇本同。從申一、二本改。

〔一一〕一，原缺，抄本、蘇本同。從申一、二本補。

〔一二〕市，申一、二本作「市上」。

〔一三〕老，申一、二本無。

〔一四〕方，原作「房」，蘇本同。從抄本和申一、二本改。

〔一五〕少，原缺，抄本、蘇本、申一本同。從申二本補。

〔一六〕哩，原作「里」，抄本、蘇本同。從申一、二本改。

〔一七〕茶，原作「茶」，抄本、蘇本同。從申一、二本改。同一誤字，以下徑改不記。

〔一八〕慢慢，原作「漫漫」，抄本、蘇本同。從申一、二本改。同一誤字，以下徑改不記。

〔一九〕「楊司務」後申二本缺少七個字。

第三十二回

杜少卿平居豪舉〔一〕 婁煥文臨去〔二〕遺言

話說衆人吃酒散了，韋四太爺直睡到次日上午纔起來，向杜少卿辭別要去，說道：「我還打算到你令叔、令兄各家走走。昨日擾了世兄這一席酒，我心裏快活極了！別人家料想也沒這樣有趣。我要去了，○天一評：乘興而來，興盡而返，頗有晉人風度。○天二評：乘興而來，興盡而返，鬍子快人有此快語。此老又磊落又風致，我可惜無九年半的陳酒請他。連這臧朋友也不能回拜，世兄替我致意他罷。」杜少卿又留住了一日。次日，雇了轎夫，拿了一隻玉杯和贛州公的兩件衣服，親自送在韋四太爺房裏，說道：「先君拜盟的兄弟，只有老伯一位了，此後要求老伯常來走走。小侄也常到鎮上請老伯安。這一個玉杯，送老伯帶去吃酒，這是先君的兩件衣服，送與老伯穿着，如看見先君的一般。」○黄評：非重義人想不到此。韋四太爺歡喜受了。鮑廷璽陪着又吃了一壺酒，吃了飯。杜少卿拉着鮑廷璽，陪着送到城外，在轎前作了揖。韋四太爺去了。兩人回來，杜少卿就到婁太爺房裏去問候。婁太爺説，身子好些，要打發他孫子回去，只留着兒子在這裏伏侍。

杜少卿應了，心裏想着没有錢用，叫王鬍子來商議道：「我圩裏那一宗田，你替我賣給那人罷了。」王鬍子道：「那鄉人他想要便宜，少爺要一千五百兩銀子，他只出一千三百兩銀子，所以小的不敢管。」杜少卿道：「就是一千三百兩銀子也罷。」王鬍子道：「小的要禀明少爺纔敢去。賣的賤了，又惹少爺罵小的。」〇天一評：盡給你用如何？杜少卿道：「那個罵你？你快些去賣，我等着要銀子用。」王鬍子道：「小的還有一句話要禀少爺：賣了銀子，少爺要做兩件正經事。若是幾千幾百的白白的給人用，這産業賣了也可惜。」〇黄評：似忠於少卿。杜少卿道：「你看見我白把銀子給那個用的？你要賺錢罷了，〇黄評：即刻看見的。却又知王鬍子賺錢。説這許多鬼話！〇天一評：未嘗不明白。〇天二評：誠如君言。快些替我去！」王鬍子道：「小的禀過就是了。」出來悄悄向鮑廷璽道：「好了，你的事有指望了。〇齊評：形容絶倒。可知校人反唇並無別語，尚是三代人物。〇天一評：不過吃了他幾頓酒罷了，如此用心。而今我到圩裏去賣田，賣了田回來，替你定主意。」王鬍子就去了幾天，賣了一千幾百兩銀子，拿稍袋裝了來家，禀少爺道：「他這銀子是九五兑九七色的，又是市平，比錢平〔三〕小一錢三分半。他内裏又扣了他那邊中用二十三兩四錢銀子，畫字去了二三十兩：這都是我們本家要去的。○黃評：好大開銷。 而今這銀子在這裏，拿天平來請少爺當面兑。」杜少卿道：「那個耐煩〔四〕你算這些疙瘩賬！○黃評：故意疙瘩，明知他不耐煩去平。此魏閹賺熹宗伎倆。○天二評：明知少爺脾氣，偏要請他來兑。（天一評「他來兑」作「少卿面兑」） 既拿來，又兑甚麼？收了進去就是了！」王鬍子道：「小的也要稟明。」

杜少卿收了這銀子，隨即叫了婁太爺的孫子到書房裏，説道：「你明日要回去？」他答應道：「是。老爹〔五〕叫我回去。」杜少卿道：「我這裏有一百兩銀子給你，你瞞着不要向你老爹説。你是寡婦母親，你拿着銀子回家去做小生意養活着。你老爹若是好了，你二叔回家去，我也送他一百兩銀子。」婁太爺的孫子歡喜接着，把銀子藏在身邊，謝了少爺。次日辭回家去，婁太爺叫只稱三錢銀子與他做盤纏，打發去了。

杜少卿送了回來，一個鄉里人在敞廳上站着，見他進來，跪下就與少爺磕頭。杜少卿道：「你是我們公祠堂裏看祠堂的黃大？你來做甚麼？」黃大道：「小的住的祠堂旁邊一所屋，原是太老爺買與我的。而今年代多，房子倒了。小的該死，把墳山的死樹搬了幾棵回來添補梁柱，○黃評：妙是「死樹」。 不想被本家這幾位老爺知道，就説小的偷了樹，把小的打了一個臭死，叫十幾個管家到小的家來搬樹，連不倒的房子多拉倒了。小的没處存身，如今來求少爺向本家老爺説聲，公中弄出些銀子來，把這房子收拾收拾，賞小的住。」杜少卿道：「本家！向那個説？你這房子既是我家太老爺買與你的，自然該是我修理。如今一總倒了，要多少銀子重蓋？」黄大道：「要蓋須得百兩〔六〕銀子；如今只好修補，將就些住，也要四五十兩銀子。」杜少卿道：「也罷，我没銀子，且拿五十兩銀子與你去。你用完了再來與我〔七〕説。」拿出五十兩銀子遞與黄大，黄大接着去了。

門上拿了兩副帖子走進來，稟道：「臧三爺明日請少爺吃酒，這一副帖子，説也請鮑師父去坐坐。」杜少卿道：「你説拜上三爺，我明日必來。」次日，同鮑廷璽到臧家。臧蓼齋辦了一桌齊整菜，恭恭敬敬，奉坐請酒。席間説了些閑話。到席將終的時候，臧三爺斟了一杯酒，高高奉着，走過席來，作了一個揖，把酒遞與杜少卿，便跪了下去，説道：「老哥，我有一句話奉求。」〇齊評：都來了。杜少卿嚇了一跳，慌忙把酒丢在桌上，跪下去拉着他，説道：「三哥，你瘋了？這是怎説？」臧蓼齋道：「你吃我這杯酒，應允我的話，我纔起來。」杜少卿道：「我也不知道你説的是甚麽話，你起來説。」鮑廷璽也來幫着拉他起來。〇黄評：不脱鮑廷璽，細。臧蓼齋道：「你應允了？」杜少卿道：「我有甚麽不應允？」臧蓼齋道：「你吃了這杯酒。」杜少卿道：「我就吃了這杯酒。」臧蓼齋道：「候你乾了。」站起來坐下。杜少卿道：「你有甚話説罷。」臧蓼齋道：「目今宗師考廬州，下一棚就是我們。我前日替人管着買了一個秀才，宗師有人在這裏攬這個事，我已把三百兩銀子兑與了他〔八〕，後來他又説出來：『上面嚴緊，秀才不敢賣，倒是把考等第的開個名字來補了廩罷。』我就把我的名字開了去，今年這廩是我補。但是這買秀才的人家，要來退這三百兩銀子，我若没有還他，這件事就要破！身家性命關係，我所以和老哥商議，把你前日的田價借三百與我打發了這件〔九〕，○黄評：怕他推辭，將「田價」先説出，又硬派他允了，比强盗打劫還凶。我將來慢慢的還你。你方纔已是依了。」杜少卿道：「呸！我當你説甚麽話，原來是這個事！也要大驚小怪，磕頭禮拜的，甚麽要緊？我明日就把銀子送來與你。」鮑廷璽拍着手道：「好爽快！好爽快！拿大杯來再吃幾杯！」○天一評：鮑廷璽此時已壞極矣，無半點似文卿，宜被鮑老太趕出，不爲冤枉。○天二評：鮑廷璽此時已壞極矣，分明受王鬍子之托，故臧三爺請他來插科，恐少卿不允，得以於中撮合。當下拿大杯來吃酒。

杜少卿醉了，問道：「臧三哥，我且問你，你定要這廩生做甚麽？」臧蓼齋道：「你那裏知道！廩生，一來中的多，中了就做官。就是不中，十幾年貢了，朝廷試過，就是去做知縣、推官，穿螺螄結底的靴，坐堂，灑籤，打人。像你這樣大老官來打秋風，把你關在一間房裏，給你一個月豆腐吃，蒸死了你！」○黄評：騙他還要罵他。○齊評：此等無賴之語少卿偏聽得進，若慎卿聽之，定必摇頭耳。杜少卿笑道：「你這匪類，下流無耻極矣！」○天一、二評：臧三下流無耻已非一日，少卿何以與之相狎？鮑廷璽又笑道：「笑談，笑談！二位老爺都該罰一杯。」○天一評：插科打諢是戲子面目。○天二評：插科打諢，我爲文卿一哭。當夜席散。

次早，叫王鬍子送了這一箱銀子去。王鬍子又討了六兩銀子賞錢，回來在鮮魚麵店裏吃麵，遇着張俊民在那裏吃，叫道：「鬍子老官，你過來，請這裏坐。」王鬍子過來坐下，拿上麵來吃。張俊民道：「我有一件事托你。」王鬍子道：「甚麽事？醫好了婁老爹，要謝禮？」張俊民道：「不相干，婁老爹的病是不得好的了。」王鬍子道：「還有多少時候？」張俊民道：「大約不過一百天。這話也不必講他，我有一件事托你。」王鬍子道：「你説罷了。」張俊民道：「而今宗師將到，我家小兒要出來應考，怕學裏人説是我冒籍，托你家少爺向學裏相公們講講。」王鬍子摇手道：「這事共總〔一〇〕没中用。我家少爺，從不曾替學裏相公講一句話，他又不歡喜人家説要出來考。○黄評：即此可見少卿之品。你去求他，他就勸你不考。」張俊民道：「這是怎樣？」王鬍子道：「而今倒有個方法。等我替你回少爺説，説〔一一〕你家的確是冒考不得的〔一二〕，但鳳陽府的考棚是我家先太老爺出錢蓋的，少爺要送一個人去考，誰敢不依？這樣激着他，他就替你用力，連貼錢都是肯的。」○黃評：果然。○齊評：所謂摸着脾氣如提傀儡一般。張俊民道：「鬍子老官，這事在你作法便了。做成了，少不得『言身寸』。」王鬍子道：「我那個要你謝！你的兒子就是我的小侄，人家將來進了學，穿戴着簇新的方巾、藍衫，替我老叔子多磕幾個頭就是了。」○黃評：張俊民身分可想。○天二評：杜少卿與張俊民爲友，而其奴之言如此，張俊民之爲人可知。（天一評末句作「則張俊民亦是下流一輩人也」）說罷，張俊民還了麵錢，一齊出來。王鬍子回家，問小子們道：「少爺在那裏？」小子們道：「少爺在書房裏。」他一直走進書房，見了杜少卿，稟道：「銀子已是小的送與臧三爺收了，着實感激少爺，說又替他免了一場是非，成全了功名。其實這樣事別人也不肯做的。」杜少卿道：「這是甚麼要緊的事，只管跑了來倒熟了！」○天一評：大老官。鬍子道：「小的還有話稟少爺。像臧三爺的廩，是少爺替他補，公中看祠堂的房子，是少爺蓋，眼見得學院不日來考，又要尋少爺修理考棚。我家太老爺拿幾千銀子蓋了考棚，白白便益衆人，少爺就送一個人去考，衆人誰敢不依？」杜少卿道：「童生自會去考的，要我送怎的？」王鬍子道：「假使小的有兒子，少爺送去考，也沒有人敢說？」○黃評：先試一句。杜少卿道：「這也何消說。這學裏秀才，未見得好似奴才！」○黃評：罵殺。○齊評：少卿一肚皮骯髒氣，不過出脫了家產，好向別處浪游耳。○天一評：片帆飛渡。王鬍子道：「後門口張二爺，他那兒子讀書，少爺何不叫他考一考？」杜少卿道：「他可要考？」鬍子道：「他是個冒籍，不敢考。」杜少卿道：「你和他説，叫他去考。若有廩生多話，你就向那廩生説，是我叫他去考的。」○天一評：傻角。王鬍子道：「是了。」應諾了去。

這幾日，婁太爺的病漸漸有些重起來了，杜少卿又〔一三〕換了醫生來看，在家心裏憂愁。忽一日，臧三爺走來，立着説道：「你曉得有個新聞？縣裏王公壞了，○齊評：就不稱他老師了。昨晚摘了印，新官押着他就要出衙門，縣裏人都説他是個混賬官，○天一評：王父母是貴老師，一摘了印便是「混帳官」。下流無耻人確然如此。○天二評：王父母，貴老師，而今是「混賬官」！不肯借房子給他住，在那裏急的要死。」杜少卿道：「而今怎樣了？」臧蓼齋道：「他昨晚還賴在衙門裏，明日再不出，就要討没臉面。那個借屋與他住？只好搬在孤老院！」杜少卿道：「這話果然麽？」叫小厮叫〔一四〕王鬍子來，向王鬍子道：「你快到縣前向工房説，叫他進去稟王老爺，説王老爺没有住處，請來我家花園裏住。他要房子甚急，你去！」○天一評：一味傻角。王鬍子連忙去了。臧蓼齋道：「你從前會也不肯會他，今日爲甚麽自己借房子與他住？况且他這事有拖累，將來百姓要鬧他，不要把你花園都拆了！」杜少卿道：「先君有大功德在於鄉里，人人知道。就是我家藏了强盜，也是没有人來拆〔一五〕我家的房子。這個，老哥放心。至於這王公，他既知道仰慕我，就是一點造化了。○齊評：英雄自負，往往有此見地。我前日若去拜他，便是奉承本縣知縣，而今他官已壞了，又没有房子住，我就該照應他。○黄評：何嘗没有道理，臧三何足知之。他聽見這話，一定就來，你在我這裏候他來，同他談談。」○天一評：無謂。

説着，門上人進來禀道：「張二爺來了。」只見張俊民走進來，跪下磕頭。杜少卿道：「你又怎的？」張俊民道：「就是小兒要考的事，蒙少爺的恩典。」杜少卿道：「我已説過了。」張俊民道：「各位廪生先生聽見少爺吩咐，都没的説，只要門下捐一百二十兩銀子修學宫〔一六〕，門下那裏捐的起？故此，又來求少爺商議。」杜少卿道：「只要一百二十兩，此外可還再要？」張俊民道：「不要了。」杜少卿道：「這容易，我替你出。○黄評：白送去考不算，仍要他銀子，少卿之呆不必言，獨恨人心狠於强盜。你就寫一個願捐修學宫〔一七〕求入籍的呈子來。臧三哥，你替他送到學裏去，銀子在我這裏來取。」臧三爺道：「今日有事，明日我和你去罷。」張俊民謝過，去了。

正迎着王鬍子飛跑來道：「王老爺來拜，已到門下轎了。」杜少卿和臧蓼齋迎了出去。那王知縣紗帽便服，進來作揖再拜，説道：「久仰先生，不得一面。今弟在困厄之中，蒙先生慨然以尊齋相借，令弟感愧無地，所以先來謝過，再細細請教。恰好臧年兄也在此。」杜少卿道：「老父臺，些小之事，不足介意。荒齋原是空閑，竟請搬過來便了。」臧蓼齋道：「門生正要同敝友來候老師，不想反勞老師先施。」王知縣道：「不敢，不敢。」打恭上轎而去。

杜少卿留下臧蓼齋，取出一百二十兩銀子來遞與他，叫他明日去做張家這件事。臧蓼齋帶着銀子去了。次日，王知縣搬進來住。又次日，張俊民備了一席酒送在杜府，請臧三爺同鮑師父陪。王鬍子私向鮑廷璽道：「你的話也該發動了。我在這裏算着，那話已有個完的意思。若再遇個人來求些去，你就没賬了。你今晚開口。」

當下客到齊了，把席擺到廳旁書房裏，四人上席。張俊民先捧着一杯酒謝過了杜少卿，又斟酒作揖謝了臧三爺，入席坐下。席間談這許多事故。鮑廷璽道：「門下在這裏大半年了，看見少爺用銀子像淌水，連裁縫都是大捧拿了去。只有門下是七八個月的養在府裏白渾些酒肉吃吃，一個大錢也不見面。我想這樣乾蔑片也做不來，不如揩揩眼淚，别處去哭罷。門下明日告辭。」○齊評：倒戟而出之。○天一評：此以少卿之大意反映慎卿之用心。 杜少卿道：「鮑師父，你也不曾向我説過，我曉得你甚麽心事，你有話説不是？」○天二評：一初原説我自有道理，而今要請個道理了。 鮑廷璽忙斟一杯酒遞過來，説道：「門下父子兩個都是教戲班子過日，不幸父親死了。○黄評：此語從楊裁縫得來。 門下消折了本錢，不能替父親争口氣；家裏有個老母親，○天二評：謂鮑老太太乎?謂王老太太乎?又不能養活。門下是該死的人,除非少爺賞我個本錢,纔可以回家養活母親。」〇黄評:哪知他養活太太。〇天一評:王太太是你母親,所以敬畏。杜少卿道:「你一個梨園中的人,却有思念父親、孝敬母親的念,這就可敬的狠了。我怎麽不幫你?」鮑廷璽站起來道:「難得少爺的恩典。」杜少卿道:「坐着,你要多少銀子?」鮑廷璽看見王鬍子站在底下,把眼望着王鬍子。〇天一評:惡極。王鬍子走上來道:「鮑師父,你這銀子要用的多哩,連叫班子,買行頭,怕不要五六百兩?少爺這裏没有,只好將就弄幾十兩銀子給你,過江舞起幾個猴子來,你再跳。」〇齊評:都用反激之筆,可謂各有身段。〇天二評:不過請你幾頓酒,何苦盡口幫襯。杜少卿道:「幾十兩銀子不濟事。我竟給你一百兩銀子,〇天二評:仍不够攏班子。你拿過去教班子。用完了,〇黄評:他用完了,你也用完了。你再來和我説話。」鮑廷璽跪下來謝。杜少卿拉住道:「不然我還要多給你些銀子——因我這婁太爺病重,要料理他的光景——我好打發你回去。」當晚臧、張二人都贊杜少卿的慷慨。吃罷散了。

自此之後,婁太爺的病一日重一日。那日,杜少卿坐在他跟前,婁太爺説道:「大相公,我從前挨着,只望病好,而今看這光景,病是不得好了,你要送我回家去!」杜少卿道:「我一日不曾盡得老伯的情,怎麽説要回家?」婁太爺道:「你又呆了!

我是有子有孫的人，一生出門在外，今日自然要死在家裏。難道説你不留我？」○天二評：實情實理。杜少卿垂淚道：「這樣説我就不留了。老伯的壽器是我備下的，如今用不着，是不好帶去了，○天一評：何以不好帶去？另拿幾十兩銀子合具壽器。衣服、被褥是做停當的，與老伯帶去。」婁太爺道：「這棺木衣服，我受你的。你不要又拿銀子給我家兒子孫子。我在這〔一八〕三日内就要回去，坐不起來了，只好用床抬了去。你明日早上到令先尊太老爺神主前祝告，説婁太爺告辭回去了。我在你家三十年，是你令先尊一個知心的朋友。令先尊去〔一九〕後，大相公如此奉事我，我還有甚麽話〔二〇〕？你的品行、文章，是當今第一人，你生的個小兒子，○黄評：寫少卿有子。尤其不同，將來好好教訓他成個正經人物。○天一評：不説舉人、進士，便見婁老爹見解。○天二評：不説中舉人、中進士，便見此老見解。但是你不會當家，不會相與朋友，這家業是斷然保不住的了！○黄評：一眼看定。像你做這樣慷慨仗義的事，我心裏喜歡，只是也要看來説話的是個甚麽樣人。○齊評：議論明白透澈，然少卿却别有見解也。○天二評：知人不易，難言之矣。像你這樣做法，都是被人騙了去，没人報答你的。雖説施恩不望報，却也不可這般賢否不明。○黄評：「賢否不明」是的評，惜乎何不早勸。你相與這臧三爺、張俊民，都是没良心的人。近來又添一個鮑廷璽，他做戲的，有甚麽好人，你也要照顧他？若管家〔二一〕王鬍子，就更壞了！銀錢也是小事，○黄評：撇却銀錢纔是正論。我死之後，你父子兩人事事學你令先尊的德行，德行若好，就没有飯吃也不妨，○黄評：觀此語，婁焕文何可厚非。○齊評：此一番話畢竟是老輩人口氣。你平生最相好的是你家慎卿相公，慎卿雖有才情，也不是甚麽厚道人。○黄評：不錯。你只學你令先尊，將來斷不吃苦。○天二評：一番遺言，語語切實，吾服太守公之知人。你眼裏又没有官長，又没有本家，這本地方也難住。○黄評：知己如此，少卿父事之，是也。南京是個大邦，你的才情，到那裏去，或者還遇着個知己，○天二評：少卿遷往南京之舉蓋亦發之於婁太爺。做出些事業來。這剩下的家私是靠不住的了！○黄評：一眼看定。大相公，你聽信我言，我死也瞑目！」○黄評：字字切中少卿之病，難得難得。杜少卿流淚道：「老伯的好話，我都知道了。」忙出來吩咐雇了兩班脚子，抬婁太爺過南京到陶紅鎮。又拿出百十兩銀子來付與婁太爺的兒子回去辦後事。第三日，送婁太爺起身。只因這一番，有分教：京師池館，又看俊傑來游；江北江鄉，不見英賢豪舉。畢竟後事如何，且聽下回分解。

【總評】

卧評 寫少卿全没一分計較，可爲艱難締造者一哭！○黄評：婁焕文云，銀錢是小事，責少卿却不在此。

黃評　少卿只是一個呆子，其至性血誠，天下有幾人哉！觀後文我以爲莊紹光不若也。

齊評　杜少卿浪擲祖產，妄施濫用，粗看之，似與二婁好客，不問來歷便與結交，同一没分曉也。此正紈袴習氣。然二婁因不能早得科第，激成牢騷，未免近於熱中，其品不高。少卿因身居僻壤小邑，所見所聞無非庸夫俗子，不獲展其胸襟志趣，故遂揮金如土，聊博故鄉感頌，彼意中早辦避居計矣。觀後文王鬍子逃走，付之一笑，而謂南京有山水朋友之樂，可知早有成見。況其不應徵召，亦比二婁爲高。故足爲全書第三人也。

婁焕文臨去一番言論，真能深識少卿心事，少卿是以痛哭流涕耳。

【校記】

〔一〕舉，原作「傑」，抄本、蘇本同。從卷首目録和申一、二本改。

〔二〕去，原作「居」，抄本、蘇本同。從卷首目録和申一、二本改。

〔三〕市平比錢平，申二本作「比市頂平」。

〔四〕「耐煩」後申一、二本多「和」字。

〔五〕爹，原作「爺」，抄本、蘇本同。從申一、二本改。

〔六〕兩，原作「金」，抄本、蘇本、申一本同。從申二本改。

〔七〕我，原作「你」，抄本、蘇本、申一本同。從申二本改。

〔八〕與了他，申一、二本作「與他了」。

〔九〕「這件」後申二本多「事」字。

〔一〇〕這事共總，申一本作「這樣事恐」，申二本作「這事總」。

〔一一〕說，申一、二本無。

〔一二〕不得的，申二本作「不准進場」。

〔一三〕又，原作「道」，抄本、蘇本同。從申一、二本改。

〔一四〕叫，申二本作「喚」。

〔一五〕沒有人來拆，原作「沒有人家來」，蘇本同。申一本作「沒有人動來」，申二本作「沒有人來動」。從抄本改。

〔一六〕宮，原缺，抄本、蘇本同。從申一、二本補。

〔一七〕宮，原作「官」，抄本、蘇本同。從申一、二本改。

〔一八〕在這，原作「這在」，抄本、蘇本、申二本同。從申一本改。

〔一九〕「去」後申二本多「世」字。

〔二〇〕話，申一、二本作「說」。

〔二一〕管家，申一本作「說這」。

第三十三回

杜少卿夫婦游山　遲衡山朋友議禮

話説杜少卿自從送了婁太爺回家之後，自此就没有人勸他，越發放着膽子用銀子。○天一、二評：此特筆也，見婁太爺平日非不勸。前項已完，叫王鬍子又去賣了一分田來，二千多銀子，隨手亂用。又將一百銀子把鮑廷璽打發過江去了。○天二評：一百銀子教戲子則不足，跳猴子則有餘，恐王太太又在家等候吃人參了。王知縣事體已清，退還了房子，告辭回去。杜少卿在家又住了半年多，銀子用的差不多了，思量把自己住的房子併與本家，要到南京去住，○黄評：棄祖業，離鄉里，此少卿之疵也。和娘子商議，娘子依了。○黄評：娘子却太無主意，然却是夫倡婦隨。人〔一〕勸着，他總不肯聽。足足鬧了半年，房子歸併妥了。除還債贖當，還落了有千把多銀子，和娘子説道：「我先到南京會過盧家表侄，尋定了房子，再來接你。」當下收拾了行李，帶着王鬍子，同小厮加爵過江。王鬍子在路見不是事，拐了二十兩銀子走了，○天一、二評：天去其疾，而元氣已喪。杜少卿付之一笑，○齊評：也只好如此。只帶了加爵過江。

到了倉巷裏外祖盧家，○天一評：少卿未知慎卿已去，而不訪慎卿，先至盧家，知其平日泛泛。表侄盧華士出來迎請表叔進去，到廳上見禮。杜少卿又到樓上拜了外祖、外祖母的神主。見了盧華士的母親，叫小厮拿出火腿、茶葉土儀來送過。盧華士請在書房裏擺飯，請出一位先生來，是華士今年請的業師。那先生出來見禮，杜少卿讓先生首席坐下。杜少卿請問：「先生貴姓？」那先生道：「賤姓遲，名均，字衡山。○天一評：此回以後祭泰伯祠諸人漸漸聚集，而遲衡山倡建泰伯祠，又議定祭禮，乃最要之人，故於此先出。○天二評：此回以後祭泰伯祠諸人漸漸聚集，而遲衡山倡議建祠乃最要之人，故於此先出。少卿以覓屋故先到盧家，而衡山乃盧家西席，故先見面。提綱挈領，叙事秩然。請問先生貴姓？」盧華士道：「這是學生天長杜家表叔。」遲先生道：「是少卿？先生是海内英豪，千秋快士！○黄評：八字贊少卿，可見少卿，非銀錢買來者。只道聞名不能見面，何圖今日邂逅高賢！」站起來，重新見禮。杜少卿看那先生細瘦，通眉長爪，雙眸炯炯，知他不是庸流，便也一見如故。吃過了飯，説起要尋房子來住的話，遲衡山喜出望外，説道：「先生何不竟尋幾間河房住？」杜少卿道：「這也極好。我和你借此先去看看秦淮。」遲先生叫華士在家好好坐着，便同少卿步了出來。

走到狀元境，只見書店裏貼了多少新封面，内有一個寫道：「《歷科程墨持運》。處州馬純上、嘉興蘧駪夫同選。」○黄評：此後便將大祭中人漸漸攏來。○齊評：挽合前文。○天二評：馬二先生是泰伯祠第三獻，故於此先出，又帶出蘧駪夫。 杜少卿道：「這蘧駪夫是南昌蘧太守之孫，是我敝世兄。既在此，我何不進去會會他？」便同遲先生進去。蘧駪夫出來叙了世誼，彼此道了些相慕的話。馬純上出來叙禮，問：「先生貴姓？」蘧駪夫道：「此乃天長殿元公孫杜少卿先生，這位是句容遲衡山先生，皆江南名壇領袖。○天二評：定要説到名壇總病根。 小弟輩恨相見之晚。」吃過了茶，遲衡山道：「少卿兄要尋居停，此時不能久談，要相别了。」同走出來，只見櫃臺上伏着一個人在那裏看詩，指着書上道：「這一首詩就是我的。」○天二評：我亦不問而知其必是景蘭江。 四個人走過來，看見他傍邊放着一把白紙詩扇。 蘧駪夫打開一看，款上寫着「蘭江先生」。蘧駪夫笑道：「是景蘭江。」○黄評：順手帶出景蘭江。知其已至南京，爲大祭用也。 景蘭江抬起頭來看見二人，作揖問姓名。 杜少卿拉着遲衡山道：「我每〔二〕且去尋房子，再來會這些人。」

當下走過淮清橋〔三〕，遲衡山路熟，找着房牙子，一路看了幾處河房，多不中意，一直看到東水關。 這年是鄉試年，河房最貴，這房子每月要八兩銀子的租錢。 杜少卿道：「這也罷了，先租了住着，再買他的。」南京的風俗是要付一個進房，一個押月〔四〕。當下房牙子同房主人跟到倉巷盧家寫定租約，付了十六兩銀子。盧家擺酒留遲衡山同杜少卿坐坐，到夜深，遲衡山也在這裏宿了。

次早，纔洗臉，只聽得一人在門外喊了進來：○黄評：文筆不平，閲者請猜是誰人？「杜少卿先生在那裏？」○齊評：突兀有神。○天一、二評：狗頭得信偏快。杜少卿正要出去看，那人已走進來，説道：「且不要通姓名，且等我猜一猜着〔五〕！」定了一會神，走上前，一把拉着少卿道：「你便是杜少卿。」○黄評：認得「關夫子眉毛」。○齊評：學《紅樓夢》筆意，彼是脂粉氣，此有豪爽氣。杜少卿笑道：「我便是杜少卿。這位是遲衡山先生，這是舍表侄。先生，你貴姓？」那人道：「少卿天下豪士，英氣逼人，小弟一見喪膽，不似遲先生老成尊重，○黄評：兩面圓到，真是乖人。所以我認得不錯。小弟便是季葦蕭。」○黄評：此子却也可人。遲衡山道：「是定梨園榜的季先生？久仰，久仰！」季葦蕭坐下，向杜少卿道：「令兄已是北行了。」○黄評：一筆撇却慎卿，此筆墨簡省之法，人却易忽。○天二評：慎卿北行從葦蕭口中説出。此句接梨園榜來。杜少卿驚道：「幾時去的？」季葦蕭道：「纔去了三四日。小弟送到龍江關。他加了貢，進京鄉試去了。少卿兄揮金如土，○黄評：真是「揮金如土」，然而了矣。爲甚麽躲在家裏用，不拿來這裏，我們大家頑頑？」

〇齊評：正是不得其地。〇天一、二評：應伯爵聲口。杜少卿道：「我如今來了。現看定了河房，到這裏來居住。」季葦蕭拍手道：「妙！妙！我也尋兩間河房同你做鄰居，把賤內也接來同老嫂作伴。這買河房的錢，就出在你！」〇黄評：一見就騙。遲了遲了。〇天二評：應伯爵聲口，又似臧三。（天一評「似」作「宛然」）杜少卿道：「這個自然。」〇齊評：還是老官口氣。須臾，盧家擺出飯來，留季葦蕭同吃。吃飯中間，談及哄慎卿看道士的這一件事，〇天一、二評：得意之筆。衆人大笑，把飯都噴了出來。纔吃完了飯，便是馬純上、蘧駪夫、景蘭江來拜。會着談了一會，送出去。纔進來，又是蕭金鉉、諸葛天申、季恬逸來拜。〇黄評：又順手帶出三人，以便聯絡，且爲大祭用。季葦蕭也出來同坐。談了一會，季葦蕭同三人一路去了。杜少卿寫家書，打發人到天長接家眷去了。

次日清晨，正要回拜季葦蕭這幾個人，又是郭鐵筆同來道士來拜。〇天一、二評：來道士不預大祭而此處出之者，所以映帶前文，又預爲蕪湖絶糧時伏一救星也。杜少卿迎了進來，看見道士的模樣，想起昨日的話，又忍不住笑。道士足恭了一回，拿出一卷詩來。郭鐵筆也送了兩方圖書。〇齊評：這是見面禮。杜少卿都收了。吃過茶，告别去了。杜少卿方纔出去回拜這些人。一連在盧家住了七八天，同遲衡山談些禮樂之事，甚是相合。〇黄評：「禮樂」二字，打動大祭。〇天二評：逗起議禮。家眷到了，共是四隻船，攏了河房。杜少卿辭别盧家，搬了行李去。

次日衆人來賀。這時三月初旬，河房漸好，也有簫管之聲。杜少卿備酒請這些人，共是四席。那日，季葦蕭、馬純上、蘧駪夫、季恬逸、遲衡山、盧華士、景蘭江、諸葛天申、蕭金鉉、郭鐵筆、來霞士都在席。○黄評：大祭諸人又先小聚一回。金東崖是河房鄰居,拜往過了,也請了來。○黃評:金東崖住河房,前文已有伏筆。本日茶厨先到，鮑廷璽打發新教的三元班小戲子來磕頭，見了杜少卿、杜娘子，賞了許多果子去了。隨即房主人家薦了一個賣花堂客叫做姚奶奶來見，○天二評：姚奶奶留作後用。杜娘子留他坐着。到上晝時分，客已到齊，將河房窗子打開了。衆客散坐，或憑欄看水，或啜茗閑談，或據案觀書，或箕踞自適，各隨其便。○齊評：一時雅集。只見門外一頂轎子，鮑廷璽跟着，是送了他家王太太來問安。○黄評：王太太餘波。王太太下轎進去了，姚奶奶看見他，就忍笑不住，向杜娘子道：「這是我們南京有名的王太太，他怎肯也到這裏來？」王太太見杜娘子，着實小心，不敢抗禮。○黄評：王太太進於道矣，一笑。○天一、二評：王太太證果了。杜娘子也留他坐下。杜少卿進來，姚奶奶、王太太又叩見了少爺。鮑廷璽在河房見了衆客，口内打諢説笑。○天一、二評：固是戲子本色，然而文卿無之。○天二評：文卿是世襲戲子，廷璽則本士人之子，且不過領班而已，而相去天淵，此亦世風升降之一端也。鬧了一會，席面已齊，杜少卿出來奉席坐下，吃了半夜酒，各自散訖〔六〕。鮑廷璽自己打着燈籠，照王太太坐了轎子，也回去了。○黄評：至此始了王太太。又過了幾日，娘子因初到南京，要到外面去看看景致。杜少卿道：「這個使得。」當下叫了幾乘轎子，約姚奶奶做陪客，兩三個家人婆娘都坐了轎子跟着。厨子挑了酒席，借清涼山一個姚園。○黄評：大約是後來之隨園。這姚園是個極大的園子，○天二評：此即後來隨園也。園亦不甚大，而稱極大，蓋借景於園外，簡齋固已自言之。然《詩話》中又冒稱即《紅樓夢》之大觀園，則又嚴貢生、匡超人、牛浦郎輩筆意也。（天一評只有前六字）○平步青評：姚園即後來隨園，《詩話》又冒稱大觀園，則非。進去一座〔七〕籬門。籬門内是鵝卵石砌成的路，一路硃紅欄杆，兩邊綠柳掩映。過去三間廳，便是他賣酒的所在，那日把酒桌子都搬了。過廳便是一路山徑，上到山頂，便是一個八角亭子。席擺在亭子上。娘子和姚奶奶一班人上了亭子，觀看景致。一邊是清涼山，高高下下的竹樹；一邊是靈隱觀，綠樹叢中，露出紅牆來，十分好看。坐了一會，杜少卿也坐轎子來了。轎裏帶了一隻赤金杯子，擺在桌上，斟起酒來，拿在手内，趁着這春光融融，和氣習習，憑在〔八〕欄杆上，留連痛飲〔九〕。這日杜少卿大醉了，竟携着娘子的手，出了園門，一手拿着金杯，大笑着，在清涼山岡子上走了一里多路。○黄評：狂態與慎卿不同，此作者特寫作兩樣，以見文筆一毫不可犯復也。○齊評：好景良辰，不愧雅人深致。○天一、二評：寫少卿狂態又與慎卿不同。背後三四個婦女嘻嘻笑笑跟着，兩邊看的人目眩神摇，不敢仰視。杜少卿夫婦兩個上了轎子去了。姚奶奶和這幾個婦女采了許多桃花插在轎子上，也跟上去了。

杜少卿回到河房，天色已晚。只見盧華士還在那裏坐着，説道：「北門橋莊表伯聽見表叔來了，急於要會。明日請表叔在家坐一時，不要出門，莊表伯來拜。」杜少卿道：「紹光先生是我所師事之人。○黄評：少卿是書中第三人，先寫；次出莊紹光，第二人；再出虞博士，第一人。我因他不耐同這一班詞客相聚，所以前日不曾約他。○天一、二評：此其所以爲莊紹光知己，不似今人請客，夾七夾八盡此一席。我正要去看他，怎反勞他到來看我？賢侄，你作速回去，打發人致意，我明日先到他家去。」華士應諾去了。

杜少卿送了出去。纔關了門，又聽得打的門響。小厮開門出去，同了一人進來，稟道：「婁大相公來了。」杜少卿舉眼一看，見婁焕文的孫子穿着一身孝，哭拜在地，説道：「我家老爹去世了，特來報知。」○天二評：少卿急欲會莊紹光，讀者亦急欲兩人會合，作者偏借婁老爹事緩之，以自矜其文法，真無可奈何之事。然而天下無可奈何之事蓋常有之，作者竊取其意耳。杜少卿道：「幾時去世的？」婁大相公道：「前月二十六日。」杜少卿大哭了一場，吩咐連夜製備祭禮。次日清晨，坐了轎子，往陶紅鎮去了。○黄評：接寫與莊紹光相會嫌直，將婁焕文之死即於此處了結，恰好。〇天一評：將寫少卿會莊紹光，却借此一隔，便不平直，全書慣用此法。季葦蕭打聽得姚園的事，絶早走來訪問，〇天二評：不知要來插科打諢些甚麽，混些酒食而已。知道已往陶紅，悵悵〔一〇〕而返。

杜少卿到了陶紅，在婁太爺柩前大哭了幾次，拿銀子做了幾天佛事，超度婁太爺生天。婁家把許多親戚請來陪。杜少卿一連住了四五日，哭了又哭。〇黄評：此等至誠感人，天下有幾？陶紅一鎮上的人，人人嘆息，説：「天長杜府厚道。」〇黄評：寫少卿全是一片天真，我覺莊少光斷不能及。又有人説：「這老人家爲人必定十分好，所以杜府纔如此尊重報答他。爲人須像這個老人家，方爲不愧。」〇天一評：此婁老定評已借傍人説出，而讀者不辨賢愚，横生議論，誤甚。〇天二評：婁老定評已借鄉人口中説出，而評者猶横生議論，蓋未曾細辨。杜少卿又拿了幾十兩銀子交與他兒子、孫子，買地安葬婁太爺。婁家一門，男男女女都出來拜謝。杜少卿又在柩前慟哭了一場，方纔回來。

到家，娘子向他説道：「自你去的第二日，巡撫一個差官，同天長縣的一個門斗，拿了一角文書來尋，我回他不在家。他住在飯店裏，日日來問，不知爲甚事。」杜少卿道：「這又奇了！」〇黄評：真奇，文筆不平，令人應接不暇。正疑惑間，小廝來説道：「那差官和門斗在河房裏要見。」杜少卿走出去，同那差官見禮坐下。差官道了恭喜，門斗送上一角文書來。那文書是拆開過的。○黄評：細。杜少卿拿出來看，只見上寫道：

巡撫部院李，爲舉薦賢才事：欽奉聖旨，采訪天下儒修。本部院訪得天長縣儒學生員杜儀，品行端醇，文章典雅。爲此飭知該縣儒學教官，即敦請該生即日束裝赴院，以便考驗，申奏朝廷，引見擢用。毋違！速速！

杜少卿看了道：「李大人是先祖的門生，原是我的世叔，所以薦舉我。○黄評：薦舉出之私恩，却不妨直説，此亦少卿不可及處。我怎麽敢當？但大人如此厚意，我即刻料理起身，到轅門去謝。」○天二評：回家將謂會莊紹光矣，却又作一折。（天一評「作一折」作「不然」）留差官吃了酒飯，送他幾兩銀子作盤程，門斗也給了他二兩銀子，打發先去了。

在家收拾，没有盤纏，把那一隻金杯當了三十兩銀子，○黄評：雖是金杯近俗，然當了作辭徵辟用，又覺雅甚。帶一個小廝，上船往安慶去了。○天一評：當金杯、辭徵亦佳話，而不知後文更有佳者。到了安慶，不想李大人因事公出，過了幾日纔回來。杜少卿投了手本，那裏開門請進去，請到書房裏。李大人出來，杜少卿拜見，請過大人的安，李大人請他坐下。李大人道：「自老師去世之後，我常念諸位世兄。久聞世兄才品過人（二），所以朝廷仿古徵辟大典，我學生要借光，萬勿推辭。」杜少卿道：「小侄菲才寡學，大人誤采虚名，恐其有玷薦牘。」李大人道：「不必太謙，我便向府縣取結。」杜少卿道：

「大人垂愛，小侄豈不知？但小侄麋鹿之性，草野慣了，近又多病，還求大人另訪。」李大人道：「世家子弟，怎説得不肯做官？我訪的不差，是要薦的！」〇齊評：辭嚴而義正，極是難得。慎卿遇之，必欣然道謝矣，此少卿所以高也。杜少卿就不敢再説了。李大人留着住了一夜，拿出許多詩文來請教。

次日辭別出來。他這番盤程〔二三〕帶少了，又多住了幾天，在轅門上又被人要了多少喜錢去，叫了一隻船回南京，船錢三兩銀子也欠着。一路又遇了逆風，走了四五天，纔走到蕪湖。到了蕪湖，那船真走不動了，船家要錢買米煮飯。杜少卿叫小廝尋一尋，只剩了五個錢。〇天一評：一寒至此。〇天二評：曲曲折折要大老官稍知甘苦。杜少卿算計要拿衣服去當。〇黄評：笑倒，然而有趣，夫誰知之。心裏悶，且到岸上去走走，見是吉祥寺，因在茶桌上坐着，吃了一開茶。又肚裏餓了，吃了三個燒餅，倒要六個錢，還走不出茶館門。〇天一評：吃的時候不曾算耶？只見一個道士在面前走過去，杜少卿不曾認得清。那道士回頭一看，忙走近前道：〇黄評：寫無意中相遇，最妙。「杜少爺，你怎麽在這裏？」杜少卿笑道：「原來是來霞兄！〇天一、二評：笑者猶憶慎卿事也。你且坐下吃茶。」〇黄評：以前諸人作爲大祭用，惟道士無用，便於此處了之。來霞士道：「少老爺，你爲甚麽獨自在此？」杜少卿道：「你幾時來的？」來霞士道：「我自叨擾之後，因這蕪湖縣張老父臺寫書子接我來做詩，所以在這裏。我就寓在識舟亭，〇黄評：識舟亭俗名八角亭。甚有景致，可以望江。少老爺到我下處去坐坐。」杜少卿道：「我也是安慶去看一個朋友，〇黄評：對道士不説出薦舉，是極。回來從這裏過，阻了風。而今和你到尊寓頑頑去。」來霞士會了茶錢，〇天二評：好了，走出茶館門了。兩人同進識舟亭。

廟裏道士走了出來，問那裏來的尊客。來道士道：「是天長杜狀元府裏杜少老爺。」〇天一評：杜狀元餘威震於殊俗。道士聽了，着實恭敬，〇黄評：不必恭敬，一文俱無，一笑。請坐拜茶。杜少卿看見牆上貼着一個斗方，一首識舟亭懷古的詩，上寫「霞士道兄教正」，下寫「燕裏韋闡思玄稿」。〇黄評：借詩引出韋四太爺。恰好。借出韋四太爺名字。〇天一、二評：韋四太爺名至此始見。杜少卿道：「這是滁州烏衣鎮韋四太爺的詩。他幾時在這裏的？」道士道：「韋四太爺現在樓上。」〇黄評：大妙，令閲者亦代爲之喜。〇天二評：仙乎，仙乎，從天而降，讀者亦渴念久矣。（天一評末七字作「喊得響」）杜少卿向來霞士道：「這樣，我就同你上樓去。」便一同上樓來，道士先喊道：「韋四太爺，天長杜少老爺來了！」韋四太爺答應道：「是那個？」要走下樓來看。杜少卿上來道：「老伯！小侄在此。」韋四太爺兩手抹着鬍子，哈哈大笑，説道：「我當是誰，原來是少卿！〇黄評：如聞其聲，如見其人，隨意寫來，無不入妙。你怎麽走到這荒江地面來？〇天一評：出場便有趣。不特少卿歡喜，連我亦歡喜。頗念髯翁别來無恙。〇天二評：出場便有趣。頗念髯翁别來無恙。且請坐下，待我烹起茶來，叙叙闊懷。你到底從那裏來？」杜少卿就把李大人的話告訴幾句，〇黄評：見韋四太爺方説出薦舉事，是極。又道：「小侄這回盤程帶少了，今日只剩的五個錢，方纔還吃的是來霞兄〔二三〕的茶，船錢飯錢都無。」韋四太爺大笑道：「好，好！今日大老官畢了！〇黄評：大老官必至於此，然少卿必不悔也。〇齊評：正所謂上場總有下場時。但你是個豪傑，這樣事何必焦心？且在我下處坐着吃酒。我因有教的一個學生住在蕪湖，他前日進了學，我來賀他，他謝了我二十四兩銀子。你在我這裏吃了酒，看風轉了，我拿十兩銀子給你去。」〇天二評：我爲少卿一快。杜少卿坐下，同韋四太爺、來霞士三人吃酒。直吃到下午，看着江裏的船在樓窗外過去，船上的定風旗漸漸轉動。韋四太爺道：「好了！風雲轉了！」大家靠着窗子看那江裏，看了一回，太陽落了下去，返照照着幾千根桅杆半截通紅。〇黄評：是蕪湖江口景致，令我鄉思之勃然。然以今思之，又慘然矣。〇天一評：真景，妙無裝飾語。〇天二評：畫所不到。杜少卿道：「天色已晴，東北風息了，小侄告辭老伯下船去。」韋四太爺拿出十兩銀子遞與杜少卿，〇則仙評：杜少卿半世豪舉，乃僅僅食報於韋四太爺之十兩頭，至於王鬍子之類不可勝紀，均在少卿一笑之中。甚矣！末世用財之難也。庚戌中秋則仙誌於紫源堂飯次。同來霞士送到船上。來霞士又托他致意南京的諸位朋友。説罷别過，兩人上岸去了。

杜少卿在船歇宿。是夜五鼓，果然起了微微西南風，船家扯起篷來，乘着順風，只走了半天，就到白河口。杜少卿付了船錢，搬行李上岸，坐轎來家。娘子接着，他就告訴娘子前日路上没有盤程的這一番笑話，娘子聽了也笑。

次日，便到北門橋去拜莊紹光先生。那裏回説：「浙江巡撫徐大人請了游西湖去了，」○黄評：緊接拜莊紹光，仍不見面，再作一曲。○天一、二評：此番必會莊紹光矣，而又不然。○天二評：筆力如怒馬不可羈勒。還有些日子纔得來家。」杜少卿便到倉巷盧家去會遲衡山。盧家留着吃飯。遲衡山閑話説起：「而今讀書的朋友，只不過講個舉業，若會做兩句詩賦，就算雅極的了，放着經史上禮、樂、兵、農的事，全然不問！○天二評：禮樂兵農是「文章裏辭藻」，如何當真！（天一評「文章裏辭藻」作「舉業上潤色」） 我本朝太祖定了天下，大功不差似湯武，○齊評：絶大議論。○天一評：只恐還未及漢唐，何論湯武！○天二評：恐未必，能敵過漢唐否？却全然不曾製作禮樂。少卿兄，你此番徵辟了去，替朝廷做些正經事，方不愧我輩所學。」杜少卿道：「這徵辟的事，小弟已是辭了。正爲走出去做不出甚麽事業，徒惹高人一笑，所以寧可不出去的好。」○黄評：此是作書本旨。○齊評：少卿如真出去亦不能爲，落得做個高人。○天二評：言之懔然。古之人量而後入，免得斷送頭皮。（天一評少頭四字）遲衡山又在房裏拿出一個手卷來説道：「這一件事，須是與先生商量。」杜少卿道：「甚麽事？」遲衡山道：「我們這南京，古今第一個賢人是吴泰伯，○黄評：吴泰伯是千古第一個不要功名富貴的，故以大祭爲全書之主。却並不曾有個專祠。○天二評：大文章發端。那文昌殿、關帝廟，到處都有。小弟意思要約些朋友，各捐幾何，蓋一所泰伯祠，春秋兩仲，用古禮古樂致祭。借此大家習學禮樂，成就出些人才，也可以助一助政教。○天二評：鄭重正大，是真儒見識。但建造這祠，須數千金。我裱〔四〕了個手卷在此，願捐的寫在上面。少卿兄，你願出多少？」杜少卿大喜道：「這是該的！」接過手卷，放開寫道：「天長杜儀捐銀三百兩。」遲衡山道：「也不少了。我把歷年做館的修金節省出來，也捐二百兩。」就寫在上面，又叫：「華士，你也勉力出五十兩。」也就寫在卷子上。遲衡山捲起收了，又坐着閑談。只見杜家一個小厮走來禀道：「天長有個差人，在河房裏要見少爺，請少爺回去。」杜少卿辭了遲衡山回來。只因這一番，有分教：一時賢士，同辭爵禄之縻；兩省名流，重修禮樂之事。不知後事如何，且聽下回分解。

【總評】

卧評　杜少卿乃豪蕩自喜之人，似乎不與遲衡山同氣味，然一見衡山，便互相傾倒，可知有真性情者，亦不必定在氣味之相投也。◯黄評：氣味何得不同，所好不同耳。衡山之迂，少卿之狂，皆如玉之有瑕。美玉以無瑕爲貴，而有瑕正見其爲真玉。夫子謂古之民有三疾，又以「愚魯辟喭」目四子，可見人不患其有毛病，但問其有何如之毛病〔一五〕。◯黄評：評少卿，此言得之。◯天一評：孔子取狂狷，孟子友匡章，而皆不取無非無刺之鄉愿以此。

識舟亭遇見來霞士，又遇見韋思玄，令觀者耳目爲之一快。子美云「途窮仗友生」，人不親歷此等境界，不知此中之苦，亦不知此中之趣。◯黄評：謂之爲趣，誰人能解。想作者學太史公讀書，遍歷天下名山大川，然後具此種胸襟，能寫出此種境況也。

祭泰伯祠是書中第一個大結束。凡作一部大書，如匠石之營宫室，必先具結構於胸中：孰爲廳堂，孰爲卧室，孰爲書齋、竈厩，一一布置停當，然後可以興工。此書之祭泰伯祠，是宫室中之廳堂也。從開卷歷歷落落寫諸名士，寫到虞博士是其結穴處，故祭泰伯祠亦是其結穴處。譬如岷山〔一六〕導江，至敷淺原，是大總匯處。以下又迤邐而入於海。書中之有泰伯祠，猶之乎江漢之有敷淺原也。

天一、二評　江寧府姚志《文苑傳》：樊明徵，字聖謨，一字軫亭，句容人。博學而精思，其於古人禮樂車服皆考核而製其器，有受教者，舉器以示之，不徒爲空言也。著書四十餘種，尤詳金石之學。

【校記】

〔一〕依了人，申一本作「托了人」，申二本作「不依又」。

〔二〕我每，抄本缺。申一、二本作「我們」。

〔三〕淮清橋，原作「淮秦橋」，抄本作「秦淮橋」。從蘇本和申一、二本改。

〔四〕要付一個進房一個押月，申一本作「要先付進房一個月押租」。

〔五〕着，申一、二本作「看」。

〔六〕訖，抄本作「去」。

〔七〕座，原作「坐」，蘇本同。從抄本和申一、二本改。

〔八〕在，申二本作「倚」。

〔九〕痛飲，申一、二本作「暢飲」。

〔一〇〕悵悵，原作「帳帳」，從抄本、蘇本和申一、二本改。

〔一一〕才品過人，抄本作「才高品優」。

〔一二〕盤程，申二本作「盤纏」，本回下同。

〔一三〕來霞兄，原作「來老爺」，抄本、蘇本同。申二本作「來老爹」。從申一本改。

〔一四〕褋，原作「表」，蘇本和申一、二本同。從抄本改。

〔一五〕有何如之毛病，抄本作「毛病之何如耳」。

〔一六〕岷山，原作「珉山」，蘇本和申一、二本同。從抄本改。

第三十四回

議禮樂名流訪友　備弓旌天子招賢

話說杜少卿別了遲衡山出來，問小厮道：「那差人他說甚麽？」小厮道：「他說少爺的文書已經到了，李大老爺吩咐縣裏鄧老爺請少爺到京裏去做官，鄧老爺現住在承恩寺。差人說，請少爺在家裏，鄧老爺自己上門來請。」杜少卿道：「既如此說，我不走前門家去了，你快叫一隻船，我從河房欄杆上上去。」當下小厮在下浮橋雇〔一〕了一隻涼篷，杜少卿坐了來家。忙取一件舊衣服、一頂舊帽子，穿戴起來，拿手帕包了頭，○天一、二評：好的微黃面皮，不用荷葉水染。睡在床上，叫小厮：「你向那差人說，我得了暴病，請鄧老爺不用來，○黃評：一部書中人聽見做官未有不喜者，少卿獨如此避之，亦足當第三人之目。我病好了，慢慢來謝鄧老爺。」小厮打發差人去了。娘子笑道：「朝廷叫你去做官，你爲甚麽粧病不去？」杜少卿道：「你好呆！○齊評：少卿平日行爲像呆，此等話頭却非呆。○天二評：娘子故意問你，並不呆。（天一評「並不呆」前多「他也」）放着南京這樣好頑的所在，留着我在家，春天秋天，同你出去看花吃酒，好不快活！爲甚麽要送我到京裏去？假使連你也帶往京裏，京裏又冷，你身子又弱，一陣風吹得凍死了，也不好。還是不去的妥當。」○黄評：辭官之意對婦人説不明白，只以戲語答之。

小厮進來説：「鄧老爺來了，坐在河房裏，定要會少爺。」杜少卿叫兩個小厮攙扶着，做個十分有病的模樣，路也走不全〔二〕，出來拜謝知縣，拜在地下就不得起來。○天二評：杜少卿平生不作假，只此一遭却裝得象。賢者真不可測。知縣慌忙扶了起來，坐下就道：「朝廷大典，李大人專要借光，不想先生病得狼狽至此。不知幾時可以勉强就道？」杜少卿道：「治晚不幸大病，生死難保，這事斷不能了。總求老父臺代我〔三〕懇辭。」袖子裏取出一張呈子來遞與知縣。○天一、二評：自己尚能寫呈子耶？不知何時預寫，此間頗有隙漏。知縣看這般光景，不好久坐，説道：「弟且别了先生，恐怕勞神。這事，弟也只得備文書詳覆上去，看大人意思何如。」杜少卿道：「極蒙臺愛，恕治晚不能躬送了。」知縣作别上轎而去，隨即備了文書，説：「杜生委係患病，不能就道。」申詳了李大人。恰好李大人也調了福建巡撫，這事就罷了。○天一、二評：早些調任，免得人家裝病了。杜少卿聽見李大人已去，心裏歡喜道：「好了！我做秀才，有了這一場結局，將來鄉試也不應，科、歲也不考，逍遥自在，做些自己的事罷！」○天二評：秀才有何不結局？想怕歲考耳。然尚未就徵，恐不能免。（天一評末四字作「豈能概免」）

杜少卿因托病辭了知縣，在家有許多時不曾出來。這日，鼓樓街薛鄉紳家請酒，杜少卿辭了不到，遲衡山先到了。那日在坐的客是馬純上、蘧駪夫、季葦蕭，都在那裏。坐定，又到了兩位客：一個是揚州蕭柏泉，名樹滋；一個是采石余夔，字和聲。是兩個少年名士。這兩人，面如傅粉，唇若塗硃，舉止風流，芳蘭竟體。○天二評：惜慎卿未見此。這兩個名士獨有兩個綽號：一個叫「余美人」，一個叫「蕭姑娘」。○黃評：惜慎卿已去，未見此二人。○天一評：慎卿見之以爲何如？兩位會了衆人，作揖坐下。薛鄉紳道：「今日奉邀諸位先生小坐，淮清橋有一個姓錢的朋友，○天一評：竟說朋友。我約他來陪諸位頑頑，他偏生的今日有事，不得到。」季葦蕭道：「老伯，可是那做正生的錢麻子？」薛鄉紳道：「是。」遲衡山道：「老先生同士大夫宴會，那梨園中人也可以許他一席同坐的麽？」○黃評：借衡山之迂一問，見高老先生之非人。薛鄉紳道：「此風也久了。○齊評：世人藉口每是此語。弟今日請的有高老先生，那高老先生最喜此人談吐，所以約他。」○天一評：翰林脾氣。遲衡山道：「是那位高老先生？」季葦蕭道：「是六合的現任翰林院侍讀。」

說着，門上人進來禀道：「高大老爺到了。」薛鄉紳迎了出去。高老先生〔四〕紗帽蟒衣，○黄評：正是正生打扮，無怪其喜錢麻子。進來與衆人作揖，首席坐下，認得季葦蕭，説道：「季年兄，前日枉顧，有失迎迓。承惠佳作，尚不曾捧讀。」便問：「這兩位少年先生尊姓？」○天一評：獨先問兩少年，其意可知，心裏只有此一件事。余美人、蕭姑娘各道了姓名。又問馬、蘧二人。馬純上道：「書坊裏選《歷科程墨》〔五〕持運》的，便是晚生兩個。」○天二評：鄙哉，馬二先生他心裏只有此一件事。余美人道：「這位蘧先生是南昌太守公孫。先父曾在南昌做府學，蘧先生和晚生也是世弟兄。」○天二評：急欲攀附。問完了，纔問到遲先生。遲衡山道：「賤姓遲，字衡山。」季葦蕭道：「遲先生有製禮作樂之才，乃是南邦名宿。」○天二評：季葦蕭已微覺之，故作周旋語。高老先生聽罷，不言語了。○黄評：衡山自是持重不同，故不己問之，季葦蕭以「製禮作樂」爲言，如何樂聞。○天一、二評：高翰林胸中亦有禮樂，則唱戲是；亦有製禮作樂之才，則錢麻子是。吃過了三遍茶，換去大衣服，請在書房裏坐。這高老先生雖是一個前輩，却全不做身分，最好頑耍，同衆位説説笑笑，並無顧忌，纔進書房，就問道：「錢朋友怎麽不見？」○天二評：求賢若渴。薛鄉紳道：「他今日回了不得來。」高老先生道：「没趣！没趣！今日滿座欠雅矣！」○黄評：反説「欠雅」，罵殺翰林。○齊評：正不知所謂雅者何在。薛鄉紳擺上兩席，奉席坐下。席間談到浙江這許多名士，以及西湖上的風景，婁氏弟兄兩個許多結交賓客的故事。余美人道：「這些事我還不愛，我只愛駪夫家的雙紅姐，説着還齒頰生香。」○天二評：駪夫聞之以爲何如？（天一評「駪夫」作「蘧公孫」） 季葦蕭道：「怪不得，你是個美人，所以就愛美人了。」蕭柏泉道：「小弟生平〔六〕最喜修補紗帽，可惜魯編修公不曾會着，聽見他那言論丰采，到底是個正經人。 若會着，我少不得着實請教他。 可惜已去世了。」蘧駪夫道：「我婁家表叔那番豪舉，而今再不可得了。」○天二評：鶯脰湖乎？人頭會乎？ 季葦蕭道：「駪兄，這是甚麽話？我們天長杜氏弟兄，只怕更勝於令表叔的豪舉！」遲衡山道：「兩位中是少卿更好。」○黄評：借閑談將二婁二杜相較。 高老先生道：「諸位纔説的，可就是贛州太守的乃郎？」遲衡山道：「正是。 老先生也相與？」○天一評：開口便有不然之意，衡山誠實，不識起倒，多此一問。 高老先生道：「我們天長、六合是接壤之地，我怎麽不知道？諸公莫怪學生説，這少卿是他杜家第一個敗類！他家祖上幾十代行醫，廣積陰德，家裏也挣了許多田産。 到了他家殿元公，發達了去，雖做了幾十年官，却不會尋一個錢來家。○天二評：既已發達，仍不尋錢，便如不發達。 到他父親，還有本事中個進士，做一任太守，已經是個呆子了：做官的時候，全不曉得敬重上司，只是一味希圖着百姓説好； 又逐日講那些『敦孝弟，勸農桑』的呆話。 這些話是教養題目文章裏的詞藻，他竟拿着當了真，○黄評：此等語非翰林不能道，駡殺駡殺。○齊評：真是妙談。○天一、二評：與上文製禮作樂話針鋒相對，正是借張駡李。惹的上司不喜歡，把個官弄掉了。他這兒子就更胡説，混穿混吃，和尚、道士、工匠、花子，都拉着相與，却不肯相與一個正經人！○黄評：錢麻子却是「正經人」，絶倒。○天二評：正經人是誰？錢麻子是也。不到十年内，把六七萬銀子弄的精光。天長縣站不住，搬在南京城裏，日日携着乃眷上酒館吃酒，手裏拿着一個銅盞子，就像討飯的一般。不想他家竟出了這樣子弟！學生在家裏，往常教子侄們讀書，就以他爲戒。每人讀書的桌子上寫一紙條貼着，上面寫道：『不可學天長杜儀。』」○黄評：却也學不到。學老先生便一學就到。○齊評：就要學，只怕也學不來。○天一、二評：須學淮清橋錢麻子。遲衡山聽罷，紅了臉道：「近日朝廷徵辟他，他都不就。」○天一評：衡山又鈍又迂。高老先生冷笑道：「先生，你這話又錯了。他果然肚裏通，就該中了去！」○黄評：駡殺。非玩世也，正是嫉世之深。又笑道：「徵辟難道算得正途出身麽？」○齊評：以科第驕人，與魯編修如出一口。蕭柏泉道：「老先生説的是。」向衆人道：「我們後生晚輩，都該以老先生之言爲法。」○天二評：當云都該以錢麻子爲法。當下又吃了一會酒，説了些閑話。席散，高老先生坐轎先去了。衆位一路走，遲衡山道：「方纔高老先生這些話，分明是駡少卿，不想倒替少卿添了許多身分。○齊評：正是大慚大好、小慚小好的對面。○天一、二評：亦未必然。衆位先生，少卿是自古及〔七〕今難得的一個奇人！」○天一評：鈍極。馬二先生道：「方纔這些話，也有幾句説的是。」○黄評：此段非寫高侍讀，正是寫少卿。而馬二先生依然是馬二先生。○天一評：馬二先生口氣。季葦蕭道：「總不必管他。他河房裏有趣，我們幾個人明日一齊到他家，叫他買酒給我們吃！」○天一、二評：只有這個狗頭乖。余和聲道：「我們兩個人也去拜他。」當下約定了。

次日，杜少卿纔起來，坐在河房裏，鄰居金東崖拿了自己做的一個《四書講章》來請教，擺桌子〔八〕在河房裏看。看了十幾條，落後金東崖指着一條問道：「先生，你説這『羊棗』是甚麽？羊棗即羊腎也。俗語説：『只顧羊卵子，不顧羊性命。』所以曾子不吃。」○黄評：書辨講《四書》，本屬可笑，只此一條便足。當日想必實有其人。○齊評：真乃絶世奇聞，可惜此書不傳。○天二評：臧三、張俊民、裁縫、王鬍子都是吃羊卵的，今日季葦蕭帶着許多人來吃羊卵。（天一評「王鬍子」後多「鮑廷璽」；「卵」作「棗」）○則仙評：如此見解，宜乎見斥於慎卿也。杜少卿笑道：「古人解經也有穿鑿的，先生這話就太不倫了。」正説着，遲衡山、馬純上、蘧駪夫、蕭柏泉、季葦蕭、余和聲，一齊走了進來，作揖坐下。杜少卿道：「小弟許久不曾出門，有疏諸位先生的教，今何幸群賢畢至！」便問：「二位先生貴姓？」余、蕭二人各道了姓名。杜少卿道：「蘭江怎的不見？」蘧駪夫道：「他又在三山街開了個頭巾店做生意。」○黄評：安頓景本蕙，爲大祭用人耳。小斯奉出茶來。季葦蕭道：「不是吃茶的事，我們今日要酒。」○天二評：要羊卵下酒。杜少卿道：「這個自然，且閑談着。」遲衡山道：「前日承見賜《詩説》。極其佩服。但吾兄説詩大旨，可好請教一二。」蕭柏泉道：「先生説的可單是擬題？」馬二先生道：「想是在《永樂大全》上説下來的？」○黄評：寫馬二先生學問，滴滴歸原，總不失爲馬二先生。○天二評：甚麽鳥便只甚麽聲。遲衡山道：「我們且聽少卿説。」

杜少卿道：「朱文公解經，自立一説，也是要後人與諸儒參看。而今丢了諸儒，只依朱注，這是後人固陋，與朱子不相干。○齊評：通儒之論。小弟遍覽諸儒之説，也有一二私見請教。即如《凱風》一篇，説七子之母想再嫁，我心裏不安。古人二十而嫁，養到第七個兒子，又長大了，那母親也該有五十多歲，那有想嫁之理〔九〕？所謂『不安其室』者，不過因衣服飲食不稱心，在家吵鬧，七子所以自認不是。○天一、二評：五十多歲想嫁也未必無，然《孟子》言，親之過小，則非。此之謂。范家相《三家詩拾遺》引趙岐《孟子》注云：莫慰母心，謂母心不悦也。范云：不悦蓋有心苛虐，少慈恩。此與少卿意合。○平步青評：《三家詩拾遺》應作《詩瀋》。這話前人不曾説過。」遲衡山點頭道：「有理。」杜少卿道：「『女曰鷄鳴』一篇，先生們説他怎麽樣好？」馬二先生道：「這是《鄭風》，只是説他『不淫』，還有甚麽别的説？」○黄評：馬二先生斷無異解。遲衡山道：「便是，也還不能得其深味。」

杜少卿道：「非也，但凡士君子，横了一個做官的念頭在心裏，便先要驕傲妻子。妻子想做夫人，想不到手，便事事不遂心，吵鬧起來。〇齊評：曲中世情。你看這夫婦兩個，絶無一點心想到功名富貴上去，〇黄評：認真論詩非小説矣，妙在不失本旨。彈琴飲酒，知命樂天。這便是三代以上修身齊家之君子。〇天一、二評：此是少卿現身説法。這個，前人也不曾説過。」蘧駪夫道：「這一説果然妙了！」〇天二評：魯小姐聞之未必謂然。杜少卿道：「據小弟看來，《溱洧》之詩也只是夫婦同游，並非淫亂。」〇黄評：以上數條並是竹垞翁之論，作者借作少卿説詩。〇天一評：亦説得通。季葦蕭道：「怪道前日老哥同老嫂在姚園大樂！這就是你彈琴飲酒，采蘭贈芍〔一〇〕的風流了。」〇天二評：何嘗不然。衆人一齊大笑。遲衡山道：「少卿妙論，令我聞之如飲醍醐。」余和聲道：「那邊醍醐來了！」衆人看時，見是小厮捧出酒來。

當下擺齊酒肴，八位坐下小飲。季葦蕭多吃了幾杯，醉了，説道：「少卿兄，你真是絶世風流。據我説，鎮日同一個三十多歲的老嫂子看花飲酒，也覺得掃興。〇天二評：葦蕭俗物何能知此。據你的才名，又住在這樣的好地方，何不娶一個標致如君，又有才情的，才子佳人，及時行樂？」〇黄評：季葦蕭見解不過如此。〇天一評：出口就是才子佳人！俗物俗物！〇天二評：又是才子佳人！葦蕭爲人至此已底裏盡露。杜少卿道：「葦兄，豈不聞晏子云：『今雖老而醜，我固及見其姣且好也。』○齊評：即此便見少卿慎卿相去天壤。況且娶妾的事，小弟覺得最傷天理。天下不過是這些人，一個人占了幾個婦人，天下必有幾個無妻之客。○天一、二評：確有見地。小弟爲朝廷立法：人生須四十無子，方許娶一妾；此妾如不生子，便遣别嫁。○天二評：此法可行。貧家有女只宜擇門户相當者妻之，富家有婢至年長，亦擇人爲配。自娶妾者多，而圖高攀、圖安樂者居爲奇貨矣。是這等樣，天下無妻子的人或者也少幾個。也是培補元氣之一端。」蕭柏泉道：「先生説得好一篇風流經濟！」遲衡山嘆息道：「宰相若肯如此用心，天下可立致太平！」○天一評：又迂了。○天二評：此人之迂，無藥可救。當下吃完了酒，衆人歡笑，一同〔二〕辭别去了。

過了幾日，遲衡山獨自走來，杜少卿會着。遲衡山道：「那泰伯祠的事，已有個規模了。將來行的禮樂，我草了一個底稿在此，來和你商議，替我斟酌起來。」杜少卿接過底稿看了道：「這事還須尋一個人斟酌。」遲衡山道：「你説尋那個？」杜少卿道：「莊紹光先生。」遲衡山道：「他前日浙江回來了。」杜少卿道：「我正要去。我和你而今同去看他。」當下兩人坐了一隻凉篷船，到了北門橋，上了岸，見一所朝南的門面房子，遲衡山道：「這便是他家了。」兩人走進大門，門上的人進去禀了主人，那主人走了出來。這人姓莊名尚志，字紹光，○黄評：叙紹光，鄭重而出之，不同他人。是南京累代的讀書人家。○天一評：至此始出莊紹光，鄭重之至。○天二評：鄭重出之。這莊紹光十一二歲就會做一篇七千字的賦，天下皆聞。此時已將及四十歲，名滿一時，他却閉户著書，不肯妄交〔一二〕一人。○天一評：纔是真讀書人。○天二評：未有妄交而能閉户著書者。這日聽見是這兩個人來，方纔出來相會。○黄評：至此少卿始會莊紹光。只見頭戴方巾，身穿寶藍夾紗直裰，三綹髭鬚，黄白面皮，出來恭恭敬敬同二位作揖坐下。○黄評：「恭恭敬敬」者，言不以凡衆待二人也。莊紹光道：「少卿兄，相別數載，却喜卜居秦淮，爲三山二水生色。前日又多了皖江這一番纏繞，你却也辭的爽快。」○黄評：紹光未嘗不爲少卿感動，故有辭宦之舉。○齊評：正所謂異曲同工。杜少卿道：「前番正要來相會，恰遇故友之喪，只得去了幾時，回來時，先生已浙江去了。」莊紹光道：「衡山兄常在家裏，怎麽也不常會？」遲衡山道：「小弟爲泰伯祠的事，奔走了許多日子，今已略有規模，把所訂要行的禮樂送來請教。」袖裏拿出一個本子來遞了過去。莊紹光接過，從頭細細看了，說道：「這千秋大事，小弟自當贊助效勞〔一三〕。但今有一事，又要出門幾時，多則三月，少則兩月便回〔一四〕，那時我們〔一五〕細細考訂。」遲衡山道：「又要到那裏去？」莊紹光道：「就是浙撫徐穆軒先生，今升少宗伯，他把賤名薦了，奉旨要見，只得去走一遭。」遲衡山道：「這是不得就回來的。」莊紹光道：「先生放心，小弟就回來的，不得誤了泰伯祠的大祭。」杜少卿道：「這祭祀的事，少了先生不可，專候早回。」遲衡山叫將邸抄借出來看。小廝取了出來，兩人同看。上寫道：

禮部侍郎徐，爲薦舉賢才事。奉聖旨，莊尚志着來京引見。欽此。

兩人看了，説道：「我們且別，候入都之日，再來奉送。」莊紹光道：「相晤不遠，不勞相送。」説罷出來，兩人去了。

莊紹光晚間置酒與娘子作別。娘子道：「你往常不肯出去，今日怎的聞命就行？」莊紹光道：「我們與山林隱逸不同，既然奉旨召我，君臣之禮是傲〔一六〕不得的。○齊評：真正隱者，子路尚且責備丈人，何况學校中人？然少卿不去又有少卿的道理。你但放心，我就回來，斷不爲老萊子〔一七〕之妻所笑。」○黄評：見識便不錯，不愧第二人。又與少卿答娘子語不同。○天二評：此又與杜少卿答娘子語不同。次日，應天府的地方官都到門來催迫。莊紹光悄悄叫了一乘小轎，帶了一個小廝，脚子挑了一擔行李，從後門老早就出漢西門去了。

莊紹光從水路過了黄河，雇了一輛車，曉行夜宿〔一八〕，一路來到山東地方。過兖州府四十里，地名叫做辛家驛，住了車子吃茶。這日天色未晚，催着車夫還要趕幾十里地。店家説道：「不瞞老爺説，近來咱們地方上響馬甚多，凡過往的客人，須要遲行早住。老爺雖然不比有本錢的客商，但是也要小心些。」莊紹光聽了這話，便叫車夫：「竟住下罷。」小厮揀了一間房，把行李打開，鋪在炕上，拿茶來吃着。只聽得門外騾鈴亂響，來了一起銀鞘〔一九〕，有百十個牲口。內中一個解官，武員打扮。又有同伴的一個人，五尺以上身材，六十外歲年紀，花白鬍鬚。頭戴一頂氈笠子，身穿箭衣，腰插彈弓一張，脚下黄牛皮靴。兩人下了牲口，拿着鞭子一齊走進店來，吩咐店家道：「我們是四川解餉進京的，今日天色將晚，住一宿，明日早行。你們須要小心伺候。」店家連忙答應。那解官督率着脚夫將銀鞘搬入店內，牲口趕到槽上，挂了鞭子，同那人進來，向莊紹光施禮坐下。莊紹光道：「尊駕是四川解餉來的？此位想是貴友。不敢拜問尊姓大名？」解官道：「在下姓孫，叨任守備之職。敝友姓蕭，字昊軒，成都府人。」因問莊紹光：「進京貴幹？」莊紹光道了姓名並赴召進京的緣故。蕭昊軒道：「久聞南京有位莊紹光先生是當今大名士，不想今日無意中相遇。」極道其傾倒〔二〇〕之意。莊紹光見蕭昊軒氣宇軒昂，不同流俗，○天一評：於此見蕭昊軒亦非常流，又伏後蕭云仙事。也就着實親近。因説道：「國家承平日久，近來的地方官辦事，件件都是虛應故事。像這盜賊横行，全不肯講究一個弭盜安民的良法。○天二評：有治人無治法。今無治人雖有治法亦無如之何也已！「弭盜安民」亦「文章裏詞藻」。聽見前路響馬甚多，我們須要小心防備。」蕭昊軒笑道：「這事先生放心。小弟生平有一薄技，百步之内，用彈子擊〔二一〕物，百發百中。響馬來時，只消小弟一張彈弓，叫他來得去不得，人人送命，一個不留！」〇天一、二評：未免淺露。孫解官道：「先生若不信敝友手段，可以當面請教一二。」〇齊評：凡人有才不可自露，觀此一段事真是益人不少。〇天一評：解官更是冒失人。〇天二評：解官更冒失。莊紹光道：「急要請教，不知可好驚動？」蕭昊軒道：「這有何妨！正要獻醜。」遂〔二二〕將彈弓拿了，走出天井來，向腰間錦袋中，取出兩個彈丸拿在手裏。莊紹光同孫解官一齊步出天井來看，只見他把彈弓舉起，向着空闊處先打一丸彈子，抛在空中；續將一丸彈子打去，恰好與那一丸彈子相遇，在半空裏打得粉碎〔二三〕。莊紹光看了，贊嘆不已。連那店主人看了，都嚇一跳。〇黄評：伏筆。然蕭昊軒年已六十，慣走江湖，不應好事自衒其技，致有後文之失。〇天二評：嚇麽？逗下。〇則仙評：伏趙大。蕭昊軒收了彈弓，進來坐下，談了一會，各自吃了夜飯住下。

次早天色未明，〇天二評：四字見下，此可删。〇則仙評：應改「四更時分」。孫解官便起來催促騾夫、脚子搬運銀鞘，打發房錢上路。莊紹光也起來洗了臉，叫小廝拴束行李，會了賬，一同前行。一群人衆行了有十多里路，那時天色未明，曉星猶在。只見前面林子裏黑影中有人走動。那些趕鞘的騾夫一齊叫道：「不好了！前面有賊！」

把那百十個騾子都趕到道旁坡子下去。蕭昊軒聽得，疾忙把彈弓拿在手裏，孫解官也拔出腰刀拿在馬上。只聽得一枝響箭，飛了出來。響箭過處，就有無數騎馬的從林子裏奔出來，蕭昊軒大喝一聲，扯滿弓，一彈子打去，不想刮喇一聲，那條弓弦迸爲兩段。○齊評：叙事有風發泉涌之致。那響馬賊數十人，齊聲打了一個忽哨，飛奔前來。解官嚇得撥回馬頭便跑。○黄評：好解官。那些騾夫、脚子，一個個爬伏在地，儘着響馬賊趕着百十個牲口，馱了銀鞘，往小路上去了。莊紹光坐在車裏，半日也説不出話來，也不曉得車外邊這半會〔二四〕做的是些甚麽勾當。○天一、二評：徵君嚇壞了。

蕭昊軒因弓弦斷了，使不得力量，撥馬往原路上跑，跑到一個小店門口，敲開了門。店家看見，知道是遇了賊，因問：「老爺昨晚住在那個店裏？」蕭昊軒説了。店家道：「他原是賊頭趙大一路做綫的，○黄評：後文伏筆。老爺的弓弦必是他昨晚弄壞了。」蕭昊軒省悟，○天一、二評：至此方醒悟，不似老江湖。悔之無及。一時人急智生，把自己頭髮拔下一綹，○天二評：「拔」疑當作「割」。此公頭髮頗長。登時把弓弦續好，○天一評：會家不忙。飛馬回來，遇着孫解官，説賊人已投向東小路而去了。那時天色已明，蕭昊軒策馬飛奔，趕〔二五〕了不多路，望見賊衆擁護着銀鞘慌忙的前走。他便加鞭趕上，手執彈弓，好像暴雨打荷葉的一般，打的那些賊人一個個抱頭鼠竄，丢了銀鞘，如飛的逃命去了。○齊評：尤覺爽利之至。他依舊把銀鞘同解官慢慢的趕回大路，會着莊紹光，述其備細。莊紹光又贊嘆了一會。

同走了半天，莊紹光行李輕便，遂辭了蕭、孫二人，獨自一輛車子先走。走了幾天，將到盧溝橋，只見對面一個人騎了騾子來，遇着車子，問：「車裏這位客官尊姓？」車夫道：「姓莊。」那人跳下騾子，說道：「莫不是南京來的莊徵君麽？」莊紹光正要下車，那人拜倒在地。只因這一番，有分教：朝廷有道，修大禮以尊賢；儒者愛身，遇高官而不受。畢竟後事如何，且聽下回分解。

【總評】

卧評 高侍讀是魯編修一流人物，故有魯編修之怪婁氏弟兄，即有高侍讀之怪杜少卿。何者？物之不同類者，每不能相容也。然編修之怪婁氏，語尚平和〔二六〕，侍讀之怪少卿，語太激烈矣。以少卿較之二婁，似少卿之鋒鋩太露，故其受怪又加於二婁一等。昌黎謂：「小得意則小怪之，大得意則大怪之。」蓋不獨文章爲然矣。○黄評：不切。

說經一段是真學問，不可作稗官草草讀之。

寫莊紹光風流儒雅，高出諸人一等，筆墨之高潔，難從不知者索解。

遇響馬一段，縱橫出没，極文字之奇觀。昔人謂《左傳》最善叙戰功，此書應是不愧。最妙在紹光纔説「有司無弭盜安民之法」，及乎親身遇盜，幾乎魄散魂飛，藏身無地，可見書生紙上空談，未可認爲經濟。此作者皮裏陽秋，真難從不知者索解也。○天一評：真種子，爲儒林痛下一針。○天二評：「弭盜安民」非匹夫之勇所能，况無縛鷄力者乎？此不足以爲莊紹光病。

齊評　「敦孝弟，勸農桑，乃教養題目中詞藻。」此等説話，竟可大庭廣衆言之，時文取士之流弊，乃至於此！作者殆慨乎言之矣。

【校記】

〔一〕雇，原作「僱」，蘇本同。抄本作「叫」。從申一、二本改。同一誤字，以下徑改不記。

〔二〕全，申一、二本作「動」。

〔三〕我，申二本作「爲」。

〔四〕生，原缺，抄本、蘇本同。從申一、二本補。

〔五〕歷科程墨，原作「歷程科墨」，申一本作「歷科墨程」，從抄本、蘇本和申二本改。

〔六〕生平，申一、二本作「平生」。

〔七〕及，原作「反」，從抄本、蘇本和申一、二本改。

〔八〕擺桌子，抄本作「擺桌子上」，申二本作「桌子擺」。

〔九〕理，原作「禮」，抄本、蘇本和申一、二本均同。參《儒林外史評》改。

〔一〇〕芍，原作「勺」，抄本、蘇本同。從申一、二本改。

〔一一〕歡笑一同，申二本作「談笑一回」。

〔一二〕妄交，原作「忘交」，蘇本同。從抄本和申一、二本改。

〔一三〕效勞，抄本作「效力」。

〔一四〕「便回」後申一、二本多「這本子權留我處到」。

〔一五〕「我們」後申一、二本多「再」字。

〔一六〕傲，原作「敖」，抄本、蘇本同。從申一、二本改。

〔一七〕老萊子，原作「老菜子」，從抄本、蘇本和申一、二本改。

〔一八〕曉行夜宿，抄本作「晚宿曉行」。

〔一九〕鞘，原作「銷」，抄本、蘇本同。從申一、二本改。同一誤字，以下徑改不記。

〔二〇〕傾倒，申一本作「仰慕」。

〔二一〕擊，原作「繫」，抄本、蘇本同。從申一、二本改。

〔二二〕遂，原作「送」，抄本、蘇本同。申一本作「隨」。從申二本改。

〔二三〕碎，原作「粹」，蘇本、申一本同。從抄本和申二本改。

〔二四〕半會，申一本作「些時」。

〔二五〕趕，原作「來」，抄本、蘇本和申一、二本均同。參齊本改。

〔二六〕語尚平和，原作「語和尚平」，蘇本和申一、二本作「語尚和平」，從抄本改。

第三十五回

聖天子求賢問道　莊徵君辭爵還家

話説莊徵君看見那人跳下騾子，拜在地下，慌忙跳下車來跪下，扶住那人，説道：「足下是誰？我一向不曾認得。」那人拜罷起來，説道：「前面三里之遥便是一個村店，老先生請上了車，我也奉陪了回去，到店裏談一談。」莊徵君道：「最好。」上了車子。那人也上了騾子，一同來到店裏。彼此見過了禮坐下。那人道：「我在京師裏算着，徵辟的旨意到南京去，這時候該是先生來的日子了，所以出了彰儀門，遇着騾轎車子一路問來，果然問着。今幸得接大教。」莊徵君道：「先生尊姓大名？貴鄉何處？」那人道：「小弟姓盧，名德，字信侯，湖廣人氏。因小弟立了一個志向，要把本朝名人的文集都尋遍了，藏在家裏。○黄評：又是一種好名，然如此勞勞，未免太苦，不如蘧公孫安坐得之，更不如牛浦郎只用兩方圖章便成名士。何也？大小雖不同，而其無關學問則一也。（天一、二評中略改標「萍叟云」：又是一種好名。然太勞苦，不如蘧公孫安坐得之，更不如牛浦郎只用兩方圖書便成名士。何也？大小雖殊，其好名一也）二十年了，也尋的不差甚麽的了。只是國初四大家，只有高青丘是被了禍的，文集人家是没有，只有京師一個人家收着。小弟走到京師，用重價買到手，正要回家去，却聽得朝廷徵辟了先生。我想前輩已去之人，小弟尚要訪他文集，況先生是當代一位名賢，豈可當面錯過？因在京候了許久，一路問的出來。」莊徵君道：「小弟堅卧白門，原無心於仕途，但蒙皇上特恩，不得不來一走。却喜邂逅中得見先生，真是快事！但是我兩人纔得相逢就要分手，何以爲情！今夜就在這店裏權住一宵，和你連床談談。」又談到名人文集上，莊徵君向盧信侯道：「像先生如此讀書好古，豈不是個極講求學問的？〇天二評：不足爲「學問」，亦不足爲「讀書好古」。但國家禁令所在，也不可不知避忌。青丘文字，雖其中並無毁謗朝廷的言語，既然太祖惡其爲人，且現在又是禁書，先生就不看他的著作也罷。〇石史評：本不看他的著作，不過尋來家裏藏着，好名而已。小弟的愚見，讀書一事，要由博而返之約，〇則仙評：「由博返約」的與「尋遍名人文集」者頂門一針。賢者之立言不苟如此。癸卯巧月下旬卧讀生誌。總以心得爲主。〇齊評：的是學問人語。〇天一評：「心得」談何容易。先生如回貴府，便道枉駕過舍，還有些拙著慢慢的請教。」盧信侯應允了。次早分別，盧信侯先到南京等候。

莊徵君進了彰儀門，寓在護國寺。徐侍郎即刻打發家人來候，便親自來拜。莊徵君會着。徐侍郎道：「先生途路辛苦。」莊徵君道：「山野鄙性，不習車馬之勞，兼之『蒲柳之姿，望秋先零』，長途不覺委頓，所以不曾便來晉謁，反勞大人先施。」徐侍郎道：「先生速爲料理，恐三五日内就要召見。」

這時是嘉靖三十五年十月初一日。過了三日，徐侍郎將内閣抄出聖旨送來。上寫道：

十月初二日，内閣奉上諭：朕承祖宗鴻業，寤寐求賢，以資治道。朕聞師臣者王，古今通義也。今禮部侍郎徐基所薦之莊尚志，着於初六日入朝引見，以光大典。欽此。

到了初六日五鼓，羽林衛士擺列〔一〕在午門外，鹵簿全副設了，用的傳臚的儀制，各官都在午門外候着。只見百十道火把的亮光，知道宰相到了，◎則仙評：相君啓行，煌煌火城。午門大開，各官從掖門進去。過了奉天門，進到奉天殿，裏面一片天樂之聲，隱隱聽見鴻臚寺唱：「排班。」净鞭響了三下，内官一隊隊〔二〕捧出金爐，焚了龍涎香，宫女們持了宫扇，簇擁着天子升了寶座，一個個嵩呼舞蹈。莊徵君戴了朝巾，穿了公服，跟在班末，嵩呼舞蹈，朝拜了天子。當下樂止朝散，那二十四個馱寶瓶的象，不牽自走，真是：「花迎劍佩星初落，柳拂旌旗露未乾。」各官散了。

莊徵君回到下處，脱去衣服，徜徉了一會，〇則仙評：二字寫意。只見徐侍郎來拜。莊徵君便服出來會着。茶罷，徐侍郎問道：「今日皇上升殿，真乃曠典。先生要在寓静坐，恐怕不日又要召見。」過了三日，又送了一個抄的上諭來：

莊尚志着於十一日便殿朝見，特賜禁中乘馬。欽此。

到了十一那日，徐侍郎送了莊徵君到了午門。徐侍郎別過，在朝房候着。莊徵君獨自走進午門去。只見兩個太監，牽着一匹御用的馬〔三〕，請莊徵君上去騎着。兩個太監跪着墜蹬。候莊徵君坐穩了，兩個太監籠着繮繩，那扯手都是赭黄顔色，慢慢的走過了乾清門。到了宣政殿的門外，莊徵君下了馬。那殿門口又有兩個太監，傳旨出來，宣莊尚志進殿。

莊徵君屏息進去，天子便服坐在寶座。莊徵君上前朝拜了。天子道：「朕在位三十五年，幸托天地祖宗，海宇升平，邊疆無事。只是百姓未盡温飽，士大夫亦未見能行禮樂。這教養之事，何者爲先？所以特將先生起自田間〔四〕，望先生悉心爲朕籌畫，不必有所隱諱。」莊徵君正要奏對，不想頭頂心裏一點疼痛，着實難忍，〇黄評：連篇累牘奏對非小説矣，只如此過去，最妙。只得躬身奏道：「臣蒙皇上清問，一時不能條奏，容臣細思，再爲啓奏。」天子道：「既如此，也罷。先生務須爲朕加意，只要事事可行，宜於古而不戾於今罷了。」説罷，起駕回宮。

莊徵君出了勤政殿，太監又籠了馬來，一直送出午門。徐侍郎接着，同出朝門。徐侍郎別過去了。莊徵君到了下處，除下頭巾，見裏面有一個蝎子。莊徵君笑道：「臧倉小人，原來就是此物！○天一、二評：莫謂「臧倉」，正是保全莊徵君名節。看來我道不行了！」次日起來，焚香盥手，自己揲了一個蓍，筮得「天山遯」。○天一、二評：用朱子事。○平步青評：用朱子事。莊徵君道：「是了。」便把教養的事，細細做了十策，又寫了一道「懇求恩賜還山」的本，從通政司送了進去。

自此以後，九卿六部的官，無一個不來拜望請教。莊徵君會的不耐煩，只得各衙門去回拜。大學士太保公向徐侍郎道：「南京來的莊年兄，皇上頗有大用之意，老先生何不邀他來學生這裏走走？我欲收之門牆，以爲桃李。」○黄評：大言不慚。○天一、二評：危老先生口氣。《青溪文集》有《上宮保某公書》。○平步青評：即文和。侍郎不好唐突，把這話婉婉向莊徵君説了。莊徵君道：「世無孔子，不當在弟子之列。况太保公屢主禮闈，翰苑門生不知多少，何取晚生這一個野人？這就不敢領教了。」○齊評：不亢不卑善於措詞。○天一評：彌子曰：孔子主我，衛卿可得。侍郎就把這話回了太保。太保不悦。

又過了幾天，天子坐便殿，問太保道：「莊尚志所上的十策，朕細看，學問淵深。

這人可用爲輔弼麽?」太保奏道:「莊尚志果係出群之才,蒙皇上曠典殊恩,朝野胥悦。但不由進士出身,驟躋卿貳,我朝祖宗無此法度,○黄評:高侍讀之論相同。原來太保即頭巾中蝎子。且開天下以幸進之心。○天一、二評:固是科目中人見識,然謂「開天下幸進之心」,未始不然。非常之才須非常之主,然後能舉非常之典。伏候聖裁。」天子嘆息了一回,隨教大學士傳旨:

莊尚志允令還山,賜内帑銀五百兩,將南京元武湖賜與莊尚志著書立説,鼓吹休明。

傳出聖旨來,莊徵君又到午門謝了恩,辭别徐侍郎,收拾行李回南。滿朝官員都來餞送,莊徵君都辭了,依舊叫了一輛車,出彰儀門來。

那日天氣寒冷,多走了幾里路,投不着宿頭,只得走小路,到一個人家去借宿。那人家住着一間草房,裏面點着一盞燈,一個六七十歲的老人家站在門首。○天一、二評:正是手足無措,非看野景。莊徵君上前和他作揖道:「老爹,我是行路的,錯過了宿頭,要借老爹這裏住一夜,明早拜納房金。」那老爹道:「客官,你行路的人,誰家頂着房子走?借住不妨。只是我家只得一間屋,夫妻兩口住着,都有七十多歲,不幸今早又把個老妻死了,没錢買棺材,現停在屋裏。客官却在那裏住?况你又有車子,如何拿得進來？」莊徵君道：「不妨，我只須一席之地，將就過一夜，車子叫他在門外罷了。」那老爹道：「這等〔五〕，只有〔六〕同我一床睡。」莊徵君道：「也好。」當下走進屋裏，見那老婦人屍首直僵僵停着，傍邊一張土炕。莊徵君鋪下行李，叫小厮同車夫睡在車上，讓那老爹睡在炕裏邊。莊徵君在炕外睡下，翻來覆去睡不着。〇天二評：不能不動心。到三更半後，只見那死屍漸漸動起來。莊徵君嚇了一跳，定睛細看，只見那手也動起來了，竟有一個坐起來的意思。莊徵君道：「這人活了！」忙去推那老爹，推了一會，總不得醒。莊徵君道：「年高人怎的這樣好睡！」便坐起來看那老爹時，見他口裏只有出的氣，没有進的氣，已是死了。回頭看那老婦人，已站起來了，直着腿，白瞪〔七〕着眼。原來不是活，是走了屍。〇天二評：寫老婦走屍，老翁咽氣，雙管齊下，一絲不亂。（天一評「一絲」作「忙而」） 莊徵君慌了，跑出門來，叫起車夫，把車攔了門，不放他出去。〇天二評：還算有主意。

莊徵君獨自在門外徘徊，心裏懊悔道：「『吉凶悔吝生乎動』，我若坐在家裏，不出來走這一番，今日也不得受這一場虚驚！」又想道：「生死亦是常事，我到底義理〔八〕不深，故此害怕。」〇齊評：鬼神生於人心，義理一深便無畏懼，孟子所以四十不動心也。〇黄評：是莊徵君身分。〇天一、二評：纔是徵君身分。〇則仙評：着着。 定了神，坐在車子上。

一直等到天色大亮。那走的屍也倒了，一間屋裏只横着兩個屍首。莊徵君感傷道：「這兩個老人家就窮苦到這個地步！我雖則在此一宿，我不殯葬他，誰人殯葬？」因叫小廝、車夫，前去尋了一個市井〔九〕，莊徵君拿幾十兩銀子來買了棺木，市上雇了些人抬到這裏，把兩人殮了。又尋了一塊地，也是左近人家的，莊徵君拿出銀子去買了，看着掩埋了這兩個老人家。○天二評：非欲以此市德，以此望報也，所謂人皆有不忍人之心而已矣。掩埋已畢，莊徵君買了些牲醴紙錢，又做了一篇文。莊徵君灑〔一〇〕淚祭奠了。○黄評：忽寫此一段，不過爲莊徵君出京恐太直率，聊以此事動閲者之目，别無關係。○天一評：可謂亦可謂仁至義盡。初出門有趙大一節，歸來時又有此一節，便不直率。全書慣用此法。○天二評：可謂仁至義盡，借此亦足見莊徵君爲人。初出門有趙大一節，歸時又有此節，固是作者添此曲折以避直率，然皆天下竟有之事，非如他書便有許多荒謬不經之談。

莊徵君别了臺兒莊，叫了一隻馬溜子船，船上頗可看書。不日來到揚州，在鈔關住了一日，要換江船回南京。次早纔上了江船，只見岸上有二十多乘齊整轎子歇在岸上，都是兩淮總商來候莊徵君，投進帖子來。莊徵君因船中窄小，先請了十位上船來。内中幾位本家，也有稱叔公的，有稱尊兄的，有稱老叔的，作揖奉坐。那在坐第二位的就是蕭柏泉。衆鹽商都説是：「皇上要重用台翁，○黄評：「台翁」是揚州稱呼。台翁不肯做官，真乃好品行。」蕭柏泉道：「晚生知道老先生的意思。老先生抱負大才，要從正途出身，○黃評：即竊取高侍讀議論。不屑這徵辟，今日回來，留待下科掄元。皇上既然知道，將來鼎甲可望。」○齊評：真所謂井蛙之見。○天二評：庸惡陋劣，鄙俗不堪，反不如衆鹽商「好品行」三個字。（天一評「不堪」後多「説了一長篇」）莊徵君笑道：「徵辟大典，怎麼説不屑？若説掄元，來科一定是長兄。小弟堅卧烟霞，静聽好音。」蕭柏泉道：「在此還見見院、道麼？」○天一評：當面搶白，他還不懂，直是一個蠢婦人，「姑娘」云乎哉！○天二評：當面搶白，他全然不懂，好個蠢姑娘。莊徵君道：「弟歸心甚急，就要開船。」説罷，這十位作別上去了，又做兩次會了那十幾位。莊徵君甚不耐煩。隨即是鹽院來拜，鹽道來拜，分司來拜，揚州府來拜，江都縣來拜，把莊徵君鬧的急了，送了各官上去，叫作速開船。當晚總商湊齊六百銀子到船上送盤纏〔二〕，那船已是去的遠了，趕不着，銀子拿了回去。○黃評：如此，不愧第二人。○則仙評：若嚴貢生當此不知作何光景。

莊徵君遇着順風，到了燕子磯，自己歡喜道：「我今日復見江山佳麗〔三〕了！」叫了一隻凉篷船，載了行李，一路蕩到漢西門。叫人挑着行李，步行到家，拜了祖先，與娘子相見，笑道：「我説多則三個月，少則兩個月便回來，○則仙評：得意至極。此娘子亦頗不俗。今日如何？我不説謊麼？」○齊評：也虧臧倉之力。○天二評：杜家一對夫妻、莊家一對夫妻，真是嘉偶，令人羨殺。娘子也笑了，當晚備酒洗塵。

次早起來，纔洗了臉，小廝進來稟道：「六合高大老爺來拜。」○黃評：翰林也來拜徵君。莊徵君出去會。纔會了回來，又是布政司來拜，應天府來拜，驛道來拜，上、江二縣來拜，本城鄉紳來拜，哄莊徵君穿了靴又脱，脱了靴又穿。○齊評：此實大苦事。莊徵君惱了，向娘子道：「我好没來由！朝廷既把元武湖賜了我，我爲甚麽住在這裏和這些人纏？我們作速搬到湖上去受用！」當下商議料理，和娘子連夜搬到元武湖去住。○天一評：連夜搬去，此作書人率筆，此類不少。○天二評：恐不能連夜搬否。此作者率筆，書中此類不少。

這湖是極寬闊的地方，和西湖也差不多大。左邊臺城望見鷄鳴寺。那湖中菱、藕、蓮、芡，每年出幾千石。湖内七十二隻打魚船，南京滿城每早賣的都是這湖魚。湖中間五座大洲：四座洲貯了圖籍〔一三〕，中間洲上一所大花園，賜與莊徵君住，有幾十間房子。園裏合抱的老樹，梅花、桃、李，芭蕉、桂、菊，四時不斷的花。又有一園的竹子，有數萬竿。園内軒窗四啓，看着湖光山色，真如仙境。門口繫了一隻船，要往那邊，在湖裏渡了過去。若把這船收過，那邊飛也飛不過來。莊徵君就住在花園。

一日，同娘子憑欄看水，笑説道：「你看這些湖光山色都是我們的了！○天一、二評：與范太太看見家貲什物都是自己的同此一喜而有仙凡之別。我們日日可以游玩，不像杜少卿要把尊壺〔一四〕帶了清凉山去看花。」○齊評：由他説嘴，少卿聞之應悔少此一行否耶？○則仙評：使少卿不辭徵辟，安知不先賜清凉山作著書地，安知不竟以元武湖賜彼耶？閑着無事，又斟酌〔一五〕一樽酒，把杜少卿做的《詩説》，叫娘子坐在傍邊，念與他聽。○則仙評：念詩一事借用袁、趙。念到有趣處，吃一大杯，彼此大笑。莊徵君在湖中着實自在。○黄評：作者不就鴻博科，故設此幻想幻境。顧安得如此神仙之樂耶！

忽一日，有人在那邊岸上叫船。這裏放船去渡了過來，莊徵君迎了出去。那人進來拜見，便是盧信侯。莊徵君大喜道：「途間一別，渴想到今。今日怎的到這裏？」盧信侯道：「昨日在尊府，今日我方到這裏。你原來在這裏做神仙，令我羡殺！」莊徵君道：「此間與人世絶遠，雖非武陵，亦差不多。你且在此住些時，只怕再來就要迷路了。」當下備酒同飲。吃到三更時分，小厮走進來，慌忙説道：「中山王府裏發了幾百兵，有千把枝火把，把七十二隻魚船都拿了，渡過兵來，把花園團團圍住！」莊徵君大驚。○黄評：故作驚人之筆。爲寫莊紹光不可爲高士也。○天二評：小題大做，官場往往如此，若果有江洋大盗又不敢過問矣。（天一評開頭多「故作驚人之筆」；無末句）又有一個小厮進來道：「有一位總兵大老爺進廳上來了。」莊徵君走了出去。那總兵見莊徵君施禮。莊徵君道：「不知舍下有甚麽事？」那總兵道：「與尊府不相干。」便附耳低言道：「因盧信侯家藏《高青丘文集》，乃是禁書，被人告發。○齊評：藏《青丘文集》便有罪，何以蘧公孫刻《青丘詩話》又無人説？想是不寫清原委耳。京裏説這人有武勇，所以發兵來拿他。○黄評：必言有武勇所以發兵，其實賺閲者耳。今日尾着他在大老爺這裏，所以來要這個人，不要使他知覺走了。」莊徵君道：「總爺，找我罷了。我明日叫他自己投監，走了都在我。」○天一評：得體。那總兵聽見這話，道：「大老爺説了，有甚麽説！我便告辭。」莊徵君送他出門，總兵號令一聲，那些兵一齊渡過河去了。盧信侯已聽見這事，道：「我是硬漢，難道肯走了帶累先生？我明日自投監去！」莊徵君笑道：「你只去權坐幾天，不到一個月，包你出來，逍遥自在。」○天一評：又與權勿用事相照，未免有些賣弄。○天二評：却有這賣弄。盧信侯投監去了。

莊徵君悄悄寫了十幾封書子，打發人進京去遍托朝裏大老，從部裏發出文書來，把盧信侯放了，反把那出首的人問了罪。○黄評：此之謂「高士」！盧信侯謝了莊徵君，又留在花園住下。○天一評：盧信侯雖失之好名，非身通叛逆之比，紹光爲之解紛亦是平情論事，非黨私也。

過兩日，又有兩個人在那邊叫渡船渡過湖來。莊徵君迎出去，是遲衡山、杜少卿。莊徵君歡喜道：「有趣！『正欲清談聞客至』。」邀在湖亭上去坐。遲衡山說要所訂〔一六〕泰伯祠的禮樂。莊徵君留二位吃了一天的酒，將泰伯祠所行的禮樂商訂的端端正正，交與遲衡山拿去了。

轉眼過了年。到二月半間，遲衡山約同馬純上、蘧駪夫、季葦蕭、蕭金鉉、金東崖，在杜少卿河房裏商議祭泰伯祠之事。衆人道：「却是尋那一位做個主祭？」遲衡山道：「這所祭的是個大聖人，須得是個聖賢之徒來主祭，方爲不愧。如今必須尋這一個人。」衆人道：「是那一位？」遲衡山叠着指頭，說出這個人來。只因這一番，有分教：千流萬派，同歸黄河之源〔一七〕；玉振金聲，盡入黄鐘之管。畢竟此人是誰，且聽下回分解。

【總評】

卧評　莊紹光是極有學問的人，然却有幾分做作。何以知其有學問？如向盧信侯所說數語，非讀書十年，養氣十年，必不能領略至此。此等學問，書中惟有虞博士庶幾能之；若杜少卿尚見不及此。〇黄評：少卿亦未必不見及。是以莊紹光斷斷推爲書中之第二人。何以知其有做作？如見徐侍郎，居然不以門生禮自處；〇黄評：何必定認門生？回覆大學士，其言似傲而實恭，○天二評：如評者處此，將以門生禮自處邪？回覆太保竟傲然不顧邪？○則仙評：權辭以對耳，不得謂之「做作」。正如鴻門宴上，樊噲〔一八〕譙讓項羽，而羽不怒者，以其以盟主推尊之也。又如盧信侯被逮，紹光作書致京師要人以解釋之，此豈湖中高士之所爲？○黄評：此評得之。余故曰：却有幾分做作。○天一評：以其由己處投監，不得不爲之出力，紹光非山林隱逸，不得以此訾之。○天二評：盧信侯惟失之好名，非身通叛逆之比，既由己處投監，義當爲之出力。紹光本非山林隱逸，不當責以高士之行，作者於紹光無貶辭。評家吹毛求疵，失之過刻。此作者以龍門妙筆，旁見側出以寫之，所謂嶺上白雲，只自怡悅，原不欲索解於天下後世矣。

天一、二評　據《小倉山房集·程綿莊墓誌銘》稱：「乾隆丙辰召試，有欲招之出門下者，正色拒之，以此不入選。」○平步青評：小倉山房程志無此四句，疑嘯山誤記它書。《外史》所言即此一事也。所居近青溪，故以名集，此乃以後湖當之。然乾隆辛未又被經明行修之薦，綿莊實兩次出山，不得例以隱逸。

【校記】

〔一〕擺列，原作「罷列」，抄本同。從蘇本和申一、二本改。

〔二〕隊隊，原作「墜墜」，蘇本同。從抄本和申一、二本改。

〔三〕御用的馬，抄本作「御馬」。

〔四〕特將先生起自田間，抄本作「特起先生於田間」。

〔五〕這等，原作「只等」，抄本作「這等説」。從申一、二本改。

〔六〕有，抄本作「好」。

〔七〕瞪，原作「蹬」，抄本同。從蘇本和申一、二本改。

〔八〕義理，原作「義禮」，抄本、蘇本和申一、二本均同。參齊本改。

〔九〕市井，抄本作「市鎮」。

〔一〇〕灑，原作「酒」，從抄本、蘇本和申一、二本改。

〔一一〕盤纏，抄本作「盤費」。

〔一二〕江山佳麗，原作「江上佳麗」，蘇本、申二本同。申一本作「江南佳景」。從抄本改。

〔一三〕圖籍，原作「圖藉」，抄本、蘇本和申一、二本同。參齊本改。

〔一四〕壺，原作「壼」，申一本作「閫」。從抄本、蘇本、申二本改。

〔一五〕斟酌，抄本作「斟」。

〔一六〕説要所訂，原作「要所訂説」，抄本、蘇本同。從申一、二本改。

〔一七〕同歸黄河之源，申一、二本作「同宗碧海之波」。

〔一八〕樊噲，原作「樊儈」，蘇本和申一、二本同。從抄本改。

第三十六回

常熟縣真儒降生　泰伯祠名賢主祭

話説應天蘇州府常熟縣有個鄉村，叫做麟紱鎮，〇黄評：虞博士是書中第一人，故另立傳。「麟紱」言此人，便可算得《外史》中之聖人矣。〇天一、二評：虞博士是書中第一人，故特起立傳。〇天一評：云「麟紱」者，見此人直《外史》中之聖人也。鎮上有二百多人家，都是務農爲業。只有一位姓虞，在成化年間，讀書進了學，做了三十年的老秀才〔一〕，只在這鎮上教書。這鎮離城十五里，虞秀才除應考之外，從不到城裏去走一遭，後來直活到八十多歲，就去世了。他兒子不曾進過學，也是教書爲業。到了中年，尚無子嗣，夫婦兩個到文昌帝君面前去求，夢見文昌親手遞一紙條與他，上寫着《易經》一句：「君子以果行育德。」〇天一、二評：正爲名士頂門一針。當下就有了娠。到十個月滿足，生下這位虞博士來。太翁去謝了文昌，就把這新生的兒子取名育德，字果行。

這虞博士三歲上就喪了母親，太翁在人家教書，就帶在館裏，六歲上替他開了蒙。虞博士長到十歲，鎮上有一位姓祁的祁太公，包了虞太翁家去教兒子的書，賓主甚是相得。教了四年，虞太翁得病去世了，臨危把虞博士托與祁太公，○天一評：巨眼。此時虞博士年方十四歲。祁太公道：「虞小相公比人家一切的孩子不同，如今先生去世，我就請他做先生教兒子的書。」○齊評：祁太公獨具隻眼。當下寫了自己祁連的名帖，到書房裏來拜，○天一評：鄭重其事。就帶着九歲的兒子來拜虞博士做先生。虞博士自此總在祁家教書。

常熟是極出人文的地方。此時有一位雲晴川先生，古文詩詞，天下第一。虞博士到了十七八歲，就隨着他學詩文。祁太公道：「虞相公，你是個寒士，單學這些詩文無益，須要學兩件尋飯吃的〔二〕本事。○齊評：布帛菽粟之言。我少年時也知道地理，也知道算命，也知道選擇，我而今都教了你，留着以爲救急之用。」虞博士盡心聽受了。祁太公又道：「你還該去買兩本考卷來讀一讀，將來出去應考，進個學，館也好坐些。」虞博士聽信了祁太公，果然買些考卷看了，到二十四歲上出去應考，就進了學。次年，二十里外楊家村一個姓楊的包了去教書，每年三十兩銀子。正月裏到館，到十二月仍舊回祁家來過年。

又過了兩年，祁太公說：「尊翁在日，當初替你定下的黃府上的親事，而今也該娶了。」○天二評：虞博士固善矣，如祁太公亦豈易得哉！當時就把當年餘下十幾兩銀子館金，又借了明年的十幾兩銀子的館金，合起來就娶了親。夫婦兩個，仍舊借住在祁家。滿月之後，就去到館。又做了兩年，積趲了二三十兩銀子的館金，在祁家傍邊尋了四間屋，搬進去住，只雇了一個小小厮〔三〕。虞博士到館去了，這小小厮每早到三里路外鎮市上買些柴米油鹽小菜之類，回家與娘子度日。娘子生兒育女，身子又多病，館錢不能〔四〕買醫藥，每日只吃三頓白粥，○則仙評：此正與王太太相對。後來身子也漸漸好起來。虞博士到三十二歲上，這年没有了館。娘子道：「今年怎樣？」虞博士道：「不妨。我自從出來坐館，每年大約有三十兩銀子。假使那年正月裏説定只得二十幾兩，我心裏焦不足，到了那四五月的時候，少不得又添兩個學生，或是來看文章，有幾兩銀子補足了這個數。○天一評：非貌爲曠達，實體驗見道理。假使那年正月多講得幾兩銀子，我心裏歡喜道：『好了，今年多些。』偏〔五〕家裏遇着事情出來，把這幾兩銀子用完了。可見有個一定，○黄評：知足安分。○齊評：悟到此理便是學問已深。○天二評：可謂樂天知命矣。不必管他。」

過了些時，果然祁太公來説，遠村上有一個姓鄭的人家請他去看葬墳。虞博士帶了羅盤，去用心用意的替他看了地。葬過了墳，那鄭家謝了他十二兩銀子。虞博士叫了一隻小船回來。那時正是三月半天氣，兩邊岸上有些桃花、柳樹，又吹着微微的順風，虞博士心裏舒暢。又走到一個僻靜的所在，一船魚鷹在河裏捉魚。虞博士伏着船窗子看，○天一評：此正形容虞博士襟懷。忽見那邊岸上一個人跳下河裏來。虞博士嚇了一跳，忙叫船家把那人救了起來。○天一評：平地一波。救上了船，那人淋淋漓漓一身的水。幸得天氣尚暖，虞博士叫他脱了濕衣，叫船家借一件乾衣裳與他換了，請進船來坐着，問他因甚尋這短見。那人道：「小人就是這裏莊農人家，替人家做着幾塊田，收些稻，都被田主斛的去了，父親得病死在家裏，竟不能有錢買口棺木。我想我這樣人還活在世上做甚麽，不如尋個死路！」虞博士道：「這是你的孝心，但也不是尋死的事。我這裏有十二兩銀子，也是人送我的，不能一總給你，我還要留着做幾個月盤纏，○齊評：安詳之至。我而今送你四兩銀子，○則仙評：疏財極有斟酌，非少卿之豪舉可比。或曰境地不同。殆未足以知虞先生者。你拿去和鄰居親戚們説説，自然大家相幫，○天一、二評：並非一時豪舉博慷慨之名。○天二評：若杜少卿當此，必傾囊以付，不暇後顧矣。你去殯葬了你父親，就罷了。」當下在行李裏拿出銀子，秤了四兩，遞與那人。那人接着銀子，拜謝道：「恩人尊姓大名？」虞博士道：「我姓虞，在麟紱村住。你作速料理你的事去，不必只管講話了。」那人拜謝去了。

虞博士回家，這年下半年又有了館。○天一評：果然如是。到冬底生了個兒子，因這些事都在祁太公家做的，因取名叫做感祁。一連又做〔六〕了五六年的館，虞博士四十一歲，這年鄉試，祁太公來送他，説道：「虞相公，你今年想是要高中〔七〕。」虞博士道：「這也怎見得？」祁太公道：「你做的事有許多陰德。」○齊評：要中須有陰德，這話便是可中之人了。虞博士道：「老伯，那裏見得我有甚陰德？」祁太公道：「就如你替人葬墳，真心實意。我又聽見人説，○則仙評：是聽見人説。你在路上救了那葬父親的人。這都是陰德。」虞博士笑道：「陰騭就像耳朵裏響，只是自己曉得，别人不曉得。○齊評：更深一層。而今這事老伯已是知道了，那裏還是陰德？」祁太公道：「到底是陰德，你今年要中。」當下來南京鄉試過回家，虞博士受了些風寒，就病起來。放榜那日，報録人到了鎮上，祁太公便同了來，説道：「虞相公，你中了。」虞博士病中聽見，和娘子商議，拿幾件衣服當了，托祁太公打發報録的人。○天二評：只是行所無事，與周進、范進絶不同。（天一評末三字作「中舉天淵之别」）過幾日，病好了，到京去填寫親供回來，親友東家都送些賀禮。

料理去上京會試，不曾中進士。恰好常熟有一位大老康大人放了山東巡撫，便約了虞博士一同出京，住在衙門裏，代做些詩文，甚是相得。衙門裏同事有一位姓尤，名滋，字資深，見虞博士文章品行，就願拜爲弟子，和虞博士一房同住，朝夕請教。那時正直天子求賢，康大人也要想薦一個人。○天一、二評：虞博士在眼前而不薦，康大人者亦可知矣。尤資深道：「而今朝廷大典，門生意思要求康大人薦了老師去。」虞博士笑道：「這徵辟之事，我也不敢當。況大人要薦人，但憑大人的主意。我們若去求他，這就不是品行了。」○黃評：古已有公孫段矣。○齊評：此理極明，奈人不察耳。尤資深道：「老師就是不願，等他薦到皇上面前去，老師或是見皇上，或是不見皇上，辭了官爵回來，更見得老師的高處。」○黃評：此層正對莊紹光而言，雖非求薦，未嘗不自以爲高矣。○天一、二評：既慕虞博士文章品行拜爲弟子，而又勸以此等舉動，何也？然孟子之門亦有陳代，固不足怪。虞博士道：「你這話又説錯了。我又求他薦我，薦我到皇上面前，我又辭了官不做。這便求他薦不是真心，辭官又不是真心。這叫做甚麽？」○黃評：莊杜二人猶有「徵辟」二字存於胸中，虞博士並不以爲意，所以爲第一人。作者蓋見當日鴻博，策馬赴召不求聞達者甚多，故著爲此書以見志。○齊評：語極正大，又極和平，真不可及。説罷，哈哈大笑。在山東過了兩年多，看看又進京會試，又不曾中。就上船回江南來，依舊教館。

又過了三年，虞博士五十歲了，借了楊家一個姓嚴的管家跟着，○天二評：前後無所謂姓楊者，恐「楊」乃「祁」之誤。再進京去會試。這科就中了進士，○則仙評：虞博士果然歡喜，亦則先所旦暮求之而不可得者也。不倫之擬，閱者諒之。癸卯巧月。殿試在二甲，朝廷要將他選做翰林。那知這些進士，也有五十歲的，也有六十歲的，履歷上多寫的不是實在年紀。只有他寫的是實在年庚五十歲。天子看見，説道：「這虞育德年紀老了，着他去做一個閑官罷。」當下就補了南京的國子監博士。虞博士歡喜道：○天一評：他人以爲戚，渠反歡喜。「南京好地方，有山有水，又和我家鄉相近。我此番去，把妻兒老小接在一處，團圞着，强如做個窮翰林。」當下就去辭别了房師、座師和同鄉這幾位大老。翰林院侍讀有位王老先生，托道：「老先生到南京去，國子監有位貴門人，姓武，名書，字正字，這人事母至孝，極有才情。老先生到彼，照顧照顧他。」○天一評：出武書又换一筆法。王老先生何人耶？能作是語。○天二評：王老先生何人，能作是語。此與周進記荀玫又不同。虞博士應諾了。收拾行李，來南京到任。打發門斗到常熟接家眷。此時公子虞感祁已經十八歲了，跟隨母親一同到南京。

虞博士去參見了國子監祭酒李大人，回來升堂坐公座。監裏的門生紛紛來拜見。虞博士看見帖子上有一個武書，虞博士出去會着，問道：「那一位是武年兄諱書的？」只見人叢裏走出一個矮小人，走過來答道：「門生便是武書。」虞博士道：「在京師久仰年兄克敦孝行〔八〕，又有大才。」從新同他見了禮，請衆位坐下。武書道：

「老師文章山斗，門生輩今日得沾化雨，實爲僥倖。」虞博士道：「弟初到此間，凡事俱望指教。年兄在監幾年了？」武書道：「不瞞老師說，門生少孤，奉事母親在鄉下住。隻身一人，又無弟兄，衣服飲食，都是門生自己整理。所以先母在日，並不能讀書應考。及不幸先母見背〔九〕，一切喪葬大事，都虧了天長杜少卿先生相助。○天二評：一開口便滔滔歷數，急於自見耳，並不曾説到其母節行。門生便隨着少卿學詩。」○黃評：便遞到少卿、紹光。○天一、二評：補筆。虞博士道：「杜少卿先生，向日弟曾在尤滋深案頭見過他的詩集，果是奇才。少卿就在這裏麼？」武書道：「他現住在利涉橋河房裏。」虞博士道：「還有一位莊紹光先生，天子賜他元武湖的，他在湖中住着麼？」武書道：「他就住在湖裏。他却輕易不會人。」虞博士道：「我明日就去求見他。」○天一評：武書正在自述，却因虞博士聽見「杜少卿」三字，夾入此兩問答，再入武書語，正是斷而復續。

武書道：「門生並不會作八股文章，因是後來窮之無奈，求個館也没得做，没奈何，只得尋兩篇念念，也學做兩篇，○黃評：此接前語。隨便去考，就進了學。○天二評：武書正在自述得高興，却因虞博士問杜少卿、莊紹光，打斷了話頭。此處斷而復續，自數不清，無非欲顯其聰明歷考高等耳。後來這幾位宗師，不知怎的，看見門生這個名字，就要取做一等第一，補了廩。○天二評：安知非王先生之力。王先生或者也曾放過學差，或是南京本地人素知武書者。

門生那文章，其實不好；屢次考詩賦，總是一等第一。前次一位宗師，合考八學〔一〇〕，門生又是八學的一等第一，○黃評：雖係自誇，却與嚴大老官諸人不同，且後文便不如此，自是博士、少卿陶鎔之力。閱者易惑，故表出之。○天二評：沾沾自喜。武書初見虞博士如此，後乃漸漸收斂，見虞、杜諸人陶冶之功。（天一評「漸漸」作「漸能」；「冶」作「鎔」；後多「宗師見他文字便置高等，安知非王老先生齒牙餘惠」）所以送進監裏來。門生覺得自己時文到底不在行。」虞博士道：「我也不耐煩做時文。」武書道：「所以門生不拿時文來請教。平日考的詩賦，還有所作的《古文易解》，以及各樣的雜説，寫齊了來請教老師。」虞博士道：「足見年兄才名，令人心服。若有詩賦古文更好了，容〔一一〕日細細捧讀。令堂可曾旌表過了麽？」○天二評：急欲問此句，見虞博士本意所重。武書道：「先母是合例的。門生因家寒，一切衙門使費無出，所以遲至今日。門生實是有罪。」虞博士道：「這個如何遲得？」便叫人取了筆硯來，説道：「年兄，你便寫起一張呈子節略來。」即傳書辦到面前，吩咐道：「這武相公老太太節孝的事，你作速辦妥了，以便備文申詳。上房使用，都是我這裏出。」○天二評：不愧師儒。（天一評前多「如是真」三字）書辦應諾下去。武書叩謝老師。衆人多替武書謝了，辭别出去。虞博士送了回來。

次日，便往元武湖去拜莊徵君，莊徵君不曾會。虞博士便到河房去拜杜少卿，杜少卿會着。説起當初杜府殿元公在常熟過，曾收虞博士的祖父爲門生。殿元乃少卿曾祖，所以少卿稱虞博士爲世叔。彼此談了些往事。虞博士又説起仰慕莊徵君，今日無緣，不曾會着。杜少卿道：「他不知道，小侄和他説去。」虞博士告别去了。

次日，杜少卿走到元武湖，尋着了莊徵君，問道：「昨日虞博士來拜。先生怎麼不會他？」莊徵君笑道：「我因謝絶了這些冠蓋，他雖是小官，也懶和他相見。」杜少卿道：「這人大是不同，不但無學博氣，尤其無進士氣。他襟懷冲淡，上而伯夷、柳下惠，下而陶靖節一流人物。你會見他便知。」〇齊評：精神到處文章老，學問深時意氣平。此境正不易到。莊徵君聽了，便去回拜，兩人一見如故。虞博士愛莊徵君的恬適，莊徵君愛虞博士的渾雅，〇天二評：「恬適」、「渾雅」，兩人品題俱當。兩人結爲性命之交。

又過了半年，虞博士要替公子畢姻。這公子所聘就是祁太公的孫女，本是虞博士的弟子，後來連爲親家，以報祁太公相愛之意。祁府送了女兒到署完姻，又賠了一個丫頭來，自此孺人纔得有使女聽用。喜事已畢，虞博士把這使女就配了姓嚴的管家，管家拿進十兩銀子來交使女的身價。虞博士道：「你也要備些床帳衣服。這十兩銀子，就算我與你的，你拿去備辦罷。」嚴管家磕頭謝了下去。

轉眼新春二月，虞博士去年到任後，自己親手栽〔一二〕的一樹紅梅花，今已開了幾枝。虞博士歡喜，叫家人備了一席酒，請了杜少卿來，在梅花下坐，説道：「少卿，春光已見幾分，不知十里江梅如何光景？幾時我和你携罇〔一三〕去探望一回。」○天一、二評：自有天趣，非以土木形骸爲道學者。 杜少卿道：「小侄正有此意，要約老叔同莊紹光兄作竟日之游。」説着，又走進兩個人來。這兩人就在國子監門口住，一個姓儲，叫做儲信，一個姓伊，叫做伊昭，是積年相與學博的。○黄評：「相與學博」，不過爲學博生財，於中取利。○天一評：杯酒看花，偏來惡物，往往有此。○天一、二評：相與學博，不過爲老師生財，於中取利。虞博士見二人走了進來，同他見禮讓坐。那二人不僭杜少卿的坐。坐下，擺上酒來，吃了兩杯。儲信道：「荒春頭上〔一四〕，老師該做個生日，收他幾分禮過春天。」○黄評：到處皆然，至今此風猶在。○天二評：正欲清談，偏來惡物，往往有此。 伊昭道：「禀明過老師，門生就出單去傳。」虞博士道：「我生日是八月，此時如何做得？」伊昭道：「這個不妨，二月做了，八月可以又做。」虞博士道：「豈有此理！這就是笑話了！」○齊評：真可付之一笑。 二位且請吃酒。」杜少卿也笑了。虞博士道：「少卿，有一句話和你商議。前日中山王府裏説，他家有個烈女，托我作一篇碑文，折了個杯緞裱禮銀八十兩在此。我轉托了你，你把這銀子拿去作看花買酒之資。」杜少卿道：「這文難道老叔不會作？

爲甚轉托我？」虞博士笑道：「我那裏如你的才情！你拿去做做。」○黄評：説得蘊藉，其實知其貧耳。因在袖裏拿出一個節略來，遞與杜少卿，叫家人：「把那兩封銀子交與杜老爺家人帶去。」○天一評：説得蘊藉，其實因其貧耳。家人拿了銀子出來，又禀道：「湯相公來了。」虞博士道：「請到這裏來坐。」家人把銀子遞與杜家小厮，便〔一五〕進去了。虞博士道：「這來的是我一個表侄。我到南京的時候，把幾間房子托他住着，他所以來看看我。」

説着，湯相公走了進來，○黄評：又添一個惡物。作揖坐下。説了一會閑話，便説道：「表叔那房子，我因這半年没有錢用，是我拆賣了。」虞博士道：「怪不得你。今年没有生意，家裏也要吃用，没奈何賣了，又老遠的路來告訴我做嗄？」湯相公道：「我拆了房子，就没處住，所以來同表叔商量，借些銀子去當幾間屋住。」○黄評：拆了人家房子不算，還要另借銀子，無理至此。妙在虞博士總依他。虞博士又點頭道：「是了，你賣了就没處住。我這裏恰好還有三四十兩銀子，明日與你拿去典幾間屋住也好。」○齊評：此等處似太假相，然遇不講理之人，除了裝呆，别無他法。看其全不動火，便是養氣到家。○天二評：拆了人家屋賣，又要借銀子租屋，必非安分人，不如羈之署中觀其作爲而處之。（天一評開頭多「惡極」二字）○天二評：既是表親，在家時豈不知其爲人，而以房屋托之？虞博士於此頗近少卿。湯相公就不言語了。○黄評：與杜少卿同一受欺，一是渾厚，一是豪爽。却大不相同。

杜少卿吃完了酒，告别了去。那兩人還坐着，虞博士進來陪他。伊昭問道：「老師與杜少卿是甚麽的相與？」虞博士道：「他是我們世交，是個極有才情的。」伊昭道：「門生也不好説。南京人都知道他本來是個有錢的人，而今弄窮了，在南京躲着，專好扯謊騙錢。他最没有品行！」○黄評：不虞之毁。○天一、二評：相與學博，張叉袋，打偏手，最有品行。虞博士道：「他有甚麽没品行？」伊昭道：「他時常同乃眷上酒館吃酒，所以人都笑他。」虞博士道：「這正是他風流文雅處，俗人怎麽得知。」○齊評：可謂當面發揮。○天一、二評：當面罵他俗人，畜生不以爲嫌，若曰人固不可以不俗。儲信道：「這也罷了，倒是老師下次有甚麽有錢的詩文，不要尋他做。他是個不應考的人，做出來的東西，好也有限，恐怕壞了老師的名。我們這監裏，有多少考的起來的朋友，老師托他們做，又〔二六〕不要錢，又好。」○天一、二評：看了八十兩頭，心中動火，回家還要做夢。虞博士正色道：「這倒不然。他的才名，是人人知道的，做出來的詩文，人無有不服。每常人在我這裏托他做詩，我還沾他的光。就如今日，這銀子是一百兩，我還留下二十兩給我表侄。」兩人不言語了，辭别出去。○黄評：兩人於少卿何仇，不過氣不過八十兩頭耳。

次早，應天府送下一個監生來，犯了賭博，來討收管。門斗和衙役把那監生看守在門房裏，進來稟過，問：「老爺，將他鎖在那裏？」虞博士道：「你且請他進來。」〇黃評：妙在門斗問「鎖在那裏？」老爺説「請他進來。」一「鎖」一「請」，而門斗無錢可囮矣。〇天二評：門斗云：「鎖在那裏？」博士云：「請他進來。」——大失所望。　那監生姓端，〇天二評：其人姓端，下文如此叙述，冤枉自見。　是個鄉里人，走進來，兩眼垂淚，雙膝跪下，訴説這些冤枉的事。虞博士道：「我知道了。」當下把他留在書房裏，每日同他一桌吃飯，又拿出行李與他睡覺。次日，到府尹面前替他辯〔一七〕明白了這些冤枉的事，將那監生釋放。那監生叩謝，説道：「門生雖粉身碎骨，也難報老師的恩。」虞博士道：「這有甚麼要緊？你既然冤枉，我原該替你辯白。」〇天一、二評：行所無事，非欲見德。　那監生道：「辯白固然是老師的大恩，只是門生初來收管時，心中疑惑，不知老師怎樣處置，門斗怎樣要錢，把門生關到甚麼地方受罪。怎想老師把門生待作上客。門生不是來收管，竟是來享〔一八〕了兩日的福！這個恩典，叫門生怎麼感激的盡！」虞博士道：「你打了這些日子的官司〔一九〕，作速回家看看罷，不必多講閑話。」那監生辭別去了。

又過了幾日，門上傳進一副大紅連名全帖，上寫道：「晚生遲均、馬静、季萑、蘧來旬，門生武書、余夔，世侄杜儀同頓首拜。」虞博士看了道：「這是甚麼緣故？」○天一評：書中人未知，看書人已知之。慌忙出去會這些人。只因這一番，有分教：先聖祠内，共觀大禮之光；國子監中，同仰斯文之主。畢竟這幾個人來做甚麽，且聽下回分解。

【總評】

臥評 此篇純用正筆、直筆，不用一旁筆、曲筆，是以文字無峭〔三〇〕拔凌駕〔三一〕處。然細想此篇最難措筆，虞博士是書中第一人，純正無疵，如太羹元酒，雖有易牙，無從施其烹飪之巧。故古人云：「畫鬼易，畫人物難。」○黄評：知言哉。蓋人物乃人所共見，不容絲毫假借於其間，非如鬼怪可以任意增減也。嘗謂太史公一生好奇，如程嬰立趙孤諸事，不知見自何書，極力點綴，句句欲活；及作《夏本紀》，亦不得不恭恭敬敬將《尚書》録入。非子長之才，長於寫秦漢，短於寫三代，正是其量體裁衣、相題立格，有不得不如此者耳。

天二評 湯相公一節，正與杜少卿看墳人相對。以有用之銀充無底之壑，智者不爲。既屬表侄，亦宜教之，徒捐銀以恣其浪費，仁而近愚。（天一評「智者不爲」作「兩公作事，異曲同工」；「教之」作「禁之」，其後多「不得」；無末四字）

則仙評 虞杜交誼，何可多得，君子哉若人也！可以風世，可以勵俗。每讀至此，淚下沾襟不能自已。三十二年七月退速廬主卧讀生誌。

【校記】

〔一〕「秀才」後抄本缺少十七個字。

〔二〕吃的，原作「吃吃」，抄本同。從蘇本和申一、二本改。

〔三〕小小廝，抄本作「小廝」，本回下同。

〔四〕能，申一本作「够」。

〔五〕多些偏，蘇本和申一、二本作「可有餘了忽」。

〔六〕做，申二本作「坐」。

〔七〕想是要高中，申二本作「是要高中了」。

〔八〕孝行，原作「行孝」，蘇本、申一本同。從抄本、申二本改。

〔九〕背，原作「輩」，從抄本、蘇本和申一、二本改。

〔一〇〕八學，原作「入學」，從抄本、蘇本和申一、二本改。下句同。

〔一一〕容，原作「客」，從抄本、蘇本和申一、二本改。

〔一二〕栽，原作「裁」，蘇本同。從抄本和申一、二本改。

〔一三〕罇，原作「蹲」，抄本作「樽」。從蘇本和申一、二本改。

〔一四〕荒春頭上，抄本作「今春間」。

〔一五〕便，原作「去」，從申一、二本改。

〔一六〕又，原作「不」，抄本缺。從蘇本和申一、二本改。

〔一七〕辯，原作「辦」，蘇本同。抄本作「辨」。

從申一、二本改。同一誤字，以下徑改不記。

〔一八〕亨，原作「亨」，蘇本同。從抄本和申一、二本改。

〔一九〕官司，原作「官事」，蘇本、申一本同。從抄本、申二本改。

〔二〇〕峭，原作「陗」，蘇本和申一、二本同。從抄本改。

〔二一〕凌駕，抄本作「凌空」。

儒林外史

彙校彙評

[清]吴敬梓 著
李漢秋 輯校

圖書在版編目(CIP)數據

儒林外史彙校彙評：典藏版／（清）吴敬梓著；李漢秋輯校．—上海：上海古籍出版社，2021.7（2025.3重印）
（中國古典文學叢書〔典藏版〕）
ISBN 978-7-5325-9915-8

Ⅰ.①儒…　Ⅱ.①吴…　②李…　Ⅲ.①章回小説—中國—清代②《儒林外史》—文學評論　Ⅳ.①I242.4　②I207.419

中國版本圖書館 CIP 數據核字(2021)第 053274 號

中國古典文學叢書〔典藏版〕
儒林外史彙校彙評
（全三册）
［清］吴敬梓　著
李漢秋　輯校
上海古籍出版社出版發行
（上海市閔行區號景路 159 弄 1-5 號 A 座 5F　郵政編碼 201101）
（1）網址：www.guji.com.cn
（2）E-mail：guji1@guji.com.cn
（3）易文網網址：www.ewen.co
浙江新華數碼印務有限公司印刷
開本 890×1240　1/32　印張 37.25　插頁 21　字數 668,000
2021 年 7 月第 1 版　2025 年 3 月第 4 次印刷
印數：4,701 — 5,800
ISBN 978-7-5325-9915-8
I·3545　定價：360.00 元
如有質量問題，請與承印公司聯繫

典藏

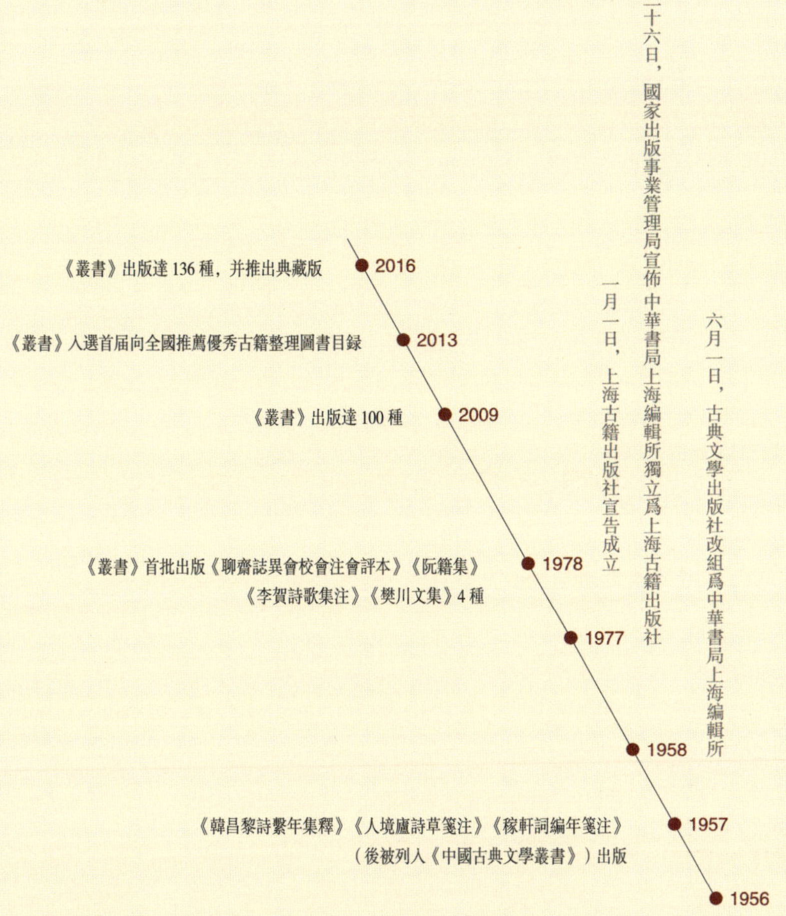
1956
十一月一日，古典文學出版社成立
1957
《韓昌黎詩繫年集釋》《人境廬詩草箋注》《稼軒詞編年箋注》
（後被列入《中國古典文學叢書》）出版
1958
六月一日，古典文學出版社改組爲中華書局上海編輯所
1977
十二月二十六日，國家出版事業管理局宣佈中華書局上海編輯所獨立爲上海古籍出版社
1978
一月一日，上海古籍出版社宣告成立
《叢書》首批出版《聊齋誌異會校會注會評本》《阮籍集》
《李賀詩歌集注》《樊川文集》4 種
2009
《叢書》出版達 100 種
2013
《叢書》入選首屆向全國推薦優秀古籍整理圖書目録
2016
《叢書》出版達 136 種，并推出典藏版

李漢秋，一九六〇年畢業於北京大學中文系。中國《儒林外史》學會（籌）原會長。

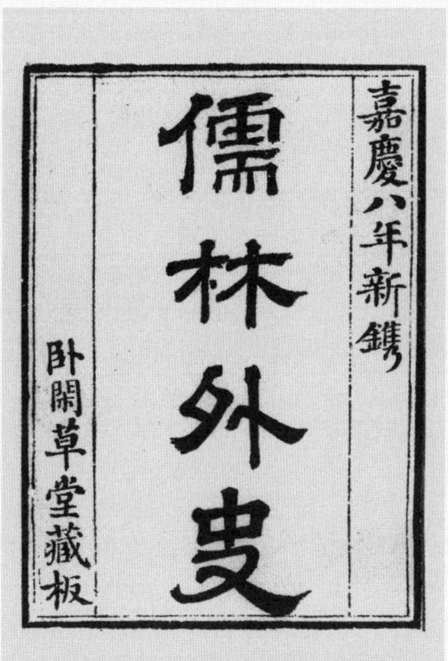

卧閑草堂本《儒林外史》扉頁

性情心術一一活現紙上讀之者無
論是何人品無不可取以自鏡傳云
善者感發人之善心惡者懲創人
之逸志是書有焉甚矣有水滸金
瓶梅之筆之才而非若水滸金瓶
梅之致為風俗人心之害也則與其

藝古堂本《儒林外史》

儒林外史第一回　說楔子敷陳大義　借名流隱括全文

人生南北多歧路。將相神仙也要凡人做。百代興亡朝復暮江風吹倒前朝樹。功名富貴無憑據。費盡心情總把流光誤。濁酒三杯沈醉去。水流花謝知何處。這一首詞也是个老生常談不過說人生富貴功名是身外之物但世人一見了功名便捨着性命去求他及至到手之後味同嚼蠟自古及今那一个是看得破的雖然如此說元朝末年也曾出了一个嶔崎磊落的人這人姓王名冕在諸暨縣鄉村裏住七歲上死了父他母親做些針指供給他到村學堂裡去讀書看〻三个年頭王冕已是十歲了母親喚他到面前来說道兒阿不是我有心耽誤你只因你父親亡後我一个明史傳云屢應舉不中又云書為泰不華所薦朱集同據明史傳嘗做周官著書一卷曰吾未即死持此遇明主伊呂事業不難致也則非果於忘世者黃南雷作明夷待訪錄亦其意也

第二回

王孝廉村學識同科　周蒙師暮年登上第

為頭的申祥甫帶了七八个人走了進來申祥甫者夏總甲之親家也欲寫夏總甲先寫申祥甫之發作和尚以見其聲勢與彼七八个人絶不同而夏總甲可知矣你又不知道了今日的酒是快班李老爹請李爹家房子褊窄所以把席擺在黃老爹家大廳上快班李老爹亦班頭也而擺酒在西班黃老爹大廳上即如黃老爹請客而又多一李老爹此非親家所知就是咱衙門裏咱衙門裏

此書經前匯張嘯山先生着批使讀者悦目賞心並華約漁批語均録于卷端余管窺所及則加石史小印以別之惟排印時誤處甚多復經王竹鷗方伯校正遂成完璧可寶也石史識

儒林外史 一冊

季葦蕭謊騙杜[illegible]須在着尾之際情不自禁故突其[illegible]中
及至會見來道士方始著落寫其情景真神妙筆墨

隔三間屋便聞婦人臭氣及嗣續大事尚要身
去三十年慎卿之為人真有天際真人之概及後來遇
來霞士則出處不堪之鄙態由衷之言矣此解頤
與普天下錦心才子息心静氣參之
丙午冬日 則仙評於湘東之一樂居

儒林外史第三十回

儒林外史

則仙評批《儒林外史》第三十回末總評

增補儒林外史眉評

第一回

絶妙好辭唤醒塵夢

立言爲三不朽之一著書原所以勸世也

儒林外史一書着眼在功名富貴四字開篇先寫一不貪功名不慕富貴之王元章以爲儒林中之規矩繩墨有守規矩準繩墨者爲儒林中之正士有背規矩廢繩墨者爲儒林中之敗類有未盡合乎規矩繩墨而不遠離乎規矩繩墨者爲名流爲豪俠有並不近夫規矩繩墨而何不失爲規矩繩墨者爲時人爲高僧此儒林中之大較也至若不可無一不能有二列於儒林之中超乎儒林之上則當首推我黄石山樵也

童葉庚《增補儒林外史眉評》第一回

儒林外史基础研究

周谷城题

周谷城先生一九九一年爲李漢秋有關《儒林外史》的纂著系列題寫總名，本書爲其一。

天目山樵评点是在黄富民直接影响下开始的，他自己说：「昔黄小田农部示余所批《外史》，……农部所批颇得作者本意，而似有未尽，因别有所增减，适工人有议重刊者，即以付之，三年矣，竟不果。去年黄子春（安谨）太守又示我常熟刊本，提纲及下场语幽榜均有改窜，仍未妥恰，因重为批阅，间附农部旧评，所标萍叟者是也。」从这段话看，他评点《儒林外史》经历了两个阶段，前一阶段是觉得黄富民的评

李漢秋先生手迹

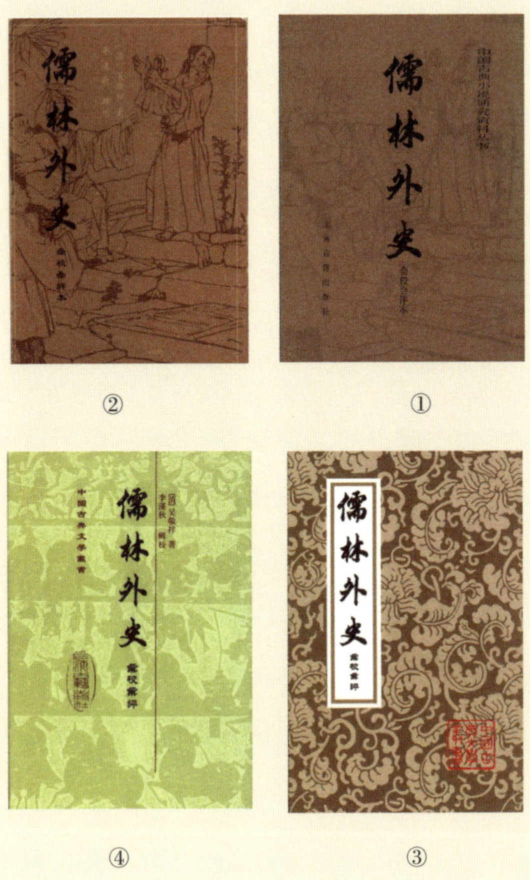

本社歷年諸版書影

① 一九八四年版

② 一九九九年版

③ ④ 《中國古典文學叢書》版

《儒林外史》的版本及其沿遞

李漢秋

《儒林外史》寫成於清乾隆十四年(一七四九)之前,程晉芳於乾隆三十五、六年間寫的《文木先生傳》説:「《儒林外史》五十卷,窮極文士情態,人争傳寫之。」可見此書在十八世紀七十年代初,還只以抄本流傳。其後一個半世紀中,揚州、蘇州、上海,先後成爲刊印《儒林外史》的中心,出現過許多印本。經過一番爬羅梳理,各種版本沿遞的軌迹已清晰可辨,兹考述如下。

一　卧本、清本、藝本

《儒林外史》的初刻本,據金和《儒林外史跋》説,是「全椒金棕亭先生官揚州府教授時梓以行世,自後揚州書肆刻本非一」。金棕亭名兆燕,作揚州府教授的時間是乾隆三十三年至四十四年(一七六八——一七七九)。可惜此種金刻本迄今未曾發現。

現今所見最早刻本是嘉慶八年(一八〇三)卧閑草堂的巾箱本(簡稱卧本),共十六册,五十六回，半頁九行，行十八字，卷首有乾隆元年閑齋老人序。北京圖書館和復旦大學圖書館均有收藏。其次是嘉慶二十一年的清江浦注禮閣本（簡稱清本）和藝古堂本（簡稱藝本），北京圖書館等處有收藏。清本和藝本的版框、行格、文字都與卧本完全相同，連卷首閑齋老人序的字迹、行款也一模一樣，僅僅是内封上的版主和刊行年代經過挖補作了更動，實際上都是卧本的複印本。兹舉數例如下：

卧本版面凡有空缺，清本、藝本也都空缺。如第十二回第十七頁（上）第二行都空缺「遂與訂交」的「與」字，第四行都空缺「權潛齋」的「潛」字；第四十二回第八頁（下）末行都空缺「我們」二字；第四十六回第二頁（上）第一行都空缺「還是意」三字（藝本後來用另一種較小較細的字補上「還是客」三字，即如這樣的修補也難得再見）。

卧本的錯刻，清本、藝本都一仍其舊。如第十六回第十二頁（下）第三行，「借」字本應在該行的末字，却都誤植在該行的首字；第十九回第十四頁（下）第二行末三字「妻子一」，都誤植在下一行末三字的位置上；第三十八回第十三頁（下）第二行「往陝西去」的「往陝」二字與第十四頁（上）倒數第二行「風餐露宿」的「露宿」二字，都因在頁中的位置相似而互調誤植；第三十九回第五頁（上）第四行「二十里」的「二」字與下一行「有一位」的「一」字都互調而誤植；第四十六回第十四頁（上）第二行「故家喬木」的「木」字與隔行相同位置的「副」字都互調而誤植。

前引金和跋説明，《儒林外史》的刊刻中心最初在揚州。卧本回評常引揚州習俗和謡諺，如

第二十二回引「揚郡風俗」説明王義安戴方巾之「無足怪」，第二十八回引兩首「揚州樂府」針砭揚州鹽商。清江浦即今江蘇省淮陰市，離揚州不遠，當時同隸淮揚海道。清本既是卧本的複印本，那麽，卧本是否屬於「揚州書肆刻本非一」的範圍之内，很值得進一步考證。

清本、藝本既全同於卧本，故後文則以卧本統之，不再單列。

二　抄本和蘇本

蘇州潘氏抄本（簡稱抄本）是迄今所僅見的清抄本，上海圖書館藏，共六册，五十六回，半頁十行，行二十五字，無框格。抄字工整，似出三、四人之手。卷首封面剪貼有「文恭公閲本儒林外史」大字題簽，旁一行小字「同治癸酉二月祖蔭重裝並題簽」。每册封面分别寫有「敏齋雜著」一、二、三、四、五、六，第一册封裏有題記：「凡六册，『敏齋雜著』四字皆文恭公手書，光緒戊寅三月十八日祖蔭記。」卷首回目後有識語：「全椒吴敬梓，號敏軒，一字文木，舉鴻博不赴，移居江寧，著詩集、詩説，又仿唐人小説爲《儒林外史》行於世。」字迹與「敏齋雜著」同，當同爲「文恭公」手書。書前貼附潘祖蔭抄寫的程晉芳《文木先生傳》。書内有兩條潘祖蔭手書的眉批。

「文恭」是潘世恩的謚號。潘世恩字槐堂，號芝軒，江蘇吴縣人。生於乾隆三十四年（一七六九），乾隆五十八年狀元，歷仕乾隆、嘉慶、道光、咸豐四朝，直樞廷幾三十年。好刻書，有《潘刻五種》等行世。咸豐四年（一八五四）卒，終年八十六歲。抄本既是潘世恩閱本，出現的下限可斷在一八五四年，當是嘉慶咸豐間的抄本。

潘祖蔭是潘世恩的裔孫，潘曾綬之子，字伯寅，號鄭盦。咸豐二年進士，授編修，官至工部尚書，授光禄大夫，贈太子太傅，光緒十六年（一八九〇）卒，謚文勤。好藏書刻書，所刻及百種，有《滂喜齋叢書》和《功順堂叢書》。

抄本之後有蘇州群玉齋本，五十六回，半頁九行，行二十字，卷首有排印的閑齋老人序。此本字大清晰，是當時很流行的版本，複印過多次，現存本子有如下幾種：

（一）内封署「同治已巳秋擺印」，「群玉齋活字板」，正文後有金和原跋（如華東師範大學、上海師範學院藏本）。

（二）内封與上同，正文後没有金和跋（如復旦大學藏本）。

（三）書前不署年代、版主，正文後有金和原跋（如原合衆圖書館藏現歸上海圖書館藏本）。

在《儒林外史評》裏，天目山樵光緒三年識語説：「此書亂後傳本頗寥寥，蘇州書局用聚珍板印行，薛慰農觀察復屬金亞匏（按：金和字亞匏）文學爲之跋。」據此，過去論者每以金和原跋爲蘇州書局本的標志，把没有金和原跋的另稱群玉齋本（一九八〇年底臺灣河洛圖書出版社版《儒林外史》關於版本的説明中仍如此）。這種認識並不符合實際，上述第一種本子，既有金和原跋，又署明「群玉齋活字板」。事實上群玉齋本就是蘇州書局本，它的幾次複印本僅僅在金和跋和内封的有無上稍有變化，正文文字完全一樣。所以此類本子可稱爲蘇州群玉齋本（簡稱蘇本）。

抄本的抄主是吴縣人，這對於蘇本的刊印可能起過某種促進作用。從好齋輯校本貼附王承基給徐允臨的信，説蘇州書局本「翻刻時並未校對，顛倒錯字甚多，閲之頗費心目，所謂潘季玉校正善本，想傳言之訛耳」。同書徐允臨跋也説：「蘇局擺本，潘季玉觀察未加校讎，誤處甚多。」可見當時曾有「傳言」認爲蘇州書局本是經過潘季玉校讎過的。這一傳言看來並非無因。潘季玉就是潘祖蔭之叔潘曾瑋，字玉泉，因是潘世恩的第四子，故稱季玉。他家居蘇州，又曾旅居上海，他家傳的《儒林外史》抄本當時已傳揚於外，因此人們認爲蘇本是由他用家傳的「善本」校讎過的。看來潘家頗樂於此道，光緒十五年（一八八九）俞樾在蘇州就是根據潘祖蔭帶來的《三俠五義》而修訂出《七俠五義》刊行的；《續小五義》初刻本尚有潘祖蔭寫的小序，説他捐俸餘三十金幫助刻板。金和跋説蘇州書局本《儒林外史》是由「吴中諸君子」印的，以潘家對《儒林外史》和其他小説的重視以及他們在蘇州的地位和影響，參預此舉是有可能的。金和又説，是薛慰農觀察囑他爲蘇本寫跋。薛慰農是全椒人，久在江浙做官，太平天國革命時，他與潘季玉曾同在上海李鴻章幕中，潘季玉如是刻書的「吴中諸君子」之一，薛慰農正好又是聯繫的一條渠道。從以上種種迹象看來，蘇本在付梓時以潘氏抄本作校本也是很可能的事，只是校勘工作並沒有認真進行。

抄本、蘇本同出於卧本，回目與卧本相同，卧本所無第四十二至四十四、第五十三至五十五凡六回回評，抄本、蘇本也無。前舉卧本第四十二回空缺「我們」、第四十六回空缺「還是意」，第三十八回「往陝」與「露宿」互調而誤、第三十九回「二」與「一」互調而誤等，抄本都同樣沿襲。

卧本的訛誤，抄本先沿襲而後由另一筆迹改正的情況，全書所在多有，單是第二回就有三處：「只得」，先沿誤作「這得」，後改正；「有些淮」，先沿誤作「有些淮」，後改正；「那時弟嚇了一跳通身冷汗」，先沿誤作「那時弟汗嚇了一跳通身冷」，後改正。

抄本第一回在翟買辦與王冕「彼此争論了一番。秦老整治」之後，比卧本少了「晚飯與他吃了，又暗叫了王冕出去問母親稱」十八個字，這正好是卧本第九頁的完整一行；第五十一回在「萬中書同鳳四老爹上岸閑步」之後，比卧本少了「了幾步，望見那晚烟漸散，水光裏月色漸明，徘」十八個字，這也正好是卧本第二頁的完整一行。看來都是依照卧本抄寫時漏抄了這一行。

這些地方都留下了抄本承襲卧本的明顯痕迹。

抄本訂正了卧本的一些明顯訛誤，有一些是後來各本所未曾訂正或改得不妥的，在校勘上就更有價值，兹列表舉例：

	第五回	第四十回	第五十三回
抄本	巧點	架詞混瀆	亭子外面周圍一丈
卧本	巧點	架詞混賣	亭子外面一丈之外
蘇本	巧點	架詞混賣	亭子外面一丈之外
申一本	巧點	架詞混控	亭子外面一丈之外
申二本	巧點	架詞混控	亭子外面一丈之外

抄本絶大部分章回都按卧本照抄，極少有更動。但第三十七回以及第五十二至五十六回則作了較多的減省和改動：第三十七回改動了七八十處，減省去一百餘字；第五十二回改動了一百三十餘處，減省去約一百二十字；第五十三回改動了約九十處，減省去五十多字；第五十四回改動了二百餘處，減省去二百二十字左右；第五十五回改動了一百五十多處，減省去一百三十多字；第五十六回改動了十九處，減省去十五字。經減省改動後，大多數語意尚可通，有的則不通或打了折扣。常見的減省如：

①姓名稱謂：「秦二侉子」作「秦二」，「胡八亂子」作「胡八」，「陳四老爺」作「陳四爺」，「徐九公子」作「徐公子」，「施御史的孫子」作「施公子」，杜少卿、陳木南、金修義省去姓氏等。

②省去結構助詞「的」，時態助詞「着」、「了」，語氣詞「哩」，方位詞「裏」，判斷詞「是」，表示

重複的副詞「又」，數詞「一」，量詞「個」，趨向動詞「來」、「去」，能願動詞「會」、「要」，同位語位置上的代詞「我」、「你」、「他」、「我們」、「這」、「那」、「這個」、「這些」等。

③ 合成詞後綴成份「子」，聯合式合成詞如「寺院」、「祠宇」、「説道」、「看見」等詞中的一個成份。

卧本的回評，時常也被缺略，如第三回少五段，第四回少九段，第五回少二段，第六、七回各少一段，第十七回全缺等。

蘇本同抄本一樣，訂正了卧本中一些明顯易辨的訛誤，也沿襲了許多訛誤。例如前舉第三十八回，「風餐露宿」是常用詞組，卧本誤作「風餐往陝」，對此易辨的訛誤，蘇本訂正了；而卧本中因與此互調而造成的把「往陝西去」誤作「露宿西去」，蘇本則未察而沿誤。卧本第三十九回「有二位蕭昊軒」，錯訛明顯，蘇本訂正了；而卧本中因與此互調而造成的把「二」誤作「一」，蘇本亦未察而沿誤。

蘇本一邊對卧本有所訂正，一邊却又新增加了許多訛誤。如第四十八回，蘇本訂正了卧本的六個錯字，但同時又把卧本的「王玉輝道」誤作「王玉輝這」，把「備飯留二先生坐」誤作「備留飯二先生坐」，同樣是個校勘不精的本子。

三　申報館排印本、從好齋輯校本

申報館第一次排印本（簡稱申一本），半頁十五行，行二十八字（天目山樵曾嫌它「字迹過細，大費目力」），卷首有閑齋老人序，回評與卧本、蘇本同。有的本子附有經刪節的金和跋和同治癸酉（十二年）天目山樵識語（即天目山樵所謂「近日西人申報館擺印《外史》，並附金跋及予語」），有的本子闕如。申一本也不止印過一次，校勘證明，複印本又訂正了初印本的一些錯訛。

申報館第二次排印的是巾箱本（簡稱申二本），半頁十一行，行二十七字，内封爲「平江懺因生署」，封裏有「上海申報館仿聚珍版印」字樣，卷首有閑齋老人序和光緒丙子暮春天目山樵識語，五十六回末有「武進陳以真璞卿氏校定」字樣。書後附金和跋（經刪節，同申一本）和王又曾《書吴徵君敏軒先生文木山房詩集後十絕句》中的三首，以及同治癸酉暮春天目山樵識語。

申二本直承申一本，而申一本是以蘇本爲直接底本的，下表可爲例證：

	第十四回	第十七回	第二十六回	第四十四回
卧本	·道·把	·不·懂	吩咐·他·門	這領·青·矜
抄本	·道·把	·不·懂	吩咐·他·們	這領·青·衿
蘇本	·便·把	·不·知	吩咐·你·們	這領·青·襟
申一、二本	·便·把	·不·知	吩咐·你·們	這領·青·襟
齊省堂本	·遂·把	·不·懂	吩咐·他·們	這領·青·衿

以上加着重號的詞語，卧本均誤，齊省堂本後來作了訂正，抄本只訂正了後二例，蘇本的校改或有誤或不準確，而申一、二本都承襲蘇本。類似情況全書所在多有。

申一本校正了卧本、蘇本的許多訛誤，如：卧本、蘇本經常把「撤」作「撒」，「幅」作「副」，「入殮」作「入斂」，「晚近」作「挽近」，申一、二本一般都校正過來。卧本、蘇本的另一些訛誤，如：第六回把「合家大小」作「合家大口」，第三十二回回目誤作「杜少卿平居豪傑，婁焕文臨居遺言」，第三十七回「儲信」（人名）的「信」漏刻，第三十八回郭孝子在成都「思量要到東山去尋蕭昊軒」誤作「山東」去尋，等等，申一、二本都予訂正。

申二本在申一本基礎上又做了一番校訂，訂正了過去各本的許多訛誤，但又不像齊本那樣以己意大删大改，它在校勘上給我們提供了許多獨有的依據，如卧本、抄本、蘇本、申一本第五回「散髮」均誤作「撒髮」，第六回「米爛陳倉」均誤作「米爛成倉」，第八回「虚糜」均誤作「虚縻」，申二本都已改正。

申二本受齊省堂本影響，對卧本也作了一些不必要或不妥當的改動，例如第七回寫范進到山東要照顧恩師囑托的「同門」荀玫。梅玖突然冒充「同門」，范進初見荀玫時就問他：「你知方纔這梅玖是同門麼？」這裏實包含着「和咱們是同門麼」之意，因他心心念念荀玫是自己的「同門」，不復考慮荀玫並不知道底細。這一問話入木三分地表現了他此時的專注神態和篤實性格。齊省堂本和申二本把它改作「你和方纔這梅玖是同門麼」，把自己置身於荀玫的「同門」之外，這一改看似合理，實未能貼切地表現范進此時的神態。

從好齋輯校本也是以蘇本爲底本，並附有徐允臨、王承基、華約漁的題跋、書信多則。光緒甲申徐允臨寫於從好齋的跋語説他的這個本子輯録了天目山樵等的評語後，王承基借閲，對正文的訛誤「隨手改正，十得八九」。他自己「繼復假得揚州原刻，覆勘一過」。在對揚州原刻的面貌有不同擬測的今日，經過與揚州原刻覆勘過的這個本子，就很值得重視了。可惜在本子中已分不清哪些是王承基的改動，哪些是徐允臨根據揚州原刻的校勘。徐允臨覆勘後並没有説揚州原刻只有五十五回或五十回，只是在寫完跋後補記説王承基來信認爲「末回蛇足，大可删去」，這就爲我們探討原刻本的回數提供了綫索。

四　齊本和增補齊本

齊省堂增訂本（簡稱齊本）是巾箱本，半頁九行，行十八字，文旁時有圈點。卷首有同治甲戌十月惺園退士手書的序言、閑齋老人序（經過改動）和「齊省堂增訂儒林外史例言」五則。

齊本對原本作了大量的減省改訂，天目山樵識語所説「常熟刊本，提綱及下場語、幽榜均有改竄」者，即指齊本。平步青《霞外攟屑》卷九説有一種「吴氏重訂小字本」，不知是否指齊本。齊本例言説，該本在回目方面，「總以本回事迹，聯爲對偶，名姓去其重複，字面易其膚泛」，比原本「大覺改觀」。對於第五十六回幽榜，改訂者嫌原書「去取位置未盡合宜」，因而「姓名次序俱爲另編」，也大異於原貌。對全書的文字，改訂者「代爲修飾一二，並將冗泛字句稍加刪潤，以歸簡括」。這種「刪潤」、「修飾」，遍布全書，改訂者率以己意刪改，有許多傷筋動骨之弊，把原書某些細膩的描寫和精華所鍾之處刪落了。例如，第三回原本寫久困場屋的老童生周進，驟然之間中了舉人、進士，當上廣東學道，坐在堂上考童生，看見老童生范進衣服朽爛，有一段精彩的傳神之筆：「周進看看自己身上，緋袍金帶，何等輝煌。」堂上堂下之比同他自己今昔之比相融合，無限深意盡在這一比之中。齊本刪落這十幾個字，無異抹去傳神的頰上三毫。

但齊本在「刪潤」字句之際，對原書的誤字確實做了一番訂正的工作，改正了以前各種本子的許多錯誤，爲我們提供了許多以往本子所没有提供的校勘依據。如卧本、抄本、蘇本和申一、二本第三回中「大腸」均誤作「大鵬」，第四回「氣不忿」均誤作「氣不分」，第二十七回「鍋臺」均誤作「鍋抬」，第三十回「十幾個唱生旦的戲子」誤作「十幾人唱生旦的戲子」，齊本均已改正。

因校改者識力不够而誤改反致錯誤的也不少，如第二十九回金東崖説：到揚州來看荀運使，「承他情薦在匣上」，這個「匣」是兩淮鹽商類似同業公所組織之專名，齊本改作「閘」，把金東崖從鹽商公所推到河工閘上，有悖原意。也有擅改而有損原意的，如第四十七回，成老爹説：「而今所以來㥧成你的。」「㥧成」是安徽方言，意謂出力撮合成功，有利於對方，齊本改爲「總成」，失去原來的語言韵味。

增補齊省堂本（簡稱增補齊本），最初是上海鴻寶齋石印本，四册，六十回，卷首增入光緒十四年（一八八八）東武惜紅生叙於侍梅閣的序文，文末鈐有三印：「居世紳」、「隸華」、「一生清净仰梅花」。東武惜紅生是居世紳的别號，此本蓋即居世紳所增補。

所增四回文字，從原本第四十三回中間插入，直到第四十七回上半回，寫沈瓊枝成爲鹽商宋爲富之妾，到寺院乞仙借種等事，完全歪曲了這個叛逆女性的形象，魯迅《中國小説史略》説「事既不倫，語復猥陋」，洵爲的評。

除妄增的四回外，其他各回正文和眉批上承齊本，個别文字有所更訂。此本的翻印本很多，如光緒三十一年（一九〇五）上海慎記書店石印本、光緒三十二年（一九〇六）上海海左書局石印本、民國初上海進步書局石印本、一九一四年上海育文書局石印本、一九二二年上海二思堂石印本、一九二四年上海大一統書局石印本、一九二七年上洋受古書店石印本、一九三〇年上海沈鶴記書局石印本等，有的還加了綉像插圖。

五　商務本、亞東本

商務印書館印本（簡稱商務本）是據申二本重排的，個别地方有所訂正。它同申二本一樣，在正文中以雙行夾批插入天目山樵評語，封面標明「天目山樵評」。卷首有閑齋老人序和光緒丙子暮春天目山樵識語，卷末有金和跋（經删節）、王又曾《書吴徵君敏軒先生文木山房詩集後十絶句》中的三首以及同治癸酉暮春天目山樵識語。

上海亞東圖書館鉛印本（簡稱亞東本）是今見頭一個正文只有五十五回的本子，但仍將第五十六回作附録。由汪原放加新式標點符號並分段。卷首有胡適《吴敬梓傳》、《吴敬梓年譜》（第四版增入），陳獨秀《新叙》、錢玄同《新叙》，並收入閑齋老人序、金和跋、惺園退士序。汪原放作《本書所用的標點符號説明》。

亞東本初版於一九二〇年，兩年之内印了三版。前三版是參照藝古堂本、齊本、商務本、增補齊本四個本子校改的，采取「取其所長，捨其所短」的辦法折衷於其間。後來覺得折衷的辦法難定去取的標準，不妥當，而且刊於嘉慶年間的藝古堂本比刊於同治年間的齊省堂本要可靠，因而從一九二二年第四版起專用藝本作底本，間用齊本校正藝本中「有證據的錯誤」。爲此汪原放寫了《四版校讀後記》。此書版次繁多，到一九三二年已印了十五版，一九四八年有第十六版，影響頗大。

辛亥革命後至今出現的本子，連近年臺灣、香港出版的計算在内，數以百計，率皆依違於以上各本之間，此不備述。

《儒林外史》的評點及其衍遞

李漢秋

《儒林外史》的評點，今存最早刻本卧本就已有回末總評，這種卧本評語（簡稱卧評）在清代被當作這部小説的一個組成部分加以沿印、品評。卧評是否沿自金兆燕刻《儒林外史》，已難確考，第三十回總評提到《燕蘭小譜》，該書刊於乾隆五十年（一七八五），書中有乾隆四十七年（一七八二）事，因此過去認爲不可能出於金刻本，因爲金和的跋説，金刻本是金兆燕官揚州府教授時所刊，是乾隆三十三年至四十四年（一七六八——一七七九）的事。今考金兆燕於乾隆四十六年（一七八一）由京回南，仍然「僑居邗上」，直至乾隆五十四年（一七八九），此時他已「卧閑」，刊刻被文士所輕視的「稗説」的可能性比當學官時更大，時間也在一七八二年之後，卧評很有可能出於金刻本。卧評的作者看來頗諳吴敬梓的創作意圖，也熟悉揚州習俗，可能是吴敬梓的親朋。

卧評確有許多精闢見解。關於《儒林外史》的思想主題，它説「『功名富貴』四字是此書之大主腦」。關於小説的現實主義成就，它説《外史》寫的是世間「最平實而爲萬目所共見者」，「如鑄鼎象物，魑魅魍魎毛髮畢現」。關於小説的現實意義，它轉述人語説：「讀竟乃覺日用酬酢之間無往而非《儒林外史》。」關於諷刺藝術，它舉范進不用銀鑲杯箸爲例説：「舉世爲之，而莫有非之，且效尤者比比然也。故作者不以莊語責之，而以謔語誅之。」關於白描手法，它説作者「空中白描出（周進）晚遇之故」，用的是「繪風繪水手段，所謂直書其事，不加斷語，其是非自見也」，「真李龍眠白描手」。此外，對小説人物的評騭、對寫作技法的鑒賞等，都頗多見血之論，文簡意賅，談言微中，爲後人廣泛認同，確是最早而影響最大的對《儒林外史》的評論。

卧評之後有黄富民評點之《儒林外史》（簡稱黄評）。富民字小田，自號萍叟，以字行。乾隆六十年（一七九五）生，同治六年（一八六七）卒。祖籍安徽當塗，先世八代居住蕪湖。道光五年（一八二五）拔貢，官禮部侍郎，居京十餘年，父黄鉞病，因省親回蕪湖，道光二十一年（一八四一）其父亡故後不復出山。咸豐三年（一八五三），太平天國軍隊攻克蕪湖，他被親家錢鼎卿接去南匯小住五載，爾後移居松江、蘇州、上海一帶，游踪達於嘉興、杭州等江浙名城。他善詩，其子黄安謹編他的詩詞爲《禮部遺集》行於世。著《黄勤敏（按：黄鉞謚號）公年譜》一卷。他喜歡小説，最服膺《聊齋誌異》、《儒林外史》、《石頭記》，可見真有眼力。後二書他都細加評點，是唯一兼評點了《儒林外史》和《石頭記》兩部巨著的評點家。但所評湮没百年，並未刊行，直至二十世紀八十年代，纔由筆者發掘，予以整理出版。

黄評當寫於咸豐三年(一八五三)富民離開蕪湖浮居江蘇的十年間。包括批於卷首閑序後和總回目後的兩則題識,第九、十五、十六、二十三、二十六、三十二、三十八、四十三、四十七、四十八、四十九、五十四、五十五等回末的總評,及分布於各回的二千餘條眉批,是黄評之主體,數量比卧評大得多,評得頗細,常能品出《儒林外史》的細膩真切之處。

黄富民到南匯就結識了張文虎(天目山樵),兩人過從甚密,唱酬之作很多,黄並將自己所批的《儒林外史》交給張,不僅直接啓發了張文虎,而且通過張文虎,在南匯和上海及其周邊松江等地形成一個評點和傳播《儒林外史》的「文化沙龍」。

同治年間刊行的有齊省堂本評語(簡稱齊評)。齊本除沿印卧評之外,各回還有相當數量的眉批,在原缺卧評的六回和第十三、十四、十五、十六、二十、二十三、三十二、三十四、四十一、四十六、四十七、五十、五十六諸回共補上二十餘條回評。齊評對小説的反八股傾向和作品所反映的當時社會風氣有所點明,其他方面也間有有識之見可供參考。後來的各種增補齊本都沿印了齊評。

天目山樵評語是卧評之外影響最大的《儒林外史》評點。天目山樵是張文虎的筆名。張文虎,字嘯山,又名華谷里民。南匯諸生。受乾嘉學派影響,尚考據,尤長校勘,曾國藩稱之爲「大江南北惟此一人」,屬以金陵書局讎校事。校注《史記三注》,成《札記》五卷,爲時推重。同光間游滬上。著述甚豐,多收於《舒藝室文集》和《覆瓿集》中。

張文虎是《儒林外史》的熱烈愛好者和熱情評薦者。劉咸炘説他「好坐茶寮，人或疑之，曰：『吾温《儒林外史》也。』」（《校讎述林》卷四《小説裁論》）他之評點《儒林外史》，從同治年間看到黄小田評語就已開始了，同治十二年暮春即寫過識語，刊在次年出版的申一本中；光緒二年又寫過識語；到光緒三年嘉平小寒寫的識語説：「予評是書凡四脱稿矣」；此後，光緒五年、六年、七年又幾次寫了識語，真可謂樂此而不疲耶！

在南匯和上海，繼黄小田之後張文虎成爲評點和傳播《儒林外史》的中心人物。他的評點本先後借給雷譯卿、閔頤生、沈鋭卿、朱貢三、楊古醞、艾補園過録，這些人又輾轉傳給其他人過録或閲覽，例如艾補園就曾借給徐允臨過録。和張文虎一起切磋《儒林外史》的還有黄富民之子黄安謹等人，後又傳到松江的朱昌鼎（則仙）。

張文虎傳給各人的評點本「隨時增減，稍有不同」，有時出入還相當大。已印行的有兩種：一種由申二本采作句中夾批和回末總評（簡稱天一評）。光緒辛巳（一八八一）季春天目山樵識語説：「舊批本昔年以贈艾補園，客秋在滬城，徐君石史言曾見之，欲以付申報館擺印。予謂申報館已有擺印本（按：指申一本），其字形過細，今又增眉批，不便觀覽，似可不必。今春乃聞已有印本發賣（按：指申二本），不知如何也。」此語同徐允臨的記述（詳後）相合榫。艾補園（亦作艾譜園）名承禧（亦作礽禧），上海人，光緒十五年舉人，春闈不第，在滬辦養正小學。申報館排印《儒林外史》時，或即由他和徐允臨提供評語的。申二本的印字比申一本大，行距也寬，評語作夾批而不作眉批，或是采納天目山樵意見的結果。

第二種是單獨印行的《儒林外史評》（簡稱天二評）。徐允臨説，光緒甲申（一八八四）七月他就聽説「張先生近有評語定本……徑馳書向先生乞假以來，重過録焉」。次年上海寶文閣刊行的「天目山樵戲筆」《儒林外史新評》（上、下二册）就問世了。這是《儒林外史評》的第一版。

上海圖書館收藏徐允臨校閲手抄本《儒林外史評》封裏有徐允臨手筆：「（光緒）丙戌（一八八六年）二月七日，余偶過書肆，寶文閣主以此新刊本見贈，翻閲一遍，中多誤字，遂爲校正。石史徐允臨記。」抄本的款式、頁碼與光緒乙酉第一版印本相同，對許多誤字作了校正，如第二回第二條正文，第一版誤「快班」作「狀班」，誤「褊窄」作「補窄」，抄本均予訂正。

嗣後，有根據徐允臨校閲手抄本重新刊印的《儒林外史評》，封裏石印徐允臨光緒丙戌二月七日校閲題記的手迹，款式、頁碼與手抄本全同，但封面却仍署「光緒乙酉夏寶文閣藏板」，顯然這已是經光緒丙戌徐允臨校訂後的修訂本。

天二評和天一評是張文虎在不同時候寫的評語，前者被徐允臨稱爲天目山樵「評語定本」，相同條目的文字一般比後者準確、洗煉一些。天一、二評有一些條目重合；有一些條目是此有彼無，或此無彼有；還有一些條目是部分重合，另一部分則此有彼無或此無彼有。

天目山樵評點是在黄富民直接影響下開始的，他自己説：「昔黄小田農部示余所批《外史》……農部所批頗得作者本意，而似有未盡，因别有所增減，適工人有議重刊者，即以付之，三年矣，竟不果。去年黃子眘（安謹）太守又示我常熟刊本，提綱及下場語幽榜均有改竄，仍未妥恰，因重爲批閲，間附農部舊評，所標萍叟者是也。」從這段話看，他評點《儒林外史》經歷了兩個階段，前一階段是覺得黃富民的評語「似有未盡，因別有所增減」。既是在黃評的基礎上進行「增減」，估計保留黃評必多，但謀予付印而未果。後一階段是他自己「重爲批閲」，只是「間附農部舊評」，換言之，是以自己的評點爲主了，這就是我們今天所看到的天評。以天評同黃評一對照就可以發現，天評中融化了許多黃評，情況大體有幾種：

一是有少數評語直接沿襲黃評，例如第十二回，婁家兩公子看家書知道魏廳官來府是爲丈量的事，黃評：「即將丈量事，銷納家書中，省筆墨也。」天評：「即將丈量事，消納家書中，以省叙述。」還有許多評語基本沿用黃評，只是文字稍作加工，例如第四回范進吃大蝦元子，黃評：「善謔，未免有傷忠厚。此等處實先生所深惡。」天評：「謔而虐矣，蓋作者甚惡此輩。」顯然，經修改後，天評的文字一般較黃評更準確洗煉。另有許多評語在黃評的基礎上內容又有所補充，例如第十五回匡超人要與馬二結爲兄弟，黃評：「馬二先生不止年長一倍，公然欲拜爲兄，其心本不厚。」天評則更詳：「匡超人此時只二十二歲，馬二先生補廩已二十四年，年長當已倍之，況此番恩德，自當拜以爲師，何徒曰『盟兄』而已？他日爲人不終，即基於此。難在馬二先生毫無德色，不以爲意。」

二是有的評語單獨從字面上雖已看不出與黃評的直接關係，但只要兩相比較，仍可看出天評是從黃評蛻衍而出的，有時簡直像在互相問答，互相補充。例如第六回嚴貢生仗勢欺虐鄉里，被王仁點破，「嚴貢生把臉紅了一陣」，黃評：「老面皮亦有時紅耶？」天二評回答：「白吃他挑撥，又無可報復，臉之所以紅也。」有時，又仿佛是黃、張二人相對而談，互相補充談謔。例如第七回扶乩的陳和甫來見新進士荀玫和王惠，胡謅「純陽老祖師降壇，乩上寫着這日午時三刻有一位貴人來到」，黃評謔曰：「純陽祖師却管這樣閑事！」天二評則補充調侃道：「天榜有名之人，純陽老祖師自當久慕。」陳和甫又謅「乩上就降下周公老祖來」，黃評謔曰：「周公也愛管閑事，更奇；稱『老祖』，又奇。」天一評復予補充調侃：「咸豐庚申，張堰乩壇軒轅黃帝降筆，則『周公老祖』未足爲奇。」此外，天評也時常反駁黃評，例如第三回范進中舉時鄰居幫忙，黃評：「忙殺鄰居，干卿何事耶？」天評則辯曰：「或云『忙殺鄰居，干卿何事』，予謂不然，鄰居做官大家喜歡，人情之常。高世遠俗之見不可責之齊民，若皆落落自顧，雖聖人不能爲治。」餘如第三十七回泰伯祠大祭後杜少卿問張俊民：「你當初曾叫張鐵臂麽？」對此，黃評：「直問出來，畢竟是豪（爽）。」天評：「當面直問出來，固是豪爽，畢竟世務未深。」可見，對黃評提出異議，却正是從黃評蛻變出來的一種方式。如果不知有黃評，就無從知道天評何以出此。當然，除此而外，天評也有一部分評語是針對卧評和齊評而發的。

對《儒林外史》的總體看法，黃評、天評也常相近，正因爲如此，許多具體評點天評方可沿襲。經統計，天評約有十幾分之一是從黃評衍化而來的。從這個意義上來說，有人稱《儒林外史評》是天目山樵和黄富民的「合評」，亦未嘗不可。因爲黄評有許多内容已爲天評所吸收，化爲天評的血液了。不過，我們却不能因此而低估了天評的獨立創造。

天評的特點，黄安謹《儒林外史評・序》曾予指出：「旁見側出，雜以詼諧。」張文虎也頗以此自得，説自己的批本：「鑿破混沌，添了許多刻薄。」這樣的評語風格，同《儒林外史》的諷刺藝術是相映成趣的。

天目山樵評，在當時即已成爲《儒林外史》研究者收輯、補充、評騭的對象，最熱衷此道的是徐允臨、平步青和朱昌鼎（則仙）。

徐允臨即「從好齋主人」，原名大有，號石史。上海諸生。工書畫，酷嗜金石，搜藏頗富，善寫墨蘭，清疏絶俗，亦一時之選。他説自己「志學之年即喜讀《儒林外史》」，外出時别的不帶，「獨携此自隨。自謂生平於是書有偏好，亦頗以爲有心得」。他是《儒林外史》和天目山樵評語的積極傳播者和校訂者，經常同張文虎、王承基、華約漁、楊古醖、艾補園、閔頣生以及金和之子金是珠一起，研讀、談論《儒林外史》。他曾兩次過録天目山樵評語於從好齋輯校本中。第一次在光緒己卯（五年）秋，從艾補園處借來評本，天目山樵光緒辛巳季春識語説「舊批本昔年以贈艾補園」，可見那應是天一評。第二次在光緒甲申（十年）秋，用天目山樵的「評語定本」「重過録」，可見應是天二評。

除輯録天一評、天二評外，他自己還增評十幾條，「加石史小印以别之」，同時輯録華約漁評語十餘條，以「約記」作標志。此二種評語都較平庸，個別條目則提供了《儒林外史》在當時社會上流傳的情況。如第十九回有一條：

歸安錢倫仙太史續配翁相國女，酷嗜詠詩，太史呼之爲景蘭江，惘然不知何時人。乃問之篋仙之婦。亦不知。以問篋仙，篋仙與之《外史》，乃恍然。適倫仙自外至，指之曰：「魯小姐。」倫仙知其已見《外史》矣，笑曰：「吾安得及魯小姐？特隋岑庵一流人耳！」人皆謂倫仙狂，今如此言，則自知甚明。閨房雅謔，足爲譚《外史》者增一笑。

平步青（一八三二——一八九六），浙江紹興人，歷任翰林院編修、侍讀，江西糧道並署布政使等職。同治十一年（一八七二）辭職後居家讀書寫作，校輯群書，繼承乾嘉樸學的傳統，「於群書訛文奪字，援引乖舛，輒刺取它籍，刊誤糾謬」。在《霞外攟屑》卷九《小栖霞說稗》中，他對《儒林外史》和天目山樵評語也進行了指源、考據、正訛、糾誤的工作，有些評語或能言中天評的弱點，或也有反誤。例如第八回，寧王敗後，降官王惠逃竄，「自此更姓改名」，天二評說：「豈即更姓爲郭邪？」小說第三十七回已確認，郭孝子之父即是王惠。而平步青却評曰：「王惠、郭力父子事。惠，汶上人；力，長沙人。作者本寫得支離，嘯山評似粘滯。」

在蘇州潘氏抄本中，潘祖蔭有兩條評語，以實有的人和事，爲《儒林外史》的現實性提供佐證。

松江華亭人朱昌鼎、朱昌泰兄弟前後相繼的評點統稱「則仙評」。二十一世紀初，筆者發現在一部申報館第一次排印本(申一本)上,有他們手寫的評批,凡一百三十多條眉批和回末總評,字數居《儒林外史》評點的第五位。朱昌鼎生於咸豐三年癸丑(一八五三)正月十七日,歿於光緒二十五年己亥(一八九九)臘月二十四日,即公曆一九〇〇年一月二十四日。號子美。評批時,以美、最不羈生、不奇生、海上羽公等署名。申報館「主任慕之,聘之撰寫論説」。申報館是在傳統刊刻書籍的方式之外,第一個推出《儒林外史》的出版者,朱昌鼎的評批即寫於該版本上。一九〇〇年初,昌鼎逝世後,兄終弟繼,其胞弟昌泰,號則先者,以則先、朱則先、則仙、仙、謫仙、朱謫仙、醉仙、抱仙、橘仙、喬木山人、卧讀生、白鷗池釣徒、退速廬主、金夸山人等署名繼續評批,數量占「則仙評」之大部分。

童葉庚(一八二八—一八九九),字友蓮,號松君,晚號睫巢,齋室名「百鏡齋」。上海崇明人。清道光二十五年(一八四五)考上秀才,經捐納踏上仕途,歷任浙江杭州府經歷,諸暨、富陽、黄岩、常山縣丞,同知銜。同治三年(一八六四)曾與蘇州祝書紳在崇明設鹽局、建倉廒、辦理鹽捐。光緒十年(一八八四)因軍功擢升德清知縣。光緒十四年(一八八八)遭革職後來到他丈人祝家的所在地蘇州過起寓公生活,以金石書畫自操。擅畫墨梅,所作《萬玉圖》,被譽「清超拔俗」。手抄群籍,多海内孤本。爲人博學多智。一八六二年起,以民間流傳的七巧板爲基礎,將七塊拼盤增至十五塊,稱此新創作的玩具爲益智十五巧板,一八七八年在杭州雕版成書《益智圖》,後又有《益智續圖》《益智燕几圖》《益智圖千字文》《益智字圖》等,成一系列,曾受恭親王等名流的鍾愛。他的益智圖十五巧板於二〇一二年被列入上海市非物質文化遺産保護名録。（參據《崇明報》二〇一七年十二月十三日上海市崇明文史研究會文稿）童葉庚著述頗豐，其他如《睫巢詩説》，如《睫巢鏡影》游藝叢書（内含《静觀自得録》《説快又續筆》《六十四卦令譜》《雕玉雙聯》《回文片錦》等）。

光緒癸巳年（一八九三），童葉庚撰作《增補儒林外史眉評》（簡稱童評），評語前有「例言」十則。首則説：《儒林外史》「余最喜批閲，欲加評語而未果也。後得齊省堂增訂正本，其中復加點竄，益覺精密，而惺園批注，亦盡善盡美，惜稍略耳。今歲里居多暇，重展是書而讀之，心有所得，隨手札記。」末尾題：「光緒癸巳秋七月，巢睫散人識。」該評即是「今歲里居多暇」寫的，底本是「齊省堂增訂正本」（本書簡稱齊本）。他説齊本原有的惺園批注「先得我心。凡經評出者，不復贅言」，所以稱自己的評語爲「增補」。但此「增補」却並不附着在原書原評上，而是别行，依小説原文逐回評點，每回中基本上是逐頁評點，並標出齊本頁碼（惟第十四回是「一至五頁」統一評點，不分頁）。現存手抄本只有前二十三回半，已達六萬五千字，可見其評點之細。

他也認爲「《儒林外史》一書，着眼在『功名富貴』四字」。例言説：「《儒林外史》筆法奇妙，迥異他書，高出於諸家小説之上。」他着重於點出《儒林外史》「筆法」之妙，尤精於對其藝術匠心的闡幽發微。「此書叙事，無論巨細，總不下一直筆。昔人所云做人貴直、作文貴曲，天上有文曲星，無文直星也。遇用曲筆處，每爲標出一二，以概其餘。」他以自己對世情的洞明，着力抉發

「曲筆」背後蘊含的寓意，闡發隱藏在「無文字處」的世態人情以及人物的心境。例言又說：「此書於極無緊要之事，極易忽略之處，偏能一筆不漏，具見作者用心之細。」他頗能以細緻的評點抉發吴敬梓小説「用心之細」處。

上述十一種評點及其衍遞的軌迹，反映了《儒林外史》研究史的一個重要方面，總結它們的成果和經驗教訓，可以爲今天的研究工作提供資料和借鑒。

輯校凡例

關於彙校

一、本書以清嘉慶八年（一八〇三）卧閑草堂刻本（簡稱卧本）爲底本。

二、以下列各本爲校本：

①嘉慶咸豐間蘇州潘氏抄本（簡稱抄本）。

②同治八年（一八六九）蘇州群玉齋活字本（過去分别稱爲「蘇州書局本」、「群玉齋本」者，實是同一版模不同版次的印本，正文文字完全相同，本書統稱蘇州群玉齋本，簡稱蘇本）。

③同治十三年（一八七四）上海申報館第一次排印本（簡稱申一本）。

④光緒七年（一八八一）上海申報館第二次排印本（簡稱申二本）。

嘉慶二十一年（一八一六）清江浦注禮閣刻本和藝古堂刻本都是卧本的複印本，除個别地方對卧本的空缺有填補外，版框、行格、文字與卧本都完全相同，於此統作説明，後不再出校。

三、以下列各本爲參校本：

①同治十三年（一八七四）齊省堂增訂本（簡稱齊本）。

②光緒十年前上海徐允臨從好齋輯校本（簡稱從好齋輯校本）。

③光緒十二年（一八八六）經徐允臨校閲過的上海寶文閣刊天目山樵《儒林外史評》（其中每條夾批前引有《儒林外史》的有關正文，可資參校）。

④光緒十四年（一八八八）上海鴻寶齋增補齊省堂本（簡稱增補齊本）。

⑤民國初上海商務印書館鉛印本（簡稱商務本）。

⑥上海亞東圖書館鉛印標點本，一九二二年第四版（簡稱亞東本）。

四、卧本雖是其後各本的祖本，但各本對卧本的誤刻、倒刻、漏刻各有所訂正。本書以各校本同底本逐字對校比勘，采擷妥善的改乙删增用以校正底本的訛舛衍奪。各校本都不能妥善校正的，就以參校本校訂。

本書的校改一般都有版本依據並作校記，其取捨從違若有未當，讀者自可再據校記覆案。個别明顯訛誤而無可參據，則徑改後出校説明。

五、書中凡不止一見的詞語，前後如不一致，一方面以本書前後互證而抉摘其異同，以正校誤；同時用其他本子對校，取得更充分的校勘依據。

六、底本的異體字和俗字，一般都以目前通行的規範字予以統一，不出校。底本屢見的錯字，一般只在全書第一次出現時出校，並説明「以下徑改不記」。少數明顯因缺筆添畫而致誤的字，不出校。

七、底本與校本有異，底本文意可通時，一般仍以底本爲正文，校本中文意可通的異文一般載入校記；凡誤改底本而反致錯誤者一般不記；個別字詞的增減改易並不影響文意者也不記，如結構助詞「的」、時態助詞「了」、方位詞「裏」等的增減，聯合式合成詞「喜歡」改「歡喜」等。

關於彙評

一、本書彙輯的評語有以下十一種：

①卧閑草堂本評語（簡稱卧評）。有回末總評，其中第四十二至四十四、第五十三至五十五凡六回評語原缺。

②黄小田評語（簡稱黄評）。有眉批和部分回末總評以及天評中標爲「萍叟云」的三條評語。

③齊省堂增訂本評語（簡稱齊評）。有眉批和部分回末總評。

④申報館第二次排印本中天目山樵評語（簡稱天一評）。有句中雙行夾批和部分回末總評。

⑤天目山樵《儒林外史評》（簡稱天二評）。有句中雙行夾批和部分回末總評。天二評後出，條目、文字與天一評均有出入。凡與天一評内容文字全同的條目標「天一、二評」，以示重合；内容不同的條目分别標「天一評」和「天二評」；意思相同僅文字略有出入者，本書録天二評爲正文，在括號内注明天一評的不同之處；夾批的位置一般也依天二評，天一評相應條目位置的移動，只在需要説明時注明原批位置。

⑥潘祖蔭評。蘇州潘氏抄本中有兩條眉批，前條署「伯寅記」，後條字迹相同。

⑦華約漁評（簡稱約評）。從好齋輯校本中有華約漁的眉批十餘條，以「約記」爲標志。

⑧石史評。從好齋輯校本中有徐允臨的眉批十餘條，蓋有「石史」印章作標志。

⑨平步青評。平步青《霞外攟屑》卷九《小棲霞説稗》中有數十條評語，主要針對天目山樵評語而發。

⑩則仙評。朱昌鼎、朱昌泰兄弟在申報館第一次排印本上寫下一百三十多條眉批和回末總評，統以則仙評概之。

⑪童葉庚評（簡稱童評）。童葉庚以齊省堂增訂本爲底本，逐頁點評了前二十三回半，計六萬五千餘字。

童評常常逐句評點，將小説原文割得太碎，不便閲讀，今酌情予以合併。

二、原來各本的夾批、眉批，本書一律列於相應正文之下；原來各本的回末總評，仍列於每回正文之後。各家評語原則上按作評時間先後排列，即卧評、黄評、齊評、天一評、天二評、潘祖蔭評、約評、石史評、平步青評、則仙評、童評。

三、各家評語不乏有識之見，但也多平庸甚至迂腐之論，爲供給較完備的研究資料，本書悉數會輯收載，望讀者加以分析鑒別。

目録

【校記】

〔一〕捐，原作「損」，抄本、蘇本同。從回内回目和申一、二本改。

〔二〕鮑廷璽，原作「倪廷璽」，抄本、蘇本和申一、二本均同。從回内回目改。

〔三〕賜書樓，原作「賜書流」，抄本、蘇本同。從回内回目和申一、二本改。

〔四〕名賢，原作「名士」，抄本、蘇本和申一、二本均同。從回内回目並參齊本改。

〔五〕大戰，原作「血戰」，抄本、蘇本和申一、二本均同。從回内回目並參齊本改。

〔六〕義氣，原作「意氣」，抄本、蘇本和申一、二本均同。從回内回目並參增補齊本改。

第一回

說楔子敷陳大義〔一〕　借名流隱括全文

人生南北多歧路〔二〕，將相神仙，也要凡人做。百代興亡朝復暮，江風吹倒前朝樹。功名富貴無憑據，○黄評：一篇主意。費盡心情，總把流光誤。○齊評：全書主腦。○約評：真乃唤醒夢夢。○童評：絶妙好辭，唤醒塵夢。濁酒三杯沉醉去，水流花謝知何處。

這一首詞，也是個老生常談，○黄評：固係常談，而先生之書非常談也。不過説人生富貴功名是身外之物，但世人一見了功名，便捨着性命去求他，及至到手之後，味同嚼蠟。○天二評：無論到手不到手，口裏説説也香。到味同嚼蠟時，已是醒過來了，能有幾人？否則恐甘蔗渣兒尚要嚼了又嚼也。○約評：袁子才先生有詩云：「明知過後原如夢，争奈當場欲上天。」此之謂也。自古及今，那一個是看得破的！○黄評：自有天地以來於今爲烈。○天一評：無論得不得，嘴裏説説也好。○童評：立言爲三不朽之一，著書原所以勸世也。

雖然如此說，元朝末年，也曾出了一個嶔崎磊落的人。這人姓王名冕，○黄評：高人隱士非必定取王冕，以正文托之明代，時世相近耳。在諸暨縣鄉村裏住。七歲上死了父親，○天二評：據《曝書亭集·王冕傳》：「父命牧牛隴上，潛入塾聽村童誦讀，暮亡其牛，父怒撻之。」不云早孤。此處不可以誣先賢。豈傳聞異耶？《明史》傳與朱集略同。（天一評「誦讀」作「誦書」；「傳聞」作「所聞」；無末句）○平步青評：如本《傳》則敘次不能一綫，故云父歿。非誣先賢，亦非傳聞異也。○童評：《儒林外史》一書，着眼在功名富貴四字，開篇先寫一不貪功名、不慕富貴之王元章，以爲儒林中之規矩繩墨。有守規矩、準繩墨者，爲儒林中之正士；有背規矩、廢繩墨者，爲儒林中之敗類；有未盡合乎規矩繩墨而不遠離乎規矩繩墨者，爲名流、爲豪俠；有並不道夫規矩繩墨而仍不失爲規矩繩墨者，爲畸人，爲高僧。此儒林中之大較也。至若不可無一，不能有二，列於儒林之中，超乎儒林之上，則當首推我煮石山農也。他母親做些針指，供給他到村學堂裏去讀書。看看三個年頭，王冕已是十歲了。母親喚他到面前來説道：「兒阿，不是我有心要耽誤你。只因你父親亡後，我一個寡婦人家，只有出去的，沒有進來的；年歲不好，柴米又貴；這幾件舊衣服和些舊傢伙，當的當了，賣的賣了，只靠着我替人家做些針指生活尋來的錢，如何供得你讀書？如今沒奈何，把你雇在間壁人家放牛，每月可以得他幾錢銀子，你又有現成飯吃，只在明日就要去了。」○黄評：是小説入手法。王冕道：「娘説的是。我在學堂裏坐着，心裏也悶，不如往他家放牛，倒快活些。假如我要讀書，依舊可以帶幾本去讀。」○黄評：此句必不可少。○齊評：出語便是不凡。○天一、二評：善體親心，是謂孝子。情願放牛的也多，只無底下兩句。（天一評前半原批於「倒快活些」下）○童評：自小便有志氣，到大來形端表正，識見日就高超，色色有異乎人處。 當夜商議定了。

第二日，母親同他到間壁秦老家。秦老留着他母子兩個吃了早飯，牽出一條水牛來交與王冕，指着門外道：「就在我這大門過去兩箭之地，便是七泖湖。湖邊一帶綠草，各家的牛都在那裏打睡。又有幾十棵〔三〕合抱的垂楊樹，十分陰凉，牛要渴了，就在湖邊上飲水。小哥，你只在這一帶玩耍，不必〔四〕遠去。○黄評：好世界。○天一評：好所在，我亦欲從王先生游。○童評：湖邊無限雅景，高人足以優游，倦則枕書牛背，渴則飲水清流。 我老漢每日兩餐小菜飯是不少的，每日早上，還折兩個錢與你買點心吃。只是百事勤謹些，休嫌怠慢。」他母親謝了擾要回家去，王冕送出門來。母親替他理理衣服，○黄評：閑處俱寫得入情。 口裏説道：「你在此須要小心，休惹人説不是，早出晚歸，免我懸望〔五〕。」○黄評：慈母。○天一評：簡净。 王冕應諾，母親含着兩眼眼淚去了。○天一評：讀至此不知何以墮淚。

王冕自此只在秦家放牛，每到黄昏，回家跟着母親歇宿。或遇秦家煮些腌魚、臘肉給他吃，他便拿塊荷葉包了來家，遞與母親。○黄評：寫王冕之孝，蓋未有不孝而可稱名士者。○天二評：讀至此不知何以下淚。○約評：我亦要墮淚。每日點心錢，他也不買了吃，聚到一兩個月，便偷個空，走到村學堂裏，見那闖學堂的書客，就買幾本舊書，日逐把牛拴了，坐在柳陰樹下看。○天二評：我見掃室延師而學生與書爲仇，其材乃不及王先生所放者凡幾！噫嘻！（天一評「凡幾」前多「不知」二字）○約評：闖學堂的書客，只怕無甚麽好書買。○童評：每日兩個錢，不買點心吃，却積聚起來買舊書讀。讀書真勝於吃點心也。

彈指又過了三四年。王冕看書，心下也着實明白了。○黄評：加「着實」二字以見王冕學之所由來。○天一、二評：「着實」兩字見不是當口頭説話。那日正是黄梅時候，天氣煩躁，王冕放牛倦了，在緑草地上坐着。須臾，濃雲密布〔六〕，一陣大雨過了。那黑雲邊上鑲着白雲，漸漸散去，透出一派日光來，照耀得滿湖通紅。湖邊上山，青一塊，紫一塊，緑一塊。樹枝上都像水洗過一番〔七〕的，尤其緑得可愛。○齊評：寫眼前景物透亮之至，似俗而甚雅也。湖裏有十來枝荷花，○黄評：入學畫。苞子上清水滴滴，荷葉上水珠滚來滚去。○天一評：畫所不到。此文人之筆畢竟高於畫家。○童評：陸離光怪，對此能使畫理自深。王冕看了一回，心裏想道：「古人説『人在畫圖中』，其實不錯。可惜我這裏没有一個畫工，把這荷花畫他幾枝，也覺有趣。」又心裏想道：「天下那有個學不會的事，○齊評：正所謂「天下無難事，只怕有心人」。○天一評：此句宜正告天下後世没志氣的人。○天二評：請以正告天下没志氣人。我何不自畫他幾枝。」

正存想〔八〕間，只見遠遠的一個夯漢，挑了一擔食盒來，手裏提着一瓶酒，食盒上挂着一塊氈條，來到柳樹下，將氈鋪了，食盒打開。○天一評：那裏仿來這些雅興。那邊走過三個人來，頭戴〔九〕方巾，一個穿寶藍夾紗直裰〔一〇〕，兩人穿玄色直裰，都有四五十歲光景，手搖白紙扇，緩步而來。○黃評：何其風雅，但不可開口耳。○童評：彼傖如斯游覽，自以爲雅極矣。其奈開口即俗乎？可惜一番佳景，遭此俗物點污。那穿寶藍直裰的是個胖子，來到樹下，尊那穿玄色的一個鬍子坐在上面，那一個瘦子坐在對席；他想〔一一〕是主人了，坐在下面把酒來斟。吃了一回，那胖子開口道：「危老先生回來了。○黃評：不料其開口便俗，却是先生著書本意。○齊評：非大老不開口，是此書行派。○天一評：開口就是一尊大神佛。新買了住宅，比京裏鐘樓街的房子還大些，○天二評：據《傳》：冕北至燕京。翰林學士危素居鐘樓街，一日，騎過冕。冕揖之，不問名姓，忽曰：「公非住鐘樓街者耶？」此即借其事影射。（天一評「名姓」作「姓名」）值得二千兩銀子，因老先生要買，房主人讓了幾十兩銀賣了，圖個名望體面。○齊評：賣屋也講勢利，可謂奇談。前月初十搬家，太尊、縣父母，都親自到門來賀。留着吃酒到二、三更天。街上的人那一個不敬！」○黃評：雨後郊游小飲，極是雅事，不料開口一俗至此。却難得一副筆墨寫得雅俗各見。○天一評：已伏後文。那瘦子道：「縣尊是壬午舉人，乃危老先生門生，這是該來賀的。」那胖子道：「敝親家也是危老先生門生，而今在河南做知縣。○黄評：此必是謊。前日小婿來家，帶二斤乾鹿肉來見惠，這一盤就是了。○天一評：鹿肉爲證河南知縣是實。這一回小婿再去，托敝親家寫一封字來，去晉謁晉謁危老先生。他若肯下鄉回拜，也免得這些鄉户人家放了驢和猪在你我田裏吃糧食。」○天一評：危老是鄉户驢猪都總甲。○童評：一個胖子，一個鬍子，一個瘦子，三子雖不同貌，其趨一也。一者何也？曰俗也。賣弄親家也是知縣，賣弄親家也是危老先生門生。恐怕人家不信，又指乾鹿肉以證實之。要仗女婿轉托親家，要仗親家函托危素，要仗危老先生的聲勢，去嚇鄉户的驢和猪。這套談風，元章聞之欲嘔。那瘦子道：「危老先生要算一個學者了。」那鬍子説道：「聽見前日出京時，皇上親自送出城外，携着手走了十幾步，危老先生再三打躬辭了，方纔上轎回去。看這光景，莫不是就要做官？」○黄評：閲此能不噴飯否？一部書皆用此訣。○齊評：鄉下人講京城口氣真是如此。直映到後數十回五河縣人説彭鄉紳站在朝廷暖閣裏辦事等語。○天一評：鬍子半日不開口，果然一開口又高出胖、瘦二人之上。○童評：鬍子這幾句話，不知作者如何描摹得盡態極妍。我知其拈毫落紙時，自己也要笑將出來。全書中如此類者尚多，作者必然寫一回，笑一回。卒讀書者得樂人之樂，轉羨著書者先自樂其樂也。三人你一句，我一句，説個不了。

王冕見天色晚了，牽了牛回去。○天一、二評：「牽了牛回去」，冷極。蓋王先生不曾聽也，只是牽牛回去。 自此，聚〔二〕的錢不買書了，托人向城裏買些胭脂鉛粉之類，學畫荷花。○黄評：元章善畫梅。此不過借荷花引出時知縣耳。 初時畫得不好，畫到三個月之後，那荷花精神顔色無一不像，只多着一張紙，就像是湖裏長的；又像纔從湖裏摘下來貼在紙上的。○童評：對花寫照，天然活色生香。 鄉間人見畫得好，也有拿錢來買的。○童評：鄉間人看見畫得像，便道是好，争着拿錢來買，當做一件玩意兒，豈真知寶貴哉？ 王冕得了錢，買些好東好西〔三〕，孝敬母親。 一傳兩，兩傳三，諸暨一縣都曉得是一個畫没骨花卉的名筆，争着來買。 到了十七八歲，不在秦家了，每日畫幾筆畫，讀古人的詩文，漸漸不愁衣食，母親心裏歡喜。○童評：元章藉作甘旨之奉，故不憚煩。

這王冕天性聰明，年紀不滿二十歲，就把那天文、地理、經史上的大學問，無一不貫通。○天一評：全書諸名士開山祖師，却又非虞、莊、杜諸人所及。 但他性情不同，既不求官爵，又不交納朋友，○黄評：此兩層皆正文反面。 終日閉户讀書。○齊評：求官交友不過「富貴功名」四字中事耳。○童評：真瀟灑，真高雅，淡泊本乎天性，見解别有會心。 又在《楚辭圖》上看見畫的屈原衣冠，他便自造一頂極高的帽子，一件極闊的衣服。 遇着花明柳媚的時節，把一乘牛車載〔四〕了母親，他便戴了高帽，穿了闊衣，執着鞭子，口裏唱着歌曲，在鄉村鎮上，以及湖邊，到處頑耍，○黃評：此皆王元章實事。○天二評：此元章實事，見本傳。固是目空千古，然安知無借此邀名者？不足爲訓。（天一評「本傳」作「傳中」；「不足爲訓」在「然」之後；「借此」作「就此」）○約評：此段却未免有些做作。○童評：比板輿奉母者，胸襟更是不同。惹的鄉下孩子們三五成群跟着他笑，他也不放在意下。只有隔壁秦老，雖然務農，却是個有意思的人，○黃評：寫秦老以襯元章。因自小看見他長大，如此不俗，○齊評：秦老亦復不俗。○童評：秦老敬愛元章，道他不俗，可知秦老亦必不俗，自非庸流，異乎危素。所以敬他愛他，時時和他親熱，邀在草堂裏坐着説話兒。

一日，正和秦老坐着，只見外邊走進一個人來，頭戴瓦楞帽，身穿青布衣服〔一五〕。秦老迎接，叙禮坐下。這人姓翟，是諸暨縣一個頭役，又是買辦。因秦老的兒子秦大漢拜在他名下，叫他乾爺，所以常時〔一六〕下鄉來看親家。○天二評：寫秦老只是如此，若説亦是高人則俗筆矣。（天一評「只是」作「只」，前多「身分」；「則」後多「成」字）秦老慌忙叫兒子烹茶，殺鷄、煮肉款留他，就要王冕相陪。彼此道過姓名，那翟買辦道：「這位王相公，可就是會畫没骨花的麼？」秦老道：「便是了。親家，你怎得知道？」翟買辦道：「縣裏人那個不曉得！因前日本縣老爺吩咐，要畫二十四幅〔一七〕花卉册頁送上司，此事交在我身上。我聞有王相公的大名，故此一徑來尋親家。今日有緣，遇着王相公，是必費心大筆畫一畫，○天一評：親家面上賣一個大人情。在下半個月後下鄉來取。老爺少不得還有幾兩潤筆的銀子，一並送來。」秦老在傍，着實攛掇。○黃評：自是好意。○童評：元章以畫没骨花出名，知縣要畫花卉册送人，翟買辦知道有潤筆銀子可以打個後手，所以高興，非爲照顧元章而討好知縣也。王冕屈不過秦老的情，只得應諾了。○黃評：因此屈不過情，非元章昧昧。○天一評：本不願畫也。回家用心用意畫了二十四幅花卉，都題了詩在上面。翟頭役禀過了本官，那知縣時仁發出二十四兩銀子來。○童評：時知縣肯出二十四兩銀子，亦是看這花卉畫得像，與鄉間人一般見識。翟買辦扣克了十二兩，只拿十二兩銀子送與王冕，將册頁取去。時知縣又辦了幾樣禮物，送與危素，作候〔一八〕問之禮。

危素受了禮物，只把這本册頁看了又看，愛玩不忍釋手。○童評：看了册頁，愛不釋手，危素是個賞鑒家。次日備了一席酒，請時知縣來家致謝。當下寒暄已畢，酒過數巡，危素道：「前日承老父臺所惠册頁花卉，還是古人的呢，還是現在人畫的？」○黃評：題詩在上面，不寫年號，又無名字，是不願畫。○天二評：新舊不識，眼色平常。（天一評「識」作「辨」）○童評：觀危素一問，知畫册上面但題詩而不落款，益顯元章之高。時知縣不敢隱瞞，便道：「這就是門生治下一個鄉下農民，叫做王冕，年紀也不甚大，想是纔學畫幾筆，難入老師的法眼。」○黃評：輕之甚。○童評：觀知縣一答，但曉得册頁可以送禮，不曉得畫爲何物，愈見時仁之俗。危素嘆道：「我學生出門久了，故鄉有如此賢士，竟坐〔一九〕不知，可爲慚愧。○齊評：此二語抑何高也，合下二語寫之，可謂曲盡神吻。此兄不但才高，胸中見識大是不同，將來名位不在你我之下。○黄評：寫危素自不俗，然但以名位相許，便不知王冕，又不得謂之不俗。貳臣心胸不過如是。○天一、二評：不信危老能作此語。然但以名位相許，是此兄胸中見識，未蒙明鑒。○童評：以己之心，度人之心，未嘗不同。不知老父臺可以約他來此相會一會麽？」時知縣道：「這個何難？門生出去，即遣人相約。他聽見老師相愛，自然喜出望外了。」説罷，辭了危素，回到衙門，差翟買辦持個侍生帖子去約王冕。

翟買辦飛奔下鄉，到秦老家，邀王冕過來，一五一十向他説了。○童評：翟買辦飛奔下鄉，一到秦家，即邀王冕，忙得滿頭大汗，興匆匆的説明緣故，把一個天大人情送將來，不料被元章兜頭一勺冷水，澆得他冰炭消解。狗腿公人臉，那得不頓時改變。王冕笑道：「却是起動頭翁，上覆縣主老爺，説王冕乃一介〔二〇〕農夫，不敢求見。這尊帖也不敢領。」○黄評：大非所料。翟買辦變了臉道：「老爺將帖請人，誰敢不去！況這件事原是我照顧你的，不然老爺如何得知你會畫花？○齊評：三字的是頭役口氣，抑何摹寫入神至此。○約評：是，是，不敢不敢。○童評：老爺將帖請人不去，真是從來未有之事。論理，見過老爺，還該重重的謝我一謝纔是，○天一評：看他理直氣壯。如何走到這裏，茶也不見你一杯，却是推三阻四不肯去見，是何道理！○黄評：寫差役實是差役。叫我如何去回覆得老爺？難道老爺一縣之主，叫不動一個百姓麽？」○黄評：先説「請」，此又説「叫」。王冕道：「頭翁，你有所不知。假如我爲了事，老爺拿票子傳我，我怎敢不去？如今將帖來請，原是不逼迫我的意思了，我不願去，老爺也可以相諒。」○天一評：此等説話，危老先生、時知縣尚不懂，無怪翟買辦發急。○約評：王冕對翟買辦一篇話，是從閔子翁（蹇）費宰一節脱來。翟買辦道：「你這都説的是甚麽話！票子傳着倒要去，帖子請着倒不去，○齊評：真是聞所未聞。○童評：秦老勸駕，正是敬愛元章處，恐怕他弄出事來。這不是不識抬舉了？」○黄評：如此不識抬舉人却難得。○天二評：君召之役，則往役；君欲見之，則不往見之。秦老勸道：「王相公，也罷，老爺拿帖子請你，自然是好意，你同親家去走一回罷。自古道，『滅門的知縣』，你和他拗些甚麽？」○黄評：寫秦老却又正當如此。○童評：秦老懂竅，不化些紙錠，這個鬼是送不去的了。王冕道：「秦老爹，頭翁不知，你是聽見我説過的，不見那段干木、泄柳的故事麽？我是不願去的。」○黄評：一句即見元章自處之善。翟買辦道：「你這是難題目與我做，叫拿甚麽話去回老爺？」秦老道：「這個果然也是兩難。若要去時，王相公又不肯；若要不去，親家又難回話。我如今倒有一法，親家回縣裏，不要説王相公不肯，只説他抱病在家，不能就來，一兩日間好了就到。」翟買辦道：「害病，就要取四鄰的甘結！」○黄評：如聞其聲。○齊評：是當衙門人衣食飯碗。○天一評：頭翁聲口。○約評：可見衙門的規矩利害。彼此争論了一番。秦老整治〔二〕晚飯與他吃了，又暗叫了王冕出去問母親秤了三錢二分銀子，送與翟買辦做差錢，○黄評：不知段干木當日曾如此否？一笑。○童評：知縣官將帖請人，誰敢不去？必非小厮害病，定是奴才詐錢。若説「票子傳着倒要去，帖子請着倒不去」這個道理，非但時仁想不出，即危素亦萬想不出。方纔應諾去了。回覆知縣。知縣心裏想道：「這小厮那裏害甚麽病！想是翟家這奴才，走下鄉狐假虎威，○黄評：自命爲虎。着實恐嚇了他一場。他從來不曾見過官府的人，害怕不敢來了。○黄評：果然怕虎不敢來。○童評：仰體老師，徒拜小厮，屈尊敬賢，好上志書之贊辭。再思三思，扛出個走肉行屍。其官曰瘟，其人則時。老師既把這個人托我，我若不把他就叫了來見老師，也惹得老師笑我做事疲軟。我不如竟自己〔三〕下鄉去拜他。他看見賞他臉面，斷不是難爲他的意思，自然大着膽見我，我就便帶了他來見老師，却不是辦事勤敏？」○天一評：知縣可謂盡心焉爾矣。○齊評：一反一正，做知縣人遇事都如此細心。又想道：「一個堂堂縣令，屈尊去拜一個鄉民，惹得衙役們笑話。」又想道：「老師前日口氣，甚是敬他，老師敬他十分，我就該敬他一百分。○齊評：語不離宗。况且屈尊敬賢，將來志書上少不得稱贊一篇。這是萬古千年不朽的勾當，有甚麽做不得！」○黄評：尚知好名，今也則無。○齊評：面面都到。

○天一評：有此三折，見得下鄉非易。就一個鄉民身上博取能員名宦，其志量不小。○約評：惡劣令人欲嘔。○童評：元章早就料到，預先安排得好。一些不着痕迹，勝似段干踰垣、泄柳閉門。當下定了主意。

次早，傳齊轎夫，也不用全副執事，只帶八個紅黑帽夜役軍牢，翟買辦扶着轎子，一直下鄉來。鄉里人聽見鑼響，○黃評：敲鑼求賢，宜賢之嚇走矣。一個個扶老携幼，挨擠了看。轎子來到王冕門首，只見七八間草屋，一扇白板門緊緊關着。翟買辦搶上幾步，忙去敲門。敲了一會，裏面一個婆婆，拄着拐杖出來説道：「不在家了。從清早晨牽牛出去飲水，尚未回來。」○黃評：其母如此聲口，聞鑼聲避去可知。○天一、二評：好在不問何人。翟買辦道：「老爺親自在這裏傳你家兒子説話，○天二評：案《傳》云：高郵申屠駉任紹興理官，遣吏自通。謝不見。乃造其廬，執禮甚恭。歲餘投書謝駉東游。是豈即其人歟？（天一評「是」作「吴」；「即」後多「指」字；「歟」作「耶」）○平步青評：諸暨縣令，據《傳》乃紹興司理高郵申屠駉。怎的慢條斯理！快快説在那裏，我好去傳！」○黃評：妙在總謂之「傳」。那婆婆道：「其實不在家了，不知在那裏。」説畢，關着門進去了。○黃評：火熱還他冰冷。○天二評：與乃郎之「牽了牛回去」同。○童評：婆婆拄着拐出來，回説不在家了，就關着門進去，有望望然若將浼焉之意。

說話之間，知縣轎子已到。翟買辦跪在轎前稟道：「小的傳王冕，不在家裏，請老爺龍駕到公館裏，略坐一坐，小的再去傳。」扶着轎子，過王冕屋後來。屋後橫七豎八幾稜窄田埂，遠遠的一面大塘，塘邊都栽滿了榆樹、桑樹。塘邊那一望無際的幾頃田地，又有一座山，雖不甚大，却〔三〕青葱，樹木堆滿山上。約有一里多路，彼此叫呼，還聽得見。○天一評：令我宛然身到王先生所居。知縣正走着，遠遠的有個牧童，倒騎水牯牛，從山嘴邊轉了過來。翟買辦趕將上去問道：「秦小二漢，你看見你隔壁的王老大牽了牛在那裏飲水哩？」小二道：「王大叔麼？他在二十里路外王家集親家家吃酒去了。這牛就是他的，央及我替他趕了來家。」○黄評：此亦王冕所教。翟買辦如此這般稟了知縣。知縣變着臉，○天一評：與翟買辦變臉相對。○童評：前日買辦變了臉，今日知縣變着臉，一樣老羞變怒。小人的臉，都是簾子做的。道：「既然如此，不必進公館了，即回衙門去罷！」時知縣此時心中十分惱怒，本要立即差人拿了王冕來責懲一番，又想恐怕危老師說他暴躁，且忍口氣回去，慢慢向老師說明此人不中抬舉，再處置他也不遲。知縣去了。

王冕並不曾遠行，即時走了來家。秦老過來抱怨他道：「你方纔也太執意了。他是一縣之主，你怎的這樣怠慢他？」○黄評：秦老所見只如此。○童評：元章未吃眼前虧，還暗仗危素之力。王冕道：「老爹請坐，我告訴你。時知縣倚着危素的勢要，在這裏酷虐小民，無所不爲。這樣的人，我爲甚麽要相與他？○天二評：説出本懷，見非浪學泄柳、段干。○約評：王先生此處稍露圭角。○童評：縣官不倚仗勢要，不酷虐小民，元章亦未肯相與他，何況是無所不爲的時知縣？但他這一番回去，必定向危素説；危素老羞變怒，恐要和我計較起來。我如今辭别老爹〔二四〕，收拾行李，到别處去躲避幾時。○黄評：見機。○童評：此着不可不防。只是母親在家，放心不下。」母親道：「我兒，你歷年賣詩賣畫，我也積聚下三五十兩銀子，柴米不愁没有。我雖年老，又無疾病，你自放心出去躲避些時不妨。你又不曾犯罪，難道官府來拿你的母親去不成？」○天二評：人子聽者，若犯了罪，便自己躲避也要累母親。（天一評「也要」作「不能不」）秦老道：「這也説得有理。况你埋没在這鄉村鎮上，雖有才學，誰人是識得你的？○齊評：秦老識見不俗，却尚未能深知元章所以高絶。作者用筆細如毫髮。此番到大邦去處，或者走出些遇合來也不可知。你尊堂家下大小事故，一切都在我老漢身上替你扶持便了。」○黄評：秦老難得。○天一評：秦老却難得。○天二評：鄉農中有此義人。○童評：秦老一力擔承，意厚情深，真是難得。不然，何以安游子之心哉？王冕拜謝了秦老。秦老又走回家去，取了些酒肴來替王冕送行，吃了半夜酒回去。次日五更，王冕起來收拾行李，吃了早飯，恰好秦老也到。王冕拜辭了母親，又拜了秦老兩拜，母子灑淚分手。王冕穿上麻鞋，背上行李，秦老手提一個小白燈籠，直送出村口，灑淚而别。秦老手拿燈籠，站着看着他走，走的望不着了方纔回去。○天一評：秦老真情，非泛泛應酬。○天二評：真有情人。

王冕一路風餐露宿，九十里大站，七十里小站，一徑來到山東濟南府地方。這山東雖是近北省分，這會城却也人物富庶，房舍稠密。王冕到了此處，盤費用盡了，只得租個小庵門面屋，賣卜測字，也畫兩張没骨的花卉貼在那裏，賣與過往的人。每日問卜賣畫，倒〔二五〕也擠個不開。○童評：行踪無定，隨遇而安。寫得元章身似行雲流水，心如霽月光風，無有一點俗塵得以沾他襟袖。

彈指間過了半年光景。濟南府裏有幾個俗財主，○石史評：俗財主當算識者。也愛王冕的畫，時常要買，又自己不來，遣幾個粗夯小厮，動不動大呼小叫，鬧的王冕不得安穩。王冕心不耐煩，○黄評：如何耐得。就畫了一條大牛貼在那裏，○天二評：大牛乎，此王先生之總角交，不爲辱没富翁。（天一評無「之」字）又題幾句詩在上，含着譏刺。○天一、二評：《傳》云：「燕京貴人争求畫，乃以一幅張壁間，題詩其上，語含諷刺。」此亦影射其事。也怕從此有口舌，正思量搬移一個地方。那日清早，纔坐在那裏，只見許多男女啼啼哭哭，在街上過。也有挑着鍋的，也有籮擔内挑着孩子的，一個個面黄肌瘦，衣裳襤褸。過去一陣，又是一陣，把街上都塞滿了。也有坐在地上就化錢的，問其所以，都是黃河沿上的州縣，被河水決了，田廬房舍盡行漂没。這是些逃荒的百姓，官府又不管，○黃評：此等事官府幾曾管過？只得四散覓食。王冕見此光景，過意不去，嘆了一口氣道：「河水北流，天下自此將大亂了，○齊評：喟然而嘆，胸襟可想。○天一、二評：此亦見本傳。○天二評：禹河本是北流，後世南流者皆非故道，天下治亂豈關於此？我還在這裏做甚麽！」將些散碎銀子收拾好了，拴束行李，仍舊回家。

入了浙江境，纔打聽得危素已還朝了，時知縣也升任去了，○黃評：撇去二人最妙。因此放心回家，拜見母親。看見母親康健如常，心中歡喜。母親又向他說秦老許多好處。他慌忙打開行李，取出一匹繭綢、一包耿餅，○天一評：山東人事。拿過去拜謝了秦老。秦老又備酒與他洗塵。自此，王冕依舊吟詩作畫，奉養母親。○童評：嘆河水之北流，知天下之將亂，懷故鄉而東返，免陟屺而興嗟。且喜慈母康强，仍此盤飧養志；更羨鄰翁矍鑠，依然杯酒談心。

又過了六年，母親老病卧床。王冕百方延醫調治，總不見效。一日，母親吩咐王冕道：「我眼見得不濟事了。但這幾年來，人都在我耳根前說你的學問有了，該勸你出去做官。○天二評：做官不消學問，學問又何必做官。做官怕不是榮宗耀祖的事，我看見這些做官的都不得有甚好收場。況你的性情高傲，倘若弄出禍來，反爲不美。○黄評：非此母不生此子，正對後文匡超人。○齊評：不愧元章之母。○天一、二評：知子莫若母。我兒可聽我的遺言，將來娶妻生子，守着我的墳墓，不要出去做官，我死了口眼也閉。」○天一、二評：非此母不生此子。王冕哭着應諾。他母親淹淹一息，歸天去了。王冕擗踴哀號，哭得那鄰舍之人無不落淚。又虧秦老一力幫襯，製備衣衾棺槨。王冕負土成墳，三年苫塊，不必細說。○童評：老母棄養，遺言成其子之高；孝子終身，却聘守其母之訓。

到了服闋之後，不過一年有餘，天下就大亂了。方國珍據了浙江，張士誠據了蘇州，陳友諒據了湖廣，都是些草竊的英雄。只有太祖皇帝起兵滁陽，得了金陵，立爲吴王，乃是王者之師。提兵破了方國珍，號令全浙，鄉村鎮市並無騷擾。

一日，日中時分，王冕正從母親墳上拜掃回來，只見十幾騎馬竟投他村裏來。爲頭一人，頭戴武巾，身穿團花戰袍，白净面皮，三綹髭鬚，真有龍鳳之表。那人到門首下了馬，向王冕施禮道：「動問一聲，那裏是王冕先生家？」王冕道：「小人王冕，這裏便是寒舍。」那人喜道：「如此甚妙。特來晉謁。」吩咐從人都下了馬，屯在外邊，把馬都繫在湖邊柳樹上。○天一評：本以繫牛，今忽繫馬，牛若曰：不虞君之涉我地。那人獨和王冕携手進到屋裏，分賓主施禮坐下。王冕道：「不敢拜問尊官尊姓大名？因甚降臨這鄉僻所在？」那人道：「我姓朱，先在江南起兵，號滁陽王；而今據有金陵，稱爲吳王的便是。○天二評：數語亦落落大方。○童評：一介平民，竟能名動帝王造廬請謁，雖欲不仕，其可得乎？終能恪守母訓，隱迹深山。東漢嚴先生之後，一人而已。因平方國珍到此，特來拜訪先生。」王冕道：「鄉民肉眼不識，原來就是王爺。但鄉民一介愚人，怎敢勞王爺貴步？」吳王道：「孤是一個粗鹵漢子，今得見先生儒者氣象，不覺功利之見頓消。○天一、二評：漢高、光武未必能作是語。孤在江南，即慕大名，今來拜訪，要先生指示：浙人久反之後，何以能服其心？」王冕道：「大王是高明遠見的，不消鄉民多說。若以仁義服人，何人不服？豈但浙江。若以兵力服人，浙人雖弱，恐亦義不受辱，○齊評：言簡而盡。○天二評：案《傳》，冕隱九里山爲胡大海所執，大海問策，冕答云云，此借爲答太祖語。（天一評「此借」後多「以」字）不見方國珍麽？」○黄評：此非正文，略寫已足。○童評：元章答吳王數語，不啻諸葛隆中之對。吳王嘆息，點頭稱善。兩人促膝談到日暮。那些從者都帶有乾糧。王冕自到厨下，烙了一斤麵餅，炒了一盤韭菜，自捧出來陪着。吳王吃了，○天二評：雖蔬食菜羹，未嘗不飽。稱謝教誨，上馬去了。這日秦老進城回來，問及此事，王冕也不曾説就是吳王，只説是軍中一個將官，向年在山東相識的，故此來看我一看。○天一、二評：非瞞秦老也，蓋有難言者。○約評：非難言也，只因鄉間眼界小，恐哄動衆人耳，如此纔是真隱。○童評：並不向秦老説出，尤見其高。説着就罷了。〇黄評：好，亦是省筆墨之法。

不數年間，吴王削平禍亂，定鼎應天，天下一統，建國號大明，年號洪武。鄉村人各各安居樂業。到了洪武四年，秦老又進城裏，回來向王冕道：「危老爺已自問了罪，發在和州去了。〇天二評：案余忠宣墓在安慶西門外，不當云和州。（天一評「案」作「然」）；批於「把那文行出處都看得輕了」下）〇平步青評：雲林子偃，官和州學正，後人因有謫和州守余墓之訛。〇童評：歸結危素。請看危素之功名富貴，而今安在哉？阿附危素者之功名富貴，而今安在哉？如此無憑據的功名富貴，還要費盡心情去想他，把流光耽誤過去，直弄到水流花謝不知何處，豈不大可哀哉！我帶了一本邸抄來與你看。」王冕接過來看，纔曉得危素歸降之後，妄自尊大，在太祖面前自稱老臣。太祖大怒，發往和州守余闕墓去了。此一條之後，便是禮部議定取士之法：三年一科，用《五經》、《四書》、八股文。王冕指與秦老看，道：「這個法却定的不好！將來讀書人既有此一條榮身之路，把那文行出處都看得輕了。」〇黄評：作書本旨。〇齊評：宰相見識，惜乎明祖之不得聞其語也。〇天一評：危素之謫與八股之行皆在其後，此特借以了前案及映起全書許多時文鬼耳。〇天二評：借危素事搭入八股取士，便捷。據《傳》，冕在胡大海軍中，太祖授以諮議參軍而冕死。危素之謫與八股之行皆在其後，此特借了前案及映起全書許多時文鬼耳。然古來榮禄開而文行薄，豈特八股爲然。〇童評：八股文取士，當年不知何人創議。此法一定，埋没了無數奇才異能之士，辜負了無數品端學粹之人。王冕當時指出，具有卓識。説着，天色晚了下來。

此時正是初夏，天時乍熱，秦老在打麥場上放下一張桌子〔二六〕，兩人小飲。須臾，東方月上，照耀得如同萬頃玻璃一般。○天一評：欲寫怪風却先寫明月，此文家烘染法。那些眠鷗宿鷺，闃然無聲。王冕左手持杯，右手指着天上的星，向秦老道：「你看，貫索犯文昌，一代文人有厄！」○童評：一代文人有厄，應在方、景諸公。話猶未了，忽然起一陣怪風，刮的樹木都颼颼的響，水面上的禽鳥格格驚起了許多，王冕同秦老嚇的將衣袖蒙了臉。少頃，風聲略定，睜眼看時，只見天上紛紛有百十個小星，都墜向東南角上去了。○黃評：可知亦「且夫嘗謂」之人。○天一評：文曲星耶？若是其小乎？接上文有厄而來。王冕道：「天可憐見，降下這一夥星君去維持文運，我們是不及見了！」當夜收拾傢伙，各自歇息。

自此以後，時常有人傳説，朝廷行文到浙江布政司，要徵聘王冕出來做官。初時不在意裏，後來漸漸説的多了，王冕並不通知秦老，私自收拾，連夜逃往會稽山中。○黃評：亦省文。○天一評：省筆。○童評：去得秘密，去得爽快。不秘密，不爽快，便去不成了。半年之後，朝廷果然遣一員官，捧着詔書，帶領許多人，將着彩緞表裏，來到秦老門首。見秦老八十多歲，鬚鬢〔二七〕皓然，手扶拄杖。那官與他施禮，秦老讓到草堂坐下。那官問道：「王冕先生就在這莊上麽？而今皇恩授他咨議參軍之職，○天一評：按《傳》，冕在胡大海軍中，太祖授以咨議參軍而冕死。下官特地捧詔而來。」○黄評：此影正文之徵辟。秦老道：「他雖是這裏人，只是久矣不知去向了。」○天一評：真情。秦老獻過了茶，領那官員走到王冕家，推開了門，見蠨蛸滿室，蓬蒿滿徑，知是果然去得久了。那官咨嗟嘆息了一回，仍舊捧詔回旨去了。○童評：幸虧走得早，幸虧走在半年之前。差官到王家，若非親眼看見蠨蛸滿室、蓬蒿蔽徑，知他果然去久，因而死心塌地。不然，豈肯輕信秦老之言，當時捧詔而去哉？

王冕隱居在會稽山中，並不自言姓名。○天一評：故秦老不知。後來得病去世，山鄰斂些錢財，葬於會稽山下。是年秦老亦壽終於家。○童評：一極高明、極博雅之王元章，一生却得一極平庸、極拙樸之秦老始終其事，可稱奇絶。元章爲一代傳人，秦老亦可因元章而傳矣。可笑近來文人學士，説着王冕，都稱他做王參軍，究竟王冕何曾做過一日官？○黄評：此影後文莊、杜二人。○齊評：不背母訓，真是高人。○天二評：此亦竹垞翁「贊」中語。（天一評「語」作「意」）○童評：元章與秦老品地雖迥不相侔，然秦老亦可稱得是元章知己。元章固不是功名富貴中人，而秦老亦不是功名富貴中人也。所以表白一番。這不過是個楔子，○童評：表明此一回書是個楔子，爲全部儒林中人做個影子。下面還有正文。

【總評】

卧評　元人雜劇開卷率有楔子。楔子者，借他事以引起所記之事也。然與本事毫不相涉，則是庸手俗筆；隨意填凑，何以見筆墨之妙乎？作者以史漢才作爲稗官，觀楔子一卷，全書之血脈經絡無不貫穿玲瓏，真是不肯浪費筆墨。

「功名富貴」四字是全書第一着眼處，故開口即叫破，却只輕輕點逗。以後千變萬化，無非從此四個字現出地獄變相。可謂一莖草化丈六金身。

穿闊衣，戴高帽，嘆黄河北流，都是王元章本傳内事，用來都不着形迹。

功名富貴人所必争，王元章不獨不要功名富貴，並且躲避功名富貴；不獨王元章躲避功名富貴，元章之母亦生怕功名富貴。嗚呼！是真其性與人殊歟？蓋天地之大，何所不有，原有一種不食烟火之人，難與世間人同其嗜好耳。

翟買辦替時知縣辦事，時知縣替危老師辦事，各人辦各人的事，元章非其注意之人也。世有窮書生得納交於知縣，詡詡然自謂人生得一知己死可不恨者，安知其不因危老師而來也！○黄評：妙。

不知姓名之三人是全部書中諸人之影子，其所談論又是全部書中言辭之程式。小小一段文字亦大有〔二八〕關係。○黄評：妙批。

學畫荷花，便有雨霽湖光一段；將謫星辰，便有露凉夜静一段。文筆異樣烘染。

秦老是極有情的人，却不讀書，不做官，而不害其爲正人君子。作者於此寄慨不少。

○約評：開手就把《外史》中絶無之一人寫作全書楔子，寄慨不少。

天二評　據無名氏《保越録》，王冕在胡大海軍中曾獻策攻越城。豈傳聞異辭耶？（天一評末句作「恐傳聞之誤」）

《廣輿記》：「王冕字元章，諸暨人。一試進士舉，不第，焚所爲文。讀古兵法，着高檐帽，被緑蓑衣，履長齒木屐，繫木劍。或騎黄牛持《漢書》以讀。人咸目爲狂士。晚隱九里山，結廬三間，題曰『梅花屋』。生平工畫梅，人争求之。」此與《曝書亭集》大同小異，然據其所爲，亦開名士之習，故《外史》述之以弁首。

《明史》傳云：「屢應舉不中。」又云：「嘗爲泰不花所薦。」朱集同。

據《明史》傳，嘗仿《周官》著書一卷。曰：「吾未即死，持此遇明主，伊、吕事業不難致也。」則非果於忘世者。黄南雷作《明夷待訪録》，亦其意也。

【校記】

〔一〕敷，原作「數」，蘇本同。從卷首目録、抄本和申一、二本改。

〔二〕歧，原作「岐」，蘇本和申一、二本同。從抄本改。

〔三〕棵，原作「夥」，蘇本同。抄本、申二本作「顆」。從申一本改。

〔四〕不必，申二本作「不可」。
〔五〕懸望，抄本作「懸念」。
〔六〕密布，抄本作「四布」。
〔七〕一番，申二本作「一般」。
〔八〕存想，申一、二本作「思想」。
〔九〕戴，原作「帶」，抄本、蘇本和申一、二本均同。參齊本校改，以下徑改不記。
〔一〇〕裰，原作「綴」，申一、二本同。抄本作「掇」。從蘇本改。同一誤字，以下徑改不記。
〔一一〕他想，申一本作「想他」。
〔一二〕聚，申一本作「積聚」。
〔一三〕好東好西，申一本作「好東西」。
〔一四〕載，原作「戴」，蘇本同。從抄本和申一、二本改。同一誤字，以下徑改不記。
〔一五〕青布衣服，抄本作「青布服」。

〔一六〕常時，申一本作「時常」。
〔一七〕幅，原作「副」，抄本、蘇本和申一、二本均同。參齊本改。此二字屢混用，以下徑改不記。
〔一八〕候，原作「侯」，抄本、蘇本同。從申一、二本改。
〔一九〕竟坐，申二本作「竟然」。
〔二〇〕一介，抄本、蘇本和申一、二本均作「一個」。
〔二一〕「整治」後抄本抄漏卧本一行共十八個字。
〔二二〕己，原作「巳」，抄本、蘇本、申一本同。從申二本改。「己」「已」「巳」屢混用，以下徑改不記。
〔二三〕却，抄本無。
〔二四〕老爹，申二本作「母親」。

〔二五〕倒，原作「到」，抄本、蘇本和申一、二本均同。參齊本改。此二字屢混用，以下徑改不記。

〔二六〕桌子，原作「卓子」，蘇本同。從抄本和申一、二本校改，以下徑改不記。

〔二七〕鬚鬢，抄本作「鬚眉」。

〔二八〕大有，申一、二本作「有大」。

第二回

王孝廉村學識同科　周蒙師暮年登上第

話説山東兖州府汶上縣有個鄉村，○童評：東魯爲聖人講學之地，汶上爲賢者辭官之鄉。從山東説起，是勉儒林中人要奉詩書執禮之教；從汶上説起，是勖儒林中人勿圖功名富貴之榮。叫做薛家集。這集上有百十來人家，都是務農爲業。村口一個觀音庵，殿宇三間之外，另還有十幾間空房子，後門臨着水次。○天一評：伏筆。此回以王孝廉標題，故立竿見影。○童評：後門臨水，逼真鄉村庵堂，伏下王舉人泊船避雨。這庵是十方的香火，只〔一〕得一個和尚住持〔二〕。集上人家，凡有公事，就在這庵裏來同〔三〕議。

那時成化末年，正是天下繁富的時候。新年正月初八日，集上人約齊了，都到庵裏來議鬧龍燈之事。○童評：天下繁富，所以百十來人家的小鄉村，也要鬧龍燈了。到了早飯時候，爲頭的申祥甫帶了七八個人走了進來，在殿上拜了佛。和尚走來與諸位見〔四〕節，都還過了禮。申祥甫發作和尚道：○黃評：初寫俗情即具如此妙筆。蓋是書所寫不出「勢利」二字。申祥甫因親家爲總甲，勢也；荀老爹穿得齊整，利也。雖極可笑，然一部書用意早具於此。○齊評：一部絶大書，開首先寫一個夏總甲還不算出奇，最先便寫總甲的親家氣焰便就甚大，真不知作者如何落想到此。所謂風起於青蘋之末也。○天二評：申祥甫者夏總甲之親家也，欲寫夏總甲，先寫申祥甫之發作和尚，以見其聲勢與彼七八個人絶不同，而夏總甲可知矣。（天一評「個人」作「人者」，批於「全不敬佛」下）「和尚，你新年新歲，也該把菩薩面前香燭點勤些！阿彌陀佛！受了十方的錢鈔，也要消受。」又叫：「諸位都來看看，○童評：姓荀的送燈油敬神，與姓申的何干？偏要他出頭。借此因由發作和尚，又叫諸位都來看看，顯得表表然鄉村領袖，赫赫然總甲親家。這琉璃燈内，只得半琉璃油！」指着内中一個穿齊整些的老翁，説道：「不論别人，只這一位荀老爹〔五〕，三十晚裏〔六〕還送了五十斤油與你，白白給你炒菜吃，全不敬佛！」○天一評：琉璃燈無補於死佛，油則有益於活和尚炒菜，是大功德。和尚陪着小心，○童評：儘陪小心，不敢分辯，和尚可憐。等他發作過了，拿一把鉛壺，撮了一把苦丁茶葉，倒滿了水，在火上燎的滚熱，送與衆位吃。

荀老爹先開口道：「今年龍燈上廟，我們户下各家須出多少銀子？」申祥甫道：「且住，等我親家來一同商議。」○黄評：觀後文乃知一部書翰林、進士皆此類也。○童評：荀老爹先開口者，明知自家必要多出銀子，故不得不先開口也；衆人不開口者，明知各家可以少出銀子，不敢先開口也；申祥甫劈口阻住者，要等親家來分派，不能獨出主見也。一筆寫來，面面神情都到。正説着，外邊走進一個人來，○黄評：如見集上第一鄉紳來矣。兩隻紅眼邊，一副鍋鐵臉，幾根黄鬍子，歪戴着瓦楞帽，身上青布衣服就如油簍一般，手裏拿着一根趕驢的鞭子，走進門來，和衆人拱一拱手，一屁股就坐在上席。○黄評：自命不凡如是，又何必減於翰林、進士耶！這人姓夏，乃薛家集上舊年新參的總甲。○天一評：文昌新入有光輝。○童評：申祥甫的兒子做夏總甲的女婿，秦老的兒子拜翟買辦爲乾爺，同乎下流，而申祥甫的人品，只好算秦老脚底下的泥。夏總甲坐在上席，先吩咐和尚道：「和尚，把我的驢牽在後園槽上，卸了鞍子，將些草喂的飽飽的。我議完了事，還要到縣門口黄老爹家吃年酒去哩！」吩咐過了和尚，○童評：舉手一拱，竟登上坐，新參總甲，已經大而無當。懦和尚被他喝去呼來，衆鄉農能不俯首聽命？把腿蹺起一隻來，自己拿拳頭在腰上只管搥。搥着，説道：「俺如今○齊評：出口便得神得勢，文章家最争落筆。○天一評：「俺如今」者新出仕故也。倒不如你們務農的快活〔七〕了！○黄評：開卷便有如此妙筆，蓋先生冷眼蓄之既久，又不肯明目張膽罵人，特從此輩發科，嫉世之心，乃愈形其沉痛。○童評：「俺如今倒不如你們務農的快活了」一語，仿佛黄扉元老，職任股肱，心念林泉，有未得抽身之嘆。想這新年大節，老爺衙門裏，三班六房，那一位不送帖子來，我怎好不去賀節？每日騎着這個驢，上縣下鄉，跑得昏頭暈腦。打緊又被這瞎眼的亡人〔八〕在路上打個前失，把我跌了下來，跌的腰胯生疼！」申祥甫道：「新年初三，我備了個豆腐飯邀請親家，想是有事不得來了。」夏總甲道：「你還説哩，從新年這七八日，何曾得一個閑？恨不得長出兩張嘴來，還吃不退。○天一評：還要生出四隻脚，免得騎驢受跌。就像今日請我的黄老爹，他就是老爺面前站得起來的班頭。他抬舉我，我若不到，不惹他怪？」○童評：親家備飯相迎，不來不怕他怪；班頭請吃年酒，不到恐惹他怪。大言不慚，明欺申祥甫。申祥甫道：「西班黄老爹，我聽見説他從年裏頭就是老爺差出去了。他家又無兄弟、兒子，却是誰做主人？」○天一評：親家偏要捉白撰。○童評：想是申祥甫怪夏總甲，新年初三請他不到，少了面光，所以當着大衆，鑿穿他的謊話。夏總甲道：「你又不知道了。○黄評：還他證據，他却偏能老臉，反説他不知道。○石史評：深怪之詞。今日的酒，是快班李老爹請，李老爹家房子褊窄，所以把席擺在黄老爹家大廳上。」○天一、二評：快班李老爹亦班頭也，而擺酒在西班黄老爹大廳上，即如黄老爹請客而又多一李老爹，此非親家所知。（天一評無「快班」、「西班」）○童評：謊話一經鑿穿，要圓也圓不來。今日李老爹亦未必請客，亦未必借黄家廳上擺席。即使擺席請客，亦未必請夏總甲。申祥甫亦未必不知道，但不好意思再出親家之醜耳。

説了半日，纔講到龍燈上。夏總甲道：「這樣事，俺如今也有些不耐煩管了。○齊評：居移氣，養移體，應該如此。從前年年是我做頭，衆人寫了功德，賴着不拿出來，不知累俺賠了多少。○黃評：一定無此事，一定還賺錢。況今年老爺衙門裏，頭班、二班、西班、快班，家家都興龍燈，我料想看個不了，那得功夫來看鄉裏這條把燈？○黃評：妙語如是。但你們説了一場，我也少不得搭個分子，任憑你們那一位做頭。像這荀老爹，田地又〔九〕廣，糧食又多，叫他多出些；你們各家照份子派，這事就舞起來了。」衆人不敢違拗，○黃評：所以要等親家，所以先發作和尚。當下捺着姓荀的出了一半，其餘衆户也〔一〇〕派了，共二三兩銀子，寫在紙上。○天一評：夏總甲是村中第一鄉紳，荀老爹是村中首富，安得不遵派。○童評：通共兩三兩銀子，也要聚集許多人，商議許多時，捺着這個，派着那個。費了許多口舌，且不必管他，只是累及和尚捱了一場發作，陪了一陣小心，貼了一頓茶點，忙了一天工夫，不知那裏來的晦氣。休小看了二三兩銀子，也够供給周先生半年飯食。和尚捧出茶盤：雲片糕、紅棗，和些瓜子、豆腐乾、栗子、雜色糖，擺了兩桌，尊夏老爹坐在首席，○天一評：序爵。斟上茶來。

申祥甫又説：「孩子大了，今年要請一個先生。就是這觀音菴裏做個學堂。」衆人道：「俺們也有好幾家孩子要上學。只這申老爹的令郎，就是夏老爹的令婿，夏老爹時刻有縣主老爺的牌票，也要人認得字。只是這個先生，須是要城裏去請纔好。」○天一評：夏老爹雖出仕而不識字，令婿必須讀書。○童評：申老爹的令郎，夏老爹的令婿，如此闊子弟，豈可不上學？這個先生，豈可不到城裏去請？夏總甲道：「先生倒有一個。你道是誰？就是咱衙門裏○天一、二評：是「咱衙門裏」。户總科提控顧老相公家請的一位先生，姓周，官名叫做周進，年紀六十多歲，前任老爺取過他個頭名，却還不曾中過學。○黄評：學而曰「中」，趣甚。顧老相公請他在家裏三個年頭，他家顧小舍人去年就中了學，和咱鎮上梅三相一齊中的。○黄評：帶出梅三相。○齊評：伏下一筆。○天一評：帶出梅三相。那日從學裏師爺家迎了回來，小舍人頭上戴着方巾，身上披着大紅綢，騎着老爺棚子裏的馬，大吹大打，來到家門口。俺合衙門的人都攔着街遞酒。落後請將周先生來，顧老相公親自奉他三杯，尊在首席。點了一本戲，是梁灝八十歲中狀元的故事。○天一評：暗映下文。顧老相公爲這戲，心裏還不大〔一一〕喜歡，落後〔一二〕戲文内唱到梁灝的學生却是十七八歲就中了狀元，○黄評：梁灝學生是何人耶？顧老相公知道是替他兒子發兆，方纔喜了。你們若要先生，俺替你把周先生請來。」衆人都説是好。○童評：周先生雖不曾中過學，既能教得户總科提控顧老相公的小舍人中了學，豈不能教得申老爹、夏老爹的令郎、令婿也中了學？只看周先生點戲，非惟曉得梁灝八十二中狀元的故事，並且曉得梁灝的學生十七八歲就中狀元的故事，必定是個大通品，不但讀過一本《三字經》的了。況是總甲舉薦，衆人敢不説好？吃完了茶，和尚又下了一箸〔一三〕牛肉麵吃了，○童評：觀音庵裏吃牛肉麵，大是奇事。各自散訖。

次日，夏總甲果然替周先生說了，每年館金十二兩銀子，每日二分銀子在和尚家代飯，約定燈節後下鄉，正月二十開館。

到了十六日，衆人將分子送到申祥甫家備酒飯，○天一評：先是五臟神願隨鞭鐙。請了集上新進學的梅三相做陪客。那梅玖戴着新方巾，○黄評：書中第一頂方巾出現。老早到了。○齊評：秀才們聞道請，便似得了將軍令，况新方巾須誇衆乎！直到巳牌時候，周先生纔來。聽得門外狗叫，○黄評：狗迎先生，物以類聚。申祥甫走出去迎了進來。衆人看周進時，頭戴一頂舊氈帽○天一評：舊氈帽與新方巾相映。身穿玄色綢舊直裰，那右邊袖子同後邊坐處都破了，○黄評：所以狗叫。脚下一雙舊大紅綢鞋，黑瘦面皮，花白鬍子。申祥甫拱進堂屋，梅玖方纔慢慢的立起來和他相見。○黄評：「慢慢」二字妙，比夏總甲又迥然不同，所以爲相公也，爲老友也。○齊評：好身分。○天一評：比夏總甲又不同，此所以爲三相。周進就問：「此位相公是誰？」衆人道：「這是我們集上在庠的梅相公。」周進聽了，謙讓不肯僭〔四〕梅玖作揖。梅玖道：「今日之事不同。」周進再三不肯。衆人道：「論年紀也是周先生長，先生請老實些罷。」梅玖回過〔五〕頭來向衆人道：○黄評：「回顧」二字更妙，是白描高手。「你衆位是不知道，我們學校規矩，老友是從來不同小友序齒的。○齊評：必須急急表白。○天一評：憲綱。○童評：門外狗叫，先生來到。破直裰，舊氊帽，面皮黑瘦的，鬍鬚花白了。這般相貌，已覺可笑。何況小友老、老友小，老年謙謙少年傲，作揖作不成，序齒序不好，老友尖酸、小友惱。衆位自然不知道，規矩從來尊學校。只是今日不同，還是周長兄請上。」

原來明朝士大夫稱儒學生員叫做「朋友」，稱童生是「小友」。比如童生進了學，不怕十幾歲，也稱爲「老友」；若是不進學，就到八十歲，也還稱「小友」。〇天二評：請以補入明朝學校志。就如女兒嫁人的：嫁時稱爲「新娘」，後來稱呼「奶奶」、「太太」，就不叫「新娘」了；若是嫁與人家做妾，就到頭髮白了，還要喚做「新娘」。〇黄評：比擬絶倒。〇天一評：此喻不切，當云：已嫁便十幾歲也稱新娘，未嫁便八十歲止稱姑娘。

閑話休題。周進因他説這樣話，倒不同他讓了，竟僭着他作了揖。衆人都作過揖坐下。只有周、梅二位的茶杯裏有兩枚生紅棗，其餘都是清茶。吃過了茶，擺兩張桌子杯箸，尊周先生首席，梅相公二席，〇天一評：有屈。衆人序齒坐下，斟上酒來。周進接酒在手，向衆人謝了擾，一飲而盡。隨即每桌擺上八九個碗，乃是猪頭肉、公鷄、鯉魚、肚、肺、肝、腸之類。叫一聲「請」，一齊舉箸，却如風捲殘雲一般，〇天一評：絶倒。早去了一半。看那周先生時，一箸也不曾下。〇齊評：又生妙文。申祥甫道：「今日先生爲甚麼不用肴饌？却不是上門怪人？」〇黄評：絶倒。揀好的遞了過來。周進攔住道：「實不相瞞，我學生是長齋。」〇童評：觀音庵裏吃觀音齋，更覺合宜。衆人道：「這個倒失於打點。卻不知先生因甚吃齋〔一六〕？」周進道：「只因當年先母病中〔一七〕，在觀音菩薩位下許的，○天一、二評：孝子。他日舉人進士之根。（天一評「他日」前有「此」字） 如今也吃過十幾年了。」梅玖道：「我因先生吃齋，倒想起一個笑話，是前日在城裏我那案伯顧老相公家聽見他說的。○天一評：「案伯」二字新奇。○天二評：總科而稱老相公，父以子貴。（天一評「相公」後有「者」字） 有個做先生的一字至七字詩。」衆人都停了箸，聽他念詩。他便念道：「呆，秀才，吃長齋，鬍鬚滿腮，經書不揭開，紙筆自己安排，明年不請我自來。」念罷說道：「像我這周長兄如此大才，呆是不呆的了。」又掩着口道：「『秀才』，指日就是；○齊評：刻毒。那『吃長齋，鬍鬚滿腮』，竟被他說一個着！」說罷哈哈大笑。衆人一齊笑起來。周進不好意思。○黄評：凡此皆可哭之事，故有後文。申祥甫連忙斟一杯酒道：「梅三相該敬一杯。顧老相公家西席就是周先生了。」梅玖道：「我不知道，該罰！該罰！但這個話不是爲周長兄，他說明了是個秀才。○齊評：尤其刻毒。但這吃齋也是好事。先年俺有一個母舅，一口長齋，後來進了學，老師送了丁祭的胙肉來，外祖母道：『丁祭肉若是不吃，聖人就要計較了，○天一評：外祖母尚服儒教。大則降災，小則害病。』只得就開了齋。俺這周長兄，只到今年秋祭，少不得有胙肉送來，不怕你不開哩。」衆人說他發的利市好，同斟一杯，送與周先生預賀。把周先生臉上羞的紅一塊白一塊，○黃評：愈難受，可哭可哭。○齊評：所以有一肚皮眼淚也。○天二評：梅三相所得意者秀才也，周先生所深痛極恨者未入學也，實逼處此，以成他日之哭。（天一評少「極」字；「之哭」作「一哭」）○童評：編出七字詩，偏說在案伯顧老相公家聽來的，惡極！第二句「秀才」兩字最惡。先說秀才指日就是，分明笑周進妄想中秀才，已惡。又說他說明了是個秀才，分明笑周進不是個秀才，更惡。又說丁祭胙肉開齋，分明笑周進不能中秀才，不能吃肉，不能開齋，尤其惡。尖嘴薄舌，盡情侮弄，說得周進坐不得，立不得，哭不得，笑不得，如同芒刺在背，蜂蠆入懷。這種惡人，撞着他，真是倒運。只得承謝衆人，將酒接在手裏。厨下捧出湯點來，一大盤實心饅頭，一盤油煎的扛子火燒。衆人道：「這點心是素的，先生用幾個。」周進怕湯不潔净，討了茶來吃點心。

內中一人問申祥甫道：「你親家今日在那裏？何不來陪先生坐坐？」申祥甫道：「他到快班李老爹家吃酒去了。」○齊評：又是李老爹。○天二評：記得正月初八日快班李老爹請他到西班黃老爹大廳上吃酒，今日却又請他，未知仍設席黃宅否？（天一評「西班」作「班頭」）○童評：梅三相是乖巧人，捏首詩嘲笑他人，說得何等活變。夏總甲是呆笨人，造句謊誇張自己，誰料當時決撤。又一個人道：「李老爹這幾年在新任老爺手裏着實跑〔八〕起來了，怕不一年要尋千把銀子。只是他老人家好賭，不如西班黃老爹，當初也在這些事裏頑耍，這幾年成了正果，家裏房子蓋的像天宮一般，好不熱鬧！」荀老爹向申祥甫道：「你親家自從當了門户，時運也算走順風，再過兩年，只怕也要弄到黄老爹的意思哩。」○天一評：苟老爹畏申祥甫，故阿諛之。申祥甫道：「他也要算停當的了。若想到黄老爹的地步，只怕還要〔一九〕做幾年的夢。」○天一評：此時集上人望黄老爹，無異諸暨人望危老先生。梅相公正吃着火燒，接口道：「做夢倒也有些準哩。」○齊評：總要一個人開口。因問周進道：「長兄這些年考校，可曾得個甚麽夢兆？」周進道：「倒也没有。」○天一評：周長兄若果做夢，早已做老友了。梅玖道：「就是僥倖的這一年，○黄評：衆人心中只有一黄老爹，梅相公却只有一秀才。○齊評：總不離乎此。正月初一日，我夢見在一個極高的山上，天上的日頭，不差不錯，端端正正掉了下來，壓在我頭上，驚出一身的汗，○黄評：試問閲者能忍住不笑否？妙在周進便信。○童評：因説夏總甲想到黄班頭的地步，還要做幾年夢，引起梅三相説進學時做的夢。接叙王大爺説中舉時做的夢，又想着看會試榜的夢。看榜的夢是正月初一日做的，登山的夢也是正月初一日做的。梅三相的夢，何其應得速，就是這一年僥倖。王大爺的夢，何其應得遲，還當作一場笑話。醒了摸一摸頭，就像還有些熱。彼時不知甚麽原故，如今想來，好不有準！」於是點心吃完，又斟了一巡酒。直到上燈時候，○天二評：巳牌時候上席，一舉箸早去了一半，如何敷衍到上燈時？梅相公同衆人别了回去。申祥甫拿出一副藍布被褥，送周先生到觀音庵歇宿。向和尚説定，館地就在後門裏這兩間屋內。○天一評：伏筆。

直到開館那日，申祥甫同着衆人領了學生來，七長八短幾個孩子，拜見先生。衆人各自散了。周進上位教書。晚間學生家去，把各家贄見拆開來看，只有荀家是一錢銀子，另有八分銀子代茶；〇天一評：提出荀家爲後文張本。其餘也有三分的，也有四分的，也有十來個錢的，合攏了不够一個月飯食。周進一總包了，交與和尚收着再算。那些孩子就像蠢牛一般，一時照顧不到，就溜到外邊去打瓦踢球，〇天二評：周進教讀不如王冕放牛。每日淘氣不了。周進只得捺定性子，坐着教導。〇天一評：想來又鬱又悶。〇童評：寫盡村學究苦況。

不覺兩個多月，天氣漸暖。周進吃過午飯，開了後門出來，河沿上望望。雖是鄉村地方，河邊却也有幾〔二〇〕樹桃花柳樹，紅紅緑緑，間雜好看。〇天一評：寫鄉村景物且亦入情，亦見自開館以來兩個多月正是清明天氣。〇童評：閑閑寫來，文氣便覺舒展。看了一回，只見濛濛的細雨下將起來。周進見下雨，轉入門内，望着雨下在河裏，烟籠遠樹，景致更妙。〇黄評：隨意寫景俱妙。這雨越下越大，却見上流頭一隻船冒雨而來。那船本不甚大，又是蘆席篷〔二一〕，所以怕雨。〇童評：花明柳暗，水秀山清。乍晴乍雨時光，半讀半耕風景。岸上數椽矮屋，老學究攤飯游春。河中一棹扁舟，新孝廉上墳遇雨。將近河岸，看時，中艙坐着一個人，船尾坐着兩個從人，船頭上放着一擔食盒。將到岸邊，那人連呼船家泊船，帶領從人，走上岸來。周進看那人時，頭戴方巾，○黃評：又一頂方巾出現，然而非猶夫前之方巾矣。身穿寶藍緞直裰，脚下粉底皂靴，三綹髭鬚，約有三十多歲光景。○天一、二評：記其年亦是伏筆。○童評：此回書標目是「王孝廉村塾識同科」，却不從王孝廉邊叙來，却從周先生處叙去。先生吃過午飯，開了後門，出來看看春景，接連又看雨景。看見上流頭一隻船，看見船裏幾個人，看見那人泊船上岸，由遠而近，都從周先生眼中看出。寫得王孝廉無意相逢，而其布景處又似一幅米家圖畫。

接筍處俱用順筆寫，故能一綫到底。走到門口，與周進舉一舉手，一直進來，自己口裏説道：「原來是個學堂。」○童評：只此一語，便見斯庵是王舉人熟游之地，是今年新設學堂，不認得先生，却認得和尚，可以就坐吃飯，可以就榻借宿，可以就此攀話也。周進跟了進來作揖〔二三〕，那人還了個半禮道：○黃評：妙在「半禮」。「你想就是先生了？」○黃評：聲口又與三相迥別。○齊評：口氣不同，又在梅三相之上。周進道：「正是。」那人問從者道：「和尚怎的不見？」説着，和尚忙走了出來道：「原來是王大爺，請坐。僧人去烹茶來。」向着周進道：「這王大爺就是前科新中的。○黃評：比之小友，不知又作何稱謂。先生陪了坐着，我去拿茶。」

那王舉人也不謙讓，○天二評：夏總甲、梅三相之上又有此人，真是一佛一世界。（天一評「真是」作「真所謂」）從人擺了一條凳子，就在上首坐了，周進下面相陪。王舉人道：「你這位先生貴姓？」○黄評：無人可談，不得不屈尊俯就，然非其所願，故曰「你這位先生」，輕之甚。○天一、二評：無人相陪，屈尊俯就，故曰「你這位先生」。○童評：「你想就是先生了」「你這先生貴姓？」「先生」上加兩個「你」字，爲先生者，其何以堪？周進知他是個舉人，便自稱道：「晚生姓周。」○童評：周進遭梅玖戲侮，如被毒蛇咬過，見爛草繩也是怕的，况王舉人龐然大物，又在梅三相之上哉！故爾任其傲慢，只有一味謙恭。王舉人道：「去年在誰家做館？」周進道：「在縣門口顧老相公家。」王舉人道：「足下莫不是就在我白老師手裏曾考過一個案首的？」○童評：考過一個案首，便改口稱呼「足下」，换去「你」字了。案首之不可不考也如是。說這幾年在顧二哥家做館，不差，不差。」周進道：「俺這顧東家，老先生也是相與的？」王舉人道：「顧二哥是俺户下册書，又是拜盟的好弟兄。」○天一、二評：看他似留意人材，其實要搬出白老師、顧二哥來耳。顧二哥是老先生户下册書，又是拜盟好弟兄，然則老先生之爲人我知之矣。○童評：請問孝廉公與户下册書拜盟，是何道理？代答曰：「不可説，不可説。」須臾，和尚獻上茶來吃了。周進道：「老先生的硃卷是晚生熟讀過的。○童評：周進熟讀新科墨卷，宜其一進鄉闈，巍然高中，無怪攻舉業者，奉墨卷爲金科玉律也。後面兩大股文章，尤其精妙。」王舉人道：「那兩股文章不是俺作的。」周進道：「老先生又過謙了。却是誰作的呢？」王舉人道：「雖不是我作的，却也不是人作的。○黄評：是狗作的。那時頭場，初九日，天色將晚，第一篇文章還不曾做完，自己心裏疑惑，說：『我平日筆下最快，今日如何遲了？』正想不出來，不覺瞌睡上來，伏着號板打一個盹，只見五個青臉的人跳進號來，中間一人，手裏拿着一枝大筆，把俺頭上點了一點，就跳出去了。隨即一個戴紗帽、紅袍金帶的人，揭簾子進來，把俺拍了一下，說道：『王公請起。』○黄評：鬼神如此稱呼，難得難得。○齊評：絶好戲文，想見手舞足蹈神氣。那時弟嚇了一跳，通身冷汗〔二三〕，醒轉來，拿筆在手，不知不覺寫了出來。○天一、二評：只算夢遺。○童評：王惠纔造一假夢，即見一真夢，又聽周進夾入梅玖一亂夢。真是癡人說夢。直到披髮入山，方驚醒一場春夢。可見貢院裏鬼神是有的。弟也曾把這話回稟過大主考座師，座師就道弟該有鼎元之分。」

正說得熱鬧，一個小學生送仿來批，周進叫他擱着。王舉人道：「不妨，你只管去批仿，俺還有別的事。」周進只得上位批仿。王舉人吩咐家人道：○天二評：正說着鼎元，鬥筍接縫批仿一節，意嫌太促，故夾入吩咐家人以緩之。（天一評少「着」字）○天一評：極擒縱離合之妙。「天已黑了，雨又不住，你們把船上的食盒挑了上來，叫和尚拿升米做飯。船家叫他伺候着，明日早走。」向周進道：「我方纔上墳回來，不想遇着雨，耽擱一夜。」說着，就猛然回頭，一眼看見那小學生的仿紙上的名字是荀玫，不覺就吃了一驚。一會兒咂嘴弄唇的，臉上做出許多怪物像。○齊評：又生妙文。○天一評：青臉鬼出現。周進又不好問他，批完了仿，依舊陪他坐着。他就問道：「方纔這小學生幾歲了？」周進道：「他纔七歲。」王舉人道：「是今年纔開蒙？這名字是你替他起的？」周進道：「這名字不是晚生起的。開蒙的時候，他父親央及集上新進梅朋友替他起名。梅朋友説自己的名字叫做『玖』也替他起個『王』傍的名字發發兆，將來好同他一樣的意思。」○天一、二評：趁手補出梅玖起名，又卸入説夢，靈敏之至。

王舉人笑道：「説起來竟是一場笑話。弟今年正月初一日，○黄評：也是正月初一日，奇。夢見看會試榜，弟中在上面是不消説了，那第三名也是汶上人，叫做荀玫。弟正疑惑我縣裏没有這一個姓荀的孝廉，誰知竟同着這個小學生的名字。難道和他同榜不成！」説罷，就哈哈大笑起來，道：「可見夢作不得準！○天一評：場中作夢是準的！況且功名大事，總以文章爲主，那裏有甚麽鬼神！」○黄評：然則無鼎元之份矣。○齊評：一刻工夫就説兩樣話，的是舉人對童生口氣。○天二評：「貢院裏鬼神是有的」！周進道：「老先生，夢也竟有準的。前日晚生初來，會着集上梅朋友，他説也是正月初一日，夢見一個大紅日頭落在他頭上，他這年就飛黄騰達的。」○黄評：以進學爲飛黄騰達，無怪後文之哭矣。○天一評：纔進一個學，未曾發過，本算不得飛黄騰達。王舉人道：「這話更作不得準了，比如他進過學，就有日頭落在他頭上，像我這發過的，不該連天都掉下來，是俺頂着的了？」○黄評：不知再進一層又是何物掉下來，閱者可能不噴飯？○童評：進個學，就有日頭落在頭上；中個舉，就該連天掉下來頂着。所以那些中進士、點翰林的，都要昂頭天外。彼此説着閑話。掌上燈燭。管家捧上酒飯，鷄、魚、鴨、肉，堆滿春臺。王舉人也不讓周進，自己坐着吃了，收下碗去。○天一、二評：好是周簣軒先生吃長齋的，若馬二先生則未免垂涎。落後和尚送出周進的飯來，一碟老菜葉，一壺熱水。周進也吃了。○黄評：可哭，可哭。○天二評：我與何曾同一飽，下了三寸飢腸，正無分別。○童評：王舉人吃飯，鷄魚鴨肉，堆滿春臺。周先生吃飯，一碟老菜葉，一壺熱水。只此一頓飯，相形之下，何以爲情！無怪周進一見號板，忍不住傷心痛哭也。叫了安置，各自歇宿。

次早天色已晴，王舉人起來洗了臉，穿好衣服，拱一拱手，上船去了。撒了一地的鷄骨頭、鴨翅膀、魚刺、瓜子殼，周進昏頭昏腦〔二四〕掃了一早晨。○天一評：見了舉人該修弟子職。

自這一番之後，一薛家集的人都曉得荀家孩子是縣裏王舉人的進士同年，傳爲笑話。這些同學的孩子趕着他就不叫荀玫了，都叫他「荀進士」。各家父兄聽見這話都各不平，偏要在荀老翁跟前恭喜，説他是個封翁太老爺，把個荀老爹氣得有口難分。○黄評：莫氣莫氣，封翁有得做。申祥甫背地裏又向衆人道：「那裏是王舉人親口説這番話？這就是周先生看見我這一集上只有荀家有幾個錢，捏造出這話來奉承他，圖他個逢時遇節，他家多送兩個盒子。○齊評：歧中有歧，小地方人意見的確如此。俺前日聽見說荀家炒了些麵筋、豆腐乾送在庵裏，○黄評：酷肖鄉農識字。又送了幾回饅頭、火燒，就是這些原故了。」○天二評：借申祥甫口中説出荀家尚知敬重先生。（天一評「説出」作「寫出」；「荀家」作「荀老爹」；「先生」前有「周」字）衆人都不喜歡，以此周進安身不牢；因是礙着夏總甲的面皮，不好辭他，將就混了一年。後來夏總甲也嫌他呆頭呆腦，不知道常來承謝，由着衆人把周進辭了來家。○齊評：如此小館也有情面，也須奉承，可爲一嘆。○童評：會鑽會跳，逢人討好。呆頭呆腦，到處惹笑。面皮要老，肚皮得飽。冬烘先生，焉知訣竅。

那年却失了館，在家日食艱難。一日，他姊丈金有餘來看他，勸道：「老舅，莫怪我說你，這讀書求功名的事，料想也是難了。人生世上，難得的是這碗現成飯，○則仙評：旨哉斯言。現成飯果然難得，所慮賢者不肯俯而就，不肖者未能仰而企耳。卧讀生曰：過猶不及。恃目前有現成飯，漸至德不進，業不修，任意花消，欲吃飯而難得現成者，正復不少。願與末世守成子弟交勉之。癸卯桂秋謫仙誌。只管『稂不稂莠不莠』的到幾時？○天二評：當頭一棒。○童評：世間惟有修行好，天下無如吃飯難。此一聯，可以移贈賓軒先生。我如今同了幾個大本錢的人到省城去買貨，差一個記賬的人，你不如同我們去走走，你又孤身一人，在客夥内還是少了你吃的、穿的？」周進聽了這話，自己想：「『癱子掉在井裏——撈起來也是坐』，有甚虧負我？」隨即應允了。

金有餘擇個吉日，同一夥客人起身，來到省城雜貨行裏住下。周進無事，閑着街上走走，看見紛紛的工匠都説是修理貢院。周進跟到貢院門口，想挨進去看，被看門的大鞭子打了出來。晚間向姐夫説要去看看。金有餘只得用了幾個小錢，一夥客人都也同了去看，又央及行主人領着。行主人走進頭門，用了錢的並無攔阻。○童評：不用錢，鞭子打出；用了錢，並無攔阻。看修貢院，是極尋常之事，而囊無一錢者，竟老大吃虧。世人尊重孔兄，良有以也。昔有一狂生，襪帶各繫一錢。人問之，答曰：「當今之世，非錢不行。」到了龍門下，行主人指道：「周客人，這是相公們進的門了。」進去兩邊號房門，行主人指道：「這是天字號了，○則仙評：「天」字應作大字。你自進去看看。」周進一進了號，見兩塊號板擺的齊齊整整，不覺眼睛裏一陣酸酸的，長嘆一聲，一頭撞在號板上，直僵僵不省人事。○黄評：收處不欲筆平，小説常事。此却令人叵測。○天一評：軒然大波起。只因這一死，有分教：累年蹭蹬，忽然際會風雲；終歲凄涼，竟得高懸月旦。未知周進性命如何，且聽下回分解。

【總評】

卧評　「功名富貴」四字，是此書之大主腦，作者不惜千變萬化以寫之。起首不寫王侯將相，却先寫一夏總甲。夫總甲是何功名，是何富貴？〇黄評：妙批。而彼意氣揚揚，欣然自得，頗有「官到尚書吏到都」的景象。牟尼之所謂「三千大千世界」，莊子所謂「朝菌不知晦朔，蟪蛄不知春秋」也。文筆之妙乃至於此。

梅三相顧影自憐，得意極矣。不知天地間又有王大爺在。甚矣，功名富貴寧有等級耶！

場中鬼跳是假夢，荀玫同榜乃真夢也。偏於假夢説得鑿鑿可據，轉以真夢爲不足信。活活寫出妄庸子心術性情。

周進乃一老腐迂儒，觀其胸中，只知吃觀音齋、念念王舉人的墨卷，則此外一無所有可知矣。

從吃齋引出做夢，又以梅玖之夢掩映王惠之夢，文章羅絡勾聯，有五花八門之妙。

書中並無黄老爹、李老爹、顧老相公也者，據諸人口中津津言之，若實有其人在者。然非深於《史記》筆法者未易辨此。

金有餘云：「人生在世，難得的是一碗現成飯。」此語能令千古英雄豪杰同聲一哭！蓋不獨吹簫之大夫、垂鈎〔二五〕之王孫，爲凄凉獨絶人也。

到省買貨極尋常之事，偏偏遇着修理貢院，何其情事逼真乃爾。

天二評　末段寫鄉俗鄙薄，情狀宛然。然而此中有天道焉，有人事焉。苟老爹在集上爲首富，而其人亦忠厚好善，尚知敬重先生，其子想亦較諸兒爲聰俊，周先生實異視之，他日范學道搜求落卷，不知已在取數中，見非由僥倖也。至於入仕以後或忘本來面目，以致潰敗，世澤無多，發泄太過，蓋塞翁之得馬矣。（天一評「諸兒」無；「學道」作「學臺」；「在取」作「取在」；「非由」作「非」）

則仙（未署名）評　聖門惟閔子品最高，可以上配泰伯，此書以汶上縣起，微旨可見，却自來無人拈出。甲申正月十一日燈下。

【校記】

〔一〕只，原作「這」，蘇本同。從抄本和申一、二本改。

〔二〕持，原缺，抄本、蘇本同。申一本作「着」。從申二本補。

〔三〕同，申一、二本作「會」。

〔四〕見，申一、二本作「拜」。

〔五〕爹，蘇本、申一本作「爺」。底本及各校本「爹」「爺」屢混用，以下徑改不記。

〔六〕裏，抄本作「上」。

〔七〕快活，原作「快恬」，蘇本同。從抄本和申一、二本改。同一誤字，以下徑改不記。

〔八〕亡人，抄本、蘇本同。申一本作「亡八」，申二本作「忘八」。

〔九〕又，原缺，抄本、蘇本、申一本同。從申二本補。

〔一〇〕「也」後申二本多「都」字。

〔一一〕還不大，抄本作「大不」。

〔一二〕落後，原作「樂後」，抄本、蘇本同。從申一、二本改。同一誤字，以下徑改不記。

〔一三〕箸，原作「筯」，抄本、蘇本同。申一、二本作「斤」。從前後文改。

〔一四〕「僭」後申一本多「惟向」二字。

〔一五〕過，原作「顧」，抄本、蘇本和申一、二本均同。參齊本改。

〔一六〕齋，抄本作「素」。

〔一七〕中，抄本作「重」。

〔一八〕跑，申一本作「跳」。

〔一九〕要，原作「有」，抄本、蘇本同。從申一、二本改。

〔二〇〕「幾」後抄本多「柯」字。

〔二一〕篷，原作「蓬」，抄本、蘇本和申一、二本均同。參增補齊本改。同一誤字，以下徑改不記。

〔二二〕「揖」下申二本缺少十七個字。

〔二三〕那時弟嚇了一跳通身冷汗，原作「那時弟汗嚇了一跳通身冷」，從抄本、蘇本、和申一、二本改。

〔二四〕腦，原作「惱」，抄本、蘇本同。從申一、二本改。

〔二五〕垂鈎，抄本和申一、二本作「垂釣」。

第三回

周學道校士拔真才　胡屠户行凶鬧捷報

話説周進在省城要看貢院，金有餘見他真切，只得用幾個小錢同他去看。不想纔到天字號，就撞死在地下。衆人多慌了，只道一時中了惡。○天一、二評：何嘗非中惡，只是中了幾十年，非一時所中。○則仙評：中惡有幾十年，而觸發適在此時。行主人道：「想是這貢院裏久没有人到，陰氣重了，故此周客人中了惡。」金有餘道：「賢東，我扶着他，你且去到做工的那裏借口開水來灌他一灌。」行主人應諾，取了水來。三四個客人一齊扶着，灌了下去。喉嚨裏咯咯的響了一聲，吐出一口稠涎來。○黄評：此一口稠涎乃「吃齋」、「老友」諸語鬱結而成者。衆人道：「好了！」扶着立了起來。周進看着號板，又是一頭撞將去。這回不死了，放聲大哭起來。衆人勸着不住。金有餘道：「你看，這不是瘋了麽？」○童評：周進看見號板，放聲大哭，衆人道他是瘋了。范進看見報帖，拍手大笑，衆人道他是瘋了。周進不瘋似瘋，是想中舉人，傷感出來的。范進似瘋非瘋，是幸中舉人，歡喜出來的。好好到貢院來耍，你家又不死了人，爲甚麼這號啕痛哭是的〔一〕？」周進也不聽見，只管伏着號板哭個不住。一號哭過，又哭到二號、三號，滿地打滾，哭了又哭，哭的衆人心裏都凄慘起來。金有餘見不是事，同行主人一左一右架着他的膀子。他那裏肯起來！哭了一陣，又是一陣，直哭到口裏吐出鮮血來。〇黄評：入手寫功名富貴之毒中人如是，以後千奇百怪不出此矣。〇則仙評：墨水未吐，先吐鮮血。

衆人七手八脚將他扛抬了出來，貢院前一個茶棚子裏坐下，勸他吃了一碗茶，猶自索鼻涕，彈眼淚，傷心不止。〇天二評：滿肚皮「且夫」、「嘗謂」無處伸冤。（天一評「嘗謂」作「只是」）內中一個客人道：「周客人有甚心事？爲甚到了這裏這等大哭起來？却是哭得利害。」金有餘道：「列位老客有所不知，我這舍舅本來原不是生意人，因他苦讀了幾十年的書，秀才也不曾做得一個，今日看這〔二〕貢院，就不覺傷心起來。」〇齊評：世間傷心之事正復不少。自〔三〕因這一句話道着周進的真心事，於是不顧衆人，又放聲大哭起來。又一個客人道：「論這事只該怪我們金老客。周相公既是斯文人，爲甚麼帶他出來做這樣的事？」金有餘道：「也只爲赤貧之士，又無館做，沒奈何上了這一條路。」又一個客人道：「看令舅這個光景，畢竟胸中才學是好的，〇天二評：此周先生生平第一個知己。因沒有人識得他，所以受屈到此田地。」金有餘道：「他才學是有的，怎奈時運不濟！」那客人道：「監生也可以進場，周相公既有才學，何不捐他一個監進場？中了，也不枉了今日這一番心事。」金有餘道：「我也是這般想，只是那裏有這一注銀子？」此時周進哭的住了。○天一評：生機已轉。那客人道：「這也不難，現放着我這幾個弟兄在此，每人拿出幾十兩銀子借與周相公納監進場，○則仙評：此客人獨能倡義，真不可及。若中了做官，那在我們這幾兩銀子。就是周相公不還，我們走江湖的人那裏不破掉了幾兩銀子？○天二評：光明磊落，富貴場中無此人。何况這是好事。你衆位意下如何？」衆人一齊道：「君子成人之美。」又道：「『見義不爲，是爲無勇』。○黄評：不讀書却偏曉得引書，讀書者偏不依着書上話做。○齊評：凡人肯存此心，何事不可成全。○天一評：難爲生意人竟能躬行實踐。○童評：金有餘説出周進心事，已有幫助周進之意，恐獨力難支耳；幸得衆客人隨聲附和，見義勇爲，竟使腐儒成名。此事堪稱豪舉。俺們有甚麽不肯！只不知周相公可肯俯就？」周進道：「若得如此，便是重生父母，我周進變驢變馬也要報效！」○黄評：驢馬比作童生，如何？○童評：變驢變馬也要報答，不知變舉人變進士變御史變學道之後，如何報答衆客？爬到地下就磕了幾個頭，衆人還下禮去。金有餘也稱謝了衆人。○齊評：此事畢竟全虧金有餘之力。又吃了幾碗茶，周進再不哭了，同衆人説説笑笑回到行裏。○則仙評：周進「再不哭」，且「説説笑笑」。大約「不哭」有之，「説説」有之；若云「説説笑笑」，吾請周先生稍安毋躁。

次日，四位客人果然備了二百兩銀子交與金有餘，一切多的使費都是金有餘包辦。周進又謝了衆人和金有餘。行主人替周進備一席酒請了衆位。金有餘將着銀子，上了藩庫，討出庫收來。正值宗師來省録遺，周進就録了個貢監首卷。○則仙評：録科首卷當出燈燭費貳元。到了八月初八日進頭場，見了自己哭的所在，不覺喜出望外。自古道：「人逢喜事精神爽。」那七篇文字做的花團錦簇一般。出了場，仍舊住在行裏。金有餘同那幾個客人還不曾買完了貨。直到放榜那日，巍然中了。衆人各各歡喜，一齊回到汶上縣。拜縣父母、學師，典史拿〔四〕晚生帖子上門來賀。汶上縣的人，不是親的也來認親，不相與的也來認相與。○黄評：不知梅三相、王大爺聞之如何？○齊評：人生世上，勢位富厚豈可以忽乎哉？○童評：「不是親的也來認親，不相與的也來認相與」二句，與後文范進傳對看，一略一詳，有疏密相間之妙。忙了個把月。申祥甫聽見這事，在薛家集斂了分子，買了四隻鷄、五十個蛋和些炒米、歡糰之類，親自上縣來賀喜。○則仙評：一口長齋恐將中止。○童評：四隻鷄、五十個蛋、炒米、歡糰之類，比荀家炒麵筋、豆腐乾、饅頭、火燒何如？周進留他吃了酒飯去。○黄評：酒飯有葷否？先生曾開齋否？念念！荀老爹賀禮是不消説了。看看上京會試，盤費、衣服都是金有餘替他設處。○齊評：金有餘真是始終其事。○童評：

金有餘替周進設處盤費衣服，是親誼相關；張靜齋送范進許多賀儀、房屋，是人情勢利。　到京會試，又中了進士，殿在三甲，授了部屬。荏苒三年，升了御史，欽點廣東學道。

這周學道雖也請了幾個看文章的相公，却自心裏想道：「我在這裏面吃苦久了，如今自己當權，須要把卷子都要細細看過，不可聽着幕客，屈了真才。」○黃評：有良心。○天一、二評：尚有良心。○童評：周進不曾進過學，看得秀才甚是着重。如今身爲學道，自己當權，還想着做小友時的吃苦處。　主意定了，到廣州上了任。次日，行香挂牌。先考了兩場生員。第三場是南海、番禺兩縣童生。周學道坐在堂上，見那些童生紛紛進來：也有小的，也有老的，儀表端正的，獐頭鼠目的，衣冠齊楚的，襤褸破爛的……落後點進一個童生來，面黃肌〔五〕瘦，花白鬍鬚，頭上戴一頂破氈帽。○天一、二評：破氈帽算是周先生衣鉢。廣東雖是地氣溫暖，這時已是十二月上旬，那童生還穿着麻布直裰，凍得乞乞縮縮，接了卷子，下去歸號。周學道看在心裏，封門進去。出來放頭牌的時節，坐在上面，只見那穿麻布的童生上來交卷，○黃評：老童生交卷偏快，每每如此。○天一評：竟繳喜卷，可知敏捷，得無回想當年。　那衣服因是朽爛了，在號裏又扯破了幾塊。周學道看看自己身上，緋袍金帶，何等輝煌。○黃評：比狗叫時如何？○天二評：所以必要做時文八股，望發科發甲者爲此緋袍金帶之輝煌而已，嘻！　因翻一翻點名册，問那童生道：「你就是范進？」范進跪下道：「童生就是。」學道道：「你今年多少年紀了？」范進道：「童生冊上寫的是三十歲，童生實年五十四歲〔六〕。」學道道：「你考過多少回數了？」范進道：「童生二十歲應考，到今考過二十餘次。」學道道：「如何總不進學？」〇天一、二評：公何以總不進學？〇童評：問得好笑，請教閣下當年，如何總不進學。范進道：「總因童生文字荒謬，所以各位大老爺不曾賞取。」周學道道：「這也未必盡然。」〇齊評：想着自己了。〇天二評：自負識者。「你且出去，卷子待本道細細看。」范進磕頭下去了。

那時天色尚早，並無童生交卷。周學道將范進卷子用心用意看了一遍，〇黃評：「用心用意」却不能懂。心裏不喜，道：「這樣的文字，都說的是些甚麼話！怪不得不進學。」丟過一邊不看了。〇天一評：於此見周、范二公功夫深淺。又坐了一會，還不見一個人來交卷，心裏又想道：「何不把范進的卷子再看一遍，倘有一綫之明，也可憐他苦志。」〇天二評：賴公一隙之明。從頭至尾又看了一遍，覺得有些意思。〇童評：用心用意看了一遍，不知說的是些甚麼話。從頭至尾又看了一遍，覺得有些意思。直到看了三遍之後，纔曉得是天地間之至文。周進如此鈍拙，無怪其年逾花甲，不青一衿也。還仗兩行痛淚，賺了一名監生。幸而老運亨通，隆隆直上，莫誤認是吃長齋的功德。正要再看看〔七〕，〇天一評：頓挫。却有一個童生來交卷。〇黃評：有此一頓，方不直率。那童生跪下道：「求大老爺面試。」學道和顏道：「你的文字已在這裏了，又面試些甚麽？」那童生道：「童生詩詞歌賦都會，求大老爺出題面試。」學道變了臉道：「『當今天子重文章，足下何須講漢唐』！○黄評：煌煌道學之言。○天一評：此二句恐是雜覽。像你做童生的人，只該用心做文章，那些雜覽學他做甚麽！○黄評：「雜覽」二字奇。況且本道奉旨到此衡文，難道是來此同你談雜學的麽？○黄評：「雜學」是何學耶？我却不懂。看你這樣務名而不務實，那正務自然荒廢，都是些粗心浮氣的説話，看不得了。左右的〔八〕，趕了出去！」○童評：始則和顔，忽爾變臉，不是童生請學臺考他的詩詞歌賦，特轉是學臺怕童生考他的詩詞歌賦。當今天子，雖然獨重文章。可憐學道，生平不懂漢唐。奉旨衡文，豈可來談雜學？粗心浮氣，應該逐出門牆。一聲吩咐過了，兩傍走過幾個如狼似虎的公人，把那童生叉着膊子，一路跟頭叉到大門外。周學道雖然趕他出去，却也把卷子取來看。○齊評：周進究竟不錯，所以得有晚遇也。○天一、二評：可見平心。看那童生叫做魏好古，文字也還清通。○黄評：後文和尚云，一篇祭文别了三個字，可見並不「清通」。學道道：「把他低低的進了學罷。」因取過筆來，在卷子尾上點了一點，做個記認。又取過范進卷子來看，看罷不覺嘆息道：「這樣文字，連我看一兩遍也不能解，○黄評：雖「解」得了，却不知説的是些甚麽話。直到三遍之後，纔曉得是天地間之至文，真乃一字一珠！可見世上糊塗試官不知屈煞了多少英才！」○天一、二評：總因自己吃過苦來，故能推己及人。○童評：可見世上糊塗試官，不知屈煞了多少英才。不獨罵范進從前遇着的試官，罵自己從前遇着的試官，直將普天下的糊塗試官一齊罵盡。忙取筆細細圈點，卷面上加了三圈，即填了第一名。又把魏好古的卷子取過來，填了第二十名。○天一評：先限定首尾二名，如此閱卷亦覺新樣。將各卷彙齊，帶了進去。發出案來，范進是第一。謁見那日，着實贊揚了一回。點到二十名，魏好古上去，又勉勵了幾句「用心舉業，休學雜覽」的話，○黃評：究竟「雜覽」是何物？令人絶倒。鼓吹送了出去。

次日起馬，范進獨自送在三十里之外，轎前打恭。○童評：周進、范進兩人，一樣老童生，一般書呆子。周進提拔范進，做了老友，借他一洗梅玖之辱。在范進能不感恩知己，獨自送出三十里之外哉？周學道又叫到跟前説道：「龍頭屬老成。本道看你的文字火候到了，即在此科一定發達。○天二評：恐怕別人做試官不肯看第三遍。我復命之後在京專候。」范進又磕頭謝了。○天一評：此是范進重生父母，宜其感激涕零。起來立着。學道轎子一擁而去。范進立着，直望見門槍影子抹過前山，看不見了，方纔回到下處。謝了房主人。○黃評：從周進遞到范進。○童評：從周進傳遞入范進傳。此書五十餘回，一氣蟬聯而下，未嘗另起爐竈。筆法之妙，非諸家小説所能及。他家離城還有四十五里路，連夜回來，拜見母親。

家裏住着一間草屋，一厦披子，門外是個茅草棚。正屋是母親住着，妻子住在披房裏，他妻子乃是集上胡屠户的女兒。○石史評：好出身。范進進學回家，母親、妻子俱各歡喜。正待燒鍋做飯，只見他丈人胡屠户，手裏拿着一副大腸和一瓶酒，走了進來。○天一評：開端大奇。范進向他作揖，坐下。胡屠户道：「我自倒運，把個女兒嫁與你這現世寶窮鬼，歷年以來不知累了我多少！如今不知因我積了甚麼德，○齊評：出口便妙，與後文對照讀之，令人拍案叫絶。○天一評：殺猪功德！帶挈你中了個相公，○黄評：女婿中相公，要丈人「積德」。○童評：窮鬼女婿中個相公，却因屠户丈人積德而來，不愧泰山之靠。胡屠户開口，語語出人意表，匪伊所思，又能因時制宜，忽亢忽卑，作者真有化工之筆。我所以帶個酒來賀你。」范進唯唯連聲，叫渾家把腸子煮了，燙〔九〕起酒來，在茅草棚下坐着。母親自和媳婦在厨下造飯。胡屠户又吩咐女婿道：「你如今既中了相公，凡事要立起個體統來。比如我這行事裏，都是些正經有臉面的人，又是你的長親，你怎敢在我們跟前妝大，○黄評：明怕他妝大，先自抬身份。○天一評：何敢！若是家門口這些做田的，扒糞的，不過是平頭〔一〇〕百姓，○黄評：自己及行事裏人不知可是「平頭百姓」？○童評：家門口種田的，是平頭百姓；殺猪屠行事裏的人，是恁的百姓？想是尖頭百姓也。胡老爹行事裏，這些正經有臉面的長親，比城裏張府上那些方面大耳的老爺何如？你若同他拱手作揖，平起平坐，這就是壞了學校規矩，○齊評：低昂合法，如賣肉之有秤也。○天一評：胡屠户曉得學校規矩，非薛家集上衆人可比。連我臉上都無光了。你是個爛忠厚没用的人，所以這些話我不得不教導你，免得惹人笑話。」○童評：多承教導，是你胡老爹的女婿，誰人敢於笑話？范進道：「岳父見教的是。」胡屠户又道：「親家母也來這裏坐着吃飯。老人家每日小菜飯，想也難過，我女孩兒也吃些，自從進了你家門，這十幾年，不知猪油可曾吃過兩三回哩！○天二評：可見大腸是此番特送，以前未有。○則仙評：賣弄你做屠户的有家私。○童評：但知道窮民苦不過，有善人捨衣捨食的；不知道童生老不過，有宗師白捨秀才的。宗師看見你女婿老不過，肯白捨個秀才與他做；你看見親家母小菜飯難過，何不每日白捨些猪肉與他吃？可憐！可憐！」説罷，婆媳兩個都來坐着吃〔一二〕了飯。吃到日西時分，胡屠户吃的醺醺的。這裏母子兩個，千恩萬謝。屠户横披了衣服，腆着肚子去了。

次日，范進少不得拜拜鄉鄰。魏好古又約了一班同案的朋友，彼此來往。因是鄉試年，做了幾個文會。不覺到了六月盡間，這些同案的人約范進去鄉試。范進因没有盤費，走去同丈人商議，被胡屠户一口啐在臉上，駡了一個狗血噴頭，道：「不要失了你的時了！你自己只覺得中了一個相公，就『癩蝦蟆想吃起天鵝肉』來！我聽見人説，就是中相公時，也不是你的文章，還是宗師看見你老，不過意，捨與你的。○黄評：天下「捨」的相公却不少，休笑范進。如今痴心就想中起老爺來！○天一評：前已説明是你積了甚麼德帶挈他的。這些中老爺的都是天上的文曲星！你不看見城裏張府上○天一評：帶出張府。那些老爺？都有萬貫家私，一個個方面大耳。像你這尖嘴猴腮，也該撒抛尿自己照照，不三不四就想天鵝屁吃！○齊評：天鵝肉吃不成，連天鵝屁都想不得。○天一、二評：其實未嘗不是，無奈想吃天鵝屁的不安本分。趁早收了這心，明年在我們行事裏替你尋一個館，每年尋幾兩銀子，養活你那老不死的老娘和你老婆是正經。你問我借盤纏，我一天殺一個猪還賺不得錢把銀子，都把與你去丢在水裏，叫我一家老小嗑西北風！」○童評：你只消一天多殺幾個猪，多積些德，帶挈女婿中了老爺，你一家老小，靠東床吃南米飯，不用嗑西北風了。一頓夾七夾八，駡的范進摸門不着。辭了丈人回來，自心裏想：「宗師説我火候已到，自古無場外的舉人，如不進去考他一考，如何甘心？」因向幾個同案商議，瞞着丈人，到城裏鄉試。○童評：周進想要鄉試，苦於未中秀才，不能進場，幸虧金有餘一夥同幫客人資助，得以成名。范進想要鄉試，苦於没有盤費，不能進場，幸虧文會裏一班同案朋友携帶，得以成名。人要發達，總須機緣凑合。出了場，即便回家。家裏已是餓了兩三天。被胡屠户知道，又駡了一頓。○天一、二評：此筆不可少，正是振起下文。

到出榜那日，家裏没有早飯米，母親吩咐范進道：「我有一隻生蛋的母鷄，你快拿集上去賣了，買幾升米來〔一二〕煮餐粥吃，我已是餓的兩眼都看不見了。」范進慌忙抱了鷄，走出門去。○童評：范進賣婆鷄，周進教蠢牛，不是人貧志短，實在無可奈何。纔去不到兩個時候，只聽得一片聲的鑼響，三匹馬闖將來。那三個人下了馬，把馬拴在茅草棚上，一片聲叫道：「快請范老爺出來，恭喜高中了！」○齊評：平地一聲雷。母親不知是甚事，嚇得躲在屋裏，聽見中了，方敢伸出頭來説道：「諸位請坐，小兒方纔出去了。」那些報録人道：「原來是老太太。」大家簇擁着要喜錢。正在吵〔一三〕鬧，又是幾匹馬，二報、三報到了，擠了一屋的人，茅草棚地下都坐滿了。鄰居都來了，擠着看。老太太没奈何，只得央及一個鄰居去尋他兒子。

那鄰居飛奔到集上，一地裏尋不見，直尋到集東頭，見范進抱着鷄，手裏插個草標，一步一蹺的東張西望，在那裏尋人買。鄰居道：「范相公，快些回去！你恭喜〔一四〕中了舉人，報喜人擠了一屋裏。」范進道〔一五〕是哄他，只裝不聽見，低着頭往前走。○齊評：寒士失志真有此情。鄰居見他不理，走上來就要奪他手裏的鷄。范進道：「你奪我的鷄怎的？你又不買。」鄰居道：「你中了舉了，叫你家去打發報子哩。」范進道：「高鄰，你曉得我今日没有米，要賣這〔一六〕鷄去救命，爲甚麽拿這話來混我。我又不同你頑，你自回去罷，莫誤了我賣鷄。」○天二評：范進心熱如火，情知出榜將近，斷不如此恬淡，此是作者要反逼下文發瘋一節，故就賣鷄上生波，讀者不可被他瞞過。（天一評「反逼」下多「出」字；無「一節」；「生波」作「生情小作波折」）鄰居見他不信，劈手把鷄奪了，摜在地下，一把拉了回來。

報録人見了道：「好了，新貴人回來了。」正要擁着他説話，范進三兩步走進屋裏來，見中間報帖已經升挂起來，上寫道：「捷報貴府老爺范諱進高中廣東鄉試第七名亞元。京報連登黄甲。」范進不看便罷，看過一遍，又念一遍，自己把兩手拍了一下，笑了一聲道：「噫，好了！我中了！」説着，往後一交跌倒，牙關咬緊，不省人事。○黄評：其師衣鉢。○齊評：范進中了發瘋正與周進見了號板哭得死去同是一副苦淚，真乃沆瀣一氣。然而世之滿肚血淚賫恨殉世者，何止恒河沙數，如兩公者能有幾人哉！○天二評：正與周進直僵僵不省人事同。但一是鬱，一是喜，喜亦由於鬱也。源同流異，心法相傳。（天一評「心法」作「衣鉢」）○童評：范進聽宗師説他火候已到，如何甘心不進去考？及至考了出來，究竟不敢自信。故聽見鄰人説他中了舉人，還道是哄他，低頭不理。忽然鷄被奪了過去，人被拉了回來，抬頭一看，草屋中間升起泥金報帖，看過一遍，又念一遍，喜出望外，悲從中來，六賊跳出泥丸之宫，三屍不守虚靈之府。老太太慌了，慌將幾口開水灌了過來。他爬將起來，又拍着手大笑道：「噫，好〔一七〕！我中了！」笑着，不由分説就往門外飛跑，把報録人和鄰居都唬了一跳。○天二評：周進毗於陰，故痛哭不休；范進毗於陽，故中風狂走。（天一評「中風」作「發瘋」）走出大門不多路，一脚踹在塘裏，掙起來，頭髮都跌散了，兩手黄泥，淋淋漓漓一身的水，衆人拉他不住，拍着，笑着，一直走到集上去了。

衆人大眼望小眼，一齊道：「原來新貴人歡喜瘋了。」○黄評：乃至於瘋，青出於藍。○童評：周進哭暈了，用開水灌醒。范進笑昏了，也用開水灌醒。寫周、范二人，俱用對照之筆。老太太哭道：「怎生這樣苦命的事，中了一個甚麼舉人，○黄評：原不知舉人是甚麼。就得了這個拙病！○天一評：兒子笑，母親哭，情文相生。○天二評：一天歡喜變成愁苦，舉人亦不祥之物哉！這一瘋了，幾時纔得好？」娘子胡氏道：「早上好好出去，怎的就得了這樣的病！○黄評：天下人皆是好好的偏要尋這樣病害。○天二評：天下人都是好好的偏要尋這病來害。（天一評無「來」字）却是如何是好？」衆鄰居勸道：「老太太不要心慌，我們而今且派兩個人跟定了范老爺。這裏衆人家裏拿些鷄蛋酒米，且管待了報子上的老爹們，○天一、二評：或云：「忙殺鄰居，干卿何事」，予謂不然，鄰舍做官大家喜歡，人情之常。高世遠俗之見不可責之齊民，若皆落落自顧，雖聖人不能爲治。（天一評批於「一個人飛奔去迎」下）再爲商酌。」當下，衆鄰居有拿鷄蛋來的，有拿白酒來的，也有背了斗米來的，也有捉兩隻鷄來的。娘子哭哭啼啼，在厨下收拾齊了，拿在草棚下。鄰居又搬些桌凳，請報録的坐着吃酒，商議他這瘋了如何是好。報録的内中有一個人道：「在下倒有一個主意，不知可以行得行不得？」衆人問如何主意。那人道：「范老爺平日可有最怕的人？他只因〔一八〕歡喜狠了，痰涌上來，迷了心竅。如今只消他怕的這個人來打他一個嘴巴，○天一評：名醫。說：『這報録的話都是哄你，你並不曾中。』他吃這一唬〔一九〕，把痰吐了出來，就明白了。」○童評：虧得報録人想就西洋法子，幻出胡屠户許多齊東妙談。衆鄰都拍手道：「這個主意好得緊，妙得緊！范老爺怕的，莫過於肉案子上胡老爹。好了〔二〇〕，快尋胡老爹來！他想是還不知道，在集上賣肉哩。」又一個人道：「在集上賣肉他倒好知道了，他從五更鼓就往東頭集上迎猪，還不曾回來。○童評：不是往東頭迎猪，這半天，胡屠户早飛奔而來了。快些迎着去尋他。」

一個人飛奔去迎，○黄評：忙殺鄰居，干卿何事耶？走到半路，遇着胡屠户來，後面跟着一個燒湯的二漢，○黄評：「二漢」乃安徽土稱，猶「小厮」也。提着七八斤肉，四五千錢，正來賀喜。進門見了老太太，老太太大哭着告訴了一番。胡屠户詫異道：「難道這等没福？」○黄評：只怕丈人不積德。外邊人一片聲請胡老爹說話。胡屠户把肉和錢交與女兒，走了出來。衆人如此這般同他商議。胡屠户作難道：「雖然是我女婿，如今却做了老爺，○黄評：「天鵝肉」竟吃着了。就是天上的星宿。天上的星宿是打不得的！我聽得齋公們說，打了天上的星宿，閻王就要拿去打一百鐵棍，發在十八層地獄，永不得翻身。我却是不敢做這樣的事！」○齊評：妙人妙語。這一作難可謂嫵媚之至。鄰居内一個尖酸人説道：「罷麼！胡老爹，你每日殺猪的營生，白刀子進去，紅刀子出來，○黄評：積德。閻王也不知叫判官在簿子上記了你幾千條鐵棍，就是添上這一百棍，也打甚麼要緊？只恐把鐵棍子打完了，也算不到這筆賬上來。或者你救好了女婿的病，閻王叙功，從地獄裏把你提上第十七層來也不可知。」○齊評：這一席話如雨打芭蕉，清脆無比。妙極，妙極。○天一評：真可解頤。報録的人道：「不要只管講笑話。胡老爹，這個事須是這般，你没奈何權變一權變。」屠户被衆人局不過，只得連斟兩碗酒喝了，壯一壯膽，○黄評：妙。把方纔這些小心收起，將平日的凶惡樣子拿出來，捲一捲那油晃晃的衣袖，走上集去。衆鄰居五六個都跟着走。老太太趕出來叫道：「親家，你只〔二二〕可唬他一唬，却不要把他打傷了！」○黄評：必有之情，作者體貼至此。○天二評：此筆亦所應有。衆鄰居道：「這自然，何消吩咐。」説着，一直去了。

來到集上，見范進正在一個廟門口站着，散着頭髮，滿臉污泥，鞋都跑掉了一隻，兀自拍着掌，口裏叫道：「中了！中了！」○齊評：畫都畫不出，却被作者寫出，真是筆有化工。胡屠户凶神一般〔二三〕走到跟前説道：「該死的畜生！你中了甚麼？」○黄評：丈人亦如此説，究竟不知中了甚麼。一個嘴巴打將去。衆人和鄰居見這模樣，忍不住的笑。○天二評：笑者笑其手顫也，却先寫笑，後寫顫。叙事之法從盲左來。（天一評「法」作「妙」）○童評：中了中了，范進之心病也。范進想中，夢魂顛倒久矣。一日居然得中，則「中了」兩字，夙所藏諸於心者，今竟宣諸於口。昔所不能吞吐於房幃之内者，今竟敢誇揚於闤闠之中。心花大放，引入頑痰，忽被胡屠户劈面一掌，劈頭一問，道是該死畜生，中了甚麽。范進昏昏沉沉，也想不起自家中了甚麽，不知中了該死，還是中了該活，不知中了畜生，還是中了亞元。心花一收，將頑痰擠出，把「中」字忌了，也就不瘋了。不想胡屠户雖然大着膽子打了一下，心裏到底還是怕的，那手早顫起來，不敢打到〔三〕第二下。范進因這一個嘴巴，却也打暈了，昏倒於地。衆鄰居一齊上前，替他抹胸口，捶背心，舞了半日，漸漸喘息過來，眼睛明亮，不瘋了。○天一、二評：巴掌性熱味辛，祛痰明目，治失心瘋，解天鵝屁毒，生猪油拌服，出胡屠户者良。衆人扶起，借廟門口一個外科郎中「跳駝子」板凳上坐着。胡屠户站在一邊，不覺那隻手隱隱的疼將起來，自己看時，把個巴掌仰着再也彎不過來。○黄評：勉强有力太過耳，確有此理，可見怕極。○童評：可憐胡屠户的巴掌，彎不過來了，壞了壞了。　此刻胡屠户心中，又是喜，又是急，又要打，又害怕。一時五内沸騰，不覺四肢麻木。自己心裏懊惱道：「果然天上文曲星是打不得的！○童評：花猪可以殺得，星宿如何打得？大着膽子打他，真比殺猪吃力。而今菩薩計較起來了。」○童評：「菩薩計較起來」，比閻王更加利害。怎麽好？何不托文曲星去説情呢？想一想，更疼的狠了，連忙問郎中討了個膏藥貼着。

范進看了衆人，説道：「我怎麼坐在這裏？」又道：「我這半日，昏昏沉沉，如在夢裏一般。」衆鄰居道：「老爺恭喜高中了。○黄評：立刻稱「老爺」。適纔歡喜的有些引動了痰，方纔吐出幾口痰來好了。快請回家去打發報録人。」范進説道：「是了，我也記得是中的第七名。」○天二評：至死不忘。（天一評「至死」作「死也」）范進一面自綰了頭髮，一面問郎中借了一盆水洗洗臉。一個鄰居早把那一隻鞋尋了來，替他穿上。○黄評：鄰居忙甚，實有此等情事。且細極。見丈人在跟前，恐怕又要來罵。胡屠户上前道：「賢婿老爺，○黄評：婿而曰「賢」可矣，猶必加「老爺」二字，蓋賢在老爺也。○齊評：好稱呼！○天一、二評：婿何以賢？賢其爲老爺也。方纔不是我敢大膽，是你老太太的主意，央我來勸你的。」鄰居内一個人道：「胡老爹方纔這個嘴巴打的親切，少頃范老爺洗臉還要洗下半盆猪油來！」○童評：洗下半盆猪油來，請老婆開葷。可憐進了門十幾年，不知可曾吃過兩三回？又一個道：「老爹，你這手明日殺不得猪了。」胡屠户道：「我那裏還殺猪！有我這賢婿，還怕後半世靠不着也怎的？我每常説，我的這個賢婿，○黄評：加「我的」二字，親之甚。才學又高，品貌又好，就是城裏頭那張府、周府這些老爺，也没有我女婿這樣一個體面的相貌。○齊評：與前文兩兩對照，真是言各有時，一些不錯的。○天二評：「尖嘴猴腮」、

「倒運鬼」忽然變相。（天一評無後四字）你們不知道，得罪你們説，我小老這一雙眼睛却是認得人的，想着先年我小女在家裏，長到三十多歲，○黃評：没有人要。多少有錢的富户要和我結親，○天一評：可是周府、張府？我自己覺得女兒像有些福氣的，○齊評：果然由得你説嘴了。○天二評：只是猪油少吃些。畢竟要嫁與個老爺，○黃評：嫁個「現世寶」倒運鬼。○童評：女兒在家裏長到三十多歲，揀着個做老爺的女婿，原像有些福氣，只是十幾年陪着個現世寶窮鬼，連猪油都没得吃的時候苦些。今日果然不錯！」説罷〔二四〕哈哈大笑，衆人都笑起來。○天一、二評：衆人此笑包含無限。看着范進洗了臉，郎中又拿茶來吃了，一同回家。范舉人先走，屠户和鄰居跟在後面，屠户見女婿衣裳後襟滚皺了許多，一路低着頭替他扯了幾十回。○黃評：此時愛賢婿，不知如何而可，筆妙如此。○天一評：此時愛女婿不知若何而可。到了家門，屠户高聲叫道：○黃評：妙在「高聲」二字。「老爺回府了！」○齊評：描寫一至於此！○天二評：索性徑呼老爺！（天一評「呼」作「稱」）○童評：胡屠户像是在縣裏當過門子，懂得衙門規矩。老太太迎着出來，見兒子不瘋，喜從天降。衆人問報録的，已是家裏把屠户送來的幾千錢打發他們去了。○黃評：省文。○童評：先散去報録人，以便接待張鄉紳。范進拜了母親，也〔二五〕拜謝丈人。胡屠户再三不安道：「些須幾個錢，不够你賞人。」○黃評：丢在水裏。范進又謝了鄰居。

正待坐下，早看見一個體面的管家，手裏拿着一個大紅全帖，飛跑了進來道〔二六〕：「張老爺來拜新中的范老爺。」説畢，轎子已是到了門口。胡屠户忙躲進女兒房裏不敢出來。○天一評：范進怕胡屠户，胡屠户却亦有所怕。買肉主顧何須回避。鄰居各自散了。范進迎了出去，只見那張鄉紳下了轎進來，頭戴紗帽，身穿葵花色圓領，金帶皂靴。他是舉人出身，做過一任知縣的，别號静齋，同范進讓了進來，到堂屋内平磕了頭，分賓主坐下。張鄉紳先攀談道：「世先生同在桑梓，一向有失親近。」○天二評：一向未中舉人。（天一評「未」後多「曾」字） 范進道：「晚生久仰老先生，只是無緣，不曾拜會。」張鄉紳道：「適纔看見題名録，貴房師高要縣湯公，就是先祖的門生，我和你是親切的世弟兄。」○天一評：的的親親世弟兄。○天二評：因此一脈，所以親近。○童評：一舉成名，便叙出許多年誼、世誼來。 范進道：「晚生僥倖，實是有愧。却幸得出老先生門下，可爲欣喜。」張鄉紳四面將眼睛望了一望，説道：「世先生果是清貧。」隨在跟的家人手裏拿過一封銀子來，○黄評：白賠銀子。○天一評：老先生真是疏財仗義，一見如故。○童評：這件東西，范家草屋中，只怕是第一回進門。 説道：「弟却也無以爲敬，謹具賀儀五十兩，世先生權且收着。這華居其實住不得，○黄評：既曰「華居」，却又「住不得」，便見張静齋之不通。 將來當事拜往俱不甚便。弟有空房一所，就在東門大街上，三進三間，雖不軒敞，也還乾净，就送與世先生，搬到那裏去住，早晚也好請教些。」○齊評：明代風氣如此。范進再三推辭，張鄉紳急了，道：「你我年誼世好，就如至親骨肉一般，若要如此，就是見外了。」范進方纔把銀子收下，作揖謝〔二七〕了。又説了一會，打躬作别。

胡屠户直等他上了轎，纔敢走出堂屋來。范進即將這銀子交與渾家打開看，一封一封〔二八〕雪白的細絲錠子，○黄評：急於打開，但見雪白細絲，是窮餓眼。即便包了兩錠，叫胡屠户進來，遞與他道：「方纔費老爹的心，拿了五千錢來。這六兩多銀子老爹拿了去。」屠户把銀子攥〔二九〕在手裏緊緊的，把拳頭舒〔三〇〕過來，○黄評：妙。○童評：一天殺一個猪，賺不得錢把銀子。如今拿了五千錢來，换了六兩多銀子去，比殺猪的利息好多了。無怪其揝緊拳頭，死不肯放。道：「這個，你且收着。我原是賀你的，怎好又拿了回去？」范進道：「眼見得我這裏還有這幾兩銀子，若用完了，再來問老爹討來用。」屠户連忙把拳頭縮了回去，○黄評：妙在伸來縮去總是拳頭。往腰裏揣，口裏説道：「也罷，你而今相與了這個張老爺，何愁没有銀子用？他家裏的銀子，説起來〔三一〕比皇帝家還多些哩！他家就是我賣肉的主顧，一年就是無事，肉也要用四、五千斤，銀子何足爲奇！」又轉回頭來望着女兒説道：「我早上拿了錢來，你那該死行瘟的兄弟還不肯，我説：『姑老爺今非昔比，○黄評：又稱「姑老爺」，不知如何奉承方好。少不得有人把銀子送上門來給他用，只怕姑老爺還不希罕。』今日果不其然！○黃評：寫兒子，亦是奉承姑老爺。○齊評：識時務哉屠户也！○天一、二評：無恩可報，只得苦思力索，生此一波。如今拿了銀子家去罵這死砍頭短命的奴才！』○童評：罵兒子以媚女婿，曲盡阿諛逢迎之態。倘使屠户做官，必討得上司歡喜。說了一會，千恩萬謝，低着頭笑迷迷的去了。○黃評：緊對前文，妙在「低着頭」三字。○天一評：比范進中舉人相同。

自此以後，果然有許多人來奉承他：有送田產的，有人送店房的，還有那些破落户，兩口子來投身爲僕圖蔭庇的。到兩三個月，范進家奴僕、丫鬟都有了，錢、米是不消說了。○天一評：今之中舉人的讀此，得無要痰迷心竅。○童評：一個窮舉人，有何勢力，這許多人要來奉承他，投靠他，送田產與他，送店房與他，却是圖他什麽？想是明朝縣官，威權頗重，百姓怕官，舉人可以與縣令分庭抗禮。遇無關緊要之事，可以代百姓向縣主討情；有誣陷屈抑之事，可以代百姓向縣官剖訴。藉彼有說話之分，下情可以上達，故預先結識他。俗所謂燒冷竈火者是也。

張鄉紳家又來催着搬家。搬到新房子裏，唱戲、擺酒、請客，一連三日。到第四日上，老太太起來吃過點心，走到第三進房子內，見范進的娘子胡氏，家常戴着銀絲鬏髻，此時是十月中旬，天氣尚暖，穿着天青緞套，官緑的緞裙，督率着家人、媳婦、丫鬟，洗碗盞杯箸。○天一評：范進娘子居然有若固有之氣象，胡屠户以爲「有些福氣」，眼色不凡。

○童評：范進娘子，家常戴銀絲鬏髻，十月中旬天氣尚暖，穿天青緞套、官綠緞裙，與范進十二月上旬應道考，戴破氊帽，穿舊麻布直裰，凍得瑟瑟縮縮光景，兩相對看。老太太看了説道：「你們嫂嫂、姑娘們要仔細些，這都是別人家的東西，不要弄壞了。」家人媳婦道：「老太太，那裏是別人的，都是你老人家的！」老太太笑道：「我家怎的有這些東西？」丫鬟和媳婦一齊都説道：「怎麽不是？豈但這些〔三三〕東西是，連我們這些人和這房子都是你老太太家的！」老太太聽了，把細磁碗盞和銀鑲的杯盤逐件看了一遍，哈哈大笑道：「這都是我的了！」○萍叟云：人生世上那一件是自己的？必以爲自己的，則痰迷心竅矣，獨范老太太乎哉！大笑一聲，往後便跌倒。○黄評：可知這都是「中了一個甚麽舉人」害的。忽然痰涌上來，不省人事。○天二評：細磁碗盞、銀鑲杯盤於吾身親見之，做三日老太太，亦不虛此身。○天一、二評：與乃郎病症相同，何不用原方治之？○童評：范老太太母子三人，縮在一間草屋裏。出榜那日，已是兩三天没有飯米，餓得兩眼都看不見，把一隻生蛋的鷄，命兒子拿到集上去賣，想吃一頓薄粥，還不能够。不到兩個月工夫，住的是三進頭大瓦屋，用的是細磁碗盞、銀鑲杯箸，奴婢成群，唱戲請客。仿佛一個筋斗，跌入雲端裏去，不禁七情觸發，六脈涣散，放聲一笑，撒手歸西，豈非生於憂患、死於安樂哉？只因這一番，有分教：會試舉人，變作秋風之客；多事貢生，長爲興訟之人。不知老太太性命如何，且聽下回分解。

【總評】

卧評　見了號板痛哭至於嘔血，乃窮老腐儒受盡畢生辛苦，如梅三相、王大爺等相遭不知幾輩，至此一齊提出心頭，其見解不過如此，非如阮嗣宗、沈初明一流人別有傷心處也。

金有餘以及衆客人何其可感也。天下極豪俠極義氣的事，偏是此輩不讀書不做官的人做得來，此是作者微辭，亦是世間真事。

周進之爲人本無足取，胸中大概除墨卷之外了無所有，閲文如此之鈍拙則作文之鈍拙可知。空中白描出晚遇之故，文筆心細如髮。

於閲范進文時即順手夾出一個魏好古，文字始有波折；譬如古人作書，必求筆筆有致，不肯作蒜條巴子樣式也。

「舉業」「雜覽」四個字後文有無限發揮，却於此處閑閑伏案，文筆如千里來龍，蜿蜒夭矯。

輕輕點出一胡屠户，其人其事之妙一至於此，真令閲者嘆賞叫絶。余友云：「慎毋讀《儒林外史》，讀竟乃覺日用酬酢之間無往而非《儒林外史》。」〇黄評：吾亦云云。此如鑄鼎像物，魑魅魍魎毛髮畢現。

范進進學，大腸〔三三〕瓶酒是胡老爹自携來，臨去是「披着衣服，腆着肚子」；范進中舉，七八斤肉，四五千錢是二漢送來，臨去是「低着頭，笑迷迷的」。前後映帶，文章謹嚴之至。

胡老爹之言未可厚非，其駡范進時，正是愛范進處，特其氣質如此，是以立言如此耳。細觀之，原無甚可惡也。○黄評：胡老爹得一知己。

周府、張府妙在都從胡老爹口中一一帶出，真有蛛絲馬迹之妙。

張静齋一見面便贈銀贈屋，似是一個慷慨好交游的人，究竟是個極鄙陋不堪的。作者之筆，其爲文也如雪，因方成珪，遇圓成璧，又如水，盂圓則圓，盂方則方〔三四〕。

則仙（未署名）評　此書格局全仿《水滸》，《水滸》首王進、史進者，托於《春秋》之筆也。顧王運自夏商以逮周，史家由馬班而迄范，故此書首周進、范進。此意曾與郭友宗先生言之，以爲然，足補天目山樵所未及見。甲申正月十一日燈下。

【校記】

〔一〕爲甚麽這號喝痛哭是的，原作「爲甚麽這號淘痛也是的」，抄本、蘇本同。從申一、二本改。

〔二〕這，原作「見」，抄本、蘇本、申一本同。從申二本改。

〔三〕自，申一本作「只」。

〔四〕典史拿，原作「典史那」，蘇本同。申一、二本作「那典史拿」。從抄本改。

〔五〕肌，原作「飢」，抄本、蘇本、申一本同。從申二本改。

〔六〕童生實年五十四歲，申一本作「實年五十四歲了」。

〔七〕覺得有些意思正要再看看，原作「覺得有些意正要思再看看」，蘇本同。申二本作「覺得有些意正要想再看看」。從抄本、申一本改。

〔八〕的，申一本作「快」。

〔九〕燙，原作「盪」，抄本、蘇本、申一本同。從申二本校改，以下同類情況酌改不記。

〔一〇〕平頭，申一本作「平民」。

〔一一〕吃，原作「契」，抄本、蘇本同。從申一、二本改。

〔一二〕拿集上去賣了買幾升米來，申二本作「拿去集上換幾升米來」。

〔一三〕吵，原作「炒」，抄本、蘇本、申一本同。從申二本改。

〔一四〕你恭喜，申二本作「恭喜你」。

〔一五〕道，申二本作「只道」。

〔一六〕這，申二本作「這只」。

〔一七〕好，申二本作「好了」。

〔一八〕他只因，申一本作「只他因」，申二本作「只因他」。

〔一九〕唬，申一、二本作「嚇」，本回下同。

〔二〇〕好了，申一本無。

〔二一〕只，原作「這」，蘇本、申一本同。從抄本和申二本改。此二字屢混用，以下徑改不記。

〔二二〕一般，原缺，抄本、蘇本同。從申一、二本補。

〔二三〕到，申二本無。

〔二四〕説罷，申二本作「説着」。

〔二五〕也，申一本作「又」，申二本作「復」。

〔二六〕道，原缺，抄本、蘇本、申一本同。從申二本補。

〔二七〕謝，申二本作「道謝」。

〔二八〕一封一封，申一本作「一錠一錠」。

〔二九〕攥，申一本作「捏」。

〔三〇〕舒，申一本作「伸」。

〔三一〕説起來，申二本無。

〔三二〕這些，原作「這個」，抄本、蘇本和申一、二本均同。參齊本改。

〔三三〕大腸，原作「大觴」，抄本、蘇本和申一、二本均同。參齊本改。

〔三四〕本回卧本有十段回評，抄本只有第一、二、五、六、十段。

第四回

薦亡齋和尚吃官司　打秋風鄉紳遭橫事

話説老太太見這些傢伙什物都是自己的，○黄評：其實人生世上哪一件是「自己的」？必以爲「自己的」，則痰迷心竅矣。不覺歡喜，痰迷心竅，昏絶於地。家人、媳婦和丫鬟、娘子都慌了，快請老爺進來。范舉人三步作一步走來看時，連叫母親不應，忙將老太太抬放床上，請了醫生來。醫生説：「老太太這病是中了臟，○黄評：想來日日吃葷，臟神不受耳。不可治了。」○天一評：原來此屋不利。○童評：一時忙亂起來，是中風病，猝不及防光景。連請了幾個醫生都是如此説，范舉人越發慌了。夫妻兩個守着哭泣，一面製備後事。○童評：一個醫生回絶，不肯相信，連請幾個都如此説，方纔歇心，製備後事。范進此時舉動，與兩三天没有飯米時迴不相同，全是鄉紳人家排場矣。挨到黄昏時分，老太太淹淹一息，歸天去了。○黄評：范進瘋，而其母遂至於死，猶得母教未深。一笑。合家忙了一夜。

次日，請將陰陽徐先生來寫了七單，老太太是犯三七，到期該請僧人追薦。○天一評：伏筆。大門上挂了白布球，新貼的廳聯都用白紙糊了。○黄評：極細。○童評：可惜新廳聯，只貼了四天。合城紳衿都來吊唁。○童評：新孝廉氣象巍焕，衆紳衿奔走逢迎。請了同案的魏好古，穿着衣巾，在前廳陪客。○黄評：魏好古亦有用處。○童評：請同案的魏好古陪客，却不是張老爺、周老爺司賓。胡老爹上不得臺盤，○童評：不是先寫一筆胡老爹上不得臺盤，則屠户在庵裏一番誇張説話，不獨滕和尚、慧僧官信以爲真，連讀者幾乎被他瞞過。只好在厨房裏或女兒房裏，幫着量白布，秤肉，亂竄。○黄評：伏筆。○童評：胡屠户量白布、秤猪肉，魏相公作疏頭、做墓誌，各有所長。

到得二七過了，范舉人念舊，拿了幾兩銀子，交與胡屠户，托他仍舊到集上庵裏請平日相與的和尚做攬頭，請大寺八衆僧人來念經，拜「梁皇懺」，放焰口，追薦老太太生〔二〕天。屠户拿着銀子，一直走到集上庵裏滕和尚家，恰好大寺裏僧官慧敏也在那裏坐着。○童評：正要請大寺裏僧人念經，恰好僧官慧敏也在庵裏坐着，湊巧之至。僧官因有田在左近，所以常在這庵裏起坐。○黄評：伏筆。○齊評：帶叙帶伏。○天一評：伏筆。滕和尚請屠户坐下，言及：「前日新中的范老爺得病在小庵裏，那日貧僧不在家，不曾候得。多虧門口賣藥的陳先生燒了些茶水，替我做個主人。」胡屠户道：「正是，我也多謝他的膏藥。○童評：和尚們記性最好，即庵門口不曾伺候着的事，也都記得。今日不在這裏？」滕和尚道：「今日不曾來。」又問道：「范老爺那病隨即就好了，却不想又有老太太這一變。○童評：回顧前文，衆人扶起范進，借跳駝子板凳上坐，胡屠户手疼，問郎中討膏藥貼。又從范老爺病好，接到老太太病歿，回環映帶，妙合自然。胡老爹這幾十天想總是在那裏忙，不見來集上做生意。」胡屠户道：「可不是麼！○童評：「我那裏還殺猪，有我這賢婿老爺，還怕後半世靠不着麼？」自從親家母不幸去世，合城鄉紳那一個不到他家來？就是我主顧張老爺、周老爺在那裏司賓，○黄評：順手帶出周老爺。○齊評：口口聲聲帶定張老爺、周老爺，屠户心中欽敬固只此二人也。大長日子，坐着無聊，只拉着我説閑話，陪着吃酒吃飯。○天一評：又是夏總甲聲口。見了客來又要打躬作揖，累個不了。我是個閑散慣了的人，○黄評：倒也扯謊扯的像。不耐煩作這些事！欲待躲着些，○天一評：女兒房裏、厨房裏又少不得人照看。難道是怕小婿怪？惹紳衿老爺們看喬了，説道：『要至親做甚麼呢？』」○黄評：更像。○齊評：真説得入情入理。説罷，又如此這般把請僧人做齋的話説了。和尚聽了，屁滾尿流，慌忙燒茶、下麵。就在胡老爹面前轉托僧官去約僧衆，並備香燭、紙馬、寫疏〔二〕等事。○天一評：「寫疏」伏下。○童評：滕和尚做攬頭之事畢，慧僧官養婆娘之事起。胡屠户吃過麵去。

僧官接了銀子，纔待進城，走〔三〕不到一里多路，只聽得後邊一個人叫道：「慧老爺，爲甚麽這些時不到莊上來走走？」僧官忙回過頭來看時，是佃户何美之。○天一評：生出奇文。何美之道：「你老人家這些時這等財忙，因甚事總不來走走？」僧官道：「不是我也要來，只因城裏張大房裏想我屋後那一塊田，○天二評：先透過一筆，因前已伏綫，故不覺其突。（天一評只有頭五字）又不肯出價錢，我幾次回斷了他。若到莊上來，他家那佃户又走過來嘴嘴舌舌，纏個不清。○齊評：帶補帶伏。我在寺裏，他有人來尋，我只回他出門去了。」何美之道：「這也不妨。想不想由他，肯不肯由你。今日無事，且到莊上去坐坐。况且老爺前日煮過的那半隻火腿，吊在竈上，已經走油了，做的酒也熟了，不如消繳了他罷。○黄評：實做酒肉和尚。今日就在莊上歇了去，怕怎的！」和尚被他説的口裏流涎，○天一、二評：流涎者何也？火腿也，酒也，「歇了去」也。○童評：「想不想由他，肯不肯由你。」和尚聽得何美之兩句話，已將疑慮消釋。况且火腿要油了，村酒已熟了，今日晚了，就在莊上歇了。四句話，尤其打入和尚心坎裏來。口裏流涎，不單爲繳消酒肉而已也。那脚由不得自己，跟着他走到莊上。何美之叫渾家煮了一隻母鷄，把火腿切了，酒舀出來燙着。和尚走熱了，坐在天井内，把衣服脱了一件，敞〔四〕着懷，腆着個肚子，○天一評：好模樣。走出黑津津一頭一臉的肥油。○黄評：也走出肥油了。只「肥油」二字，寫出一個酒肉和尚。○天一評：也像竈上半隻火腿。○童評：黑津津一頭肥油，敞着胸，腆着肚子，怪模怪樣，像件什麼東西。

須臾，整理停當，何美之捧出盤子，渾家拎着酒，放在桌子上擺下。和尚上坐，渾家下陪，何美之打橫，把酒來斟。○童評：和尚上坐，渾家下陪，美之打橫。是僧是俗，是男是女，一概不管，可稱渾俗和光。 吃着，説起三五日内要往范府替老太太做齋。何美之渾家説道：「范家老奶奶，○天二評：云「老奶奶」者，輕之也。（天一評少「云」、「者」二字） 我們自小看見他的，是個和氣不過的老人家。只有他媳婦兒，○天一、二評：「他媳婦兒」者，輕之又輕之也。是莊南頭胡屠户的女兒，一雙紅鑲邊的眼睛，一窩子黄頭髮，○黄評：屠户女兒一定是此等貨。寫得如見其人。 那日在這裏住，鞋也没有一雙，夏天靸着個蒲窩子，歪腿爛脚的，○黄評：范進娘子形容，却在此處補出。○天二評：范進娘子形容，却在此處補出。（天一評「出」作「寫」） 而今弄兩件『屍皮子』穿起來，聽見説做了夫人，○齊評：你做僧官太太，亦可算得夫人。○天二評：詆范進娘子者，渠自矜其貌，乃不得穿「屍皮子」做夫人也。○童評：説得殺猪屠的女兒醜陋，顯得僧綱司的相好標緻。 好不體面！你説，○天一評：「你」者，你和尚耶？你何美之耶？那裏看人去！」正吃得興頭，聽得外面敲門甚凶，○童評：外面敲門甚凶，裏頭和尚吃嚇。何美之道：「是誰？」和尚道：「美之，你去看一看。」何美之纔開了門，七八個人一齊擁了進來，看見女人、和尚一桌子坐着，齊説道：「好快活！和尚婦人大青天白日調情！○童評：青天白日，和尚婦人，吃酒調情，是奉歡喜菩薩天魔法教。好僧官老爺，知法犯法！」何美之喝道：「休胡説！這是我田主人。」衆人一頓駡道：「田主人？連你婆子都有主兒了！」不由分説，拿條〔五〕草繩，把和尚精赤條條同婦人一繩捆了，○黄評：不用剥衣。將個杠子穿心抬着，連何美之也帶了。來到南海縣前一個關帝廟前戲臺底下，○天一評：戲是臺上做的，今却在臺下。和尚同婦人拴做一處，候知縣出堂報狀。衆人押着何美之出去，和尚悄悄叫他報與范府。○童評：連何美之帶來，押何美之出去，七八個人，茫無主見。　光棍得其呆，和尚得其滑。　光棍非專門吃白食的光棍，和尚是專會鑽門路的和尚。

范舉人因母親做佛事，和尚被人拴了，○天一評：兩句連讀，令人先笑。忍耐不得，隨即拿帖子向知縣説了。知縣差班頭將和尚解放，女人着交美之領了家去，一班光棍帶着明日早堂發落。衆人慌了，求張鄉紳帖子在知縣處説情。知縣准了，早堂帶進，駡了幾句，扯一個淡，趕了出去。○天一、二評：能員，應保舉卓異。○童評：范舉人説情，是一定之理。張鄉紳説情，亦是一定之理。知縣聽一面之情，便偏向這邊；聽兩面之情，即開脱那邊，也算是一定之理。和尚同衆人倒在衙門口用了幾十兩銀子。○童評：兩邊一樣倒楣，衙門口人發財。僧官先去范府謝了，次日方帶領僧衆來鋪結壇場，○童評：僧官先到范府去謝，此節必不可少。不然，次日怎好意思帶領僧衆來鋪結壇場耶？挂佛像，兩邊十殿閻君。吃了開經麵，打動鐃、鈸、叮噹，念了一卷經，擺上早齋來。八衆僧人，連司賓的魏相公共九位，〇黄評：不脱魏相公，細。坐了兩席。纔吃着，長班報：「有客到！」魏相公丢了碗出去迎接進來，便是張、周兩位鄉紳，烏紗帽，淺色圓領，粉底皂靴。魏相公陪着一直拱到靈前去了。〇童評：僧官此時方纔明白，張老爺、周老爺是來吊孝的客人，不是大長日子坐着在那裏司賓的。

內中一個和尚向僧官道：「方纔進去的，就是張大房裏静齋老爺，他和你是田鄰，你也該過去問訊一聲纔是。」〇天一評：和尚豈不知，故意問及，可知僧官之見惡於衆。僧官道：「也罷了。張家是甚麽有意思的人！想起我前日這一番是非，那裏是甚麽光棍？就是他的佃户，商議定了，做鬼做神，來弄送我。〇黄評：補出，省筆墨也。不過要簸掉我幾兩銀子，好把屋後的那一塊田賣與他。使心用心，反害了自身！落後縣裏老爺要打他莊户，〇黄評：伏後到縣惹出事來。一般也慌了，腆着臉拿帖子去説，惹的縣主不喜歡。」又道：「他没脊骨的事多哩！就像周三房裏做過巢縣家的大姑娘，〇黄評：直伏後文嚴貢生娶媳婦。〇童評：又提起張大房裏静齋老爺和僧官是田鄰，就借僧官口中點明前日來捉奸的不是光棍，是他的佃户；不是要究辦和尚奸情，是要謀買僧官田地。順口帶出周三房裏做過巢縣家的許多事情來，使下文一目了然。伏筆之妙，非他書可及。是他的外甥女兒，三房裏曾托我説媒，〇黄評：和尚又帶説媒。我替他講西鄉裏封大户家，好不有錢！張家硬主張着許與方〔六〕纔這窮不了的小魏相公，○黄評：又補寫魏好古。因他進個學，又説他會作個甚麼詩詞。前日替這裏作了一個薦亡的疏，我拿了給人看，説是倒别了三個字。○童評：作一個薦亡疏頭，就别了三個字。做起一篇墓誌來，不知要别多少字。好古而不敏求，魏小相有名無實。「足下何須講漢唐」，周學道罵得不錯。像這都是作孽！眼見得二姑娘也要許人家了，○黄評：爲下文伏筆。又不知攛弄與個甚麼人！」○齊評：又起下文。○天二評：張静齋之爲人，魏好古之學問，俱從和尚口中虚寫，却又暗伏嚴家對親一節。骨節通靈。（天一評「俱」作「都」）説着，聽見靴底響，衆和尚擠擠眼，僧官就不言語了。○天一評：如畫。○童評：情景逼真。兩位鄉紳出來，同和尚拱一拱手，魏相公送了出去。衆和尚吃完了齋，洗了臉和手〔七〕，吹打拜懺，行香放燈，施食散花，跑五方，整整鬧了三晝夜方纔散了。○童評：完結佛事。

光陰彈指，七七之期已過，范舉人出門謝了孝。○童評：歸結喪事。一日，張静齋來候問，還有話説。范舉人叫請在靈前一個小書房裏坐下，穿着衰絰，出來相見，先謝了喪事裏諸凡相助的話。張静齋道：「老伯母的大事，我們做子侄的理應效勞。想老伯母這樣大壽歸天，也罷了，只是誤了世先生此番會試。○齊評：此等應酬套語，久已習而不知其非矣。看來想是祖塋安葬了，可曾定有日期？」范舉人道：「今年山向不利，只好來秋舉行，但費用尚在不敷。」○童評：提起葬事，想到秋風之事。張靜齋屈指一算：「銘旌是用周學臺的銜。墓誌托魏朋友將就做一篇，○天一評：「將就」二字着眼。却是用誰的名？○童評：銘旌用周學臺官銜，墓誌借湯房師名字。穿前插後，聯絡有致。其餘殯儀、桌席、執事、吹打，以及雜用、飯食、破土、謝風水之類，須三百多銀子。」正算着，捧出飯來吃了。張靜齋又道：「三載居廬自是正理，但世先生爲安葬大事，也要到外邊設法使用，○黄評：范進被張靜齋教壞。似乎不必拘拘。現今高發之後，並不曾到貴老師處一候。高要地方肥美，○黄評：「肥美」二字久在胸中。或可秋風一二。○天一評：主意在此。弟意也要去候敝世叔，何不相約同行？一路上舟車之費，弟自當措辦，○黄評：哪知白賠本錢。不須世先生費心。」范舉人道：「極承老先生厚愛，只不知大禮上可行得？」○天一、二評：好孝廉！（天一評批於「行不得處」下）張靜齋道：「禮有經，亦有權，想没有甚麽行不得處。」○黄評：以爲可行則行矣，豈非教壞。○齊評：的是世面上人口角。○天二評：墨卷上救急語。（天一評「語」作「老套」）范舉人又謝了。

張靜齋約定日期，雇齊夫馬，帶了從人，取路往高要縣進發。於路上商量説：「此來，一者見老師；二來，老太夫人墓誌就要借湯公的官銜名字。」不一日，進了高要城。那日知縣下鄉相驗去了，二位不好進衙門，只得在一個關帝廟裏坐下。○童評：若張、范二人一到高要，便進衙相見，何能叙出關帝廟裏一篇奇文乎？先寫知縣下鄉去了，如此一頓，靈心妙筆。　那廟正修大殿，有縣裏工房在内監工，工房聽見縣主的相與到了，慌忙迎到裏面客位内坐着，擺上九個茶盤來。工房坐在下席，執壺斟茶。

吃了一回，外面走進一個人來，方巾闊服，粉底皂靴，蜜蜂眼，高鼻梁，落腮鬍子。○黄評：不待寫其爲人，數句像贊可知矣。○天一評：如見其人，如聞其聲。　那人一進了門，就叫把茶盤子撤〔八〕了，○童評：工房聽説是縣主的世交到了，慌忙迎入客座，擺上九個茶盤，執壺斟茶。先作一襯，接連轉出嚴貢生來，叙禮就坐，放下一個食盒，斟上酒來。寫貢生勢利，更在工房之上。　然後與二位叙禮坐下，動問那一位是張老先生，那一位是范老先生。二人各自道了姓名。那人道：「賤姓嚴，○黄評：從范進遞到嚴貢生。　舍下就在咫尺。去歲宗師案臨，幸叨歲薦，與我〔九〕這湯父母是極好的相與。○天二評：過幾天奉請。（天一評「幾天」後多「要」字）○石史評：嚴老大面呈履歷。　二位老先生想都是年家故舊？」二位各道了年誼師生，嚴貢生不勝欽敬。工房告過失陪，那邊去了。○童評：要寫嚴貢生，先寫一工房作襯，否則便嫌其突。既出嚴貢生，即將工房卸去。工房者，乃嚴貢生之楔子也。

嚴家家人掇了一個食盒來，又提了一瓶酒，桌上放下，揭開盒蓋，九個盤子，都是鷄、鴨、糟魚、火腿之類。○黄評：此老酒肴不是好吃的。吾服其何得如此現成。想城隍廟是其慣常請客之地，以便求説人情耳。○天二評：咄嗟而辦，蓋是市脯。然據嚴老二言：分家一樣田地，白白吃窮，端了花梨椅子换肉心包子。則嚴老大之於口腹，固不惜所費。（天一評「市脯」前無「是」字，後多「耳」字；「吃窮」後多「了」字；「包子」後多「吃」字）嚴貢生請二位老先生上席，斟酒奉過來説道：「本該請二位老先生降臨寒舍，一來蝸居恐怕褻尊，二來就要進衙門去，恐怕關防有礙，○齊評：真足肉麻。○童評：動問那位是張老先生，那位是范老先生。已經探實二位之姓，是慕名而來者。不待請教，先自通其姓氏居址，自詡是歲貢生，兼説湯父母極好相與，問二位年家故舊，一面擺上酒來，忙到極處。若惟恐縣尊即刻回衙，不及傾吐其胸中一番闊話，以自鳴得意者。描寫俗子神情，用筆如鏡。故此備個粗碟，就在此處談談，休嫌輕慢。」二位接了酒道：「尚未奉謁，倒先取擾〔一〇〕。」嚴貢生道：「不敢，不敢。」立着要候乾一杯，二位恐怕臉紅，不敢多用，吃了半杯放下。嚴貢生道：「湯父母爲人廉静慈祥，真乃一縣之福。」○童評：高抬湯父母，即是恭維二位年誼師生。張静齋道：「是。敝世叔也還有些善政麽？」嚴貢生道：「老先生，人生萬事，都是個緣法，真個勉强不來的。○黄評：答得奇，並不答其所問。○齊評：平空結撰一席話，却用如此起筆，真是渾然無迹。○天二評：所答非所問，急要説出「極好的相與」。（天一評「相與」前無「的」字，後多「來」字）湯父母到任的那日，敝處闔縣紳衿公搭了一個彩棚。在十里牌迎接。弟站在〔一一〕彩棚門口。須臾，鑼、旗、傘、扇、吹手、夜役，一隊一隊都過去了。〇黄評：必一一細説者，爲「兩隻眼看着」作勢也。〇天一評：必細數者，爲「兩隻眼看着」作勢也。轎子將近，遠遠望見老父母兩朵高眉毛，一個大鼻梁，方面大耳，〇天一評：正與「蜜蜂眼，高鼻梁，落腮鬍子」兩兩相對。〇童評：説話間，帶寫出湯公面貌。高眉毛、大鼻梁、方面闊耳，就曉得是一位愷弟君子。蜜蜂眼、高鼻梁、落腮鬍子，就曉得是一個勢利小人。我心裏就曉得是一位豈弟君子。却又出奇，幾十人在那裏同接，老父母轎子裏兩隻眼只看着小弟一個人。〇黄評：想是「大鼻梁」喜「高鼻梁」。那時有個朋友，同小弟並站着，他把眼望一望老父母，又把眼望一望小弟，〇齊評：頓挫擺蹾，有色有聲，嚴老大如此文才，僅僅一貢，未免有屈。悄悄問我：『先年可曾認得這位父母?』小弟從實説：『不曾認得。』他就痴心，只道父母看的是他，忙搶上幾步，意思要老父母問他甚麽，〇齊評：只怕還是夫子自道也。不想老父母下了轎，同衆人打躬，倒把眼望了別處，〇天一評：其實還望着你，並非望別處。纔曉得從前不是看他，把他羞的要不的。〇黄評：此一段談吐，我服作者寫得出。須知此等寫勢利，纔是寫入骨髓。次日小弟到衙門去謁見，老父母方纔下學回來，諸事忙作一團，却連忙丢了，叫請小弟進去，換了兩遍茶，就像相與過幾十年的一般。」〇齊評：這是前世的事，湯公如何記得！張鄉紳道：「總因你〔三〕先生爲人有品望，所以敝世叔相敬，近來自然時時請教。」嚴貢生道：「後來倒也不常進去。〇黄評：恐人盤問，又説「不常進去」。

實不相瞞，小弟只是一個爲人率真，在鄉里之間，從不曉得占人寸絲半粟的便宜，○黄評：此等言行相反，早已視爲常事。所以歷來的父母官都蒙相愛。湯父母容易不大喜會客，○天一、二評：「不大喜會客」者，蓋常請見而不會也。○天一評：此「不常進去」之根，伏下周家對親。却也凡事心照。○齊評：又説謊話，又怕對穿，於是吞吞吐吐，似真似假，文章煞費苦心。就如前月縣考，把二小兒取在第十名，叫了進去，細細問他從的先生是那個，又問他可曾定過親事，着實關切。」范舉人道：「我這老師看文章是法眼，○童評：張静齋道：「敝世叔也還有些善政麽？」是要想尋他短處做訛頭。范舉人道：「我這老師看文章是法眼。」不過借此誇張自己才情。兩人心思不同，而問答處又身份恰合。既然賞鑒〔一三〕令郎，一定是英才，可賀。」嚴貢生道：「豈敢，豈敢。」又道：「我這高要，是廣東出名縣分，一歲之中，錢糧耗羨，花、布、牛、驢、漁、船、田、房税，不下萬金。」又自拿手在桌上畫着，低聲説道：○黄評：描摹入骨入神。「像湯父母這個做法，不過八千金，前任潘父母做的時節，實有萬金。他還有些枝葉，還用着我們幾個要緊的人。」○齊評：湯父母不敢同你相認者，就是怕你這些耳。○天二評：然則湯父母不用着公等幾個要緊人也。（天一評「要緊人」前無「幾個」，後無「也」）○童評：爲何又説這段話，想要吹風到湯父母耳朵裏，好用着他這個要緊人耳。説着，恐怕有人聽見，把頭别轉來望着門外。一個蓬頭赤足的小厮〔一四〕走了進來，○天一評：鬥筍接縫，其捷如風。○童評：恐怕有人聽見，把頭别轉來望着門外，一個蓬頭赤足的小使走進來。與周進開後門看野景，見上流頭一隻席蓬船冒雨而來，是一樣筆法。望着他道：「老爺，家裏請你回去。」嚴貢生道：「回去做甚麽？」小廝道：「早上關的那口猪，那人來討了，在家裏吵哩。」○黄評：「從來不占一絲半粟便宜」，立刻就有證據。嚴貢生道：「他要猪，拿錢來！」小廝道：「他説猪是他的。」嚴貢生道：「我知道了。你先去罷，我就來。」那小廝又不肯去。張、范二位道：「既然府上有事，老先生竟請回罷。」嚴貢生道：「二位老先生有所不知，這口猪原是舍下的。」○天一評：范老先生未必知，張老先生有些知了。何也？彼亦此中人也。纔説得一句，聽見鑼響，○黄評：虧得鑼聲打斷，否則又須謅謊。○天一評：虧得鑼響，省了説謊。○童評：「這口猪原是舍下的」，並非謊話。纔説得一句，聽見鑼響，一齊立起身來，如天半浮雲，被横風吹斷。一齊立起身來説道：「回衙了。」

二位整一整衣帽，叫管家拿着帖子，向貢生謝了擾，一直來到宅門口投進帖子去。知縣湯奉接了帖子，一個寫「世侄張師陸」，○童評：湯奉、張師陸兩人名字，正在此處點出。一個寫「門生范進」，自心裏沉吟道：「張世兄屢次來打秋風，○齊評：原來如此！○天一評：補筆。○天二評：從對面叙出。甚是可厭，但這回同我新中的門生來見，不好回他。」○黄評：所以同范進來也。○童評：張師陸攛掇范進同行，顧貼舟車之費，原來爲此。吩咐快請。兩人進來，先是静齋見過，范進上來叙師生之禮。湯知縣再三謙讓，奉坐吃茶，同静齋叙了些闊别的話，又把范進的文章稱贊了一番，○童評：是初次見面語。問道：「因何不去會試？」范進方纔説道：「先母見背，遵制丁憂。」○天二評：蓋范進變服而來，帖上又不注「制」字，故湯知縣有此問。作書者不忍明言，故出此語，令人自悟。張静齋所謂「禮有經有權」者，即此。（天一評「故」後無「湯知縣」三字；「所謂」作「所説」）湯知縣大驚，忙叫换去了吉服，○童評：竟穿吉服，荒謬絶倫。拱進後堂，擺上酒來。席上燕窩、鷄、鴨，此外就是廣東出的柔魚、苦瓜，也做兩碗。○黄評：范進自是穿綢着緞來見老師，故張知縣不知其丁憂。此即張静齋之所謂「從權」也。知縣安了席坐下，用的都是銀鑲杯箸。范進退前縮後的不舉杯箸，知縣不解其故。○齊評：吉服可穿，銀箸不用，所謂捨本逐末也。○天二評：不解者，因其先吉服而來，想不到銀鑲杯箸也。（天一評少「鑲」字）静齋笑道：「世先生因尊制，想是不用這個杯箸。」知縣忙叫换去，换了一個磁杯，一雙象牙箸〔一五〕來。范進又不肯舉。静齋道：「這個箸也不用。」隨即换了一雙白顔色竹子的來，方纔罷了。○天二評：然則何以吉服？知縣疑惑他居喪如此盡禮，倘或不用葷酒，却是不曾備辦。落後看見他在燕窩碗裏揀了一個大蝦元子送在嘴裏，方纔放心。○黄評：善謔，未免有傷忠厚。此等處實先生所深惡。○齊評：入情入景。○天一、二評：謔而虐矣，蓋作者甚惡此輩。因説道：「却是得罪的緊，我這敝教，酒席没有甚麽吃得，只這幾樣小菜，權且用個便飯。敝教只是個牛羊肉，○黄評：引到牛肉。○童評：從燕窩、蝦圓，漸漸説到牛羊肉上，提明禁宰耕牛，使下文不突。又恐貴教老爺們不用，所以不敢上席。現今奉旨禁宰耕牛，上司行來牌票甚緊，衙門裏都也〔一六〕莫得吃。」○天一評：引動下文。○童評：衙門裏都莫想吃者，正是湯知縣想吃也。所以教親敢送牛肉，老師夫敢來嘗試。掌上燭來，將牌拿出來看着。

一個貼身的小廝在知縣耳跟前悄悄説了幾句話，知縣起身向二位道：「外邊有個書辦〔一七〕回話，弟去一去就來。」去了一時，只聽得吩咐道：「且放在那裏。」○天一、二評：可知本要受的。回來又入席坐下，説了失陪，向張静齋道：「張世兄你是做過官的，○童評：湯知縣請教張世兄，怕他提着情弊也，先恭維他一句，道：「你是做過官的。」這件事正該商之於你。就是斷牛肉的話，方纔有幾個教親，共備了五十斤牛肉，請出一位老師夫來求我，説是要斷盡了，他們就没有飯吃，求我略鬆寬些，叫做『瞞上不瞞下』，送五十斤牛肉在這裏與我，却是受得受不得？」○童評：奉旨申禁，上司行牌，此等公事，有何商議？張静齋道：「老世叔，這話斷斷使不得的了。○天一評：何妨？「有經有權」！你我做官的人，只知有皇上，那知有教親？想起洪武年間，劉老先生……」○童評：「你我做官的人，只知有皇上，那知有教親。」説得甚是正大。忽然引證出劉青田一段典故，令人笑斷肚腸。湯知縣道：

「那個劉老先生？」静齋道：「諱基的了。他是洪武三年開科的進士，『天下有道』三句中的第五名。」范進插口道：「想是第三名？」○童評：范進插口一句，顯得與張、湯一般不通。静齋道：「是第五名。那墨卷是弟讀過的。○黄評：並有「墨卷」，奇極。○齊評：真是盲人騎瞎馬，好看之極。○天二評：天下實有此等妄人，並非作者平空捏造。後來入了翰林。洪武私行到他家，就如『雪夜訪普』的一般。恰好江南張王送了他一罎小菜，當面打開看，都是些瓜子金。洪武聖上惱了説道：『他以爲天下事都靠着你們書生！』到第二日，把劉老先生貶爲青田縣知縣，○齊評：劉青田乃青田人，非青田知縣，静齋先生遂附會之。○天一評：劉老先生是土知縣！又用毒藥擺死〔一八〕了。這個如何了得！」知縣見他説的口若懸河，又是本朝確切典故，○黄評：妙在是「確切典故」。不由得不信，問道：「這事如何處置？」張静齋道：「依小侄愚見，世叔就在這事上出個大名。○黄評：出個大醜。今晚叫他伺候，明日早堂將這老師夫拿進來，打他幾十個板子，取一面大枷枷了，把〔一九〕牛肉堆在枷上，○天一、二評：道光間一福建知縣確有此一事。見陳子莊明府《庸閑齋筆記》。想來曾讀《外史》。（天一評「間」作「年間」；無「明府」二字；末句作「當是奉教於張静齋」）出一張告示在傍，申明他大膽之處。上司訪知，見世叔一絲不苟，升遷就在指日！」知縣點頭道：「十分有理。」○黄評：張静齋做知縣想必被参回來的，却仍以此等伎倆傳授别人。妙在湯知縣便聽信也。

○齊評：説得動聽，湯公所以急急遵教。當下席終，留二位在書房住了。

次日早堂，頭一起帶進來是一個偷鷄的積賊，○天二評：未必恰有此事，借來作襯耳。○童評：偷鷄賊做陪客，寫得熱鬧，不使老師夫吃獨桌寂寞。況偷鷄積賊、送牛教親，正是天生絶對。知縣怒道：「你這奴才，在我手裏犯過幾次，總不改業，打也不怕，今日如何是好？」因取過硃筆來，在他臉上寫了「偷鷄賊」三個字，○齊評：湯公悟性真好，居然以一反三。○天二評：即張静齋法也，此公可謂聞一知二。（天一評「法也」作「法中化出」；「此公可謂」作「可見湯知縣」）取一面枷枷了，把他偷的鷄，頭向後，尾向前，捆在他頭上，枷了出去。纔出得縣門，那鷄屁股裏「唰喇」的一聲，痾出一抛稀屎來，○黄評：聰明聰明，纔教他堆牛肉，他便悟出此法。從額顱上淌到鼻子上，鬍子沾成一片，滴到枷上。兩邊看的人多笑。第二起叫將老師夫上來，大駡一頓「大膽狗奴」，重責三十板，取一面大枷，把那五十斤牛肉都堆在枷上，臉和頸子箍的緊緊的，只剩得兩個眼睛，在縣前示衆。○童評：鷄屎淋到鬍子邊，沾連一嘴；牛肉箍滿頸子裏，閃露雙睛。又是頭門外最好看的一對活石獅子。天氣又熱，枷到第二日，牛肉生蛆，第三日嗚呼死了。○天一評：一道靈魂尋馬罕默德去了。

衆回子心裏不服，一時聚衆數百人，鳴鑼罷市，鬧到縣前來，説道：「我們就是不該送牛肉來，也不該有死罪，這都是南海縣的光棍張師陸的主意。○童評：張師陸顯才情，弄出人命，鬧到自家身上來了。我們鬧進衙門去，揪他出來，一頓打死，派出一個人來償命。」不因這一鬧，有分教：貢生興訟，潛踪私〔二〇〕來省城；鄉紳結親，謁貴竟〔二一〕游京國。未知衆回子吵鬧如何，且聽下回分解。

【總評】

卧評 此篇是文字過峽，故序事之筆最多。就其序事而觀之，其中起伏照應，前後映帶，便有無數作文之法在。率爾操觚輕心掉之者，夢不到此也。

和尚到莊上吃酒，乃是行所無事；佃户一齊打進，實出意料之外。當其美之斟酒、渾家打横時，幾近淫褻矣。及觀何美之渾家口中數語，只不過氣不忿〔二二〕范太太，何其用筆之雅，直將「功名富貴」四字寫入愚婦人胸中，吾不知作者之錦心綉口居何等也。

齋堂中魏相公陪客，衆和尚搗鬼，輕輕又帶出周二姑娘做親，針綫之妙，難以盡〔二三〕言。

關帝廟中小飲一席話，畫工所不能畫，化工庶幾能之。開端數語尤其奇絶，閲者試掩卷細想，脱令自己操觚，可能寫出開端數語？古人讀杜詩「江漢思歸客」，再三思之不得下語，及觀「乾坤一腐儒」，始叫絶也。◯黄評：此擬不倫，此君批語慣有此等毛病，然好處却多。

纔説「不占人寸絲半粟便宜」，家中已經關了人一口猪，令閲者不繁言而已解。使拙筆爲之，必且曰：看官聽説，原來嚴貢生爲人是何等樣，文字便索然無味矣。○黄評：妙批，一部書多用此訣。

上席不用銀鑲杯箸一段，是作者極力寫出。蓋天下莫可惡於忠孝廉節之大端不講，而苛索於末節小數。舉世爲之，而莫有非之，且效尤者比比然也。故作者不以莊語責之，而以謔語誅之。○黄評：一部《儒林外史》皆用此法，爲從來小説所無。

張静齋勸堆牛肉一段，偏偏説出劉老先生一則故事，席間賓主三人侃侃而談，毫無愧怍，閱者不問而知此三人爲極不通之品。此是作者繪風繪水手段，所謂直書其事，不加斷語，其是非自見也〔二四〕。

則仙（未署名）評　范進腹中除八股文高頭講章外，大約毫無所有，更何論本朝事實。特怪當時士大夫，何方以類聚之多也！

【校記】

〔一〕生，抄本、蘇本、申一本同。申二本作「升」。

〔二〕疏，原作「法」，抄本、蘇本、申一本同。從申二本改。

〔三〕進城走，申二本作「走進城」。

〔四〕敞，原作「廠」，抄本、蘇本同。從申一、二本改。同一字，以下徑改不記。

〔五〕條，原作「調」，蘇本同。從抄本和申一、二本改。

〔六〕「方」下原衍「家」字，抄本、蘇本和申二本同，從申一本删。

〔七〕手，申一本作「尚」。

〔八〕撤，原作「撒」，抄本、蘇本同。從申一、二本改。同一誤字，以下徑改不記。

〔九〕與我，申一本作「我與」。

〔一〇〕取擾，申一本作「叨擾」。

〔一一〕弟站在，申二本作「小弟站立」。

〔一二〕你，申一、二本作「老」。

〔一三〕賞鑒，原作「賞監」，蘇本同。從抄本和申一、二本改。

〔一四〕小斯，原作「小使」，抄本、蘇本、申一本同。從申二本和下文一之。

〔一五〕象牙箸，原作「象箸」，抄本、蘇本、申一本同。從申二本補。

〔一六〕都也，申一本作「也都」。

〔一七〕「書辦」下申二本多「要」字。

〔一八〕擺死，申一本作「賜死」。

〔一九〕把，申一本作「將」。

〔二〇〕私，原缺，抄本、蘇本和申二本同。從申一本補。

〔二一〕竟，申二本無。

〔二二〕忿，原作「分」，抄本、蘇本和申一、二本均同。參齊本改。

〔二三〕盡，原作「極」，抄本、蘇本和申一、二本均同。參齊本改。

〔二四〕本回卧本有十段回評，抄本只有第六段。

第五回

王秀才議立偏房　嚴監生疾終正寢

話説衆回子因湯知縣枷死了老師夫，鬧將起來，將縣衙門圍的水泄不通，口口聲聲只要揪出張静齋來打死。知縣大驚，細細在衙門裏追問，纔曉得是門子透風。〇天二評：老爺受牛肉，門子亦可沾光，想來一力擔當，今爲張静齋決裂，安得不恨。此透風所自來。（天一評「自來」作「由來」）知縣道：「我至不濟，到底是一縣之主，〇黄評：爲何不濟猶自命一縣之主？他敢怎的我？設或鬧了進來，看見張世兄，就有些開交不得了。如今須是〔一〕設法先把張世兄弄出去，離了這個地方上纔好。」〇齊評：藉此免了秋風之費，真是靠百姓的福。忙喚了幾個心腹的衙役進來商議。幸得衙門後身〔二〕緊靠着北城，幾個衙役先溜到城外，用繩子把張、范二位繫了出去，換了藍布衣服、草帽、草鞋，尋一條小路，忙忙如喪家之狗，急急如漏網之魚，連夜找路回省城去了。〇天一、二評：此時不但范進，連張静齋都穿孝服了。便宜了湯知縣免送贐儀。〇童評：兩條光棍，繫出北城；四隻草鞋，奔向南海。秋風白打，誰憐范叔之寒；春月黃昏，空吃張公之酒。

這裏學師、典史，俱出來安民，説了許多好話，衆回子漸漸的散了。湯知縣把這情由細細寫了個禀帖，禀知按察司。○童評：如此一鬧，掩飾不來，勸你以後秋風客的話，休得輕聽。按察司行文書檄了知縣去。湯奉見了按察司，摘去紗帽，只管磕頭。○童評：昏暮乞憐，白日驕人，俗吏大底如斯，不獨湯奉爲然。按察司道：「論起來，這件事你湯老爺也忒孟浪了些，不過枷責就罷了，何必將牛肉堆在枷上？這個成何刑法？但此刁風也不可長。我這裏少不得拿幾個爲頭的來盡法處置，你且回衙門去辦事，凡事須要斟酌些，不可任性。」湯知縣又磕頭説道：「這事是卑職不是。蒙大老爺保全，真乃天地父母之恩，此後知過必改。但大老爺審斷明白了，這幾個爲頭的人還求大老爺發下卑縣發落，賞卑職一個臉面。」○齊評：官場臉面都是如此。按察司也應承了。知縣叩謝出來，回到高要。過了些時，果然把五個爲頭的回子問成奸民挾制官府，依律枷責，發來本縣發落。知縣看了來文，挂出牌去。次日早晨，大搖大擺出堂，將回子發落了。

正要退堂，見兩個人進來喊冤，○天一、二評：順手帶入，忽然合縫。知縣叫帶上來問。一個叫做王小二，是貢生嚴大位的緊鄰。○黃評：入嚴貢生事，無迹。○童評：此回由范進傳遞入嚴大位傳，中間夾叙嚴大育家一篇繪聲繪影之文。去年三月内，嚴貢生家一口纔過〔三〕下來的小猪走到他家去，他慌送回嚴家。嚴家説，猪到人家，再尋回來最不利市。押着出了八錢銀子把小猪就賣與他。這一口〔四〕猪在王家已養到一百多斤，不想錯走到嚴家去，嚴家把猪關了。小二的哥子王大走到嚴家討猪，嚴貢生説，猪本來是他的，○童評：叙明關猪情節，遥接嚴貢生在關帝廟對張、范二人説的這句話。「你要討猪，照時值估價，拿幾兩銀子來，領了猪去」。王大是個窮人，那有銀子？就同嚴家争吵了幾句，被嚴貢生幾個兒子，拿拴門的閂，趕〔五〕麵的杖，打了一個臭死，腿都打折了，睡在家裏。所以小二來喊冤。知縣喝過一邊，帶那一個上來問道：「你叫做甚麽名字？」那人是個五六十歲的老者，禀道：「小人叫做黄夢統，在鄉下住。因去年九月上縣來交錢糧，一時短少，央中向嚴鄉紳借二十兩銀子，每月三分錢，寫立借約送在嚴府，小的却不曾拿他的銀子。○黄評：不曾拿銀子，所以謂之「夢銃」。○天二評：又增一案作陪，以見嚴大在家無非騙詐鄉愚之事。○童評：添出黄夢統一事，可見嚴貢生倚勢欺人，劣迹甚多。走上街來，遇着個鄉里的親眷，説他有幾兩銀子借與小的，交個幾分數〔六〕，再下鄉去設法，勸小的不要借嚴家的銀子。○天二評：句中有眼，蓋嚴家銀子本不易借也。小的交完錢糧，就同親戚回家去了。至今已是大半年，○黄評：大半年纔想起，名副其實矣。想起這事，來問嚴府取回借約，嚴鄉紳問小的要這幾個月的利錢。小的説：『並不曾借本，何得有利？』嚴鄉紳說小的當時拿回借約，好讓他把銀子借與別人生利；因不曾取約，他將二十兩銀子也不能動，誤了大半年的利錢，該是小的出。小的自知不是，向中人說，情願買個蹄酒上門取約。嚴鄉紳執意不肯，把小的的驢和米同稍袋都叫人短了家去，還不發出紙來。這樣含冤負屈的事，求太老爺〔七〕做主！」

知縣聽了說道：「一個做貢生的人，忝列衣冠，不在鄉里間做些好事，只管如此騙人，其實可惡！」便將兩張狀子都批准，○齊評：原來湯父母竟不認得嚴鄉紳的。○天一、二評：「最好的相與」、「凡事心照」！原告在外伺候。早有人把這話報知嚴貢生。嚴貢生慌了，自心裏想：「這兩件事都是實的，倘若審斷起來，體面上須不好看。『三十六計走爲上計』，捲捲行李一溜烟走急〔八〕到省城去了。」○黃評：湯父母自然「心照」，何必走？○童評：嚴貢生騙人，原屬無理，尚能强詞奪理。即如說這口猪原是我家的，說不拿回借約，銀子不能動，誤了利錢等類。自以爲有理，擺出鄉紳架子來。忽聽得知縣罵他忝列衣冠，批准狀子，慌忙遁走，要顧全體面。此等人，還算不得十分惡賴。知縣准了狀子，發房出了差，來到嚴家，嚴貢生已是不在家了，只得去會嚴二老官。○黃評：借此出嚴監生。○齊評：從嚴老大過到老二，從老二過到二奶奶，聯接無痕。

二老官叫做嚴大育，字致和，他哥字致中，兩人是同胞弟兄，却在兩個宅裏住。

這嚴致和是個監生，家有十多萬銀子。嚴致和見差人來說了此事，他是個膽小有錢的人，見哥子又不在家，不敢輕慢，隨即留差人吃了酒飯，拿兩千錢打發去了，忙着小厮去請兩位舅爺來商議。○童評：越是膽小的人，越有人欺他；越是有錢的人，越有人詐他。有錢而膽小，欺他、詐他的越多。嚴監生遇着疑難之事，全仗兩位「錚錚有名」的舅兄爲之禦侮。

他兩個阿舅姓王，一個叫王德，是府學廩膳生員；一個叫王仁，是縣學廩膳生員。都做着極興頭的館，錚錚有名。聽見妹丈請，一齊走來。嚴致和把這件事從頭告訴一遍，「現今出了差票在此，怎樣料理？」王仁笑道：「你令兄平日常說同湯公相與的，怎的這一點事就唬走了？」○黄評：親戚亦如此說。○天二評：相與於無相與。○童評：王仁笑嚴貢生常說同湯公相與，可見大老官平日逢人便說這套話，說得口滑。不單在廟中騙張静齋、范舉人也。嚴致和道：「這話也說不盡了。只是家兄而今兩脚站開，差人却在我這裏吵鬧要人，我怎能丢了家裏的事出外去尋他？他也不肯回來。」○童評：此時嚴致和滿心着急，聽得王仁還講閑話，隨即撇開，只想去尋大老官，又怕他不肯回來，是老實人算計。王仁道：「各家門户，這事究竟也不與你相干。」○童評：王仁說太平話，是旁人不關痛癢神氣。王德道：「你有所不知。衙門裏的差人，因妹丈有碗飯吃，他們做事，只揀有頭髮的抓，若說不管，他就更要的人緊了。○齊評：這話亦是。如今有個道理，是『釜底抽薪』之法，只消央個人去把告狀的安撫住了，衆人遞個攔詞，便歇了。諒這也沒有多大的事。」○童評：王德之言，切中時弊，釜底抽薪，的是妙法。　王仁道：「不必又去央人，就是我們愚兄弟兩個去尋了王小二、黄夢統，到家替他分説開。把猪也還與王家，再折些須銀子給他養那打壞了的腿；黄家那借約，查了還他。一天的事都没有了。」○童評：王仁即便招攬過去，明知了結這件事，妹丈必有酬勞。　嚴致和道：「老舅怕不説的是〔九〕。只是我家嫂也是個糊塗人，幾個舍侄，就像生狼一般，一總也不聽教訓，他怎肯把這猪和借約拿出來？」○童評：老實人不會做事，聽説這件事該這樣做，便照着這樣去做，不知活變，必致礙手礙脚，依然做不成。王德道：「妹丈，這話也説不得了。假如你令嫂、令侄拗着，你認晦氣，再拿出幾兩銀子折個猪價，給了王姓的；○黄評：依舊要他出銀子，好大才，到底是廩生。○天二評：此亦勸人友悌之義，未嘗不是。○童評：王仁説的是王小二、黄夢統那邊的辦法，王德説的是嚴致和這邊的辦法。黄家的借約，我們中間人立個紙筆與他，説尋出作廢紙無用。這事纔得落臺，纔得個耳跟〔一〇〕清静。」○天一評：虧他有此經濟。　當下商議已定，一切辦的停妥，嚴二老官連在衙門使費共用去了十幾兩銀子，官司已了。○童評：官司完了，嚴二老官有游魚脱鈎之樂。

過了幾日，整治一席酒，請二位舅爺來致謝。兩個秀才拿班〔一一〕做勢，在館裏又不肯來。○天二評：何以拿班做勢，蓋所志不在酒席。○童評：非一席酒所可盡情。　嚴致和吩咐小厮去說：「奶奶這些時心裏有些不好，○黃評：借此帶出王氏有病。○齊評：遞入下文。○天一、二評：帶出王氏有病。○天一評：足見兄妹誼重。今日一者請吃酒，二者奶奶要同舅爺們談談。」○童評：就此點出王氏、小兒子、趙新娘三人來。二位聽見這話，方纔來。嚴致和即迎進廳上，吃過茶，叫小厮進去說了。丫鬟出來請二位舅爺。進到房内，抬頭看見他妹子王氏，面黃肌瘦，怯生生的，路也走不全，還在那裏自已裝瓜子、剥栗子，辦圍碟。○童評：病到這般地步，還要看不破，還要親自裝圍碟，活畫當家奶奶，平日做慣的，不動手便覺難過。見他哥哥進來，丢了過來拜見。奶媽抱着妾出的小兒子，○黃評：先出兒子，次出妾。年方三歲，帶着銀項圈，穿着紅衣服，來叫舅舅。二位吃了茶，一個丫鬟來說：「趙新娘進來〔二〕拜舅爺。」二位連忙道：「不勞罷。」坐下說了些家常話，又問妹子的病，「總是虛弱，該多用補藥。」說罷，前廳擺下酒席，讓了出去上席。

敘些閑話，又提〔三〕起嚴致中的話來。王仁笑着問王德道：「大哥，我倒不解，他家大老那宗筆下，怎得會補起廩來的？」○天二評：是時髦廩生口氣。○童評：王仁笑嚴老大那宗筆下，怎得會補廩？便是搖曳自家這宗筆下，應該考得起。若非弟兄二人俱是廩生，必不說這句話。王德道：「這是三十年前的話。那時宗師都是御史〔四〕出來，本是個吏員出身，○天一評：原來御史都是吏員出身。知道甚麽文章！」王仁道：「老大而今越發離奇了，我們至親一年中也要請他幾次，却從不曾見他家一杯酒。想起還是前年出貢豎旗杆，在他家擾過一席。」王德愁着眉道：「那時我不曾去。他爲出了一個貢，拉人出賀禮，把總甲、地方都派分子，縣裏狗腿差是不消説，弄了有一二百吊錢，還欠下厨子錢，屠户肉案子上的錢至今也不肯還，過兩個月在家吵一回，成甚麼模樣！」○黄評：嚴貢生爲人，借此細寫。○天二評：又補出嚴老大軼事。○童評：嚴老大不請人吃酒，只白吃人的酒。出貢豎棋（旗）杆，曾請過一回酒，還是白使人家錢辦的酒。聽二王説來，則是嚴老大從不肯破鈔請人吃酒矣。然而不然，我曾親眼看見嚴老大在關帝廟裏請人吃酒，只是不請賢昆仲吃酒耳。嚴致和道：「便是我也不好説。不瞞二位老舅，像我家還有幾畝薄田，日逐夫妻四口在家裏度日，猪肉也捨不得買一斤，每常小兒子要吃時，在熟切店内買四個錢的哄他就是了。○黄評：嚴監生又自寫照。○天一、二評：嚴老二又自爲寫照。○天一評：如此省儉，只算代老大做人家。○童評：越是富翁，越看得一錢如命，咬薑呷醋，克苦自己。一副窮骨頭，焉能消受得錦衣玉食。此是守錢虜通病，豈獨嚴監生爲然。家兄寸土也無，人口又多，過不得三天，一買就是五斤，還要白煮的稀爛，上頓吃完了，下頓又在門口賒魚。當初分家，也是一樣田地，白白都吃窮了。而今端〔一五〕了家裏花梨椅子，悄悄開了後門，換肉心包子吃。你説這事如何是好！」○黄評：大老官爲人又借二老官口中描摹一番，却不覺得自己慳吝亦説出，此省筆墨法。○童評：上頓吃了五斤肉，下頓又要賒魚，把家裏花梨椅子，開後門換肉心包子吃。老婆又糊塗，兒子像生狼，寫得嚴貢生家教如此。「忝列衣冠」四字，湯知縣罵得確極。二位哈哈大笑，笑罷說：「只管講這些混話，誤了我們吃酒。快取骰盆來。」當下取骰子送與大舅爺：「我們行狀元令。」兩位舅爺一個人行一個狀元令，每人中一回狀元吃一大杯。兩位就中了幾回狀元，吃了幾十杯。却又古怪：那骰子竟像知人事的，嚴監生一回狀元也不曾中。○黃評：伏後文。○童評：不行一回令，則此一席酒單說閑話矣。二位拍手大笑。吃到四更盡鼓〔一六〕，跌跌撞撞，扶了回去。

自此以後，王氏的病漸漸重將起來，○童評：接寫王氏病情。每日四五個醫生，用藥都是人參、附子，並不見效。看看卧床不起，生兒子的妾○童評：趙新娘也，在王氏眼中，只看見是「生兒子的妾」也。是妾也，萬不能圖妻位者也。妄而想圖妻位，爲其生兒子也。開手五個字，便把妻妾兩人心事，一齊寫出。在傍侍奉湯藥極其殷勤，看他病勢不好，夜晚時抱了孩子在床脚頭坐着哭泣。哭了幾回，那一夜道：「我而今〔一七〕只求菩薩把我帶了去，○黃評：那曉菩薩却帶了令郎去。○童評：妾圖妻位，却用逐層寫來。先寫侍奉湯藥極其殷勤，再寫坐在床頭哭泣幾回，再說「只求菩薩帶了我去」，又說「保佑大娘好了罷」，又說「我死了不值什麼，大娘不可有些長短」，又說「他爹少不得又娶個大娘」，又說「晚娘手裏孩子要吃苦」，又說「孩子不能長大，我也是個死數，不如早些替了大娘去」。如此做作，如此委婉，病人心中雖老大不然，亦不禁被他説軟。保佑大娘好了罷。」王氏道：「你又痴了，○黄評：他並不痴。○天一、二評：他並不痴。各人的壽數，那個是替得的？」趙氏道：「不是這樣説。我死了值得甚麽，大娘若有些長短，他爺少不得又娶個大娘。○童評：「大娘若有些長短，他爹少不得又娶個大娘」二語，最足動聽。王氏自知性命只在旦暮，此一席，不久即屬他人。與其讓與别人，還不如賣個人情，讓與生兒子的妾。一則孩子免得吃苦，再則他爹必然稱心。王氏口中，雖不答應，而其心中，已盤算過千回百轉矣。他爺四十多歲，只得這點骨血，再娶個大娘來，各養的各疼。自古説：『晚娘的拳頭，雲裏的日頭。』這孩子料想不能長大，我也是個死數，不如早些替了大娘去，還保得這孩子一命。」○天一、二評：其言甚巧。王氏聽了，也不答應。○黄評：王氏已會意矣。○天一、二評：心照不宣。（天一評批於「一命」下）趙氏含着眼淚，日逐煨藥煨粥，寸步不離。○黄評：用水磨工夫。

一晚，趙氏出去了一會，不見進來。王氏問丫鬟道：「趙家的○天一、二評：只「趙家的」三字，足知王氏與趙氏平日。○童評：不曰趙新娘，而曰趙家的，其平素面和心不和，開口即見。那〔八〕去了？」丫鬟道：「新娘每夜擺個香桌在天井裏哭求天地，他仍要替奶奶，保佑奶奶就好。今夜看見奶奶病重，所以早些出去拜求。」○黄評：此必趙氏所教。○天一評：

此趙氏所教也。○童評：又從丫鬟嘴裏，説新娘要替奶奶每夜焚香拜求，似乎趙氏真有此心。王氏聽了，似信不信。○童評：「王氏聽了，似信不信」，已是信了一半。故次日趙氏又哭着講這些話，王氏便吐出口風。次日晚間，趙氏又哭着講這些話。王氏道：「何不向你爺説，明日〔一九〕我若死了，就把你扶正做個填房。」○黄評：逼出此語，落得做好人。趙氏忙叫請爺進來，把奶奶的話説了。○齊評：可見得不了一聲。然王氏不言亦是如此做法，故云「隨你們怎樣做去」也。○天一評：無可奈何只得做好人。兔起鶻落不及再裝腔。○天二評：不敢請耳，固所願也。在王氏，此語是違心之論，不意其兔起鶻落，更無裝飾。自速其死。嚴致和聽不得這一聲〔二〇〕，連三〔二一〕説道：「既然如此，明日清早就要請二位舅爺説定此事，纔有憑據。」○黄評：趙氏不足道，嚴監生也聽不得一聲，是早有死王氏之心。王氏摇手道：「這個也隨你們怎樣做去。」○天二評：無可奈何，只得聽之。○童評：趙氏忙叫請爺進來，嚴二老官連忙要請二位舅爺來，是等不到奶奶死，就要扶正做填房了。「王氏摇手道：『這個也隨你們怎樣做去。』」好似做官的，新任已到，就要交卸，還捨不得把印送過去。

嚴致和就叫人極早去請了舅爺來，看了藥方，商議再請名醫。○黄評：即有名醫未必肯請。説罷，讓進房内坐着，嚴致和把王氏如此這般意思説了，又道：「老舅可親自問聲令妹。」兩人走到床前，王氏已是不能言語了，○齊評：有銀子在那裏説話，何消王氏自說。○天一評：可憐。○天二評：不病死多應悶死。把手指着孩子，點了一點頭。兩位舅爺看了，把臉本喪〔二二〕着，不則一聲。○黄評：是要銀子，須與後文「哭得眼紅紅的」對看方妙。○天二評：此處最難着筆。○童評：未見銀子是一副面孔，見了銀子又是一副面孔，不愧飽學秀才。須臾，讓到書房裏用飯，彼此不提這話。吃罷，又請到一間密屋裏。嚴致和說起王氏病重，吊下淚來道：「你令妹自到舍下二十年，真是弟的內助，如今丢了我，怎生是好！○童評：嚴二老官想做這件事，非自今日始。這般措詞，不知其幾經簡練，幾經揣摩，方能如此圓到。不然，老實人一時間，如何說得出？前日還向我說，岳父岳母的墳也要修理。他自己積的一點東西，留與二位老舅做個遺念。」○天一評：老二亦煞費苦心。○童評：監生要捐，監生娘子也要捐。他兩個必然臭味相同。因把小厮都叫出去，開了一張櫥〔二三〕，拿出兩封銀子來，每位〔二四〕一百兩，遞與二位：「老舅休嫌輕意。」二位雙手來接。○黄評：「雙手來接」，妹子賣去。嚴致和又道：「却是不可多心。將來要備〔二五〕祭桌，破費錢財，都是我這裏備齊，○黄評：祭桌都預備下了，不死如何消繳。○齊評：然則二老官以爲王氏必死矣，未免設心不佳。虧得有銀子做主，不然二王如何不回敬幾句。○天二評：人尚未死已想到備辦祭桌，可謂盡心焉耳矣。義夫！義夫！請老舅來行禮。明日還拿轎子接兩位舅奶奶來，令妹還有些首飾留爲遺念。」交畢，仍舊出來坐着。

外邊有人來候，嚴致和去陪客去了，○童評：有此一頓，然後裝出兩個賊形，造出一番鬼話，得神得勢，妙不可言。回來見二位舅爺哭得眼紅紅的。王仁道：「方纔同家兄在這裏説，舍妹真是女中丈夫，可謂王門有幸。○黄評：真是日日搗鬼，寫薄俗一至此哉！○天一、二評：臉也不本喪了，口也開了。○天二評：銀子寶貝哉！方纔這一番話，恐怕老妹丈胸中也没有這樣道理，還要恍恍忽忽疑惑不清，枉爲男子！」○齊評：却不道暗合道，妙。有甚疑惑。○天二評：這樣道理令妹丈胸中久有。萬分感激却又埋怨他，埋怨正深於感激。（天一評只有第一句，「久有」作「早已有了」）王德道：「你不知道，你這一位如夫人關係你家三代。○天二評：恐怕還關係王家三代。舍妹殁了，你若另娶一人，磨害〔二六〕死了我的外甥，老伯老伯母在天不安，就是先父母也不安了。」○齊評：總是銀子説話。王仁拍着桌子道：「我們念書的人全在綱常上做工夫，○黄評：罵殺罵殺，讀書人纔能在這樣事上做工夫。作者之筆厲害如此。○天一評：不意世間有如此血性男子，真正讀書人。就是做文章，代孔子説話，也不過是這個理。○齊評：好大口氣。○天二評：説的句句是。○童評：王仁拍着桌子説道：「我們念書的人，全在綱常上做工夫。就是做文章，代孔子説話，也不過是這個理。」旁人拍着桌子説道：「枉稱念書的人，全在荒唐上騙庸夫。就是寫遺囑，爲銀子説話，也不過是放個屁。」你若不依，我們就不上門了！」嚴致和道：「恐怕寒族多話。」兩位道：「有我兩人做主。但這事須要大做，○齊評：又有生法。妹丈，你再出幾兩銀子，明日只做我兩人出的，備十幾席，將三黨親都請到了，趁舍妹眼見，你兩口子同拜天地祖宗，立爲正室，誰人再敢放屁！」〇齊評：豈有此理！甚矣！銀子作用大也。〇天一評：難得賢昆同心仗義，成人之美，亦可謂「王門有幸」！〇天二評：索性討好，送佛送到西天。銀子寶貝哉！〇童評：嫡已死而庶作填房，猶可説也；妻尚在而妾先扶正，無是理也。雖怪嚴二老官糊塗，尤恨王家弟兄荒謬。嚴致和又拿出五十兩銀子來交與，二位義形於色去了。〇黄評：嫉世之深一至於此。然而太毒。〇天二評：妙！

過了三日，王德、王仁果然到嚴家來，寫了幾十副帖子，遍請諸親六眷，擇個吉期，親眷都到齊了，只有隔壁大老爹家五個親侄子一個也不到。〇天二評：微言。〇童評：若是嚴貢生在家，王德、王仁決不敢做這等事。即使要做這等事，亦必先買通大老官。衆人吃過早飯，先到王氏床面前寫立王氏遺囑。兩位舅爺王於據、王於依都畫了字。〇齊評，後來却一言不發。然則不過一廢紙耳！嚴監生戴着方巾，穿着青衫，披了紅綢；趙氏穿着大紅〔二七〕，戴了赤金冠子。〇天一評：「赤金冠子」伏根。兩人雙拜了天地，又拜了祖宗。〇黄評：忍哉，忍哉，忍哉！〇天一、二評：極力摹寫，甚於殺，甚於剮！〇童評：一個結髮妻在卧床上獨自發昏，而其夫公然青其衫而方其巾，其妾公然衣是紅而冠是金，在廳堂上雙拜天地先靈，遍請了六眷諸親，十多席酒吃到三更。赫赫廩生，錚錚有名，還替他做一篇告祖奇文。妹夫幹昏天黑地的事情，都虧兩個舅兄一力贊成。真是衣冠禽獸、混賬畜生。　王於依廣有才學，又替他做了一篇告祖先的文，甚是懇切。○黃評：何以立言？想廪生必能引經據典，但不知出於何經典耳。○童評：王於依告祖先的文，比魏好古薦亡的疏頭何如？告過祖宗，轉了下來，兩位舅爺叫丫鬟在房裏請出兩位舅奶奶來，夫妻四個，齊鋪鋪〔二八〕請妹夫、妹妹轉在大邊〔二九〕，磕下頭去，以敘姊妹之禮。○天一評：正是「綱常上做工夫」。　衆親眷都分了大小。便是管事的管家、家人、媳婦、丫鬟、使女，黑壓壓的〔三〇〕幾十個人，都來磕了主人、主母的頭。○天一評：有興。○童評：好鬧熱，好高興，居然妹丈妹子，居然主人主母。不知把一個未斷氣的病人置於何地？趙氏又獨自走進房內拜王氏做姐姐。○黃評：做得周到。○天一評：催死。○童評：趙氏真會裝腔，不過遮世人眼。那時王氏已發昏去了。○齊評：不發昏待怎地？○天二評：催命。

行禮已畢，大廳、二廳、書房、內堂屋，官客並堂客，共擺了二十多桌酒席。○黃評：早已死了，許多人只算來送殮。吃到三更時分，嚴監生正在大廳陪着客〔三一〕，奶媽慌忙走了出來説道：「奶奶斷了氣了！」○齊評：一定之理。嚴監生哭着走了進去，只見趙氏扶着床沿，一頭撞去，已經哭死了。衆人且扶着趙氏灌開水，撬開牙齒灌了下去，○黃評：必是一撬就開。○天一評：假死的要緊，真死的由他。恐其滿地打滚的哭。○天二評：假死的要緊，真死的由他。灌醒了時，披頭散〔三二〕髮，滿地打滚，哭的天昏地暗。○黃評：此哭只算是笑，陰謀深算，稱如意矣。連嚴監生也無可奈何。管家〔三三〕都在廳上，堂客〔三四〕都在堂屋候殮〔三五〕，只有兩個舅奶奶在房裏，乘着人亂，將些衣服、金珠、首飾，一擄精空，連趙氏方纔戴的赤金冠子滾在地下，也拾起來藏在懷裏。〇天一、二評：兩對舅爺、舅奶奶真是勁敵。〇童評：舅兄順水推船，舅嫂趁火打劫。嚴監生慌忙叫奶媽抱起哥子來，拿一搭麻替他披着。那時衣衾棺椁都是現成的，入過了殮，〇黃評：何不活裝在內，必待斷氣耶！天纔亮了。靈柩停在第二層中堂內，衆人進來參了靈，各自散了。次日送孝布，每家兩個。第三日成服，趙氏定要披麻戴孝，兩位舅爺斷然不肯，道：「『名不正則言不順』，你此刻是姊妹了，妹子替姐姐只帶一年孝，穿細布孝衫，用白布孝箍。」議禮已定，〇黃評：又能「議禮」，真飽學秀才。〇天二評：此真是綱常名教上做工夫的。曰「義形於色」，曰「議禮已定」，筆挾秋霜。（天一評首句作「此非綱常上做工夫的説不出」）〇童評：還要議什麽禮？可笑之至。報出喪去。自此，修齋、理七、開喪、出殯，用了四五千兩銀子，鬧了半年，不必細説。趙氏感激兩位舅爺入於骨髓，〇童評：趙氏感激兩位舅爺就是想吃他的骨髓，所以做這件没脊骨的事。田上收了新米，每家兩石；〇天二評：俗書「擔」字作「后」，因誤爲「石」。〇平步青評：「石」爲量名，十斗曰石。《漢書・食貨志》：「歲收畝一石半。」又，粗布皮革之數亦稱石。《唐書・張弘靖傳》：「汝等挽兩石弓。」又，水亦稱石。《水經注》：「河水濁，清澄一石水六斗泥。」又，酒亦稱石。《史記・滑稽列傳》：「一石亦醉。」又，衡名百二十斤爲石。《書》：「關石和鈞。」《月令》：「鈞衡石。」《漢書・律曆志》：「石者，大也，權之大者。」今越人亦呼十斗曰石。非「儋」（「擔」亦俗書）也。亦無「石」字。殆嘯山南匯人故。腌冬菜，每家也是兩石；火腿，每家四隻；鷄、鴨、小菜不算。○天一評：捐個妹子做。

不覺到了除夕，嚴監生拜過了天地祖宗，○天一、二評：天地祖宗喟然嘆息。收拾一席家宴，嚴監生同趙氏對坐，○黄評：居然「對坐」。奶媽帶着哥子坐在底下。吃了幾杯酒，嚴監生吊下淚來，○黄評：竟有淚耶。○天一評：此淚却是真淚。指着一張橱裏，向趙氏説道：「昨日典鋪内送來三百兩利錢，是你王氏姐姐的私房。每年臘月二十七八日送來，我就交與他，我也不管他在那裏用。今年又送這銀子來，可憐就没人接了！」○童評：想必嚴監生半年來，看得趙氏持家御下，不及王氏在日内助賢能。除夕家宴，少了一人，返念舊情，凄然淚下。不然，前年王家姐姐的私房，今年就可交與趙家妹子做私房，那怕没人接去？趙氏道：「你○天一、二評：此「你」字費了許多心思、許多錢鈔掙來的。也莫要説大娘的銀子没用處，我是看見的，想起一年到頭，逢時遇節，庵裏師姑送盒子，賣〔三六〕花婆换珠翠，彈三弦琵琶的女瞎子不離門，那一個不受他的恩惠？况他又心慈，○齊評：「心慈」者，喜施捨之别名，以好字眼爲浸潤之譖也。○天二評：從趙氏口中補出王氏平日。（天一評無「平日」二字）○童評：王氏死後，趙氏開談第一句話就是這種口氣。其平日待王氏的心胸，頓時畢露。見那些窮親戚，自己吃不成，也要把人吃，穿不成的，也要把人穿。這些銀子，够做甚麽！再有些也完了。倒是兩位舅爺從來不沾他分毫。依我的意思，這銀子也不費用〔三七〕掉了，到開年替奶奶大大的做幾回好事，剩下〔三八〕來的銀子，料想也不多，明年是科舉年，就是送與兩位舅爺做盤程，○天一評：應呼「姊姊」，説忙現了原形。死命的巴結兩位哥哥，然而無益。先伏「科舉」一筆。○天二評：死命的巴結二王，然而無益。「科舉」伏下。也是該的。」○黄評：可知無用。○童評：又代兩位舅爺表白，又替兩位舅爺生發。看得兩位舅爺，可作長城之靠。

嚴監生聽着他説。桌子底下一個猫就扒在他腿上，嚴監生一靴頭子踢開了。那猫唬的跑到裏房内去，跑上床頭，只聽得一聲大響，床頭上掉下一個東西來，○天一評：王氏陰靈若或使之。把地板上的酒罎子都打碎了。拿燭去看，原來那瘟猫把床頂上的板跳蹋一塊，上面吊下一個大篾簍子來。近前看時，只見一地黑棗子拌在酒裏，篾簍横睡着。兩個人纔扳〔三九〕過來，棗子底下，一封一封，桑皮紙包着。打開看時，共五百兩銀子。○童評：趙氏説大娘的銀子，再有些也用完了。偏偏大娘的銀子，還藏着許多。銀子藏在棗子裏，簍子藏在床頂上。不是簍子掉下來，别人如何得知道？不是瘟猫跳蹋板，簍子如何吊下來？不是桌底踢一脚，那猫如何跳上床？不是聽得大聲響，如何曉得酒罎碎？先見簍子，後見棗子，扳起簍子，露出銀子。只一銀子出現，遂層層順寫入去，不肯下一直筆。嚴監生嘆道：「我說他的銀子那裏就肯用完了！像這都是歷年聚積的，恐怕我有急事好拿出來用的。而今他往那裏去了！」○齊評：一語斷腸。一回哭着，叫人掃了地，把那個乾棗子裝了一盤，○則仙評：賴有此乾棗。同趙氏放在靈前桌上，伏着靈床子，又哭了一場。○黄評：此是真哭。○童評：認道王氏顯靈，特使白銀露迹。伏靈床而揮痛淚，借乾棗以慰幽魂。因此，新年不出去拜節，在家哽哽咽咽，不時哭泣，精神顛倒，恍惚不寧。○天二評：良心發現。然所以發現者，銀子之故。回過味來死期已定，所謂「哀莫大於心死」，嚴二之心死已久矣。（天一評「已定」作「已近」；「久矣」前無「已」）

過了燈節後就叫心口疼痛，初時撑着，每晚算賬直算到三更鼓，○則仙評：只怕三更後還有賬算。後來就漸漸飲食不進，骨瘦如柴，又捨不得銀子吃人參。趙氏勸他道：「你心裏不自在，這家務事就丢開了罷。」他說道：「我兒子又小，你叫我托那個？我在一日，少不得料理一日。」○齊評：世上人都只好如此。○童評：直如奉倩傷神，不比相如病渴。不想春氣漸深，肝木克了脾土，每日只吃兩碗米湯，卧床不起。及到天氣和暖，又强勉〔四〇〕進些飲食，掙起來家前屋後走走。挨過長夏，立秋以後病又重了。睡在床上，想着田上要收早稻，打發了管莊的僕人下鄉去，又不放心，心裏只是急躁。

○黃評：有錢人之苦。○童評：最堪憐看財奴這般苦惱，應知道財神爺自有權衡。那一日，早上吃過藥，聽着蕭蕭落葉打的窗子響，自覺得心裏虛怯，長嘆了一口氣，把臉朝床裏面睡下。○齊評：諸葛公五丈原亦不過如此。人生富貴英雄同歸於盡耳。○天一、二評：可憐！守錢虜收場大率如此。趙氏從房外同兩位舅爺進來問病，就辭别了到省城裏鄉試去。嚴監生叫丫鬟扶起來强勉坐着。王德、王仁道：「好幾日不曾看妹丈，原來又瘦了些，喜得精神還好。」○天一、二評：没氣力的話。嚴監生請他坐下，説了些恭喜的話，留在房裏吃點心，就講到除夕晚裏這一番話，叫趙氏拿出幾封銀子來，指着趙氏説道：「這倒是他的意思，説姐姐留下來的一點東西，送與二位老舅添着做恭喜的盤費。我這病勢沉重，將來二位回府不知可會的着了？我死之後，二位老舅照顧你外甥長大，○童評：這點東西是正室留下來的，這個意思是填房想出來的。要二位老舅，見兩個妹子之情，爲將來照顧外甥地步。教他讀讀書，掙着進個學，○黃評：進了學，也學舅舅爲人纔好。免得像我一生，終日受大房裏的氣！」○天一、二評：一句中包含無限。○童評：讀了書，巴得個歲貢，便爾揚眉吐氣。有了錢，捐得個監生，只好吞聲忍氣。自家一生受了大房裏的氣，無處可以出氣，惟有盼望兒子將來進個學，好替他争氣。二位接了銀子，每位懷裏帶着兩封，謝了又謝，又説了許多的安慰的話，作别去了。自此，嚴監生的病一日重似一日，再不回頭。諸親六眷都來問候。五個侄子穿梭的過來陪郎中弄藥。○黃評：此其時矣，正對前文一個不來。○天二評：與前文「一個不來」相對。（天一評「與」作「正對」；無末二字）○童評：趙新娘扶正，五個親侄子一個不到。嚴監生病重，五個侄子穿梭的過來，陪醫弄藥。無他，不過貪圖些別敬耳。没想頭，一個不到；有想頭，五個齊來。此等親侄子，何殊驀路人。到中秋已後，醫家都不下藥了。把管莊的家人都從鄉裏叫了上來。病重得一連三天不能説話。○黃評：是病人將斷氣時情景。晚間擠了一屋的人，桌上點着一盞燈。○童評：病已重到十分，晚間擠了一屋的人，桌上只點着一盞燈，已覺慘慘昏昏，無異青燐，却不道還從那一盞燈上生出奇文。嚴監生喉嚨裏痰響得一進一出，一聲不倒一聲的，總不得斷氣，○黃評：守財虜看榜樣呀。如此點醒痴迷，先生救世婆心如何。還把手從被單裏拿出來，伸着兩個指頭。○齊評：形容臨終，生出妙文，不免謔而虐矣。○天一、二評：寫守錢虜臨死光景，極情盡致。人知其駡世之口毒，而不知其醒世之意深也。大侄子走上前來問道：「二叔，你莫不是還有兩個親人不曾見面？」他就把頭摇了兩三摇。二侄子走上前來問道：「二叔，莫不是還有兩筆銀子在那裏，不曾吩咐明白？」他把兩眼睁的的溜圓，把頭又狠狠摇了幾摇，越發指得緊了。○黃評：此皆文章徧搒之法。奶媽抱着哥子插口道：「老爺想是因兩位舅爺不在跟前，故此記念。」○童評：大侄子道：「莫不是有兩個親人不曾見面？」二侄子道：「莫不是有兩筆銀子不曾分付？」奶媽子道：「想是因兩位舅爺不在跟前，故此記念。」三者所問不同，而各人有各人心意。他聽了這話，把眼閉着搖頭，○童評：把頭搖了搖者，曉得「親人」必是大老官也。把兩眼睁着恨恨的搖頭者，恨侄子要想他的銀子也。把眼閉着搖頭者，嘆兩位老舅從此永不見面也。人到將死時，口中雖不能言語，心中却尚有分寸。那手只是指着不動。趙氏慌忙揩揩眼淚走近上前道：「爺，别人都説的不相干，只有我曉得你的意思！」○童評：趙氏道：「只有我曉得你的意思。」是個知心着意的人，摸得着他的脾氣。只因這一句話，有分教：争田奪産，又從骨肉起戈矛；繼嗣延宗，齊向官司進詞訟。不知趙氏説出甚麽話來，且聽下回分解。

【總評】

卧評　此篇是從「功名富貴」四個字中偶然拈出一個「富」字，以描寫鄙夫小人之情狀。看財奴之吝嗇，葷飯秀才之巧黠〔四二〕，一一畫出，毛髮皆動，即令龍門執筆爲之，恐亦不能遠過乎此。

嚴大老官之爲人，都從二老官口中寫出，其舉家好吃，絶少家教，漫無成算，色色寫到，恰與二老官之爲人相反。然而大老官騙了一世的人，説了一生的謊，頗可消遣，未見其有一日之艱難困苦；二老官空擁十數萬家資，時時憂貧，日日怕事，並不見其受用一天。此造化之微權，不知作者從何窺破，乃能漏泄天機也。○黄評：妙批。

趙氏謀扶正之一席，想與二老官圖之久矣。在床脚頭哭泣數語，雖鐵石人不能不爲之打動，而王氏之心頭口頭，若老大不以爲然者。然文筆如蟻，能穿九曲之珠也。

王氏兄弟是一樣性情心術，細觀之，覺王仁之才又過乎王德。所謂識時務者呼爲俊杰也。未見遺念時「本喪着臉，不則一聲」，既見遺念時，「兩眼便哭的紅紅的」。因時制宜，毫髮不爽。想此輩必自以爲才情可以駕馭一切，習慣成自然了，不爲愧怍矣。

除夕家宴，忽然被猫跳翻篾簍，掉出銀子來，因而追念逝者，漸次成病，此亦柴米夫妻同甘共苦之真情。覺中庭取冷，遺挂猶存，未如此之可傷可感也。文章妙處真是在語言文字之外〔四二〕。

【校記】

〔一〕須是，申二本無。

〔二〕後身，申一本作「後面」。

〔三〕過，申一本作「生」，申二本作「養」。

〔四〕一口，抄本作「一日」。

〔五〕趕，申二本作「杆」。

〔六〕交個幾分數，申一本作「繳納倘缺少」。

〔七〕太老爺，蘇本和申一、二本作「大老爺」。

〔八〕走急，申二本作「急走」。

〔九〕怕不說的是，申一本作「怕說的不是」。

〔一〇〕耳跟，申二本作「耳跟前」。

〔一一〕拿班，申一本作「裝腔」。

〔一二〕進來，申二本無。

〔一三〕提，原作「題」，抄本、蘇本和申一、二本均同。參齊本改。

〔一四〕「御史」下申二本多「放」字。

〔一五〕端，申一本作「掇」。

〔一六〕盡鼓，申二本作「鼓盡」。

〔一七〕而今，原作「面今」，蘇本同。從抄本和申一、二本改。

〔一八〕那，申一、二本作「那裏」。

〔一九〕明日，申二本作「明白」。

〔二〇〕聽不得這一聲，申一本作「聽了這一聲話」。

〔二一〕連三，申二本作「連連」。

〔二二〕本喪，申二本作「木喪」，以下均同。

〔二三〕橱，原作「厨」，抄本、蘇本和申一、二本均同。從下文一之。

〔二四〕位，申二本作「封」。

〔二五〕要備，申一本作「備辦」。

〔二六〕磨害，抄本作「謀害」。

〔二七〕「大紅」下申一本多「襖」字。

〔二八〕齊鋪鋪，申一本作「一齊」。

〔二九〕大邊，申一、二本作「上邊」。

〔三〇〕黑壓壓的，申一本作「們共有」。

〔三一〕「陪着客」下申二本多「吃酒」二字。

〔三二〕散，原作「撒」，抄本、蘇本、申一本同。從申二本改。

〔三三〕管家，申一本作「親戚」。

〔三四〕堂客，申一本作「女客」。

〔三五〕殮，原作「斂」，抄本、蘇本、申一本同。從申二本改。同一誤字，以下徑改不記。

〔三六〕賣，原作「買」，抄本、蘇本和申一、二本均同。參齊本改。此二字屢混用，以下徑改不記。

〔三七〕費用，申一、二本作「用費」。

〔三八〕下，原缺，抄本、蘇本、申一本同。從申二本補。

〔三九〕扳，申一、二本作「搬」。

〔四〇〕强勉，申一、二本作「勉强」，本回下同。

〔四一〕巧點，原作「巧點」，蘇本和申一、二本同。從抄本改。

〔四二〕本回卧本有五段回評，抄本只有第一、四、五段。

第六回

鄉紳發病鬧船家　寡婦含冤控大伯

話説嚴監生臨死之時，伸着兩個指頭，總不肯斷氣。幾個侄兒和些家人都來訌亂着問，有説爲兩個人的，有説爲兩件事的，有説爲兩處田地的，紛紛不一；只管摇頭不是。趙氏分開衆人走上前道：「爺，只有我能知道你的心事。你是爲那燈盞裏點的是兩莖燈草，不放心，恐費了油。我如今挑掉一莖就是了。」○齊評：小可見大，即以燈草爲傳家之寶亦何不可。○天二評：如君真知心。説罷，忙走去挑掉一莖。衆人看嚴監生時，點一點頭，把手垂下，登時就没了氣。○黄評：世間實（有）此等人，休言刻毒。我服先生真寫得出。合家大小〔二〕號哭起來，準備入殮，將靈柩停在第三層中堂内。○童評：牢記着靈座上頭邊燈，切不可點兩莖燈草，恐惹鬼見愁。

次早着幾個家人小廝滿城去報喪。族長嚴振先領着合族一班人來吊孝，都留着吃酒飯，領了孝布回去。趙氏有個兄弟趙老二在米店裏做生意，侄子趙老漢在銀匠店扯銀爐，○童評：先點出族長嚴振先、兄弟趙老三、侄子趙老漢來。這時也公備個祭禮來上門。僧道挂起長旛，念經追薦。趙氏領着小兒子，早晚在柩前舉哀。夥計、僕從、丫鬟、養娘，人人挂孝。門口一片都是白。

看看鬧過頭七，王德、王仁科舉回來了，齊來吊孝，留着過了一日去。又過了三四日，嚴大老官也從省裏科舉了〔二〕回來。○童評：王德、王仁鄉試回來了，接寫嚴大老官也從省裏回來，使他三人在二老官家會面，同席吃酒，叙出一篇妙談。幾個兒子都在這邊喪堂裏，大老爹卸了行李，正和渾家坐着，打點拿水來洗臉，早見二房裏一個奶媽，領着一個小厮，手裏捧着端盒和一個氈包，走進來道：「二奶奶頂〔三〕上大老爹，知道大老爹來家了，熱孝在身，不好過來拜見。這兩套衣服和這銀子，是二爺臨終時説下的，送與大老爹做個遺念。就請大老爹過去。」嚴貢生打開看了，簇新的兩套緞子衣服，齊臻臻的二百兩銀子，滿心歡喜，○天一、二評：此謂親弟兄。○童評：兩套衣服、二百銀子，此時嚴大老官，欲壑已滿。隨向渾家封了八分銀子賞封，遞與奶媽，説道：「上覆二奶奶，○黄評：此時稱『二奶奶』。多謝，我即刻就過來。」打發奶媽和小厮去了，將衣裳和銀子收好，又細問渾家，知道和兒子們都得了他些别敬，這是單留與大老官的。問畢，换了孝巾，繫了一條白布的腰絰，走過那邊來。到柩前叫聲「老二」，乾號了幾聲，下了兩拜。○童評：與趙氏哭王氏一般，聊遮世人眼。趙氏穿着重孝出來拜謝，又叫兒子磕伯伯的頭，哭着説道：「我們苦命！他爺半路裏丢了去了，全靠大爺替我們做主！」嚴貢生道：「二奶奶○黄評：叫得響，銀子衣服之功不小。○天一評：稱「二奶奶」。○童評：對小使稱呼二奶奶，當着面亦稱呼二奶奶。趙氏扶正後，久矣夫二奶奶矣。今聽大老爹也叫他二奶奶，自然居之不疑。孰意後來局面一變，非但二奶奶要做不成，幾乎連趙新娘都做不成。此豈趙氏夢想所能逆料者哉？人生各禀的壽數。我老二已是歸天去了，你現今有恁個好兒子，慢慢的帶着他過活，焦怎的？」○黄評：此時却不焦。○童評：有兒子，焦怎的。此時大老官心中原無他意。趙氏又謝了，請在書房，擺飯請兩位舅爺來陪。

須臾，舅爺到了，作揖坐下。王德道：「令弟平日身體壯盛，怎麽忽然一病就不能起。我們至親的也不曾當面別一別，甚是慘然！」嚴貢生道：「豈但二位親翁，就是我們弟兄一場，臨危也不得見一面。但自古道：『公而忘私，國而忘家。』我們科場是朝廷大典，你我爲朝廷辦事，○黄評：所辦何事耶？就是不顧私親，也還覺得於心無愧。」○齊評：好鄉紳口氣。○天二評：正與二王、張静齋輩一鼻孔出氣。亦可云大義滅親。（天一評「張静齋」前多「及」字，後少「輩」字；無末句）王德道：「大先生在省將有大半年了？」嚴貢生道：「正是。因前任學臺周老師舉了弟的優行，○黄評：即周進也。又替弟考出了貢。他有個本家在這省裏住，○童評：一個山東人，一個廣東人，同姓就稱本家，是從五百年前算下來。是做過應天巢縣的，所以到省去會會他。不想一見如故，就留着住了幾個月，又要同我結親，再三把他第二個令愛許與二小兒子。」○黄評：此是真話。王仁道：「在省就住在他家的麽？」嚴貢生道：「住在張静齋家。他也是做過縣令，是湯父母的世侄。因在湯父母衙門裏同席吃酒認得○天二評：看書的却記得關王小二家猪的那一日在關帝廟裏三公同席。（天一評無開頭四字和末尾四字；「猪的」作「的猪」）○童評：在湯父母衙門裏與張静齋同席吃酒，這話瞞得王家弟兄，瞞不得讀者。相與起來。周親家家，就是静齋先生執柯作伐。」王仁道：「可是那年同一位姓范的孝廉同來的？」○天一評：補筆。嚴貢生道：「正是。」王仁遞個眼色與乃兄道：「大哥可記得？就是惹出回子那一番事來的了。」王德冷笑了一聲。○童評：衆回子要打死張師陸這件事，却瞞不得王家弟兄。

一會擺上酒來，吃着又談。王德道：「今歲湯父母不曾入簾？」王仁道：「大哥，你不知道麽？因湯父母前次入簾，都取中了些『陳猫古老鼠』的文章，○童評：有周學道的「陳猫古老鼠」，取中個「陳猫古老鼠」的老童生。有湯簾官的「陳猫古老鼠」，取中個「陳猫古老鼠」的窮秀才。王仁笑他們「陳猫古老鼠」，那中舉人的范進，果然是個「陳猫古老鼠」。考出貢的嚴大位，還不配算個「陳猫古老鼠」。不入時目，所以這次不曾來聘。今科十幾位簾官，都是少年進士，專取有才氣的文章。」嚴貢生道：「這倒不然。才氣也須是有法則，假若不照題位，亂寫些熱鬧話，難道也算有才氣不成？○齊評：這話倒不錯，所以二王不接口矣。就如我這周老師，極是法眼，取在一等前列都是有法則的老手，今科少不得還在這幾個人内中。」嚴貢生說此話，因他弟兄兩個在周宗師手裏都考的是二等。兩人聽這話心裏明白，不講考校的事了。酒席將闌，又談到前日這一場官事，○童評：王家弟兄吃了嚴老大的悶虧，自然要提起前番官事以報復之。「湯父母着實動怒，多虧令弟看的破，息下來了。」○天二評：亦因其自言相與湯父母，故意挑他痛處。「看的破」者，賠錢也。嚴貢生道：「這是亡弟不濟，若是我在家，○天二評：公何以不在家？和湯父母說了，把王小二、黄夢統這兩個奴才腿也砍折了！○黄評：實係老面皮。一個鄉紳人家由得百姓如此放肆！」王仁道：「凡事只是厚道些好。」○齊評：這話更不錯，所以嚴大不接口矣。嚴貢生把臉紅了一陣，○黄評：老面皮亦有時紅耶？○天二評：白吃他挑撥，又無可報復，臉之所以紅也。又彼此勸了幾杯酒。奶媽抱着哥子出來道：「奶奶叫問大老爹，二爺幾時開喪？又不知今年山向可利，祖塋裏可以葬得還是要尋地？費大老爹的心，同二位舅爺商議。」嚴貢生道：「你向奶奶說，我在家不多時耽擱，就要同二相公到省裏去周府招親，○天二評：也算是「公而忘私，國而忘家」。○童評：先點出二相公，先點出周府招親。你爺的事托在二位舅爺就是。祖塋葬不得，要另尋地，等我回來斟酌。」説罷，叫了擾，起身過去。二位也散了。

過了幾日，大老爹果然帶着第二個兒子往省裏去了。趙氏在家掌管家務，真個〔四〕是錢過北斗，米爛陳倉〔五〕，僮僕成群，牛馬成行，享福〔六〕度日。○天一評：興頭。不想皇天無眼，○黄評：費盡心機，其實快活，奈皇天無眼何。不祐善人，那小孩子出起天花來，發了一天熱，醫生來看，説是個險症，藥裏用了犀角、黄連、人牙，不能灌漿，把趙氏急的到處求神許願，都是無益。○天二評：不意神佛同王德、王仁一樣。○童評：看財奴如何享得福，必然福薄災生。到七日上，把個白白胖胖的孩子跑掉了。○童評：孩子跑掉了，趙氏倒運了。趙氏此番的哭泣，不但比不得哭大娘，並且比不得哭二爺，直哭得眼淚都哭不出來。○齊評：句有勾映。○天一評：可曾滿地打滾？整整的哭了三日三夜，打發孩子出去。叫家人請了兩位舅爺來商量，○童評：家事托二位舅爺就是，二奶奶遵大老爺爹的分付。要立大房裏第五個侄子承嗣。二位舅爺躊躇道：「這件事，我們做不得主。○齊評：來了。況且大先生又不在家，兒子是他的，須是要他自己情願，我們如何硬做主？」趙氏道：「哥哥，○黄評：少叫「哥哥」了。你妹夫有這幾兩銀子的家私，如今把個正經主兒去了，這些家人小廝都没個投奔，這立嗣的事是緩不得的。○齊評：趙氏頗有經緯，所以竟能與嚴老大打對。知道他伯伯幾時回來？間壁第五個侄子纔十一二歲，立過來，還怕我不會疼熱他、教導他？他伯、娘聽見這個話，恨不得雙手送過來，○黄評：不急不急。就是他伯伯回來也没得説，○齊評：到底婦人家眼光不亮。你做舅舅的人，怎的做不得主？」王德道：「也罷，我們過去替他説一説罷。」王仁道：「大哥，這是那裏話！宗嗣大事，我們外姓如何做得主？○黄評：王仁乖甚。如今姑奶奶若是急的狠，只好我弟兄兩人公寫一字，他這裏叫一個家人連夜到省裏請了大先生回來商議。」○天一評：畢竟小王有見識。王德道：「這話最好，料想大先生回來也没得説。」王仁摇着頭笑道：「大哥，這話也且再看，但是不得不如此做。」○黄評：刁猾。○天一評：小王頗刁。○童評：王仁見識高出王德之上，早料定嚴大先生回來，必另有主意。趙氏聽了這話，摸頭不着，只得依着言語，寫了一封字，遣家人來富連夜赴省接大老爹。

來富來到省城，問着大老爹的下處在高底街。到了寓處門口，只見四個戴紅黑帽子的，手裏拿着鞭子，站在門口：○黄評：奇。○天二評：醜態。唬了一跳，○童評：看見四個紅黑高帽，就唬了一跳。鄉里長工，未曾見過什(世)面。不敢進去。站了一會，看見跟大老爹的四斗子出來，纔叫他領了他進去。看見敞廳上中間擺着一乘彩轎，彩轎傍邊竪着一把遮陽，遮陽上貼着「即補縣正堂」。四斗子進去請了大老爹出來，頭戴紗帽，身穿圓領補服，脚下粉底皂靴。來富上前磕了頭，遞上書信。大老爹接着看了道：「我知道了。○黄評：早有主意。我家二相公恭喜，你且在這裏伺候。」來富下來，到厨房裏看見厨子在那裏辦席。新人房在樓上，張見擺的紅紅緑緑的，來富不敢上去。

直到日頭平西，不見一個吹手來。二相公戴着新方巾，披着紅，簪着花，前前後後走着着急，問吹手怎的不來。大老爹在廳上嚷成一片聲，叫四斗子快傳吹打的。○童評：二相公做新郎，前前後後走着發急。大老爹辦喜事，在廳上嚷成一片聲。可笑鄉紳人家，連一班吹手都叫不動。四斗子道：「今日是個好日子，八錢銀子一班叫吹手還叫不動，老爹給了他二錢四分低銀子，又還扣了他二分戥頭，又叫張府裏抑〔七〕着他來。他不知今日應承了幾家，他這個時候怎得來？」○齊評：妙語。大老爹發怒道：「放狗屁！快替我去！來遲了連你一頓嘴巴！」四斗子骨都着嘴，一路絮聒了出去，説道：「從早上到此刻，一碗飯也不給人吃，偏生有這些臭排場！」○齊評：的評。○天一評：許多裝腔做勢只「臭排場」三字盡之。○天二評：「臭排場」三字足概嚴大一生。説罷，去了。

直到上燈時候，連四斗子也不見回來，抬新人的轎夫和那些戴紅黑帽子的又催的狠，廳上的客説道：○童評：不夾寫廳上客勸解的話，竟似喜事人家只有父子二人矣。「也不必等吹手，吉時已到，且去迎親罷。」將掌扇掮起來，四個戴紅黑帽子的開道，來富跟着轎，一直來到周家。那周家敞廳甚大，雖然點着幾盞燈燭，天井裏却是不亮。這裏又没有個吹打的，只得四個戴紅黑帽子的，一遞一聲在黑天井裏喝道，喝個不了。○黃評：絶倒。來富看見，不好意思，○童評：一乘彩轎，一柄掌扇，四個紅黑帽子，一個跟班，黃昏黑暗裏，摸到女宅迎親。連鄉下長工，也覺得不好意思。叫他不要喝了。周家裏面有人吩咐道：「拜上嚴老爺，有吹打的就發轎，没吹打的不發轎。」正吵鬧着，四斗子領了兩個吹手趕來，一個吹簫，一個打鼓，在廳上滴滴打打的，總不成個腔調。○齊評：實在好聽。○天一評：正與四個喝道之聲相應和。○天二評：絶調。兩邊聽的人笑個不住。周家鬧了一會，没奈何，只得把新人轎發來了。○童評：有吹打就發轎，不吹打不發轎。一個簫，一個鼓，滴滴打打，總算是個吹手了。女家把轎發來了，新郎不必着急了。新人進門，不必細説。

過了十朝，叫來富同四斗子去寫了兩隻高要船。那船家就是高要縣的人，兩隻大船，銀十二兩，立契到高要付銀。○黃評：看官記着，要到高要方付銀。一隻裝的新郎、新娘，一隻嚴貢生自坐。擇了吉日，辭别親家，借了一副「巢縣正堂」的金字牌，一副「肅静」、「回避」的白粉牌，四根門槍，插在船上；又叫了一班吹手，開鑼掌傘，吹打上船。○童評：添了兩對硬牌、四根門鎗，開鑼掌扇，吹打上船，比迎親局面，顯焕多矣。船家十分畏懼，小心伏侍，一路無話。

那日將到了高要縣，不過二三十里路了，○黃評：此其時矣。○齊評：猛然想起一事來。嚴貢生坐在船上，忽然一時頭暈上來，兩眼昏花，口裏作惡心，噦〔八〕出許多清痰來。○黄評：「頭暈」「眼花」「惡心」不可考，「痰」却可考。來富同四斗子，一邊一個，架着膊子，只是要跌。嚴貢生口裏叫道：「不好！不好！」叫四斗子快丢了去燒起一壺開水來。四斗子把他放了睡下。一聲不倒一聲的哼。四斗子慌忙同船家燒了開水，拿進艙來。嚴貢生將鑰匙開了箱子，取出一方雲片糕來，約有十多片，一片一片剥着，○童評：做得出，裝得像。雲片糕鎖在箱子裏，將鑰匙開出來。鄭重其事，形容絶倒。吃了幾片，將肚子揉着，放了〔九〕兩個大屁，○黄評：屁亦可考，但何得如此現成。登時好了。○齊評：原來如此！○天一評：何處得來此急屁。○天二評：兩個大屁却來湊趣。剩下幾片雲片糕，擱在後鵝口板上，半日也不來查點。○童評：吃剩的糕，擱在後鵝口板上，半日不來查檢。妙。那掌舵駕長害饞癆，左手扶着舵，右手拈來，一片片的送在嘴裏了。○天一評：假使舵工不吃，不知嚴老大更有何術。嚴貢生只作不看見。○黄評：正要你吃。○童評：駕長吃糕，只作不看見，尤妙。

少刻，船攏了馬頭。嚴貢生叫來富着速叫他〔一〇〕兩乘轎子來，擺齊執事，將二相公同新娘先送了家裏去；又叫些馬頭上人來把箱籠都搬了上岸，把自己的行李也搬上了岸。船家水手都來討喜錢。嚴貢生轉身走進艙來，眼張失落的，四面看了一遭，問四斗子道：「我的藥往那裏去了？」○黄評：先說一「藥」字。○童評：摇船的討喜錢，坐艙的要查藥。半天做作，原來爲此。四斗子道：「何曾有甚藥？」嚴貢生道：「方纔我吃的不是藥？分明放在船板上的！」那掌舵的道：「想是剛纔船板上幾片雲片糕。那是老爺剩下不要的，小的大膽就吃了。」嚴貢生道：「吃了？好賤的雲片糕！你曉的我這裏頭是些甚麽東西？」○童評：先問一句，神氣十足。「你曉得我這裏頭是什麽東西？」應答之曰：「我那裏曉得狗肚裏的事情。」掌舵的道：「雲片糕無過是些瓜仁、核桃、洋糖、粉麵做成的了，有甚麽東西？」嚴貢生發怒道：「放你的狗屁！○黄評：他却没假屁。○齊評：你自己放屁，倒説别人放屁。我因素日有個暈病，費了幾百兩銀子合了這一料藥，是省裏張老爺在上黨做官帶了來的人參，周老爺○齊評：語語不離張老爺、周老爺，是胡屠户的口角，不知嚴貢老幾時學來的。在四川做官帶了來的黄連！○黄評：恰恰在這兩省做官，亦巧矣哉。○童評：上黨人參、四川黄連，已是貴品，況且做官的張老爺、周老爺任上帶來的。即使船家有錢，也賠不起。你這奴才！『猪八戒吃人參果，全不知滋味』！説的好容易，是雲片糕！方纔這幾片，不要説值幾十兩銀子，『半夜裏不見了槍頭子攮〔二〕到賊肚裏』，只是我將來再發了暈病却拿甚麽藥來醫？你這奴才，害我不淺！」叫四斗子開拜匣，寫帖子，「送這奴才到湯老爺衙裏去，先打他幾十板子再講！」掌舵的唬了，陪着笑臉道：「小的剛纔吃的甜甜的，○天一評：内中有黄連，應苦苦的。不知道是藥，只説是雲片糕。」嚴貢生道：「還説是雲片糕！再説雲片糕先打你幾個嘴巴！」○黃評：既諱言雲片糕，請問老爺，當叫甚麽？○齊評：此即後來告狀要正名分一樣道理。説着，已把帖子寫了遞給四斗子。

四斗子慌忙走上岸去，那些搬行李的人幫船上船家都慌了，一齊道：「嚴老爺，而今是他不是，不該錯吃了嚴老爺的藥。○童評：怕打嘴巴，連衆人都不敢提起「雲片糕」三字了。但他是個窮人，就是連船都賣了，也不能賠老爺這幾十兩銀子。若是送到縣裏，他那裏耽得住？如今只是求嚴老爺開恩，高抬貴手，恕過他罷。」嚴貢生越發惱得暴躁如雷。○童評：越攙越醉。搬行李的脚子走過幾個到船上來道：「這事原是你船上人不是，方纔若不如是着緊的問嚴老爺要喜錢、酒錢，嚴老爺已經上轎去了，○齊評：一語點醒，可見瞞不過旁人。○天一評：脚子是當地頭人，領略嚴老爺脾氣久矣。○天二評：嚴老爺意在賴船錢，非徒賴酒錢也。○童評：旁觀者清。都是你們攔住那嚴老爺，纔查到這個藥。○黃評：脚夫頗有微詞。如今自知理虧，還不過來向嚴老爺跟前磕頭討饒！難道你們不賠嚴老爺的藥，嚴老爺還有些貼與你〔二〕不成？」○黃評：難道還有船錢把與你不成？衆人一齊捺着掌舵的磕了幾個頭。嚴貢生轉彎道：「既然你衆人説，我又喜事匆匆，且放着這奴才，再和他慢慢算賬！不怕他飛上天去！」○黃評：他要同你算帳哩，你倒飛了去。○童評：就此收篷，脱身得快。罵畢，揚長上了轎，行李和小厮跟着，一哄去了。

船家眼睁睁看着他走去了。○齊評：丞相非在夢中，君自在夢中耳。○童評：以雲片糕抵喜錢、酒錢，大是便宜。以人參、黄連抵喜錢、酒錢，又算吃虧。費了幾片雲片糕，省了若干喜酒錢，回家大可買肉心包子吃。想府上花梨椅子，早已换完矣。

嚴貢生回家，忙領了兒子和媳婦拜家堂，又忙的請奶奶來一同受拜。他渾家正在房裏抬東抬西，鬧得亂哄哄的。嚴貢生走來道：「你忙甚麽？」他渾家道：「你難道不知道家裏房子窄鱉鱉的，○則仙評：既是分家時一樣田地房子，何逼窄如此？統共只得這一間上房，媳婦新新的，又是大家子姑娘，○童評：新新的媳婦，是大家子姑娘，阿婆那得不另眼相看。你不挪與他住？」嚴貢生道：「呸！我早已打算定了，要你瞎忙！○黄評：在省裏看完信時已打算定了。○天一評：自省城回來，在船中打算停當。○天二評：船中早已算到。○童評：只一「呸」字，胸有成竹。二房裏高房大厦的，不好住？」他渾家道：「他有房子，爲甚的與你的兒子住？」嚴貢生道：「他二房無子，不要立嗣的？」渾家道：「這不成，他要繼我們第五個哩。」○黄評：渾家太老實。嚴貢生道：「這都由他麽？他算是個甚麽東西！○黄評：不是「二奶奶」了。○童評：對船家説：「你曉得是什麽東西？」對渾家説：「他算是個什麽東西？」大約扶正的二奶奶，與代藥的雲片糕，差仿不多。我替二房立嗣，與他甚麽相干？」他渾家聽了這話，正摸不着頭腦，○齊評：與趙氏聽了二王寫信的話摸不着頭腦對照。然而嚴大奶奶斷不及二奶奶。只見趙氏着人來說：「二奶奶○黃評：還稱「二奶奶」。○天一評：是二奶奶呀！聽見大老爹回家，叫請大老爹說話，我們二位舅老爺也在那邊。」嚴貢生便走過來，見了王德、王仁，「之乎也者」了一頓，便叫過幾個管事家人來吩咐：「將正宅打掃出來，明日二相公同二娘來住。」趙氏聽得，還認他把第二個兒子來過繼，便請舅爺，說道：「哥哥，○黃評：不要叫「哥哥」了。大爺方纔怎樣說？媳婦過來，自然在後一層，我照常住在前面，○天一評：做夢。纔好早晚照顧，怎倒叫我搬到那邊去？媳婦住着正屋，婆婆倒住着廂房，○黃評：猶自居婆婆。天地世間也沒有這個道理！」○童評：大房裏新娶來的媳婦，大奶奶是正經婆婆，尚且要讓上房與他住。二房裏過繼來的媳婦，二奶奶是西貝婆婆，如何不讓正屋與他住？趙氏還要講甚道理？豈非睡在夢裏？王仁道：「你且不要慌，隨他說着，自然有個商議。」○黃評：此時即有銀子亦無用矣。○齊評：王仁已明白了。說罷走出去了。彼此談了兩句淡〔一三〕話，又吃了一杯茶。王家小廝走來說：「同學朋友候着作文會。」二位作別去了。○黃評：先安排下了，所以纔來的。寫出人情之惡之巧。○天一、二評：事忙不及議禮。○童評：同學朋友會文，如何這般湊巧？王家小廝來請，明是預先約好。

嚴貢生送了回來，拉一把椅子坐下，將十幾個管事的家人都叫了來，吩咐道：「我家二相公明日過來承繼了，是你們的新主人，須要小心伺候。趙新娘○天一評：趙新娘了。是没有兒女的，二相公只認得他是父妾，○黃評：二字早想定了。他也没有還占着正屋的，吩咐你們媳婦子把群屋打掃兩間，替他搬過東西去，騰出正屋來，好讓二相公歇宿，彼此也要避個嫌疑。二相公稱呼他『新娘』，他叫二相公、二娘是『二爺』、『二奶奶』。再過幾日二娘來了，是趙新娘先過來拜見，然後二相公過去作揖。我們鄉紳人家，這些大禮都是差錯不得的。○黃評：正名定分，到底是「鄉紳人家」不錯。○齊評：「鄉紳」二字，如拳不離手，曲不離口。○天一評：此番吩咐亦是在船中先打算的。你們各人管的田房、利息賬目，都連夜攢造清完，先送與我逐細看過，好交與二相公查點，比不得二老爹在日，小老婆當家，憑着你們這些奴才朦朧作弊！此後若有一點欺隱，我把你這些奴才，三十板一個，還要送到湯老爺衙門裏追工本飯米哩！」○童評：鄉紳人家，這些大禮，是差錯不得的。田房利息，許多帳目，是欺隱不得的。各宜凜遵，毋違特諭。衆人應諾下去，大老爹過那邊去了。

這些家人、媳婦領了大老爹的言語，來催趙氏搬房，被趙氏一頓臭駡，又不敢就搬。平日嫌趙氏裝尊，作威作福，這時偏要領了一班人來房裏説：○齊評：世情實是如此。「大老爹吩咐的話，我們怎敢違拗？他到底是個正經主子。他若認真動了氣，我們怎樣了得？」○黃評：難受難受。○童評：必然之勢，莫怪奴才仗着正經主人之勢。當嘆自家失了正經主兒之勢。趙氏號天大哭，哭了又罵，罵了又哭，足足鬧了一夜。○天一評：趙新娘亦頗潑悍。○天二評：婦人本事不過如此。次日，一乘轎子抬到縣門口，正值湯知縣坐早堂，就喊了冤。○童評：趙氏此時已知兩位舅爺是靠不住的了，只得自家出頭，喊冤告狀。知縣叫補進詞來，次日發出：「仰族親處覆。」

趙氏備了幾席酒，請來家裏。族長嚴振先乃城中十二都的鄉約，平日最怕的是嚴大老官，今雖坐在這裏，只說道：「我雖是族長，但這事以親房爲主，老爺批處，我也只好拿這話回老爺。」○黄評：天下怕事族長大半如此。那兩位舅爺王德、王仁，坐着就像泥塑木雕的一般，總不置一個可否。○黄評：好「哥哥」。○天一評：「綱常上做工夫」的人不肯輕出議論。○天二評：綱常名教上做工夫的人不管閑事。那開米店的趙老二、扯銀爐的趙老漢，本來上不得臺盤，纔要開口說話，被嚴貢生睁開眼睛，喝了一聲，又不敢言語了。兩個人自心裏也裁劃道：「姑奶奶平日只敬重的王家哥兒兩個，把我們不偢不倸〔一四〕，我們没來由，今日爲他得罪嚴老大，『老虎頭上撲蒼蠅』怎的？落得做好好先生。」○齊評：自是必然之勢。把個趙氏在屏風後急得像熱鍋上螞蟻一般，見衆人都不說話，自己隔着屏風請教大爺，數說這些從前已往的話。數了又哭，哭了又數，捶胸跌脚，號做一片。○童評：縣批仰族親處覆。嚴振先是「族」，王家弟兄、趙家叔侄是「親」。當十二都鄉約的族長，平日最怕嚴大老官，只推親房爲主。開米店、扯銀爐的趙老二、趙老漢，上不得臺盤，開口就被喝住。煌煌廪膳生員，向來隨機應變、足智多謀的兩位舅爺，此刻就像泥塑木雕，總不置一個可否。趙氏見此情形，能不在屏風後急得大哭大喊也哉？嚴貢生聽着不耐煩，道：「像這潑婦，真是小家子出身，○黄評：爲何從前叫他「二奶奶」。我們鄉紳人家，那有這樣規矩！不要惱犯了我的性子，揪着頭髮臭打一頓，登時叫媒人來領出發嫁！」○天二評：此又失鄉紳體面。趙氏越發哭喊起來，喊的半天雲裏都聽見，要奔出來揪他，撕他，○黄評：真是潑婦。○天一評：當云要奔出與他拚命。是幾個家人媳婦勸住了。衆人見不是事，也把嚴貢生扯了回去。當下各自散了。○童評：不勸住，不扯回，鬧到何時得了？　把親族請來，是一件大正經；看親族散去，是一場没結果。

次日商議寫覆呈，王德、王仁説：「身在黌宫，片紙不入公門。」○黄評：也早已打算了，真好秀才。○齊評：好貨。○天二評：守本分好秀才呀！（天一評開頭多「真是」；無末字）不肯列名。嚴振先只得混賬覆了幾句話，○童評：諸親既然理處不清，族長只得混覆幾句。説：「趙氏本是妾，扶正也是有的；○齊評：虧得這句，到底是王舅爺「大做」之力。據〔一五〕嚴貢生説與律例不合，不肯叫兒子認做母親，也是有的。總候太老爺天斷。」〔一六〕○黄評：天下族長大半如是。那湯知縣也是妾生的兒子，見了覆呈道：「『律設大法，理順人情』，這貢生也忒多事了！」就批了個極長的批語，説：「趙氏既扶過正，不應只管説是妾。如嚴貢生不願將兒子承繼，聽趙氏自行揀擇，立賢立愛可也。」〇天一評：湯父母「是最好的相與」，自然「萬事心照」。〇天二評：湯父母不「心照」。嚴貢生看了這批，那頭上的火直冒了有十幾丈，隨即寫呈到府裏去告。府尊也是有妾的，看着覺得多事，「仰高要縣查案。」知縣查上案去，批了個「如詳繳」。〇童評：知縣是妾生的，就爲顧着做妾的一邊，批聽趙氏自行擇繼。知府是有妾的，亦爲顧着做妾的一邊，仰縣查案，批個如詳繳。遇着這兩位官長，也是趙二奶奶的運氣。嚴貢生更急了，到省赴按察司〔一七〕一狀，司批：「細故赴府縣控理。」〇黄評：借狀子不准，以便使嚴老大進京。嚴貢生没法了，回不得頭，想道：「周學道是親家一族，〇黄評：借此復遞到范進。趕到京裏，求了周學道在部裏告下狀來，務必要正名分！」〇童評：按察司不理呈詞，道是細故。嚴貢生要正名分，借作大題。冒認姻親，投奔國子監，預備告狀，來到北京城。只因這一去，有分教：多年名宿，今番又掇高科；英俊少年，一舉便登上第。不知嚴貢生告狀得准否，且聽下回分解。

【總評】

卧評　此篇是放筆寫嚴大老官〔一八〕之可惡，然行文有次第，有先後，如源泉盈科，放乎四海，雖支分派別，而脈絡分明；非猶俗筆稗官，凡寫一可惡之人，便欲打，欲罵，欲殺，欲割，惟恐人不惡之，而究竟所記之事皆在情理之外，並不能行之於當世者。此古人所謂「畫鬼怪易，畫人物難」，世間惟最平實而爲萬目所共見者，爲最難得其神似也。○黄評：知言。○天一評：此論頗確。

省中鄉試回來，看見兩套衣服、二百兩銀子，滿心歡喜，一口一聲稱呼「二奶奶」，蓋此時大老意中之所求不過如此，既已心滿志得，又何求乎？以此寫晚近之人情，乃刻棘刻楮手段。如謂此時大老胸中已算定要白占二奶奶家產，不惟世上無此事，亦無此情。○黄評：在俗筆必如此做矣。要知嚴老大不過一混賬人耳，豈必便是毒蛇猛獸耶？

嚴老大〔一九〕筆下必定乾枯，二王筆下必定雜亂。三人同席談論時，針鋒相對，句句不放過，真是好看殺。

嚴老大一生所説之話大概皆謊也，然其中亦有一二句是真的。就如静齋作伐之説雖不可信，周家結親之事則真。惟有船上發病一事，則至今無有人能辨其真僞者。○天一評：惟有放屁是真的。至於雲片糕之非藥，則不獨駕長知之，脚子知之，四斗子知之，即閲者亦知之也；何也？以其中斷斷不得有人參、黄連也。

趙氏自以爲得托於二王，平生之泰山也，孰知一到認真時，毫末靠不得。天下惟此等人最多，而此等人又自以爲奸巧得計。故余之惡王於依〔二〇〕更甚於惡嚴老大。○天一、二評：

我亦云然。

嚴老大一生離離奇奇，却頗有名士風味。○黄評：此批不合，如此混帳哪得以名士例之？即曰譏之，亦不合也。時時刻刻説他是個鄉紳，究竟歲貢生能有多大？時時刻刻説他相與湯父母，究竟湯公並不認得他！似此一副老面皮，也虧他磨練得出。○天二評：然則要做名士，必須預備一副老面皮。

許多可笑可厭的事：如叫吹手，擺紅黑帽，帖「即補縣正堂」等件，却從四斗子口中以「臭排場」三字結之，文筆真有通身筋節〔二〕。

【校記】

〔一〕小，原作「口」，蘇本、申一本同。從抄本和申二本改。

〔二〕科舉了，申一、二本作「科了舉」。

〔三〕頂，抄本、蘇本同。申一、二本作「拜」。

〔四〕個，原作「過」，蘇本同。從抄本和申一、二本改。此二字屢混用，以下徑改不記。

〔五〕陳倉，原作「成倉」，抄本、蘇本、申一本同。從申二本改。

〔六〕享福，原作「享服」，蘇本同。申一、二本作「舒服」。從抄本改。

〔七〕抑，抄本、申一本作「押」。

〔八〕嘁，申一、二本作「嘔」。

〔九〕了，原作「子」，抄本、蘇本同。從申一、二本改。同一誤字，以下徑改不記。

〔一〇〕着速叫他，申一、二本作「着他速叫」。

〔一一〕攮，蘇本作「攄」，申一、二本作「戮」。

〔一二〕你，申二本作「你們」。

〔一三〕淡，抄本和申二本無。申一本作「閑」。

〔一四〕不俅不倸，原作「不俅不採」，抄本、蘇本、申一本同。申二本作「不瞅不採」。參齊本改。

〔一五〕的攄，申一、二本作「攄的」。

〔一六〕天斷，申一、二本作「判斷」。

〔一七〕按察司，原作「案察司」，抄本、蘇本同。從申一、二本改。

〔一八〕大老官，原作「老大官」，抄本、蘇本和申二本同。從申一本改。

〔一九〕嚴老大，原作「老嚴」，抄本、蘇本、申一本同。從上下文和申二本改。

〔二〇〕「王於依」下申一本多「弟兄」二字。

〔二一〕本回卧本有七段回評，抄本缺第六段。

第七回

范學道視學報師恩　王員外立朝敦友誼

話説嚴貢生因立嗣興訟，府、縣都告輸了，司裏又不理，只得飛奔到京〔一〕，想冒認周學臺的親戚，到部裏告狀。一直來到京師，周學道已升做國子監司業了。大着膽，竟寫一個「眷姻晚生」的帖，門上去投。長班傳進帖，周司業心裏疑惑，並没有這個親戚。○天一評：可知全没相干。正在沉吟，長班又送進一個手本，光頭名字，没有稱呼，上面寫着「范進」。○天一評：借此遞入范進，靈敏之極。○童評：此回卷首，寫嚴大位傳已畢，仍接入范進傳。從范進傳遞入荀玫傳。卷尾由荀玫傳遞入王惠傳。周司業知道是廣東拔取的，如今中了，來京會試，便叫快請進來。范進進來，口稱恩師，叩謝不已。周司業雙手扶起，讓他坐下，開口就問：○齊評：傳神。「賢契同鄉，有個甚麽姓嚴的貢生麽？他方纔拿姻家帖子來拜學生，長班問他，説是廣東人，學生却不曾有這門親戚。」范進道：「方纔門人見過，他是高要縣人，○天二評：范進曾在關帝廟裏擾過的，嚴老大竟失於連絡，由不知其進學時有此一段淵源也。（天一評「曾」作「是」；「帝」作「王」；「淵源」作「因由」）同敝處周老先生是親戚，只不知老師可是一家？」周司業道：「雖是同姓，却不曾序過，這等看起來，不相干了。」即傳長班進來吩咐道：「你去向那嚴貢生説，衙門有公事，不便請見，尊帖也帶了回去罷。」○黄評：就此了却嚴貢生，藉范進遞到王惠。○齊評：見雖不見，而親家則認定矣。○童評：硬拉來的親戚，到底不相干，碰了個釘子去。長班應諾回去了。

周司業然後與范舉人話舊道〔二〕：「學生前科看廣東榜，知道賢契高發，滿望來京相晤，不想何以遲至今科？」○童評：一登龍門，聲價十倍。范進把丁母憂的事説了一遍，周司業不勝嘆息，説道：「賢契績學有素，雖然耽遲幾年，這次南宮一定入選。況學生已把你的大名常在當道大老面前薦揚，人人都欲致之門下。你只在寓静坐，揣摩精熟。若有些須缺少費用，學生這裏還可相幫。」○童評：周進升了司業，與做學道時氣概，又不相同。范進道：「門生終身皆頂戴老師高厚栽培。」又説了許多話，留着吃了飯，相别去了。

會試已畢，范進果然中了進士。授職部屬，考選御史。數年之後，欽點山東學道，○童評：范進也中進士，也授部屬，也選御史，也點學道，與周進一筆不换，算是衣缽相傳。命下之日，范學道即來叩見周司業。周司業道：「山東雖是我故鄉，我却也没有甚事相煩，只心裏記得訓蒙的時候，鄉下有個學生叫做荀玫，○童評：記得荀玫，只怕還記得王舉人的夢。那時纔得七歲，這又過了十多年，想也長成人了。他是個務農的人家，不知可讀得成書，若是還在應考，賢契留意看看，果有一綫之明，推情拔了他，也了我一番心願。」○黄評：不忘饅頭、麵筋之餽，多情多情。范進聽了，專記在心，去往〔三〕山東到任。考事行了大半年，纔按臨兖州府，生童共是三棚，就把這件事忘懷〔四〕了。直到第二日要發童生案，頭一晚纔想起來，説道：「你看我辦的是甚麽事！○黄評：此却是辦的朝廷事，偏又私而忘公了。老師托我汶上縣荀玫，我怎麽並不照應？大意極了！」○齊評：自責極妙，儼然貴人多忘事矣。慌忙先在生員等第卷子内一查，全然没有。隨即在各幕客房裏把童生落卷取來，對着名字、坐號，一個一個的細查，查遍了六百多卷子，並不見有個荀玫的卷子。○童評：專記在心之事，臨時却又忘了，要發童生案，方纔想起來。先查生員卷子，再查童生落卷，忙了一黄昏，依然没影響。難道點名時，眼睛是瞎的？學道心裏煩悶道：「難道他不曾考？」又慮着：「若是有在裏面，我查不到，將來怎樣見老師？還要細查，就是明日不出案也罷。」一會同幕客們吃酒，心裏只將這件事委決不下。衆幕賓也替疑猜不定。内中一個少年幕客蘧景玉○黄評：將欲遞到王惠、二婁，即伏一蘧景玉。○天一評：趁勢插入蘧景玉、牛布衣，草蛇灰綫。○童評：點出蘧景玉、牛布衣來。説道：「老先生這件事倒合了一件故事。數年前有一位老先生點了四川學差，在何景明先生寓處吃酒，景明先生醉後大聲道：『四川如蘇軾的文章，是該考六等的了。』這位老先生記在心裏，到後典了三年學差回來，再會見何老先生，說：『學生在四川三年，到處細查，並不見蘇軾來考，想是臨場規避了。』」說罷將袖子掩了口笑。○黄評：談笑蘊藉，是嘉興朋友。○則仙評：蘧公子口吻輕薄。○童評：説笑話，反道是件故事；聽笑話，認真是件故事。一賓一主，乖的忒乖，呆的忒呆，相形之下，好看煞人。 又道：「不知這荀玫是貴老師怎麽樣向老先生說的？」范學道是個老實人，○黄評：爲之回護，妙。也不曉得他說的是笑話，只愁着眉道：「蘇軾既文章不好，查不着也罷了，○黄評：老師不喜「雜覽」，休怪他不知蘇軾。○齊評：足見忠厚之至。○天一、二評：若説蘇東坡或者曾聞人説過。蓋當時《古文觀止》未出，故不及今人之博。○平步青評：蘇軾一條，本《書影》汪道昆事。○童評：連東坡先生都不曉得，確是周簣軒的得意門生，不談雜學的。這荀玫是老師要提拔的人，查不着不好意思的。」○童評：不如此描寫，幾令讀者忘却范進從前無限呆氣。 一個年老的幕客牛布衣○黄評：又伏牛布衣。○天二評：出牛布衣。道：「是汶上縣？何不在已取中入學的十幾卷内查一查？或者文字好，前日已取了也不可知。」○黄評：是老幕友見識。 學道道：「有理，有理。」忙把已取的十幾卷取來〔五〕對一對號簿，頭一卷就是荀玫。○天二評：足見荀玫非僥倖。 學道看罷，不覺喜逐顔開，一天愁都没有了。○天一評：此可報效老師矣。

次早發出案來，傳齊生童發落。先是生員。一等、二等、三等都發落過了；傳進四等來，汶上縣學四等第一名上來是梅玖，○齊評：久別了。○童評：梅玖出醜了，是刻薄周進的報應。跪着閲過卷，學道作色道：「做秀才的人，文章是本業，怎麽荒謬到這樣地步！平日不守本分，多事可知！本該考居極等〔六〕，姑且從寬，取過戒飭來，照例責罰！」梅玖告道：「生員那一日有病，故此文字糊塗，求大老爺格外開恩！」學道道：「朝廷功令，本道也做不得主。左右，將他扯上凳去，照例責罰！」說着，學裏面一個門斗已將他拖在凳上。梅玖急了，哀告道：「大老爺！看生員的先生面上開恩罷！」○齊評：急智。梅三相究竟不凡。○天一、二評：梅三相此番出醜，虧得周長兄救急。○天二評：此未必曉得周、范淵源，只是情急亂喊耳。學道道：「你先生是那一個？」梅玖道：「現任國子監司業周蕢軒先生諱進的，便是生員的業師。」范學道道：「你原來是我周老師的門生。也罷，權且免打。」○黄評：不意「小友」能救「老友」屁股。○童評：朝廷的功令，學道也做不得主，定須戒飭。老師的門生，學道就可用得情，權且免打。不道朝廷法度，但念老師私恩，這般混沌宗師，那得振興學校？門斗把他放起來，上來跪下，學道吩咐道：「你既出周老師門下，更該用心讀書。像你做出這樣文章，豈不有玷門牆桃李？此後須要洗心改過。本道來科考時，訪知你若再如此，斷不能恕了！」喝聲：「趕將出去！」○齊評：恭喜，恭喜！

傳進新進儒童來。到汶上縣，頭一名點着荀玫，人叢裏一個清秀少年上來接卷，學道問道：「你知〔七〕方纔這梅玖是同門麽？」荀玫不懂這句話，答應不出來。○黄評：虧得不懂，否則梅三相要補打。○童評：荀玫如何懂得，自然不能登答。學道又道：「你可是周蕢軒老師的門生？」荀玫道：「這是童生開蒙的師父。」學道道：「是了，本道也在周老師門下。因出京之時，老師吩咐來查你卷子，不想暗中摸索，你已經取在第一，○天二評：老實。若在他人必要鋪排一番大人情矣。○童評：學憲高坐堂皇，於闔郡生童鏘鏘蹌蹌時，竟敢説出老師京中囑托的話，不怕外人物議，實屬心粗膽大。爲朝廷辦事，不知公而忘私，國而忘家。范學道的見識，又在嚴貢生之下。似這少年才俊，不枉了老師一番栽培，此後用心讀書，頗可上進。」○齊評：是學道聲口。荀玫跪下謝了。候衆人閲過卷，鼓吹送了出去，學道退堂掩門。

荀玫纔走出來，恰好遇着梅玖還站在轅門外。○黄評：猶站在轅門外，此等老面皮直與嚴大老官抗衡。荀玫忍不住問道：「梅先生，你幾時從過我們周先生讀書？」梅玖道：「你後生家那裏知道？想着我從先生時，你還不曾出世！先生那日在城裏教書，教的都是縣門口房科家的館，後來下鄉來，你們上學，我已是進過了○齊評：闊哉！○天一評：已做老友了。○童評：梅三相觀音庵陪周先生吃酒那天，荀玫還不曾上學，可以瞞得他過。所以你不曉得。先生最喜歡我的○黄評：先生却是「小友」。○童評：梅三相考列四等，還敢大言不慚。這副老面皮，不知他如何磨煉出來？與嚴大老官實堪伯仲。說是我的文章有才氣，就是有些不合規矩，方纔學臺批我的卷子上也是這話，可見會看文章的都是這個講究，一絲也不得差。○齊評：抑揚盡致，梅三相如此文才，考居四等，竟是有屈。你可知道，學臺何難把俺考在三等中間，只是不得發落，不能見面了，特地把我考在這名次，以便當堂發落，說出周先生的話，明賣個情。○黄評：虧他說得出，亦虧作者寫出，然世上正有此等人，莫嫌其寫得過分。所以把你進個案首，也是爲此。俺們做文章的人，凡事要看出人的細心，不可忽略過了。」○齊評：如此說來原是一個根上生的瓜。真是茄蔓牽到扁豆藤。○天二評：一番敷衍正與嚴老大述湯父母相與遥遥相對。（天一評開頭多「這」字；「老大」作「貢生」）兩人說着閑話，到了下處。次日送過宗師，雇牲口一同回汶上縣薛家集。

此時荀老爹已經没了，只有母親在堂。荀玫拜見母親，母親歡喜道：「自你爹去世，年歲不好，家裏田地漸漸也花費了，而今得你進個學，將來可以教書過日子。」申祥甫也老了，○黄評：不脱申祥甫。拄〔八〕着拐杖來賀喜，就同梅三相商議，集上約會分子，替荀玫賀學，湊了二三十吊錢。荀家管待衆人，就借這觀音庵裏擺酒。○童評：觀音庵以開學擺酒起，以賀學擺酒結，仍是申祥甫領頭，仍是老和尚接待，仍有梅三相周旋其間，少了個荀老爹，添了個荀小相。惟簣軒先生，留得個長生禄位。

那日早晨，梅玖、荀玫先到，和尚接着。兩人先拜了佛，同和尚施禮。和尚道：「恭喜荀小相公，而今掙了這一頂頭巾，不枉了荀老爹一生忠厚，做多少佛面上的事，○天一評：布施炒菜油想也不少。○童評：和尚還記念着荀老爹，年三十晚上送五十斤燈油來，叨光炒菜吃的時節。廣積陰功。那咱〔九〕你在這裏上學時還小哩，頭上扎着抓角兒。」○童評：頭上扎着抓角兒，是王舉人看見小學生送仿紙來批的模樣，爲影射下文王惠會同年，非寫和尚説老話也。又指與二位道：「這裏不是周大老爺的長生牌？」二人看時，一張供桌，香爐、燭臺，供着個金字牌位，上寫道：「賜進士出身，廣東提學御史，今升國子監司業周大老爺長生禄位。」○黄評：不必有功德於民，徒以其司業耳。○天二評：薛家集村野地方亦有此趨風之事，豈王惠所興頭耶？○童評：周進昏頭昏腦掃鷄骨頭、瓜子殼時，不想有今日之下。左邊一行小字寫着：「公諱進，字蕢軒，邑人。」右邊一行〔一〇〕小字：「薛家集里人、觀音庵僧人同供奉。」兩人見是老師的位，恭恭敬敬同拜了幾拜。○黄評：當「慢慢站起來」時，斷不料要下拜，然和尚得無齒冷。○齊評：居然老師矣。○童評：當年初會黑瘦老童生，作個揖，尚且弄嘴弄舌。今朝對着金字木牌位，拜幾拜，還要必恭必敬。梅三相，何前倨而後恭也？又同和尚走到後邊屋裏周先生當年設帳的所在，見兩扇門開着，臨了水次，○童評：後門開着，臨了水次，恍然王舉人避雨泊船時。那對過河灘塌了幾尺，這邊長出些來。○黄評：隨手寫景都妙。○天一、二評：語有包含。看那三間屋，用蘆席隔着，而今不做學堂了。○童評：而今不做學堂了，與原來是個學堂對看。左邊一間，住着一個江西先生，門上貼着「江右陳和甫仙乩神數」。○黄評：又伏陳和甫。○天二評：伏筆。○童評：點出陳和甫，爲後文扶乩伏筆。那江西先生不在家，房門關着，只有堂屋中間牆上還是周先生寫的聯對，紅紙都久已貼白了，○黄評：更妙。○童評：一副對聯，已貼白了，恍然周先生教導蠢牛時。上面十個字是：「正身以俟時，守己而律物。」○黄評：是老童生手筆。○童評：撰出聯句，見得周先生老當益壯、窮且益堅，其胸中抱負，本是不凡。梅玖指着向和尚道：「還是周大老爺的親筆，你不該貼在這裏，拿些水噴了，揭下來，裱一裱收着纔是。」○齊評：如此門生，真不負老師。○天二評：周長兄直如此尊重。和尚應諾，連忙用水〔二〕揭下。弄了一會，申祥甫領着衆人到齊了，吃了一日酒纔散。○黄評：寫鄉村人情總不脱「勢利」二字。

荀家把這幾十吊錢贖了幾票當，買了幾石米，剩下的留與荀玫做鄉試盤費。○黄評：親切而細。○天二評：可憐。次年録科，又取了第一。果然英雄出於少年，到省試，高高中了。○天一評：首富已中落如此，抓角兒能用功發迹，詎非荀老爹忠厚之報！○童評：有周進，龍頭屬老成；有荀玫，英雄出少年。顧家席上，點的這本戲，却爲他師生二人發兆。忙到布政司衙門裏領了杯、盤、衣帽、旗匾、盤程，匆匆進京會試，又中了第三名進士。

明朝的體統：舉人報中了進士，即刻在下處擺起公座來升座，長班參堂磕頭。○齊評：而今舉人年老或不能遠出者，與老秀才何異？或以「舉人」二字對「廢物」，可稱絕對。○童評：寓次擺起公座，長班參堂叩喜。明朝進士，體統尊貴。周進、范進中進士時，俱未及寫，於此補出。這日正磕着頭，外邊傳呼接帖，説：「同年同鄉王老爺來拜。」○黃評：王舉人也。○天二評：來了。又與范進中舉人相似。荀進士叫長班抬開公座，自己迎了出去。只見王惠鬚髮皓白，○天二評：王公別來無恙。走進門，一把拉着手説道：「年長兄，我同你是『天作之合』，不比尋常同年弟兄。」兩人平磕了頭，坐着，就説起昔年這一夢，○黃評：「夢做不得準」。○童評：王惠之夢，至此始驗。當年説起來，還道是一場笑話；今日想起來，並不是一場春夢。「可見你我都是天榜有名，○齊評：這張天榜還不及末回之榜，你們二位都不能列入的。將來『同寅協恭』，多少事業都要同做。」○黃評：從賊、貪贓，便是「事業」。○天二評：將謂如此。荀玫自小也依稀記得聽見過這句話，只是記不清了，○童評：依稀記得同學孩子，都趕着他叫荀進士，各家父兄，説荀老爹是老封翁。今日聽他説來，方纔明白，因説道：「小弟年幼，叨幸年老先生榜末，又是同鄉，諸事全望指教。」王進士道：「這下處是年長兄自己賃的？」荀進士道：「正是。」王進士道：「這甚窄，况且離朝綱又遠，這裏住着不便。不瞞年長兄説，弟還有一碗飯吃，京裏房子也是我自己買的，年長兄竟搬到我那裏去住，○童評：王惠勸荀玫移寓，與張静齋請范進搬家，似同實異。將來殿試，一切事都便宜些。」説罷，又坐了一會，去了。次日竟叫人來把荀進士的行李搬在江米巷自己下處同住。傳臚那日，荀玫殿在二甲，王惠殿在三甲，都授了工部主事。俸滿，一齊轉了員外。

一日，兩位正在寓處閑坐，只見長班傳進一個紅全帖來，上寫「晚生陳禮頓首拜」。○天二評：來了。全帖裏面夾着一個單帖，上寫着：「江西南昌縣陳禮，字和甫，素善仙乩〔一二〕神數，曾在汶上縣薛家集觀音庵内行道。」○童評：陳和甫借脚上階頭，仍以觀音庵作綫。王員外道：「長兄，這人你認得麽？」荀員外道：「是有這個人。他請仙判的〔一三〕最妙，何不唤他進來請仙，問問功名的事？」忙叫：「請。」只見那陳和甫走了進來，頭戴瓦楞帽，身穿繭綢直裰，腰繫絲縧，花白鬍鬚，約有五十多歲光景。見了二位，躬身唱諾，説：「請二位老先生臺座，好讓山人拜見。」○齊評：妙哉山人。二人再三謙讓，同他行了禮，讓他首位坐下。荀員外道：「向日道兄在敝鄉觀音庵時，弟却無緣，不曾會見。」陳禮躬身道：「那日晚生曉得老先生到庵，因前三日純陽老祖師降壇，乩上寫着這日午時三刻有一位貴人來到，○黄評：純陽祖師却管這樣閑事。妙在凡人算定總是午時三刻。〇天二評：天榜有名之人，純陽老祖師自當久慕。那時老先生尚不曾高發，天機不可泄漏，所以晚生就預先回避了。」〇天一評：江湖術士聲口宛然。〇童評：那日是他偶然鎖門出游，就藉此誇張他乩仙神數，預先回避貴人。恭維得不着痕迹，活畫江湖術士。王員外道：「道兄請仙之法，是何人傳授？還是專請純陽祖師，還是各位仙人都可啓請？」陳禮道：「各位仙人都可請，就是帝王、師相、聖賢、豪傑，都可啓請。不瞞二位老先生說，晚生數十年以來，並不在江湖上行道，總在王爺府裏和諸部院大老爺衙門交往。〇齊評：山人脚色必須自述一番。〇童評：既然數十年來，總在王爺府裏，和諸部院大老爺衙門交往，並不在江湖上行道，何以又在薛家集觀音庵裏作寓？門上貼着招紙，難道也是純陽老祖師乩上判出來，教你跑到汶上縣去的？切記先帝弘治十三年，晚生在工部大堂劉大老爺家扶乩，〇黄評：又確是京師行道人聲口。劉大老爺因李夢陽老爺參張國舅的事下獄，請仙問其吉凶，那知乩上就降下周公老祖來，〇黄評：周公也愛管閑事，更奇；「老祖」，又奇。〇天一、二評：「周公老祖」四字甚新。却憶琵琶譜曲上有「文王先生」四字，可爲的對。〇天一評：咸豐庚申，張堰乩壇軒轅黄帝降筆，則「周公老祖」未足爲奇。批了『七日來復』四個大字。到七日上，李老爺果然奉旨出獄，只罰了三個月的俸。後來李老爺又約晚生去扶乩，那乩半日也不得動，後來忽然大動起來，寫了一首詩，後來兩句說道：『夢到江南省宗廟，不知誰是舊京人？』那些看的老爺都不知道是誰，只有李老爺懂得詩詞，連忙焚了香，伏在地下，敬問是那一位君王。那乩又如飛的寫了幾個字道：『朕乃建文皇帝是也。』○童評：忽爾純陽祖師，忽爾周公老祖，忽爾建文皇帝，隨口亂説，有何對證？衆位都嚇的跪在地下朝拜了。所以晚生説是帝王、聖賢都是請得來的。」王員外道：「道兄如此高明，不知我們終身官爵的事可斷得出來？」陳禮道：「怎麽斷不出來？凡人富貴窮通、貧賤壽夭，都從乩上判下來，無不奇驗。」兩位見他説得熱鬧，○齊評：此是九流三教最要緊的訣法。便道：「我兩人要請教，問一問升遷的事。」那陳禮道：「老爺請焚起香來。」二位道：「且慢，候吃過便飯。」

當下留着吃了飯，叫長班到他下處把沙盤、乩筆都取了來，擺下。陳禮道：「二位老爺自己默祝。」二位祝罷，將乩筆安好。陳禮又自己拜了，燒了一道降壇的符，便請二位老爺兩邊扶着乩筆，又念了一遍咒語，燒了一道啓請的符，只見那乩漸漸動起來了。那陳禮叫長班斟了一杯茶，雙手捧着，跪獻上去，那乩筆先畫了幾個圈子，○童評：請二位自己默祝，便請二位扶着乩筆。陳和甫只管燒符念咒，並不動手相幫。迨到獻上香茶，乩即畫圈寫字，兩員外親目所睹，能不毛骨聳然？便不動了；陳禮又焚了一道符，叫衆人都息静。長班、家人站在外邊去了。又過了一頓飯時，那乩扶得動了，寫出四個大字：「王公聽判。」○黄評：關帝亦稱之「王公」，其可敬如此。○天二評：與夢中紗帽紅袍金帶的人一樣稱呼。關帝亦稱「王公」，可知做神道也要謙恭，不可口輕。（天一評無首句；「關帝亦」作「竟」）○則仙評：與「王公請起」相應。○童評：曩時鄉試，耳聞得號簾外，説道「王公請起」。此際請仙，眼見得沙盤中，寫出「王公聽判」。一曰王公，再曰王公，前後稱呼不改，只怕托名伏魔大帝的，就是那個紗帽紅袍的。何方靈鬼，休咎先知。王員外慌忙丢了乩筆，下來拜了四拜，問道：「不知大仙尊姓大名？」問罷又去扶乩。那乩旋轉如飛，寫下一行道：「吾乃伏魔大帝關聖帝君是也。」○黄評：自稱如此。陳禮嚇得在下面磕頭如搗蒜，○齊評：如畫。説道：「今日二位老爺心誠，請得夫子降壇，這是輕易不得的事！總是二位老爺大福。須要十分誠敬，若有些須怠慢，山人就擔戴不起！」○黄評：做得像，不由不信。○童評：説得鄭重其事，順帶着稱贊二位心誠，恭維二位福大。道是山人擔戴不起，顯係老爺怠慢不得。二位也覺悚然，毛髮皆竪，丢着乩筆，下來又拜了四拜，再上去扶。陳禮道：「且住。沙盤小，恐怕夫子指示言語多，寫不下，且拿一副紙筆來，待山人在傍記下同看。」於是拿了一副紙筆，遞與陳禮在傍鈔寫，兩位仍舊扶着。那乩運筆如飛，寫道：

羨爾功名夏后，○童評：明白了頭一句，後來自然句句明白。應驗了頭一句，後來自然句句應驗。乩仙從不誤人，天機不可泄露。一枝高折鮮紅。○童評：第二句是承上文中進士，殿在三甲而言。大江烟浪杳無踪，兩日黄堂坐擁。只道驊騮開道，原來天府夔龍。琴瑟琵琶路上逢，一盞醇醪心痛！

寫畢，又判出五個大字：「調寄《西江月》。」○黄評：絶倒，令人噴飯。○天一評：紂王在女媧廟能題七律詩，無怪伏魔大帝能填《西江月》也。三個人都不解其意。王員外道：「只有頭一句明白。『功名夏后』，是『夏后氏五十而貢』，我恰是五十歲登科的，這句驗了。此下的話全然不解。」陳禮道：「夫子是從不誤人的，老爺收着，後日必有神驗。況這詩上説『天府夔龍』，○童評：「功名夏后」，明白是五十而貢，是句歇後語，料想那個紗帽紅袍的，必定是歇後鄭五。他是前朝的宰相，必定應驗到「天府夔龍」上來。想是老爺升任直到宰相之職。」○齊評：痴心妄想！王員外被他説破，也覺得心裏歡喜。説罷，荀員外下來拜了，求夫子判斷。那乩筆半日不動，求的急了，運筆判下一個「服」字。陳禮把沙攤平了求判，又判了一個「服」字。一連平了三回沙，判了三個「服」字，再不動了。陳禮道：「想是夫子龍駕已經回天，不可再褻瀆了。」又焚了一道退送的符，○童評：連判三個服字，陳禮覺得不好，從旁解説一句，連忙焚符送退。將乩筆、香爐、沙盤撤去，重新坐下。二位官府封了五錢銀子，又寫了一封薦書，薦在那新升通政司范大人家。○黄評：借了范進。○天二評：范進已升通政司了。補筆省便。○童評：五錢銀子，似乎太菲；一封薦書，聊以盡情。又映帶到范通政，用筆周密。陳山人拜謝去了。

到晚，長班進來說：「荀老爺家有人到。」只見荀家家人挂着一身的孝，飛跑進來，磕了頭，跪着禀道：「家裏老太太已於前月二十一日歸天。」荀員外聽了這話哭倒在地。王員外扶了半日，救醒轉來，就要到堂上遞呈丁憂。○黄評：此時尚有天良，生被王惠教壞了。○天一、二評：荀玫初念不誤，全被王惠教壞。王員外道：「年長兄，這事且再商議。○齊評：王老先生老成歷練，纔有此等妙見。○天二評：奇。亦與張靜齋之教范進同，所謂有經有權。現今考選科、道在即，你我的資格，都是有指望的。若是報明了丁憂家去，再遲三年，如何了得？不如且將這事瞞下，候考選過了再處。」○童評：聞訃丁憂，一定之理。爲要考選科道，竟敢匿喪不報。目今官場中，未始無此等事，不免有此等人。荀員外道：「年老先生極是相愛之意，但這件事恐瞞不下。」王員外道：「快吩咐來的家人把孝服作速換了，這事不許通知外面人知道，明早我自有道理。」○黄評：何苦陷人於不孝，此從賊之根。一宿無話。

次日清早，請了吏部掌案的金東崖來商議○黄評：帶出金東崖。金東崖道：「做官的人匿喪的事是行不得的，只可說是能員，要留部在任守制，這個不妨。但須是大人們保舉，我們無從用力。若是發來部議，我自然效勞，是不消說了。」○童評：點出金東崖，的真部辦口氣，與他商量公事，總能想出法子。辦得到，與他有益；辦不到，與他無損。兩位重托了金東崖去。到晚，荀員外自換了青衣小帽，悄悄去求周司業、范通政兩位老師，求個保舉，兩位都說：「可以酌量而行。」〇天二評：奇。〇童評：一個官司業，一個官通政。一個受業師，一個受知師。雖有照拂私心，然而攸關大節，應該正言教訓，催他星夜奔喪，奈何不斥其非，反道可以商酌。周、范二公，抑何可笑！

又過了兩三日，都回覆了來，說：「官小，與奪情之例不合。這奪情須是宰輔或九卿班上的官，倒是外官在邊疆重地的亦可。若工部員外是個閑曹，不便保舉奪情。」〇天二評：若准奪情則關夫子不靈，陳和甫不准矣。荀員外只得遞呈丁憂。〇黄評：「只得」二字，寫殺。〇童評：至此方纔心死。王員外道：「年長兄，你此番喪葬需費，你又是個寒士，如何支持得來？況我看見你不喜理這煩劇的事，怎生是好？如今也罷，我也告一個假，同你回去，喪葬之費數百金，也在我家裏替你應用，這事纔好。」〇黄評：所謂「敦友誼」也。〇童評：王惠老奸巨猾，荀玫少不更事，一筆寫出兩人。一個是能員，一個是庸吏，然而王惠待荀玫這番情意，自是難得。荀員外道：「我是該的了，爲何因我又誤了年老先生的考選？」王員外道：「考選還在明年，〇齊評：原來如此。你要等除服，所以擔誤，我這告假，多則半年，少只三個月，還趕的着。」

當下荀員外拗不過，只得聽他告了假，一同來家，替太夫人治喪。一連開了七日吊，司、道、府、縣，都來吊紙〔一四〕。此時哄動薛家集，百十里路外的人，男男女女，都來看荀老爺家的喪事。集上申祥甫已是死了，○黄評：仍不脱申祥甫。他兒子申文卿襲了丈人夏總甲的缺，拿手本來磕頭，看門效力。○天二評：一樣抓角兒上學，乃一龍一豬。然則夏總甲亦已死矣。○童評：了結申祥甫，帶點申文卿。此即集上商量請先生時，衆人所稱申老爹的令郎、夏老爹的令婿者是也，與荀玫一同上學。昔日曾共筆硯，斯時判若雲泥。整整〔一五〕鬧了兩個月，喪事已畢。王員外共借了上千兩的銀子與荀家，○齊評：王惠待友頗厚，所以得蘧公孫贈銀之報。作辭回京。荀員外送出境外，謝了又謝。王員外一路無話，到京纔開了假，早見長班領着一個報録的人進來叩喜。不因這一報，有分教：貞臣良佐，忽爲悖逆之人；郡守部曹，竟作逋逃之客。未知所報王員外是何喜事，且聽下回分解。

【總評】

卧評　此篇文字分爲三段。第一段是梅三相考四等，令閲者快然浮一大白。然三相既考四等之後，口若懸河，刮刮而談，仍是老友口聲氣息，恬不爲恥，世上固不少此老面皮之人。吾想梅三相與嚴大老官是一類人物，假使三相出了歲貢，必時時自稱爲鄉紳，與知縣爲密邇至交；大老官考了四等，必仍然自詡爲老友，説學臺爲有意賣情也。○黄評：妙批。

陳和甫請仙爲第二段。寫山人便活畫出山人的口聲氣息，荒荒唐唐，似真似假，稱謂離奇，滿口嚼舌。最可笑是關帝亦能作《西江月》詞，略有識見者必不肯信，而王、荀二公乃至悚然毛髮皆竪；寫無識見的人，便能寫出其人之骨髓也。

荀員外報丁憂是第三段。嗚呼！天下豈有報丁憂而可以「且再商議」者乎？妙在謀之於部書，而部書另自有法；謀之於老師，而老師「酌量而行」；迨至萬無法想，然後只得遞呈。當其時舉世不以爲非，而標目方且以「敦友誼」三字許王員外。然則作者亦胸懷貿貿竟不知此輩之不容於聖王之世乎？曰：奚而不知也！此正古人所謂直書其事，不加論斷，而是非立見者也。

閱薛家集一段文字，不禁廢書而嘆曰：嗟乎！寒士伏首授書，窮年矻矻，名姓不登於賢書，足迹不出於里巷，揶揄而訕笑之者比比皆是；一旦奮翼青雲，置身通顯，故鄉之人雖有尸而祝之者而彼不聞不見也。夫竭一生之精力以求功名富貴，及身入其中，而世情嶮巇，宦海風波，方且刻無寧晷。香山詩云：「賓客歡娛童僕飽，始知官宦爲他人。」究竟何爲也哉〔一六〕！

天二評 張靜齋之於范進，不過爲「敝世叔在高要」耳。王惠之於荀玫，直因天榜作合，認爲宿緣；詎知後來一爲從逆，一爲贓私，幾陷大辟，收場亦相似。天榜之示豈偶然哉！（天一評「作合」作「示夢」，「收場」下多「頗」字，「天榜之示」作「天作之合」）

【校記】

〔一〕「到京」以下抄本少十九個字。

〔二〕道，原作「適」，蘇本同。抄本作「説」。從申一、二本改。

〔三〕往，原作「住」，蘇本同。從抄本和申一、二本改。

〔四〕懷，原作「斷」，抄本、蘇本和申二本同。從申一本改。

〔五〕來，原作「了」，抄本、蘇本和申一、二本均同。參齊本改。

〔六〕極等，申一本作「末等」。

〔七〕知，申一、二本作「和」。

〔八〕拄，原作「挂」，抄本、蘇本和申二本同。從申一本改。此二字屢混用，以下徑改不記。

〔九〕那咱，申二本作「那年」。

〔一〇〕行，原作「位」，抄本、蘇本同。從申一、二本改。

〔一一〕水，原作「了」，蘇本同。抄本無。從申一、二本改。

〔一二〕仙乩，原作「乩仙」，抄本、申二本同。蘇本作「占仙」。從申一本改。

〔一三〕的，申一本作「事」。

〔一四〕吊紙，申二本作「吊喪」。

〔一五〕整整，原作「整正」，抄本、蘇本、申一本同。從申二本改。

〔一六〕本回卧本有四段回評，抄本缺第四段。

第八回

王觀察窮途逢世好　婁公子故里遇貧交

話説王員外纔到京開假，早見長班領報録人進來叩喜，○天二評：以前並未叙過保薦記名，一開假即得缺，恐無此理。亦是作者疏漏處。王員外問是何喜事，報録人叩過頭，呈上報單。上寫道：

江撫王一本。爲要地須才事：南昌知府員缺，此乃沿江重地，須才能幹濟之員，特本請旨，於部屬内揀選一員。奉旨：南昌府知府員缺，着工部員外王惠補授。欽此！

王員外賞了報喜人酒飯，謝恩過〔一〕，整理行裝去江西到任。非止一日，到了江西省城。

南昌府前任蘧太守，浙江嘉興府人，由進士出身，年老告病，已經出了衙門，印務是通判署着。王太守到任，升了公座，各屬都稟見過了，便是蘧太守來拜。王惠也回拜過了。爲這交盤的事，彼此參差着，王太守不肯就接。○齊評：此是官場通例。一日，蘧太守差人來稟説：「太爺年老多病，耳朵聽話又不甚明白。○童評：先點明蘧太守，以便下文放筆寫蘧公孫一篇風流旖旎之文。交盤的事本該自己來領王太爺的教，因是如此，明日打發少爺過來當面相〔二〕懇，一切事都要仗托王太爺擔代。」王惠應諾了，衙裏整治酒飯，候蘧公子。

直到早飯過後，一乘小轎，一副紅全帖，上寫「眷晚生蘧景玉拜」。○黄評：纔知以前伏筆爲此處用，文氣始可聯貫。○童評：即是范學道署中少年幕客説何景明先生一段故事之人也。王太守開了宅門，叫請少爺進來。王太守看那蘧公子翩然俊雅，舉動不群，彼此施了禮，讓位坐下。王太守道：「前晤尊公大人，幸瞻丰采，今日却聞得略有些貴恙？」蘧公子道：「家君年老，常患肺病，不耐勞煩，兼之兩耳重聽。多承老先生記念。」王太守道：「不敢。老世臺今年多少尊庚了？」蘧公子道：「晚生三十七歲。」王太守道：「一向總隨尊大人任所的？」蘧公子道：「家君做縣令時，晚生尚幼，相隨敝門伯范老先生在山東督學幕中讀書，也幫他看看卷子，直到升任南昌，署内無人辦事，這數年總在這裏的。」王太守道：「尊大人精神正旺，何以就這般急流勇退了？」蘧公子道：「家君常説：『宦海風波，實難久戀。』況做秀才的時候，原有幾畝薄産，可供饘粥；先人敝廬，可蔽風雨；就是琴、樽、鑪、几，藥欄、花樹，都也還有幾處，可以消遣。○黃評：吐屬便自不同。○齊評：這就不易得的。所以在風塵勞攘的時候，每懷長林豐草之思，而今却可賦《遂初》〔三〕了。」○童評：有田可耕，有粟可飽，有廬可居，有書可讀，有琴罇爐几可以頤養性情，有花樹藥欄可以消遣歲月，自應脱彼勞攘風塵之苦，遂我長林豐草之思。王太守道：「自古道：『休官莫問子。』看老世臺這等襟懷高曠，尊大人所以得暢然挂冠。」笑着説道：「將來，不日高科鼎甲，○黃評：開口無非勢利。老先生正好做封翁享福了。」○齊評：此是一定不易之套話。蘧公子道：「老先生，人生賢不肖，倒也不在科名。晚生只願家君早歸田里，得以菽水承歡，這是人生至樂之事。」○黃評：此等談吐，比勸人匿喪何如？○天二評：自第二回入正傳以來首聞此語，如聽天樂。○童評：蘧景玉有如此胸襟，惜乎不永其年，亦是天公缺陷。王太守道：「如此，更加可敬了。」説着，換了三遍茶，寬去大衣服，坐下。説到交代一事，王太守着實作難。蘧公子道：「老先生不必過費清心。家君在此數年，布衣蔬食，不過仍舊是儒生行徑，歷年所積俸餘，約有二千餘金，如此地倉穀、馬匹、雜項之類，有甚麽缺少不敷處，悉將此項送與老先生任意填補。○天二評：可代苟玫還債。家君知道老先生數任京官，宦囊清苦，決不有累。」王太守見他説得大方爽快，滿心歡喜。○黃評：他並不清苦，有錢自然歡喜。○童評：一邊着實作難，一邊大方爽快，白送他二千餘金，交盤事片言可結。

須臾，擺上酒來，奉席坐下。王太守慢慢問道：「地方人情，可還有甚麽出産？詞訟裏可也略有些甚麽通融？」蘧公子道：「南昌人情，鄙野有餘，巧詐不足。若説地方出産及詞訟之事，家君在此，准的詞訟甚少，若非綱常倫紀大事，其餘户婚田土，都批到縣裏去，務在安輯，與民休息。至於處處利藪，也絶不耐煩去搜剔他；或者有，也不可知。但只問着晚生，便是『問道於盲』了。」○天二評：循吏宜有此賢郎。○童評：賢太守居心行政，與俗吏大相徑庭。南昌百姓，何幸而遇着蘧公，又何不幸而遇着王公。王太守笑道：「可見『三年清知府，十萬雪花銀』的話，○童評：數任京官，宦囊清苦。人皆謀求外放，只爲這兩句話，聽得耳熱，看得眼熱。而今也不甚確了。」○黄評：碰了釘子，仍然不解，仍爲此言，此豈真能「敦友誼」者？當下酒過數巡，蘧公子見他問的都是些鄙陋不過的話，因又説起：「家君在這裏無他好處，只落得個訟簡刑清；所以這些幕賓先生在衙門裏，都也吟嘯自若。還記得前任臬司向家君説道：『聞得貴府衙門裏，有三樣聲息。』」王太守道：「是那三樣？」蘧公子道：「是吟詩聲、下棋聲、唱曲聲。」王太守大笑道：「這三樣聲息却也有趣的緊。」○黄評：何嘗知道有趣！○齊評：閣下却以爲無趣得緊。○天二評：你懂得甚麽有趣！蘧公子道：「將來老先生一番振作，只怕要换三樣聲息。」王太守道：「是那三様？」蘧公子道：「是戥子聲、算盤聲、板子聲。」○天一評：此三樣聲息更有趣，有趣。○天二評：此三樣纔是你的「有趣」。○平步青評：棋子聲、唱曲聲易爲天平聲、竹爿聲，本《堅瓠》癸集袁于令事。○童評：吟詩聲、下棋聲、唱曲聲，三樣聲息，風雅人對此，勝於十萬花銀。戥子聲、算盤聲、板子聲，三樣聲息，塵俗吏聽之，當作兩部鼓吹。王太守並不知這話是譏誚他，○黄評：譏誚都不知，說了半日風雅話直是對牛彈琴。○天二評：其心陷溺久矣，故不以爲非。正容答道：「而今你我替朝廷辦事，只怕也不得不如此認真。」○童評：嚴貢生下一回鄉場，道是替朝廷辦事。王太守换三樣聲息，也道是替朝廷辦事。嚴貢生所辦的，是自家想中舉人之事。王太守所辦的，是自家想弄銀子之事。如此認真，何嘗是替朝廷辦的公事？蘧公子十分大酒量，王太守也最好飲，彼此傳杯换盞，直吃到日西時分，○天一評：只恐酒逢知己，話不投機。○天二評：酒逢知己，話則未必投機。蘧公子耐性，未免貪杯。將交代的事當面言明，王太守許定出結，作别去了。

過了幾日，蘧太守果然送了一項銀子，王太守替他出了結。蘧太守帶着公子家眷，裝着半船書畫，回嘉興去了。○黄評：風流太守。王太守送到城外回來。果然聽了蘧公子的話，釘了一把頭號的庫戥，把六房書辦都傳進來，問明了各項内的餘利，不許欺隱，都派入官。三日五日一比。用的是頭號板子，把兩根板子拿到内衙上秤，較了一輕一重，都寫了暗號在上面。出來坐堂之時，吩咐叫用大板，皂隸若取那輕的，就知他得了錢了，就取那重板子打皂隸。這些衙役百姓，一個個被他打得魂飛魄散，○天二評：有蘧太守之寬，必有王太守之酷，世運乘除，必然之理。○童評：兩浙名流，遂初得賦；南昌太守，政令維新。合城的人無一個不知道太爺〔四〕的利害，睡夢裏也是怕的。因此，各上司訪聞，都道是江西第一個能員。○黄評：能員必能從賊，是以謂之能也。○齊評：能員大都如此。○天一評：陽明先生亦如此憒憒耶？○天二評：陽明先生不聞乎？亦以爲能員乎？○平步青評：王惠事本子虚，此評可删。做到兩年多些，各處薦了。○童評：良心收拾起，辣手放出來，升官發財，大都容易。

適值江西寧王反亂，各路戒嚴，朝廷就把他推升了南贛道，催趲軍需。王太守接了羽檄文書，星速赴南贛到任。到任未久，出門查看臺站，大車駟馬，在路曉行夜宿。那日到了一個地方，落在公館，公館是個舊人家一所大房子，走進去舉頭一看，正廳上懸着一塊匾，匾上貼着紅紙，上面四個大字是「驊騮開道」。○齊評：此何緊要，而乩詞已先判明，所以出奇。王道臺看見，吃了一驚。到廳升座，屬員衙役參見過了，掩門用飯，忽見一陣大風，○天一評：此風想即是關聖帝君顯聖。把那片紅紙吹在地下，裏面現出緑底金字四個大字是「天府夔龍」。○天二評：乩術如此奇邪？關帝如此靈邪？王道臺心裏不勝駭異，纔曉得關聖帝君判斷的話直到今日纔驗。那所判「兩日黄堂」便就是南昌府的個「昌」字。○童評：查看臺站，落下公館。在舊家正廳上，驗出乩仙第五句、第六句的判語，便悟出第三句、第四句的解説來。留下兩句，後日再驗。可見萬事分定。一宿無話，查畢公事回衙。

次年寧王統兵破了南贛官軍，百姓開了城門，抱頭鼠竄，四散亂走。○童評：南昌百姓被王太爺的板子，打得魄散魂飛。南贛百赤子何辜，受彼酷吏之害？南贛百姓被八大王的亂兵，殺得抱頭鼠竄。蒼生不幸，遭此逆藩之災。王道臺也抵當不住，○齊評：那會「抵當」？自稱「抵當不住」耳。叫了一隻小船，黑夜逃走。走到大江中，遇着寧王百十隻艨艟戰船，明盔亮甲，船上有千萬火把，照見小船，叫一聲「拿！」幾十個兵卒跳上船來，走進中艙，把王道臺反剪了手，捉上大船。那些從人、船家，殺的殺了，還有怕殺的，跳在水裏死了。王道臺唬得撒抖抖的顫，○黄評：好王公。燈燭影裏，望見寧王坐在上面，不敢抬頭。寧王見了，慌走下來，親手替他解了縛，叫取衣裳穿了，説道：「孤家是奉太后密旨，起兵誅君側之奸。你既是江西的能員，降順了孤家，少不得升授〔五〕你的官爵。」○童評：寧王認得王惠，曉得他是江西的能員，故親解其縛，要他降順，以收指臂之助。王道臺顫抖抖的叩頭道：「情願降順。」○黄評：王公降矣。寧王道：「既然願降，待孤家親賜一杯酒。」此時王道臺被縛得心口十分疼痛，跪着接酒在手，一飲而盡，心便不疼了。又磕頭謝了。王爺即賞與江西按察司之職，自此隨在寧王軍中。聽見左右的人説，寧王在玉牒中是第八個王子，方纔悟了關聖帝君所判「琴瑟琵琶」，頭上是八個「王」字，○齊評：原來如此應法。○童評：乩語第七句、第八句，竟有如此神驗。於是一首《西江月》，通身明白矣。到此無一句不驗了。

寧王鬧了兩年，不想被新建伯王守仁一陣殺敗，束手就擒。那些僞官，殺的殺了，逃的逃了。王道臺在衙門並不曾收拾得一件東西，只取了一個枕箱，○天二評：偏偏帶着這禍殃根子。（天一評少「子」字）裏面幾本殘書和幾兩銀子，○童評：只取得一個枕箱，爲要藏放幾兩銀子而設。裏面幾本殘書，也順便帶着，餘皆不及收拾，無計相顧矣。一時忙亂情形如畫。換了青衣小帽，黑夜逃走。○童評：荀員外換了青衣小帽，昏夜乞憐。王觀察換了青衣小帽，黑夜逃走。荀玫茫茫然似喪家之犬，王惠急急乎是漏網之魚。真乃是慌不擇路，趕了幾日旱路，又搭船走，昏天黑地，一走直〔六〕到了浙江烏鎮地方。○童評：王惠一心逃命，慌不擇路，自陸而水，身不由主，直待住了船，客人上岸，纔曉得走到了浙江烏鎮地方。寫得他連日昏天黑地，此時方覺眼前一亮，心裏一清，暗想一條老命，可憐拾得到手。

那日住了船，客人都上去吃點心，王惠也拿了幾個錢上岸。那點心店裏都坐滿了，只有一個少年獨自據了一桌。王惠見那少年仿佛有些認得，却想不起。開店的道：「客人，你來同這位客人一席坐罷。」王惠便去坐在對席，少年立起身來同他坐下。王惠忍不住問道：「請教客人貴處？」那少年道：「嘉興。」王惠道：「尊姓？」那少年道：「姓蘧。」王惠道：「向日有位蘧老先生，曾做過南昌太守，可與足下一家？」○黄評：由王惠遞到蘧公孫，即遞到二婁，太守却是借徑。　那少年驚道：「便是家祖。老客何以見問？」王惠道：「原來是蘧老先生的令公孫，失敬了。」○童評：因上岸吃點心，遂與少年同桌坐。因仿佛有些認得，遂請教貴處尊姓。因聽説姓蘧，遂問起南昌太守。因聽説是「家祖」，遂曉得是蘧老先生的令公孫。如此接筍，寫得入情入理。　那少年道：「却是不曾拜問貴姓仙鄉。」王惠道：「這裏不是説話處。寶舟在那邊？」蘧公孫道：「就在岸邊。」當下會了賬，兩人相携着下了船坐下。○童評：這裏不是説話處，即問尊舟在那裏。會帳下船，以便密坐細談。蓋王惠所搭之航船，亦非可説話處也。寫出王惠細心，寫得王惠老練。　王惠道：「當日在南昌相會的少爺，臺諱是景玉，想是令叔？」蘧公孫道：「這便是先君。」王惠驚道：「原來便是尊翁，怪道面貌相似。却如何這般稱呼，難道已仙游〔七〕了麽？」○童評：「諱景玉的，想必是令叔？」問得一些不冒失。「稱呼先君，難道已仙逝？」聽了焉得不失驚？　蘧公孫道：「家祖那年南昌解組，次年即不幸先君見背。」○天二評：叔寶神清，宜其少壽。　王惠聽罷流下淚來，○黄評：良心偶見。○童評：回首當年，新任太守算交代的時節，風景大不相同，流下淚來。不獨返念故人情誼，兼且痛惜一身飄零。説道：「昔年在南昌，蒙尊公骨肉之誼，○齊評：尚不忘教他三樣聲息。今不想已作故人。世兄今年貴庚多少了？」蘧公孫道：「虛度十七歲。到底不曾請教貴姓仙鄉。」○童評：王惠問了許多説話，叙了無限舊情，而蘧公孫心中，畢竟猜不出他是何等樣人，不得不亟亟請教。王惠道：「盛從同船家都不在此麽？」蘧公孫道：「他們都上岸去了。」王惠附耳低言道：○童評：連從人船家，都要回避了，纔敢附耳低言，説出姓名來。謹密之至。「便是後任的南昌知府王惠。」蘧公孫大驚道：「聞得老先生已榮升南贛道，如何改裝獨自到此？」王惠道：「只爲寧王反叛，弟便挂印而逃，却爲圍城之中，不曾取出盤費。」蘧公孫道：「如今却將何往？」王惠道：「窮途流落，那有定所？」就不曾把降順寧王的話説了出來。蘧公孫道：「老先生既邊疆不守，今日却不便出來自呈，只是茫茫四海，盤費缺少，如何使得？晚學生此番却是奉家祖之命，在杭州舍親處討取一樁銀子，現在舟中，今且贈與老先生以爲路費，去尋一個僻静所在安身爲妙。」○童評：寫得蘧公孫又聰敏，又慷慨，見識又高，談吐又爽，豈可以紈袴少年目之？説罷，即取出四封銀子遞與王惠，共二百兩。王惠極其稱謝，○天二評：蘧家父子只算代荀玫還欠。○童評：是王惠幫助荀玫之報。因説道：「兩邊船上都要趕路，不可久遲，只得告別。周濟之情，不死當以厚報。」雙膝跪了下去。蘧公孫慌忙跪下同拜了幾拜。王惠又道：「我除了行李被褥之外，一無所有，只有一個枕箱，内有殘書幾本。此時潜踪在外，雖這一點物件也恐被人識認，惹起是非，如今也將來交與世兄，○黄評：二百兩買一禍根。○天二評：晦氣星進門。○童評：篋中秘本，贈與賞音。身外別無長物，借此聊以表意。不料後來爲這枕箱，幾乎惹出大禍來，竟像似王惠以怨報德。我輕身更好逃竄了。」蘧公孫應諾，他即刻過船取來交代，彼此灑淚分手。王惠道：「敬問令祖老先生。今世不能再見，來生犬馬相報便了。」分別去後，王惠另覓了船入〔八〕到太湖，○童評：王惠趁來的是客船，何能送他入太湖裏去。另覓船，是一定之理。此種節目，最易略過，而竟一筆不漏。深服作者才大如海，心細如髮。自此更姓改名，○天二評：豈即更姓爲郭邪？○平步青評：王惠、郭力父子事，惠，汶上人；力，長沙人。作者本寫得支離。嘯山評似粘滯。三十八回又引李保泰《畬生文集·胡孝子尋親記》爲歙胡仲長。削髮披緇去了。○黄評：王公隨范伯去矣，好王公。○天一評：亦可謂放下屠刀，立地成佛。

蘧公孫回到嘉興，見了祖父，○童評：此回自王惠傳遞到蘧公孫，便接入婁公子傳，用筆如風揚浮雲，捧出一輪明月，使人對此清光，另開一番眼界。說起路上遇見王太守的話。蘧太守大驚道：「他是降順了寧王的。」公孫道：「這却不曾說明，只說是挂印逃走，並不曾帶得一點盤纏。」蘧太守道：「他雖犯罪朝廷，却與我是個故交，何不就將你討來的銀子送他〔九〕盤費？」○齊評：大有麥舟之風，作者暗用此事耳。所謂君子寧失之厚。○天二評：前後任一面之識，不得爲故交；以財濟從逆之犯，不得爲仗義。蘧太守瀟灑有之，義方之訓則未，以致公孫他日幾罹大禍。（天一評「任」作「但」；「禍」作「辟」。）〇童評：重義輕財，憐貧濟急。有是父，遂有是子；有是祖，遂有是孫。公孫道：「已送他了。」蘧太守道：「共是多少？」公孫道：「只取得二百兩銀子，盡數送與他了。」蘧太守不勝歡喜道：「你真可謂汝父之肖子。」就將當日公子交代的事又告訴了一遍。公孫見過乃祖，進房去見母親劉氏，母親問了些路上的話，慰勞了一番，進房歇息。

次日在乃祖跟前又説道：「王太守枕箱内還有幾本書。」取出來送與乃祖看，蘧太守看了，都是鈔本，其他也還没要緊，只内有一本是《高青丘集詩話》〔一〇〕，有一百多紙，就是青丘親筆繕寫，甚是精工。蘧太守道：「這本書多年藏之大内，數十年來多少才人求見一面不能，天下並没有第二本。你今無心得了此書，真乃天幸，〇天一評：只算厚報。須是收藏好了，不可輕易被人看見！」〇齊評：既不可被人看見，如何却刻出來，又不禁止他？蘧公孫聽了，心裏想道：「此書既是天下没有第二本，何不竟將他繕寫成帙，添了我的名字，刊刻起來，做這一番大名？」〇黄評：落想便謬。〇天二評：咄咄！小子竟思大名，聰明誤用。主意已定，竟去刻了起來，把高季迪名字寫在上面，下面寫「嘉興蘧來旬駪夫氏補輯。」〇天二評：現成本子，冒稱「補輯」，噉名之士往往如此。〇童評：高青邱詩話，却因蘧駪夫而傳。公孫好名，是年少才人心性。蘧來旬駪夫名號，在高季迪詩本上刻出。刻畢，刷印了幾百部，遍送親戚朋友。人人見了賞玩不忍釋手。自此，浙西各郡都仰慕蘧太守公孫是個少年名士。○黄評：全無實學，專務虚名，然實不至而名已歸，無怪名士之多也。蘧太守知道了，成事不説，也就此常教他做些詩詞，寫斗方，同諸名士贈答。○黄評：乃祖害之。

一日，門上人進來稟道：「婁府兩位少老爺到了。」○黄評：遞到二婁。○童評：蘧家祖孫、婁氏兄弟，俱用正寫，絶少皮裏陽秋之筆。蘧太守叫公孫：「你婁家表叔到了，快去迎請進來。」公孫領命，慌出去迎。這二位乃是婁中堂的公子。中堂在朝二十餘年，薨逝之後，賜了祭葬，謚爲文恪，乃是湖州人氏。長子現任通政司大堂。這位三公子諱琫，字玉亭，是個孝廉；四公子諱瓚，字瑟亭，在監讀書。是蘧太守的親内侄。○童評：婁琫、婁瓚是蘧太守之内侄，乃婁中堂之公子。潘楊戚誼，閥閲門楣，寫出高貴聲華，洗盡寒酸氣象。公孫隨着兩位進來，蘧太守歡喜，○童評：蘧太守見二位内侄如玉樹臨風、芝蘭並秀。十年闊别，一旦相逢，歡喜自不待言。親自接出廳外檐下。兩人進來，請姑丈轉上，拜了下去。蘧太守親手扶起，叫公孫過來拜見了表叔，請坐奉茶。二位婁公子道：「自拜别姑丈大人，屈指已十二載〔一一〕。小侄們在京，聞知姑丈挂〔一二〕冠歸里，無人不拜服高見，今日得拜姑丈，早已鬚鬢皓然，可見有司官是勞苦的。」○齊評：紈絝口氣。○童評：蘧公任南昌太守時，署中有三樣聲息，是吟詩、下棋、唱曲。幕賓先生都能吟嘯自若，似乎太守亦必卧理有餘矣。然而南昌衙門之習俗，可以三樣聲息移之；南昌百姓之鄙野，不能以三樣聲息治之。雖三樣聲息，臬司知之，百姓知之，而太守萬不能安於吟詩、下棋、唱曲，置地方公事於不問也。人知從太守游而樂，不知太守未必能樂其樂也。挂冠歸里，鬚鬢皓然，可見得有司官的勞苦。蘧太守道：「我本無宦情，南昌待罪數年，也不曾做得一些事業，虚糜〔一三〕朝廷爵禄，不如退休了好。○天二評：大方。不想到家一載，小兒亡化了，越覺得胸懷冰冷，細想來，只怕還是做官的報應。」○黄評：開卷至此始聞此等談論，雅俗判然。先生大才，固無所不可。○齊評：慨乎言之。○天二評：得體。○童評：慨乎言之，是蘧太守違心之論。伯魚先孔子卒，然則聖人亦有過歟？婁三公子道：「表兄天才磊落英多，誰想享年不永！幸得表侄已長成人，侍奉姑丈膝下，還可借此自寬。」婁四公子道：「便是小侄們聞了表兄訃音，思量總角交好，不想中路分離，臨終也不能一別，同三兄悲痛過深，幾乎發了狂疾。○童評：婁三公子道「表侄已長成人」，是寬慰姑丈之意。婁四公子道「悲痛幾發狂疾」，是思量總角之交。大家兄念着，也終日流涕不止。」蘧太守道：「令兄宦況也還覺得高興麽？」二位道：「通政司是個清淡衙門，家兄在那裏浮沉着，却是事也不絶不曾有甚麽建白，○齊評：這是做官妙訣，二位何足以知之。○天二評：得體。

多。所以小侄們在京師轉覺無聊，商議不如返舍爲是。」

坐了一會，換去衣服，二位又進去拜見了表嫂。公孫陪奉出來，請在書房裏。面前一個小花圃，琴、罇、爐、几，竹、石、禽〔一四〕、魚，蕭然可愛。〇黄評：寫境亦清俗判然。蘧太守也換了葛巾野服，拄着天臺藤杖，出來陪坐。〇黄評：寫來如見一白鬚老翁傴僂而出。擺出飯來，用過飯，烹茗清談。〇童評：樂琴書以消憂，悦親戚之情話。說起江西寧王反叛的話：「多虧新建伯神明獨運，建了這件大功，除了這番大難。」婁三公子道：「新建伯此番有功不居，尤爲難得。」四公子道：「據小侄看來，寧王此番舉動，也與成祖差不多。〇齊評：快語。〇天一評：心病來了。只是成祖運氣好，到而今稱聖稱神，寧王運氣低，就落得個爲賊爲虜，也要算一件不平的事。」〇黄評：借閑談爲後文訪楊執中伏筆。〇童評：泛論時事，鈎起婁四公子胸中一段不平之氣，不覺盡情傾吐。婁三公子胸中，亦藏着一段不平之氣，不肯直說出來。可見乃兄閱歷較深，乃弟尚欠涵養。蘧太守道：「成敗論人，固是庸人之見，但本朝大事，你我做臣子的，說話須要謹慎。」〇齊評：正論，卓然可敬。〇天二評：老成之言。（天一評開頭多「却是」二字）〇童評：蘧公數語，甚爲得體。盡做臣子的分量，戒年輕人之疏忽。四公子不敢再說了。那知這兩位公子，因科名蹭蹬，不得早年中鼎甲，入翰林，激成了一肚子牢騷不平，〇天二評：假使中鼎甲、入翰林，又是「堯舜之世」了，究竟是熱中之變相。（天一評「究竟是」作「究竟仍係」） 每常只說：「自從永樂篡位之後，明朝就不成個天下！」○黃評：自家不中却怪永樂。 每到酒酣耳熱，更〔一五〕要發這一種議論。○童評：二婁學問才情，莫說王德、王仁兩廩生，不能及其脚踪，即周進、范進兩闊老，亦不敢望其肩背。因爲科名蹭蹬，激成滿腹牢騷，能不於酒酣耳熱時，發出驚人之語哉？ 婁通政也是聽不過，恐怕惹出事來，所以勸他回浙江。

當下又談了一會閑話，兩位問道：「表侄學業，近來造就何如？却還不曾恭喜畢過姻事？」○黃評：逼下文。○童評：提起公孫姻事，伏下魯宅贅親。 太守道：「不瞞二位賢侄說，我只得這一個孫子，自小嬌養慣了。○天一評：公孫之失教，蘧太守自己招認。 我每常見這些教書的先生，也不見有甚麽學問，一味妝模做樣，動不動就是打駡。 人家請先生的，開口就說要嚴，老夫姑息的緊，所以不曾着他去從時下先生。○童評：不說教書先生寬懈，反說教書先生猛訓。寫出蘧公只有一個孫子，所以十分憐惜。 你表兄在日，自己教他讀些經史，自你表兄去後〔一六〕，我心裏更加憐惜他，已替他捐了個監生，舉業也不曾十分講究。○天二評：公孫之失教，乃祖已自言之。 此刻時下都是好好先生，且可奉陪學生吃洋烟，闖門子，蘧太守以爲何如？○童評：舉業不曾十分講究，難免在新娘子面前出醜。 近來我在林下，倒常教他做幾首詩，吟詠性情，要他知道樂天知命的道理，○黃評：做名士便是「樂天知命」？○齊評：天懷恬淡，可敬可師。〇天二評：沽名釣譽有之，「樂天知命」未必。（天一評末字作「也」）在我膝下承歡便了。」二位公子道：「這個更是姑丈高見。俗語説得好：『與其出一個斫削元氣的進士，不如出一個培養陰騭的通儒。』〇天二評：斗方名士也算不得通儒。〇童評：春秋兩榜，爲國求賢。朝廷花費無數帑銀，取中這班士子，將來職任地方，要他教化百姓，乃不知培養陰騭，反致斲削元氣，還自詡進士出身，能不爲通儒所笑？這個是得緊。」蘧太守便叫公孫把平日做的詩取幾首來與二位表叔看。二位看了稱贊不已。一連留住盤桓了四五日，二位辭別要行。蘧太守治酒餞別，席間説起公孫姻事：「這裏大户人家也有央着來説的。我是個窮官，怕他們争行財下禮，所以耽遲着。賢侄在湖州，若是老親舊戚人家，爲我留意。貧窮些也不妨。」二位應諾了。〇童評：當面囑托一番，伏下代辦喜事。當日席終。

次早，叫了船隻，先發上行李去。蘧太守叫公孫親送上船，自己出來廳事上〔一七〕作別，説到：「老夫因至親，在此數日，家常相待，休怪怠慢。二位賢侄回府，到令先太保公及尊公文恪公墓上，提着我的名字，説我蘧祐年邁龍鍾，不能親自再來拜謁墓道了。」〇黄評：是老輩守禮處。〇齊評：老成典型，聲口酷肖。〇天二評：始見蘧太守名。〇天一、二評：似是閑筆，却已逗起鄒吉甫。〇童評：蘧祐名字，在太守自己口中提出。坦庵之號，在十八回中補出。兩公子聽了，悚然起敬，拜别了姑丈，蘧太守執手送出大門。公孫先在船上，候二位到時，拜別了表叔，看着開了船，方纔回來。○童評：此處卸開蘧家祖孫，接寫婁氏昆季。兩公子坐着一隻小船，蕭然行李，仍是寒素。○黄評：寫二婁特與後文諸公子迥別。○天二評：確是可兒。○童評：一葉扁舟，蕭然行李，是真名士風流，脱盡豪門習氣。看見兩岸桑陰稠密，禽鳥飛鳴，不到半里多路，便是小港，裏邊撑出船來，賣些菱、藕。○黄評：是嘉湖風景。兩弟兄在船内道：「我們幾年京華塵土中，那得見這樣幽雅景致。宋人詞説得好：『算計只有歸來是。』○天二評：胸中自不俗。○童評：水鄉風景，何等清幽。京國囂塵，頓然滌净。果然！果然！」

看看天色晚了，到了一鎮，人家桑陰裏射出燈光來，直到河裏。○黄評：寫行船晚景亦妙。○童評：「兩岸桑陰稠密」，「桑陰裏射出燈光」，連寫「桑陰」二字，是湖州鄉村景色。兩公子道：「叫〔八〕船家泊下船。此處有人家，上面沽些酒來消此良夜，就在這裏宿了罷。」船家應諾，泊了船。兩弟兄憑舷痛飲，談説古今的事。次早，船家在船中做飯，兩弟兄上岸閑步，○童評：船家煮飯，上岸散步，是一隻小船，是兩個閑人。只見屋角頭走過一個人來，見了二位，納頭便拜下去，説道：「婁○天二評：此「婁」字不合口氣，宜删。少老爺，認得小人麼？」只因遇着這個人，有分教：公子好客，結多少碩彦名儒；相府開筵，常聚些布衣葦帶。畢竟此人是誰，且聽下回分解。

【總評】

臥評　此篇結過王惠，遞入二婁，文筆漸趨於雅，譬如游山者，奇峰怪石、陡岩絕壁已經歷盡，忽然蒼翠迎人，別開一境，使人應接不暇。

二婁因早年蹭蹬，激成一段牢騷，此正東坡所謂「一肚皮不合乎〔一九〕時宜」也。○則仙評：引東坡語不倫。雖是名士習氣，然與斗方名士自是不同。○天一評：斗方名士借幽雅以博榮名，兩婁因蹭蹬而激爲幽雅，畢竟異流同源。○約評：近來斗方之外又添出一種申報名士。

則仙評　《儒林外史》一書，前人謂脱胎《紅樓夢》，似矣。近時有雲間花也憐儂所著《海上花列傳》，余謂其用意用筆悉從《儒林外史》所出。識者當不河漢斯言。辛丑梅月臥讀生誌。

【校記】

〔一〕謝恩過，申二本作「謝過恩」。

〔二〕相，原作「想」，蘇本同。從抄本和申一、二本改。

〔三〕賦遂初，申一本作「遂初心」。

〔四〕太爺，申二本作「太守」。

〔五〕升授，申二本作「封授」。

〔六〕走直，申一、二本作「直走」。

〔七〕仙游，申二本作「仙逝」。

〔八〕入，申一、二本作「祇」。

〔九〕「送他」後申二本多「作」字。

〔一〇〕高青丘集詩話，申一、二本作「高青丘詩話集」。

〔一一〕已十二載，申一、二本作「已經二載」。

〔一二〕挂，原作「桂」，抄本同。從蘇本和申一、二本改。

〔一三〕糜，原作「縻」，抄本、蘇本、申一本同。從申二本改。

〔一四〕禽，申一、二本作「池」。

〔一五〕更，申一、二本作「便」。

〔一六〕去，申一本作「死」，申二本作「亡」。

〔一七〕廳事上，申二本作「在廳上」。

〔一八〕道叫，抄本、蘇本同。申一、二本作「叫道」。

〔一九〕乎，原作「平」，蘇本同。申二本無。從抄本、申一本改。

第九回

婁公子捐金贖朋友　劉守備冒姓打船家

話説兩位公子在岸上閑步，忽見屋角頭走過一個人來，納頭便拜，兩公子慌忙扶起，説道：「足下是誰？我不認得。」那人道：「兩位少老爺認不得小人了麽？」○天二評：可知前文「婁」字之衍。兩公子道：「正是面善，一會兒想不起。」那人道：「小人便是先太保老爺墳上看墳的鄒吉甫的兒子鄒三。」○黄評：便從此處引出楊執中來，取徑又别。○天一評：從鄒三引出鄒吉甫，從鄒吉甫引出楊執中，取徑又别。○童評：因鄒吉甫引出楊執中也。未會吉甫，先遇鄒三。婁公子認不得鄒三，鄒三却認得婁公子，説出是鄒吉甫的兒子來，便着他引路去看鄒吉甫。如此細事，亦必逐層遞入。兩公子大驚道：「你却如何在此處？」鄒三道：「自少老爺們都進京之後，小的老子看着墳山，着實興旺，門口又置了幾塊田地，那舊房子就不够住了，我家就另買了房子搬到東村，那房子讓與小的叔子住。○天一評：伏鄒吉甫到東莊之根。○天二評：伏東莊。後來小的家弟兄幾個又娶了親，東村房子只够大哥、大嫂子，二哥、二嫂子住。小的有個姐姐嫁在新市鎮，姐夫没了，姐姐就把小的老子和娘都接了這裏來住，小的就跟了來的。」〇童評：看墳人的住址，兩公子定然記得。問鄒三你如何在此處，因不知此處是何處，料不是鄒吉甫的住處。迨鄒三説出舊房子不够住，搬到東村，是另買的房子。東村房子又不够住，搬到新市，是姐夫的房子。因姐夫没了，姐姐把老子娘接到這裏來住。兩公子纔明白鄒吉甫、鄒三都在這裏住。只一搬房子，又寫得如此曲折。 兩公子道：「原來如此。我家墳山没有人來作踐麽？」鄒三道：「這是那個敢？府縣老爺們大凡往那裏過，都要進來磕頭，〇天二評：盛德在人心，不徒因其宰相也。史文靖曾任本省總督，故疑婁乃史也。（天一評只有前半，開頭多「可知」二字）〇平步青評：按文靖五子登科，著者長奕簪、奕昂（兵侍）、奕環（河東道）；其二俟考。此云「不得早年中鼎甲，入翰林」，或琫（三）瓚（四）影寫環字耶？金評以爲桐城張氏，則文恪乃指文端，太保乃指文和，通政又是何人？觀卣臣少名廷瓚，必不直舉其名也。 一莖草也没人動。」兩公子道：「你父親、母親而今在那裏？」鄒三道：「就在市梢〔一〕盡頭姐姐家住着，不多幾步。小的老子時常想念二位少老爺的恩德，不能見面。」三公子向四公子道：「鄒吉甫這老人家，我們也甚是想他，既在此不遠，何不去到他家裏看看？」四公子道：「最好。」帶了鄒三回到岸上，叫跟隨的吩咐過了船家。

鄒三引着路，一徑走到市梢頭，只見七八間矮小房子，兩扇籬笆門，半開半掩。

○黄評：閑景多妙。鄒三走去叫道：「阿爺，三少老爺、四少老爺在此。」鄒吉甫裏面應道：「是那個？」拄着拐杖出來，望見兩位公子，不覺喜從天降，讓兩公子走進堂屋，丢了拐杖，便要倒身下拜。兩公子慌忙扶住道：「你老人家何消行這個禮？」兩公子扯他同坐下。○天二評：厚道。鄒三捧出茶來，鄒吉甫親自接了，送與兩公子吃着。三公子道：「我們從京裏出來，一到家就要到先太保墳上掃墓，算計着會你老人家，却因繞道在嘉興看蘧姑老爺，無意中走這條路，○童評：婁公子遇鄒三，是出於意外。鄒吉甫見公子，更出於意外。　無意中走這條路，無意中撞見鄒三，無意中會着鄒吉甫，無意中説出楊先生，後文許多奇奇怪怪之事，都從無意中來。不想撞見你兒子，説你老人家在這裏，得以會着。相别十幾年，你老人家越發康健了。方纔聽見説，你那兩個令郎都娶了媳婦，曾添了幾個孫子了麽？你的老伴也同在這裏？」説着，那老婆婆白髮齊眉，出來向兩公子道了萬福，兩公子也還了禮。鄒吉甫道：「你快進去向女孩兒説，整治起飯來，留兩位少老爺坐坐。」婆婆進去了。鄒吉甫道：「我夫妻兩個，感激太老爺、少老爺的恩典，一時也不能忘。我這老婆子，每日在這房檐下燒一炷香，保祝少老爺們仍舊官居一品。而今大少老爺想也是大轎子〔二〕？」○齊評：鄉下人口角。四公子道：「我們弟兄們都不在家，有甚好處到你老人家，却説得我們心裏不安。」○天二評：

此一段寫兩公子絶無貴介脾氣，見婁公世澤之厚。而鄒老真誠懇摯，宛如家人父子。宇内得有幾家，得有幾人？（天一評「脾氣」作「習氣」；「真誠」作「肫誠」）三公子道：「况且墳山累你老人家看守多年，我們方且知感不盡，怎説這話？」○黄評：寫真鄉紳反如此謙和，所以形假鄉紳也。鄒吉甫道：「蘧姑老爺已是告老回鄉了，他少爺可惜去世。小公子想也長成人了麽？」三公子道：「他今年十七歲，資性倒也還聰明的。」

鄒三捧出飯來〔四〕，鷄、魚、肉、鴨，齊齊整整，還有幾樣蔬菜，擺在桌上，請兩位公子坐下，鄒吉甫不敢來陪，兩公子再三扯他同坐。斟上酒來，鄒吉甫道：「鄉下的水酒，老爺們恐吃不慣。」四公子道：「這酒也還有些身份。」○黄評：再借酒引出楊執中。鄒吉甫道：「再不要説起！而今人情薄了，這米做出來的酒汁都是薄的。○齊評：別有感慨。小老還是聽見我死鬼父親説，○黄評：叫父親「死鬼」，確是鄉民談吐。在洪武爺手裏過日子各樣都好，二斗米做酒足有二十斤酒娘子。後來永樂爺掌了江山，不知怎樣的，事事都改變了，二斗米只做的出十五六斤酒來。○天二評：閑閑引入，逗起二婁偏激之意，正如風行水上，自然成文。（天一評「閑閑」後多「從酒」二字；「正」作「真」）像我這酒是扣着水下的，還是這般淡薄無味。」三公子道：「我們酒量也不大，只這個酒十分好了。」鄒吉甫吃着酒説道：「不瞞少老爺〔五〕説，我是老了，不中用了，怎得天可憐見，讓他們孩子們再過幾年洪武爺的日子就好了！」○黄評：借談家常事，愈引愈近，令人不覺。○天一、二評：搔着癢處。○童評：鄉里老兒吃酒，如何談到朝政，却從酒娘子上説起來。鄉里老兒閑談，如何曉得朝政，却從老阿呆邊聽得來。不意合着貴公子的性情，也就是那呆先生的際遇。

四公子聽了望着三公子笑。○童評：四公子聽了，望着三公子笑，已是心領神會。鄒吉甫又道：「我聽見人説，本朝的天下要同孔夫子的周朝一樣好的，○黄評：妙，妙，妙在「孔夫子的周朝」。○天一、二評：曰「死鬼父親」，曰「孔夫子的周朝」，鄉下人聲口可爲絶倒。就爲出了個永樂爺就弄壞了。這事可是有的麽？」三公子笑道：「你鄉下一個老實人，那裏得知這些話？這話畢竟是誰向你説的？」○黄評：漸漸引入，一拍即合。○齊評：不得不問矣。鄒吉甫道：「我本來果然不曉得這些話，因我這鎮上有個鹽店，鹽店一位管事先生，閑常無事，就來到我們這稻場上或是柳陰樹下坐着，説的這些話，○天一評：老實人已被楊阿呆教壞。○天二評：身爲鹽店總管而常到鄉村説閑話，其人可知，無如二婁之僻見何！（天一評「閑話」後多「看書」二字）所以我常聽見他。」兩公子驚道：○黄評：不由得不驚。「這先生姓甚麽？」鄒吉甫道：「他姓楊，爲人忠直不過，又好看的是個書，要便袖口〔六〕内藏了一卷，隨處坐着，拿出來看。○天二評：王冕爲人放牛，不得不如此；楊執中家中可看書，鹽店可看書，何必到鄉村來看？○童評：稻場上，柳蔭下，隨處可坐；讀舊書，講古記（事），率性而行。覺得這位先生，有水流花放之妙。往常他在這裏，飯後没事，也好步出來了，而今要見這先生却是再不能得〔七〕。」○黄評：既拍湊，又復再合再離，文筆紆徐入妙。○齊評：文情逐步而出。○童評：而今要見這先生，却再不能得，乃是鄒吉甫思念楊先生的話，初不料兩公子意中亦要見這先生也。公子道：「這先生往那裏去了？」○童評：這先生往那裏去了，還道是楊先生如今不住在新市矣。鄒吉甫道：「再不要説起！楊先生雖是生意出身，一切賬目却不肯用心料理，除了出外閑游，在店裏時也只是垂簾看書，憑着這夥計胡三。所以一店裏人都稱呼他是個『老阿呆』。○齊評：的稱。先年東家因他爲人正氣，所以托他管總；後來聽見這些呆事，本東自己下店，把賬一盤，却虧空了七百多銀子。問着，又没處開消，還在東家面前咬文嚼字，指手畫脚的不服。○天二評：可知鄒老未必以楊阿呆爲是。〔天一評「鄒老」後多「亦」字〕東家惱了，一張呈子送在德清縣裏。縣主老爺見是鹽務的事，點到奉承〔八〕，○齊評：爲縣主者竟見笑於鄉下人。把這先生拿到監裏坐着追比。而今已在監裏將有一年半了。」○童評：周進替買雜貨的客人記帳，楊允替開鹽店的東家管帳。周進幸而遇着客人仗義，湊齊了銀子，交上藩庫，居然捐個監生，從此發達；楊允不幸遇着東家盤店，虧空了銀子，送入縣衙，幾乎革去貢生，勒限追比。兩人一般呆氣，而遭際奚啻天淵。三公子道：「他家可有甚麽産業可以賠償？」吉甫道：「有倒好了。他家就住在村口外四里多路，兩個兒子都是蠢人，○黄評：帶出兒子。既不做生意，又不讀書，還靠着老官養活，〇天二評：此等人之子往往如是。（天一評後四字作「必然如此」）却將甚麼賠償？」

四公子向三公子道：「窮鄉僻壤有這樣讀書君子，〇天二評：此謂讀書君子乎？却被守錢奴如此凌虐，足令人怒髮衝冠！我們可以商量個道理救得此人麽？」三公子道：「他不過是欠債，並非犯法。如今只消到城裏問明底細，替他把這幾兩債負弄清了就是。這有何難？」〇童評：寫來總是四公子性子急，三公子處事明。四公子道：「這最有理。我兩人明日到家，就去辦這件事。」鄒吉甫道：「阿彌陀佛！二位少老爺是肯做好事的。想着從前已往，不知拔濟〔九〕了多少人。〇天二評：此方見不是單拔濟楊阿呆一人。〇童評：鄒吉甫道：「兩位少老爺是肯做好事的，從前不知濟拔了多少人。」可見救出楊先生，原不算創格，亦不是沽名。如今若救出楊先生來，這一鎮的人誰不感仰！」三公子道：「吉甫，這句話你在鎮上且不要説出來，〇天一、二評：伏下楊阿呆不知出監之由。待我們去相機而動。」四公子道：「正是。未知事體做的來與做不來，説出來就没趣了。」〇齊評：又帶些好奇意思。於是不用酒了，取飯來吃過，匆匆回船。鄒吉甫拄着拐杖，送到船上，説：「少老爺們恭喜回府，小老遲日再來城裏府内候安。」又叫鄒三捧着一瓶酒和些小菜，送在船上，與二位少老爺消夜。看着開船，方纔回去了。〇黄評：寫野老殷勤，逼似。〇天

一、二評：殷勤周到。

兩公子到家，清理了些家務，應酬了幾天客事〔一〇〕，○童評：清理了些家務，應酬了幾天客，是相府規模，是公子身分。即便喚了一個辦事家人晉爵，叫他去到縣裏，查新市鎮鹽店裏送來監禁這人是何名字，虧空何項銀兩，共計多少，本人有功名没功名，都查明白了來説。晉爵領命，來到縣衙，户房書辦原是晉爵拜盟的弟兄，見他來查，連忙將案尋出，用紙謄寫一通，遞與他，拿了回來回覆兩公子。○童評：婁府辦事家人，何等勢派，不比嚴家四斗子，一副寒乞相。只見上面寫着：

新市鎮公裕旗鹽店呈首：商人楊執中（即楊允），○童評：楊允執中名號，在案卷裏抄出。累年在店不守本分，嫖賭穿吃，侵用成本七百餘兩，有誤國課，懇恩追比云云。但查本人係廩生挨貢〔一一〕，不便追比，合詳請褫革，以便嚴比。今將本犯權時寄監，收禁，候上憲批示，然後勒限等情。

四公子道：「這也可笑的緊。廩生挨貢，也是衣冠中人物，今不過侵用鹽商這幾兩銀子，就要將他褫革追比，是何道理！」三公子道：「你問明了他並無别情麽？」○齊評：更見細心。晉爵道：「小的問明了，並無别情。」三公子道：「既然如此，你去把我們前日黄家圩那人來贖田的一宗銀子，兑七百五十兩替他上庫；再寫我兩人的名帖，向德清縣說『這楊貢生是家老爺們相好』，叫他就放出監來。你再拿你的名字添上一個保狀。〇童評：兑足銀子替他上庫，復命晉爵出具保狀，不單用名帖白討人情。如此落落大方，纔是正經鄉紳作事。你作速去辦理。」四公子道：「晉爵，這事你就去辦，不可怠慢。〇黄評：求賢若渴。那楊貢生出監來，你也不必同他說甚麽，他自然到我這裏來相會。」〇黄評：有此一語便開出後文多少曲折來，然又係兩公子必有之情。〇童評：四公子囑付晉爵，那楊貢生出監來，不必同他說什麽，與前文對吉甫道「未知事體做得成做不成，說出來就没趣了」是一樣意思。晉爵應諾去了。

晉爵只帶二十兩銀子，一直到書辦家，把這銀子送與書辦，〇天一評：能幹家人。說道：「楊貢生的事，我和你商議個主意。」〇童評：與縣裏書辦拜盟，原來有這等用處。書辦道：「既是太師老爺府裏發的有帖子，這事何難？」隨即打個稟帖，說：

這楊貢生是婁府的人。兩位老爺發了帖，現有婁府家人具的保狀。況且婁府說：這項銀子，非贓非帑，何以便行監禁？〇齊評：滑吏弄貪官如同兒戲。〇天二評：鄉紳之勢力如此。此事乞老爺上裁。

知縣聽了婁府這番話，心下着慌，却又回不得鹽商；傳進書辦去細細商酌，只得把幾項鹽規銀子凑齊，補了這一項，〇天二評：能員。官場大都如此。准了晉爵保狀，即刻把楊貢生放出監來，也不用發落，釋放去了。○黃評：周密，所以老呆不知何故。○天一評：正與上見是鹽務的事隨到隨行相對，官場大都如此。○童評：鄉紳說公事，理直氣壯；知縣受陋規，膽怯心虛。況是婁府發帖，敢不點到奉行。那七百多銀子都是晉爵笑納。○天二評：幹僕。此事已開杜少卿先聲。○童評：書辦收受了二十兩銀子，進來作弄知縣。晉爵笑納了七百多銀子，回去瞞過主人。書吏雖滑，只喝了半瓢的湯；奴才真刁，穩吃了大塊的肉。把放出來〔三〕的話都回覆了公子。公子知道他出了監自然就要來謝，那知楊執中並不曉得是甚麼緣故，○齊評：又生曲折。縣前問人，說是一個姓晉的晉爵保了他去。他自心裏想，生平並認不得這姓晉的。疑惑一番：「不必管他，○黃評：「不必管他」便非呆矣。落得身子乾凈，且下鄉家去，照舊看書。」到家，老妻接着，喜從天降。兩個蠢兒子，日日在鎮上賭錢，半夜也不歸家。只有一個老嫗，又痴又聾，○黃評：先伏痴聾。在家燒火做飯，聽候門户。楊執中次日在鎮上各家相熟處走走，鄒吉甫因是第二個兒子養了孫子，接在東莊去住，不曾會着，所以婁公子這一番義舉，做夢也不得知道。○黃評：補筆面面周到，所以不知道不來謝，而兩公子愈覺其賢矣。○天二評：叙清。○童評：假使楊執中回到新市，會着鄒吉甫，說明緣故，就往婁府登門道謝，有何趣味？却寫吉甫弄孫，住在東莊，以致婁公子這番義舉，老阿呆全然不知。曲筆，妙筆。

婁公子過了月餘，弟兄在家，不勝詫異。想到越石甫故事，心裏覺得楊執中想是高絶的學問，更加可敬。○齊評：曲折有致。一日，三公子向四公子道：「楊執中至今並不來謝，此人品行不同。」○黄評：此意留在此處想着，始有層次。四公子道：「論理，我弟兄既仰慕他，就該先到他家相見訂交，定要望他來報謝，這不是俗情了麽？」三公子道：「我也是這樣想。但豈不聞『公子有德於人，願公子忘之』之説？我們若先到他家，可不像要特地自明這件事了？」○黄評：此筆更圓到。四公子道：「相見之時原不要提起，○齊評：愈轉愈深。○天一、二評：後來虞、杜濟人，情由中出，全是真誠，二婁則枝枝節節有許多計議，蓋求爲名高耳。○童評：用了如此重情，並不要人感，還怕招人怪，看得人家品學愈高，覺得自己仰慕愈切。兩公子，真當世之賢公子哉！朋友聞聲相思，命駕相訪，也是常事，難道因有了這些緣故，倒反隔絶了，相與不得的？」○黄評：此處做到十分，後文愈見緊迫。三公子道：「這話極是有理。」當下商議已定，又道：「我們須先一日上船，次日早到他家，以便作盡日之談。」○黄評：再做足一筆。

於是叫了一隻小船，不帶從者，下午下船，走了幾十里。此時正值秋末冬初，晝短夜長，河裏有些朦朦的月色。這小船乘着月色，摇着櫓走。○童評：坐隻小船，不帶從者，月色朦朧，櫓聲摇曳，非若王子猷雪夜訪戴，偶然乘興而來。那河裏各家運租米船挨擠不開，這船却小，只在船傍邊擦過去。看看二更多天氣，兩公子將次睡下，忽聽一片聲打的河路響。○黄評：文筆不平如此。這小船却没有燈，艙門又關着，四公子在板縫裏張一張，見上流頭一隻大船，明晃晃點着兩對大高燈：一對燈上字是「相府」，一對是「通政司大堂」。○黄評：奇。船上站着幾個如狼似虎的僕人，手拿鞭子，打那擠河路的船。四公子唬了一跳，低低叫：「三哥，你過來看看，這是那個？」三公子來看了一看：「這僕人却不是我家的！」説着，那船已到了跟前，拿鞭子打這小船的船家。○童評：先寫河裏各家運租米船挨擠不開，又寫小船在米船邊擦過去，又寫二更天氣，忽聽一片聲打的河路響，又寫張見大船上人，拿鞭子打那擠河路的船，又寫那大船已到了跟前，拿鞭子打這小船的船家。逐層寫來，有聲有色。船家道：「好好的一條河路，你走就走罷了，行凶打怎的？」○黄評：船家早已明白，故絶不驚慌。船上那些人道：「狗攮的奴才！你睁開驢眼看看燈籠上的字！○黄評：要他看燈籠，便顯出假來。船是那家的船？」○齊評：絶倒。船家道：「你燈上挂着相府，我知道你是那個宰相家？」○齊評：此船家口角亦尖。○天一、二評：全没氣力。那些人道：「瞎眼的死囚！湖州除了婁府還有第二個宰相？」船家道：「婁府？罷了！是那一位老爺？」○天一評：全没氣力。那船上道：「我們是婁三老爺裝租米的船，誰人不曉得？這狗攮的，再回嘴，拿繩子來把他拴在船頭上，明日回過三老爺，拿帖子送到縣裏，且打幾十板子再講！」○童評：「拿帖子送到縣裏，且打幾十板子再講」，宛然嚴大老官聲口。船家道：「婁三老爺現在我船上，你那裏又有個婁三老爺出來了？」○黃評：原因船上有真貨，所以冰冷對他。○天一評：船上偏有此寶貨，有恃無恐。○天二評：應答云：婁三老爺在此，你要回就來回。

兩公子聽着暗笑。船家開了艙板，請三老爺出來給他們認一認。三公子走在船頭上，此時月尚未落，映着那邊的燈光，照得亮。○黃評：細。三公子問道：「你們是我家那一房的家人？」○童評：小船不點燈籠，映出大船上明晃晃兩對大高燈。公子不帶僕從，映出大船上凶狠狠一群惡奴僕。「我知道你是那個宰相」，船家答得尖酸。「你們是我那房的家人？」公子問得仔細。那些人却認得三公子，一齊都慌了，齊跪下道：「小人們的主人却不是老爺一家。小人們的主人劉老爺曾做過守府，因從莊上運些租米，怕河路裏擠，大膽借了老爺府裏官銜，不想就衝撞了三老爺的船，小的們該死了！」三公子道：「你主人雖不是我本家，却也同在鄉里，借個官銜燈籠何妨。但你們在河道裏行凶打人却使不得。○齊評：忠厚和平。兩公子性雖牢騷，語却正大，自是賢者。○天二評：爲要如此，所以如此。你們説是我家，豈不要壞〔一三〕了我家的聲名？況你們也是知道的，我家從没有人敢做這樣事。○天二評：可見婁府家法。你們起來。就回去見了你們主人，也不必説在河裏遇着我的這一番話，只是下次也不必〔一四〕如此。難道我還計較你們不成？」○天一評：忠厚。衆人應諾，謝了三老爺的恩典，磕頭起來，忙把兩副高燈登時吹息，將船溜到河邊上歇息去了。〇天一評：未免黯然無光。三公子進艙來同四公子笑了一回。四公子道：「船家，你究竟也不該説出我家三老爺在船上，又請出與他看，把他們掃這一場大興，是何意思。」〇天二評：此見四公子矯情更甚乃兄。（天一評無「此見」二字）船家道：「不説，他把我船板都要打通了！好不凶惡！這一會纔現出原身來了。」〇童評：那些人認得三公子，見了公子的面，嚇得屁滚尿流。那隻船撞着三公子，聽了公子的話，慌着偃旗歇鼓。誰教他狐假虎威，掃這一場大興。可笑他虎皮羊質，頓時現出原身。説罷，兩公子解衣就寢。

小船摇櫓行了一夜，清晨已到新市鎮泊岸。兩公子取水洗了面，吃了些茶水點心，吩咐了船家：「好好的看船，在此伺候。」兩人走上岸，來到市梢盡頭鄒吉甫女兒家，見關着門。敲門問了一問，纔知道老鄒夫婦兩人都接到東莊去了，〇黄評：曲而又曲，折而又折，却愈看愈妙，不嫌其紆。〇童評：會不着鄒吉甫，只好一徑去尋楊執中了。女兒留兩位老爺吃茶，也不曾坐。兩人出了鎮市，沿着大路去，走〔一五〕有四里多路，遇着一個挑柴的樵夫，問他：「這裏有個楊執中老爺，家住在那裏？」樵夫用手指着：「遠望着一片紅的便是他家屋後，你們打從這條小路穿過去。」〇黄評：入畫。〇童評：紅葉爲記，庶不致誤。不然，鄉下老兒的住處，貴家公子如何尋得着。

兩位公子謝了樵夫，披榛覓路，到了一個村子，不過四五家人家，幾間茅屋。屋後有兩棵大楓樹，經霜後楓葉通紅，知道這是楊家屋後了。又一條小路，轉到前門，門前一條澗溝，上面小小板橋。兩公子過得橋來，看見楊家兩扇板門關着。〇黄評：宜詩宜畫。見人走到，那狗便吠起來。三公子自來叩門，叩了半日，裏面走出一個老嫗來，〇天二評：聾嫗故也。身上衣服甚是破爛，兩公子近前問道：「你這裏是楊執中老爺家麽？」問了兩遍，〇黄評：已經點過又痴又聾，此處自不必再表。方纔點頭道：「便是，你是那裏來的？」兩公子道：「我弟兄兩個姓婁，在城裏住。特來拜訪楊執中老爺的。」那老嫗又聽不明白，說道：「是姓劉麽？」〇天一評：嘉湖人口音「劉」、「婁」易混，故劉守備可冒婁。〇天二評：嘉湖人「劉」、「婁」音混，故劉守備得冒婁府。兩公子道：「姓婁。你只向老爺說是大學士婁家便知道了。」〇黄評：非以大學士嚇之，欲其明白耳。老嫗道：「老爺不在家裏。從昨日出門看他們打魚，並不曾回來，你們有甚麽說話，改日再來罷。」說罷，也不曉得請進去請坐吃茶，竟自關了門進〔二六〕去了。〇黄評：所以先說又痴又聾。〇齊評：情景的確。〇天二評：自兩公子看來，此聾嫗亦高絶。〇童評：畫出一個又痴又聾的老嫗來，一誤再誤，都誤在他身上。兩公子不勝悵悵，立了一會，只得仍舊過橋，依着原路回到船上，進城去了。〇童評：有興而來，敗興而返。今夜河中運租米的船，想必依舊挨擠，但不及昨宵打得熱鬧耳。

楊執中這老呆直到晚裏纔回家來。老嫗告訴他道：「早上城裏有兩個甚麼姓『柳』的來尋老爹，説他在甚麼『大覺寺』裏住。」○黄評：錯得像。○天一、二評：絶倒。楊執中道：「你怎麼回他去的？」老嫗道：「我説老爹不在家，叫他改日來罷。」楊執中自心裏想：「那個甚麼姓柳的？」忽然想起當初鹽商告他，打官司，縣裏出的原差姓柳，一定是這差人要來找錢。○齊評：愈曲愈妙。○童評：以劉冒婁，姓劉的點起大高燈，借用赫赫官銜，不想狹路相逢，撞着本主。將婁作柳，姓柳的住在大覺寺，抹煞堂堂相府。可笑驚弓之鳥，疑是原差。因把老嫗罵了幾句道：「你這老不死，老蠢蟲！這樣人來尋我，你只回我不在家罷了，又叫他改日來怎的？你就這樣没用！」老嫗又不服，○童評：老呆管帳，虧空了銀子，没處開銷，問你所司何事，能不擔差？及至東家盤查，還要咬文嚼字。老呆不服的無理。老嫗應門，看見有客到，没人接待，回他改日再來。原未説錯，反被主人辱駡，豈肯忍氣吞聲？老嫗不服得近情。回他的嘴，楊執中惱了，把老嫗打了幾個嘴巴，踢了幾脚。○黄評：以意度之便打駡，又確是老呆。○天一評：絶倒。自此之後，恐怕差人又來尋他，從清早就出門閑混，直到晚纔歸家。○童評：楊執中恐怕差人尋他，安心躲避，朝出晚歸。婁公子二次再來，焉能會面？

不想婁府兩公子放心不下，過了四五日，又叫船家到鎮上，仍舊步到門首敲門。老嫗開門，看見還是這兩個人，惹起一肚子氣，發作道：「老爹不在家裏，你們只管來尋怎的？」兩公子道：「前日你可曾説我們是大學士婁府？」老嫗道：「還説甚麽！爲你這兩個人，帶累我一頓拳打脚踢！〇黄評：妙。今日又來做甚麽？老爹不在家！還有些日子不來家哩！〇黄評：更妙。我不得工夫，要去燒鍋做飯！」〇黄評：竟有飯可燒。説着，不由兩人再問，把門關上，就進去了，再也敲不應。〇童評：前日老嫗捱駡，爲此兩人而起，今日又來，自然遷怒於他，不問情由，閉門不納。兩公子不知是何緣故，〇童評：兩公子兩番枉顧，未見高人之面，反受村嫗之氣。徘徊緑野，瞻眺丹楓，滿腹疑團，不知何時打破。心裏又好惱，又好笑，立了一會，料想叫不應了，只得再回船來。

船摇着行了有幾里路〔一七〕，一個賣菱的船，船上一個小孩子摇近船來，那孩子〔一八〕手扶着船窗，口裏説道：「買菱那！買菱那〔一九〕！」船家把繩子拴了船，且秤菱角。兩公子在船窗内伏着問那小孩子道：「你是那村裏住？」那小孩子道：「我就在這新市鎮上。」四公子道：「你這裏有個楊執中老爹，你認得他麽？」〇童評：聽説新市鎮，便問楊執中，可知「楊執中」三個字，如轆轤一般，在兩公子心頭口頭轉上轉下。雖對賣菱小孩，亦不禁失聲一問也。那小孩子道：「怎麽不認得！這位老先生是個和氣不過的人，前日趁了我的船去前村看戲，袖子裏還丟下一張紙卷子，寫了些字在上面。」三公子道：「在那裏？」那小孩子道：「在艙底下不是？」三公子道：「取過來我們看看。」那小孩子取了遞過來，接了船家〔二〇〕買菱的錢，搖着去了。○童評：前次來時，遇着一個樵夫，指出楓林裏幾間老屋。此次歸時，遇着一個童子，遞過菱舟裏一紙新詩。如此點綴，高絶，雅絶。兩公子打開看，是一幅素紙，上面寫着一首七言絶句詩道：

不敢妄爲些子事，只因曾讀數行書。
嚴霜烈日皆經過，次第春風到草廬。○萍叟云：詩見《輟耕録》，但改七律爲絶句，借以點綴。○齊評：樂天知命是賢者胸襟，究非村學究可比。○天二評：蓋亦隱寓吃官司收監事。○平步青評：見《輟耕録》，但改七律爲絶句耳。○童評：「不敢妄爲些子事」，是鹽店裏虧空銀子，非伊侵用；「只因曾讀數行書」，是袖内藏了一卷，隨處坐着，拿出來看；「嚴霜烈日皆經過」，是送縣追比，坐監半年，始得保出；「次第春風到草廬」，是婁公子聞聲相思，兩番過訪。這首七言絶句，雖是楓林即景，而此回書，即以四句詩包括之。

後面一行寫「楓林拙叟楊允草」。○黄評：詩係元人作，見《輟耕録》，老阿呆攘爲己有，改七律爲七絶，得謂之呆耶？兩公子看罷，不勝嘆息，説道：「這先生襟懷冲淡，其實可敬！只是我兩人怎麽這般難會？」這日雖霜風〔二一〕凄緊，却喜得天氣晴明，四公子在船頭上，看見山光水色，徘徊眺望，只見後面一隻大船趕將上來。船頭上一個人叫道：「婁四老爺，請攏了船，家老爺在此。」○黄評：不平處正要做盡曲折，且借此出魯編修，語氣小小一頓。蓋一直寫訪楊執中，似覺拖沓累贅，得此一頓，大妙！船家忙把船攏過去，那人跳過船來，磕了頭，看見艙裏道：「原來三老爺也在此。」〇天一、二評：因四公子在船頭，三公子在艙裏，故先見四公子後見三公子。分作兩層，便不直率。只因遇着這隻船，有分教：少年名士，豪門喜結絲蘿；相府儒生，勝地廣招俊傑。畢竟這船是那一位貴人，且聽下回分解。

【總評】

卧評　婁氏兩公子，因不能早年中進士、入詞林，激成一肚子牢騷，是其本源受病處。狂言發於蘧太守之前，太守遂正色以拒之；不意窮鄉之中，乃有不識字之村父，其見解竟與己之見解同，雖欲不以爲知言烏可得已？一細叩之，而始知索解者别有人在。此時即有百口稱説楊執中爲不通之老阿呆，亦不能疏兩公子納交之殷也。〇黄評：妙批。故執中愈不來，而公子想慕執中之心愈濃愈確。其中如看門之老嫗、賣菱之童子，無心點逗，若離若合，筆墨之外，逸韻横生。

冒姓打船家一段，與上文吩咐晉爵贖楊執中一段，兩兩對勘，纔夾出真鄉紳身份，非如嚴貢老〔二二〕時時要寫帖子，究竟不曾與湯父母謀面者比。且文字最嫌直率，假使兩公子駕一葉之扁舟，走到新市鎮，便會見楊執中，路上一些事也沒有，豈非時下小説庸俗不堪之筆墨？有何趣味乎！

黄評　予最喜與樸誠野老閑談，其無知處，可笑；其無知而似有知處，則又可敬。蓋野老無功名之念，無富貴之想，多收十斗麥則泰然自足矣。且樸誠者機械多直率，尚有古風。與其與世俗人談，無寧與野老談。觀此回鄒吉甫云云，因記數語於後。

則仙評　君子素位而行，名教中自有樂趣，何必矯揉造作博取虚名？如二婁者果何爲者也！他日者，名賢戾止而關文來自故鄉，俠客高翔而人頭會於烏有，敗興齊來，不得不杜門謝客，抑何見之已晚耶！丁未巧月朔日抱仙誌。

【校記】

〔一〕梢，原作「稍」，抄本、蘇本同。從申一、二本改。同一誤字，以下徑改不記。

〔二〕大轎子，抄本作「大轎了」，申一、二本作「高升了」。

〔三〕話，原作「説」，抄本、蘇本同。從申一、二本改。此二字屢混用，以下徑改不記。

〔四〕來，原作「米」，抄本、蘇本、申一本同。從申二本改。

〔五〕少老爺，原作「老爺」，抄本、蘇本、申一本同。從申二本補。

〔六〕要便袖口，申一本作「懷」。

〔七〕「不能得」後申一本多「見了兩」。

〔八〕點到奉承，申一本作「隨到隨行」，申二本作「點到奉行。」

〔九〕拔濟，申一、二本作「救濟」。

〔一〇〕客事，申二本作「的客」。

〔一一〕挨貢，申二本作「拔貢」，本回下同。

〔一二〕放出來，原作「放來」，抄本、蘇本同。申一本作「釋放」。從申二本補。

〔一三〕壞，原作「壤」，蘇本同。從抄本和申一、二本改。

〔一四〕不必，申一本作「不可」。

〔一五〕去走，申二本作「走去」。

〔一六〕進，原作「回」，抄本、蘇本、申一本同。從申二本改。

〔一七〕幾里路，原作「幾家里路」，抄本、蘇本同。申一本作「幾里路程見」。申二本作「幾里路程」。參齊本改。

〔一八〕孩子，申一、二本作「公子」。

〔一九〕買菱那買菱那，申一、二本作「買菱那賣菱的」。

〔二〇〕接了船家，申一本作「船家接了」，申二本作「給了船家」。

〔二一〕風，原作「楓」，蘇本和申一、二本同。從抄本改。

〔二二〕嚴貢老，申二本作「嚴貢生」。

第十回

魯翰林憐才擇婿　蘧公孫富室招親

話説婁家兩位公子在船上，後面一隻大官船趕來，叫攏了船，一個人上船來請。兩公子認得是同鄉魯編修家裏的管家，問道：「你老爺是幾時來家的？」管家道：「告假回家，尚未曾到。」三公子道：「如今在那裏？」管家道：「現在大船上，請二位老爺過去。」兩公子走過船來，看見貼着「翰林院」的封條，○齊評：官體。編修公已是方巾便服，出來站在艙門口。編修原是太保的門生，當下見了，笑道：「我方纔遠遠看見船頭上站的是四世兄，我心裏正疑惑你們怎得在這小船上，○齊評：官氣。○天二評：是魯編修先望見，因其在船頭上故也。不想三世兄也在這裏，有趣的緊。請進艙裏去。」

○童評：婁公子前次訪楊執中，坐一隻小船；此次訪楊執中，仍坐一隻小船。前次在途中，遇着一隻大船；此次在途中，也遇着一隻大船。前次大船是夜裏遇着，此次大船是日裏遇着。前次大船是去時遇着，此次大船是回時遇着。前次大船是當頭撞來，此次大船是後面趕來。前次大船上，把小船打開去；此次大船上，叫小船攏過來。前次四公子在板縫裏，張一片燭影鞭聲；此次四公子在船頭上，看四圍山光水色。前次劉守府的家人，認得婁三公子；此次婁三公子，認得魯編修的家人。前次劉家奴，初不料小船裏坐的是兩位老爺；此次魯編修，初不料小船裏坐的是兩位世兄。前次劉家奴，但見三老爺，不知還有四老爺；此次魯編修，但見四世兄，不想還有三世兄。前次四公子，在小船裏，暗暗張見劉家奴；此次魯編修，在大船上，遠遠望見四公子。前次大船上，點着通政司的燈籠；此次大船上，貼着翰林院的封條。前次大船上，站着如狼似虎的豪奴；此次大船上，迎出方巾便服的鄉宦。前次大船上一班僕人，冒名是相府的租米；此次大船上一位太史，確真是太保的門生。前後對照，筆法整齊。

讓進艙內，彼此拜見過了坐下。三公子道：「京師拜別，不覺又是半載，世老先生因何告假回府？」魯編修道：「老世兄，做窮翰林的人，只望着幾回差事。○天一、二評：開口便俗。○天一評：不中與蘧太守磨墨。○齊評：官腔。現今肥美的差都被別人鑽謀去了，○黃評：開口便俗。翰林而羡肥美差事，其人品可知。白白坐在京裏，賠〔一〕錢度日。况且弟年將五十，又無子息，只有一個小女，還不曾許字人家，○天一、二評：伏下。○童評：先點一筆魯小姐，伏下招贅蘧公孫。思量不如告假返舍，料理些家務，再作道理。二位世兄爲何駕着一隻小船在河裏？從人也不帶一個，却做甚麽事？」四公子道：「小弟總是閑着無事的人，因見天氣晴暖，同家兄出來閑游，○童評：但說出來閑游，且不提起訪友之事。也没甚麽事。」魯編修道：「弟今早在那邊鎮上去看一個故人，他要留我一飯，我因匆匆要返舍，就苦辭了他，他却將一席酒肴送在我船上。○齊評：官習。○童評：送酒席以申敬客之意，最是官場惡套。不圖於鄉黨中，亦染此種習氣。想魯編修這位故人，亦是做過官的。今喜遇着二位世兄，正好把酒話舊。」因問從人道：「二號船可曾到？」○天二評：欲請陳和甫陪客故也。船家答應道：「不曾到，還離的遠哩。」○天一評：預先伏下一陳和甫。魯編修道：「這也罷了。」○童評：魯編修無多眷屬，分明用不着二號船。有此一問，暗藏還有門客同來。還離得遠，不能久待，故道「這也罷了」。叫家人：「把二位老爺行李搬上大船來，那船叫他回去罷。」吩咐擺了酒席，斟上酒來同飲，説了些京師裏各衙門的細話〔二〕。

魯編修又問問故鄉的年歲，又問近來可有幾個有名望的人。○天二評：所謂有名望者，何等人邪？三公子因他問這一句話，就説出楊執中這一個人，○天二評：認錯了鈕襟。可以算得極高的品行，就把這一張詩拿出來送與魯編修看。魯編修看罷，愁着眉道：○黄評：所謂有名望非謂詩也，焉得不皺眉。「老世兄，似你這等所爲，怕不是自古及今的賢公子？就是信陵君、春申君，也不過如此。但這樣的人，盜虛聲者多，有實學者少。○齊評：官論。○天二評：未嘗不是。奈彼所謂實學，只是時文八股，中舉人、中進士耳。（天一評開頭多「二句」二字；「奈」前多「無」字）我老實説：他若果有學問，爲甚麽不中了去？只做這兩句詩當得甚麽？○齊評：雖是官話，然別有感嘆，其閱歷頗深。就如老世兄這樣屈尊好士，也算這位楊兄一生第一個好遭際了，兩回躲着不敢見面，其中就可想而知。○天二評：所料亦近情，豈知非也。依愚見，這樣人不必十分周旋他也罷了。」○童評：玉亭誤矣。魯公問有名望的人，不是問敦品行的人。所謂有名望者，必要蜚聲翰苑，像他高發過的身分。至於敦品行者，不過虛聲純盜，那有中了去的學問。危素看重王元章，愧故鄉有此賢士而不知，道是「將來名位不在你我之下」，還想約他一會。魯公看輕楊執中，聞故鄉有此高人而不喜，道是兩回躲着，其中可想而知，不必與他周旋。楊執中固難比元章，魯編修尚不及危素。兩公子聽了這話，默然不語。又吃了半日酒，講了些閑話，已到城裏，魯編修定要送兩位公子回家，然後自己回去。

兩公子進了家門，看門的稟道：「蘧小少爺來了，○黃評：緊接蘧公孫，不可再緩。以後文須由公孫遞到馬二，乃書中正文也。○天一評：來得快。○童評：蘧公孫來得湊巧，想是魯小姐紅鸞照命。在太太房裏坐着哩。」兩公子走進內堂，見蘧公孫在那裏，三太太陪着。公孫見了表叔來，慌忙見禮，兩公子扶住，邀到書房。蘧公孫呈上乃祖的書札並帶了來的禮物。所刻的詩話每位一本，○童評：又從詩話上賣弄才情。兩公子將此書略翻了幾頁，稱贊道：「賢侄少年如此大才，我等俱要退避三舍矣。」蘧公孫道：「小子無知妄作，要求表叔指點。」兩公子歡喜不已，當夜設席接風，留在書房歇息。次早起來，會過蘧公孫，就換了衣服，叫家人持帖，坐轎子去拜魯編修。拜罷回家，即吩咐厨役備席，發帖請編修公，明日接風。走到書房内，向公孫笑着説道：「我們明日請一位客，勞賢侄陪一陪。」○黄評：恰合。○童評：請魯編修吃酒，是接風；邀蘧公孫作陪，也算是接風。不道接風的筵席，做了相攸的機會。蘧公孫問：「是那一位？」三公子道：「就是我這同鄉魯編修，也是先太保做會試總裁取中的。」四公子道：「究竟也是個俗氣不過的人，○天一評：三公子不説，四公子説出，可見二婁淺深。○童評：魯編修與兩公子性情相反，所以婁瑟亭説他是個俗氣不過的人。却因我們和他世兄弟，又前日船上遇着就先擾他一席酒，所以明日邀他來坐坐。」○黄評：然不中語。

説着，看門的人進來稟説：「紹興姓牛的牛相公，叫做牛布衣，○黄評：以前有伏筆，不嫌湊合。○天一、二評：預伏一牛布衣與陳和甫作對。○童評：先寫出兩個媒人來。在外候二位老爺。」三公子道：「快請廳上坐。」蘧公孫道：「這牛布衣先生，可是曾在山東范學臺幕中的？」○則仙評：應上。三公子道：「正是。你怎得知？」蘧公孫道：「曾和先父同事，小侄所以知道。」○黄評：一筆便將前後聯貫。四公子道：「我們倒忘了尊公是在那裏的。」隨即出去會了牛布衣，談之良久，便同牛布衣走進書房。蘧公孫上前拜見，牛布衣説道：「適纔會見令表叔，纔知尊大人已謝賓客，使我不勝傷感，今幸見世兄如此英英玉立，可稱嗣續有人，又要破涕爲笑。」○童評：是父執口氣，而且應酬的周到。因問：「令祖老先生康健麽？」蘧公孫答道：「托庇粗安。家祖每常也時時想念老伯。」牛布衣又説起：「范學臺幕中查一個童生卷子，尊公説出何景明的一段話，真乃『談言微中，名士風流』。」因將那一席話又述了一遍，兩公子同蘧公孫都笑了。○齊評：這一席話却是有趣，不妨多述幾遍。○天一評：映帶前文。○童評：又將舊話一提，與公孫初交，愈見親密。三公子道：「牛先生，你我數十年故交，凡事忘形，○童評：是數十年忘形之友，寫來與泛交不同。今又喜得舍表侄得接大教，竟在此坐到晚去。」少頃，擺出酒席，四位樽酒論文，直吃到日暮，牛布衣告別，兩公子問明寓處，送了出去。

次早，遣家人去邀請魯編修，直到日中纔來，頭戴紗帽，身穿蟒衣，進了廳事就要進去拜老師神主。○齊評：官派。兩公子再三辭過，然後寬衣坐下，獻茶。茶罷，蘧公孫出來拜見。三公子道：「這是舍表侄，南昌太守家姑丈之孫。」魯編修道：「久慕久慕！」彼此謙讓坐下，寒暄已畢，擺上兩席酒來。○童評：兩客兩主，只有四人，却在廳上擺兩席酒。寫得局面闊大，且不獨爲魯編修接風也。魯編修道：「老世兄，這個就不是了。你我世交，知己間何必做這些客套！○黃評：待俗人，不得不爾。依弟愚見，這廳事也太闊落，意欲借尊齋，只須一席酒，我四人促膝談心，方纔暢快。」○天一評：他也能説這爽快話。○天二評：似是解人。兩公子見這般説，竟不違命，○童評：促膝談心，方纔暢快。魯編修説得極是。兩公子竟不違命。當下讓到書房裏。魯編修見瓶、花、爐、几，位置得宜，不覺怡悦。○黄評：不知架上有時文否？○童評：瓶花鑪几，是書室中必不可少之物。若非位置得宜，便見主人欠雅。奉席坐了，公子吩咐一聲叫「焚香」，○童評：肆筵設席，佑以焚香，與動輒傳一班戲子來款客者，其雅其俗，何可同日語哉？只見一個頭髮齊眉的童子，在几上捧了一個古銅香爐出去，隨即兩個管家進來放下暖簾，就出去了。足有一個時辰，酒斟三巡，那兩個管家又進來把暖簾捲上，但見書房兩邊牆壁上板縫裏，都噴出香氣來，滿座異香襲人，○黄評：此用賈似道事，然待俗人又不必爾。魯編修覺飄飄有淩雲之思。三公子向魯編修道：「香必要如此燒，方不覺得有烟氣。」○齊評：俗人恐未必知之。

編修贊嘆了一回，同蘧公子談及江西的事，問道：「令祖老先生南昌接任便是王諱惠的了？」○天二評：蘧公孫前有贈銀一節，後有雙紅一節，而此時將爲魯編修婿，故於此一提，絲聯絡貫，百脈皆通。蘧公孫道：「正是。」魯編修道：「這位王道尊却是了不得，而今朝廷捕獲得他甚緊。」三公子道：「他是降了寧王的。」魯編修道：「他是江西保薦第一能員，及期就是他先降順了。」四公子道：「他這降，到底也不是。」魯編修道：「古語道得好：『無兵無糧，因甚不降？』」○齊評：妙問妙答。○黄評：堂堂太史，好引證。○天一、二評：此公節操可知。○童評：無兵無糧，因甚不降。倘使魯太史處此地位，也同王觀察一樣收場。只是各僞官也逃脱了許多，只有他領着南贛數郡一齊歸降，所以朝廷〔三〕尤把他罪狀的狠，懸賞捕拿。」公孫聽了這話，那從前的事一字也不敢提。魯編修又説起他請仙這一段故事，兩公子不知。魯編修細説這件事，把《西江月》〔四〕念了一遍，後來的事逐句講解出來。○黄評：又將從前事一述，使脈絡聯貫。○天二評：此魯編修新得之於陳和甫者。有此一席話，下出陳和甫便不突。（天一評「魯編修」作「老蓋」）又道：「仙乩也古怪，只説道他歸降，此後再不判了，還是吉凶未定。」○童評：吉凶未定，是但知朝廷懸賞緝捕，不知王惠削髮披緇。四公子道：「『幾者，動之微，吉之先見。』這就是那扶乩的人一時動乎其機。説是有神仙，又説有靈鬼的，都不相干。」○齊評：確論。○天二評：此見四公子確有學問。紀文達云：精神所動，鬼神通之，氣機所感，形相兆之。（天一評只有首句）

換過了席，兩公子把蘧公孫的詩和他刻的詩話〔五〕請教，極誇少年美才。魯編修嘆賞了許久，○黄評：不知懂否？便向兩公子問道：「令表侄貴庚？」三公子道：「十七。」魯編修道：「懸弧之慶在於何日？」○天一評：看中了女婿，却喜合婚的又帶在身邊。○童評：公孫外貌内才，並皆佳妙，定爲快婿無疑。三公子轉問蘧公孫。公孫道：「小侄是三月十六亥時生的。」魯編修點了一點頭，記在心裏。到晚席散，兩公子送了客，各自安歇。

又過了數日，蘧公孫辭别回嘉興去，○童評：寫蘧公孫辭别，要回嘉興去。當時婁公子並未想到魯編修的令嬡，並未想替蘧公孫求親。作此一頓，是文章曲折處。兩公子又留了一日。這日，三公子在内書房寫回覆蘧太守的書。纔寫着，書童進來道：「看門的稟事。」三公子道：「着他進來。」看門的道：「外面有一位先生，要求見二位老爺。」三公子道：「你回他我們不在家，留下了帖罷。」看門的道：「他没有帖子，問着他名姓，也不肯説，只説要面會二位老爺談談。」三公子道：「那先生是怎樣一個人？」看門的道：「他有五六十歲，頭上也戴的是方巾，○黄評：前在京戴的瓦楞帽。穿的件繭綢直裰，像個斯文人。」三公子驚道：「想是楊執中來了。」○黄評：此時楊執中可以來矣，却仍作一曲，亦因寫魯編修將前文隔斷，以下又須寫公孫入贅，故趁此處將楊執中一提，又於情理恰合，文字頗費經營。○天一評：我亦以爲必是楊執中。此時楊執中可以來矣，却仍作一折，因魯編修事將前文隔斷，以下又須寫蘧公孫入贅，故於此略一頓挫，不致抛荒來脈。○天二評：我亦以爲必是楊執中。此時楊執中可以來矣，却因有蘧公孫入贅事，作者未肯合龍，又恐抛荒來脈，故於此略作頓挫，以見綫索。○童評：没有帖子，未通姓名。戴方巾，穿直裰，像個斯文人，疑是楊執中，故肯拔冗會他。前日魯編修之言，竟如秋風過耳。忙丢了書子，請出四公子來，告訴他如此這般，似乎楊執中的行徑，因叫門上的：「去請在廳上坐，我們就出來會。」看門的應諾去了，請了那人到廳上坐下。○童評：讀者至此，亦道是楊執中來了。

兩公子出來相見，禮畢，奉坐。那人道：「久仰大名，如雷灌耳，只是無緣，不曾拜識。」三公子道：「先生貴姓，臺甫？」那人道：「晚生姓陳，草字和甫，○天二評：兩公子並未聞名，看書者却已熟識。○童評：即是替王員外請乩仙之人也。一向在京師行道。昨同翰苑魯老先生來游貴鄉，○童評：所以魯編修深悉王道臺這段故事，念得出《西江月》詞，必是陳和甫向他說的。今得瞻二位老爺丰采。三老爺『耳白於面，名滿天下』；○天一評：「耳白於面，名聞天下」，《有僧相歐陽文忠》語，見孔氏《談苑》。滿口江湖氣可厭。○天二評：「耳白於面，名聞天下」見孔氏《談苑·有僧相歐陽文忠》語。○平步青評：「耳白於面，名聞天下」，見孔氏《談苑》。四老爺土星明亮，不日該有加官晉爵之喜。」○黄評：山人聲口逼肖。○童評：江湖術士，一見面就是恭維，一開口就是歌訣。說得熟極而流。兩公子聽罷，纔曉得不是楊執中，問道：「先生精於風鑒？」陳和甫道：「卜易、談星，看相、算命，內科、外科，內丹、外丹，以及請仙判事，扶乩筆録，晚生都略知道一二。○天一、二評：天下騙人之術色色俱全。向在京師，蒙各部院大人及四〔六〕衙門的老先生請個不歇，○天一、二評：獨三老爺、四老爺未請何也？經晚生許過他升遷的，無不神驗。不瞞二位老爺說，晚生只是個直言，並不肯阿諛趨奉〔七〕，

○黄評：偏説如此話。所以這些當道大人，俱蒙相愛。○齊評：山人得意之筆。○天二評：適已領教。(天一評「適」作「適纔」)○童評：若是直言，不肯阿諛趨奉，那些當道大人，就未必相愛了。前日正同魯老先生笑説，自離江西，今年到貴省，屈指二十年來，已是走過九省了！」○童評：你從前在王員外寓中扶乩時，説是數十年來，「並不在江湖上行道，總在王爺府裏和諸部院大老爺衙門交往」，如何又向魯老先生説「屈指二十年來，已是走過九省」？然則數十年不在江湖上行道的，是一個陳和甫；二十年已經走過九省的，又是一個陳和甫。再不然，你難道另有個分身之法麼？説罷哈哈大笑。○天一、二評：有何可笑？左右捧上茶來吃了。四公子問道：「今番是和魯老先生同船來的？○黄評：閲者幾疑陳和甫説謊，却又是真。愚弟兄那日在路遇見魯老先生，在船上盤桓了一日，却不曾會見。」陳和甫道：「那日晚生在二號船上，到晚纔知道二位老爺在彼。○天二評：將謂：「因天機不可泄漏，預先回避。」○童評：只怕是三日前純陽老祖師降壇，乩上寫着這日午時三刻，有兩位貴人來到，不可泄露天機，所以預先回避的。這是晚生無緣，遲這幾日，纔得拜見。」三公子道：「先生言論軒爽，愚兄弟也覺得恨相見之晚。」陳和甫道：「魯老先生有句話托晚生來面致二位老爺，可借尊齋一話。」兩公子道：「最好。」○童評：不是來談相，不是來扶乩，是來做媒的。

當下讓到書房裏。陳和甫舉眼四面一看，見院宇深沉，琴書瀟灑，説道：「真是

『天上神仙府，人間宰相家』！」〇黄評：胸中不過此二語，確是山人口吻。說畢，將椅子移近跟前道：「魯老先生有一個令愛，年方及笄，晚生在他府上是知道的，這位小姐德性温良，才貌出衆，魯老先生和夫人因無子息，愛如掌上之珠，許多人家求親，只是不允。〇童評：的是媒人聲口，説得天花亂墜。昨在尊府會見南昌蘧太爺的公孫，着實愛他才華，〇黄評：非愛其詩才，大約以貌取人，謂必可中了去。所以托晚生來問，可曾畢過姻事？」〇天一評：未必愛其才，特以太守之孫，又是少年美貌，謂可必得科第耳。三公子道：「這便是舍表侄，却還不曾畢姻。極承魯老先生相愛，只不知他這位小姐貴庚多少？年命可相妨礙？」陳和甫笑道：「這個倒不消慮。令表侄八字，魯老先生在尊府席上已經問明在心裏了，到家就是晚生查算，〇黄評：一客不煩二主，用陳和甫正是省筆墨之法。〇童評：老丈人愛女愛婿，未提親先與合婚；門下客多藝多才，精命理便爲查算。替他兩人合婚：小姐少公孫一歲，今年十六歲了，天生一對好夫妻，年、月、日、時，無一不相合，〇天一、二評：就是性情有些不合。將來福壽綿長，子孫衆多，一些也没有破綻的。」〇童評：一些没有破綻，兩人自是姻緣。四公子向三公子道：「怪道他前日在席間諄諄問表侄生的年月，我道是因甚麽，原來那時已有意在那裏。」〇齊評：應前無迹。〇天二評：看書人却已猜着。三公子道：「如此極好。魯老先生錯愛，又蒙陳先生你〔八〕來作伐，我們即刻寫書與家姑丈，擇吉央媒到府奉求。」陳和甫作别道：「容日再來請教，今暫告别，回魯老先生話去。」兩公子送過陳和甫，回來將這話説與蘧公孫道：「賢侄，既有此事，却且休要就回嘉興，我們寫書與太爺，○童評：婁公子正在寫書，被陳和甫來打斷。因陳和甫來作伐，仍接入婁公子寫書。剛纔蘧公孫要回嘉興，寫的是通候信；現在蘧公孫不回嘉興，寫的是公事信。陳和甫做媒一段，以寫書起，以寫書結。打發盛從回去取了回音來，再作道理。」蘧公孫依命住下。

家人去了十餘日，領着蘧太守的回書來見兩公子道：「太老爺聽了這話，甚是歡喜，向小人吩咐説：自己不能遠來，這事總央煩二位老爺做主。央媒拜允，一是二位老爺揀擇；或娶過去，或招在這裏，也是二位老爺斟酌。呈上回書並白銀五百兩，以爲聘禮之用。大相公也不必回家，住在這裏辦這喜事。太老爺身體是康强的，一切放心。」兩公子收了回書、銀子，擇個吉日，央請陳和甫爲媒，這邊添上一位媒人，就是牛布衣。○黄評：此書妙訣，凡傍襯，不添設一人，皆閲者所知，不特前後聯絡，並省筆墨，然煞費經營。○童評：陳和甫是女媒，牛布衣是男媒。陳和甫勞了脚步，費了説辭，帶挈牛布衣做了個現成媒人，一樣得了一分謝媒厚禮。牛布衣當比陳和甫更加歡喜。

當日兩位月老齊到婁府，設席款待〔九〕過，二位坐上轎子，管家持帖，去魯編修家求親。魯編修那裏也設席相留，回了允帖，並帶了庚帖過來。到第三日，婁府辦齊金銀珠翠首飾，裝蟒刻絲綢緞綾羅衣服，羊酒、果品，共是幾十抬，行過禮去。又備了謝媒之禮，陳、牛二位，每位代衣帽銀十二兩，代果酒銀四兩，俱各歡喜。兩公子就托陳和甫選定花燭之期，陳和甫選在十二月初八日不將大吉，○天一評：如此對親、做親，却也迅速，新郎新娘必然歡喜。送過吉期去。魯編修説，只得一個女兒，捨不得嫁出門，要蘧公孫入贅。婁府也應允了。○童評：愛親攀親，一説便成。求允了就行聘禮，行了聘就選吉期。魯編修捨不得嫁女出門，深情戀戀；蘧太守早安排送孫入贅，喜事匆匆。

到十二月初八，婁府張燈結彩，先請兩位月老吃了一日。黄昏時分，大吹大擂起來。婁府一門官銜燈籠就有八十多對，添上蘧太守家燈籠，足擺了三四條街，○天二評：極力排場，正爲下文作勢。○童評：同在鄉里，何妨借個官銜燈籠。誼屬至親，更該送個官銜燈籠。就是婁府的官銜燈籠，已經有八十多對，添上蘧家的官銜燈籠，何止擺三四條街。還擺不了。全副執事，又是一班細樂，八對紗燈。這時天氣初晴，○黄評：記着「天氣初晴」。浮雲尚不曾退盡，燈上都用綠綢雨帷罩着，○天一評：伏下。○天二評：伏筆。不利市。○童評：天氣初晴，浮雲未散，燈上罩着綠綢雨帷，是爲下文釘鞋作引。引着四人大轎，蘧公孫端坐在内。後面四乘轎子，便是婁府兩公子、陳和甫、牛布衣，同送公孫入贅。到了魯宅門口，開門錢送了幾封，只見重門洞開，裏面一派樂聲，迎了出來。四位先下轎進去，兩公子穿着公服，兩山人也穿着吉服。魯編修紗帽蟒袍，緞靴金帶，○天一評：細寫衣服，爲下文張本。迎了出來，揖讓升階；纔是一班細樂，八對絳紗燈，引着蘧公孫，紗帽宮袍，簪花披紅，低頭進來。○童評：低頭進來，描寫新郎面嫩。到了廳事〔一〇〕，先奠了雁，然後拜見魯編修。編修公奉新婿正面一席坐下，○天二評：不寫參拜天地，夫妻交拜，豈略之邪？抑風俗不同邪？兩公子、兩山人和魯編修兩列相陪。獻過三遍茶，擺上酒席，每人一席，共是六席。魯編修先奉了公孫的席，公孫也回奉了。下面奏着細樂。魯編修去奉衆位的席。蘧公孫偷眼看時，是個舊舊的三間廳古老房子，○黃評：百忙中偏有工夫寫房子，即用公孫看出，更妙。○天一、二評：此梁上老鼠所由來。○童評：舊舊的三間廳，是古老房子，所以屋梁上掉下老鼠來。此時點幾十枝大蠟燭，却極其輝煌。

須臾，坐〔一一〕定了席，樂聲止了。蘧公孫下來告過丈人同二位表叔的席，又和兩山人平行了禮，入席坐了。戲子上來參了堂，磕頭下去，打動鑼鼓，跳了一齣「加官」，演了一齣「張仙送子」，一齣「封贈」。這時下了兩天〔一二〕雨纔住，○黃評：又點雨，皆後文釘鞋張本。地下還不甚乾，○天一、二評：安排跳釘鞋。○童評：天雨纔止，地下未乾，戲子穿着新靴，從廊下板上大寬轉走，又爲鄉下小使靸了一雙釘鞋作襯。戲子穿着新靴，都從廊下板上大寬轉走了上來。唱完三出頭，副末執着戲單上來點戲，纔走到蘧公孫席前跪下，恰好侍席的管家捧上頭一碗膾燕窩來上在桌上。管家叫一聲「免」，副末立起，呈上戲單。忽然「乒乓」一聲響，○齊評：天外奇峰。○黄評：奇峰特聳。○天一評：咦？屋梁上掉下一件東西來，不左不右，不上不下，端端正正掉在燕窩碗裏，將碗打翻。那熱湯濺了副末一臉，碗裏的菜潑了一桌子。定睛看時，原來是一個老鼠從梁上走滑了脚，掉將下來。○黄評：哪得不絶倒。那老鼠掉在滚熱的湯裏，嚇了一驚，把碗跳翻，爬起就從新郎官身上跳了下去，○天一評：不特席上的吃驚，連看書的也吃驚，百忙裏偏要細細分疏，好整以暇。○天二評：不特席上人吃驚，連看書人也吃驚，百忙裏偏要細細分疏。其實老鼠聞着燕窩湯香，欲抄近路來嘗新，却不計湯是滚熱的，未免掃興。把簇新的大紅緞補服都弄油了。○童評：副末來請點戲，管家恰好上菜。掉下一個老鼠，打翻一碗燕窩。濺了副末一臉熱湯，跳了新郎一身油汁。一時七手八脚，寫得好笑。衆人都失了色，忙將這碗撤去，桌子打抹乾净，又取一件圓領與公孫換了。公孫再三謙讓，不肯點戲，商議了半日，點了「三代榮」，副末領單下去。

須臾，酒過數巡，食供兩套，厨下捧上湯來。○童評：一波未平，一波又起。那厨役雇的是個鄉下小使，他靸了一雙釘鞋，○黄評：記明，釘鞋是「靸」着。○天一、二評：寫老鼠先叙事後分疏，寫釘鞋先分疏後叙事，行文須有變化。○天二評：原作者之意，老鼠一節爲魯編修歸位張本，亦已不祥矣；以爲不足，又更出此一段，比前更覺可笑可怪。見其精神才力之富。捧着〔一三〕六碗粉湯，站在丹墀裏尖〔一四〕着眼睛看戲。管家纔掇了四碗上去，還有兩碗不曾端，他捧着看戲，看到戲場上小旦裝出一個妓者，扭扭捏捏的唱，他就看昏了，忘其所以然，○齊評：真是妙絶之筆。只道粉湯碗已是端完了，把盤子向地下一掀，要倒那盤子裏的湯脚，却「叮噹」一聲響，把兩個碗和粉湯都打碎在地下。他一時慌了，彎下腰去抓那粉湯，○黄評：妙在想「抓」，已令人笑。又被兩個狗争着，咂嘴弄舌的來搶那地下的粉湯吃。他怒從心上起，使盡平生氣力，○黄評：非怒不用力。蹺起一隻脚來踢去，不想那狗倒不曾踢着，力太用猛了，把一隻釘鞋踢脱了，踢起有丈把高。○童評：鄉下小使見了戲，那得不看？只管眼裏看着小旦，忘却手裏捧着粉湯。還記得盤裏的湯脚要掀掉，不顧得盤裏的湯碗未端完。聽得叮噹一聲響，纔知打碎兩個碗。慌得彎下腰去抓，忽見跑過狗來搶。恨的蹺起脚去踢，不料靸的鞋會飛。要寫小使踢脱一隻釘鞋，先從小使靸着一雙釘鞋上説起。逐層寫來，文心有剥繭抽絲之妙。脚靸釘鞋，手捧粉湯。身立丹墀，眼看戲場。丫頭小旦，做勢裝腔。看得出神入化，未免失措倉皇。只道碗已端完，倒去盤裏殘湯。兩碗落地，一聲叮噹。不可收拾，着實驚慌。急得彎腰去抓，可憐有粉無湯。來了兩條大狗，搶着吃得精光。不覺怒從心起，頓時手亂脚忙。氣力用到十分，釘鞋踢脱半雙。蠢牛已嚇昏於階下，飛鳧竟翱翔乎高堂。陳和甫坐在左邊的第一席，席上上了兩盤點心，○黄評：此下當接釘鞋落下矣，却細寫粉湯點心，好整以暇，正爲釘鞋生色也，得不笑殺！○天一評：此下當接釘鞋矣，却細寫點心粉湯，蓋陳和甫在第四席，粉湯纔上而釘鞋已與之俱至，蝍蟲亦爲之一驚。○天二評：此處可接釘鞋矣，却細寫第四席上點心粉湯，正待到嘴而烏黑東西自天而下，蝍蟲亦大受一驚。一盤猪肉心的燒賣，一盤鵝油白糖蒸的餃兒，熱烘烘擺在面前。又是一大深碗索粉八寶攢湯，正待舉起箸來到嘴，忽然席口〔一五〕一個烏黑的東西的溜溜的滾了來，○齊評：閲至此，雖欲不笑，不可得已。○天二評：咦！傳奇每寫鬥法時祭起一件法寶如何利害，却無此好看。「乒乓」一聲，○天一評：咦！把兩盤點心打的稀爛。陳和甫嚇了一驚，慌立起來，衣袖又把粉湯碗招翻，潑了一桌。○天二評：梁上老鼠，小使釘鞋，山人衣袖，皆尋常之物，一經點綴，便覺光怪陸離，千古如見。（天一評同，但置於回末作總評）滿坐上都覺得詫異。○童評：陳和甫舉起箸來，正待吃點心也。點心未到嘴，而盤子已打得稀爛也。盤子何以打爛？是一個烏黑的東西滾來也。烏黑的是件什麼東西？像一隻釘鞋也。釘鞋從何而來？從丹墀裏飛進來也。丹墀裏何得有這件東西？是搬盤小使脚下之物也。小使因踢狗而踢脱釘鞋也，踢起丈把高，使盡平生氣力也。用力太猛，的溜溜自下而上，自上而下，滾到右邊席口也。乒乓一聲，把大媒嚇了一驚也。慌得衣袖招翻湯碗，可惜熱烘烘三樣點心，一概吃不成也。　梁上掉下一件東西，乒乓一聲，把新郎官燕窩碗打翻，活跳的是個老鼠。席口滾進一個東西，乒乓一聲，把大媒人點心盤打爛，烏黑的是隻釘鞋。老鼠走滑了脚，從上邊跌下來。釘鞋踢脱了脚，從外面飛進去。如入山陰道上，令人應接不暇。無怪衆人失色，滿屋詫異。　眼花繚亂口難言，魂靈兒飛去半天。不獨陳和甫一人爲然。魯編修自覺得此事不甚吉利，○天二評：《宋書·

劉敬宣傳》：嘗夜與僚佐宴集，有投一芒屩墜敬宣食盤上，尋爲司馬道秀所殺。變異之來誠有之。○平步青評：釘鞋一段本《宋書·劉敬宣傳》。○童評：魯編修自覺得此事不甚吉利，果然不久謝世。是爲預兆。懊惱了一回，又不好説。隨即悄悄叫管家到跟前罵了幾句，説：「你們都做甚麽？却叫這樣人捧盤，可惡之極！過了喜事，一個個都要重責！」○童評：叫這樣人捧盤，是厨役不好，與值席的家人何涉？駡得冤枉。亂着，戲子正本做完，○天一評：老鼠、釘鞋兩出儘可下酒，何必看戲？衆家人掌了花燭，把蘧公孫送進新房。廳上衆客換席看戲，直到天明纔散。

次日，蘧公孫上廳謝親，設席飲酒。席終，歸到新房裏，重新擺酒，夫妻舉案齊眉。○黄評：如此句法，「舉案」二字不知作何解。○天一評：奠雁之後並未交拜吃酒，看戲後便送進新房，不知是鄉風如此抑作者着意老鼠、釘鞋兩事，忘却正面文章耶？毛大可《婚禮辨正》云：「幼兒觀鄰人娶婦，婦至，不謁廟，不拜舅姑，牽婦入於房，合巹而就枕席焉。」然則外間有此禮，故牛浦郎傳云「明早拜堂」。此時魯小姐卸了濃裝，換幾件雅淡衣服，蘧公孫舉眼細看，真有沉魚落雁之容，閉月羞花之貌。○黄評：贊小姐之美，還他小説俗套者，以無關正文，若細寫便是浪費筆墨。○童評：寫得魯小姐才貌雙全，與蘧公孫恰是天生一對。三四個丫鬟養娘，輪流侍奉，又有兩個貼身侍女，一個叫做采蘋，一個叫做雙紅，○天二評：雙紅自有文章在後，采蘋陪客，此處早已伏筆。○童評：順筆帶出采蘋、雙紅，爲後文伏綫。雙紅是主，采蘋是賓。都是裊娜輕盈，十分顔色。

此時蘧公孫恍如身游閬苑蓬萊，巫山洛浦。只因這一番，有分教：閨閣繼家聲，有若名師之教；草茅隱賢士，又招好客之踪。畢竟後事如何，且聽下回分解。

【總評】

卧評　此篇文字要與嚴二相公娶親對看，乃覺一處錦鋪綉列，一處酸氣逼人。兩公子一片求賢訪道之盛心，被魯編修兜頭一瓢冷水，真有並剪哀梨之妙。却又能畫出編修惟以資格論人，開口便是「敝衙門」俗套，可謂雙管齊下矣。四公子云：「究竟也是個俗氣不過的人。」又被一語道破〔一六〕也。

吉期飲宴時忽然生出兩件奇事，是埋伏後文編修將病而死，所以點明「編修自覺此事不甚吉利」。但閱者至此，惟覺峰飛天外，絕倒之不暇，亦不足尋味其中綫索之妙。

天一評　末帶出采蘋、雙紅十分顏色，亦是伏筆。

【校記】

〔一〕賠，原作「陪」，抄本、蘇本和申一、二本均同。參齊本改。同一誤字，以下徑改不記。

〔二〕細話，申二本作「閑話」。

〔三〕朝廷，原作「朝庭」，蘇本同。從抄本和申一、二本改。

〔四〕西江月，原作「江西月」，蘇本同。從抄本和申一、二本改。

〔五〕刻的詩話，原作「刻詩的話」，蘇本和申一、二本同。從抄本改。

〔六〕四，申一本作「各」，申二本無。

〔七〕趨奉，原作「趣奉」，蘇本和申一、二本同。從抄本改。

〔八〕你，申一本作「特」，申二本作「前」。

〔九〕款待，原作「款侍」，蘇本同。從抄本和申一、二本改。

〔一〇〕廳事，原作「聽事」，蘇本、申一本同。抄本作「廳堂」。從申二本改。

〔一一〕坐，原作「送」，蘇本和申一、二本同。從抄本改。

〔一二〕天，申二本作「日大」。

〔一三〕靸了一雙釘鞋捧着，申一本作「掇了一個湯盤盤内」。

〔一四〕尖，申一本作「斜」。

〔一五〕席口，抄本作「席間」。

〔一六〕道破，原作「道被」，蘇本同。從抄本和申一、二本改。

第十一回

魯小姐制義難新郎　楊司訓相府薦賢士

話説蘧公孫招贅魯府，見小姐十分美貌，已是醉心，還不知小姐又是個才女，且他這個才女，又比尋常的才女不同。○齊評：可謂别開生面。魯編修因無公子，就把女兒當作兒子，五六歲上請先生開蒙，就讀的是《四書》、《五經》；十一二歲就講書、讀文章，先把一部王守溪的稿子讀的滚瓜爛熟。○天一評：其俗入骨。教他做「破題」、「破承」〔一〕、「起講」、「題比」、「中比」成篇。○黄評：奇文。送先生的束脩〔二〕、那先生督課，同男子一樣。這小姐資性又高，記心又好，到此時，王、唐、瞿、薛，以及諸大家之文，歷科程墨，各省宗師考卷，肚裏記得三千餘篇。○天二評：可憐近日時髦秀才只知近科闈墨考卷而已，王、唐、瞿、薛是何名字全未曉得，况其文乎！○童評：人家生了兒子，五六歲上，請先生開蒙讀書。十一二歲，講經書，讀文章。開筆完篇，埋頭攻苦，爲巴結功名、貪圖富貴起見。幸而中舉人、中進士，一旦飛黄騰達，就把那塊敲門磚抛開了，不復介意。若是生了女兒，只須教他認得幾個字，粗通文理就罷了。乃不教他女工針黹、中饋烹調，反教他去講八股、做時文。弄得閨秀不像閨秀，頭巾不像頭巾，香房中酸氣直衝，綉閣裏俗塵坌積。不知魯編修是何心胸。自己作出來的文章又理真法老，花團錦簇。魯編修每常嘆道：「假若是個兒子，幾十個進士、狀元都中來了！」○童評：魯編修因自家是個進士出身，所以看得進士恁般着重，教出這位千金來。莫説當他是個不櫛編修，有何不可？閑居無事，便和女兒談説：○黄評：謝庭詠絮之外，又有此一段雅事。「八股文章若做的好，隨你做甚麽東西，要詩就詩，要賦就賦，都是一鞭一條痕，一摑一掌血。○齊評：道理却是的，其談鋒則全是八股文口氣。○天二評：編修公詩賦可知。（天一評頭三字作「翰林公之」）○童評：講究做古文的，原可以要詩就詩，要賦就賦。講究做時文的，斷不能要詩就詩，要賦就賦。這篇談論，真正是邪魔外道野狐禪。若是八股文章欠講究，任你做出甚麽來，都是野狐禪、邪魔外道！」小姐聽了父親的教訓，曉妝臺畔，刺綉床前，擺滿了一部一部的文章，每日丹黄爛然，蠅頭細批。○黄評：粉香兼墨香原好，其如墨卷之墨不僅不香而已。人家送來的詩詞歌賦，○童評：魯編修教女兒做時文，還帶説詩賦，不把雜學盡抹煞。周學道教門生做時文，更不講漢唐，竟視雜學如寇仇。周學道又在魯編修之下。正眼兒也不看他。家裏雖有幾本甚麽《千家詩》、《解學士詩》，東坡、小妹詩話之類，○童評：魯小姐曉得蘇東坡，又在范學道之上。倒把與伴讀的侍女采蘋、雙紅們看；閑暇也教他謅幾句詩，以爲笑話。○齊評：以八股文爲正務，以詩爲笑話，此小姐真脱盡小説中之小姐窠臼矣。○天一評：何不也教他做八股文。○童評：王舉人夢見會試榜，與小學生做同年，道是笑話。魯小姐看低千家詩，教侍女們謅幾句，以爲笑話。我道做部屬的，一心想天府夔龍，纔算是笑話；做閨女的，滿肚裏程墨考卷，尤其是笑話。此番招贅進蘧公孫來，門户又相稱，才貌又相當，真個是「才子佳人，一雙兩好」。料想公孫舉業已成，不日就是個少年進士。但贅進門來十多日，香房裏滿架都是文章，○童評：香房裏擺設，却是這種物事，辱没「香房」兩字。公孫却全不在意。小姐心裏道：「這些自然都是他爛熟於胸中的了。」又疑道：「他因新婚燕爾，正貪歡笑，還理論不到這事上。」又過了幾日，見公孫赴宴回房，袖裏籠了一本詩來燈下吟哦，也拉着小姐並坐同看。小姐此時還害羞，不好問他，只得强勉看了一個時辰，彼此睡下。○童評：家裏藏着的古人之詩，倒把與侍女消閑，聊以取笑。袖裏籠回的時人之詩，勉强與新郎同看，還是害羞。魯小姐見解雖然偏執，性格尚屬温存。到次日，小姐忍不住了，知道公孫坐在前邊書房裏，即取紅紙一條，寫下一行題目，是「身修而後家齊」，○黄評：「身修」想是中進士，「家齊」想是小姐做夫人耳。○齊評：「小姐害羞」，「小姐忍不住」，是何等趣語，下文乃是「身修而後家齊」一句，真是絶世奇談。○天一、二評：身修者中舉人進士也，家齊者妻子做夫人也。叫采蘋過來，説道：「你去送與姑爺，説是老爺要請教一篇文字的。」公孫接了，付之一笑，○童評：公孫見題目是采蘋送來，明知請教文字，不是老爺的意思，是小姐的主見。回説道：「我於此事不甚在行。況到尊府未經滿月，要做兩件雅事，這樣俗事，還不耐煩做哩！」公孫心裏只道説〔三〕向才女説這樣話，是極雅的了，不想正犯着忌諱。○黄評：「雅」字乃在忌諱之列，妙甚，其不忌諱者可知矣。文章深刻巧妙，如是如是。○齊評：曲折有致。○天一評：小姐心裏、公孫心裏，全然相反，各自認差。○童評：孰知這個才女，與别個才女不同。入國而問禁，入門而問諱。公孫如何不明此理？

當晚養娘走進房來看小姐，只見愁眉淚眼，長吁短嘆。養娘道：「小姐，你纔恭喜，招贅了這樣好姑爺，有何心事，做出這等模樣？」小姐把日裏的事告訴了一遍，○天一評：俗物。説道：「我只道他舉業已成，不日就是舉人、進士，誰想如此光景，豈不誤我終身？」○黄評：不中舉人、進士者聽之，切勿誤人終身。○天一、二評：讀書人聽着，勿誤人家女兒終身。○童評：爲何小姐心裏納悶？乃因姑爺舉業未成。小姐之愁眉淚眼，與周進之撞頭大哭相同；小姐之短嘆長吁，與范進之拍手大笑相反。總而言之，無非是舉人、進士兩件東西害人耳。養娘勸了一回。公孫進來，待〔四〕他詞色就有些不善，公孫自知慚愧，彼此也不便明言。○天一評：今夜恐怕要同床各夢了。從此啾啾唧唧，小姐心裏納悶，但説到〔五〕舉業上，公孫總不招攬；勸的緊了，反説小姐俗氣。小姐越發悶上加悶，整日眉頭不展。夫人知道，走來勸女兒道：「我兒，你不要恁〔六〕般呆氣，我看新姑爺人物已是十分了，○童評：俗語云：「丈母看女婿，越看越有趣。」何况蘧公孫這樣人物？自然魯夫人愈加愛惜。況你爹原愛他是個少年名士。」○黄評：夫人不知老爺，亦奇。　小姐道：「母親，自古及今，幾曾看見不會中進士的人可以叫做個〔七〕名士的？」○黄評：絶倒文筆，深刻如是，我不復能贊之矣。○齊評：越是不中進士越要自稱「名士」，若能中進士還要「名士」二字何用？小姐要二者相兼，未免苛求太甚了。○天一評：宛然高翰林。○天二評：諸葛武侯聞之，當負慚無地！○童評：不會中進士的，就叫不得名士。如此說來，除却魯編修、高翰林、周司業、范通政、王觀察、荀都轉之外，《儒林外史》中，再没有稱得起名士之人矣。賢哉小姐！切莫眼底無塵。　或駁之曰：且慢！還有個老進士、大名士，曾任南京國子監的虞博士，因何不題起？答之曰：不是忘記虞博士。這位老進士，非幸入選的進士。這位大名士，非盜虚聲的名士。不但與那些濫中進士、濫充名士的進士、名士大相懸殊，更與魯小姐所説這個不中進士、不叫名士的進士、名士迥乎有別。故不敢以虞博士是個進士、是個名士，而與若輩中之進爲士、名爲士者相提而並論也。此幽榜上，所以推虞育德爲天下第一人也。　説着，越要惱怒起來。夫人和養娘道：「這個是你終身大事，不要如此。况且現放着兩家鼎盛，就算姑爺不中進士、做官，難道這一生還少了你用的？」小姐道：「『好男不吃分家飯，好女不穿嫁時衣。』○黄評：有志氣。　依孩兒的意思，總是自掙的功名好，靠着祖、父，只算做不成器！」○天一、二評：此語却不可厚非。○天二評：今之翩翩以家世自詡者，慎勿令魯小姐知之。○童評：魯小姐雖是俗氣，却有志氣。看他「功名要自挣，靠着祖父，只算做不成器」的話，較諸庸碌丈夫，高出十倍。夫人道：「就是如此，也只好慢慢勸他。這是急不得的。」養娘道：「當真姑爺不得中，你將來生出小公子來，自小依你的教訓，不要學他父親，家裏放着你恁個好先生，怕教不出個狀元來就替你争口氣？你這封誥是穩的。」○齊評：善於解紛。○天一、二評：語解連環。妙哉此嫗！○童評：借養娘解勸語作收，又爲後文生子自課伏綫。説着，和夫人一齊笑起來。小姐嘆了一口氣，也就罷了。落後魯編修聽見這些話，也出了兩個題請教公孫，公孫勉强成篇。編修公看了，都是些詩詞上的話，又有兩句像《離騷》，又有兩句「子書」，不是正經文字，○天一評：無非雜覽。編修公工夫。○天二評：無非雜覽。編修公何以知其似詩詞、《離騷》、子書耶？○則仙評：若區區則更不如矣，有兩句像小説，有兩句像彈詞京調。○童評：「舉業不曾十分講究，倒常教他做幾首詩」，乃祖曾經説過的。因此心裏也悶，説不出來。却全虧夫人疼愛這女婿，如同心頭一塊肉。○天一評：丈母看女婿，越看越有趣。○童評：看得女婿十分好，如同心頭一塊肉。做丈母的心往往如是。

看看過了殘冬。新年正月，公子回家拜祖父、母親的年回來。正月十二日，婁府兩公子請吃春酒。公孫到了，兩公子接在書房裏坐，問了蘧太守在家的安。説道：「今日也並無外客，因是令節，約賢侄到來，家宴三杯。」剛纔坐下，看門人〔八〕進來稟：「看墳的鄒吉甫來了。」○童評：請蘧公孫吃春酒，接寫鄒吉甫來拜年，歸到兩訪楊執中之文。兩公子自從歲内爲蘧公孫畢姻之事忙了月餘，又亂着度歲，把那楊執中的話已丢〔九〕在九霄雲外。今見鄒吉甫來，又忽然想起，○黄評：遥遥相接不嫌脱節，蓋鄒吉甫乃楊執中綫索也。○齊評：一筆兜轉。○天一、二評：千里來龍。○童評：前回兩公子，接連二次去訪楊執中，覺得太熱。此回把那楊執中已丢在九霄雲外，覺得太冷。一筆寫出相府裏的事忙，公子們的脾氣。未請進鄒吉甫，先想起楊執中，分明鄒吉甫來是過脈，楊執中來是正文。叫請進來。兩公子同蘧公孫都走出廳上，見他〔一〇〕頭上戴着新氈帽，身穿一件青布厚棉道袍，脚下踏着暖鞋。他兒子小二，○童評：這回却用鄒小二，不用鄒小三，是照應前文鄒吉甫因第二個兒子生了孫，接在東莊去住一節。手裏拿着個布口袋，裝了許多炒米、豆腐乾，進來放下○童評：鄒吉甫到婁府拜年，不必定要送鄉下禮物。因爲拿布口袋，所以帶鄒二同來。下文借御賜珠燈，叫鄒二見見廣大，先打發他下鄉，以歸結鄒吉甫往東莊，不曾與楊執中接頭這番曲筆。。兩公子和他施禮，説道：「吉甫，你自恁空身來走走罷了，爲甚麽帶將禮來？我們又不好不收你的。」鄒吉甫道：「二位少老爺説這笑話，可不把我羞死了！鄉下物件，帶來與老爺賞人。」○黄評：真樸可愛。兩公子吩咐將禮收進去，○黄評：可知炒米、豆腐乾，公子下人並不吃，但不能不如是説耳，賓主真樸可愛。鄒二哥請在外邊坐，將鄒吉甫讓進書房來。吉甫問了，知道是蘧小公子，又問蘧姑老爺的安，因說道：「還是那年我家太老爺下葬，會着姑老爺的，整整二十七年了，叫我們怎的不老！○齊評：古今同慨。○童評：鄒吉甫不認得蘧小公子，却惦記蘧姑老爺。畫出鄉里老兒，開口便談老話。姑老爺鬍子也全白了麽？」公孫道：「全白了三四年了。」鄒吉甫不肯僭公孫的坐。三公子道：「他是我們表侄，你老人家年尊，老實坐罷。」○黄評：真樸可愛，足以敦薄俗，願閱者效之。吉甫遵命坐下，先吃過飯，重新擺下碟子，斟上酒來。兩公子說起兩番訪楊執中的話，從頭至尾，說了一遍。鄒吉甫道：「他自然不曉得。○童評：你還不曉得，他如何會曉得。你還是纔曉得，他自然不曉得。這個却因我這幾個月住在東莊，不曾去到新市鎮，所以這些話没人向楊先生說。楊先生是個忠厚不過的人，○黄評：吉甫誤矣，不甚忠厚。○童評：鄒吉甫是忠厚人，便稱楊執中是忠厚人。然而楊執中之忠厚，不是鄒吉甫之忠厚。鄒吉甫之忠厚，是老實；楊執中之忠厚，是呆氣。難道會裝身份故意躲着不見？○黄評：「會裝身份」，正無意中駁魯編修，可知老阿呆並不知裝身份。他又是個極肯相與人的，聽得二位少老爺訪他，他巴不得連夜來會哩！○天一評：可知並非高士。○天二評：見非高人。○童評：時知縣對危素道：「他聽見老師相愛，自然喜出望外了。」是不知王元章的話。鄒吉甫對公子道：「聽得二位少老爺訪他，巴不得連夜來會哩。」是深知楊執中的話。明日我回去向他說了，同他來見二位少老爺〔一二〕。」四公子道：「你且住過了燈節，到十五日那日，同我這表侄往街坊上去看看燈，索性到十七八間，我們叫一隻船，同你到楊先生家。還是先去拜他纔是。」○天一評：既然慕之，理當如是，否則近於呼而與之矣。惜楊執中非其人也。 吉甫道：「這更好了。」○黄評：至此纔合拍，論行文斷不可再曲矣。○童評：「這更好了」一語，鄒吉甫能體兩公子趨士之誠，能免楊執中慕勢之誚。 當夜吃完了酒，送蘧公孫回魯宅去，就留鄒吉甫在書房歇宿。

次日乃試燈之期，婁府正廳上懸挂一對大珠燈，乃是武英殿之物，憲宗皇帝御賜的，那燈是内府製造，十分精巧。鄒吉甫叫他的兒子鄒二來看，也給他見見廣大〔二〕。到十四日，先打發他下鄉去，説道：「我過了燈節，要同老爺們到新市鎮，順便到你姐姐家，要到二十外纔家裏去。你先去罷。」鄒二應諾去了。

到十五晚上，蘧公孫正在魯宅同夫人、小姐家宴。宴罷，婁府請來〔三〕吃酒，同在〔四〕街上游玩。湖州府太守衙前扎着一座鰲山燈。其餘各廟，社火扮會，鑼鼓喧天，人家士女都出來看燈踏月，真乃金吾不禁，鬧了半夜。○黄評：略寫，以疏文氣。○天二評：略寫觀燈，以疏文氣。（天一評「觀」作「看」）○童評：寫此湖州府鼇山燈，映前薛家集鬧龍燈，不但點綴元宵風景而已。 次早鄒吉甫向兩公子説，要先到新市鎮女兒家去，約定兩公子十八日下鄉，同到楊家。兩公子依了，送他出門。搭了個便船到新市鎮。女兒接着，新年磕了老子的頭，收拾酒飯吃了。

到十八日，鄒吉甫要先到楊家去候兩公子。自心裏想：楊先生是個窮極的人，公子們到，却將甚麼管待？○黄評：是年老人心細處。因問女兒要了一隻鷄〔一五〕，○黄評：「鴨」當是「鷄」。數錢去鎮上打了三斤一方肉，又沽了一瓶酒，和些蔬菜之類，○天一評：老年人又忠厚又周到。真可愛。○天二評：又忠厚，又周到。○童評：公子和墳客施禮，女兒向老子磕頭。些些新年禮節，亦必細細寫到。鄒吉甫曉得楊執中家窮極，不能待客，於主人面上落不去；約定兩公子來訪友，使他受餓，於自己面上亦落不去。故先破鈔，代備酒肉，想得極其周到。向鄰居家借了一隻小船，○黄評：是江浙人，細。把這酒和鷄、肉都放在船艙裏，自己棹〔一六〕着，來到楊家門口，○童評：向鄰居借一隻小船，把酒肉放在艙裏，自己棹着，來到楊家門口。寫水鄉本色，輕鬆快便。將船泊在岸傍，上去敲開了門。楊執中出來，手裏捧着一個爐，拿一方帕子，在那裏用力的擦。○齊評：開門見山。○天一評：若直寫楊執中開門出來，便索然無味。須如此出場，便覺呆氣滿紙。○天二評：一出場便呆風滿紙。見是鄒吉甫，丟下爐唱諾。彼此見過節，鄒吉甫把那些東西搬了進來。楊執中看見，嚇了一跳，道：「哎喲！鄒老爹，你爲甚麼帶這些酒肉來？我從前破費你的還少哩！○黄評：補寫從前吉甫周濟楊執中。一語便見。○天二評：借楊執中口中補寫前情。○童評：「我從前破費你的還少？又這樣多情？」楊先生此言，見得鄒老爹常時照顧他。此番移樽代主，並非看輕他。你怎的又這樣多情！」鄒吉甫道：「老先生，你且收了進去。我今日雖是這些須村俗東西，却不是爲你，要在你這裏等兩位貴人。你且把這鷄和肉向你太太説，整治好了，我好同你説這兩個人。」

楊執中把兩手袖着，○童評：「把兩手袖着」，非但描寫老阿呆形狀，且有丢下爐手冷神氣。笑道：「鄒老爹，却是告訴不得你。我自從去年在縣裏出來，○天二評：且不入本題，却説閑話，而插入「從縣裏出來」句，已是陳倉暗度。（天一評「句」作「一句」；「陳倉暗度」作「暗度陳倉」）家下一無所有，常日只好吃一餐粥。○黄評：窮狀可掬。直到除夕那晚，我這鎮上開小押的汪家店裏，想着我這座心愛的爐，出二十四兩銀子，分明是算定我節下没有些柴米，要來討這巧〔一七〕。○天二評：他又乖覺。我説：『要我這個爐，須是三百兩現銀子，少一釐也成不的。○黄評：此則實寫阿呆。就是當在那裏過半年，也要一百兩。像你這幾兩銀子，還不够我燒爐買炭的錢哩！』○黄評：柴米俱無，買炭安所得銀？令人絶倒。○天一評：夾入此一段亦所以避直率。○童評：這句倒不是呆話，真個燒炭的錢，比買爐的錢貴。余曾用洋銀四餅，購得一爐，贈與我友。我友晝夜不斷火，燒過十年，每日用炭墼三個，每個三文。看得日費九文，甚屬細微，而以十年統計，則燒炭之錢，比購爐之價，幾乎貴及十倍。由此推之，爐之留傳於世，雖數百年猶是物也；而所燒之炭，即以百餘年計之，已虚靡却三百金矣。是以玩物喪志，古人所戒。那人將銀子拿了回去。這一晚到底没有柴米，我和老妻兩個，點了一枝蠟燭，把這爐摩弄了一夜，就過了年。」因將爐取在手内，指與鄒吉甫看，道：「你看這上面包漿好顔色！〇黄評：呆狀如畫。〇童評：好包漿，好顔色，如果可以當飯吃，就是三百兩銀子也值。今日又恰好没有早飯米，所以方纔在此摩弄這爐，消遣日子，不想遇着你來。這些酒和菜都有了，只是不得有飯。」〇黄評：飯亦無之，此吉甫所不料。〇齊評：文字之妙，真真寫到盡頭處。〇童評：鄒吉甫帶了酒和鷄肉、蔬菜而來，已想得周到極矣，再不料連飯米都没有。楊先生窮到如此地步，出於鄒老爹意計之外。鄒吉甫道：「原來如此，這便怎麽樣？」在腰間打開鈔袋一尋，尋出二錢多銀子，遞與楊執中道：「先生，你且快叫人去買幾升米來，纔好坐了説話。」〇天一評：又呆又窮，益見鄒老之周到。楊執中將這銀子，唤出老嫗，〇黄評：仍不脱老嫗，細。拿個傢伙到鎮上糴米。〇天二評：見此嫗只作女僕用。〇童評：今天帶挈這個老嫗，也有一頓飽飯吃，補償他那天平白地捱這一頓駡。不多時，老嫗糴米回來〔一八〕，往厨下燒飯去了。

楊執中關了門來〔一九〕，坐下問道：「你説是今日那兩個甚麽貴人來？」〇童評：白嚼了半天，纔説到正文上來。鄒吉甫道：「老先生，你爲鹽店裏的事累在縣裏，却是怎樣得出來的？」〇童評：吉甫先問他一聲，開談得勢。楊執中道：「正是，我也不知。那日縣父母忽然把我放了出來，我在縣門口問，説是個姓晉的具保狀保我出來。我自己細想，不曾認得這位姓晉的。老爹，你到底〔二〇〕在那裏知道些影子的？」○黃評：此時纔追問，呆而可惡。鄒吉甫道：「那裏是甚麽姓晉的！這人叫做晉爵，就是婁太師府裏三少老爺的管家。少老爺弟兄兩位因在我這裏聽見你老先生的大名，回家就將自己銀子兑出七百兩上了庫，叫家人晉爵具保狀。這些事，先生回家之後，兩位少老爺親自到府上訪了兩次，先生難道不知道麽？」○童評：執中答後，還問一句道：「老爹你想是知道些影子麽？」吉甫答後，亦轉問一句道：「先生難道不知道麽？」一問一答，筆致波峭。楊執中恍然醒悟道：「是了是了，這事被我這個老嫗所誤！我頭一次看打魚回來，老嫗向我説，『城裏有一個姓柳的』，我疑惑是前日那個姓柳的原差，就有些怕會他。○童評：不是被老嫗所誤，是被自家所誤。若非阿呆駡老嫗，疑原差，不至於誤到今日之下。後一次又是晚上回家，他説『那姓柳的今日又來，是我回他去了』。説着，也就罷了。如今想來，柳者，婁也，我那裏猜的到是婁府？○黃評：當日即説明是婁公子，老阿呆亦不知其來矣。只疑惑是縣裏原差。」鄒吉甫道：「你老人家因打這年把官司，常言道得好：『三年前〔二一〕被毒蛇咬了，如今夢見一條繩子也是害怕。』只是心中疑惑是差人。這也罷了。因前日十二，我在婁府叩節，兩位少老爺説到這話，約我今日同到尊府，○童評：先替老阿呆釋疑，再説貴公子赴約。我恐怕先生一時没有備辦，所以帶這點東西來替你做個主人〔二二〕，好麽？」楊執中道：「既是兩公錯愛，我便該先到城裏去會他，何以又勞他來？」○黃評：可見不是高人。○童評：楊執中這句應酬話亦不可少。　鄒吉甫道：「既已說來，不消先去，候他來會便了。」

坐了一會，楊執中烹出茶來吃了。　聽得叩門聲，鄒吉甫道：「是少老爺來了，快去開門。」○天二評：我亦以爲然。（天一評「然」作「二婁來了」）纔開了門，只見一個稀醉的醉漢闖將進來，○黃評：仍不肯直率，此一定作文之法。○齊評：文勢不平。○童評：叩門的不是兩位貴人，闖進來却是一個醉漢。　進門就跌了一交，扒起來，摸一摸頭，向内裏直跑。○天二評：此與魯翰林家老鼠、釘鞋一類。（天一評開頭多「咦」字）○童評：跌了交，扒起來，摸一摸頭，想係醉漢常態。記得《水滸傳》花和尚跌進五臺山門時亦然如此。　楊執中定睛看時，便是他第二個兒子楊老六，在鎮上賭輸了，○童評：此處帶出楊老六，賭錢賭輸了，燒酒噇醉了，與後文答權勿用語作呼應。　又噇(三)了幾杯燒酒，噇的爛醉，想着來家問母親要錢再去賭，一直往裏跑。○天二評：全不知乃翁死活。而乃母之私房蓄積以助其子賭錢，亦可想見。（天一評「而」作「然而」；「乃母」作「其母」）　楊執中道：「畜生！那裏去？還不過來見了鄒老爹的禮！」那老六跌跌撞撞，作了個揖，就到厨下去了。　看見鍋裏煮的鷄和肉噴鼻香，又悶着一鍋好飯，房裏又放着一瓶酒，不知是那裏來的，○黃評：飯已稀罕，況有酒菜。　不由分説，揭開鍋就要撈了吃。　他娘劈手把鍋蓋蓋了。　楊執中罵道：「你又不害饞勞病！這是别人拿來的東西，還要等着請客！」他那裏肯依，醉的東倒西歪，只是搶了吃。楊執中駡他，他還睜着醉眼混回嘴。楊執中急了，拿火叉趕着，一直打了出來。〇天一評：急忙光景如畫。〇天一、二評：老六不還手還算孝。〇童評：老阿呆不能管束兒子，與嚴大老官一樣没家教。楊老娘暗裏包庇兒子，與嚴大娘子一樣老糊塗。人家兒子，大來不服教訓，都是爹娘從小護短壞的。鄒老爹且扯勸了一回，説道：「酒菜是候婁府兩位少爺的。」那楊老六雖是蠢，又是酒後，但聽見婁府，也就不敢胡鬧了。〇黄評：「婁府」竟能醒酒。〇天二評：「婁府」兩字竟能醒酒，勢焰可知。（天一評後句作「鄉紳氣焰不言而喻」）〇童評：郝玭威名，可以怖小兒之夜啼。婁府聲勢，可以禁醉漢之胡鬧。他娘見他酒略醒些，撕了一隻鷄腿，盛了一大碗飯，泡上些湯，瞞着老子遞與他吃。〇天一、二評：咄咄老嫗。〇天二評：養成此子之不習上者，嫗也。然而阿呆亦不得辭其責。吃罷，扒上床，挺覺去了。

兩公子直至日暮方到，蘧公孫也同了來。〇童評：第三番相訪，添一蘧公孫同來，與前二次更不相犯。鄒吉甫、楊執中迎了出去。〇黄評：至此不必再曲，只一筆便了。兩公子同蘧公孫進來，見是一間客座，兩邊放着六張舊竹椅子，中間一張書案，〇童評：雖然竹椅棐几，位置亦頗不俗。壁上懸的畫是楷書朱子《治家格言》，〇天二評：《治家格言》乃明朱柏廬所作，非朱子文。兩邊一副箋紙的聯，上寫着：「三間東倒西歪屋，一個南腔北調人。」〇黄評：腐儒所懸之畫，一絲不錯。對文係抄來者。○童評：此一聯，爲老阿呆寫照。上面貼了一個報帖，上寫：「捷報貴府老爺楊諱允，欽選應天淮安府沭陽縣儒學正堂。○天二評：報帖與對聯亦不合。京報……」不曾看完，楊執中上來行禮奉坐，自己進去取盤子捧出茶來，獻與各位。茶罷，彼此說了些聞聲相思的話。三公子指着報帖問道：「這榮選是近來的信麽？」楊執中道：「是三年前小弟不曾被禍的時候有此事，只爲當初無意中補得一個廩，鄉試過十六七次，並不能挂名榜末。垂老得這一個教官，又要去遞手本，行庭參，自覺得腰胯硬了，做不來這樣的事。○黄評：説得大方，此正文中一陪襯也，閲者須知。當初力辭了患病不去，又要經地方官驗病出結〔二四〕，費了許多周折。○天一評：一番議論大似高人，但既已辭官，報單亦可不貼。看他又全然不呆。那知辭官未久，被了這一場橫禍，受小人駔儈之欺！那時懊惱不如竟到沭陽，也免得與獄吏爲伍。○黄評：一番談論大似高人，但既已辭官，報單似不可貼。○童評：腰胯硬了，選着個教官不做，駔儈欺之，難免與獄吏爲伍。屈沭陽儒學之尊，作新市鹽店之夥。易手版爲脚鐐，變木鐸爲鐵索。到其時懊悔不來，還是你主意打錯。若非三先生、四先生相賞於風塵之外，以大力垂手相援，則小弟這幾根老骨頭，只好瘐〔二五〕死囹圄之中矣！○齊評：談吐畢竟不俗，雖呆而可取，較權潛齋爲優。○天二評：看他這一番應答又全然不呆。此恩此德何日得報！」三公子道：「些須小事，何必挂懷！今聽先生辭官一節，更足仰品高德重。」四公子道：「朋友原有通財之義，何足挂齒。小弟們還恨得知此事已遲，未能早爲先生洗脱，心切不安。」○天一評：總要透過乃兄一層，其實因並未曾中舉耳。○天二評：總要透過一層。○童評：些須小事，何必挂懷！今聽得先生辭官，更仰高品。四公子道：朋友通財，何足挂齒！不早爲先生洗脱，心切不安。俱是肝膽相照之言，不是口頭泛設之語。楊執中聽了這番話，更加欽敬，又和蘧公孫寒暄了幾句。○黄評：不脱公孫。○童評：蘧公孫與楊先生，原未嘗十分傾倒。楊先生和蘧公孫，不可無幾句寒暄。鄒吉甫道：「二位少老爺和蘧少爺來路遠，想是飢了。」○童評：請吃飯仍從吉甫提起，替做主人，應得如是。楊執中道：「腐飯已經停當，請到後面坐。」○黄評：竟稱「腐飯」，又頗不呆。

當下請在一間草屋内，是楊執中修葺的一個小小的書屋，面着一方小天井，有幾樹梅花，這幾日天暖，開了兩三枝。書房内滿壁詩畫，○天一評：淺條子。中間一副箋紙聯，上寫道：「嗅窗前寒梅數點，且任我俯仰以嬉；攀月中仙桂一枝，久讓人婆娑而舞。」○黄評：對文亦是抄來者。○天二評：只是未中舉人爲缺然耳。○童評：上半聯自處極高，下半聯未能免俗。兩公子看了，不勝嘆息，此身飄飄如游仙境。○齊評：較之東華門外軟紅塵土固自不同。楊執中捧出鷄肉酒飯，當下吃了幾杯酒，用過飯，不吃了撤了過去，烹茗清談。談到兩次相訪，被聾老嫗誤傳的話，彼此大笑。○黄評：此處方説到兩次相訪，蓋既見而喜，未暇談及耳。○童評：受了前兩次悶氣，換得這一番快心。兩公子要邀楊執中到家盤桓幾日，楊執中說：「新年略有俗務，○天二評：高士亦有俗務邪？（天一評「亦有」作「乃不免」；無「邪」字）三四月後，自當敬造高齋，爲平原十日之飲。」○童評：楊執中不與兩公子同到相府，妙有曲折。談到起更時候，一庭月色，照滿書窗，梅花一枝枝如畫在上面相似，兩公子留連不忍相别。○黄評：寫清景可愛，若我當此時，亦不忍捨，勿論主人可也。○童評：一樣月光梅影，在雕欄釦砌上看，不如在紙窗竹屋上看。不圖閥閲豪華之貴公子，與烟霞嘯傲之高隱士，同此胸襟，真是難得。楊執中道：「本該留三先生、四先生草榻，奈鄉下蝸居，二位先生恐不甚便。」於是執手踏着月影，把兩公子同蘧公孫送到船上，自同鄒吉甫回去了。

兩公子同蘧公孫纔到家，看門的禀道：「魯大老爺有要緊事，請蘧少爺回去，來過三次人了。」蘧公孫慌回去，見了魯夫人。夫人告訴說，編修公因女婿不肯做舉業，心裏着氣，商量要娶一個如君，早養出一個兒子來教他讀書，接進士的書香。○黄評：倘仍如公孫，奈何？夫人說年紀大了，勸他不必，他就着了重氣，○齊評：既然曉得年紀大了，可以不必，何不早勸他娶？活寫妒婦聲口。○天一評：魯編修欲娶如君養兒子，不怕夫人着氣耶？○天二評：夫人未必不着氣。○童評：女婿不肯做舉業，可氣；夫人不准娶如君，更可氣。迂腐的人，着不得氣；年紀大的人，更着不得重氣。昨晚跌了一交，半身麻木，口眼有些歪斜。○黄評：加倍寫魯編修之俗。小姐在傍淚眼汪汪，只是嘆氣。公孫也無奈何，○天一評：都爲你這廢物。○童評：小姐怨姑爺不做舉業，要等他年生出兒子來，教他中進士；丈人恨女婿不做舉業，要想娶妾生出兒子來，教他接書香。父女兩人，真是一鼻孔出氣者。忙走到書房去問候。陳和甫正在那裏切脈。○黄評：陳和甫有許多用處。○天一評：又現成。切了脈，陳和甫道：「老先生這脈息，右寸略見弦滑，肺爲氣之主，滑乃痰之徵。○童評：前寫其扶乩，活脱是個術士；繼寫其談相算命，活脱是個相士、星士；今寫其切脈，又活脱是個醫士。陳和甫色色當行，不愧爲老江湖哉！總是老先生身在江湖，心懸魏闕，○黄評：二語爲死於勢利者作好看語，先生之善謔如是。○童評：不是老先生身在江湖，心戀魏闕；是老先生志在生兒，心想娶妾。故爾憂愁抑鬱，現出此症。○齊評：診脈亦須帶此等話頭，真是山人口角，習慣自然。治法當先以順氣祛痰爲主。晚生每見近日醫家嫌半夏燥，一遇痰症就改用貝母，不知用貝母療濕痰，反爲不美。老先生此症，當用四君子，加入二陳，飯前温服。只消兩三劑，使其腎氣常和，虚火不致妄動，這病就退了。」○黄評：治腎火，想是夫人之教不令娶如君耶！○齊評：然則如君真娶不得矣。○天一評：偏有這些臭排場。○天二評：六君子以和中化痰，與腎氣無涉。○童評：四君子加入二陳，未必能祛痰順氣。老夫人許納一寵，方可以調和腎氣。於是寫立藥方。一連吃了四五劑，口不歪了，只是舌根還有些强。陳和甫又看過了脈，改用一個丸劑的方子，加入幾味祛風的藥，漸漸見效。

蘧公孫一連陪伴了十多日，並不得閑。那日值編修公午睡，偷空走到婁府，進了書房門，聽見楊執中在内咶咶而談，知道是他已來了，〇黄評：楊執中之來恰好即在魯編修病中，然不知作者幾費躊躇。〇齊評：緊筆，又是省筆。〇天二評：楊執中之來即在魯編修病中，因前路曲折盤旋作勢已足，故至此只輕輕掩入却便開出權勿用來。（天一評「故至此只輕輕掩入」作「至此只須輕筆，故用掩蔽法」） 進去作揖，同坐下。楊執中接着説道：「我方纔説的，二位先生這樣禮賢好士，如小弟何足道！我有個朋友，在蕭山縣山裏住，這人真有經天緯地之才，空古絶今之學，真乃『處則不失爲真儒，出則可以爲王佐』。三先生、四先生如何不要結識他？」〇童評：楊執中，呆君子也，其取友必呆矣。乃説得如此驚天動地，不知他如何絶後空前。兩公子驚問：「那裏有這樣一位高人？」〇黄評：不由得不驚，愈令後文發笑。楊執中疊着指頭，説出這個人來。只因這一番，有分教：相府延賓，又聚幾多英傑；名邦勝會，能消無限壯心。不知楊執中説出甚麽人來，且聽下回分解。

【總評】

卧評　嫻於吟詠之才女古有之，精於舉業之才女古未之有也。夫以一女子而精於舉業，則此女子之俗可知。蓋作者欲極力以寫編修之俗，却不肯用一正筆，處處用反筆、側筆，以形擊之。寫小姐之俗者乃所以寫編修之俗也。○黄評：此評確極。

書中言舉業者多矣，如匡超人、馬純上之操選事，衛體善、隋岑庵之正文風，以及高翰林之講元魁秘訣：人人自以爲握靈蛇之珠也，而不知舉業真當行，只有一魯小姐。陸子静門人云：英雄之俊偉不鍾於男子，而鍾於婦人。○黄評：引書不當，評此書者往往有此病，可删。○天一、二評：原文云：「自遜、抗、機、雲之没，而天地英靈之氣，不鍾於男子，而鍾於婦人。」此有脱誤。作者之喻意其深遠也哉。

楊執中是一個活呆子，今欲寫其呆狀、呆聲，使俗筆爲之，將從何處寫起？看此文只用摩弄香爐一段，叙説誤認姓柳的一段，闖進醉漢一段，便活現出一個老阿呆的聲音笑貌。此所謂頰上三毫，非絶世文心未易辦此。

忽然外面敲門，必以爲兩公子至矣，却是闖進一個稀醉的醉漢，能令閲者目光一閃，真出諸意外。極平實的文字，偏有極奇突的峰巒，於此知文章出落處最爲吃緊，萬不可信筆拖去也。

老阿呆纔進相府，便薦出一位高人。閲者此時已深知老阿呆之爲人，料想老阿呆所薦之人平常可知，然而不知其可笑又加此老一等。譬如吴道子畫鬼：畫牛頭，已極牛頭之醜惡矣；及畫馬面，又有馬面之醜惡。吾不知作者之胸中能容得多少怪物耶！○黄評：此評確矣。

【校記】

〔一〕破承，抄本、申一本作「承題」。

〔二〕的束脩，原作「的束修」，蘇本和申一、二本同，抄本作「看」。凡「脩」作「修」，以下徑改不記。

〔三〕說，申一本無，申二本作「是」。

〔四〕待，抄本作「見」，申一、二本作「觀」。

〔五〕到，原作「道」，抄本、蘇本和申一、二本均同。參齊本改。此二字屢混用，以下徑改不記。

〔六〕恁，原作「怎」，抄本、蘇本和申一、二本均同。參齊本改。

〔七〕個，抄本無。

〔八〕看門人，抄本作「門上」。

〔九〕丟，原作「去」，蘇本同。從抄本和申一、二本改。

〔一〇〕他，原缺，抄本、蘇本、申一本同。從申二本補。

〔一一〕少老爺，原作「老爺」，從申二本和前後文補。

〔一二〕廣大，抄本作「闊大」，申一本無。

〔一三〕請來，申一、二本作「來請」。

〔一四〕在，申一、二本作「往」。

〔一五〕鷄，原作「鴨」，抄本、蘇本和申一、二本均同。從下文並參齊本一之。本回下同。

〔一六〕棹，原作「掉」，抄本、蘇本同。申一本作「摇」，從申二本改。

〔一七〕没有些柴米要來討這巧，原作「没有些米要來柴討這巧」，蘇本同。抄本作「没有柴米要來討這巧」，申一、二本作「没有些米柴要來討這巧」。參齊本改。

〔一八〕來，原缺，從申二本補。

〔一九〕來，申二本無。

〔二〇〕到底，原作「到的」，抄本、蘇本同。申一本作「可」。從申二本改。

〔二一〕前，原缺，蘇本和申一、二本同。從抄本補。

〔二二〕「主人」後申二本多「你道」二字。

〔二三〕噇，抄本和申一、二本作「吃」。本回下同。

〔二四〕結，原作「給」，抄本、蘇本同。從申一、二本改。

〔二五〕瘐，原作「瘦」，蘇本同。從抄本和申一、二本改。

第十二回

名士大宴鶯脰湖　俠客虛設人頭會〔一〕

○黃評：「鶯脰」對「人頭」，奇而趣。

話説楊執中向兩公子説：「三先生、四先生如此好士，似小弟的車載斗量，○黃評：自以爲謙耳，不知所薦之人並不入車、斗。必用此等反筆始妙。何足爲重；我有一個朋友，姓權，名勿用，字潛齋，○童評：權勿用名字，從楊執中口中説出。是蕭山縣人，住在山裏。此人若〔二〕招致而來，與二位先生一談，纔見出他管、樂的經綸，程、朱的學問。此乃是當世〔三〕第一等人。」○齊評：阿呆口氣，説好就好到極處。○天二評：此等説話從何處學來。○童評：兩公子初聽斯言，疑這個潛齋先生，是諸葛復生。三公子大驚道：「既有這等高賢，我們爲何不去拜訪？」四公子道：「何不約定楊先生，明日就買舟同去？」○黃評：急於要見，閱者亦急於要看。説着，只見看門人拿着紅帖，飛跑進來，○天二評：峭接橫隔，作者屢用此法。○童評：用魏廳官來一隔，便換却訪楊先生時三顧茅廬故事。説道：「新任街道廳魏老爺上門請二位老爺的安，在京帶有大老爺的家書，説要見二位老爺，有話面稟。」兩公子向蘧公孫道：「賢侄陪楊先生坐着，我們去會一會就來。」便進去換了衣服，走出廳上。那街道廳冠帶着進來，行過了禮，分賓主坐下。

兩公子問道：「老父臺幾時出京榮任？還不曾奉賀，倒勞先施。」魏廳官道：「不敢。晚生是前月初三日在京領憑，當面叩見大老爺，帶有府報在此，敬來請三老爺、四老爺臺安。」便將家書雙手呈送過來。三公子接過來，拆開看了，將書遞與四公子，向廳官道：「原來是爲丈量的事。○黄評：即將丈量事，銷納家書中，省筆墨也。且借此事一阻，不得不遣人去約權勿用，以免遠訪，與前文犯重。○天二評：即將丈量事，消納家書中。（天一評後多「以省叙述」） 老父臺初到任就要辦這丈量公事麽？」廳官道：「正是。晚生今早接到上憲諭票，催促星宿（四）丈量。晚生所以今日先來面稟二位老爺，求將先太保大人墓道地基開示明白，晚生不日到那裏叩過了頭，便要傳齊地保（五）細細查看。恐有無知小民在左近樵采作踐，晚生還要出示曉諭。」四公子道：「父臺就去的麽？」廳官道：「晚生便在三四日内稟明上憲，各處丈量。」三公子道：「既如此，明日屈老父臺舍下一飯。丈量到荒山時，弟輩自然到山中奉陪。」○童評：魏廳官奉憲諭趕辦丈量公事，兩公子原與無涉；要細查太保墓道地基，兩公子理應奉陪。不是事情不巧，乃是文思之巧。說着，換過三遍茶，那廳官打了躬又打躬，作別去了。

兩公子送了回來，脱去衣服，到書房裏躊躇道：「偏有這許多不巧的事！我們正要去訪權先生，却遇着這廳官來講丈量。明日要待他一飯，丈量到先太保墓道，愚弟兄却要自走一遭，須有幾時耽擱，不得到蕭山去，爲之奈何？」○天二評：丈量一事，正爲阻二婁往蕭山，使權勿用自來出醜耳。若寫二婁真去，一徑相會，既嫌直率；生出曲折，又易與楊執中事相犯，不如煩勞宦成一行矣。楊執中道：「二位先生可謂求賢若渴了。若是急於要會權先生，或者也不必定須親往，二位先生竟寫一書，小弟也附一札，差一位盛使到山中面致潛齋，邀他來府一晤，○童評：你一書，我一劄，這些禮物到山中，只消差一位盛使。此一去，彼一來，請得高人臨相府，便了却一段相思。他自當忻然命駕。」○天二評：如此大賢，折柬可招，聞呼即至，程、朱、管、樂俱拜下風。鄒吉甫所謂「巴不得連夜來會」。（天一評「俱拜下風」作「當謝不能」）○童評：「他自當忻然命駕」，「他巴不得連夜來會」。楊執中與鄒吉甫一樣口氣，可知這兩位先生品格。四公子道：「惟恐權先生見怪弟等傲慢。」楊執中道：「若不如此，府上公事是有的，過了此一事又有事來，何日纔得分身？豈不常懸此一段想思〔六〕，終不能遂其願？」蘧公孫道：「也罷。表叔要會權先生，得閑之日，却未可必。如今寫書差的當人去，況又有楊先生的手書，那權先生也未必見外。」當下商議定了，備幾色禮物，差家人晉爵的兒子宦成，○黃評：宦成以後有用處，故特出名字。○天一評：救楊執中用晉爵，招權勿用用宦成，後先濟美。○童評：點出官威。有晉爵這個奴才，有宦成這個兒子。收拾行李，帶了書札、禮物往蕭山。

這宦成奉着主命，上了杭州的船。船家見他行李齊整，人物雅緻，請在中艙裏坐。○童評：搭船客人，原無論尊卑，見他行李齊整，人物雅致，便請在中艙，與戴頭巾的同坐。顯見船家勢利。中艙先有兩個戴方巾的坐着，他拱一拱手，同着坐下。當晚吃了飯，各鋪行李睡下。次日，行船無事，彼此閑談。宦成聽見那兩個戴方巾的説的都是些蕭山縣的話，下路船上不論甚麼人彼此都稱爲「客人」。因開口問道：「客人貴處是蕭山？」○童評：聽見客人説話是蕭山縣的口音，便向客人打聽蕭山縣的人物。寫出宦成伶俐。那一個鬍子客人道：「是蕭山。」宦成道：「蕭山有位權老爺，客人可認得？」那一個少年客人道：「我那裏不聽見有個甚麼權老爺。」宦成道：「聽見説號叫做潛齋的？」那少年道：「那個甚麼潛齋？我們學裏不見這個人。」○童評：開口便道「我們學裏」，是個少年老友聲氣。那鬍子道：「是他麼？○黃評：惟其可笑，所以知之。「是他麼」三字，與後沈天孚聽説王太太一「哦」字同妙。○天一、二評：「是他麼」與沈天孚聽説王太太一「哦」字同妙。可笑的緊！」向那少年道：「你不知道他的故事，我説與你聽。○齊評：神氣逼真，是航船中講閑話情景。○天一評：權勿用底裹借鬍子説出，與楊執中底裹借鄒吉甫説出，同一機局。○天二評：向少年説，却不向宦成説。妙。○童評：這一段可笑的故事，不能在權勿用那邊叙出，又不能在楊執中口内説出。非但局中之兩公子不知權勿用爲何如人，即局外之讀者，亦不知權勿用爲何如人，却於無意閑談，宦成在同船客人處聽來。末了説到騙人之事，又含含糊糊，不肯盡顯其底藴。日後權勿用出婁府，便借此爲結局。作者用筆，真神於腕鬼於腕者。　他在山裏住，○童評：同在鄉里，故鬍子知道的如此底細。　祖代都是務農的人，到他父親手裏，掙起幾個錢來，把他送在村學裏讀書。讀到十七八歲，那鄉里先生没良心，就作成他出來應考。○齊評：輕薄口氣。　落後他父親死了，他是個不中用的貨，○天一評：接連八九個「他」字，如聞其聲。　又不會種田，又不會作生意，坐吃山崩，把些田地都弄的精光。足足考了三十多年，一回縣考的復試也不曾取。○童評：更不及周進，還考過一個案首。　他從來肚裏也莫有通過，○黄評：從來没有通過，妙。若云通過一回，也好笑倒。○童評：金有餘説周進，「他才學是有的，怎奈時運不濟」。鬍子説權勿用，「他從來肚裏也没有通過」。以權勿用較周進，奚啻上下床之别。　借在個〔七〕土地廟裏訓了幾個蒙童。○天二評：阮葵生《茶餘客話》云：江陰是鏡，詭詐誕妄人也，胸無點墨，好自矜飾，居之不疑。海寧陳相國爲其所惑；高東軒相國亦信之；尹健餘侍郎督學江左，因二公之言造廬請謁，結布衣交。鏡遂辟書院，招生徒，與當時守令往還，冠蓋絡繹。常州守黄静山永年亦與過從，其後因囑托公事，不復往。鏡因於書院静室供陳、高、尹、黄四木主，俗所謂長生禄位也。（天一評作回末總評）○童評：權勿用在土地廟裏訓蒙，周進在觀音庵裏訓蒙。兩人出處，正復相同。每年應考，混着過也罷了，不想他又倒運，那年遇着湖州新市鎮上鹽店裏一個夥計，姓楊的楊老頭子來討賬，○黄評：以遇着楊老頭子爲倒運，更妙。又補寫楊老頭子之呆，真是雙管齊下。○齊評：原來二公如此相遇，從旁人口中閑閑點出，令閱者豁然。筆墨之妙真是嵌空玲瓏。○天一評：從着鄉里没良心的先生已倒運，遇着楊阿呆更倒運。住在廟裏，呆頭呆腦，口裏説甚麽天文地理、經綸匡濟的混話。○天一評：天文地理、經綸匡濟而云「混話」，今之「混話」者我見其人我聞其語矣。○天二評：今之談天文地理、經綸匡濟者，大都「混話」耳，獨楊執中乎哉！他聽見就像神附着的發了瘋，○黄評：人只知權勿用之可笑，不知是楊執中帶壞的。○童評：楊執中是湖州府新市鎮人，權勿用是紹興府蕭山縣人。如何會得相識？如何稱得相好？却因一個走來討帳，閑時就在廟裏頭説些混話。一個住着教書，聽見就像神附着發了瘋狂。兩個人都是呆頭呆腦，一交談自然同氣同聲。從此不應考了，要做個高人。○童評：周進要想中舉人，權勿用要想做高人。兩人志向，又是各别。周進想中舉人，却中得了。權勿用想做高人，却做不成。兩人結局，迥乎不侔。自從高人一做，這幾個學生也不來了，在家窮的要不的，只在村坊上騙人過日子，口裏動不動説：『我和你至交相愛，分甚麽彼此？你的就是我的，我的就是你的。』這幾句話，便是他的歌訣〔八〕。」○童評：權勿用這幾句歌訣，不獨騙子曉得，楊老六也曉得的。那少年的道：「只管騙人，那有這許多人騙？」那騙子道：「他那一件不是騙來的！同在鄉里之間，我也不便細說。」○黃評：伏後文。且先將權勿用從不知姓名人口中一描寫，亦省筆墨之法。○齊評：又伏後文，無一空筆。○天一評：鬍子一番說話輕嘴薄舌，非至此忽然忠厚，只是作者要留此一筆作後文耳。○天二評：接連三個「他」字，如聞其聲。鬍子一番說話尖嘴薄舌，至此忽然頓住，非忠厚也，只是作者欲留此一筆，俾人讀後文恍然自悟也。因向宦成道：「你這位客人却問這個人怎的？」○童評：鬍子向少年道：「你不知他的故事。」向宦成道：「你問這個人怎的？」說話都有分寸。宦成道：「不怎的，我問一聲兒。」○童評：不說出所以然，又寫得宦成伶俐。口裏答應，心裏自忖說：「我家二位老爺也可笑，○黃評：貶二婁，只從家人口中一點，正文仍不說明，此書之妙如是。多少大官大府來拜往，還怕不够相與，没來由，老遠的路來尋這樣混賬人家去做甚麼？」○童評：「多少大官府來往，怕不够相與，來尋這樣混帳人。」是小奴才肚裏的俗情。多少大官府來往，總不願相與，要訪那種稀奇人，是賢公子胸中的高見。正思忖着，只見對面來了一隻船，船上坐着兩個姑娘，好像魯老爺家采蘋姊妹兩個，○黃評：伏後拐帶。○齊評：直伏到數回之後。○天二評：偏藏起雙紅。嚇了一跳，連忙伸出頭來看，原來不相干。○天一評：在當場是神往，在作者是伏筆。○童評：魯老爺家的丫鬟，與婁公子家的小僕，有何相干。遇見了，似是而非的兩個，却要他失驚打怪的一跳，誰知没相干處正是有相干處。伏筆如此用法，豈非出神入化！那兩人也就不同他談了。○天二評：兩人見此形景，恐亦相視而笑。

不多幾日，換船來到蕭山，招尋了半日，尋〔九〕到一個山凹裏，幾間壞草屋，門上貼着白，○童評：楊執中家草屋後一片紅，權勿用家草屋前一片白。前後遥遥相對。敲門進去。權勿用穿着一身白，頭上戴着高白夏布孝帽，○天一評：高白夏布孝帽，先伏一筆。○天二評：高白孝帽伏下文。○童評：要想做高人，學戴高帽子。不知人品之高不高，無關乎帽子之高不高也。若是戴了高帽子，就算得高人，則撞着無常鬼，便當把臂入林矣。問了來意，留宦成在後面一間屋裏，開個稻草鋪，晚間拿些牛肉、白酒與他吃了。○童評：春韭秋菘，方是山家例菜，却用牛肉白酒款待來使。寫得這個山人，另有一種氣色。次早寫了一封回書，向宦成道：「多謝你家老爺厚愛，但我熱孝在身，不便出門。你回去多多拜上你家二位老爺和楊老爺〔一〇〕，厚禮權且收下，再過二十多天我家老太太百日滿過，我定到老爺們府上來會。管家，實是多慢了你，這兩分銀子，權且爲酒資〔一一〕。」將一個小紙包遞與宦成。○童評：收了大遠來的一副厚禮，只開發得兩分銀子酒貲。料想相府管家眼中，從未見過這個小紙包。宦成接了道：「多謝權老爺。到那日，權老爺是必到府裏來，免得小的主人盼望。」○黄評：却不知盼望何爲。○童評：權勿用不與宦成同到湖州，又有曲折。權勿用道：「這個自然。」送了宦成出門。

宦成依舊搭船，帶了書子回湖州回覆兩公子。兩公子不勝悵悵，因把書房後一個大軒敞不過的亭子上換了一匾，匾上寫作「潛亭」，以示等權潛齋來往的意思，○黃評：事後思之，得毋自愧？○童評：此時兩公子心中，藏着那經天緯地之才、空古絶今之學，處則不失爲真儒，出則可以爲王佐的潛齋先生，要請教他管樂經綸、程朱學問。先安排下一個潛亭，以伸景仰之意，都爲下文蓄勢，有如高屋建瓴。就把楊執中留在亭後一間房裏住。楊執中老年痰火疾，夜裏要人作伴，把第二個蠢兒子老六叫了來同住，○天一評：先伏一個敗露的人。○天二評：先伏一個敗露種子。○童評：何必要寫楊老六？爲下文寫權勿用與楊老六角口，與楊執中分顔，兩人彼此不合。楊執中一見蕭山縣關文，便道他弄出事來，庇護不得，當着同席諸人，直揭他的醜事，使權勿用抱慚而去。不屑浪費筆墨，更爲兩人委曲周旋也。故先寫楊執中痰火病發，引出蠢兒子來。且楊老六之蠢，讀者早已於醉跌進門時領略之矣。每晚一醉是不消説。

將及一月，楊執中又寫了一個字去催權勿用。○黃評：腹本空空，怕兩公子盤問，故急欲權勿用來相助。○天一評：一定要催他來出醜。○童評：楊執中又寫了一個字，去催權勿用。不下此一筆，如何能從權勿用那邊寫將來。讀者須知此等行文之訣。權勿用見了這字，收拾搭船來湖州。在城外上了岸，衣服也不換一件，左〔一二〕手掮着個被套，右手把個大布袖子晃蕩晃蕩，在街上脚高步低的撞。○童評：如此形狀，寫來好笑。撞過了城門外的吊橋，那路上却擠，他也不知道出城該走左首，進城該走右首〔一三〕方不礙路，他一味橫着膀子亂搖。恰好有個鄉里人在城裏賣完了柴出來，肩頭上横掮着一根尖扁擔，對面一頭撞將去，將他的個高孝帽子横挑在扁擔尖上。〇齊評：奇峰怪石令人應接不暇。〇天一評：絶倒。亦可配享厨子釘鞋。〇天二評：權潛齋孝帽可配享魯家小使釘鞋。鄉里人低着頭走，也不知道，掮着去了。他吃了一驚，摸摸頭上，不見了孝帽子。望見在那人扁擔上，他就把手亂招，口裏喊道：「那是我的帽子！」〇黄評：能不噴飯否？鄉里人走的快，又聽不見。他本來不會走城裏的路，這時着了急，七首八脚〔一四〕的亂跑，眼睛又不看着前面，跑了一箭多路，一頭撞到一頂轎子上，把那轎子裏的官幾乎撞了跌下來。〇天一評：絶倒，絶倒！〇童評：鄉里人撞一撞，不曉得尖匾擔上，挑着個高帽子。權勿用摸一摸，纔曉得光腦袋上，不見了孝帽子。一個走的快，不曉得後面有人喊；一個着了急，不曉得前面有轎來。一時手忙脚亂，寫來尤其好笑。

那官大怒，問是甚麽人，叫前面兩個夜役〔一五〕，一條鏈子鎖起來。〇黄評：記清，來時是一鏈子鎖着。他又不服氣，向着官指手畫脚的亂吵。〇天二評：楊執中指手畫脚在收監前，權勿用指手畫脚在鎖鏈子後，兩兩相對。〇童評：鄉里人搬盤，踢起釘鞋，打爛大媒人的熱點心。鄉里人賣柴，掮着匾擔，挑掉走路人的高孝帽。兩個鄉里人，堪稱一對。鹽店裏盤查帳目，楊執中對着東家，指手畫脚的不服。街道上撞翻轎子，權勿用向着廳官，指手畫脚的亂吵。兩個冒失鬼，亦是一對。

那官落下轎子，要將他審問，夜役喝着叫他跪，他睁着眼不肯跪。這時街上圍了六七十人，齊鋪鋪的看。内中走出一個人來，頭戴一頂武士巾，身穿一件青絹箭衣，幾根黄髯子，兩隻大眼睛，○齊評：接笋無痕。○天一、二評：又一個妖怪出場。走近前向那官説道：「老爺且請息怒。這個人是婁府請來的上客，雖然衝撞了老爺，若是處了他，恐婁府知道不好看相。」那官便是街道廳老魏，○天一、二評：又借老魏一用，現成之至。○童評：人叢中走出一個武士來解圍，説這個人是婁府請來的上客。即使衝撞了别個官，也不好意思計較，況就是街道廳老魏乎？此書用筆細潔，從無帶水拖泥之處。聽見這話，將就蓋個喧，抬起轎子去了。○童評：婁公子要訪權勿用，是被魏廳官打斷，幸虧楊執中轉圜。權勿用來會婁公子，又被魏廳官拿住，幸虧張鐵臂勸散。魏廳官前後與權勿用爲難，出於無意；權勿用動輒與魏廳官撞着，頗似有緣。

權勿用看那人時，便是他舊相識俠客張鐵臂。○黄評：帶出張鐵臂。張鐵臂讓他到一個茶室裏坐下，○天一評：物必聚於所好。叫他喘息定了，○童評：「喘息定了」四字，襯出方纔吵鬧掘(倔)强、拉拉扯扯光景。吃過茶，向他説道：「我前日到你家作吊，你家人説道，已是婁府中請了去了。○黄評：所以知是婁府上客。今日爲甚麽獨自一個在城門口閑撞？」權勿用道：「婁公子請我久了，我却是今日纔要到他家去，不想撞着這官，鬧了一場，虧你解了這結。我今便同你一齊到婁府去。」○天一評：時遷、白勝亦是喪門吊客。

○童評：張鐵臂要到婁府弄玄虛，借權勿用爲進身之階。知他已經動身，故爾急急趕來，恰好在城門口撞着，替他解了一個結，就此同進相府。寫得泯然無迹。

當下兩人一同來到婁府門上，看門的看見他穿着一身的白，頭上又不戴帽子，○黄評：相府門口好看殺。後面領着一個雄赳赳的人，口口聲聲要會三老爺、四老爺。門上人問他姓名，他死不肯説，只説：「你家老爺已知道久了。」看門的不肯傳，○童評：陳和甫要見三老爺、四老爺，不肯在門口説出姓名，看門的見他戴着方巾，穿着繭綢直裰，像個斯文人，故肯替他上去稟。權勿用要見三老爺、四老爺，亦不肯在門口説出姓名，看門的見他不戴帽子，穿着一身白，領着個雄赳赳的人，故不肯替他進去傳。司閽者自有權衡，侯門中豈容擅入？他就在門上大嚷大叫。鬧了一會，説：「你把楊執中老爹請出來罷！」看門的没奈何，請出楊執中來。○童評：陳和甫來時，兩公子未曾見面，先疑惑是楊執中。權勿用來時，兩公子尚未見面，先會着了楊執中。一邊是出於至誠，請他進去；一邊是出於無奈，請他出來。楊執中看見他這模樣，嚇了一跳，愁着眉道：○齊評：也要愁眉。「你怎的連帽子都弄不見了？」○童評：不道當世第一等人，連帽子都弄不見了。叫他權且〔一六〕坐在大門板凳上，○童評：未入軒廠潛亭之中，先坐大門板凳之上。慌忙走進去，取出一頂舊方巾來與他戴了，○黄評：考了十數回不進學，無故却孝服戴方巾。○天二評：孝服而戴方巾，奇矣；而二公子不以爲非，更奇。（天一評「奇矣」作「好看殺人」；無

「更奇」二字）便問：「此位壯士是誰？」權勿用道：「他便是我時常和你説的有名的張鐵臂。」楊執中道：「久仰，久仰！」三個人一路進來，就告訴方纔城門口這一番相鬧的話。楊執中搖手道：「少停見了公子，這話不必提起了。」○黄評：不呆。○天一評：阿呆竟不呆，今之愚也，詐而已矣。○天二評：他又不呆。○童評：幸虧兩公子不在家，把初到情形瞞過，又騰挪出半天工夫，以便楊執中指點他一番説話。這日兩公子都不在家，兩人跟着楊執中竟到書房裏，洗臉吃飯，自有家人管待。

晚間，兩公子赴宴回家，來書房相會，彼此恨相見之晚，指着潛亭與他看了，道出欽慕之意。○童評：指着潛亭與他看，道出欽慕之懷。此時兩公子初會潛齋，十分得意。又見他帶了一個俠客來，更覺舉動不同於衆，○童評：楊執中叫了一個蠢兒來，爲要晨昏作伴；權勿用帶了一個俠客來，更覺舉動不凡。又重新擺出酒來：權勿用首席，楊執中、張鐵臂對席，兩公子主位。席間問起這號「鐵臂」的緣故，張鐵臂道：「晚生小時有幾斤力氣，那些朋友們和我賭賽，叫我睡在街心裏，把膀子伸着，等那車來，有心不起來讓他。那牛車走行了，○黄評：「行」當作「興」去聲，言走急留不住也。來的力猛，足有四五千斤，車轂恰好打從膀子上過，壓着膀子了，那時晚生把膀子一掙，『吉丁』的一聲，那車就過去了幾十步遠。看看膀子上，白迹也没有一個，○黄評：斷無此理，却絶不疑謊。○齊評：真是毫無對準。○天二評：如此撒謊而二妻居然傾聽，真傻角也。（天一評「二妻」二字在「傾聽」之後）○童評：張鐵臂誇他當年膂力，是一派無稽之談。權勿用説他舞劍身段，是一長可取之處。所以衆人就加了我這一個綽號。」三公子鼓掌道：「聽了這快事，足可消酒一斗，各位都斟上大杯來！」權勿用辭説：「居喪不飲酒。」楊執中道：「古人云：『老不拘禮，病不拘禮。』○黄評：權勿用非老非病，何以引此二語？此二語是何古人説出耶？我方纔看見肴饌也還用些，○天二評：范進不用銀鑲杯箸而吃大蝦元亦如此。（天一評「大蝦元」前有「燕窩湯裏」四字）或者酒略飲兩杯，不致沉醉，也還不妨。」權勿用道：「先生，你這話又欠考核了。古人所謂五葷者，葱、韭、芫荽之類，怎麽不戒？酒是斷不可飲的。」○黄評：不言酒，却拉上五葷爲戒酒之證，想是從程朱考核得來。○齊評：講考究是頭巾腐氣，却與范進不用銀鑲杯箸不同。○天一、二評：此是程朱學問了。○童評：這一番考核，想必就是程朱的學問。四公子道：「這自然不敢相强。」忙叫取茶來斟上。

張鐵臂道：「晚生的武藝儘多，馬上十八，馬下十八，○天二評：別人不問他，他却自己數説。（天一評少一個「他」字）鞭、鐧、鐹、錘，刀、槍、劍、戟，都還略有些講究。只是一生性氣不好，慣會路見不平，拔刀相助，最喜打天下有本事的好漢；銀錢到手，又最喜幫助窮人。○黄評：自作傳贊，却便相信。所以落得四海無家，而今流落在貴地。」○齊評：

説得活像一個俠士，甚哉，言之不足定人也。○童評：張鐵臂自詡平生豪氣，先爲革囊人頭埋根。四公子道：「這纔是英雄本色。」權勿用道：「張兄方纔所説武藝，他舞劍的身段尤其可觀，諸先生何不當面請教？」兩公子大喜，即刻叫人家裏取出一柄松文古劍來，遞與鐵臂。鐵臂燈下拔開，光芒閃爍，即便脱了上蓋的箭衣，束一束腰，手持寶劍，走出天井，衆客都一擁出來。兩公子叫：「且住！快吩咐點起燭來。」一聲説罷，十幾個管家小厮，每人手裏執着一個燭奴〔一七〕，明晃晃點着蠟燭，擺列天井兩邊。張鐵臂一上一下，一左一右，舞出許多身份來。舞到那酣暢的時候，只見冷森森一片寒光，如萬道銀蛇亂掣，並不見個人在那裏，但覺陰風襲人，令看者毛髮皆豎。權勿用又在几上取了一個銅盤，叫管家滿貯了水，用手蘸着灑〔一八〕，一點也不得入。須臾，大叫一聲，寒光陡散，還是一柄劍執在手裏。看鐵臂時，面上不紅，心頭不跳。○黄評：大約只得此一件本事可以騙人，然兩公子花去多少銀錢，入後又奉送五百兩頭，纔落得這一點熱鬧，看看比之楊、權一無所能，勿謂僥倖否。○天一評：大約只此一技足以騙人，要比之楊、權二人一無所能則爲優矣。○童評：寫張鐵臂舞劍，瀏離渾脱，令觀者玉樓起粟，銀海生花。有這點真本領，纔可以警動得人。衆人稱贊一番，直飲到四更方散，都留在書房裏歇。自此，權勿用、張鐵臂，都是相府的上客。

一日，三公子來向諸位道：「不日要設一個大會，遍請賓客游鶯脰湖。」○天二評：鶯脰湖今屬蘇州府之吴江界，豈當時屬湖郡邪？此時天氣漸暖，權勿用身上那一件大粗白布衣服太厚，穿着熱了，思量當幾錢銀子去買些藍布，縫一件單直裰，○則仙評：客況如此，主誼可知。婁公子之財，非鐵臂嚇嚇而不出也。好穿了做游鶯脰湖的上客。自心裏算計已定，瞞着公子，托張鐵臂去當了五百文錢來，○童評：這一番思量，想必就是管樂的經綸。權勿用、張鐵臂，都是相府上客。張鐵臂尚能對着人獻獻武藝，權勿用只知瞞着人當當孝衣。楊執中舉薦權勿用，原想與他狼狽爲奸。婁公子款留張鐵臂，不意墮其鬼蜮之計。放在床上枕頭邊。日間在潛亭上眺望，晚裏歸房宿歇，摸一摸，床頭間五百文一個也不見了。思量房裏没有别人，只是楊執中的蠢兒子在那裏混，○童評：潛身幸遇婁三，龍喜有亭可卧。倒運忽逢楊六，蚨先破枕而飛。因一直尋到大門門房裏，見他正坐在那裏説呆話，○黄評：呆種。便叫道：「老六，和你説話。」老六已是噇得爛醉了，問道：「老叔，叫我做甚麽〔一九〕？」權勿用道：「我枕頭邊的五百錢你可曾看見？」老六道：「看見的。」○天一、二評：倒也不賴。○童評：問得宛轉，答得爽快。權勿用道：「那裏去了？」老六道：「是下午時候，我拿出去賭錢輸了，還剩有十來個在鈔袋裏，留着少刻〔二〇〕買燒酒吃。」○童評：依然賭錢，依然輸了，依然吃燒酒，依然爛醉了，是在家時本來面目。權勿用道：「老六，這也奇了，我的錢，你怎麼拿去賭輸了？」老六道：「老叔，你我原是一個人，你的就是我的，我的就是你的，分甚麼彼此？」○黄評：絶好引證，所以不奇。○天二評：即以其人之語，還用其人之錢。（天一評「用」作「治」）○童評：權勿用的歌訣，却被楊老六學了去。即以其人之道，還治其人之身。説罷，把頭一掉，就幾步跨出去了。把個權勿用氣的眼睁睁，敢怒而不敢言，真是説不出來的苦。自此，權勿用與楊執中彼此不合，權勿用説楊執中是個呆子，楊執中説權勿用是個瘋子。○齊評：二公標榜却一些不差。一呆一瘋只作成張鐵臂一個乖子耳。○天一、二評：到錢財上，呆子也不呆，瘋子也不瘋。○童評：呆子瘋子，生可以爲兩人封號，死可以爲兩人謚法。三公子見他没有衣服，却又取出一件淺藍綢直裰送他。○天一評：淺藍綢直裰乃與方巾相稱，程朱學問的人不以奪情爲嫌。○童評：布衣是托張鐵臂當掉了，銅錢是被楊老六用掉了，天氣是已經熱了，衣服是没得穿了。賢主人送他一件淺藍綢直裰，好做游湖的上客了。也只好老不拘禮，貧不拘禮，不敢説居喪不穿綢的實話了。名士大宴鶯脰湖，也不必再説居喪不飲酒的假話了。

兩公子請遍了各位賓客，叫下兩隻大船，厨役備辦酒席，和司茶酒的人另在一個船上；一班唱清曲打粗細十番的，又在一船。○天二評：二婁所樂亦不爲雅。（天一評末三字作「未能免俗」）此時正值四月中旬，天氣清和，各人都換了單夾衣服，手持紈扇。這一次雖算不得大會，却也聚了許多人。○黄評：妙語。在會的是：婁玉亭三公子、婁瑟亭四公子、蘧公孫駪夫、牛高士布衣、楊司訓執中、權高士潛齋、張俠客鐵臂、陳山人和甫。魯編修請了，不曾到。○黄評：不脱魯編修。席間八位名士，帶挈楊執中的蠢兒子楊老六也在船上，共合九人之數。當下牛布衣吟詩，張鐵臂擊劍，陳和甫打哄説笑，伴着兩公子的雍容爾雅，蘧公孫的俊俏風流，○黄評：公孫惟「俊俏風流」四字可贊。楊執中古貌古心〔三〕，權勿用怪模怪樣：真乃一時勝會。○黄評：上文寫出若干名士風流寶貝，而以此六字作收。笑殺！○齊評：作一總束。○天二評：一齣《黄河陣》。○則仙評：不倫不類。○童評：在會諸名士的姓字，逐一點出。在會諸名士的形狀，又逐一描出。兩邊船窗四啓，小船上奏着細樂，慢慢游到鶯脰湖。酒席齊備，十幾個闊衣高帽的管家在船頭上更番斟酒上菜，那食品之精潔，茶酒之清香，不消細説。飲到月上時分，兩隻船上點起五六十盞羊角燈，映着月色湖光，照耀如同白日，一派樂聲大作，在空闊處更覺得響亮，聲聞十餘里。兩邊岸上的人，望若神仙，誰人不羡？游了一整夜。○童評：風清月白，酒緑燈紅，湖水微波，茶烟輕颺。奏出十番細樂，上徹空明；聚來兩岸游人，同聲艷羡。

次早回來，蘧公孫去見魯編修，編修公道：「令表叔在家只該閉户做些舉業，○黄評：天下除了舉業還有何事可做？是極是極。○童評：開口不脱舉業兩字，其俗可知。又歸結前文魯編修請了不到之句。以繼家聲，怎麼只管結交這樣一班人？○天二評：未嘗不是，只所見不離舉業，學究氣太重。（天一評「學究氣太重」作「兩字」）如此招搖豪横，恐怕亦非所宜。」次日，蘧公孫向兩表叔略述一二。三公子大笑道：「我亦不解你令外舅就俗到這個地位！」○黄評：至此明説出時，編修將死，不啻加之以謚矣，笑笑。○齊評：結足「俗」字。○天一評：賢昆未能雅也。不曾説完，門上人進來禀説：「魯大老爺開坊升了侍讀，朝命已下，京報適纔到了，○天一評：來得快。老爺們須要去道喜。」蘧公孫聽了這話，慌忙先去道喜。到了晚間，公孫打發家人飛跑來説：「不好了！○天一評：來得又快。魯大老爺接着朝命，正在合家歡喜，打點擺酒慶賀，不想痰病大發，登時中了臟，已不省人事了。○黄評：何中臟者之多也！然則朝命乃催命耳。又是一個范老太太。○天一、二評：與范進母子同病。○童評：范生員中舉，看見報帖，歡喜的痰厥發了瘋。魯編修開坊，接着朝命，歡喜的痰厥中了臟。奉勸諸公，凡遇着極得意之事，切不可歡喜大發了。快請二位老爺過去！」兩公子聽了，轎也等不得，忙走去看。到了魯宅，進門聽得一片哭聲，知是已不在了。○童評：了結魯編修。衆親戚已到，商量在本族親房立了一個兒子過來，○黄評：不知能中進士否？念念。然後大殮治喪。蘧公孫哀毁骨立，極盡半子之誼。○童評：親房繼嗣，完魯編修生子之心；哀毁骨立，盡蘧公孫半子之誼。

又忙了幾日，婁通政有家信到，兩公子同在内書房商議寫信到京。此乃二十四五，月色未上，兩公子秉了一枝燭，對坐商議。到了二更半後，忽聽房上瓦一片聲的響，一個人從屋檐上掉下來，○黄評：又奇，令人應接不暇。滿身血污，○天一評：踏得屋上瓦響及滿身血污，皆劍俠所無，而二妻不辨也，此其所以爲傻角。○天二評：一片瓦響、滿身血污，豈是劍俠形徑？而二妻不辨也，此其所以爲傻角。手裏提了一個革囊，兩公子燭下一看，便〔二二〕是張鐵臂。兩公子大驚道：○童評：耳中聽一片屋瓦響，目中見一個血污人。此方秉燭寫家書，彼竟夤夜入内室。兩公子看見張鐵臂，能不大吃一驚哉！「張兄，你怎麼半夜裏走進我的内室，是何緣故？這革囊裏是甚麽物件？」張鐵臂道：「二位老爺請坐，容我細禀。我生平一個恩人，一個仇人。○齊評：此等話頭又與權勿用歌訣異曲同工。這仇人已銜恨十年，無從下手，今日得便，已被我取了他首級在此。這革囊裏面是血淋淋的一顆〔二三〕人頭。○黄評：必曰「血淋淋」，所以嚇之。○天二評：獨不曰百萬軍取人首級乎？必要得便取來，亦非劍俠本事。人頭也必加「血淋淋」三字，所以嚇傻角也。（天一評只有中間二句）但我那恩人已在這十里之外，須五百兩銀子去報了他的大恩。○黄評：恐五百兩尚少，可惜腰纏不能勝耳。自今以後，我的心事已了，○童評：「生平一個恩人，一個仇人。這仇人銜恨十年之久，今日取了他首級在此。那恩人現在十里之外，今夜去報他的大恩。」説得一生心事，竟能一旦了之，那有這般湊巧。便可以捨身爲知己者用了。我想可以措辦此事，只有二位老爺，外此〔二四〕，那能有此等胸襟？○黄評：哪有此等冤大頭。○齊評：又帶奉承，投其所好。所以冒昧黑夜來求，如不蒙相救，

○天一、二評：謂之「相救」，已自露口風。即從此遠遁，不能再相見矣。」遂提了革囊要走。○黄評：妝得像。○童評：先奉承他一句，又恐嚇他一句，提了革囊要走，裝出倉忙急遽光景。已摸着貴公子的脾氣，敢使出假俠士的手段。兩公子此時已嚇得心膽皆碎，○黄評：惟其嚇殺，所以銀子出來得快，不暇細想。忙攔住道：「張兄且休慌，五百金小事，何足介意！○齊評：只要此句。○童評：此時兩公子已嚇得心膽皆碎，故不暇詳察，脱手五百金，只道他是真非假，不辨他有假無真。但此物作何處置？」張鐵臂笑道：「這有何難！我略施劍術，即滅其迹。但倉卒不能施行，候將五百金付去之後，我不過兩個時辰，○黄評：兩個時辰可以遠走矣。即便回來，取出囊中之物，加上我的藥末，頃刻化爲水，毛髮不存矣。○天一、二評：既能頃刻化水，何云「倉卒不能施行」？二位老爺可備了筵席，廣招賓客，看我施爲此事。」○齊評：恰中二位公子好奇之意。○童評：又説不過兩個時辰即回，藥化人頭爲水，教他廣招賓客，看我施爲此事，使兩公子深信不疑。兩公子聽罷，大是駭然。弟兄忙到内裏取出五百兩銀子付與張鐵臂。鐵臂將革囊放在階下，○黄評：將革囊放下，虐極。銀子拴束在身，叫一聲多謝，○黄評：竟落了「多謝」二字，不冤不冤。○齊評：該謝。騰身而起，上了房檐，行步如飛，只聽得一片瓦響，○天二評：又是一片瓦響，直是笨賊。（天一評後句作「從此天涯」）○則仙評：空身上屋尚且一片瓦響，恐身上拴束五百兩銀子，更不能騰身而起，舉步如飛矣。按銀五百兩有三十餘斤，諒鐵臂即勉强拴束腰間，斷不能上房行走。卧讀生。○童評：來時聽得一片瓦響，去時又聽得一片瓦響，乃是暴客行踪，不是劍俠身分。無影無踪去了。當夜萬籟俱寂，月色初上，照着階下革囊裏血淋淋的人頭。○童評：同是月色，照在楊執中書窗梅花上，何等幽雅可愛；照在張鐵臂革囊人頭上，何等陰慘可怕。尋常一樣窗前月，照着人頭便不同。只因這一番，有分教：豪華公子，閉門休問世情；名士文人，改行訪求舉業。不知這人頭畢竟如何，且聽下回分解。

【總評】

卧評　婁氏兄弟以朋友爲性命，迎之致敬以有禮，豈非翩翩濁世之賢公子哉？然輕信而濫交，並不夷考其人平生之賢否，猝爾聞名，遂與訂交〔二五〕，此葉公之好龍而不知其皆鯪鯉也。楊司訓之來也，自懼其勢之孤，故汲汲引權潛〔二六〕齋以助之，乃其甫來，不越數日，即因五百青蚨〔二七〕頓相抵牾，此鬼之所以爲鬼也。

天二評　《太平廣記》二百三十八引《桂苑叢談》云：張祜下第後，嗜酒，自稱豪俠。一夕，有人腰劍手囊，囊貯一物，血殷於外。入門曰：「有仇人，恨十年，今夜獲之，此其首也。」命酒飲之。曰：「去此三四里，有義士，欲報之。能假十萬緡，此後湯火無所憚。」張傾其縑素與焉。留其囊而去。五鼓絶，踪迹杳然。開囊視之，乃豕首也。張鐵臂事蓋出此。（天一評

「去此」作「此去」；「欲報」作「願報」；「出此」作「用其文」）

【校記】

〔一〕俠客，原作「俠士」，抄本、蘇本同。從申一、二本及總目改。

〔二〕此人若，原作「此又苦」，抄本作「若得」。從蘇本和申一、二本改。

〔三〕世，原作「時」，抄本、蘇本和申一、二本均同。參齊本改。

〔四〕星宿，抄本作「迅速」，申一本作「星速」。

〔五〕地保，抄本作「保甲」。

〔六〕想思，抄本和申一、二本作「相思」。

〔七〕在個，申一本作「住在」。

〔八〕歌訣，抄本作「妙訣」。

〔九〕尋，原作「招」，抄本、蘇本同。從申一、二本改。

〔一〇〕和楊老爺，原作「和你老爺」，抄本、蘇本同。申一本作「承你老爺」。從申二本改。

〔一一〕資，原作「質」，抄本、蘇本、申一本同。從申二本改。

〔一二〕左，原作「在」，從抄本、蘇本和申一、二本改。

〔一三〕首，原作「手」，抄本、蘇本、申一本同。從上下文和申二本改。

〔一四〕七首八腳，抄本作「七手八腳」，申二本作「七橫八豎」。

〔一五〕夜役，申一、二本作「衙役」。

〔一六〕權且，原作「權了」，從抄本、蘇本和申

一、二本改。

〔一七〕燭奴，申一、二本作「燭臺」。

〔一八〕蘸着灑，原作「蘸着酒」，申二本作「蘸灑着」，從抄本、蘇本、申一本改。

〔一九〕麽，原作「磨」，蘇本同。從抄本和申一、二本改。

〔二〇〕少刻，抄本作「少頃」。

〔二一〕古貌古心，蘇本和申一、二本作「呆頭呆腦」。

〔二二〕便，申一本作「見」。

〔二三〕顆，原作「夥」，抄本、蘇本同。從申一、二本改。

〔二四〕外此，申一本作「此外」。

〔二五〕遂與訂交，「與」字原版空缺，抄本作「遂成至交」。從蘇本和申一、二本補。

〔二六〕潛，原版空缺，從抄本、蘇本和申一、二本補。

〔二七〕青蚨，原作「青鐵」，蘇本同。申一本作「青錢」。從抄本和申二本改。

第十三回

蘧駪夫求賢問業　馬純上仗義疏財

話説婁府兩公子將五百兩銀子送了俠客，與他報謝恩人，把革囊人頭放在家裏。兩公子雖係相府，不怕有意外之事，但血淋淋一個人頭丢在内房階下，未免有些焦心。四公子向三公子道：「張鐵臂他做俠客的人，斷不肯失信於我，我們却不可做俗人。我們竟辦幾席酒，把幾位知己朋友都請到了，○童評：内房階下，藏着革囊裏血淋淋一顆人頭，方將秘密之不暇，反要張揚出來。公子好奇，至於此極。等他來時開了革囊，果然用藥化爲水，也是不容易看見之事。我們就同諸友做一個『人頭會』，○黄評：「人頭會」却新，「猪頭會」則俗矣。○齊評：真是奇談。○天一評：「人頭會」三字亦不雅。○天二評：三字不雅。○童評：會名取的新鮮。自古及今，從未有這樣下酒物。有何不可？」三公子聽了，到天明，吩咐辦下酒席，把牛布衣、陳和甫、蘧公孫都請到，家裏住的三個客是不消説。只説小飲，且不必言其所以然，○黄評：虧得不説。直待張鐵臂來時，施行出來，好讓衆位都吃一驚。

○齊評：更作奇想。○天二評：傻角。

衆客到齊，彼此説些閑話。等了三四個時辰，不見來，直等到日中，還不見來。三公子悄悄向四公子道：「這事就有些古怪了。」○童評：説過兩個時辰即回，等了一天工夫不來。料想這事有些古怪，豈待開囊始覺懊悔？四公子道：「想他在別處又有耽擱了。他革囊現在我家，○天二評：傻角。與鑰匙在我身邊同意。斷無不來之理。」○黄評：正因革囊在你家，所以不來。看看等到下晚，總不來了。廚下酒席已齊，只得請衆客上坐。這日天氣甚暖，兩公子心裏焦躁：「此人若竟不來，這人頭却往何處發放？」直到天晚，革囊臭了出來，家裏太太聞見，不放心，打發人出來請兩位老爺去看。二位老爺没奈何，纔硬着膽開了革囊，一看，那裏是甚麽人頭！只有六七斤一個猪頭在裏面。○黄評：五百兩買個臭猪頭，革囊自送。○齊評：好貴猪頭，賣五百兩銀子。○天一評：也值五百文錢。○天二評：也值五六百文。我疑殺的是猪八戒。○石史評：來一猪頭，去一鐵臂，便宜得狠哩。兩公子面面相覷，不則一聲，立刻叫把猪頭拿到廚下賞與家人們去吃。○天二評：家人們倒做了一個臭猪頭會。

兩公子悄悄相商，這事不必使一人知道，○黄評：家下（人）豈止一人。仍舊出來陪客飲酒。心裏正在納悶，看門的人進來禀道：「烏程縣有個差人，持了縣裏老爺的帖，同蕭山縣來的兩個差人叩見老爺，有話面稟。」〇天一評：恐怕人頭事發作。〇天二評：人頭事發作邪？〇童評：纔落下個潮頭，又湧起個潮頭。會名喚作人頭，做的大不色頭。三公子道：「這又奇了，有甚麽話說？」留四公子陪着客，自己走到廳上，傳他們進來。那差人進來磕了頭，說道：「本官老爺請安。」隨呈上一張票子和一角關文〔一〕。三公子叫取燭來看，見那關文上寫着：

蕭山縣正堂吴。爲地棍奸拐事：案據蘭若庵僧〔二〕慧遠，具控伊徒尼僧心遠被地棍權勿用奸拐霸占在家一案。〇天二評：逃走了尼姑却要和尚來出首。董潮《東皋雜鈔》云：「澄江是鏡，字仲明，托名講學，一時大老交章薦之，近爲胞弟告發其三十餘款，多有不法事。常郡侯宋，諱楚望，深惡之，毁其廬造書院。」奸拐案蓋即三十餘款之一也。查本犯未曾發覺之先，已自潛迹〔三〕逃往貴治，爲此移關，煩貴縣查點來文事理，遣役協同來差訪該犯潛踪何處，擒獲解還敝縣，以便審理究治。望速！望速！

看過，差人稟道：「小的本官上覆三老爺知道，這人在府内，因老爺這裏不知他這些事，所以留他。而今求老爺把他交與小的，他本縣的差人現在外伺候，交與他帶去，休使他知覺逃走了，不好回文。」三公子道：「我知道了，你在外面候着。」差人應諾出去了，在門房裏坐着。

三公子滿心慚愧，○童評：人頭會做不成，勉强陪客飲酒，心裏納悶。奸拐案忽發覺，看過隔縣關文，滿心慚愧。真好笑宰相府中俠客高人之輩，遠不及孟嘗門下鷄鳴狗盗之雄。叫請了四老爺和楊老爺出來。二位一齊來到，看了關文和本縣拿人的票子，四公子也覺不好意思。楊執中道：「三先生、四先生，自古道：『蜂蠆入懷，解衣去趕。』他既弄出這樣事來，先生們庇護〔四〕他不得了。○天二評：此是「管樂經綸，程朱學問」。（天一評在「管樂」、「程朱」後都多「的」字）如今我去向他説，○黄評：曾説他是高人來。把他交與差人，等他自己料理去。」兩公子没奈何。楊執中走進書房，席上一五一十説了。權勿用紅着臉道：「真是真，假是假，我就同他去怕甚麽！」○天一評：怕你不同他去。兩公子走進來，不肯改常，説了些不平的話，又奉了兩杯别酒，取出兩封銀子送作盤程。兩公子送出大門，叫僕人替他拿了行李，打躬而别。○童評：楊執中毅然決絶，全不顧「處則爲真儒，出則爲王佐」那些欺人之談，未免悻悻於色。兩公子不肯改常，還依舊奉兩杯别酒，送兩封盤程，説些不平的話，覺得落落大方。君子之交淡如水，小人之交甘如醴。君子淡以成，小人甘以壞。那兩個差人見他出了婁府，兩公子已經進府，就把他一條鏈子鎖去了。○黄評：來時便被街道廳一鏈子鎖了，去時亦然，不意貫索犯了少微。一笑。○天二評：來時一條鏈子，去時一條鏈子，想是貫索星進命。（天一評「進」作「入」）○童評：張鐵臂是一片瓦響逃去了，權勿用是一條鏈子鎖去了。兩人這樣去法，去得可笑，去得可憐。

兩公子因這兩番事後，覺得意興稍減，○齊評：奇人奇事豈能旦夕遇之哉！吩咐看門的：「但有生人相訪，且回他到京去了。」自此閉門整理家務。不多幾日，蘧公孫來辭，説蘧太守有病，要回嘉興去侍疾。兩公子聽見，便同公孫去候姑丈，及到嘉興，蘧太守已是病得重了，看來是個不起之病。公孫傳着太守之命，托兩公子替他接了魯小姐回家。兩公子寫信來家，打發婢子去説，魯夫人不肯。小姐明於大義，和母親説了，要去侍疾。○天一評：此熟精八股之功。○童評：魯夫人愛惜女兒，魯小姐深明大義。此時采蘋已嫁人去了，只有雙紅一個丫頭做了贈嫁。○天一評：提清。○天二評：脱卸起下。○童評：雙紅做贈嫁，伏下宦成拐逃。叫兩隻大船，全副妝奩都搬在船上。來嘉興，太守已去世了。○童評：結蘧太守。公孫承重，魯小姐上侍孀〔五〕姑，下理家政，井井有條，○黃評：勿謂時文朋友無能。○天一評：熟精八股之功。○童評：寫魯小姐賢能，爲蘧太守家慶得賢婦。親戚無不稱羨。婁府兩公子候治喪已過，也回湖州去了。○黃評：了兩公子，仍寫公孫，遞到馬純上。○童評：此回寫婁琫、婁瓚傳畢，仍由蘧公孫遞入馬静傳。

公孫居喪三載，因看見兩個表叔半世豪舉，落得一場掃興，因把這做名的心也看淡了，詩話也不刷印送人了。○黃評：公子好客，公孫好名，一旦冰消，令閱者亦爲掃興。○童評：蘧公孫把做名士之心看淡，自然想到舉業上來，還虧兩位表叔前車之鑑。服闋之後，魯小姐頭胎生的個小兒子，已有四歲了。○天二評：補筆。小姐每日拘着他在房裏講《四書》，讀文章。○童評：魯小姐頭胎就生個兒子，四歲就教他讀書，想是要應養娘勸解的言語。公孫也在傍指點。却也心裏想在學校中相與幾個考高等的朋友談談舉業，○黄評：漸引到馬純上。○天一評：未必如此，只是作者要卸到馬二先生耳。○天二評：何不拜從令政夫人？却捨近圖遠，只是一個好名之心耳。○童評：做詩的名士，忽然要談起舉業來。學校中朋友，何能知道他新遵閫教？無奈嘉興的朋友都知道公孫是個做詩的名士，不來親近他，公孫覺得没趣。○黄評：由此逼出馬純上。○童評：無奈那嘉興朋友，不來親近他。訪着個處州朋友，好去請教他。

那日打從街上走過，見一個新書店裏貼着一張整紅紙的報帖，上寫道：

本坊敦請處州馬純上先生精選三科鄉會墨程。凡有同門録及硃卷賜顧者，幸認嘉興府大街文海樓書坊不誤。

公孫心裏想道：「這原來是個選家，何不來拜他一拜？」○天一評：到底只是好名。急到家换了衣服，寫個「同學教弟」的帖子，○童評：一個嘉興，一個處州，也稱同學。一個在監，一個在庠，也稱同學。名帖通稱，習俗不移。來到書坊，問道：「這裏是馬先生下處？」店裏人道：「馬先生在樓上。」因喊一聲道：「馬二先生，有客來拜。」樓上應道：「來了。」

○天一評：如聞其聲。於是走下樓來。

公孫看那馬二先生時，身長八尺，形容甚偉，頭戴方巾，身穿藍直裰，脚下粉底皂靴，面皮深黑，不多幾根鬍子。相見作揖讓坐。○天一評：如見其人。馬二先生看了帖子，説道：「尊名向在詩上見過，○黃評：馬二先生也看詩。○童評：處州朋友也曉得蘧公孫是個做詩的名士，忽然具帖來拜，亦是出於意外。久仰久仰！」公孫道：「先生來操選政，乃文章山斗，小弟仰慕，晉謁已遲。」店裏捧出茶來吃了，公孫又道：「先生便是處州學，想是高補過的。」馬二先生道：「小弟補廩二十四年，蒙歷任宗師的青目，共考過六七個案首，只是科場不利，不勝慚愧！」○黃評：是老秀才，非老名士。○童評：馬二先生考過六七個生員案首，比周進考過一個童生案首，闊得多了。公孫道：「遇合有時，下科一定是掄元無疑的了。」説了一會，公孫告別。馬二先生問明了住處，明日就來回拜。公孫回家向魯小姐説：「馬二先生明日來拜，他是個舉業當行，要備個飯留他。」○童評：蘧公孫與馬二先生一見如故，初次登堂，即備飯款待。情殷誼厚，異乎泛交。小姐欣然備下。○黃評：自是「欣然」，惜不能罇酒論文耳。○天一評：魯小姐聞之，喜可知也。○童評：魯小姐聽説是個舉業當行，投其所好，自覺欣然。

次早，馬二先生換了大衣服，寫了回帖，來到蘧府。公孫迎接進來，説道：「我兩人神交已久，不比泛常，今蒙賜顧，寬坐一坐，小弟備個家常飯〔六〕，休嫌輕慢。」馬二先生聽罷欣然。○黄評：小姐因舉業「欣然」，馬二先生因吃飯「欣然」，各有「欣然」之處，無非爲肉食也。○天一評：不敢請耳，固所願也。○童評：馬二先生口頭肥膩，甚是着重。聽見留他吃飯，亦覺欣然。公孫問道：「尊選程墨〔七〕，是那一種文章爲主？」馬二先生道：「文章總以理法爲主，任他風氣變，理法總是不變，○齊評：這一席話却是正論不磨。○天二評：魯小姐聞之，當亦以爲然。所以本朝洪、永是一變，成、弘又是一變，細看來，理法總是一般。大約文章既不可帶注疏氣，尤不可帶詞賦氣。帶注疏氣不過失之於少文采，帶詞賦氣便有礙於聖賢口氣，所以詞賦氣尤在所忌。」○黄評：所以不喜雜覽。○齊評：正與蘧公孫對病發藥。○天一評：是真語者，實語者，如語者。公孫道：「這是做文章了，請問批文章是怎樣個道理？」○天二評：看他丢過做文章而問批文章，總是好名鶩外病根。馬二先生道：「也是全〔八〕不可帶詞賦氣。小弟每常見前輩批語，有些風花雪月的字樣，被那些後生們看見，便要想到詩詞歌賦那條路上去，便要壞了心術。○黄評：何至於此？此其所以爲馬二先生耳。○童評：蘧公孫請教做文章、批文章之法，馬二先生説出這兩篇道理來，不愧在各書坊獨操選政。古人説得好，『作文之心如人目』，凡人目中，塵土屑固不可有，即金玉屑又是着得的麽？○齊評：妙喻。所以小弟批文章，總是采取《語類》、《或問》上的精語。時常一個批語要做半夜，不肯苟且下筆，○齊評：視後文匡超人之率爾操觚，正是用意判若天淵。○童評：馬二先生批文章，如此用心，如此精密，還有人教子弟糊掉了他批語，單讀文章的。是真無目，不知子都之姣者也。要那讀文章的讀了這一篇，就悟〔九〕想出十幾篇的道理，纔爲有益。將來拙選告成，送來細細請教。」説着，裏面捧出飯來，果是家常肴饌：一碗燉鴨，一碗煮鷄，一尾魚，一大碗煨的稀爛的猪肉。馬二先生食量頗高，舉起〔一〇〕箸來向公孫道：「你我知己相逢，不做客套，這魚且不必動，倒是肉好。」○天一評：鄙意亦以爲然。○則仙評：魚，我所欲也；爛肉，尤吾所欲也。二者既（不）可得兼，捨魚而取爛肉者也。當下吃了四碗飯，將一大碗爛肉吃得乾乾净净。○黄評：實做肉食，笑倒。○童評：吃了四碗飯、兩大碗肉。馬二先生食量，果是可觀。裏面聽見，又添出一碗來，連湯都吃完了。抬開桌子，啜茗清談。

馬二先生問道：「先生名門，又這般大才，久已該高發了，因甚困守在此？」公孫道：「小弟因先君見背的早，在先祖膝下料理些家務，所以不曾致力於舉業。」馬二先生道：「你這就差了。『舉業』二字是從古及今人人必要做的。○齊評：可作「舉業論」讀。○石史評：畏友。○童評：講到「舉業」二字，又發出一番大議論來。就如孔子生在春秋時候，那時用『言揚行舉』做官，故孔子只講得個『言寡尤，行寡悔，禄在其中』，這便是孔子的舉業。○黄評：孔子也做舉業！是是。○天一、二評：原來「言寡尤，行寡悔」孔子不過講講而已。（天一評批於「孔子的道也就不行了」下）　講到戰國時，以游説做官，所以孟子歷説齊梁，這便是孟子的舉業。○黄評：孟子亦有舉業！是是。　到漢朝用『賢良方正』開科，所以公孫弘、董仲舒舉賢良方正，這便是漢人的舉業。　到唐朝用詩賦取士，他們若講孔孟的話，就没有官做了，所以唐人都會做幾句詩，這便是唐人的舉業。○黄評：原來總爲做官！是是。到宋朝又好了，都用的是些理學的人做官，所以程、朱就講理學，這便是宋人的舉業。○童評：孔子以言行爲舉業，孟子以游説爲舉業，漢人以賢良爲舉業，唐人以詩賦爲舉業，宋人以理學爲舉業。譬喻得不錯。若説孔子、孟子、漢人、唐人、宋人做舉業，爲做官起見，大是可笑。至於明朝以八股取士，人皆致力於時文。即使孔子生於斯世，不做這種舉業，那個給你官做？説得極其透徹。蓋做時文，原爲要做官也。不是爲做官，則時文有何别樣用處？做他什麽？若以明代八股時文之舉業，概諸周漢唐宋言行、游説、賢良、詩賦、理學之舉業，道是亦爲做官而設，則誤盡後生小子矣。讀到這番議論，不禁喟然而嘆曰：「先生之志則大矣，先生之號則不可。」到本朝用文章取士，這是極好的法則，就是夫子在而今，也要念文章、做舉業，斷不講那『言寡尤，行寡悔』的話。何也？就日日講究『言寡尤，行寡悔』，那個給你官做？○黄評：愈説愈有理，是極是極。○天二評：何以要做舉業？求科第耳。何以要求科第？要做官耳。儒者之能事畢矣。○童評：明初禮部議定，以五經四書八股文取士。王元章道：「這法定的不好，將來讀書人，既有此一條榮身之路，把文行出處，都看得輕了。」今馬純上道：「本朝用文章取士，這是極好的法則。就是孔子在而今，也要念文章，做舉業，不講那『言寡尤，行寡悔』的話了。」王元章是不做官的，馬純上是要做官的，故兩人議論相反。孔子的道也就不行了。」一席話説得蘧公孫如夢方醒。○黄評：我亦如夢方醒。○童評：蘧公孫前被高青邱所誤，做了個刻詩話的假名士。今又被馬純上所誤，做了個講舉業的假道學。弄得兩頭不着，一事無成。又留他吃了晚飯，○則仙評：魚亦下肚矣。○童評：留他吃晚飯，想必又是四碗飯、兩大碗肉報銷掉了。結爲性命之交，相别而去。自此日日往來。○童評：結爲性命之交，自此常相往來。先下此一筆，爲下文官事，馬二先生可以代爲主張。

那日在文海樓彼此會着，看見刻的墨卷上目録擺在桌上，上寫着「歷科墨卷持運」，下面一行刻着「處州馬静純上氏評選」。○童評：馬静純上名號在封面上刻出，與蘧來旬駪夫名號在詩話上刻出，前後又遥遥相對。蘧公孫笑着向他説道：「請教先生，不知尊選上面可好添上小弟一個名字，○黄評：仍是刻詩話心思，名心未退。與先生同選，以附驥尾？」○齊評：又要做名。舉業豈是空名足用的物？○天一、二評：原是刻《高青丘詩話》故智。○童評：蘧公孫務名而不務實，仍是少年心性。畢生受病在此。馬二先生正色道：「這個是有個道理的。站封面亦非容易之事，○黄評：謂之「站封面」，新奇。就是小弟，全虧幾十年考校的高，有些虚名，○天一評：先生之所以不能站者，固無此幾十年考校之虚名也。所以他們來請。

難道先生這樣大名還站不得封面？只是你我兩個，只可獨站，不可合站，其中有個緣故。」蘧公孫道：「是何緣故？」馬二先生道：「這事不過是名利二者。小弟一〔二〕不肯自己壞了名，自認做趨利。假若把你先生寫在第二名，那些世俗人就疑惑刻資出自先生，小弟豈不是個利徒了？若把先生寫在第一名，小弟這數十年虛名豈不都是假的了？還有個反面文章是如此算計，先生自想也是這樣算計。」○天一評：不解先生話哩。○則仙評：總之大家不合算了。○童評：馬二先生看得站封面是不容易之事。先說自家考校得高，方可以站得封面。又說公孫這樣大名，難道還站不得封面？又說你我只可獨站，不可合站。又説兩人合站，序次先後有個正面有個反面的緣故。其意中明明道是公孫站不得封面，明明不肯與之合站封面，却説得圓轉老到，一些不得罪人。馬二先生是深於人情世故者。說着，坊里捧出先生的飯來，一碗爊青菜，兩個小菜碟。○童評：一碗爊青菜，二個小菜碟，比周先生一碟老菜、一壺熱水高些。馬二先生道：「這没菜的飯，不好留先生用，奈何？」蘧公孫道：「這個何妨？但我曉得長兄先生也是吃不慣素飯的，○童評：馬二先生吃不慣素飯，公孫已於前次留飯時看出矣。我這裏帶的有銀子。」忙取出一塊來，叫店主人家的二漢買了一碗熟肉來。兩人同吃了，公孫別去。○黃評：可謂吃肉至交。

在家裏，每晚同魯小姐課子到三四更鼓，或一天遇着那小兒子書背不熟，小姐就要督責他念到天亮，倒先打發公孫到書房裏去睡。雙紅這小丫頭在傍遞茶遞水，極其小心。○天一評：魯小姐只管兒子的功課，不及丈夫的功課了。却不防「小鬼頭春心動」。他會念詩，常拿些詩來求講，公孫也略替他講講。因心裏喜他殷勤，○黄評：未必喜他殷勤，却寫的渾。就把收的王觀察的個舊枕箱把與他盛花兒針綫，又無意中把遇見王觀察這一件事向他説了。○天二評：與他枕箱罷了，何以把王觀察事説與他？蓋愛之極也。○童評：因爲魯小姐課子夜讀，打發公孫到書房裏睡。因爲公孫住在書房，故用雙紅遞茶遞水。因爲雙紅會念詩，常拿些詩來求講。因爲公孫喜他殷勤，就把王觀察的舊枕箱，把與他盛花綫。因爲枕箱，於無意中説出遇見王觀察這件事。層層遞入，寫得公孫並無絲毫苟且，雙紅實在討人喜歡。不想宦成這奴才小時同他有約，○黄評：前已有伏筆。○天二評：此事已逗於十二回中矣。當魯編修在京未帶家眷，魯小姐貼身愛婢而與外人有約，家法如何？竟大膽走到嘉興，把這丫頭拐了去。○童評：直書宦成小時與雙紅有約，竟大膽走到嘉興，把這丫頭拐了去。若非前文在杭州船中，望見不相干的女子，誤認做雙紅姊妹這段伏筆，則小時私約一語，毫無根攓矣。隔年下的種，却在虛無飄緲之間。公孫知道大怒，○黄評：大怒，可知所喜不僅「殷勤」。報了秀水縣，出批文拿了回來。○童評：公孫報縣批拿，是一定之理。兩口子看守在差人家，○天一評：此事自該告知二婁呼問晉爵，而不之及者，疑二婁已挈晉爵入都矣。然殊缺交代。宦成小時便與雙紅有約，則魯家家政亦平常。○天二評：何以兩口同押差人家？此事自當告之二妻呼問晉爵，而不之及者，疑二妻已挈晉爵入都矣。然殊欠交代。央人來求公孫，情願出幾十兩銀子與公孫做丫頭的身價，○童評：宦成求繳身價，是必有之情。求賞與他做老婆。公孫斷然不依。○黃評：「斷然不依」，又可知。差人要帶着宦成回官，少不得打一頓板子，把丫頭斷了回來，一回兩回詐他的銀子。○童評：差人要詐銀子，不即回官，以致遷延出枝節來。有人讀至此，嘆公孫不善處事。謂宦成既將雙紅拐去，甑已破矣，顧之何益，不如准他繳身價，賞他做老婆，完全其事，免致釀成禍端。睫巢聞之，不禁失笑。此篇是寫馬二先生也，是寫馬二先生爲朋友之血性也。於何寫之？因借端於枕箱也。雙紅因枕箱而泄機，差人因枕箱而起釁。寫差人之假意，以顯馬二先生之真心。寫差人之冷面，以顯馬二先生之熱腸。寫差人之推托，以顯馬二先生之擔當。寫差人之詐財，以顯馬二先生之仗義。譬如畫獅子者，要畫其奮興跳擲之勢，須先畫一毬，而獅子之精神始出。非畫毬也，畫獅子也。寫馬二先生而先寫枕箱，亦猶是也。彼雙紅、宦成，至微至賤，作者豈肯妄用此浪筆漲墨以寫之乎？若謂公孫一誤於輕借枕箱與雙紅，再誤於重究宦成拐雙紅，以致弄出事來，真癡人説夢也。宦成的銀子使完，衣服都當盡了。

那晚在差人家，兩口子商議，要把這個舊枕箱拿出去賣幾十個錢來買飯吃。雙紅是個丫頭家，不知人事，向宦成説道：「這箱子是一位做大官的老爺的，想是值的銀子多，幾十個錢賣了豈不可惜？」○黃評：逼真丫頭見識。宦成問：「是蘧老爺的？是魯老爺的？」丫頭道：「都不是。說這官比蘧太爺的官大多着哩。我也是聽見姑爺說，這是一位王太爺，就接蘧太爺南昌的任，後來這位王太爺做了不知多大的官，就和寧王相與。○黄評：妙在「相與」。寧王日夜要想殺皇帝，皇帝先把寧王殺了，又要殺這王太爺。王太爺走到浙江來，不知怎的，又說皇帝要他這個箱子，王太爺不敢帶在身邊走，恐怕搜出來，就交與姑爺。○齊評：活像丫頭口氣，作者如何描寫到此。○天二評：說得糊糊塗塗，絶可笑，宛然婦女之言。姑爺放在家裏閑着，借與我盛些花，不曉的我帶了出來。我想皇帝都想要的東西，不知是值多少錢！你不見箱子裏還有王太爺寫的字在上？」○黄評：因爲有王太爺寫的字，所以可貴。○天一評：說來似是似不是，逼真丫頭口氣。然而蘧公孫平日之愛此丫頭意在言外。宦成道：「皇帝也未必是要他這個箱子，必有别的緣故。這箱子能值幾文！」○黄評：又是奴僕見識。○童評：銀子使完，衣服當盡，兩口子没有錢買飯吃，纔想到這個舊枕箱上來。丫頭捨不得賤賣，就說出箱子是做大官的來。奴才問起情由，遂說出南昌後任王太爺來。又說王太爺不知多大的官，就和寧王相與來。又說皇帝要殺王太爺，逃到浙江來。又說皇帝要他這個箱子，王太爺不敢帶在身邊，交與姑爺來。又說姑爺放在家裏，閑着借與他盛花，順便帶出來。又說皇帝都想要的東西，不知值多少錢來。又說箱子裏，還有王太爺寫的字在上。可見是個真憑實據來。活畫出不知人事的丫頭來，夾寫出癡呆懞懂的奴才來，接寫出遇事生風的差人來。因此公孫幾乎惹出了禍事來，還是王惠從前留下的禍根來。

那差人一腳把門踢開，走進來罵道：○童評：差人把兩口子看守在家裏，不肯回官，以爲奇貨可居。刻刻在他們身上想法子，窺探他們的情景。忽聽見這個大訛頭，準發得一注大財香。一腳踢開門走進來，歡欣踴躍的神情立見。「你這倒運鬼！放着這樣大財不發，還在這裏受瘟罪！」宦成道：「老爹我有甚麼財發？」差人道：「你這痴孩子！我要傳授了〔一二〕，便宜你的狠哩！老婆白白送你，還可以發得幾百銀子財，你須要大大的請我，將來銀子同我平分，我纔和你說。」○黃評：又逼真差人見識。宦成道：「只要有銀子，平分是〔一三〕罷了，請是請不起的，除非明日賣了枕箱子請老爹。」差人道：「賣箱子？還了得！就沒戲唱了！」○童評：想出壞主意，差人傳授與奴才。身邊沒半文，奴才請不起差人，只因有財可以發，先肯借錢與他用。留着箱子，就有戲唱。倒運鬼不必在這裏受瘟罪，癡孩子便宜白得個好老婆。你沒有錢我借錢與你。不但今日晚裏的酒錢，從明日起，要用〔一四〕同我商量。我替你設法了〔一五〕來，總要加倍還我。」又道：「我竟在裏面扣除，怕你拗〔一六〕到哪裏去？」差人即時拿出二百文，買酒買肉，同宦成兩口子吃，算是借與宦成的，記一筆賬在那裏。吃着，宦成問道：「老爹說我有甚麼財發？」差人道：「今日且吃酒，明日再說。」當夜猜三划五，吃了半夜〔一七〕，把二百文都吃完了。

宦成這奴才吃了個盡醉，兩口子睡到日中還不起來。差人已是清晨出門去了，尋了一個老練的差人商議，告訴他如此這般：「事還是竟弄破了好，還是『開弓不放箭』大家弄幾個錢有益？」被老差人一口大啐道：「這個事都講破！○黄評：凡用句讀總妙，如聞其聲。破了還有個大風？如今只是悶着同他講，不怕他不拿出錢來。還虧你當了這幾十年的門户，利害也不曉得！遇着這樣事還要講破，○黄評：更妙。破你娘的頭！」○齊評：爽若哀梨。○天二評：逼真老練。罵的這差人又羞又喜，慌跑回來，見宦成還不曾起來，説道：「好快活！這一會像兩個狗戀着。快起來和你説話！」宦成慌忙起來，出了房門。差人道：「和你到外邊去説話。」兩人拉着手，到街上一個僻静茶室裏坐下。差人道：「你這呆孩子，只曉得吃酒吃飯，要〔一八〕同女人睡覺。放着這樣一主〔一九〕大財不會發，豈不是『如入寶山空手回』？」宦成道：「老爹指教便是。」差人道：「我指點你，你却不要『過了廟不下雨』。」○童評：犯拐案的渾奴才，只知划五猜三，吃醉了酒，兩口子睡覺。會弄錢的壞差人，真是千刁萬惡。清早出門，兩個人商量。開弓不放箭，本係做差人看家的拳頭；過廟不下雨，那怕這奴才跳出他手掌。

説着，一個人在門首過，叫了差人一聲「老爹」，走過去了。○天二評：作者善於斷字訣。行文最忌平直故也。（天一評只有前句；「善於」作「最喜」）差人見那人出神，叫宦成坐着，自己悄悄尾了那人去。只聽得那人口裏抱怨道：「白白給他打了一頓，却是没有傷，喊不得冤；待要自己做出傷來，官府又會驗的出。」差人悄悄的拾了一塊磚頭，凶神似〔二〇〕的走上去把頭一打〔二一〕，打了一個大洞，○童評：因講破不破的話，方纔被老差人罵他破你娘的頭，此時便把那人的頭打破。這個差人，大有悟性。那鮮血直流出來。那人嚇了一跳，問差人道：「這是怎的？」差人道：「你方纔説没有傷，這不是傷麽？又不是自己弄出來的，不怕老爺會驗，還不快去喊冤哩！」○黄評：寫出人心險詐至此。○齊評：世之以無爲有，以曲作直者，大率如是。○童評：没有傷，喊不得冤。自己做出傷來，官府又會驗。正没做道理處，却被這差人兜頭一磚，打了個洞，説出一番可以喊冤的道理來。世界上那有這種道理？衙門前竟有這些道理。那人倒着實感激，謝了他，把那血用手一抹，塗成一個血臉，往縣前喊冤去了。○童評：被人把頭上打了一個洞，鮮血直流，還要感激他，稱謝他。這是何苦來？不如白白給人打一頓，没有傷，忍些氣，早早罷休的好。赴縣喊冤，縣官驗係真傷，不是裝傷，自然准理。若問見證，便供出差人來做個硬證。被告雖滿口排牙，亦難辯白。彼高坐堂皇者，豈不被他瞞過乎？做地方官，折獄易，聽訟難。折在我，只須持之以平；訟在人，每恐爲其所蔽。如前項情事是也。聽訟者，惟有息心静氣，察言觀色，多詰問，少動刑，則冤濫之事，或者可以少些。

宦成站在茶室門口望，聽見這些話又學了一個乖。○童評：諺云：做到老，學不了。

不獨宦成聽了這些話，學了一個乖。就是做官的，看了這回書，也學了一個乖。差人回來坐下，說道：「我昨晚聽見你當家的說枕箱是那王太爺的。王太爺降了寧王，又逃走了，是個欽犯，這箱子便是個欽贓。他家裏交結欽犯，藏着欽贓，若還首出來〔二〕就是殺頭充軍的罪，他還敢怎樣你？」宦成聽了他這一席話，如夢方醒，說道：「老爹，我而今就寫呈去首。」差人道：「呆兄弟，○黄評：此時又說他呆。這又没主意了。你首了，就把他一家殺個精光，與你也無益，弄不着他一個錢；况你又同他無仇。如今只消串出個人來嚇他一嚇，嚇出幾百兩銀子來，把丫頭白白送你做老婆，不要身價，這事就罷了。」宦成道：「多謝老爹費心，如今只求老爹替我做主。」○童評：差人直至此刻，纔向宦成說出這番緣故來，又說出一個做法來。蘧公孫聽了馬二先生的舉業論，如夢方醒；宦成聽了差人的枕箱論，如夢方醒。論舉業，說得是是非非，只怕公孫依舊夢夢；論枕箱，說得明明白白，於是宦成不復夢夢。差人道：「你且莫慌。」當下還了茶錢，同走出來。差人囑咐道：「這話，到家在丫頭跟前不可露出一字。」○童評：這話不可向丫頭吐露，寫出差人精細。宦成應諾了。從此，差人借了銀子，宦成大酒大肉，且落得快活。

蘧公孫催着回官，差人只騰挪着混他，今日就說明日，明日就說後日，後日又說再遲三五日。公孫急了，要寫呈子告差人。差人向〔三〕宦成道：「這事却要動手了！」〇童評：開得弓到十分滿，放出箭有十分力。況虛拽弓弦，發一聲空響以驚人，並不真要放箭者，尤宜從容停頓也。因問：「蘧小相平日可有一個相厚的人？」〇齊評：此差人亦頗有才。〇天二評：要緊。宦成道：「這却不知道。」回去問丫頭，丫頭道：「他在湖州相與的人多，這裏却不曾見，我只聽得有個書店裏姓馬的來往了幾次。」〇童評：蘧小相湖州相與的人多，丫頭曉得，宦成也該曉得。嘉興相與的人少，宦成不曉得，只有丫頭曉得。差人問宦成，宦成問丫頭，丫頭想着姓馬的來，又是曲折而出。差人要打聽蘧小相平日相厚的人，丫頭説出書店裏姓馬的來，始知前文備飯款留，常相往來，伏筆之妙。宦成將這話告訴差人。差人道：「這就容易了。」便去尋代書，寫下一張出首叛逆的呈子帶在身邊，〇童評：寫下一張出首叛逆的呈子，要去嚇詐人家幾兩銀子，可謂大題小做。到大街上一路書店問去。問到文海樓，一直進去請馬先生説話。

馬二先生見是縣裏人，不知何事，只得邀他上樓坐下。差人道：「先生一向可同做南昌府的蘧家蘧小相兒〔二四〕相與？」馬二先生道：「這是我極好的弟兄。」〇黃評：正要你「極好」。〇天一評：惟其是「極好的弟兄」故易於入手。〇童評：馬二先生老實，對着突如其來的縣裏差人，開口就説實話。頭翁，你問他怎的？」差人兩邊一望道：「這裏没有外人麼？」馬二先生道：「没有。」把座子移近跟前，拿出這張呈子來與馬二先生看，道：「他家竟有這件事。我們公門裏好修行，所以通個信給他，早爲料理，怎肯壞這個良心？」○天二評：難得好人！○童評：差人奸滑，裝出許多身段，説得這般關切，像個公門裏修行的人。馬二先生看完，面如土色，○黄評：不肯殺人，果是有良心。而馬二先生「面如土色」，誠不愧爲馬二先生。○童評：出首叛逆的事，馬二先生看完呈子，那得不面如土色？況是極相好弟兄之事乎？這副深黑的面皮，想必驚的反白了。又問了備細，○石史評：長者。向差人道：「這事斷斷破不得。○童評：馬二先生道這事斷斷破不得，差人早知道這事斷斷破不得。馬二先生口中説破不得者，破了是藏着欽贓罪名大；差人心裏想破不得者，破了就如入寶山空手回。「破不得」三個字，雖然字面相同，而兩個人用意，却迥乎不同。既承頭翁好心，千萬將呈子捺下。他却不在家，到墳上修理去了，○童評：蘧公孫到墳上修理去了，文情又作一曲。等他來時商議。」差人道：「他今日就要遞。這是犯關節的事，誰人敢捺？」○童評：前日公孫催回官，差人偏要騰挪着混他。今日公孫不在家，差人假説犯關節嚇他。一邊要緊，一邊安心延宕；一邊要捺，一邊安心促迫。公門中的人弄錢手段，豈子曰行的人所能窺測？馬二先生慌了道：「這個如何了得？」○齊評：馬二先生又有血性，又有擔當，此種朋友實不多得。差人道：「先生，你一個『子曰行』的人，怎這樣没主意？○黄評：「子曰行」的人，纔没有主意。自古『錢到公事辦，火到猪頭爛』，只要破些銀子，把這枕箱買了回來，這事便罷了。」馬二先生拍手道：「好主意！」○黄評：寫出書呆子。○童評：馬二先生慌得没了主意，差人代他出個主意。差人商議定的這個壞主意，馬二先生聽了，却道是個好主意。當下鎖了樓門，同差人到酒店裏，馬二先生做東，大盤大碗請差人吃着，○童評：宦成借了差人的銀子，大酒大肉，落得自家快活。馬二先生貼了自家的銀子，大盤大碗，請那差人受用。商議此事。只因這一番，有分教：通都大邑，來了幾位選家；僻壤窮鄉，出了一尊名士。○黄評：名士而曰「一尊」，善戲謔兮。畢竟差人要多少銀子贖這枕箱，且聽下回分解。

【總評】

卧評　革囊一開，使閲者失笑，然書中正不乏此等人。凡講勢要，矜權貴，無非戴假面嚇鬼。作者正借一張鐵臂，引起無數張鐵臂也。

看張鐵臂〔二五〕許多做作，儼然妙手空空，此何異徒習名士腔調，而不知其中之烏有也。作者殆又爲若輩對下一針。○黄評：張鐵臂即名士之變相耳。

齊評　馬二先生論舉業，真是金科玉律，語語正當的切，足爲用功人座右銘。其評選亦必足爲後學津梁，豈若信口亂道、信手亂塗者哉！枕箱之事，出於意外，非必公孫之疏忽，特藉以表馬二先生之古道熱腸耳。

天一評　張鐵臂雖冒作劍俠行徑，然畢竟尚能舞劍，若紛紛名士腔調，並無此一分實際，未能與張鐵臂同論也。

天二評　摹寫公門，口角宛然活現，此豈杜少卿輩所知？而以此書爲出自其手，其不然乎！

則仙評　蘧公孫之枕箱係當日慷慨贈銀無意得來，豈知日後幾釀大禍。可知贈銀王惠原欠斟酌，嫌疑之地不可不避。迨大禍既成，幸得馬二先生傾囊解紛，禍遂消釋。爲蘧公孫者，宜如何感激圖報哉！乃竟空言何補，不名一錢。豈「性命之交」不及先人一面之識乎？於此知蘧公孫用財之道大非合宜。所難能可貴者，不能不佩服於窮途之馬二先生耳。竊爲先生作不平之鳴也。時光緒三十二年七月卧讀生則仙氏誌。

【校記】

〔一〕「闕文」後抄本少十二個字。

〔二〕僧，申一本作「尼僧」。

〔三〕已自潛迹，原作「自潛迹」，抄本、蘇本同。申一本作「潛迹」，申二本作「潛踪」。參齊本補。

〔四〕庇護，原作「庇獲」，蘇本同。從抄本和申一、二本改。

〔五〕孀，原作「霜」，蘇本同。從抄本和申一、二本改。

〔六〕飯，抄本作「便飯」。

〔七〕程墨，抄本、申二本作「墨程」。

〔八〕是全，原作「全是」，抄本、蘇本同。從申一、二本改。

〔九〕悟，原作「晤」，蘇本、申一本同。從抄本、申二本改。

〔一〇〕起，原缺，抄本、蘇本、申一本同。從申二本補。

〔一一〕小弟一，申一本作「一者小弟」。

〔一二〕我要傳授了，抄本作「我傳受了你」。

〔一三〕平分是，申一、二本作「是平分」。

〔一四〕「要用」後抄本多「銅錢」。

〔一五〕設法了，申一、二本作「設了法」。

〔一六〕拗，原作「抝」，抄本、蘇本和申一、二本均同。參齊本改。

〔一七〕「半夜」後抄本多「酒」。

〔一八〕要，抄本無。

〔一九〕主，申二本作「注」。

〔二〇〕似，原缺，抄本、蘇本和申一、二本同。參齊本補。

〔二一〕把頭一打，申一本作「把他頭上」。

〔二二〕首出來，抄本作「出首」，申一本作「出首起來」。

〔二三〕向，原缺，蘇本同。從抄本和申一、二本補。

〔二四〕蘧小相兒，抄本作「小相」，申一本作「蘧小相公」。

〔二五〕臂，原缺，蘇本同。從抄本和申一、二本補。

第十四回

蘧公孫書坊送良友　馬秀才山洞遇神仙

話説馬二先生在酒店裏，同差人商議要替蘧公孫贖枕箱，差人道：「這奴才手裏拿着一張首呈，就像拾到了有利的票子，〇黄評：只算是罵。銀子少了他怎肯就把這欽贓放出來？極少也要三二百銀子。還要我去拿話嚇他：『這事弄破了，一來與你無益；二來欽案官司，過司由院，一路衙門，你都要跟着走，你自己算計，可有這些閑錢陪着打這樣的惡官司？』是這樣嚇他，他又見了幾個衝心的錢，這事纔得了。我是一片本心，特地來報信。我也只願得無事，落得『河水不洗船』。但做事也要『打蛇打七寸』纔妙，〇齊評：此一席話互相吞吐，有不枝不蔓之妙。你先生請上裁！」馬二先生摇頭道：「二三百兩是不能。不要説他現今不在家，是我替他設法，就是他在家裏，雖然他家太爺做了幾任官，而今也家道中落，那裏一時拿的許多銀子出來？」差人道：

「既然没有銀子，他本人又不見面，我們不要耽誤他的事，把呈子丢還他，隨他去鬧罷了。」馬二先生道：「不是這樣説。你同他是個淡交，我同他是深交，○黄評：正要你「深交」，此所以稱馬二先生。眼睁睁看他有事，不能替他掩下來，這就不成個朋友了。但是要做的來。」差人道：「可又來！你要做的來，我也要做的來！」馬二先生道：「頭翁，我和你從長商議，實不相瞞，在此選書，東家包我幾個月，有幾兩銀子束脩，我還要留着些用；他這一件事，勞你去和宦成説，我這裏將就墊二三十兩銀子把與他，他也只當是拾到的，解了這個冤家罷。」差人惱了道：「這個正合着古語：『瞞天討價，就地還錢。』我説二三百銀子，你就説二三十兩，『戴着斗笠親嘴，差着一帽子』！怪不得人説你們『詩云子曰』的人難講話！這樣看來，你好像『老鼠尾巴〔二〕上害癤子，出膿也不多』！倒是我多事，不該來惹這婆子口舌！」説罷，站起身來謝了擾，辭別就往外走。○黄評：知他是「深交」，是實心，所以愈要如此做。馬二先生拉住道：「請坐再説，急怎的？我方纔這些話，你道我不出本心麽？他其實不在家，我又不是先知了風聲，把他藏起，和你講價錢。况且你們一塊土的人，彼此是知道的，蘧公孫是甚麽慷慨脚色，這宗銀子知道他認不認，幾時還我？只是由着他弄出事來，後日懊悔遲了。總之，這件事，我也是個傍人，你也是個傍人，○黄評：他却不是「傍人」。我如今認些晦氣，你也要極力幫些，一個出力，一個出錢，也算積下一個莫大的陰功；若是我兩人先參差着，就不是共事的道理了。」○天一評：夾七夾八，不倫不類，活寫忠厚人聲口。差人道：「馬老先生，而今這銀子，我也不問是你出，是他出，你們原是『氈襪裹脚靴』，但須要我效勞的來。老實一句，『打開板壁講亮話』，這事，一些半些幾十兩銀子的話，横豎做不來，没有三百，也要二百兩銀子，纔有商議。我又不要你十兩五兩，没來由把難題目把你〔二〕做怎的？」馬二先生見他這話說頂了真，心裏着急，○黄評：認真着急，所以爲馬二先生。道：「頭翁，我的束脩其實只得一百兩銀子，這些時用掉了幾兩，還要留兩把作盤費到杭州去。○黄評：誠實如此，實可稱馬二先生。擠的乾乾净净，抖了包，只擠的出九十二兩銀子來，○天一評：馬二先生真難得。此事若出二婁、杜少卿何足爲異？惟是馬二先生，所以不可及。一釐也不得多，你若不信，我同你到下處去拿與你看。此外行李箱子内，聽憑你搜，若搜出一錢銀子來，你把我不當人。就是這個意思，你替我維持去，如斷然不能，我也就没法了，他也只好怨他的命。」○黄評：如此誠實，「子曰行」中人其實難得。差人道：「先生，像你這樣血心爲朋友，難道我們當差的心不是肉做的？○黄評：雖是肉做的，只怕没血。○齊評：得風便轉，兩下都會看眼色，讀之可以悟處事之法。自古山水尚有相逢之日，豈可人不留個相與？只是這行瘟的奴才頭高，不知可說的下去？」又想一想道：「我還有個主意，○黄評：知他是真心，立刻改口。又合着古語説『秀才人情紙半張』，現今丫頭已是他拐到手了，又有這些事，料想要不回來，不如趁此就寫一張婚書，上寫收了他身價銀一百兩，合着你這九十多，不將有二百之數？這分明是有名無實的，却塞得住這小厮的嘴。這個計較何如？」○齊評：此差人甚細，又留自己地步。馬二先生道：「這也罷了，只要你做的來，這一張紙何難，我就可以做主。」○童評：此篇馬二先生與差人商議之言，多用對待句法。如你同他是淡交，我同他是深交；又如你要做的來，我也要做的來；又如瞞天討價，就地還錢；又如我説二三百兩，你就説二三十兩；又如我也是個旁人，你也是個旁人；又如一個出力，一個出錢；又如没有三百兩，也要二百兩；又如他家值多少，就要給多少。是囫圇相聯之句法也。又如落得河水洗船，戴着斗笠親嘴；又如原是氈韈裹脚靴，打開板壁講亮話；又如手裏拿着一張首呈，趁此就寫一張婚書；又如像拾到有利的票子，有幾兩選書的束脩；又如他怎肯把欽贜放出來，我先把他枕箱賺了來；又如極少也要三二百兩銀子，只擠得出九十二兩銀子；又如你自己算計可有這閑錢，我一片本心特地來報信；又如陪着打這樣惡官司，他又見幾個衝心錢；又如不替他掩下來，就不成個朋友了，只當是拾到的解了這個冤家罷；又如詩云子曰的人難講話，行李箱子之内憑你搜；又如不該來惹這婆子口舌，只是行瘟的奴才頭高；又如不是先知風聲，如今認些晦氣；又如况你們是一塊土的人，没來由把難題目你做；又如是甚麽慷慨脚色，像這樣血心朋友；又如積下一個莫大陰功，不知費了多少唇舌；又如若是先參差就不是共事的道理，還有個主意，又合着古人的言語；又如須要我效勞得來，你替我維持過去；又如一些半些，十兩五兩；又如這話説頂了真，只好怨他的命；又如山水尚有相逢日，秀才人情紙半張。是錯綜相配之句法也。一問一答，一疏一密，一假一真，一閑一急，一反一覆，一轉一折，一推一就，一離一合，寫得異樣花團錦簇。

當下説定了，店裏會了帳，馬二先生回到下處候着。差人假作去會宦成，去了半日，回到文海樓。馬二先生接到樓上。差人道：「爲這件事，不知費了多少唇舌，那小奴才就像我求他的，定要一千八百的亂説，説他家值多少就該給他多少，落後我急了，要帶他回官，説：『先問了你這奸拐的罪，回過老爺，把你納在監裏，看你到那裏去出首！』他纔慌了，依着我説。我把他枕箱先賺了來，現放在樓下店裏。先生快寫起婚書來，把銀子兑清，我再打一個稟帖，銷了案，打發這奴才走清秋大路，免得又生出枝葉來。」〇天一評：一番説話，看書的決知其假，馬二先生自以爲千真萬真。然而却説得乾净老到。馬二先生道：「你這賺法甚好，〇黄評：賺得你好。婚書已經寫下了。」隨即同銀子交與差人。差人打開看，足足九十二兩，〇黄評：罪過罪過。〇童評：馬二先生墊了若干銀子，費了許多氣力，把一天雲霧解散開了。只恐公孫遭了禍，不顧束脩抖了包，並不想人家還他錢，又不要人家見他情。此等朋友，纔是五倫中不可缺的。又見前文結爲性命之交一句，伏筆之妙。把箱子拿上樓來交與馬二先生，拿着婚書、銀子，去了。回到家中，把婚書藏起，另外開了一篇細賬，借貸吃用，衙門使費，共開出七十多兩，只剩了十幾兩銀子遞與宦成。○童評：結差人賺錢一事。宦成嫌少，被他一頓罵道：○齊評：該罵。「你奸拐了人家使女，犯着官法，若不是我替你遮蓋，怕老爺不會打折你的狗腿！我倒替你白白的騙一個老婆，又騙了許多銀子，不討你一聲知感，反問我找銀子！來！我如今帶你去回老爺，先把你這奸情事打幾十板子，丫頭便傳蘧家領去，叫你吃不了的苦，兜着走！」宦成被他駡得閉口無言，忙收了銀子，千恩萬謝，領着雙紅，往他州外府尋生意去了。○童評：結宦成拐逃一事。

蘧公孫從墳上回來，正要去問差人，催着回官，○童評：此時公孫還在夢中，是出門多日纔回光景。只見馬二先生來候，請在書房坐下，問了些墳上的事務，慢慢説到這件事上來。蘧公孫初時還含糊，○童評：先問些墳上的話，慢慢説到這件事上來。寫得馬二先生氣度從容。○天一評：公孫初時含糊，尚以尋常朋友看待。馬二先生道：「長兄，你這事還要瞞我麽？○天一評：二句中包含無限。你的枕箱現在我下處樓上。」公孫聽見枕箱，臉便飛紅了。○天二評：包含無限。馬二先生遂〔三〕把差人怎樣來説，我怎樣商議，後來怎樣怎樣，「我把選書的九十幾兩銀子給了他，纔買回這個東西來，而今幸得平安無事。就是我這一項銀子，也是爲朋友上一時激於意氣，難道就要你還？但不得不告訴你一遍。○黃評：可感可感。○齊評：如此存心真是古人氣誼。○童評：馬二先生見公孫還要瞞他，只得把始末根由一氣說出，「而今幸得平安無事」一語，可見他這件事做的甚是得意。明日叫人到我那裏把箱子拿來，或是劈開了，或是竟燒化了，不可再留着惹事！」公孫聽罷大驚，忙取一把椅子，放在中間，把馬二先生捺了坐下，倒身拜了四拜。○黄評：真是性命之交，該拜該拜。請他坐在書房裏，自走進去，如此這般，把方纔這些話說與乃眷魯小姐，○天二評：魯小姐不究前情，却亦大方。論理則魯小姐亦有失察處分。又道：「像這樣的纔是斯文骨肉朋友，有意氣，有肝膽！相與了這樣正人君子，也不枉了！○天一評：此講八股之功。像我婁家表叔結交了多少人，一個個出乖露醜，○黄評：一筆挽到前文，千斤之力。○天一、二評：婁家表叔却未寵愛丫頭。○童評：蘧公孫習見婁家表叔，結交楊執中、權勿用這班人，初會時何等欽慕，到後來一場笑話，看得朋友一倫，無足重輕。不圖天壤間，乃有馬二先生這樣人物，不覺五體投地。這番舉動出於至誠，非徒貌爲感激也。若聽見這樣話，豈不羞死！」魯小姐也着實感激，備飯留馬二先生吃過，○黄評：該值多少肉。○童評：於識面的後一日，備飯相留；於話別的前一日，亦備飯相留。以備飯相留起，以備飯相留結，前後作章法。叫人跟去將箱子取來毀了。○童評：王惠贈枕箱一段，至此方結。

次日，馬二先生來辭別，要往杭州。公孫道：「長兄先生，纔得相聚，爲甚麽便要去？」馬二先生道：「我原在杭州選書，因這文海樓請我來選這一部書，今已選完，在此就沒事了。」公孫道：「選書已完，何不搬來我小齋住着，早晚請教。」馬二先生道：「你此時還不是養客的時候。○童評：蘧公孫深感馬二先生之情，無以爲報，不忍遽别，留住小齋，欲借作他山之助，非步趨婁家表叔也。馬二先生一語撇開，亦知他這番美意，力與心違。況且杭州各書店裏等着我選考卷，還有些未了的事，没奈何只得要去。倒是先生得閑來西湖上走走，那西湖山光水色，頗可以添文思。」○黄評：妙在「添文思」，以詩爲雜覽也。○齊評：頗知雅趣。公孫不能相强，要留他辦酒席餞行。馬二先生道：「還要到别的朋友家告别。」説罷去了，○天二評：此乃不減魯仲連。公孫送了出來。○則仙評：馬二先生九十二兩辛苦銀子，蘧公孫竟然不還並不提起一句，奇哉！乃祖乃父素嘗慷慨，何大相懸殊若此！得毋曰你的即是我的乎？然而馬二先生不可及矣！丙午三月。到次日，公孫封了二兩銀子，○黄評：二兩只算償還另頭。○童評：馬二先生墊掉了九十二兩銀子束脩，蘧公孫只送他二兩銀子程儀，與從前遇見素昧平生之王惠，揮手二百金的時候，家况懸殊，不言而喻。備了些熏肉小菜，親自到文海樓來送行，要了兩部新選的墨卷回去。○童評：蘧公孫初訪馬二先生，在文海樓選三科程墨上起；今寫送行，仍到文海樓來。要了兩部新選墨卷去結。前後又以此作章法。

馬二先生上〔四〕船一直來到斷河頭，○童評：此處卸去蘧駪夫，專寫馬純上。問文瀚樓的書坊，乃是文海樓一家，到那裏去住。住了幾日，没有甚麽文章選，腰裏帶了幾個錢，要到西湖上走走。○童評：文瀚樓没有文章選，好騰出工夫來，交接洪憨仙，識拔匡超人。

這西湖乃是天下第一個真山真水的景致。○童評：先描寫西湖山水幽雅，景物繁華，使老頭巾撲去俗塵五斗。且不説那靈隱的幽深，天竺〔五〕的清雅，只這出了錢塘門，過聖因寺，上了蘇堤，中間是金沙港，轉過去就望見雷峰塔，到了浄慈寺，有十多里路，真乃五步一樓，十步一閣，一處是金粉樓臺，一處是竹籬茅舍，一處是桃柳争妍，一處是桑麻遍野。○黄評：寫得出。那些賣酒的青帘高揚，賣茶的紅炭滿爐，士女游人，絡繹不絶，真不數「三十六家花酒店，七十二座管弦樓。」○黄評：此是雍、乾間西湖，而今已矣。○童評：畫出三竺六橋，香市風景。

馬二先生獨自一個，○童評：寫馬二先生到杭州，人生地疏，故爾獨游無侶。帶了幾個錢，步出錢塘門，在茶亭裏吃了幾碗茶，到西湖沿上牌樓跟前坐下。見那一船一船鄉下婦女來燒香的，○黄評：寫得像是西湖。都梳着挑鬢頭，也有穿藍的，也有穿青緑衣裳的，年紀小的都穿些紅綢單裙子。也有模樣生的好些的，都是一個大團白臉，兩個大高顴骨；也有許多疤、麻、疥、癩的。一頓飯時，就來了有五六船。○黄評：馬二先生不看女子，此是記者之詞。那些女人後面都跟着自己的漢子，掮着一把傘，手裏拿着一個衣包，上了岸散往各廟裏去了。馬二先生看了一遍，○天二評：馬二先生實不曾看，休要冤他。（天一評「實」作「其實」，在句頭；無後句）不在意裏，起來又走了里把多路。望着湖沿上接連着幾個酒店，挂着透肥的羊肉，櫃臺上盤子裏盛着滾熱的蹄子、海參、糟鴨、鮮魚，鍋裏煮着餛飩，蒸籠上蒸着極大的饅頭。○天二評：此則馬二先生眼睛裏、心坎裏没齒不忘。（天一評「没齒不忘」前多「至今」二字）○童評：寫得一路馨香撲鼻，老饕能不饞涎直流？馬二先生没有錢買了吃，喉嚨裏咽唾沫，只得走進一個麵店，十六個錢吃了一碗麵。○黄評：可憐可憐，是蘧公孫害的。肚裏不飽，又走到間壁一個茶室吃了一碗茶，買了兩個錢處片嚼嚼，倒覺得有些滋味。○黄評：體貼至此。○齊評：古人所云「晚食當飽」，最是妙法。○天二評：處片者處州笋乾也。予聞之我友唐端甫。（天一評後句作「讀者往往不解，予得之浙人」）

吃完了出來，看見西湖沿上柳陰下繫着兩隻船，那船上女客在那裏換衣裳：一個脱去玄色外套，換了一件水田〔六〕披風；一個脱去天青外套，換了一件玉色繡的八團衣服；一個中年的脱去寶藍緞衫，換了一件天青緞二色金的繡衫。那些跟從的女客，十幾個人也都換了衣裳。這三位女客，一位跟前一個丫鬟，手持黑紗團香扇替他遮着日頭，緩步上岸，那頭上珍珠的白光，直射多遠〔七〕，裙上環珮「丁丁噹噹」的響。馬二先生低着頭走了過去，不曾仰視。○黄評：低着頭不看，可知亦記者之詞。○天一、二評：

可知以前亦不曾看。○童評：女客是逐個個看出，衣服是逐件件看出，頭上帶的是那樣，手裏拿的是那樣，裙上挂的是那樣。自頂至踵，看得這般仔細，却從何人眼中看出乎？馬二先生低着頭，走了過去，不曾仰視，果誰欺乎？往前走過了六橋，轉個彎，便像些村鄉地方，○黄評：是西湖。又有人家的棺材厝基，中間走了一二里多路，走也走不清，甚是可厭。○天二評：馬二先生雖在西湖選書，此番還是第一回游湖，故全不知路徑。（天一評「西湖」作「杭州」；「此番」前多「然」字；「回」作「次」；「游湖」作「游西湖」）○童評：至此略作一折，文氣便不直遂。馬二先生欲待回家，遇着一走路的，問道：「前面可還有好頑的所在？」那人道：「轉過去便是净慈、雷峰，怎麽不好頑？」○童評：從蘇堤上，直轉到净慈寺來。馬二先生又往前走。走到半里路，見一座樓臺蓋在水中間，隔着一道板橋，馬二先生從橋上走過去，門口也是個茶室，吃了一碗茶。裏面的門鎖着，馬二先生要進去看，管門的問他要了一個錢，開了門放進去。裏面是三間大樓，樓上供的是仁宗皇帝的御書，○童評：前寫其於朋友一倫，如此肫肫厚道。今寫其於君臣一倫，又如此翼翼小心。觀人須着重在倫常之上，如馬二先生者，何敢以腐儒目之？馬二先生嚇了一跳，慌忙整一整頭巾，理一理寶藍直裰，在靴桶内拿出一把扇子來當了笏板，○黄評：迂得可敬。○童評：嚇了一跳，定一定神，有「色勃如也，足躩如也，屏氣如不息者」意思。

慌忙整理衣巾，手中扇子没放處，就插在靴桶内。及至把頭巾、直裰都整理好了，復在靴桶内拔出扇子來，當作笏板。出游拿把扇子，原爲遮太陽、招涼風起見，不道又有這般用處。恭恭敬敬朝着樓上，揚塵舞蹈，拜了五拜。○黄評：拜了五拜，不知出於何典。○齊評：大有蘧伯玉不欺暗室之意。○天一評：歷考一等貢生臣馬純上見駕，願吾皇萬歲，萬歲，萬萬歲！○天二評：歷考一等案首臣馬純上願吾皇萬歲，萬歲，萬萬歲！拜畢起來，定一定神，照舊在茶桌子上坐下。傍邊有個花園，賣茶的人説是布政司房裏的人在此請客，不好進去。那厨房却在外面，那熱湯湯〔八〕的燕窩、海參，一碗碗在跟前捧過去，馬二先生又羡慕了一番。○黄評：笑殺。然而有得吃，莫忙莫忙。○童評：喉嚨裏第二遍咽唾沫了。

出來過了雷峰，遠遠望見高高下下許多房子，蓋着琉璃瓦，曲曲折折無數的硃紅欄杆。馬二先生走到跟前，看見一個極高的山門，一個直匾，金字，上寫着：「敕賜净慈禪寺。」○童評：點綴净慈寺莊嚴法界。山門傍邊一個小門，馬二先生走了進去，一個大寬展的院落，地下都是水磨的磚，纔進二道山門，兩邊廊上都是幾十層極高的階級。那些富貴人家的女客，成群逐隊，裏裏外外，來往不絶，都穿的是錦綉衣服，風吹起來，身上的香一陣陣的撲人鼻子。○天一評：馬二先生並不聞着且看着。○天二評：此香作者曾聞之，看書者曾聞之，當時馬二先生實未聞之。○童評：柳蔭船裏，女客裙上的珮聲，在馬二先生耳邊響過去。净慈寺裏女客身上的衣香，在馬二先生鼻中撲進來。切莫冤枉馬二先生的耳朵要去聽他，馬二先生的鼻子要去聞他。馬二先生身子又長，戴一頂高方巾，一幅烏黑的臉，捵着個肚子，穿着一雙厚底破靴，横着身子亂跑，只管在人窩子裏撞。○黄評：令人如見。女人也不看他，他也不看女人，○齊評：真是兩不相干。○天二評：好看。看書的又看女人，又看馬二先生。（天一評無「好看」二字）○童評：女人也不看他，他也不看女人。然而高巾厚靴、黑臉大肚，這副雅範，已到女客目中了。錦衣綉服，鬢影衣香，這副嬌容，已在先生眼裏了。前前後後跑了一交，○黄評：「跑」西湖。又出來坐在那茶亭内——上面一個横匾，金書「南屏」兩字——吃了一碗茶。櫃上擺着許多碟子：橘餅、芝麻糖、粽子、燒餅、處片、黑棗、煮栗子。馬二先生每樣買了幾個錢的，不論好歹，吃了一飽。馬二先生也倦了，○黄評：跑西湖倦，至此問以西湖好處，不能答也。直着脚跑進清波門，○童評：步出錢塘門，跑進清波門，這個圈子，也就轉得不小。到了下處關門睡了。因爲走多了路，在下處睡了一天。○童評：在下處睡了一天，不但寫馬二先生走得吃力，且爲文章略作一頓。

第三日起來，要到城隍山走走。城隍山就是吴山，就在城中，馬二先生走不多遠，已到了山脚下。○童評：纔寫西湖，接寫吴山。雖然同是勝境，又换一番眼界。望着幾十層階級，走了上去，横過來又是幾十層階級，馬二先生一氣走上，○黄評：又跑城隍山。不覺氣喘。看見一個大廟門前賣茶，吃了一碗。進去見是吴相國伍公之廟。○天一評：

伏下。馬二先生作了個揖，○黃評：見御書樓拜，伍相國廟揖，斟酌而行。逐細的把匾聯看了一遍。○童評：作了一個揖，逐細看匾聯。讀至此，恍惚見伍相國廟中，有個高巾厚靴、長身大肚的書呆子，昂頭掉臂，徘徊其間。又走上去，就像没有路的一般，左邊一個門，門上釘着一個匾，匾上「片石居」三個字，裏面也像是〔九〕個花園，有些樓閣。馬二先生步了進去，看見窗櫺關着，馬二先生在門外望裏張了一張，○童評：窗櫺是空的，張得見裏面。妙在關着，故不便直走進去。他也張見裏面的人，裏面的人也張見他。見幾個人圍着一張桌子，擺着一座香爐，衆人圍着，像是請仙的意思。馬二先生想道：「這是他們請仙判斷功名大事，○黃評：一定是問功名大事，胸中無二事縈心可知。○齊評：念念不忘此事。○童評：請乩仙，必是判斷功名大事。不爲功名大事，何必請仙判斷？馬二先生心中定作如此想。我也進去問一問。」站了一會，望見那人磕頭起來，傍邊人道：「請了一個才女來了。」馬二先生聽了暗笑。○童評：焚香磕頭，極其虔誠，却請了一個才女來。出於馬二先生意外，聽了能不暗笑？馬二先生聽説三位才女姓名，如同范學道聽見蘇軾兩字，不知爲何許人。又一會，一個問道：「可是李清照？」又一個問道：「可是蘇若蘭？」又一個拍手道：「原來是朱淑貞！」馬二先生道：「這些甚麽人？」○黃評：這些人先生少會。料想不是管功名的了，○天一、二評：若魯小姐一流人未必不管功名。○平步青評：片石居扶乩一段，本《湖壖雜記》，乃順治辛卯事。○童評：是個才女，料想不管功名的了。豈知貴友蘧駪夫的夫人，是個舉業當行，專講中進士的？可惜馬二先生未曾聆教。我不如去罷。」又轉過兩個彎，上了幾層階級，只見平坦的一條大街，左邊靠着山，一路有幾個廟宇；右邊一路，一間一間的房子，都有兩進。屋後一進，窗子大開着，空空闊闊，一眼隱隱望得見錢塘江。○黄評：是城隍山。那房子：也有賣酒的，也有賣耍貨的，也有賣餃兒的，也有賣麵的，也有賣茶的，也有測字算命的。廟門口都擺的是茶桌子。這一條街，單是賣茶就有三十多處，十分熱鬧。

馬二先生正走着，見茶鋪子裏一個油頭粉面的女人招呼他吃茶，○黄評：此女人没眼色。○童評：茶鋪子裏，用油頭粉面的女人掌櫃，招呼茶客。咸豐初年，尚有此種風氣，不道是從前明相沿下來的。馬二先生別轉頭來就走，○天一、二評：此女人真不識起倒。○童評：馬二先生走就是了，偏要别轉頭來，非但不能動心，還怕被他污目。到間壁一個茶室泡了一碗茶，看見有賣的蓑衣餅，叫打了十二個錢的餅吃了，○童評：咸豐年間，城隍山茶店裏，欺瞞鄉下人，吃了一個蓑衣餅，要會鈔八百四十文。看馬二先生這樣憨頭憨腦，只打十二個錢的蓑衣餅，可見那時節店家公道。略覺有些意思。走上去，一個大廟，甚是巍峨，便是城隍廟。他便一直走進去，瞻仰了一番。過了城隍廟，又是一個彎，又是一條小街，街上酒樓、麵店都有，還有幾個簇新的書店。店裏帖着報單，上寫：「處州馬純上先生精選《三科程墨持運》於此發賣」。○天二評：久旱逢甘，他鄉遇故，洞房花燭，金榜題名，無如此喜。馬二先生見了歡喜，走進書店坐坐，取過一本來看，問個價錢，又問：「這書可還行？」○黃評：此時有人在旁看着，馬二先生未見耳，後文自知。○天一評：何不云「我就是站封面的」？——此句後文補出。○童評：馬二先生好名之士，看見了處州馬純上的大名高標於此，焉得不喜，焉得不問？書店人道：「墨卷只行得一時，那裏比得古書。」○天二評：是城隍山書賈口氣。彼單賣時文，夾帶新書坊必無此語。○童評：墨卷只行得一時，那裏比得古書？馬二先生一團高興，被書店裏人説得冰冷。馬二先生起身出來，因略歇了一歇脚，就又往上走。過這一條街，上面無房子了，是極高的個山岡。一步步上〔一〇〕去，走到山岡上，左邊望着錢塘江，明明白白。那日江上無風，水平如鏡。過江的船，船上有轎子，都看得明白。再走上些，右邊又看得見西湖，雷峰一帶、湖心亭都望見，那西湖裏打魚船，一個一個如小鴨子浮在水面。○童評：點綴錢塘江風景，是江上過渡船，船上有轎子。點綴西子湖風景，是湖裏打魚船，船如小鴨子。馬二先生左顧右盼，仿佛身在畫圖中矣。馬二先生心曠神怡，只管走了上去。又看見一個大廟，門前〔一一〕擺着茶桌子賣茶，馬二先生兩脚酸了，且坐吃茶。吃着，兩邊一望，一邊是江，一邊是湖，又有那山色一轉圍着，又遥見隔江的山，高高低低，忽隱忽現。馬二先生嘆道：「真乃『載華岳而不重，振河海而不泄，萬物載焉！』」○黃評：亦知心曠神怡，但不喜「雜覽」，無語可贊，只得此二語，所謂「添文思」也。笑殺。○齊評：如此佳景入腐頭巾目中，得其嘆賞正復不易。○天一評：作《中庸》的人，亦曾游過西湖！○童評：一邊是江，一邊是湖。繞湖之山，如圍如屏。隔江之山，忽隱忽現。高瞻遐矚，心曠神怡，而贊嘆處只道得《中庸》三句。倘墨選上批語，亦若此用典，莫怪有人要糊掉了讀。吃了兩碗茶，肚裏正餓，思量要回去路上吃飯，恰好一個鄉里人捧着許多燙麵薄餅來賣，又有一籃子煮熟的牛肉，馬二先生大喜，買了幾十文餅和牛肉，就在茶桌子上盡興一吃。○黄評：虧得此一吃，纔有力走上去，得遇仙人。○童評：權勿用吃牛肉白酒，馬二先生吃牛肉薄餅。粗豪人食品，每喜如斯。吃得飽了，自思趁着飽再上去。

走上一箭多路，只見左邊一條小徑，莽榛〔三〕蔓草，兩邊擁塞。馬二先生照着這條路走去，見那玲瓏怪石，千奇萬狀。鑽進一個石罅，見石壁上多少名人題詠，馬二先生也不看他。○童評：伍公廟的匾聯要看，石壁上的題詠不要看。馬二先生是不講雜覽的。過了一個小石橋，照着那極窄的石磴走上去，又是一座大廟，又有一座石橋，甚不好走，馬二先生攀藤附葛，走過橋去。○則仙評：有濟勝之具而無選勝之才，似此游山，未免山靈騰笑。見是個小小的祠宇，上有匾額，寫着「丁仙之祠」。馬二先生走進去，見中間塑一個仙人，左邊一個仙鶴，右邊竪着一座二十個字的碑。馬二先生見有籤筒，思量：「我困在〔一三〕此處，何不求個籤，問問吉凶？」○黄評：並不問是何仙，即便求籤。○童評：看見請仙，就想求判斷；看見籤筒，就想問吉凶。馬二先生功名熱中，不亞於魯小姐。正要上前展拜，只聽得背後一人道：「若要發財，何不問我？」○齊評：此話最是入耳。○童評：馬二先生志在功名，求籤問卜，專爲一個「貴」字。背後那人道「若要發財，何不問我？」先提一個「富」字。富與貴，是人之所欲也。馬二先生回頭一看，見祠門口立着一個人，身長八尺，頭戴方巾，身穿繭紬直裰，左手自理着腰裏絲絛，右手拄着龍頭拐杖，一部大白〔一四〕鬚直垂過臍，飄飄有神仙之表。○黄評：必須有此相貌，始可做仙人。○童評：品貌來得雄偉，神氣來得瀟灑，打扮來得整齊，舉動來得古怪，飄飄然大有神仙之概。不知是以財發身，還不知是以身發財。只因遇着這個人，有分教：慷慨仗義，銀錢去而復來；廣結交游，人物久而愈盛。畢竟此人是誰，且聽下回分解。

【總評】

卧評 馬二先生賛嘆風景，只道得《中庸》數語，其胸中僅容得高頭講章一部可知。

齊評 蘧公孫贈銀王惠，真乃盛德之事。不謂收藏枕箱，落於差人之手，幾致釀成大獄。當其與雙紅閑話，豈料及此？可見士君子一顰一笑，俱有關係。幸而馬二先生曲突徙薪，而差人又尚知輕重，得休便休，化風波於無形。亦不可謂非盛德之報也。

天二評　極寫西湖之幽秀，風俗之繁華，與馬二先生之迂陋窮酸互相映發，形容盡致。

【校記】

〔一〕尾巴，原作「尾把」，抄本、蘇本和申一、二本均同。參亞東本改。

〔二〕把你，申一本作「與我」，申二本作「與你」。

〔三〕遂，原作「道」，抄本同。蘇本和申一、二本作「便」。參齊本改。

〔四〕上，原作「土」，從抄本、蘇本和申一、二本改。

〔五〕天竺，原作「天笠」，從抄本、蘇本和申一、二本改。

〔六〕水田，申二本作「水靛」。

〔七〕多遠，申一本作「耀目」。

〔八〕熱湯湯，申二本作「熱騰騰」。

〔九〕也像是，原作「也想是」，抄本、蘇本和申二本同。從申一本改。

〔一〇〕上，原缺，抄本、蘇本和申二本同。從申一本補。

〔一一〕前，原缺，抄本、蘇本、申一本同。從申二本補。

〔一二〕莽榛，申一、二本作「荒榛」。

〔一三〕困在，申一本作「困頓」。

〔一四〕白，原作「自」，蘇本同。從抄本和申一、二本改。

第十五回

葬神仙馬秀才送喪　思父母匡童生盡孝

○黄評：「葬神仙」三字妙。

話説馬二先生在丁仙祠正要跪下求籤，後面一人叫一聲「馬二先生」，馬二先生回頭一看，那人像個神仙，○黄評：真疑爲神仙，以後無往而不像神仙矣。○齊評：「仙」字提頭。○童評：初次相逢，開口便知其姓。此人來得鶻突，疑是丁仙變化。慌忙上前施禮道：「學生不知先生到此，有失迎接。但與先生素昧平生，何以便知學生姓馬？」那人道：「天下何人不識君？○童評：那人道：「天下何人不識君？」應答曰：「世上而今半是君。」先生既遇着老夫，不必求籤了，且同到敝寓○天一評：仙人有寓。談談。」馬二先生道：「尊寓在那裏？」那人指道：「就在此處不遠。」當下攜了馬二先生的手，走出丁仙祠，却是一條平坦大路，一塊石頭也没有。未及一刻功夫，已到了伍相國廟門口。馬二先生心裏疑惑：「原來〔一〕有這近路！我方纔走錯了。」又疑惑：「恐是神仙縮地騰雲之法也不可知。」○黄評：既神仙之矣，必有此想。○齊評：一路作疑鬼疑神之筆，馬二先生此番遭際，即謂之真遇仙人亦無不可。○童評：來時的路，是一條小徑，榛莽蔓草，兩邊擁塞。回時的路，是平坦大道，一塊石頭也没有。馬二先生不認得吴山路徑，又疑是仙家點化。來到廟門口，那人道：「這便是敝寓，請進去坐。」

那知這伍相國殿後有極大的地方，又有花園，園裏有五間大樓，四面窗子望江望湖。那人就住在這樓上，○石史評：仙人好樓居。○童評：仍回到伍相國廟裏來，在殿上看匾聯時，不道後面還有這般景致。邀馬二先生上樓，施禮坐下。那人四個長隨，○天一評：仙人有長隨。齊齊整整，都穿着綢緞衣服，每人脚下一雙新靴，○黄評：仙人有長隨，且穿綢衣新靴。○天二評：仙人有長隨，又都穿綢緞衣服、新靴，蓋仙人之體面者也。○童評：必須有極闊的排場，方能做極大的騙局。上來小心獻茶。那人吩咐備飯，一齊應諾下去了。馬二先生舉眼一看，樓中間挂着一張匹紙，上寫冰盤大的二十八個大字一首絶句詩道：

南渡年來此地游，而今不比舊風流。

湖光山色渾無賴〔二〕，揮手清吟過十洲。

後面一行寫「天台洪憨仙題」。馬二先生看過《綱鑒》，○黄評：舉業之外且看《綱鑒》。知道南渡是宋高宗的事，○齊評：可稱博學。屈指一算，已是三百多年，而今還在，一定是個神仙無疑。○黄評：至此直信爲神仙矣。因問道：「這佳作是老先生的？」那仙人道：「憨仙便是賤號。○童評：馬二先生看過《綱鑒》，知道南渡典故，比范學道的學問深得多了。從題款上看出洪憨仙名號，又用那人自表一句，便知這位老先生，已是三百多歲的人。偶爾遣興之作，頗不足觀。先生若愛看詩句，前時在此，有同撫臺、藩臺及諸位當事在湖上唱和的一卷詩取來請教。」○黄評：仙人又與撫臺唱和。便拿出一個手卷來。○齊評：既冒仙人，又交顯宦，可謂古今咸宜矣。○天二評：南渡時撫臺、藩臺，《宋史》失載，可惜手卷失傳，無以考證。○天二評：仙人亦以與當道唱和爲重。馬二先生放開一看，都是各當事的親筆，一遞一首，都是七言律詩，詠的西湖上的景，圖書新鮮，○黄評：只覺「圖書新鮮」。着實贊了一回，○童評：馬二先生並不愛看詩句，而看畢着實贊美者，因爲手卷中都是撫按各憲及諸位當道之作也。何以曉得是大憲親筆，你看他寫的麽？收遞過去〔三〕。捧上飯來，一大盤稀爛的羊肉，一盤糟鴨，一大碗火腿蝦圓雜膾，又是一碗清湯，○童評：馬二先生前在蘧公孫家吃飯，四様菜逐一寫出。今在洪憨仙寓吃飯，四様菜也逐一寫出。是爲食量高的人渲染耳。雖是便飯，却也這般熱鬧。○黄評：仙肴如此之盛，熱鬧，妙。○天一評：馬二先生前日喉嚨裏咽的津唾，如今消化了。馬二先生腹中尚飽，○童評：牛肉麵餅，還未消化。因不好辜負了仙人的意思，又儘力的吃了一餐，○天一評：深悔牛肉麵餅先吃。○石史評：幸虧馬二先生食量大，可以「儘力」。撤下傢伙去。

洪憨仙道：「先生久享大名，書坊敦請不歇，○黄評：請他正爲此。○齊評：主意在此。今日因甚閑暇到這祠裏來求籤？」馬二先生道：「不瞞老先生説，晚學今年在嘉興選了一部文章，送了幾十金，却爲一個朋友的事墊用去了。如今來到此處，雖住在書坊〔四〕裏，却没有甚麽文章選。寓處盤費已盡，心裏納悶，出來閑走走〔五〕，要在這仙祠裏求個籤，問問可有發財機會。○黄評：做舉業只爲發財耳，馬二先生可謂率真。○童評：馬二先生初意要問功名，聽見洪憨仙説發財，就趁勢接到發財上去。貴，我所欲也；富，亦我所欲也。二者不可得兼，捨貴而取富者也。誰想遇着老先生，已經説破晚生心事，這籤也不必求了。」洪憨仙道：「發財也不難，但大財須緩一步，目〔六〕今權且發個小財，好麽？」○齊評：便就此打動他。馬二先生道：「只要發財，那論大小！只不知老先生是甚麽道理？」洪憨仙沉吟了一會，説道：「也罷，我如今將些須物件送與先生，○童評：不問而知其姓，已足警動馬二先生；又用此物結交他，使之深信不疑，方可爲彼所用。你拿到下處去試一試。如果有效驗，再來問我取討；如不相干，别作商議。」○黄評：故作此語，恐其看出破綻。○童評：偏説得不甚確實，以顯其變化之妙。因走進房内，床頭邊摸出一個包子來打開，裏面有幾塊黑煤，○天二評：煤與銀子輕重不同否？遞與馬二先生道：「你將這東西拿到下處，燒起一爐火來，取個罐子把他頓在上面，看成些甚麽東西，再來和我説。」

馬二先生接着，別了憨仙，回到下處。晚間果然燒起一爐火來，把罐子頓上，那火「支支」的響了一陣，取罐傾了出來，竟是一錠細絲紋銀。馬二先生喜出望外，一連傾了六七罐，倒出六七錠大紋銀。○天二評：喜極不復細想。馬二先生疑惑不知可用得，當夜睡了。次日清早，上街到錢店裏去看，錢店都説是十足紋銀，隨即換了幾千錢，拿回下處來，馬二先生把錢收了，趕到洪憨仙下處來謝。憨仙已迎出門來道：「昨晚之事如何？」馬二先生道：「果是仙家妙用！」○齊評：「仙」字結束。○童評：看成些什麽東西，似乎還不知是丹是汞。馬二先生當時接了幾塊黑煤去，心裏着實迷糊，晚間傾出幾錠紋銀來，深信仙家妙用。如此這般，告訴憨仙傾出多少紋銀。憨仙道：「早哩！我這裏還有些，先生再拿去試試。」又取出一個包子來，比前有三四倍，送與馬二先生。○石史評：憨仙傾筐倒篋矣。○童評：索性再結交他，顯得床頭之物，取之不盡，用之不竭。又留着吃過飯，○黃評：白賠本錢。別了回來。馬二先生一連在下處住了六七日，每日燒爐傾銀子，把那些黑煤都傾完了，上戥子一秤，足有八九十兩重。○黃評：恰合嘉興所用之數，將毋仙人能前知耶。○天一、二評：與嘉興墊款輕重相當。○天二評：我亦疑其真是仙人。○童評：黑煤變的銀子，足有八九十兩，恰符代公孫墊用之數。蘧公孫贈銀濟王惠之急，食報於馬二先生。馬二先生墊銀救公孫之危，取償於洪憨仙。天道好還，絲毫不爽。馬二先生歡喜無限，一包一包收在那裏。

一日，憨仙〔七〕來請説話。馬二先生走來。憨仙道：「先生〔八〕，你是處州，我是台州，相近，原要算桑里。今日有個客來拜我，我和你要認作中表弟兄，○天一評：與神仙做中表弟兄，何幸如之！○童評：台州、處州相近，原要算同里。雖是同里，還不及至親間更靠得住。　與三百多歲的人，認作中表弟兄，好笑之極。莫非是三百年前的表親？　俗語道是一表三千里，却不道是一表三百年。真正奇文。將來自有一番交際，斷不可誤。」馬二先生道：「請問這位尊客是誰？」憨仙道：「便是這城裏胡尚書家三公子，名縝，字密之。○童評：胡密之名字家世，在洪憨仙口中叙出。尚書公遺下宦囊不少，這位公子却有錢癖，思量多多益善，○齊評：世上有此癖者不少。要學我這『燒銀』之法；眼下可以拿出萬金來，以爲爐火藥物之費。但此事須一居間之人，○天二評：仙人要凡人做居間！先生大名他是知道的，況在書坊操選，是有踪迹可尋的人，他更可以放心。○齊評：如此老實説出，看定馬二先生忠厚也。如今相會過，訂了此事，到七七四十九日之後，成了『銀母』，凡一切銅錫之物，點着即成黄金，○天一、二評：《太平廣記》引《桂苑叢談》云：「護軍李全皋遇道人通爐火事，求一鐵鼎容五六升以上者，黄金二十餘兩爲母，日給水銀藥物，火候既滿，開視，黄金爛然。李信之。三日之内添换有徵。一日，道人不來，藥爐如舊，啓視之，不見其金矣。」○天二評：又，他小説亦有載此等事者。蓋錢癖之人，往往如魚貪餌，自然吞鈎，豈特胡三公子？○平步青評：洪憨仙一段，亦本《桂苑叢談》李全皋條。豈止數十百萬。我是用他不着，○黄評：既用他不着，何必費心？○童評：燒成銀，點成金，我是用他不着。這番作用，似專爲馬二先生起見，以應前日許他發財的話。書呆那得不入其玄中？那時告別還山，先生得這『銀母』，家道自此也可小康了。」馬二先生見他這般神術，有甚麽不信，○黄評：妙在就信。坐在下處，等了胡三公子來。三公子同憨仙施禮，便請問馬二先生：「貴鄉貴姓？」憨仙道：「這是舍弟，各書坊所貼處州馬純上先生選《三科墨程》的便是。」胡三公子改容相接，施禮坐下。○童評：竟稱呼舍表弟，就是選三科墨程的處州馬純上先生。胡密之不察，信以爲真。寫得富家公子，粗率如此。三公子舉眼一看，見憨仙人物軒昂，行李華麗，○黄評：仙人要「華麗」，纔放心。四個長隨輪流獻茶，又有選家馬先生是至戚，歡喜放心之極。坐了一會，去了。

次日，憨仙同馬二先生坐轎子回拜胡府，馬二先生又送了一部新選的墨卷，○童評：送新選墨卷，是馬純上先生的真憑實據。三公子留着談了半日，回到下處。頃刻，胡家管家來下請帖，兩副：一副寫洪太爺，一副寫馬老爺。帖子上是：「明日湖亭一卮小集，候教！胡縝拜訂。」持帖人説道：「家老爺拜上太爺，席設在西湖花港御書樓旁園子裏，○童評：馬二先生食指動矣。説明席設西湖花港御書樓旁園子裏，回襯前文。請太爺和馬老爺明日早些。」憨仙收下帖子。收日，兩人坐轎來到花港，園門大開，胡三公子先在那裏等候。兩席酒，一本戲，○黄評：萬金雖未騙去，騙去二席酒、一本戲，却白花了。○童評：如此大排筵席，是胡三公子難得之事。吃了一日。馬二先生坐在席上，想起前日獨自一個看着别人吃酒席，今日恰好人請我也在這裏。○齊評：回映有情。○天一評：昨日今朝大不同。○天二評：前日咽的許多饞涎消化了。當下極豐盛的酒饌點心，馬二先生用了一飽。○黄評：不用羡慕了。可知人有吃願，天必從之。○童評：今日馬二先生在這個地方，做客人，吃酒看戲，自必放量大嚼，十分得意。胡三公子約定三五日再請到家寫立合同，央馬二先生居間，○天二評：仙人要凡人做居間。然後打掃家裏花園，以爲丹室。先兑出一萬銀子，托憨仙修製藥物，請到丹室内住下。三人説定，到晚席散，馬二先生坐轎竟回文瀚樓。○童評：天天乘軒出入，與走出錢塘門，跑進清波門時，氣概迥别。

一連四天，不見憨仙有人〔九〕來請，便走去看他。一進了門，見那幾個長隨不勝慌張，問其所以，憨仙病倒了，○天一、二評：仙人病倒。○童評：燒銀之事，在席間三面訂定。胡三公子家一萬花銀，穩穩是洪憨仙囊中之物矣。誰知老天不與人方便，三日間，病倒了短命的活神仙。症候甚重，醫生説脈息不好，已是不肯下藥。馬二先生大驚，急上樓進房内去看。已是淹淹一息，頭也抬不起來。馬二先生心好，○黄評：謬贊謬贊。就在這裏相伴，晚間也不回去。挨過兩日多，那憨仙壽數已盡，○天二評：仙壽已終，或者尸解。（天一評「或者」作

「安知非」）斷氣〔一〇〕身亡。○童評：三日不見，局面大變。神仙也會病死，馬二先生夢想不到。聞仕途中，亦有此等荒唐之事，想是從洪憨仙法座下學來。那四個人慌了手脚，寓處擄一擄，只得四五件綢緞衣服還當得幾兩銀子，其餘一無所有，幾個箱子都是空的。這幾個人也並非長隨，是一個兒子，兩個侄兒，一個女婿，這時都説出來。○童評：還虧得洪憨仙身邊那班穿綢衣、踹新靴的闊二爺，是一個兒子、兩個侄兒、一個女婿。若真是長隨，見脱空主人死了，馬扁大局壞了，在寓處擄一擄，早就星流雲散了，把一個老神仙的屍靈，風化在高樓之上了。馬二先生聽在肚裏，替他着急。此時棺材也不够買。馬二先生有良心，趕着下處去取了十兩銀子來，與他們料理。○童評：又虧得床頭那幾包黑煤，結交了個有良心的馬二先生，替他買棺成殮，設奠安厝，周全他四個親丁還鄉。若換了個没良心的人，走到寓樓，見那活神仙已壽終正寢，這個認來頭的中表兄弟，也就拂袖而去，一概不管了。兒子守着哭泣，侄子上街買棺材，女婿無事，同馬二先生到間壁茶館裏談談。

馬二先生道：「你令岳是個活神仙，○齊評：「仙」字餘波。○天一、二評：如今是死神仙了。○童評：還道是活神仙，呆人呆話。借馬二先生説呆話，好顯出洪憨仙底裏來。今年活了三百多歲，怎麽忽然又死起來？」○黄評：神仙尸解耳。女婿道：「笑話！他老人家今年只得六十六歲，那裏有甚麽三百歲！想着他老人家，也就是個不守本分，慣弄玄虚，尋了錢又混用掉了，而今落得這一個收場。不瞞老先生説，我們都是買賣人，丟着生意同他做這虛頭事，他而今直脚去了，累我們討飯回鄉，那裏説起！」馬二先生道：「他老人家床頭間有那一包一包的『黑煤』，燒起爐來，一傾就是紋銀。」女婿道：「那裏是甚麽『黑煤』！那就是銀子，用煤煤黑了的！一下了爐，銀子本色就現出來了。那原是個做出來哄人的，用完了那些，就没的用了。」○童評：還恐怕他床頭留下黑煤，他女婿不曉得燒起來會變銀子，又説呆話去提醒他。誰知因哄那中表兄弟，早已用完了。馬二先生道：「還有一説：他若不是神仙，○黄評：到底還疑是神仙。怎的在丁仙祠初見我的時候，並不曾認得我，就知我姓馬？」○黄評：此一層我也不知何故。女婿道：「你又差了，他那日在片石居扶乩出來，○天一評：纔知扶乩即是此人。看見你坐在書店看書，書店問你尊姓，你説我就是書面上馬甚麽，○天二評：扶乩即是憨仙，馬二先生在書店裏自己説出站封面，皆於此補清。他聽了知道的。○童評：素昧平生之人，一見便叫得出他馬二先生，殊不可解。原來是從書店前走過，聽在耳朵裏的。書呆子何其如此之呆，老騙子何其如此之乖？又把片石居請仙、書店裏歇脚前文一齊歸結。世間那裏來的神仙！」○齊評：千古至言。○童評：世間那裏來的神仙？作此醒世語，爲一篇假神仙之文作結。馬二先生恍然大悟：○黄評：至此始悟，此其所以爲馬二先生。○童評：馬二先生這幾天似在雲裏霧裏，至此如夢方醒。「他原來結交我是要借我騙胡三公子，幸得胡家時運高，不得上算。」○童評：不恨自家不發財，轉幸胡家時運高。是正經人的心思。又想道：「他虧負了我甚麽？我到底該感激他。」○齊評：此是馬二先生好處。當下回來，候着他裝殮，算還廟裏房錢，叫脚子抬到清波門外厝着。○黄評：有良心，然仍是神仙自葬。馬二先生備個牲醴紙錢，送到厝所，看着用磚砌好了。剩的銀子，那四個人做盤程，謝别去了。○黄評：暫了馬二先生，遞到匡超人。○童評：了結洪憨仙，接寫匡超人。

馬二先生送殯回來，依舊到城隍山吃茶，忽見茶室傍邊添了一張小桌子，一個少年坐着拆字。那少年雖則瘦小，却還有些精神；却又古怪，面前擺着字盤筆硯，手裏却拿着一本書看。馬二先生心裏詫異，假作要拆字，走近前一看，原來就是他新選的《三科程墨持運》。○齊評：引綫甚便。○天一、二評：契合在此。○童評：不是看他的新選《三科程墨持運》，馬二先生還未必如此關心。馬二先生竟走到桌傍板凳上坐下，那少年丢下文章，問道〔一一〕：「是要拆字的？」馬二先生道：「我走倒了，借此坐坐。」那少年道：「請坐，我去取茶來。」即向茶室裏開了一碗茶，送在馬二先生跟前，陪着坐下。馬二先生見他乖覺，○童評：「乖覺」兩字，評定匡超人，是他一生受用處，却是他一生受病處。問道：「長兄，你貴姓？可就是這本城人？」那少年又看見他戴着方巾，知道是學裏朋友，便道：「晚生姓匡，不是本城人。晚生在温州府樂清縣住。」○童評：姓與名號，分作兩番説出，又是一樣筆法。馬二先生見他戴頂破帽，身穿一件單布衣服，甚是襤褸，因説道：「長兄，你離家數百里，來省做這件道路，這事是尋不出大錢來的，連糊口也不足。你今年多少尊庚？家下可有父母妻子？我看你這般勤學，想也是個讀書人。」○童評：聽他説出籍貫，又憐他藍縷，就問他年紀，問他家況，問他讀書。馬二先生一片熱腸，施之蓦路之人，尤爲難得。那少年道：「晚生今年二十二歲，還不曾娶過妻子，家裏父母俱存。自小也上過幾年學，因是家寒無力，讀不成了。去年跟着一個賣柴的客人來省城，在柴行裏記賬，不想客人消折了本錢，不得回家，我就流落在此。前日一個家鄉人來，説我父親在家有病，於今不知個存亡，是這般苦楚。」説着，那眼淚如豆子大掉了下來。○黄評：贊孝子而以戲語出之，知後文必不佳。馬二先生着實惻然，○天一、二評：我亦爲之惻然。○童評：家貧親老，游子流落他鄉，不得晨昏奉養，已覺可憐；况父病路遥，存亡未卜乎？匡超人能不泫然流涕，馬純上能不惻然動心？説道：「你且不要傷心。你尊諱尊字是甚麽？」那少年收淚道：「晚生叫匡迥，號超人。還不曾請問先生仙鄉貴姓。」馬二先生道：「這不必問，你方纔看的文章，封面上馬純上就是我了。」○天二評：失敬！匡超人聽了這話，慌忙作揖，磕下頭去，説道：「晚生真乃『有眼不識泰山』！」○黄評：此時以爲高不可攀。馬二先生忙還了禮，説道：「快不要如此，我和你萍水相逢，斯文骨肉。這拆字到晚也有限了，長兄何不收了，同我到下處談談？」○童評：測字攤頭，非可久談之地。迎他回寓，已存周恤之心。是從斯文一脈上來。匡超人道：「這個最好。先生請坐，等我把東西收了。」當下將筆硯紙盤收了，做一包背着，同桌凳寄在對門廟裏，○黄評：細。跟馬二先生到文瀚樓。

馬二先生到文瀚〔二〕樓，開了房門坐下。馬二先生問道：「長兄，你此時心裏可還想着讀書上進？還想着家去看看尊公麽？」○齊評：問得緊切。匡超人見問這話，又落下淚來，○黄評：真孝。道：「先生，我現今衣食缺少，還拿甚麽本錢想讀書上進？這是不能的了。只是父親在家患病，我爲人子的，不能回去奉侍，禽獸也不如，○黄評：此時尚非禽獸，實是孝子。○童評：别的全然不想，惟念念父親在家患病，不能回去侍奉，確是孝子聲口。所以幾回自心裏恨極，不如早尋一個死處！」○天一、二評：孝子。馬二先生勸道：「快不要如此。只你一點孝思，就是天地也感格的動了。○齊評：至語。○童評：一點孝思，不但馬純上感格得動，就是天地也感格得動。馬純上者，固以天地之心爲心者也。你且坐下，我收拾飯與你吃。」當下留他吃了晚飯，又問道：「比如長兄你如今要回家去，須得多少盤程？」匡超人道：「先生，我那裏還講多少？只這幾天水路搭船，到了旱路上，我難道還想坐山轎不成？背了行李走，就是飯食少兩餐也罷，我只要到父親跟前，死也瞑目!」○黄評:一片孝心。得遇馬二先生,未必非孝心所感。○天二評:孝子。(天一評前多「真正」二字)○童評:幾天水路,自然只得搭船。起了早,不消説不坐山轎,就是背了行李走山路,連挨飢忍餓都使得,只要到家見着父親一面。如此存心,鬼神也要呵護他的。馬二先生道:「這也使得。你今晚且在我這裏住一夜,慢慢商量。」○童評:留他吃晚飯,留他住一夜。馬二先生要替他細細盤算。到晚,馬二先生又問道:「你當時讀過幾年書?文章可曾成過篇?」匡超人道:「成過篇的。」馬二先生笑着向他説:「我如今大膽出個題目,你做一篇,我看看你筆下可望得進學。○童評:不必定要出題考他,爲是要看他筆下可能望進學。又從斯文一脈上來。這個使得麽?」匡超人道:「正要請教先生,只是不通。○黄評:此時自居不通。先生休笑。」馬二先生道:「説那裏話,我出一題,你明日做。」説罷,出了題,送他在那邊睡。

次日,馬二先生纔起來,他文章已是停停當當,送了過來。馬二先生喜道:○童評:匡超人筆性快,有才氣。馬二先生更加歡喜,不虚用此番美意。「又勤學,又敏捷,可敬可敬!」把那文章看了一遍,道:「文章才氣是有,○黄評:後來反説馬二先生少才氣。只是理法欠些。」將文章按在桌上,拿筆點着,從頭至尾,講了許多虚實反正、吞吐含蓄之法與他。○齊評:馬二先生自是熱心人。○童評:馬二先生批點他的文章,從頭至尾,講了許多虚實反正、吞吐含蓄之法。匡超人受益不淺,所謂「逢君一夕話,勝讀十年書」。他作揖謝了要去。○童評：匡超人作揖謝了要去，並未想到萍水相逢之人，能遂其歸家養親之志者。馬二先生道：「休慌。你在此終不是個長策，我送你盤費回去。」○天二評：仁人。匡超人道：「若蒙資助，只借出一兩銀子就好了。」○童評：若蒙資助，只借出一兩銀子就好了。在匡超人已覺羞口難開。馬二先生道：「不然，你這一到家，也要些須有個本錢奉養父母，纔得有功夫讀書。我這裏竟拿十兩銀子與你，○黃評：難得難得，可惜可惜。○齊評：憨仙之銀如此用法，大妙！你回去做些生意，請醫生看你尊翁的病。」○天一評：好馬二先生。○童評：馬二先生替匡超人籌畫，不但濟其目前之急，並要圖其終身之計。彼則只須一兩做盤費，此則贈與十兩做本錢。諺云「救人須救徹」，馬二先生有焉。當下開箱子取出十兩一封銀子，○黃評：若仍是選文章銀子便好了。又尋了一件舊棉襖、一雙鞋，都遞與他，道：「這銀子你拿家去，這鞋和衣服，恐怕路上冷，早晚穿穿。」○天二評：周到。○童評：寫得如家人父子一般，豈初交朋友形景？匡超人接了衣裳、銀子，兩淚交流道：「蒙先生這般相愛，我匡迥何以爲報！意欲拜爲盟兄，○黃評：馬二先生不止年長一倍，公然欲拜爲兄，其心本不厚。○童評：匡超人要拜馬二先生爲盟兄，已識透這位至誠君子性格，必肯容納，亦是他乖覺處。將來諸事還要照顧。只是大膽，不知長兄可肯容納？」

馬二先生大喜，當下受了他兩拜，又同他拜了兩拜，結爲兄弟。○天一評：匡超人此時只二十二歲，馬二先生補廪已二十四年，年長當已倍之，况此番恩德，自當拜以爲師，何徒曰「盟兄」而已？他日爲人不終，即基於此。難在馬二先生毫無德色，不以爲意。○天二評：「盟兄」而已邪！匡超人只二十二歲，馬二先生補廪已二十四年，以年，以學，以恩德，自當拜以爲師，乃徒曰「結爲兄弟」，他日爲人不終，即基於此。難在馬二先生絶不介意，毫無德色，真不可及！留他在樓上，收拾菜蔬，替他餞行。吃着，向他説道：「賢弟，你聽我説。你如今回去，奉事父母，總以文章舉業爲主。人生世上，除了這事，就没有第二件可以出頭。○天二評：與前同蘧公孫語相映。○童評：「人生世上，總以文章舉業爲主。除了這事，就没有第二件可以出頭。」使普天下有志氣人同聲一哭。不要説算命、拆字是下等，就是教館、作幕，都不是個了局。只是有本事進了學，中了舉人、進士，即刻就榮宗耀祖。這就是《孝經》上所説的『顯親揚名』，纔是大孝，○黄評：不中進士便是不孝了。自身也不得受苦。○齊評：這段議論實是秀才家切己工夫。古語道得好：『書中自有黄金屋，書中自有千鍾粟，書中自有顔如玉。』○黄評：好引證。○童評：馬二先生忽引古語三句，爲匡超人重婚辛小姐、招贅給諫府、考取教習官作伏筆。而今甚麽是書？就是我們的文章選本了。○黄評：選本之外何必讀書。○天一評：此是馬二先生真種子，一生學問在此。○天二評：三墳、五典、八索、九丘，皆不及此。賢弟，你回去奉養父母，總以做舉業爲主。就是生意不好，奉養不周，也不必介意，總以做文章爲主。那害病的父親，睡在床上，没有東西吃，果然聽見你念文章的聲氣，他心花開了，分明難過也好過，分明那裏疼也不疼了。○齊評：更爲確切不磨。○天一評：言雖可笑，其意却可感。○天二評：不意時文八股有許多妙用。這便是曾子的『養志』。○黄評：曾子時没有時文，奈何！○天二評：曾子時只做得題目，不曾做文章。○童評：馬二先生與匡超人論舉業，與蘧公孫論舉業大致相同。有説得是的，有説得不是的。爲中人以下之材，作中人以下之語。假如時運不好，終身不得中舉，一個廪生是掙的來的，到後來，做任教官，也替父母請一道封誥。我是百無一能，年紀又大了；○童評：馬二先生現身説法，内含着無限感慨。賢弟你少年英敏，可細聽愚兄之言，圖個日後宦途相見。」説罷，又到自己書架上，細細檢了幾部文章，塞在他棉襖裏捲着，説道：「這都是好的，你拿去讀下〔一三〕。」○黄評：一片至誠，不愧稱馬二先生。匡超人依依不捨，又急於要家去看父親，只得灑淚告辭。○童評：又到書架上細細檢幾部好的文章，塞在他棉襖捲裏，與他拿去讀。寫得一往情深。此時不獨匡超人依依不捨，馬二先生亦依依不捨也。馬二先生携着手，同他到城隍山舊下處取了鋪蓋，○黄評：細。又送他出清波門，一直送到江船上，看着上了船，馬二先生辭別進城去了。○黄評：真至誠。暫了馬二先生，以下專寫匡超人，所以深惜也。○天一評：馬二先生十分真誠。○童評：此回由馬静傳遞入匡迥傳。

匡超人過了錢塘江，要搭温州的船。看見一隻船正走着，他就問：「可帶人？」

船家道：「我們是撫院大人差上鄭老爹的船，不帶人的。」匡超人背着行李正待走，船窗裏一個白鬚老者道：「駕長，單身客人帶着也罷了，添着你買酒吃。」〇天一評：雖是衙門中人，却也厚道。〇童評：匡超人搭船，就遇着鄭老爹。兩人大有緣法。船家道：「既然老爹吩咐，客人你上來罷。」把船撑到岸邊，讓他下了船。匡超人放下行李，向老爹作了揖，看見艙裏三個人：中間鄭老爹坐着，他兒子坐在旁邊，這邊坐着一外府的客人。〇童評：鄭老爹帶一兒子者，爲郎舅預先識面也。這邊坐一外府客人者，爲消閑便於攀話也，不是贅筆。鄭老爹還了禮，叫他坐下。匡超人爲人乖巧，在船上不拿强拿，不動强動，一口一聲只叫「老爹」。〇童評：匡超人乖巧殷勤，討得鄭老爹歡喜，爲後文聯姻伏筆。那鄭老爹甚是歡喜，有飯叫他同吃。飯後行船無事，鄭老爹説起：「而今人情澆薄，讀書的人都不孝父母。〇天一評：可知公門中亦有好人。〇天二評：略起一波，作本題點綴，以免船中寂寞。〇童評：不孝父母的，偏是讀書人，偏是學校中人，偏是有家私人，都爲匡超人反照。這温州姓張的，弟兄三個都是秀才，兩個疑惑老子把家私偏了小兒子，在家打吵，吵的父親急了，出首到官。他兩弟兄在府、縣都用了錢，倒替他父親做了假哀憐的呈子，把這事銷了案。虧得學裏一位老師爺持正不依，〇黄評：好老師。〇天二評：好老師，不想分肥。（天一評「老師」後多「倒」字）〇童評：學裏老師持正不依，又爲馬二先生立竿取影。使馬二先生入宦途，任司訓，必不肯做無氣之官。詳了我們大人衙門，大人准了，差了我到温州提這一干人犯去。」那客人道：「這一提了來審實，府、縣的老爺不都有礙？」鄭老爹道：「審出真情，一總都是要參的！」匡超人聽見這話，自心裏嘆息：「有錢的不孝父母，像我這窮人，要孝父母又不能，真乃不平之事！」〇黄評：果然不平。後來看你變爲兩截人也，令我又不平，又奈你何？此等文章真作者救世苦心，切勿隨意看過。〇齊評：此時原有赤子之心。過了兩日，上岸起旱，謝了鄭老爹。鄭老爹飯錢一個也不問他要。他又謝了。一路曉行夜宿，來到自己村莊，望見家門。只因這一番，有分教：敦倫修行，終受當事之知；實至名歸，反作終身之玷。不知後事如何，且聽下回分解。

【總評】

卧評 馬二先生以一窮酸而能作慷慨丈夫事，却取償於洪憨仙，作者於此，點醒世人不少。

黄評 馬二先生與後文余大先生皆迂儒也，於「義利」二字不特不講，並不能辨。可見舉業與人品毫無相干。二人皆稱「先生」者，譏之亦所以惜之。

齊評 上回與蘧公孫論舉業，此回與匡超人論用功養志，真是後生藥石之言。馬二先生逢人教誨，諄諄不倦，自是熱腸一片。莫以其頭巾氣而少之也。

【校記】

〔一〕原來，原作「願來」，蘇本同。從抄本和申一、二本改。

〔二〕無賴，申一、二本作「無恙」。

〔三〕收遞過去，申一、二本作「遞過收去」。

〔四〕坊，原作「房」，抄本、蘇本同。從申一、二本改。

〔五〕出來閑走走，申二本作「故而出來閑走」。

〔六〕目，原作「自」，抄本、蘇本同。從申一、二本改。

〔七〕憨仙，原作「憨先」，蘇本、申一本同。從抄本和申二本改。

〔八〕先生，原作「先仙」，蘇本同。從抄本和申一、二本改。

〔九〕有人，申一本作「差人」。

〔一〇〕斷氣，申一、二本作「氣斷」。

〔一一〕「問道」後申一、二本多「可」字。

〔一二〕瀚，原缺，蘇本同。從抄本和申一、二本補。

〔一三〕讀下，申一本作「讀罷」。

儒林外史

彙校彙評

[清]吴敬梓　著
李漢秋　輯校

第三十七回

祭先聖南京修禮　送孝子西蜀尋親〔一〕

話説虞博士出來會了這幾個人，大家見禮坐下。遲衡山道：「晚生們今日特來〔二〕，泰伯祠大祭商議主祭之人，公中説〔三〕，祭的是大聖人，必要個賢者主祭，方爲不愧，○齊評：全書之骨。所以特來公請老先生。」虞博士道：「先生這個議論，我怎麼敢當？只是禮樂大事，自然也願觀光。請問定在幾時？」遲衡山道：「四月初一日。先一日就請老先生到來〔四〕祠中齋戒一宿，以便行禮。」虞博士應諾了，拿茶與衆位吃，吃過〔五〕，衆人辭了出來，一齊到杜少卿河房裏坐下。遲衡山道：「我們司事的人，只怕還不足。」杜少卿道：「恰好敝縣來了一個敝友。」便請出臧荼〔六〕與衆位相見，○天二評：寶貨。（天一評作「好貨」）一齊作了揖。遲衡山道：「將來大祭也要借先生的光。」臧蓼齋道：「願觀盛典。」説罷，作別去了。

到三月二十九日，遲衡山○天二評：此下全寫姓名不用别號，鄭重其事也。然則此「遲衡山」

宜稱遲均。（天一評少「不用別號」四字）約齊杜儀、馬靜、季萑、金東崖、盧華士、辛東之、蘧來旬、余夔、盧德、虞感祁、諸葛佑〔七〕、景本蕙、郭鐵筆、蕭鼎、儲信〔八〕、伊昭、季恬逸、金寓劉、宗姬、武書、臧荼，○黄評：以後全寫姓名，不寫號，重其事也。一齊出了南門，隨即莊尚志也到了。衆人看那泰伯祠時，幾十層高坡上去，一座大門，左邊是省牲之所。大門過去，一個大天井。又幾十層高坡上去，三座門。進去一座丹墀。左右兩廊奉着從祀〔九〕歷代先賢神位。中間是五間大殿，殿上泰伯神位，面前供桌、香爐、燭臺。殿後又一個丹墀，五間大樓。左右兩傍，一邊三間書房。衆人進了大門，見高懸着金字一匾「泰伯之〔一〇〕祠」。○黄評：泰伯祠須大寫一番，亦鄭重其事。從二門進東角門走，循着東廊一路走過大殿，抬頭看樓上，懸着金字一匾「習禮樓」三個大字。○天一、二評：泰伯祠宜細寫一遍，以昭鄭重。衆人在東邊書房內坐了一會。遲衡山○天一、二評：亦當寫遲均，下同。同馬靜、武書、蘧來旬開了樓門，同上樓去，將樂器搬下樓來，堂上的擺在堂上，堂下的擺在堂下。堂上安了祝版，香案傍樹了麾，堂下樹了庭燎，二門傍擺了盥盆、盥帨。

金次福、鮑廷璽兩人領了一班司球的、司琴的、司瑟的、司管的、司鼗鼓的、司柷的、司敔的、司笙的、司鏞的、司簫的、司編鐘的、司編磬的，和六六三十六個佾舞的孩子，進來見了衆人。遲衡山把籥、翟交與這些孩子。下午時分，虞博士到了。莊紹光、遲衡山、馬純上、杜少卿迎了進來。〇天一評：名、字雜出，此作者疏忽處。吃過了茶，換了公服，四位迎到省牲所去省了牲。衆人都在兩邊書房裏齋宿。

次日五鼓，把祠門大開了，衆人起來，堂上、堂下、門裏、門外、兩廊，都點了燈燭，庭燎也點起來。遲衡山先請主祭的博士虞老先生，亞獻的徵君莊老先生；請到三獻的，衆人推讓，説道：「不是遲先生，就是杜先生。」遲衡山道：「我兩人要做引贊，馬先生係浙江人，請馬純上先生三獻。」〇黄評：論三獻原應遲、杜二位，特以之做引贊，故推馬二先生，以文字不可板故也。〇天二評：衆人推讓固公論也，然遲、杜是倡祭之人，無自爲三獻之理，故特推馬二先生。序法平中帶側，讀者自見。然細思此時除馬二先生外更無足當三獻者。（天一評無開頭九個字；「倡祭」作「倡此舉」；「序法」前多「要非虞、莊匹也」）馬二先生再三不敢當，衆人扶住了馬二先生，同二位老先生一處。遲衡山、杜少卿先引這三位老先生出去，到省牲所拱立。遲衡山、杜少卿回來，請金東崖先生大贊；請武書先生司麾；請臧荼先生司祝；請季萑先生、辛東之先生、余夔先生司尊；請蘧來旬先生、盧德先生、虞感祁先生司玉；請諸葛佑先生、景本蕙先生、郭鐵筆先生司帛；請蕭鼎先生、儲信先生、伊昭先生司稷；請季恬逸先生、金寓劉先生、宗姬先生司饌。〇齊評：叙次歷落如行陣，一步不亂，兼有古色古香。請完，命盧華士跟着大贊金東崖先生，將諸位一齊請出二門外。

○黄評：盧華士乃副贊，與大贊左右立，不開口，吾鄉俗語戲謂之死人。

當下祭鼓發了三通，金次福、鮑廷璽兩人領着一班司球的〔一〕、司琴的、司瑟的、司管的、司鼗鼓的、司柷的、司敔的、司笙的、司鏞的、司簫的、司編鐘的、司編磬的，和六六三十六個佾舞的孩子，都立在堂上堂下。

金東崖先進來到堂上，盧華士跟着。金東崖站定，贊道：「執事者，各司其事！」

○齊評：總領一句，以下逐件分寫，堂哉皇哉，是全書大手筆。這些司樂的都將樂器拿在手裏。金東崖贊：「排班。」司麾的武書，引着司尊的季萑、辛東之、余夔，司玉的蘧來旬、盧德、虞感祁，司帛的諸葛佑、景本蕙、郭鐵筆，入了位，立在丹墀東邊；引司柷的臧茶上殿，立在祝版跟前；引司稷的蕭鼎、儲信、伊昭，司饌的季恬逸、金寓劉、宗姬，入了位，立在丹墀西邊。武書捧了麾，也立在西邊衆人下。金東崖贊：「奏樂。」堂上堂下，樂聲俱起。金東崖贊：「迎神。」遲均、杜儀各捧香燭，向門外躬身迎接。金東崖贊：「樂止。」堂上堂下，一齊止了。

金東崖贊：「分獻者就位。」遲均、杜儀出去引莊徵君、馬純上進來，立在丹墀裏拜位左右兩邊〔二〕。金東崖贊：「主祭者就位。」遲均、杜儀出去引虞博士上來，立在丹墀裏拜位中間。遲均、杜儀一左一右，立在丹墀裏香案傍。○黃評：此處係引贊在香案傍贊禮，大贊不贊也，閱者須記清。遲均贊：「盥洗。」同杜儀引主祭者盥洗了上來。遲均贊：「主祭者詣〔一三〕香案前。」香案上一個沉香筒，裏邊插着許多紅旗，杜儀抽一枝紅旗在手，上有「奏樂」二字。虞博士走上香案前。遲均贊道：○黃評：此亦引贊贊禮。「跪。升香。灌地。拜，興；拜，興；拜，興；拜，興。復位。」杜儀又抽出一枝旗來：「樂止。」金東崖贊：○黃評：此處始是大贊重開口。「奏樂神之樂〔一四〕。」金次福領着堂上的樂工，奏起樂來。奏了一會，樂止。

金東崖贊：「行初獻禮。」○黃評：初獻。盧華士在殿裏抱出一個牌子來，上寫「初獻」二字。遲均、杜儀引着主祭的虞博士，武書持麾在遲均前走。三人從丹墀東邊走，引司尊的季萑，司玉的蘧來旬，司帛的諸葛佑，一路同走；引着主祭的從上面走。走過西邊，引司稷的蕭鼎、司饌的季恬逸，引着主祭的從西〔一五〕邊下來，在香案前轉過東邊上去。進到大殿，遲均、杜儀立於香案左右。季萑捧着尊，蘧來旬捧着玉，諸葛佑捧着帛，立在左邊；蕭鼎捧着稷，季恬逸捧着饌，立在右邊。遲均贊：「就位。跪。」虞博士跪於香案前。○黃評：此在香案前，又是引贊贊禮，後仿此。遲均贊：「獻酒。」季萑跪着遞與虞博士獻上去。遲均贊：「獻玉。」蘧來旬跪着遞與虞博士獻上去。遲均贊："獻帛。"諸葛佑跪着遞與虞博士獻上去。遲均贊："獻稷。"蕭鼎跪着遞與虞博士獻上去。遲均贊："獻饌。"季恬逸跪着遞與虞博士獻上去。獻畢，執事者退了下來。遲均贊："拜，興；拜，興；拜，興；拜，興。"

金東崖贊："一奏至德之章，舞至德之容。"〇黄評：奏樂仍是大贊開口。〇齊評：三段關目。堂上樂細細奏了起來。那三十六個孩子，手持籥、翟，齊上來舞。樂舞已畢。金東崖贊："階下與祭者皆跪。讀祝文。"臧荼跪在祝版前，將祝文讀了。金東崖贊："退班。"遲均贊："平身。復位。"武書、遲均、杜儀、季萑、蘧來旬、諸葛佑、蕭鼎、季恬逸引着主祭的虞博士，從西邊一路走了下來。虞博士復歸主位，執事的都復了原位。

金東崖贊："行亞獻禮。"〇黄評：亞獻。盧華士又走進殿裏去抱出一個牌子來，上寫"亞獻"二字。遲均、杜儀引着亞獻的莊徵君到香案前。遲均贊："盥洗。"同杜儀引着莊徵君盥洗了回來。武書持麾在遲均前走。三人從丹墀東邊走，引司尊的辛東之、司玉的盧德、司帛的景本蕙，一路同走；引着亞獻的從上面走。走過西邊，引司稷的儲信、司饌的金寓劉，引着亞獻的又從西邊下來，在香案前轉過東邊上去。進到大殿，遲均、杜儀立於香案左右。辛東之捧着尊，盧德捧着玉，景本蕙捧着帛，立在左邊；儲信捧着稷，金寓劉捧着饌，立在右邊。遲均贊：「就位。跪。」莊徵君跪於香案前。遲均贊：「獻酒。」辛東之跪着遞與莊徵君獻上去。遲均贊：「獻玉。」盧德跪着遞於莊徵君獻上去。遲均贊：「獻帛。」景本蕙跪着遞與莊徵君獻上去。遲均贊：「獻稷。」儲信跪着遞與莊徵君獻上去。遲均贊：「獻饌。」金寓劉跪着遞與莊徵君獻上去。各獻畢，執事者退了下來。遲均贊：「拜，興；拜，興；拜，興；拜，興。」

金東崖贊：「一奏至德之章，舞至德之容。」堂上樂細細奏了起來。那三十六個孩子，手持籥、翟，齊上來舞。樂舞已畢。金東崖贊：「退班。」遲均贊：「平身。復位。」武書、遲均、杜儀、辛東之、盧德、景本蕙、儲信、金寓劉引着亞獻的莊徵君，從西邊一路走了下來。莊徵君復歸了亞獻位，執事的都復了原位。

金東崖贊：「行終獻禮。」〇黃評：終獻。盧華士又走進殿裏去抱出一個牌子，上寫「終獻」二字。遲均、杜儀引着終獻的馬二先生到香案前。遲均贊：「盥洗。」同杜儀引着馬二先生盥洗了回來。武書持麾在遲均前走。三人從丹墀東邊走，引司尊的余夔、司玉的虞感祁、司帛的郭鐵筆，一路同走；引着終獻的從上面走。走過西邊，引司稷的伊昭〔二六〕、司饌的宗姬，引着終獻的又從西邊下來，在香案前轉過東邊上去。進到大殿，遲均、杜儀立於香案左右。余夔捧着尊，虞感祁捧着玉，郭鐵筆捧着帛，立在左邊；伊昭捧着稷，宗姬捧着饌，立在右邊。遲均贊：「就位。跪。」馬二先生跪於香案前。遲均贊：「獻酒。」余夔跪着遞與馬二先生獻上去。遲均贊：「獻玉。」虞感祁跪着遞與馬二先生獻上去。遲均贊：「獻帛。」郭鐵筆跪着〔一七〕遞與馬二先生獻上去。遲均贊：「獻稷。」伊昭跪着遞與馬二先生獻上去。遲均贊：「獻饌。」宗姬跪着遞與馬二先生獻上去。獻畢，執事者退了下來。遲均贊：「拜，興；拜，興；拜，興；拜，興。」

金東崖贊：「三奏至德之章，舞至德之容。」堂上樂細細奏了起來。那三十六個孩子，手持籥、翟，齊上來舞。樂舞已畢。金東崖贊：「退班。」遲均贊：「平身。復位。」武書、遲均、杜儀、余夔、虞感祁、郭鐵筆、伊昭、宗姬，引着終獻的馬二先生從西邊一路走了下來。馬二先生復歸了終獻位，執事的都復了原位。

金東崖贊：「行侑食之禮。」遲均、杜儀又從主祭位上引虞博士從東邊上來，香案前跪下。金東崖贊：「奏樂。」堂上堂下樂聲一齊大作。樂止。遲均贊：「拜，興；拜，興；拜，興；拜，興。平身。」金東崖贊：「退班。」遲均、杜儀引虞博士從西邊走下去，復了主祭的位〔一八〕。遲均、杜儀也復了引贊的位。金東崖贊：「撤饌。」○黃評：撤饌。杜儀抽出一枝紅旗來，上有「金奏」〔一九〕二字。當下樂聲又一齊大作起來。遲均、杜儀從主位上〔二〇〕引了虞博士，奏着樂，從東邊走上殿去，香案前跪下。遲均贊：

「拜，興；拜，興；拜，興；拜，興。平身。」金東崖贊：「退班。」遲均、杜儀引虞博士從西邊走下去，復了主祭的位。遲均、杜儀也復了引贊的位。杜儀又抽出一枝紅旗來：「止樂。」金東崖贊：「飲福受胙。」○黄評：飲福受胙。遲均、杜儀引主祭的虞博士、亞獻的莊徵君、終獻的馬二先生，都跪在香案前，飲了福酒，受了胙肉。金東崖贊：「退班。」三人退下去了。金東崖贊：「焚帛。」○黄評：焚帛。司帛的諸葛佑、景本蕙、郭鐵筆，一齊焚了帛。金東崖贊：「禮畢。」○黄評：禮畢。衆人撤去了祭器、樂器，换去了公服，齊往後面樓下來。金次福、鮑廷璽帶着堂上堂下的樂工和佾舞的三十六個孩子，都到後面兩邊書房裏來。

這一回大祭，○天一、二評：不可無此結束，與前首尾相稱。主祭的虞博士、亞獻的莊徵君、終獻的馬二先生，共三位〔三一〕。○齊評：復用總結一遍，的是《史記》體例。大贊的金東崖、副贊的盧華士、司柷的臧荼〔三二〕，共三位。引贊的遲均、杜儀，共二位。司麾的武書一位。司尊的季萑、辛東之、余夔，共三位。司玉的蘧來旬、盧德、虞感祁，共三位。司帛的諸葛佑、景本蕙、郭鐵筆，共三位。司稷的蕭鼎、儲信、伊昭，共三位。司饌的季恬逸、金寓劉、宗姬，共三位。金次福、鮑廷璽二人領着司球〔三三〕的一人、司琴的一人、司瑟的一人、司管的一人、司鼗鼓的一人、司柷的一人、司敔的一人、司笙的一人、司鏞的一人、司簫的一人、司編鐘的、司〔二四〕編磬的二人，和佾舞的孩子共是三十六人。通〔二五〕共七十六人。○黄評：一大總結。

當下厨役開剥了一條牛、四副羊，和祭品的肴饌菜蔬都整治起來，共備了十六席：樓底下擺了八席，二十四位同坐；兩邊書房擺了八席，款待衆人。○黄評：小説而真用古禮古樂連篇累牘以寫之，非小説。此段看似繁重，其實皆文公家禮，吾鄉喪祭所常用者也。足見作者相體裁衣斟酌盡善，蓋非此不足以稱大祭，而又一目了然，令人望而生厭，煞費苦心。吃了半日的酒，虞博士上轎先進城去。這裏衆位也有坐轎的，也有走的。見兩邊百姓，扶老携幼，挨擠着來看，歡聲雷動。馬二先生笑問：「你們這是爲甚麽事？」衆人都道：「我們生長在南京，也有活了七八十歲的，從不曾看見這樣的禮體，聽見這樣的吹打。○天一、二評：又寫旁觀一層作餘波，神完氣足。老年人都説這位主祭的老爺是一位神聖臨凡，所以都争着出來看。」衆人都歡喜，一齊進城去了。

又過了幾日，季萑、蕭鼎〔二六〕、辛東之、金寓劉來辭了虞博士，回揚州去了。馬純上同蘧駪夫到河房裏來辭杜少卿，要回浙江。二人走進河房，見杜少卿、臧荼又和一個人坐在那裏。蘧駪夫一見，就嚇了一跳，心裏想道：「這人便是在我妻表叔家弄假人頭的張鐵臂！○黄評：至此始寫明張鐵臂。他如何也在此？」彼此作了揖。張鐵臂見蘧駪夫，也不好意思，臉上出神。○天一、二評：大祭後忽接此一節，如天外奇峰。在天長時未表明張俊民即張鐵臂，故於此補出。○天一評：張鐵臂少有武藝，此後將寫郭孝子、蕭雲仙，特爲此返照入江之筆。吃了茶，說了一會辭別的話，馬純上、蘧駪夫辭了出來。杜少卿送出大門。蘧駪夫問道：「這姓張的，世兄因如何和他相與？」杜少卿道：「他叫做張俊民，他在敝縣天長住。」蘧駪夫笑着〔二七〕把他本來叫做張鐵臂，在浙江做的這些事，略說了幾句，○齊評：回應前文正可見其不凡耳。說道：「這人是相與不得的，少卿須要留神。」杜少卿道：「我知道了。」兩人別過自去〔二八〕。杜少卿回河房來問張俊民道：「俊老，你當初曾叫做張鐵臂麽？」○黄評：直問出來，畢竟是豪。○天一、二評：當面直問出來固是豪爽，畢竟世務未深。張鐵臂紅了臉道：「是小時有這個名字。」別的事含糊說不出來。杜少卿也不再問了。張鐵臂見人看破了相，也存身不住，過幾日，拉着臧蓼齋回天長去了。蕭金鉉三個人欠了店賬和酒飯錢，不得回去，來尋杜少卿耽帶。杜少卿替他三人賠了幾兩銀子，三人也各回家去了。宗先生要回湖廣去，拿行樂來求杜少卿題。杜少卿當面題罷，送別了去。○黄評：一一歸結，並張俊民亦了之，以在天長未曾表明即張鐵臂也。

恰好遇着武書走了來，杜少卿道：「正字兄，許久不見。這些時在那裏〔二九〕？」武書道：「前日監裏六堂合考，小弟又是一等第一。」○天二評：浮氣未除。杜少卿道：「這也有趣的緊。」武書道：「倒不説有趣，内中弄出一件奇事來。」杜少卿道：「甚麽奇事？」武書道：「這一回朝廷奉〔三〇〕旨要甄别在監讀書的人，所以六堂合考。那日上頭吩咐下來，解懷脱脚，認真搜檢，○天二評：解懷脱脚、認真搜檢果可以得士乎哉！就和鄉試場一樣。考的是兩篇《四書》〔三一〕，一篇經文，有個習《春秋》的朋友，竟帶了一篇刻的經文〔三二〕進去。他帶了也罷，上去告出恭，就把這經文夾在卷子裏，送上堂去。天幸遇着虞老師值場，大人裏面也有人同虞老師巡視。虞老師揭卷子，看見這文章，忙拿了藏在靴桶〔三三〕裏。巡視的人問是甚麽東西，虞老師説不相干。等那人出恭回來，悄悄遞與他〔三四〕：『你拿去寫。○天二評：此則值場的幫人傳遞矣，殊可不必。但是你方纔上堂〔三五〕不該夾在卷子裏拿上來〔三六〕。幸得是我看見，若是别人看見，怎了？』那人嚇了個臭死。發案考在二等，走來謝虞老師。虞老師推不認得，説：『並没有這句話。○天二評：此節却好，然亦不足爲奇事。你想是昨日〔三七〕錯認了，並不是我。』那日小弟恰好在那裏謝考，親眼看見。那人去了，我問虞老師：『這事老師怎的不肯認？難道他還是〔三八〕不該來謝的？』虞老師道：『讀書人全要養其廉耻，他没奈何來謝我，我若再認這話〔三九〕，他就無容身之地了。』○黄評：前待犯賭監生亦即此意。○齊評：立身待物，能見其大。小弟却認不的〔四〇〕這位朋友，彼時問他姓名，虞老師也不肯説。先生，你説這一件奇事可是難得？」杜少卿道：「這也是老人家常有的事。」○齊評：答語乃是加倍寫法。○天一評：何足爲奇。武書浮氣未退，徒以淺衷窺虞博士耳。○天二評：本不爲奇，武書自淺耳。武書道：「還有一件事，更可笑的緊〔四二〕！他家世兄賠嫁來的一個丫頭，他就配了姓嚴的管家了。那奴才看見衙門清淡，没有錢尋，前日就辭了要去。虞老師從前並不曾要他一個錢，白白把丫頭配了他。他而今要領丫頭出去，要是别人，就要問他要丫頭身價，不知要多少。虞老師聽了這話説道：『你兩口子出去也好，只是出去，房錢、飯錢都没有。』又給了他十兩銀子，打發出去，隨即把他薦在一個知縣衙門裏做長隨。○天一評：此僕是楊家借來，此婢是祁家贈嫁，待之厚正是重其來頭。你説好笑不好笑？」○天一評：好笑者笑虞博士之呆也。杜少卿道：「這些做奴才的有甚麽良心！但〔四二〕老人家兩次賞他銀子，並不是有心要人説好，所以難得。」○黄評：又補寫博士餘事，使人知其不愧書中第一人。○天一、二評：少卿真能知博士者。當下留武書吃飯。

武書辭了出去，纔走〔四三〕到利涉橋，遇〔四四〕見一個人，頭戴方巾，身穿舊布直裰，腰繫絲縧，脚下芒鞋，身上揹着行李，花白鬍鬚，憔悴枯槁。那人丢下行李，向武書作揖。○黄評：遞到郭孝子。武書驚道：「郭先生，自江寧鎮一别，又是三年，一向在那裏奔走？」○天一、二評：又一出落法。○天二評：祭泰伯祠後特出郭孝子，知作者寓意所在。那人道：「一言難盡！」武書道：「請在茶館裏坐。」當下兩人到茶館裏坐下。那人道：「我一向因尋父親，走遍〔四五〕天下。從前有人説是在江南，所以我到江南，這番是三次了。而今聽見人説不在江南，已到四川山裏削髮爲僧去了，我如今就要到四川去。」○天一評：此却周到。武書道：「可憐！可憐！但先生此去萬里程途，非同容易。我想西安府裏有一個知縣，姓尤，是我們國子監虞老先生〔四六〕的同年，如今托虞老師寫一封書子去，是先生順路，倘若盤纏缺少，也可以幫助些須〔四七〕。」那人道：「我草野之人，我那裏去見那國子監的官府？」武書道：「不妨。這裏過去幾步就是杜少卿家，先生同我到少卿家坐着〔四八〕，我去討這一封書。」那人道：「杜少卿？可是那天長不應徵辟的豪傑麽？」○黄評：寫少卿辭徵辟無人不知。○天一、二評：只是不應徵辟，未見便是豪傑。武書道：「正是。」那人道：「這人我倒要會他。」便會了茶錢，同出了茶館，一齊來到杜少卿家。杜少卿出來相見作揖，問：「這位先生尊姓？」武書道：「這位先生姓郭，名力，字鐵山。○黄評：出姓名。二十年走遍天下，尋訪父親，有名的郭孝子。」○齊評：好個頭銜。杜少卿聽了這話，從新見禮，奉郭孝子上坐，便問：「太老先生如何數十年不知消息？」郭孝子不好説。武書附耳低言，説：「曾在江西做官，降過寧王，所以逃竄在外。」○黄評：不意王惠有此子。○天一、二評：王惠乃有此兒。杜少卿聽罷駭然。因見這般舉動，心裏敬他，説罷，留下行李，「先生權在我家住一宿，明日再行。」郭孝子道：「少卿先生豪傑，天下共聞，我也不做客套，竟住一宵罷。」○天一評：直爽。杜少卿進去和娘子説，替郭孝子漿洗衣服，○黄評：細。○則仙評：杜娘子替郭孝子漿洗衣服，難得。非王太太所能。治辦酒肴款待他。出來陪着郭孝子〔四九〕。武書説起要問虞博士要書子的話來，杜少卿道：「這個容易。郭先生在我這裏坐着，我和正字去要書子去。」只因這一番，有分教：用勞用力，不辭虎窟之中；遠水遠山，又入蠶叢之境。畢竟後事如何，且聽下回分解。

【總評】

卧評　此篇古趣磅礴，竟如出自叔孫通、曹褒之手，覺集賢學士蕭嵩輩極力爲之，不過如此。堂哉，皇哉，侯其禕而。○黄評：此評甚迂，不過相題立言而已，何必過贊？內中司事的人，一一皆閲者之所爛熟，布局之妙，莫與京矣。○黄評：此作者苦心。本書至此卷，是一大結束。名之曰儒林，蓋爲文人學士而言。篇中之文人學士，不爲少矣。前乎此，如鶯脰湖一會，是一小結束；西湖上詩會，是又一小結束。○黄評：西湖詩會何足道，當舉莫愁湖爲是，然亦算不得結束。○天一評：鶯脰湖、西湖之事何足言，亦何以爲收束？真是隔靴搔癢。至此如雲亭、梁甫，而後臻於泰山。譬之作樂，蓋八音繁會之時，以後則慢聲變調而已。

天一評　大祭後接寫郭孝子，此作者寓意所在。所以必從武書引入者，亦孝子故也。泰伯之事太王，蓋視於無形，聽於無聲，三以天下讓，宗廟亨之，子孫保之，德之至極，孝之至極也。故曰：接寫郭孝子是作者寓意所在。

郭孝子纔是書中第一人，却未與大祭事，意在言外。

天二評　大祭後接寫郭孝子何也？泰伯之事太王，視於無形，聽於無聲，三以天下讓，宗廟亨之，子孫保之，德之至極，孝之至極也，接寫郭孝子正其寓意處。由武書引入者，武書亦孝子也。郭孝子纔是書中第一人，而未與大祭，意在言外。

據金跋，雨花臺祠凡祀先賢二百三十人。而此獨舉泰伯者，泰伯青宮冢嗣而潛逃避位，如棄敝屣，其於功名富貴無介意。《儒林外史》除虞、莊、杜、遲諸人，皆不免切切於此，此番大祭亦居然繫名其間，得無文不對題？亦作者寓意所在也。

【校記】

〔一〕此回抄本改動了七、八十處，減省去一百餘字，經常減省改動的有以下幾種情況：

①姓氏，如杜少卿、張鐵臂的姓。

②結構助詞「的」。
③方位詞「裏」。
④時態助詞「時」、「了」。
⑤介詞「在」、「到」。
⑥語氣詞「罷」。
⑦雙音節聯合式合成詞省去一個，如「看見」省去「看」、「復歸」省去「歸」、「倘若」省去「若」。以上所舉不再出校。刪改後語意不通者也不出校。

〔二〕特來，抄本作「特來因」，申一本作「特爲」。

〔三〕公中説，抄本作「中間設」，申一本作「公議説」。

〔四〕來，抄本無。

〔五〕吃過，抄本作「吃過茶」。

〔六〕茶，原作「茶」，蘇本同。從抄本和申一、二本改。同一誤字，以下徑改不記。

〔七〕諸葛佑，原作「諸葛祐」，抄本、蘇本和申一、二本均同。從前文一之。同一情況以下徑改不記。

〔八〕信，原缺，抄本、蘇本同。從申一、二本補。

〔九〕奉着從祀，抄本作「奉祀」。

〔一〇〕之，抄本無。

〔一一〕的，抄本無。以下三十多字中有十一個「的」字，抄本均無。

〔一二〕左右兩邊，原作「左邊」，抄本、蘇本和申一、二本均同。參齊本改。

〔一三〕詣，原作「請」。從抄本、蘇本和申一、二本改。

〔一四〕樂神之樂，抄本作「樂神之章」，申一、二本作「迎神之樂」。

〔一五〕西，原作「兩」，抄本、蘇本和申一、二本均同。參齊本改。

〔一六〕伊昭，原作「伊照」，蘇本、申一本同。從抄本、申二本改。同一誤字，以下徑改不記。

〔一七〕跪着，原缺，抄本、蘇本同。從申一、二本補。

〔一八〕主祭的位，抄本作「主位」。

〔一九〕金奏，蘇本和申一、二本作「奏樂」。

〔二〇〕「上」後原衍「引上」二字，抄本、蘇本同。申一本作「又」。從申二本刪。

〔二一〕「三位」後抄本少二十個字。

〔二二〕副贊的盧華士司祝的臧茶，原作「司祝的臧茶盧華士」，抄本、蘇本和申一、二本同。參齊本改。

〔二三〕球，原作「求」，從抄本、蘇本和申一、二本改。

〔二四〕的司，抄本無。

〔二五〕通，抄本作「統」。

〔二六〕季萑蕭鼎，申一、二本作「季葦蕭與」。

〔二七〕着，原作「看」，從抄本、蘇本和申一、二本改。

〔二八〕別過自去，抄本作「別去」。

〔二九〕「那裏」後申二本少二十六個字。

〔三〇〕奉，抄本作「有」。

〔三一〕考的是兩篇《四書》，抄本作「兩篇四書文」。

〔三二〕「經文」後抄本少十七個字。

〔三三〕靴桶，抄本、申一本作「靴統」。

〔三四〕「他」後申二本多「説」字。

〔三五〕上堂，申二本無。

〔三六〕拿上來，抄本無。

〔三七〕昨日，抄本無。

〔三八〕還是，抄本無。
〔三九〕這話，抄本無。
〔四〇〕的，抄本作「識」。
〔四一〕更可笑的緊，抄本無。
〔四二〕「但」後抄本多「他」字。
〔四三〕走，抄本無。
〔四四〕遇，抄本無。

〔四五〕遍，原作「編」，蘇本作「偏」。從抄本和申一、二本改。
〔四六〕老先生，抄本作「老師」。
〔四七〕些須，抄本作「些些」。
〔四八〕少卿家坐着，抄本作「他家去坐」。
〔四九〕郭孝子，抄本無。

第三十八回

郭孝子深山遇虎　甘露僧狹路逢仇

話説杜少卿留郭孝子在河房裏吃酒飯，自己同武書到虞博士署内，説如此這樣一個人，求老師一封書子去到西安。虞博士細細聽了，説道：「這書我怎麽不寫？但也不是只寫書子的事，他這萬里長途，自然盤費也難，我這裏拿拾兩銀子，少卿，你去送與他，不必説是我的。」○黄評：寫虞博士總是一片真誠，故與少卿莫逆。○天二評：知少卿必要贈銀故如此説。然而少卿豈肯掠美？（天一評「贈銀」後多「然而實窮」；末句批於後「四兩銀子」下）慌忙寫了書子，和銀子拿出來交與杜少卿。杜少卿接了，同武書拿到河房裏。杜少卿自己尋衣服當了四兩銀子，武書也到家去當了二兩銀子來，○天二評：可憐。又苦留郭孝子住了一日。莊徵君聽得有這個人，也寫了一封書子、四兩銀子送來與杜少卿。○黄評：武正字全賴虞、杜二人陶鎔，一意向善，難得也。莊徵君亦不可少此一舉。○天二評：莊書是伏筆。第三日，杜少卿備早飯與郭孝子吃，武書也來陪着，吃罷，替他拴束了行李，拿着這二十兩銀子和兩封書子，遞與郭孝子。郭孝子不肯受。○天一評：異乎今之借孝子名目打把勢者。杜少卿道：「這銀子是我們江南這幾個人的，並非盜跖之物，先生如何不受？」○齊評：説得大有體面。郭孝子方纔受了，吃飽了飯，作辭出門。杜少卿同武書送到漢西門外，方纔回去。○黄評：寫郭孝子之孤潔、諸公之好義，可以興廉敦薄，切勿以小説目之，庶不負作者苦心。

郭孝子曉行夜宿，一路來到陝西，那尤公是同官縣知縣，只得迂道往同官去會他。這尤公名扶徠，字瑞亭，也是南京的一位老名士，去年纔到同官縣，一到任之時，就做了一件好事。是廣東一個人充發到陝西邊上來，帶着妻子是軍妻。不想這人半路死了，妻子在路上哭哭啼啼。人和他説話彼此都不明白，只得把他領到縣堂上來。尤公看那婦人是要回故鄉的意思，心裏不忍，便取了俸金五十兩，差一個老年的差人，自己取一塊白綾，苦苦切切做了一篇文，親筆寫了自己的名字尤扶徠，用了一顆同官縣的印，吩咐差人：「你領了這婦人，拿我這一幅綾子，遇〔一〕州遇縣，送與他地方官看，求都要用一個印信。你直到他本地方〔二〕討了回信來見我。」○天二評：先寫此一節者，見尤公本來好善，非徒因虞公書信而助郭孝子也。（天一評「者」作「以」；「虞公」作「故人」）差人應諾了。那婦人叩謝，領着去了。將近一年，差人回來説：「一路各位老爺，看見老爺的文章，一個個都悲傷這婦人，也有十兩的，也有八兩的，六兩的，這婦人到家，也有二百多銀子。小的送他到廣東家裏，他家親戚、本家有百十人，都望空謝了老爺的恩典，又都磕小的的頭，叫小的是『菩薩』。這個，小的都是沾老爺的恩。」○齊評：真是難得的事。尤公歡喜，又賞了他幾兩銀子，打發差人出去了。

門上傳進帖來，便是郭孝子拿着虞博士的書子進來拜。○天一評：隨手遞入。蓋上云「去年到任」，又云「將近一年」，綫索甚細。尤公拆開書子看了這些話，着實欽敬。當下請進來行禮〔三〕坐下，即刻擺出飯來。正談着，門上傳進來：「請老爺下鄉相驗。」尤公道：「先生，這公事我就要去的，後日纔得回來。但要屈留先生三日，等我回來，有幾句話請教。況先生此去往成都，我有個故人在成都，也要帶封書子去。先生萬不可推辭。」郭孝子道：「老先生如此説，怎好推辭？只是賤性山野，不能在衙門裏住。貴治若有甚麼庵堂，送我去住兩天罷。」尤公道：「庵雖有，也窄。我這裏有個海月禪林，那和尚是個善知識，○黄評：由此復遞到甘露僧，其實是遞到蕭雲仙。送先生到那裏去住罷。」○天一評：寫郭孝子孤高，却借此遞入甘露僧。○天二評：借此爲遞入蕭雲仙張本。便吩咐衙役：「把郭老爺的行李搬着，送在海月禪林，你拜上和尚，説是我送來的。」衙役應諾伺候。郭孝子別了。尤公直送到大門外，方纔進去。

郭孝子同衙役到海月禪林客堂裏，知客進去説了，老和尚出來打了問訊，請坐奉茶。那衙役自回去了。郭孝子問老和尚：「可是一向在這裏作〔四〕方丈的麽？」老和尚道：「貧僧當年住在南京太平府蕪湖縣甘露庵裏的，後在京師報國寺做方丈。因厭京師熱鬧，所以到這裏居住。○齊評：前回董知縣到京會見馮琢庵提及牛布衣，未曾説完匆匆而行，計其時老和尚亦早在京矣，豈係馮公不曾尋着，而京師勢利擾攘無暇作此冷生活耶？老和尚既不曾了牛布衣心願，又不重到甘露庵，殆所謂浮屠不三宿桑下也。○天二評：好和尚，俗僧惟恐不熱鬧。尊姓是郭，如今却往成都，是做甚麽事？」郭孝子見老和尚清癯面貌，顔色慈悲，説道：「這話不好對別人説，在老和尚面前不妨講的。」就把要尋父親這些話，苦説了一番。老和尚流淚嘆息，就留在方丈裏住，備出晚齋來。郭孝子將路上買的兩個梨送與老和尚受下，謝了郭孝子，便叫火工道人抬兩隻缸在丹墀裏，一口缸内放着一個梨，每缸挑上幾擔水，拿杠子把梨搗碎了，擊雲板傳齊了二百多僧衆，一人吃一碗水。○天一、二評：此事説得好聽，其實無謂。郭孝子見了，點頭嘆息。

到第三日，尤公回來，又備了一席酒請郭孝子。吃過酒，拿出五十兩銀子、一封書來，説道：「先生，我本該留你住些時，因你這尋父親大事，不敢相留。這五十兩銀子，權爲盤費。○天一評：君子愛人以德。先生到成都，拿我這封書子去尋蕭昊軒先生。

這是一位古道人。他家離成都二十里〔五〕住，地名叫做東山，先生去尋着他，凡事可以商議。」○天一、二評：能見信於朋友如此，其人可知。將謂因此一書遞入蕭昊軒矣，而竟不然。那孝子見尤公的意思十分懇切，不好再辭〔六〕，只得謝過，收了銀子和書子，辭了出來。那到海月禪林辭別老和尚要走。老和尚合掌道：「居士到成都尋着了尊大人，是必寄個信與貧僧，免的貧僧懸望。」○天一、二評：佛菩薩。（天一評批於下「遇着一個人」下）郭孝子應諾。老和尚送出禪林，方纔回去。

郭孝子自揹着行李，又走了幾天，這路多是崎嶇鳥道，○天二評：「鳥道」二字誤用。郭孝子走一步，怕一步。那日走到一個地方，天色將晚，望不着一個村落。那郭孝子走了一會，遇着一個人。郭孝子作揖問道：「請問老爹，這裏到宿店所在還有多少路？」那人道：「還有十幾里。客人，你要着急些走，夜晚路上有虎，○齊評：起下文。○天一評：先一點。○天二評：馬牌先到。須要小心。」郭孝子聽了，急急往前奔着走。天色全黑〔七〕，却喜山凹裏推出一輪月亮來，那正是十四五的月色，升到天上，便十分明亮。○天一、二評：月亮裏看老虎，亦是奇景。郭孝子乘月色走，走進一個樹林中，只見劈面起來一陣狂風，把那樹上落葉吹得奇颼颼的響。風過處，跳出一隻老虎來。郭孝子叫聲：「不好了！」一交跌倒在地。○天二評：若落俗手必要寫郭孝子如何神勇，力與虎鬥，否則又要請太白金星山神土地前來救護，種種惡套。（天一評「虎門」以下只作「便蹈窠臼」）老虎把孝子抓了坐在屁股底下。坐了一會，見郭孝子閉着眼，只道是已經死了，便丢了郭孝子，去地下挖了一個坑，把郭孝子提了放在坑裏，把爪子撥了許多落葉蓋住了他，那老虎便去了。郭孝子在坑裏偷眼看老虎走過幾里，到那〔八〕山頂上，還把兩隻通紅的眼睛轉過身來望，看見這裏不動，方纔一直去了。○黄評：寫得如見。○天二評：太費心了，回來還是落空。郭孝子從坑裏扒了上來，自心裏想道：「這業障雖然去了，必定是還要回來吃我，○天二評：虎之相知，貴相知心。如何了得？」一時没有主意。見一棵大樹在眼前，郭孝子扒上樹去。又心裏焦：「他再來咆哮震動，我可不要嚇了下來？」心生一計，將裹脚解了下來，自己縛在樹上。○黄評：寫郭孝子儘管有武藝，却不與虎門致落俗套。蓋隻身斷不能鬥虎，《水滸傳》雖極力寫之，窮出情理之外。等到三更盡後，月色分外光明，○天一評：還要寫月。只見老虎前走，後面又帶了一個東西來。那東西渾身雪白，頭上一隻角，兩隻眼就像兩盞大紅燈籠，直着身子走來。○齊評：不想畜生也會請客，無如請的惡客耳。郭孝子認不得是個甚麽東西。只見那東西走近跟前，便坐下了。老虎忙到坑裏去尋人。見没有了人，老虎慌做一堆兒。那東西大怒，伸過爪來，一掌就把虎頭打掉了，老虎死在地下。○天一評：好腕力。損人利己者請鑒於此虎。○天二評：損人不利己者請於虎鑒。

那東西抖擻身上的毛，發起威來，回頭一望，望見月亮地下照着樹枝頭上有個人，〇黄評：妙，妙，不是抬頭就見，却從月影中看出，且令深山夜景如在目前。而一險未平又出一險，尤令閲者之心與書中同一危險。〇天二評：咄咄，郭孝子幾爲月亮所累。就狠命的往樹枝上一撲。撲冒失了，跌了下來，〇天二評：暴躁人鑒此。又盡力往上一撲，離郭孝子只得一尺遠。郭孝子道：「我今番却休了！」不想那樹上一根枯幹，恰好對着那東西的肚皮上。後來的這一撲，力太猛了，這枯幹戳進肚皮，有一尺多深淺。那東西急了，這枯幹越摇越戳的深進去。〇天二評：此是那東西上了月亮的當。那東西使盡力氣，急了半夜，挂在樹上死了。〇天一評：肚皮太嫩。惡獸自斃，天所以佑孝子也。若落俗手又要驚動山神土地出來。

到天明時候，有幾個獵户，手裏拿着鳥槍叉棍來。看見這兩個東西，嚇了一跳。郭孝子在樹上叫喊，衆獵户接了孝子下來，問他姓名。郭孝子道：「我是過路的人，天可憐見，得保全了性命。〇黄評：未嘗非天憐其孝。我要趕路去了，這兩件東西，你們拿到地方去請賞罷。」〇天二評：惡物自己吃不成人，却替人做了别敬。衆獵户拿出些乾糧來，和獐子、鹿肉，讓郭孝子吃了一飽。衆獵户替郭孝子拿了行李，送了五六里路。衆獵户辭别回去。

郭孝子自己背了行李，又走了幾天路程，在山凹裏一個小庵裏借住。那庵裏和尚問明來歷，就拿出素飯來，同郭孝子在窗子跟前坐着吃。正吃着中間，只見一片紅光，就如失了火的一般。○黄評：又令人一驚。○天一評：又故作驚人之筆。郭孝子慌忙丢了飯碗，道：「不好！火起了！」老和尚笑道：「居士請坐，不要慌。這是我雪道兄到了。」○齊評：奇筆。○天二評：此老和尚亦奇。吃完了飯，收過碗盞去，推開窗子，指與郭孝子道：「居士，你看麽！」郭孝子舉眼一看，只見前面山上蹲着一個異獸，頭上一隻角，只有一隻眼睛，却生在耳後。那異獸名爲「罷九」〔九〕，任你堅冰凍厚幾尺〔一〇〕，一聲響亮，叫他登時粉碎。○天二評：此亦奇物。和尚道：「這便是雪道兄了。」當夜紛紛揚揚，落下一場大雪來。那雪下了一夜一天，積了有三尺多厚。郭孝子走不的，又住了一日。

到第三日，雪晴。郭孝子辭別了老和尚又行，找着山路，一步一滑，兩邊都是澗溝，那冰凍的支棱着，○天二評：恨不帶雪道兄來。就和刀劍一般。郭孝子走的慢，天又晚了，雪光中照着，遠遠望見樹林裏一件紅東西挂着。○黄評：又奇，層出不窮。○天一評：我疑是雪道兄。半里路前，只見一個人走，走到那東西面前，一交跌下澗去。郭孝子就立住了脚，心裏疑惑道：「怎的這人看見這紅東西就跌下澗去？」定睛細看，只見那紅東西底下鑽出一個人，把那人行李拿了，又鑽了下去。郭孝子心裏猜着了幾分，便急走上前去看。只見那樹上吊的是個女人，披散了頭髮，身上穿了一件紅衫子，嘴跟前一片大紅猩猩氈做個舌頭拖着，脚底下埋着一個缸，缸裏頭坐着一個人。那人見郭孝子走到跟前，從缸裏跳上來。因見郭孝子生的雄偉，不敢下手，便叉手向前道：「客人，你自走你的路罷了，管我怎的？」郭孝子道：「你這些做法，我已知道了。你不要惱，我可以幫襯你。○天一評：奇了。這妝吊死鬼的是你甚麼人？」那人道：「是小人的渾家。」郭孝子道：「你且將他解下來。你家在那裏住？我到你家去和你説。」那人把渾家腦後一個轉珠繩子解了，放了下來。那婦人把頭髮綰起來，嘴跟前拴的假舌頭去掉了，頸子上有一塊拴繩子的鐵也拿下來，把紅衫子也脱了。○黄評：前所見紅東西。那人指着路旁，有兩間草屋，道：「這就是我家了。」

當下夫妻二人跟着郭孝子，走到他家，請郭孝子坐着，烹出一壺茶。郭孝子道：「你不過短路營生，爲甚麼做這許多惡事？嚇殺了人的性命，這個却傷天理。○齊評：到處勸化後生輩，可見孝子必有仁心義氣，匪但愚忠愚孝也。我雖是苦人，看見你夫妻兩人到這個田地，越發可憐的狠了。我有十兩銀子在此，把與你夫妻兩人，你做個小生意度日，下次不要做這事了。你姓甚麼？」那人聽了這話，向郭孝子磕頭，説道：「謝客人的周濟，小人姓木名耐，夫妻兩個，原也是好人家兒女，近來因是凍餓不過，所以纔做這樣的事。○黄評：没奈何。而今多謝客人與我本錢，從此就改過了。請問恩人尊姓？」郭孝子道：「我姓郭，湖廣人，而今到成都府去的。」説着，他妻子也出來拜謝，收拾飯留郭孝子。郭孝子吃着飯，向他説道：「你既有膽子短路，你自然還有些武藝。只怕你武藝不高，將來做不得大事，我有些刀法、拳法，傳授與你。」○齊評：更見熱心。○天二評：此舉似多事。十兩銀子做小生意，夫妻兩個可度日矣。那木耐歡喜，一連留郭孝子住了兩日。郭孝子把這刀和拳細細指教他，他就拜了郭孝子做師父。○天二評：郭孝子爲王惠子，未知究是何人。偶見竇山李竇泰《嗇生文集·胡孝子尋親記》有歙縣胡仲長入閩尋親事，附記云：仲長將赴閩，自念孱弱不能涉險阻，遇行脚僧伎勇絶倫，延至家肄習經年。又云：在閩中輒遇瞽者，漸歡洽，告以故。瞽者故通於盜，常爲盜伺，曰：我故知爾父，爾父現使外洋未回。未幾歸，令孝子往見，遂奉以歸。豈即其人而爲之增飾其事以諱之耶。第三日郭孝子堅意要行，他備了些乾糧、燒肉，裝在行李裏，替郭孝子背着行李，直送到三十里外，方纔告辭回去。

郭孝子接着行李，又走了幾天，那日天氣甚冷，迎着西北風，那山路凍得像白蠟一般，又硬又滑。郭孝子走到天晚，只聽得山洞裏大吼一聲，又跳出一隻老虎來。郭孝子道：「我今番命真絶了！」一交跌在地下，不省人事。原來老虎吃人，要等人怕的。○黄評：何以得知？確有此理。○齊評：又另開生面，想出奇情。今見郭孝子直僵僵在地下，竟不敢〔一二〕吃他，把嘴合着他臉上來聞。○黃評：郭孝子雖有膂力，却不與虎鬥，避俗套也；且小說所寫打虎，皆不合情理，何必效之。　一莖鬍子戳在郭孝子鼻孔裏去，戳出一個大噴嚏來，那老虎倒嚇了一跳，連忙轉身，幾跳跳過前面一座山頭，跌在一個澗溝裏，那澗極深，被那棱撐像刀劍的冰凌橫攔着，竟凍死了。○黃評：兩次遇虎全不相犯，而兩次皆得不死。若尋常小說，必寫出多少鬼神救護，豈知其中自有鬼神，何必寫出致落俗套。○天二評：山行的記着，須帶搐鼻散，可以辟虎。兩次遇虎中間却夾着紅東西、羆九、斷路的，章法不板。（天一評「紅」作「白」）○天一評：還是虎鬚打嚏救他醒來。○天二評：《太平廣記》引《朝野僉載》云：唐傅黃中爲諸暨縣，有部人飲大醉，夜中山行，臨崖而睡。有虎嗅之，虎鬚入鼻，噴嚏聲振，虎驚躍落岸。此借爲郭孝子事。（天一評作回末總評）○平步青評：郭孝子噴嚏嚇虎，本《朝野僉載》諸暨人事。　郭孝子扒起來，老虎已是不見，說道：「慚愧！我又經了這一番！」背着行李再走。

走到成都府，找着父親在四十里外一個庵裏做和尚。訪知的了，走到庵裏去敲門。老和尚開門，見是兒子，就嚇了一跳。郭孝子見是父親，跪在地下慟哭。老和尚道：「施主請起來，我是沒有兒子的，你想是認錯了。」郭孝子道：「兒子萬里程途，尋到父親跟前來，父親怎麽不認我？」老和尚道：「我方纔說過，貧僧是沒有兒子的。施主你有父親，你自己去尋，怎的望着貧僧哭？」郭孝子道：「父親雖則幾十年不見，難道兒子就認不得了？」跪着不肯起來。老和尚道：「我貧僧自小出家，那裏來的這個兒子？」郭孝子放聲大哭，道：「父親不認兒子，兒子到底是要認父親的！」三番五次，纏的老和尚急了，説道：「你是何處光棍，敢來鬧我們？快出去！我要關山門！」郭孝子跪在地下慟哭，不肯出去。和尚道：「你再不出去，我就拿刀來殺了你！」郭孝子伏在地下哭道：「父親就殺了兒子，兒子也是不出去的！」老和尚大怒，雙手把郭孝子拉起來，提着郭孝子的領子，一路推搡出門，便關了門進去，再也叫不應。○黄評：事隔數十年，有何不可認？而依然怕死。無情至此，此所以爲王大爺王舉人也。○天一評：立定脚根死不認子，能乘不退輪者，出之王惠，大奇大奇。○天二評：立定脚根死不認子，真是乘不退輪者，王惠竟能如是，大奇大奇。有此定識定力，何不用之於做南贛道時。

郭孝子在門外哭了一場，又哭一場，又不敢敲門。見天色將晚，自己想道：「罷！罷！父親料想不肯認我了！」抬頭看了，這庵叫做竹山庵。只得在半里路外租了一間房屋住下。次早，在庵門口看見一個道人出來，買通了這道人，日日搬柴運米，養活父親。○黄評：王惠何得有此子。○天二評：用後漢姜詩妻事。○平步青評：買通了道人，日日搬柴運米，亦用後漢姜詩妻事。不到半年之上，身邊這些銀子用完了，思量要到東山〔二〕去尋蕭昊軒，又恐怕尋不着，耽擱了父親的飯食。只得左近人家傭工，替人家挑土、打柴，每日尋幾分銀子，養活父親。遇着有個鄰居往陜〔一三〕西去，他就把這尋父親的話，細細寫了一封書，帶與海月禪林的老和尚。○黃評：順手復遞到老和尚，其實是借老和尚遞到蕭雲仙，却又不用「按下慢表」、「且說老和尚」云云俗套。故筆墨雅飭，大異尋常小說，俗目何嘗得知。○天二評：借此遞入老和尚，實借來遞入蕭雲仙。蓋趙大是蕭昊軒手底游魂，見雲仙能竟未竟之緒。文脈實承莊徵君入都來。（天一評「借此」作「隨手」；「能竟」作「能完」；「文脈」作「而文則」；末尾多「脈也」）

老和尚看了書，又歡喜，又欽敬他。不多幾日，禪林裏來了一個挂單的和尚。那和尚便是響馬賊頭趙大，披着頭髮，兩隻怪眼，○天二評：趙大至此纔現形。凶像未改。老和尚慈悲，容他住下。不想這惡和尚在禪林吃酒、行凶、打人，無所不爲。首座領着一班和尚來禀老和尚道：「這人留在禪林裏，是必要壞了清規，求老和尚趕他出去。」老和尚教他去，他不肯去，後來首座叫知客向他說：「老和尚叫你去，你不去，老和尚說：你若再不去，就照依禪林規矩，抬到後面院子裏，一把火就把你燒了！」○天二評：何以不燒？所謂當斷不斷，反受其亂。惡和尚聽了，懷恨在心，也不辭老和尚，次日，收拾衣單〔一四〕去了。老和尚又住了半年，思量要到峨嵋山走走，順便去成都會會郭孝子。○天二評：「吉凶悔吝生乎動」，洵然。（天一評無「洵然」）辭了衆人，挑着行李衣鉢，風餐露宿〔一五〕，一路來到四川。

離成都有百十里多〔一六〕路，那日下店早，老和尚出去看看山景，走到那一個茶棚内吃茶。那棚裏先坐着一個和尚。老和尚忘記，認不得他了，那和尚却認得老和尚，便上前打個問訊道：「和尚，這裏茶不好，○天二評：既云這茶不好，何以也坐在這茶棚裏？（天一評「何以也」作「何故又」）前邊不多幾步就是小庵，何不請到小庵裏去吃杯茶？」老和尚歡喜道：「最好」。○天二評：此「歡喜」亦無謂。行脚僧何論茶味？那和尚領着老和尚，曲曲折折，走了七八里路，○天二評：既云「不多幾步」，何以走了七八里？（天一評後多「老和尚自不悟耳」）纔到一個庵裏。那庵一進三間，前邊〔一七〕一尊迦藍菩薩。○黄評：記着，「前邊一尊迦藍菩薩」。後一進三間殿，並没有菩薩，中間放着一個榻床。那和尚同老和尚走進庵門纔説道：「老和尚！你認得我麽？」老和尚方纔想起是禪林裏趕出去的惡和尚，吃了一驚，○天二評：記性不好幾乎吃虧。説道：「是方纔偶然忘記，而今認得了。」惡和尚竟自己走到床上坐下，睜開眼道：「你今日既到我這裏，不怕你飛上天去！我這裏有個葫蘆，你拿了，在半里路外山岡上一個老婦人開的酒店裏，替我打一葫蘆酒來。你快去！」

老和尚不敢違拗，捧着葫蘆出去，找到山岡子上，果然有個老婦人在那裏賣酒。

老和尚把這葫蘆遞與他。那婦人接了葫蘆，上上下下把老和尚一看，止不住眼裏流下淚來，○黄評：妙在是老婦人，非老婦不至墮淚，非墮淚老和尚不詫異，因此便得指出救命之人，極合情理。便要拿葫蘆去打酒。老和尚嚇了一跳，便打個問訊道：「老菩薩，你怎見了貧僧就這般悲慟起來？這是甚麽原故？」○天一評：惡和尚如此聲勢，其不懷好意可知，猶是不悟，恐無是理。那婦人含着淚，説道：「我方纔看見老師父是個慈悲面貌，不該遭這一難！」○齊評：突然之語，令人吃驚。老和尚驚道：「貧僧是遭的甚麽難？」○天二評：依然未悟，可謂鈍根。那老婦人道：「老師父，你可是在半里路外那庵裏來的？」老和尚道：「貧僧便是。你怎麽知道？」老婦人道：「我認得他這葫蘆。他但凡要吃人的腦子，就拿這葫蘆來打我店裏藥酒。○天二評：你店裏又何以賣此酒？（天一評「以」作「故」；「酒」作「藥酒」）老師父，你這一打了酒去，没有活的命了！」老和尚聽了，魂飛天外，慌了道：「這怎麽處？我如今走了罷！」老婦人道：「你怎麽走得？這四十里内，都是他舊日的響馬黨羽。他庵裏走了一人，一聲梆子〔二八〕響，即刻有人捆翻了你，送在庵裏去。」老和尚哭着跪在地下：「求老菩薩救命！」老婦人道：「我怎能救你？我若説破了，我的性命也難保。但看見你老師父慈悲，死的可憐，我指一條路給你去尋一個人。」○黄評：索性寫足斷無生路，再出彈子少年。老和尚道：「老菩薩，你指我去尋那個人？」老婦人慢慢説出這一個人來。○天一、二評：人已急死，還要「慢慢説」。只因這一番，有分教：熱心救難，又出驚天動地之人；仗〔一九〕劍立功，無非報國忠臣之事。畢竟這老婦人説出甚麽人來，且聽下回分解。

【總評】

卧評　文章至此篇，可謂極盡險怪之致矣。長夏攤飯時讀之，可以醒睡〔二〇〕，可以愈病。郭孝子原是一種枯槁寂寞之人，故與老和尚之氣味最相合。寒風朔雪，猛虎怪獸，郭孝子備嘗之矣。以爲苦猶未足以言其苦也。老和尚竟墮入夜叉鬼國，性命乃在呼吸之間，天下事之可驚可怪者，孰愈於此？不意耳目之間，有此奇觀。

黄評　此篇略仿《水滸傳》，未嘗不驚心駭目，然筆墨閑雅，非若《水滸傳》全是强盜氣息。固知真正才子自與野才子不同。

以前數十回淡淡着筆無人能解，聊以此數篇略投時好，且與從前演義人一較優劣，無關正旨也。

天二評　大祭泰伯祠何等典重，忽接此奇險之文，令讀者驚心動魄，真非意計所及。原其故，蓋欲出蕭雲仙耳。而雲仙奇士，不可以平平遞入，故先借一艱苦篤孝之郭孝子以爲引，而以至危至險之境作勢於前；然猶不能急入也，則又寫一老和尚之遇難，即用前文趙大以通驛騎，自然輳合。此作者苦心，而讀者茫然，徒驚其險怪而已。（天一評開頭多「前卷」；「典重」後多「肅穆」；「至危至險」前多「所遇」；「而讀者」起十二個字，作「至其筆墨之閑雅，絶無俗手牛鬼蛇神之習，此由胸襟自別耳。」）

【校記】

〔一〕遇，申一本作「逢」。

〔二〕直到他本地方，申一本作「送到他本處地方。」

〔三〕禮，原作「裏」，從抄本、蘇本和申一、二本改。

〔四〕作，原缺，抄本、蘇本同。從申一、二本補。

〔五〕里，原作「辭」，抄本同。從蘇本和申一、二本改。

〔六〕辭，原作「了」，抄本同。從蘇本和申一、二本改。

〔七〕奔着走天色全黑，申二本作「奔走天色將黑」。

〔八〕到那，原作「那到」，抄本、蘇本同。申二本作「跳到」。從申一本改。

〔九〕羆九，抄本、蘇本和申一、二本均作「羆丸」。

〔一〇〕「幾尺」後蘇本和申一、二本多一「他」字。

〔一一〕直僵僵在地下竟不敢，申一本作「直僵僵在地下竟不」，申二本作「直僵僵躺在地下竟不」。

〔一二〕東山，原作「山東」，抄本、蘇本同。從申一、二本改。

〔一三〕往陝，原作「露宿」，抄本、蘇本和申一、二本同。參齊本改。

〔一四〕衣單，申一本作「衣鉢」。

〔一五〕露宿，原作「往陝」，抄本同。從蘇本和申一、二本改。

〔一六〕里多，抄本同。蘇本和申一、二本作「多里」。

〔一七〕前邊，申二本作「前殿」。

〔一八〕梆子，原作「挪子」，抄本同。從蘇本和申一、二本改。

〔一九〕仗，原作「伏」，從抄本、蘇本和申一、二本改。

〔二〇〕醒睡，原作「睡醒」，抄本同。從蘇本和申一、二本改。

第三十九回

蕭雲仙救難明月嶺　平少保奏凱青楓城

話說老和尚聽了老婦人這一番話，跪在地下哀告。老婦人道：「我怎能救你？只好指你一條路去尋一個人。」老和尚道：「老菩薩，却叫貧僧去尋一個甚麼人？求指點了我去。」老婦人道：「離此處有一里多路，有個小小山岡，叫做明月嶺。你從我這屋後山路過去，還可以近得幾步。你到那嶺上，有一個少年在那裏打彈子，你却不要問他，只雙膝跪在他面前，等他問你，你再把這些話向他說。〇天二評：俗手於此必要寫此婦人是驪山老母或觀音菩薩化身。只有這一個人還可以救你。你速去求他，却也還拿不穩。設若這個人還不能救你，我今日說破這個話，連我的性命只好休了！」〇黃評：故作此等語。前寫郭孝子遇虎，一毫不犯《水滸傳》諸書筆路，此段有意與《水滸傳》相較，便筆路相近。然簡潔雅馴，《水滸傳》萬不及也。〇齊評：越説越險。〇天一評：險極。

老和尚聽了，戰戰兢兢，將葫蘆裏打滿了酒，謝了老婦人，在屋後攀藤附葛上去。

○天一、二評：當云：老婦人遂將葫蘆打滿了酒，老和尚謝了，戰戰兢兢捧了葫蘆，在屋後攀藤附葛上去。果然走不到一里多路，一個小小山岡，山岡上一個少年在那裏打彈子。山洞裏嵌着一塊雪白的石頭，不過銅錢大，那少年覷的較近，彈子過處，一下下都打了一個準。老和尚近前看那少年時，頭戴武巾，身穿藕色戰袍，白净面皮，生得十分美貌。那少年彈子正打得酣邊〔一〕，老和尚走來，雙膝跪在他面前。那少年正要問時，山凹裏飛起一陣麻雀。那少年道：「等我打了這個雀兒看。」○黄評：又故作遲頓之筆。手起彈子落，把麻雀打死了一個墜下去。○齊評：兔起鶻落，無一筆平衍。那少年看見老和尚含着眼淚跪在跟前，説道：「老師父，你快請起來。你的來意我知道了。○黄評：妙在不用説。○天一評：不待説先曉得，原來少年是個仙人——其實作者避膠繞耳。○天二評：原來少年是個神仙。我在此學彈子，正爲此事。但纔學到九分，還有一分未到，恐怕還有意外之失，所以不敢動手。今日既遇着你來，我也説不得了，想是他畢命之期。老師父，你不必在此耽誤，你快將葫蘆酒拿到庵裏去，臉上萬不可做出慌張之像，更不可做出悲傷之像來。你到那裏，他叫你怎麽樣你就怎麽樣，一毫不可違拗他，我自來救你。」

○齊評：如何救法，令讀者驚疑，纔見後文奇特。

老和尚没奈何，只得捧着酒葫蘆，照依舊路，來到庵裏。進了第二層，只見惡和尚坐在中間床上，手裏已是拿着一把明晃晃的鋼刀，○天二評：可怕呀！問老和尚道：「你怎麽這時纔來？」老和尚道：「貧僧認不得路，走錯了，慢慢找了回來。」惡和尚道：「這也罷了，你跪下罷！」老和尚雙膝跪下。惡和尚道：「跪上些來！」老和尚見他拿着刀，不敢上去。惡和尚道：「你不上來，我劈面就砍來！」老和尚只得膝行〔二〕上去。惡和尚道：「你褪〔三〕了帽子罷！」老和尚含着眼淚，自己除了帽子。惡和尚把老和尚的光頭捏一捏，把葫蘆藥酒倒出來吃了一口，左手拿着酒，右手執着風快的刀，在老和尚頭上試一試比個中心。老和尚此時尚未等他劈下來，那魂靈已在頂門裏冒〔四〕去了。○黄評：閱者不能不代嚇。惡和尚比定中心，知道是腦子的所在，○黄評：「腦子所在」下又加一句，急殺嚇殺。○齊評：越要緊時，偏慢慢細寫，是行文一定不移之法。一劈開〔五〕了，恰好腦漿迸出，趕熱好吃。當下比定了中心，手持鋼刀，向老和尚頭頂心裏劈將下來〔六〕。○黄評：了矣了矣。不想刀口未曾落老和尚頭上，○天二評：十二字可删。只聽得門外颼的一聲，一個彈子飛了進來，○黄評：此等處何減《水滸傳》耶。○齊評：文如閃電一般，令人眼光不定。○天二評：四字亦可删。飛到惡和尚左眼上。惡和尚大驚，丢了刀，放下酒，將隻手捺着左眼，○黄評：丢刀，放酒，捺眼，忙中一絲不漏。飛跑出來，到了外一層。迦藍菩薩頭上坐着一個人。○黄評：前文已點明「迦藍」矣。惡和尚抬起頭來，又是一個彈子，把眼打瞎。○天二評：只得兩眼，故不經打。觀世音菩薩所以必要修成八萬四千清净寶目。惡和尚跌倒了。那少年跳了下來，進裏面一層。老和尚已是嚇倒在地。那少年道：「老師父，快起來走！」老和尚道：「我嚇軟了，其實走不動了。」那少年道：「起來！我背着你走。」便把老和尚扯起來，馱在身上，急急出了庵門，一口氣跑了四十里。○黄評：跑出四十里外，恐其黨知之也，前老婦人已言之。那少年把老和尚放下，説道：「好了，老師父脱了這場大難，自此前途吉慶無虞。」老和尚方纔還了魂，跪在地下拜謝，問：「恩人尊姓大名？」那少年道：「我也不過要除這一害，並非有意救你。○天二評：竟是杜少卿、鳳四老爹脾氣，然而不同。你得了命，你速去罷，問我的姓名怎的？」老和尚又問，總不肯説。老和尚只得向前膜拜了九拜，説道：「且辭別了恩人，不死當以厚報。」○天二評：厚報拜他九晝夜水陸道場，可惜不知姓名，難填疏頭。拜畢起來，上路去了。○黄評：了甘露僧。

那少年精力已倦，尋路旁一個店内坐下。只見店裏先坐着一個人，面前放着一個盒子。那少年看那人時，頭戴孝巾，身穿白布衣服，脚下芒鞋，形容悲戚，眼下許多淚痕，便和他拱一拱手，對面坐下。○黄評：又是何等人，真應接不暇。那人笑道：「清平世界，蕩蕩乾坤，把彈子打瞎人的眼睛，却來這店裏坐的安穩！」○黄評：又故意效《水滸傳》。〇天二評：咦！（天一評批於前「對面坐下」下）那少年道：「老先生從那裏來？怎麼知道這件事的？」那人道：「我方纔原是笑話。剪除惡人，救拔善類，這是最難得的事。你長兄尊姓大名？」那少年道：「我姓蕭，名采〔七〕，字雲仙，〇黄評：至此始出姓名。〇天二評：纔出雲仙姓名。（天一評開頭多「至此」；「雲仙」作「少年」）舍下就在這成都府二〔八〕十里外東山住。」那人驚道：「成都二十里外東山有一〔九〕位蕭昊軒先生，可是尊府？」蕭雲仙驚道：「這便是家父。老先生怎麼知道？」那人道：「原來就是尊翁。」便把自己姓名說下，並因甚來四川，「在同官縣會見縣令尤公，〇天一評：不點出姓名，因讀者已曉得故也。曾有一書與尊大人。我因尋親念切，不曾繞路到尊府。長兄，你方纔救的這老和尚，我却也認得他。不想邂逅相逢。看長兄如此英雄，便是昊軒先生令郎，可敬！可敬！」

蕭雲仙道：「老先生既尋着太老先生，如何不同在一處？如今獨自又往那裏去？」郭孝子見問這話，哭起來道：「不幸先君去世了。〇天一、二評：王惠之死從郭孝子口中說出。這盒子裏便是先君的骸骨。我本是湖廣人，〇黄評：王姓易爲郭，山東而言湖廣，閱者自知。〇天二評：王惠山東人，何以並籍貫都改？而今把先君骸骨背到故鄉去歸葬。」蕭雲仙垂淚道：「可憐！可憐！但晚生幸遇着老先生，不知可以拜請老先生同晚生到舍下去會一會家君麽？」郭孝子道：「本該造府恭謁，奈我背着先君的骸骨不便，且我歸葬心急。致意尊大人，將來有便，再來奉謁罷。」因在行李内取出尤公的書子來，遞與蕭雲仙。又拿出百十個錢來，叫店家買了三角酒，割了二斤肉，和些蔬菜之類，叫店主人整治起來，同蕭雲仙吃着，便向他道：「長兄，我和你一見如故，○黄評：一孝一忠，相遇自然投契。這〔一〇〕是人生最難得的事。況我從陝西來，就有書子投奔的是尊大人，這個就更比初交的不同了。長兄，像你這樣事，是而今世上人不肯做的，真是難得。但我也有一句話要勸你，可以説得麽？」蕭雲仙道：「晚生年少，正要求老先生指教，有話怎麽不要説？」郭孝子道：「這冒險借〔一一〕軀，都是俠客的勾當，而今比不得春秋、戰國時，這樣事就可以成名。○齊評：字字正大，豈可作稗官讀耶！○天二評：此非爲求名計。而今是四海一家的時候，任你荆軻、聶政，也只好叫做亂民。○黄評：大通大通，王惠竟有此子，非時文種矣。○天二評：雲仙之彈惡和尚是爲地方行旅除害，非借交報仇之比，喻以荆軻、聶政，殊覺不倫。像長兄有這樣品貌材藝，又有這般義氣肝膽，正該出來替朝廷效力。將來到疆場，一刀一槍，博得個封妻蔭子，○天二評：説到封妻蔭子仍是《儒林外史》説話。也不枉了一個青史留名。○黄評：此等言語《水滸傳》所無，且正是抹倒《水滸傳》，以見非不能作此等書，不屑耳。○齊評：深深款款，曲盡誘掖後進一片苦心。不瞞長兄説，我自幼空自學了一身武藝，遭天倫之慘，奔波辛苦，數十餘年。而今老了，眼見得不中用了。長兄年力鼎盛，萬不可蹉跎自誤。你須牢記老拙今日之言。」蕭雲仙道：「晚生得蒙老先生指教，如撥雲見日，感謝不盡。」又說了些閑話。次早，打發了店錢，直送郭孝子到二十里路外岔路口，彼此灑淚分別。〇黄評：了郭孝子，亦了王惠，以下入蕭雲仙正傳。

蕭雲仙回到家中，問了父親的安，將尤公書子呈上看過。蕭昊軒道：「老友與我相別二十年，不通音問，他今做官適意，可喜可喜！」又道：「郭孝子武藝精能，少年與我齊名，可惜而今和我都老了。〇齊評：古今同聲一嘆。〇天二評：補出。他今求的他太翁骸骨歸葬，也算了過一生〔二〕心事。」蕭雲仙在家奉事父親。

過了半年，松潘〔三〕衛邊外生番與内地民人互市，因買賣不公，彼此吵鬧起來。那番子性野，不知王法，就持了刀杖器械，大打一仗。弓兵前來護救，都被他殺傷了，又將青楓城一座强占了去。巡撫將事由飛奏到京，朝廷看了本章，大怒。奉旨：「差少保平治前往督師，〇天二評：小題大作，要巡撫何用。務必犁庭掃穴，以章天討。」平少保得了聖旨，星飛出京，到了松潘駐扎。

蕭昊軒聽了此事，喚了蕭雲仙到面前，吩咐道：「我聽得平少保出師，現駐松潘，征剿生番。少保與我有舊，你今前往投軍，說出我的名姓，少保若肯留在帳下效力，你也可以借此報效朝廷，正是男子漢發奮〔一四〕有爲之時。」○齊評：與郭孝子相勸之語如出一口。蕭雲仙道：「父親年老，兒子不敢遠離膝下。」蕭昊軒道：「你這話就不是了。我雖年老，現在並無病痛，飯也吃得，覺也睡得，何必要你追隨左右？你若是借口不肯前去，便是貪圖安逸，在家戀着妻子，乃是不孝之子，○齊評：詞嚴義正。從此你便不許再見我的面了！」幾句話讓〔一五〕的蕭雲仙閉口無言，只得辭了父親，拴束行李，前去投軍。一路程途，不必細説。○黄評：雲仙亦孝子。

這一日，離松潘衛還有一站多路，因出店太早，走了十多里，天尚未亮。蕭雲仙背着行李，正走得好，忽聽得背後有脚步響。他便跳開一步，回轉頭來，只見一個人，手持短棍，正待上前來打他，○天二評：與他十兩銀子，盡可小本生意度日矣，却又不安本分，故態復萌，殊爲郭孝子累。早被他飛起一脚，踢倒在地。蕭雲仙奪了他手中短棍，劈〔一六〕頭就要打。那人在地下喊道：「看我師父面上，○天二評：又襲《水滸》文法，却又似梅三相聲口。饒恕〔一七〕我罷！」蕭雲仙住了手，問道：「你師父是誰？」那時天色已明，看那人時，三十多歲光景，身穿短襖，脚下八搭麻鞋，面上微〔一八〕有髭鬚。○天二評：此處又補寫木耐年貌。那人道：「小人姓木名耐，是郭孝子的徒弟。」蕭雲仙一把拉起來，問其備細。木耐將曾經短路，遇郭孝子將〔一九〕他收爲徒弟的一番話，説了一遍。蕭雲仙道：「你師父我也認得。你今番待往那裏去?」木耐道:「我聽得平少保征番,現在松潘招軍,意思要到那裏去投軍,因途間缺少盤纏,適纔得罪,長兄休怪!」蕭雲仙道:「既然如此,我也是投軍去的,便和你同行,何如?」木耐大喜,情願認做蕭雲仙的親隨伴當。一路來到松潘,在中軍處遞了投充的呈詞。少保傳〔二〇〕令細細盤問來歷,知道是蕭浩的兒子,收在帳下,賞給千總職銜,軍前效力。木耐賞戰糧一分,聽候調遣。○齊評:便有重用之意。

過了幾日,各路糧餉俱已調齊,少保升帳,傳下將令,叫各弁在轅門聽候。蕭雲仙早到,只見先有兩位都督在轅門上。蕭雲仙請了安,立在旁邊。聽那一位都督道:「前日總鎮馬〔二一〕大老爺出兵,竟被青楓城的番子用計挖了陷坑,連人和馬都跌在陷坑裏。馬大老爺受了重傷,過了兩天,傷發身死。現今屍首並不曾找着。○天一、二評:既云受了重傷,又云過了兩天傷發身死,是並未被虜。死於營中,何以屍首無着?馬大老爺是司禮監老公公的侄兒,現今内裏傳出信來,務必要找尋屍首。若是尋不着,將來不知是個怎麽樣的處分!這事怎了?」○黄評:此寫總兵無用。這一位都督道:「聽見青楓城一帶幾十里是無水草的,要等冬天積下大雪,到春融之時,那山上雪水化了,淌下來,人和牲口纔有水吃。我們到那裏出兵,只消幾天没有水吃,就活活的要渴死了，○齊評：倒不怕渴死，你二位先要愁死、嚇死。那裏還能打甚麽仗！」○黄評：此寫妄傳無水草，皆陪襯雲仙。蕭雲仙聽了，上前禀道：「兩位太爺不必費心。這青楓城是有水草的，不但有，而且水草最爲肥饒。」兩都督道：「蕭千總，你曾去過不曾？」蕭雲仙道：「卑弁不曾去過。」兩位都督道：「可又來！你不曾去過，怎麽得知道？」蕭雲仙道：「卑弁在史書上看過，説這地方水草肥饒。」○黄評：此蕭雲仙之迂也，與此等人談史書耶！兩都督變了臉道：「那書本子上的話如何信得！」○齊評：書本信不得却信甚麽？天二評：書本子上的話儘有不可信者，但兩位都督並未看過書本子。（天一評「儘」作「確」；「但」作「只是」）蕭雲仙不敢言語。

少刻，雲板響處，轅門鐃鼓喧鬧。少保升帳，傳下號令，教兩都督率領本部兵馬，作中軍策應；叫蕭雲仙帶領步兵五百名在前〔三〕，先鋒開路。本帥督領後隊調遣。將令已下，各將分頭前去。

蕭雲仙携了木耐，帶領五百步兵疾忙前進。望見前面一座高山，十分險峻，那山頭上隱隱有旗幟〔三〕在那裏把守。這山名喚椅兒山，是青楓城的門户。蕭雲仙吩咐木耐道：「你帶領二百人從小路扒過山去，在他總路口等着。只聽得山頭炮響，你們便喊殺回來助戰，不可有誤。」木耐應諾去了。蕭雲仙又叫一百兵丁埋伏在山凹裏，只聽山頭炮響，一齊吶喊起來，報稱大兵已到，趕上前來助戰。分派已定，蕭雲仙帶着二百人，大踏步殺上山來。那山上幾百番子，藏在土洞〔二四〕裏，看見有人殺上來，一齊蜂擁的出來打仗。那蕭雲仙腰插彈弓，手拿腰刀，奮勇争先，手起刀落，先殺了幾個番子。那番子見勢〔二五〕頭勇猛，正要逃走，二百人捲地齊來，猶如暴風疾雨。忽然一聲炮響，山凹裏伏兵大聲喊叫：「大兵到了！」飛奔上山。番子正在魂驚膽落，又見山後那二百人摇旗吶喊飛殺上來，只道大軍已經得了青楓城，亂紛紛各自逃命。○黄評：始知調遣之妙。○齊評：叙戰一絲不亂。那裏禁得蕭雲仙的彈子打來，打得鼻塌嘴歪，無處躲避。蕭雲仙將五百人合在一處，喊聲大震，把那幾百個番子，猶如砍瓜切菜，儘數都砍死了，旗幟器械，得了無數。

蕭雲仙叫衆人暫歇一歇，即鼓勇前進。只見一路都是深林密箐，走了半天，林子盡處，一條大河，遠遠望見青楓城在數里之外。蕭雲仙見無船隻可渡，忙叫五百人旋即砍伐林竹，編成筏子。頃刻辦就，一齊渡過河來。蕭雲仙道：「我們大兵尚在後面，攻打他的城池，不是五百人做得來的。第一不可使番賊知道我們的虛實。」○黄評：有識。○齊評：有膽有識，真是將才。叫木耐率領兵衆，將奪得旗幟改造做雲梯，帶二百兵，每人身藏枯竹一束，到他城西僻静地方，爬上城去，將他堆貯糧草處所放起火來，「我們便好攻打他的東門」。這裏分撥已定。○黃評：以寡敵衆，以勞攻逸，非此不能奏功，雲仙真是將才。

且說兩位都督率領中軍到了椅兒山下，又不知道蕭雲仙可曾過去。兩位議道：「像這等險惡所在，他們必有埋伏，我們盡力放些大炮，放的他們不敢出來，也就可以報捷了。」○黃評：笑倒。設無大炮奈何？○天二評：看他韜略裕如。正說着，一騎馬飛奔追來，少保傳下軍令：叫兩位都督疾忙前去策應，恐怕蕭雲仙少年輕進，以致失事。兩都督得了將令，不敢不進，○齊評：主帥調度想得周到，已決定前鋒必勝矣。○天二評：到底算他大膽。號令軍中，疾馳到帶子河，見有現成筏子，都渡過去，○黃評：筏子何來？水又何來？望見青楓城裏火光燭天。那蕭雲仙正在東門外施放炮火，攻打城中。番子見城中火起，不戰〔二六〕自亂。這城外中軍已到，與前軍〔二七〕先鋒合爲一處，○黃評：未嘗不得中軍之力，然非少保催進，竹筏雲梯，兩都督何以到此。將一座青楓城圍的鐵桶般相似。那番酋開了北門，捨命一頓混戰，只剩了十數騎，潰圍逃命去了。少保督領後隊已到，城裏敗殘的百姓，各人頭頂香花，跪迎少保進城。○天二評：椅兒山、青楓城兩節叙事簡略，非全書注意所在也。少保傳令，救火安民，秋毫不許驚動。隨即寫了本章，遣官到京裏報捷。

這裏蕭雲仙迎接，叩見了少保。少保大喜，賞了他一腔羊、一罎酒，誇獎了一番。○黄評：僅羊酒誇獎而已，得以本章報捷，伊誰之力哉！過了十餘日，旨意回頭〔二八〕：着平治來京，兩都督回任候升，蕭采實授千總。○天二評：太簡略否？此如崑腔班做武戲，稍演架子耳。那善後事宜，少保便交與蕭雲仙辦理。蕭雲仙送了少保進京，回到城中，看見兵災之後，城垣倒塌，倉庫毀壞，便細細做了一套文書，稟明少保。那少保便將修城一事，批了下來：責成蕭雲仙用心經理，候城工完竣之後，另行保題議叙。只因這一番，有分教：甘棠有蔭，空留後人之思；飛將難封，徒博數奇之嘆。不知蕭雲仙怎樣修城，且聽下回分解。

【總評】

卧評　惡和尚一段，故作險語，愈逼愈緊，能令閱者不敢迫視。老和尚性命在呼吸之間，作者偏蕭閑事外，慢慢詮解，讀此何異圖窮而匕首見。

蕭雲仙彈子世家也，而其打法〔二九〕，又絶不與蕭昊軒犯復，筆墨酣暢，無所不可。

余嘗向友人言，大凡學者操觚有所著作，第一要有功於世道人心爲主，此聖人所謂「修辭立其誠」也。如郭孝子指教蕭雲仙一段，雖聖人復起，不易斯言。○天二評：吾謂郭孝子一番議論正對準鳳四老爹而發，乃不於鳳四老爹傳中見之，而見之於蕭雲仙傳，作者之意微矣。世所傳之稗官，慣驅朝廷之命官去而之水泊爲賊；○黄評：吾嘗言作《水滸傳》者必能爲盜，然乎否乎？是書能勸冒險捐軀主人出而爲國家效命於疆場。信乎！君子立言必不朽也。

椅兒山破敵，青楓城取城，千秋百世皆知是蕭雲仙之功，兩都督不與也。及其結局，雲仙不過實授千總，而兩公則回任候升。李蔡爲人下中，竟得封侯，亦千古同嘆之事。嗚呼，尚何言哉！

天一評　蕭雲仙之彈惡和尚，是爲地方行旅除害，非借交報仇之比，郭孝子所擬不倫，然其意自好。

叙椅兒山、青楓城事頗簡略，非全書注意處故也。

【校記】

〔一〕酣邊，申二本作「興酣。」

〔二〕膝行，原作「膝得」，抄本同。從蘇本和申一、二本改。

〔三〕褪，抄本作「去」。

〔四〕冒，申一、二本作「飛」。

〔五〕開，原作「出」，抄本同。從蘇本和申一、二本改。

〔六〕「下來」後申二本少十二個字。

〔七〕采，原作「來」，蘇本、申一本同。從抄本、申二本改。

〔八〕二，原作「一」，抄本、蘇本和申二本同。從申一本改。

〔九〕一，原作「二」，抄本同。從蘇本和申一、二本改。

〔一〇〕「這」字後原衍一「最」字，抄本、蘇本、申一本同。從申二本刪。

〔一一〕借，蘇本和申一、二本作「捐」。

〔一二〕一生，申一本作「一椿」。

〔一三〕松潘，原作「松藩」，抄本、蘇本和申一、二本均同。參齊本改。同一情況，以下徑改不記。

〔一四〕發奮，抄本作「發憤」。

〔一五〕讓，申一、二本作「説」。

〔一六〕劈，原作「臂」，抄本同。從蘇本和申一、二本改。

〔一七〕恕，原作「怒」，蘇本同。從抄本和申一、二本改。

〔一八〕微，原作「徽」，抄本同。從蘇本和申一、二本改。

〔一九〕將，原作「及」，抄本同。從蘇本和申一、二本改。

〔二〇〕傳，原作「傅」，抄本同。從蘇本和申一、二本改。

〔二一〕馬，原作「烏」，抄本、蘇本、申一本同。從申二本改。

〔二二〕「在前」後申一、二本多「作」字。

〔二三〕旗幟，原作「旗職」，蘇本同。從抄本和申一、二本改。

〔二四〕土洞，蘇本和申一、二本作「山洞」。

〔二五〕勢，原作「劈」，抄本、蘇本同。從申一、二本改。

〔二六〕戰，原作「亂」，抄本、蘇本和申一、二本均同。參齊本改。

〔二七〕軍，原缺，抄本、蘇本同。從申一、二本補。

〔二八〕回頭，申一、二本作「回來」。

〔二九〕打法，申二本作「寫法」。

第四十回

蕭雲仙廣武山賞雪　沈瓊枝利涉橋賣文

話説蕭雲仙奉着將令，監督築城，足足住了三四年，那城方纔築的成功。周圍十里，六座城門，城裏又蓋了五個衙署。出榜招集流民進來居住，城外就叫百姓開墾田地。蕭雲仙想道：「像這旱地，百姓一遇荒年，就不能收糧食了，須是興起些水利來。」○齊評：要着。○天一、二評：欲開墾先興水利，不易之道也。因動支錢糧，雇齊民夫，蕭雲仙親自指點百姓，在田傍開出許多溝渠來。溝間有洫，洫間有遂，開得高高低低，彷彿江南的光景。到了成功的時候，蕭雲仙騎着馬，帶着木耐，在各處犒勞百姓們。每到一處，蕭雲仙殺牛宰馬，傳下號令，把那一方百姓都傳齊了。蕭雲仙建一壇場，立起先農的牌位來，擺設了牛羊祭禮。蕭雲仙紗帽補服，自己站在前面，率領衆百姓，叫木耐在旁贊禮，升香、奠酒，三獻、八拜。拜過，又率領衆百姓，望着北闕，山呼舞蹈，叩謝皇恩。○齊評：舉動不凡。○天一評：此鼓舞亦不可少。便叫百姓都團團坐下，蕭雲仙坐在中間，拔劍割肉，大碗斟酒，歡呼笑樂，痛飲一天。○天一評：雲仙又風雅又有幹才，我以爲在虞、莊、杜三人之上。作者於大祭之後叙郭孝子、蕭雲仙，非無意也，而評者以爲餘波，豈其然乎？吃完了酒，蕭雲仙向衆百姓道：「我和你們衆百姓，在此痛飲一天，也是緣法。而今上賴皇恩，下托你們衆百姓的力，開墾了這許多田地，也是我姓蕭的在這裏一番。我如今親自手種一棵柳樹，你們衆百姓每人也種一棵，或雜些桃花、杏花，亦可記着今日之事。」○齊評：可比甘棠遺愛。衆百姓歡聲如雷，一個個都在大路上栽了桃、柳。

蕭雲仙同木耐，今日在這一方，明日又在那一方，一連吃了幾十日酒，共栽了幾萬棵柳樹。衆百姓感激蕭雲仙的恩德，在城門外公同起蓋了一所先農祠，中間供着先農神位，旁邊供了蕭雲仙的長生祿位牌。又尋一個會畫的，在牆上畫了一個馬，畫蕭雲仙紗帽補服，騎在馬上，前面畫木耐的像，手裏拿着一枝紅旗，引着馬，做勸農的光景。百姓家男男女女，到朔望的日子，往這廟裏來焚香點燭跪拜，非止一日。○黄評：雲仙之功，得此亦足以報矣，何必封侯始以爲榮。

到次年春天，楊柳發了青，桃花杏花都漸漸開了，蕭雲仙騎着馬，帶着木耐，出來游玩。見那緑樹陰中，百姓家的小孩子，三五成羣的牽着牛，也有倒騎在牛上的，也有横睡在牛背上的，在田旁溝裏飲了水，從屋角邊慢慢轉了過來。○黄評：寫出太平景象。蕭雲仙心裏歡喜，○天二評：和我也歡喜。向木耐道：「你看這般光景，百姓們的日子有的過了，只是這班小孩子，一個個好模好樣，也還覺得聰俊，怎得有個先生教他識字便好。」○黄評：先養後教，儒將風雅。○齊評：能養能教，真是一片熱心爲民之人。○天二評：既有以養之，必思所以教之坐言起行，方不愧儒者，我於雲仙無間然。木耐道：「老爺，你不知道麽？前日這先農祠住着一個先生，是江南人，○黄評：直伏沈瓊枝。而今想是還在這裏，老爺何不去和他商議？」蕭雲仙道：「這更湊巧了。」便打馬到祠內會那先生。進去同那先生作揖坐下。蕭雲仙道：「聞得先生貴處是江南，因甚到這邊外地方？請問先生貴姓？」那先生道：「賤姓沈，敝處常州。因向年有個親戚在青楓做生意，所以來看他。不想遭了兵亂，流落在這裏五六年，不得回去。近日聞得朝裏蕭老先生在這裏築城、開水利，所以到這裏來看看。老先生尊姓？貴衙門是那裏？」蕭雲仙道：「小弟便是蕭雲仙，在此開水利的。」那先生起身從新行禮，道：「老先生便是當今的班定遠，晚生不勝敬服。」蕭雲仙道：「先生既在這城裏，我就是主人，請到我公廨裏去住。」便叫兩個百姓來搬了沈先生的行李，叫木耐牽着馬，蕭雲仙携了沈先生的手，同到公廨裏來。備酒飯款待沈先生，説起要請他教書的話，先生應允了。蕭雲仙又道：「只得先生一位，教不來。」便將帶來駐防的二三千多兵內，揀那認得字多的兵選了十個，托沈先生每日指授他些書理。開了十個學堂，把百姓家略聰明的孩子都養在學堂裏讀書，讀到兩年多，沈先生就教他做些破題、破承、起講。但凡做的來，蕭雲仙就和他分庭抗禮，以示優待，〇齊評：誘掖獎勸，一片苦心。〇天二評：誘掖獎勸，教民之法備矣。可惜只學的時文。這些人也知道讀書是體面事了。

蕭雲仙城工已竣，報上文書去，把這文書就叫木耐賚〔一〕去。木耐見了少保，少保問他些情節，賞他一個外委把總做去了。少保據着蕭雲仙的詳文，咨明兵部。工部核算：

蕭采承辦青楓城城工一案，該撫題銷本內：磚，灰，工匠，共開銷銀一萬九千三百六十兩一錢二分一釐五毫。查該地水草附近，〇天二評：照顧前文。燒造磚灰甚便，新集流民，充當工役者甚多，不便聽其任意浮開。應請核減銀七千五百二十五兩有零，在於該員名下着追。〇天一評：部吏體裁古今一轍，孔子所謂出納之吝謂之有司。〇天二評：出納之吝，謂之有司。送他些使費就没話了。查該員係四川成都府人，應行文該地方官勒限嚴比歸款可也。奉旨依議。〇黄評：天下事如此類者甚多，不可勝嘆。古今來有幾人實心辦事得便宜哉！

蕭雲仙看了邸抄，接了上司行來的公文，只得打點收拾行李，回成都府。比及到家，他父親已卧病在床，不能起來，蕭雲仙到床面前請了父親的安，訴説軍前這些始末緣由，説過，又磕下頭去，伏着不肯起來。蕭昊軒道：「這些事你都不曾做錯，○黄評：豈止不錯。為甚麽不起來？」蕭雲仙纔把因修城工被工部核減追賠一案説了，又道：「兒子不能掙得一絲半粟孝敬父親，倒要破費了父親的産業，實在不可自比於人，心裏愧恨之極！」蕭昊軒道：「這是朝廷功令，又不是你不肖花消掉了，何必氣惱？我的産業攢凑攏來，大約還有七千金，你一總呈出，歸公便了。」○天一評：有此父乃有此子。○天二評：非此父不生此子。此部辦的功令，非朝廷功令也。蕭雲仙哭着應諾了。看見父親病重，他衣不解帶，伏伺十餘日，眼見得是不濟事。蕭雲仙哭着問：「父親可有甚麽遺言？」蕭昊軒道：「你這話又呆氣了。我在一日，是我的事；我死後，就都是你的事了。○天二評：聖人復起，不易此言。（天一評後四字作「無以易之」）總之，為人以忠孝為本，其餘都是末事。」○齊評：語簡而大，可敬可佩。○天一評：簡括。説畢，瞑目而逝。

蕭雲仙呼天搶地，盡哀盡禮，治辦喪事十分盡心。○黄評：雲仙忠孝二字足以當之，昊軒可以瞑目矣。却自己嘆息道：「人説『塞翁失馬，未知是福是禍』。前日要不為追賠，斷斷也不能回家，父親送終的事，也再不能自己親自辦。可見這番回家，也不叫做不幸。」〇天一、二評：仁義之人，其言藹如。喪葬已畢，家産都已賠完了，還少三百多兩銀子，地方官仍舊緊追。適逢知府因盗案的事降調去了。新任知府却是平少保做巡撫時提拔的，到任後，知道蕭雲仙是少保的人，替他虚出了一個完清的結狀，叫他先到平少保那裏去，再想法來賠補。少保見了蕭雲仙，慰勞了一番，〇黄評：仍不過「慰勞」。替他出了一角咨文，送部引見。兵部司官説道：「蕭采辦理城工一案，無例題補。〇天一、二評：給你幾十兩銀子就有例了。應請仍於本千總班次，論俸推升守備。俟其得缺之日，帶領引見。」

蕭雲仙又候了五六個月，部裏纔推升了他應天府江淮衛的守備，〇黄評：僅得一衛守備，置之閑散，惜哉！帶領引見。奉旨：「着往新任。」蕭雲仙領了札付出京，走東路來南京。過了朱龍橋，到了廣武衛地方，〇黄評：選到廣武衛者，以便到南京得與諸賢相會也。晚間住在店裏，正是嚴冬時分。約有二更盡鼓，店家吆呼道：「客人們起來！木總爺來查夜！」衆人都披了衣服坐在鋪上。只見四五個兵打着燈籠，照着那總爺進來，逐名查了。蕭雲仙看見那總爺原來就是木耐。木耐見了蕭雲仙，喜出望外，叩請了安，忙將蕭雲仙請進衙署，住了一宿。

次日，蕭雲仙便要起行，木耐留住道：「老爺且寬住一日，這天色想是要下雪了，今日且到廣武山阮公祠游玩游玩，〇黄評：恰好是阮公祠，也虧作者想得到。卑弁盡個地主之誼。」〇天一評：木耐被雲仙陶鎔，居然風雅起來。蕭雲仙應允了。木耐叫備兩匹馬，同蕭雲仙騎着，又叫一個兵，備了幾樣肴饌和一尊〔二〕酒，一徑〔三〕來到廣武山阮公祠〔四〕内。道士接進去，請到後面樓上坐下。道士不敢來陪，隨即〔五〕送上茶來。木耐隨手開了六扇窗格，正對着廣武山側面。看那山上，樹木凋敗，又被北風吹的凛凛冽冽的光景，天上便飄下雪花來。〇黄評：隨意寫景必妙。蕭雲仙看了，向着木耐説道：「我兩人當日在青楓城的時候，這樣的雪，不知經過了多少，那時倒也不見得苦楚。如今見了這幾點雪，倒覺得寒冷的緊。」木耐道：「想起那兩位都督大老爺，此時貂裘向火，不知怎麽樣快活哩！」〇齊評：冷語傳神。〇天一、二評：雲仙語甚和平，木耐則不免牢騷矣，然尚藴藉。〇天二評：此其所以爲都督大老爺。説着，吃完了酒。蕭雲仙起來閑步。樓右邊一個小閣子，牆上嵌着許多名人題詠，蕭雲仙都看完了。内中一首，題目寫着《廣武山懷古》，讀去却是一首七言古風。蕭雲仙讀了又讀，讀過幾遍，不覺凄然淚下。〇天一、二評：有觸於中，亦木耐有以啓之。木耐在旁，不解其意。蕭雲仙又看了後面一行寫着「白門武書正字氏稿」。〇黄評：寫雲仙真是儒將，並無不平之鳴，至此則不覺淚下者，詩教之感人深矣。看罷，記在心裏。當下收拾回到衙署，又住了一夜。次日天晴，蕭雲仙辭别木耐要行。木耐親自送過大柳驛，方纔回去。

蕭雲仙從浦口過江，進了京城，驗了札付，到了任，查點了運丁，看驗了船隻，同前任的官交代清楚。那日，便問運丁道：「你們可曉的這裏有一個姓武，名書，號正字的，是個甚麽人？」旗丁道：「小的〔六〕却不知道，老爺問他却爲甚麽？」蕭雲仙道：「我在廣武衛看見他的詩，急於要會他。」○黄評：由詩遞到武書，因得與虞、杜諸人相見。旗丁道：「既是做詩的人，小的向〔七〕國子監一問便知了。」蕭雲仙道：「你快些去問。」旗丁次日來回覆道：「國子監問過來了。門上説，監裏有個武相公，叫做武書，是個上齋的監生，就在花牌樓住。」蕭雲仙道：「快叫人伺候，不打執事，我就去拜他。」當下一直來到花牌樓，一個坐東朝西的門樓，投進帖去，武書出來會了。蕭雲仙道：「小弟是一個武夫，新到貴處，仰慕賢人君子。前日在廣武山壁上，奉讀老先生懷古佳作，所以特來拜謁。」武書道：「小弟那詩，也是一時有感之作，不想有污尊目。」當下捧出茶來吃了。武書道：「老先生自廣武而來，想必自京師部選的了？」蕭雲仙道：「不瞞老先生，説起來話長。小弟自從青楓城出征之後，因修理城工多用了帑項，方纔賠償清了，照千總推升的例，選在這江淮衛。却喜得會見老先生，凡事要求指教，改日還有事奉商。」武書道：「當得領教。」蕭雲仙説罷，起身去了。

武書送出大門，看見監裏齋夫飛跑了來，説道：「大堂虞老爺立候相公説話。」武書走去見虞博士。虞博士道：「年兄，令堂旌表的事，部裏爲報在後面，駁了三回，如今纔准了。〇天二評：部吏能事件件如此，正與蕭雲仙報銷對照。（天一評「部吏」作「部裏」）牌坊銀子在司裏，年兄可作速領去。」武書謝了出來。次日，帶了帖子去回拜蕭守備，蕭雲仙迎入川堂，作揖奉坐。武書道：「昨日枉駕後〔八〕，多慢！拙作過蒙稱許，心切不安，還有些拙刻帶在這邊，還求指教。」因在袖内拿出一卷詩來。蕭雲仙接着，看了數首〔九〕，贊嘆不已。隨請到書房裏坐了。擺上飯來，吃過。蕭雲仙拿出一個卷子遞與武書，道：「這是小弟半生事迹，專求老先生大筆，或作一篇文，或作幾首詩，以垂不朽。」〇天二評：又是《儒林外史》本色來了。不朽正不在此。（天一評只有前八字）武書接過來，放在桌上，打開看時，前面寫着「西征小紀」四個字。中間三幅圖：第一幅是「椅兒山破敵」，第二幅是「青楓取城」，第三幅是「春郊勸農」。〇黄評：題圖，名士之惡習也，不如武夫，此圖實事實功，足稱題詠，亦作者不平之意。每幅下面都有逐細的紀略。武書看完了，嘆惜道：「飛將軍數奇，〇齊評：千古一嘆。古今來大概如此。老先生這樣功勞，至今還屈在卑位。這做詩的事，小弟自是領教。但老先生這一番汗馬的功勞，限於資格，料是不能載入史册的了。須得幾位大手筆，撰述一番，各家文集裏傳留下去，也不埋没了這半生忠悃。」〇齊評：文人之筆重於丘山，往往有正史所無，一經妙筆描寫，反津津在人口角者，正是這個意思。蕭雲仙道：「這個也不敢當。但得老先生大筆，小弟也可借以不朽了。」武書道：「這個不然。卷子我且帶了回去，這邊有幾位大名家〔一〇〕素昔最喜贊揚忠孝的，若是見了老先生這一番事業，料想樂於題詠的。容小弟將此卷傳了去看看。」蕭雲仙道：「老先生的相知，何不竟指小弟先去拜謁？」武書道：「這也使得。」〇黄評：借此便與博士諸人相聯絡。蕭雲仙拿了一張紅帖子，要武書開名字去拜。武書便開出：虞博士果行、遲均衡山、莊徵君紹光、杜儀少卿，俱寫了住處遞與，蕭雲仙帶了卷子，告辭去了。

蕭雲仙次日拜了各位，各位都回拜了。隨奉糧道文書，押運赴淮。蕭雲仙上船，到了揚州，在鈔關上擠馬頭。正擠的熱鬧，只見後面擠上一隻船來，船頭上站着一個人，叫道：「蕭老先生！蕭老先生！怎麽在這裏？」蕭雲仙回頭一看，説道：「呵呀！原來是沈先生！〇黄評：由此遞到沈瓊枝。你幾時回來的？」忙叫攏了船。那沈先生跳上船來。蕭雲仙道：「向在青楓城一别，至今數年。是幾時回南來的？」沈先生道：「自蒙老先生青目，教了兩年書，積下些修金，回到家鄉，將小女許嫁揚州宋府上，此時送他上門去。」〇天二評：何以送上門？蕭雲仙道：「令愛恭喜，少賀。」因叫跟隨的人封了一兩銀子，送過來做賀禮，説道：「我今番押運北上，不敢停泊，將來回到敝署，再請先生相會罷。」作别開船去了。

這先生領着他女兒瓊枝，○黄評：遞到沈瓊枝。岸上叫了一乘小轎子抬着女兒，自己押了行李，到了缺口門，落在大豐旗下店裏。○天一評：如此行徑，非賣女作妾而何？○天二評：無媒無妁自送到門，非妾而何？既知爲鹽商，必無娶貧士女爲正室之理。那裏夥計接着，通報了宋鹽商。那鹽商宋爲富打發家人來吩咐道：「老爺叫把新娘就抬到府裏去，○天一評：此句明明是作妾了。沈老爺留在下店裏住着，叫賬房置酒款待。」沈先生聽了這話，向女兒瓊枝道：「我們只説到了這裏，權且住下，等他擇吉過門，○黄評：爲何要自送上門？怎麽這等大模大樣？看來這等光景，竟不是把你當作正室了。○天二評：呆鳥。這頭親事，還是就得就不得？女兒，你也須自己主張。」○黄評：妙在叫他「自己主張」，却居然貢生。沈瓊枝道：○天一評：姑娘何其老氣。「爹爹，你請放心。我家又不曾寫立文書，得他身價，爲甚麽肯去伏低做小！他既如此排場，爹爹若是和他吵鬧起來，倒反被外人議論。○黄評：逃走倒不怕人議論。我而今一乘轎子抬到他家裏去，看他怎模樣看待我。」○齊評：此段議論正欲自顯其才耳。○天一評：謬甚。○天二評：如此便無人議論邪？荒謬。沈先生只得依着女兒的言語，○黄評：妙在就依。看着他裝飾起來。頭上戴了冠子，身上穿了大紅外蓋，〇黃評：既戴冠子、穿大紅袍，得不謂之出嫁乎？謬極。拜辭了父親，上了轎。那家人跟着轎子，一直來到河下，進了大門。

幾個小老媽抱着小官，在大牆門口同看門的管家説笑話，看見轎子進來，問道：「可是沈新娘來了？請下了轎，走水巷裏進去。」沈瓊枝聽見，也不言語，下了轎，一直走到大廳上坐下。説道：「請你家老爺出來！我常州姓沈的，不是甚麼低三下四的人家！他既要娶我，怎的不張燈結彩，擇吉過門？把我悄悄〔二〕的抬了來，〇天二評：何以聽其抬來？（天一評開頭多「你」字） 當做娶妾的一般光景。〇黃評：打轎時已算定如此，然何如不來？此所以入《儒林外史》而爲第三甲第一人。我且不問他要別的，只叫他把我父親親筆寫的婚書拿出來與我看，我就沒的説了！」老媽同家人都嚇了一跳，甚覺詫異，慌忙走到後邊報與老爺知道。

那宋爲富正在藥房裏看着藥匠弄人參，聽了這一篇話，紅着臉道：「我們總商人家，一年至少也娶七八個妾，〇齊評：好誇口。都像這般淘氣起來，這日子還過得？〇黃評：叫你且過不得。他走了來，不怕他飛到那裏去！」〇黃評：他竟會飛了去。〇天二評：謹防飛去。躊躇一會，叫過一個丫鬟來，吩咐道：「你去前面向那新娘説：『老爺今日不在，〇黃評：「不在」者，不在家也，揚州語。新娘權且進房去。有甚麼話，等老爺來家再說。』」丫鬟來說了，沈瓊枝心裏想着：「坐在這裏也不是事，不如且隨他進去。」○黄評：隨進去更大謬。便跟着丫頭走到廳背後左邊，一個小圭門裏進去，三間楠木廳，一個大院落，堆滿了太湖石的山子。沿着那山石走到左邊一條小巷，串入一個花園內。竹樹交加，亭臺軒敞，一個極寬的金魚池，池子旁邊，都是硃紅欄杆，夾着一帶走廊。走到〔二〕廊盡頭處，一個小小月洞，四扇金漆門。走將進去，便是三間屋，一間做房，鋪設的齊齊整整，獨自一個院落。媽子送了茶來。沈瓊枝吃着，心裏暗說〔三〕道：「這樣極幽的所在，料想彼人也不會賞鑒，且讓我在此消遣幾天。」○黄評：閑情逸致。○齊評：大有玩世不恭之致。○天二評：謬極。那丫鬟回去回覆宋爲富道：「新娘人物倒生得標緻，只是樣子覺得憊賴，不是個好惹的。」

過了一宿，○黄評：「過了一宿」更大謬了。宋爲富叫管家到下店裏，吩咐賬房中兑出五百兩銀子送與沈老爺，「叫他且回府，着姑娘在這裏，想沒的話說。」沈先生聽了這話，說道：「不好了！他分明拿我女兒做妾，○天二評：呆鳥。這還了得！」○黄評：至此方知，好貢生！一徑走到江都縣喊〔四〕了一狀。那知縣看了呈子說道：「沈大年既是常州貢生，也是衣冠中人物，怎麽肯把女兒與人做妾？鹽商豪横一至於此！」○黄評：好知縣。○齊評：故作正論，口氣極妙。○天二評：青天。將呈詞收了。宋家曉得這事，慌忙叫小司客具了一個訴呈，打通了關節。次日，呈子批出來，批道：

沈大年既係將女瓊枝許配宋爲富爲正室，何至自行私送上門？顯係做妾可知。○天二評：又是青天。架詞混瀆〔二五〕，不准。○黃評：好知縣！

那訴呈上批道：

已批示沈大年詞内矣。

沈大年又補了一張呈子。知縣大怒，説他是個刁健訟棍，○天二評：更是青天。一張批，兩個差人，押解他回常州去了。

沈瓊枝在宋家過了幾天，不見消息，想道：「彼人一定是安排了我父親，再來和我歪纏。不如走離了他家，再作道理。」將他那房裏所有動用的金銀器皿、真珠首飾，打了一個包袱，○黃評：大謬大謬。穿了七條裙子，扮做小老媽的模樣，買通了那丫鬟，五更時分，從後門走了，○天二評：謬不可言。是魯智深二龍山手筆。清晨出了鈔關門上船。○黃評：來去自由。那船是有家眷的。沈瓊枝上了船，自心裏想道：「我若回常州父母家去，恐惹故鄉人家耻笑。」○天二評：尚怕耻笑乎？細想：「南京是個好地方，有多少名人在那裏，我又會做兩句詩，○黃評：會做詩，所以入《儒林外史》。何不到南京去賣詩過日子？或者遇着些⺀緣法出來也不可知。」○齊評：此女子真是奇特。○天一、二評：是何緣法？

立定主意，到儀徵換了江船，一直往南京來。只因這一番，有分教：賣詩女士，反爲逋逃之流；科舉儒生，且作風流之客。畢竟後事如何，且聽下回分解。

【總評】

卧評 蕭雲仙在青楓，能養能教，又能宣上德而達下情，乃是有體有用之才，而限於資格，卒爲困鱗。此作者之所以發憤著書，一吐其不平之鳴也。

昔者阮籍登廣武而嘆曰：「時無英雄，使豎子成名！」書中賞雪一段，是隱括此意。雲仙與木耐閑閑數語，直抵過一篇《李陵答蘇武書》，千載之下，淚痕猶濕。〇天一評：不倫。

纔寫過蕭雲仙，接手又寫一沈瓊枝。雲仙，豪傑也；瓊枝，亦豪傑也。〇黄評：沈瓊枝何得與蕭雲仙並論？此評大謬。書中沈瓊枝者，取其聊備一種人，《春秋》所謂「雜羈」也，豈許之耶。雲仙之屈處於下僚，瓊枝之陷身於傖父，境雖不同，而其歌泣之情懷則一。作者直欲收兩副淚眼，而作同聲之一哭矣。〇天一評：不倫。

黄評 沈瓊枝戴冠子、穿大紅，居然出嫁矣，乃因不願爲妾，在鹽商家經了一夜，已屬大謬；又竊其金銀而遁，謂之爲俠且不可，而以豪傑許之乎？作者第雲仙於二甲第一，沈瓊枝三甲第一，其意可見。乃以之與蕭雲仙相提並論，毋乃不倫。

天一、二評　如評者之意似欲以瓊枝配雲仙，謬哉！瓊枝行徑正與鳳四老爹相同，觀其作爲似乎動聽，而實無謂，惡得與雲仙同日而語？○則仙評：此評的確，而的（不）確者亦復不少。

則仙評　郭孝子與蕭雲仙皆寫成書聯，落一忠一孝，即蕭昊軒語點出大旨。所謂君子以果行育德也。天目山樵謂郭孝子是《外史》第一人，又謂蕭雲仙才在虞、杜、莊三人之上，信然。不羈生。

【校記】

〔一〕賁，原缺，抄本、蘇本和申一、二本均同。參齊本補。

〔二〕尊，申一本作「壺」。

〔三〕徑，原作「經」，抄本、蘇本、申一本同。從申二本改。同一誤字，以下徑改不記。

〔四〕祠，原作「伺」，抄本、蘇本同。從申一、二本改。

〔五〕隨即，原作「隨接」，抄本、蘇本和申一、二本均同。

〔六〕小的，原作「運丁」。抄本作「小人」。從蘇本和申一、二本改。

〔七〕的向，原作「如今」，抄本、蘇本同。從申一、二本改。

〔八〕後，申二本無。

〔九〕首，原作「草」，蘇本同。從抄本和申一、二本改。

〔一〇〕家，原缺，抄本、蘇本和申一、二本均同。參齊本補。

〔一一〕悄悄，原作「消消」，蘇本同。從抄本和申一、二本改。

〔一二〕走到，申一本作「到走」。

〔一三〕説，申一本作「想」。

〔一四〕喊，抄本作「告」。

〔一五〕混漬，原作「混賣」，蘇本同。申一、二本作「混控」。從抄本改。

第四十一回

莊濯江話舊秦淮河　沈瓊枝押解江都縣

話説南京城裏，每年四月半後，秦淮景致漸漸好了。那外江的船，都下掉了樓子，換上凉篷，撑了進來。船艙中間，放一張小方金漆桌子，桌上擺着宜興沙壺，極細的成窑、宣窑的杯子，烹的上好的雨水毛尖茶。那游船的備了酒和肴饌及果碟到這河裏來游，就是走路的人，也買幾個錢的毛尖茶，在船上煨了吃，慢慢而行。到天色晚了，每船兩盞明角燈，一來一往，映着河裏，上下明亮。自文德橋至利涉橋、東水關，夜夜笙歌不絶。又有那些游人買了水老鼠花在河内放。那水花直站在河裏，放出來就和一樹梨花一般，每夜直到四更時纔歇。

國子監的武書是四月盡間生辰，他家中窮，請不起客。杜少卿備了一席果碟，沽幾斤酒，叫了一隻小凉篷船，和武書在河裏游游。○天二評：母難之辰飲酒請客，此亦六朝以後惡習。清早請了武書來，在河房裏吃了飯，開了水門，同下了船。杜少卿道：「正字兄，我和你先到冷淡〔一〕處走走。」叫船家一路蕩到進香河，又蕩了回來，慢慢吃酒。吃到下午時候，兩人都微微醉了。蕩到利涉橋，上岸走走，見馬頭上貼着一個招牌，上寫道：

毗陵女士沈瓊枝，○黄評：入沈瓊枝。精工顧綉，寫扇作詩。寓王府塘手帕巷內。賜顧者幸認「毗陵沈」招牌便是。○天二評：可嘆。

武書看了，大笑道：「杜先生，你看南京城裏偏有許多奇事，這些地方都是開私門的女人住，這女人眼見的也是私門了，却挂起一個招牌來，豈不可笑！」○天二評：必要疑到此。杜少卿道：「這樣的事我們管他怎的？○黄評：且撇開去，文章一定之法。且到船上去煨茶吃。」便同下了船，不吃酒了，煨起上好的茶來，二人吃着閑談。過了一回，回頭看見一輪明月升上來，照得滿船雪亮，船就一直蕩上去。

到了月牙池，見許多游船在那裏放花炮，内有一隻大船，挂着四盞明角燈，鋪着凉簟子，在船上中間擺了一席。上面坐着兩個客；下面主位上坐着一位，頭戴方巾，身穿白紗直裰，脚下凉鞋，黄瘦面龐，清清疏疏三綹白鬚；横頭坐着一個少年，白净面皮，微微幾根髭子，眼張失落，在船上兩邊看女人。○黄評：寫看女人，非閑筆，爲後文跟着沈瓊枝走伏筆。這小船走近大船跟前，杜少卿同武書認得那兩個客，一個是盧信侯，一個是莊紹光，却認不得那兩個人。莊紹光看見二人，立起身來道：「少卿兄，你請過來坐。」杜少卿同武書上了大船。主人和二位見禮，便問：「尊姓？」莊紹光道：「此位是天長杜少卿兄。此位是武正字兄。」那主人道：「天長杜先生，當初有一位做贛州太守的，可是貴本家？」杜少卿驚道：「這便是先君。」那主人道：「我四十年前與尊大人終日相聚。叙祖親，尊翁還是我的表兄。」杜少卿道：「莫不是莊濯江表叔麽？」○黄評：又如此出莊濯江。那主人道：「豈敢，我便是。」杜少卿道：「小侄當年年幼，不曾會過。今幸會見表叔，失敬了。」從新同莊濯江叙了禮。武書問莊紹光道：「這位老先生可是老先生貴族？」莊徵君笑道：「這還是舍侄，却是先君受業的弟子。○天二評：杜少卿、武書與莊濯江父子相見，寫得參差錯落。我也和他相别了四十年。近日纔從淮揚來。」武書又問：「此位？」莊濯江道：「這便是小兒。」也過來見了禮，齊坐下。

莊濯江叫從新拿上新鮮酒來，奉與諸位吃。莊濯江就問：「少卿兄幾時來的？寓在那裏？」莊紹光道：「他已經〔二〕在南京住了八九年了。尊居現在這河房裏。」莊濯江驚道：「尊府大家，園亭花木甲於江北，爲甚麽肯搬在這裏？」莊紹光便把少卿豪舉，而今黄金已隨手而盡，略説了幾句。莊濯江不勝嘆息，説道：「還記得十七八年前，我在湖廣，烏衣韋四先生寄了一封書子與我，説他酒量越發大了，二十年來，竟不得一回慟〔三〕醉，只有在天長賜書樓吃了一罎九年的陳酒，醉了一夜，心裏快暢的緊，○則仙(金夸山人)評：趣極，韋老真可愛。爾許言語必不從腐頭流出。所以三千里外寄信告訴我。○黄評：老輩風流。○齊評：真是可以千里寄書拍手稱快之事。○天一、二評：趣極。○天一評：韋老真可人。我彼時不知府上是那一位做主人，今日説起來，想必是少卿兄無疑了。」武書道：「除了他，誰人肯做這一個雅東？」杜少卿道：「韋老伯也是表叔相好的？」莊濯江道：「這是我髫年的相與了。尊大人少時，無人不敬仰是當代第一位賢公子。我至今想起，形容笑貌還如在目前。」盧信侯又同武書談到泰伯祠大祭的事。莊濯江拍膝嗟嘆道：「這樣盛典，可惜來遲了，不得躬逢其盛。我將來也要怎的尋一件大事，屈諸位先生大家會一會，我就有趣了。」○天二評：是《儒林外史》面目。

當下四五人談心話舊，一直飲到半夜。在杜少卿河房前，見那河裏燈火闌珊，笙歌漸歇，耳邊忽聽得玉簫一聲。○黄評：雅韵，非世俗小説可比。衆人道：「我們各自分手罷。」武書也上了岸去。莊濯江雖年老，事莊紹光極是有禮。當下杜少卿在河房前過，上去回家。莊濯江在船上一路送莊紹光到北門橋，還自己同上岸，家人打燈籠，同盧信侯送到莊紹光家，方纔回去。莊紹光留盧信侯住了一夜，次日，依舊同往湖園去了。莊濯江次日寫了「莊潔率子非熊」的帖子，○黄評：借帖子出名字。來拜杜少卿。

杜少卿到蓮花橋來回拜，留着談了一日。

杜少卿又在後湖會着莊紹光。莊紹光道：「我這舍侄，亦非等閑之人。〇天二評：此人疑即程魚門。（天一評「此人」作「莊濯江」） 他四十年前在泗州同人合本開典當。那合本的人窮了，他就把他自己經營的兩萬金和典當拱手讓了那人，自己一肩行李，跨一個疲驢，出了泗州城。這十數年來，往來楚越，轉徙經營，又自致數萬金，〇齊評：此等行爲似學虬髯客而意思又不同。 纔置了産業，南京來住。平日極是好友敦倫，替他尊人治喪，不曾要同胞兄弟出過一個錢，俱是他一人獨任。多少老朋友死了無所歸的，他就殯葬他。又極遵先君當年的教訓，最是敬重文人，流連古迹。現今拿着三四千銀子在鷄鳴山修曹武惠王廟。〇黄評：此段爲少卿而發，少卿非不能也，特不識人耳。銀子必如此用方不爲浪費。少卿聞之，雖歡喜，然得毋悔否？ 等他修成了，少卿，也約衡山兄來替他做一個大祭。」〇齊評：與泰伯祠互相掩映。〇天二評：此舉竟虛。 杜少卿聽了，心裏歡喜。説罷，辭别去了。

轉眼長夏已過，又是新秋，清風戒寒，那秦淮河另是一番景致。滿城的人都叫了船，請了大和尚在船上懸挂佛像，鋪設經壇，從西水關起，一路施食到進香河，十里之内，降真香燒的有如烟霧溟濛。那鼓鈸梵唄之聲不絶於耳。到晚，做的極精緻的蓮花燈，點起來浮在水面上。又有極大的法船，照依佛家中元地獄赦罪之説，超度這些孤魂升天，把一個南京秦淮河變做西域天竺國。○則仙評：我曾六踏省門，確見如許景況。到七月二十九日，清涼山地藏勝會——人都説地藏菩薩一年到頭都把眼閉着，只有這一夜纔睁開眼，若見滿城都擺的香花燈燭，他就只當是一年到頭都是如此，○齊評：如此説來，菩薩亦受騙局，可發大笑。就歡喜這些人好善，就肯保佑人。○黄評：寫得土俗可笑，正是太平景象。○天二評：地藏菩薩吃人哄到如今，人亦被地藏菩薩哄到如今。所以這一夜，南京人各家門户都搭起兩張桌子來，兩枝通宵風燭，一座香斗〔四〕，從大中橋到清涼山，一條街有七八里路，點得像一條銀龍，一夜的亮〔五〕，香烟不絶，大風也吹不熄。傾城士女都出來燒香看會。

沈瓊枝住在王府塘房子裏，○黄評：一筆便到沈瓊枝。也同房主人娘子去燒香○天二評：此女亦未能免俗。回來。沈瓊枝自從來到南京，挂了招牌，也有來求詩的，也有來買斗方的，也有來托刺綉的。那些好事的惡少，都一傳兩，兩傳三的來物色，非止一日。這一日燒香回來，人見他是下路打扮，跟了他後面走的就有百十人。莊非熊却也順路跟在後面，看見他走到王府塘那邊去了。○黄評：前寫看女人，正爲此處用，却是借非熊傳到杜少卿，非閑文也。莊非熊心裏有些疑惑，次日來到杜少卿家，説：「這沈瓊枝在王府塘，有惡少們去説混話，他就要怒罵起來。此人來路甚奇，少卿兄何不去看看？」杜少卿道：「我也聽見這話，此時多失意之人，安知其不因避難而來此地？○齊評：茫茫大千，正是不可概論。我正要去問他。」○天一評：襟懷自是不同。

當下便留莊非熊在河房看新月。又請了兩個客來：一個是遲衡山，一個是武書。莊非熊見了，説些閑話，又講起王府塘沈瓊枝賣詩文的事。杜少卿道：「無論他是怎樣，果真能做詩文，這也就難得了。」遲衡山道：「南京城裏是何等地方！四方的名士還數不清，還那個去求婦女們的詩文？這個明明借此勾引人。○黃評：是衡山語。他能做不能做，不必管他。」○天一評：衡山迂士，故其言如此。武書道：「這個却奇。一個少年婦女，獨自在外，又無同伴，靠賣詩文過日子，恐怕世上斷無此理。只恐其中有甚麼情由。他既然會做詩，我們便邀了他來做做看。」○黃評：是武書語。○天一評：武書好奇，又一見解。説着，吃了晚飯。那新月已從河底下斜挂一鈎，漸漸的照過橋來。○黃評：只兩語便將清景分明畫出。○天二評：畫所不到。杜少卿道：「正字兄，方纔所説，今日已遲了，明日在舍間早飯後，同去走走。」武書應諾，同遲衡山莊非熊都別去了。

次日，武正字來到杜少卿家，○天二評：遲衡山不來者迂也，莊飛（非）熊不來者避杜、武也。早飯後，同到王府塘來。只見前面一間底矮房屋，門首圍着一二十人在那裏吵鬧。

杜少卿同武書上〔六〕前一看，裏邊便是一個十八九歲婦人，梳着下路綹鬏，穿着一件寶藍紗大領披風，在裏面支支喳喳的嚷。杜少卿同武書聽了一聽，纔曉得是人來買綉香囊，地方上幾個喇子想來拿囮頭，却無實迹，倒被他罵了一場。兩人聽得明白，方纔進去。那些人看見兩位進去，也就漸漸散了。沈瓊枝看見兩人氣概不同〔七〕，連忙接着，拜了萬福。坐定，彼此談了幾句閑話。武書道：「這杜少卿先生是此間詩壇祭酒，昨日因有人説起佳作可觀，所以來請教。」沈瓊枝道：「我在南京半年多，凡到我這裏來的，不是把我當作倚門之娼，就是疑我爲江湖之盜。○黄評：下一句或者有之。○天二評：自取之。兩樣人皆不足與言。○齊評：正所謂可與人言無二三。今見二位先生，既無狎玩我的意思，又無疑猜我的心腸。我平日聽見家父説：『南京名士甚多，只有杜少卿先生是個豪傑。』○黄評：妙在也知杜少卿，却又借寫少卿無人不知。這句話不錯了。但不知先生是客居在此，還是和夫人也同在南京？」杜少卿道：「拙荆也同寄居在河房内。」沈瓊枝道：「既如此，我就到府拜謁夫人，好將心事細説。」杜少卿應諾，同武書先別了出來。武書對杜少卿説道：「我看這個女人實有些奇。若説他是個邪貨，他却不帶淫氣；若是説他是人家遣出來的婢妾，他却又不帶賤氣。看他雖是個女流，倒有許多豪俠的光景。他那般輕倩的裝飾，雖則覺得柔媚，只一雙手指却像講究勾、搬、冲的。○黄評：看得不差，所以敢獨身在外。○天二評：却看得細。不留指爪耳。論此時的風氣，也未必有車中女子同那紅綫一流人。却怕是負氣鬥狠，逃了出來的。等他來時，盤問盤問他，看我的眼力如何。」

說着，已回到杜少卿家門首，看見姚奶奶背着花籠兒來賣花。杜少卿道：「姚奶奶，你來的正好。我家今日有個希奇的客到，你就在這裏看看。」讓武正字到河房裏坐着，同姚奶奶進去，和娘子說了。少刻，沈瓊枝坐了轎子，到門首下了進來，杜少卿迎進内室，娘子接着，見過禮，坐下奉茶。沈瓊枝上首，杜娘子主位，姚奶奶在下面陪着，杜少卿坐在窗槅前。彼此叙了寒暄，杜娘子問道：「沈姑娘，看你如此青年，獨自一個在客邊，可有個同伴的？家裏可還有尊人在堂？可曾許字過人家？」沈瓊枝道：「家父歷年在外坐館，先母已經去世。我自小學了些手工針黹，因來到這南京大邦去處，借此糊口。適承杜先生相顧，相約到府，又承夫人一見如故，真是天涯知己了。」姚奶奶道：「沈姑娘出奇的針黹。昨日我在對門葛來官家，○黄評：伏葛來官。○天二評：草蛇灰綫。看見他相公娘買了一幅綉的『觀音送子』，說是買的姑娘的，真個畫兒也没有那畫的好〔八〕！」沈瓊枝道：「胡亂做做罷了，見笑的緊。」須臾，姚奶奶走出房門外去。沈瓊枝在杜娘子面前雙膝跪下。娘子大驚，扶了起來。沈瓊枝便把鹽商騙他做妾，他拐了東西逃走的話，〇天二評：「拐」字不切當，當易「捲」字。說了一遍：「而今只怕他不能忘情，還要追踪而來。夫人可能救我？」杜少卿道：「鹽商富貴奢華，多少士大夫見了就銷魂奪魄；〇黄評：駡殺，却借此爲沈瓊枝占身分。〇齊評：駡得刻酷。你一個弱女子，視如土芥，這就可敬的極了！但他必要追踪，你這禍事不遠。却也無甚大害。」

正說着，小厮進來請少卿：「武爺有話要說。」杜少卿走到河房裏，只見兩個人垂着手，站在槅子門口，像是兩個差人。〇天二評：又是權勿用故事。少卿嚇了一跳，問道：「你們是那裏來的？怎麽直到這裏邊來？」武書接應道：「是我叫進來的。奇怪！如今縣裏據着江都縣緝捕的文書在這裏拿人，說他是宋鹽商家逃出來的一個妾。我的眼色如何？」少卿道：「此刻却在我家。我家與他拿了去，就像是我家指使的；傳到揚州去，又像我家藏留他。他逃走不逃走都不要緊，這個倒有些不妥帖。」武正字道：「小弟先叫差人進來，正爲此事。此刻少卿兄莫若先賞差人些微銀子，叫他仍舊到王府塘去，等他自己回去，再做道理拿他。」少卿依着武書，賞了差人四錢銀子。差人不敢違拗，去了。

少卿復身進去，將這一番話向沈瓊枝說了。娘子同姚奶奶倒吃了一驚。沈瓊枝起身道：「這個不妨。差人在那裏？我便同他一路去。」○黃評：似俠而非俠也。少卿道：「差人我已叫他去了，你且用了便飯。武先生還有一首詩奉贈，等他寫完。」○黃評：贈詩非俗套，正爲寫瓊枝得以開脱也。當下叫娘子和姚奶奶陪着吃了飯，自己走到河房裏檢了自己刻的一本詩集，等着武正字寫完了詩，又稱了四兩銀子，封做程儀，叫小厮交與娘子，送與沈瓊枝收了。

沈瓊枝告辭出門，上了轎，一直回到手帕巷。那兩個差人已在門口，攔住説道：「還是原轎子抬了走，還是下來同我們走？進去是不必的了。」沈瓊枝道：「你們是都堂衙門的？是巡按衙門的？我又不犯法，又不打欽案的官司，那裏有個攔門不許進去的理！你們這般大驚小怪，只好嚇那鄉里人！」○齊評：衙門人狐假虎威往往如此。説着，下了轎，慢慢的走了進去。○黃評：視同兒戲。兩個差人倒有些讓他。沈瓊枝把詩同銀子收在一個首飾匣子裏，出來叫：「轎夫，你抬我到縣裏去。」轎夫正要添錢，差人忙説道：「千差萬差，來人不差，我們清早起，就在杜相公家伺候了半日，留你臉面，等你轎子回來。你就是女人，難道是茶也不吃的？」沈瓊枝見差人想錢，也只不理，○黃評：妙在「不理」。添了二十四個轎錢，一直就抬到縣裏來。

差人没奈何，走到宅門上回稟道：「拿的那個沈氏到了。」知縣聽説，便叫帶到三堂回話。帶了進來，知縣看他容貌不差，問道：「既是女流，爲甚麼不守閨範，私自逃出，又偷竊了宋家的銀兩，潛踪在本縣地方做甚麽？」沈瓊枝道：「宋爲富强占良人爲妾，我父親和他涉了訟，他買囑知縣，將我父親斷輸了，這是我不共戴天之仇。況且我雖然不才，也頗知文墨，怎麽肯把一個張耳之妻去事外黄傭奴？○天二評：張耳何在？故此逃了出來。這是真的。」○黄評：侃侃而談，直認不辭。知縣道：「你這些事，自有江都縣問你，我也不管。你既會文墨，可能當面做詩一首？」沈瓊枝道：「請隨意命一個題，原可以求教的。」知縣指着堂下的槐樹，説道：「就以此爲題。」沈瓊枝不慌不忙，吟出一首七言八句來，○黄評：尋常小説必將詩寫出，無關正文而且小家氣。又快又好。知縣看了賞鑒，隨叫兩個原差到他下處取了行李來，當堂查點。翻到他頭面盒子裏，一包碎散銀子，一個封袋上寫着「程儀」，一本書，一個詩卷。知縣看了，知道他也和本地名士倡和。簽了一張批，備了一角關文，吩咐原差道：「你們押送沈瓊枝到江都縣，一路須要小心，不許多事，領了回批來繳。」那知縣與江都縣同年相好，就密密的寫了一封書子，裝入關文内，托他開釋此女，斷還伊父，另行擇婿。此是後事不題。

○黄評：此是結文，不善讀者必以爲未了。

當下沈瓊枝同兩個差人出了縣門，雇轎子抬到漢西門外，上了儀徵的船。差人的行李放在船頭上，鎖伏板下安歇。沈瓊枝搭在中艙，正坐下，涼篷小船上又蕩了兩個堂客來搭船，一同進到官艙。沈瓊枝看那兩個婦人時，一個二十六七的光景，一個十七八歲，喬素打扮，做張做致的。○黄評：由此遞到二湯。跟着一個漢子，酒糟的一副面孔，一頂破氈帽坎齊眉毛，○黄評：寫龜形即是龜形。挑過一擔行李來，也送到中艙裏。兩婦人同沈瓊枝一塊兒坐下，○天二評：瓊枝幾與此輩爲類。問道：「姑娘是到那裏去的？」沈瓊枝道：「我是揚州，和二位想也同路。」中年的婦人道：「我們不到揚州，儀徵就上岸了。」過了一會，船家來稱船錢。兩個差人啐了一口，拿出批來道：「你看！這是甚麼東西？我們辦公事的人，不問你要貼錢就够了，還來問我們要錢！」船家不敢言語，向別人稱完了，開船到了燕子磯。一夜西南風，清早到了黄泥灘。差人問沈瓊枝要錢。沈瓊枝道：「我昨日聽得明白，你們辦公事不用船錢的。」差人道：「沈姑娘，你也太拿老了！叫我們管山吃山，管水吃水，都像你這一毛不拔，我們喝西北風！」沈瓊枝聽了説道：「我便不給你錢，你敢怎麼樣！」○黄評：差人，虎也，一女子竟能制之。走出船艙，跳上岸〔九〕去，兩隻小脚就是飛的一般，竟要自己走了去。兩個差人慌忙搬了行李，趕着扯他，被他一個四門斗裏打了一個仰八叉。○黄評：應前武書所言，大快大快，非此不敢隻身在外。○天一、二評：略露端倪，以見武書眼法。乃知瓊枝之所以如此者，恃其技也。然而謬矣。扒起來,同那個差人吵成一片。吵的船家同那戴破氈帽的漢子做好做歹,雇了一乘轎子,兩個差人跟着去了。

那漢子帶着兩個婦人,過了頭道閘,一直到豐家巷來。○黃評:此後遞到二湯。覿面迎着王義安,○黃評:尚戴方巾否耶?○天二評:王義安尚在矣。叫道:「細姑娘同順姑娘來了,李老四也親自送了來〔一〇〕。南京水西門近來生意如何?」李老四道:「近來被淮清橋那些開三嘴行的擠壞了,所以來投奔老爹。」王義安道:「這樣甚好,我這裏正少兩個姑娘。」當下帶着兩個婊子,回到家裏,一進門來,上面三間草房,都用蘆席隔着,後面就是厨房。○天二評:活地獄。厨房裏一個人在那裏洗手,看見這兩個婊子進來,歡喜的要不的。只因這一番,有分教:烟花窟裏,惟憑行勢誇官;筆墨叢中,偏去眠花醉柳。畢竟後事如何,且聽下回分解。

【總評】

卧評 名士忽風流帶出一分脂粉氣,然絶不向綺羅叢中細寫其柔筋脆骨也。想英姿颯爽自是作者本來面目,故化作女兒身爲大千説法耶!○黃評:此評似是而非,前文謂之「豪傑」亦是此意,實未解作者用意。○天一評:浮談。○則仙評:何止浮談,直是亂道。

齊評　莊濯江一生事業，從莊紹光口中述出，又另是一種機杼。文家所謂烘雲襯月之法也。曹武惠王廟與泰伯祠，一虛一實，互相掩映，深得古人用筆之妙。

沈瓊枝一段，大爲巾幗中人吐氣。世之陷入圈套埋没終身者，比比皆是。而此寫得生龍活虎，不可捉摸。其杜少卿數語，真説得高踞百尺樓上，令一種趨走富貴熱鬧之徒，汗顔無地矣！

則仙評　俗本《儒林外史》此回之後添出數回，寫沈瓊枝卒爲宋爲富妾，既而求子得子。大婦先亡，爲富亦死，沈瓊枝居然撫子主家。適張真人入覲，道出邗江。即請真人主壇，唪經度亡。瓊枝親見亡魂出現，且和尚居前，爲富在後。恐人窺破，以萬金賄真人速退亡魂。事甚離奇，與沈瓊枝身分亦未吻合，徒增蛇足，無謂之至。壬子五月中澣讁仙書於一樂居。

【校記】

〔一〕冷淡，原作「淡冷」，抄本、蘇本同。從申一、二本改。

〔二〕已經，原作「已今」，抄本、蘇本和申一、二本均同。參齊本改。

〔三〕慟，申二本作「暢」。

〔四〕香斗，申一、二本作「斗香」。

〔五〕一夜的亮，申二本作「徹夜光明」。

〔六〕上，原作「土」，蘇本同。從抄本和申一、二本改。同一誤字，以下徑改不記。

〔七〕不同，申二本作「不凡」。

〔八〕那畫的好，申一、二本作「畫的那好」。

〔九〕岸，原作「崖」，抄本同。從蘇本和申一、二本改。

〔一〇〕「來」後申二本多「王義安道」。

第四十二回

公子妓院説科場　家人苗疆報信息

話説兩個婊子纔進房門，王義安向洗手的那個人道：「六老爺，你請過來，看看這兩位新姑娘。」兩個婊子抬頭看那人時，頭戴一頂破頭巾，身穿一件油透的玄色綢直裰，脚底下穿了一雙舊尖頭靴，一副大黑麻臉，兩隻的溜骨碌的眼睛。〇黄評：凡寫一人，必令如見，且不待開口即可想見其爲人。神乎技矣。洗起手來，自己把兩個袖子只管往上勒〔一〕。〇天一評：畫所不到。又不像文，又不像武。

那六老爺從厨房裏走出來，兩個婊子上前叫聲「六老爺！」歪着頭，扭着屁股，一隻手扯着衣服衿，在六老爺跟前行個禮。〇黄評：又畫出。那六老爺雙手拉着道：「好！我的乖乖姐姐！你一到這裏就認得湯六老爺，就是你的造化了！」王義安道：「六老爺説的是。姑娘們到這裏，全靠六老爺照顧。請六老爺坐。拿茶來敬六老爺。」湯六老爺坐在一張板凳上，把兩個姑娘拉着，一邊一個，同在板凳上坐着。自己扯開褲脚子，拿出那一雙黑油油的肥腿來搭在細姑娘腿上，把細姑娘雪白的手拿過來摸他的黑腿。○黄評：笑倒。吃過了茶，拿出一袋子檳榔來，放在嘴裏亂嚼，嚼的滓滓渣渣，淌出來，滿鬍子，滿嘴唇，○天二評：天壤間有此怪物，好與龍老三抗衡。左邊一擦，右邊一偎，都偎擦〔二〕兩個姑娘的臉巴子上。姑娘們拿出汗巾子來揩，他又奪過去擦夾肢窩。○黄評：惡賴至此，凡此等形狀，先生又何處見來？佩服佩服！天一評：作書的從何處看來？

王義安纔接過茶杯，站着問道：「大老爺這些時邊上可有信來？」湯六老爺道：「怎麽没有？前日還打發人來，在南京做了二十首大紅緞子綉龍的旗，一首大黄緞子的坐纛。説是這一個月就要進京。到九月霜降祭旗，萬歲爺做大將軍，我家大老爺做副將軍。兩人並排在一個氈條上站着磕頭。磕過了頭，就做總督。」○黄評：末句無情無理，確是此等人談吐。○齊評：真是嚇烏龜、婊子的話。○天一評：聞所未聞。○則仙評：莫非威武大將軍。正説着，撈毛的叫了王義安出去，悄悄説了一會話。王義安進來道：「六老爺在上，方纔有個外京客要來會會細姑娘，看見六老爺在這裏，不敢進來。」六老爺道：「這何妨？請他進來不是，我就同他吃酒。」當下王義安領了那人進來，一個少年生意人。

那嫖客進來坐下，王義安就叫他稱出幾錢銀子來，買了一盤子驢肉，一盤子煎魚，十來觔〔三〕酒。因湯六老爺是教門人，買了二三十個鷄蛋，煮了出來。○黄評：此等居室酒肴，直是地獄，先生又何得見來？點上一個燈挂。六老爺首席，那嫖客對坐。六老爺叫細姑娘同那嫖客一板凳坐，細姑娘撒嬌撒癡定要同六老爺坐。○天一評：無間地獄。四人坐定，斟上酒來，六老爺要猜拳，輸家吃酒贏家唱。六老爺贏了一拳，自己啞着喉嚨唱了一個《寄生草》，便是細姑娘和那嫖客猜。細姑娘贏了。六老爺叫斟上酒，聽細姑娘唱。細姑娘别轉臉笑，不肯唱。六老爺拿筷子〔四〕在桌上催着敲，細姑娘只是笑，不肯唱。六老爺道：「我這臉是簾子做的，要捲上去就捲上去，要放下來就放下來！○齊評：是潑皮聲口。我要細姑娘唱一個，偏要你唱！」王義安又走進來幫着催促，細姑娘只得唱了幾句。唱完，王義安道：「王老爺來了。」那巡街的王把總進來，見是湯六老爺，纔不言語。婊子磕了頭，一同入席吃酒，又添了五六觔。直到四更時分，大老爺府裏小狗子拿着「都督府」的燈籠，○黄評：老爺「大」而狗子「小」，趣甚。說：「府裏請六爺。」六老爺同王老爺方纔去了。嫖客進了房，端水的來要水錢，撈毛的來要花錢。又鬧了一會，婊子〔五〕又通頭、洗臉、刷屁股。○則仙評：妙哉「刷」乎！今試懸之國門，有能易此字者當不惜北面師事之。嘗與南匯顧績臣先生論及。丁未初秋抱仙。比及上床，已鷄叫了。〇黄評：真滑稽，但先生何從知之？

次日，六老爺絶早來説，要在這裏擺酒，替兩位公子餞行，往南京恭喜去。王義安聽見湯大老爺府裏兩位公子來，喜從天降，忙問：「六老爺，是即刻就來，是晚上纔來？」六老爺在腰裏摸出一封低銀子，稱稱五錢六分重，遞與王義安，叫去備一個七簋兩點的席，「若是辦不來，再到我這裏找。」〇黄評：打烏龜把式。王義安道：「不敢，不敢！只要六老爺別的事上多挑他姐兒們幾回就是了。這一席酒，我們效六老爺的勞。何況又是請府裏大爺、二爺的。」六老爺道：「我的乖乖，這就是在行的話了。只要你這姐兒們有福，若和大爺、二爺相厚起來，他府裏差甚麽？——黄的是金，白的是銀，圓的是珍珠，放光的是寶！〇齊評：説得熱鬧。我們大爺、二爺，你只要找得着性情，就是撈毛的，燒火的，他也大把的銀子攂出來賞你們。」李四在旁聽了，也着實高興。吩咐已畢，六老爺去了。這裏七手八脚整治酒席。

到下午時分，六老爺同大爺、二爺來。頭戴恩蔭巾，一個穿大紅灑綫〔六〕直裰，一個穿藕合灑綫直裰，〇黄評：觀其服色，寫出戲場花公子來。脚下粉底皂靴，帶着四個小厮，大清天白日，提着兩對燈籠：一對上寫着「都督府」，一對寫着「南京鄉試」。〇黄評：趣語。〇齊評：護身符。大爺、二爺進來，上面坐下。兩個婊子雙雙磕了頭。六老爺站在旁邊。○黄評：傲弟恭兄。大爺道：「六哥，現成板凳，你坐着不是。」六老爺道：「正是。要禀過大爺、二爺：兩個姑娘要賞他一個坐？」○齊評：好官派。二爺道：「怎麽不坐？叫他坐了。」兩個婊子，輕輕試試，扭頭折頸，○黄評：寫得出。坐在一條板凳上，拿汗巾子掩着嘴笑。○黄評：實是寫得像。大爺問：「兩個姑娘今年尊庚？」六老爺代答道：「一位十七歲，一位十九歲。」王義安捧上茶來，兩個婊子親手接了兩杯茶，拿汗巾揩乾了杯子上一轉的水漬，走上去，奉與大爺、二爺。大爺、二爺接茶在手，吃着。六老爺問道：「大爺、二爺幾時恭喜起身？」大爺道：「只在明日就要走。現今主考已是將到京了，我們怎還不去？」六老爺和大爺説着話，二爺趁空把細姑娘拉在一條板凳上坐着，同他捏手捏脚，親熱了一回。

少刻就排上酒來。叫的教門厨子，備的教門席，都是些燕窩、鴨子、鷄、魚。六老爺自己捧着酒奉大爺、二爺上坐，六老爺下陪，兩個婊子打横。那菜一碗一碗的捧上來。六老爺逼手逼脚的坐在底下吃了一會酒。○黄評：實是恭敬。六老爺問道：「大爺、二爺這一到京，就要進場了？初八日五更鼓先點太平府，點到我們揚州府怕不要晚？」大爺道：「那裏就點太平府！貢院前先放三個炮，把栅欄子開了；又放三個炮，把大門開了；又放三個炮，把龍門開了：共放九個大炮。」○黄評：先生真善滑稽也，不怕肉麻。○齊評：穿插絶妙。二爺道：「他這個炮還没有我們老人家轅門的炮大。」大爺道：「略小些，也差不多。放過了炮，至公堂上擺出香案來。應天府尹大人戴着幞頭，穿着蟒袍，行過了禮，立起身來，把兩把遮陽遮着臉。布政司書辦跪請三界伏魔大帝關聖帝君進場來鎮壓，請周將軍進場來巡場。○黄評：絶倒。放開遮陽，大人又行過了禮。布政司書辦跪請七曲文昌開化梓潼帝君進場來主試，請魁星老爺進場來放光。」○齊評：如同道士請天神天將一般，説得熱鬧之至。六老爺嚇的吐舌道：「原來要請這些神道菩薩進來！可見是件大事！」順姑娘道：「他裏頭有這些菩薩坐着，虧大爺、二爺好大膽還敢進去！若是我們，就殺了也不敢進去！」六老爺正色道：「我們大爺、二爺也是天上的文曲星，怎比得你姑娘們！」大爺道：「請過了文昌，大人朝上又打三恭，書辦就跪請各舉子的功德父母。」六老爺道：「怎的叫做功德父母？」二爺道：「功德父母，是人家中過進士做過官的祖宗，○黄評：是是，做官的方有功德！方纔請了進來。若是那考老了的秀才和那百姓，請他進來做甚麽呢？」大爺道：「每號門前還有一首紅旗，底下還有一首黑旗。那紅旗底下是給下場人的恩鬼墩〔七〕着；黑旗底下是給下場人的怨鬼墩着。到這時候，大人上了公座坐了。書辦點道：『恩鬼進，怨鬼進。』兩邊齊燒紙錢。只見一陣陰風，颯颯的響，滚了進來，跟着燒的紙錢滚到紅旗、黑旗底下去了。」○齊評：又如和尚放焰口一般，更説得熱鬧。湯太爺可謂博通三教矣。○天一評：書中人正襟而談，讀者已笑得欲嘔。順姑娘道：「阿彌陀佛！可見人要做好人，○黄評：此語偏出自婊子，妙。到這時候就見出分曉來了！」六老爺道：「像我們大老爺在邊上積了多少功德，活了多少人命，那恩鬼也不知是多少哩！一枝紅旗，那裏墩得下？」大爺道：「幸虧六哥不進場，若是六哥要進場，生生的就要給怨鬼拉了去！」○齊評：可謂絶妙回敬。六老爺道：「這是怎的？」大爺道：「像前科我宜興嚴世兄，是個飽學秀才，在場裏做完七篇文章，高聲朗誦，忽然一陣微微的風，把蠟燭頭吹的亂摇，掀開簾子伸進一個頭來，嚴世兄定睛一看，就是他相與的一個婊子。嚴世兄道：『你已經死了，怎麽來在這裏？』那婊子望着他嘻嘻的笑。嚴世兄急了，把號板一拍，那硯臺就翻過來，連黑墨都倒在卷子上，把卷子黑了一大塊，婊子就不見了。嚴世兄嘆息道：『也是我命該如此！』可憐下着大雨，就交了卷，冒着雨出來，在下處害了三天病。我去看他，他告訴我如此。我説：『你當初不知怎樣作踐了這人，他所以來尋你。』六哥，你生平作踐了多少人？你説這大場進得進不得？」兩個姑娘拍手笑道：「六老爺好作踐的是我們〔八〕，他若進場，我兩個人就是他的怨鬼！」○齊評：席上生風，的是妙談。吃了一會，六老爺啞着喉嚨唱了一個小曲，大爺、二爺拍着腿也唱了一個，婊子唱是不消說。鬧到三更鼓，打着燈籠回去了。

次日，叫了一隻大船上南京。六老爺也送上船，回去了。大爺、二爺在船上閑談着進場的熱鬧處。二爺道：「今年該是個甚麼表題？」大爺道：「我猜没有别的，去年老人家在貴州征服了一洞苗子，〇黄評：伏後文。一定是這個表題。」二爺道：「這表題要在貴州出。」大爺道：「如此，只得求賢、免錢糧兩個題，其餘没有了。」一路説着，就到了南京。管家尤鬍子接着，把行李搬到釣魚巷住下。大爺、二爺走進了門，轉過二層廳後，一個旁門進去，却是三間倒坐的河廳，收拾的倒也清爽。兩人坐定，看見河對面一帶河房，也有硃紅的欄干，也有緑油的窗槅，也有斑竹的簾子，裏面都下着各處的秀才，在那裏哼哼唧唧的念文章。

大爺、二爺纔住下，便催着尤鬍子去買兩頂新方巾；考籃、銅銚、號頂、門簾、火爐、燭臺、燭剪、卷袋，每樣兩件；趕着到鷲峰寺寫卷頭、交卷；又料理場食：月餅、蜜橙糕、蓮米、圓眼肉、人參、炒米、醬瓜、生薑、板鴨。〇黄評：細細寫者，言入場不過吃耳。大爺又和二爺説：「把貴州帶來的阿魏帶些進去，恐怕在裏頭寫錯了字着急。」〇黄評：我恐「着急」不僅在錯字，連錯字也寫不出奈何！足足料理了一天，纔得停妥。大爺、二爺又自己細細一件件的查點，説道：「功名事大，不可草草！」

到初八早上，把這兩頂舊頭巾叫兩個小子戴在頭上，抱着籃子到貢院前伺候。一路打從淮清橋過，那趕搶攤的擺着紅紅緑緑的封面，都是蕭金鉉、諸葛天申、季恬逸、匡超人、馬純上、蘧駪夫選的時文。一直等到晚，儀徵學的秀才點完了，纔點他們。進了頭門，那兩個小廝到底不得進去。大爺、二爺自己抱着籃子，背着行李，看見兩邊蘆柴堆火光一直亮到天上。大爺、二爺坐在地下，解懷脱脚。聽見裏面高聲喊道："仔細搜檢！"大爺、二爺跟了這些人進去，到二門口接卷，進龍門歸號。初十日出來，累倒了，每人吃了一隻鴨子，○黄評：鴨子恐不能補枯腸。眠〔九〕了一天。三場已畢。到十六日，叫小厮拿了一個"都督府"的溜子，溜了一班戲子來謝神。○天一評：費心極矣。

少刻，看茶的到了。他是教門，自己有辦席的厨子，不用外雇。戲班子發了箱來，跟着一個拿燈籠的，拿着十幾個燈籠，寫着"三元班"；隨後一個人，後面帶着一個二漢，手裏拿着一個拜匣。○黄評：細。到了寓處門首，向管家説了，傳將進去。大爺打開一看，原來是個手本，寫着："門下鮑廷璽謹具喜燭雙輝，梨園一部，叩賀。"○黄評：鮑廷璽餘波。大爺知道他是個領班子的，叫了進來。鮑廷璽見過了大爺、二爺，説道："門下在這裏領了一個小班，專伺候諸位老爺。昨日聽見兩位老爺要戲，故此特來伺候。」大爺見他爲人有趣，留他一同坐着吃飯。過了一回，戲子來了。就在那河廳上面供了文昌帝君、關夫子的紙馬，○黄評：二神曰：「我等無功。」○天二評：可憐周倉不得躬逢其盛，白白地巡場效勞。兩人磕過頭，祭獻已畢。大爺、二爺、鮑廷璽共三人，坐了一席。

鑼鼓響處，開場唱了四出嘗湯戲。天色已晚，點起十幾副〔一〇〕明角燈來，照耀的滿堂雪亮。足足唱到三更鼓，整本已完。鮑廷璽道：「門下這幾個小孩子跑的馬倒也還看得，叫他跑一出馬，替兩位老爺醒酒。」那小戲子一個個戴了貂裘，簪了雉羽，穿極新鮮的靠子，跑上場來，串了一個五花八門。大爺、二爺看了大喜。鮑廷璽道：「兩位老爺若不見棄，這孩子裏面揀兩個留在這裏伺候。」○天二評：文卿之風泯矣：絶矣！大爺道：「他們這樣小孩子，曉得伺候甚麽東西！○齊評：老氣横秋。有別的好頑的去處，帶我去走走。」鮑廷璽道：「這個容易。老爺，這對河就是葛來官家，他也是我挂名的徒弟，那年天長杜十七老爺在這裏湖亭大會，都是考過，榜上有名的。老爺明日到水襪巷，看着外科周先生的招牌，對門一個黑搶籬裏，就是他家了。」○天一評：伏筆。二爺道：「他家可有内眷？我也一同去走走。」○黄評：兄外也，弟内也，書中寫公子者五：二婁、二杜、二湯、二胡、二徐也，然無一筆相同，却又故意弟兄並寫，愈見其難。二婁性情相合，二杜一豪一膩，二湯同是戲場之花公子，二胡則一吝一亂，二徐則純是貴公子：舉止不與諸人相犯。試問從來小說有如此本領否？鮑廷璽道：「現放着偌大的十二樓，二老爺爲甚麽不去頑耍，倒要到他家去？少不得都是門下來奉陪。」○天二評：文卿在九原當爲倪老痛哭。說畢，戲已完了，鮑廷璽辭別去了。

次日，大爺備了八把點銅壺、兩瓶山羊血、四端苗錦〔二〕、六簍貢茶，叫人挑着，一直來到葛來官家。敲開了門，一個大脚三帶了進去。前面一進兩破三的廳，上頭左邊一個門，一條小巷子進去，河房倒在貼後。那葛來官身穿着夾紗的玉色長衫子，手裏拿着燕翎扇，一雙十指尖尖的手，憑在欄杆上乘凉，○天一評：其人如玉。看見大爺進來，說道：「請坐。老爺是那裏來的？」大爺道：「昨日鮑師父說，來官你家最好看水，今日特來望望你。還有幾色菲人事，你權且收下。」家人挑了進來。來官看了，喜逐顔開，說道：「怎麽領老爺這些東西？」忙叫大脚三：「收了進去。你向相公娘說，擺酒出來。」大爺道：「我是教門，不用大葷。」來官道：「有新買的極大的揚州螃蟹，不知老爺用不用？」大爺道：「這是我們本地的東西，我是最歡喜。我家伯伯大老爺在高要帶了家信來，○黄評：「伯伯」即父母也。想的要不的，也不得一隻吃吃。」來官道：「太老爺是朝裏出仕的？」大爺道：「我家太老爺做着貴州的都督府。○黄評：大老爺官小，故不答，却另說都督府。○天一評：燈籠未帶故也。我是回來下場的。」說着，擺上酒來。對着那河裏烟霧迷離，○黄評：「烟霧迷離」確是河房暮景，此等細切處，人所易惑，辜負作者用心。兩岸人家都點上了燈火，行船的人往來不絶。

這葛來官吃了幾杯酒，紅紅的臉，在燈燭影裏，擎着那纖纖玉手，只管勸湯大爺吃酒。大爺道：「我酒是够了，倒用杯茶罷。」葛來官叫那大脚三把螃蟹殼同果碟都收了去，揩了桌子，拿出一把紫砂壺，烹了一壺梅片茶。兩人正吃到好處，○黄評：「好處」三字寫得渾，確被下文周先生道破，令人失笑。忽聽見門外嚷成一片。葛來官走出大門，只見那外科周先生紅着臉，摢着肚子，在那裏嚷大脚三，説他倒了他家一門口的螃蟹殼子。葛來官纔待上前和他講説，被他劈面一頓臭駡道：「你家住的是『海市蜃樓』，合該把螃蟹殼倒在你門口，爲甚麽送在我家來？難道你上頭兩隻眼睛也撑大了？」○齊評：嘲駡絶倒。彼此吵鬧，還是湯家的管家勸了進去。

剛纔坐下，那尤鬍子慌忙跑了進來道：「小的那裏不找尋，大爺却在這裏！」大爺道：「你爲甚事這樣慌張？」尤鬍子道：「二爺同那個姓鮑的，走到東花園鷲峰寺旁邊一個人家吃茶，被幾個喇子囮着，把衣服都剥掉了！那姓鮑的嚇的老早走了。二爺關在他家，不得出來，急得要死！那間壁一個賣花的姚奶奶，説是他家姑老太，把住了門，那裏溜得脱！」○天一評：又有姚奶奶在彼。大爺聽了，慌叫在寓處取了燈籠來，○黄評：燈籠是護身符。要緊。○天一評：燈籠要緊。照着走到鷲峰寺間壁。那裏幾個喇子説：「我們好些時没有大紅日子過了，不打他的醮水還打那個！」湯大爺雄赳赳的分開衆人，推開姚奶奶，一拳打掉了門。○黄評：雄赳赳不愧家學，足爲兄弟禦侮，真文武全才。○天一評：是都督少爺，文武兼全。那二爺看見他哥來，兩步做一步，溜出來了。那些喇子還待要攔住他，看見大爺雄赳赳的，又打着「都督府」的燈籠，也就不敢惹他，各自都散了。○黄評：燈籠有用如是，無怪青天白日也要帶着。

兩人回到下處。過了二十多天，貢院前藍〔一二〕單取進墨漿去，知道就要揭曉。過了兩日，放出榜來，弟兄〔一三〕兩個都没中。坐在下處，足足氣了七八天。領出落卷來，湯由三本，湯實三本，○黄評：借點名字。都三篇不曾看完〔一四〕。○天一評：白費心。兩個人夥着大罵簾官、主考不通。正罵的興頭〔一五〕，貴州衙門的家人到了，遞上家信來。兩人拆開來看〔一六〕。只因這一番，有分教：桂林杏苑，空成魂夢之游〔一七〕；虎門龍争，又見戰征之事。畢竟後事如何，且聽下回分解。

【總評】

齊評　忽寫到紈袴下場，一種神氣亦復逼真，作者胸中可謂包羅萬象矣。妓院一席話各有聲口，説得活靈活現，手舞足蹈，不謂之奇聞不得也。

又帶着鮑廷璽、葛來官，回應前文。二爺被詐，大爺出場，處處少不得都督府燈籠，可見雄赳赳武員威勢，不比寒酸書生可欺耳。

天一、二評　據汪容甫《楊凱傳》，兩子皆中進士，○平步青評：按《述學別録・楊凱傳》：「甲更名文淵，中進士。」不云二子皆中。嘯山亦誤記也。此書形容處，未知得其實否。

【校記】

〔一〕勒，申二本作「捋」。

〔二〕「偎擦」後申二本多「在」。

〔三〕篩，申二本作「壺」。本回下同。

〔四〕筷子，原作「快子」，抄本、蘇本和申一、二本均同。參亞東本改。

〔五〕婊子，原作「嫖子」，蘇本、申一本同。從抄本、申二本改。

〔六〕灑綫，申二本作「灑綉」。下同。

〔七〕墩，申一、二本作「等」。本回下同。

〔八〕我們，原缺，從抄本、蘇本和申一、二本補。

〔九〕眠，申一、二本作「睡」。

〔一〇〕副，申一、二本作「盞」。

〔一一〕錦，原作「金」，抄本、蘇本同。從申一、二本改。

〔一二〕藍，申一、二本作「出」。

〔一三〕弟兄，原作「第兄」。從抄本、蘇本和申一、二本改。

〔一四〕不曾看完，抄本作「不曾完」，蘇本和申一、二本作「不見一圈」。

〔一五〕的興頭，蘇本和申一、二本作「着祇見」。

〔一六〕來看，蘇本和申一、二本作「看着」。

〔一七〕空成魂夢之游，蘇本和申一、二本作「空辜拾芥之心」。

第四十三回

野羊塘將軍大戰〔一〕　歌舞地酋長劫營

話説湯大爺、湯二爺領出落卷來，正在寓處看了氣惱，只見家人從貴州鎮遠府來，遞上家信。兩人拆開同看，上寫道：

生苗近日頗有蠢動之意，爾等於發榜後，無論中與不中，且來鎮署要緊！

大爺看過，向二爺道：「老人家叫我們到衙門裏去。我們且回儀徵，收拾收拾，再打算長行。」當下唤尤鬍子叫了船，算還了房錢。大爺、二爺坐了轎，小厮們押着行李，出漢西門上船。葛來官聽見，買了兩隻板鴨，幾樣茶食，到船上送行。大爺又悄悄送了他一個荷包，裝着四兩銀子，相别去了。〇黄評：多情。

當晚開船，次早到家。大爺、二爺先上岸回家。纔洗了臉坐下吃茶，門上人進來説：「六爺來了。」只見六老爺後面帶着一個人，走了進來，一見面就説道：「聽見我們老爺出兵征剿苗子，把苗子平定了，明年朝廷必定開科，大爺、二爺一齊中了，〇黄評：不說抱屈話頭，是篾片聲口。○齊評：不提現在不中，反說明年齊中，真是會說話。我們老爺封了侯，那一品的蔭襲，料想大爺、二爺也不稀罕，就求大爺賞了我，等我戴了紗帽，給細姑娘看看，也好叫他怕我三分！」大爺道：「六哥，你掙一頂紗帽單單去嚇細姑娘，又不如去把這紗帽賞與王義安了。」○黃評：王義安不稀罕方巾矣。○齊評：怪不得他戴方巾上麪館，原來還有紗帽在後。二爺道：「你們只管說話，這個人是那裏來的？」○天二評：度入無痕，神妙。那人上來磕頭請安，懷裏拿出一封書子來，遞上來。六老爺道：「他姓臧，名喚臧岐，天長縣人。這書是杜少卿哥寄來的，○黃評：聯絡少卿，伏後文。○天二評：臧岐是要用之人，却如此遞入。說臧岐爲人甚妥帖，薦來給大爺、二爺使喚。」二爺把信拆開，同大爺看，前頭寫着些請問老伯安好的話，後面說到「臧岐一向在貴州做長隨，貴州的山僻小路他都認得，○黃評：伏筆。其人頗可以供使令」等語。大爺看過，向二爺說道：「杜世兄我們也許久不會他了，既是他薦來的人，留下使喚便了。」臧四磕頭謝了下去。門上人進來稟：「王漢策老爺到了，在廳上要會。」大爺道：「老二，我同六哥吃飯，你去會會他罷。」二爺出去會客，大爺叫擺飯同六老爺吃。吃着，二爺送了客回來。大爺問道：「他來說甚麼？」二爺道：「他說他東家萬雪齋有兩船鹽，也就在這兩日開江，托我們〔二〕在路上照應照應。」二爺便〔三〕一同吃飯。吃完了飯，六老爺道：「我今日且去着，明日再來送行。」又道：「二爺若是得空，還到細姑娘那裏瞧瞧他去。我先去叫他那裏等着。」大爺道：「六哥，你就是個討債鬼，纏死了人！今日還那得工夫去看那騷婊子！」○齊評：其辭若有憾焉，其實乃深喜之。○天二評：此非大爺所好。六老爺向二爺說，却用大爺答他。六老爺笑着去了。次日，行裏〔四〕寫了一隻大江船。尤鬍子、臧四同幾個小廝，搬行李上船，門槍旗牌，十分熱鬧。六老爺送到黄〔五〕泥灘，說了幾句分別的話，纔叫一個小船蕩了回去。

這裏放炮開船，一直往上江進發。這日將到大姑塘，風色大作。大爺吩咐急急收了口子，彎了船。那江裏白頭浪茫茫一片，就如煎鹽叠雪的一般。只見兩隻大鹽船被風横掃了，抵在岸邊。便有兩百隻小撥船，岸〔六〕上來了兩百個凶神也似的人，齊聲叫道：「鹽船擱了淺了，我們快幫他去起撥！」那些人駕了小船，跳在鹽船上，不由分說，把他艙裏的子兒鹽，一包一包的盡興搬到小船上。○黄評：大船曰承情承情，小船曰多謝多謝。那兩百隻小船都裝滿了，一個人一把槳，如飛的棹起來，都穿入那小港中，無影無踪的去了。那船上管船的舵工，押船的朝奉，面面相覷，束手無策。望見這邊船上打着「貴州總鎮都督府」的旗號，知道是湯少爺的船，都過來跪下，哀求道：「小的們是萬老爺家兩號鹽船，被這些强盜生生打劫了，是二位老爺眼見的，求老爺做主搭救！」大爺同二爺道：「我們同你家老爺雖是鄉親，但這失賊〔七〕的事，該地方官管，○齊評：推得乾净。你們須是到地方官衙門遞呈紙去。」朝奉們無法，只得依言，具了呈紙，到彭澤縣去告。

那知縣接了呈詞，即刻升堂，將舵工、朝奉、水手一干人等，都叫進二堂，問道：「你們鹽船爲何不開行？停泊在本縣地方上是何緣故？那些搶鹽的姓甚名誰？平日認得不認得？」○天一評：好明白官府，定要保舉能員。○天二評：妙極，宜保薦卓異。其實换一人亦如此，不如此者不勝知縣之任矣。舵工道：「小的們的船被風掃到岸邊，那港裏有兩百隻小船，幾百個凶神，硬把小的船上鹽包都搬了去了。」知縣聽了，大怒道：「本縣法令嚴明，地方清肅，那裏有這等事！○齊評：更推得乾净。分明是你這奴才攬載了商人的鹽斤，在路夥着押船的家人任意嫖賭花消，沿途偷賣了，借此爲由，希圖抵賴。○天二評：真正青天。其實未必無此等事。你到了本縣案下，還不實説麼？」不由分説，撒下一把籤來，兩邊如狼如虎的公人，把舵工拖翻，二十毛板，打的皮開肉綻。又指着押船的朝奉道：「你一定是知情夥賴，快快向我實説！」説着，那手又去摩〔八〕着籤筒。可憐這朝奉是花月叢中長大的，近年有了幾莖鬍子，主人纔差他出來押船，嬌皮嫩肉，何曾見過這樣官刑。今番見了，屁滾尿流，憑着官叫他説甚麼就是甚麼，那裏還敢頂一句？當下磕頭如搗蒜，只求饒命。知縣又把水手們嚷〔九〕罵一番，要將一干人寄監，明日再審。

朝奉慌了，急急叫了一個水手，托他到湯少爺船上求他説人情。湯大爺叫臧岐拿了帖子上來拜上知縣，説：「萬家的家人原是自不小心，失去的鹽斤也還有限。老爺已經責處過管船的，叫他下次小心，寬恕他們罷。」知縣聽了這話，叫臧岐原帖拜上二位少爺，説：「曉得，遵命了。」又坐堂叫齊一干人等在面前，説道：「本該將你們解回江都縣照數追賠，這是本縣開恩，恕你初犯。」扯個淡，一齊趕了出來。○黄評：此等知縣必是能員，然鹽商之横却必須如此處治。朝奉帶着舵工到湯少爺船上磕頭，謝了説情的恩，捻着鼻子回船去了。

次日風定開船，又行了幾程。大爺、二爺由水登陸，到了鎮遠府，打發尤鬍子先往衙門通報。大爺、二爺隨後進署。這日正陪着客，請的就是鎮遠府太守。這太守姓雷，名驥，字康錫，進士出身，年紀六十多歲，是個老科目，大興縣人，由部郎升了出來，在鎮遠有五六年，苗情最爲熟習。雷太守在湯鎮臺西廳上吃過了飯，拿上茶來吃着，談到苗子的事。雷太守道：「我們這裏生苗、熟苗兩種，那熟苗是最怕王法的，從來也不敢多事，只有生苗容易會鬧起來。那大石崖、金狗洞一帶的苗子，尤其可惡！

前日長官司田德稟了上來説：『生員馮君瑞被金狗洞苗子別莊燕捉去，不肯放還。若是要他放還，須送他五百兩銀子做贖身的身價。』大老爺，你議議〔一〇〕這件事該怎麼一個辦法？」湯鎮臺道：「馮君瑞是我內地生員，關係朝廷體統，他如何敢拿了去要起贖身的價銀來？目無王法已極！此事並沒有第二議，惟有帶了兵馬，到他洞裏把逆苗盡行剿滅了，捉回馮君瑞，交與地方官，究出起釁情由，再行治罪。○齊評：不問起釁情由就要貪功，寫出好事人口角。捨此還有別的甚麼辦法？」雷太守道：「大老爺此議原是正辦，但是何苦爲了馮君瑞一個人興師動衆？○黄評：既是「正辦」，有甚「何苦」而怕「興師動衆」？愚見不如檄委田土司到洞裏宣諭苗酋，叫他好好送出馮君瑞，這事也就可以罷了。」○黄評：文官見識如此，天下事未必不由此等老科目養癰貽患。○齊評：老成之論。奈官場風氣各説各話何！○天一評：此是正論。○天二評：蠻夷生事，是宜問罪，亦需看事情大小。雷太守此言甚是有理。湯鎮臺道：「太老爺，你這話就差了。譬如田土司到洞裏去，那逆苗又把他留下，要一千兩銀子取贖；甚而太老爺親自去宣諭，他又把太老爺留下，要一萬銀子取贖，○黄評：此亦必然之事。這事將如何辦法？○齊評：何至信口亂得罪人如此！寫出一時粗鹵，全未深思。○天一評：蠻話。況且朝廷每年費百十萬錢糧，養活這些兵丁、將備〔一一〕，所司何事？既然怕興師動衆，不如不養活這些閑人了！」○黄評：尚有何説。○天二評：

湯鎮臺强詞駁詰，蓋未免徼功之意，然在今日，此等武官何處得來？幾句就同雷太守説戧了。雷太守道：「也罷，我們將此事叙一個簡明的禀帖，禀明上臺，看上臺如何批下來，我們遵照辦理就是了。」當下雷太守道了多謝，辭別回署去了。

這裏放炮封門。湯鎮臺進來，兩個乃郎請安叩見了。臧四也磕了頭。○黄評：不脱臧四，以下有用處也。問了些家鄉的話，各自安息。

過了幾日，總督把禀帖批下來：

仰該鎮帶領兵馬，剿滅逆苗，以彰法紀。餘如禀，速行繳。

這湯鎮臺接了批禀，即刻差人把府裏兵房書辦叫了來，關在書房裏。那書辦嚇了一跳，不知甚麽緣故。到晚，將三更時分，湯鎮臺到書房裏來會那書辦，手下人都叫回避了。湯鎮臺拿出五十兩一錠〔一三〕大銀放在桌上，説道：「先生，你請收下。我約你來不爲别的，只爲買你一個字。」那書辦嚇的戰抖抖的，説道：「大老爺有何吩咐處，只管叫書辦怎麽樣辦，書辦死也不敢受大老爺的賞！」○齊評：亦見狡詐，意欲他日諉過地步。其如不由分辨何！湯鎮臺道：「不是這樣説。我也不肯連累你。明日上頭有行文到府裏叫我出兵時，府裏知會過來，你只將『帶領兵馬』四個字，寫作『多帶兵馬』。○黄評：知其必要掣肘，故先買定書辦。然後來成功不賞，非遭暗算而何？是知老科目果然利害。我這元竇送爲筆資，○天二評：筆誤之罪小，若敗露行賄得賄事則危矣。並無別件奉托。」書辦應允了，收了銀子。放了他回去。又過了幾天，府裏知〔一三〕會過來，催湯鎮臺出兵，那文書上有「多帶兵馬」字樣。那本標三營，分防二協，都受他調遣。各路糧餉俱已齊備。看看已是除夕。清江、銅仁兩協參將、守備禀道：「晦日用兵，兵法所忌。」湯鎮臺道：「且不要管他。『運用之妙，在於一心』，苗子們今日過年，正好出其不意，攻其無備。」○黄評：好。○天二評：亦頗知兵。傳下號令：遣清江參將帶領本協人馬，從小石崖穿到鼓樓坡，以斷其後路；遣銅仁守備帶領本協人馬，從石屏山直抵九曲崗，以遏其前鋒〔一四〕。湯鎮臺自領本標人馬，在野羊塘作中軍大隊。○天二評：調度亦近椅兒山之戰。調撥已定，往前進發。湯鎮臺道：「逆苗巢穴正在野羊塘，我們若從大路去驚動了他，他踞了碉樓，以逸待勞，我們倒難以刻期取勝。」因問臧岐道：「你認得可還有小路穿到他後面？」臧岐道：「小的認得。○黄評：臧岐薦來，正爲此處用。從香爐崖扒過山去，走鐵溪里抄到後面，可近十八里；只是溪水寒冷，現在有冰，難走。」湯鎮臺道〔一五〕：「這個不妨。」號令中軍，馬兵穿了油靴，步兵穿了鷂子鞋，一齊打從這條路上前進。

且説那苗酋正在洞裏，聚集衆苗子，男男女女飲酒作樂過年。馮君瑞本是一個奸棍，又得了苗女爲妻，翁婿兩個，羅列着許多苗婆，穿的花紅柳緑，鳴鑼擊鼓，演唱苗戲。忽然一個小卒飛跑了來報道：「不好了！大皇帝發兵來剿，已經到了九曲崗了！」那苗酋唬得魂不附體，忙調兩百苗兵，帶了標槍，前去抵敵。只見又是一個小卒没命的奔來報道：「鼓樓坡來了大衆的兵馬，不計其數！」苗酋同馮君瑞正慌張着急，忽聽得一聲炮響，後邊山頭上火把齊明，喊殺連天，從空而下。那苗酋領着苗兵，捨命混戰。怎當得湯總鎮的兵馬，長槍大戟，直殺到野羊塘，苗兵死傷過半。苗酋同馮君瑞覓條小路逃往别的苗洞裏去了。

那裏前軍銅仁守備，後軍清江參將，都會合在野羊塘，搜了巢穴，將敗殘的苗子盡行殺了，苗婆留在軍中執炊爨之役。湯總鎮號令三軍，就在野羊塘扎下營盤，參將、守備都到帳房裏來賀捷。湯總鎮道：「二位將軍且不要放心。我看賊苗雖敗，他已逃往别洞，必然求了救兵，今夜來劫我們的營盤。不可不預爲防備。」〇天二評：知兵。因問臧岐道：「此處通那一洞最近？」臧岐道：「此處到豎眼洞不足三十里。」湯鎮臺道：「我有道理。」向參將、守備道：「二位將軍，你領了本部人馬，伏於石柱橋左右，這是苗賊回去必由之總路。你等他回去之時，聽炮響爲號，伏兵齊起，上前掩殺。」兩將聽令去了。

湯總鎮叫把收留的苗婆內中，揀會唱歌的，都梳好了椎髻，穿好了苗錦，赤着脚，到中軍帳房裏歌舞作樂；却把兵馬將士都埋伏在山坳裏。果然五更天氣，苗酋率領着竪眼洞的苗兵，帶了苗刀，拿了標槍，悄悄渡過石柱橋。望見野羊塘中軍帳裏燈燭輝煌，正在歌舞，一齊吶聲喊撲進帳房。不想撲了一個空，那些苗婆之外並不見有一個人。知道是中了計，急急往外跑。那山坳裏伏兵齊發，喊聲連天。苗酋拚命的領着苗兵投石柱橋來，却不防一聲炮響，橋下伏兵齊出，幾處凑攏，趕殺前來。還虧得苗子的脚底板厚，不怕巉岩荆棘，就如驚猿脱兔，漫山越嶺的逃散了。

湯總鎮得了大勝，檢點這三營、兩協人馬，無大損傷，唱着凱歌，回鎮遠府。雷太守接着，道了恭喜，問起苗酋别莊燕以及馮君瑞的下落。湯鎮臺〔一六〕道：「我們連贏了他幾仗，他們窮蹙〔一七〕逃命，料想這兩個已經自戕溝壑了。」〇黄評：此武官見識。雷太守道：「大勢看來自是如此，但是上頭問下來，這一句話却難以登答〔一八〕，明明像個飾詞了。」〇黄評：却無以對之。〇齊評：此公口角極圓，毫不得罪人，正與湯公粗莽相反。〇天二評：老吏。當下湯鎮臺不能言語。回到衙門，兩個少爺接着，請了安。却爲這件事，心裏十分躊躕，一夜也不曾睡着。次日，將出兵得勝的情節報了上去。總督那裏又批下來，同雷太守的所見竟是一樣，專問别莊燕、馮君瑞兩名要犯，「務須刻期拿獲解院，以憑題奏」等語。湯鎮臺着了慌，一時無法。只見臧岐在旁跪下禀道：「生苗洞裏路徑小的都認得。求老爺差小的前去打探得别莊燕現在何處，便好設法擒捉他了。」〇天二評：此人頗了得。湯鎮臺大喜，賞了他五十兩銀子，叫他前去細細打探。〇黄評：成功大得臧岐之力，實少卿所薦也。

臧岐領了主命，去了八、九日，回來禀道：「小的直去到竪眼洞，探得别莊燕因借兵劫營輸了一仗，洞裏苗頭和他惱了，而今又投到白蟲洞那裏去。小的又尋到那裏打探，聞得馮君瑞也在那裏，别莊燕只剩了家口十幾個人，手下的兵馬全然没有了。又聽見他們設了一計，説我們這鎮遠府裏，正月十八日鐵溪里的神道出現，滿城人家家家都要關門躲避。他們打算到這一日，扮做鬼怪，到老爺府裏來打劫報仇。老爺須是防範他爲妙。」湯鎮臺聽了道：「我知道了。」又賞了臧岐羊酒，叫他歇息去。

果然鎮遠有個風俗，説正月十八日，鐵溪里龍神嫁妹子。那妹子生的醜陋，怕人看見，差了多少的蝦兵蟹將護衛着他嫁。〇黄評：暗用妒婦津事。〇天二評：介子推妹乃亦有效顰者邪。人家都要關了門，不許出來張看。若是偷着張看，被他瞧見了，就有疾風暴雨，平地水深三尺，把人民要淹死無數。此風相傳已久。

到了十七日，湯鎮臺將親隨兵丁叫到面前問道：「你們那一個認得馮君瑞？」内中有一個高挑子出來跪禀道：○黃評：恰好是高挑子。「小的認得。」湯鎮臺道：「好。」便叫他穿上一件長白布直裰，戴上一頂紙糊的極高的黑[一九]帽子，搽上一臉的石灰，妝做地方鬼模樣；又叫家丁妝了一班牛頭馬面，魔王夜叉，極猙獰的怪物。吩咐高挑子道：「你明日看見馮君瑞，即便捉住，重重有賞。」布置停當，傳令管北門的，天未明就開了城門。

那別莊燕同馮君瑞假扮做一班賽會的，各把短刀藏在身邊，半夜來到北門，看見城門已開，即奔到總兵衙門馬號的牆外。十幾個人各將兵器拿在手裏，扒過牆來，望[二〇]裏邊，月色微明，照着一個大空院子，正不知從那裏進去。忽然見牆頭上伏着一個怪物，手裏拿着一個糖鑼子噹噹的敲了兩下，那一堵牆就像地動一般，滑喇的憑空倒了下來，幾十條火把齊明，跳出幾十個惡鬼，手執鋼叉、留客住，一擁上前。這別莊燕同馮君瑞着了這一嚇，兩隻脚好像被釘釘住了的，地方鬼走上前一鈎鐮槍勾住馮君瑞，喊道：「拿住馮君瑞了！」衆人一齊下手，把十幾個人都拿了，一個也不曾溜脱。拿到二堂，湯鎮臺點了數，次日解到府裏。

雷太守聽見拿獲了賊頭和馮君瑞，亦甚是歡喜，即請出王命、尚方劍，將別莊燕同馮君瑞梟首示衆，其餘苗子都殺了，具了本奏進京去。奉上諭：

湯奏辦理金狗洞匪苗一案，率意輕進，糜費錢糧，着降三級調用，以爲好事貪功者戒。欽此。〇黄評：如果據實入奏，何得有此等上諭，知必有故矣。〇天二評：討些没趣。湯奏貪功固不可與雲仙並論，而有功不賞，先後一轍。足令有志者灰心。（天一評無開頭四字；「一轍」後多「兩事遥遥相對」）

湯鎮臺接着抄報看過，嘆了一口氣。部文到了，新官到任，送了印，同兩位公子商議，收拾打點回家。只因這一番，有分教：將軍已去，悵大樹之飄零；名士高談，謀先人之窀穸。未知後事如何，且聽下回分解。

【總評】

黄評 傳奇家嫌雜出冷淡，必有金鼓齊鳴之出，此篇與前青楓取城，亦此意也。叙戰猶夫諸演義，而下筆簡潔又復如火如荼，所以爲高。

齊評 鹽船江中被搶，知縣一頓臭駡，此必是老於地方官者。若准其呈子，則藤纏身上，糾葛不清矣。猶之苗子無知生事，鎮將即欲藉此邀功，究之多一番殺戮，傷一番元氣，不如太守老成持重爲是。官場有多事不如省事者，此類是也。特須察其有無大關係，亦不可一味委靡耳。

天二評　野羊塘之捷頗與椅兒山機局相同。捉馮君瑞隨手點綴，不求甚解，非作者注意所在。汪容甫《楊凱傳》本作野牛塘，以羊易牛，聊以影射，無甚意義。（天一評「椅兒山」前多「蕭雲仙」；「隨手」起八個字作「略加點綴，隨手收科」；「無甚」作「亦無」）

【校記】

〔一〕大，申一、二本作「血」。

〔二〕我們，原作「吾們」，抄本、蘇本、申一本同。從申二本和前後文改。

〔三〕便，原作「已」，抄本、蘇本、申一本同。從申二本改。

〔四〕行裏，申二本作「起行」。

〔五〕黄，原作「王」，抄本、蘇本同。從申一、二本改。

〔六〕岸，申二本作「攏」。

〔七〕失賊，申一本作「被盜」，申二本作「賊搶」。

〔八〕摩，申二本作「摸」。

〔九〕嚷，申二本作「大」。

〔一〇〕議議，蘇本和申一、二本作「議論」。

〔一一〕將備，申一、二本作「將弁」。

〔一二〕錠，原作「定」，抄本、蘇本、申一本同。申二本作「綻」。參亞東本改。

〔一三〕知，原缺，抄本、蘇本同。申一本作「咨」。從申二本補。

〔一四〕鋒，原作「峰」，抄本、蘇本和申一、二本均同。參齊本改。

〔一五〕道，原缺，蘇本同。從抄本和申一、二本補。

〔一六〕臺，原作「喜」，蘇本同。從抄本和申一、二本改。

〔一七〕蹙，蘇本作「戚」。申一、二本作「奔」。

〔一八〕登答，申一、二本作「回答」。

〔一九〕黑，原作「墨」，抄本同。從蘇本和申一、二本改。

〔二〇〕望，原作「去」，抄本、蘇本、申一本同。從申二本改。

第四十四回

湯總鎮成功歸故鄉〔一〕　余明經把酒問葬事

○黄評：直書「成功」，許之也。

話説湯鎮臺同兩位公子商議，收拾回家。雷太守送了代席四兩銀子，叫湯衙庖人備了酒席，請湯鎮臺到自己衙署餞行。起程之日，闔城官員都來送行。從水路過常德，渡洞庭湖，由長江一路回儀徵。在路無事，問問兩公子平日的學業，看看江上的風景，○天二評：乃亦儒將邪。不到二十〔二〕天，已到了紗帽洲，打發家人先回家料理迎接。六老爺知道了，一直迎到黄泥灘，見面請了安，弟兄也相見了，説説家鄉的事。湯鎮臺見他油嘴油舌，惱了道：「我出門三十多年，你長成人了，怎麽學出這般一個下流氣質！」○天二評：此人却還正氣。（天一評「此人」作「湯奏爲人」）後來見他開口就説是「禀老爺」，湯鎮臺怒道：「你這下流！胡説！我是你叔父，你怎麽叔父不叫，稱呼老爺？」講到兩個公子身上，他又叫「大爺」、「二爺」，湯鎮臺大怒道：「你這匪類！更該死了！你的兩個兄弟，你不教訓照顧他，怎麽叫大爺、二爺！」把六老爺駡的垂頭喪氣。

一路到了家裏。湯鎮臺拜過了祖宗，安頓了行李。他那做高要〔三〕縣知縣的乃兄已是告老在家裏，○黄評：湯父母不圖於斯再見。老弟兄相見，彼此歡喜，一連吃了幾天的酒。湯鎮臺也不到城裏去，也不會官府，只在臨河上構了幾間別墅，左琴右書，在裏面讀書教子。○天一、二評：竟有儒者風。過了三、四個月，看見公子們做的會文，心裏不大歡喜，○黄評：乃翁外行，尚且不喜，休怪房官主考矣。説道：「這個文章如何得中！如今趁我來家，須要請個先生來教訓他們纔好。」每日躊躕這一件事。○黄評：借此遞到余有達，總歸到五河縣。

那一日，門上人進來禀道：「揚州蕭二相公來拜。」湯鎮臺道：「這是我蕭世兄，我會着還認他不得哩。」連忙教請進來。蕭柏泉進來見禮。○黄評：蕭姑娘、余美人不過大祭應用之人，然既出此二人，不可不略爲點染，故即借以引出余先生。鎮臺見他美如冠玉，衣冠儒雅，和他行禮奉坐。蕭柏泉道：「世叔恭喜回府，小侄就該來請安。因這些時南京翰林侍講高老先生告假回家，在揚州過，小侄陪了他幾時，所以來遲。」○齊評：總要扯一個闊些的人做話搭頭。○天二評：高老先生最喜相公，宜其契合。（天一評「相公」作「戲子」，下多「柏泉美貌」） 湯鎮臺道：「世兄恭喜入過學了？」蕭柏泉道：「蒙前任大宗師考補博士弟子員。這領青衿〔四〕不爲希罕，却喜小侄的文章前三天滿城都傳遍了，○齊評：虧他老臉。果然蒙大宗師賞鑒，可見甄拔的不差。」○黄評：此他人諛詞，而夫子自道。○天一、二評：又似武書口角。○天二評：大約場屋中人總喜以考作自張門面。可見武書初時器識無大異於蕭柏泉，後得虞、杜甄陶始成正果。 湯鎮臺見他説話伶俐，便留他在書房裏吃飯，叫兩個公子陪他。到下午，鎮臺自己出來説，要請一位先生替兩個公子講舉業。蕭柏泉道：「小侄近來有個看會文的先生，是五河縣人，姓余，名特，字有達，是一位明經先生，舉業其實好的。今年在一個鹽務人家做館，他不甚得意。世叔若要請先生，只有這個先生好。世叔寫一聘書，着一位世兄同小侄去會過余先生，就可以同來。每年館穀也不過五六十金。」○天一評：湯鎮臺欲請余大先生，宜自往拜，不當但令其子去。此亦蕭姑娘誤之。 湯鎮臺聽罷大喜，留蕭柏泉住了兩夜，寫了聘書，即命大公子叫了一個草上飛，同蕭柏泉到揚州去，往河下賣鹽的吴家拜余先生。蕭柏泉叫他寫個晚生帖子，○天一、二評：既寫聘書即該用門生帖子，如何令其寫「晚生」？宜余有達之不應也。 將來進館，再换門生帖。大爺説：「半師半友，○黄評：何故要「半師半友」？大爺身分自是不同。 只好寫個『同學晚弟。』」○天一評：湯大滿腹鎮臺少爺更不足言。 蕭柏泉拗不過，只得拿了帖子同到那裏。門上傳進帖去，請到書房裏坐。只見那余先生頭戴方巾，身穿舊寶藍直裰，脚下朱履，白净面皮，三綹髭鬚，近視眼，約有五十多歲的光景，出來同二人作揖坐下。余有達道：「柏泉兄，前日往儀徵去，幾時回來的？」蕭柏泉道：「便是到儀徵去看敝世叔湯大人，留住了幾天。這位就是湯世兄。」因在袖裏拿出湯大爺的名帖遞過來。余先生接着看了放在桌上，説道：「這個怎麽敢當？」蕭柏泉就把要請他做先生的話説了一遍，道：「今特來奉拜。如蒙臺允，即送書金過來。」余有達笑道：「老先生大位〔五〕，公子高才，我老拙無能，豈堪爲一日之長？〇黄評：此二語從「同學晚弟」上來。容斟酌再來奉覆罷。」兩人辭别去了。

次日，余有達到蕭家來回拜，説道：「柏泉兄，昨日的事不能遵命。」蕭柏泉道：「這是甚麽緣故？」余有達笑道：「他既然要拜我爲師，怎麽寫『晚弟』的帖子拜我？可見就非求教之誠。〇齊評：請先生之説，不過借作過文耳。這也罷了。小弟因有一個故人在無爲州做刺史，前日有書來約我，我要到那裏走走。〇天一評：即借他口中轉出下文。他若幫襯我些須，强如坐一年館。〇黄評：其實做了此館也罷，較勝無爲州一行。我也就在這數日内要辭别了東家去。湯府這一席，柏泉兄竟轉薦了别人罷。」蕭柏泉不能相强，回覆了湯大爺。另請别人去了。

不多幾日，余有達果然辭了主人，收拾行李回五河。他家就在余家巷。進了家門，他同胞的兄弟出來接着。他這兄弟名持，○黄評：名字一「特」一「持」，安下許多後文。字有重，也是五河縣的飽學秀才。

此時五河縣發了一個姓彭的人家，中了幾個進士，選了兩個翰林。五河縣人眼界小，便闔縣人同去奉承他。又有一家，是徽州人，姓方，在五河開典當行鹽，就冒了籍，要同本地人作婣親。初時這余家巷的余家還和一個老鄉紳的虞家是世世爲婚婣的，這兩家不肯同方家做親。○黄評：方家出身可想。後來這兩家出了幾個没廉耻不才的人，貪圖方家賠贈，娶了他家女兒，彼此做起親來。後來做的多了，方家不但没有分外的賠贈，反説這兩家子仰慕他有錢，求着他做親。○天二評：勢必至此。所以這兩家不顧祖宗臉面的有兩種人：一種是呆子，那呆子有八個字的行爲：「非方不親，非彭不友。」一種是乖子，那乖子也有八個字的行爲：「非方不心，非彭不口。」○黄評：「心」「口」二字，虐，後文許多惡俗談吐皆從此二字寫出。○齊評：精煉，的確可謂老筆紛披。這話是説那些呆而無耻的人，假使五河縣没有一個冒籍姓方的，他就可以不必有親；没有個中進士姓彭的，他就可以不必有友。這樣的人，自己覺得勢利透了心，其實呆串了皮。那些奸滑的，心裏想着同方家做親，方家又不同他做，他却不肯説出來，只是嘴裏扯謊嚇人，説：「彭老先生是我的老師。彭三先生把我邀在書房裏説了半天的知心話。」又説：「彭四先生在京裏帶書子來給我。」人聽見他這些話，也就常時請他來吃杯酒，要他在席上説這些話嚇同席吃酒的人。○齊評：鏤心擢腎、追魂攝魄之談。○天二評：惡爛至此，然而世間真有此等人，非脱空揑造。其風俗惡賴〔六〕如此。

這余有達、余有重弟兄兩個，守着祖宗的家訓，閉户讀書，不講這些隔壁賬的勢利。余大先生各府、州、縣作游，相與的州、縣官也不少，但到本縣來總不敢説。因五河人有個牢不可破的見識，總説但凡是個舉人、進士，就和知州、知縣是一個人，不管甚麽情都可以進去説，知州、知縣就不能不依。○齊評：但知看重鄉紳，不知別的。此方猶有古風。○天一評：遍地如此，豈特五河。假使有人説縣官或者敬那個人的品行，或者説那人是個名士，要來相與他，就一縣人嘴都笑歪了。○黄評：錮習如此，非先生妙筆寫不出，然疾之深矣。就像不曾中過舉的人，要想拿帖子去拜知縣，知縣就可以叉着膊子叉出來。總是這般見識。余家弟兄兩個，品行文章是從古没有〔七〕的；○黄評：觀後文始知此語之妙。因他家不見本縣知縣來拜，又同方家不是親，又同彭家不是友，所以親友們雖不敢輕他，却也不知道敬重他。

那日，余有重接着哥哥進來，拜見了，備酒替哥哥接風，細説一年有餘的話。吃過了酒，余大先生也不往房裏去，在書房裏老弟兄兩個一床睡了。夜裏，大先生向二先生〔八〕説要到無爲州看朋友去。二先生道：「哥哥還在家裏住些時。我要到府裏科考，○黄評：觀後文，大得此一考。等我考了回來，哥哥再去罷。」余大先生道：「你不知道，我這揚州的館金已是用完了，要趕着到無爲州去弄幾兩銀子回來過長夏。你科考去不妨，家裏有你嫂子和弟媳當着家。我弟兄兩個原是關着門過日子，要我在家怎的？」二先生道：「哥這番去，若是多抽豐得幾十兩銀子，回來把父親母親葬了。靈柩在家裏這十幾年，我們在家都不安。」○齊評：帶叙帶伏，明白而又曲折，有文生情、情生文之妙。大先生道：「我也是這般想，回來就要做這件事。」又過了幾日，大先生往無爲州去了。

又過了十多天，宗師牌到，按臨鳳陽。余二先生便束裝往鳳陽，租個下處住下。這時是四月初八日。初九日宗師行香，初十日挂牌收詞狀，十一日挂牌考鳳陽八屬儒學生員，十五日發出生員覆試案來，每學取三名覆試。○黄評：不見後文，定以此處細寫日子爲累贅。余二先生取在裏面。十六日進去覆了試，十七日發出案來，余二先生考在一等第二名，○天一、二評：細書日月，爲後文張本。在鳳陽一直住到二十四，送了宗師起身，方纔回五河去了。○黄評：閲者須記明日子。

大先生來到無爲州，那州尊着實念舊，留着住了幾日，説道：「先生，我到任未久，不能多送你些銀子，而今有一件事，你説一個情罷，我准了你的。這人家可以出得四百兩銀子〔九〕，有三個人分。○天二評：小人之愛人也以姑息。先生可以分得一百三十多兩銀子，權且拿回家去做了老伯、老伯母的大事。我將來再爲情罷。」○天一評：做官的從不肯將體己錢來幫人，大都是借花獻佛。余大先生歡喜，○黄評：此何等事而「歡喜」耶！應前「品行」一語也。謝了州尊，出去會了那人。那人姓風，名影，是一件人命牽連的事。余大先生替他説過，州尊准了，出來兑了銀子，辭別知州收拾行李回家。○黄評：此處不寫日子，後文始見。○天一評：余大先生平素無玷，只此一節未免有愧白圭。

因走南京過，想起：「天長杜少卿住在南京利涉橋河房裏，○黄評：借此又寫少卿。是我表弟，何不順便去看看他？」便進城來到杜少卿家。杜少卿出來接着，一見表兄，心裏歡喜，行禮坐下，説這十幾年闊別的話。余大先生嘆道：「老弟，你這些上好的基業，可惜棄了。你一個做大老官的人，而今賣文爲活，怎麼弄的慣？」杜少卿道：「我而今在這裏，有山川朋友之樂，○黄評：「山川朋友」却勝於上好基業。倒也住慣了。不瞞表兄説，我愚弟也無甚麼嗜好，夫妻們帶着幾個兒子，布衣蔬食，心裏淡然。○齊評：存此冲淡之念，何往而不可自得其樂耶！○則仙評：大家子弟如此下場，總算極高尚極有品行的了。然而少卿不凡。喬木山人。那從前的事，也追悔不來了。」○黃評：少卿進於道矣。說罷奉茶與表兄吃。吃過，杜少卿自己走進去和娘子商量，要辦酒替表兄接風。此時杜少卿窮了，○黃評：要窮始知後文之有趣。辦不起，思量方要拿東西去當。這日是五月初三，却好莊濯江家送了一擔禮來與少卿過節。○天一評：帖上文來。小厮跟了禮，拿着拜匣，一同走了進來。那禮是一尾鰣魚，兩隻燒鴨，一百個粽子，二斤洋糖，拜匣裏四兩銀子。○黃評：濯江真解人。杜少卿寫回帖叫〔一〇〕了多謝，收了。那小厮去了。杜少卿和娘子說：「這主人做得成了。」當下又添了幾樣，娘子親自整治酒肴。○天二評：杜娘子能如是乎？不可及，不可及。遲衡山、武正字住的近，杜少卿寫說帖〔一一〕，請這兩人來陪表兄。二位來到，敘了些彼此仰慕的話，在河房裏一同吃酒。

吃酒中間，余大先生說起要尋地葬父母的話。遲衡山道：「先生，只要地下乾暖，無風無蟻，得安先人，足矣。那些發富發貴的話，都聽不得。」余大先生道：「正是。敝邑最重這一件事。人家因尋地艱難，每每耽誤〔一二〕着先人不能就葬。小弟却不曾究心於此道。請問二位先生：這郭璞之說，是怎麼個源流？」遲衡山嘆道：「自家人墓地之官不設，族葬之法不行，士君子惑於龍穴、沙水之說，自心裏要想發達，不知已墮於大逆不道。」○齊評：振聾發聵，出語有棱。○天一評：衡山通儒，此論甚爽。余大先生驚道：「怎生便是大逆不道？」○黄評：余大先生鈍根。遲衡山道：「有一首詩念與先生聽：『氣散風衝那可居，先生埋骨理何如？日中尚未逃兵解，世上人猶信《葬書》！』這是前人吊郭公墓的詩。○則仙評：透澈之至。橘仙。小弟最恨而今術士托於郭璞之説，動輒便説：『這地可發鼎甲，可出狀元。』請教先生：狀元官號始於唐朝，郭璞晉人，何得知唐有此等官號，○天二評：此其所以爲仙。就先立一法，説是個甚麼樣的地就出這一件東西？這可笑的緊！若説古人封拜都在地理上看得出來，試問淮陰葬母，行營高敞地，而淮陰王侯之貴，不免三族之誅，這地是凶是吉？○黄評：此皆竹坨翁之論，作者借以醒世，非剿襲也。○齊評：韓信葬母用地高敞，乃是預爲置守冢儀從起見，原不是講風水。更可笑這些俗人，説本朝孝陵乃青田先生所擇之地。青田命世大賢，敷布兵、農、禮、樂，日不暇給，何得有閑工夫做到這一件事？洪武即位之時，萬年吉地，自有術士辦理，與青田甚麽相干！」

余大先生道：「先生，你這一番議論真可謂之發矇振聵。」武正字道：「衡山先生之言一絲不錯。前年我這城中有一件奇事，説與諸位先生聽。」余大先生道：「願聞，願聞。」武正字道：「便是我這裏下浮橋地方施家巷裏施御史家。」遲衡山道：「施御史家的事我也略聞，不知其詳。」武正字道：「施御史昆玉二位。施二先生説，乃兄中了進士，他不曾中，都是太夫人的地葬的不好，只發大房，不發二房，因養了一個風水先生在家裏，終日商議遷墳。○黄評：即是大逆不道。施御史道：『已葬久了，恐怕遷不得。』哭着下拜求他，○齊評：乃兄何以不能禁止乃弟，反要下拜求他？其中便有别故。○天一評：然則施御史爲人尚可取。他斷然要遷。那風水又拿話嚇他説：『若是不遷，二房不但不做官，還〔一三〕要瞎眼。』他越發慌了，托這風水到處尋地，家裏養着一個風水，外面又相與了多少風水。這風水尋着一個地，叫那些風水來覆。那曉得風水的講究叫做：父做子笑，子做父笑，○黄評：八字千古奇談，公然傳爲口頭語，而人猶不悟。○天一評：確如此。再没有一個相同的。但尋着一塊地，就被人覆了説：『用不得。』家裏住的風水急了，又獻了一塊地，便在那新地左邊，買通了一個親戚來説，夜裏夢見老太太鳳冠霞帔〔一四〕，指着這地與他看，要葬在這裏。○黄評：老太太竟算不到兒子要瞎眼，早知不尋這塊地。○天一評：該死。○天二評：老太太何不托夢於乃郎？因這一塊地是老太太自己尋的，所以别的風水纔覆不掉，便把母親硬遷來葬。到遷墳的那日，施御史弟兄兩位跪在那裏，纔掘開墳，看見了棺木，墳裏便是一鼓熱氣直衝出來，衝到二先生眼上，登時就把兩隻眼瞎了。○天二評：原説要瞎眼。郭璞先生不過如此。二先生越發信這風水竟是個現在的活神仙，○黄評：反説是活神仙，但未遷之前何以不瞎？能知過去未來之事，○齊評：形容呆子抑何刻酷。後來重謝了他好幾百兩銀子。」

余大先生道：「我們那邊也極喜講究的遷葬，少卿，這事行得行不得？」杜少卿道：「我還有一句直捷的話。這事朝廷該立一個法子，但凡人家要遷葬，叫他到有司衙門遞個呈紙，風水具了甘結：棺材上有幾尺水，幾斗幾升蟻。等開了，説得不錯，就罷了；如説有水有蟻，挖開了不是，即於挖的時候，帶一個劊子手，一刀把這奴才的狗頭斫下來。那要遷墳的，就依子孫謀殺祖父的律，立刻凌遲處死。○齊評：快論，快論。○天一、二評：妙哉！可惜朝廷不肯行此法。此風或可少息了。」余有達、遲衡山、武正字三人一齊拍手道：「説的暢快，説的暢快！拿大杯來吃酒！」又吃了一會，余大先生談起〔一五〕湯家請他做館的一段話，説了一回〔一六〕，笑道：「武夫可見不過如此。」○天一評：此事誤於蕭姑娘，乃枉及老湯。武正字道：「武夫中竟有雅不過的。」因把蕭雲仙的事細細説了，對杜少卿道：「少卿先生，你把那卷子拿出來與余先生看。」杜少卿取了出來。余大先生打開看了圖和虞博士幾個人的詩，看畢，乘着酒興，依韵各和了一首。三人極口稱贊。當下吃了半夜酒，一連住了三日。

那一日，有一個五河鄉里賣鴨的人，拿了一封家信來，説是余二老爹帶與余大老爹的。余大先生拆開一看，面如土色。○天二評：亦如匡超人見潘三訪單。只因這一番，有分教：弟兄相助，真耽式好之情；朋友交推，又見同聲之誼。畢竟書子裏説些甚麽，且聽下回分解。

【總評】

齊評　但知勢位富厚，不論品行文章，愚人見識。固亦不能不如此，否則一縣盡高人韵士，天下安得有此清雅之俗哉！

葬論一段，痛哭流涕而言之。士君子當三復其言，莫作尋常稗官讀也。

【校記】

〔一〕故鄉，原作「故里」，抄本、蘇本、申一本同。從申二本和卷首目録改。

〔二〕二十，原作「兩十」，蘇本、申一本同。申二本作「十幾」。從抄本改。

〔三〕高要，原作「高遠」，抄本、蘇本、申一本同。從申二本改。

〔四〕衿，原作「矜」。蘇本和申一、二本作「襟」。從抄本改。

〔五〕大位，申一本作「大」，申二本作「二位」。

〔六〕惡賴，申二本作「鄙陋」。

〔七〕没有，申二本作「罕有」。

〔八〕生，原缺，蘇本同。從抄本和申一、二本補。

〔九〕「銀子」後抄本缺少十九個字。

〔一〇〕叫，申二本作「説」。

〔一一〕説帖，申一本作「帖子」，申二本作「了帖」。

〔一二〕耽誤，原作「擔誤」，抄本，蘇本、申一本同。從申二本改。

〔一三〕還，原作「遷」，蘇本同。從抄本和申一、二本改。

〔一四〕帔，原作「被」，抄本、蘇本同。申二本作「佩」。從申一本改。

〔一五〕起，原作「道」，抄本、蘇本同。從申一、二本改。

〔一六〕回，原作「所」，蘇本同。申一本作「齊」，申二本作「廳」。從抄本改。

第四十五回〔一〕

敦友誼代兄受過　講堪輿回家葬親

話説余大先生把這家書拿來遞與杜少卿看，上面寫着大概的意思説：「時下有一件事，在這裏辦着，大哥千萬不可來家。我聽見大哥住在少卿表弟家，最好放心住着，等我把這件事料理清楚了來接大哥，那時大哥再回來。」余大先生道：「這畢竟是件甚麼事？」○天二評：前回既云「面如土色」，則已知東窗事發，此假作不知耳。○則仙評：此事又直犯嚴貢生訟事，然而並無一筆重複，亦是《外史》得意之作。丁未清和則仙。杜少卿道：「二表兄既不肯説，表兄此時也没處去問，且在我這裏住着，自然知道。」余大先生寫了一封回書説：「到底是件甚麼事，兄弟可作速細細寫來與我，我不着急就是了。若不肯給我知道，我倒反焦心。」○黄評：你若知道，豈止「焦心」。○天一評：没頭没腦叙來，又一筆法。此時余大先生尚未知而讀者已猜着幾分。

那人拿着回書回五河，送書子與二爺。二爺正在那裏和縣裏差人説話，○齊評：

轉入，輕便之極。接了回書，打發鄉里人去了，向那差人道：「他那裏來文，説是要提要犯余持。我並不曾到過無爲州，我爲甚麽去？」差人道：「你到過不曾到過，那個看見？我們辦公事，只曉得照票子尋人。我們衙門裏拿到了强盗、賊，穿着檀木靴還不肯招哩！○天二評：是差人聲口。那個肯説真話？」余二先生没法，只得同差人到縣裏，在堂上見了知縣，跪着稟道：「生員在家，並不曾到過無爲州，太父師這所准的事，生員真個一毫不解。」知縣道：「你曾到過不曾到過，本縣也不得知，現今無爲州有關提在此，你説不曾到過，你且拿去自己看。」隨在公案上，將一張硃印墨標的關文叫值堂吏遞下來看。余持接過一看，只見上寫的是：

無爲州承審被參知州贓案裏，有貢生余持過贓一款，是五河縣人……

余持看了道：「生員的話太父師可以明白了。這關文上要的是貢生余持，生員離出貢還少十多年哩。」説罷遞上關文來，回身便要走了去。○黄評：二先生比大先生利害多了，前固云「弟兄品行文章從古没有」也。知縣道：「余生員，不必大忙，你纔所説，却也明白。」隨又叫禮房問：「縣裏可另有個余持貢生？」禮房值日書辦稟道：「他余家就有貢生，却没有個余持。」余持又稟道：「可見這關文是個捕風捉影的了。」○黄評：正是風影。○天二評：原是捕風捉影的來頭。起身又要走了去，知縣道：「余生員，你且下去，把這些情由具一張清白呈子來，我這裏替你回覆去。」

余持應了下來，出衙門同差人坐在一個茶館裏吃了一壺茶，起身又要走。差人扯住道：「余二相，你往那裏走？大清早上，水米不沾牙，從你家走到這裏，就是辦皇差也不能這般寡刺！難道此時又同了你去不成？」余二先生道：「你家老爺叫我出去寫呈子。」差人道：「你纔在堂上説你是生員，做生員的，一年幫人寫到頭，○黄評：視爲固然。倒是自己的要去尋别人？○齊評：調侃不少。對門這茶館後頭就是你們生員們寫狀子的行家，○黄評：且有「行家」。你要寫就進去寫。」余二先生没法，只得同差人走到茶館後面去。差人望着裏邊一人道：「這余二相要寫個訴呈，你替他寫寫。他自己做稿子，你替他謄真〔二〕，用個戳子。他不給你錢，少不得也是我當災！昨日那件事，關在飯店裏，我去一頭〔三〕來。」

余二先生和代書拱一拱手。只見桌傍板凳上坐着一個人，頭戴破頭巾，身穿破直裰，脚底下一雙打板唱曲子的鞋，○黄評：絶倒。認得是縣裏吃葷飯的朋友唐三痰。唐三痰看見余二先生進來説道：「余二哥，你來了，請坐。」余二先生坐下道：「唐三哥，你來這裏的早。」唐三痰道：「也不算早了。我絶早同方六房裏六老爺吃了麵，送六老爺出了城去，纔在這裏來。○黄評：「非方不口」。○齊評：隨口帶出方老六，何其敏速也。

○天一評：惡爛。你這個事我知道。」因扯在旁邊去，悄悄説道：「二先生，你這件事雖非欽件，將來少不得打到欽件裏去。你令兄現在南京，誰人不知道？自古『地頭文書鐵箍桶』，總以當事爲主，當事是彭府上説了就點到奉行的，你而今作速和彭三老爺去商議。○黄評：又「非彭不口」。○齊評：如此轉入彭老三，可謂片帆飛渡。他家一門都是龍睁虎眼的脚色，只有三老還是個盛德人，你如今着了急去求他，他也還未必計較你平日不曾在他分上周旋處。他是大福大量的人，你可以放心去，不然我就同你去。○齊評：深深款款，真覺關切萬分。論起理來，這幾位鄉先生你們平日原該聯絡，○黄評：大似關切。這都是你令兄太自傲處。及到弄出事來，却又没有個靠傍。」余二先生道：「極蒙關切。但方纔縣尊已面許我回文，我且遞上呈子去，等他替我回了文去，再爲斟酌。」唐三痰道：「也罷，我看着你寫呈子。」當下寫了呈子，拿進縣裏去。知縣叫書辦據他呈子備文書回無爲州。書辦來要了許多紙筆錢去，是不消説。

過了半個月，文書回頭來，上寫的清白。寫着：

要犯余持，係五河貢生，身中，面白，微鬚，年約五十多歲。的於四月初八日在無爲州城隍廟寓所會風影會話，私和人命，隨於十一日進州衙關説。續於十六日州審録供之後，風影備有酒席送至城隍廟。風影共出贜銀四百兩，三人均分，余持得贓一百三十三兩有零。〇黄評：此葬費也，與馬二先生九十兩來頭相同，然馬二先生較勝，以非贓私也。二十八日在州衙辭行，由南京回五河本籍。贓證確據，何得諱稱並無其人？事關憲件，人命重情，煩貴縣查照來文事理，星即差押該犯赴州，以憑審結。望速！望速！

知縣接了關文，又傳余二先生來問。余二先生道：「這更有的分辨了。生員再細細具呈上來，只求太父師做主。」説罷下來，到家做呈子。他妻舅趙麟書説道：「姐夫，這事不是這樣説了，分明是大爺做的事，他左一回右一回雪片的文書來，姐夫爲甚麼自己纏在身上？不如老老實實具個呈子，説大爺現在南京，叫他行文到南京去關，姐夫落得乾净無事。我這裏『娃子不哭奶不脹』，爲甚麼把别人家的棺材拉在自己門口哭？」〇黄評：却不是「别人家棺材」，寫惡俗之惡如是。〇則仙評：（余二）先生實在難得，足以風世矣。丁未清和則仙。余二先生道：「老舅，我弟兄們的事，我自有主意，你不要替我焦心。」趙麟書道：「不是我也不説。你家大爺平日性情不好，得罪的人多。就如仁昌典方三房裏，仁大典方六房裏，〇黄評：又是方、彭。都是我們五門四關廂裏錚錚響的鄉紳，縣裏王公同他們是一個人，你大爺偏要拿話得罪他。〇黄評：不特自己奉承，還不許人不奉承。就是這兩天，方二爺同彭鄉紳家五房裏做了親家，五爺是新科進士，我聽見説就是王公做媒，擇的日子是出月初三日拜允。〇黄評：偏偏打聽明白。他們席間一定講到這事，彭老五也不要明説出你令兄不好處，只消微露其意，王公就明白了。〇齊評：想得曲折深細之至。那時王公作惡起來，反説姐夫你藏匿着哥，就耽不住了！還是依着我的話。」余二先生道：「我且再遞一張呈子。若那裏催的緊，再説出來也不遲。」趙麟書道：「再不，你去托托彭老五罷。」〇黄評：自己要敦戚誼，却不許人敦友誼，不過要他奉承方、彭，並非真正關切。〇齊評：餘音繞梁。余二先生笑道：「也且慢些。」趙麟書見説他不信，就回去了。〇天一評：虧的余二先生有主意，不然竟被他窘倒了。

余二先生又具了呈子到縣裏。縣裏據他的呈子回文道：

案據貴州移關：「要犯余持，係五河貢生，身中，面白，微鬚，年約五十多歲。的於四月初八日在無爲州城隍廟寓所會風影會話，私和人命，隨於十一日進州衙關説。續於十六日州審録供之後，風影備有酒席送至城隍廟。風影共出贜銀四百兩，三人均分，余持得贜一百三十三兩有零。二十八日在州衙辭行，由南京回五河本籍。贜證確據，何得諱稱並無其人？事關憲件，人命重情……」等因到縣。准此，本縣隨即拘傳本生到案，據供：生員余持，身中，面麻，微鬚，年四十四歲，係廩膳生員，未曾出貢。本年四月初八日，學憲按臨鳳陽，初九日行香，初十日懸牌，十一日科試八〔四〕學生員，該生余持進院赴考，十五日覆試案發取録。○黄評：雖虧來文「持」字譌錯，亦虧彼時恰值考試，有案可稽。 余持次日進院覆試，考居一等第二名。至二十四日送學憲起馬，回籍肄業。安能一身在鳳陽科試，又一身在無爲州詐贓？本縣取具口供，隨取本學册結對驗，該生委係在鳳陽科試，未曾到無爲詐贓，不便解送。恐係外鄉光棍頂名冒姓，理合據實回明，另輯審結云云。○天二評：此案蓋不過人命牽連，富翁懼累賄釋，並非親手行凶，故未免虎頭蛇尾。

這文書回了去，那裏再不來提了。余二先生一塊石頭落了地，寫信約哥回來。大先生回來，細細問了這些事，説：「全費了兄弟的心。」○黄評：何以對令弟。 便問：「衙門使費一總用了多少銀子？」二先生道：「這個話哥還問他怎的？哥帶來的銀子，料理下葬爲是。」○黄評：余大先生銀子葬父母，馬二先生銀子贈朋友，一孝一義，然來頭皆不正，細核之，一私和人命，一不過書呆，又大不同。○天二評：傷哉，貧也。

又過了幾日，弟兄二人商議，要去拜風水張雲峰。恰好一個本家來請吃酒，兩人拜了張雲峰，便到那裏赴席去。那裏請的没有外人，就是請的他兩個嫡堂兄弟：一個叫余敷，一個叫余殷。兩人見大哥、二哥來，慌忙作揖，彼此坐下，問了些外路的事。余敷道：「今日王父母在彭老二家吃酒。」○黄評：開口就提彭老二，真個「非彭不口」。

○齊評：非此不能開談。主人坐在底下道：「還不曾來哩，陰陽生纔拿過帖子去。」余殷道：「彭老四點了主考了。○黃評：無事不打聽，若關係甚切者。聽見前日辭朝的時候，他一句話回的不好，朝廷把他身子拍了一下。」○天一評：奇。余大先生笑道：「他也没有甚麽話説的不好，就是説的不好，皇上離着他也遠，怎能自己拍他一下？」余殷紅着臉道：「然而不然，○黃評：四字大通。他而今官大了，是翰林院大學士，又帶着左春坊，○黃評：官銜新。每日就要站在朝廷大堂上暖閣子裏議事。○黃評：朝廷有大堂暖閣。他回的話不好，朝廷怎的不拍他！○黃評：是是，該拍，該拍。難道怕得罪他麽？」○齊評：説得不亢不卑。○天一評：奇。○天二評：奇聞，得未曾有。主人坐在底下道：「大哥前日在南京來，聽見説應天府尹進京了？」余大先生還不曾答應，余敷道：「這個事也是彭老四奏的。○黃評：總要拉上彭老四，好似朝廷並無第二個官，只有一個彭老四。朝廷那一天問應天府可該换人？彭老四要薦他的同年湯奏，就説該换，他又不肯得罪府尹，唧唧的寫個書子帶來，叫府尹自己請陛見，所以進京去了。」余二先生道：「大僚更换的事，翰林院衙門是不管的。這話恐未必確。」○天二評：此等還要與他辨駁，二先生過於厚道。余殷道：「這是王父母前日在仁大典吃酒，席上親口説的，怎的不確！」○齊評：確而又確，但不知王父母吃酒説話是那個講與你聽得的？未知確否？説罷，擺上酒來。九個盤子：一盤青菜花炒肉、一盤煎鯽魚、一盤片粉拌鷄、一盤攤蛋、一盤葱炒蝦、一盤瓜子、一盤人参果、一盤石榴米、一盤豆腐乾。燙上滚熱的封缸酒來。○黄評：家鄉風味，令我鄉思不可遏矣。

吃了一會，主人走進去拿出一個紅布口袋，盛着幾塊土，紅頭繩子拴着，向余敷、余殷説道：「今日請兩位賢弟來，就是要看看這山上土色，不知可用得？」余二先生道：「山上是幾時破土的？」主人道：「是前日。」余敷正要打開拿出土來看，余殷奪過來道：「等我看。」劈手就奪過來，拿出一塊土來放在面前，把頭歪在右邊看了一會，把頭歪在左邊又看了一會，○黄評：畫也畫不出，是知畫筆不如文筆之妙。○齊評：看得細。拿手指頭掐下一塊土來，送在嘴裏，歪着嘴亂嚼。嚼了半天，把一大塊土就遞與余敷説道：「四哥，你看這土好不好？」○黄評：又要奪去，又説不出好歹，只好遞與四哥，四哥亦説不出，只好做鬼臉。余敷把土接在手裏，拿着在燈底下，翻過來把正面看了一會，翻過來又把反面看了一會，也掐了一塊土送在嘴裏，閉着嘴，閉着眼，慢慢的嚼。嚼了半日，睁開眼，又把那土拿在鼻子跟前儘着聞。○黄評：繪影繪聲手段。又聞了半天説道：「這土果然不好。」○齊評：更看得細。○天一評：寫余敷、余殷惡狀各極其致，句句令人欲嘔。○天二評：寫兩余盡態極妍，令人一讀一嘔。主人慌了道：「這地可葬得？」余殷道：「這地葬不得，葬了你家就要窮了！」○黃評：得四哥口聲，纔敢説要窮。究竟土是何味，爲何要窮？惜主人不追問也。

余大先生道：「我不在家這十幾年，不想二位賢弟就這般精於地理。」余敷道：「不瞞大哥説，經過我愚弟兄兩個看的地，一毫也没得辨駁的！」余大先生道：「方纔這土是那山上的？」余二先生指着主人道：「便是賢弟家四叔的墳商議要遷葬？」余大先生屈指道：「四叔葬過已經二十多年，家裏也還平安，可以不必遷罷。」余殷道：「大哥，這是那裏來的話！他那墳裏一汪的水，一包的螞蟻。○黃評：預備劊子手。做兒子的人，把個父親放在水窩裏、螞蟻窩裏，不遷起來還成個人？」○天一評：必須用杜少卿法處之。余大先生道：「如今尋的新地在那裏？」余殷道：「昨日這地不是我們尋的，○齊評：原來爲此。我們替尋的一塊地在三尖峰。我把這形勢説給大哥看。」因把這桌上的盤子撤去兩個，拿指頭蘸着封缸酒，在桌上畫個圈子，指着道：「大哥你看，這是三尖峰。那邊來路遠哩，從浦口山上發脈，一個墩，一個炮；一個墩，一個炮；一個墩，一個炮；彎彎曲曲，骨裏骨碌，一路接着滚了來。○黃評：「墩」「炮」竟有聲，又能滚。滚到縣裏周家岡，龍身跌落過峽，又是一個墩，一個炮，骨骨碌碌幾十個炮趕了來，結成一個穴情。這穴情叫做『荷花出水』。」

正説着，小厮捧上五碗麵。主人請諸位用了醋，把這青菜炒肉夾了許多堆在麵碗頭上，衆人舉起箸來吃。余殷吃的差不多，揀了兩根麵條，在桌上彎彎曲曲做了一個來龍，睁着眼道：「我這地要出個狀元。」○黄評：恭喜恭喜，合族感激。葬下去中了一甲第二也算不得，就把我的兩隻眼睛剜掉了！」○黄評：依少卿所言，似不止剜眼睛。○齊評：幾時請人下手？主人道：「那地葬下去自然要發？」余敷道：「怎的不發？就要發！並不等三年五年！」○齊評：三年五年足下眼睛恐已等不及矣。余殷道：「偎着就要發！你葬下去纔知道好哩。」○黄評：速速預備劊子手。余大先生道：「前日我在南京聽見幾位朋友説，葬地只要父母安，那子孫發達的話也是渺茫。」○天一評：何不把杜少卿法説出來。余敷道：「然而不然。○黄評：又一個「然而不然」。○齊評：連用「然而不然」句，可謂如聞其聲。父母果然安，子孫怎的不發？」余殷道：「然而不然。○黄評：此「然而不然」更出情理之外。彭府上那一座墳，一個龍爪子恰好搭在他太爺左膀子上，所以前日彭老四就有這一拍。○黄評：滴滴歸源，仍是「非彭不口」。其所言可能不噴飯？難道不是一個龍爪子？大哥，你若不信，明日我同你到他墳上去看，你纔知道。」又吃了幾杯，一齊起身道擾了〔五〕，小厮打着燈籠送進余家巷去，各自歸家歇息。

次日大先生同二先生商議道：「昨日那兩個兄弟説的話怎樣一個道理？」○黄

評：妙在余大先生信之。二先生道：「他們也只説的好聽，○天一評：亦無甚好聽。究竟是無師之學，我們還是請張雲峰商議爲是。」大先生道：「這最有理。」次日，弟兄兩個備了飯，請張雲峰來。張雲峰道：「我往常時諸事沾二位先生的光，二位先生因太老爺的大事托了我，怎不盡心？」大先生道：「我弟兄是寒士，蒙雲峰先生厚愛，凡事不恭，但望恕罪。」二先生道：「我們只要把父母大事做了歸着，而今拜托雲翁，並不必講發富發貴，只要地下乾暖，無風無蟻，我們愚弟兄就感激不盡了。」張雲峰一一領命，過了幾日尋了一塊地，就在祖墳旁邊。余大先生、余二先生同張雲峰到山裏去，親自覆了這地，托祖墳上山主用二十兩銀子買了，托張雲峰擇日子。

日子還不曾擇來，那日閑着無事，大先生買了二斤酒，辦了六七個盤子，打算老弟兄兩個自己談談。到了下晚時候，大街上虞四公子寫個説帖〔六〕來，寫道：

今晚薄治園蔬，請二位表兄到荒齋一叙，勿外〔七〕是荷。虞梁頓首。

余大先生看了向那小厮道：「我知道了。拜上你家老爺，我們就來。」打發出門，隨即一個蘇州人，在這裏開糟坊的，打發人來請他弟兄兩個到糟坊裏去洗澡。大先生向二先生道：「這凌朋友家請我們，又想是有酒吃，我們而今擾了凌風家，再到虞表弟家去。」○天二評：既約定虞家又欲兼兩家，得無貪食？（天一評「得無」作「未免」）○則仙評：此與後文成老爹十八日之事遥遥相應。先賓後主，行文一定法也。弟兄兩個相携着來到凌家，一進了門，聽得裏面一片聲吵嚷。却是凌家因在客邊，雇了兩個鄉里大脚婆娘，主子都同他偷上了。五河的風俗是個個人都要同雇的大脚婆娘睡覺的。不怕正經敞廳裏擺着酒，大家説起這件事，都要笑的眼睛没縫，欣欣得意，不以爲羞耻的。○黄評：好風俗。凌家這兩個婆娘，彼此疑惑，你疑惑我多得了主子的錢，我疑惑你多得了主子的錢，争風吃醋，打吵起來。又大家搬楦頭，説偷着店裏的店官，店官也跟在裏頭打吵，把厨房裏的碗兒、盞兒、碟兒打的粉碎，又伸開了大脚，把洗澡的盆〔八〕桶都翻了。○黄評：笑死人了。余家兩位先生酒也吃不成，澡也洗不成，○則仙評：絶倒。倒反扯勸了半日，○天二評：亦可以不扯勸。辭了主人出來。主人不好意思，千告罪，萬告罪，説改日再請。

兩位先生走出凌家門，便到虞家。虞家酒席已散，大門關了。余大先生笑道：「二弟，我們仍舊回家吃自己的酒。」○天二評：吃自己的酒是最穩的，那知也不。二先生笑着，同哥到了家裏，叫拿出酒來吃。不想那二斤酒和六個盤子已是娘娘們吃了，只剩了個空壺、空盤子在那裏。○天二評：兩余先生儉樸，想女眷亦久枯渴，現成酒菜不作客套也。大先生道：「今日有三處酒吃，一處也吃不成。○齊評：越是拿穩的事越發不穩。可見一飲一啄莫非前定。」弟兄兩個笑着吃了些小菜晚飯，吃了幾杯茶，彼此進房歇息。睡到四更時分，門外一片聲大喊，兩弟兄一齊驚覺，看見窗外通紅，知道是對門失火。慌忙披了衣裳出來，叫齊了鄰居，把父母靈柩搬到街上。那火燒了兩間房子，到天亮就救息了。靈柩在街上。五河風俗，説靈柩抬出門，再要抬進來，就要窮人家；所以衆親友來看，都説乘此抬到山裏，擇個日子葬罷。大先生向二先生道：「我兩人葬父母，自然該正正經經的告了廟，備祭辭靈，遍請親友會葬，豈可如此草率！依我的意思，仍舊將靈柩請進中堂，擇日出殯。」二先生道：「這何消説，如果要窮死，盡是我弟兄兩個當災。」〇黃評：此却難得，却非乖子做得來的。當下衆人勸着總不聽，喚齊了人，將靈柩請進中堂。候張雲峰擇了日子，出殯歸葬，甚是盡禮。那日，闔縣送殯有許多的人，天長杜家也來了幾個人。自此，傳遍了五門四關廂一個大新聞，説：余家兄弟兩個越發呆串了皮了，做出這樣倒運的事！只因這一番，有分教：風塵惡俗之中，亦藏俊彥；數米量柴之外，別有經綸。畢竟後事如何，且聽下回分解。

【總評】

卧評　俗語云：「吃了自己的清水白米飯，去管别人家的閑事。」如唐三痰輩，日日在縣門口說長論短，究竟與自己穿衣吃飯有何益處？而白首爲之而不厭耶！此如溷厠中蛆蟲，翻上翻下，忙忙急急，若似乎有許多事者，○黄評：比擬絶妙。然究竟日日如此，何嘗翻出厠坑之外哉！○天一評：妙喻。○天二評：痛快，的確。

唐三痰路人耳，不足怪也；趙麟書亦係余大先生之親串，何苦如此！寫薄俗澆漓先自親串始，有味乎其言之。○黄評：可見是醒世之書，非駡世也。

口口帶定彭鄉紳、方鹽商，是此篇扼要處。

觀余敷、余殷兩弟兄之口談，知其爲一字不通之人〔九〕，堪輿之學不必言矣。其妙處在於活色生香，呼之欲出，呆形呆氣，如在目前也。○黄評：此等人最可惡，何得謂之「呆」。或問何以可惡？答曰：勝似掘墳賊。

天一評 唐三痰一輩，評者比之糞蛆，似矣；然彼方、彭者，又何嘗非溷厠中物乎！

【校記】

〔一〕五，原作「四」，從抄本、蘇本和申一、二本改。

〔二〕真，申二本作「正」。

〔三〕一頭，申二本作「一回」。

〔四〕八，原作「入」，抄本同。從蘇本和申一、二本改。

〔五〕道擾了，申一、二本作「道了擾」。

〔六〕寫個說帖，申一本作「寫個請帖」，申二本作「送了請帖」。

〔七〕外，申二本作「卻」。

〔八〕盆，原作「都」，抄本同。從蘇本和申一、二本改。

〔九〕人，原作「文」，抄本同。從蘇本和申一、二本改。

第四十六回

三山門賢人餞别　五河縣勢利熏心

話説余大先生葬了父母之後，和二先生商議，要到南京去謝謝杜少卿；又因銀子用完了，順便就可以尋館。○黄評：此回以余大先生爲餞索，其復到南京，爲寫虞博士之去也，其復返五河，爲重寫五河也，却因謝少卿兼尋館，便渾然無迹。○天一評：此回反從南京之事還入五河，並以余大先生爲餞索。收拾行李，别了二先生，過江到杜少卿河房裏。杜少卿問了這場官事，余大先生細細説了。○黄評：何能出諸口。杜少卿不勝嘆息。○天一評：此事未必當少卿之意，故只以「太息」二字概之。○則仙評：藴藉之至，虞先生(博士)陶鎔之力也。正在河房裏閑話，外面傳進來，有儀徵湯大老爺來拜。○黄評：寫湯鎮臺之來，欲其與博士、徵君、衡山、雲仙、正字，榜前數人相會，作一總結，余大先生不過餞索，其品學不足與諸人抗衡也。至馬二先生，又當别論。余大先生問是那一位，杜少卿道：「便是請表兄做館的了，不妨就會他一會。」正説着，湯鎮臺進來，叙禮坐下。湯鎮臺道：「少卿先生，○天一評：四十三回湯大爺自言與杜少卿世弟兄，則湯鎮臺不當稱「少卿先生」。前在虞老先生齋中得接光儀，不覺鄙吝頓消，○天二評：此事前文未見。隨即登堂，不得相值，又懸我一日之思。此位老先生尊姓？」杜少卿道：「這便是家表兄余有達，老伯去歲曾要相約做館的。」鎮臺大喜道：「今日無意中又晤一位高賢，真爲幸事。」從新作揖坐下。余大先生道：「老先生功在社稷，今日角巾私第，口不言功，真古名將風度。」湯鎮臺道：「這是事勢相逼，不得不爾。至今想來究竟還是意〔二〕氣用事，並不曾報效得朝廷，倒惹得同官心中不快活，○黃評：可見湯鎮臺亦知爲雷太守所算。却也悔之無及。」○齊評：這是真話，所謂過後方知也。然凡事能自己覺得，並肯認差，尚不失爲君子。○天一評：湯鎮臺五岳平矣。余大先生道：「這個，朝野自有定論，老先生也不必過謙了。」杜少卿道：「老伯此番來京貴幹？現寓何處？」湯鎮臺道：「家居無事，偶爾來京，借此會會諸位高賢。敝寓在承恩寺。弟就要去拜虞博士並莊徵君賢竹林。」吃過茶，辭別出來。余大先生同杜少卿送了上轎。余大先生暫寓杜少卿河房。

這湯鎮臺到國子監拜虞博士，那裏留下帖，回了不在署。隨往北門橋拜莊濯江，裏面見了帖子，忙叫請會。這湯鎮臺下轎進到廳事，主人出來，敘禮坐下，道了幾句彼此仰慕的話。湯鎮臺提起要往後湖拜莊徵君，莊濯江道：「家叔此刻恰好在舍，何不竟請一會?」○黄評:若往拜莊徵君,必不能會,妙在即於濯江處見之,省却許多筆墨。湯鎮臺道:「這便好的極了。」莊濯江吩咐家人請出莊徵君來,同湯鎮臺拜見過,叙坐。又吃了一遍茶,莊徵君道:「老先生此來,恰好虞老先生尚未榮行,又重九相近,我們何不相約作一個登高會?就此便奉餞虞老先生,又可暢聚一日。」莊濯江道:「甚好。訂期便在舍間相聚便了。」○黄評:濯江解人,不可多得。湯鎮臺坐了一會,起身去了,説道:「數日内登高會再接教,可以爲盡日之談。」説罷二位送了出來。湯鎮臺又去拜了遲衡山、武正字。莊家隨即着家人送了五兩銀子到湯鎮臺寓所代席。

過了三日,管家持帖邀客,請各位早到。莊濯江在家等候,莊徵君已先在那裏。少刻,遲衡山、武正字、杜少卿〔二〕都到了。莊濯江收拾了一個大敞榭,四面都插了菊花。此時正是九月初五,○黄評:不定用九日,避俗套也。天氣亢爽,各人都穿着袷衣,啜茗閑談。又談了一會,湯鎮臺、蕭守府、虞博士都到了,衆人迎請進來,作揖坐下。湯鎮臺道:「我們俱係天涯海角之人,今幸得賢主人相邀一聚,也是三生之緣。又可惜虞老先生就要去了,此聚之後,不知快晤又在何時?」○天一、二評:淡語傷神。莊濯江道:「各位老先生當今山斗,今日惠顧茅齋,想五百里内賢人聚矣。」○黄評:正謂榜前數人。

坐定，家人捧上茶來。揭開來，似白水一般，香氣芬馥，銀針都浮在水面。吃過，又換〔三〕了一巡真天都，雖是隔年陳的，那香氣尤烈。〇天二評：借吃茶回應前文，有意無意。（天一評末句作「若有意若無意」）虞博士吃着茶笑説道：「二位老先生當年在軍中，想不見此物。」蕭雲仙道：「豈但軍中，小弟在青楓城六年，得飲白水，已爲厚幸，只覺强於馬溺多矣！」〇齊評：一語足抵千百語。湯鎮臺道：「果然青楓水草可支數年。」〇黄評：借茶引出水草，便補寫雲仙之能讀書。莊徵君道：「蕭老先生博雅，真不數北魏崔浩。」遲衡山道：「前代後代，亦時有變遷的。」〇天一評：通人之言。〇天二評：衡山此論不迂。杜少卿道：「宰相須用讀書人，將帥亦須用讀書人。若非蕭老先生有識，安能立此大功？」武正字道：「我最可笑的，邊庭上都督不知有水草，部裏書辦核算時偏生知道。這不知是司官的學問還是書辦的學問？若説是司官的學問，怪不的朝廷重文輕武；若説是書辦的考核，可見這大部的則例是移動不得的了。」説罷，一齊大笑起來。〇黄評：寫出公事可笑。〇則仙評：各人口氣一絲不走，是《外史》細心處。白鷗池釣徒庚戌中秋。

戲子吹打已畢，奉席讓坐。戲子上來參堂。莊飛熊起身道：「今日因各位老先生到舍，晚生把梨園榜上有名的十九名都傳了來，〇天二評：馬齒加長，不知風韻猶存否。求各位老先生每人賞他一齣戲。」虞博士問：「怎麽叫做『梨園榜』？」余大先生把昔年杜慎卿這件風流事述了一遍。衆人又大笑。湯鎮臺向杜少卿道：「令兄已是銓選部郎了？」○黄評：借戲子了慎卿。○天一評：暗接慎卿。○天二評：虚結杜慎卿。杜少卿道：「正是。」武正字道：「慎卿先生此一番評騭，可云至公至明；只怕立朝之後做主考房官，又要目迷五色，奈何？」○齊評：千古一轍。衆人又笑了。當日吃了一天酒。做完了戲，到黄昏時分，衆人散了。莊濯江尋妙手〔四〕丹青畫了一幅「登高送別圖」，○黄評：濯江好事，然此雖俗套，與尋常繪圖有別。在會諸人都做了詩。又各家移樽到博士齋中餞別。

南京餞別虞博士的也不下千餘家。虞博士應酬煩了，凡要到船中送別的，都辭了不勞。那日叫了一隻小舡，在水西門起行，只有杜少卿送在舡上。杜少卿拜別道：「老叔已去，小侄從今無所依歸矣！」○黄評：二語亦令我凄然欲絶。蓋道義之交，非尋常之別。而此後餘文雖妙，不若此之可歌可泣矣。○齊評：送君者自崖而反，能不凄然。○天一評：黯然消魂。○則仙評：我欲下淚矣！茫茫世宇，知己如虞、杜者，能有幾哉！虞博士也不勝凄然。邀到舡裏坐下，説道：「少卿，我不瞞你説，我本赤貧之士，在南京來做了六、七年博士，每年積幾兩俸金，只挣了三十擔米的一塊田。我此番去，或是部郎，或是州縣，我多則做三年，少則做兩年，再積些俸銀，添得二十〔五〕擔米，每年養着我夫妻兩個不得餓死，就罷了。子孫們的事，我也不去管他。○齊評：賢而多財則損其智，愚而多財則益其過，爲子孫計，亦何必耶！現今小兒讀書之餘，我教他學個醫，可以糊口，我要做這官怎的？你在南京，我時常寄書子來問候你。」說罷和杜少卿灑淚分手。○黄評：傷如之何。○天二評：閲者至此亦不禁凄然淚下。或問何故？曰：《儒林外史》將完了。

杜少卿上了岸，看着虞博士的船開了去，望不見了，方纔回來〔六〕。○天一、二評：送君者自崖而返，而君自此遠矣。余大先生在河房裏，杜少卿把方纔這些話告訴他，余大先生嘆道：「難進易退，真乃天懷淡定之君子。○黄評：二語足以盡博士矣。我們他日出身皆當以此公爲法。」彼此嘆賞了一回。當晚余二先生有家書來約大先生回去，○黄評：一筆仍歸到五河。說：「表弟虞華軒家請的西席先生去了，要請大哥到家教兒子，目今就要進館，請作速回去。」○天一、二評：余大先生本到南京尋館，却不知仍在五河。余大先生向杜少卿說了，辭别要去。次日束裝渡江，杜少卿送過，自回家去。○黄評：了少卿。

余大先生渡江回家，二先生接着，拿帖子與乃兄看，上寫：

愚表弟虞梁，敬請余大表兄先生在舍教訓小兒，每年凈金四十兩，節禮在外。此訂。

大先生看了，次日去回拜。虞華軒迎了出來，心裏歡喜，作揖奉坐。小厮拿上茶來吃着。虞華軒道：「小兒蠢夯，自幼失學。前數年愚弟就想請表兄教他，因表兄出游在外。今恰好表兄在家，就是小兒有幸了。舉人、進士，我和表兄兩家車載斗量，也不是甚麽出奇東西。○黄評：五河縣正以此爲「出奇」。○齊評：真乃要言不煩。將來小兒在表兄門下，第一要學了表兄的品行，○黄評：品行誠高，莫要至無爲州。○天一評：只不要學他私和人命。這就受益的多了！」余大先生道：「愚兄老拙株守，兩家至戚世交，只和老弟氣味還投合的來。老弟的兒子就是我的兒子一般，我怎不盡心教導？若說中舉人、進士，我這不曾中過的人，或者不在行；至於品行文章，令郎自有家傳，愚兄也只是行所無事。」說罷彼此笑了。○天一評：數語心平氣和，却亦得體，非馬二先生輩所能言。擇了個吉日，請先生到館。余大先生絶早到了。虞小公子出來拜見，甚是聰俊。拜過，虞華軒送至館所。余大先生上了師位。

虞華軒辭別，到那邊書房裏去坐。纔坐下，門上人同了一個客進來。這客是唐三痰的哥，叫做唐二棒椎，○黄評：好稱謂，妙在並無名字。是前科中的文舉人，○天二評：主考何人？看中這棒椎。却與虞華軒是同案進的學。這日因他家先生開館，就踱了來，要陪先生。○天一評：不請自來，真好朋友。虞華軒留他坐下吃了茶，唐二棒椎道：「今日恭喜令郎開館。」虞華軒道：「正是。」唐二棒椎道：「這先生最好，只是坐性差些，又好弄這些雜學，〇黄評：余大先生而無「坐性」，誰信之？「雜學」大約即「雜覽」耳。荒了正務。論余大先生的舉業，雖不是時下的惡習，他要學國初帖括的排場，却也不是中和之業。」〇黄評：「中和之業」四字奇，此等文詞，舉人可知，而不知更有奇焉者在後。〇齊評：偏有這些似是而非之論。〇天一評：以余大先生未中故也。虞華軒道：「小兒也還早哩。如今請余大表兄，不過叫學他〔七〕些立品，不做那勢利〔八〕小人就罷了。」〇齊評：當和尚罵賊秃，華軒一肚皮不合時宜。〇天一、二評：當面罵他，畜生不懂。

又坐了一會，唐二棒椎道：「老華，我正有一件事要來請教你這通古學的。」〇黄評：妙在請教者並非古學。虞華軒道：「我通甚麽古學！你拿這話來笑我。」唐二棒椎道：「不是笑話，真要請教你。就是我前科僥倖，我有一個嫡侄，他在鳳陽府裏住，也和我同榜中了，又是同榜，又是同門。他自從中了，不曾到縣裏來，而今來祭祖。他昨日來拜我，是『門年愚侄』的帖子，我如今回拜他，可該用個『門年愚叔』？」〇齊評：然則如此説來，設或父子中在一房，該寫「門年愚子」、「門年愚父」帖子了。虞華軒道：「怎麽説？」唐二棒椎道：「你難道不曾聽見？我舍侄同我同榜同門，是出在一個房師房裏中的了，他寫『門年愚侄』的帖子拜我，我可該照様還他？」虞華軒道：「我難道不曉得同着一個房師叫做同門！但你方纔説的『門年愚侄』四個字，是鬼話，是夢話？」〇黄評：此必當時實事，非作者徒事詼諧。○天二評：鬼話者，夢話者。（天一評二句前各多「是」字）唐二棒椎道：「怎的是夢話？」虞華軒仰天大笑道：「從古至今也没有這樣奇事。」唐二棒椎變着臉道：「老華，你莫怪我説。○齊評：又要請教，又要變臉，此等人只宜拳而逐之，華軒真是不幸。○天一、二評：雖變了臉却亦不怒，以其有得他吃也。你雖世家大族，你家發過的老先生們離的遠了，你又不曾中過，○黄評：此等奇事，不曾中過舉人或反無之。這些官場上來往的儀制，你想是未必知道。我舍侄他在京裏不知見過多少大老，他這帖子的樣式必有個來歷，難道是混寫的？」虞華軒道：「你長兄既説是該這樣寫，就這樣寫罷了，○黄評：華軒之乖襯余有達之呆。何必問我！」唐二棒椎道：「你不曉得，等余大先生出來吃飯我問他。」○天一、二評：余大先生也没有中過。

正説着，小厮來説：「姚五爺進來了。」兩個人同站起來。姚五爺進來作揖坐下。虞華軒道：「五表兄，你昨日吃過飯怎便去了？晚裏還有個便酒等着，你也不來。」唐二棒椎道：「姚老五，昨日在這裏吃中飯的麽？我昨日午後遇着你，你現説在仁昌典方老六家吃了飯出來。○黄評：寫姚老五「非方不口」又一樣寫法。怎的這樣扯謊？」○齊評：足下又可學乖了。

小厮擺了飯，請余大先生來。余大先生首席，唐二棒椎對面，姚五爺上坐，主人下陪〔九〕。吃過飯，虞華軒笑把方纔寫帖子話説與余大先生，余大先生氣得兩臉紫漲，頸子裏的筋都耿出來，○黄評：余大先生實係書呆，除無爲州一行外，事事古道，可敬。觀榜上第余大先生於馬二先生之後，蓋兩先生皆迂，而究其所失，輕重懸殊也。○天二評：腐氣可掬。「耿」字奇妙。説道：「這話是那個説的？請問人生世上，是祖、父要緊，是科名要緊？」虞華軒道：「自然是祖、父要緊了，這也何消説得。」○齊評：這話不確。○天一評：唐二棒椎若曰科名要緊。余大先生道：「既知是祖、父要緊，如何纔中了個舉人，便丢了天屬之親，叔侄們認起同年同門來？這樣得罪名教的話，我一世也不願聽！二哥，你這位令侄，還虧他中個舉，竟是一字不通的人。○天二評：豈有舉人而不通者乎？豈有舉人而一字不通者乎？對曰：有！有！有！若是我的侄兒，我先拿他在祠堂裏祖宗神位前先打幾十板子纔好！」○黄評：非迂不得有快論。○天一評：打幾十板子何足以蠢之？我謂不如勒令出族。唐二棒椎同姚五爺看見余大先生惱得像紅蟲，知道他的迂性呆氣發了，講些混話，支開了去。

須臾，吃完了茶，余大先生進館去了。姚五爺起身道：「我去走走再來。」唐二棒椎道：「你今日出去，該説在彭老二家吃了飯出來的了！」○天二評：勢利小人互相譏誚，又安知唐二棒椎出去不説在彭老二家吃飯？吾見其人矣，吾聞其語矣。（天一評「互相譏誚」作「亦互相笑」，其後多「又」字） 姚五爺笑道：「今日我在這裏陪先生，人都知道的，不好説在別處。」○齊評：那裏有人知道。 笑着去了。○黄評：恬不知耻。

姚五爺去了一時又走回來，説道：「老華，廳上有個客來拜你，説是在府裏太尊衙門裏出來的，在廳上坐着哩，你快出去會他。」○天一評：干卿何事？又代人通報。虞華軒道：「我並没有這個相與，是那裏來的？」正疑惑間，門上傳進帖子來：「年家眷同學教弟季萑頓首拜。」○天一評：季葦蕭忽然出現。○天二評：季萑又一現。虞華軒出到廳上迎接。季葦蕭進來，作揖坐下，拿出一封書子，遞過來説道：「小弟在京師因同敝東家來貴郡，令表兄杜慎卿先生托寄一書，專候先生。今日得見雅範，實爲深幸。」虞華軒接過書子，拆開從頭看了，説道：「先生與我敝府厲公祖是舊交？」季葦蕭道：「厲公是敝年伯荀大人的門生，所以邀小弟在他幕中共事。」虞華軒道：「先生因甚公事下縣來？」季葦蕭道：「此處無外人，可以奉告。厲太尊因貴縣當鋪戥子太重，剥削小民，所以托弟下來查一查。」○齊評：這也不過是季葦蕭弄錢話頭，未必厲公管此閑事。 如其果真，此弊要除。」○黄評：此處季葦蕭是借用，以便形容五河縣之勢利並方鹽商之可惡。 虞華軒將椅子挪近季葦蕭跟前，低言道：「這是太公祖極大的仁政！敝縣别的當鋪原也不敢如此，只有仁昌、仁大方家〔一〇〕這兩個典鋪。他又是鄉紳，又是鹽典，又同府縣官相與的極好，所以無所不爲，百姓敢怒而不敢言。如今要除這個弊，只要除這兩家。況太公祖堂堂太守，何必要同這樣人相與？此説只可放在先生心裏，却不可漏泄説是小弟説的。」〇齊評：華軒聞葦蕭之言即信爲真。恐未必然也。〇天一評：寫華軒縝密，與虞、杜諸人不同。季葦蕭道：「這都領教了。」虞華軒又道：「蒙先生賜顧，本該備個小酌，奉屈一談；一來恐怕褻尊，二來小地方耳目衆多，明日備個菲酌送到尊寓，萬勿見却。」季葦蕭道：「這也不敢當。」説罷作別去了。

虞華軒走進書房來，姚五爺迎着問道：「可是太尊那裏來的？」虞華軒道：「怎麽不是。」姚五爺摇着頭笑道：「我不信！」唐二棒椎沉吟道：「老華，這倒也不錯。果然是太尊裏面的人？太尊同你不密邇，同太尊密邇的是彭老三、方老六他們二位。〇黄評：不知正查訪方老六。〇齊評：斷定無疑。我聽見這人來，正在這裏疑惑。他果然在太尊衙門裏的人，他下縣來，不先到他們家去，倒有個先來拜你老哥的？這個話有些不像。恐怕是外方的甚麽光棍，打着太尊的旗號，到處來騙人的錢，你不要上他的當！」〇黄評：承關切。〇天一評：何苦替人瞎用心。虞華軒道：「也不見得這人不曾去拜他們。」姚五爺笑道：「一定没有拜。若拜了他們，怎肯還來拜你？」〇黄評：奇談，不許他拜第三個人。〇齊評：然則你們都是拜不着他們，纔肯到這裏來的。虞華軒道：「難道是太尊叫他來拜我的?是天長杜慎卿表兄在京裏寫書子給他來的。這人是有名的季葦蕭。」唐二棒椎摇手道:「這話更不然!季葦蕭是定梨園榜的名士。他既是名士,京裏一定在翰林院衙門裏走動。況且天長杜慎老〔一〕同彭老四是一個人,○黄評:京裏只有一個彭老四。豈有個他出京來,帶了杜慎老的書子來給你,不帶彭老四的書子來給他家的?這人一定不是季葦蕭。」○黄評:並不許他是季葦蕭,更妙。○齊評:帶書子也須查查定例。○天二評:不許他替杜慎卿寄書給華軒,不許他不替彭老四寄書給家裏,並不許他叫季葦蕭。棒椎之爲物,豈不怪哉!(天一評末句作「真莫名其妙矣」)虞華軒道:「是不是罷了,只管講他怎的!」便駡小廝:「酒席爲甚麽到此時還不停當!」一個小廝走來禀道:「酒席已經停當了。」

一個小廝掮了被囊行李進來説:「鄉里成老爹到了。」只見一人,方巾,藍布直裰,薄底布鞋,花白鬍鬚,酒糟臉,進來作揖坐下,道:「好呀!今日恰好府上請先生,我撞着來吃喜酒。」○黄評:今朝便有吃。虞華軒叫小廝拿水來給成老爹洗臉,抖掉了身上腿上那些黄泥,一同邀到廳上,擺上酒來。余大先生首席,衆位陪坐。天色已黑,虞府廳上點起一對料絲燈來,還是虞華軒曾祖尚書公在武英殿御賜之物,今已六十餘年,猶然簇新。余大先生道:「自古説『故家喬木〔二〕』,果然不差。就如尊府這燈,我縣裏没有第二副〔三〕。」成老爹道:「大先生,『三十年河東,三十年河西』,就像三十年前，你二位府上何等氣勢〔一四〕，我是親眼看見的。而今彭府上、方府上，○黄評：總要拉到方、彭。都一年盛似一年。不説别的，府裏太尊、縣裏王公，都同他們是一個人，○齊評：聯貫而下，抑何言之不啻口出也。時時有内裏幕賓相公到他家來説要緊的話。百姓怎的不怕他！○黄評：怕他於你何益。像這内裏幕賓相公，再不肯到别人家去。」唐二棒椎道：「這些時可有幕賓相公來？」成老爹道：「現有一個姓『吉』的『吉』相公下來訪事，○黄評：又打聽不清楚，且纔從鄉里來，何得便知此等事？住在寶林寺僧官家。今日清早就在仁昌典方老六家。方老六把彭老二也請了家去陪着。三個人進了書房門，講了一天。不知太爺是作惡那一個，○黄評：妙在就是「作惡」方老六。叫這『吉』相公下來訪的。」○天二評：虚寫葦蕭訪事，迷離惝恍，不知如何消弭。從來公事有始無終，厲公雖賢，幕友未必能以實告。葦蕭之爲人，讀者已知之矣，故無須實寫。（天一評「虚寫」作「此暗寫」；無末十六個字）唐二棒椎望着姚五爺冷笑道：「何如？」

余大先生看見他説的這些話可厭，因問他道：「老爹去年准給衣巾了？」成老爹道：「正是。虧學臺是彭老四的同年，○黄評：也要拉上彭老四。求了他一封書子，所以准的。」余大先生笑道：「像老爹這一副酒糟臉，學臺看見着實精神，怎的肯准？」○黄評：余大先生不説輕薄話的，可見厭極了。○天二評：余大先生亦能發科。（天一評「發科」作「説刻薄話」）成老爹道：「我說我這臉是浮腫着的。」衆人一齊笑了。又吃了一會酒，成老爹道：「大先生，我和你是老了，没中用的了。英雄出於少年，怎得我這華軒世兄下科高中了，同我們這唐二老爺○齊評：真正個個周到。一齊會上進士，雖不能像彭老四做這樣大位，○黄評：又拉上彭老四，且派定不能做大位，蓋視彭老四直是天上人。或者像老三、老二候選個縣官，也與祖宗争氣，我們臉上也有光輝。」○天一評：又來了，可謂每飯不忘。余大先生看見這些話更可厭，因說道：「我們不講這些話，行令吃酒罷。」當下行了一個「快樂飲酒」的令，行了半夜，大家都吃醉了。成老爹扶到房裏去睡；打燈籠送余大先生、唐二棒椎、姚五爺回去。成老爹睡了一夜，半夜裏又吐，吐了又屙屎。○黄評：吐殺屙殺這老狗。○天一、二評：老狗貪吃，當場出醜。不等天亮，就叫書房裏的一個小小厮來掃屎，就悄悄向那小小厮說，叫把管租的管家叫了兩個進來。又鬼頭鬼腦，不知說了些甚麽，便叫請出大爺來。○天一、二評：可想而知。只因這一番，有分教：鄉僻地面，偏多慕勢之風；學校宫前，竟行非禮之事。畢竟後事如何，且聽下回分解。

【總評】

臥評 博士去而文壇自此冷落矣。虞博士是書中第一人，祭泰伯祠是書中第一事，自此以後皆流風餘韵。故寫博士之去惟少卿送之，而臨別數言，凄然欲絶，千載之下謦咳如聞。

薄俗澆漓中而有一二自愛之人，此衆口之所最不能容者也。虞華軒書房裏偏生有唐二棒椎、姚五爺來往，寫小地方之人情，出神入化，從來稗官無此筆仗。

唐二棒椎、姚五爺兩人，儘够令人作惡矣，偏又添出一個成老爹。文心如春盡之花，發泄無遺，○天二評：正如太史公作《史記》，至《貨殖傳》於筆發揮淋漓盡致。天工之巧，更不留餘也。

齊評　虞華軒清操自愛，矯矯異人；余有達同氣相求，喁喁莫逆。不意延師開塾，方翔白鶴於齋中；何期俗狀塵容，頓集青蠅於座上。傾談論古，幾於正不勝邪；信口開河，反覺寡難敵衆。可知互鄉沈痼，虞博士化導應窮；無怪安士輕遷，杜少卿逍遥遠遁耳。

【校記】

〔一〕還是意，原版空缺，抄本同。從蘇本和申一、二本補。

〔二〕杜少卿，原缺，抄本、蘇本和申一、二本均同。參齊本補。

〔三〕換，原作「喚」，抄本、蘇本和申一、二本均同。參齊本改。

〔四〕手，原作「子」，從抄本、蘇本和申一、二本改。

〔五〕二十，原作「兩十」，抄本、蘇本和申一、二本均同。從前後文一之。

〔六〕「回來」後抄本缺少二十個字。

〔七〕學他，申一、二本作「他學」。

〔八〕勢利，原作「世利」，抄本同。從蘇本和申一、二本改。

〔九〕陪，原作「部」，抄本同。從蘇本和申一、二本改。同一誤字，以下徑改不記。

〔一〇〕仁昌仁大方家，申二本作「方家仁昌仁大」。

〔一一〕杜慎老，申二本作「杜慎卿」，下句同。

〔一二〕木，原作「副」，從抄本、蘇本和申一、二本改。

〔一三〕副，原作「木」，從抄本、蘇本和申一、二本改。

〔一四〕氣勢，申二本作「聲勢」。

第四十七回

虞秀才重修玄武閣〔一〕　方鹽商大鬧節孝祠

○黃評：鹽商而大鬧節孝祠，不必看後文，其可惡已可見。

話説虞華軒也是一個非同小可之人。○天二評：虞、莊、杜三人之後，又出色寫一虞華軒，以見天下人才未嘗斷絶，雖黃茅白葦中，亦自有軼群之品，窮而在下，又嫉於薄俗，故爲矯激之行，不及諸君之渾厚。蓋世運愈衰而賢者亦不免與化推移也。（天一評「三人」作「諸人」；「渾厚」作「純粹」；「與化」作「與氣化相」）○天一評：作者行文至此亦不覺淋漓透發，正如太史公作《貨殖傳》，嬉笑怒駡，極情盡致，機調一變。他自小七八歲上就是個神童。後來經史子集之書，無一樣不曾熟讀，無一樣不講究，無一樣不通徹。到了二十多歲，學問成了，一切兵、農、禮、樂、工、虞、水、火之事，他提了頭就知到尾，文章也是枚、馬，詩賦也是李、杜。況且他曾祖是尚書，祖是翰林，父是太守，真正是個大家。無奈他雖有這一肚子學問，五河人總不許他開口。○黃評：非贊虞華軒，極言任是如此學問也不足奇，惟方、彭是希奇之物。

五河的風俗，説起那人有品行，他就歪着嘴笑；説起前幾十年的世家大族，他就鼻子裏笑；説那個人會做詩賦古文，他就眉毛都會笑。問五河縣有甚麽山川風景，是有個彭鄉紳；問五河縣有甚麽出産希奇之物，是有個彭鄉紳；問五河縣那個有品望，是奉承彭鄉紳；問那個有德行，是奉承彭鄉紳；問那個有才情，是專會奉承彭鄉紳。○黄評：痛寫一番，評者比之糞蛆，妙矣。可知方、彭亦是溷厠中物。○齊評：筆勢如飄風急雨之驟至，如輕車駿馬之奔馳。却另外有一件事，人也還怕，是同徽州方家做親家；還有一件事，人也還親熱，就是大捧的銀子拿出來買田。

虞華軒生在這惡俗地方，又守着幾畝田園，跑不到别處去，因此就激而爲怒。他父親太守公是個清官，當初在任上時過些清苦日子。虞華軒在家省吃儉用，積起幾兩銀子。此時太守公告老在家，不管家務。虞華軒每年苦積下幾兩銀子，便叫興販田地的人家來，説要買田、買房子。講的差不多，又臭駡那些人一頓，不買，以此開心。○齊評：妙極，妙極。一縣的人都説他有些痰氣〔二〕，○黄評：惟有此法。「痰氣」者，正佯狂玩世也。所以余大先生家無此等人。到底貪圖他幾兩銀子，所以來親熱他。

這成老爹是個興販行的行頭，那日叫管家請出大爺來，書房裏坐下，説道：「而今我那左近有一分田，水旱無憂，每年收的六百石稻。他要二千兩銀子。○則仙評：

若論現在田價，須貳萬有零。前日方六房裏要買他的，他已經打算賣給他，那些莊户不肯。」虞華軒道：「莊户爲甚麽不肯？」成老爹道：○天一評：又在成老爹口中寫方家之横。「莊户因方府上田主子下鄉要莊户備香案迎接，欠了租又要打板子，○黄評：寫方鹽商之横。所以不肯賣與他。」○天一評：據此言可知五河縣惡俗，鄉户亦然，田主無氣勢則反見欺矣。虞華軒道：「不賣給他，要賣與我，我下鄉是擺臭案的？我除了不打他，他還要打我？」○齊評：快如并州剪，爽如哀家梨。成老爹道：「不是這樣説。説你大爺寛宏大量，不像他們刻薄，而今所以來慫成〔三〕的。不知你的銀子可現成？」虞華軒道：「我的銀怎的不現成？叫小厮搬出來給老爹瞧。」當下叫小厮搬出三十錠大元寶來，望桌上一掀。那元寶在桌上亂滚，成老爹的眼就跟這元寶滚。○黄評：先生游戲，却不怕閲者腸子要笑斷。○齊評：用筆亦如走盤之珠。○天二評：連心肝都跟着元寶滚哩。（天一評「連」後多「成老爹」）虞華軒叫把銀子收了去，向成老爹道：「我這些銀子不扯謊麽？你就下鄉去説。説了來，我買他的。」成老爹道：「我在這裏還耽擱幾天纔得下去。」虞華軒道：「老爹有甚麽公事？」成老爹道：「明日要到王父母那裏領先孀母舉節孝的牌坊〔四〕銀子，○黄評：想並無孀母節孝之事，故後來節孝祠進主並未到，不過要拉到王父母。順便交錢糧；後日是彭老二的小令愛整十歲，要到那裏去拜壽；外後日是方六房裏請我吃中飯，要攪過他，纔得下去。」虞華軒鼻子裏嘻的笑了一聲：「罷了。」○黄評：鼻子裏笑，已知方家中飯是假的。留成老爹吃了中飯，領牌坊銀子交錢糧去了。

虞華軒叫小厮把唐三痰請了來。這唐三痰因方家裏平日請吃酒吃飯，只請他哥舉人，○黄評：「他哥」連着「舉人」二字，妙。不請他，他就專會打聽：方家那一日請人，請的是那幾個，他都打聽在肚裏，甚是的確。虞華軒曉得他這個毛病，○黄評：好毛病，却偏有用處。那一日把他尋了來，向他説道：「費你的心去打聽打聽，仁昌典方六房裏外後日可請的有成老爹？打聽的確了來，外後日我就備飯請你。」唐三痰應諾，去打聽了半天回來説道：「並無此説，外後日方六房裏並不請人。」虞華軒道：「妙！妙！○齊評：真是妙！妙！你外後日清早就到我這裏來吃一天。」○黄評：倒便宜了三痰。送唐三痰去了。叫小厮悄悄在香蠟店托小官寫了一個紅單帖，上寫着「十八日午間小飲〔五〕候光」，下寫「方杓頓首」。拿封袋裝起來，貼了籤，叫人送在成老爹睡覺的房裏書案上。○天一評：華軒是有作用人，却喜使乖，此其不及前輩處。成老爹交了錢糧，晚裏回來看見帖子，自心裏歡喜道：○黄評：好歡喜。「我老頭子老運亨通了！偶然扯個謊，就扯着了，又恰好是這一日！」歡喜着睡下。到十八那日，唐三痰清早來了。虞華軒把成老爹請到廳上坐着，○黄評：先請到廳上看。看見小厮一個個從大門外進來，一個拎着酒，一個拿着鷄、鴨，一個拿着脚魚和蹄子，一個拿着四包果子，一個捧着一大盤肉心燒賣，都往厨房裏去。○黄評：偏叫他先看，毒。成老爹知道他今日備酒，也不問他。○齊評：可謂得意極矣。○天一評：也不問他者，蓋意在方六老爺家也。然而已心焉數之。○天二評：意在方老六家，故不問也。然而已心焉數之。虞華軒問唐三痰道：「修玄武閣的事，你可曾向木匠、瓦匠説？」唐三痰道：「説過了。工料費着哩，他那外面的圍牆倒了，要從新砌，又要修一路臺基，瓦工需兩三個月，裏頭换梁柱、釘椽子，木工還不知要多少。但凡修理房子，瓦木匠只打半工。他們只説三百，怕不也要五百多銀子纔修得起來。」成老爹道：「玄武閣是令先祖蓋的，却是一縣發科甲的風水。而今科甲發在彭府上，該是他家拿銀子修了，你家是不相干了，還只管累你出銀子？」虞華軒拱手道：「也好。費老爹的心向他家説説，幫我幾兩銀子，我少不得也見老爹的情。」○黄評：還要可惡，妙在華軒並不怒，反如此説，真是乖子。○天一、二評：此答非書呆所能。成老爹道：「這事我説去。他家雖然官員多，氣魄大，但是我老頭子説話，他也還信我一兩句。」○齊評：説得不亢不卑。虞家小厮又悄悄的從後門口叫了一個賣草的，把他四個錢，叫他從大門口轉了進來説道：「成老爹，我是方六老爺家來的，請老爹就過去，候着哩。」成老爹道：「拜上你老爺，我就來。」○天一評：自然遵教。那賣草的去了。

成老爹辭了主人，一直來到仁昌典，門上人傳了進去。主人方老六出來會着，作揖坐下。方老六問：「老爹幾時上來的？」○黄評：劈頭一句。成老爹心裏驚了一下，答應道：「前日纔來的。」方老六又問：「寓在那裏？」成老爹更慌了，○黄評：笑殺。答應道：「在虞華老家。」小厮拿上茶來吃過。成老爹道：「今日好天氣。」方老六道：「正是。」成老爹道：「這些時常會王父母？」方老六道：「前日還會着的。」彼此又坐下一會，没有話説。○黄評：方知華軒趣甚。又吃了一會茶，成老爹道：「太尊這些時總不見下縣來過。若還到縣裏來，少不得先到六老爺家。太尊同六老爺相與的好，比不得别人。其實説，太爺闔縣也就敬的是六老爺一位，那有第二個鄉紳抵的過六老爺！」○黄評：少奉承罷。○齊評：獨不怕彭老五怪乎？如此會説，還没得吃，如何不氣！方老六道：「新按察司到任，太尊只怕也就在這些時要下縣來。」成老爹道：「正是。」又坐了一會，又吃了一道茶，也不見一個客來，也不見擺席，○天一評：此時虞家坐席了。○天二評：虞家此時坐席了。成老爹疑惑，肚裏又餓了，○黄評：寫餓了，方見後文之妙。只得告辭一聲，看他怎説。因起身道：「我别過六老爺罷。」方老六也站起來道：「還坐坐。」成老爹道：「不坐了。」即便辭别，送了出來。○黄評：主人也站起來，是無望矣。成老爹走出大門，摸頭不着，心裏想道：「莫不是我太來早了？」又想道：「莫不他有甚事怪我？」又想道：「莫不是我錯看了帖子？」猜疑不定。○黄評：三者必有之情，斷不疑爲戲也。又心裏想道：「虞華軒家有現成酒飯，且到他家去吃再處。」○天二評：我亦代成老爹算着這一路救兵。（天一評「兵」作「星」）一直走回虞家。

虞華軒在書房裏擺着桌子，同唐三痰、姚老五和自己兩個本家，擺着五六碗滚熱的肴饌，正吃在快活處。○齊評：用筆亦寫到快活處。見成老爹進來，都站起身。虞華軒道：「成老爹偏背了我們，吃了方家的好東西來了，好快活！」○黄評：不等他開口，妙，毒。○天一、二評：惡。便叫：「快拿一張椅子與成老爹那邊坐，○黄評：妙在遠遠的放一張椅子，不讓他入座。泡上好消食的陳茶來與成老爹吃。」○黄評：「消食陳茶」，趣。○天一評：何妨略近些，使他聞聞也好。○天二評：何妨使他近些，聞聞香氣也好。不但没得吃，還要替他消食，真是禍不單行。小厮遠遠放一張椅子在上面，請成老爹坐了。那蓋碗陳茶，左一碗，右一碗，送來與成老爹。成老爹越吃越餓，肚裏説不出來的苦。○黄評：令人肚腸笑斷。○天一、二評：此時不知成老爹肚裏蛔蟲作何樣子？○天二評：或曰正似厠裏蛆蟲翻上翻下。看見他們大肥肉塊、鴨子、脚魚，夾着往嘴裏送，氣得火在頂門裏直冒。○黄評：此時生氣，方知其戲。他們一直吃到晚，成老爹一直餓到晚。○黄評：問你還可惡、還扯謊否！等他送了客，客都散了，悄悄走到管家房裏要了一碗炒米，泡了吃。進房去睡下，在床上氣了一夜。○黄評：已知其戲，故生氣，又説不出來。華軒虐甚，趣甚。○天一、二評：夢裏還到方家吃酒。次日辭了虞華軒，要下鄉回家去。虞華軒問：「老爹幾時來？」成老爹道：「若是田的事妥，我就上來；若是田的事不妥，我只等家孀母入節孝祠的日子我再上來。」説罷辭別去了。

一日，虞華軒在家無事，唐二棒椎走來説道：「老華，前日那姓季的果然是太尊府〔六〕裏出來的，住寶林寺僧官家。方老六、彭老二都會着。竟是真的！」○齊評：奇哉，奇哉！○天一評：此數句正注下文方老六同厲公子在龍興寺吃酒鬧戲子，正是姓季的牽頭。○天二評：針對下文方老六同厲公子在龍興寺吃酒鬧戲子，正是季葦蕭牽頭。虞華軒道：「前日説不是也是你，今日説真的也是你。是不是罷了，這是甚麽奇處！」○黄評：還他冰冷。唐二棒椎笑道：「老華，我從不曾會過太尊，你少不得在府裏回拜這位季兄去，攜帶我去見見太尊，可行得麽？」虞華軒道：「這也使得。」過了幾日，雇了兩乘轎子，一同來鳳陽。到了衙裏，投了帖子。虞華軒又帶了一個帖子拜季葦蕭。衙裏接了帖子，回出來道：「季相公揚州去了，太爺有請。」○黄評：了季葦蕭。二位同進去，在書房裏會。會過太尊出來，兩位都寓在東頭。太尊隨發帖請飯。唐二棒椎向虞華軒道：「太尊明日請我們，我們没有個坐在下處等他的人老遠來邀的。○黄評：有何不可處。明日我和你到府門口龍興寺坐着，好讓他一邀，我們就進去。」虞華軒笑道：「也罷。」

次日中飯後，同到龍興寺一個和尚家坐着，只聽得隔壁一個和尚家細吹細唱的有趣。唐二棒椎道：「這吹唱的好聽，我走過去看看。」看了一會回來，垂頭喪氣，向虞華軒抱怨道：「我上了你的當！○黃評：反說上了他的當。○齊評：真是畫都畫不出，不知作者何能形容到此，不亦酷乎？○天一評：自請跟來，又云上當，奇哉！你當這吹打的是誰？就是我縣裏仁昌典方老六同厲太尊的公子，備了極齊整的席，一個人摟着一個戲子，在那裏頑耍〔七〕。○天一、二評：可知季葦蕭訪事只是胡哄過去。他們這樣相厚，我前日只該同了方老六來。若同了他來，此時已同公子坐在一處。○天二評：飛去飛來公子旁。如今同了你，雖見得太尊一面，到底是個皮裏膜外的帳，有甚麼意思！」○黃評：寫勢利，至此方是入骨，却虧他說得出口。虞華軒道：「都是你說的，我又不曾强扯了你來。他如今現在這裏，你跟了去不是！」唐二棒椎道：「同行不疏伴，我還同你到衙裏去吃酒。」說着，衙裏有人出來邀，兩人進衙去。太尊會着，說了許多仰慕的話，又問：「縣裏節孝幾時入祠？我好委官下來致祭。」兩人答道：「回去定了日子，少不得具請啓來請太公祖。」吃完了飯，辭別出來。次日，又拿帖子辭了行，回縣去了。

虞華軒到家第二日，余大先生來說：「節孝入祠，的於出月初三。我們兩家有好幾位叔祖母、伯母、叔母入祠，我們兩家都該公備祭酌，自家合族人都送到祠裏去。我兩人出去傳一傳。」虞華軒道：「這個何消説！寒舍是一位，尊府是兩位，兩家紳衿共有一百四五十人。我們會齊了，一同到祠門口，都穿了公服迎接當事，也是大家的氣象。」○黄評：先寫得極熱鬧。余大先生道：「我傳我家的去，你傳你家的去。」

虞華軒到本家去了一交，惹了一肚子的氣，回來氣的一夜也没有睡着。清晨余大先生走來，氣的兩隻眼白瞪着，問道：「表弟，你傳的本家怎樣？」虞華軒道：「正是，表兄傳的怎樣？爲何氣的這樣光景？」余大先生道：「再不要説起！我去向寒家這些人説，他不來也罷了，都回我説，方家老太太入祠，他們都要去陪祭候送，還要扯了我也去。我説了他們，他們還要笑我説背時的話，你説可要氣死了人！」虞華軒笑道：「寒家亦是如此，我氣了一夜。明日我備一個祭桌，自送我家叔祖母，不約他們了。」余大先生道：「我也只好如此。」相約定了。

到初三那日，虞華軒換了新衣帽，叫小厮挑了祭桌，到他本家八房裏。進了門，只見冷冷清清，一個客也没有。八房裏堂弟是個窮秀才，頭戴破頭巾，身穿舊襴衫，出來作揖。○天一、二評：此窮秀才未往方家亦難得。虞華軒進去拜了叔祖母的神主，奉主升車。他家租了一個破亭子，兩條扁擔，四個鄉里人歪抬着，○黄評：「歪抬着」，如見。

也没有執事。亭子前四個吹手，滴滴打打的吹着，抬上街來。虞華軒同他堂弟跟着，一直送到祠門口歇下。遠遠望見也是兩個破亭子，並無吹手，余大先生、二先生弟兄兩個跟着，抬來祠門口歇下。

四個人會着，彼此作了揖。看見祠門前尊經閣上挂着燈，懸着彩子，擺着酒席。那閣蓋的極高大，又在街中間，四面都望見。戲子一擔擔挑箱上去，抬亭子的人道：「方老爺家的戲子來了！」○齊評：抬亭子人亦有恨不得抬方老太太的意思。又站了一會，聽得西門三聲銃響，抬亭子的人道：○黄評：用抬亭子人說，最妙。蓋羡慕之至，又急於要看熱鬧。○天一評：用抬亭子的人説，妙，蓋鄉下人急於看熱鬧。「方府老太太起身了！」須臾，街上鑼響，一片鼓樂之聲，兩把黄傘，八把旗，四隊踹街馬，牌〔八〕上的金字打着「禮部尚書」、「翰林學士」、「提督學院」、「狀元及第〔九〕」，都是余、虞兩家送的。○黄評：氣人不氣人！執事過了，腰鑼，馬上吹，提爐，簇擁着老太太的神〔一〇〕主亭子，邊旁八個大脚婆娘扶着。○黄評：我想老太太只怕也是大脚。○齊評：真好看。方六老爺紗帽圓領，跟在亭子後。後邊的客做兩班：一班是鄉紳，一班是秀才。鄉紳是彭二老爺、彭三老爺、彭五老爺、彭七老爺，其餘就是余、虞兩家的舉人、進士、貢生、監生，共有六七十位，都穿着紗帽圓領，恭恭敬敬跟着走。○黄評：鄉紳不可失體統，故「恭恭敬敬」。一班是余、虞兩家的秀才，也有六七十位，穿着襴衫、頭巾，慌慌張張在後邊趕着走。○黄評：「慌慌張張趕着走」，確是秀才，妙筆如是。○齊評：如畫。鄉紳末了一個是唐二棒椎，手裏拿一個簿子在那裏邊記賬；秀才末了一個是唐三痰，手裏拿一個簿子〔二〕在裏邊記賬。○黄評：得記賬簿爲幸。○天二評：兩唐競爽，不愧二難。那余、虞兩家到底是詩禮人家，也還厚道，○黄評：還説「詩禮人家」，還説「厚道」，嫉之甚矣，偏以譏誚語寫之，愈見沉痛。走到祠前，看見本家的亭子在那裏，竟有七八位走過來作一個揖，○齊評：七、八位，何其多也。○天一、二評：竟有者，已不料其有而忽有也。○天一評：蓋亦庸中矯矯矣。便大家簇擁着方老太太的亭子進祠去了。隨後便是知縣、學師、典史、把總，擺了執事來。吹打安位，便是知縣祭，學師祭，典史祭，把總祭，鄉紳祭，秀才祭，主人家自祭。祭完了，紳衿一哄而出，都到尊經閣上赴席去了。○齊評：原來爲此。

這裏等人擠散了，纔把亭子抬了進去，也安了位。虞家還有華軒備的一個祭桌，余家只有大先生備的一副三牲，也祭奠了。抬了祭桌出來，没處散〔三〕福，算計借一個門斗家坐坐。余大先生抬頭看尊經閣上綉衣朱履，觥籌交錯。方六老爺行了一回禮，拘束狠了，寬去了紗帽圓領，換了方巾便服，在閣上廊沿間徘徊徘徊。便有一個賣花牙婆，○黄評：尊經閣上有賣花婆，千古奇談，所謂「大鬧」矣。姓權，大着一雙脚，走上閣來，哈哈笑道：「我來看老太太入祠！」方六老爺笑容可掬，同他站在一處，伏在欄杆上看執事。○黄評：偷來執事，只好嚇賣花婆。方六老爺拿手一宗一宗的指着説與他聽。權賣婆一手扶着欄杆，一手拉開褲腰捉虱子，捉着，一個一個往嘴裏送。○黄評：寫到如此不堪，令閲者幾不欲觀，而先生不遺餘力，窮形盡相，豈非禹鼎鑄奸，欲少有天良者一醒悟耶！○天一、二評：尊經閣上有賣花婆拉開褲腰捉虱子吃，亦千載一時。

余大先生看見這般光景，看不上眼，説道：「表弟，我們也不在這裏坐着吃酒了，把祭桌抬到你家，我同舍弟一同到你家坐坐罷。還不看見這些惹氣的事！」便叫挑了祭桌前走。他四五個人一路走着。在街上余大先生道：「表弟，我們縣裏，禮義廉耻一總都滅絶了！○黄評：「禮義廉耻，一總滅絶」，八字盡之。○天一、二評：十字盡之。也因學宫裏没有個好官，若是放在南京虞博士那裏，這樣事如何行的去！」余二先生道：「看虞博士那般舉動，他也不要禁止人怎樣，只是被了他的德化，那非禮之事，人自然不能行出來。」○黄評：安得不以爲書中第一人。○天一、二評：回龍顧祖。虞家弟兄幾個同嘆了一口氣，一同到家，吃了酒，各自散了。

此時玄武閣已經動工，虞華軒每日去監工修理。那日晚上回來，成老爹坐在書房裏。虞華軒同他作了揖，拿茶吃了，問道：「前日節孝入祠，老爹爲甚麽不到？」成老爹道：「那日我要到的，身上有些病，不曾來的成。○黄評：大約自知上不得臺盤，故不敢來。舍弟下鄉去，説是熱鬧的很。方府的執事擺了半街，王公同彭府上的人都在那裏送，尊經閣擺席唱戲，四鄉八鎮幾十里路的人都來看，説：『若要不是方府，怎做的這樣大事！』你自然也在閣上偏我吃酒。」○黄評：歆羨之至。○齊評：這是一定之理。虞華軒道：「老爹，你就不曉得我那日要送我家八房的叔祖母？」成老爹冷笑道：「你八房裏本家窮的有腿没褲子，你本家的人，那個肯到他那裏去？連你這話也是哄我頑，你一定是送方老太太的。」○黄評：竟以爲不去便非人情。虞華軒道：「這事已過，不必細講了。」吃了晚飯，成老爹説：「那分田的賣主和中人都上縣來了，住在寶林寺裏。你若要他這田，明日就可以成事。」虞華軒道：「我要就是了。」成老爹道：「還有一個説法，這分田全然是我來説的，我要在中間打五十兩銀子的『背公』，要在你這裏除給我；我還要到那邊要中用錢去。」虞華軒道：「這個何消説，老爹是一個元寶。」○黄評：只管許他。當下把租頭、價銀、戥銀、銀色、鷄、草、小租、酒水、畫字、上業主，都講清了。○黄評：一一細寫，始見後文之趣。

成老爹把賣主、中人都約了來，大清早坐在虞家廳上。成老爹進來請大爺出來成契。走到書房裏，只見有許多木匠、瓦匠在那裏領銀子。虞華軒捧着多少五十兩一錠的大銀子散人，〇黃評：成老爹眼睛又苦了。一個時辰就散掉了幾百兩。成老爹看着他散完了，〇齊評：成老爹的眼睛又不知滚了多少。〇天二評：眼睛又滚得酸。（天一評開頭多「老爹」二字）叫他出去成田契。虞華軒睁着眼道：「那田貴了！我不要！」〇黃評：竟似痰氣，令我閱之稱快不絕。成老爹嚇了一個痴。虞華軒道：「老爹，我當真不要了。」便吩咐小廝：「到廳上把那鄉里的幾個泥腿替我趕掉了！」〇黃評：問你還敢可惡否！成老爹氣的愁眉苦臉，〇天一評：此氣比十八夜裏更凶。只得自己走出去回那幾個鄉里人去了。只因這一番，有分教：身離惡俗，門牆又見儒修；客到名邦，晉接不逢賢哲。畢竟後事如何，且聽下回分解。

【總評】

卧評 此〔一三〕篇重新把虞華軒提出刻劃一番〔一四〕，是文章之變體。提清薄俗澆漓，色色可惡，惟是見了銀子，未免眼熱，只此一端，華軒頗可以自豪，以伏後文不買田之局。是國手布子，步步照應。

成老爹往方家吃飯一段，閱者雖欲不絕倒不可得已。

寫唐二棒椎真能入木三分。看他既會太尊，又以不得同公子讌飲爲恨，此人脾胃真難調攝，不知追逐勢利場中，如之何而後可以言得意也。

入節孝祠一段，作者雖以諢語出之，其實處處皆淚痕也。薄俗澆漓，人情冷暖，烏衣子弟觸目傷心。文中處處挽虞博士，是通身筋節。

黄評　寫五河縣，寫方鹽商，直令人欲捉刀而起。或問何至如此？曰：此等人無恥大膽，如何一日可耐，不如一一了之。或又曰：一一了之未免太過？曰：了之不盡則此種此根斷不能除。若無虞、余兩家，吾尚思一炮轟之，方爲快也。

齊評　書中如鶯脰湖一番雅集，即有西湖一會俗氣以襯之。湖亭品花案，風流跌宕，復有登高餞别圖博雅雍容以配之。泰伯祠禮樂彬彬之度，又有此回節孝祠俗塵擾擾之狀以形之。極筆墨互相掩映之妙。

則仙評　吃酒一事，假使成老爹實道其所以然，則華軒之術窮矣。退速廬主。

【校記】

〔一〕閣，原作「廟」，抄本、蘇本、申一本同。從卷首目録和申二本改。

〔二〕痰氣，申二本作「瘋氣」。

〔三〕惣成，申一、二本作「作成你」。

〔四〕牌坊，原作「坊牌」，抄本同。從蘇本和申一、二本改。同一錯誤，以下徑改不記。

〔五〕小飲，原作「小飯」，抄本同。從蘇本和申一、二本改。

〔六〕府，原缺，抄本、蘇本、申一本同。從申二本補。

〔七〕要，原作「要」，蘇本同。從抄本和申一、二本改。同一誤字，以下徑改不記。

〔八〕牌，申一本作「銜牌」。

〔九〕第，原作「等」，從抄本、蘇本和申一、二本改。

〔一〇〕神，原缺，抄本同。從蘇本和申一、二本補。

〔一一〕子，原缺，抄本同。從蘇本和申一、二本補。

〔一二〕散，原作「享」，抄本、蘇本和申一、二本均同。參齊本改。

〔一三〕「此」字以下二十七字申二本缺。

〔一四〕番，原作「翻」，抄本、蘇本、申一本同。申二本缺。從前後文一之。

第四十八回

徽州府烈婦殉夫　泰伯祠遺賢感舊

〇黄評：觀後文，此女商量盡節，並不得謂之烈，題曰「烈婦」者，人既烈之，亦烈之而已。

話説余大先生在虞府坐館，早去晚歸，習以爲常。那日早上起來，洗了臉，吃了茶，要進館去。纔走出大門，只見三騎馬進來，下了馬，向余大先生道喜。大先生問：「是何喜事？」報録人拿出條子來看，知道是選了徽州府學訓導。〇黄評：從余大先生遞到王藴。余大先生歡喜，待了報録人酒飯，打發了錢去，隨即虞華軒來賀喜，〇天一、二評：華軒與余大先生主賓契合，此別宜當略叙離情，何以竟無一語，此作者疏忽處。〇則仙評：作者於主賓似疏忽，在兄弟之間又未嘗不仁至義盡。天目山人原評，恐不足服作者之心也。朱則先注。親友們都來賀。余大先生出去拜客，忙了幾天，料理到安慶領憑。領憑回來，帶家小到任。大先生邀二先生一同到任所去。二先生道：「哥寒氈一席，初到任的時候，只怕日用還不足。我在家裏罷。」大先生道：「我們老弟兄相聚得一日是一日。從前我兩個人各處坐館，動不動兩年不得見面。而今老了，只要弟兄兩個多聚幾時，○黄評：何得不謂之友愛。那有飯吃没飯吃，也且再商量。○齊評：便是虞博士口氣。○天一、二評：動人兄弟之情。料想做官自然好似坐館，二弟，你同我去。」二先生應了，一同收拾行李，來徽州到任。

大先生本來極有文名，徽州人都知道。如今來做官，徽州人聽見，個個歡喜。到任之後，會見大先生胸懷坦白，言語爽利，這些秀才們，本不來會的，也要來會會，人人自以爲得明師。○黄評：是徽州，他處人不然，老師到任並無人知。又會着二先生談談，談的都是些有學問的話，衆人越發欽敬，每日也有幾個秀才來往。

那日，余大先生正坐在廳上，只見外面走進一個秀才來，○黄評：秀才是已走進來，是教官衙門。頭戴方巾，身穿舊寶藍直裰，面皮深黑，花白鬍鬚，約有六十多歲光景。那秀才自己手裏拿着帖子，遞與余大先生。余大先生看帖子上寫着：「門生王藴。」○黄評：又是一樣出姓字。那秀才遞上帖子，拜了下去。余大先生回禮説道：「年兄莫不是尊字玉輝的麽？」王玉輝道：「門生正是。」余大先生道：「玉兄，二十年聞聲相思，而今纔得一見。○齊評：難得難得。我和你只論好弟兄，不必拘這些俗套。」遂〔一〕請到書房裏去坐，叫人請二老爺出來。二先生出來，同王玉輝會着，彼此又道了一番相慕之意，三人坐下。王玉輝道：「門生在學裏也做了三十年的秀才，是個迂拙的人。往年就是本學老師，門生也不過是公堂一見而已。而今因大老師和世叔來，是兩位大名士，所以要時常來聆老師和世叔的教訓。要求老師不認做大概學裏門生，竟要把我做個受業弟子纔好。」○天一評：真誠。余大先生道：「老哥，你我老友，何出此言！」二先生道：「一向知道吾兄清貧，如今在家可做館？長年何以爲生？」王玉輝道：「不瞞世叔說，我生平立的有個志向，要纂三部書嘉惠來學。」○黃評：自誇「嘉惠來學」即謬。余大先生道：「是那三部？」王玉輝道：「一部禮書，一部字書，一部鄉約書。」○齊評：此三部書真是布帛菽粟日用必不可少之物。二先生道：「禮書是怎麽樣？」王玉輝道：「禮書是將三禮分起類來，如事親之禮，敬長之禮等類。將經文大書，下面采諸經子史的話印證，教子弟們自幼習學。」○黃評：迂而無當，是徽州人著述。大先生道：「這一部書該頒於學宮，通行天下。請問字書是怎麽樣？」王玉輝道：「字書是七年識字法。○天一評：此亦紫陽《小學》之類。其書已成，就送來與老師細閱。」二先生道：「字學不講久矣，有此一書，爲功不淺。請問鄉約書怎樣？」王玉輝道：「鄉約書不過是添些儀制，勸醒愚民的意思。○天一評：當云「勸誘愚民」。門生因這三部書，終日手不停披，所以没的工夫做館。」○黃評：更迂。大先生道：「幾位公郎？」王玉輝道：

「只得一個小兒，倒有四個小女。大小女〔二〕守節在家裏，○黄評：先逗一句「大小女守節在家」。那幾個小女都出閣不上一年多〔三〕。」○天一評：伏筆。説着，余大先生留他吃了飯，將門生帖子退了不受，説道〔四〕：「我們老弟兄要時常屈你來談談，料不嫌我苜蓿風味怠慢你。」弟兄兩個一同送出大門來，王先生慢慢回家。他家離城有十五里。

王玉輝回到家裏，向老妻和兒子説余老師這些相愛之意。次日，余大先生坐轎子下鄉，親自來拜，留着在草堂上坐了一會，去了。又次日，二先生自己走來，領着一個門斗，挑着一石米，走進來，會着王玉輝，作揖坐下。二先生道：「這是家兄的禄米一石。」又手裏拿出一封銀子來道：「這是家兄的俸銀一兩，送與長兄先生，權爲數日薪水之資。」王玉輝接了這銀子，口裏説道：「我小侄没有孝敬老師和世叔，怎反受起老師的惠來？」余二先生笑道：「這個何足爲奇！只是貴處這學署清苦，兼之家兄初到。虞博士在南京幾十兩的拿着送與名士用，家兄也想學他。」○黄評：寫余大先生原是可敬。○齊評：處處提着虞博士，是文章顧母處。王玉輝道：「這是『長者賜，不敢辭』，只得拜受了。」備飯留二先生坐，拿出這三樣書的稿子來，遞與二先生看。二先生細細看了，不勝嘆息。坐到下午時分，只見一個人走進來説道：「王老爹，我家相公病的狠，相公娘叫我來請老爹到那裏去看看。請老爹就要去。」王玉輝向二先生道：「這是第三個小女家的人，因女婿有病，約我去看。」二先生道：「如此，我别過罷。尊作的稿子，帶去與家兄看，看畢再送過來。」説罷起身。那門斗也吃了飯，挑着一擔空籮，將書稿子丢在籮裏，挑着跟進城去了。○黄評：隨手寫來總入細。

王先生走了二十里，到了女婿家，看見女婿果然病重，醫生在那裏看，用着藥總不見效。一連過了幾天，女婿竟不在〔五〕了，王玉輝慟哭了一場。見女兒哭的天愁地慘，候着丈夫入過殮，出來拜公婆，和父親道：「父親在上，我一個大姐姐死了丈夫，在家累着父親養活，而今我又死了丈夫，難道又要父親養活不成？○黄評：既有翁姑何以該父親養活？○天一、二評：既有翁姑何以要父親養？（天二評批「快不要如此」後） 父親是寒士，也養活不來這許多女兒！」○天二評：此暗承節孝祠來。王玉輝道：「你如今要怎樣？」○黄評：問他便有意要他尋死。可是大謬。三姑娘道：「我而今辭别公婆、父親，也便尋一條死路，跟着丈夫一處去了！」公婆兩個聽見這句話，驚得淚下如雨，説道：「我兒，你氣瘋了！自古螻蟻尚且貪生，你怎麽講出這樣話來！你生是我家人，死是我家鬼，我做公婆的怎的不養活你，要你父親養活？快不要如此！」○黄評：公婆如此説，便不當死。三姑娘道：「爹媽也老了，我做媳婦的不能孝順爹媽，○黄評：一死更不孝不順。反累爹媽，我心裏不安，只是由着我到這條路上去罷。○黄評：豈有烈婦而商量殉節者乎？即將「烈」字看錯。○天一評：公婆亦須侍奉。只是我死還有幾天工夫，要求父親到家替母親說了，請母親到這裏來，我當面別一別，○天二評：從容就義。這是要緊的。」王玉輝道：「親家，我仔細想來，我這小女要殉節的真切，倒也由着他行罷。自古『心去意難留』。」因向女兒道：「我兒，你既如此，這是青史上留名的事，我難道反攔阻你？你竟是這樣做罷。○黄評：一「做」字大謬，烈婦豈「做」出來耶？○齊評：的是老學究口氣。○天一評：奇極。我今日就回家去，叫你母親來和你作別。」

親家再三不肯。王玉輝執意，一徑來到家裏，把這話向老孺人說了。老孺人道：「你怎的越老越呆了！○黄評：豈止於「呆」？真是忍人。一〔六〕個女兒要死，你該勸他，怎麽倒叫他死？這是甚麽話說！」王玉輝道：「這樣事你們是不曉得的。」○黄評：「這樣事」要有心「做」出，可知你也不曉得。老孺人聽見，痛哭流涕，連忙叫了轎子，去勸女兒，到親家家去了。王玉輝在家，依舊看書寫字，候女兒的信息。○黄評：等信，真是惟恐不死，忍哉！老孺人勸女兒，那裏勸的轉。一般每日梳洗，陪着母親坐，只是茶飯全然不吃。母親和婆婆着實勸着，千方百計，總不肯吃。餓到六天上，不能起床。母親看着，傷心慘目，痛入心脾，也就病倒了，○黄評：可是不孝？○天一評：己心安乎？○天二評：爲之女者心安乎？抬了回來，在家睡着。

又過了三日，二更天氣，幾把火把，幾個人來打門，報道：「三姑娘餓了八日，在今日午時去世了！」老孺人聽見，哭死了過去，灌醒回來，大哭不止。王玉輝走到床面前説道：「你這老人家真正是個呆子！○齊評：應前句，可謂妙筆。三女兒他而今已是成了仙了，你哭他怎的？○天一、二評：成仙非儒者之言，權辭以慰婦人耳。他這死的好，只怕我將來不能像他這一個好題目死哩！」○黄評：尋着題目做文章，文便不好。因仰天大笑道：「死的好！死的好！」○黄評：當死而死纔是好。○天一、二評：此矯揉造作。大笑着，走出房門去了。

次日，余大先生知道，大驚，不勝慘然，即備了香楮三牲，到靈前去拜奠。拜奠過，回衙門，立刻傳書辦備文書請旌烈婦。二先生幫着趕造文書，連夜詳了出去。二先生又備了禮來祭奠。三學的人聽見老師如此隆重，○黄評：原該隆重，惜乎是「做」出來的。也就紛紛來祭奠的，不計其數。過了兩個月，上司批准下來，制主入祠，門首建坊。到了入祠那日，余大先生邀請知縣，擺齊了執事，送烈女入祠。闔縣紳衿，都穿着公服，步行了送。○黄評：寫得一樣，特與大鬧節孝祠對看，然不可爲訓，故雖殉夫，只可入《儒林外史》。當日入祠安了位，知縣祭，本學祭，余大先生祭，闔縣鄉紳祭，通學朋友祭，兩家親戚祭，兩家本族祭，祭了一天，在明倫堂擺席。通學人要請了王先生來上坐，説他生這樣好女兒，爲倫紀生色。王玉輝到了此時，轉覺心傷，辭了不肯來。○齊評：入情入理。○天二評：斷無來理。衆人在明倫堂吃了酒，散了。

次日，王玉輝到學署來謝余大先生。余大先生、二先生都會着，留着吃飯。王玉輝説起：「在家日日看見老妻悲慟，心下不忍，○黄評：也曉得不忍。意思要到外面去作游幾時。○天二評：矯情者決烈於一時，豈能持久？又想，要作游除非到南京去，○黄評：又借此再寫南京，以便作結。蓋此書以南京爲主。那裏有極大的書坊〔七〕，還可逗着他們刻這三部書。」余大先生道：「老哥要往南京，可惜虞博士去了。若是虞博士在南京，見了此書，贊揚一番，就有書坊搶的刻去了。」○齊評：明季名士聲氣真是如此。二先生道：「先生要往南京，哥如今寫一封書子去，與少卿表弟和紹光先生。這人言語是值錢的。」大先生欣然寫了幾封字，莊徵君、杜少卿、遲衡山、武正字都有。王玉輝老人家不能走旱路，上船從嚴州、西湖這一路走。一路看着水色山光，悲悼女兒，凄凄惶惶。○黄評：山光水色可以已悲悼矣，全然不知山水爲何物，迂腐俗儒，可見亦不喜「雜覽」者。○天一評：可知「仰天大笑」却是强制。一路來到蘇州，正要換船，心裏想起：「我有一個老朋友住在鄧尉山裏，他最愛我的書，我何不去看看他？」便把行李搬到山塘一個飯店裏住下，搭船往鄧尉山。那還是上晝時分，這船到晚纔開。王玉輝問飯店的人道：「這裏有甚麽好頑的所在？」飯店裏人道：「這一上去，只得六、七里路便是虎丘，怎麽不好頑！」王玉輝鎖了房門，自己走出去。

初時街道還窄，走到三二里路，漸漸闊了。路旁一個茶館，王玉輝走進去坐下，吃了一碗茶。看見那些游船，有極大的，裏邊雕梁畫柱，焚着香，擺着酒席，一路游到虎丘去。游船過了多少，又有幾隻堂客船，不挂簾子，都穿着極鮮艷的衣服，在船裏坐着吃酒。〇天一評：是徽州人初到蘇州情景。王玉輝心裏説道：「這蘇州風俗不好，一個婦人家不出閨門，豈有個叫了船在這河内游蕩之理！」〇黄評：其迂呆又與馬二先生游西湖不同。蓋徽州人至蘇州，便無一事看得上眼。〇齊評：此等光景入此老目中，真是少所見多所怪了。〇天二評：金陵、杭州、蘇州皆號名勝，而蘇爲最俗，故點綴甚略。與馬二先生游西湖似同而異。又看了一會，見船上一個少年穿白的婦人，他又想起女兒，心裏哽咽，那熱淚直滚出來。〇天一評：追魂攝魄之筆。〇天二評：又用宦成誤認雙紅筆法，却不嫌其復。王玉輝忍着淚，出茶館門，一直往虎丘那條路上去。只見一路賣的腐乳、席子、耍貨，還有那四時的花卉，極其熱鬧，也有賣酒飯的，也有賣點心的。王玉輝老人家足力不濟，慢慢的走了許多時，纔到虎丘寺門口。循着階級上去，轉彎便是千人石，那裏也擺着有茶桌子。王玉輝坐着吃了一碗茶，四面看看，其實華麗。○黄評：書中南京、杭州、揚州俱寫過，此處略將蘇州點染點染。那天色陰陰的，像個要下雨的一般，王玉輝不能久坐，便起身來，走出寺門。走到半路，王玉輝餓了，坐在點心店裏，那猪肉包子六個錢一個，王玉輝吃了，交錢出店門。慢慢走回飯店，天已昏黑。

船上人催着上船，王玉輝將行李拿到船上，幸虧雨不曾下的大，那船連夜的走。一直來到鄧尉山，找着那朋友家裏。只見一帶矮矮的房子，門前垂柳掩映，兩扇門關着，門上貼了白。王玉輝就嚇了一跳，忙去敲門，只見那朋友的兒子，挂着一身的孝，出來開門，見了王玉輝説道：「老伯如何今日纔來，我父親那日不想你！直到臨回首的時候，還念着老伯不曾得見一面，又恨不曾得見老伯的全書。」○齊評：遠方好友，真有此情。○天一評：其交誼可知。○天二評：交誼可想。王玉輝聽了，知道這個老朋友已死，那眼睛裏熱淚紛紛滾了出來，説道：「你父親幾時去世的？」那孝子道：「還不曾盡七。」○天二評：此友既信服王玉輝，又何以信從佛教度七之説。王玉輝道：「靈柩還在家哩？」那孝子道：「還在家裏。」王玉輝道：「你引我到靈柩前去。」那孝子道：「老伯，且請洗了臉，吃了茶，再請老伯進來。」當下就請王玉輝坐在堂屋裏，拿水來洗了臉。王玉輝不肯等吃了茶，叫那孝子領到靈柩前。孝子引進中堂，只見中間奉着靈柩，面前香爐、燭臺、遺像、魂旛，王玉輝慟哭了一場，倒身拜了四拜。那孝子謝了。王玉輝吃了茶，又將自己盤費買了一副香紙牲禮，把自己的書一同擺在靈柩前祭奠，又慟哭了一場。住了一夜，次日要行。那孝子留他不住。又在老朋友靈柩前辭行，又大哭了一場，含淚上船。○黄評：此則徽州人誠實處，不在迂呆之列。○天一、二評：王玉輝非無性情，只是呆耳。然天下不呆者其性情必薄。究竟老友何姓何名，至今杳然。那孝子直送到船上，方纔回去。

王玉輝到了蘇州，又換了船，一路來到南京水西門上岸，進城尋了個下處，在牛公庵住下。次日，拿着書子去尋了一日回來。那知因虞博士選在浙江做官，杜少卿尋他去了；莊徵君到故鄉去修祖墳；遲衡山、武正字都到遠處做官去了：○黄評：此處始了虞、莊、杜三人，遲、武二人後文始了。○天一、二評：了虞、杜諸人下落。一個也遇不着。王玉輝也不懊悔，聽其自然，每日在牛公庵看書。過了一個多月，○天一、二評：此則王玉輝學問工夫。盤費用盡了，上街來閑走走。纔走到巷口，遇着一個人作揖，叫聲：「老伯怎的在這裏？」王玉輝看那人，原來是同鄉人，姓鄧，名義，字質夫。這鄧質夫的父親是王玉輝同案進學，鄧質夫進學又是王玉輝做保結，故此稱是〔八〕老伯。王玉輝道：「老侄，幾年不見，一向在那裏？」鄧質夫道：「老伯寓在那裏？」王玉輝道：「我就在前面這牛公庵裏，不遠。」鄧質夫道：「且同到老伯下處去。」

到了下處，鄧質夫拜見了，説道：「小侄自別老伯，在揚州這四五年。近日是東家托我來賣上江食鹽，寓在朝天宮。一向記念老伯，近況好麽？爲甚麽也到南京來？」王玉輝請他坐下，説道：「賢侄，當初令堂老夫人守節，鄰家失火，令堂對天祝告，反風滅火，天下皆聞。○黄評：方母之節不可得知，王女之烈又係做出，寫鄧母反風滅火方是真正節婦，閲者須知。○天一、二評：若也殉節死了，何人對天祝告？守節難於殉夫，此作者弦外之音。那知我第三個小女，也有這一番節烈。」因悉把女兒殉女婿的事説了一遍。「我因老妻在家哭泣，心裏不忍。府學余老師寫了幾封書子與我來會這裏幾位朋友，不想一個也會不着。」鄧質夫道：「是那幾位？」王玉輝一一説了。鄧質夫嘆道：「小侄也恨的來遲了！當年南京有虞博士在這裏，名壇鼎盛，那泰伯祠大祭的事，天下皆聞。自從虞博士去了，這些賢人君子，風流雲〔九〕散。○齊評：所謂俯仰之間已成陳迹，人生世上真如白駒過隙耳，可勝嘆哉！小侄去年來，曾會着杜少卿先生，又因少卿先生在元武湖拜過莊徵君。而今都不在家了。老伯這寓處不便，且搬到朝天宮小侄那裏寓些時。」王玉輝應了，別過和尚，付了房錢，叫人挑行李，同鄧質夫到朝天宮寓處住下。鄧質夫晚間備了酒肴，請王玉輝吃着，又説起泰伯祠的話來。王玉輝道：「泰伯祠在那裏？我明日要去看看。」鄧質夫道：「我明日同老伯去。」

次日，兩人出南門，鄧質夫帶了幾分銀子把與看門的。開了門，進到正殿，兩人瞻拜了。走進後一層，樓底下，遲衡山貼的祭祀儀注單和派的執事單還在壁上。兩人將袖子拂去塵灰看了。又走到樓上，見八張大櫃關鎖着樂器、祭器，王玉輝也要看。看祠的人回：「鑰匙在遲府上。」只得罷了。下來兩廊走走，兩邊書房都看了，一直走到省牲所，依舊出了大門，別過看祠的。兩人又到報恩寺頑頑，在琉璃塔下吃了一壺茶，出來寺門口酒樓上吃飯。王玉輝向鄧質夫說：「久在客邊煩了，要回家去，只是没有盤纏。」鄧質夫道：「老伯怎的這樣説！我這裏料理盤纏，送老伯回家去。」便備了餞行的酒，拿出十幾兩銀子來，又雇了轎夫，送王先生回徽州去。又説道：「老伯，你雖去了，把這余先生的書交與小侄，等各位先生回來，小侄送與他們，也見得老伯來走了一回。」○黄評：有此一事，便可遞到鳳鳴岐，了王藴。王玉輝道：「這最好。」便把書子交與鄧質夫，起身回去了。

王玉輝去了好些時，鄧質夫打聽得武正字已到家，把書子自己送去。正值武正字出門拜客，不曾會着，丢了書子去了，向他家人説：「這書是我朝天宫姓鄧的送來的，其中緣由，還要當面會再説。」武正字回來看了書，正要到朝天宫去回拜，恰好高翰林家着人來請。只因這一番，有分教：賓朋高宴，又來奇異之人；患難相扶，更出武勇之輩。畢竟後事如何，且聽下回分解。

【總評】

卧評　王玉輝真古之所謂書呆子也，其呆處正是人所不能及處。觀此人，知其臨大節而不可奪。人之能於五倫中慷慨決斷，做出一番事業者，必非天下之乖人也。○黄評：此評大謬。評此書者妙處固多，而錯處亦不少，總由未會作者本意，且看書亦粗心之甚。可删。

老孺人以王〔一〇〕玉輝爲呆，王玉輝亦以老孺人爲呆，前後兩個「呆」字，照應成趣。

寫烈婦入祠一段，特特與五河縣對照。

看泰伯祠一段，凄清婉轉，無限憑吊，無限悲感。非此篇之結束，乃全部大書之結束，筆力文情兼擅其美。

黄評　天下事有意「做」出，便非至情至性。王玉輝有心博節義之名而令女兒去「做」，此豈於至情至性耶？其女在家想習聞其迂執之論，故商量殉節。而玉輝謂之「好題目」，若深以爲幸者，豈非以人命爲兒戲而遂流於忍乎！夫節烈，美名也，然必迫於事勢無可如何，不得已而出此。其女有翁有姑，再三勸阻，忍而爲此，是亦謬種而已，此作者之所許也。

【校記】

〔一〕遂，原作「們」，抄本同。從蘇本和申一、二本改。

〔二〕「大小女」後申二本多「女婿已亡」。

〔三〕不上一年多，申二本作「了」。

〔四〕道，原作「罷」，抄本同。從蘇本和申一、二本改。

〔五〕不在，申二本作「辭世」。

〔六〕一，抄本作「這」。

〔七〕坊，原作「房」，從抄本、蘇本和申一、二本改。

〔八〕是，申二本作「呼」。

〔九〕雲，原作「雨」，抄本同。從蘇本和申一、二本改。

〔一〇〕王，原缺，抄本、蘇本同。從申一、二本補。

第四十九回

翰林高談龍虎榜　中書冒占鳳凰池

話説武正字那日回家，正要回拜鄧質夫，外面傳進一副請帖，説：「翰林院高老爺家請即日去陪客。」武正字對來人説道：「我去回拜了一個客，即刻〔一〕就來，你先回覆老爺去罷。」家人道：「家老爺多拜上老爺，請的是浙江一位萬老爺，是家老爺從前拜盟的弟兄，就是請老爺同遲老爺會會，此外就是家老爺親家秦老爺。」○天一評：何不請錢麻子？武正字聽見有遲衡山，也就勉强應允了。○天二評：安知遲衡山果來？回拜了鄧質夫，彼此不相值。○黄評：了鄧質夫，質夫不過借作綫索耳。午後高府來邀了兩次，武正字纔去。高翰林接着，會過了。書房裏走出施御史、秦中書來，也會過了。纔吃着茶，遲衡山也到了。

高翰林又叫管家去催萬老爺，因對施御史道：「這萬敝友是浙江一個最有用的人，一筆的好字。二十年前，學生做秀才的時候，在揚州會着他。他那時也是個秀才，他的舉動就有些不同，那時鹽務的諸公都不敢輕慢他，他比學生在那邊更覺的得意些。○齊評：是個把勢好手。○天一、二評：看到後文則高翰林在揚州時光景可知。自從學生進京後，彼此就疏失了。前日他從京師回來，說已由序班授了中書，○黄評：據其自説，所以不知真假。將來就是秦親家的同衙門了。」○齊評：活像暴做官口氣。秦中書笑道：「我的同事，爲甚要親翁做東道？明日乞到我家去。」○天二評：事後思之，悔出此言。說着，萬中書已經到門，傳了帖。高翰林拱手立在廳前滴水下，叫管家請轎，開了門。

萬中書從門外下了轎，急趨上前，拜揖敘坐，說道：「蒙老先生見召，實不敢當。小弟二十年別懷，也要借尊酒一敘。但不知老先生今日可還另有外客？」高翰林道：「今日並無外客，就是侍御施老先生同敝親家秦中翰，還有此處兩位學中朋友：一位姓武，一位姓遲，現在西廳上坐着哩。」萬中書便道：「請會。」管家去請，四位客都過正廳來，會過。施御史道：「高老先生相招奉陪老先生。」萬中書道：「小弟二十年前，在揚州得見高老先生，那時高老先生還未曾高發，那一段非凡氣魄，小弟便知道後來必是朝廷的柱石。○齊評：互相標榜稱贊，二公必是同利過的。自高老先生發解之後，小弟奔走四方，却不曾到京師一晤，去年小弟到京，不料高老先生却又養望在家了。所以昨在揚州幾個敝相知處有事，只得繞道來聚會一番。天幸又得接老先生同諸位先生的教。」秦中書道：「老先生貴班甚時補得着？出京來却是爲何？」萬中書道：「中書的班次，進士是一途，監生是一途。學生是就的辦事職銜，將來終身都脱不得這兩個字。要想加到翰林學士，○齊評：真是夢話。料想是不能了。近來所以得缺甚難。」秦中書道：「就了不做官，這就不如不就了。」○齊評：富翁口氣，一發夢夢。萬中書丢了這邊，○黄評：不能往下説了，故「丢了」向别人説話。便向武正字、遲衡山道：○天一評：不能往下説了，故丢了向别人説話。「二位先生高才久屈，將來定是大器晚成的。就是小弟這就職的事，原算不得，始終還要從科甲出身。」○天二評：暗答秦中書話。遲衡山道：「弟輩碌碌，怎比老先生大才。」武正字道：「高老先生原是老先生同盟，將來自是難兄難弟可知。」○齊評：冷語妙。

説着，小厮來禀道：「請諸位老爺西廳用飯。」高翰林道：「先用了便飯，好慢慢的談談。」衆人到西廳飯畢，高翰林叫管家開了花園門，請諸位老爺看看。衆人從西廳右首一個月門内進去，另有一道長粉牆，牆角一個小門進去，便是一帶走廊，從走廊轉東首，下石子階，便是一方蘭圃。這時天氣温和，蘭花正放。前面石山、石屏都是人工堆就的；山上有小亭，可以容三四人；屏旁置磁墩兩個，屏後有竹子百十竿，竹子後面映着些矮矮的硃紅欄杆，裏邊圍着些未開的芍葯。高翰林同萬中書携着手，悄悄的講話，○天一、二評：當時同在揚州必有首尾。直到亭子上去了。施御史同着秦中書，就隨便在石屏下閑坐。遲衡山同武正字信步從竹子裏面走到芍藥欄邊。○天二評：六人游園作三起寫，參差有致。（天一評末句作「疏疏落落宛如目見」）遲衡山對武書道：「園子倒也還潔净，只是少些樹木。」武正字道：「這是前人説過的：亭沼譬如爵位，時來則有之；樹木譬如名節，非素修弗能成。」○齊評：引用恰合。説着，只見高翰林同萬中書從亭子裏走下來，説道：「去年在莊濯江家看見武先生的《紅芍藥》詩，如今又是開芍藥的時候了。」當下主客六人，閑步了一回，從新到西廳上坐下。

管家叫茶上點上一巡攢茶。遲衡山問萬中書道：「老先生貴省有個〔二〕敝友，是處州人，不知老先生可曾會過？」萬中書道：「處州最有名的不過是馬純上先生，其餘在學的朋友也還認得幾個，但不知令友是誰？」遲衡山道：「正是這馬純上先生。」萬中書道：「馬二哥是我同盟的弟兄，怎麽不認得！○齊評：又是牛玉圃口氣。他如今進京去了，他進了京，一定是就得手的。」武書忙問道：「他至今不曾中舉，他爲甚麽進京？」萬中書道：「學道三年任滿，保題了他的優行。○黄評：馬二先生舉優，比匡超人如何。這一進京，倒是個功名的捷徑，所以曉得他就得手的。」○齊評：總不離此等話頭。施御史在旁道：「這些異路功名，弄來弄去始終有限。有操守的到底要從科甲出身。」○齊評：說現成話。遲衡山道：「上年他來敝地，小弟看他着〔三〕實在舉業上講究的，不想這些年還是個秀才出身，可見這舉業二字原是個無憑的。」高翰林道：「遲先生，你這話就差了。我朝二百年來，只有這一樁事是絲毫不走的，摩元得元，摩魁得魁。○黃評：倘人人摩元摩魁，何以處之？○齊評：想見得意聲口。○天二評：人人摩元，何以處之？那馬純上講的舉業，只算得些門面話，其實，此中的奧妙他全然不知。他就做三百年的秀才，考二百個案首，進了大場總是沒用的。」○天一評：有此壽不考案首亦可。武正字道：「難道大場裏同學道是兩樣看法不成？」高翰林道：「怎麼不是兩樣！凡學道考得起的，是大場裏再也不會中的；所以小弟未曾僥倖之先，只一心去揣摩大場，學道那裏時常考個三等也罷了。」○黃評：我想學道眼力必不錯，恐是主考錯了。萬中書道：「老先生的元作，敝省的人個個都揣摩爛了。」○天二評：揣摩的人可都中元？高翰林道：「老先生，『揣摩』二字，就是這舉業的金針了。小弟鄉試的那三篇拙作，沒有一句話是杜〔四〕撰，○黃評：不從肚子裏撰出來，是抄襲的了。字字都是有來歷的，○齊評：這話却是的確，但有志者弗爲耳。所以纔得僥倖。若是不知道揣摩，就是聖人也是不中的。○黃評：「聖人也是不中的」，通極通極，罵殺罵殺。○天一、二評：孔夫子到老不中爲此。那馬先生講了半生，講的都是些不中的舉業。他要曉得『揣摩』二字，如今也不知做到甚麼官了！」

○黄評：老先生曉得揣摩了，我看侍讀官也不算大。○天一評：老先生何以止於翰林？萬中書道：「老先生的話，真是後輩的津梁。但這馬二哥却要算一位老學〔五〕，小弟在揚州敝友家，見他著的《春秋》，倒也甚有條理。」

高翰林道：「再也莫提起這話。敝處這裏有一位莊先生，他是朝廷徵召過的，而今在家閉門注《易》。前日有個朋友和他會席，聽見他說：『馬純上知進而不知退，直是一條小小的亢龍。』無論那馬先生不可比做亢龍，只把一個現活着的秀才拿來解聖人的經，這也就可笑之極了！」○齊評：揣摩時文，口角大概如此。武正字道：「老先生，此話也不過是他偶然取笑。要説活着的人就引用不得，當初文王、周公，爲甚麽就引用微子、箕子？後來孔子爲甚麽就引用顔子？○天二評：文王、周公、孔子都未中狀元。那時這些人也都是活的。」高翰林道：「足見先生博學。小弟專經是《毛詩》，不是《周易》，所以未曾考核得清。」○黄評：無耻翰林。○齊評：真是老臉，形容到此，筆亦酷矣。武正字道：「提起《毛詩》兩字，越發可笑了。近來這些做舉業的，泥定了朱注，越講越不明白。四五年前，天長杜少卿先生纂了一部《詩説》，引了些漢儒的説話，朋友們就都當作新聞。可見『學問』兩個字，如今是不必講的了！」○黄評：只算罵主人，而主人恬不知耻。遲衡山道：「這都是一偏的話。依小弟看來：講學問的只講學問，不必問功名；講功名的只講功名，不必問學問。○齊評：此是正論。○天一評：學問與功名萬古不通。○天二評：衡山此論圓融斬截，千古不易。若是兩樣都要講，弄到後來，一樣也做不成。」○黄評：只算教訓老先生一番。

說着，管家來稟：「請上席。」高翰林奉了萬中書的首座，施侍御的二座，遲先生三座，武先生四座，秦親家五座，自己坐了主位。三席酒就擺在西廳上面，酒肴十分齊整，却不曾有戲。○天二評：非高翰林小算，乃避與下文復耳。（天一評「小算」作「忘却叫戲」；「乃」後多「作者」二字）席中又談了些京師裏的朝政。說了一會，遲衡山向武正字道：「自從虞老先生離了此地，我們的聚會也漸漸的就少了。」○天二評：會有以少爲貴者。少頃，轉了席，又點起燈燭來。吃了一巡，萬中書起身辭去。秦中書拉着道：「老先生一來是敝親家的同盟，就是小弟的親翁一般；二來又忝在同班，將來補選了，大概總在一處。明日千萬到舍間一叙。小弟此刻回家就具過柬來〔六〕。」○黄評：不請他也罷。又回頭對衆人道：「明日一個客不添，一個客不減，還是我們照舊六個人。」遲衡山、武正字不曾則一聲。○黄評：兩人萬不能耐矣。○天二評：我料兩君必不來。（天一評「兩君」作「此二公」）施御史道：「極好。但是小弟明日打點屈萬老先生坐坐的，這個竟是後日罷。」○黄評：施御史好運氣。萬中書道：「學生昨日纔到這裏，不料今日就擾高老先生。

「這個何妨。諸位老先生尊府還不曾過來奉謁，那裏有個就來叨擾的？」高翰林道：「這個敝親家是貴同衙門，這個比別人不同。明日只求早光就是了。」萬中書含糊應允了。諸人都辭了主人，散了回去。

當下秦中書回家，寫了五副請帖，差長班送了去請萬老爺、施老爺、遲相公、武相公、高老爺；又發了一張傳戲的溜子，叫一班戲，次日清晨伺候；又發了一個諭帖，諭門下總管，叫茶厨伺候，酒席要體面些。〇齊評：暴做官神氣極足。

次日，萬中書起來想道：「我若先去拜秦家，恐怕拉住了，那時不得去拜衆人，他們必定就要怪，只說我撿有酒吃的人家跑；不如先拜了衆人，再去到秦家。」隨即寫了四副帖子，先拜施御史，御史出來會了，曉得就要到秦中書家吃酒，也不曾款留。隨即去拜遲相公，遲衡山家回：「昨晚因修理學宮的事，連夜出城往句容去了。」只得又拜武相公，武正字家回：「相公昨日不曾回家，來家的時節再來回拜罷。」〇黄評：二人與諸人氣味自不相投，借此了遲衡山、武正字。

是日早飯時候，萬中書到了秦中書家，只見門口有一箭闊的青牆，中間縮着三號，却是起花的大門樓。轎子衝着大門立定，只見大門裏粉屏上帖着紅紙硃標的「内閣中書」的封條，兩旁站着兩行雁翅的管家，管家脊背後便是執事上的帽架子；上首還貼着兩張「爲禁約事」的告示。○齊評：此即四斗子所謂好臭排場也。

帖子傳了進去，秦中書迎出來，開了中間屏門。萬中書下了轎，拉着手，到廳上行禮、叙坐、拜〔七〕茶。萬中書道：「學生叨在班末，將來凡事還要求提攜。今日有個賤名在此，只算先來拜謁，叨擾的事，容學生再來另謝。」秦中書道：「敝親家道及老先生十分大才，將來小弟設若竟補了，老先生便是小弟的泰山了。」○黄評：無奈「泰山」其頽。萬中書道：「令親臺此刻可曾來哩？」秦中書道：「他早間差人來説，今日一定到這裏來。此刻也差不多了。」説着，高翰林、施御史兩乘轎已經到門，下了轎，走進來了，叙了坐，吃了茶。高翰林道：「秦親家，那遲年兄同武年兄，這時也該來了？」秦中書道：「又差人去邀了。」萬中書道：「武先生或者還來，那遲先生是不來的了。」高翰林道：「老先生何以見得？」萬中書道：「早間在他兩家奉拜，武先生家回：『昨晚不曾回家。』遲先生因修學宮的事往句容去了，所以曉得遲先生不來。」○天一評：即借萬中書口中叙明，省却許多轇轕。施御史道：「這兩個人却也作怪。但凡我們請他，十回到有九回不到。○齊評：從反面報出二人。若説他當真有事，做秀才的那裏有這許多事！若説他做身份，○黄評：他見了你們，却要做些身份。一個秀才的身份到那裏去！」○天二評：如今日管世事的秀才事多着哩！秦中書道：「老先生同敝親家在此，那二位來也好，不來也罷。」〇齊評：原不在此二位。〇天一評：不來更好。萬中書道：「那二位先生的學問，想必也還是好的？」高翰林道：「那裏有甚麼學問！有了學問倒不做老秀才了。〇黄評：高翰林嚇倒了，真是不來也罷。〇天一評：學問賣幾文一斤？只因上年國子監裏有一位虞博士，着實作興這幾個人，〇天一評：虞博士也無甚學問，所以不點翰林。（天一評：開頭多「究竟」二字）因而大家聯屬。而今也漸漸淡了。」

正説着，忽聽見左邊房子裏面高聲説道：「妙！妙！」衆人都覺詫異。秦中書叫管家去書房後面去看是甚麼人喧嚷。管家來禀道：「是二老爺的相與鳳四老爹。」〇黄評：如此出鳳四老爹，别緻。秦中書道：「原來鳳老四在後面，何不請他來談談？」管家從書房裏去請了出來。只見一個四十多歲的大漢，兩眼圓睜，雙眉直竪，一部極長的烏鬚垂過了胸膛；〇黄評：相便異樣。頭戴一頂力士巾，身穿一領玄色緞緊袖袍，脚踹一雙尖頭靴，腰束一條絲鸞縧，肘下挂着小刀子，〇則仙評：此「小刀子」爲裁纸刀耶抑解手刀耶？當云「肘後佩着不長不短的腰刀」。退速廬主。走到廳中間，作了一個總揖，便説道：「諸位老先生在此，小子在後面却不知道，失陪的緊。」秦中書拉着坐了，便指着鳳四爹對萬中書道：「這位鳳長兄是敝處這邊一個極有義氣的人。〇齊評：那曉得就是他的恩星。他的手底下實在有些講究，而且一部《易筋〔八〕經》記的爛熟的。〇黄評：聽見《易筋經》，高翰林得毋又嚇。○天一、二評：《易筋經》不在記熟。他若是趲一個勁，那怕幾千斤的石塊，打落在他頭上身上，他會絲毫不覺得。這些時，舍弟留他在舍間早晚請教，學他的技藝。」萬中書道：「這個品貌，原是個奇人，不是那手無縛鷄之力的。」秦中書又向鳳四老爹問道：「你方纔在裏邊，連叫『妙！妙！』却是爲何？」鳳四老爹道：「這不是我，是你令弟。令弟纔説人的力氣到底是生來的，我就教他提了一段氣，着人拿椎棒〔九〕打，越打越不疼，他一時喜歡起來，在那裏説妙。」萬中書向秦中書道：「令弟老先生在府，何不也請出來會會？」秦中書叫管家進去請，那秦二侉子已從後門裏騎了馬進小營看試箭去〔一〇〕了。○黄評：先將秦二侉子一點。

小厮們來請到内廳用飯。飯畢，小厮們又從内廳左首開了門，請諸位老爺進去閑坐。萬中書同着衆客進來。原來是兩個對廳，比正廳略小些，却收拾得也還精緻。衆人隨便坐了，茶上捧進十二樣的攢茶來，一個十一、二歲的小厮又向爐内添上些香。萬中書暗想道：「他們家的排場畢竟不同，我到家何不竟做起來？○齊評：用筆如簾花潭月，隱約掩映，空靈絶妙。只是門面不得這樣大，現任的官府不能叫他來上門，○黄評：現任官即刻就來。○天一評：現任官府即刻要上門了。也没有他這些手下人伺候。」

正想着，一個穿花衣的末脚，拿着一本戲目走上來，打了搶跪，説道：「請老爺先賞兩齣。」萬中書讓過了高翰林、施御史，就點了一齣《請宴》，一齣《餞别》。施御史又點了一齣《五臺》。高翰林又點了一齣《追信》。〇黄評：四齣皆關合後文。〇天二評：《請宴》、《餞别》本地風光；《五臺》切鳳四老爹；《追信》不切。末脚拿笏板在旁邊寫了，拿到戲房裏去扮。當下秦中書又叫點了一巡清茶。管家來禀道：「請諸位老爺外邊坐。」衆人陪着萬中書從對廳上過來。到了二廳，看見做戲的場口已經鋪設的齊楚，兩邊放了五把圈椅，上面都是大紅盤金椅搭，依次坐下。〇黄評：寫許多排場，正爲「一棒鑼聲」生色。長班帶着全班的戲子，都穿了脚色的衣裳，上來禀參了全場。打鼓板纔立到沿口，輕輕的打了一下鼓板。只見那貼旦裝了一個紅娘，一扭一捏，走上場來。長班又上來打了一個搶跪，禀了一聲「賞坐」，那吹手們纔坐下去。

這紅娘纔唱了一聲，只聽得大門口忽然一棒鑼聲，〇天一、二評：許多排場正爲一棒鑼聲生色。又有紅黑帽子吆喝了進來。衆人都疑惑，「請宴」裏面從没有這個做法的。〇黄評：必疑惑是戲裏的，一定之情。〇齊評：可謂妙不可言，讀者莫便看下，試掩卷想下文如何説法，方見作者之妙。只見管家跑〔一〕進來，説不出話來〔二〕。早有一個官員，頭戴紗帽，身穿玉色緞袍，脚下粉底皂靴，走上廳來。後面跟着二十多個快手，當先兩個，走到上面，把萬中書一手揪住，用一條鐵鍊套在頸子裏，就采〔一三〕了出去。○黄評：奇峰突起。○天一評：比權勿用在婁府大不同。那官員一言不發，也就出去了。衆人嚇的面面相覷。○天一評：張君瑞被拿了。只因這一番，有分教：梨園〔一四〕子弟，從今笑煞鄉紳；萍水英雄，一力擔承患難。未知後面〔一五〕如何，且聽下回分解。

【總評】

卧評　虞博士既去，以後皆餘文矣，作者正恐閱者笑其江淹才盡，無復能如前此之驚奇炫異、劌心怵目，故且借一最熟之高翰林，引出萬中書一段事；寫萬中書者，又爲寫鳳四老爹之陪筆。至於鳳四老爹之爲人，又别有一種性情氣概，不與衆人同，何其出奇之無窮也。

秦中書家會席，乃所謂飲食地獄也。既曰地獄，則不得不有地獄變相。席上無端闖進一個官，生拿活捉套了一個客去，雖謂之牛頭夜叉也亦可〔一六〕。

黄評　此等筆墨用在正文，以後愈覺生新出色。

天二評　二婁之於權勿用，莊徵君之於盧信侯，杜少卿之於沈瓊枝，秦中書之於萬中書，不同而同，同而不同，作者不避復，讀者不厭其復，見叙事之善。

則仙評　鳳四老爹即甘鳳池，乃南京有名拳師。惜乎僅露斑，不得窺全豹。

【校記】

〔一〕即刻，原作「即客」，從抄本，蘇本和申一、二本改。

〔二〕「有個」之後原衍「他」字，從抄本、蘇本和申一、二本刪。

〔三〕着，原缺，抄本、蘇本和申一、二本均同。參齊本補。

〔四〕杜，原作「肚」，抄本、蘇本同。從申一、二本改。

〔五〕老學，抄本、蘇本同。申一、二本作「飽學」。

〔六〕具過束來，申一本作「具束過來。」

〔七〕拜，申一、二本作「奉」。

〔八〕筋，原缺，抄本、蘇本、申一本同。從申二本補。

〔九〕椎棒，原作「推捧」，抄本同。蘇本、申一本作「椎捧」。從申二本改。

〔一〇〕去，原作「法」，抄本、蘇本和申二本同。從申一本改。

〔一一〕跑，原作「跪」，抄本同。從蘇本和申一、二本改。

〔一二〕說不出話來，蘇本和申一、二本作「都說不出話」。

〔一三〕采，申一本作「牽」，申二本作「拖」。

〔一四〕梨園，原作「黎圓」，蘇本作「黎園」。從抄本和申一、二本改。

〔一五〕後面，抄本和申一、二本作「後事」。

〔一六〕卧本本回回末總評兩段，蘇本和申一、二本少第二段。

第五十回

假官員當街出醜　真義氣代友求名

話説那萬中書在秦中書家廳上看戲，突被一個官員，帶領捕役進來，將他鎖了出去。嚇得施御史、高翰林、秦中書面面相覷，摸頭不着。那戲也就剪住了。衆人定了一會，施御史向高翰林道：「這件事情，小弟絲毫不知。但是剛纔方縣尊也太可笑，何必妝(一)這個模樣？」〇齊評：這是演新奇戲文與你們看的。〇天一、二評：堂堂翰林、御史竟全不招呼。秦中書又埋怨道：「姻弟席上被官府鎖了客去，這個臉面却也不甚好看！」〇黄評：誰教你請他。〇天一評：誰教你請他。〇天二評：是你自己攬來的。高翰林道：「老親家，你這話差了，我坐在家裏，怎曉得他有甚事？况且拿去的是他，不是我，怕人怎的？」〇黄評：是翰林識見。説着，管家又上來禀道：「戲子們請老爺的示：還是伺候，還是回去？」秦中書道：「客犯了事，我家人没有犯事，爲甚的不唱！」〇齊評：只好如此。大家又坐着看戲。

只見鳳四老爹一個人坐在遠遠的，望着他們冷笑。○天一評：鳳四老爹目中看出諸位老先生一文不值。○天二評：他目中看出諸人一錢不值。秦中書瞥見，問道：「鳳四哥，難道這件事你有些曉得？」鳳四老爹道：「我如何得曉得？」秦中書道：「你不曉得，爲甚麽笑？」鳳四老爹道：「我笑諸位老先生好笑。○齊評：妙語。○天二評：語妙。人已拿去，急他則甚！依我的愚見，倒該差一個能幹人到縣裏去打探打探，到底爲的甚事，一來也曉得下落，二來也曉得可與諸位老爺有礙。」施御史忙應道：「這話是的狠！」秦中書也連忙道：「是的狠！是的狠！」○黄評：好御史、中書，連這點主意也想不到。○天二評：真正可笑。高翰林無言想已嚇死，蓋施、秦初交，高則曾在揚州同事，安知無交涉，故其急更甚。（天一評無開頭四字）當下差了一個人，叫他到縣裏打探。那管家去了。

這裏四人坐下，戲子從新上來做了《請宴》，又做《餞别》。施御史指着對高翰林道：「他纔這兩齣戲點的就不利市，纔請宴就餞别，弄得宴還不算請，别倒餞過了！」○齊評：本地風光。說着，又唱了一齣《五臺》。纔要做《追信》，○黄評：《五臺》關合鳳四老爹有力氣，《追信》關合後文爲絲客追回銀子。那打探的管家回來了，走到秦中書面前，說：「連縣裏也找不清。小的會着了刑房蕭二老爹，纔托人抄了他一張牌票來。」說着遞與秦中書看。衆人起身都來看，是一張竹紙，抄得潦潦草草的。上寫着：

台州府正堂祁，爲海防重地等事。奉巡撫浙江都察院鄒憲行參革台州總兵苗而秀案内要犯一名萬里（即萬青雲），〇則仙評：按苗而秀應即苗之秀，三藩時人，廣東碣石鎮總兵，後從逆尚藩。書中殆指此事。係本府已革生員，身中，面黄，微鬚，年四十九歲，潛逃在外，現奉親提。爲此，除批差緝獲外〔二〕，合亟通行。凡在緝獲地方，仰縣即時添差拿獲，〇天二評：竟依謀反叛逆辦頭，此撫院亦小題大做矣。解府詳審。慎毋遲誤！須至牌者。

又一行下寫：

右牌仰該縣官吏准此。

原來是差人拿了通緝的文憑投到縣裏，這縣尊是浙江人，見是本省巡撫親提的人犯，所以帶人親自拿去的。其實犯事的始末，連縣尊也不明白。高翰林看了説道：「不但人拿的糊塗，連這牌票上的文法也有〔三〕些糊塗。此人説是個中書，怎麽是個已革生員？就是已革生員，怎麽拖到總兵的參案裏去？」〇天一評：此又與余大先生事映帶。秦中書望着鳳四老爹道：「你方纔笑我們的，你如今可能知道麽？」鳳四老爹道：「他們這種人會打聽甚麽，等我替你去。」〇黄評：因爲糊塗，鳳四老爹纔高興去打探，以後愈糊塗愈要明白，所以高興到浙江。立起身來就走。秦中書道：「你當真的去？」鳳四老爹道：「這個扯謊做甚麼？」說着，就去了。

鳳四老爹一直到縣門口，尋着兩個馬快頭。那馬快頭見了鳳四老爹，跟着他，叫東就東，叫西就西。鳳四老爹叫兩個馬快頭引帶他去會浙江的差人，那馬快頭領着鳳四老爹一直到三官堂，會着浙江的人。鳳四老爹問差人道：「你們是台州府的差？」差人答道：「我是府差。」鳳四老爹道：「這萬相公到底爲的甚事？」差人道：「我們也不知。○黄評：差人也不知。只是敝上人吩咐，說是個要緊的人犯，所以差了各省來緝。老爹有甚吩咐，我照顧就是了。」鳳四老爹道：「他如今現在那裏？」差人道：「方老爺纔問了他一堂，連他自己也說不明白。○黄評：他自己也不知，鳳四老爹愈要追問，而萬中書得便宜矣。如今寄在外監裏，明日領了文書，只怕就要起身。老爹如今可是要看他？」鳳四老爹道：「他在外監裏，我自己去看他。你們明日領了文書，千萬等我到這裏，你們再起身。」差人應允了。○黄評：已有同去之意。

鳳四老爹同馬快頭走到監裏，會着萬中書。萬中書向鳳四老爹道：「小弟此番大概是奇冤極枉了。你回去替我致意高老先生同秦老先生，不知此後可能再〔四〕會了。」鳳四老爹又細細問了他一番，只不得明白。因忖道：「這場官司，須是我同到浙江去纔得明白。」○齊評：天下有此等好事者，可謂萬中書不幸之大幸。○天一、二評：干卿何事。

○天二評：爲秦中書一激，不肯伏輸。也不對萬中書説，竟別了出監，説：「明日再來奉看。」一氣回到秦中書家。只見那戲子都已散了，施御史也回去了，只有高翰林還在這裏等信，看見鳳四老爹回來，忙問道：「到底爲甚事？」鳳四老爹道：「真正奇得緊！不但官府不曉得，連浙江的差人也不曉得。不但差人不曉得，連他自己也不曉得。這樣糊塗事，須〔五〕我同他到浙江去，纔得明白。」○黄評：至此便不肯不到浙江矣。○天二評：直爲起初向秦中書誇口，欲争這口氣耳。而秦中書苦矣。秦中書道：「這也就罷了，那個還管他這些閑事！」○天一、二評：以情論則必有此語，以文論則必有此折。鳳四老爹道：「我的意思，明日就要同他走走去。如果他這官司利害，我就幫他去審審，○天一評：幫人打官司者有之，未有幫人審官司者也。○天二評：幫人打官司者有之，幫人審官司則未之聞也。也是會過這一塲。」高翰林也怕日後拖累，便攛掇鳳四老爹同去。○黄評：不過高興，「會過一塲」托辭也。高翰林攛掇殊可不必。晚上送了十兩銀子到鳳〔六〕家來，説：「送鳳四老爹路上做盤纏。」○天一評：看高翰林急極。○天二評：高翰林發急。鳳四老爹收了。

次日起來，直到三官堂會着差人。差人道：「老爹好早。」鳳四老爹同差人轉出灣，到縣門口，來到刑房裏，會着蕭二老爹，催着他清稿，並送簽了一張解批，又撥了四名長解皂差，聽本官簽點，批文用了印。官府坐在三堂上，叫值日的皂頭把萬中書提了進來。台州府差也跟到宅門口伺候。只見萬中書頭上還戴着紗帽，身上還穿着七品補服，方縣尊猛想到：他拿的是個已革的生員，怎麽却是這樣服色？○天一評：昨已問過一堂，何以未見？何以想不着？○天二評：昨日問過一堂，未曾想着，何也？又對明了人名、年貌，絲毫不誣。因問道：「你到底是生員是官？」○黄評：至此始想到此事，真是青天！萬中書道：「我本是台州府學的生員，今歲在京，因書法端楷，保舉中書職銜的。生員不曾革過。」方知縣道：「授職的知照想未下來，因有了官司，撫臺將你生員咨革了，也未可知。但你是個浙江人，本縣也是浙江人，本縣也不難爲你。你的事，你自己好好去審就是了。」因又想道：「他回去了，地方官説他是個已革生員，就可以動刑了，我是個同省的人，難道這點照應没有？」○天二評：誰知照應了秦中書千二百兩銀子。隨在簽批上硃筆添了一行：

本犯萬里，年貌與來文相符，現今頭戴紗帽，身穿七品補服，供稱本年在京保舉中書職銜，相應原身鎖解。○黄評：只此數語，萬中書假變真矣。該差毋許須索，亦毋得疏縱。○齊評：文情僞中多僞，文筆曲中生曲，真是寫得妙絶。

寫完了，隨簽了一個長差趙昇，又叫台州府差進去，吩咐道：「這人比不得盗賊，有你們兩個，本縣這裏添一個也够了。你們路上須要小心些。」三個差人接了批文，押着萬中書出來。

鳳四老爹接着，問府差道：「你是解差們？過清了？」指着縣差問道：「你是解差？」府差道：「過清了，他是解差。」縣門口看見鎖了一個戴紗帽穿補服的人出來，就圍了有兩百人看，越讓越不開。鳳四老爹道：「趙頭，你住在那裏？」趙昇道：「我就在轉灣。」鳳四老爹道：「先到你家去。」一齊走到趙昇家，小堂屋裏坐下。鳳四老爹叫趙昇把萬中書的鎖開了，○黄評：妙在叫開就開。鳳四老爹脱下外面一件長衣來，叫萬中書脱下公服換了。又叫府差到萬老爺寓處叫了管家來。府差去了回來説：「管家都未回寓處，想是逃走了；只有行李還在寓處，和尚却不肯發。」鳳四老爹聽了，又除了頭上的帽子，叫萬中書戴了，自己只包着網〔七〕巾，穿着短衣，説道：「這裏地方小，都到我家去。」萬中書同三個差人跟着鳳四老爹一直走到洪武街。進了大門，二層廳上立定，萬中書納頭便拜。鳳四老爹拉住道：「此時不必行禮，先生且坐着。」便對差人道：「你們三位都是眼亮的，不必多話了。○齊評：爽絶。你們都在我這裏住着。萬老爹是我的相與，這場官司我是要同了去的。我却也不難爲你。」趙昇對來差道：「二位可有的説？」來差道：「鳳四老爹吩咐，這有甚麽説。只求老爹作速些。」鳳四老爹道：「這個自然。」當下把三個差人送在〔八〕廳對面一間空房裏，説道：

「此地權住兩日。三位不妨就搬行李來。」三個差人把萬中書交與鳳四老爹，竟都放心，各自搬行李去了。○黄評：可見是管慣了這些事。鳳四老爹把萬中書拉到左邊一個書房裏坐着，問道：「萬先生，你的這件事不妨實實的對我説，就有天大的事，我也可以幫襯你〔九〕。説含糊話，那就罷了。」萬中書道：「我看老爹這個舉動，自是個豪傑，真人面前我也不説假話了，我這場官司，倒不輸在台州府，反要輸在江寧縣。」○齊評：歧中有歧，筆外有筆，纔是奇情妙文。鳳四老爹道：「江寧縣方老爺待你甚好，這是爲何？」萬中書道：「不瞞老爹説，我實在是個秀才，不是個中書。○黄評：至此方纔明白。○天一、二評：連序班都是假。○天一評：恐連進京亦無其事。只因家下日計艱難，没奈何出來走走。要説是個秀才，只好喝風痾烟。説是個中書，那些商家同鄉紳財主們纔肯有些照應。○齊評：人情只有錦上添花，那有雪中送炭？萬生自是能人，見了鳳四老爹便和盤托出，尤見兩眼識人。不想今日被縣尊把我這服色同官職寫在批上，將來解回去，欽案都也不妨，倒是這假官的官司吃不起了。」鳳四老爹沉吟了一刻，○黄評：「沉吟一刻」，秦中書晦氣。道：「萬先生，你假如是個真官回去，這官司不知可得贏？」萬中書道：「我同苗總兵係一面之交，又不曾有甚過贜犯法的事，量情不得大輸。只要那裏不曉得假官一節，也就罷了。」鳳四老爹道：「你且住着，我自有道理。」萬中書住在書房裏，三個差人也搬來住在廳對過〔一〇〕空房裏。鳳四老爹一面叫家裏人料理酒飯，一面自己走到秦中書家去。

秦中書聽見鳳四老爹來了，大衣也没有穿，就走了出來，○天一、二評：想來一夜睡不着。問道：「鳳四哥，事體怎麽樣了？」鳳四老爹道：「你還問哩！閉門家裏坐，禍從天上來。你還不曉得哩！」○齊評：嚇守錢奴須用此急筆。○天一、二評：嚇死他。秦中書嚇的慌慌張張的，忙問道：「怎的？怎的？」鳳四老爹道：「怎的不怎的，官司够你打半生！」秦中書越發嚇得面如土色，○黄評：不嚇銀子不得現成，趣甚。要問都問不出來了。鳳四老爹道：「你説他到底是個甚官？」秦中書道：「他説是個中書。」鳳四老爹道：「他的中書還在判官那裏造册哩！」○天一、二評：妙！秦中書道：「難道他是個假的？」鳳四老爹道：「假的何消説！只是一場欽案官司，把一個假官從尊府拿去，那浙江巡撫本上也不要特參，只消帶上一筆，莫怪我説，老先生的事只怕也就是『滚水潑老鼠』了。」○黄評：説的極近理，銀子安得不現成。○齊評：語簡而賅，以此引入可謂刀刀見血。○天二評：凶呀！秦中書聽了這些話，瞪着兩隻白眼，望着鳳四老爹道：「鳳四哥，你是極會辦事的人。○黄評：「極會」替你送銀子。如今這件事，到底怎樣好？」○天一評：讓他自己凑上來。鳳四老爹道：「没有怎樣好的法。他的官司不輸，你的身家不破。」○天二評：妙。秦中書道：「怎能叫他官司不輸？」鳳四老爹道：「假官就輸，真官就不輸。」秦中書道：「他已是假的，如何又得真？」○黄評：此句逼得更妙。鳳四老爹道：「難道你也是假的？」秦中書道：「我是遵例保舉來的。」鳳四老爹道：「你保舉得，他就保舉不得？」○齊評：一篇説話句句刀斬斧截，筆筆生龍活虎，似《戰國策》文字。（天一評「説話」作「説辭」；「筆筆」作「又句句」）秦中書道：「就是保舉，也不得及〔二〕。」鳳四老爹道：「怎的不得及？有了錢，就是官！○黄評：纔説到錢。現放着一位施老爺，還怕商量不來？」秦中書道：「這就快些叫他辦。」鳳四老爹道：「他到如今辦，他又不做假的了！」秦中書道：「依你怎麽樣？」鳳四老爹道：「若要依我麽，不怕拖官司，竟自隨他去。○黄評：陪一筆，妙，正是要他出錢。若要圖乾净，替他辦一個，○天二評：妙。等他官司贏了來，得了缺，叫他一五一十算了來還你。就是九折三分錢也不妨。」秦中書聽了這個話，嘆了一口氣道：「這都是好親家拖累這一場，○黄評：明明是你要請他，反怨親家。如今却也没法了！○天二評：是你從他席面上訂來的，不能怨人。你而今憔悴猶還可。（天一評「他」作「高家」；「訂」作「請」）鳳四哥，銀子我竟出，只是事要你辦去。」鳳四老爹道：「這就是水中撈月了。這件事，要高老先生去辦。」秦中書道：「爲甚的偏要他去？」鳳四老爹道：「如今施御史老爺是高老爺的相好，要懇着他作速照例寫揭帖揭到內閣，存了案，纔有用哩。」○黄評：事事在行，只算昨日替萬中書請幫忙的客。秦中書道：「鳳四哥，果真你是見事的人。」○黄評：賺得你好。

隨即寫了一個帖子，請高親家老爺來商議要話。少刻，高翰林到了，秦中書會着，就把鳳四老爹的話説了一遍。高翰林連忙道：「這個我就去。」○天一、二評：秦家有錢捐了一個中書攀附鄉紳，高翰林貪其富，兩下結姻，施御史則因高翰林而聯絡，並非真相好，故須親家代懇。而高與萬舊交，施亦當場同席，惟恐牽連，不得不幫他一個襯。鳳四老爹在旁道：「這是緊急事，秦老爺快把『所以然』交與高老爺去罷。」秦中書忙進去。一刻，叫管家捧出十二封銀子，每封足紋一百兩，交與高翰林○黄評：妙妙。道：「而今一半人情，一半禮物。這原是我墊出來的。我也曉得閣裏還有些使費，一總費親家的心，奉托施老先生包辦了罷。」○齊評：大處已去還算小處，的是財主脾氣。高翰林局住不好意思，只得應允。拿了銀子到施御史家，托施御史連夜打發人進京辦去了。

鳳四老爹回到家裏，一氣走進書房，只見萬中書在椅子上坐着望哩。○天一評：眼穿腸斷。鳳四老爹道：「恭喜，如今是真的了。」隨將此事説了備細。萬中書不覺倒身下去，就磕了鳳四老爹二三十個頭。○黄評：出銀子的人，一個頭也不曾受。○天一、二評：出銀子的人一個也磕不着，然而不是鳳四哥，他也不肯拿出來。鳳四老爹拉了又拉，方纔起來。

鳳四老爹道：「明日仍舊穿了公服到這兩家謝謝去。」○天二評：何以不謝施御史？萬中書道：「這是極該的，但只不好意思。」説着，差人走進來請問鳳四老爹幾時起身。鳳四老爹道：「明日走不成，竟是後日罷。」次日起來，鳳四老爹催着萬中書去謝高、秦兩家。兩家收了帖，都回不在家，却就回來了。鳳四老爹又叫萬中書親自到承恩寺起了行李來，鳳四老爹也收拾了行李，同着三個差人，竟送萬中書回浙江台州去審官司去了。○天二評：高興。只因這一番，有分教：儒生落魄，變成衣錦還鄉；御史回心，惟恐一人負屈。未知後事如何，且聽下回分解。

【總評】

卧評 秦中書本小心怕事之人，又被鳳四老爹蘇、張之舌以利害嚇之，不容不信。讀之是一篇絶妙長短書。

明朝中書有從進士出身者，有從監生出身者，原是兩途。篇中所叙，並非杜撰也。

齊評 萬青雲以窮秀才冒充中書打把勢，不料忽遇總兵參案牽涉，致被訪拿。既已赴宴出醜，不料反成就了功名。此事如塞翁得馬失馬，禍福無常，實則全是鳳四老爹一人之力。可見英雄到處，救人不少。巧在剛剛遇着，雖謂萬生之運氣本好可也。

天一、二評　在籍御史可以出揭帖到内閣，未知有此例否？

天二評　高、施二人自誇科第正途，動輒看人不起，一遇萬中書事，手足無措，被鳳四老爹弄之股掌之中，此作者寓意處。

【校記】

〔一〕妝，申一、二本作「作」。

〔二〕獲外，原作「外獲」，抄本、蘇本同。從申一、二本改。

〔三〕有，原作「在」，抄本、蘇本同。從申一、二本改。

〔四〕再，原作「在」，從抄本、蘇本和申一、二本改。

〔五〕「須」後原衍「知」字，抄本同。從蘇本和申一、二本删。

〔六〕鳳，申一本作「秦」。

〔七〕綱，原作「綢」，抄本同。從蘇本和申一、二本改。

〔八〕在，申二本作「到」。

〔九〕你，申一本作「若」。

〔一〇〕過，申二本作「面」。

〔一一〕不得及，蘇本和申一、二本作「來不及」。隔句同。

第五十一回

少婦騙人折風月　壯士高興試官刑

話説鳳四老爹替萬中書辦了一個真中書，纔自己帶了行李，同三個差人送萬中書到台州審官司去。這時正是四月初旬，天氣温和，五個人都穿着單衣，出了漢西門來叫船，打點一直到浙江去。叫遍了，總没有一隻杭州船，只得叫船先到蘇州。到了蘇州，鳳四老爹打發清了船錢，纔换了杭州船，這隻船比南京叫的却大着一半。鳳四老爹道：「我們也用不着這大船，只包他兩個艙罷。」隨即付埠頭一兩八錢銀子，包了他一個中艙，一個前艙。五個人上了蘇州船，守候了一日，船家纔攬了一個收絲的客人搭在前艙。這客人約有二十多歲，生的也還清秀，却只得一擔行李，倒着實沉重。○黄評：伏筆。○天一、二評：來送差錢。到晚，船家解了纜，放離了馬頭，用篙子撑了五里多路，一個小小的村落旁住了。那梢公對夥計説：「你帶好纜，放下二錨，照顧好了客人。我家去一頭〔一〕。」那台州差人笑着説道：「你是討順風去了。」○天一、二評：謔語引動下文。那梢公也就嘻嘻的笑着去了。

萬中書同鳳四老爹上岸閑步〔二〕了幾步，望見那晚烟漸散，水光裏月色漸明，○黃評：略寫風景，文始紓徐。徘徊了一會，復身上船來安歇，只見下水頭「支支查查」又摇了一隻小船來幫着泊。○天一、二評：順風來了。這時船上水手倒也〔三〕開鋪去睡了，三個差人點起燈來打骨牌。只有萬中書、鳳四老爹同那個絲客人，在船裏推了窗子，憑船玩月。那小船靠攏了來，前頭撑篙的是一個四十多歲的瘦漢；後面火艙裏是一個十八九歲的婦人，在裏邊拿舵，一眼看見船這邊三個男人看月，就掩身下艙裏去了。○黃評：似是避人。隔了一會，鳳四老爹同萬中書也都睡了，只有這絲客人略睡得遲些。○黃評：睡遲有故。○天二評：妙在不說出。

次日，日頭未出的時候，梢公背了一個筲袋上了船，急急的開了，走了三十里，方纔吃早飯。早飯吃過了，將下午，鳳四老爹閑坐在艙裏，對萬中書說道：「我看先生此番雖然未必大傷〔四〕筋骨，但是都院的官司，也够拖纏哩。依我的意思，審你的時節，不管問你甚情節，你只說家中住的一個游客鳳鳴岐做的。○黃評：借出名字，一團高興。○齊評：天下有如此熱心好事的人，真是難逢難遇。○天一評：纔出鳳鳴岐名。○天二評：始出姓名。等他來拿了我去，就有道理了。」正說着，只見那絲客人眼兒紅紅的，在前艙裏哭。○黃評：奇。鳳四老爹同衆人忙問道：「客人，怎的了？」那客人只不則聲。鳳四老爹猛然大悟，指着絲客人道：「是了！你這客人想是少年不老成，如今上了當了！」○黃評：真正老江湖。○天一、二評：機警，真是老江湖。那客人不覺又羞的哭了起來。鳳四老爹細細問了一遍，纔曉得：昨晚都睡静了，這客人還倚着船窗，顧盼那船上婦人。這婦人見那兩個客人去了，纔立出艙來，望着絲客人笑。○黃評：一笑傾人囊。船本靠得緊，雖是隔船，離身甚近，絲客人輕輕捏了他一下，那婦人便笑嘻嘻從窗子裏爬了過來，就做了巫山一夕。這絲客人睡着了，他就把行李内四封銀子二百兩，盡行携了去了。早上開船，這客人情思還昏昏的，到了此刻，看見被囊開了，纔曉得被人偷了去。真是啞子夢見媽——説不出來的苦！

鳳四老爹沉吟了一刻，○天二評：他這一沉吟必有妙文。（天一評「必」作「定」）叫過船家來問道：「昨日那隻小船你們可還認得？」水手道：「認却認得，這話打不得官司告不得狀，有甚方法？」鳳四老爹道：「認得就好了。○黃評：他偏説好。他昨日得了錢，我們走這頭，他必定去那頭。你們替我把桅眠〔五〕了，架上櫓，趕着摇回去，望見他的船，遠遠的就泊了。弄得回來再酬你們的勞。」船家依言摇了回去。摇到黃昏時候，纔到了昨日泊的地方，却不見那隻小船。鳳四老爹道：「還摇了回去。」約略又摇了二里多路，只見一株老柳樹下繫着那隻小船，遠望着却不見人。○黄評：先説不見人。○天一評：初不見船，次不見人，蓋文章從無板直，事體亦無一湊便到也。鳳四老爹叫還泊近些，也泊在一株枯柳樹下。

鳳四老爹叫船家都睡了，不許則聲，自己上岸閑步。步到這隻小船面前，果然是昨日那船，那婦人同着瘦漢子在中艙裏〔六〕説話哩。鳳四老爹徘徊了一會，慢慢回船，只見這小船不多時也移到這邊來泊。泊了一會，那瘦漢不見了。這夜月色比昨日更明，○天一、二評：以見昨夜月色不甚明，故不認得人。照見那婦人在船裏邊掠了鬢髮，穿了一件白布長衫在外面，下身換了一條黑綢〔七〕裙子，獨自一個，在船窗裏坐着賞月。鳳四老爹低低問道：「夜靜了，你這小妮子船上没有人，你也不怕麽？」那婦人答應道：「你管我怎的！我們一個人在船上是過慣了的，○天二評：是告訴今夜瘦子不回船也。（天一評「子」作「漢」；「回」作「同」）怕甚的！」説着就把眼睛斜覷了兩覷。鳳四老爹一脚跨過船來，便抱那婦人。那婦人假意推來推去，却不則聲。鳳四老爹把他一把抱起來，放在右腿膝上，那婦人也就不動，倒在鳳四老爹懷裏了。○天一、二評：絲客事虚寫，此用實寫，總不犯複。鳳四老爹道：「你船上没有人，今夜陪我宿一宵，也是前世有緣。」○齊評：正如《水滸傳》中武松哄孫二娘，生平未有之事。那婦人道：「我們在船上住家，是從來不混賬的。

今晚没有人，遇着你這個寃家，叫我也没有法了。只在這邊，我不到你船上去。」鳳四老爹道：「我行李内有東西，我不放心在你這邊。」〇齊評：反話以探之，却用實話以答之，自然入我計中。〇天一評：前宵得采，聞此言自更動心。説着，便將那婦人輕輕一提，提了過來。

這時船上人都睡了，只是中艙裏點着一盞燈，鋪着一副行李。鳳四老爹把婦人放在被上，那婦人就連忙脱了衣裳，鑽在被裏。那婦人不見鳳四老爹解衣，耳朵裏却聽得軋軋的櫓聲。那婦人要抬起頭來看，却被鳳四老爹一腿壓住，死也不得動，只得細細的聽，是船在水裏走哩〔八〕。那婦人急了，忙問道：「這船怎麼走動了？」鳳四老爹道：「他行他的船，你睡你的覺，倒不快活？」那婦人越發急了道：「你放我回去罷！」鳳四老爹道：「呆妮子！你是騙錢，我是騙人，一樣的騙，怎的就慌？」〇齊評：仍是本來口氣矣。〇天一評：此事本無情理可説，只好説無賴話。那婦人纔曉得是上了當了。只得哀告道：「你放了我，任憑甚東西，我都還你就是了。」〇天一評：此婦甚乖。鳳四老爹道：「放你去却不能！拿了東西來纔能放你去。我却不難爲你。」説着，那婦人起來，連褲子也没有了。萬中書同絲客人從艙裏鑽出來看了，忍不住的好笑。鳳四老爹問明他家住址，同他漢子的姓名，叫船家在没人烟的地方住了。到了次日天明，叫絲客人拿一個包袱，包了那婦人通身上下的衣裳，走回十多里路找〔九〕着他的漢子。

原來他漢子見船也不見，老婆也不見，正在樹底下着急哩。那絲客人有些認得，上前說了幾句，拍着他肩頭道：「你如今『賠了夫人又折兵』，還是造化哩！」他〔一〇〕漢子不敢答應。客人把包袱打開，拿出他老婆的衣裳、褲子、褶褲、鞋來。他漢子纔慌了，跪下去，只是磕頭。〇天一評：把他妻子白樂了一夜還要他磕頭。客人道：「我不拿你。快把昨日四封銀子拿了來，還你老婆。」那漢子慌忙上了船，在梢上一個夾剪〔一一〕艙底下拿出一個大口袋來說道：「銀子一釐也没有動，〇黃評：一宿之資扣下否？一笑。只求開恩還我女人罷！」客人背着銀子，那漢子拿着他老婆的衣裳，一直跟了走來，又不敢上船，聽見他老婆在船上叫，纔硬着膽子走上去。只見他老婆在中艙裏圍在被裏哩。他漢子走上前，把衣裳遞與他。衆人看着那婦人穿了衣服，起來又磕了兩個頭，同烏龜滿面羞愧，下船去了。絲客人拿了一封銀子五十兩來謝鳳四老爹。鳳四老爹沉吟了一刻竟收了，隨分做三份，拿着對三個差人道：「你們這件事原是個苦差，如今與你們算差錢罷。」差人謝了。〇黃評：差人非錢不行，萬中書拿不出，始知寫蘇州船搭絲客人皆爲差錢起見。

閑話休提。不日到了杭州，又換船直到台州，五個人一齊進了城。府差道：「鳳四老爹，家門口恐怕有風聲，官府知道了，小人吃〔一二〕不起。」鳳四老爹道：「我有道理。」從城外叫了四乘小轎，放下簾子，叫三個差人同萬中書坐着，自己倒在後面走。

一齊到了萬家來，進大門是兩號門面房子，二進是兩改三造的小廳。萬中書纔入內去，就聽見裏面有哭聲，一刻，又不哭了。○黄評：像，寫得入情。頃刻，内裏備了飯出來。吃了飯，鳳四老爹道：「你們此刻不要去，點燈後，把承行的叫了來，我就有道理。」差人依着，點燈的時候，悄悄的去會台州府承行的趙勤。趙勤聽見南京鳳四老爹同了來，吃了一驚，○齊評：可見鳳四老爹聲名不小。說道：「那是個仗義的豪傑，○黄評：「豪」則有之，「義」則未也。萬相公怎的相與他的？這個就造化了！」當下即同差人到萬家來。會着，彼此竟像老相與一般。鳳四老爹道：「趙師父〔三〕只一樁托你：先着太爺録過供，供出來的人你便拖了解。」趙書辦應允了。

次日，萬中書乘小轎子到了府前城隍廟裏面，照舊穿了七品公服，戴了紗帽，着了靴，只是頸子裏却繫了鍊子。府差繳了牌票，祁太爺即時坐堂。解差趙昇執着批，將萬中書解上堂去。祁太爺看見紗帽圓領，先吃一驚，又看了批文，有「遵例保舉中書」字樣，又吃了一驚。抬頭看那萬里，却直立着未曾跪下。因問道：「你的中書是甚時得的？」萬中書道：「是本年正月內。」祁太爺道：「何以不見知照？」萬中書道：「由閣咨部，由部咨本省巡撫，也須時日。想目下也該到了。」祁太爺道：「你這中書早晚也是要革的了。」萬中書道：「中書自去年進京，今年回到南京，並無犯法的事。請問太公祖，隔省差拿，其中端的是何緣故？」祁太爺道：「那苗鎮臺疏失了海防，被撫臺參拿了，衙門内搜出你的詩箋，○天二評：疏失海防並非反叛，詩箋貢諛亦不過措大把勢，何至隔省緝拿？上面一派阿諛〔一四〕的話頭，是你被他買囑了做的。現有贜款，你還不知麼？」萬中書道：「這就是冤枉之極了。中書在家的時節，並未會過苗鎮臺一面，如何有詩送他？」祁太爺道：「本府親自看過，長篇累牘，後面還有你的名姓圖書。現今撫院大人巡海，整駐〔一五〕本府等着要題結這一案，○天二評：亦何必爲此小事駐駕關提？你還能賴麼？」萬中書道：「中書雖然忝列宮牆，詩却是不會做的，至於名號的圖書，中書從來也没有。只有家中住的一個客，上年刻了大大小小幾方送中書，中書就放在書房裏，未曾收進去。就是做詩，也是他會做，恐其是他假名的也未可知。還求太公祖詳察。」祁太爺道：「這人叫甚麼？如今在那裏？」萬中書道：「他姓鳳，叫做鳳鳴岐，現住在中書家裏哩。」

祁太爺立即拈了一枝火籤，差原差立拿鳳鳴岐，當堂回話。差人去了一會，把鳳四老爹拿來。祁太爺坐在二堂上。原差上去回了，說：「鳳鳴岐已經拿到。」祁太爺叫他上堂，問道：「你便是鳳鳴岐麼？一向與苗總兵有相與麼？」鳳四老爹道：「我並認不得〔一六〕他。」祁太爺道：「那萬里做了送他的詩，今萬里到案，招出是你做的，連姓名圖書也是你刻的，你爲甚麽做這些犯法的事？」鳳四老爹道：「不但我生平不會做詩，就是做詩送人，也算不得一件犯法的事。」祁太爺道：「這廝强辯！」叫取過大刑來。○齊評：爽絶，再不必有别語矣。○天一評：纔説得一句豈有就便用大刑之理？○天二評：豈有纔説一句便用大刑之理？那堂上堂下的皂隸，大家吆喝一聲，把夾棍向堂口一攛，兩個人扳〔一七〕翻了鳳四老爹，把他兩隻腿套在夾棍裏。祁太爺道：「替我用力的夾！」那扯繩的皂隸用力把繩一收，只聽「格喳」的一聲，那夾棍迸爲六段。祁太爺道：「這〔一八〕廝莫不是有邪術？」隨叫換了新夾棍，硃標一條封條，用了印，貼在夾棍上，從新再夾。那知道繩子尚未及扯，又是一聲響，那夾棍又斷了。一連換了三付夾棍，足足的迸做十八截，散了一地。鳳四老爹只是笑，並無一句口供。

祁太爺毛了，只得退了堂，將犯人寄監，親自坐轎上公館轅門面禀了撫軍。那撫軍聽了備細，知道鳳鳴岐是有名的壯士，○黄評：虧得知道。其中必有緣故。○天二評：鳳鳴岐壯士遂使撫院知名，一場欽案虎頭蛇尾，頗不近情，蓋作者草草完場，非所注意。况且苗總兵已死於獄中，抑且萬里保舉中書的知照已到院，此事也不關緊要。因而吩咐祁知府從寬辦結。竟將萬里、鳳鳴岐都釋放。撫院也就回杭州去了。○天一評：苗鎮臺因疏失海防被參，非謀反叛逆，游士獻詩阿諛，爲抽豐起見，何至撫臺駐駕關提？及一聞鳳鳴岐之名便冰消瓦解，皆不近人情。作者草草完場，非所注意也。這一場焰騰騰的官事，却被鳳四老爹一瓢冷水潑息。

萬中書開發了原差人等，官司完了，同鳳四老爹回到家中，念不絕口的説道：「老爹真是我的重生父母再長爹娘，我將何以報你！」○黄評：此時連頭也不磕了。鳳四老爹大笑道：「我與先生既非舊交，向日又不曾受過你的恩惠，○天二評：此何異於魯仲連。這不過是我一時偶然高興，○黄評：豪極。你若認真感激起我來，那倒是個鄙夫之見了。○齊評：可謂鳳翔千仞，燕雀安足與語哉。○天二評：此等聲口絕不與張鐵臂相同。我今要往杭州去尋一個朋友，就在明日便行。」萬中書再三〔一九〕挽留不住，只得憑着鳳四老爹要走就走。次日，鳳四老爹果然别了萬中書，不曾受他杯水之謝，○黄評：萬中書是人否。取路往杭州去了。只因這一番，有分教：拔山扛鼎之義士，再顯神通；深謀詭計之奸徒，急償夙債。不知鳳四老爹來尋甚麽人，且聽下回分解。

【總評】

卧評　前半寫小船上少年婦人騙人，旖旎風光，幾令佻達兒郎墮其術中而不悔，若非鳳四老爹，二百兩頭真擲之水中矣。

寫鳳四老爹無往而非「高興」，替絲客人取回二百金，猶之後文替陳正公取回千金也。世上亦復有此等熱心腸人，但不多見耳。

萬中書念不絕口的要謝鳳四老爹，則其徒托空言而非實心圖報可知。然鳳四老爹之爲人，視銀錢如土苴，即實心圖報，彼〔三〇〕亦棄而弗顧，所以特特叫破：我非有愛於君而爲之，不過高興耳。寫壯士身份真在百尺樓上。

試官刑一段，使拙筆爲之，必曰有何如之力量，有何如之本領，加上許多注脚，而精神反不現矣。要知上文已經提清，千把斤石頭打在頭上毫然〔三一〕不動，則此事固閱者意中事也。有此一段爲下一卷之襯托，始覺精神百倍。

天二評　萬中書被鎖去之下一日，鳳四老爹即問明就裏，往秦家嚇逼代捐，請施御史出揭到部；又兩日起解，水西門到蘇州，中間有絲客一事，約不過十日；自蘇到杭，約五日；即換船到台州：計首尾不過二十餘日，多至一月耳。而施揭已由閣咨部，由部咨浙撫，恐無此速。（天一評「秦家」作「秦中書家」；「出揭到部」作「出揭到閣」）

【校記】

〔一〕一頭，申一作本「一轉」。

〔二〕「閑步」後抄本少十八個字（合臥本一行）。

〔三〕倒也，申一本作「打」。

〔四〕傷，原作「場」，抄本、蘇本同。從申一、二本改。

〔五〕眠，原作「眼」，抄本、蘇本同。申一、二本作「竪」。參齊本和從好齋輯校本改。

〔六〕中艙裏，申二本作「艙中」。

〔七〕綢，原作「袖」，抄本、蘇本和申一、二本均同。參齊本改。

〔八〕哩，原作「理」，抄本、蘇本同。從申一、二本改。

〔九〕找，原作「我」，抄本、蘇本同。從申一、二本改。

〔一〇〕他，申一、二本作「那」。隔句同。

〔一一〕剪，申二本作「層」。

〔一二〕吃，申一本作「當」。

〔一三〕師父，原作「師夫」，抄本、蘇本同。從申一、二本改。

〔一四〕諛，原作「腴」，抄本、蘇本和申一、二本均同。參亞東本改。

〔一五〕整駐，申一本作「駐札」。

〔一六〕認不得，申一、二本作「不認得」。

〔一七〕扳，原作「板」，抄本、蘇本、申一本同。從申二本改。

〔一八〕道這，原作「這道」，抄本同。從蘇本和申一、二本改。

〔一九〕再三，原作「再行」，抄本、蘇本同。從申一、二本改。

〔二〇〕彼，原作「被」。從抄本、蘇本和申一、二本改。

〔二一〕毫然，蘇本和申一、二本作「絲毫」。

第五十二回

比武藝公子傷身　毁廳堂英雄討債〔一〕

話説鳳四老爹别過萬中書，竟自取路到杭州。他有一個朋友叫做陳正公，向日曾欠他幾十兩銀子，心裏想道：「我何不找着他，向他要了做盤纏〔二〕回去。」陳正公住在錢塘門外。他到錢塘門外來尋他，走了不多路，看見蘇堤上柳陰樹下，一叢人圍着兩個人在那裏盤馬。那馬上的人遠遠望見鳳四老爹，高聲叫道：「鳳四哥！你從那裏來的？」鳳四老爹近前一看，那人跳下馬來，拉着手。鳳四老爹道：「原來是秦二老爺。〇黄評：遇得奇。你是幾時來的？在這裏做甚麽？」秦二侉子道：「你就去了這些時。那老萬的事與你〔三〕甚相干，吃了自己的清水白米飯，管别人的閑事，這不是發了呆？〇齊評：回想前事，幾成一笑。你而今來的好的狠，我正在這裏同胡八哥想你。」鳳四老爹便問：「此位尊姓？」秦二侉子代答道：「這是此地胡尚書第八個公子胡八哥，爲人極有趣，同我最相〔四〕好。」胡老八知道是鳳四老爹，説了些彼此久慕的話。秦二侉子道：「而今鳳四哥來了，我們不盤馬了，回到下處去吃一杯罷。」鳳四老爹道：「我還要去尋一個朋友。」胡八亂子道：「貴友明日尋罷，今日難得相會，且到秦二哥寓處〔五〕頑頑。」不由分説，把鳳四老爹拉着，叫家人匀出一匹馬，請鳳四老爹騎着，到伍相國祠門口，○黄評：仙人何在。○天一、二評：得仙人之舊館。下了馬，一同進來。

秦二侉子〔六〕就寓〔七〕在後面樓下。鳳四老爹進來施禮坐下。秦二侉子吩咐家人快些辦酒來，同飯一齊吃。因向胡八亂子道：○黄評：二侉子亦即是「亂子」。「難得我們鳳四哥來，便宜你明日看好武藝。○齊評：活畫出神氣來。我改日少不得同鳳四哥來奉拜，是要重重的叨擾哩。」胡八亂子道：「這個自然。」鳳四老爹看了壁上一幅字，指着向二位道：「這洪憨仙兄也和我相與。○黄評：即洪憨仙當日作寓之樓也。又借挽前文。○天一、二評：洪憨仙事又於此一提。他初時也愛學幾椿武藝，後來不知怎的，好弄玄虚，勾人燒丹煉汞。不知此人而今在不在了？」胡八亂子道：「説起來竟是一場笑話，三家兄幾乎上了此人一個當。○齊評：又回應數十回前之事，可謂點染有情。那年勾着處州的馬純上，慫恿家兄煉丹，○天二評：馬二先生幾蒙不諱之名。銀子都已經封好，還虧家兄的運氣高，他忽然生起病來，病到幾日上就死了。不然，白白被他騙了去。」鳳四老爹道：「三令兄可是諱縝的麽？」胡八亂子道：「正是。家兄爲人，與小弟的性格不同，慣喜相與一班不三不四的人，〇天一、二評：景蘭江輩謂之不三不四，正是無可形容。做謅〔八〕詩，自稱爲名士。〇黃評：西湖名士又被胡八亂子一語抹倒，並前洪憨仙字，皆聯絡前文。其實好酒好肉也不曾吃過一斤，倒整千整百的被人騙了去，眼也不眨一眨〔九〕。〇天一、二評：第一次見面便告訴乃兄許多不是，真「亂子」也。小弟生性喜歡養幾匹馬，他就嫌好道惡，説作踼〔一〇〕了他的院子。我而今受不得〔一一〕，把老房子併與他，自己搬出來住，和他離門離户了。」秦二侉子道：「胡八哥的新居乾净的狠哩，鳳四哥，我同你擾他去時，你就知道了。」説着，家人擺上酒來，三個人傳杯換盞，吃到半酣，秦二侉子道：「鳳四哥，你剛纔説要去尋朋友，是尋那一個？」鳳四老爹道：「我有個朋友陳正公，是這裏人，他該我幾兩銀子，我〔一二〕要向他取討。」胡八亂子道：「可是一向住在竹竿巷，而今搬到錢塘門外的？」鳳四老爹道：「正是。」胡八亂子道：「他而今不在家，同了一個毛鬍子到南京賣絲去了。毛二鬍子也是三家兄的舊門客。鳳四哥，你不消去尋他，我叫家裏人替你〔一三〕送一個信去，叫他回來時來會你就是了。」〇黃評：借省筆墨。當下吃過了飯，各自散了。胡老八告辭先去。秦二侉子就留鳳四老爹在寓同住。次日拉了鳳四老爹同去看胡老八。胡老八也回候了，又打發家人來説道：「明日請秦二老爺同鳳四老爹早些過去便飯。老爺説，相好間不具帖子。」

到第二日，吃了早點心，秦二侉子便叫家人備了兩匹馬，同鳳四老爹騎着，家人跟隨，來到胡家。主人接着，在廳上坐下。秦二侉子道：「我們何不到書房裏坐？」○齊評：也有書房。主人道：「且請用了茶。」吃過了茶，主人邀二位從走巷一直往後邊去，只見滿地的馬糞。○天一評：「乾凈的狠」！到了書房，二位進去，看見有幾位客，都是胡老八平日相與的些馳〔一四〕馬試劍的朋友，○天一、二評：並非不三不四的人。今日特來請教鳳四老爹的武藝。彼此作揖坐下。胡老八道：「這幾位朋友都是我的相好，今日聽見鳳四哥到，特〔一五〕爲要求教的。」鳳四老爹道：「不敢，不敢。」又吃了一杯茶，大家起身，閑步一步〔一六〕。看那樓房三間，也不甚大，旁邊游廊，廊上擺着許多的鞍架子，壁間靠着箭壺。○黄評：是馳馬試劍公子。一個月洞門過去，却是一個大院子，一個馬棚。胡老八向秦二侉子道：「秦二哥，我前日新買了一匹馬，身材倒也還好，你估一估，值個甚麽價。」隨叫馬夫將那棗騾馬牽過來。這些客一擁上前來看。那馬十分跳躍，不提防，一個蹶子，把一位少年客的腿踢了一下，那少年便痛得了不得，矬了身子，墩下去。○黄評：好馳馬者確有此等事。胡八亂子看了大怒，走上前，一脚就把那隻馬腿踢斷了。衆人吃了一驚。秦二侉子道：「好本〔一七〕事！」便道：「好些時不見你，你的武藝越發學的精强了！」當下先送了那位客回去。

這裏〔一八〕擺酒上席，依次坐了。賓主七八個人，猜拳行令，大盤大碗，吃了個盡興。席完起身，秦二侉子道：「鳳四哥，你隨便使一兩件武藝給衆位老哥們看看。」衆人一齊道：「我等求教。」鳳四老爹道：「原要獻醜。只是頑那一件？」因指着天井内花臺子道：「把這方磚搬幾塊到這邊來。」秦二侉子叫家人搬了八塊放在階沿上。衆人看鳳四老爹把右手袖子捲一捲。那八塊方磚齊齊整整，叠作一垛在階沿上，有四尺來高。那鳳四老爹把手朝上一拍，○天二評：宜云「在上一拍」。只見那八塊方磚碎成十幾塊一直到底。衆人在旁一齊贊嘆。

秦二侉子道：「我們鳳四哥練就了這一個手段！他那『經』上說：『握拳能碎虎腦，側掌能斷牛首。』這個還不算出奇哩。胡八哥，你過來〔一九〕，你方纔踢馬的腿勁也算是頭等了，你敢在鳳四哥的腎囊上踢一下，我就服你是真名公。」○齊評：好勇鬥狠自有此等議論。衆人都笑説：「這個如何使得！」鳳四老爹道：「八先生，你果然要試一試〔二〇〕，這倒不妨。若是踢傷了，只怪秦二老官，與你不相干。」○黄評：已知必踢傷他自己。蓋少年恃力，未有不用力者。衆人一齊〔二一〕道：「鳳四老爹既説不妨，他必然有道理。」一個個都慫恿胡八亂子踢。那胡八亂子想了一想，看看鳳四老爹又不是個金剛、巨無霸，怕他怎的？○天一、二評：金剛、巨無霸腎囊何人踢過？便説道：「鳳四哥，果然如此，我就得罪了。」鳳四老爹把前襟提起，露出褲子來。他便使盡平生力氣，飛起右脚，向他襠裏一脚踢去。那知這一脚並不像踢到肉上，好像踢到一塊生鐵上，把五個脚指頭幾乎碰斷，那一痛直痛到心裏去。○黄評：卵堅於馬足，絶倒。頃刻之間，那一隻腿提也提不起了。鳳四老爹上前道：「得罪，得罪。」○天一、二評：只算還席。衆人看了，又好驚，又好笑。鬧了一會，道謝告辭。主人一瘸一簸，把客送了回來，○齊評：真好看。那一隻靴再也脱不下來，足足腫疼了七八日。○黄評：馬曰：天報天報。○天一評：馬若曰：天報天報。

鳳四老爹在秦二侉子的下處，逐日打拳、跑馬，倒也不寂寞。一日正在那裏試拳法，外邊走進一個二十多歲的人，瘦小身材，來問南京鳳四老爹可在這裏。鳳四老爹出來會着，認得是陳正公的侄兒陳蝦子。○黄評：好名字。問其來意。陳蝦子道：「前日胡府上有人送信，説四老爹你來了，家叔却在南京賣絲去了。我今要往南京去接他，你老人家有甚話，我替你帶信去。」鳳四老爹道：「我要會令叔，也無甚話説。他向日挪我的五十兩銀子，得便叫他算還給我〔二二〕。我在此還有些時耽擱，竟等他回來罷了。費心拜上令叔，我也不寫信〔二三〕了。」

陳蝦子應諾，回到家取了行李，搭船便到南京。找到江寧縣前傅家絲行裏，尋着了陳正公。那陳正公正同毛二鬍子在一桌子上吃飯，見了侄子〔二四〕，叫他一同吃飯，問了些家務。陳蝦子把鳳四老爹要銀子的話都說了，安頓〔二五〕行李在樓上住。

且說這毛二鬍子先年在杭城〔二六〕開了個絨綫鋪，原有兩千銀子的本錢，後來鑽到胡三公子家做篾片，又賺了他兩千銀子，○黄評：胡三公子一文如命，毛二鬍子竟賺他許多錢，其人本事可想。搬到嘉興府開了個小當鋪。此人有個毛病，嗇細〔二七〕非常，一文如命。近來又同陳正公合夥販絲。陳正公也是一文如命的人，因此志同道合。○齊評：如此同志之人，尚要設計誆騙，可謂人心叵測。南京絲行裏供給絲客人飲食最爲豐盛〔二八〕，毛二鬍子向陳正公道：「這行主人供給我們頓頓有肉，這不是行主人的肉，就是我們自己的肉，○天一評：羊毛出在羊身上。左右他要算了錢去。○黄評：笑倒。我們不如只吃他的素飯，葷菜我們自己買了吃，豈不便宜？」陳正公道：「正該如此。」到吃飯的時候，叫陳蝦子到熟切擔子上買十四個錢的熏腸子，三個人同吃。那陳蝦子到口不到肚，○天一、二評：只恐到眼不到口。熬的清水滴滴。

一日，毛二鬍子向陳正公道：「我昨日聽得一個朋友說，這裏胭脂巷有一位中書秦老爺要上北京補官，○黄評：借此聯絡前文，又啓後文。○齊評：平空起波，遠遠而來，又與前後互相映帶，有漣波微蕩之致。攢湊盤程〔二九〕，一時不得應手，情願七扣的短票〔三〇〕，借一千兩銀子。我想這是極穩的主子〔三一〕，又三個月內必還，老哥買絲餘下的那一項，凑起來還有二百多兩，何不稱出二百一十兩借給他？三個月就拿回三百兩，這不比做絲的利錢還大些？老哥如不見信，我另外寫一張包管給你。他那中間人我都熟識，絲毫不得走作的。」陳正公依言借了出去。到三個月上，毛二鬍子替他把這一筆〔三二〕銀子討回，銀色又足，平子又好，陳正公滿心歡喜。○黄評：其實並不曾借出，利錢皆鬍子出也。

又一日，毛二鬍子向陳正公道：「我昨日會見一個朋友，是個賣人參的客人，他説國公府裏徐九老爺有個表兄陳四老爺，○黄評：「陳四老爺」，伏筆。○天一評：又引起陳四老爺。○天二評：逗起陳木南。拿了他斤把人參，而今他要回蘇州去〔三三〕，陳四老爺一時銀子不凑手，就托他情願對扣借一百銀子還他，限兩個月拿二百銀子取回紙筆，也是一宗〔三四〕極穩的道路。」○齊評：明是空中樓閣，天下豈有此等便宜事？無奈貪小利之人昏然不覺耳。陳正公又拿出一百銀子交與毛二鬍子借出去。兩個月討回足足二百兩，兑一兑還餘了三錢，把個陳正公歡喜〔三五〕的要不得〔三六〕。○黄評：歡喜已被毛鬍子看出，且利錢皆毛鬍子己囊，秦、陳二人並無其事，作者不過借此遞到下文。○天一評：胡三公子一文如命而被毛二鬍子賺了許多，蓋即以此法餌之，是亦洪憨仙化身也。

那陳蝦子被毛二鬍子一味朝死裏算，弄的他酒也没得吃，肉也没得吃，恨如頭醋。趁〔三七〕空向陳正公説道：「阿叔在這裏賣絲，爽利該把銀子交與〔三八〕行主人做絲。

揀頭水好絲買了，就當在典鋪裏；當出銀子，又趕着買絲；買了又當着。當鋪的利錢微薄，像這樣套了去，一千兩本錢可以做得二千兩的生意，難道倒不好？爲甚麽信毛二老爹的話放起債來？放債到底是個不穩妥的事，像這樣挂起來，幾時纔得回去？」陳正公道：「不妨。再過幾日〔三九〕，收拾收拾也就可以回去了。」

那一日，毛二鬍子接到家信，看完了，咂嘴弄唇，只管獨自坐着躊躇。○齊評：來了！陳正公問道〔四〇〕：「府上有何事？爲甚出神？」毛二鬍子道：「不相干，這事不好向你説的。」○黄評：先虚一筆。陳正公再三要〔四一〕問，毛二鬍子道〔四二〕：「小兒寄信來説，我東頭街上談家當鋪折了本，要倒與人，現在有半樓貨，值得一千六百兩，他而今事急了，只要一千兩就出脱了。我想：我的小典裏若把他這貨倒過來，倒是宗好生意。可惜而今運不動，掣不出本錢來。」陳正公道：「你何不同人合夥○天一評：等他自己碰上來。倒了過來？」毛二鬍子道：「我也想來。若是同人合夥，領了人的本錢，他只要一分八釐行息，我還有幾釐的利錢。他若是要二分開外，我就是『羊肉不曾吃，空惹一身羶』，倒不如不幹這把刀兒了。」陳正公道：「呆子，你爲甚不和我商量？○黄評：反説他呆子，呆子立刻就見。○天二評：他並不呆，正要和你商量。（天一評「並」作「是」；無後句）我家裏還有幾兩銀子，借給你跳起來就是了。還怕你騙了我的？」○齊評：豈敢豈敢！

○天一、二評：怕則不怕，騙則要騙。毛二鬍子道：「罷！罷！老哥，生意事拿不穩，設或將來虧折了〔四三〕，不够還你，那時叫我拿甚麽臉來見你？」○黄評：此句更利害，使之深信不疑。陳正公見他如此至誠，一心一意要把銀子借與他。○齊評：二次放債已買服其心矣。説道：「老哥，我和你從長商議〔四四〕。我這銀子，你拿去倒了他家貨來，我也不要你的大利錢〔四五〕，你只每月給〔四六〕我一個二分行息，多的利錢都是你的，將來陸續還我。縱然有些長短，我和你相好，難道還怪你不成？」毛二鬍子道：「既承老哥美意，只是這裏邊也要有一個人做個中見〔四七〕，寫一張切切實實的借券交與你執着，纔有個憑據，○黄評：又老他一句。你纔〔四八〕放心。那有我兩個人私相授受的呢？」○齊評：所謂反言以餂之也。陳正公道：「我知道老哥不是那樣人，○黄評：正是那樣人。並無甚不放心處，不但中人不必〔四九〕，連紙筆也不要，總以信行爲主罷了。」○黄評：逼出他此句，更利害。○齊評：甚矣，信人之難。當下陳正公瞞着陳蝦子，把行笥中餘剩〔五〇〕下以及討回來的銀子湊了一千兩，封的好好的，○天一、二評：總是以前兩票一百九十兩銀子討命。交與毛二鬍子，道：「我已經帶來的絲，等行主人代賣。這銀子本打算回湖州再買一回絲，而今且交與老哥先回去做那件事，我在此再等數日，也就回去了。」毛二鬍子謝了，○黄評：真該謝。收起銀子，次日上船，回嘉興去了。

又過了〔五一〕幾天，陳正公把賣絲的銀收齊全了〔五二〕，辭了行主人，帶着陳蝦子搭船回家，順便到嘉興上岸，看看毛鬍子。那毛鬍子的小當鋪開在西街上。一路問了去，只見小小門面三間，一層看牆，進了看牆門，院子上面三間廳房，安着櫃臺，〇天一、二評：先叙明當房看牆、櫃臺，以便鳳四老爹來瞻仰。幾個朝奉在裏面做生意。陳正公問道：「這可是毛二爺〔五三〕的當鋪？」櫃裏〔五四〕朝奉道：「尊駕貴姓？」〇齊評：便覺邪氣。〇天二評：未曾答話，却先反問貴姓。（天一評「答」後多「他的」）陳正公道：「我叫做陳正公，從南京來，要會會毛二爺。」朝奉道：「且請裏面坐。」後一層便是堆貨的樓。陳正公進來，坐在樓底下，小朝奉送上一杯茶來，吃着，問道：「毛二哥在家麼？」朝奉道：「這鋪子原是毛二爺起頭開的，而今已經倒與汪敝東了。」陳正公吃了一驚，〇齊評：兜頭一杓水。道：「他前日可曾來？」朝奉道：「這也〔五五〕不是他的店了，他還來做甚麼！」陳正公道：「他而今那裏去了？」朝奉道：「他的脚步散散的，知他是到南京去北京去了？」〇黄評：一瓢冷水。陳正公聽了這些話，驢頭不對馬嘴，急了一身的臭汗。同陳蝦子回到船上，趕到了家。

次日清早，有人來敲門，開門一看，是鳳四老爹，〇黄評：救星到了。邀進客座〔五六〕，説了些久違想念的話，因説道：「承假一項，久應奉還，無奈近日又被一個人負騙，竟無法可施。」鳳四老爹問其緣故，陳正公細細說了一遍。鳳四老爹道：「這個不妨，我有道理。○黄評：總無難事。○天一評：又高興起來。○天二評：又要高興了。絶無道理，别有道理。明日我同秦二老爺回南京，你先在嘉興等着我，我包你討回，一文也不少，何如〔五七〕！」○黄評：奇。陳正公道：「若果如此，重重奉謝老爹〔五八〕。」鳳四老爹道：「要謝的話，不必再提。」别過，回到下處，把這些話告訴秦二侉子。二侉子道：「四老爹的生意又上門了。這是你最喜〔五九〕做的事。」○齊評：安得四老爹打盡人間不平事。○天二評：吃了自己清水白米的飯，又要管人閑事了。一面叫家人打發房錢，收拾行李，到斷河〔六〇〕頭上了船。

將到嘉興，秦二侉子道：「我也跟你去瞧熱鬧。」同鳳四老爹上岸，一直找到毛家當鋪，只見陳正公正在他店裏吵哩。鳳四老爹兩步做一步，○黄評：「兩步做一步」，寫出「高興」。妙在並不通名道姓問長問短。闖進他〔六一〕看牆門，高聲嚷〔六二〕道：「姓毛的在家不在家？陳家的銀子到底還不還？」○齊評：飛將軍從天而下。○天一、二評：發端奇妙。那櫃臺〔六三〕裏朝奉正待出來答話，只見他兩手板着看牆門，把身子往後一掙，那垛看牆〔六四〕就拉拉雜雜卸下半堵。秦二侉子正要進來看，幾乎把頭打了。那些朝奉和取當的看了，都目瞪口呆。鳳四老爹轉身走上廳來，背靠着他櫃臺外柱子，大叫道：「你們要命的快些走出去！」○齊評：銅琵琶鐵綽板唱「大江東去」，爲之快浮一大白。說着，把兩手背剪着，把身子一扭，那條柱子就離地歪在半邊，那一架廳檐就塌了半個，磚頭瓦片紛紛的打下來，灰土飛在半天裏，○黄評：快甚快甚。還虧朝奉們跑的快，不曾傷了性命。那時街上人聽見裏面倒的房子響，門口看的人都擠滿了。

毛二鬍子見不是事，只得從裏面走出來。○天一評：拿甚麽臉來見人！○天二評：臉子帶出來否？鳳四老爹一頭的灰，越發精神抖抖，走進樓底下靠着他的庭柱。衆人一齊上前軟求。毛二鬍子自認不是，○黄評：竟拿臉來見他。情願把這一筆賬本利清還，只求鳳四老爹不要動手。鳳四老爹大笑道：「諒你有多大的個巢窩！不够我一頓飯時都拆成平地〔六五〕！」○黄評：實是快甚。○天一評：拆屋斧頭不足道也。○天二評：可稱拆屋斧頭。這時秦二侉子同陳正公都到樓下坐着。秦二侉子説道：「這件事原是毛兄的不是，你以爲没有中人、借券，打不起官司告不起狀，就可以白騙他的。○天一評：鳳四哥最喜管「打不起官司告不起狀」的事。可知道『不怕該債的精窮，只怕討債的英雄』，○齊評：快絶，妙絶！你而今遇着鳳四哥，還怕賴到那裏去！」那毛二鬍子無計可施，只得將本和利一併〔六六〕兑還，纔完了這件横事。○天一、二評：還要賠錢修理看牆、大廳、樓屋。

陳正公得了銀子，送秦二侉子、鳳四老爹二位上船。彼此洗了臉，拿出兩封一百兩銀子，謝鳳四老爹。鳳四老爹笑道：「這不過是我一時高興，○黄評：無非「高興」。

○齊評：妙哉，無往而不高興也。那裏〔六七〕要你謝我！留下五十兩，以清前賬，這五十兩你還拿回去。」陳正公謝了又謝，拿着銀子，辭別二位，另上小船去了。

鳳四老爹同秦二侉子説説笑笑，不日到了南京，各自回家。過了兩天，鳳四老爹到胭脂巷候秦中書。他門〔六八〕上人回道：「老爺近來同一位太平府的陳四老爺鎮日〔六九〕在來賓樓張家鬧，○黄評：遞到陳四老爺，即了秦中書、鳳四老爹。○天一評：借此遞入陳四老爺。總也不回家。」後來鳳四老爹會着，勸他不要做這些事，又恰好京裏有人寄信來，説他補缺將近，秦中書也就收拾行裝〔七〇〕進京。那來賓樓只剩得一個陳四老爺。只因這一番，有分教：國公府内，同飛玩雪之觴；來賓樓中，忽訝深宵之夢。畢竟怎樣一個來賓樓，且聽下回分解。

【總評】

卧評　上文留下一個秦二侉子，爲此地之用，真爐錘在手，花樣生新〔七一〕。胡八亂子與秦二侉子是一類人，其〔七二〕意中不滿足乃兄處寫來活像。拍方磚、踢腎囊一段，活畫出惡少子弟〔七三〕好勇鬥狠的氣象。妙筆，妙筆。毛二鬍子老謀深算，不過要他「打不起官司告不起狀」耳，却被秦二侉子一語叫破。然鳳四老爹拆毀了他的廳房，亦是「打不起官司告不起狀」之一事。可見我以何術制人，人即以何術制我，機巧詐僞，安所用之？此書有功於人世處不少也。

看〔七四〕二鬍子爲陳正公生利兩事，能倒攝下文，在此處真不肯浪費筆墨〔七五〕。

天一評　所謂豪傑者，必其人身被奇冤，覆盆難雪，爲之排難解紛，斯爲義士。下面至於絲客、陳正公之被騙，稍助一力猶之可也。如萬中書者，冒官撞騙，本非佳士，特高翰林舊交，秦中書鄉愚，慕勢因親及友，於鳳四老爹何涉？乃爲之出死力以救之，何義之有？正與沈瓊枝自己上門、自己入室、又竊物逃走相對，作者連類相及，正見《外史》所書皆瑕瑜互掩之品，讀者勿徒艷稱之爲其所惑。

則仙評　鳳四老爹雖然多事，核其人品，當在沈瓊枝之上。何也？竊物逃走決不爲也。

【校記】

〔一〕此回抄本改動了一百三十餘處，減省去約一百二十字。經常減省或改動的有以下幾種情況：

① 姓名稱謂：「秦二侉子」省去「侉子」，「胡八亂子」省去「亂子」，「秦二老爺同鳳四老爹」縮成「秦鳳二位」或「秦鳳」。

② 結構助詞「的」。

③ 數詞「一」和量詞結構「一個」。

④ 語氣詞「哩」、「罷了」。

⑤代詞「我」、「他」、「這」、「那」。
⑥「銀子」、「擔子」等合成詞的後綴「子」字。
⑦方位詞「裏」常改作「中」或「内」。
⑧「尋」常改作「找」。
以上所舉不再出校。刪改後語意不通者也不出校。

〔二〕盤纏，抄本作「川費」。

〔三〕「你」後抄本多「有」字。

〔四〕相，抄本無。

〔五〕寓處，抄本作「下處」。

〔六〕「侉子」後抄本多「道我」。

〔七〕寓，抄本作「住」。

〔八〕謅，抄本作「歪」。

〔九〕眨一眨，原作「貶一貶」，抄本、蘇本和申一、二本均同。參亞東本改。

〔一〇〕作蹋，申一、二本作「作踐」。

〔一一〕「受不得」後申一本多「氣」字。

〔一二〕我，申二本作「尋着」。

〔一三〕人替你，抄本無。

〔一四〕些馳，抄本作「騎」。

〔一五〕特，原作「時」，抄本、蘇本和申一、二本均同。參齊本改。

〔一六〕一步，抄本作「一時」。

〔一七〕本，原作「木」，從抄本、蘇本和申一、二本改。

〔一八〕裏，抄本作「纔」。

〔一九〕你過來，抄本無。

〔二〇〕一試，抄本無。

〔二一〕一齊，抄本無。

〔二二〕給我，抄本作「了」。

〔二三〕寫信，抄本作「作札」。

〔二四〕「侄子」後抄本多「來便」二字。

〔二五〕安頓，原作「安頃」，從抄本、蘇本和申一、二本改。

〔二六〕城，抄本無。

〔二七〕嗇細，抄本作「嗇吝」，申一本作「吝嗇」。

〔二八〕最爲豐盛，抄本作「最豐」。

〔二九〕盤程，抄本作「盤川」。

〔三〇〕短票，申一、二本作「要短」。

〔三一〕主子，申一本作「主顧」。

〔三二〕一筆，申二本作「一注」。

〔三三〕去，抄本無。

〔三四〕一宗，抄本作「一個」。

〔三五〕歡喜，抄本作「快活」。

〔三六〕要不得，抄本作「了不得」。

〔三七〕趁，原作「稱」，抄本同。從蘇本和申一、二本改。

〔三八〕與，原作「興」，從抄本、蘇本和申一、二本改。

〔三九〕日，抄本作「天」。

〔四〇〕問道，原作「道問」，蘇本同。抄本作「道」，申一本作「問」。從申二本改。

〔四一〕要，抄本無。

〔四二〕道，抄本作「始云」。

〔四三〕虧折了，抄本作「折了本」。

〔四四〕商議，抄本作「商酌」。

〔四五〕利錢，抄本作「利息」。下句「行息」抄本也作「利息」。

〔四六〕給，抄本作「與」。

〔四七〕中見，抄本作「中」。

〔四八〕纔，抄本作「亦」。

〔四九〕中人不必，抄本作「不要中人」。

〔五〇〕剩，抄本無。

〔五一〕又過了，抄本無。

〔五二〕收齊全了，抄本作「全收了回來」。

〔五三〕二爺，抄本作「老二」。

〔五四〕櫃裏，抄本無。

〔五五〕也，申一、二本作「裏」。

〔五六〕客座，抄本作「來坐了」。

〔五七〕何如，抄本無。

〔五八〕老爹，抄本無。

〔五九〕「喜」後抄本多「歡」字。

〔六〇〕河，原作「何」，蘇本同。從抄本和申一、二本改。

〔六一〕他，申二本作「了」。

〔六二〕嚷，抄本作「叫」。

〔六三〕櫃臺，抄本作「櫃」。

〔六四〕那垛看牆，抄本作「那牆」。

〔六五〕地，原作「他」，蘇本同。從抄本和申一、二本改。

〔六六〕併，原作「平」，抄本同。從蘇本和申一、二本改。

〔六七〕裏，抄本作「個」。

〔六八〕門，原作「們」，蘇本同。從抄本和申一、二本改。

〔六九〕鎮日，抄本無。

〔七〇〕行裝，抄本作「行李」。

〔七一〕生新，抄本作「新鮮」。

〔七二〕「其」後申二本多「心中」二字。

〔七三〕子弟，抄本無。

〔七四〕「看」後申一、二本多「毛」字。

〔七五〕「筆墨」後抄本多「也」字。

第五十三回

國公府雪夜留賓　來賓樓燈花驚夢〔一〕

話説南京這十二樓，前門〔二〕在武定橋，後門在東花園，鈔庫街的南首就是長板橋。自從太祖皇帝定天下，把那元朝功臣之後都没入樂籍，○齊評：此是有明第一秕政。有一個教坊司管着他們。○天一、二評：桀紂之政。○天二評：教坊司不過王義安流亞耳。也有衙役執事，一般也坐堂打人〔三〕。只是那王孫公子們來，他却不敢和他起坐，只許垂手相見。每到春三二月天氣〔四〕，那些姊妹們都勻脂抹粉，站在前門〔五〕花柳之下，彼此邀伴頑耍。又有一個盒子會，邀集多人，治備極精巧的時樣飲饌，都要一家賽過一家。那有幾分顏色的，也不肯胡亂接人。又有那一宗老幫閑，專到這些人家來替他燒香，擦爐，安排花盆，揩抹桌椅，教琴棋書畫。那些妓女們相與的孤老多了，却也要幾個名士來往，覺得破破俗。

那來賓樓有個雛兒叫做聘娘。他公公在臨春班做正旦〔六〕，小時也是極有名頭〔七〕的，後來長了鬍子，做不得生意，却娶了一個老婆，只望〔八〕替他接接氣〔九〕。那曉的〔一〇〕又胖又黑，自從娶了他，鬼也不上門來。〇天二評：也抵得一道王靈官符。後來没奈何，立了一個兒子，替他討了一個童養媳婦，長到十六歲，却出落得十分人才，自此孤老就走破了門檻。那聘娘雖是個門户人家，心裏最喜歡相與官。〇黄評：喜歡相與官，方是《儒林外史》中人。他母舅金修義，就是金次福的兒子，常時帶兩個大老官到他家來走走，那日來對他說：「明日有一個貴人要到你這裏來玩玩，他是國公府内徐九公子的表兄。這人姓陳，排行第四，人都叫他是陳四老爺。〇黄評：此後稱陳四老爺總不離「國公府」三字，下文云「就可以結交徐九公子」，可見意不在陳四老爺。我昨日在國公府裏做戲，那陳四老爺向我説，他着實聞你的名，要來看你。你將來相與了他，就可結交徐九公子，可不是好！」〇天二評：此後每稱陳四老爺總不離「國公府」三字，其云「相與了他就可結交徐九公子」，可見意不在陳四老爺。（天一評無「相與了他」）聘娘聽了，也着實歡喜。金修義吃完茶，去了。

次日金修義回覆陳四老爺去。那陳四老爺是太平府人，寓在東水關董家河房。金修義到了寓處門口，兩個長隨，〇黄評：記着有兩個長隨。穿着一身簇新的衣服，傳了進去。陳四老爺出來，頭戴方巾，身穿玉色緞直裰，裏邊襯着狐狸皮襖，〇則仙評：未至十月即服狐狸襖，買弄你有家私，恐服之不終，災將及矣。脚下粉底皂靴，○天一、二評：極寫此時體面，以反襯下文。白净面皮，約有二十八九歲。見了金修義，問道：「你昨日可曾替我説〔一〕信去？我幾時好去走走〔二〕？」修義道：「小的昨日去説了，他那裏專候老爺降臨。」陳四老爺道：「我就和你一路去罷。」説着又進去换了一套新衣服，出來叫那兩個長隨叫轎夫伺候。○黄評：特寫此時體面，以襯後文一人閑撞。只見一個小小厮進來，拿着一封書。陳四老爺認得他是徐九公子家的書童，接過書子〔三〕拆開來看。上寫着：

積雪初霽，瞻園紅梅次第將放。望〔四〕表兄文駕過我，圍爐作竟日談。萬勿推却。至囑！至囑！上木南表兄先生。徐詠頓首。

陳木南看了向金修義道：「我此時要到國公府裏去，你明日再來罷。」○天一、二評：有此一曲便不直率，亦以略寫國公府。蓋此回雖寫陳四老爺，實注意國公府也。○天二評：欲往仍回，書中每用此法。金修義去了。

陳木南隨即上了轎，兩個長隨跟着，來到大功坊，轎子落在國公府門口，長隨傳了進去。半日，裏邊道：「有請。」陳木南下了轎，走進大門，過了銀鑾殿，從旁邊進去。徐九公子立在瞻園門口，迎着叫聲：「四哥，怎麽穿這些衣服？」陳木南看徐九公子時，烏帽珥貂，身穿織金雲緞夾衣，○黄評：寫衣服穿得多，以見下文之暖。腰繫絲縧，脚下朱履。

兩人拉着手。只見那園裏高高低低都是太湖石堆的玲瓏山子，○天二評：此處遭寇之後，屋宇雖無存，而山子尚未盡毀，同治三年曾一瞻仰，乃未及兩年，不脛而走。李雨亭方伯修葺藩署時雖小有整頓，所存無幾，不復見好湖石矣。山子上的雪還不曾融盡。徐九公子讓陳木南沿着欄杆，曲曲折折，來到亭子上。那亭子是園中最高處，望着〔一五〕那園中幾百樹梅花，都微微含着紅萼。徐九公子道：「近來南京的天氣暖的這樣早，○天一評：下云「十幾年來我常在京」，明其向在北京也，故云「近來南京」。不消到十月盡，這梅花都已大放可觀了。」陳木南道：「表弟府裏不比外邊，這亭子雖然如此軒敞，却不見一點寒氣襲〔一六〕人。唐詩說的好，『無人知道外邊寒』，不到此地，那知古人措語之妙！」○齊評：吐屬雋雅，是詩人口氣。

說着擺上酒來，都是銀打的盆子，用架子架着，底下一層貯了燒酒，用火點着，○黃評：燒酒代火暖盆，據此當始於雍乾間。此則借以挽大祭耳。焰騰騰的，暖着那裏邊的肴饌，却無一點烟火氣。兩人吃着，徐九公子道：「近來的器皿〔一七〕都要翻出新樣，却不知古人是怎樣的制度，想來倒不如而今精巧。」陳木南道：「可惜我來遲了一步。那一年，虞博士在國子監時，○黃評：又挽虞博士。遲衡山請他到泰伯祠主祭，○天一評：泰伯祠又一提。用的都是古禮古樂，那些祭品的器皿，都是訪古購求的。我若〔一八〕那時在南京，一定也去與祭，○天一評：只怕你在來賓樓没得工夫。○天二評：只恐你没工夫來。也就可以見古人的制度了。」徐九公子道：「十幾年來我常在京，却不知道家鄉有這幾位賢人君子，竟不曾會他們一面，也是一件缺陷事。」○天一評：賢公子。吃了一會，陳木南身上暖烘烘十分煩躁，起來脱去了一件衣服。管家忙接了，摺好放在衣架上。徐九公子道：「聞的向日有一位天長杜先生在這莫愁湖大會梨園子弟，○黃評：借閑談又將兩事一提，前後聯絡不斷。那時却也還有幾個有名的脚色，而今怎麽這些做生、旦的，却要一個看得的也没有？難道此時天也不生那等樣的脚色？」○天二評：優伶輩亦不能無今昔之感，可知事之極盛難繼。陳木南道：「論起這件事，却也是杜先生作俑。自古婦人無貴賤，任憑〔一九〕他是青樓婢妾，到得收他做了側室，後來生出兒子做了官，就可算的母以子貴。那些做戲的，憑〔二〇〕他怎麽樣，到底算是個賤役。自從杜先生一番品題之後，這些縉紳士大夫家筵席間，定要幾個梨園中人，雜坐衣冠隊中，説長道短，這個成何體統！○齊評：雖有些偏好，然却是正論不磨。○天一、二評：陳木南忽作莊論，蓋性所不喜也。看起來，那杜先生也不得辭其過。」○天一、二評：據二十回錢麻子所説，則莫愁湖大會之前已如此，不得歸咎於慎卿。徐九公子道：「也是那些暴發户人家，若是我家，他怎〔二一〕敢大膽？」○黃評：此語是也。説了一會，陳木南又覺的身上煩熱，忙脱去一件衣服，管家接了去。陳木南道：「尊府雖比外面不同，怎麽如此太暖？」徐九公子道：「四哥，你不見亭子外面周圍一丈〔二二〕雪所不到？這亭子却是先國公在時造的，全是白銅鑄成，内中燒了煤火，所以這般〔二三〕温暖。外邊怎麽〔二四〕有這樣所在！」陳木南聽了，纔知道這個原故。兩人又飲一會。天氣昏暗了，那幾百樹梅花上都懸了〔二五〕羊角燈，磊磊落落，點將起來，就如千點明珠，高下照耀，越掩映着那梅花枝幹横斜〔二六〕可愛。〇天一評：比楊執中家窗上月影何如。酒罷〔二七〕，捧上茶來吃了，陳木南告辭回寓。

過了一日，陳木南寫了一個札子〔二八〕，叫長隨拿〔二九〕到國公府向徐九公子借了二百兩銀子，〇黄評：空心大老官。〇天二評：空心大老官。（天一評開頭多「原來是」）買了許多緞匹，做了幾套衣服，長隨跟着，到聘娘家來做進見禮。到了來賓樓門口，一隻小猱獅狗叫了兩聲，裏邊那個黑胖虔婆出來迎接。看見陳木南人物體面，慌忙説道：「請姐夫到裏邊坐。」〇黄評：此時叫「姐夫」。〇天一、二評：就稱「姐夫」。陳木南走了進去，兩間卧房，上面小小一個妝樓，安排着花、瓶、爐、几，十分清雅。〇黄評：比豐家巷、蘆席巷的房如何。聘娘先和一個人在那裏下圍棋，見了陳木南來，慌忙亂了局來陪，説道：「不知老爺到〔三〇〕來，多有得罪。」虔婆道：「這就是太平陳四老爺，你常時念着他的詩，要會他的。〇天一評：肉麻。四老爺纔從國公府裏來的。」〇黄評：帶定國公府。〇齊評：虔婆口中帶定國公府，是此段筆法。 陳木南道：「兩套不堪的衣裳，媽媽休嫌輕慢。」虔婆道：「説那裏話，姐夫請也請不至。」○黃評：將來送也送不脱。○天二評：將來至也不肯請。（天一評「至」作「到」） 陳木南因問：「這一位尊姓？」聘娘接過來〔三一〕道：「這是北門橋鄒泰來太爺，○黃評：「太爺」，南京通稱。 是我們南京的國手，就是我的師父。」陳木南道：「久仰。」鄒泰來道：「這就是陳四老爺？一向知道是徐九老爺姑表弟兄，是一位貴人，○黃評：必須是徐九老爺表弟兄方是貴人，妙妙。○天二評：惟其與徐九老爺姑表弟兄所以爲貴人。（天一評「與」作「是」） 今日也肯到這裏來，真個是聘娘的福氣了。」○天一評：幫閑口氣。 聘娘道：「老爺一定也〔三二〕是高手，何不同我師父下一盤？我自從跟着鄒師父學了兩年，還不曾得着他一着兩着的竅哩！」虔婆道：「姐夫且同鄒師父下一盤，我下去備酒來。」陳木南道：「怎好就請教的？」聘娘道：「這個何妨，我們鄒師父是極喜歡〔三三〕下的。」就把棋枰〔三四〕上棋子揀做兩處，請他兩人坐下。

鄒泰來道：「我和四老爺自然是〔三五〕對下。」○黃評：並不叫他讓，開口即説對下，料定屎棋。○天一、二評：自然對下者，知其必不能對下也。 陳木南道：「先生是國手，我如何下的過！只好讓幾子請教罷。」聘娘坐在傍邊〔三六〕，不由分説，替他排了〔三七〕七個黑子。○天一、二評：替他排下七子者，知其必不止於差七子也。 鄒泰來道：「如何擺得這些！真個是要我出醜了！」陳木南道：「我知先生是不空下的，而今下個彩罷。」取出一錠銀子，交聘娘拿着。聘娘又在傍邊逼着鄒泰來動着，鄒泰來勉强下了幾子。陳木南起首還不覺的，到了半盤，四處受敵，待要吃他幾子，又被他占了外勢；待要不吃他的，自己又不得活；及至後來，雖然贏了他兩子，確費盡了氣力〔三八〕。○黄評：還是鄒泰來讓的。鄒泰來道：「四老爺下的高，和聘娘真是個對手。」○黄評：説他下的高，却只和聘娘對手。○齊評：句中有句。○天一、二評：下的高却只和聘娘對手。聘娘道：「鄒師父是從來不給人贏的，今日一般也輸了。」陳木南道：「鄒先生方纔分明是讓〔三九〕，我那裏下的過？○天二評：既然曉得了，却何以必要獻醜？還要添兩子再請教一盤。」鄒泰來因是有彩，又曉的他是屎棋，也不怕他惱，擺起〔四〇〕九個子，足足贏了三十多着。陳木南肚裏氣得生疼，拉着他只管下了去。○黄評：屎棋多半不知進退，只算拿錢買氣受，寫出魘子嫖客。○天一、二評：屎棋脾氣大都如此。一直讓到十三，共總〔四一〕還是下不過，因説道：「先生的棋實是高，還要讓幾個纔好。」鄒泰來道：「盤上再没有個擺法了，却是怎麽樣〔四二〕好？」聘娘道：「我們而今另有個頑法。○齊評：别開生面。鄒師父，頭一着不許你動，隨便拈着丢〔四三〕在那裏就算，這叫個『憑天降福』。」鄒泰來笑〔四四〕道：「這成個甚麽款！那有這個道理！」陳木南又逼着他下，只得叫聘娘拿一個白子混丢在盤上，接着下了去。這一盤，鄒泰來却被〔四五〕殺死四五塊。陳木南正在暗歡喜，又被他生出一個劫來，打個不清，陳木南又要輸了。聘娘手裏抱了烏雲覆〔四六〕雪的猫，望〔四七〕上一撲，那棋就亂了。○黄評：暗用楊妃事。○齊評：用楊太真故事恰好。○天一、二評：用楊妃事。兩人大笑，站起身來，恰好虔婆來説：「酒席齊備。」

擺上酒來，聘娘高擎翠袖，將頭一杯奉了陳四老爺；第二杯就要奉師父，師父不敢當，自己接了酒。彼此放在桌上。虔婆也走來坐在横頭。候四老爺乾了頭一杯，虔婆自己也奉一杯酒，説道：「四老爺是在國公府裏吃過〔四八〕好酒好肴的，○黄評：事事帶定國公府。○天二評：不離國公府。（天一評「不離」作「帶出」）到我們門户人家，那裏吃得慣！」聘娘道：「你看儂媽也韶刀了！○黄評：「儂媽韶刀」皆南京土語。難道四老爺家没有好的吃，定要到國公府裏纔吃着好的？」○齊評：伶牙俐齒，煞是可喜。虔婆笑〔四九〕道：「姑娘説的是，又是我的不是了，且罰我一杯。」○天二評：又胖又黑偏曉得吃酒，曉得説話。（天一評後一「曉得」作「偏會」）當下自己斟着，吃了一大杯。陳木南笑道：「酒菜也是一樣。」○黄評：虔婆如此説，恬不爲怪，寫足魘子。虔婆道：「四老爺，想我老身在南京也活了五十多歲，每日聽見人説國公府裏，我却不曾進去過，不知怎樣像天宮一般哩！○齊評：句句不離「國公府」，寫盡烟花勢利，四先生何足供其談笑哉！我聽見説，國公府裏不點蠟燭。」鄒泰來道：「這媽媽講呆話！國公府不點蠟燭，倒點油燈？」〇天一、二評：此故意搭扯。虔婆伸過一隻手來道：「鄒太爺榧子兒你嗒嗒！〇黄評：寫虔婆即是虔婆，妙筆妙筆。〇天一、二評「榧子兒」者蓋云咈也，活畫虔婆口氣。他府裏『不點蠟燭，倒點油燈』！他家那些娘娘們房裏，一個人一個斗大的夜明珠挂在梁上，照的一屋都亮，〇天一、二評：王銍《默記》：宋平江南，大將得李後主寵姬，夜見燈燭輒云烟氣。問：宮中不燃燈耶？曰：宮中每夜懸大寶珠，光照一室如晝日。此用其事。〇平步青評：用《默記》李後主事。所以不點蠟燭。四老爺，這話可是有的麽？」陳木南道：「珠子雖然有，也未必拿了做蠟燭。我那表嫂是個和氣不過的人，這事也容易，將來我帶了聘娘進去看看我那表嫂，〇天一、二評：不但衆人心裏各有一個「國公府」，即陳四老爺亦不過賣弄「國公府」三字，其實九表弟之於四哥亦平平爾，觀其不住府裏而住董家河房可知。你老人家就裝一個跟隨的人，拿了衣服包，也就進去看看他的房子了。」虔婆合掌道：「阿彌陀佛！眼見希奇物，勝作一世人！我成日裏燒香念佛，保佑得這一尊天貴星到我家來，帶我到天宮裏走走，老身來世也得人身，不變驢馬。」鄒泰來道：「當初太祖皇帝帶了王媽媽、季巴巴到皇宮裏去，他們認做古廟，你明日到國公府裏去，只怕也要認做古廟哩！」〇天二評：太祖皇帝出身正是古廟。一齊大笑。虔婆又吃了兩杯酒，醉了，涎着醉眼説道：「他府裏那〔五〇〕些娘娘，不知怎樣像畫兒上畫的美人！老爺若是把聘娘帶了去，就比下來了。」聘娘瞅他一眼道：「人生在世上，只要生的好，那在乎貴賤！○黄評：自命不凡。難道做官的、有錢的女人都是好看的？○齊評：芝草無根，醴泉無源，古今來佳人尤物豈必盡在富貴家哉！○天一評：自命不凡。我舊年在石觀音庵燒香，遇着國公府裏十幾乘轎子下來，一個個團頭團臉的，也没有甚麽出奇！」虔婆道：「又是我説的不是，姑娘説的是，再罰我一大杯。」○天二評：奉承姑娘正所以奉承四老爺。（天一評「四老爺」作「姐夫也」）當下虔婆前後共吃了幾大杯，吃的乜乜斜斜，東倒西歪。收了傢伙，叫撈毛的打燈籠送鄒泰來家去，請四老爺進房歇息。

陳木南下樓來進了房裏，聞見噴鼻香〔五一〕。窗子前花梨桌上安着鏡臺，牆上懸着一幅陳眉公的畫，壁桌上供着一尊玉觀音，○黄評：先逗觀音。○天二評：伏筆。兩邊放着八張水磨楠木椅子。中間一張羅甸床，挂着大紅綢帳子，床上被褥足有三尺多高，枕頭邊放着熏籠，床面前一〔五二〕架幾十個香橼，結成一個流蘇。房中間放着一個大銅火盆，燒着通紅的炭，頓着銅銚〔五三〕，煨着雨水。○黄評：豐家巷亦是妓院，兩邊寫得不同如此。○天一評：與豐家巷婊子絶不同。聘娘用纖手在錫瓶内撮出銀針茶來，安放在宜興壺裏，冲了水，遞與四老爺，和他並肩而坐，叫丫頭出去取水來。聘娘拿大紅汗巾搭在四老爺磕〔五四〕膝上，問道：「四老爺，你既同國公府裏是親戚，你幾時纔做官？」○黃評：一意在做官，四老爺不得不説謊矣。○天二評：開宗明義章第一。陳木南道：「這話我不〔五五〕告訴別人，怎肯瞞你？○天二評：怎肯瞞你，只是騙你。（天一評「怎肯」作「並不」）我大表兄在京裏已是把我薦了，再過一年，我就可以得個知府的前程。你若有心於我，我將來和你媽説了，拿幾百兩銀子贖了你，同〔五六〕到任上去。」聘娘聽了他這話，拉着手，倒在他懷裏，説道：「這話是你今晚説的，燈光菩薩聽着！○黃評：燈光又有菩薩。你若是丢了我，再娶了別的妖精，我這觀音菩薩最靈驗，○黃評：觀音管到此等事，無怪家家供觀音矣。我只把他背過臉來，朝了牆，叫你同別人睡，偎着枕頭就頭疼，爬〔五七〕起來就不頭疼。我是○齊評：活是花娘口氣。○天一、二評：觀音菩薩是管人這些事的。○天二評：真正廣大靈感。好人家兒女，也不是貪圖你做官，就是愛你的人物，○黃評：偏不説愛官。你不要辜負了我這一點心！」丫頭推開門，拿湯桶送水進來。聘娘慌忙站開〔五八〕，開了抽屜，拿出一包檀香屑，倒在脚盆裏，倒上水，請四老爺洗手〔五九〕脚。

正洗着，只見又是一個丫頭，打了燈籠，一班四五個少年姊妹，都戴着貂鼠暖耳，穿着銀鼠、灰鼠衣服進來，嘻嘻笑笑，兩邊椅子坐下，説道：「聘娘今日接了貴人，盒子會明日在你家做，份子是你一個人出！」聘娘道：「這個自然。」姊妹們笑〔六〇〕頑了一會去了。

聘娘解衣上床，陳木南見他丰若有肌，柔若無骨，十分歡洽。朦朧睡去，〇天一評：當云「聘娘朦朧睡去」。忽又驚醒，見燈花炸了一下，回頭看四老爺時，已經睡熟，聽那更鼓時〔六一〕，三更半了。〇天二評：寫景入微。燈花之炸吉乎？凶乎？聘娘將手理一理被頭，替四老爺蓋好，也便合着〔六二〕睡去。睡了〔六三〕一時，只聽得門外鑼響，聘娘心裏疑惑：「這三更半夜，那裏有鑼到我門上來？」看看〔六四〕鑼聲更近，房門外一個人道：「請太太上任。」聘娘只得披綉襖，倒靸弓鞋，走出房門外。只見四個管家婆娘齊雙雙〔六五〕跪下，説道：「陳四老爺已經升授〔六六〕杭州府正堂了，特着奴婢們來請太太到任，同享榮華。」聘娘聽了，忙走到房裏梳了頭，穿了衣服，那婢子又送了鳳冠霞帔，穿戴起來。出到廳前，一乘大轎，聘娘上了轎。抬出大門，只見前面鑼、旗、傘〔六七〕、吹手、夜役，一隊隊擺着。又聽的説：「先要〔六八〕抬到國公府裏去。」〇黄評：夢中仍不脱「國公府」。〇齊評：一筆不漏。〇天一、二評：寫夢境迷離惝恍，又歷歷如真，蓋藍本於《爛柯山·痴夢》一折。

正走得興頭，路旁邊〔六九〕走過一個黄臉秃頭師姑來，一把從轎子裏揪着〔七〇〕聘娘，罵那些人道：「這是我的徒弟，你們抬他到那裏去？」聘娘説道：「我是杭州府的官太太，你這秃師姑怎敢來揪我！」正要叫夜役鎖他，舉眼一看，那些人都不見了。急得大叫一聲，一交撞在四老爺懷裏，醒了，原來是南柯一夢。○黃評：竟是一齣《痴夢》。只因這一番，有分教：風流公子，忽爲閩嶠之游；窈窕佳人，竟作禪關之客。畢竟後事如何，且聽下回分解。

【總評】

齊評　瞻園賞梅，飄飄乎如在天上，來賓樓烏足及之？而陳四先生偏迷溺其中，則色之陷人者大矣。

虔婆幫閑，口口不離國公府，而花娘偏不屑道之，所以迷人更甚。

聘娘一聞知府之信，即夢作杭州之游，何後文於陳四先生漠如路人？彼固以爲我應作知府夫人耳。其知府也者，固隨處可遇也，何必陳四先生耶？

則仙評　按國公府即今兩江藩司署也。未知瞻園之紅梅無恙否？亭子無恙否？屢踏省門未由仰止。白鷗池釣徒書於紫源堂下。

【校記】

〔一〕此回抄本改動了近九十處，減省去五十多——字。經常減省或改動的有以下幾種情況：

①姓名稱謂：「陳四老爺」省去「老」，「徐九公子」省去「九」，「陳木南」省去「陳」，「金修義」省去「金」。
②數詞「一」、量詞「個」。
③代詞「這」、「那」。
④合成詞後綴「子」。
⑤趨向動詞「來」。
⑥時態助詞「着」、「時」、「了」。
⑦方位詞「裏」，或省去，或作「内」。
⑧詞組的凝縮，如「排行第四」作「行四」，「一個札子」作「一札」。

以上所舉不再出校。删改後語意不通者也不出校。

〔二〕前門，申二本作「門前」。

〔三〕「打人」後抄本多「之事」二字。

〔四〕「天氣」後抄本多「却是」二字。

〔五〕前門，抄本作「門前」。

〔六〕正旦，抄本作「小旦」。

〔七〕頭，抄本無。

〔八〕望，抄本作「想」。

〔九〕接氣，抄本作「脚」。

〔一〇〕曉的，抄本作「知」。

〔一一〕説，抄本作「送」。

〔一二〕我幾時好去走走，抄本無。

〔一三〕書子，原作「書字」，抄本、蘇本同。從申一、二本改。

〔一四〕望，抄本作「祈」。

〔一五〕望着，抄本作「只見」。

〔一六〕襲，抄本作「逼」。

〔一七〕皿，原作「血」。從抄本、蘇本和申一、二本改。

〔一八〕我若，抄本作「若我」。

〔一九〕憑，抄本無。

〔二〇〕憑，抄本作「任」。

〔二一〕怎，抄本作「何」。

〔二二〕周圍一丈，原作「一丈之外」，蘇本和申一、二本同。從抄本改。

〔二三〕這般，抄本作「這樣」。

〔二四〕怎麽，抄本作「那」。

〔二五〕懸了，抄本作「挂上」。

〔二六〕横斜，抄本無。

〔二七〕罷，抄本作「畢」。

〔二八〕一個札子，原作「一個札字」，蘇本和申一、二本同。抄本無。從後文一之。

〔二九〕拿，抄本作「送」。

〔三〇〕到，抄本無。

〔三一〕過來，抄本作「口」，申一本作「口説」，申二本作「口便」。

〔三二〕也，抄本無。

〔三三〕喜歡，抄本作「愛」。

〔三四〕棋枰，申一、二本作「棋盤」。

〔三五〕是，抄本無。

〔三六〕坐在傍邊，抄本無。

〔三七〕了，抄本作「下」。

〔三八〕氣力，抄本作「心力」。

〔三九〕「讓」後申一本多「我的」二字。

〔四〇〕起，抄本作「了」。

〔四一〕共總，抄本作「子」。

〔四二〕樣，抄本無。

〔四三〕丢，抄本無。

〔四四〕笑，抄本無。

〔四五〕被，原缺，抄本、蘇本、申一本同。從申二本補。

〔四六〕覆，申二本作「蓋」。

〔四七〕望，抄本作「向」。
〔四八〕過，申二本作「慣」。
〔四九〕笑，抄本無。
〔五〇〕府裏那，抄本無。
〔五一〕噴鼻香，申二本作「噴香撲鼻」。
〔五二〕「一」後抄本多「張」字。
〔五三〕銅銚，申二本作「銅鑵」。
〔五四〕磕，抄本無，申二本作「蓋」。
〔五五〕不，抄本無。
〔五六〕你同，申二本作「同你」。
〔五七〕爬，抄本無。
〔五八〕開，申二本作「起」。
〔五九〕手，原作「坐」，抄本同。從蘇本和申一、二本改。
〔六〇〕笑，抄本無。
〔六一〕時，抄本作「已」。
〔六二〕着，抄本作「眼」。
〔六三〕睡了，抄本無。
〔六四〕上來看看，抄本作「口聽聽」，申二本作「上來聽聽」。
〔六五〕雙雙，抄本無。
〔六六〕授，抄本作「任」。
〔六七〕鑼旗傘，抄本作「旗鑼傘扇」。
〔六八〕要，抄本無。
〔六九〕邊，抄本無。
〔七〇〕着，抄本作「住」。

第五十四回

病佳人青樓算命　呆名士妓館獻詩〔一〕

話説聘娘同四老爺睡着，夢見到杭州府的任，驚醒轉來，窗子外已是天〔二〕亮了，起來梳洗。陳木南也就起來。虔婆進房〔三〕來問了姐夫的好。吃過點心，恰好金修義來，鬧着要陳四老爺的喜酒。陳〔四〕木南道：「我今日就要到國公府裏去，明日再來爲你的情罷。」金修義走到房裏，看見聘娘手挽着頭髮，還〔五〕不曾梳完，那烏雲鬖鬌〔六〕，半截垂在地下，○天一、二評：好頭髮，可惜不久要剃。説道：「恭喜聘娘接了這樣一位貴人！你看看〔七〕恁般時候尚不曾停當〔八〕，可不是越發嬌懶了！」因問陳四老爺：「明日甚麽時候纔〔九〕來？等我吹笛子，叫聘娘唱一隻曲子與老爺聽。他的李太白『清平三調』是十六樓没有一個賽〔一〇〕得過他的。」説着，聘娘又拿汗巾替四老爺拂了頭巾，囑咐道：「你今晚務必來〔一一〕，不要哄我老等着！」

陳木南應諾了，出了門，帶着兩個長隨回到下處。思量没有錢用，又寫一個札子叫長隨拿〔一二〕到國公府裏向徐九公子再借二百兩銀子，凑着好用。長隨去了半天，回來説道：「九老爺拜上爺：府裏的三老爺方從京裏到〔一三〕，選了福建漳州府正堂，就在這兩日内〔一四〕要起身上任去。九老爺也要同到福建任所，料理事務〔一五〕，説銀子等明日來辭行自帶來。」○黄評：銀子去矣。陳木南道：「既是三老爺到了，我去候他。」隨〔一六〕坐了轎子，帶着長隨，來到府裏。傳進去，管家出來回道：「三老爺、九老爺都到沐府裏赴席去了。四爺有話説留下罷。」陳木南道：「我也無甚話，是來特〔一七〕候三老爺的。」陳木南回到寓處。

過了一日，三公子同九公子來河房裏辭行，門口下了轎子。陳木南迎進河廳坐下。三公子道：「老弟，許久不見，風采一發倜儻。姑母去世，愚表兄遠在都門，不曾親自吊唁。幾年來學問更加〔一八〕淵博了。」○黄評：嫖經尚未讀熟，何謂「淵博」。○則仙評：學問淵不淵未可知，嫖興正復不淺。陳木南道：「先母辭世，三載有餘。弟因想念九表弟文字相好，所以來到南京，朝夕請教。今表兄榮任閩中，賢昆玉同去，愚表〔一九〕弟倒覺失所了。」○黄評：無處借銀子，故曰「失所」。○齊評：正在得其所哉，何云失所！天一、二評：没處借貸了。九公子道：「表兄若不見弃，何不同到漳州〔二〇〕？長途之中，倒覺得頗不寂寞〔二一〕。」陳木南道：「原也要和表兄同行，因在〔二二〕此地還有一兩件小事，○黃評：嫖興正濃哩。俟兩三月之後，再到表兄任上〔二三〕來罷。」九公子隨叫家人取一個拜匣，盛着〔二四〕二百兩銀子，○天一評：只此一遭，後不爲例。送與陳木南收下。三公子道：「專等老弟到敝署走走，○齊評：可謂預辦後路。我那裏還有事要相煩幫襯〔二五〕。」陳木南道：「一定來效勞的。」説着，吃完了茶，兩人告辭起身。陳木南送到門外，又隨坐轎子到府裏去送行。一直送他兩人到了船上，纔〔二六〕辭别回來。

那金修義已經坐在下處，扯他來到〔二七〕來賓樓。○黃評：金修義已知銀子又借來了，不逼完不肯甘休。進了大門，走到卧房，只見聘娘臉兒黃黃的，金修義道：「幾日不見四老爺來，心口疼的病又發了。」虔婆在旁道：「自小兒嬌養慣了，是有這一個心口疼的病，但凡着了氣惱，就要發。他因四老爺兩日不曾來，只道是那些憎嫌他，就發了。」聘娘看見陳木南，含着一雙淚眼〔二八〕，總不則聲。○黃評：寫得出。陳木南道：「你到底是那裏疼痛？要怎樣纔得好？○天二評：徑稱「你」者親之也，親之也者親之也。（天一評無後句）往日發了這病，却是甚麽樣醫？」虔婆道：「往日發了這病，茶水也不能咽〔二九〕一口。醫生來撮了藥，他又怕苦不肯吃，只好頓〔三〇〕了人參湯慢慢給他吃着，纔保全不得傷〔三一〕大事。」陳木南道：「我這裏有銀子，○黃評：尚有一百五。且拿五十兩放在你這裏，換了人參來用着。再揀好的換了，我自己帶來給你。」那聘娘聽了這話，挨着身子，靠着那綉枕，一團兒坐在被窩裏，胸前圍着一個紅抹胸，嘆了一口氣，說道：「我這病一發了，不曉得怎的，就這樣心慌。那些先生們說是單吃人參，又會助了虛火，○黃評：先生也會相助設騙。往常總是合着黃連煨些湯吃，○天二評：合着黃連不怕苦邪？後來單吃黃連的日子多哩。夜裏睡着，纔得合眼。要是不吃，就只好是眼睜睜的一夜醒到天亮。」陳木南道：「這也容易。我明日換些黃連來給你就是了。」○黃評：只剩一百五了。金修義道：「四老爺在國公府裏，人參黃連論秤稱也不值甚麼，聘娘那裏用的了！」○黃評：那知是國公府銀子買的。聘娘道：「我不知怎的，心裏慌慌的，合着眼就做出許多〔三二〕胡枝扯葉的夢，○黃評：要做太太便夢裏做太太，並非「胡枝扯葉」。清天白日的還有些害怕。」金修義道：「總是你身子生的〔三三〕虛弱，經不得〔三四〕勞碌，着不得氣惱。」虔婆道：「莫不是你傷〔三五〕着甚麼神道？替你請個尼僧〔三六〕來禳解禳解罷。」

正說着，門外敲的手磬子響。虔婆出來看，原來是延壽庵的師姑本慧來收月米。虔婆道：「呵呀！是本老爺〔三七〕，○黃評：南京一帶稱僧尼皆曰「老爺」。兩個月不見你來了，這些時，庵裏做佛事忙？」本師姑道：「不瞞你老人家說，今年運氣低，把一個二十歲的大徒弟前月死掉了，連觀音會都没有做的成。○齊評：帶叙帶伏。○天二評：觀音菩薩不保佑。○天一、二評：頂補的快來也。你家的相公娘好？」虔婆道：「也常時〔三八〕三好兩歹的，虧的太平府陳四老爺照顧他。他是國公府裏徐九老爺〔三九〕的表兄，○黄評：總不脱「國公府」，不料九公子一去，國公府無靈矣。常時到我家來。偏生的聘娘没造化，心口疼的病發了。你而今進去看看。」本師姑一同走進房裏。虔婆道：「這便是國公府裏〔四〇〕陳四老爺。」○黄評：凡提陳四老爺從不曾脱却「國公府」三字。本師姑上前打了一個問訊。金修義道：「四老爺，這是我們這裏的本師父，極有道行的。」本師姑見過四老爺，走到床面前來看相公娘。金修義道：「方纔説要禳解，何不就請本師父禳解禳解〔四一〕？」本師姑道：「我不會禳解，我來看看相公娘的氣色罷。」便走了來〔四二〕，一屁股坐到床沿上。○天一評：青天白日還有些害怕。聘娘本來是認得他的，今日抬頭一看，却見他黄着臉，秃着頭，就和前日夢裏揪他的師姑一模一樣〔四三〕，不覺就懊惱起來。只叫得一聲「多勞」，便把被蒙着頭睡下。○黄評：青天白日還有些害怕。本師姑道：「相公娘心裏不耐煩，我且去罷。」向衆人打個問訊，出了房門。虔婆將月米遞給他。他左手拿着磬子，右手拿着口袋去了。

陳木南也隨即回到寓所，拿銀子叫長隨趕着〔四四〕去換人參，換黄連。只見主人家〔四五〕董老太，○黃評：「老太」亦土稱。拄着拐杖出來説道：「四相公〔四六〕，你身子又結結實實的，只管換這些人參、黃連做甚麼？我聽見這些時在外頭憨頑，我是你的房主人，又這樣年老，○黃評：是老太口聲。四相公，我不好説的，自古道：船載的金銀，填不滿烟花債。他們這樣人家，是甚麼有良心的！把銀子用完，他就屁股也不朝你了。○齊評：人到着迷之時，雖有良言何能入耳。○天一評：董老太太偏料得出四相公這些事。○則仙評：老太太之所以姓「董」也。我今年七十多歲〔四七〕，看經念佛，觀音菩薩聽着，○黃評：觀音菩薩慣管這些帳。我怎肯眼睜睜的看着你上當不説？」○天二評：觀音菩薩真忙。陳木南道：「老太説的是，我都知道了。這人參、黃連，是國公府裏托我換的。」因怕董老太韶刀，便説道：「恐怕他們換的不好，還是我自己去。」走了出來，到人參店裏尋着了長隨〔四八〕，換了半斤人參，半斤黃連，和銀子就像捧寶的一般〔四九〕，捧到來賓樓來。

纔進了來賓樓〔五〇〕門，聽見裏面彈的三弦子響，是虔婆叫了一個男瞎子來替姑娘算命。陳木南把人參、黃連遞〔五一〕與虔婆，坐下聽算命。那瞎子道：「姑娘今年十七歲，大運交庚寅，寅與亥合，合着時上的貴人，該有個貴人星坐命。就是四正有些不利，吊動了一個計都星，在裏面作擾，有些啾唧不安，却不礙大事。莫怪我直談，姑娘命裏犯一個華蓋星，却要記一個佛名，應破了纔好。將來從一個貴人，還要〔五二〕戴鳳冠霞帔〔五三〕，有太太之分哩。」○黃評：正合姑娘之意。豈知華蓋星靈，貴人星不靈。○齊評：此是例應必有之話。○天一評：恰打動姑娘心病。說完，橫着三弦彈着，又唱一回，起身要去。虔婆留吃茶，捧出一盤雲片糕，一盤黑棗子來，○天一、二評：瞎子算完命可去矣，却緣作者欲渡到陳和尚，不得不累虔婆破費點心。放個小桌子〔五四〕，與他坐着。丫頭斟〔五五〕茶，遞與他吃着。陳木南問道：「南京城裏，你們這生意也還好麽？」瞎子道：「説不得，比不得上年了。上年都是我們没眼的算命，這些年睁眼的人都來算命，把我們擠壞了！就是這南京城，二十年前有個陳和甫，他是外路人，自從一進了城，這些大老官家的命都是他𢹂〔五六〕攔着算了去，而今死了。積作〔五七〕的個兒子，○黃評：借此遞到陳和尚。在我家那間壁招親，日日同丈人吵窩子，吵的鄰家都不得安身。眼見得我今日回家，又要聽他〔五八〕吵了。」説罷起身道過多謝，去了。

一直走了回來，到東花園一個小巷子裏，果然又聽見陳和甫的兒子和丈人吵。○齊評：過接輕便之至。丈人道：「你每日在外測字，也還尋得幾十文錢，只買了猪頭肉、飄湯燒餅，自己搗嗓子，一個錢也不拿了來家，難道你的老婆要我替你養着？這個還説是我的女兒，也罷了。你賒了猪頭肉的錢不還，也來問我要，終日吵鬧這事〔五九〕，那裏來的晦氣！」陳和甫的兒子道：「老爹，假使〔六〇〕這猪頭肉是你老人家自己吃了，你也要還錢。」○齊評：的是妙語。丈人道：「胡説！我若吃了，我自然還。這都是你吃的！」陳和甫兒子道：「設或我這錢已經還過老爹，老爹用了，而今也要還人。」丈人道：「放屁！你是該人的錢，怎是我用你的？」陳和甫兒子道：「萬一猪不生這個頭，難道他也來問我要錢？」○黄評：妙妙，未做和尚先學會參禪。○天一、二評：未做和尚先學參禪。丈人見他十分胡説，拾了個叉子棍趕着他打〔六一〕。

瞎子摸了過來扯勸。丈人氣的顫呵呵的〔六二〕道：「先生！這樣不成人，我説説他，他還拿這些混賬話來答應我，豈不可恨！」陳和甫兒子道：「老爹〔六三〕，我也没有甚麽混賬處，我又不吃酒，又不〔六四〕賭錢，又不嫖老婆，每日在測字的桌子上還拿着一本詩念〔六五〕，有甚麽混賬處？」○黄評：却是正派，且是名士詩翁。○天二評：較楊老六似勝一籌。（天一評「老」作「阿」）丈人道：「不是别的混賬，你放着一個老婆不養，只是累我，我那裏累得起！」陳和甫兒子道：「老爹，你不喜女兒給我做老婆，你退了回去罷了。」○黄評：視妻子如敝屣，真能看破紅塵。丈人駡道：「該死的畜生！我女兒退了做甚麽事哩？」陳和甫兒子道：「聽憑老爹再嫁一個女婿罷了。」丈人大怒道：「瘟奴！除非是你死了，或是做了和尚，這事纔行得！」陳和甫兒子道：「死是一時死不來，我明日就做和尚去。」○齊評：可謂除了死法有活法。丈人氣憤憤的道：「你明日就做和尚！」瞎子聽了半天，聽他兩人説的都是「堂屋裏挂草薦——不是話」，也就不扯勸，慢慢的摸着回去了。○天一評：「摸了過來」，「摸着回去」，寫瞎子如畫。

次早，陳和甫的兒子剃光了頭，○黄評：真大解脱。把瓦楞帽賣掉了，换了一頂和尚帽子戴着，來到丈人面前，合掌打個問訊道：○天二評：立地成佛。「老爹，貧僧今日告别了。」○天一、二評：得大解脱。丈人見了大驚，雙眼〔六六〕掉下淚來，又着實數説了他一頓。知道事已無可如何，只得叫他寫了一張紙，自己帶着女兒養活去了。

陳和尚自此以後，無妻一身輕，有肉萬事足，○黄評：絶倒。○天一、二評：此是陳和尚入道詩。○天一評：何減嚴君平賣卜。每日測字的錢就買肉吃，吃飽了就〔六七〕坐在文德橋頭〔六八〕測字的桌子上念詩，十分自在。○黄評：真大自在。又過了半年，那一日正拿着一本書在那裏看，遇着他一個同夥的測字丁言志來看他。見他看這本書，因問道：「你這書是幾時買的？」陳和尚道：「我纔買來三四天。」丁言志道：「這是鶯脰湖唱和的詩。○黄評：是事隔多年以訛傳訛。當年胡三公子約了趙雪齋、景蘭江、楊執中先生，匡超人、馬純上一班大名士，大會鶯脰湖，○齊評：聒聒而談，可發一笑。○天二評：冬瓜纏到茄子裏，看他有對有證。分韵作詩。我還切記得趙雪齋先生是分的『八齊』。○黄評：前文趙先生分得是『四支』，衛先生分得纔是『八齊』。你看這起句『湖如鶯脰夕陽低』，○黄評：

書中「桃花何苦紅如此」二句外，復見此句，真是吉光片羽。但不知此句從何處抄來？以西湖爲鶯脰。〇天二評：西湖雅集衛體善先生分得「八齊」，此起句未知是否。只消這一句，便將〔六九〕題目點出，以下就句句貼切〔七〇〕，移不到別處宴會的題目〔七一〕上去了。」〇天一評：名士口氣。陳和尚道：「這話要來問我纔是，〇天二評：名士口氣。你那裏知道！當年鶯脰湖大會，也並不是胡三公子做主人，〇天二評：畢竟名士之子，的派真傳。是婁中堂家的三公子、四公子。那時我家先父就和婁氏弟兄是一人之交。彼時大會鶯脰湖，先父一位，楊執中先生、權勿用先生、牛布衣先生、蘧駪夫先生、張鐵臂、兩位主人，還有楊先生的令郎，共是九位。這是我先父親口說的，我倒不曉得？你那裏知道！」〇黃評：後文所謂攞出名士臉者即在此等處也。丁言志道：「依你這話，難道趙雪齋先生、景蘭江先生的詩，都是別人假做〔七二〕的了？你想想，你可做得來？」陳和尚道：「你這話尤其不通。他們趙雪齋這些詩，是在西湖上做的，並不是鶯脰湖那一會。」丁言志道：「他分明是說『湖如鶯脰』，怎麼說不是鶯脰湖大會〔七三〕？」陳和尚道：「這一本詩也是彙集了許多名士合刻的。就如這個馬純上，生平也不會作詩，那裏忽然又跳出他一首？」丁言志道：「你說的都是些夢話！馬純上先生，蘧駪夫先生，做了不知多少詩，你何嘗見過！」陳和尚道：「我不曾見過，倒是你見過！你可知道鶯脰湖那一會並不曾有人做詩？你不知那裏耳朵聾，還來同我瞎吵！」丁言志道：「我不信。那裏有這些大名士聚會〔七四〕，竟不做詩的。這等看起來，你尊翁也未必在鶯脰湖會過。若會過的人，也是一位大名士了，恐怕你也未必是他的令郎！」○黄評：說不過他，又妒他是名父之子，只好賴他冒認父親。小小滑稽真令人噴飯。○天一、二評：此即陳和尚所謂譬如豬不生這個頭也。陳和尚惱了道：「你這話胡說！天下那裏有個冒認父親的？」丁言志道：「陳思阮，你自己做兩句詩罷了，何必定要冒認做陳和甫先生〔七五〕的兒子？」陳和尚大怒道：「丁詩〔七六〕，你『幾年桃子幾年人』！跳起來通共念熟〔七七〕了幾首趙雪齋的詩，鑿鑿的就呻着嘴來講名士！」○黄評：「跳起來」是土語，猶言算起來。鑿鑿亦土語。丁言志跳起身來道：「我就不該講名士，你到底也不是一個名士！」兩個人說戧了，揪着領子，一頓亂打。和尚的光頭被他鑿〔七八〕了幾下，○黄評：此「鑿」字是以拳頭指骨打頭，如木匠之鑿也，亦土語。鑿的生疼，○天一評：此吃虧在光頭。拉到橋頂上。和尚眊着眼，要拉〔七九〕他跳河，被丁言志搡〔八〇〕了一交，骨碌碌就滾到橋底下去了。和尚在地下急的大嚷大叫。

正叫着，遇見陳木南踱了來，○齊評：如此挽合，藏過多少事情，真是妙筆。看見和尚仰巴叉睡在地下，不成模樣，慌忙拉起來道：「這是怎的？」和尚認得陳木南，指着橋上說道：「你看這丁言志，無知無識的，走來說是鶯脰湖的大會是胡三公子的主人！我替他講明白了，他還要死强，並且説我是冒認先父的兒子，你説可有這個道理？」陳木南道：「這個是甚麼要緊的事，你兩個人也這樣鬼吵。其實丁言老也不該説思老是冒認父親。這却是言老的不是。」丁言志道：「四先生，你不曉得，我難道不知道他是陳和甫先生的兒子？只是他擺出一副名士臉來，太難看！」〇黄評：可要噴飯否？先生善謔，風趣可想。相打只爲擺名士臉耳，争做名士至此，二人可謂極情盡致矣。先生描寫世情可謂不遺餘力矣，嫉世之心爲何如哉！陳木南笑道：「你們自家人，何必如此？要是陳思老就會擺名士臉，當年那虞博士、莊徵君怎樣過日子呢？我和你兩位吃杯茶，和和事，下回不必再吵了。」當下拉到橋頭間壁〔八一〕一個小茶館裏坐下，吃着茶。

陳和尚道：「聽見四先生令表兄要接你同到福建去，怎樣還不見〔八二〕動身？」陳木南道：「我正是爲此來尋你測字，幾時可以走得〔八三〕？」丁言志道：「先生，那些測字的話，是我們『籤火七占通』的，你要動身，揀個日子走就是了〔八四〕，何必測字？」〇齊評：只怕日子也不消揀得。〇天一評：此句却也老實。陳和尚道：「四先生〔八五〕，你半年前我們要會你一面也不得〔八六〕能够。我出家的第二日，有一首剃髮的詩，〇黄評：題目倒新，可惜失傳。〇天一評：題目新奇。送到你下處請教，那房主人董老太説，你又到外頭頑去了。你却一向在那裏？今日怎管家也不帶，自己在這裏閑撞？」〇黄評：沒有管家了，銀子已完，哪得不閑撞。陳木南道：「因這來賓樓的聘娘愛我的詩做的好，○齊評：只怕未必愛的是詩。○天一評：不見得愛你的詩。我常在他那裏。」丁言志道：「青樓中的人也曉得愛才〔八七〕，這就雅極了。」向陳和尚道：「你看，他不過是個巾幗，還曉得看詩，怎有個鶩脰湖大會不作詩的呢？」○黃評：滴滴歸源，一定該做詩。陳木南道：「思老的話倒不差。那婁玉亭便是我的世伯，他當日最相好的是楊執中、權勿用，○黃評：又挽前文。他們都〔八八〕不以詩名。」陳和尚道：「我聽得權勿用先生後來犯出一件事來，不知怎麽樣結局？」陳木南道：「那也是他學裏幾個秀才誣賴他的。後來這件官〔八九〕事也昭雪了。」○黃評：至此始了權勿用。○天一評：借此了權勿用。又說了一會，陳和尚同丁言志別過去了。

陳木南交了茶錢，自己走到來賓樓。○天二評：看他從來賓樓渡到陳和尚，又從陳和尚渡到來賓樓，過接無痕。一進了門，虔婆正在那裏同一個賣花的穿桂花球，見了陳木南道：「四老爺，請坐下罷了。」○黃評：坐下加「罷了」二字，聲口便不好。○天一、二評：前云「請姐夫到裏邊坐」，此云「四老爺請坐下罷了」，兩文相照。陳木南道：「我樓上去看看聘娘。」虔婆道：「他今日不在家，到輕烟樓做盒子會去了。」○黃評：面都不許他見。○天一、二評：一尊天貴星竟不得上樓。陳木南道：「我今日來和他辭辭行〔九〇〕，就要到福建去。」虔婆道：

「四老爺就要起身?將來可還要回來的?」〇黄評：回來要多帶錢來。説着，丫頭捧一杯茶來。陳木南接在手裏，不大熱，吃了一口就不吃了。〇黄評：難堪難堪，嫖客下場頭。虔婆看了〔九一〕道：「怎麽茶也不肯泡一壺好的！」丢了桂花球，就走到門房裏去駡烏龜。〇黄評：魘子下場頭。

陳木南看見他不瞅不睬，〇天一、二評：「屁股也不朝你了」。只得自己又踱了出來。走不得幾步，頂頭遇着一個人，叫道：「陳四爺你還要信行些纔好，怎叫我們只管跑！」陳木南道：「你開着偌大的人參鋪〔九二〕，那在乎這幾十兩銀子?我少不得料理了送來給你。」那人道：「你那兩個尊管而今也不見面，走到尊寓，只有那房主人董老太出來回，他一個堂客家，我怎好同他七個八個〔九三〕的?」陳木南道：「你不要慌，『躲得和尚躲不得寺』，〇黄評：到明日寺在和尚不在了。〇天一、二評：明日寺在，和尚去了。我自然有個料理。你明日到我寓處來。」那人道：「明早是必留下，不要又要〔九四〕我們跑腿。」説過，就去了。陳木南回到下處，心裏想道：「這事不尷尬。長隨又走了，虔婆家又走不進他的門，〇黄評：果然屁股也不朝你了。銀子又用的精光，還剩了一屁股兩肋巴的債，不如捲捲行李往福建去罷。」〇天二評：只好自己背鋪蓋。瞞着董老太，一溜烟走了。

次日，那賣人參的清早上走到他寓所來，坐了半日，連鬼也不見一個。那門外推的門響，又走進一個人來，搖着白紙詩扇，文縐縐的。那賣人參的起來問道：「尊姓？」那人道：「我就是丁言志，來送新詩請教陳四先生的。」賣人參的道：「我也是來尋他的。」又坐了半天不見人出來，那賣人參的就把屏門拍了幾下。董老太拄着拐杖出來問道：「你們尋那個的？」賣人參的道：「我來找陳四爺要銀子。」董老太道：「他麼？此時好到觀音門了。」那賣人參的大驚道：「這等，可曾把銀子留在老太處〔九五〕？」○天一評：呆鳥。董老太道：「你還説這話！連我的房錢都騙了，他自從來賓樓張家的妖精纏昏了頭，那一處不脱空？背着一身的債，還希罕你這幾兩銀子！」○齊評：火坑裏能跳出自身還算乖的。賣人參的聽了，「啞叭夢見媽——説不出的苦」，急的暴跳如雷。○天一評：以前賣假人參騙他銀子不少，這幾兩只算得找還他。丁言志勸道：「尊駕也不必急，急也不中用〔九六〕，只好請回。陳四先生是個讀書人，也未必就騙你，將來他回來，少不得還哩。」那人跳了一回，無可奈何，只得去了。

丁言志也搖着扇子晃了出來，○黄評：「晃」讀去聲，亦土語。自心裏想道：「堂客也會看〔九七〕詩，那十六樓不曾到過，何不把這幾兩測字積下的銀子，○天二評：丁言志想來不吃猪頭肉，故有積攢。（天一評末句作「故積下幾兩家私」）也去到那裏頑頑？」主意已定，回家帶了一卷詩，換了幾件半新不舊的衣服，〇天一評：也要換新衣服。戴一頂方巾，到來賓樓來。烏龜看見他像個呆子，問他來做甚麽。丁言志道：「我來同你家姑娘談談詩。」烏龜道：「既然如此，且秤下箱錢。」烏龜拿着黄杆戥〔九八〕子，丁言志在腰裏摸出一個包子來，散散碎碎，共有二兩四錢五分頭。〇黄評：也不知拆了幾千個字，盡送與烏龜了。〇天一、二評：不知拆了幾千字積下來，一旦不能有，輸來其間。烏龜道：「還差五錢五分。」丁言志道：「會了姑娘，再找你罷。」

丁言志自己上得樓來，看見聘娘在那裏打棋譜，上前作了一個大揖。〇黄評：揖曰「大揖」，笑倒。聘娘覺得好笑，請他坐下，問他來做甚麽。丁言志道：「久仰姑娘最喜看詩，我有些拙作，特來請教。」聘娘道：「我們本院的規矩，詩句是不白看的，先要拿出花錢來再看。」丁言志在腰裏摸了半天，摸出二十個銅錢來，放在花梨桌上。〇黄評：也有好幾個字的錢。〇天一評：是新鮮拆字下來的。〇天一、二評：花梨桌上從未放此二十個錢，真是玷污。聘娘大笑道：「你這個錢，只好送給儀徵豐家巷的撈毛的，不要玷污了我的桌子！快些收了回去買燒餅吃罷！」〇齊評：你怕看名士臉面，那知名妓臉面更不易看。丁言志羞得臉上一紅二白，低着頭，捲了詩，揣在懷裏，悄悄的下樓回家去了。〇黄評：妙在「悄悄」，然二兩多銀子得見聘娘一面，勝木南四百銀子不許見面多矣。

虔婆聽見他囮着呆子要了花錢，走上樓來問聘娘道：「你剛纔向呆子要了幾兩銀子的花錢？拿來，我要買緞子去。」聘娘道：「那呆子那裏有銀子！拿出二十銅錢來，我那裏有手接他的？被我笑的他回去了。」虔婆道：「你是甚麽巧主兒！囮着呆子，還不問他要一大注子，肯白白放了他回去？你往常嫖客給的花錢，何曾〔九九〕分一個半個給我？」聘娘道：「我替你家尋了這些錢，還有甚麽不是？些小事就來尋事！我將來從了良，不怕不做太太，你放這樣呆子上我的〔一〇〇〕樓來，我不說你罷了，你還要來嘴喳喳！」○天一評：胸中挾一個太太故也。虔婆大怒，走上前來，一個嘴巴把聘娘打倒在地。○黄評：有取打之道。聘娘〔一〇一〕打滾，撒了頭髮，哭道：「我貪圖些甚麽，受這些折磨！你家有銀子，不愁弄不得一個人來，放我一條生路去罷！」○天一評：前半個夢不曾應，後半個夢倒應了。不由分説，向虔婆大哭大駡，要尋刀刎頸，要尋繩子上吊，鬏〔一〇二〕都滾掉〔一〇三〕了。虔婆也慌了，叫了老烏龜〔一〇四〕上來，再三勸解，總是不肯依，鬧的要死要活。無可奈何，由着他拜做延壽庵本慧的徒弟〔一〇五〕，剃光了頭，出家去了。○天二評：後半個夢先應了。○天一、二評：可有剃髮詩？只因這一番，有分教：風流雲散，賢豪才色總成空；薪盡火傳，工匠市廛都有韵。畢竟後事如何，且聽下回分解。

【總評】

黄評　寫聘娘聊備一種人，歡喜相與官，想做太太，不出功名富貴四字。功名富貴四字開卷寫一總甲，末卷寫一妓女，可謂淋漓盡致矣。名士則寫到拆字之陳和尚、丁言志，亦可謂無美不備。

齊評　花娘算命，即遞入呆子論詩，挽轉陳四先生，藏過偎紅倚翠倒篋傾筐一段情事。何筆之輕便乃爾。若必逐細摹寫，則勸多於懲矣。只此淡淡着筆，已覺不寒而栗。陳思阮弃妻削髮有四大皆空之意，乃獨於名士不名士，斤斤較論。甚矣，名之中人者深也！

則仙評　名士做和尚、名妓做尼姑，才色兩途都歸泡幻。篇終着此正如頓覺，聞晨鐘令人發深省。最不羈生。

【校記】

〔一〕此回抄本改動了二百餘處，減省去二百二十字左右。

經常減省或改動的有以下幾種情況：

①「陳木南」的「陳」。

②結構助詞「的」。

③數詞「一」、量詞「個」。

④語氣詞「罷了」、「哩」。

⑤代詞「我」、「你」、「他」、「我們」、

「這」、「那」、「這些」、「這個」。

⑥合成詞後綴「子」。如「手磬子」、「桌子」、「叉子」、「兒子」的「子」。

⑦方位詞「裏」改作「中」或「内」。

⑧時態助詞「着」、「了」。

⑨趨向動詞「來」、「去」。

⑩判斷詞「是」。

⑪表示重複的副詞「又」。

⑫「説道」、「知道」省去「道」。

⑬「人參」省去「人」。

⑭「天」改作「日」。

以上所舉不再出校。删改後語意不通者也不出校。

〔二〕是天，抄本作「大」。

〔三〕房，抄本無。

〔四〕陳，抄本、申一本作「吃」。

〔五〕還，抄本無。

〔六〕鬖鬙，抄本無。

〔七〕看，原作「着」，抄本、蘇本、申一本同。從申二本改。

〔八〕停當，原作「定當」，蘇本同。從抄本和申一、二本改。

〔九〕纔，抄本無。

〔一〇〕賽，抄本作「唱」。

〔一一〕務必來，抄本作「是必定要來的」。

〔一二〕拿，抄本作「送」。

〔一三〕到，抄本作「來」。

〔一四〕兩日内，抄本作「幾天」。

〔一五〕事務，抄本作「事體」。

〔一六〕隨，抄本作「便」。

〔一七〕來特，抄本、蘇本、申一本同，申二本作「特來」。

〔一八〕更加，抄本作「想更」。

〔一九〕愚表，抄本作「小」。

〔二〇〕到漳州，抄本作「到閩南」，蘇本和申一、二本作「去一行」。

〔二一〕頗不寂寞，抄本作「熱鬧」。

〔二二〕在，抄本無。

〔二三〕上，抄本作「所」。

〔二四〕盛着，抄本作「取出」。

〔二五〕有事要相煩幫襯，抄本作「有些相煩」。

〔二六〕送他兩人到了船上纔，抄本作「送兩人上了船」。

〔二七〕扯他來到，抄本作「拉他到了」，申二本作「扯他到了」。

〔二八〕一雙淚眼，申一本作「一包眼淚」。

〔二九〕「咽」以下十六個字抄本作「進他又怕吃藥」。

〔三〇〕頓，抄本作「煎」。

〔三一〕不得傷，申一、二本作「得不傷」。

〔三二〕許多，抄本作「多少」。

〔三三〕生的，抄本無。

〔三四〕經不得，抄本作「不禁」。

〔三五〕傷，申一、二本作「撞」。

〔三六〕尼僧，原作「足僧」，抄本作「僧人」，蘇本作「是僧」，申一、二本作「高僧」。參齊本改。

〔三七〕老爺，申一本作「老師」，申二本作「太師」。

〔三八〕常時，申二本作「時常」。

〔三九〕老爺，抄本作「公子」。

〔四〇〕國公府裏，抄本無。

〔四一〕禳解禳解，抄本無。

〔四二〕走了來，抄本無。

〔四三〕一模一樣，抄本作「一個樣」。
〔四四〕着，申一本作「緊」。
〔四五〕主人家，申一本作「房主人」，申二本作「房主家」。
〔四六〕相公，抄本作「老爺」。
〔四七〕「歲」後抄本缺少十七個字。
〔四八〕長隨，抄本作「下人」。
〔四九〕像捧寶的一般，抄本無。
〔五〇〕來賓樓，抄本無。
〔五一〕遞，抄本作「交」。
〔五二〕要，原作「有」，抄本、蘇本和申一、二本均同。參齊本改。
〔五三〕帔，申二本作「佩」。
〔五四〕放個小桌子，抄本作「放在桌上」。
〔五五〕斟，抄本作「捧」。
〔五六〕霸，申二本作「佔」。
〔五七〕積作，申二本作「所生」。
〔五八〕聽他，抄本無。
〔五九〕事，抄本無。
〔六〇〕假使，抄本作「假如」。
〔六一〕他打，抄本作「打他」。
〔六二〕氣的顫呵呵的，抄本作「的氣未消」。
〔六三〕老爹，抄本無。
〔六四〕又不，抄本無。
〔六五〕拿着一本詩念，抄本作「念念詩」。
〔六六〕雙眼，原作「雙雙」，抄本、蘇本、申一本同。從申二本改。
〔六七〕就，抄本無。
〔六八〕頭，抄本無。
〔六九〕便將，抄本作「就把」。
〔七〇〕貼切，抄本作「切題」。
〔七一〕題目，抄本無。

〔七二〕做，抄本作「名」。
〔七三〕鶯脰湖大會，抄本無。
〔七四〕名士聚會，抄本作「名公會了」。
〔七五〕先生，抄本無。
〔七六〕丁詩，抄本作「丁言志」。
〔七七〕熟，抄本無。
〔七八〕鑿，抄本作「打」。下句同。
〔七九〕「拉」後原衍「到」字，蘇本、申一本同。從抄本、申二本刪。
〔八〇〕搡，原作「操」，抄本、蘇本同。申一本作「推」。從申二本改。
〔八一〕間壁，抄本作「上」。
〔八二〕見，抄本無。
〔八三〕可以走得，抄本作「可走」。
〔八四〕走就是了，抄本作「就走」。
〔八五〕四先生，抄本無。
〔八六〕得，抄本無。
〔八七〕曉得愛才，抄本作「會解詩」。
〔八八〕都，抄本無。
〔八九〕官，抄本無。
〔九〇〕辭辭行，抄本作「辭行」。
〔九一〕看了，抄本無。
〔九二〕鋪，抄本作「店」。
〔九三〕七個八個，申二本作「七張八嘴」。
〔九四〕要，抄本作「叫」。
〔九五〕留在老太處，抄本作「留下」。
〔九六〕不中用，抄本作「没用」。
〔九七〕看，抄本作「做」。
〔九八〕戥，抄本作「等」。
〔九九〕何曾，原作「何常」，抄本、蘇本、申一本同。從申二本改。
〔一〇〇〕我的，抄本無。

〔一〇一〕打倒在地聘娘，抄本無。

〔一〇二〕鬆，申二本作「簪環」。

〔一〇三〕掉，抄本作「撒」。

〔一〇四〕烏龜，抄本作「忘八」。

〔一〇五〕拜做延壽庵本慧的徒弟，申二本作「拜延壽庵本慧做徒弟」。

第五十五回

添四客述往思來　彈一曲高山流水〔一〕

話説萬曆二十三年，那南京的名士都已漸漸銷磨盡了。○天一評：淡語傷神。○天二評：黯然銷魂。此時虞博士那一輩人，也有老了的，也有死了的，也有四散去了的，也有閉門不問世事的。花壇酒社，都没有那些才俊之人；禮樂文章，也不見那些賢人講究。論出處，不過得手的就是才能，失意的就是愚拙；論豪俠，不過有餘的就會奢華，不足的就見〔二〕蕭索。○齊評：另作一番議論，與開卷一回楔子互相呼應。憑你有李、杜的文章，顏、曾的品行，却是也没有一個人來問你。所以那些大户人家，冠、昏、喪、祭，鄉紳堂里，坐着幾個席頭，無非講的是些升、遷、調、降的官場；就是那貧賤儒生，又不過做的是些揣合逢迎的考校〔三〕。那知市井中間，又出了幾個奇人。

一個是會寫字的。這人姓季，名遐年，自小兒〔四〕無家無業，總在這些寺院裏安身。見和尚傳板上堂吃齋，他便也捧着一個鉢，站在那裏，隨堂吃飯。和尚也不厭他。他的字寫的最好，却又不肯學古人的法帖，只是自己創出來的格調，由着筆性寫了去。○齊評：「我書意造本無法」，東坡已先言之矣。但凡人要請他寫字時，他三日前，就要齋戒一日，第二日磨一天的墨，却又不許別人替磨。就是寫個十四字〔五〕的對聯，也要用墨半碗〔六〕。用的筆，都是那人家用壞了不要〔七〕的，他纔用。到寫字的時候，要三四個人替他拂着紙，他纔寫。○黄評：其字可想。一些拂的不好，他就要罵、要打。却是要等他情願，他纔高興。他若不情願時，任你王侯將相，大捧的銀子送他，他正眼兒也不看。○黄評：斜眼却看。他又不修邊幅，穿着一件稀爛的直裰，靸〔八〕着一雙破不過的蒲鞋。每日寫了字，得了人家的筆資，自家吃了飯，剩下的錢就不要了，隨便不相識的窮人，就送了他。

那日大雪裏，走到一個朋友家，他那一雙稀爛的〔九〕蒲鞋，踹了他一書房的滋〔一〇〕泥。○黄評：「滋泥」，上江土語。滋，黑也，亦有所本。主人曉得他的性子不好，心裏嫌他，不好説出，只得問道：「季先生的尊履壞了，可好買雙換換？」季遐年道：「我没有錢。」那主人道：「你肯寫一幅字送我，我買鞋送你了。」季遐年道：「我難道没有鞋，要你的？」主人厭他腌臢，自己走了〔一一〕進去，拿出一雙鞋來，道：「你先生〔一二〕且請略換換，恐怕脚底下冷。」季遐年惱了，並〔一三〕不作別，就走出大門，嚷道：「你家甚麽要緊的地方！我這雙鞋就不可以坐在你家？我坐在你家，還要算抬舉你。我都希罕你的鞋穿！」一直走回天界寺，氣哺哺的又隨堂吃了一頓飯。

吃完，看見和尚房裏擺着一匣子上好的香墨，季遐年問道：「你這墨可要寫字？」○天一評：三日前可曾齋戒？和尚道：「這昨日施御史的令孫老爺送我的，我還要留着轉〔一四〕送别位施主老爺〔一五〕，不要寫字。」季遐年道：「寫一幅好哩。」不由分説，走到自己房裏，拿出一個大墨盪子來，揀出一錠墨，舀些水，坐在禪床上替他磨將起來。和尚分明曉得他的性子，故意的激他寫。○齊評：只有如此寫法。他在那裏磨墨〔一六〕，正磨的興頭〔一七〕，侍者進來向老和尚説道：「下浮橋的施老爺來了。」和尚迎了出去。那施御史的孫子已走進禪堂〔一八〕來，看見季遐年，彼此也不爲禮，自同和尚到那邊叙寒温。季遐年磨完了墨，拿出一張紙來，鋪在桌上，叫四個小和尚替他按着。他取了一管〔一九〕敗筆，蘸飽了墨，把紙相了一會，一氣就寫了一行。那右手後邊小和尚動了一下，他就一鑿〔二〇〕，把小和尚鑿〔二一〕矮了半截，鑿的殺喳的叫。○天一評：光頭上用鑿最便。老和尚聽見，慌忙來看，他還在那裏急的嚷成一片。老和尚勸他不要惱，替小和尚按着紙，讓他寫完了。施御史的孫子也來看了一會，向和尚作别去了。

次日，施家一個小廝走到天界寺來，看見季遐年問道：「有個寫字的姓季的可在這裏？」季遐年道：「問他怎的〔二二〕？」小厮道：「我家老爺叫他明日去寫字。」季遐年聽了，也不回他，説道：「罷了〔二三〕。他今日不在家，我明日叫他來就是了。」次日，走到下浮橋施家門口，要進去。門上人攔住道：「你是甚麽人，混往裏邊跑！」季遐年道：「我是來寫字的」。○天一評：竟走上門，未免辱没尊足。那小厮從門房裏走〔二四〕出來看見，道〔二五〕：「原來就是你！你也會寫字？」帶他走到敞廳上，小厮進去回了。施御史的孫子剛在〔二六〕走出屏風，季遐年迎着臉大駡道：「你是何等之人，敢來叫我寫字！我又不貪你的錢，又不慕你的勢，又不借你的光，○黄評：窮秀才無非慕勢、借光耳，二者俱無，却可自大。你敢叫我寫起字來！」○齊評：三者可以使庸人，宜其討駡也。一頓大嚷大叫〔二七〕，把施鄉紳駡的閉口無言，低着頭進去了。那季遐年又駡了一會，依舊回到天界寺裏去了。○黄評：此一奇也。

又一個是賣火紙筒子的。這人姓王，名太，他祖代是三牌樓賣菜的，到他父親手裏窮了，把菜園都賣掉了。他自小兒最喜下圍棋。後來父親死了，他無以爲生，每日到虎踞關一帶賣火紙筒過活。

那一日，妙意庵做會。那庵臨着烏龍潭，正是初夏的天氣，一潭簇新的荷葉，亭亭浮在水上。這庵裏〔二八〕曲曲折折，也有許多亭榭，那些游人都進來頑耍。王太走將〔二九〕進來，各處轉了一會，走到柳陰樹〔三〇〕下，一個石臺，兩邊四條石凳。三四個大老官簇擁着兩個人在那裏下棋。一個穿寶藍的道：「我們這位馬先生前日在揚州鹽臺那裏，下的是一百一十兩的彩，他前後共贏〔三一〕了二千多銀子。」○天一評：柳陰下棋看似風雅，一開口原來如此。一個穿玉色的少年道：「我們這馬先生是天下的大國手，只有這卞先生受兩子還可以敵得來。只是我們要學到卞先生的地步，也就着實費力了。」王太就挨着身子上前去偷看。小厮們看見他穿的襤褸，推推搡搡，不許他上前。底下坐的主人道：「你這樣一個人，也曉得看棋？」王太道：「我也略曉得些。」撐着看了一會，嘻嘻的笑。那姓馬的道：「你這人會笑，難道下得過我們？」○天一評：「我們」者何？老爺也。王太道：「也勉强將就。」主人道：「你是何等之人，好同馬先生下棋！」姓卞的道：「他既大膽，就叫他出個醜何妨！纔曉得我們老爺們下棋不是他插得嘴的！」○黄評：下棋而論老爺。王太也不推辭，擺起子來，就請那姓馬的〔三二〕動着。旁邊〔三三〕人都覺得好笑。那姓馬的同他下了幾着，覺的他出手不同。下了半盤，站起身來道：「我這棋輸了半子了。」○黄評：也算是個好手了。○天二評：到底國手，能知死活，諸位老爺不知也。（天一評「能知」作「還曉得」；「諸」作「別」；「不知」作「不能」）那些人都不曉得。姓卞的道：「論這局面，却是馬先生略負了些。」衆人大驚，就要拉着王太吃酒。王太大笑道：「天下〔三四〕那裏還有個快活似殺矢棋的事！我殺過矢棋，心裏快活極了，○黄評：却是快活，令國手難堪。那裏還吃的下酒！」説畢，哈哈大笑，頭也不回就去了。○黄評：此又一奇也。○齊評：真是快人快事快談。

一個是開茶館的。這人姓蓋，名寬，本來是個開當鋪的人。他二十多歲的時候，家裏有錢，開着當鋪，又有田地，又有〔三五〕洲場，那親戚本家都是些有錢的。他嫌這些人俗氣，每日坐在書房裏做詩看書，又喜歡畫幾筆畫。後來畫的畫好，也就有許多做詩畫的來同他往來。雖然詩也做的不如他好，畫也畫的〔三六〕不如他好，他却愛才如命。遇着這些人來，留着吃酒吃飯，説也有，笑也有。這些人家裏有冠、婚、喪、祭的緊急事，没有銀子，來向他説，他從不推辭，幾百幾十拿與人用。那些當鋪裏的小官，看見主人這般舉動，都説他有些呆氣，在當鋪裏儘着做弊，本錢漸漸消折〔三七〕了。田地又接連幾年都被水淹，要賠種賠糧，就有那些混賬人來勸他變賣。買田的人嫌田地收成薄，分明值一千的只好出五六百兩。他没奈何只得賣了。賣來的銀子，又不會生發，只得放在家裏秤着用。能用得幾時？又没有了，只靠着洲場利錢還人。不想夥計没良心，在柴院子裏放火，命運不好，接連失了幾回火，把院子裏的幾萬擔〔三八〕柴盡行〔三九〕燒了。那柴燒的一塊一塊的，結成就和太湖石一般，光怪陸離〔四〇〕。○天二評：蘇老泉木假山不過如此。（天一評末四字作「未必勝此」） 那些夥計把這東西搬來給他看。他看見好頑，就留在家裏。 家裏人說：「這是倒運的東西，留不得。」他也不肯〔四一〕信，留在書房裏頑。 夥計見没有洲場，也辭出去了〔四二〕。

又過了半年，日食艱難，把大房子賣了，搬在一所小房子住。 又過了半年，妻子死了，開喪出殯，把小房子又賣了。 可憐這蓋寬帶着一個兒子、一個女兒，在一個僻净〔四三〕巷内，尋了兩間房子開茶館。 把那房子裏面一間與兒子、女兒住。 外一間擺了幾張茶桌子，後檐支了一個茶爐子，右邊安了一副櫃臺，後面放了兩口水缸，滿貯了雨水。 他老人家清早起來，自己生了火，搧着了，把水倒在爐子裏放着，依舊坐在櫃臺裏看詩畫畫。 櫃臺上放着一個瓶，插着些時新花朵，瓶〔四四〕旁邊放着許多古書。 他家各樣的東西都〔四五〕變賣盡了，只有這幾本心愛的古書是不肯賣的。 人來坐着吃茶，他丟了書就來拿茶壺、茶杯。 ○天一、二評：大老官下場能安貧樂道如此，前有少卿，今惟蓋老。 茶館的利錢有限，一壺茶只賺得一個〔四六〕錢，每日只賣得五六十壺茶，只賺〔四七〕得五六十個錢。 除去柴米，還做得甚麼事？

那日正坐在櫃臺裏，一個鄰居老爹過來同他談閑話。 那老爹見他十月裏還穿着夏布衣裳，問道：「你老人家而今也算十分艱難了，從前有多少人受過你老人〔四八〕家的惠，而今都不到你這裏來走走。你老人家這些親戚本家，事體總還是好的，你何不去向他們商議商議，借個大大的本錢，做些大生意過日子？」蓋寬道：「老爹，『世情看冷暖，人面逐高低』。當初我有錢的時候，身上穿的也體面，跟的小厮也齊整，和這些親戚本家在一塊，還搭配的上。而今我這般光景，走到他們家去，他就不嫌我，我自己也覺得可厭。〇齊評：說破人情，正復毫無足異。至於老爹說有受過我的〔四九〕惠的，那都是窮人，那裏還有得還出來！他而今又到有錢的地方去了，那裏還〔五〇〕肯到我這裏來！〇天一、二評：深通世道，練達人情，豈真阿呆？我若去尋他，空惹他們的〔五一〕氣，有何趣味！」鄰居見他說的苦惱，因說道：「老爹，你這個茶館裏冷清清的，料想今日也没甚人來了，趁着好天氣，和你到南門外頑頑去。」蓋寬道：「頑頑最好，只是没有東道，怎處？」鄰居道：「我帶個幾分銀子的小東，吃個素飯罷。」蓋寬道：「又擾你老人家。」

說着，叫了他的小兒子出來看着店，他便同那老爹一路步出南門來。教門店裏，兩個人吃了五分銀子的素飯。那老爹會了賬，打發小菜錢，一徑踱進報恩寺裏。大殿南廊，三藏禪林，大鍋，都看了一回。又到門口買了一包糖，到寶塔背後一個茶館裏吃茶。鄰居老爹道：「而今時世不同，報恩寺的游人也少了，連這糖也不如二十年前買的多。」〇天一、二評：感慨無聊，閑閑引入。此鄰居老爹亦不俗。蓋寬道：「你老人家七十多歲年紀，不知見過多少事，而今不比當年了。像〔五二〕我也會畫兩筆畫，要在當時虞博士那一班名士在，○黃評：又挽虞博士一班人。○天二評：處處不脱虞博士。（天一評「不脱」作「提出」）那裏愁没碗飯吃！不想而今就艱難到這步田地！」那鄰居道：「你不説我也忘了，這雨花臺左近有個泰伯祠，○黃評：由虞博士談到泰伯祠，入情。○天二評：泰伯祠是全書主腦，今將終卷，不可不重表一番。（天一評「主腦」作「大關鍵」）是當年句容一個遲先生蓋造的，那年請了虞老爺來上祭，好不熱鬧！我纔二十多歲，擠了來看，把帽子都被人擠掉了。而今可憐那祠也没有〔五三〕照顧，房子都倒掉了。我們吃完了茶，同你到那裏看看。」

説着，又吃了一賣牛首豆腐乾，交了茶錢走出來，從岡子上踱到雨花臺左首，望見泰伯祠的大殿，屋山頭倒了半邊。○黃評：妙，逼真。來到門前，五六個小孩子在那裏踢球，兩扇大門倒了一扇，睡在地下。兩人走進去。三四個鄉間的老婦人在那丹墀裏挑薺菜，大殿上槅子都没了。○黃評：寫廢祠何其逼真乃爾。許丁卯詩「行殿有基荒薺合」，一點不錯。又到後邊，五間樓直桶桶的，樓板都没有一片。兩個人前後走了一交〔五四〕，蓋寬嘆息〔五五〕道：「這樣〔五六〕名勝的所在，而今破敗至此，就没有一個人來修理。○齊評：較王、鄧游時又是一番境象，泰伯祠至此收拾了畢，而文字亦結煞矣。多少有錢的，拿着整千的銀子去起蓋〔五七〕僧房道院，那一個肯來修理聖賢的祠宇！」○黄評：自來如此。鄰居老爹道：「當年〔五八〕遲先生買了多少的傢伙，都是古老樣範的〔五九〕，收在這樓底下幾張大櫃裏，而今連櫃也不見了！」蓋寬道：「這些古事，提起來令人傷感，○齊評：古之傷心人別有懷抱。○天二評：傷心之極，令人廢書而嘆。（天一評頭四字作「凄凉感慨」）我們不如回去罷！」○天二評：「倒不如興盡還家閑過遣。」兩人慢慢走了出來。○黄評：並閲者亦不欲看了。

鄰居老爹道：「我們順便上雨花臺絶頂。」望着隔江的山色，嵐翠鮮明，那江中來往的船隻，帆檣歷歷可數。那一輪紅日，沉沉的傍着山頭下去了。○天一、二評：纔見東升又看西没，自古以來幾千萬年日日如此，無人理會，却被淡淡一語提出。聖賢豪傑，俱當痛哭。兩個人緩緩的下了山，進城回去。蓋寬依舊賣了半年的茶。次年三月間，有個人家出了八兩銀子束脩，請他到家裏教館去了。○黄評：又一奇也。

一個是做裁縫的。這人姓荆，名元，五十多歲，在三山街開着一個裁縫鋪。每日替人家做了生活，餘下來〔六〇〕工夫就彈琴寫字，也極喜歡做詩。朋友們和他相與的問他道：「你既要做雅人，爲甚麽還要做你這貴行？何不同些學校〔六一〕裏人相與相與？」○天二評：學校裏人也看得見。（天一評「人」作「雅人」）他道：「我也不是要做雅人，

○黃評：書中雅人都是做出來的，杜慎卿所言「雅的這樣俗」。而惡俗莫過學校中人。也只爲性情相近，故此時常學學。○天二評：斗方名士、七律詩翁，立標招客，自稱風雅，聞荆元之言當掩口葫蘆而笑。至於我們這個賤行，是祖、父遺留下來的，難道讀書識字，做了裁縫就玷污了不成？況且那些學校中的朋友，他們另有一番見識，怎肯和我們相與？○黃評：好，駡殺。而今每日尋得六七分銀子，吃飽了飯〔六二〕，要彈琴，要寫字，諸事都由得我，又不貪圖人的富貴，又不伺候人的顏色，天不收，地不管，倒不快活？」○齊評：此等見識便有天空任鳥飛意象。○天一、二評：青天白日，明白正大，學校裏人未必見得到，未必説得出。朋友們聽了他這一番話，也就不和他親熱。

一日，荆元吃過了飯，思量沒事，一徑踱到清涼山來。這清涼山是城西極〔六三〕幽靜的所在。他有一個老朋友，姓于，住在山背後。那于老者也不讀書，也不做生意，○天一評：此于老亦與蓋寬鄰老相匹。養了五個兒子，最長〔六四〕的四十多歲，小兒子也有二十多歲。老者督率着他五個兒子灌園。那園〔六五〕却有二三百畝大，中間空隙之地，種了許多花卉，堆着幾塊石頭。老者就在那旁邊蓋了幾間茅草房〔六六〕，手植的幾樹梧桐，長到三四十圍大。○天二評：梧桐長到三四十圍，恐無此理，蓋「十」字衍文。老者看看兒子灌了園，也就到茅齋生起火來，煨好〔六七〕了茶，吃着，看那園中的新緑。○黃評：便是神仙，先生寄托如是。這日，荊元步了進來，于老者迎着道：「好些時不見老哥來，生意忙的緊？」荊元道：「正是。今日纔打發清楚些，特來看看老爹。」于老者道：「恰好烹了一壺現成茶，請用杯。」斟了送過來。荊元接了，坐着吃，道：「這茶，色、香、味都好，老爹却是那裏取來的這樣好水？」于老者道：「我們城西不比你們〔六八〕城南，到處井泉都是吃得的。」荊元道：「古人動説桃源避世，我想起來，那裏要甚麽桃源？只如老爹這樣清閑自在，住在〔六九〕這樣城市山林的所在，就是現在的活神仙了！」〇齊評：知足知止，何地非仙境也！天一評：確是如此。〇則仙（未署名）評：令人思慕！于老者道：「只是我老拙一樣事也不會做，怎的如老哥會彈一曲〔七〇〕琴，也覺得消遣些。近來想是一發彈的好了，可好幾時請教一回？」荊元道：「這也容易。老爹不厭污耳，明日我把琴〔七一〕來請教。」説了一會，辭別回來。

次日，荊元自己〔七二〕抱了琴來到園裏，于老者已焚下一爐好香在那裏等候。彼此見了，又説了幾句話。于老者替荊元把琴安放在石凳上。荊元席地坐下，于老者也坐在旁邊。荊元慢慢的和了弦，彈起來，鏗鏗鏘鏘，聲振林木，那些鳥雀聞之，都棲息枝間竊聽。彈了一會，忽作變徵之音，淒清宛轉。于老者聽到深微之處，不覺淒然淚下。〇天二評：此作者自評其書，所謂「曲終人不見，江上數峰青」。其下直接《沁園春》一詞，餘韵繞梁。

傖父乃攙入「幽榜」一回，真如狗尾。（天一評無「其下直接《沁園春》一詞餘韵繞梁」十三字，「攙入」作「欲續」） 自此，他兩人常常往來。 當下也就别過了。 〇黄評：以此作結，先生之志可見矣。 看官！難道自今以後，就没一個賢人君子可以入得《儒林外史》的麽？但是他不曾在朝廷這一番旌揚之列，我也就不説了。 畢竟怎的旌揚，且聽下回分解。

【總評】

黄評 一部儒林，終之以琴，滔滔天下，誰是知音？

齊評 以琴棋書畫四項作餘音，文字别開畦町，令人神怡。

泰伯祠一段收束全篇。所謂曾幾何時而江山不可復識矣。感嘆蒼凉。天下事皆作如是觀可耳。

則仙評 《茶香室叢萃》七卷引《唐摭言》載：韋莊奏請追贈不及第人孟郊、李賀、皇甫松、李群玉、陸龜蒙、趙光遠等十七人，俱無榮遇，皆有奇才，麗句清辭，遍在時人之口；銜冤抱恨，竟爲冥路之人。但恐憤氣未銷，上衝穹昊。伏乞宣賜中書門下，追贈進士及第，各贈補闕拾遺等職。又明代惟羅隱一人，亦乞特賜科名，録升三級。

然則傖父所續之《儒林外史》第五十六回雖曰蛇足，蓋亦有所本也。《西厢》爲才子之書，而篇末尚有狗尾，不有魚目，何足以夜光夫？何憾焉？壬子梅月中旬嗇木山人誌。

【校記】

〔一〕此回抄本改動了一百五十多處，減省去一百三十多字。經常減省或改動的有以下幾種情況：

①「季遐年」省去「季」，「施御史的孫子」作「施公子」。

②結構助詞「的」。

③數詞「一」、量詞「個」。

④代詞「他」、「那」。

⑤「院子」、「兒子」、「桌子」等合成詞的後綴「子」。

⑥方位詞「裏」，或省去，或作「内」、「中」。

⑦時態助詞「了」。

⑧趨向動詞「來」、「去」。

⑨判斷詞「是」。

⑩表示重複的副詞「又」。

⑪能願動詞「會」、「要」。

⑫動詞「望」作「看」。

⑬雙音節合成名詞「寺院」省去「院」、「祠宇」省去「宇」。

以上所舉不再出校。删改後語意不通者也不出校。

〔二〕見，抄本無。

〔三〕考校，原作「官校」，抄本、蘇本和申一、二本均同。參齊本改。

〔四〕自小兒，抄本作「從小」。

〔五〕寫個十四字，抄本作「寫十四個字」。
〔六〕墨半碗，抄本作「半碗墨」。
〔七〕了不要，抄本無。
〔八〕靸，申二本作「穿」。
〔九〕稀爛的，抄本作「爛」。
〔一〇〕滋，申二本作「污」。
〔一一〕走了，抄本無。
〔一二〕你先生，申二本作「先生你」。
〔一三〕並，抄本作「亦」。
〔一四〕轉，抄本無。
〔一五〕老爺，抄本作「哩」。
〔一六〕磨墨，抄本無。
〔一七〕興頭，抄本作「高興」。
〔一八〕禪堂，抄本無。
〔一九〕管，抄本、申二本作「枝」。
〔二〇〕鑿，抄本作「下」。
〔二一〕鑿，抄本作「打」。下句同。
〔二二〕怎的，抄本作「做甚」。
〔二三〕罷了，抄本無。
〔二四〕裏走，抄本無。
〔二五〕看見道，抄本作「一看」。
〔二六〕施御史的孫子剛在，抄本作「主人剛正」。
〔二七〕大叫，抄本無。
〔二八〕裏，抄本作「徑」。
〔二九〕將，抄本無。
〔三〇〕樹，抄本無。
〔三一〕贏，抄本作「得」。
〔三二〕那姓馬的，抄本作「馬姓」。
〔三三〕邊，抄本無。
〔三四〕天下，抄本無。
〔三五〕又有，抄本無。

〔三六〕畫的，抄本無。
〔三七〕消折，抄本作「折」。
〔三八〕擔，原缺，抄本、蘇本和申一、二本均同。參齊本補。
〔三九〕行，抄本無。
〔四〇〕光怪陸離，抄本作「光景」。
〔四一〕肯，抄本無。
〔四二〕出去了，抄本無。
〔四三〕僻净，申二本作「僻静」。
〔四四〕時新花朵瓶，抄本作「新鮮花」。
〔四五〕都，抄本作「盡」。
〔四六〕個，抄本作「文」。
〔四七〕賺，抄本作「稱」。
〔四八〕老人，抄本無。
〔四九〕的，申二本作「恩」。
〔五〇〕裏還，抄本無。

〔五一〕他們的，抄本作「些」。
〔五二〕像，抄本作「如」。
〔五三〕没有，申一本作「没人」，申二本作「没有人」。
〔五四〕一交，申二本作「一回」。
〔五五〕嘆息，抄本作「説」。
〔五六〕這樣，抄本作「如此」。
〔五七〕蓋，抄本作「造」。
〔五八〕當年，抄本作「當日」。
〔五九〕樣範的，抄本作「式樣」。
〔六〇〕餘下來，抄本作「餘閑」。
〔六一〕學校，抄本作「學」。下同。
〔六二〕飯，抄本無。
〔六三〕極，抄本作「最」。
〔六四〕最長，抄本作「頂大」。
〔六五〕那園，抄本無。

〔六六〕草房，抄本作「屋」。

〔六七〕好，抄本無。

〔六八〕們，原缺，蘇本和申一、二本同。從抄本補。

〔六九〕住在，抄本作「如」。

〔七〇〕一曲，抄本無。

〔七一〕我把琴，抄本作「我把琴携」，申二本作「携琴」。

〔七二〕自己，抄本無。

第五十六回

神宗帝下詔旌賢　劉尚書奉旨承祭〔一〕

話説萬曆四十三年，天下承平已久，天子整年不與群臣接見，各省水旱偏災，流民載道。督撫雖然題了進去，不知那龍目可曾觀看。忽一日，内閣下了一道上諭，科裏鈔出來，○天一評：惡札。上寫道：

萬曆四十三年五月二十四日，内閣奉上諭：朕即祚以來，四十餘年，宵旰兢兢，不遑〔二〕暇食。夫欲迪康兆姓，首先進用人才。昔秦穆公不能用周禮〔三〕，詩人刺之，此「蒹葭蒼蒼」之篇所由作也。今豈有賢智之士〔四〕處於下歟？不然，何以不能臻於三代之隆也。諸臣其各抒所見，條列以聞，不拘忌諱，朕將采擇焉。欽此。

過了三日，御史單揚言上了一個疏：

奏爲請旌沉抑之人才，以昭〔五〕聖治，以光泉壤事。臣聞人才之盛衰，關乎國家之隆替。虞廷翼爲明聽，周室疏附後先，載於《詩》、《書》，傳之奕禩〔六〕，敻乎尚矣！夫三代之用人，不拘資格，故《兔罝》之野人，《小戎》之女子，皆可以備腹心德音之任。至於後世，始立資格以限制之。又有所謂清流者，在漢則曰「賢良方正」，○齊評：以古證今，從源頭上説起。在〔七〕唐則曰「入直」，在宋則曰「知制誥」。

我朝太祖高皇帝定天下，開鄉會制科，設立翰林院衙門，儒臣之得與此選者，不數年間從容而躋卿貳，非是不得謂清華之品。凡宰臣定謚，其不由翰林院出身者，不得謚爲「文」。如此之死生榮遇，其所以固結於人心而不可解者，非一日矣。○齊評：跌宕入勝。雖其中拔十而得二三，如薛瑄、胡居仁之理學，周憲、吴景之忠義，功業則有于謙、王守仁，文章則有李夢陽、何景明輩：炳炳烺烺，照耀史册。然一榜進士及第，數年之後乃有不能舉其姓字者，則其中僥倖亦不免焉。

夫萃天下之人才而限制於資格，則得之者少，失之者多。其不得者，抱其沉冤抑塞之氣，噓吸於宇宙間。其生也，或爲佯狂，或爲迂怪，甚而爲幽僻詭異之行；其死也，皆能爲妖，爲厲，爲災，爲祲，○黄評：亦《水滸傳》石碣中黑氣也，一笑。上薄乎日星，下徹乎淵泉，以爲百姓之害：此雖諸臣不能自治其性情，自深於學問，亦不得謂非資格之限制有以激之使然也。〇齊評：古今同慨。然不謀其生者舉法，而反欲將死者旌贈，所謂作爲無益，不過此書借作收科耳。

臣聞唐朝有於諸臣身後追賜進士之典，方干、羅鄴皆與焉。皇上旁求側席，不遺幽隱，寧於已故之儒生惜此恩澤？諸臣生不能入於玉堂，死何妨懸於金馬。伏乞皇上，憫其沉抑，特沛殊恩，遍訪海內已故之儒修，考其行事，第其文章，賜一榜進士及第，授翰林院職銜有差。則沉冤抑塞之士。莫不變而爲祥風甘雨，同仰皇恩〔八〕於無既矣。臣愚罔識忌諱，冒昧陳言，伏乞睿鑒施行。

萬曆四十三年五月二十七日疏上，六月初一日奉旨：

這所奏，著大學士會同禮部行令各省，采訪已故儒修詩文、墓誌、行狀，彙齊送部核查。如何加恩旌揚，分別賜第之處，不拘資格，確議具奏。欽此。

禮部行文到各省，各省督撫行司道，司道行到各府、州、縣〔九〕。采訪了一年，督撫彙齊報部，大學士等議了上去。議道：

禮部爲欽奉上諭事。萬曆四十三年五月二十七日，河南道監察御史臣單揚言奏，「爲請旌沉抑之人才，以昭聖治，以光泉壤事」一本，六月初一日奉聖旨（旨意全録）欽此。臣等查得各省咨到采訪已故之儒修詩文、墓誌、行狀，以及訪聞事實，合共九十一〔一〇〕人：

其已登仕籍〔一一〕未入翰林院〔一二〕者：周進、范進、向鼎、蘧祐、雷驥、張師陸、湯奉、杜倩、李本瑛、董瑛、馮瑤、尤扶徠〔一三〕、虞育德、楊允、余特，共十五人。

其武途出身已登仕籍，例不得入翰林院者：湯奏、蕭采、木耐，共三人。

舉人：婁琫、衛體善，共二人。

蔭生：徐詠一人。

貢生：嚴大位、隨岑庵、匡迥、沈大年，共四人。

監生：婁瓚、蘧來旬、胡縝、武書、伊昭、儲信、湯由、湯實、莊潔，共九人。

生員：梅玖、王德、王仁、魏好古、蘧景玉、馬靜、倪霜峰、季萑、諸葛佑、蕭鼎、浦玉方、韋闡、杜儀、臧荼、遲均、余夔、蕭樹滋、虞感祈、莊尚志、余持、余敷、余殷、虞梁、王蘊、鄧義、陳春，共二十六人。

布衣：陳禮、牛布衣、權勿用、景本蕙、趙潔、支鍔、金東崖、牛浦、牛瑤、鮑文卿、倪廷珠、宗姬、郭鐵筆、金寓劉、辛東之、洪憨仙、盧華士、婁煥文、季恬逸、郭力、蕭浩、鳳鳴岐、季遐年、蓋寬、王太、丁詩、荊元，共二十七〔一四〕人。

釋子：甘露僧、陳思阮，共二人。

道士：來霞士一人。

女子：沈瓊枝一人。

臣等伏查，已故儒修周進等，其人雖龐雜不倫，其品亦瑕瑜不掩，然皆卓然有以自立。謹按其生平之事實文章，各擬考語，另繕清單，恭呈御覽。伏乞皇上欽點名次，揭榜曉示。隆恩出自聖裁，臣等未敢擅便。其詩文、墓誌、行狀，以及訪聞事實，存貯禮部衙門，昭示來兹可也。○天一評：和尚、拳師、婦人俱得謂之儒林耶？

萬曆四十四年六月二十三日議上，二十六日奉旨：

虞育德賜第一甲第一名進士及第，授翰林院修撰。莊尚志賜第一甲第二名進士及第，授翰林院編修。杜儀賜第一甲第三名進士及第，授翰林院編修。蕭采等賜第二甲進士出身，俱授翰林院檢討。沈瓊枝等賜第三甲同進士出身，俱授翰林院庶吉士。於七月初一日揭榜曉示，賜祭一壇，設於國子監，遣禮部尚書劉進賢前往行禮。餘依議。欽此。

到了七月初一日黎明，禮部門口懸出一張榜來，上寫道：

禮部爲欽奉上諭事。今將采訪儒修賜第姓名、籍貫、開列於後。○齊評：一部大書以榜次爲總結，此榜專爲收結此書。姓名、籍貫本屬子虛，不得以挂一漏萬爲譏也。須至榜者：

第一甲

第一名虞育德，南直隸常熟縣人。

第二名莊尚志，南直隸上元縣人。

第三名杜　儀，南直隸天長縣人。

第二甲

第一名蕭　采，四川成都府人。

第二名遲　均，南直隸句容縣人。

第三名馬　靜，浙江處州府人。

第四名武　書，南直隸江寧縣人。

第五名湯　奏，南直隸儀徵縣人。

第六名余　特，南直隸五河縣人。

第七名杜　倩，南直隸天長縣人。

第八名蕭　浩，四川成都府人。

第九名郭　力，湖廣長沙府人。
第十名婁煥文，南直隸江寧縣人。
第十一名王　藴，南直隸徽州府人。
第十二名婁　琫，浙江歸安縣人。
第十三名婁　瓚，浙江歸安縣人。
第十四名蘧　祐，浙江嘉興府人。
第十五名向　鼎，浙江紹興府人。
第十六名莊　潔，南直隸上元縣人。
第十七名虞　梁，南直隸五河縣人。
第十八名尤扶徠，南直隸江陰縣人。
第十九名鮑文卿，南直隸江寧縣人。
第二十名甘露僧，南直隸蕪湖縣人。

第三甲

第一名沈瓊枝，南直隸常州府人。
第二名韋　闡，南直隸滁州府人。

第三名徐　詠，南直隸定遠縣人。
第四名蘧來旬，浙江嘉興府人。
第五名李本瑛，四川成都府人。
第六名鄧　義，南直隸徽州府人。
第七名鳳鳴岐，南直隸江寧縣人。
第八名木　耐，陝西同官縣人。
第九名牛布衣，浙江紹興府人。
第十名季　萑，南直隸懷寧縣人。
第十一名景本蕙〔一五〕，浙江温州府人。
第十二名趙　潔，浙江杭州府人。
第十三名胡　縝，浙江杭州府人。
第十四名蓋　寬，南直隸江寧縣人。
第十五名荆　元，南直隸江寧縣人。
第十六名雷　驥，北直隸大興縣人。
第十七名楊　允，浙江烏程縣人。

第十八名諸葛佑，南直隸盱眙縣人。
第十九名季遐年，南直隸上元縣人。
第二十名陳　春，南直隸太平府人。
第二十一名匡　迥，浙江樂清縣人。
第二十二名來霞士，南直隸揚州府人。
第二十三名王　太，南直隸上元縣人。
第二十四名湯　由，南直隸儀徵縣人。
第二十五名辛東之，南直隸儀徵縣人。
第二十六名嚴大位，廣東高要縣人。
第二十七名陳思阮，江西南昌府人。
第二十八名陳　禮，江西南昌府人。
第二十九名丁　詩，南直隸江寧縣人。
第三十名牛　浦，南直隸蕪湖縣人。
第三十一名余　夔，南直隸上元縣人。
第三十二名郭鐵筆，南直隸蕪湖縣人。○齊評：結以郭鐵筆，作者自贊也。

這一日，禮部劉進賢奉旨來到國子監裏，戴了幞頭，穿了宮袍，擺齊了祭品，上來三獻。太常寺官便讀祝文道：

維萬曆四十四年歲次丙辰，七月朔，宜祭日，皇帝遣禮部尚書劉進賢以牲醴玉帛之儀，致祭於特贈翰林院修撰虞育德等之靈曰：

嗟爾諸臣，純懿靈淑，玉粹鸞騫，金貞雌伏。彌綸天地，幽替神明，易稱鴻漸，詩喻鶴鳴。資格困人，賢豪同嘆；鳳已就笯，桐猶遭爨。緼袍短褐，蓬窗桑樞；伐蕘粥畚，坎凜欷歔。亦有微官，曾紆尺組，龍實難馴，噲寧堪伍。亦有達宦，曾著先鞭，玉堂金馬，邈若神仙。孑孑干旄，翹翹車乘，誓墓鑿坏，誰敢捷徑？澀譶澩[illegible]，駔儈市門，中有高士，誰共討論？茶板粥魚，丹爐藥臼，梨園之子，蘭閨之秀。提戈磨盾，束髮從征，功成身退，日落旗紅。蚩蚩細民，翩翩公子，同在窮[一六]途，淚如鉛水。金陵池館，日麗風和，講求禮樂，釃酒升歌。越水吴山，烟霞淵藪，擊鉢催詩，論文載酒。後先相望，數十年來，愁城未破，淚海無涯。朕甚憫旃，加恩泉壤，賜第授官，解兹悒怏。嗚呼！蘭因芳隕，膏以明煎，維爾諸臣，榮名萬年。尚饗！

詞曰：○齊評：以詞起，以詞結，全部照應。

記得當時，我愛秦淮，偶離故鄉。向梅根冶後，幾番嘯傲；杏花村裏，幾度徜徉。鳳止高梧，蟲吟小樹，也共時人較短長。今已矣！把衣冠蟬蜕，濯足滄浪。無聊且酌霞觴，唤幾個新知醉一場。共百年易過，底須愁悶？千秋事大，也費商量。江左烟霞，淮南耆舊，寫入殘編總斷腸！從今後，伴藥爐經卷，自禮空王。○黄評：以詞作結，無限感慨，先生之志，如是而已。

【總評】

卧評 一上諭、一奏疏、一祭文，三篇鼎峙，以結全部大書。綴以詞句，如太史公自序。○天二評：瞎鬧，我疑此五十六回即評者所作。

齊評 是篇爲全書收結。既曰采訪儒修，則應皆是讀書之人，何以進士、舉人、生員、貢監之外，又兼及武職、布衣、女子、釋道？雖云其中不乏能文之士，而品流不太雜耶？不知士先器識而後文藝，苟其品行超人，或有技能可取，録長略短，皆可勿遺。且此回原以收結此書，將全部所有人物總列一遍，評其賢否，着其去取，以示善善惡惡之旨，原非謂宇宙之大生才盡於此也。讀者勿以辭害意可耳。

天一評 是書於人情世故纖微曲折無不周道，殊不似杜少卿之爲人，蓋文木聊以少卿自托，非謂少卿即文木也。

則仙評 此回爲傖父妄續，惟結處一詞本在五十五回後，「藥爐經卷，自禮空王」，真英雄無可奈何之下場頭，猶上回和尚尼姑之意也。人謂此書布局如《水滸》，我謂此書寓意法《紅樓》。最不羈生。

【校記】

〔一〕此回抄本改動十九處，減省十五個字。如「不能」不「得」之「能」、「得」以及「那」、「之」等字，後不備記。删改後語意不通者也不記。

〔二〕遑，原作「逞」，從抄本、蘇本和申一、二本改。

〔三〕周禮，蘇本和申一、二本作「君子」。

〔四〕賢智之士，抄本作「賢人智士」。

〔五〕昭，原作襄，抄本、蘇本和申一、二本均同。從後文一之。

〔六〕禩，抄本作「葉」。

〔七〕在，抄本無。下句同。

〔八〕仰皇恩，抄本作「沐天恩」。

〔九〕司道行到各府州縣，抄本作「遞行至州縣」。

〔一〇〕九十一，原作「九十二」，抄本、蘇本和申一、二本均同。從以下人數改。

〔一一〕籍，抄本作「版」。

〔一二〕院，抄本無。

〔一三〕徠，原作「綵」，抄本、蘇本和申一、二本均同。從前文並參齊本改。同一誤字，以下徑改不記。

〔一四〕二十七，原作「二十八」，抄本、蘇本和申一、二本均同。從以上人數改。

〔一五〕景本蕙，抄本排在第十六名。從第十二名到第十六名各人分別提前一個名次。

〔一六〕窮，原作「穹」，抄本、蘇本、申一本同。從申二本改。

附録一　各本序跋題識

《儒林外史》序

閑齋老人

古今稗官野史，不下數百千種，而《三國志》、《西游記》、《水滸傳》及《金瓶梅演義》世稱四大奇書，人人樂得而觀之，余竊有疑焉。

稗官爲史之支流，善讀稗官者可進於史，故其爲書亦必善善惡惡，俾讀者有所觀感戒懼，而風俗人心庶以維持不壞也。《西游》玄虚荒渺，論者謂爲談道之書；所云「意馬心猿」、「金公木母」，大抵「心即是佛」之旨，予弗敢知。《三國》不盡合正史，而就中魏晉代禪，依樣葫蘆，天道循環，可爲篡弑者鑒；其他蜀與吴所以廢興存亡之故，亦具可發人深省，予何敢厚非？至《水滸》、《金瓶梅》誨盜誨淫，久干例禁，乃言者津津誇其章法之奇，用筆之妙，且謂其摹寫人物事故，即家常日用、米鹽瑣屑，皆各窮神盡相，畫工化工，合爲一手，從來稗官無有出其右者。嗚呼！其未見《儒林外史》一書乎？

夫曰「外史」，原不自居正史之列也；曰「儒林」，迥異玄虚荒渺之談也。其書以功名富貴爲一篇之骨：有心艷功名富貴而媚人下人者；有倚仗功名富貴而驕人傲人者；有假托無意功名富貴自以爲高，被人看破耻笑者；終乃以辭却功名富貴，品地最上一層爲中流砥柱。篇中所載之人，不可枚舉，而其人之性情心術，一一活現紙上，讀之者無論是何人品，無不可取以自鏡。《傳》云：「善者感發人之善心，惡者懲創人之逸志。」是書有焉。甚矣，有《水滸》、《金瓶梅》之筆之才，而非若《水滸》、《金瓶梅》之致爲風俗人心之害也，則與其讀《水滸》、《金瓶梅》，無寧讀《儒林外史》。世有善讀稗官者，當不河漢予言也夫！

乾隆元年春二月閑齋老人序。

（原載卧閑草堂本《儒林外史》）

《儒林外史》序

黄小田

是書全椒吴先生撰。先生雍乾間諸生，安徽巡撫薦舉博學鴻詞，見杭堇浦先生《詞科掌録》，大抵未與試者，故書中以不就徵辟爲高。篇法仿《水滸傳》。《水滸傳》專尚勇力，久爲誨盗之書，其中殺（人）放火，動及全家，割肉食心，無情無理，事急歸諸水泊，收結誠易易也。是書亦人各爲傳，而前後聯絡，每以不結結之。事則家常習見，語則應對常談，口吻鬚眉惟肖惟妙。善乎評者之言曰：「慎毋讀《儒林外史》，讀之覺所見無非《儒林外史》。」知言哉！然不善讀者但取其中滑稽語以爲笑樂，殊不解作者嫉世救世之苦衷。夫不解讀《儒林外史》是亦《儒林外史》中人矣。以故板久漫漶無重刊者，予爲紀其大略，俾先生之名不至淹没。惜其家有詩文諸集聞未付梓，故予以未窺全豹爲恨。試取是書細玩之，先生品學已大概可見，是先生一生猶幸賴是書之存也夫！

當塗黄富民序。

（書於閑齋老人序後）

《儒林外史》又識

黄小田

是書序者閒齋老人，曾著《夜談隨録》傳世，滿洲人，名和邦額，見徐謙《桂宫梯》。後因《夜談隨録》翻刊，「閒」誤作「閑」，正與此序同。此序作於乾隆元年。考雍正末舉學博，乾隆元年始召試，正先生被薦之時，其必因是舉而作是書無疑也。先生大約久居金陵，故於風土山川甚習，不惜再三寫之。至描摹假名士、假高人以及澆風惡俗，則又老於世故者。然非胸有古人手握造化，不能具如此妙筆。予最服膺者三書：《聊齋誌異》、《儒林外史》、《石頭記》也。《聊齋》直是古文，《石頭記》爲從來未（有）之小説，先生是書最晚出，其妙足鼎足而三，而世人往往不解者，則以純用白描，其品第人物之意，則令人於淡處求得之，鹵莽及本係《儒林外史》中人直無從索解。而解者又曰：「先生之筆固妙，未免近刻。」——夫不刻不足以見嫉世之深！識者必以予爲知言。小田氏又識。

（書於總回目後）

《儒林外史》跋

金　和

是書爲全椒吴敏軒先生所著。先生名敬梓，晚自號文木老人。吴氏固全椒望族，明季以來，累葉科甲；族姓子弟聲氣之盛，儼然王謝。先生尤負隽才，年又最少，邁往不屑之韵，幾幾乎不可一世。所席先業綦厚，先生絶口不問田舍事。性伉爽，急施與，以「芒束」之辭踵相告者，知與不知，皆盡力資之，不二十年，而籯金垂盡矣。

雍正乙卯，再舉博學鴻詞科，當事以先生及先生從兄青然（名檠）先生應詔書，先生堅卧不起，竟棄諸生籍；嘗客金陵，爲山水所痼，遂移家焉。是時先生家雖中落，猶尚好賓客，四方文酒之士走金陵者，胥推先生爲盟主。先生又鳩同志諸君，築先賢祠於雨花山之麓，祀泰伯以下名賢凡二百三十餘人，宇宦極閎麗，工費甚巨，先生售所居屋以成之。晚歲日益窘，冬至不能具爐炭，每薄暮，出東郭門，入西郭門，步十餘里乃歸食，謂曰「暖脚」。然姻戚故舊之宦中外者以千百計，先生卒不一往；惟閉户課子（先生子名烺，字荀叔，以進士官中書。精天文、算術、聲韵之學，著書甚富，海内稱之），用賣文爲生活，而其樂蕩蕩然，若不知其先富而後貧者。卒葬金陵南郊之鳳臺門花田中。

先生著有《詩説》七卷，是書載有説《溱洧》篇數語；他如「南有喬木」爲祀漢江神女之詞；《凱風》爲七子之母不能食貧居賤，與淫風無涉；「爰采唐矣」爲戴嬀答莊姜「燕燕于飛」而作：皆前賢所未發。《文木山房文集》五卷，《詩集》七卷。是書則先生嬉笑怒罵之文也。蓋先生遂志不仕，所閲於世事者久，而所憂於人心者深，彰闡之權，無假於萬一，始於是書焉發之，以當木鐸之振，非苟焉憤時疾俗而已。

書中杜少卿乃先生自況，杜慎卿爲青然先生。其生平所至敬服者，惟江寧府學教授吴蒙泉先生一人，故書中表爲上上人物。其次則上元程綿莊、全椒馮粹中、句容樊南仲、上元程文：皆先生至交。書中之莊徵君者程綿莊，馬純上者馮粹中；遲衡山者樊南仲；武正字者程文也。他如平少保之爲年羹堯，鳳四老爹之爲甘鳳池，牛布衣之爲朱草衣，權勿用之爲是鏡，蕭雲仙之姓江，趙醫生之姓宋，隨岑庵之姓楊，楊執中之姓湯，湯總兵之姓楊，匡超人之姓汪，荀玫之姓苟，嚴貢生之姓莊，高翰林之姓郭，余先生之姓金，萬中書之姓方，范進士之姓陶，婁公子之爲浙江梁氏，或曰桐城張氏，韋四老爹之姓韓，沈瓊枝即隨園老人所稱「揚州女子」，《高青丘集》即當時戴名世詩案中事：或象形諧聲，或廋詞隱語，全書載筆，言皆有物，絶無鑿空而談者，若以雍、乾間諸家文集細繹而參稽之，往往十得八九。

先生詩文集及《詩説》俱未付梓，余家舊藏抄本，亂後遺失。惟是書爲全椒金棕亭先生官揚州府教授時梓以行世，自後揚州書肆，刻本非一。然讀者大半以其體近小説，玩爲談柄，未必盡得先生警世之苦心。故余嘗謂：讀先生是書而不愧且悔，讀紀文達公《閱微草堂筆記》而不懼且戒者，與不讀書同。知言者或不責余言之謬邪？是書體例精嚴，似又在紀書之上。觀其全書過渡皆鱗次而下，無閣東話西之病，以便讀者記憶。又自言聘娘「丰若有肌，柔若無骨」二語而外，無一字稍涉褻狎，俾閨人亦可流覽，可知先生一片婆心，正非施耐庵所稱「文章得失，小不足悔」者比也。先生著書，皆奇數。是書原本僅五十五卷，於述琴棋書畫四士既畢，即接《沁園春》一詞，何時何人妄增「幽榜」一卷，其詔表皆割先生文集中駢語襞積而成，更陋劣可哂，今宜芟之以還其舊。發逆亂後，揚州諸板散佚無存，吴中諸君子將復命手民，甚盛意也。

薛蔚農觀察知先生於余爲外家，垂詢及之，余敢以所聞於母氏者（余母爲青然先生女孫），略述其顛末如此；於所不知，蓋闕如也。

同治八年冬十月，上元金和謹跋。

（原載蘇州群玉齋本《儒林外史》）

齊省堂《增訂儒林外史》序

惺園退士

士人束髮受書，經史子集浩如烟海，博觀約取，曾有幾人。惟稗官野乘，往往愛不釋手。其結構之佳者，忠孝節義，聲情激越，可師可敬，可歌可泣，頗足興起百世觀感之心；而描寫奸佞，人人吐駡，視經籍牖人爲尤捷焉。至或命意荒謬，用筆散漫，街談巷語，不善點化，斯亦不足觀也已。

《儒林外史》一書，摹繪世故人情，真如鑄鼎像物，魑魅魍魎，畢現尺幅；而復以數賢人砥柱中流，振興世教。其寫君子也，如睹道貌，如聞格言；其寫小人也，窺其肺肝，描其聲態，畫圖所不能到者，筆乃足以達之。評語尤爲曲盡情僞，一歸於正，其云「慎勿讀《儒林外史》，讀之乃覺身世酬應之間，無往而非《儒林外史》」，斯語可謂是書的評矣。

余素喜披覽，輒加批注，屢爲友人攫去，近年原板已毀，或以活字擺印，惜多錯誤。偶於故紙攤頭，得一舊帙，兼有增批，閑居無事，復爲補輯，頓成新觀。坊友請付手民。余惟是書，善善惡惡，不背聖訓。先師不云乎，見賢思齊焉，見不賢而内自省也。讀者以此意求之《儒林外史》，庶幾稗官小説亦如經籍之益人，而足以興起觀感，未始非世道人心之一助云爾。

同治甲戌十月惺園退士書。

齊省堂《增訂儒林外史》例言

原書分爲五十六回，其回名往往有事在後而目在前者，即如第二回，叙至周進游貢院見號板而止，乃回目已書「暮年登上第」字樣；其下諸如此類不一而足，此雖無關緊要，殊非核實之意。是册代爲改正，總以本回事迹，聯爲對偶，名姓去其重複，字面易其膚泛，使閱者開卷之始，標新領異，大覺改觀。

原書每回後有總評，論事精透，用筆老辣，前十餘回，尤爲明快，惜後半四十二、三、四及五十三、四、五，共六回舊本無評，餘或單辭隻義，寥寥數語，亦多未暢。是册闕者補之，簡者充之，又加眉批圈點，更足令人豁目。

原書間有罅漏，如范進家離城四五十里，何以張静齋聞報即來？又如婁太保爲蘧太守之岳，兩公子係内侄，而魯太史爲太保門生，兩公子又與弟兄相稱，究竟太保是祖是父？又如牛布衣客死至牛奶奶尋夫時，相隔太久，且老和尚因此入都，後在四川，竟不提及，亦是缺筆。又如杜少卿稱虞博士爲世叔，而叙其淵源，似差一代。至如萬里冒官被拿，鳳鳴岐説秦中書代爲捐實，一面到台州投案，不及半月，乃云捐官知照已到浙江撫臺行轅，斷無如此之速。諸如此類，是册代爲修飾一二，並將冗泛字句，稍加删潤，以歸簡括。至於書中時代年月，難以考究，悉照原本不動也。

原書末回「幽榜」，藉以收結全部人物，頗爲稗官別開生面，惜去取位置未盡合宜，如余持品識俱優，周進、范進等並無劣迹，即權勿用、盧德輩亦尚可取，何以概不登榜？而牛浦、匡迥之無行，湯由、胡縝、辛東之、余夔等之庸碌，反俱列名，似未允洽。是册輒爲更正，除前三名不動外，其二甲、三甲人數照舊，而姓名次序俱爲另編，計删易者共十有三人。内惟蕭浩，因其子蕭采已列在前，父不可居子下，且其事迹本不甚多，故與李本瑛、雷驥、徐詠、鄧義等一同删去。此數人非因品卑而斥，所易者亦未必皆高，聊以備數，得收結之體例而已。或謂此回本係後人續貂，原本添琴棋書畫四士後，即接《沁園春》詞而畢，未知然否，姑不具論。

原書不著作者姓名，近閲上元金君和跋語，謂係全椒吴敏軒徵君敬梓所著，杜少卿即徵君自況，散財、移居、辭薦、建祠，皆實事也。慎卿乃其從兄青然先生棨，虞博士乃江寧府教授吴蒙泉，莊尚志乃上元程綿莊，馬二先生乃全椒馮粹中，遲衡山乃句容樊南仲，武書乃上元程文。其他，二婁爲浙江梁家，牛布衣爲朱草衣，權勿用爲是鏡，鳳鳴岐爲甘鳳池，湯奏爲楊凱；蕭雲仙姓江，趙雪齋姓宋，隨岑庵姓楊，楊執中姓湯，匡超人姓汪，嚴貢生姓莊，高翰林姓郭，余先生姓金，萬青雲姓方，范進姓陶，荀玫姓苟，韋思元姓韓，沈瓊枝即隨園所稱揚州女子：或象形諧聲，或廋詞隱語，若以雍、乾間諸家文集紬繹而參稽之，則十得八九矣。徵君著有《文木山房詩文集》及《詩説》，均未付梓。是書爲金棕亭官揚州教授時刊行等語。竊謂古人寓言十九，如毛穎、宋清等傳，韓、柳亦有此種筆墨，只論有益世教人心與否，空中樓閣正復可觀，必欲求其人以實之，則鑿矣。且傳奇小説，往往移名换姓，即使果有其人，而百年後亦已茫然莫識，閲者姑存其説，仍作鏡花水月觀之可耳。

（原載齊省堂《增訂儒林外史》）

《儒林外史評》序

黄安謹

《儒林外史》一書，蓋出雍乾之際，我皖南北人多好之。以其頗涉大江南北風俗事故，又所記大抵日用常情，無虚無縹緲之談；所指之人，蓋都可得之，似是而非，似非而或是，故愛之者幾百讀不厭。然亦有以爲今古皆然，何須饒舌；又有以爲形容刻薄，非忠厚之道；又有藏之枕中，爲不龜手之藥者；此由受性不同，不必相訾相笑。其實作者之意爲醒世計，非爲駡世也。先君在日，嘗有批本，極爲詳備，以卷帙多，未刊。邇來有勸者謂作者之意醒世，批者之意何獨不然，請公之世；同時天目山樵亦有舊評本，所批不同，家君多法語之言，山樵旁見側出，雜以詼諧，然其意指所歸，實亦相同，因合梓之。《外史》原文繁，不勝全載，節録其要大書，評語雙行作注，以省費也。

光緒十一年歲次乙酉午月當塗黄安謹子眘甫序於滬上。

（原載寶文閣刊本《儒林外史評》）

天目山樵識語

張文虎

「其書以功名富貴爲一篇之骨。」功名富貴具甘酸苦辣四味，炮製不如法令人病失心瘋，來路不正者能殺人，服食家須用淡水浸透，去其腥穢及他味，至極淡無味乃可入藥。

近世演義書，如《紅樓夢》實出《金瓶梅》，其陷溺人心則有過之；《蕩寇志》意在救《水滸傳》之失，仍酷摹其筆意，寫陳麗卿、劉慧娘使人傾聽而心知其萬無是事，九陽鐘、元黄吊挂蹈入《封神》甲裏，後半部更外强中乾矣。《外史》用筆實不離《水滸》、《金瓶梅》，魄力則遠不及，〇則仙評：《外史》筆墨誠哉不及《水滸》遠甚；而以視《金瓶梅》，得毋有彼哉之慨！天目山樵所見似乎猶有所囿。海上羽公誌。然描寫世事，實情實理，不必確指其人，而遺貌取神，皆酬接中所頻見，可以鏡人，可以自鏡。中材之士喜讀之；其有不屑讀者，高出於《外史》之人；有不欲讀者，不以《外史》中下材爲非者也。光緒丙子暮春，天目山樵識。

是書特爲名士下針砭，即其寫官場、僧道、隸役、娼優及王太太輩，皆是烘雲托月，旁敲側擊。讀者宜處處回光返照，有則改之，無則加勉，勿負著書者一肚皮眼淚，則批書者之所望也。庚辰花朝天目山樵又識。（寫在閑齋老人序後）

昔黄小田農部示余所批《外史》，謂此書係全椒吴檠所撰，見之近人詩稿。此書亂後傳本頗寥寥，蘇州書局用聚珍板印行，薛慰農觀察復屬金亞匏文學爲之跋，乃知著書之人爲吴敬梓，檠之從弟也。後閲王轂原比部《丁辛老屋集》，記與吴敏軒相晤及題集詩，蓋即農部所云「近人詩稿」，誤憶爲青然耳。農部所批頗得作者本意，而似有未盡，因別有所增減，適工人有議重刊者，即以付之。三年矣，竟不果。去年，黄子眘太守又示我常熟刊本，提綱及下場語幽榜均有改竄，仍未妥洽，因重爲批閲，間附農部舊評，所標萍叟者是也。全書於人情世故，纖微曲折無不周到。而金跋以爲即杜少卿者自作，書中所言，少卿竟是呆串不知世事之人，或人多疑之。予謂此敏軒形容語，聊以自托，非謂己即少卿也。「幽榜」一回硬作包羅，不倫實甚，作者本意以不結之結，悠然而往，何得爲此蛇足！金跋以爲荒傖續貂，洵然，洵然。

《丁辛老屋集》卷十二《書吴徵君敏軒先生〈文木山房詩集〉後》十絶句，其第六云：

古風慷慨邁唐音，字字盧仝月食心。但詆父師專制舉，此言便合鑄黄金。（原注：「如何父師訓，專儲制舉材」詩中句也）

第八云：

杜老惟耽舊草堂，徵書一任鶴銜將。閑居日對鍾山坐，赢得《儒林外史》詳。（原注：先生著有《儒林外史》）

第十云：

《詩説》紛綸妙注箋（原注：先生著有《詩説》八卷），好憑棗木急流傳。秦淮六月秋蕭瑟，更讀遺文一悵然。

詩意多有與《外史》相印證者，且可見金跋之確鑿也。詩前有序云：「慕文木名，數年不得見，乾隆甲戌始相見於揚州館驛前舟中，其夕即無疾而終。」然則先生没於揚州而葬於金陵也。金跋所舉諸人，惟婁公子爲浙江梁、桐城張未能確，竊疑婁與史字形稍近，或是溧陽史。荀玫姓荀，疑是姓盧，蓋用盧令詩意。湯鎮臺之姓楊，疑即汪容甫《述學》中之楊凱（「凱」與「奏」字義亦相因），凱傳叙野牛塘之捷與湯奏事亦合，但易「牛」爲「羊」耳。近日西人申報館擺印《外史》，並附金跋及予語，字迹過細，大費目力，偶購得蘇州聚珍大字印本，重録舊時所批一過，時光緒三年七月下弦。

予評是書凡四脱稿矣。同郡雷謣卿、閔頤生、沈鋭卿，休寧朱貢三，先後皆有過録本，隨時增減，稍有不同，當以此本爲定。有以詅痴符笑予者，不暇顧矣。丁丑嘉平小寒燈下又書。

己卯夏楊古醞大令借此本過録一通。

舊批本昔年以贈艾補園，客秋在滬城，徐君石史言曾見之，欲以付申報館擺印。予謂申報館已有擺印本，其字形過細，今又增眉批，不便觀覽，似可不必。今春乃聞已有印本發賣，不知如何也。光緒辛巳季春又識。

有友看我批本，慨然曰：「會當頑石點頭。」予曰：「點頭未必，只恐鑿破混沌，添了許多刻薄。」友笑曰：「亦有之。」同日又識。（寫在金和《儒林外史跋》後）

（原載寶文閣刊本《儒林外史評》，參照徐允臨校勘）

案此詩前有序，言慕文木名，數年不得見，乾隆甲戌始相見於揚州館驛前舟中，其夕即無疾而終。然則先生没於揚州而葬於金陵也。往讀《外史》，恨其「幽榜」一回大爲無理，今得金君跋，始知果爲妄人所增。又汪容甫《述學》有《提督楊凱傳》，叙野牛塘之戰甚奇，與《外史》中湯奏事相仿佛，其姓名亦隱約相合，蓋其人矣。同治癸酉暮春天目山樵識。（寫在金和跋及前引

（原載申報館第一次排印本《儒林外史》王又曾三首詩後）

徐允臨題跋

此書經南匯張嘯山先生看批，使讀者悦目賞心，並華約漁批評，均録於卷端，余管窺所及則加石史小印以別之。惟排印時誤處甚多，復經王竹鷗方伯校正，遂成完璧可寶。石史識。（題於封面）

余家喜讀《外史》，雖終年執卷亦不倦。己卯七月，敝邑楊古醞先生過予齋，劇談今古，見案有是書，因謂余曰：「曾見南匯張嘯山先生（文虎）評本乎？」余遂物色得之，急録於卷端，而記其緣。時己卯冬十月上海徐允臨石史並識。（寫在書末金和跋後）

季葦蕭之爲李筱村。光緒辛巳十月，金陵諶樸庵老友偕上元金亞匏令郎是珠茂才（遺）來余齋，述及乃翁作跋後憶得季之爲李，時擺印成書，不能列入爲憾。（徐允臨石史之印）（批於金和跋書眉）

允臨志學之年，即喜讀《儒林外史》，避寇時，家藏書籍都不及取，獨携此自隨。自謂生平於是書有偏好，亦頗以爲有心得。己卯秋，余戚楊古醞大令（葆光）過余齋，見案陳是書，亟云：「曾見張嘯山先生（文虎）評本乎？」余曰：「未也。」古醞曰：「不讀張先生評，是欲探河源而未造於巴顔喀喇。吾恐未極其藴也。」因急從艾補園茂才（礽禧）假讀，則皆余心所欲言而口不能達者，先生則一一筆而出之，信乎是書之秘鑰，已遂過録於卷端。今年七月，與甥婿閔頤生上舍（萃祥）會於法華鎮李氏，縱談《外史》事，因言張先生近有評語定本，聞之欣躍，遂不待頤生旋，徑馳書向先生乞假以來，重過録焉。同里王竹鷗方伯（承基）與有同好，嘗假余過録本，輒曰：「得讀張先生評，方之《漢書》下酒，快意多矣。特此書原刻不易覯，蘇局擺本，潘季玉觀察未加校讎，誤處甚多，隨手改正，十得八九。」而余偶有感觸，亦時加一二語，附識於眉。繼復假得揚州原刻，覆勘一過，然恐尚有舛訛耳。蘇局本有金亞匏先生（和）跋，曩晤先生喆嗣，是珠茂才（遺）言：先生作跋時，失記季葦蕭即李筱村，逮書成追憶，深以爲憾。此亦足補張先生考證所未及。竊惟是書於澆情薄俗，描繪入微，深有裨於世道人心。或視爲謾駡之書，而置而弗顧，此其人必有憚夫謾駡者而然爾，固不足與語此。安得有心者，詳校其訛，彙列評語，重刊以行，俾與海内之有同嗜者，共此枕寶耶。光緒甲申冬十月既望，上海徐允臨石史甫識於從好齋。

此書眉批爲先生删去者，加硃筆尖角圈以別之。

王竹鷗方伯書來云：「末回蛇足，大可删去。」（鈐有三印：「上海徐允臨章」、「石史翰墨」、「香祖居士」。寫在金和跋後之天目山樵識語後）

（以上原載從好齋輯校本《儒林外史》）

華約漁題記

此書即高出《外史》之人亦喜歡讀，其不欲讀者，即第一回王元章所看之物，如書中高翰林輩，則又無奈其讀之而不懂何也！世傳小説，無有過於《水滸傳》、《紅樓夢》者，余嘗比之畫家，《水滸》是倪黄派，《紅樓》則仇十洲大青緑山水也。此書於兩家之外，别出機緒，其中描寫人情世態，真乃筆筆生動，字字活現，蓋又似龍瞑山人白描手段也。戊寅暮春百花莊農約漁記。（寫在卷首天目山樵庚辰花朝識語後）

（原載從好齋輯校本《儒林外史》）

王承基致徐允臨信

石史仁兄大人閣下：前承假《儒林外史》翻閱兩遍，天目山樵並約記眉批、總批，令人賞心豁目，洵推妙手。惟全書翻刻時並未校對，顛倒錯字甚多，閱之頗費心目，所謂潘季玉校正善本，想傳言之訛耳。弟不揣冒昧，復加點竄，十得八九。安得有心人再行校勘重刻，並將批語刊入，期爲善本也。末回蛇足，大可删去。閲竟奉還，希察入。附呈肉鬆一盂，勿哂戔戔是荷。此頌

年祺！

弟基頓首　廿六日

（原貼在從好齋輯校本《儒林外史》卷首總目後）

增補齊省堂《儒林外史》序

東武惜紅生

古者史以記事，治忽興衰，靡不筆之於書，隱寓勸懲，而世道人心恃以不敝。厥後稗官野乘，錯出雜陳，或感時事之非，或憤生平所遇。類皆激而爲語，登諸簡編，如泣如歌，如怨如慕，非足興起百代下觀感之心乎！而世獨於稗野之外，以《三國》《西游》《水滸》《金瓶》爲四大奇書，人每樂得而觀之者，正不知其何故也。夫《三國》不盡合正史，而所紀魏、晉之代禪，吴、蜀之廢興，其筆法高簡，當推陳壽爲最；《西游》以佛氏之旨作現身説法，虚無玄渺，近於寓言；而《水滸》誨盗，《金瓶》誨淫，久干例禁；他若情史艷史，雖文士借摛懷抱，其中亦寓勸懲，乃世人不察，每一披覽，競誇其創格之奇，用筆之妙，以爲嬉笑怒駡，曲盡形容，幾若無出其右者。於呼！是殆未讀《儒林外史》一書耳。夫曰「儒林」，固迥異玄渺淫盗之辭；曰「外史」，不自居董狐褒貶

之例。其命意，以富貴功名立爲一編之局，而驕淩諂媚，摹繪入神，凡世態之炎涼，人情之真僞，無不活見紙上，復以數賢人力振頹風，作中流砥柱，而筆墨之淋漓痛快，更足俾閲者借資考鏡，如暮鼓晨鐘，發人猛省。昔賢有云「善可以勸，惡可以懲」，其即《儒林外史》之謂乎！世之讀是書者，尚毋河漢斯言也可。光緒十有四年歲次著雍困敦餘月，東武惜紅生叙於侍梅閣。（序末鈐有三印：「居世紳」、「隸華」、「一生清净仰梅花」）

（原載上海鴻寶齋《增補齊省堂儒林外史》）

《增補儒林外史眉評》例言

童葉庚

一、《儒林外史》筆法奇妙，迥異他書，高出於諸家小説之上，余最喜批閲，欲加評語而未果也。後得齊省堂增訂正本，其中復加點竄，益覺精密，而惺園批注，亦盡善盡美，惜稍略耳。今歲里居多暇，重展是書而讀之，心有所得，隨手札記。自愧年衰神倦，筆墨雜亂無章，未免爲方家所笑。

一、惺園批注，先得我心。凡經評出者，不復贅言。

一、此書叙述儒林中百數十人，出處事迹，各各不同，其君子小人之分，只在神情口氣上描寫出來。據事直書，按而不斷，使讀者一覽而知爲某也賢，某也奸，某也真，某也僞。兹評隨處點明，若賢者、真者，則贊美之，尊敬之；若奸者、僞者，則戲侮之，攻訐之。因人而施，以快意於一時。雖合作者褒貶之心，恐失作者忠厚之旨。

一、此書前後有用筆相犯之處，必爲逐句對勘，逐層交鎖，以見作者章法謹嚴。

一、此書於一篇中叙兩件事，有用相同句法者，評語亦爲點出，庶知行文映帶有情。

一、此書叙事，無論巨細，總不下一直筆。昔人所云做人貴直、作文貴曲，天上有文曲星，無文直星也。遇用曲筆處，每爲標出一二，以概其餘。

一、此書於極無緊要之事，極易忽略之處，偏能一筆不漏，具見作者用心之細。偶有見及，率題數語，以志欽佩。

一、此書自首至尾，如一串牟尼，循環不斷，無按下此事，另提他事之舊套。其接筍處，由某人傳遞入某人傳，真是天衣無縫。評中亦爲逐節點明。

一、此書第一回，先寫一楔子，如秦宫懸鏡，牛渚燃犀，將許多冷面熱腸、奇形怪狀，一齊照出。余以王元章爲儒林中之規矩繩墨，讀者當不河漢斯言。

一、書中加印硃圈，乃是新增眉評處，作爲暗記；非若原書圈點，爲標明文章妙處也。

光緒癸巳秋七月，巢睫散人識。

《儒林外史》新叙

陳獨秀

中國文學有一層短處，就是：尚主觀的「無病而呻」的多，知客觀的「刻畫人情」的少。

《儒林外史》之所以難能可貴，就在他不是主觀的、理想的——是客觀的，寫實的。這是中國文學書裏很難得的一部章回小説。

看了這部書的，試回頭想一想：當時的社會情形是怎麽樣？當時的翰林、秀才、斗方名士是怎麽樣？當時的平民又是怎麽樣？——那一件事不是歷歷如在目前？那一個人不是維妙維肖？

吴敬梓他在二百年前創造出這類的文學，已經可貴；而他的思想，更可令人佩服。

他在第二十六回和二十七回裏寫鮑廷璽的婚姻：他的母親不管王太太是一個甚麽樣的婦人，也不管鮑廷璽自己的意見——他説：「我們小户人家，只是娶個窮人家女兒做媳婦的好。」——錯不錯，一味信着金次福説的話，「娶過來倒又可以發個大財」，到後來，把個鮑廷璽弄得顛顛倒倒。——這一段文章，很看得出吴敬梓極不滿意於父母代定婚姻制。

四十八回裏寫王玉輝的女兒殉夫一事，他的女兒要死的時候，王玉輝説：「我兒，你既如此，這是青史上留名的事，我難道還攔阻你？」女兒死後，他的女人大哭，王玉輝反勸道：「你這個老人家真正是個呆子！三女兒他而今已經成了仙了，你哭他怎的？他這死的好，只怕我將來不能像他這一個好題目死哩！」又大笑道：「死的好！死的好！」入祠那日，王玉輝轉覺傷心。後來到蘇州游虎丘的時候，看見一個船上有一個少年穿白婦人，又想起女兒，心裏哽咽，熱淚直滾出來。——這一段文章，很看得出吴敬梓對於貞操問題，覺得是極不自然。

二十五回裏倪老爹説：「長兄！告訴不得你！我從二十歲上進學，到而今做了三十七年的秀才，就壞在讀了這幾句書，拿不得輕，負不的重！」又看他在五十五回裏寫荆元的朋友于老者種許多田地過活，何等自由，何等適意！——這二處又很可以看得出吴敬梓把「工」比「讀」看得重。

這三個問題，吴敬梓在二百年前便把他們認作問題，可見他的思想已經和當時的人不同了。

國人往往鄙視小説，這種心理，若不改變，是文學界一大妨礙。我從前在《新青年》裏説過有幾句話，現在把他寫在後面作一結束：

「喜歡文學的人，對於歷代的小説——無論甚麽小説——都應該切實研究一番。」

民國九年十月二十五號，陳獨秀。

（原載亞東版《儒林外史》）

《儒林外史》新叙

錢玄同

中國近五百年來第一流的文學作品，只有《水滸》《儒林外史》和《紅樓夢》三部書；我常常希望有人將這三部書加上標點符號，分段分節，重印出來，以供研究文學者之閲讀。

我懷這種希望者有三四年，好了好了，現在居然有一位汪原放先生把這三部書加上標點符號，並且分段分節，陸續印行了！

我的朋友胡適之先生因爲我平日是主張白話文學的，於上舉三書之中，尤其愛讀《儒林外史》，於是就來叫我做一篇《儒林外史》的新序。

可是我對於「文學」實在没有甚麽研究，這《儒林外史》在「文學」上有怎樣的價值，我現在還不敢强作解人來説外行話。我現在做這篇文章，不是批評《儒林外史》的本身，是覺得《儒林外史》這部書，不但是文學的研究品，並且大可以列爲現在中等學校的「模範國語讀本」之一。以下的話，都是就着這個意見來説的。

我以爲《水滸》、《儒林外史》和《紅樓夢》三書，就作者的見解、理想和描寫的藝術上論，彼此都有很高的價值，不能軒輊於其間；但就青年學生的良好讀物方面着想，則《水滸》和《紅樓夢》還有小小地方不盡適宜，惟獨《儒林外史》則有那兩書之長而無其短。所以我認爲這是青年學生的良好讀物，大可以拿他來列入現在中等學校的模範國語讀本之中。

我覺得《儒林外史》有三層好處，都是適宜於青年學生閱讀的。其中一層爲《儒林外史》與《水滸》、《紅樓夢》所共有的，兩層爲《儒林外史》所獨有的。

一、描寫真切，没有膚泛語，没有過火語。這一層不是《儒林外史》獨有的好處，那《水滸》和《紅樓夢》都是如此。文學家唯一的手段，就是工於描寫。描寫得恰到好處，使看的人覺得文中的景物，歷歷如在目前，逼住他們引起愉快、悲哀、憤怒種種情感，這就是最好的文學。適之先生的《建設的文學革命論》中，有一段論描寫的話道：

描寫的方法，千頭萬緒，大要不出四條：①寫人，②寫境，③寫事，④寫情。寫人要舉動、口氣、身份、才性……都要有個性的區別：件件都是林黛玉，決不是薛寶釵；件件都是武松，決不是李逵。寫境要一喧，一静，一石，一山，一雲，一鳥……也都要有個性的區別：《老殘游記》的大明湖，決不是西湖，也決不是洞庭湖；《紅樓夢》裏的家庭，決不是《金瓶梅》裏的家庭。寫事要綫索分明，頭緒清楚，近情近理，亦正亦奇。寫情要真，要精，要細膩婉轉，要淋漓盡致。——有時須用境寫人，用情寫人，用事寫人；有時須用人寫境，用事寫境，用情寫境……這裏面的千變萬化，一言難盡。

這話説得很有道理。中國古今的文章，雖説可以「汗牛充棟」，但是能够這樣工於描寫的好文學，却實在不多。一般人認爲文學的如駢文，如桐城派的古文，他們要講究甚麽對偶，甚麽聲律，甚麽義法，甚麽起伏照應，甚麽畫龍點睛，所以他們做的那些陳猫古老鼠式的甚麽「論」、「記」、「傳狀」、「碑誌」、「贈序」、「壽頌」之類，都是摇曳作態，搔首弄姿，或誇對仗之工整，或詡義法之謹嚴，按之實際，則滿紙盡是膚泛語。他們對於一件事實，一種現象，往往不願作平情的判斷，「愛之欲其生，惡之欲其死」，如《史通》的《載文》和《曲筆》諸篇所舉之例，觸目皆是；由此可見他們又愛做過火的文章。文章犯了膚泛和過火二種毛病，當然不能真切了。還有那班做無聊的、惡濫的小説的人，描寫他理想中的人物，總愛寫的不近人情：如《天雨花》之寫左維明，

《九尾龜》之寫章秋谷，叫人看了，真要肉麻，真要惡心；至《野叟曝言》之寫文素臣，簡直成了一個妖怪了。（《西游記》也是一部好小説。書中寫孫行者，原是要寫一個本能超越人類的神猴，所以越描寫得神通廣大，越覺其詼諧有趣。這是不能和文素臣等相提並論的。）他們描寫陰險小人，又往往寫成「壽頭」或白痴。一部書中羅列乞丐、皇帝、官吏、幕友、員外、安人、公子、小姐、妖怪、强盗……其性情、言語、動作，等等，都是一付板子印出來的。這也是犯了過火和膚泛的毛病。青年學生血氣未定，識力未充，多讀此類不真切的文章，則作文論事，很容易犯模糊和武斷的弊病。要救這種弊病，惟有多讀描寫真切的好文學。中國抒情之文如三百篇，漢魏的樂府，陶潛、李白、杜甫、白居易諸人的詩，李煜、歐陽修、蘇軾、辛棄疾諸人的詞，元朝的南北曲等；説理之文如《莊子》等；記載之文如《左傳》、《國策》、《史記》、《水經注》、《世説新語》、《洛陽伽藍記》等，其中頗有些描寫真切的好文學。此外就要數到《儒林外史》等幾部好小説了。現在單就《儒林外史》説，他描寫各人的性情，言語，動作，都能各還其真面目：那地位相差太遠的人自不必説；如楊執中和權勿用，婁公子和蘧公孫，杜少卿和遲衡山，虞博士和莊徵君……很容易寫得相像，他却能够寫得彼此絶不相同；又如他描寫胡屠户、嚴貢生、馬二先生、成老爹諸人，真是淋漓盡致，各極其妙，而又没有一句不合實情的膚泛語和過火語。閑齋老人的序中説，「篇中所載之人，不可枚舉，而其人之性情心術一一活現紙上」，這句話，真能道出《儒林外史》之好處。這種「寫實」的大本領，斷非那些慣做諛墓文章的古文家所能夢見的！

二、没有一句淫穢語。這是《儒林外史》的大特色。中國人做到詩、詞、戲曲和小説，大概總要説幾句淫穢語。那些假造的古書如《飛燕外傳》和《雜事秘辛》之流，及一切「色情狂的淫書」和「黑幕書」，作者本意即專在描寫淫穢，那是不用去提他了。此外如宋詞元曲之中，就有涉及淫穢的地方。《水滸》和《紅樓夢》，其文學雖好，但是也還有幾段淫穢的。獨有《儒林外史》最爲乾浄，全書中不但没有一句描寫淫穢之語，並且没有那些中國文人照例要説的肉麻話。這不是他的大特色嗎！照這一層看來，青年學生可讀的舊小説，自然以《儒林外史》爲最適宜了。（坊間所售石印齊省堂本《儒林外史》，忽然增加了四回。這四回中有許多描寫淫穢的話，不知是甚麽妄人加入的。吴敬梓的原本固然没有這四回，就是齊省堂的改訂本也没有這四回，有木板的齊省堂本可證。）

三、是國語的文學。適之先生的《水滸傳考證》中説：「這部七十回的《水滸傳》是中國白話文學完全成立的一個大紀元。」我以爲這話説的很對。但是白話文學之中，有「方言的文學」和「國語的文學」之區别。《水滸》還是方言的文學，《儒林外史》却是國語的文學了。《水滸》和《儒林外史》之間，並没有國語的文學之大著作，所以《儒林外史》出世之日，可以説他是中國國語的文學完全成立的一個大紀元。中國白話文學的動機，起於中唐以後，如白居易諸人，很有幾首白話詩。到了宋朝，柳永、辛棄疾諸人的詞，程顥、程頤、張載、朱熹、陸九淵諸人的説理之文和信札，很多用白話來做的。但那時的做白話文章，並不是有堅決的主張，不過文學家要很真切的發表自己的情感，哲學家要很真切的發表自己的學説，有時候覺得古語不很適用，就用當時的白話來湊補，所以把古文和白話夾雜起來，自由使用。這時候文章中的白話，不過站在補綴古文的地位，不但去國語的文學尚遠，就連方言的文學也還够不上説。自從元曲出世，關漢卿、馬致遠、白仁甫、鄭德輝這班大文學家纔把以前的文體打破，自由使用當時的北方語言來做新體文學。元曲中間，常常夾雜古書中的成語，甚而至於拉上許多《四書》、《五經》中的古奥句子，生吞活剥的嵌入當時北方語言之中。這種文言白話夾雜的狀態，驟然看來，似乎和宋詞一樣，其實大不相同：宋詞是以古語爲主而以當時的白話補其不足，元曲是以當時的白話爲主而以古語補其不足；所以元曲可以説是方言的文學。不過曲文是要歌唱的，雖用白話來做，究竟不能很合語言之自然；很自然的方言的文學完全成立，總要從《水滸》算起。《水滸》中所用的語言，不知是那處的話，這個現在還没有人能够考證明白。不過總不是元明之間的普通話，這是可以斷定的；因爲他所描寫的是一種特别的社會——强盜社會——的口吻，若用當時的普通話來描寫，未免有不能真切的地方。《水滸》以後明朝最著名的小説，就是《金瓶梅》；《金瓶梅》是寫一種下流無耻，齷齪不堪的惡社會，自然更不能用普通話了。元明以來的普通話，和唐宋時代大不相同。現在江、浙、閩、廣等處的特殊語言，大概是唐宋時代的普通話。（現在江、浙、閩、廣等處的特别聲音，多半與《廣韵》之音相合，可證。）自從宋朝南渡以後，到了元朝，蒙古人在中國的北方做了中國的皇帝，就用當時北方的方言作爲一種「官話」；因爲政治上的關係，這種方言很占勢力。明清以來，經過幾次的淘汰，去掉許多很特別的話，加入其他各處較通行的方言，就漸漸成爲近四五百年中的普通話。這種普通話，就是俗稱爲官話的，我們因爲他有通行全國的能力，所以稱他爲「國語」。《儒林外史》就是用這種普通話來做成的一部極有價值的文學書，所以我説他是國語的文學完全成立的一個大紀元。這種國語，到了現在還是没有甚麼變更。近年以來，有智識的文學家主張文學革命，提倡國語的文學，明白道理的教育家應時勢之需求，提倡國語普及，把學校中的國文改授國語；因此要求國語的文學書和國語讀本的人非常之多。其實這兩件事是不能分開的：要研究文學，固然應該讀國語的文學書；要練習做國語文，練習講國語，也決不是靠着幾本没有趣味的國語讀本——甚而至於專説無謂的應酬話的國語會話書——所能收效的，惟有以國語的文學書爲國語讀本，拿他來多看多讀，纔能做出好的國語文，講出好的國語。（所謂「好」者，是指内容的美，不是指甚麼「音正腔圓」。須知各人發音，有各人的自然腔調，這是不能矯揉造作的；而且也決不應該矯揉造作，硬叫他統一，把活人的嘴都變成百代公司的留聲機器片子！）孔丘説的好：「誦詩三百，授之以政，不達，使於四方，不能專對，雖多，奚爲？」又説：「不學詩，無以言。」這就因爲詩是文學，一個人研究了文學，講起話來纔能善於辭令。我們要會作國語文，會講國語，也應該先讀國語的文學書。兩三年來，新出版的書報很多，其中可以供青年學生作爲國語讀本用的「國語詩」、「國語小説」和「國語論文」自然很有幾篇，可是還不算多。據我看來，這部《儒林外史》雖然是一百七八十年前的人做的,但是他的文學手段很高,他的國語又做得很好,這中間的國語到了如今還没有甚麽變更,那麽,現在的青年學生大可把他當做國語讀本之一種看了。

我寫到這裏,覺得關於「國語」這個問題,還有幾句應該説明的話。從《儒林外史》以來,到我們現在做白話文所用的國語,是把元明以來的北方方言爲主而加入其他各處較通行的方言所成的,這是上文已經説過了。這種國語,雖然到了現在還没有甚麽變更,但是今後的國語,却不可就以此爲限,應該使他無限制的擴充起來: 以現在這國語爲主而盡量吸收方言、古語和外國語中的詞句,以期適於應用。所以如《儒林外史》,如今人所做的國語詩、國語小説和國語論文,雖然都可以作爲國語讀本用,但若一味將他們來句摹字擬,爲他們所限制,以爲他們没有用過的詞句就是不可用的,那就大謬不然了。要知道從《儒林外史》出世以來,國語的文學雖然成立,但是到了現在,他的内容還很貧乏。那豐富的新國語還在將來,負製造這豐富的新國語之責任者就是我們,我們都應該努力纔是。近來有一班人,不知道打了甚麽主意,不但不打算擴充現在的國語,使他豐富適用,就連這點好容易支持了三四百年之貧乏的國語還不肯讓他存在,口口聲聲説他是「僞國語」,非取消他不可。他們主張以純粹的北京話爲國語,説道:「非如此辦法則不能統一。」我且不問國語統一是否可能,就算他是可能,試問統一了有甚麽好處?清朝末年,有做京話報的,有做京音字母的,這些人的意思,也是要以北京話爲國語,以期達到統一之目的; 但是到了如今,他的效果安在?倒還是這位一二百年前的吴敬梓用了不統一的普通話做了這樣一部《儒林外史》，直到現在，我們做國語文，提倡國語，還大受其賜。這就可見國語並無統一之必要了。至於有人因爲中華民國之國民公僕的辦事房在北京，竟稱北京爲首都，以爲應該以這首都之語爲國語，甚至杜撰事實，説「德國以柏林語爲國語，英國以倫敦語爲國語」，這竟是「情鍾勢耀」者口吻，更没有一駁的價值了。

以上的話，都是爲介紹一部國語的文學作品《儒林外史》給青年作國語讀本而説的。至於吴敬梓著《儒林外史》的見解和理想，則非把這書專門研究一道，是不能亂下批評的，我現在決不配來批評這書。不過我平日愛看這書，覺得其中描寫那班「聖人之徒」的口吻，真能道破我們的心事，妙不可言。現在把他摘録兩段如左：

馬二先生道：「……『舉業』二字是從古及今人人必要做的。就如孔子生在春秋時候，那時用『言揚行舉』做官，故孔子只講得個『言寡尤，行寡悔，禄在其中』，這便是孔子的舉業。講到戰國時，以游説做官，所以孟子歷説齊、梁，這便是孟子的舉業。到漢朝，用賢良方正開科，所以公孫弘、董仲舒舉賢良方正，這便是漢人的舉業。到唐朝，用詩賦取士，他們若講孔孟的話，就没有官做了，所以唐人都會做幾句詩，這便是唐人的舉業。到宋朝又好了，都用的是些理學的人做官，所以程朱就講理學，這便是宋人的舉業。到本朝，用文章取士，這是極好的法則。就是夫子在而今，也要念文章，做舉業，斷不講那『言寡尤，行寡悔』的話。何也？就日日講究『言寡尤，行寡悔』，那個給你官做？孔子的道也就不行了。」

（第十三回）

高老先生道：「……這少卿是他杜家第一個敗類。他家祖上幾十代行醫，廣積陰德，家裏也掙了許多田産。到了他家殿元公，發達了去，雖做了幾十年官，却不會尋一個錢來家。到他父親，還有本事中個進士，做一任太守，已經是個呆子了；做官的時候，全不曉得敬重上司，只是一味希圖着百姓説好；又逐日講那些『敦孝悌，勸農桑』的呆話。這些話是教養題目文章裏的詞藻，他竟拿着當了真，惹的上司不喜歡，把個官弄掉了。他這兒子就更胡説，混穿混吃，和尚、道士、工匠、花子，都拉着相與，却不肯相與一個正經人，不到十年内，把六七萬銀子弄的精光，天長縣站不住，搬在南京城裏，日日攜着乃眷上酒館吃酒，手裏拿着一個銅盞子，就像討飯的一般。不想他家竟出了這樣子弟！學生在家裏往常教子侄們讀書，就以他爲戒：每人讀書的桌子上，寫一紙條貼着，上面寫道『不可學天長杜儀』！」（第三十四回）

這種見解，本是從前那班「業儒」的人的公意，一經吴敬梓用文學的藝術描寫，自然令人看了覺得難過萬狀。——但是我要請那班應民國新舉業的文官考試之青年學生仔細看看！問問他們看了作何感想？

吴敬梓對於「烈婦殉夫」這件事，還不敢公然的排斥，這是爲時代所限的原故；但是他已經感覺到這種「青史留名」，「倫紀生色」的事之不近人情。請看《儒林外史》第四十八回中寫王玉輝的女兒三姑娘殉夫那一件事：

王先生……到了女婿家，看見女婿果然病重……一連過了幾天，女婿竟不在了。……三姑娘道：「我而今辭別公婆父親，也便尋一條死路，跟着丈夫一處去了！」……王玉輝……向女兒道：「我兒！你既如此，這是青史上留名的事，我難道反攔阻你！你竟是這樣做罷。我今日就回家去，叫你母親來和你作別。」親家再三不肯。王玉輝執意，一徑來到家裏，把這話向老孺人說了。老孺人道：「你怎的越老越呆了！一個女兒要死，你該勸她，怎麽倒叫他死！這是甚麽話説！」王玉輝道：「這樣事，你們是不曉得的。」老孺人聽見，痛哭流涕，連忙叫了轎子去勸女兒，到親家家去了。王玉輝在家，依舊看書寫字，候女兒的消息。老孺人勸女兒，那裏勸的轉！一般每日梳洗，陪着母親坐，只是茶飯全然不吃。母親和婆婆着實勸着，千方百計，總不肯吃。餓到六天上，不能起床，母親看着，傷心慘目，痛入心脾，也就病倒了，抬了回來，在家睡着。又過了三日，二更天氣，幾個火把，幾個人來打門，報道：「三姑娘餓了八日，在今日午時去世了！」老孺人聽見，哭死了過去，灌醒回來，大哭不止。王玉輝走到床面前，説道：「你這老人家真正是個呆子！三女兒他而今已是成了仙了，你哭他怎的！他這死的好！只怕我將來不能像他這一個好題目死哩！」因仰天大笑道：「死的好！死的好！」大笑着走出房門去了。

這一段，描寫三姑娘餓死之淒慘和王玉輝的議論態度之不近人情，使人看了，覺得這種「吃人的禮教」真正是要不得的東西。但是王玉輝究竟是個人，他的良心究竟也和平常人一樣；他居然忍心害理的看着女兒餓死，毫不動心，這是他中了禮教之毒的原故，並非他生來就是「虺蜴爲心，豺狼成性」的；所以他的女兒死了以後，他的天良到底發現了。再看這段的下文：

過了兩個月……制主入祠，門首建坊。到了入祠那日……安了位……祭了一天。在明倫堂擺席，通學人要請了王先生上坐，説他生這樣好女兒，爲倫紀生色。王玉輝到了此時，轉覺心傷，辭了不肯來。……王玉輝説起在家日日看見老妻悲慟，心下不忍。……王玉輝……上船從嚴州西湖這一路走。一路看着水色山光，悲悼女兒，凄凄惶惶。……路旁一個茶館，王玉輝走進去坐下……看了一會，見船上一個少年穿白的婦人，他又想起女兒，心裏哽咽，那熱淚直滚出來。

這幾段描寫王玉輝的天良發現，何等深刻！拿來和前段對看，更足證明禮教是「殺人不眨眼」的惡魔了！

吴敬梓在二百年前（吴氏的生卒是一七〇一——一七五四）能够詘笑舉業，懷疑禮教，這都可以證明他在當時是一個很有新思想的人。

一九二〇·一〇·三一於北京

（原載亞東版《儒林外史》）

附録二　增補齊省堂本增加的五回

第四十三回　劫私鹽地方官諱盜　追身價老貢生押房

（上接卧本第四十三回：「朝奉帶着舵工到湯少爺船上磕頭，謝了説情的恩，捻着鼻子，回船去了。」）

湯家的船，亦各自開行，後話慢表。且説那朝奉回到河下，向自家司客的説明鹽船被劫、彭澤縣諱盜、及托湯少爺講情，纔得釋放各情形。大司客即向東家回了一遍。萬雪齋道：「這事可謂無法無天！但這知縣似是老手，不可輕動。我此刻到宋親家老爺那裏要緊。」説着上轎去了。

原來萬雪齋與宋爲富親家往來。那日宋家有江都縣差人來説：「沈瓊枝從江寧解到，沈大年又從常州提了來，本官吩咐要你們這裏發個抱告，上堂質審。」管家回話出來説：「就煩頭翁回禀太爺，我們遵諭就是了。」差人似要開口，只見小司客手裏遞給差人一個紙包。那差人便笑謎謎的接着，起身説道：「明日那位赴案，先到差房坐坐，諸事有我們招呼，再不會錯的。」那知縣官也將江寧來的私信，送與爲富看了。爲富倒没了主意，急請萬雪齋來家商議。爲富道：「親翁，你看函内有斷還伊父另行擇配之語，縣官要弟自定主意，回覆他斷案。弟想：不要這個人，白費了五百頭都不打緊，只是我們幫中太不好看；若執定要人，又恐縣裏作難。親翁高才，替我想想，怎麽纔好？」萬雪齋道：「事有機會，明日就是縣裏太太請敝内的午席，敝内是絶頂聰明的人，若肯設法，這事就不難了。」爲富忙問道：「親翁第幾位夫人？與縣裏太太是怎麽相與的？」萬雪齋道：「就是第七位妾，他如今是生子扶正的，前日在瓊花觀酬神，縣裏太太一見就拉着手，談了好一會，約定要來拜。倒是敝内説：『我們總商家聲色大，眷屬往來，恐滋物議，有累老父母的清名。』縣裏太太回去，向縣官説了，縣官老爺説：『如此好紳士，何妨交結？只要我做清官，你們内眷往來，與公事何涉？』因發帖子來請。明日到署，怕還有幾日盤桓纔得出來呢。」宋爲富聽罷道：「千萬拜托，銀錢費用，就從親翁賬房支取，撥賬便了。」兩人同吃完飯，雪齋辭去。

次日爲富打聽萬七太太果然進縣衙門裏去了。晚間密信，要前日兑交五百兩身價的賬房夥計作抱告，明日午堂候審。次早，爲富叫那賬房夥計，囑咐應答的話，並檢查原報沈瓊枝捲逃什物的贓單帶上，來到差房候着。少頃，知縣坐在二堂，傳沈貢生帶着女兒瓊枝上堂。貢生應名，參禮站定。瓊枝跪地叩頭。知縣問道：「沈貢生，你的女兒不是與人作妾何以私行進門？

你又受他五百兩的身價，此是何説？」沈大年道：「貢生既非賣女，就不願要他這種骯髒錢。」知縣道：「鹽商的錢原是骯髒，難道你女兒捲逃的什物，偏是揀的潔浄麽？你父女們俱是讀書的人，豈不知史書上的關夫子，封金辭曹，流傳千古？」沈大年失笑道：「太爺所説，是演義附會之語，史書未嘗有之。且關夫子亦是俗稱，何足爲訓？」知縣大怒道：「本縣二甲進士出身，難道不及你這潦倒終身的鄉貢士？四海之大，事實能載多少？史書演義，縱是附會，未必盡是虚詞。譬如你們今日在這江都縣對簿，亦要與你宣付史館麽？況且本縣讀過的古文，尚有關夫子讀春秋樓記的題目，何得謂俗？這些白話都不必講！」即唤宋家抱告上堂問道：「你的五百兩銀是怎樣交兑的？」夥計禀道：「小人奉家主之命，照數兑交沈貢爺收訖是實，賬簿可憑。假如未付銀兩，主人也就不敢煩太老爺的心了。」知縣向沈貢生道：「既不願意，何不原銀退還？」大年道：「還是還過，他總不收，就是這位夥計説：『留下你老人家用用罷！』再去就找不着了。難道叫貢生五百銀就賣掉了一個女兒嗎？」知縣拍案道：「這就不成話説了，本縣從不會與人斷增財禮的。」沈瓊枝哭着訴道：「這些事都是奸商設的圈套，阿父墮在術中，百口也難分訴，只求太老爺開恩，可憐父女讀書人，不受踐蹋，就感恩不盡了。」知縣道：「誰踐蹋你來？本縣見你江寧口供，説本縣受鹽商買囑，纔批屈了呈詞。難道要本縣專聽你父一面之詞，任憑你父白撞五百兩銀，並讓你多捲逃些金珠，還要在鹽商身上多派幾分不是，纔合你的心意麽？本縣爲民父母，用心最是平等，問案必要究出真情實理，纔叫人允服。像你那些巧計，只好瞞我那個做江寧的鄉榜同年。虧他誇你面試作詩，才學風雅，據本縣説，才學是要中得上兩榜，風雅是要入得了詞林。若徒賣弄些鬼聰明，算甚麽才學？糊謅幾句歪詩，是甚麽風雅？本縣高發過來，是要講究實學，斷不能相與做詩的名士，鬧得官聲怪不好聽的。你真是讀書人家的兒女，誰肯斷你與人作妾？但你父得了宋爲富五百兩銀，既非賣女，就算不得是你的身價，必要繳還，方合人情天理，乃可准你另行擇配。今日暫且開恩，不難爲你們。」因喚禮房書辦説道：「你把沈貢生帶去押房，限他五日如數繳清，具結了案，倘敢抗違，即辦詳稿送核，褫革了他這頂圓紗帽，就好嚴刑比追，還要辦他賣女逃騙的罪案。該書等若有賣放情弊，怕不抽掉你的筋！各自打點去吧。」禮書答應了「是」。帶着貢生下去。知縣又唤原差，仍帶瓊枝回店保管。吆喝退堂。

沈瓊枝出了宅門，心想縣官言語不敢駁詰，父親又不得見面，急得眼淚直流。那差人要酒錢，討飯食，村言俗語，着實難受。一個伶俐女子到此也是無可如何，索性走向店中，再作區處。此時沈大年在禮房門口，看見瓊枝哭着出了衙門，心如刀刺一般，口裏却説不出苦來。猶幸禮房清苦，書辦多係讀書的人，不比户刑各房錢多勢惡。那書辦將大年安在一間屋裏。到了上燈時候，進來一個老經承，同大年坐着，説道：「先生這項銀兩可繳的麽？」大年道：「那裏得來？」經承道：「我看你那位小姐的才貌不怕配不上個有錢有勢的姑爺，天緣湊合就不難了。」大年道：「經爺言之有理。心想要你同我到店中走遭，與女兒商量此事，不知經爺肯通融否？」經承躊躇道：「久押亦無了局，只要你不逃颺，我又何妨行些方便。但要起過了更纔出得去哩。」只因這一番，有分教：千滴血汗一文錢，豈容奸商捆利；半鏊黄金四兩福，看他騙子吃虧。畢竟後事如何，且聽下回分解。

第四十四回　沈瓊枝救父居側室　宋爲富種子吃仙丹

話説沈大年懷記女兒，同着那經承來到店中，安置經承坐在自己房内，急忙走進女兒房來。只見瓊枝止了眼淚，獨坐凝思，無甚大苦，方纔放心。瓊枝急忙站起身來，問道：「爹爹，開釋回來了？」大年道：「那能開釋回來，多虧外面那位經爺同了來，和你商量個了局纔好。」瓊枝道：「爹爹勿憂，兒細思縣官的話仍是做成的圈套，不過出這個難題目，要我自行低服他的意思。此時兒的主見，甘願宋家作妾，但先要開釋爹爹前項銀兩，立券認息，三年償清，不得作爲身價；兒入伊門，暫立偏房，亦不得以奴婢相待，一朝生子，即行扶正。並要宋爲富出具甘結。不知爹爹意下如何？」大年道：「我兒主張就是了。」瓊枝提起筆來，寫成認狀一紙，遞與大年道：「爹爹且快投遞，明日當有分曉。」大年同那經承回到禮房，花了一兩銀的門包，將狀紙呈遞。

次早，萬雪齋得了内信，來找宋爲富説：「内裏要兩千喜銀，即送美人到府。」爲富似信不信的，同雪齋便酌。管家回道：「縣裏爺們送來密信，説請老爺看過，即刻封還，並候萬老爺回信哩。」爲富拆閲，乃是瓊枝的認狀，即同雪齋看畢，大喜道：「親翁回覆，那數兒仍就親翁處支撥，以免嫌疑。」雪齋答應去了。爲富發還原信，賞了來人，回到上房，與病卧的正室説知備細。原來爲富已四十多歲，前日的小官死了，正室因之成病，七婢八妾間有死亡，近來房事又有限得很，前日正室要過繼一子，房族均有貪圖絶産的意思，夫婦都氣惱得説不出來。此次明知瓊枝僨賴，因他狀上有「生子扶正」之語，料是必有甚麽把握，暗自心喜。雪齋亦未知也。

不日縣裏懸出批示。那經承同沈大年看是縣正堂示沈瓊枝批詞：

> 據呈請立偏房，於例不合，未便照准；惟念屈身救父，孝女不可多得，姑准立券。償繳該商銀數，如期給領。嗣後果能子貴其母，該族人等秉公酌議，毋許刁難干咎。各具結省釋。

大年看完，向經承道：「就請同去與小女説知。」經承道：「你自去吧，别忘了那話兒。」大年也笑别。過來向女兒説個明白。下午兩個管家到店，説是宋家叫來伺候的，叩過了頭，父女亦無話説。

但這事鬧得有些風聲，那揚州府——也是州縣能員升起來的——到衙期那日，同城禀見，知府佯笑説道：「咱們這裏也出個孝女。」江都縣禀道：「是卑縣的日行案件，卑職那日請過示，纔結銷歸入月報的。」知府道：「咱們一府兩縣，其實難做，每逢鹽商家有理的案，也有人説是買囑咱們護庇他。這些商人何苦要這些娘兒們取樂？不知糟踏了多少好女孩子，却也虧他們應酬得來。小弟做這個四品黄堂，一妻一妾都支應不開。咱們同寅不怕笑話，吾兄那日來説，本要見的，就是小妾的燕窩吃得快完了，又要趕做皮衣，正淘着氣，纔有慢吾兄的。」江都縣答道：「這裏貨物都是外來，近日有個水客，帶來貨倒不少，大老爺若要用得緊，卑職就買好了送來。」知府作色道：「話不是這麽講，小弟是從來没有當面受過誰來饋送的，若有好貨，開個實價送來，緩下再來領銀，咱們倒知情的。」説罷，掉頭向甘泉縣問了幾件公事，端茶送客。江都縣回署，即將預備送禮的草上霜、倭刀腿、金銀坎、貢緞、湖縐，配上燕窩、鹿茸，開價約五、六百兩，叫心腹跟班送到府裏門上，説是水客交來的，隨時發價再來叩領。交割過了。

那邊宋家吉期已到，因府裏稱爲孝女，同城文武俱有喜帖，同幫是不必説了。是日萬雪齋早到，七太太同來賀房，爲富應酬陪客。心裏怯着新娘是不好惹的，預先囑咐下人，都稱他做新太太，總不要惱了他纔好。比時大轎抬進中堂，瓊枝下轎，打扮得油頭粉面，却是青衣，向貼身的丫頭説：「請老爺、太太行禮。」丫頭答道：「太太病着，起不來。老爺早已站在這裏。」瓊枝看那爲富紗帽補服，也還像個老爺。裣一裣衽，跪下地去叩頭。爲富倒慌了手脚，不覺的也跪下對拜起來。瓊枝即叫丫頭領入太太房中。丫頭回道：「沈新娘叩太太的頭。」那太太道：「不要折煞了，我是起不來的。」瓊枝起身，走近床前，低聲問道：「太太貴恙怎的？」太太抬頭看了瓊枝一眼道：「好端端怪疼兒的姑娘，前回怎麽説得賊盗似的，我原説是天殺的作踐人，别個纔走去哩。可憐我一個粉團的小官，就因這些昧心事，教活鬼抓了去。」説着便哭起來。瓊枝亦含淚婉勸道：「太太總要寬懷，不要痛煞了尊體。」太太道：「你自去新房裏，還有好多客要見見呢！

再别來照顧我。」瓊枝道：「我原是伺候太太的，那裏甚麽新房？」太太道：「你的心我知道了，且去成就了好事，將來説話的日子長哩。」瓊枝紅着臉，出到新房。丫頭指示諸客。萬家七太太便拉着瓊枝的手笑道：「好妹妹，今朝纔見了你。」瓊枝道：「太太們這般抬舉，叫我做妾的人難以爲情。」説罷便要磕頭。七太太嚷道：「快不要如此。」叫丫頭們拿出外褂、花紅，七手八脚的替他穿戴起來。又叫丫頭僕婦們一起來給新太太叩喜。大家坐下，七太太復問瓊枝道：「愚姊那日在縣裏太太處見了你的認狀，就知你是我們的班頭。縣裏太太説等你喜事過後，還要愚姊帶你去見見呢。」瓊枝方疑此事是他掇弄成的，想到押父逼親，心裏恨極；但見這般相待，不如權變些，索性要他個好，將來還可仰仗。主意定了，房内擺上席來，瓊枝直作主人，安置客位，向丫頭説要去伺候太太開飯，太太房裏人出來辭了，瓊枝纔陪客終席。七太太笑向衆客道：「今夕何夕，我們早方便些罷。」瓊枝漲紅了臉道：「太太别頑笑了。」七太太道：「又叫太太，應該敲脱門牙。我是最厭惡官套的，而今倒要你送送。」拉着瓊枝走至大門，讓瓊枝站住，自己走至轎左，回轉身來向瓊枝笑笑，拂了一拂。瓊枝遥遥還禮，看他上轎，隨同丫頭轉到太太房裏，問了些家常的話。忽聽丫頭説道：「老爺進房來了。」瓊枝急欲避去，太太笑道：「你當是到這裏麽？」乃叫丫頭挾扶瓊枝，回到新房，送上香茗。兩個對坐談心，少不得有些親熱的話説，有些甜蜜的事做。瓊枝索性放開手段，把個宋爲富貼體貼心的。

過了幾日，爲富説要請岳父到家，又怕老人家客氣不肯來。瓊枝道：「這可不消費心，只要有些盤纏，阿父是要家去的。」爲富道：「其實不忙，萬親家還説，要請老人家在我們幫中坐館哩。」瓊枝心裏歡喜，待人和氣，丫頭僕婦無一個不説新太太好。時常坐在太太床頭，説些小説傳奇，與太太開心；又許代誦十萬卷觀音經，解太太的災厄。那太太着實喜歡得離不開。

到滿月後，萬七太太接瓊枝過去頑耍。瓊枝近來愁多喜少，衆人不解何意。看見萬家的小官，不覺眼中淌下淚來。七太太驚問道：「妹妹還有甚麽不稱心的事？實告訴我。」瓊枝道：「那裏及得姊姊家這個闊。」七太太道：「你是看這面子上的排場，其實内裏不怎樣的。那年我病時，大夫説是火症，要個雪蝦蟆做藥引，十天半月都買不來，還聽見説被那個姓牛的騙了幾百銀去。嗣後虧得活佛爺，帶有西天出的雪蛆來，吃過纔好了。這個算甚麽闊家？」説罷，附着瓊枝的耳道：「莫講白話，你這日子，我是過來人，剪直説你的心事，怎樣都可以設法的。」瓊枝終不信心，含糊應道：「小妹心裏没有甚麽事……」七太太不等説完，笑道：「小蹄子狡獪哉！」回頭看着丫頭抱的小官道：「送與宋新太太去罷，我是不希罕這個的。」瓊枝聽見語有機鋒，想是瞞他不過，低聲説道：「好姐姐，真知我心就好請教了。」

兩人吃過晚飯，連床私語。七太太問起房事，瓊枝嘆了一口氣道：「小妹於此事倒看得開的，不過後嗣要緊。古人陰道諸經，史記空存其名，不傳其書，細思震索之意，頗得要領，無如天一之水，也成將涸之泉，即使涓滴歸公，終無實濟。這不是坑死人的事麽！」七太太道：「前在縣裏見你的認狀有『生子扶正』之語，就知你要後悔的。這些鹽狗，暴發横財，只顧貪色，到了中年，身子是淘得空空的，那裏會養得出兒子來？不瞞你説，我那小官都是仙種哩。」瓊枝急問仙在那裏。七太太道：「就是那瓊花觀的活佛，散施符水，只有求子是要酬神的，香資數百金不等。却要佛爺應允給丹，纔可去得呢。」瓊枝又問怎麽個去法。七太太道：「你回去商量停妥，真要去時再告訴你。」瓊枝道：「姐姐得的是甚麽樣的丹？」七太太道：「不一樣的，我那回就説是飲了一勺清泉，甚是甘美。又聽有説是一粒紅丸的。妹妹你只要靠得定生子，成了你的大事，放圓活些就得了。」瓊枝會意，心裏總覺不安，但一想到偏房無出，下半世的日子怎樣過呢？不由的不着急。

一日與爲富談起萬家求仙得子的話，因叫爲富試問真假如何。爲富也知才力不足，求神拜佛倒是誠心皈依的，惟恐活佛不發慈悲反爲不美。自己來到觀中，許了香資銀四百兩，活佛纔准夫婦同來參禮。不能同浴，又要女施主自定日期。爲富一一答應了，回家與瓊枝説知。瓊枝時已向七太太詢明了備細，只得謹遵夫命，笑答道：「那日高興，就可同去的。」

下月初旬，瓊枝經信初過，换了青衣，夫婦同至觀中。老尼領着，看過浴堂，乃是極幽僻的所在，院中並無男子；又到大雄寶殿，參拜佛爺，那活佛是不見凡人的。將近三更，老尼傳出佛旨，命瓊枝入浴，爲富坐在浴堂外間，有幾個俊俏師姑陪着侍茶説笑話。老尼領進瓊枝，囑令自閉堂門。堂内琉璃燈光，照見浴所藤床竹架，辟透玲瓏，白玉磁盆，香湯温暖。瓊枝脱下衣裙放在架上，將身坐上藤床，鼻中聞得香氣，沁入心骨，霎時欲火如焚，昏沉沉的眼見一個嫩面仙童，禿着頭，披着袈裟，破壁而出，走到床前，澆水與瓊枝沐浴。香湯着體，愈覺精神恍惚，骨軟筋酥，如醉如痴，但覺炭火般的一股熱氣，衝入止於至善之地。瓊枝舌强不能言語。睜眼看時，見那仙童拿出一枝仙桃，摘下果子，送入瓊枝口裏，附耳説道：「食此，便好帶出桃枝作證，就説夢中相授便了。」説罷，叱開石壁而去。

瓊枝咀嚼仙果，清凉入腹，遂覺蘇醒。起來穿衣，整整雲鬟，拿着桃枝開門出來。看那爲富，正同幾個姑姑在那裏頑笑。老尼看見瓊枝忙問道：「太太得丹了。」爲富同來問訊。瓊枝遂將桃枝遞給他道：「這就奇怪得緊，我初浴時不覺昏暈過去，似夢非夢的，有人給這一枝，上有鮮桃，我就摘來食了，滿口香噴噴的，醒來果有桃枝在手，因此拿來，大家見識見識。」老尼詫異道：「這大秋天那裏來的鮮桃？明是老爺太太們的福澤感動那菩薩，親自在王母娘娘的蟠桃園中討了送來。恭喜必有一個大富大貴的小官，將來酬神，小尼纔要托托老爺太太的福喝喜酒呢。」一席話説得爲富夫婦滿心歡喜。賞了些零碎香錢，乘夜歸家，倒像神不知鬼不覺的。

到了次夜，着意敦倫，瓊枝口裏講那震卦一索之義，爲富亦是聽其自然。過了一月，經信弗來，兩人真是歡喜。爲富送去了一半香資，酬了神。瓊枝房裏設起經壇，供一尊觀音大士，早晚膜拜。坐誦大乘、蓮華諸經，説是替太太做那消災延壽的功德，太太着實疼愛他。一日，看見瓊枝腹膨膨的，因説道：「要分娩了麼？將來叫你這小官到我的墳垣上走走，我做鬼也是感你的情。」説着又哭起來。瓊枝勸慰道：「太太吉利些，我養的兒子還認太太是嫡母，我總免不得一個『庶』字。」太太道：「能够這樣就好極了，你却要養息養息，别常來這裏勞乏了。」瓊枝亦覺腹中有些震動，家裏穩婆僕婦，早已伺候仙子臨凡。只因這一番，有分教：拘泥鮮通，一錢逼死英雄漢；機關未破，無人不信活神仙。畢竟沈瓊枝生男生女，且聽下回分解。

第四十五回　滿月麟兒扶正室　春風燕子賀華堂

話説沈瓊枝仙孕期滿，果然生的是個兒子，因有仙桃異種，遂唤做桃兒。宋爲富家的宗派是「平爲福」，就命名福仁。一家子謝神的謝神，賀喜的賀喜，忙亂歡欣，自不必説。獨有那太太癱病在床，聽得呱呱之聲，觸起思兒情緒，悲悲切切，哭得死去活來，每日夜都要昏暈過幾次，又無人排解，那病日增一日，不久竟自死了。爲富正在高興，那裏顧得辦喪，倒是瓊枝哭之甚哀，因産後不能送殯，只得罷了。

滿月試啼，大宴親族，瓊枝做有湯餅詩，索衆人和韵，許以重酬。那親族中有幾個秀才，是向來做詩的，聞之俱極歡喜，各人親自送了斗方來，坐候着吃午飯。大家傳觀，見那萬雪齋的詩有「玉皇香鼎無人捧，故遣金童下地遲」之句，同人齊聲贊好。雪齋道：「不瞞諸位説，這是敝内代筆，切合宋親家中年得個貴子的意思，小弟安敢掠美？」衆人附和説：「女才子聚於維揚，學校愧煞哉！將來詩會，就請兩位太太同主吟壇，倒是古今未有的佳話。」原來七太太早要瓊枝做成四首絶句，拿來賣弄他的才學。因衆人迎合他，想雪齋多貼些賞需，遂定了他的首名，彩禮是綢緞花綉等物。親族秀才俱在前列，每名彩禮是一顆二兩重的赤金錁子。衆人歡天喜地。領出詩稿，看了批評，有説要來執贄受業的，有説平常無事多會幾次是絶好的。爲富也覺得門面光彩，心裏快活，毫無吝惜。瓊枝又要設壇誦經，超度太太升天。圓滿之日，請那族長點主。幾個族中秀才題主贊禮，酬謝每人數十金。又請親族人等同受福胙。衆人席散，議及詩會，都要拜見新太太。爲富應允，傳話進内，瓊枝青衣出堂，口稱賤妾叩各位伯叔的頭。衆人慌忙一齊答禮起來，説了幾句問候的套話。瓊枝進去了。那族長看此光景，心裏明白，想這機會不可失錯，遂招呼親族人等坐定，説我有一言，大家商議。因向爲富道：「你家不可一日無内助，今見新娘賢而有子，理應由偏入正。况且我們族裏也有常例，就揀一個大利日期，祭告過，圓了房，你們大家説可好麽？」衆人俱省了甜頭，巴不得瓊枝歡喜，同聲答道：「正該如此，况有你老人家主婚，誰還敢説甚麽？」爲富想起前案，即與衆人説明，族長答應做了主。到了吉期，前一夜裏，有人來説，族長得了暴病，明朝是喜事，儘管成禮，不必久待他耽誤了時辰；只要起得動身，就會來的。瓊枝是最乖覺的人，即刻叫人暗送去族長二百兩藥金，説各位動駕的夫馬，改日致送。

次日族長與衆人陸續到來。族長尚咳了幾聲乾咳，笑向爲富道：「好凑巧，昨夜感冒風寒，竟發了一回瘧疾，幾乎起不來。吃過陰陽水熬的金銀花湯，纔略鬆了些，勉强掙扎起來，與你做這件喜事。若是別人，就拿八轎來抬我，也斷不得去的。」爲富作揖謝道：「你老人家如果不來，這事作何主張哩？多感費心，免不得後來酬報的。」族長道：「可不是！我想：不來，旁人必要説我裝出病來，揹你們的謝金。今日大衆都眼見的，將來你們輪到我這位分，只要跟着做些成全人家的好事就是了。」説着，手裏拿出告文，大書繼室沈氏云云，指揮族衆，做完了喜事。吃過了酒席，各自散去。

瓊枝自此主持家務具有條理，與那七太太更加親熱，真如同胞姊妹一般。兩人談及仙種，所遇各有不同。瓊枝驚問：「彼時何故不能言語？」七太太道：「這是老師姑聽得説，你前次打那差人，是有内功的，纔將清水悶烟來軟禁着你。那香却是利害，聽説是西洋新進來的，好氣味，一熏起來其實令人難受。」瓊枝又問：「内裏的人從何而來？」七太太道：「虧你好明白！這是做成的夾壁，别人再看不出破綻來。其人亦是選過的精壯，一旦衰弱斥退，自有善法滅他的口。好機密哩！」瓊枝急問：「滅口是何善法？」七太太道：「你不常聽説有活佛坐化麽？」瓊枝愁着眉道：「事怕不密，終有發覺之時，大家均有不便。不如禁革了這些妖尼更是乾净。纔叫人放不下心呢！」七太太道：「如此也不是難事，明日送個信給縣裏，説限十日内定要驅逐那些妖尼出境。可好麽？」瓊枝催他上緊辦去。

那邊宋爲富又買了一個妾，原是本地新出來的瘦馬，妖嬈艷麗是不消説的，天生成的一種乖巧性靈，善能窺伺主人的衣食起居，揣摩盡致，體貼入微。爲富只是迷迷惑惑的，過了一向温柔鄉的樂境。但有一件毛病，假如一夜無人伴宿，抑或少有不遂所欲，即要發作起來。爲富本來疲軟，自覺慚愧，所以臀間腿上，受過許多拳頭及指抓的血痕，如啞吧兒吃黄連，説不出苦來，暗自買些補天丸、再造散、西洋新來的白綾帶子，以作敷衍之計。譬如儉腹人要充飽學先生作詩文，寒丐兒要跟有錢的大老官頑體面，均是不能得到好處的。瓊枝看破情形，婉言勸爲富道：「夫婦居室，原爲生男育女起見，浪淫損德，春藥損命，恐怕到那大不得了的時候纔悔不轉哩！」爲富明知好意爲向他，却亦出於無可奈何。

一日，丫頭報道：「太太，不好了！老爺在新娘房裏昏暈過去，轉不過氣來，請太太過去看看罷！」瓊枝忙到門前，聽那老僕婦説道：「此是脱症，仍要新娘嘴對嘴的度氣，方可接得上來。」瓊枝逼着新娘度了一會氣，眼見得是不濟事了，指着新娘哭説道：「你這妖精害煞哉！」新娘怒目道：「太太，别説妖精不妖精的話，老爺原是要我伺候，誰敢違拗他？他就死了，也是命根子不牢，怪我怎的！難道誰還辨得着我抵償的罪麽？」瓊枝越聽越氣，惱得哭不成聲，趕緊唤齊家裏的人，齊來看明收殮。那新娘也不知躲在甚麽房裏去了。瓊枝獨自經理喪事，盡禮盡哀，是没有分毫差錯的。

只是族中有兩個破靴秀才，一個叫做宋爲官，一個叫做宋福清，平素有些猜疑，見他數十萬家私白送與一個婦人享用，心懷不忿，就做起呈詞，是「異種亂宗，以偏謀正」的杜語，内中並有「身死不明」的話。找着族長説，要十萬頭，纔能和息。族長做好做歹的，與瓊枝給了信。瓊枝即向七太太商議。七太太説：「莫打别的主意，俗語説得好：『填河莫填溝。』就要做出臉面來，也只消三萬兩盡够衙門花用了。那有這樣便易的，十萬頭給他？一次給過了，將來還打發得清麽？」瓊枝極力付托他去。那日縣裏批駁了呈詞。上控府裏，仍批下縣，「查明確據，如虚反坐」等語，並有「嚴究不貸」字樣。宋爲官叔侄着了慌，查訪瓊花觀，並無求仙種子的踪迹；扶正本是族長主持，又有案可查；至於爲富實係脱陽身死，夥計人等都看過的，所控顯係圖搕不遂，信口誣衊。公呈的人，也有請究竊名的，也有請辦誣告的。倒是瓊枝自己開脱，「姑念同族，請免反坐，願出萬金，捐入宗祠，添補烝嘗，並濟貧乏，以息訟事。」由是親族人等，莫不稱瓊枝爲女中聖賢。那宋爲官帶着侄兒宋福清，來到瓊枝家裏，説是叔侄一時糊塗，誤聽人言，罪該萬死，今日特來跪門，請憑處治。瓊枝轉覺不好意思，叫人傳説幾句扯淡的話，給了些零碎東西。叔侄還要求入詩會，常領教益，改過自新，瓊枝只得答應過，方纔望着中堂磕了幾個頭，起來，千恩萬謝的去了。

那詩會却極認真，幾個秀才輪班擬題，收齊卷子，送與瓊枝評閲，輕重給獎。一會題目：擬杜少陵《秋興八首》，卷中多用「詩聖」「工部」等語，瓊枝批云：

擬體是代前人口吻，與八股文同例，諸作稱謂頌揚，多不合法。

又一會題《平山堂懷古》，瓊枝批道：

詩分古近體，以李唐爲斷，六朝以上爲古，後皆爲今，此種題只用感懷游宴等字，即是吊古體裁。

又批：

近體以格律爲主，性靈爲用，能於性靈中自具格律者，名大家亦不多覯；放浪油滑，當自知也。絶句在古近之間，宜逆不宜順，不必盡求太白之風格、龍標之神韵，即如小杜、大蘇，皆能去順取逆，餘子所不及也。諸君取法夫上，庶幾其可。

會卷一出，遠近傳聞，名流亦皆佩服，由是入會的人漸漸多了，也有能作四韵八句的。又有那些山人墨客、僧道九流，略識之無，俱來求教。

那七太太本要廣闊名聲，何暇計及區别甚麽流品？自家的詩都係瓊枝代作，陶熔日久，勉强也凑得成句，更是仰慕風雅，自己心裏常以女才子自居；每會奬資，多有幫襯，所以人都奉承他，越發高興。眼底下看的那些人，無一個不是俗物，人情上的事，也没有一樣瞞得過他；只有做詩，是要找瓊枝，纔能挣得起這個臉兒來的。却嫌往來不便，遂與雪齋説，要將兩家住宅中間相去四五里地面，房屋山林並爲己有，造成一所極大的花園，四時均有游人，又便我們詩會的朋友們游覽，開拓心胸，增長詩興，我家作個騷壇盟主，豈不是件大出名的事麽？雪齋原是假斯文假透了骨的人，心裏甚是願意，口裏躊躇説道："如把外人的地基買不齊全，豈不辜負了盛舉？"七太太道："你儘管找人説去，我問縣裏要張倡建義塾的示諭來，誰還敢説句混賬話阻撓我麽？"

即刻來找瓊枝，商量起個園亭稿兒。瓊枝道：「如此説是個別墅，雖用不着正大廳堂，却要有幾層正屋，纔將兩家聯屬成一極大極闊的規模，園中樓閣參差，益覺崇麗。但此事是要高手匠人，又要幾個胸有邱壑的人監工，纔得到那雅俗共賞的好處哩。我們是不得親歷其事的，只好説個大概罷了。」遂提筆來畫那一進五重三過庭，兩重是四柱三梁，三重是六柱五梁，短厢長廊，横竪大小九十二脊梁、四十八天井的圖式。左右後面，均屬花園，相度地勢，各置所宜，窪則掘池，垤則壘峰，平地闢爲村圃，坦途忌直，小徑宜曲，插棘編籬，種竹栽花，諸項事件，不必拘泥。此即説略，附於圖後。七太太據此支排，派了幫中的王漢策那幾個老成人，經理修造。又請了幾個秀才，題額書聯，雇定工匠百千，立至木石，各有分責。衆擎易舉，不問官私産業、樹木估價，繳由縣裏工房給領，地方文武各官常來彈壓，一時拿着酗酒打架的人在那裏掌嘴，一日又枷號幾個偷竊鐵釘木屑的人在那裏示衆。至於田土抗違，事情較大，送進衙門，歸案辦理。這般威勢，誰還敢對着那方向裏放個甚麽屁？幸得地主都係貧家小户，多給幾兩頭就可遷徙的。內中只有一家，種有八株桂樹，枝幹連蜷，不忍割捨，經不得縣裏的人恐嚇他，説這桂樹栽到八柯，要天上玉皇的月宫、人間皇帝的上林苑，纔是如此，你是何人，敢私造宫苑麽？若經官辦起來，怕不有多大的罪！那人想來，眼裏却没有見過許多桂樹的地方，害怕同他質對，只得於房土價外多收了幾十兩銀子，也就罷了。又有一個方塘，是人家種藕，在城裏賣的，十倍增價，不肯售與他人。其人乃是箍嚇不下的，只得與伊認租，每年所出荷花藕根仍由其人自賣。以上兩處均是園中要緊地位，即將方塘淘净，四圍砌石成堤，中置橋亭假山。山上署二大字曰「香海」，那亭中榜曰「海心」。堤上重門複閣，取「海旁蜃氣象樓臺」的意思。另開一條九曲河，或明或暗，導水出入，後來竹木成蔭，亦雅觀也。前面八桂之地適當後園中間，桂樹裏面造一八角亭石脚臺基，係按乾坎艮震巽離坤兑八卦方位而成。亭背有一小山，不呼爲太上老君，亦可稱爲玄天真武的，是天然景致。旁邊又造一座極寬敞的戲臺，臺上横額是「昔昔高歌」四個漢隸書的金字。正廳兩廊均是珠簾畫棟、雕闌綺席，預備那觀劇的地位。前面趕造水磨磚的庫門，外敞八字牆，左右各嵌一塊細工鑿成的花板，戲文人物刻鏤精工。只將此處做成周圍的長垣，約有十里路遠，緩緩修理。一面擺設桌凳几榻字畫玩器各件。近來河下除了鹽船外，大半是萬家載什物到來的船，每次起岸，有京都來的字畫、書籍，蘇杭閩省出的綢緞、海味，廣東出的楠榆木器、銅錫器、古董玩器，更有大西洋新來的呢羽氈毯、奇巧機器：開起號單，總是數十百箱。以外粗重應用物料，記也記不清數目。

此時門面完成，快做照壁，雪齋内外商量，要請地方官來踩踏新園。外面司事人備帖請客，内裏七太太説：「我也安排過了，運臺府臺是請不到的，好容易纔乞得了一道匾額。縣裏老爺心裏倒没有想不到的，只是礙着甚麽『官不瞧民房』的例，將來履新那一日，他先送來匾額，上好了，親身再到門前，抬着轎子走一轉，叫衆人觀瞻觀瞻，也就是從權到十二分了。」雪齋道：「想個甚麽方法，留住他吃過飯去，不更叫人害怕麽？」七太太怒道：「别説貪心不足的話，你萬家自有人形以來，那時見過這個世面？不想别個辛辛苦苦費了多少心，纔説得用全副儀仗，多派丁役，來的威勢大，我們的光彩更高，這就難得了。還不能討一句道勞的話！我不管了！你能幹自辦去罷。」雪齋陪笑作揖道：「太太恕我失言！諸凡遵命就是了。外面的賀新帖子也發定，吉期戲班都定過了，將來還要大勞好些日子纔得清閑呢！」七太太道：「别盡在這裏不尷不尬的，有事各自去罷！」雪齋如奉赦書，假意緩緩一步一步走到書房去了。只因這一番，有分教：妖媚是何情，詎等倡隨之義；繁華難免俗，終非安樂之窩。畢竟後事如何，且聽下回分解。

第四十六回　假風騷萬家開廣廈　真血食兩父顯靈魂

話説光陰易過，自那萬家起造花園，匆匆也是一年多的日子，大致可觀，園垣四處果然設起義塾，安置萬、宋兩家的幾個潑賴秀才。明明借他作護園的惡狗，那裏教甚麼書？閑話不題。且説那日賀新，先是本家幾個秀才到來，看見大門正是閉着，要候踩新的官到時纔開得的，衆人看那大門橫額是「紅池别墅」四個金字，對面照壁粉白光亮，上面畫着一丈二尺高的天官，紅袍金帶，左手捻着五綹長鬚，右手拿着象笏，指那五色祥雲擁護的半邊紅日。一個秀才説：「可惜這日頭何不畫成圓的，就無缺陷了。」一個秀才道：「莫説這些欠考據的話，那全紅日頭是要一二品大員纔畫得呢。你當是徒好看麼？」説話移時，别的客也陸續到得多了。

忽然聽得到鑼聲自遠至近，知是縣官親來。前面抬着三道匾：一是鹽運司的全銜、一是揚州府的全銜、一是江都縣銜名拜賀，一對一對的旗牌玉棍，紅傘罩定一乘大轎，内裏坐着一位紗帽補服黑鬍鬚紅鼻子的官員。到了門前，裏面開了大門，一個管家手裏執着紅帖，在轎子前跪安擋駕，四個轎夫抬着轎子進門，一轉而出。這裏放起爆仗，鼓樂大作。一會，匾也釘好了，司裏府裏，以及同城衙門的幕友官親均已到齊，今日的客大約以此輩爲上賓，秀才們同着逛逛。自大門看那兩旁，十幾對金字紅牌：一對是「孟門高第」，一對是「河南左布政使」，幕賓問道：「這位是誰？」本家秀才道：「名叫萬衣，著得有刻的書，名《萬子迂談》。雖不是一家，却也算敝姓有名望的。」衆人轉上大廳，看那縣官的匾，是「潤屋延釐」四字。府幕笑問縣幕道：「這必是先生的手筆，典重高華，好極，好極！」縣幕答道：「説起來四個字大有原由，這裏雪翁是與敝東至交，敝東説這道匾總要隆重些纔好，『潤屋』兩字是敝東擬的，下兩字幾個朋友都配不好，晚生想起稟帖上恭維的話，如年節用『柏酒延釐』，秋節用『桂釀延釐』字眼，隆重莫過乎此，遂呈了籤條。敝東果然説好，就用了來的。」府幕道：「『延禧』亦可用得。」縣幕道：「『禧』字輕些，在老先生們用下來便不要緊，而今我們州縣衙門給平行紅地方的尺牘，都要當作稟帖的一般，用心斟酌，不然一旦挑起眼來，就保不定吃飯，敢是頑的麽？」説着，衆人又進一廳，正門上是府尊的匾，旁柱挂一長聯，幕友念道：「甲第起江都，玉堂早篆金銀字；名園依廣澤，春圃常開富貴花。」款署翰林院全銜姻愚弟某名拜撰並書。大家贊好，説真是金華殿中人語。

引導的人説，上頭還有三重，無甚逛處，我們從左月光門進去逛，對海灣轉到右邊就是戲臺，主人在那裏候席哩。一路經過好幾重門，又過些長廊曲檻，壁上都是字畫，纔看了東坡游湖，又見是太白醉酒。一口氣走到海心亭，歇歇觀海，起來轉入樓臺，層折多端，總不外琴棋書畫、游詩品花及藏書籍的所在。衆人游到詩室中來，伺候的書童端上茶點，吃了一會，看看上面擺着一部《洪武正韵》，旁列楠木多寶橱，内裏貯的唐宋以來各家詩稿。窗前几案，擺設筆硯花箋，十分精良。案上預備隨手翻閲的幾部詩韵，以及圓機活法各類書。秀才道：「今日賀新，不能無詩，諸公佳作，將來作爲一會可好麼？」衆人齊聲答道：「甚好。」同又轉到藏書樓上，三面列架，萬軸牙籤，亦仿四庫甲乙丙丁分貯之法。幕賓看那頭一庫的標籤，寫着《貿易通志》、《授時通考》、《諏吉通書》。因説道：「嘗聽有人談『三通』『四史』，這可就是『三通』麼？『四史』尚未見過。」一秀才道：「先生且看那邊架上都是史書，那裏纔止『四史』，真有廿四史了！」幕賓道：「今日真個見識了。」遂看那一架上，頭一部是《開闢演義》，一直到本朝的《雲合奇踪》，歷代無關帝王如《水滸》、《粉妝樓》、《緑牡丹》之類，都是全的；外還有《神仙綱鑒》、《草木春秋》各書。衆人看了一會，忙着要去赴席，天色已不早了，轉過八桂亭，看看中間懸一幅吴道子仙筆畫的《龜蛇鎮宅圖》；走過村落上，那太湖石磊成的假山，山上竹木尚未長成，無甚好看。進了一層深院，滿地擺列花盆，旁有小圃，望去盡是土養的椿頭，未上盆的草本。再進敞廳，上面横榜是「課春軒」，衆人坐下。有一人説：「今日走的路快到十里了。」書童正在端茶，耳内却聽鑼鼓聲響，引導人説：「那邊開了戲，請各位就可過去，赴過席，明日再來逛逛罷。」大家俱説有理，一同來在客廳。但見主人衣冠揖客，安坐送茶，戲臺上參堂點戲，開了正席。幾位幕賓聽了兩出戲，看看起鼓，便告辭回署去了。這邊衆客開懷暢叙，盡歡而散。一個秀才看那臺柱上的對聯，念道：「市場即戲場，看你是那般的耍手；假事如真事，請君從結局處留心。」念完説道：「好得很，非名手不能做得這樣透徹的。」

自此十日一會，文武衙門、官親幕友，無一個不在詩會中。七太太大有聲名，萬雪齋亦廣通聲氣，只有瓊枝帶着小兒子，經理家務，節下稽查各下處的賬目，閑時評評他們的詩，過的倒是個清閑日子。那日七太太拿了兩本書來要瓊枝點定。瓊枝看那封面，是彭翰林題的《萬家合稿》，翻看雪齋的詩，上有國公府徐二公子的批評，笑了笑道：「這樣夫婦合刻的詩稿，倒是古今罕有的。姊姊既作這件新鮮的風雅事，似要多幾首詩纔好哩。」七太太道：「正是要你給我凑好，作速發去刻板的。難道爲姐替你做過許多白忙的勾當，還不值得你這一點便宜麽？」瓊枝笑道：「這是甚麽要緊！怕是倉卒作不好，增不得姐姐的光，玷污了芳名倒不是頑的。如不嫌棄，就將往日做那通套題目的詩，揀個幾十首，纔來得及哩。」七太太喜喜歡歡，住過幾日，逼着瓊枝選完，拿了詩本，叫人抄寫去了。

這邊詩會的人越發多極了。那日正在課春軒，扶乩命題，忽然陰風四起，滿堂燈燭都變了緑色，恍惚有無數鬼物，自遠至近。坐客各自往正廳上跑來，扶筆的兩個仙童早已不知藏在那裏去了。雪齋從書房裏出來，看那些人慌慌張張，也有説看見兩三尺高頭大如斗的鬼樣，也有聽得號哭並枷鎖鐵鏈的鬼聲。又有幾個秀才道：「我們見的是那些詩仙，來賞鑒雪翁的芳園，助我們吟興的，倒被你這些冒失鬼鬧散了，豈不可惜！」説得衆人大笑起來。雪齋就命在這廳上擺晚飯，席間有人説：「神鬼不可不信，近聞龍虎山張真人將到清江浦了，雪翁何妨請來鎮壓鎮壓，尊府永遠清吉豈不好麽？」雪齋問是如何去請，那人道：「不怎樣的，準備陰陽錢不過三五十釧就够數了，像雪翁這積善之家，真人必定降臨的。」雪齋記在心裏，次日果有天師過境的信，着人去請。那天師也不推辭，就在漕關河下泊了船。

這位天師係漢張道陵七十二代的裔孫，克承家學，善能捉鬼驅邪。此次奉詔到京，建設五年一次的羅天大醮，轉身帶了八個法官，飲食衣服，都與常人無異。只見船頭上有兩個虎頭牌，一寫「龍王免參」，一寫「諸神回避」共八個墨字，四個硃圈，水手們向看的人道：「那日在清河裏，忘記懸這兩道牌，一霎時風浪掀天，開不得船，還是天師想起，叫把牌挂起來，那風纔息了，耽擱我們半天路呢。」彼時轟動，那些告陰狀的、求符的，香花滿地，踴擠不開，兩日打發得稀疏了，纔有一個法官到萬家園來，設壇作法。法官到此，説係地中鬼魂作祟，想是造園時掘塚太多，於理不合，非法所能驅遣。就在園内立祠致祭，再求天師法力安置可也。雪齋愧悔無地，只得依法禳解過了。

瓊枝正想追薦亡夫，要雪齋代懇天師，作四十九日的水陸大會。天師許了七日煉度，擇定吉期，一齊來到宋家，建設道場。到了三日晚間，攝召亡魂，壇外搭起一座金橋，左邊衣冠所，右邊沐浴所，中排血食。瓊枝帶着小兒子，跪在壇前，泣涕不止。天師正坐，法官旁列，鑼鼓金鐃，贊手贊帛，焚符咒水，一陣角聲烏烏。見那一個法官，手執五色紙旛，繞壇三匝，口内高聲呼道：「江都縣住居孩男宋福仁，信心遵奉靈寶法師律令，召請生身亡父真魂正魄來壇受領血食，上升天堂。」細樂大作，天師口裏不知念些甚麽咒語，手執雷令木牌，向案上一拍。忽見法官拿着旛竿，往金橋上一麾，口裏喝道：「何方妖僧，敢冒血食，豈不知法師五雷掌訣的利害麽！」但看那僧，目視小兒，似作哭泣之狀，回視天師，閉目不語。法官心裏明白，叫人取一碗清水，放在瓊枝面前，焚了一道開天符，瓊枝目視水中，見那日浴堂裏來的那個和尚，正與亡夫爲富争取血食，不由的面紅耳赤，心驚膽戰，臉上又羞得抬不起頭來，只聽兩旁打起魚鼓簡板，敲動鈴鐺，那法官作步虚聲喝道：「女子從夫夫不良，權宜生個好兒郎，布施若有銀千兩，再不逢人道短長。」瓊枝伏地聽着，不覺點了點頭。法官叫將水碗撤開，做完法事。後日上表拜懺，應該拈香頂禮，瓊枝均説有病，不能出來。經功圓滿，天師送了兩道驅邪鎮宅的靈符。瓊枝兑給了銀兩，又送了些零碎，是謝那法官的，外送了些鷄魚楮帛，是謝神將的。整整鬧過三日，纔送了法駕出門。

瓊枝心裏懊悔，羞憤成疾。那七太太聽了，心裏也有些害怕起來，園中從此不敢進去，詩會也冷落了。七太太同萬雪齋合稿的詩，已刻成了書本，夫婦歡喜。正欲發出，送那同會的人，忽見管家送了一封書信上來，説是徽州寄來的，本人還要親到拜會呢。雪齋拆開一看，氣得目瞪口呆的，話也説不出一句來。七太太笑道：「怎樣的事？想必又是三氣周公瑾了。」只因這一番，有分教：夫婦慕風雅之名，詩是假，事皆是假；身家以清白爲貴，人可瞞，天不可瞞。畢竟萬雪齋看的書信是爲甚麽事，且聽下回分解。

第四十七回　吃官司鹽商破産　欺苗民邊鎮興師

話説萬家園借義塾爲名，占買民地，增修房屋，又以詩會聯串秀才，以迄縣府分司鹽院衙門的人，酒食徵逐，聲氣相通，即有無限欺壓人民顛倒是非的事。受害之家尋出徽州程明卿家，纔能折服他。這時明卿已死，伊子少卿，是個老實不過的人，只聽人説訛得了他好多銀子，遂肯出名前來。一切有人替他出力，先寫一封信知會他，試試動静。萬雪齋拆看的時候，又被七太太笑他三氣周瑜，臉上着實過意不去，只好老着臉道：「這是一生不了之局。」七太太道：「你不了，是應得的，窨了别人封誥都掙不到手，纔不值哩！虧得你幾十歲的男子漢，想不出個扭轉乾坤的法子來，若是有力量的，炭煤還要洗白呢！」雪齋笑道：「近來那樣不是仗着太太過日子，這事還可設設法麽？」七太太道：「天柱折下，我還把他竪得起來，這點小事值甚麽？只要你割舍十萬兩，包管你那賣身文契作爲故紙無用！」雪齋道：「我的文契，早年就抽出毁了的。」七太太道：「你真個串了皮的呆子，文契尚存，都敢去打官司麽？」雪齋恍然大悟道：「是了，是了。」

七太太又附着雪齋的耳，說了好些話，雪齋纔出來，派人安頓各處。七太太也進署内去了。

那程少卿果然坐轎到萬家來，心想不消下轎，就有銀子兑出來私和的。誰知廳上没人理他，只得下轎，向小廝說道：「叫你主人出來見我。」小廝進内，轉來說：「主人在書房有請。」少卿隨着進去。座上先有四五個白頭的客人，雪齋起身，招呼讓坐。先問少卿道：「世兄幾時到的？前日賜函，未定住處，失候得很！」少卿聽見稱他世兄，越發詫異，因問道：「你我怎的世誼？」雪齋道：「我在萬有旗號學買賣，拜尊翁明卿先生爲師，是這幾位老年人都眼見的，那時世兄纔出世哩。」少卿怒道：「你是我家的奴子！」雪齋不等說完道：「世兄誤聽人言，致忘世好，今日拿不出我的身券，休想坐轎出門！」少卿慌了道：「券是有的，我去拿來。」雪齋叫幾個小廝，扭着少卿進了縣署，向門上說，是拿獲痞棍誣磕，送案究治。門公吩示交差押候，逼着房裏呈了稟單。知縣喚少卿上堂，問了口供，知縣道：「莫又說是本縣受了買囑的話，你這官司就輸在没有賣身文契，聽本縣的天斷，各自罷休，如不服氣，上司衙門不曾閉着，由你告去罷。」兩旁的差役將少卿攆了出來。少卿氣的要死，衆人做起上狀，等着告期投遞。忽見運臺衙門挂了一面牌示出來，上寫兩淮鹽運使批詞：

案據總商人等呈稱：商號服役，雖不敢比武營兵丁，却與文官隸卒不同，向以兒童入號，學習買賣，拜主人爲師父。先服賤役，如茶烟灑掃，俾習勤勞；學成書算，聽其自立；尊師以禮，由來久矣。迄至今日，世風日壞，遇有學徒成立，師家動輒誣爲家奴，層層剥削。

現因萬雪齋被程少卿誣控爲奴一案，縣檔可查。前惡不去，後累無窮。誰無子弟？誣陷實所不甘，只得協懇核定商規等情。本司查例未有明條，但除弊興利，責屬專司，古者四民，工商並舉，不在職官之列，亦不與賤役同倫，嗣後商家需人，除挑抬夫役外，凡大小司客司事，極至瑣碎之役，均准認主人爲師徒，同事稱爲夥計，主人即有官職，亦不得視爲役隸。況衿不充商，何敢濫用長隨，買人爲奴，罪例匪輕。仰候本司詳院，奏請着爲通例，以清積弊，而重商務。

少卿同衆人看完，面面相覷，内有一人説道：「罷了，而今世道，乃錢神主政，我們應該退避的。俗語説得好：『窮不與富鬥，富莫與官争。』」大家嘆息而去。由是萬雪齋自謂洗清白了身家，一心要想官做，出入衙門，肆無忌憚。

時值縣官做生日，幾個鹽商承首，各執簿册，無分商民，各出壽儀若干，以多爲貴，鋪張太甚，鬧得上臺都知道了。那日知府因事進省，撫院問他：「江都令居縣如何？」知府道：「才具開展。」撫院道：「才具是好的，近日風聞有苛斂的聲名，可是真麽？」知府回道：「卑府不才，頗知察吏，該縣憨直遭忌，生性使然，至於貪贜，卑府同城，未有聞見。那日地方人要送卑府的萬民傘、德政碑，該縣都説他要捐廉辦理，不忍百姓出錢。因此知道該縣是必不肯妄取的。」撫院未聽説完，就忍不住笑，説道：「這個那有捐廉的？」知府自覺失口，紅着臉道：「是未成的事。」撫院已不願意聽他分辯，轉回問問同班幾句公事的話，拱手送客。知府稟辭回來，自覺有些不穩當，暗囑知縣打點，準備交卸。不久即有府縣一並撤省查看的信。

新任到來，前日吃着萬家園的大虧那些人，遞了紅呈，半個月纔批了出來，准的少，不准的多。衆人議論紛紛，大家都不再控案了。到了月底，黑夜朦朧裏，那萬家園四面火起，風猛焰烈，縣汛各官俱出來救護。嗚過滿街的鑼，不見一人動手。縣官行畢了禮，出了重賞的示，那些兵役纔將宋萬兩家的住房拆開，園裏樓臺皆成灰燼，天明餘焰猶熾。知縣到府裏禀明救火情形，知府問那起火根由，及放火的賊拿着否？知縣回道：「昨晚這樣的火災，的確是天火。」知府道：「天火是怎麽樣的？」知縣說：「回大老爺的話，卑職署過事的地方，每逢救火，行不到三跪禮，那火頭便掉過去，風是要微微的。昨夜卑職磕到九個頭，後來連紗帽補服都脱了下來，丢入火裏去，那火神爺總不賞一些兒臉，所以知道是天火，由不得火神爺做主的。大老爺若說要拿賊，那差役們一定要誣磕好百姓，倒怕要惹出别的亂子來。」知府一笑，也就罷了。

近年萬雪齋用項過多，下處的夥計逃去了幾家，窩子也倒得差不多了。前任府縣的參案，又有說要連累他受與同科的罪名，逐日與七太太都擔着驚恐。忽見小厮報說：「王漢策老爺來了。」雪齋見面，說起湯少爺前次到了任所，回來的信說是苗務餉項短缺，同鄉人肯幫襯必可仰邀議叙的。雪齋急欲出門避禍，因與七太太說知，又恐凑不出巨款來。七太太道：「實告訴你罷，我這兩年所積有五六萬，内除和息人命那筆銀數，怕有翻悔，不算賬，實有四萬多兩。你既要從軍，我凑你萬金，其餘的附在瓊妹妹那裏，耐着苦過下半世的日子罷了。」雪齋甚是歡喜，整頓行裝，别了七太太，乘夜上船。兩月後，到了貴州界口，聽得人説苗務將要收功，瘴氣又惡，雪齋吃不得苦，已經得了水土不服的病，生死原是不打緊的人，何必細表。却説那年湯家兩個少爺，行到了鎮遠府，打發尤鬍子先往衙門通報。

（下接卧本第四十三回「次日，風定開船，又行了幾程。大爺、二爺由水登陸，到了鎮遠府，打發尤鬍子先往衙門通報」。）

（光緒十四年鴻寶齋石印本，個别錯字參上海海左書局印本校改）

二版後記

再次輯校完畢，了却平生一樁心願。回首近廿年的輯校歷程，往事如烟，却縈繫難忘。

一九八四年，吴敬梓逝世二百三十周年之際，上海古籍出版社出版了我的《儒林外史研究資料》和《儒林外史會校會評本》二書。是年冬，在南京舉行全國吴敬梓《儒林外史》學術討論會，成立中國《儒林外史》學會，承同道厚愛，推選我爲副會長兼秘書長。

一九八一年，籌辦畢紀念吴敬梓誕生二百八十周年學術討論會，我就一頭扎到北京、上海、南京、杭州、合肥各大圖書館中。那時訪書比現在容易得多，各館收藏的珍貴《儒林外史》版本和資料悉數無私地借我觀覽。而且，在北京圖書館等館同志的幫助下，異地、異館的珍本我還能擺在一起比勘，這纔能發現：原來清江浦注禮閣本、藝古堂本都是卧閑草堂本的複印本；原來「群玉齋本」、「蘇州書局本」，實是同一版刻不同版次的印本等等。這纔澄清了《儒林外史》版本史上的許多懸案。

一九八二年最冷和最熱的日子我都在上海圖書館古籍部同工作人員一起度過，對今存唯一的清代蘇州潘氏抄本作了比較徹底的發掘清理，逐字比勘了它與卧本的異同，發現了潘祖蔭評語等資料。在上海圖書館的一大收穫是發掘出「從好齋輯校本」，發現了此本在版本校刊上的獨特價值；發現並輯出石史（徐允臨）評語、華約漁評語各十餘條；發現了石史題跋四則、華約漁題記、王承基致徐允臨信等珍貴資料，它們對於研究《儒林外史》的版本源流、評點沿遞、社會影響等，都有相當的價值。

正是在收集了現存各種清代版本並有一些新發現、新發掘的基礎上，經過爬羅剔抉，我理出了《儒林外史》版本沿遞的基本輪廓，從而確定了《儒林外史會校會評本》的底本、校本、參校本，「經過認真校勘，訂正了原書不少錯謬訛奪，給讀者提供了一個迄今爲止校勘最爲精到的版本」（《古籍書訊》一九八四年十一月九日《簡介儒林外史會校會評本》）。此外，根據該書的校記覆案，讀者可以了解各種版本的情況，做到「一本在手，盡知各本」。這對難於見到各種版本的研究者而言，無疑提供了極大便利。

「常爲人知的《儒林外史》評點只有三種，經李漢秋搜集整理，已達九種之多。其中，除上述新發現的幾種（按指潘祖蔭評、華約漁評、石史評）以外，他又將兩種傳本的天目山樵評點作了系統的校勘，比較其異同，釐爲『天一評』、『天二評』兩部分。平步青《霞外攟屑·小棲霞説稗》中有關《儒林外史》的文字，李漢秋考訂它們主要是針對小説和天目山樵的某些具體評語而發，從而還它們以《儒林外史》評語的本來面目。」（《寧波師院學報》一九八八年第二期《李漢秋研究

〈儒林外史〉成果綜評》）應該説，這些評語並非虚言，而是對我辛勤勞動的實事求是的肯定。

正因爲有種種創獲，《儒林外史會校會評本》榮獲首届（一九七八——一九八五）安徽省社會科學優秀成果一等奬。第一次印刷四萬五千册脱銷後，一九八六年第二次印刷又很快售罄。不少海外學者，因多方搜求而未得，還輾轉來函或來人向我索書。

古籍浩瀚，書海無涯。對於《儒林外史》這個「海」，想要一次探求窮盡，是不現實的。十九世紀中葉，出現了一位同時評點了《儒林外史》和《紅樓夢》兩大巨著的評點家——黄富民（字小田）。他的兒子黄安謹在《儒林外史評・序》中説：「先君在日，嘗有評本，極爲詳備，以卷帙多，未刊。」天目山樵也提到黄小田曾把評點交給他，他在自己的兩種《儒林外史》評點中間也曾附了黄小田的評語，「所標萍叟者是也」。但所標一共只有三條，「極爲詳備」的黄小田評語，一個多世紀以來，竟一直湮没無聞，不知去向。

一九八五年夏，有《初揭「閑齋老人」之謎》一文提到，曾見過一本《儒林外史》，卷首有題識説閑齋老人是閎齋老人和邦額。題識之外還有甚麽，則未曾言及。因此，我也只抱着對閑齋老人的興趣，尋訪這本書。結果，在一部蘇州群玉齋本《儒林外史》上，我意外地看到了用墨筆和紅筆密密麻麻寫下的許多批語，但没有任何説明。不熟悉《儒林外史》評點者，當然不知爲何物。而我則剛搞過「三會本」，很快辨認出來紅筆過録的是一八八一年版的天目山樵評語。墨筆眉批是甚麽呢？經過仔細考察發現：首先，批於卷首「閑齋老人序」後和總回目後的兩則題識較長，明署「當塗黄富民序」和「小田氏又識」。其次，有十三回的回末墨筆總評都署明「黄評」，自是黄富民評的簡稱。再次，各回總計二千餘條的眉批，雖無署名，但其觀點、用語、筆迹都與題識、總評一致；況且兩種傳本的天目山樵評語中標明「萍叟云」的三條都在其中，並没有另外標志，也可證明墨筆眉批同是黄富民所評。復次，從黄富民評、天目山樵評的比較中所顯示的二者的關係，也完全符合歷史的真實情況。我的發現和論證發表後，獲得學術界、出版界普遍認同，至此，黄小田評終於衝破一個多世紀的塵埃重現天日。

現在我把黄小田評加入原來的《儒林外史會校會評本》中，是爲第二版。爲了區别，更名《儒林外史彙校彙評本》。把以眉批出現的「黄評」一律改爲夾批，列於相應的小説正文之下。各種評點按時間先後排列，構成一個有機的系統，顯示出各種評點之間衍遞的脈絡，顯現《儒林外史》研究史的一個重要方面，爲學術界和廣大讀者提供一個比較系統完備的研究材料和閲讀參考。

在彙校方面，經過十幾年的檢驗和思考，各本異文列入正文的取捨，也有個别作了調整，校記也去其重複者。總之，盡力使此本更加完備、更加完善。但取法乎上，僅得乎中；後之視今，猶今之視昔。學術資料文獻總是在不斷發現和積累。後來居上，後出益精，自是客觀規律。能够爲《儒林外史》的研究鋪築一段路基，余願足矣。

一九九八年夏於北京中華民族園西畔

三版後記(原題「增補則仙評批説明」)

上海古籍出版社一九八四年初版我的《儒林外史會校會評本》,一九九九年二版增添黄小田評批,更名《儒林外史彙校彙評本》。我任全國政協委員的二十年中,行踪遍及全國各省,乘便尋訪《儒林外史》的「隱逸」資料。數年前在一個省級館發掘出「則仙評批」,喜不自勝!本擬及時公諸學界,因考索「則仙」真面,延遲至今。

我在《儒林外史的評點及其衍遞》(見本書卷首)中就説:清末,在南匯和上海一帶,形成一個評點和傳播《儒林外史》的「文化沙龍」。則仙評批又爲此説增添了實證。作爲第十種和第五大《儒林外史》評點,現增補入本書,統置於書末。

評者伊誰

在一本清同治甲戌(同治十三年,公元一八七四年)版的上海申報館第一次排印本《儒林外史》上,眉批密密麻麻。第一回開頭眉批寫明「天目山樵評本」,因此凡是過録「天一評」者一般不署名。經仔細鑒别，在天一評和一條百花莊農評之外，還有一百三十七條眉批和回末總評。這些都是誰批的呢？

分辨署名

如果署名明確，就可徑考其身世，無奈落款五花八門，竟有十八九種之多，不能不先分辨一番。徑署「則仙」的有六十八條，是主體。同類署名有：仙、讁仙、朱讁仙、朱則先、則先、醉仙、抱仙、橘仙、喬木山人（前二字合爲「橘」，後二字合爲「仙」）。細品知其皆圍繞一個「仙」字。雖可知評批者姓朱，但則仙等是名、是字、是號？不得而知。另一類署名有：卧讀生、白鸝池釣徒、退速廬主、金夸山人、美、最不羈生、不奇（羈）生、海上羽公。這八種中前三種，從内証就可知與則仙是同一人。第二回同一條眉批既自稱「卧讀生」又署「讁仙」；第十三回總評落款「時光緒三十二年七月卧讀生則仙氏誌」；第三十六回落款「三十二年七月退速廬主卧讀生誌」。第三十三回眉批落款「庚戌中秋則仙誌於紫源堂飯次」，而第五十三回總評落款「白鸝池釣徒書於紫源堂下」，二者字迹相同，可证爲一人。總是自稱「生」，又自稱「釣徒」而不稱「釣叟」，估計主要年齡段還在中壯年。

追溯同道

目標鎖定一人，就可追踪他的同道交游。南匯上海一帶的《儒林外史》「沙龍」，以天目山樵（張文虎）爲中心，以傳抄和評隲天評（包括天目山樵的前後兩種評批，即天一評和天二評）爲基本活動。則仙在第一回開頭眉批就寫明「天目山樵評本」。天一評在一八八一年刊印的申二本上纔正式刊出，而則仙在光緒四年（一八七八年）就過録天目山樵寫於光緒二年（一八七六年）的「暮春識語」，那只能出於傳抄本。第三十一回回末總評説「天目山樵游憲幕，享盛名，晚年隱於復園，著書自誤」；又説天目山樵與小説中韋四太爺有「臭味相同」處，「議論豐彩有不免相似處，是以傾倒，若此於以見天目山樵之率真也」。可見則仙與「沙龍」中同道一樣，都以天目山樵爲嚆矢。

則仙與南匯上海《儒林外史》「沙龍」中的其他同道也有交往。第四十二回眉批説自己「嘗與南匯顧績臣先生論及」。卷首目録之後抄録「百花莊農」——上海華約漁的評語，此評寫於一八七八年，被上海石史（徐允臨）抄於一八八四年，刊於一八八五年的「從好齋輯校本」《儒林外史》中。看來則仙也與上海石史「沙龍」有直接交往。

探測地分

探測出則仙的地分就容易找出蛛絲馬迹。小説第四十一回寫南京中元節盛況，則仙批：

「我曾六踏省門，確見如許景況」。第五十三回總評則仙又説自己「屢踏省門」，而無由瞻仰瞻園。凡此可確證他是江蘇省人。無怪乎第五十三回眉批中把「賣弄」寫作「買弄」，吴語「買」「賣」音不分也。落款中還有「白鸝池」、「紫源堂」、「退速廬」等池名、堂名、廬名，但暫都待考。再從何下手呢？

第三十回總評署「癸卯巧月卧讀生誌於泖東之一樂居」映入眼帘。初時我還不大在意，查下去，方知這是重要信息。按泖河（也有稱泖湖）原在松江（現已淤爲平地），古人按其流經的形狀稱「大泖」、「圓泖」、「長泖」，統稱「三泖」，與「九峰」相配。「九峰三泖」原爲松江代表性山水景觀，是歷代詩文描繪的當地勝景。元末流寓松江的詩人楊維楨在《泛泖》中有名句「天環泖東水映雪……九朵芙蓉當面起」，就是寫峰泖相依的泖東山水之勝，泖東應是峰泖景觀的佳處。第四十一回總評又有「壬子……謫仙書於一樂居」。可見光緒癸卯（一九〇三年）和壬子（一九一二年）則仙在此評批《儒林外史》，這是確鑿無疑的。那時松江正屬江蘇省（直到一九五〇年纔劃歸上海行政區）。

確定松江之後，我親至當地採察并咨詢了一些松江朋友，多年來經同仁多方查考已覓得一些有關文獻。

水落石出

《華婁續志殘稿》的「華亭縣藝文志」集部别集類赫然寫着：

《一樂居文稿》、《屯窩詩稿》，朱昌鼎（子美）著。

同書的科舉表中，光緒十六年庚寅「恩貢」欄中惟一一名就是：「朱昌鼎（子美），華亭。」那是公元一八九〇年慈禧六十六壽慶，隆恩天下書生而特設的「恩貢」。現存松江博物館的《屯窩詩稿》是朱昌鼎悼亡之時，仿黛玉葬花，積詠成集的，上下二册共收詩二一四首。昌鼎族弟朱久望一九二〇年跋稱：「先兄存年四十有九，而四十以後竟無字吟詠」。上述兩種之外，昌鼎尚有《夢曇庵詞稿》、《朱氏家譜》以及署名「雲間不羈生」的《詞媛姓氏録》。

徐珂編的《清稗類鈔》裏生動記述了朱子美與「紅學」、與小説的關係：

嘉、道兩朝，則以講求經學爲風尚，朱子美嘗詘笑之，謂其穿鑿附會，曲學阿世也。獨嗜説部書，曾寓目者凡九百種，尤精熟《紅樓夢》，與朋輩閑話，輒及之。一日，有友過訪，語之曰：「君何不治經？」朱曰：「予也攻經學，第與世人所治之經不同耳。」友大詫。朱曰：「予之經學所少於人者，一劃三曲也。」友瞠目。朱曰：「紅學耳。」

「經」字少一劃三曲便是「紅」字。近時紅學家以此認爲，朱昌鼎是「紅學」一詞的開先河者。可見他評批《儒林外史》，是「獨嗜説部書」的結果。説不定他和這個「沙龍」的先驅者黄小田一樣，同時評批了《儒林外史》和《紅樓夢》。現在，《儒林外史》朱評已發掘整理出來，《紅樓夢》朱評尚待發現。

既知昌鼎字子美，署名中之「美」者何人，自不言而喻。「海上羽公」者，「海上寓公」之諧音也，亦當即昌鼎。

我的以上考索發布後，引起儒林學界和紅學界關注，一些學者繼起考察，以李小龍教授的成果爲代表，考定爲朱昌鼎、朱昌泰兄弟前後相繼評批。本書仍統稱爲「則仙評」。具體見書首《〈儒林外史〉的評點及其衍遞》。

時有見地

置身「儒林外史沙龍」氛圍中，則仙評批不乏有識之見。

第四十九回小説原作寫鳳四老爹出場：

一個……大漢，兩眼圓睜，雙眉直竪，一部極長的烏鬚垂過了胸膛……肘下挂着小刀子。

則仙眉批：「此『小刀子』爲裁紙刀耶抑解手刀耶？當云『肘後佩着不長不短的腰刀』。」第十四回眉批馬二游杭州吴山：「有濟勝之具而無選勝之才，似此游山，未免山靈騰笑。」這與後來魯迅等人欣賞「馬二游西湖」相一致。則仙作爲清末文人，頗能品出對杜慎卿和韋四太爺風雅倜儻的描寫是褒而非貶。指出《儒林外史》對《野叟曝言》、《海上花列傳》的影響。受天目山樵尚考據的影響，則仙對小説人物和情節也作了一些原型考索，如在小説第三十五回寫莊紹光夫婦在玄武湖念《詩説》處眉批：「念詩一事借用袁、趙。」他對卧評、天評不時提出一些異議。也探索小説的「微言大義」，如第二回總評説「此書以汶上縣起」，是因爲「聖門惟閔子品最高，可以上配泰伯」。第三回總評説「《水滸》首王進、史進……此書首周進、范進」，是《春秋》筆法。

評批時間，落款者有一八八四、一八八六、一九〇一、一九〇三、一九〇六、一九〇七、一九〇九、一九一〇諸清末年份，只有兩條在辛亥革命後的一九一二年。他的生命大約不久也即終結。則仙很有「末世感」。第三十六回在虞博士中進士時批：「虞博士果然歡喜，亦則仙所旦暮求之而不可得者也。不倫之擬，閲者諒之。」明知「不倫」，情不自禁地要表達熱衷進士之情，落款「癸卯」，已是廢止科舉制度的前夕。同年在第二回周進撞號板處批：「恃目前有現成飯……任意花消，欲吃飯而難得現成者正復不少。願與末世守成子弟交勉之。」他已預感到「末世」難得現成飯吃。在二十二回總評哀嘆：「水晶結子且不足重，何論方巾哉！」二十五回總評説：「用夷變夏，不可言矣！」二十八回眉批更説：「抬出東洋外國來也。」在在反映出時代巨變中一個傳統儒生在閲讀《儒林外史》時所引發的悲哀。

二〇〇八年於北京中華民族園西畔，二〇二四年增訂

四版後記

本書初版於一九八四年，名《儒林外史會校會評本》，榮膺首屆（一九七八—一九八五年）安徽省社會科學優秀成果一等獎，從一九八六年起重印了多次。一九九九年第二版，加入余新發現的黄小田評批，改用繁體字，重印了好多次。二〇一〇年第三版，余新發現的則仙評批加在書末，連平裝帶精裝印刷了十幾次，惟校對欠精。現在是第四版，把則仙的眉批列於相應正文之下；則仙的回末總評，列於每回正文之後；並重新作了校勘。

《文獻》二〇二一年三月發表了朱澤寶副教授的《新見〈增補儒林外史眉評〉考論》，承朱先生同意，將他初步整理的童葉庚的《增補儒林外史眉評》（本書簡稱爲童評）補入《儒林外史彙校彙評》本。童評原爲小説之外另紙書寫，經余重新校勘，將童評各條分别插入小説相應正文之下作爲夾評。如此，本書仍然是當今收集最全的惟一彙評本。

童葉庚，經馬俊卿同志查其生平資料，知其以發明「益智十五巧板」拼圖拼字智力玩具暨《益智圖》系列書聞名。他評點《儒林外史》頗能品出「筆法」之「細」和「曲」。如第十回開頭評婁公子頭兩次訪楊執中情景的對比：

婁公子前次訪楊執中，坐一隻小船；此次訪楊執中，仍坐一隻小船。前次在途中，遇着一隻大船；此次在途中，也遇着一隻大船。前次大船是夜裏遇着，此次大船是日裏遇着。前次大船是去時遇着，此次大船是回時遇着。前次大船是當頭撞來，此次大船是後面趕來。前次大船上，把小船打開去；此次大船上，叫小船攏過來。前次四公子在板縫裏，張一片燭影鞭聲；此次四公子在船頭上，看四圍山光水色。前次劉守府的家人，認得婁三公子；此次婁三公子，認得魯編修的家人。前次劉家奴，初不料小船裏坐的是兩位老爺；此次魯編修，初不料小船裏坐的是兩位世兄。前次劉家奴，但見三老爺，不知還有四老爺；此次魯編修，但見四世兄，不想還有三世兄。前次四公子，在小船裏，暗暗張見劉家奴；此次魯編修，在大船上，遠遠望見四公子。前次大船上，點着通政司的燈籠；此次大船上，貼着翰林院的封條。前次大船上，站着如狼似虎的豪奴；此次大船上，迎出方巾便服的鄉宦。前次大船上一班僕人，冒名是相府的租米；此次大船上一位太史，確真是太保的門生。前後對照，筆法整齊。

此類評批頗能道出小說叙事「犯中見避」的筆法。又如第九回開頭，婁公子回故里途中，先偶遇鄒小三，由鄒小三引去見鄒吉甫；至第十一回，爲何又改用鄒小二陪鄒吉甫呢？評曰：

這回却用鄒小二，不用鄒小三，是照應前文鄒吉甫因第二個兒子生了孫，接在東莊去住一節。

鄒吉甫到婁府拜年，不必定要送鄉下禮物。因爲拿布口袋，所以帶鄒二同來。下文借御賜珠燈，叫鄒二見見廣大，先打發他下鄉，以歸結鄒吉甫往東莊，不曾與楊執中接頭這番曲筆。

此等處，見出童評細心細評出小説行文之曲折有致。

余耕耘此書，從動工至今，「一番番春秋冬夏」，倏忽已閲四十個春秋矣！人壽苦短，再閲其半數已不可冀，願書壽可達。

吴敬梓持守先賢信念，以三不朽之「立言」爲「人生立命處」。余作爲一介書生，常謂：書生書生爲書而生，亦以書立言立命。提升生命的價值，延長價值的生命，如果余去後逾二十年，余之《儒林外史》纂述還有人顧，那等於余之學術生命延長了二十年。

今年是吴敬梓三百二十年誕辰，此書之外今年余尚有《百部經典・儒林外史解讀》和《李漢秋講儒林外史》二書問世。

周谷城先生生前爲余題寫「儒林外史基礎研究」書名，希望能成系列。現在不負周先生厚望，關於作品本身的此書，可作爲「儒林外史基礎研究」系列之一；關於作者的《吴敬梓詩傳》（已面世）作爲「儒林外史基礎研究」系列之二；與本書初版出版於同年同社的兄弟篇《儒林外史研究資料》已擴充爲《儒林外史研究資料集成》，作爲「儒林外史基礎研究」系列之三；即將面世的《李漢秋講儒林外史》作爲「儒林外史基礎研究」系列之四，一起敬獻於偉大小説家在天之靈，襄助他的經典小説典範長傳！

二〇二一年五一於首都中華民族園西畔